한국성어대사전

한국성어대사전

박영원 · 양재찬 편저

푸른사상
PRUNSASANG

머리말

오늘날을 종교, 군사, 경제의 힘이 세계를 지배하던 시대를 지나 문화의 시대라고들 합니다. 문화야말로 피를 흘리지 않고 증오하지 않으며 세계를 하나로 끌어안을 수 있는, 다시 말해서 세계화 시대를 이끌어갈 수 있는 가장 강력한 힘이라고 할 수 있을 것입니다.

이러한 문화의 시대, 세계화 시대에, 우리에게는 절대 잊어서는 안 될 소중한 것이 있습니다. 5천 년간 지켜 내려온 우리의 전통문화의 가치가 그것입니다. 아무리 세계화 시대가 되었다고 해도 우리가 한국인이란 사실에는 변함이 없습니다. 한국인으로 태어나 세계인으로 살면서 우리의 고유 전통과 역사 및 문화와 풍속을 알지 못한다면 자신이 한국인이란 사실을 증명할 방법이 없습니다. 스스로의 정체성이 혼란스러운 민족은 문화의 힘으로 세계 속에 우뚝 설 수 없습니다. 최근 몇 년간 '한류'라는 이름으로 케이팝이나 한국 드라마, 영화 등이 전 세계인들의 사랑을 받고 있습니다. 그러나 한편에서는 한류가 일시적 유행에 그칠지도 모른다는 우려의 목소리도 있습니다. 한류가 문화의 힘이 뒷받침되지 못한, 그저 말초신경만 자극하는 오락거리에 지나지 않는다면 그 수명이 오래갈 리 없기 때문입니다. 그러기에 전통이 중요하고 우리가 우리의 고유 문화를 이해하는 일이 그만큼 필수적일 수밖에 없습니다. 문화산업도 전통의 기반 위에서만 세계를 향해 꽃을 피울 수 있습니다.

어느 민족이든 한 민족이 오랫동안 사용해 온 그들의 언어 속에는 그들의 문화와 풍습, 공통된 정서와 가치관이 그대로 담겨 있습니다. 언어를 그 민족의 얼을 담는 그릇이라고 하는 이유가 바로 그 때문입니다. 그중에서도 일상에서 관용적으로 쓰이는 속담과 한자성어는 선인들의 생활 체험이 그대로 녹아 있는 지혜의 결정체라고 해도 좋습니다. 익살과 해학, 날카로운 풍자가 반짝이는 짧막한 한마디에는 중언부언 늘어놓는 천 마디 말보다 더 강한 촌철살인의 교훈이 담겨 있기 때문입니다.

사회가 변천함에 따라 언어도 변화한다지만, 옛 속담과 성어의 가치는 오늘날은 물론, 미래에도 빛을 잃지 않을 것입니다. 우리 민족이나 선인들의 유전자 깊이 뿌리를 내린 삶의 지혜에서 나온 소중한 문화유산인 동시에, 세태의 변화에 따라 끊임없이 생성되고, 변천하며 발전하는 생명력을 지니고 있기 때문입니다.

예전에, 우리는 『한국속담·성어백과사전』(1·2)이라는 표제로 두 권의 책을 세상에 내놓은 바 있습니다. 이 『한국성어대사전』은 그중 '성어편'입니다. 언어가 변화하는 만큼, 사전 역시 끊임없는 개정이 필요하기 때문에 그에 따른 자료수집과 보완작업은 앞으로도 계속될 것입니다.

2018년 7월
편저자 씀

일러두기

1. '가나다…'별로 분류하되, 해당 어구의 '첫음절(ㄱ, ㄲ…)→중성(ㅏ, ㅑ…) →종성(ㄱ, ㄲ…)' 순서에 따랐습니다.

2. 고사성어(故事成語)의 유래나 출전은 가능한 한 밝히려 노력했습니다.

3. 여기에 수록한 한자성어(漢字成語)는 고사성어(故事成語)뿐만 아니라, 일상적으로 활용도가 높은 성어는 대부분 망라했습니다.

4. 고사성어의 경우 전거(典據)는「 」표 속에, 원문은 대부분 인용된 성어의 해당부분만 제시했습니다. 원문을 확인하지 못한 것은 전거(典據)만 밝혀 놓았습니다.

5. 성어(成語)는 독음(讀音)을 밖으로 하고 한자(漢字)는 ( ) 속에 넣었습니다.

6. 출전이 같은 성어는 '⇒'표를 사용하여 참조하도록 하였습니다.

7. 의미상 서로 반대가 되는 것은 '⇔'표를, 같은 의미로 쓰이는 것은 ≒표를 사용하여 제시했습니다.

8. 개중에 성어의 의미는 같되, 참고문헌에 따라 달리 사용된 漢字는 중간에 / 을 넣어 구분하였습니다.

 *예; 고목사회(枯/槁/槀木死灰). 명주암투(明珠暗/闇投) 등

9. 고사성어의 경우 원문 번역은 대부분 참고문헌을 그대로 인용했습니다.

가

가가대소(呵呵大笑)

걸걸 크게 소리내어 웃음. 간간
대소(衎衎大笑) 또는, 파안대소(破顏
大笑)라고도 함.
「晉書」,
石宣殺弟石韜　乘素車從千人臨韜喪
不哭 直言呵呵 便擧衾看尺 大笑而去
「傳燈錄」,
百丈海哀哀大哭 繼而呵呵大笑

가가호호(家家戶戶)

'집집마다'의 뜻.

가감부득(加減不得)

⇒가부득감부득(加不得減不得) 참조.

가감승제(加減乘除)

더하기와 빼기와 곱하기와 나누기를
아울러 일컫는 말.

가감은휘(加減隱諱)

주로 종실과의 혼인을 꺼려, 나이
따위를 실제보다 더하거나 줄이거나
하여 숨기는 일.

가감지인(可堪之人)

어떤 일을 감당할 만한 사람.

가계야목(家鷄野鶩)

일상 흔한 것을 피하고 새로운 것,
진기한 것을 존중함을 비유하는 말.
「蘇軾 王子敬帖詩」,

가고가하(可高可下)

어진 사람은 지위의 높고 낮음을 가
리지 않음.
「國語」,
吾聞之 曰 唯仁者可好也可惡也 可高
也可下也

가공망상(架空妄想)

터무니없는 상상. 근거 없는 망령된
생각.

가급인족(家給人足)

집집마다 풍족하고 사람마다 넉넉하
여 세상 살기가 좋음.
「漢書 貢禹傳」,
天下家給人足 頌聲竝作

가기이방(可欺以方)

그럴 듯한 방법으로 남을 속일 수
있다는 말.

가담항설(街談巷說)

⇒ 도청도설(道聽塗說) 참조.

가담항어(街談巷語)

⇒ 도청도설(道聽塗說) 참조.
「漢書 藝文志」,
小說家者流 蓋出於稗官 街談巷語 道
聽塗說之所造也
「曹植의 與楊修書」,
街談巷語 必有可采

가담항의(街談巷議)

⇒도청도설(道聽塗說) 참조.

가도벽립(家徒壁立)

집안에 아무 것도 없고 네 벽만 서
있다는 뜻으로, 매우 가난함을 이르
는 말.
「漢書 司馬相如傳」,
卓氏及飲弄琴 文君窮戶窺 心說好之

〈中略〉文君夜亡奔相如 相如與馳歸成都 家徒壁立 卓王孫大怒曰 女材忍殺 一錢分乎

가동가서(可東可西)

이렇게 할만도 하고 저렇게 할만도 함. 가이동가이서(可以東可以西)가 원말임.

가동주졸(街童走卒)

거리에 뛰어다니며 노는 철없는 아이나, 주견 없이 떠돌아다니는 사람.

가렴주구(苛斂誅求)

세금을 가혹하게 징수하고 백성의 재물을 강제로 빼앗아 못 살게 들볶음.

가롱성진(假弄成眞)

처음에 실없이 한 말이 나중에 정말이 된다는 말. 농가성진(弄假成眞) 또는 농과성진(弄過成眞)이라고도 함.

가릉빈가(迦陵頻伽)

극락정토(極樂淨土)에 있다는 불사조, 또는 미성(美聲)을 비유한 말.

가무담석(家無儋石)

집에 곡식 여축이 없음.
「漢書 揚雄傳」,
家無儋石之儲 晏如也

가부득 감부득(加不得減不得)

더할 수도 덜할 수도 없음. 줄여서 가감부득(加減不得)이라고도 함.

가부취결(可否取決)

회의에서 절차에 따라 가부를 결정함.

가분급부(可分給付)

성질이나 가치를 상하게 함이 없이 나눌 수 있는 급부.

가빈즉사양처(家貧則思良妻)

집이 가난해지면 어진 아내를 생각한다는 뜻이니, 곧 어려운 지경에 처하면 어진 관리를 생각하게 됨을 이르는 말. 대응어로 국란즉사양상(國亂則思良相)이 있음.

가서만금(家書萬金)

⇒가서저만금(家書抵萬金) 참조.

가서저만금(家書抵萬金)

여행중에 가족으로부터 받은 서신은 만금에 비할 만하다는 뜻. 가서만금(家書萬金)이라고도 함.
「事文類聚 別集26卷」,
王筠久在沙場 一日偶得家書 曰 抵得萬金耳
「杜甫의 春望」,
國破山何在   城春草木深
感時花濺淚   恨別鳥驚心
烽火連三月   家書抵萬金
白頭搔更短   渾欲不勝簪

가여낙성(可與樂成)

함께 어떤 일의 성공을 즐길 수 있음.
「史記 商君傳」,
衛鞅曰 - 愚者 闇於成事 知者見於未萌 民不可與慮始 而可與樂成 論至德者 不和於俗 成大功者 不謀於衆 -

가유호세(家諭戶說)

집집마다 깨우쳐 일러 알아듣게 함.

가이동가이서(可以東可以西)

⇒가동가서(可東可西) 참조.

가이인이불여조호(可以人而不如鳥乎)

사람으로 태어나서 새만도 못하면 수치스럽다는 말.

가인박명(佳人薄命)

용모가 너무 아름다우면 운명이 기박하다는 말. 미인박명(美人薄命) 또는 홍안박명(紅顔薄命)이라고도 함.

「蘇軾의 薄命佳人」,

自古佳人多薄命 : 옛부터 가인은 박명이라는데

閉門春盡楊花落 : 문을 닫고 봄이 다하면 버들꽃도 지고 말겠지

「洪希文의 美人圖」,

可憐前代汚青史 薄命佳人類如此

가장집물(家藏什物)

집안의 모든 세간이란 뜻.

가정맹어호(苛政猛於虎)

가혹한 정치는 호랑이보다 무섭다는 뜻으로, 가혹한 정치로 말미암아 백성에게 미치는 해가 매우 무서움을 이르는 말.

「禮記 檀弓 下」,

孔子過泰山側　有婦人哭於墓者而哀 夫子式而聽之 使子路問之曰 子之哭也 壹似重有憂者 而曰 然昔者吾舅死於虎 吾夫又死焉 今吾子又死焉 夫子曰 何 爲不去也 曰 無苛政 夫子曰 小子識之 苛政猛於虎也

공자가 태산을 지날 때, 한 부인이 길가 무덤에서 비통하게 울고 있었다. 부자는 수레 앞 가로막대에 기대어 이를 듣고, 子路를 시켜 까닭을 묻게 하였다. "그대의 哭이 매우 근심이 있는 사람과 같다. 무슨 까닭인가?" 하니, 부인이 답하기를, "옛날 저의 시아버님이 호랑이에게 물려 돌아가셨는데 또 저의 남편이 똑같이

세상을 떠났습니다. 그런데 이제 또 아들마저 잡아 먹혔답니다."라고 대답하였다. 공자가 또 다시 묻게 하였다. "그렇게 위험한 곳이라면 왜 떠나지 않는가?" 하니, 부인이 답하기를, "아닙니다, 이곳엔 (세금을 마구 뜯어 가는) 가혹한 정치는 없습니다."라고 대답하였다. 이 말을 듣고 공자는 제자들에게 가르쳐 말하기를, "너희는 잘 알아두어라. 가혹한 정치는 호랑이보다 무섭나니라."라고 했다.

가지기도(加持祈禱)

병이나 재앙을 면하려고 올리는 기도.

「眞言要記」,

加諸佛大悲來加行者 持 行者信心以 感不因

가호위호(假虎威狐)

⇒호가호위(狐假虎威) 참조.

가화만사성(家和萬事成)

가정이 화목하면 모든 일이 잘 이루어짐.

각건사제(角巾私第)

평민의 옷을 입고 시골에 살음.

「晉書 王濬傳」,

*角巾(각건) : 은사(隱士)가 쓰는 두건.

각고면려(刻苦勉勵)

부지런히 힘써 일함.

각고정려(刻苦精勵)

몹시 애를 쓰고 정성을 들임.

각곡유아(刻鵠類鶩)

고니를 새기려다 이루지 못하면 거위와 비슷하다는 말로, 훌륭한 선비를 본받으려다 실패하더라도 선인(善

人)은 될 수 있으니 다소 보람은 있
다는 비유.

각골난망(刻骨難忘)

은혜의 고마움이 뼈에 사무쳐 잊혀
지지 않음. 결초보은(結草報恩), 백골
난망(白骨難忘)과 유사한 말.

각골명심(刻骨銘心)

뼈에 새기고 마음에 새겨 영원히 잊
어버리지 않음.
「後漢書」,
上疏曰 臣等冀以端의畏愼 一心奉載
上全天恩 下完性命 刻骨定分 有死無
二
「三國吳志周魴傳」,
魴仕東典郡 始願已獲 銘心立報 永矢
無貳

각골지통(刻骨之痛)

⇒각골통한(刻骨痛恨) 참조.

각골통한(刻骨痛恨)

뼈에 사무쳐 맺힌 원한. 각골지통(刻
骨之痛)이라고도 함.

각궁반장(角弓反張)

①물건이 뒤틀어진 형태. ②중풍으
로 반신불수가 되거나 얼굴이 비뚤어
진 형태.

각근면려(恪勤勉勵)

정성을 다하여 부지런히 힘씀.

각득기소(各得其所)

본래 사람들은 자기 분수에 맞게 하
고 싶은 일을 하다보면, 나중에는 각
자의 능력이나 적성에 맞게 배치됨을
이르는 말.
「漢書 東方朔傳」,
四海之內 以元民 各得其所 天下幸甚

각로청수(刻露淸秀)

가을의 맑고 아름다운 경치를 이르
는 말.
「歐陽修의 豊樂亭記」,
掇幽芳(春) 而蔭喬木(夏) 風霜氷雪
(冬) 刻露淸秀(秋) 四時之景 無不可
愛

각립대좌(角立對座)

서로 굴복하지 않고 맞서서 버팀.

각립독행(各立獨行)

무슨 일을 저마다 따로따로 함.

각립손하(卻粒飡霞)

곡식을 피하고 놀을 먹는다는 뜻으
로, 선인(仙人)을 이르는 말.
「齊書 褚伯玉傳」,
卻粒之人 飡霞之人 ───

각박성가(刻薄成家)

인색한 행위로 부자가 됨.

각산진비(各散盡飛)

저마다 뿔뿔이 흩어져 가 버림.

각색각양(各色各樣)

⇒각양각색(各樣各色) 참조.

각심소위(各心所爲)

사람마다 각기 딴 마음으로 한 일.

각양각색(各樣各色)

여러 가지. 가지가지. 각색각양(各色
各樣)이라고도 함.

각양각식(各樣各式)

갖가지 양식 또는 방식.

각유소장(各有所長)

사람마다 장점이나 장기(長技)를 지
니고 있음.

각유일능(各有一能)

사람마다 한 가지씩의 재주를 가지고 있음.

각인각색(各人各色)

사람마다 각각 다름. 각인각양(各人各樣)이라고도 함.

각인각양(各人各樣)

⇒각인각색(各人各色) 참조.

각자도생(各自圖生)

제각기 살길을 도모함.

각자무치(角者無齒)

뿔이 있는 자는 이가 없다는 뜻으로, 한 사람이 모든 재주나 복을 다가질 수 없음을 이르는 말.

각자위심(各自爲心)

제각기 딴마음을 먹음. 서로 다른 생각을 함.

각자위정(各自爲政)

모든 사람이 자기 마음대로만 한다면 전체의 조화는 물론 타인과의 협력이 어렵다는 말.
「春秋左氏傳」,
將戰 華元殺羊食士 其御羊斟與及戰曰 疇昔之羊 子政焉 今日之事 我爲政也 與入鄭師 故敗

각장탁구(刻章琢句)

갈고 닦아서 수식한 시문(詩文)의 장구(章句).

각주구검(刻舟求劍)

융통성이 없는 어리석은 행위. 배를 타고 가다가 칼이 물 속에 떨어지자 뱃전에 칼자국을 새겨 배가 가는 줄도 모르고 칼자국이 있는 뱃전 근처 물 속을 뒤지면서 칼을 찾는 어리석음을 가리키는 말. 수주대토(守株待土)라고도 함.
「呂氏春秋 察今篇」,
楚人有涉江者 其劍自舟中墮於水 遽刻其舟曰 是吾劍之所從墮 舟止 從其所刻者入水求之 舟已行矣 而劍不行 求劍若此 不亦惑乎.
以古法 爲其國 與此同. 時已徙矣 以法不徙 以此爲治 豈不難哉.

초나라 사람이 양쯔강을 건너다 소중하게 여기던 칼을 그만 강물에 빠뜨리고 말았다. 그 남자는 조그만 칼을 꺼내 칼이 떨어진 부분의 뱃전에 칼자국을 내고는, "내 칼이 떨어진 곳이 바로 여기야."하고 말했다. 얼마 후 배가 멈추자 그는 표시해 놓은 뱃전에서 물 속으로 뛰어들어 칼을 찾아보았으나, 배는 이미 이동되었으므로 칼은 그 곳에 있을 리가 없었다. 이렇게 칼을 찾으려 하니 얼마나 어리석은가?

따라서 낡은 법으로 나라를 다스리면 이와 같으니라. 시대는 바뀌었는데 법은 바꾸지 아니하니 이처럼 나라를 다스리면 어찌 어지럽지 아니하랴.

각축(角逐)

서로 이기려고 다투는 것. 같은 뜻의 말로, 축록(逐鹿) 또는 중원축록(中原逐鹿)이라고도 함.
「戰國策」,
駕犀首而驂馬服 與秦角逐

각축전(角逐戰)

승리를 다투어 맞붙은 싸움.

각하조고(脚下照顧)

자기에게 가장 가깝고 친할수록 조

심함.

각화무염(刻畫無鹽)

비교할 수 없는 유(類)에다 비유함. 못 생긴 여자는 아무리 화장을 하여도 서시(西施) 같은 미인이 될 수 없음.
「晉書 周顗傳」,

간간대소(衎衎大笑)

⇒가가대소(呵呵大笑) 참조.

간간악악(侃侃諤諤)

사람됨이 강직하여 옳다고 믿는 바를 주저 않고 직언함.
* 侃侃(간간) : 마음이 굳세고 곧음.

간관유리(間關流離)

때때로 고난에 처하여 방랑을 함.

간기인물(間氣人物)

세상에 드물게 뛰어난 기품을 지닌 인물이라는 말.

간난다사(艱難多事)

괴롭고 귀찮은 일이 많음.

간난신고(艱難辛苦)

온갖 고초를 다 겪어 몹시 고되고 괴로움.

간녕사지(奸佞邪智)

마음이 비뚤어져 나쁜 지혜가 발동함.

간뇌도지(肝腦塗地)

참살을 당하여 간과 뇌가 땅바닥에 으깨어졌다는 뜻으로, 국사(國事)에 목숨을 돌보지 않고 힘을 다함을 비유하여 이르는 말. 간담도지(肝膽塗地)라고도 함.
「史記 劉敬傳」,
使天下之民 肝腦塗地 父子暴骨中野

「戰國策 燕策」,

간단명료(簡單明瞭)

간단하고 분명함.

간담도지(肝膽塗地)

⇒간뇌도지(肝腦塗地) 참조.

간담상조(肝膽相照)

서로의 마음을 터놓고 숨김없이 사귐을 이르는 말. 관포지교(管鮑之交)와 유사한 말.
「侯鯖錄」,
潁州頓氏一鏡銘云 同心相親 照心照膽 壽千春

간담(호)초월(肝膽(胡)楚越)

간과 담이 서로 가까이 있는데도, 억지로 차별을 지어 보면 초 나라와 월 나라만큼이나 사이가 먼 것처럼 보임을 이르는 말.
「莊子」,
自其異者賊之肝膽楚越也 自其同者視之 萬物皆一也

간두과삼년(竿頭過三年)

대나무 끝에서 3년 난다는 뜻으로, 괴로움을 오랫동안 참고 지냄을 비유하여 이르는 말.
「旬五志」,

간두지세(竿頭之勢)

⇒누란지위(累卵之危) 참조.

간목수생(乾木水生)

⇒건목수생(乾木水生) 참조.

간발이즐(簡髮而櫛)

머리카락을 세면서 머리를 빗는다는 뜻이니, 곧 쓸데없는 일에 정성을 쏟거나 사소한 일에 사로잡힘을 비유하는 말.

간불용발(間不容髮)

한 가닥의 머리카락도 끼울 수 있는 틈이 없다는 뜻으로, ①일이 절박한 모양을 이르는 말. ②매우 치밀하여 조금도 빈틈이 없음을 이르는 말. 간불용식(間不容息)이라고도 함.
「枚乘 諫吳王書」 其出不出 間不容髮

간불용식(間不容息)

⇒간불용발(間不容髮) 참조.

간성(干城)

임금을 위하여 방패[干]와 성(城)이 되어 방위함에서 비롯된 말로, 나라를 지키는 군인을 이름.
「詩經」,
赳赳武夫 公侯干城

간성지재(干城之材)

나라를 지킬 만한 믿음직한 인재를 이르는 말.

간세지배(奸細之輩)

간사한 짓을 하는 사람의 무리.

간세지재(間世之材)

여러 세대를 통하여 드물게 있는 인재.

간신월좌자석(看晨月坐自夕)

새벽 달 보려고 저녁부터 나와 앉음이란 뜻으로, 주책없이 너무 일찍부터 서두름을 비유하여 이르는 말.
「靑莊館全書」,

간악무도(奸惡無道)

간악하고 우악스러움.

간어제초(間於齊楚)

약자가 강자 틈에 끼어 괴로움을 받는 것을 가리키는 말.
*주(周)나라 말엽에 등(滕)나라가 더

큰 나라인 제(齊)·초(楚) 사이에 끼여 괴로움을 많이 받았다는 고사.

간언역어이(諫言逆於耳)

⇒양약고어구이어병(良藥苦於口利於病) 참조.

간운고학(間雲孤鶴)

속세의 번거로움에서 해방되어, 아무런 속박을 받지 않고 자연과 친하며 사는 경지, 또는 그 사람.

간운보월(看雲步月)

낮에는 구름을 바라보고 밤에는 달빛 아래 거닌다는 뜻으로, 객지에서 고향 생각을 간절히 함을 이르는 말.

갈구이상(葛屨履霜)

칡으로 삼은 신을 신고 서리를 밟는다는 뜻이니, 곧 몹시 가난하거나 인색함을 비유하는 말. 갈지등롱(葛之燈籠)이라고 도 함.

갈기분천(渴驥奔泉)

목마른 명마가 샘을 보고 달려간다는 뜻으로, 힘차고 급한 모양을 이르는 말.

갈등(葛藤)

칡넝쿨과 등나무 줄기란 말로, 서로 얽혀 알력(軋轢)을 낳게 하는 상태나 관계를 표하는 말.
*옛날 어떤 사람이 뜰 안에다 칡과 등나무를 나란히 심고서 장차 그 그늘을 즐기려 하였다. 그런데 등나무 넝쿨의 공간을 칡넝쿨이 메우는 등 서로 보완하여 큰 그늘을 만들면 좋겠구나 했던 그의 기대와는 달리, 두 식물이 한데 어울려 서로 감아대느라 그늘은커녕 서로가 서로를 조여 죽게 되었다. 둘의 성질이 너무도 흡사했기 때문이다. '굼

은 것에 가는 것, 검는 것에는 곧은 나
무가 어울리는 것을!' 그는 낫을 들고
와 아깝지만 그 중 한 그루의 밑둥을
베어야만 했다. 하나라도 살리자는 뜻
이었다. 이후, 두 일과 두 개 이상의 사
안이 서로 뒤얽혀 어렵게 되거나 걱정
스럽고 고민될 때 이 비유를 들어 일컫
게 되었다.

갈불음 도천수(渴不飮盜泉水)

아무리 목이 말라도 샘물을 훔쳐먹지
않는다는 말로, 어떤 곤경에 처해도
의롭지 않은 일은 하지 않는다는 말.

갈이천정(渴而穿井)

목마른 자가 우물을 판다는 말로,
평소에 준비 없이 있다가 일이 급해
져서야 당황함을 뜻하는 말.
「說苑」,
譬之猶渴而穿井　臨難而鑄兵　雖疾從
而不及也

갈지등롱(葛之燈籠)

⇒갈구이상(葛屨履霜) 참조.

감가불우(轗軻不遇)

때를 만나지 못하여 뜻을 이루지 못함.

감개무량(感慨無量)

사물에 대한 회포의 느낌이 한없이
깊고 큼.
「史記」,
婢妾賤人　感慨而自殺　非能勇也

감노불감언(敢怒不敢言)

성은 나도 말을 못함.

감당지애(甘棠之愛

관인(官人)을 사모함이 애절함을 뜻
하는 말.
「左傳 襄公十四年」,
武子之德在民　如周人思召公焉　愛其

世棠　況其子乎
*감당(甘棠)은 아가위로 주(周)의 대보
소공석(大保召公奭)이 남방을 순회하고
문왕(文王)의 정치를 베풀 때 감당수
(甘棠樹) 밑에서 쉰 일이 있는데, 후세
사람이 소공(召公)을 사모한 나머지 소
공이 쉬었던 나무까지 사랑했다는 고사
에서 유래됨.

감불생심(의)(敢不生心(意))

힘에 부치어 감히 생각도 못함.

감사도배(減死島配)

⇒감사정배(減死定配) 참조.

감사만만(感謝萬萬)

⇒감사천만(感謝千萬) 참조.

감사무지(感謝無地)

⇒감사천만(感謝千萬) 참조.

감사정배(減死定配)

사형에 처할 죄인의 형을 감하여 귀
양을 보냄. 감사도배(減死島配)라고도
함.

감사지졸(敢死之卒)

죽기를 두려워하지 아니하는 용감한
병졸.

감사천만(感謝千萬)

그지없이 감사함. 감사만만(感謝萬
萬) 또는 감사무지(感謝無地)라고도
함.

감선철악(減膳撤樂)

나라에 변고가 있을 때, 임금이 몸
소 근신하는 뜻으로, 수라상의 음식
의 가짓수를 줄이고 음악과 춤 따위
를 금지하던 일.

감언이설(甘言利說)

달콤한 말과 이로운 조건을 내세워

유혹하는 말. 교언영색(巧言令色)과 유사한 말.

감언지지(敢言之地)

거리낌없이 말할 만한 자리. 거리낌없이 말해야 할 자리.

감정선갈(甘井先竭)

물맛이 좋은 샘물은 사용하는 사람이 많아서 일찍 마른다는 뜻이니, 재주가 있는 자는 일찍 쇠퇴한다는 말.
「莊子」,
直木先伐 甘井先竭

감지덕지(感之德之)

모든 것을 감사히 여기고 덕택으로 여김.

감지봉양(甘旨奉養)

맛있는 음식으로 부모를 봉양함.

감탄고토(甘呑苦吐)

달면 삼키고 쓰면 뱉는다는 뜻으로, 제 비위에 맞으면 좋아하고 틀리면 싫어한다는 멀. 교토사양구팽(狡兎死良狗烹)과 유사한 말.

감홍난자(酣紅爛紫)

울긋불긋하여 가을의 단풍이 한창 무르익음을 나타내는 말.

갑남을녀(甲男乙女)

평범한 사람들을 이르는 말. 장삼이사(張三李四), 초동급부(樵童汲婦) 또는, 필부필부(匹夫匹婦)라고도 함.

갑론을박(甲論乙駁)

서로 의견이 엇갈리어 자기 주장만을 내세우고 상대방의 주장을 반박하며 옥신각신함.

강개무량(慷慨無量)

한탄하고 분개함이 끝이 없음.

강개지사(慷慨之士)

세상이 그릇됨을 분하게 여겨 탄식하는 사람.

강거망소(綱擧網疏)

세목(細目)보다는 대법(大法)에 치중함을 이르는 말.
「晉書 劉頌傳」,
善爲政者綱擧而網疏 綱擧則所羅者廣 網疏則必漏

강거목장(綱擧目張)

대강(大綱)을 들면 세목(細目)은 자명(自明)해진다는 말.
「詩經 序」,
擧一網而萬目張 解一卷而衆篇明

강계지성(薑桂之性)

생강과 육계(肉桂)는 오래 될수록 매워지기 때문에 나온 말로, 늙을수록 기력이 정정하고 강직한 사람을 비유하여 이르는 말.

강구연월(康衢煙月)

태평한 시대에 번화한 거리의 평화스러운 모습. 또는, 태평스러운 시대를 뜻함.

강근지족(强近之族)

⇒강근지친(强近之親) 참조.

강근지친(强近之親)

도와 줄만한 아주 가까운 친척. 강근지족(强近之族)이라고도 함.

강기숙정(綱紀肅正)

법강(法綱)과 풍기를 바로잡음.

강기엄수(綱紀嚴守)

강기를 엄숙하게 지킴.

강기퇴이(綱紀頹弛)

정도(正道)의 기강이 무너지고 해이(解弛)한 것.

강긴목장(綱緊目張)

그물의 벼릿줄을 팽팽하게 당기면 그물눈이 펴진다는 뜻이니, 원칙을 들면 세목(細目)은 저절로 밝혀짐을 이르는 말.

강노지말(强弩之末)

놋쇠로 만든 강한 화살도 먼데까지 날아가서 힘이 다하면, 노(魯) 나라에서 나는 집도 뚫을 수 없다는 말로, 영웅의 막강한 힘도 쇠약해지면 아무 쓸모가 없음을 이르는 말.
「史記」,
强弩極矢下能穿魯縞
「漢書」,
强弩之末力不能入魯縞

강루자용(剛戾自用)

강정폭려(剛情暴戾)하여 스스로 재지(才智)만 믿고 남의 말은 듣지 않음.
「史記」,
始皇爲人 天性剛戾自用

강류석부전(江流石不轉)

강물은 흘러도 돌은 구르지 않는다는 뜻이니, 곧 양반은 함부로 동(動)하지 않는다는 말.

강목수생(剛木水生)

⇒건목수생(乾木水生) 참조.

강보유아(襁褓幼兒)

포대기에 싸서 기르는 시기의 젖먹이.

강산이변(江山一變)

산천이 아주 달라짐.

강산지조(江山之助)

산수의 아름다운 풍경이 사람의 시정(詩情)을 북돋아 좋은 작품을 짓게 한다는 말.
「唐書 張說傳」,
說旣見謫岳州 詩愈悽惋 人謂得江山之助

강상죄인(綱常罪人)

삼강(三綱)과 오상(五常)에 어긋나는 행위를 한 사람.

강상지변(綱常之變)

삼강(三綱)과 오상(五常)의 도리에 어그러진 변고.

강생구속(降生救贖)

예수 그리스도가 인류 사회에 강생하여, 십자가의 보혈(補血)로 인류의 죄악을 대속(代贖)함으로써 인류를 구제한 일.

강속부절(繼屬不絶)

여러 것이 줄곧 연이어 끊이지 않음.

강안여자(强顔女子)

낯가죽이 두꺼운 여자. 부끄러움을 모르는 철면피 여성.
「新序」,
齊有婦人 極醜無雙 號曰無鹽女 自詣宣王願一見 謂謁者曰　妾齊不售女也 〈中略〉 謁者以聞 宣王方置酒於漸臺 左右聞之莫不掩口而大笑曰　此天下强顔女子也

강약부동(强弱不同)

강자와 약자는 상대가 될 수 없다는 말.

강유겸전(剛柔兼全)

굳셈과 부드러움을 아울러 지니고
있음.

강의과단(剛毅果斷)
의지가 강하여 일을 딱 잘라 처리
함.

강의목눌(剛毅木訥)
의지가 굳고 기력이 있어서 무슨 일
에도 굴하지 않음.
「論語 子路篇」,
子曰 剛毅木訥近仁
공자께서 말씀하셨다. 강직하고, 과
감하고, 질박하고, 말이 무거운 사람
은 仁에 가까우니라.

강장지년(强壯之年)
원기가 한창 왕성한 삼사십대의 나이.

강철지추(强鐵之秋)
강철이 간 데는 봄도 가을이라는 뜻
으로, 운수가 나쁜 사람은 팔자가 사
나워서 가는 곳마다 불행한 사고가
연발함을 비유하는 말.

강호연파(江湖烟波)
대자연의 아름다운 풍경이란 뜻으
로, 태평성대를 이르는 말.

강호지락(江湖之樂)
자연을 벗삼아 누리는 즐거움.

강호지인(江湖之人)
벼슬하지 아니하고 은거하는 사람.
「後漢書」,
上疏曰 江湖之人 群爲盜

개과불린(改過不吝)
잘못이 있으면 즉시 고치는데 조금
도 주저하지 말라는 말.
「書經」,
用人惟已 改過不吝 克寬克仁 彰信兆民

개과자신(改過自新)
잘못을 고치어 스스로 새로워짐.

개과천선(改過遷善)
지나간 허물을 뉘우치고 고쳐서 착
한 사람이 됨.
「晋書」,

개관사방정(蓋棺事方定)
⇒개관사정(蓋棺事定) 참조.

개관사정(蓋棺事定)
관 뚜껑을 덮은 후에야 비로소 생전
의 공과가 결정된다는 말로, 사람은
죽은 후에야 진가를 평가할 수 있다
는 말이니, 살아있는 사람의 행적을
눈에 보이는 대로 경솔하게 힐난·비
판하지 말라는 교훈이 담겨있다. 개
관사방정(蓋棺事方定)이라고도 함
「晉書」,

개권유익(開卷有益)
책을 펴고 읽으면 반드시 유익함이
있다는 말.
「澠水燕談錄」,
宋太宗勤於讀書 自己至申 然後釋卷
澠史館修太平御覽一千卷〈中略〉上曰
開卷有益 不爲勞也

개두환면(改頭換面)
일을 근본적으로 고치지 않고 사람
만 교체하거나, 내심(內心)은 그대로
두고 표면만을 고친다는 말.
「寒山의 詩」,
改頭換面孔 不離舊時人

개문납적(開門納賊)
문을 열고 도적을 들인다는 뜻으로,
제 스스로 화(禍)를 불러들임을 비유
하여 이르는 말.

개문읍도(開門揖盜)

문을 열어놓고 도둑을 맞아들임, 즉 스스로 재앙을 불러들임을 뜻하는 말.
「三國志 吳主傳」,
張昭曰 今姦兇競逐 豺狼滿道 乃欲哀親戚 顧禮制 是猶開門而揖盜 未可以爲仁也

개물성무(開物成務)

사람으로 하여금 복서(卜筮)에 의하여 길흉을 알아 그것에 따라 사업을 하게 하는 것.
「易經 繫辭」,
夫易 開物成務 冒天下之道 如斯而已者也

개산(改刪)

잘못된 것을 고친다는 뜻.

개선장군(凱旋將軍)

①전쟁에서 이기고 돌아온 장군. ②어떤 일에 크게 성공한 사람을 비유하여 이르는 말.

개성불도(皆成佛道)

누구든지 삼생(三生)을 통하여 불법(佛法)을 행하고 불도(佛道)를 닦으면 부처가 될 수 있다는 말.

개세지재(-기)(蓋世之才(-氣))

세상을 마음대로 다스릴 만한 재기(才氣). 또는 그런 재기를 지닌 사람.
「史記」,
項王乃悲歌忼慨 自爲詩曰 力拔山兮氣蓋世

개세지풍(蓋世之風)

온 세상을 뒤덮을 만큼 뛰어난 풍모.

개수일촉(鎧袖一觸)

갑옷의 소매만 스쳐서 상대를 지게 함, 곧 쉽게 상대를 물리침.

개심현성(開心見誠)

모든 정성을 다함.
「後漢書」,
開心見誠 無所隱伏

개연탄식(慨然嘆息)

몹시 슬퍼하고 탄식함.

개옥개행(改玉改行)

옥(玉)은 패옥(佩玉)의 걸음을 조절하므로, 패옥을 바꾸면 보조도 바꿔야 한다는 뜻으로, 법을 바꾸면 일도 고쳐야 함을 이르는 말.

개점폐업(開店閉業)

어떤 일을 시작하자마자 그만 둠을 이르는 말.

개찬(改竄)

글자나 글귀를 고친다는 뜻.

객반위주(客反爲主)

⇒주객전도(主客顚倒) 참조.

객수주편(客隨主便)

손님이 주인 하는 대로 따라함을 뜻함.

객지면식(客地眠食)

객지생활을 뜻함.

객창한등(客窓寒燈)

외로운 나그네 신세를 뜻함.

갱무도리(更無道理)

다시 어찌할 도리가 없음.

거가대족(巨家大族)

대대로 번창한, 높은 문벌의 집안. 거실세족(巨室世族)이라고도 함.

거가지락(居家之樂)

집에서 시서(詩書) 등을 벗삼아 세월을 보내는 즐거움.

거거익심(去去益甚)

가면 갈수록 더욱 심해짐. 거익심언(去益甚焉) 또는 거익심조(去益深造)라고도 함.

거관유독(居官留犢)

벼슬을 물러나 송아지를 두고 간다는 뜻이니, 곧 관리의 청렴결백(淸廉潔白)을 비유한 말.
*위(魏) 나라 때 시묘(時苗)라는 사람이 첫 벼슬길에 오를 때 암소가 끄는 허술한 수레에 타고 현령으로 부임했다. 일 년 후 그 암소가 새끼를 낳았는데 다른 곳으로 전임할 때 그 송아지를 외양간에 매어놓고 그냥 떠났다는 고사.

거구생신(去舊生新)

묵은 것은 사라지고 새로운 것이 생겨남.

거국일치(擧國一致)

온 국민이 한 마음 한 뜻으로 뭉침.

거동궤서동문(車同軌書同文)

각 지방의 수레의 너비가 같고, 글도 같은 글자로 쓴다는 뜻으로, 여러 지방을 하나로 통일함을 이르는 말.

거두대면(擧頭對面)

머리를 들어 서로 얼굴을 마주함. 또는 그런 만남.

거두절미(去頭截尾)

머리와 꼬리를 잘라 버린다는 뜻으로, 앞뒤의 잔소리는 빼고 요점만 말한다는 뜻.

거문불납(拒門不納)

거절하여 문안에 들이지 않음.

거불주오(居不主奧)

어른이 앉는 자리를 이르는 말.
「禮記」.
　爲人子者 居不主奧 坐不席中

거세개탁(擧世皆濁)

온 세상이 모두 흐리다는 뜻으로, 모든 계급의 사람들이 다 올바르지 못하다는 말.

거수마룡(車水馬龍)

거마(車馬)의 왕래가 흐르는 물이나 긴 용처럼 끊임없음을 형용하는 말로, 행렬이 성대한 모양을 이르는 말.
「後漢書」.
　吾有天下之母爲身 〈中略〉 前過濯龍門見外家 問起居 車如流水 馬如遊龍

거실세족(巨室世族)

⇒거가대족(巨家大族) 참조.

거안사위(居安思危)

편안할 때에도 항상 위난에 대해 생각함. 안거위사(安居危思)라고도 함.
「左傳」.
　魏絳 辭曰 臣何有力也 書曰 居安思危 思則備 備患也

거안제미(擧案齊眉)

밥상을 눈 위로 높이 받들어 올리듯이, 아내가 남편을 지극히 공경함을 이르는 말.
「後漢書 逸民傳」.
　梁鴻字伯鸞 扶風平陵人也 家貧而尙節介 同縣孟氏有女 肥醜而黑 力擧石臼 擇對不嫁 曰欲得賢如梁伯鸞者鴻聞

而聘之 字之曰德耀 名孟光 至吳爲人
賃春 每歸 妻爲具食不敢於鴻前仰視
擧案齊眉

양홍의 字는 백란인데 부풍의 평릉
사람이다. 집은 비록 가난하였으나
절개가 굳었다. 같은 현의 孟씨 가문
에 딸이 있었는데 몸이 비대하고 살
색이 검었다. 그러나 힘이 세어 돌절
구를 들 정도였다. (나이가 많이 들
어도)혼처를 가려서 좀처럼 시집가려
들지 않았다. 그리고는, "양백란 같
은 인물이라면 시집을 가겠습니다."
라고 하였다. (양홍이 기뻐하여)별명
을 지어 부르기를 德耀라 하고 이름
을 孟光이라 하였다. (그러나 양홍이
왕실을 비방하는 시를 지어 章帝에게
쫓기어) 吳나라에 이르러 남의 집을
빌려 품팔이를 하며 살았다. 매일 돌
아오면 아내가 밥상을 차리고 기다렸
다가 양홍의 앞으로 나오는데, 눈을
아래로 깔고 밥상을 눈썹 높이로 들
어 올려 받들었다.

거익심언(去益甚焉)

⇒거거익심(去去益甚) 참조.

거익심조(去益甚造)

⇒거거익심(去去益甚) 참조.

거자막추(去者莫追)

떠나가는 사람은 붙잡지 말고 가도
록 내버려두라는 말. 거자물추(去者勿
追)라고도 함. ⇔내자물거(來者勿去).

거자물추(去者勿追)

⇒거자막추(去者莫追) 참조.

거자일소(去者日疎)

죽은 사람에 대해서는 날이 갈수록
점점 잊게 된다는 뜻으로, 친한 사이

라도 떨어져 있거나 죽으면 정이 멀
어진다는 말.
「文選」.
  去者日以疎 生者日以親

거재두량(車載斗量)

차에 싣고 말로 된다는 뜻으로, 물
건이 흔하고 많음을 비유하는 말.
「三國志 吳志 吳主權傳注」.

거저척시(籧篨戚施)

새가슴과 꼽추란 뜻으로, 못 생긴
사람을 비유하는 말. 또는 남에게 아
첨하거나 남을 깔보는 사람을 이르는
말.

거조진퇴(擧措進退)

행동거지와 일에 나아감과 물러섬.

거조해망(擧措駭妄)

행동거지가 해괴망측함.

거족일치(擧族一致)

온 겨레가 한마음 한뜻이 됨.

거지양륜(車之兩輪)

⇒순망치한(脣亡齒寒) 참조.

거천제섭(巨川濟涉)

왕이 신하의 협력을 얻어서 정치를
함.
「書經 說命篇」.
  命之曰朝夕納誨 以輔台德 苦金 用汝
作礪 苦濟巨川 用汝作舟楫 若歲大旱
用汝作霖雨 啓乃心沃朕心 苦藥佛瞑眩
厥疾弗瘳 苦跣弗視地 厥足用傷 惟暨
乃僚 罔不同心 以匡乃辟 俾率先王 迪
我高后 以康兆民 嗚呼 欽予時命 其惟
有終
  命하여 이르시되 아침저녁에 가르침
을 드려서 나의 덕을 도우라.

쇠 같거든 너로써 숫돌을 삼으며,
해가 크게 가문 것 같거든 너로써 장
마비를 삼으리라.

너의 마음을 열어서 나의 마음에 물
대어라. 藥이 아찔하지 아니하면 그
병이 낫지 않는 것 같으며, 맨발이
땅을 보지 아니하면 그 발이 다치는
것 같으리라.

네 同僚와 마음을 같이 아니함이 없
어 네 임금을 바르게 하여 先王을 좇
아 우리 高后를 順하여 億兆 백성을
편안케 하라.

오호라, 내 이 命을 공경하여 그 有
終을 생각하라.

거폐생폐(去弊生弊)

어떤 폐단을 없애려다가 도리어 다
른 폐단이 생김.

건건비궁(蹇蹇匪躬)

자기의 이해 따위는 관계없이, 임금
에게 충성을 다함.
「易經 蹇卦」.

건곤일색(乾坤一色)

하늘과 땅이 한 빛깔임.

건곤일척(乾坤一擲)

사생결단(死生決斷)을 건 최후의 한
판 승부. 일척도건곤(一擲賭乾坤)이라
고도 함.
「韓愈의 過鴻溝」.
龍疲虎困割川原 : 용과 호랑이가 피
　　　　곤하게 천원을 서로 나누니
億萬蒼生性命存 : 모든 백성들이 성
　　　　명을 보존하였다
誰勸君王回馬首 : 누군가 한왕에게
　　　　군사와 말을 돌이키길 권하며
眞成一擲賭乾坤 : 진실로 천하를 건

한 판의 도박을 벌였구나.
*홍구(鴻溝)란 지금의 하남성(河南省)
고노하(賈魯河)로 진(秦)이 멸망한 뒤
천하가 통일되지 않고 있을 때, 초(楚)
의 항우(項羽)와 한(漢)의 유방(劉邦)
이 이곳에 선을 긋고 천하를 나누어 가
졌던 당시를 추억하며 쓴 시.

건목수생(乾木水生)

마른나무에서 물이 나게 한다는 뜻
으로, 아무 것도 없는 사람한테 무엇
을 내라고 무리하게 요구함을 이르는
말. 간목수생(乾木水生) 또는 강목수생
(剛木水生)이라고도 함.
* 간목 : 건목(乾木)의 원말임.

건조무미(乾燥無味)

⇒무미건조(無味乾燥) 참조.

걸견폐요(桀犬吠堯)

자기 상관에게 충성을 다함을 이르
는 말.
「鄒陽의 獄中上梁王書」.
桀之犬可使吠堯 而跖之客可使刺由

걸불병행(乞不竝行)

구걸하는 사람과는 같이 다니지 않
는다는 말로, 무엇을 남에게 요청하
러 갈 때는 혼자서 가는 것이 이롭다
는 말.

걸인연천(乞人憐天)

거지가 하늘을 불쌍히 여긴다는 뜻
으로, 격에 맞지 않는 걱정을 함을
이르는 말.
「旬五志」.

걸해(乞骸)

⇒ 걸해골(乞骸骨) 참조.

걸해골(乞骸骨)

옛날 늙은 재상이 벼슬자리에서 물

러나기를 임금에게 청원하던 일. 줄여서 걸해(乞骸)만으로도 쓰임.

검려지기(黔驪之技)

검(黔) 땅의 당나귀가 범을 잡다가 도리어 범에게 잡아 먹혔다는 고사로, 겉치레뿐이고 실속이 보잘 것 없는 솜씨.

「柳宗元 三戒」,

黔之驪 有好事者載歸 放山下 〈中略〉 驪不勝怒 蹄之 虎因喜 計曰 技止此耳 跳踉大㘎 斷其喉盡其肉 乃去

*검주(黔州)에는 노새가 없는데 그곳에 어떤 사람이 노새를 끌고 갔을 때, 범이 보고 노새의 우는 소리가 크므로 두려워하였음. 그렇지만 노새의 발에 채인 범은 노새의 힘이 보잘 것 없는 것을 알고 마침내 범이 노새를 잡아먹었다 함.

검수지옥(劍樹地獄)

불교에서 나온 말로, 나쁜 죄를 지은 사람이 죽어서 가는 지옥. 이곳에는 잎이 칼인 나무가 있는데 죄인이 들어오면 바람에 흔들리는 잎이 죄의 몸에 상처를 입힌다고 함. 따라서, 이 말은 매우 위험하거나 곤란한 처지를 비유할 때에 쓰임.

격물치지(格物致知)

사물의 도리를 궁구하여 후천적 지식을 다함, 즉 사물의 이치를 연구하여 지식을 확실히 한다는 뜻. 치지격물(致知格物)이라고도 함.

「大學」,

古之欲明明德於天下者 先治其國 欲治其國者 先齊其家 欲齊其家者 先修其身 欲修其身者 先正其心 欲正其心者 先誠其意 欲誠其意者 先致其知 致

知在格物

옛날 明德을 천하에 밝히려는 자는 먼저 그 나라를 다스렸고, 그 나라를 다스리려는 자는 먼저 그 집안을 바로잡았고, 그 집안을 바로잡으려는 자는 먼저 그 몸을 닦았고, 그 몸을 닦으려는 자는 먼저 그 마음을 바르게 했고, 그 마음을 바르게 하려는 자는 먼저 그 뜻을 성실하게 했고, 그 뜻을 성실하게 하려는 자는 먼저 그 앎을 투철히 했나니, 앎을 투철히 함은 事物을 究明함에 있다.

격생즉망(隔生則忘)

보통 사람은 이 세상에 태어날 때에는 전세의 일을 모두 잊어버림.

격세안면(隔歲顏面)

해가 바뀌도록 오래 만나지 못한 사람을 이르는 말.

격세지감(隔世之感)

그리 오래 되지 않은 동안에 전보다 변화가 심하여 다른 세상이나 다른 세대처럼 매우 달라진 느낌. 즉 세대를 거른 느낌.

격양가(擊壤歌)

중국 상고의 요(堯) 임금 때, 늙은 농부가 땅을 두드리며 천하가 태평함을 기리어 불렀다는 노래로, 세월이 태평함을 기리는 노래.
⇒고복격양(鼓腹擊壤)의 고사 참조.

격양지가(擊壤之歌)

⇒고복격양(鼓腹擊壤)의 고사 참조.

격절칭상(擊節稱賞)

⇒격절탄상(擊節歎賞) 참조.

격절탄상(擊節歎賞)

무릎을 치면서 탄복하며 칭찬함. 격절칭상(擊節稱賞)이라고도 함.

격탁양청(激濁揚淸)

탁류를 몰아내고 청파(淸波)를 끌어들인다는 데서 나온 말로, 악을 미워하고 선을 좋아함. 또는 악을 제거하고 선을 드날림을 비유한 말.
「舊唐書 王珪傳」,
至如激濁揚淸 嫉惡好善 臣於數子亦有一日之長 太宗深然其言

격화소양(隔靴搔癢)

신발을 신은 채로 가려운 데를 긁는다는 말로, 아무리 애써서 무슨 일을 하여도 실제로 효과를 얻지 못하여 마음에 차지 않음을 비유하는 말. 또는 답답하고 안타까움을 이르는 말. 격화파양(隔靴爬癢)이라고도 함.
「雜書 無門關序」
掉棒打月 隔靴搔癢

격화파양(隔靴爬癢)

⇒격화소양(隔靴搔癢) 참조.

견갑이병(堅甲利兵)

견고한 갑옷과 날카로운 병기, 곧 강한 군대를 이르는 말.
「孟子 梁惠王上篇」,
可使制梃以撻秦楚之 堅甲利兵也
「荀子」,
堅甲利兵 不足以爲勝

견강(牽强)

⇒견강부회(牽强附會) 참조.

견강부회(牽强附會)

도리에 맞지 않는 것을 억지로 맞는 것처럼 우겨댐을 이르는 말. 견강(牽强)만으로도 쓰이고 영서연설(郢書燕說)이라고도 함.
「蘇轍의 詩」,
烹煎崖蜜眞牽强
慚愧山蜂久蓄藏

견개고고(狷介孤高)

자기의 의지를 굳게 가지고, 속인에게서 멀리 떨어져 품격을 지킴.

견개고루(狷介固陋)

견문이 좁아 옛것에만 달라붙어 외고집임. 곧 자기의 뜻을 굳게 지켜 남과 타협하지 않으면서, 옛것에 집착하여 완고함.

견객용이표궤반 견주용이수끽반 [見客容以瓢饋飯 見主容以水喫飯]

손님의 차림새에 따라 접대가 다름을 이르는 말.

견권지정(繾綣之情)

견권(繾綣)한 정을 이름.
*견권(繾綣) - 마음속에 굳게 서리어서 생각하는 마음이 못내 잊혀지지 않음.

견기이작(見機而作)

기미를 보아서 미리 조처함.

견기지재(見機之才)

기미를 알아채는 재간. 또는 그런 사람.

견득사의(見得思義)

⇒견리사의(見利思義) 참조.

견련지친(牽連之親)

서로 관련된 먼 친척을 이르는 말.
「揚雄의 答劉歆書」,
臨邛林閭翁孺 與雄外家牽連之親

견리망의(見利忘義)

이(利)를 탐내어 의리를 잊음. ⇔견

리사의(見利思義).

견리사의(見利思義)

이익이 되는 것을 보면 먼저 의리에 합당한가를 생각해야 함을 나타내는 말. 견득사의(見得思義)라고도 함. ⇔견리망의(見利忘義).

「論語 憲問 十三」,

子路問成人 子曰 若臧武仲之知 卞莊子之勇 冉求之藝 文之以禮樂 亦可以爲成人之矣 曰 今之成人者 何必然 見利思義 見危授命 久要不忘平生之言 亦可以爲成人矣

子路가 덕이 높은 인물됨을 물었다. 공자 가로대, "臧武仲의 지혜, 公綽의 無欲, 卞莊子의 勇氣, 冉求의 多能에 이를 禮와 音樂으로 장식하면 비로소 완전한 有德者가 되리라." 공자는 말을 이어, "그러나 오늘의 완전한 有德者란 어찌 반드시 이와 같으랴? 利됨을 보고 正義를 생각하며, 위태함을 보고 身命을 버리며, 오랜 약속을 평생 잊지 아니하면 또한 완전한 有德者가 되리라."

견마곡격(肩摩轂擊)

어깨와 어깨를 서로 비비고, 수레바퀴와 수레바퀴가 서로 부딪친다는 뜻으로, 왕래가 매우 번잡함을 비유하여 이르는 말.

「戰國齊策」,

臨淄之途 車轂擊 人肩摩 連衽成帷 擧袂成幕 揮汗成雨

견마지년(犬馬之年)

⇒견마지치(犬馬之齒) 참조.

「曹植의 黃初六年令」,

將以全陛下厚德究孤犬馬之年 此難能

也

견마지로(犬馬之勞)

⇒견마지심(犬馬之心) 참조.

견마지류(犬馬之類)

①개나 말 같은 부류. ②비천한 사람들을 비유하여 이르는 말.

견마지성(犬馬之誠)

⇒견마지심(犬馬之心) 참조.

견마지심(犬馬之心)

개나 말이 주인에게 온갖 정성을 다하듯, 백성으로서 나라에 충성하는 자신의 수고나 마음을 낮추어 이르는 말. 견마지로(犬馬之勞) 또는 견마지성(犬馬之誠)이라고도 함.

「史記 三王世家」,

臣竊不勝 犬馬心

「漢書 汲黯傳」,

常有犬馬之心

견마지양(犬馬之養)

단지 어버이를 부양할 뿐 공경하는 마음이 없음.

「論語 爲政 七」,

子游問孝 子曰 今之孝者 是謂能養 至於犬馬 皆能有養 不敬 何以別乎

자유(子游)가 효(孝)를 물으니, 공자 가로되, "요즈음 봉양(奉養)함을 일러 효도라 하나 견마(犬馬)도 사람에게 길러지나니 오직 공경(恭敬)하지 아니하면 무엇이 다르랴?"라고 하였다.

견마지치(犬馬之齒)

자기의 나이를 겸손하게 이르는 말. 견마지년(犬馬之年)이라고도 함.

「漢書 趙充國傳」, 犬馬之齒七十六

견문발검(見蚊拔劍)

모기를 보고 칼을 뺀다는 말로, 하찮은 일에 너무 덤비거나 화를 잘 냄을 비유하는 말. **노승발검**(怒蠅拔劍)이라고도 함.

견물생심(見物生心)

무슨 물건이든 실물을 보면 욕심이 생긴다는 말.

견백동이변(堅白同異辯)

궤변(詭辯)을 이르는 말.
「史記 孟軻傳」,
公孫龍爲 堅白同異之辯
「公孫龍 堅白論」,
堅白石三 可乎 曰不可 二可乎 曰可 謂目視石 但見白 不知其堅 則爲之白石 手觸石則知其堅而不知其白 則謂之堅石 是堅白終不可合爲一也
*중국 전국 시대(戰國時代) 공손 용(公孫龍)의 궤변으로, 단단하고 흰 돌은 눈으로 보아 희다는 것은 알 수 있으나 단단함은 알 수 없으며, 손으로 만져보아 단단하다는 것은 알 수 있으나 빛깔은 알 수 없으므로, 단단한 돌과 흰 돌은 동일물이 아니라는 것.

견분장 방획토(見奔獐放獲兎)

달아나는 노루 보다가 잡은 토끼 놓친다는 뜻으로, 큰 것에 욕심을 내다 도리어 자기가 가진 것마저 잃어버림을 비유하여 이르는 말.

견사생풍(見事生風)

일거리를 대하면 손바람이 난다는 뜻으로, 일을 시원시원하게 빨리 처리해 냄을 이르는 말..

견선여불급(見善如不及)

힘써 착한 일을 해야 한다는 말.

「論語 季氏 十一」,
孔子曰 見善如不及 見不善如探湯 吾見其人矣 吾聞其語矣 隱居以求其志 行義以達其道 吾聞其語矣 未見其人也
착한 것을 보면 그것에 미치지 못할까 두려워하여 좇으며 착하지 못한 것을 보면 끓는 물에 손을 댄 듯 가까이 함을 겁낸다 하였는데, 내 그러한 사람을 보고 그러한 말을 듣기도 하였다. 은거(隱居)하여 뜻 이루어짐을 구하며 뜻을 이룬 즉 의(義)를 행하여 그 뜻을 관철한다 하였는데, 내 그러한 말은 들었지만 보지는 못하였다.

견설고골(犬齧枯骨)

개가 말라빠진 뼈를 핥는다는 뜻으로, 아무 맛도 없음을 이르는 말.

견아상제(犬牙相制)

땅의 경계가 일직선이 되지 못하고, 개의 이빨처럼 들쭉날쭉 서로 어긋남. **견아상착**(犬牙相錯)이라고도 함.
「史記 孝文記」,
宋昌曰 高帝封王子弟 地犬牙相制 此所謂磐石之宗也

견아상착(犬牙相錯)

⇒견아상제(犬牙相制) 참조.

견양지질(犬羊之質)

개나 양과 같은 소질이란 뜻으로, 재능이 없는 바탕을 비유하여 이르는 말.

견여금석(堅如金石)

언약·맹세 따위가 금석같이 굳음.

견여반석(堅如盤石)

기초가 반석같이 튼튼함.

견우미견양(見牛未見羊)

소를 보면 양은 보지 않는다는 말로, 무엇이든 직접 보고 들을 것에 대한 관심이 높음을 이르는 말.

견원지간(犬猿之間)

⇒빙탄불상병(氷炭不相竝) 참조.
*개와 원숭이의 사이란 뜻으로, 서로 사이가 나쁜 두 사람의 관계를 비유함.

견위수명(見危授命)

나라가 위태로울 때에 제 목숨을 바치라는 말. 견위치명(見危致命)이라고도 함.
⇒견리사의(見利思義)의 故事 참조.

견위치명(見危致命)

⇒견위수명(見危授命) 참조.

견이불식(見而不食)

보고도 못 먹는다는 뜻으로, 아무리 갖고 싶은 것이 있어도 이용할 수 없거나 차지할 수 없을 때 이르는 말.

견이지지(見而知之)

실지로 보고 깨달아 앎.

견인불발(堅忍不拔)

굳게 참고 버티어 마음이 흔들리지 아니함.
「蘇軾 鼂錯論」,

견인지구(堅忍持久)

굳게 참고 오래 버팀.

견토방구(見兎放狗)

토끼를 발견한 후 사냥개를 풀어놓아도 늦지 않는다는 뜻이니, 일이 일어난 후에 대처를 해도 좋다는 말.

견토지쟁(犬兎之爭)

⇒휼방지쟁(鷸蚌之爭) 참조.

「春秋後語」,
韓盧逐東郭㕙 騰山五 環山三 兎窮於前 犬疲於後 各死其處 田父見而獲之

견현사제(見賢思齊)

어진 사람을 보면 그와 같아질 것을 생각한다는 말.

견호 미견호(見虎未見虎)

호랑이를 보기는 하였으되 직접 본 것이 아니라는 말이니, 직접 당해보지 않은 것에 대하여는 별로 관심이 간절하지 않다는 뜻.

결가부좌(結跏趺坐)

책상다리를 하고 앉는 법의 한 가지, 즉 도사리고 앉음.
「釋氏要覽」,
毘婆沙論云 是相 圓滿安坐義 聲論云 以兩足趺加 致兩胜如龍盤結

결발부부(結髮夫婦)

처녀 총각끼리 처음 혼인한 부부.
「漢書 李廣傳」,
廣結髮與匈奴大小七十餘戰

결사반대(決死反對)

목숨을 걸고 반대함.

결연관정(結緣灌頂)

꽃을 만다라 위에 던지게 하고, 맞은 제존불과 인연을 맺게 하여 비법을 가르쳐줌.
「白居易詩」,
三郡何因此結緣

결의형제(結義兄弟)

형제의 의를 맺음. 또는 그런 형제를 이르는 말.

결자해지(結者解之)

맺은 사람이 풀어야 한다는 말로,

일을 저지른 사람이 그 일을 해결해야 한다는 말.

「旬五志」,

결초보은(結草報恩)

죽어서까지도 은혜를 잊지 않고 갚는다는 말. 각골난망(刻骨難忘), 백골난망(白骨難忘)과 유사한 말.

「左傳 宣公 十五年」,

魏武有妾 武子病謂其子顆曰 我死嫁此妾 病亟 又曰 殺爲殉 及死 顆曰 寧從治時命而嫁之 及秦晉之戰魏顆見老人結草以抗杜回 回躓而顚 遂獲之 後顆夢老人 云我而所嫁婦人之父也 爾從先人治命 余是以報

당초에 魏武子(위과의 아버지)에게 사랑하는 妾이 있었는데 자식이 없었다. 무자가 병들자 顆에게 명하기를, "내가 죽으면 반드시 다른 데로 시집보내라."고 했다. 병이 심하게 되니, "반드시 죽어서 함께 묻어 달라."고 했다. 죽기에 이르러 위과는 (그녀를 다른 데로 시집보내며) 말하기를, "(병이 심해졌을 때는 머리가 혼란을 일으키게 마련이니) 나는 그 병이 더 더치기 전의 말에 따르는 것이다."고 했다. 秦晉의 전투(보씨의 싸움)에서 위과는 한 노인이 풀을 엮어서 杜回의 길을 막는 것을 보았다. 두회의 발이 풀에 걸려서 쓰러졌으므로, 이를 잡을 수 있었던 것이다. 밤에 꿈을 꾸었는데 그 노인이 나타나서 말하기를, "나는 그대가 시집보내 준 여자의 아비다. 그대가 先人의 바른 遺言에 따랐기 때문에 내가 은혜를 갚는 것이다."고 했다.

「李密의 陳情表」,

今臣亡國賤俘 至微至陋 過蒙拔擢 豈敢盤桓 有所希冀 但以劉日薄西山 氣息奄奄 人命危淺 朝不慮夕 臣無祖母 無以至今日 祖母無臣 無以終餘年 祖母孫二人更相爲命 是以區區 不能廢遠 臣密今年四十有四 祖母劉今九十有六 是臣盡節於陛下之日長 報劉之日短也 烏鳥私情 願乞終養 臣之辛苦非獨 蜀之人士及二州牧伯所見明知 皇天后士 實所共鑑 願陛下矜憫愚誠 請臣微志 庶劉僥倖 卒保餘年 臣生當隕首 死當結草 臣不勝怖懼之情 謹拜表以聞

지금 臣은 망한 나라〔蜀漢〕의 천한 포로라 지극히 미미하고 지극히 비루한데, 지나치게 발탁하심을 입으니 어찌 감히 주저하며 달리 바라는 바가 있겠습니까? 다만 할머니 劉씨는 해가 서산에 가까워지듯 여생이 얼마 남지 않아 기운이 끊겨 가니 목숨이 위태롭고 옅어서 아침에 저녁 일을 생각하지 못하나이다. 臣은 할머니가 없었더라면 오늘에 이를 수 없었고, 할머니는 臣이 없으면 여생을 마칠 수 없으니, 할머니와 손자 두 사람이 서로 목숨을 의지하여 왔었으므로, 이런 구구한 까닭으로 봉양하는 일을 폐하고 멀리 떠날 수가 없습니다. 臣密은 금년 44세이고, 할머니 劉씨는 96세이니 이는 臣이 陛下에게 충절은 다할 날은 길고 할머니의 은혜에 보답할 날은 짧습니다. 반포의 사사로운 정이지만, 바라옵건대 할머니를 끝까지 봉양하게 하여 주시기를 비오니, 臣의 괴로움은 유독 蜀나라 사람과 두 고을 수령만이 보아서 밝게 알고 있는 것이 아닙니다. 하늘과 땅이 진실로 함께 보는 바이니, 바라옵건대 陛下께서는 이 못난 臣의 어리석은 정성을 불쌍히 여기시어 할머니 劉씨가 요행히 여생을 편안히 마치게 하여 주시면, 臣이 살아서는 마땅히 목숨을 바치고 죽어서도 은혜를 잊지 않을 것입니다. 臣이 송구한 마음을 이기지 못하고 삼가 절하고 表를 올립니다.

*李密 - 西晉의 武陽 사람. 효성이 지극하여 武帝가 이를 기리어 太子洗馬의 벼슬을 내렸으나 사양하면서 이 陳情表를 올림.

결하지세(決河之勢)

둑이 무너져 가득 찬물이 넘쳐흐르는 대단한 힘을 뜻하는 말로, 누르려야 누를 수 없는 거친 힘을 비유하여 이르는 말.

「國語」,
勢之加也如結河

겸구고장(箝口枯腸)

입에 재갈을 물리고 창자를 말린다는 뜻으로, 궁지에 몰려 말을 못함을 이르는 말.

겸구물설(箝口勿說)

입을 다물고 말을 하지 못하게 함. 함구물설(緘口勿說)이라고도 함.

겸노상전(兼奴上典)

너무 가난하여 종 둘 처지가 못 되어 종이 할 일까지 해야 하는 양반을 이르는 말.

겸양지덕(謙讓之德)

겸손한 태도로 남에게 사양하는 미덕.

겸인지력(兼人之力)

혼자서 능히 몇 사람을 당해 낼 만한 힘.

「荀子 議兵篇」,
凡兼人者有三術 有以德兼人者 有以力兼人者 有以富兼人者

겸인지용(兼人之勇)

⇒겸인지력(兼人之力) 참조.

경가파산(傾家破産)

재산을 모두 털어 없애어 집안 형편이 결딴남.

경개여구(傾蓋如舊)

처음으로 잠시 만났는데도, 정답기가 오래 사귄 친구와 같음.

경개절승(景槪絶勝)

경치가 대단히 좋음.

경거망동(輕擧妄動)

경솔하고 망령되게 행동함.

경거숙로(輕車熟路)

경쾌한 수레를 타고 익숙한 길을 간다는 뜻으로, 일에 숙달되어 조금도 막힘이 없는 모양을 비유하여 이르는 말.

경경각각(頃頃刻刻)

⇒시시각각(時時刻刻) 참조.

경경고침(耿耿孤枕)

근심에 싸여있는 외로운 잠자리.

경경불매(耿耿不寐)

마음에 염려되고 잊히지 아니하여 잠을 이루지 못함.

「詩經 北風 邶風 柏舟」,
汎彼柏舟　편백나무 저 배는
亦汎其流　물에 떠서 흐르네
耿耿不寐　잠이 안 오네, 이 한밤.
如有隱憂　나는 시름에 잠기네.
微我無酒　마음을 달랠
以敖以遊　술도 있기야 있네만.

我心匪鑒　내 마음 거울 아니니
不可以茹　남의 생각 비칠 길 없네.
亦有兄弟　형제도 있기야 있네만
不可以據　나의 의지가 안 되네.
薄言往愬　찾아가 하소연한대도
逢彼之怒　그들의 노여움만 살 걸
　　　　　세.

경경열열(耿耿咽咽)

슬픔으로 목메어 욺.

경구비마(輕裘肥馬)

가볍고 따뜻한 갗옷과 살찐 말이란 뜻으로, 부귀한 사람의 외출 차림 또는 부귀한 차림새를 이르는 말. 경의비마(輕衣肥馬), 경장비마(輕裝肥馬) 또는 비마경구(肥馬輕裘)라고도 함.
「論語 雍也 三」,
子華使於齊 冉子爲其母請粟 子曰 與之釜 請益 曰 與之庾 冉子與之粟五秉 子曰 赤之適齊也 乘肥馬衣輕裘 吾聞之也 君子周急不繼富 原思爲之宰 與之粟九百 辭 子曰 毋 以與爾隣里鄕黨
자화(子華)가 제(齊)나라에 공자(孔子)의 심부름을 갔다. 염구(冉求)가 자화의 어머니를 위하여 곡식을 청했다. 공자가 6말 4되를 주라고 했다. 염구가 더 청하니 16말을 주라고 하였는데 염구가 80석을 더 주었다. 공자가 알고, "적(赤:자화)이 제(齊)에 갈 때 살찐 말을 타고 가벼운 갗옷을 입고 있다. 내 들으매 군자(君子)는 궁한 이를 돕고 부(富)한 이를 더 보태주지 아니한다 하였나니라." 원사(原思:子思)가 공자의 가신(家臣)으로 있으매 공자가 곡식 900석을 주자 원사가 사양하였다. 공자 가로되, "사양 말라. 남으면 이웃 마을에 나

누어 주면 좋지 않은가?"라고 하였다.

경구완대(輕裘緩帶)

가벼운 갗옷과 느슨한 띠란 뜻으로, 태연한 태도, 또는 홀가분한 몸차림을 이르는 말.
「晉書 羊祜傳」,
祜在軍常輕裘緩帶 身不被甲

경국(傾國)

⇒경국지색(傾國之色) 참조.

경국대업(經國大業)

나라를 경륜(經綸)하는 큰 대업이라는 말로, 훌륭한 문장(文章)을 가리키는 말.
「魏文帝의 典論」,
文章經國之大業 不朽之盛事 年壽有時而盡 榮樂止乎其身 二者必至之常期 未若文章之無窮

경국제세(經國濟世)

나라를 경륜하고 세상을 구제함.

경국지미(傾國之美)

⇒경국지색(傾國之色) 참조.

경국지색(傾國之色)

국력을 기울게 할 만한 미인이란 뜻으로, 양귀비(楊貴妃)의 미모를 가리키던 말에서 나옴. 일설에 보면 한무제(漢武帝)를 모시던 가수 이언년이란 자가 무제를 위해 바친 노래 가운데 절세미인인 자기 누이를 가리켜 "한 번 보면 城을 기울게 하고 두 번 보면 나라를 기울게 한다"고 묘사한 데서 나온 말이라고 한다. 경국(傾國)만으로도 쓰이며, 경국지미(傾國之美) 또는 경성지색(傾城之色)이라고도 함.
「李白의 淸平調詞 三」,

名花傾國兩相歡 : 어느 것이 사람이
고 어느 것이 모란인지
常得君王帶笑看 : 임금의   얼굴에는
웃음이 넘친다
解釋春風無限恨 : 또 무슨 한이 있을
수 있으랴
沈香亭北倚闌干 : 침향정엔 지금 봄
이 무르익는다
* 君王 - 玄宗을 말함. 沈香亭 - 宮中에
있던 정자.
* 楊貴妃는 본래 玄宗의 아들 壽王의
사랑을 받는 여인이었다. 이 여인을 玄
宗이 빼앗아 들였으니, 아무리 皇帝라
고 하나 잘한 일은 못되고, 이 둘의 사
랑이 破綻의 씨임을 출발에서부터 알고
있었음을 짐작할 수 있다. 名花(모란)
와 佳人을 번갈아 보시며 皇帝는 기뻐
하시나니, 君王의 웃음 띤 시선의 대상
이 언제나 되고 있는 楊貴妃. 봄날의
懊惱같은 것이야 깨끗이 잊고, 지금 침
향정 난간에 의지해 있는 사람이여!
「白居易의 長恨歌」,
漢皇重色思傾國 : 한나라 황제는 여
자의 미를 중히 여겨, 절세
미녀가 없을가 생각하여
御宇多年求不得 : 황제 자리에 오르
고 나서 오랜 세월 찾았으
나 구할 수가 없었다.
楊家有女初長成 : 양씨 가문에 마침
장성한 여식이 있어
養在深閨人未識 : 깊은 규중에서 아
무도 모르게 자라났으나
天生麗質難自棄 : 천생의 아름다움
그대로 버리지 못하리
一朝選在君王側 : 하루아침에 뽑히어
임금 곁에 올랐노라
廻眸一笑百媚生 : 돌아보며 방긋 웃
는 품에 아름다움이 넘치고

六宮粉黛無顔色 : 粉黛로 화장한 六
宮의 미녀들이 무색하게 되
었노라
* 현종과 양귀비의 비극을 소설적으로
구성하고 사후의 세계까지 구상을 넓게
펴면서 노래한 시. 전부 120구(인용 본
문은 1구~8구까지임), 840자로 되어
있음

경국지재(經國之才)
나라를 경륜할 만한 재주, 또는 그
런 재주를 가진 사람.

경궁요대(瓊宮瑤臺)
옥(玉)을 장식한 어전(御殿)과 옥을
새긴 고전(高殿), 즉 훌륭한 궁전(宮
殿)을 이르는 말.

경궁지조(驚弓之鳥)
⇒상궁지조(傷弓之鳥) 참조.

경낙과신(輕諾寡信)
어떤 일에 대한 승낙을 경솔히 하는
사람은 신임성(信任性)이 적어 약속
을 위반하는 경우가 많음을 이르는
말.
「老子」,
輕諾必寡信 多易必多難

경년열세(經年閱歲)
여러 해가 지나감.

경당문노(耕當問奴)
농사일은 종에게 묻는 것이 좋다는
뜻으로, 무슨 일이나 전문가에게 물
어 보는 것이 좋음을 뜻함.
「漢書 沈慶之傳」,
慶之曰 治國譬如治家 耕當問奴 織當
問婢

경륜가(經綸家)
⇒경륜지사(經綸之士) 참조.

경륜지사(經綸之士)

능히 천하를 다스릴 만한 사람. 경륜가(經綸家)라고도 함.

경명행수(經明行修)

경학(經學)에 밝고 행실이 착함.

경묘탈쇄(輕妙脫灑)

경쾌 미묘하고 범속의 기풍을 벗어나서 끼끗함.

경박부허(輕薄浮虛)

⇒경조부박(輕佻浮薄) 참조.

경박재자(輕薄才子)

재주는 있으나 경박한 사람.

경산조수(耕山釣水)

산에서 밭을 갈고 물에서 고기를 잡는다는 말로, 속세를 떠나 대자연 속에서 농사짓고 사는 삶을 이르는 말.

경성지색(傾城之色)

⇒경국지색(傾國之色) 참조.

경세제민(經世濟民)

세상을 다스리고 백성을 어려움에서 구제함.

경세지재(經世之才)

세상을 다스려 이끌 만한 재주. 또는 그런 인재.

경세지책(經世之策)

세상을 다스려 나갈 만한 계책.

경세훈민(經世訓民)

세상을 다스려 백성들이 정신을 차리도록 타이름.

경시호탈(輕施好奪)

제것을 남에게 잘 주는 자는 또한 남의 것을 탐낸다는 말.

「文中子」,
輕施者 又好奪

경신숭조(敬神崇祖)

신을 공경하고 조상을 숭상함.

경심동백(驚心動魄)

마음을 놀라게 하고 혼을 움직임. 매우 무서워함. 경혼동백(驚魂動魄)이라고도 함.

경원(敬遠)

⇒경이원지(敬而遠之) 참조.

경위지사(傾危之士)

궤변으로 나라를 위태롭게 하는 자를 이르는 말.
「史記 張儀傳贊」,
太史公曰 張儀之行事 〈中略〉 要之
此兩人眞傾危之士哉

경음마식(鯨飮馬食)

고래가 물을 먹듯이 술을 많이 마시고, 말이 먹듯이 음식을 많이 먹음을 비유하는 말.

경의비마(輕衣肥馬)

⇒경구비마(輕裘肥馬) 참조.

경이원지(敬而遠之)

겉으로는 존경하되 내심으로는 싫어하거나 멀리함. 즉, 신을 모시어 마음을 깨끗이 하고 또한 화복(禍福) 때문에 마음을 유혹당하지 아니함. 오늘날에는 꺼리어 피한다는 뜻으로 쓰이고 있음. 경원(敬遠)만으로도 쓰임.
「論語 雍也 二十二」,
樊遲問知 子曰 務民之義 敬鬼神而遠之 可謂知矣 問仁 曰 仁者先難而後獲可謂仁矣

樊遲가 지혜에 관해서 물었다. 공자 가로대, "인민에 대하여 도리를 다하고 神을 공경하여 더럽힘이 없다면 이를 지혜롭다고 말할 수 있다." 仁을 물으니 공자 가로대, "어려움을 먼저 하고 뒤에 功을 얻으면 이를 仁이라 말할 수 있다."

경장비마(輕裝肥馬)

⇒경구비마(輕裘肥馬) 참조.

경적필패(輕敵必敗)

싸움에서 적을 업신여기면 반드시 패한다는 뜻.

경전착정(耕田鑿井)

밭을 갈고 우물을 판다는 뜻으로, 국민들이 생업을 즐겨 평화로이 지냄을 일컫는 말.

경전하사(鯨戰鰕死)

고래 싸움에 새우 등 터진다는 말로, 강자끼리 다투는 와중에서 아무 관계도 없는 약자가 피해를 입는다는 뜻.

「旬五志」,
鯨戰鰕死 言小者介於兩大而受禍
고래 싸움에 새우가 죽는다는 것은 큰놈들이 싸우는 통에 작은놈이 화를 입는다는 말이다.

경정직행(徑情直行)

⇒직정경행(直情徑行) 참조.

경조부박(輕佻浮薄)

신중성 없이 경솔하고 천박함. 경박부허(輕薄浮虛)라고도 함.

경조상문(慶弔相問)

서로 경사에 축하하고 흉사에 위문한다는 뜻.

경중미인(鏡中美人)

거울에 비친 미인이란 뜻으로, 실속보다는 겉치레가 더한 사람이나 사물을 비유하여 이르는 말.

경지전단(瓊枝栴檀)

고운 옥과 향나무, 곧 덕을 갖춘 사람. 또 잘 지은 시나 글을 비유하는 말.

「藝林伐山故事」,
佛經云 瓊枝寸寸是玉 栴檀片片皆香

경천근민(敬天勤民)

하늘을 공경하고 백성을 다스리기에 부지런함.

경천동지(驚天動地)

하늘이 놀라고 땅이 흔들린다는 뜻으로, 세상을 깜짝 놀라게 함.

「朱子語錄」,
聖人做事時 須要驚天動地

경천봉일(擎天捧日)

하늘을 괴고 해를 받든다는 말로써, 곧 어버이에게 효도를 다하고 군주에게 충성을 다하는 것을 이르는 말.

「元生夢游錄」,
蓋是世間之豪俊 容貌堂堂 神彩揚揚 胸藏叩馬蹈海之志 腹蘊擎天捧日忠 眞所謂 託六尺之狐 而寄百里之命者也
그들은 대체로 이 세상의 호걸로서 용모가 당당하고 풍채가 늠름하여 그의 가슴에는 고마(叩馬) 도해(蹈海)의 뜻을 품고 뱃속에는 경천(擎天) 봉일(捧日)의 충성을 간직했으니 그들은 참으로 이른바 육척의 고아를 부탁할 수도 있으려니와 백리(百里)의 사명을 맡길 만한 자들이었다.

경천애인(敬天愛人)

위로는 하늘을 섬기고 아래로는 사람을 사랑함.

경천위지(經天緯地)

하늘과 땅을 다스린다는 말이니, 곧 온 천하를 다스린다는 뜻.
「庾信의 文」,
經天緯之才

경천위지지재(經天緯地之才)

천하를 다스릴 만한 재주. 또는 그런 재주를 갖춘 사람을 이르는 말.

경혼동백(驚魂動魄)

⇒경심동백(驚心動魄) 참조.

경화수월(鏡花水月)

거울 속의 꽃이나 물에 비친 달처럼, 눈에 보이나 손으로 잡을 수 없음을 나타내는 말로, 시취(詩趣)가 말로 표현할 수 없을 정도로 훌륭함.
「詩家直說」,
詩有可解不可 解若鏡花水月 勿泥其迹可也

경화자제(京華子弟)

번화한 서울에서 곱게 자란 젊은이.

경황망조(驚惶罔措)

놀라고 두려워하여 어찌 할 줄을 모름.

경희작약(驚喜綽躍)

하도 기뻐서 날뜀.

계견상문(鷄犬相聞)

닭이 울고 개가 짖는 소리가 여기저기에서 들린다는 뜻으로, 인가에서 북적거리는 모양을 이르는 말. 계명구폐(鷄鳴狗吠)라고도 함.

「老子」,

계계승승(繼繼承承)

대대로 이어받음.
「韓愈의 平准西碑」,
聖子神孫 繼繼承承

계고직비(階高職卑)

품계는 높고 벼슬은 낮음. ⇔계비직고(階卑職高).

계관시인(桂冠詩人)

영국 왕실이 영국의 가장 뛰어난 시인에게 내리는 명예 칭호.

계구우후(鷄口牛後)

⇒영위계구무위우후(寧爲鷄口無爲牛後) 참조.

계군고학(鷄群孤鶴)

⇒군계일학(群鷄一鶴) 참조.

계군일학(鷄群一鶴)

⇒군계일학(群鷄一鶴) 참조.

계년(笄年)

비녀를 꽂을 만한 나이라는 말로, 비녀란 시집간 여자만 꽂을 수 있는 것인즉, 시집갈 나이 곧 여자 나이 15세를 의미하는 말.
「葆葉志諧」,
汝三妹 旣失父母 持汝如父 年俱踰笄 汝尙不嫁何也
너의 세 언니가 이미 부모를 여의고 너를 믿기를 아버지와 같이 하거늘 나이가 모두 비녀 꽂을 나이가 되었음에도 불구하고 네가 오히려 출가하지 않음은 무슨 까닭이냐?

계두우미(鷄頭牛尾)

⇒영위계구무위우후(寧爲鷄口無爲牛後) 참조.

계란유골(鷄卵有骨)

달걀에도 뼈가 있다는 말이니, 운수가 나쁜 사람은 모처럼 좋은 기회를 얻었다 할지라도 그 일마저 잘 안 됨에 이르는 말.

「大東韻府群玉」,

* 조선 세종 때 황희(黃喜) 정승이 매우 가난하게 살았다. 이를 불쌍히 여긴 상감께서 도울 길을 곰곰히 생각하시던 끝에 묘안 하나를 내게 되었다. 그리하여 상감께서는, 새벽에 남대문을 열면서부터 저녁에 닫을 때까지 그날 하루 이 문을 드나드는 물건은 모두 그 정승에게 주라고 명을 내리셨다. 그러나 공교롭게도 그날은 온종일 비바람이 불어 사람들의 왕래가 없었는데, 날이 어두울 무렵에야 한 시골 노인이 달걀 한 꾸러미를 가지고 들어왔다. 그리하여 그 달걀을 받은 정승이 그것을 가지고 집으로 돌아가서 어떻게 요기나 할까 하다가 삶았더니 그 노인의 품에 온종일 안겼던 달걀이라 뼈가 있어서 결국 한 개도 먹을 수가 없었다 한다.

계륵(鷄肋)

닭의 갈빗대를 지칭하는 말로, 먹기에는 너무 맛이 없고 버리기에는 그래도 아깝다는 뜻으로, ①큰 소용은 못 되나 버리기는 아까운 사물을 비유하거나, ②몹시 허약한 몸을 비유하여 이르는 말.

「後漢書 楊修傳」,

楊修字德祖 好學有俊才爲丞相曹操主簿 操平漢中欲因討劉備 而不得進 欲守之 又難爲功 操出令唯曰鷄肋而已

楊修의 字는 德祖로, 학문을 좋아하고 재주가 뛰어나 丞相 曹操의 主簿가 되었다. 曹操는 劉備를 치려고 漢中 쟁탈전을 벌이는데, 병참은 혼란에 빠져 전진도 수비도 불가능하였다. 曹操는 무심코 鷄肋이라는 명령을 내렸다. 楊修가 이 명령을 듣자 귀환 준비를 하였다. 모두 놀라 물으니 楊修가 이렇게 말했다. "닭의 갈비뼈는 먹을 만한 데가 없다. 漢中을 이에 비유했으므로 왕께서는 귀환하기로 결정하신 것이다."라고.

「晉書 劉伶傳」,

伶嘗醉與俗人相忤 其人攘袂奮拳而往 伶徐曰 鷄肋不足以安尊拳 其人笑而止

(진나라 초기에 죽림칠현 가운데) 劉伶이라는 사람이 어느 날 술에 취하여 행인과 말다툼을 벌였는데, 상대가 주먹을 치켜들고 달려들자 유영이 점잖게 말하기를, "보다시피 닭갈비처럼 빈약한 몸이라서 그대의 주먹을 받아들이지 못할 것 같소."라고 하자, 상대는 엉겁결에 웃음을 터뜨리고 말았다고 한다.

계림일지(桂林一枝)

대수롭지 않은 출세나 청귀(淸貴)하고 출중한 인품을 비유하는 말.

계명구도(鷄鳴狗盜)

춘추시대에 제(齊) 나라 맹상군(孟嘗君)의 식객(食客) 중에 닭의 울음소리를 잘 하는 자와 개로 변장하여 좀도둑질을 잘 하는 자가 있어 그 주인의 위기를 모면한 고사로, 비천(卑賤)한 사람을 일컬음.

「史記 孟嘗君傳」,

秦昭王囚孟嘗君 謀欲殺之 孟嘗君使人抵昭王幸姬求解 幸姬曰 妾願得君狐白裘 此時孟嘗君有一狐白裘 入秦獻之昭王 更無他求 孟嘗君患之 徧問客 莫

能對 最下坐有能爲狗盜者曰 臣能得狐
白裘 乃夜爲狗 以入秦宮藏中 取所獻
狐白裘之 以獻幸姬 幸姬爲言昭王 昭
王釋孟嘗君 出至函谷關 關法鷄鳴出客
客有爲鷄鳴者 鷄悉鳴 於時開關出之
(秦의 昭王이 맹상군을 재상으로 삼
으려 할 때, 맹상군이 齊의 一族임을
말하고 秦에 해가 미칠 것을 아뢰자)
秦의 昭王은 맹상군을 죽일 계획을
하였다. 맹상군은 昭王의 애첩(幸姬)
에게 사람을 보내어 석방토록 힘써
주기를 부탁하였다. 그러자 애첩은,
"나의 願대로 말하라면, 그대의 흰여
우의 겨드랑이 아래 가죽을 모아서
만든 옷이 탐이 난다."라고 하였다.
당시에 맹상군은 흰여우 가죽옷을 한
벌 가지고 왔었다(그 값은 千金, 천
하에서 비길 바가 없는 진품이었다).
秦에 와서 昭王에게 그것을 바쳤으므
로 그밖에 여분은 없었다. 맹상군은
이것을 걱정하고 식객들에게 물으니
대답하는 자가 없었다. 다만 말석에
있는 식객 중에 도둑질을 잘 하는 사
람이 있어, "臣이면 그 물건을 구해
낼 수 있습니다."라 하고, 밤에 개의
흉내를 내어 秦宮의 광속으로 들어가
서, 먼저 昭王에게 바쳤던 흰여우 가
죽옷을 훔쳐 가지고 왔다. 그것을 애
첩에게 바치니, 애첩은 맹상군을 위
해 昭王에게 말하여 그를 석방하게
하였다. 맹상군은 (옥에서 나오자,
지체하지 않고 달음질쳐 돌아와) 국
경인 函谷關에 당도하였다. (秦의 昭
王은 뒤에 맹상군을 석방한 것을 후
회하고 그를 찾았는데 이미 떠난 뒤
였다. 곧 驛馬를 띄워 뒤쫓게 하였
다. 맹상군은 函谷關까지 왔으나) 關

의 규칙에 닭이 울기 전에는 문을 열
어 손을 보내지 않았다. (맹상군은
뒤쫓아 올 것을 겁내었다.) 말석의
식객 중에 닭 우는 소리를 잘 흉내내
는 자가 있어 그 흉내내는 소리에 근
방의 모든 닭들이 함께 울어 버렸다.
마침내 말을 몰아 關을 빠져 나오게
되었다. (일찌기 맹상군이 말석의 이
두 사람을 식객으로 맞았을 때 다른
식객들은 다 같은 좌석에 앉는 것을
수치로 알았다. 그러나 맹상군을 秦
의 조난으로부터 두 사람이 구출하
자, 그 후 식객들은 비로소 고개를
끄덕였다.)

* 호백구(狐白裘) - 여우 겨드랑이의
흰 털가죽을 여러 장 모아 이어서 만든
갖옷으로, 귀족이나 고관대작만이 입을
수 있었던 데서 귀족의 상징물이 되기
도 했다 함.

계명구도지웅(鷄鳴狗盜之雄)

전국 시대(戰國時代) 맹상군(孟嘗
君)을 일컫던 데서 나온 말로, 비천
한 행동을 하는 사람들의 우두머리를
이름.
⇒계명구도(鷄鳴狗盜)의 고사 참조.

계명구폐(鷄鳴狗吠)

⇒계견상문(鷄犬相聞) 참조.

계명지조(鷄鳴之助)

현숙한 왕비의 내조(內助)를 이름.
「詩經」,
鷄鳴 思賢妃也 哀公(齊公)荒淫怠
慢 故陳賢妃貞女 夙夜警戒相成之道
焉

계무소출(計無所出)

⇒백계무책(百計無策) 참조.

계비지총(繫臂之寵)

임금의 특별한 총애를 이르는 말.
「晉書」,
武帝胡貴嬪名芳 〈中略〉有專房之寵

계비직고(階卑職高)

품계는 낮고 벼슬은 높음. ⇔계고직
비(階高職卑).

계세징인(戒世懲人)

①세상 사람을 경계하고 징벌함. ②
세상 사람이 악에 빠지지 않게 깨우
쳐 줌.

계신공구(戒愼恐懼)

두려워 경계하고 삼감을 뜻함.

계옥지수(桂玉之愁)

계옥으로 살아가는 근심이란 뜻으
로, 타국에서 사는 괴로움을 이르는
말.

계저주면(鷄猪酒麪)

한방(漢方)에서 병에 금하는 4가지
음식물, 즉 닭고기·돼지 고기·술·
메밀국수를 이르는 말.

계전만리(階前萬里)

먼데서 일어난 일도 눈앞의 일처럼,
정치의 잘잘못을 임금이 다 알고 있
어서, 신하가 속일 수 없음을 이르는
말.
「唐書 宣宗紀」,
上曰 卿到彼 善惡朕皆知之 勿謂其遠
此階前卽萬里也

계절존망(繼絶存亡)

자식이 없어 대가 끊어지게 된 집안
에 양자를 얻어 대를 이음.

계주생면(契酒生面)

곗술에 낯내기란 말로, 남의 것으로

제 생색을 냄을 이르는 말.
「東言解」,

계지재득(戒之在得)

늙어 혈기가 노쇠하면 물욕(物慾)을
경계하라는 말.

계지재투(戒之在鬪)

장년(壯年)이 되어 혈기가 왕성해지
면 싸움을 경계라는 는 말.

계찰괘검(季札挂劍)

신의(信義)를 중히 여긴다는 뜻.
「史記 吳太伯世家」,
* 오(吳)나라의 계찰(季札)이 사신으로
갈 때 서국(徐國)을 지나가게 되었던
바 서국 군주는 계찰의 검(劍)을 얻었
으면 하고 생각하였고, 札도 또한 자기
의 劍을 그에게 주려고 생각하고 있었
으나 札이 돌아오는 길에 서국에 들렀
더니 서국 군주는 이미 죽은 뒤라, 이
에 札은 자기의 劍을 그의 묘소(墓所)
에 걸어놓고 돌아왔다고 함.

계총납모(啓寵納侮)

사람을 지나치게 사랑하면 도리어
업신여김을 당한다는 말.
「書經 說命篇」,
無啓寵納侮 無恥過作非

계포일락(季布一諾)

일단 약속을 한 이상 꼭 지킨다는
것을 뜻함. 금락(金諾)이라고도 함.
「史記 季布傳」,
* 季布는 楚나라 사람으로 의기가 사내
다움으로써 유명하였다. 좋다(諾)고 한
번 말하면 반드시 그 말을 지켰다는 故
事.

계피학발(鷄皮鶴髮)

닭의 살갗과 학의 흰 머리털이란 뜻

으로, 늙어서 주름살이 잡히고 백발
이 됨을 비유하는 말.
「唐玄宗의 傀儡吟」,
刻木牽絲作老翁 鷄難皮鶴髮與眞同

계학지욕(谿壑之慾)
한없는 욕심을 이르는 말.

고가방음(高歌放吟)
⇒고성방가(高聲放歌) 참조.

고각대루(高閣大樓)
높고 큰 집. 고루거각(高樓巨閣)이라
고도 함.

고각함성(鼓角喊聲)
전쟁터에서 사기를 돋우려고 북을
치고 나팔을 불며 아우성치는 소리.

고거사마(高車駟馬)
거개(車蓋)가 높은 수레와 사두마차
(四頭馬車). 즉 고귀한 사람이 타는
수레를 이르는 말.

고고지성(呱呱之聲)
아기가 세상에 나오면서 처음 내는
울음소리란 뜻으로, 사물이 처음으로
시작되는 기척을 비유하여 이르는
말.

고관대작(高官大爵)
지위가 높고 훌륭한 벼슬, 또는 그
런 자리에 있는 사람.

고굉(股肱)
⇒고굉지신(股肱之臣) 참조.

고굉지신(股肱之臣)
보필(輔弼)의 신(臣). 자신의 팔과
다리처럼 임금이 가장 신임하는 중신
(重臣)을 일컫는 말. 고굉(股肱)만으
로도 쓰임.
「書經 益稷篇」,

帝曰 臣作朕股肱耳目 子欲左右有民
汝翼
帝께서 이르시되, "신하는 나라의
다리와 팔과 귀와 눈이 되었나니, 내
백성을 도우려 하거든 네가 날갯짓을
하라."
「同書」,
帝庸作歌曰 勅天之命 惟時惟幾 乃歌
曰 股肱喜哉 元首起哉 百工喜哉 …
〈中略〉…乃賡載歌曰 元首明哉 股肱
良哉 庶事康哉
帝가 노래를 지어 이르시되, "하늘
의 명을 경계한즉, 때로 하며 기미로
할지라." 하시고, 노래하여 이르시되,
"고굉이 기뻐하면 元首도 일어나 백
공이 밝으리다." …〈中略〉…또 노
래하여 이르시되, "元首께서 밝으시
면 股肱이 어질어 뭇 일이 편하리로
다."
「左傳 昭公九年」
而遂酌以飲工曰 女爲君耳 將可聰也
辰在子卯 謂之疾日 君徹宴樂 學人舍
業 爲疾故也 君之卿佐 是謂股肱 股肱
或虧 何痛如之 女弗聞而樂 是不聰也
그리하여 도괴(屠劌)는 드디어 악공
사광(師曠)에게 술잔을 올려 마시게
하면서 말하기를, "당신은 임금님의
귀이니 잘 들으시도록 해야 합니다.
주왕(紂王)이 죽은 갑자일과 걸왕(桀
王)이 죽은 을묘일은 나쁜 날이라고
합니다. 따라서 임금님들이 잔치와
음악을 거두고 음악 견습생이 학업을
쉬는 것은 그 날이 나쁜 날이기 때문
입니다. 임금의 卿佐를 고굉이라고
합니다. 그 팔다리가 혹 부러졌다면
어느 아픔이 그만하겠습니까? 그런
데 당신은 그런 소리를 듣지 못하고

음악을 연주하니 이는 총명하지 못한 것이오."

* 도괴(屠蒯) - 궁중 요리사 이름.
* 卿佐 - 公·卿·大夫

고군분투(孤軍奮鬪)

①수가 적고 후원이 없는 외로운 군대가, 힘에 겨운 적과 용감하게 싸움. ②적은 인원의 힘으로, 도움도 받지 않고 힘겨운 일을 그악스럽게 해냄.

고근약식(孤根弱植)

외로운 뿌리, 약한 식목이란 뜻으로, 가까운 친척이나 후원자가 적어 외로운 사람을 비유하여 이르는 말.

고금독보(古今獨步)

고금을 통하여 홀로 나아간다는 뜻으로, 옛날부터 지금까지 따를 사람이 없을 만큼 뛰어남.

고금동서(古今東西)

옛날과 현재, 그리고 동양과 서양, 즉 때와 지역을 통틀어 이르는 말.

고금동연(古今同然)

예나 이제나 마찬가지임. 아무런 변동이나 변화가 없음.

고금무쌍(古今無雙)

옛부터 지금까지 서로 견줄만한 짝이 없음.

고금알석(敲金戛石)

쇠를 두드리고 돌을 울린다는 뜻으로, 시나 문장의 어울림이 뛰어남을 비유하는 말.

고담방언(高談放言)

남을 꺼리거나 두려워하지 않고, 저하고 싶은 대로 소리 높여 말함. 또는 그런 말.

고담웅변(高談雄辯)

물 흐르듯 도도(滔滔)한 의논(議論)을 이르는 말.
「杜甫의 飮中八仙歌」,
知章騎馬似乘船 : 술취한 하지장의 말 탄 꼴은 영락없이 배를 탄듯
眼花落井水底眠 : 눈앞이 몽롱하여 우물 속에 떨어진 채 잠이 드네
汝陽三斗始朝天 : 여양왕은 세 말술을 마시고야 조정에 들고
道逢麴車口流涎 : 길에서 누룩 수레 보고도 군침 흘리며
恨不移封向酒泉 : 주천에 전직되지 못하여 한이 많더라
左相日興費萬錢 : 좌상은 매일 주흥에 만전을 탕진하고
飮如長鯨吸百川 : 마시는 품은 큰 고래 온 강물 들이키듯
銜杯樂聖稱避賢 : 청주 즐기고 탁주 피하며 술잔을 드네
宗之蕭灑美少年 : 최종지는 말쑥한 미남자라
擧觴白眼望靑天 : 술잔 들고 흰 얼굴로 푸른 하늘 쳐다보는
皎如玉樹臨風前 : 희맑은 품은 옥나무 바람에 나부끼듯
蘇晋長齋繡佛前 : 소진은 수놓은 불상 앞에 재계하며
醉中往往愛逃禪 : 왕왕히 술에 취해 좌선한다며 잠자네
李白一斗詩百篇 : 이백은 한 말 술에 백 편의 시를 짓고
長安市上酒家眠 : 장안 거리 술집에서 잠자며

天子呼來不上船 : 천자가 불러도 배
　　탈 생각 않고
自稱臣是酒中仙 : 臣은 주중 신선이
　　라 자칭하네
張旭三杯草聖傳 : 장욱은 석잔 술에
　　초서에 성인되며
脫帽露頂王公傳 : 왕공들 앞에 모자
　　벗고 앞머리로
揮毫落紙如雲烟 : 구름 연기 같은 草
　　書를 후려 쓰더라
焦遂五斗始卓然 : 초수는 다섯 말술
　　에 간신히 입을 열어
高談雄辯驚四筵 : 고담웅변하여 좌중
　　을 놀라게 하네
* 술친구 여덟명의 노래. 당시에 蘇晋,
李璡, 李適之, 崔宗之, 張旭, 焦遂, 李白
의 8명을 八仙人이라고 부름.
* 이 시는 天寶 三年(744년) 杜甫가 長
安에 온 지 얼마 안 되어 지은 것으로,
당시 술과 풍류로 이름이 높았던 사람
들을 테마로 엮은 시. 우정에서 우러난
시이면서도 거의 주관이나 감정을 개입
시키지 않음. 그러면서도 가장 친근하
고 존경했던 李白에게 중점을 두고 있
다.
「庾信의 詩」,
高談變白馬 雄辯塞飛狐

고담준론(高談峻論)
　①고상하고 준엄한 언론. ②남의 이
목에 아랑곳없이 잰 체하며 과장하여
하는 말.

고당명기(高唐名妓)
　이름난 기생을 이르는 말.

고대광실(高臺廣室)
　굉장히 크고 좋은 집을 이르는 말.

고독촉유(孤犢觸乳)
어미 없는 송아지가 젖을 찾아 어미
를 구한다는 뜻으로, 연고 없는 고독
한 사람이 구원을 구함을 비유하는
말.

고두(叩頭)
　머리를 조아려 경의를 나타냄.
「漢書 朱雲傳」,
左將軍辛慶忌 免冠解印綬 叩頭殿下

고두사죄(叩頭謝罪)
　머리를 조아려 사죄함.

고래지풍(古來之風)
　예로부터 전하여 내려오는 풍속.

고량(膏粱)
　⇒고량진미(膏粱珍味) 참조.
「孟子 告子上」,
詩云 旣醉以酒 旣飮以德 言飽乎仁義
也 所以不願人之膏粱之味也
* 고(膏)는 살찐 고기, 량(粱)은 미곡.

고량자제(膏粱子弟)
　고량진미만 먹고 자랐다는 뜻으로,
부귀한 집안에서 자라나서 고생을 모
르는 젊은이.
「天香樓偶得」,
今人謂富貴家曰膏粱子弟 言但知飽食
不詔他務也 後魏孝文帝遷洛 差第士人
閥閱姓氏 有八氏姓三十六族九十二姓
之制凡三世有三公子曰膏粱 有伶僕者
曰華腴 尚書領護而上者爲甲姓 九卿若
方伯者爲之姓 據此則膏粱之稱 乃極尊
貴 未可以是爲相詆也

고량진미(膏粱珍味)
　기름진 고기와 좋은 곡식으로 만든,
값지고 맛있는 음식. 고량(膏粱)만으
로도 쓰임.

고려공사 삼일(高麗公事三日)

계획성이 없고 참고 견디는 힘이 부족해서 본래의 계획을 자주 변경한다는 뜻. 비슷한 뜻의 말로 조령모개(朝令暮改)가 있음.

「世宗實錄」,

大抵始勤終怠 人之常情 尤是東人之深病故 諺曰高麗公事三日 此詔誠不虛實

무릇 시작할 때에는 부지런하고 끝마칠 때에는 태만한 것이 인지상정(人之常情)이기는 하나 유독 우리 나라 사람들은 이것이 깊은 병이 되어 있는 까닭에 속담에 이르기를, 고려의 공사는 고작해야 사흘밖에 가지 못한다고 했는데 이 말은 진실로 틀린 말이 아니다.

「旬五志」,

高麗公事三日 東方之人 不能耐久 一政一令 易革無常 謂之三日者 談其不能耐久

고려 때 공사는 사흘마다 바뀌었다. 우리 나라 사람들은 인내심이 부족해서 한 가지 정치나 한 가지 법령이라도 바꾸고 고치기를 보통으로 알기 때문에 사흘밖에 가지 않는다는 말이다. 일이 오래 가지 못하는 것을 기롱(譏弄)한 말이라고 할 수 있겠다.

고로상전(古老相傳)

늙은이들의 말에 의해 전한다는 뜻.

고로여생(孤露餘生)

어려서 부모를 잃은 사람을 이름.

고론탁설(高論卓說)

견식이 뛰어난 논설이나 훌륭한 의견을 이르는 말.

고루거각(高樓巨閣)

⇒고각거루(高閣巨樓) 참조.

고리기경호(稿履其經好)

짚신에는 제 날이 좋다는 뜻으로, 혼인은 서로 알맞은 데서 골라야 함을 비유하여 이르는 말.

고리대금(高利貸金)

높은 이자를 받는 돈놀이를 이르는 말.

고리정분(藁履丁粉)

짚신에 분바르기란 말로, 일이 격에 맞지 않음을 비유하는 말.

「旬五志」,

고립무원(孤立無援)

고립되어 구원받을 데가 없음. 고립무의(孤立無依)라고도 함.

고립무의(孤立無依)

⇒고립무원(孤立無援) 참조.

고마문령(瞽馬聞鈴)

⇒뇌동(雷同) 참조.

* 눈먼 망아지 워낭 소리 듣고 따라간다는 뜻으로, 주견 없이 남이 하는 대로 따라 함.

고명대신(顧命大臣)

고명을 받은 대신. 고명지신(顧命之臣)이라고도 함.

* 고명(顧命) - 임금이 죽을 때 유언으로 뒷일을 부탁함.

고명사의(顧名思意)

어떤 일을 당하여 명예를 더럽히는 일이 아닌지 돌이켜 보고, 의리에 어긋나는 일이 아닌지 생각함.

고명지신(顧命之臣)

⇒고명대신(顧命大臣) 참조.

고목사회(槀木死灰)

마른나무와 불기 없는 재란 뜻으로, 생기가 없고 의욕이 없는 무위무심(無爲無心)의 사람을 비유하는 말. 고목사회(枯木死灰)라고도 함.

「莊子 齊物論」.

南郭子綦隱几而坐 仰天而噓 嗒焉似喪其耦 顔成子游立侍乎前 曰 何居乎 形固可使如槀木 而心固可使如死灰乎 今之隱几者 非昔之隱几者也 子綦曰 偃 不亦善乎 而問之也 今者吾喪我 汝知之乎 汝聞人籟而未聞地籟 汝聞地籟 而未聞天籟夫 子游曰 敢問其方 子綦曰 夫大塊噫氣 其名爲風 是唯無作 作則萬竅怒呺 而獨不聞之翏翏乎 山林之畏佳 大木百圍之竅穴 似鼻 似口 似耳 似枅 似圈 似臼 似洼者 似汚者 激者 謞者 叱者 吸者 叫者 譹者 宎者 咬者 前者 唱于 而隨者唱喁 冷風則小和 飄風則大和 厲風濟則衆竅爲虛 而獨不見 調調之刁刁乎 子游曰 地籟則衆竅是已 人籟則比竹是已 敢問天籟 子綦曰 夫吹萬不同 而使其自己也 咸其自取 怒者其誰邪

楚나라 昭王의 庶弟 南郭子綦가 안석에 기대어 앉아서 하늘을 우러러 한숨을 짓고 있는데, 멍한 것이 그 자신조차도 잃고 있는 듯하였다. 顔成子游(이름은 偃)가 그의 앞에 시중을 들고 있다가 말하였다. "어째서 그러고 계십니까? 몸은 본시부터 마른 나무처럼 만들 수가 있는 것입니까? 마음은 본시부터 불 꺼진 재처럼 만들 수가 있는 것입니까? 오늘 안석에 기대고 계신 모습은 전날의 안석에 기대고 계셨던 모습과 다릅니다."

子綦가 말하였다. "언(偃)아, 질문 참 잘 했다. 지금 내가 나 자신을 잃고 있는 것을 너는 알았느냐? 너는 사람들의 피리 소리는 들었지만 땅의 피리 소리는 듣지 못했을 것이다. 네가 땅의 피리 소리를 들었다 하더라도 하늘의 피리 소리를 듣지 못했을 것이다."

子游가 말하였다. "감히 그 도리를 여쭙고자 합니다."

子綦가 말하였다. "大地가 기운을 내뿜는 것을 바람이라 말한다. 이것이 일어나지 않으면 그뿐이지만, 일어나기만 하면 모든 구멍이 성난 듯 울부짖는다. 그대만이 그 씽씽 부는 소리를 듣지 못하겠는가? 산 숲의 술렁거림과 백 아름 되는 큰 나무의 구멍들이 코와도 같고 입과도 같고 귀와도 같으며, 목 긴 병과도 같고 술잔과도 같고 절구통과도 같고 깊은 웅덩이와 같은 놈에 얕은 웅덩이와도 같은 놈도 있는데, 물 흐르는 소리, 화살 나는 소리, 꾸짖는 소리, 바람 들이마시는 소리, 외치는 소리, 아우성 치는 소리, 둔하게 울리는 소리, 맑게 울리는 소리를 낸다. 앞의 것들이 우우 하고 소리를 내면 뒤따르는 것들은 오오 하고 소리를 낸다. 소슬바람에는 작은 소리로 和唱하고, 회오리바람에는 큰 소리로 和唱한다. 사나운 바람이 자면 모든 구멍들은 텅 비게 되는데, 그대만이 살랑살랑 펄렁펄렁 거리는 것을 보지 못하였는가?"

子游가 말하였다. "땅의 피리 소리

란 바로 여러 구멍에서 나는 것임을 알았습니다. 사람의 피리 소리란 바로 피리에서 나는 것임을 알았습니다. 감히 하늘의 피리 소리에 관하여 여쭙고자 합니다."

子綦가 말했다. "온갖 물건을 불어서 모두 다르게 제각기 자기 소리를 내게 하는데 모두가 그 스스로 작용을 하지만 성난 듯 소리치는 것은 누가 그렇게 만드는 것이겠느냐?"

고목생화(枯木生花)

마른나무에 꽃이 피었다는 말로, 곤궁한 사람이 뜻밖의 행운을 만나게 됨을 비유하는 말.

고목한암(枯木寒巖)

마른나무와 차가운 바위, 곧 세속을 떠난 무심함을 비유하는 말.

고무(鼓舞)

북을 쳐서 춤을 추게 한다는 말로, 용기를 북돋움을 일컬음.
「揚子法言」,
鼓舞萬物者 其唯風雷乎
「淮南子」,
相與危坐而說之 敲歌而舞之

고무격려(鼓舞激勵)

감동을 시켜 기세를 북돋움.

고문대가(高門大家)

부귀하고 세력 있는 집안을 이르는 말.

고발낙조(苦髮樂爪)

고생만 하고 있으면 머리털이 빨리 자라고, 편안하면 손톱이 빨리 자란다는 뜻.

고복격양(鼓腹擊壤)

백성이 천하의 태평을 즐김을 이르는 말. 격양지가(擊壤之歌)또는 함포고복(含哺鼓腹)이라고도 함.
「十八史略 卷一 堯帝條」,
有老人 含哺鼓腹擊壤而歌曰 日出而作 日入而息 鑿井而飲 耕田而食 帝力何有於我哉
(堯 임금이 거리를 지날 때) 한 노인이 배를 두드리며 노래를 부르는데, "해 뜨면 밭에 나가 일하고, 해 지면 집에 가서 잠자고, 목이 마르면 우물을 파서 먹고, 배가 고프면 밭을 갈아먹으면 되나니, 임금의 덕 따위야 무엇하리요?"(이 노래를 듣고 堯 임금은 비로소, 마음이 편안해졌다.)

고복지은(顧復之恩)

부모가 늘 자식을 걱정하며 사랑으로 길러 준 은혜.

고봉절안(孤峰絶岸)

우뚝 솟은 산과 깎아지른 벼랑을 이르는 말.
「大唐新語」,
富嘉謨之文如孤峰絶岸 壁立萬仞

고봉절정(高峰絶頂)

높은 산봉우리 가운데 가장 뾰족하게 솟은 꼭대기.

고봉준령(高峰峻嶺)

높은 산봉우리와 험한 산마루.

고분지탄(敲盆之歎)

⇒고분지통(鼓盆之痛)이라고도 함.

고분지통(鼓盆之痛)

상처(喪妻)한 슬픔. 고분지탄(叩盆之歎)이라고도 함.

고비원주(高飛遠走)

멀리 달아나 종적을 감춤.

고사내력(故事來歷)

전해 오는 사물에 대한 이유나 역사. 또는 사물이 그렇게 된 선례나 이유.

고삭포호(稿索捕虎)

새끼로 범 동이기란 뜻으로, 허술하게 하면 반드시 실패함을 비유하는 말.

「東言解」.

고삭희양(告朔餼羊)

옛부터의 습관이라는 것은 비록 실질적인 의의를 잃어 허례가 되었다 하더라도 해롭지 않다면 함부로 폐지해서는 안 됨을 비유하는 말.

「論語 八份 十七」.

子貢 欲去告朔之餼羊 子曰 賜也 爾愛其羊 我愛其禮

子貢이 초하루를 告하는 제사에 生羊의 犧牲을 피하려고 했다. 공자 꾸짖되, "賜야, 너는 어찌 生羊을 아깝다고 생각하느냐? 나는 禮가 없어짐을 안타까워한다."

고산경행(高山景行)

높은 산과 큰길이란 뜻으로, 많은 사람들의 숭앙과 존경을 받음을 비유하여 이르는 말.

「詩經」.

高山仰止 景行行止

고산유수(高山流水)

높은 산과 그곳에 흐르는 물이란 뜻으로, ①맑은 자연을 형용하는 말. ②음악의 미묘함, 특히 거문고 소리를 형용하는 말. ③지기(知己)를 비

유하여 이르는 말.

⇒백아절현(伯牙絶弦)의 고사 참조.

고색창연(古色蒼然)

퍽 오래되어 예스러운 정치(情致)가 그윽함.

「五雜俎」.

고성낙일(孤城落日)

응원군이 오지 않는 고립된 성에 기우는 해란 뜻으로, 세력이 쇠퇴하여 도와주는 사람도 없어 마음이 가녀린 상태에 빠짐을 이르는 말.

「王維 送韋評事」.

欲逐將軍取右賢

沙場走馬向居延

遙知漢使蕭關外

秋見孤城落日邊

고성대규(高聲大叫)

큰 소리로 부르짖음을 이르는 말.

고성대독(高聲大讀)

크고 높은 목소리로 글을 읽음을 이르는 말.

고성대질(高聲大叱)

목청을 높여 큰 소리로 꾸짖음을 이르는 말.

고성대호(高聲大呼)

목청을 높여 큰 소리로 부름을 이르는 말.

고성방가(高聲放歌)

큰 소리로 노래함. 고가방음(高歌放音)이라고도 함.

고성염불(高聲念佛)

높은 소리로 외는 염불을 이르는 말.

고성준론(高聲峻論)

목청을 높여 큰 소리로 따져 논함을

이르는 말.

고소원 불감청(固所願不敢聽)

본디부터 바라는 바이나 감히 청하지 못한다는 말.

고시활보(高視闊步)

높은 곳을 보고 성큼성큼 걸어간다는 뜻으로, 기개가 비범함을 나타내는 말.

고식지계(姑息之計)

⇒미봉(彌縫) 참조.

유사한 말로, 궁여지책(窮餘之策), 동족방뇨(凍足放尿)가 있음.

고신얼자(孤臣孽子)

임금과 어버이에게 사랑을 받지 못하는 불우한 신하와 자식. 고신(孤臣)은 원신(遠臣), 얼자(孽子)는 서자(庶子)를 일컬음.

「孟子 盡心章句上 十八」,

孟子曰 人之有德慧術知者 恒存乎疢疾 獨孤臣孽子 其操心也危 其慮患也深 故達

맹자 가로되, "사람이 덕행과 지혜와 학술과 才智가 있으면 언제나 열병을 겪는 데 있게 마련이다. 오직 외로운 신하와 庶子만이 그 마음가짐에 있어서 위태함을 겁내고 환난을 염려하는 것이 깊기 때문에 事理에 통달하게 된다."

* 懇難을 통한 修練을 역설한 부분임.

고신원루(孤臣冤淚)

임금의 총애를 잃게 된 신하의 원통한 눈물.

고신척영(孤身隻影)

발붙일 곳이 없어 홀로 떠도는 외로운 신세.

고심사단(故尋事端)

짐짓 말썽거리가 될 일을 일으킴을 이르는 말.

고심참담(苦心慘憺)

어떤 일을 생각해 내기에 마음을 썩이며 몹시 애를 씀.

고심혈성(苦心血誠)

고심을 다하는 지극한 정성을 이르는 말.

고아과부(孤兒寡婦)

부모 없는 아이와 남편 없는 여자를 뜻하는 말로, 전혀 의지할 곳 없는 박복(薄福)한 사람을 이르는 말.

「晉書 石勒載記」,

大丈夫行事 當磊磊落落 終不能如 曹孟德·司馬仲達 欺他 孤兒寡婦 弧媚以取 天下也

고애자(孤哀子)

부모상(父母喪)에 있는 아들을 칭(稱)하여 이르는 말. 또는 부모가 모두 돌아갔을 때 이르는 말.

「開元禮」,

虞祝文 父喪稱孤子 母喪稱哀子 祖父稱孤孫 祖母稱哀孫 大小祥祭如之

虞祝文에 父親 喪을 당한 자는 孤子라 하고, 母親 喪을 당한 자는 哀子라 하며, 祖父 喪을 당한 자는 孤孫이라 칭하여, 大小祥 때 그렇게 제사를 지낸다.

「文公家禮」,

父母俱亡卽稱孤哀子

父母가 모두 돌아가시면 孤哀子라 칭한다.

고양생제(枯楊生稊)

시들었던 버드나무에 다시 싹이 돋

아난다는 뜻으로, 늙은 남자가 젊은 아내를 만나서 능히 함께 살아갈 수 있음을 비유하여 이르는 말.
「易經」,
枯楊生稊 老夫得其女妻 無不利

고영초연(孤影悄然)

홀로 서 있는 외롭고 쓸쓸한 모습을 이르는 말.

고예대담(高睨大談)

언동(言動)이 속인(俗人)보다 높이 뛰어남을 이르는 말.

고옥건령(高屋建瓴)

높은 지붕에서 물을 엎지름이란 뜻으로, 형세가 강성하여 막을 수 없음을 비유하여 이르는 말.
「史記 漢高祖紀」,
地勢便利 其以下兵於諸侯 譬猶居高屋之上 建瓴瓦水也

고왕금래(古往今來)

옛날부터 지금까지의 동안. 왕고래금(往古來今)이라고도 함.
「文選」,

고운야학(孤雲野鶴)

외로운 구름과 무리에서 벗어난 학이란 뜻으로, 명예욕을 버리고 홀로 은거하는 선비를 비유하는 말.

고원난행(高遠難行)

이상이나 학문의 이치가 높고도 멀어 행하여 미치기 어려움.

고유지야(固有之也)

선천적으로 타고남을 이르는 말.
「孟子 告子上」,
仁義禮智 非由外鑠我也 我固有之也

고육지계(苦肉之計)

적을 속이는 수단으로서 제 몸의 고통을 돌보지 않고 꾸미는 계책. 고육책(苦肉策)이라고도 함.
「三國志演義」,

고육책(苦肉策)

⇒고육지계(苦肉之計) 참조.

고의충간(古誼忠肝)

만고불변(萬古不變)의 도의(道義)와 철석불요(鐵石不撓)의 충성심을 뜻함.
「宋史 文天祥傳」,
考官王應麟奏曰 是卷古誼若龜鑑 忠肝如鐵石 臣敢爲賀得人

고인조박(古人糟粕)

성인의 말로는 다할 수 없는 것이므로, 현재의 서적으로 남아있는 성인의 말씀은 옛사람이 울겨먹은 찌꺼기 같은 것에 지나지 않는다는 뜻에서, 성인의 말씀. 또는 그가 지은 책.
「莊子 天道」,
然則君之所讀者 古人之糟粕已夫
그러니 임금님께서 읽고 계신 것은 옛사람들의 찌꺼기일 것입니다.

고자표수(高自標樹)

⇒고자표치(高自標置) 참조.

고자표치(高自標置)

스스로 높이 도사려 남에게 굽히지 않음, 즉 자기자신을 스스로 높여 교만함을 이르는 말. 고자표수(高自標樹)라고도 함.
「晉書 劉惔傳」,
故在我輩 其高自標置如此

고장난명(孤掌難鳴)

손바닥 하나로는 소리를 내지 못한

다는 말로, 혼자서는 일을 이루지 못
함을 일컬음. 독장난명(獨掌難鳴) 또
는 독장불명(獨掌不鳴)이라고도 함.
「韓非子 功名篇」,
一手獨拍 雖疾無聲
한 손으로는 아무리 쳐봐도 소리가
나지 않는다.
「傳燈錄」,
僧請道匡示箇入路 匡側掌示之曰 獨
掌不浪鳴

고재질족(高材疾足)
키는 크고 걸음은 빠르다(身材高大 足
力捷疾)는 뜻으로, 뛰어난 재주가 있는
(智勇兼備) 인물을 비유하여 이르는 말.
「史記 淮陰侯傳」,
天下共逐之 於是高材疾足者失得焉

고저장단(高低長短)
높고 낮음과 길고 짧음.

고조진 양궁장(高鳥盡良弓藏)
하늘 높이 나는 새가 없어지면 좋은
활은 활집 속에 넣어 둔다는 뜻으로,
아무리 소중하게 쓰던 것도 용무가
끝나면 내버리고 돌보지 않음.

고족제자(高足弟子)
많은 제자 가운데 특히 뛰어난 제자
를 이르는 말.

고중작락(苦中作樂)
괴로움 속에도 즐거움이 있다는 말.
「大寶積經」,
心如吞鉤 苦中作樂想故

고진감래(苦盡甘來)
고생 끝에 낙이 옴.

고질감면(鼓跌酣眠)
자빠진 북 모양으로 누워 깊은 잠에
빠짐.

고집멸도(苦集滅道)
불교의 근본 교리를 나타내는 말.
사제(四諦)라고도 함.
* 고(苦) - 인생의 괴로움인 사고팔
고(四苦八苦)
집(集) - 괴로움의 원인인 번뇌의
모임.
멸(滅) - 번뇌에서 벗어난 열반.
도(道) - 깨달음의 경지에 이르는
방법인 팔성도(八聖道).

고추부서(孤雛腐鼠)
외로운 새[병아리]와 썩은 쥐란 말로,
보잘것없는 사람이나 이제까지 중용하
던 사람을 쉽게 버림을 비유하는 말.
「後漢書」,
字伯度 建初二年 〈中略〉 國家棄憲
如孤雛腐鼠耳

고취(鼓吹)
북을 치고 피리를 불며 사기(士氣)
를 북돋움.
「世說」,
孫興公云 三都二京 五經鼓吹
「古今樂錄」,
漢樂有鼓吹鐃歌十八曲

고침단금(孤枕單衾)
홀로 자는 여자의 외로운 잠자리를
이르는 말.

고침단면(高枕短眠)
베개가 높으면 오래 자지 못함.

고침단명(高枕短命)
베개를 높이 베면 오래 살지 못한다
는 뜻.

고침사지(高枕肆志)
베개를 높이 베고 마음대로 한다는

말로, 재산이 많아 빈둥거리며 즐겁게 지냄을 이르는 말.

고침안면(高枕安眠)

베개를 높이 베고 편안한 잠을 잔다는 뜻으로, 무척 마음이 한가하고 여유가 있어 아무런 근심이 없는 상태를 말함. 고침이와(高枕而臥)라고도 함.

「史記 留侯世家」,

留侯性多病 卽道引不食穀 杜門不出歲餘 上欲廢太子 立戚夫人子趙王如意 大臣多諫爭 未能得堅決者也 呂后恐 不知所爲 人或謂呂后曰 留侯善畵計策 上信用之 呂后乃使建成侯呂澤劫留侯曰 君常爲上謀臣 今上欲易太子 君安得高枕而臥乎 留侯曰 始上數在困急之中 幸用臣策 今天下安定 以愛欲易太子 骨肉之間 雖臣等百餘人何益

留侯 張良은 원래 병약해서 잔병을 많이 앓고 있었다. 그래서 道家의 운동인 道引術을 하고 또 곡식을 먹지 않는 辟穀을 하기도 하고 혹은 杜門不出을 일년 가량이나 하고 있었다. 그러는 동안에 高祖는 太子를 폐하고 戚夫人이 낳은 아들 趙王의 如意를 태자로 세울 생각을 하고 있었다. 그러나 대신들이 고조에게 여러 번 諫해 진언했기 때문에 확실하게 결정을 짓지 못하고 있었다. 呂后는 걱정만 했고 어찌할 바를 알지 못하고 있었다. 그 때 어느 사람이 여후에게 가만히 날렸다. "유후는 계략이 능하고 또 폐하도 그를 신인하고 있습니다." 여후는 오빠 建成侯 呂澤을 보내어 유후에게 강요해서 말하게 했다. "공은 항상 폐하의 참모를 하는 신하요. 지금 폐하께서 태자를 바꾸려 하시고

있소. 공은 어찌 베개를 높이하고 편히 잠잘 수가 있겠소." 유후가 말하기를, "처음에 폐하께서 몇 번 위급한 경우를 당하셨을 그 때에는 다행히도 신의 계책을 채용하신 일이 있었지만, 지금은 천하가 안정되고 있습니다. 폐하께서는 사랑으로 태자를 바꾸려고 하십니다. 골육지간의 일에 신 등이 백 명 이상 있다고 해도 무슨 도움이 되겠습니까?"

* 戚夫人 - 고조 유방이 漢王이 되고 난 후에 맞아들인 후궁으로, 젊고 아름다운 그녀는 고조의 사랑을 독점하고 있었음.

「史記 黥布列傳」,

滕公言之上曰 臣客故楚令尹薛公者 其人有籌筴之計 可問 上迺召見問薛公 薛公對曰 布反不足怪也 使布出於上計 山東非漢之有也 出於中計 勝敗之數未可知也 出於下計 陛下安枕而臥矣 上曰 何謂上計 令尹對曰 東取吳西取楚 並齊取魯 傳檄燕趙 固守其所 山東非漢之有也 何謂中計 東取吳西取楚 並韓取魏 據敖倉之粟 塞成皐之口 勝敗之數未可知也 何謂下計 東取吳西取下蔡 歸重於越 身歸長沙 陛下安枕而臥 漢無事矣 上曰 是計將安出 令尹對曰 出下計 上曰 何謂廢上中計而出下計 令尹曰 布故酈山之徒 自致萬乘之主 此皆爲身 不顧後爲百姓萬世慮者也 故曰出下計 上曰 善 封薛公千戶 迺立皇子長爲淮南王

滕公 하후영은 한왕에게 보고하며 말하였다. "신의 객인으로 楚나라 영윤을 지낸 薛公이라는 자가 있습니다. 그 자는 어떤 계책을 가지고 있는 것 같습니다. 한 번 불러서 의견

을 들어보시는 것이 좋을 듯합니다." 그 말에 따라 漢王이 설공을 불러 하문하자 설공이 대답했다. "黥布가 반역하는 것은 하나도 괴이한 일이 아니올시다. 만일 경포가 上策을 쓰고 나온다면 山東 땅은 한나라 땅에서 떨어져 나갈 것이고, 中策을 쓴다면 그 승패는 가히 예측할 수가 어렵습니다. 만일 下策으로 나온다면 폐하께서는 베개를 높이고 편안하게 누워 계실 수 있을 것입니다. 한왕이 영윤에게 묻기를, "그럼 무엇을 상책이라 하는가?" 영윤이 대답했다. "경포가 東으로 吳나라를 공략하고, 西로는 楚나라를 공략해서 齊나라를 병합하여 魯나라를 공략하고, 燕나라와 趙나라에 격문을 돌려서 그것을 굳게 지키게 된다면 산동은 漢나라에서 떨어져 나가고 말 것입니다." 천자가 다시 묻기를, "그럼 무엇을 中策이라 하는가?" 영윤이 대답했다. "東으로는 吳나라를 공략하고, 西로는 楚나라를 공략해서 韓나라를 병합하고 魏나라를 공략하여 敖倉의 곡물을 점령하고 성고의 들머리를 막는다면 승패는 점칠 수 없습니다." 천자가 또 묻기를, "나머지 下策이란 어떤 것인가?" 영윤이 대답했다. "東으로 吳나라를 공략하고, 西로 下蔡를 공략하여 식량 수송 부대를 越나라로 보내고 경포 자신이 장사로 돌아간다면 폐하께서는 베개를 높이 베시고 편안하게 누워 계셔도 됩니다. 漢나라는 무사안태할 것입니다." 천자는 계속해서 묻기를, "이들 세 가지 계책 중 경포는 어느 쪽을 택할 것 같은가?" 영윤이 답했다. "아마도 下策으로 나

올 것 같습니다." 천자는 다시 묻기를, "어째서 上中 두 계책을 모두 취하지 않고 下策을 쓰고 나올 것이라 하는가?" 영윤이 답했다. "경포란 자는 원래 여산의 죄수 노역자였던 자입니다. 그런데 지금은 출세하여 병거 일만 대를 거느리는 군주가 되었습니다. 그러니 무엇이든 자기 자신의 것만 생각하게 되고 먼 앞일을 생각하거나 백성이나 萬世를 위한 배려 같은 것은 못하는 자입니다. 그래서 下策으로 나올 것이라 아뢴 것입니다." 천자는 고개를 끄덕이면서 말했다. "좋아, 그럴 듯하다." 薛公을 千戶의 영주로 봉하고 皇子長을 淮南王으로 삼았다.

* 敖倉 - 형양의 서북 산 위에 있는 秦나라 이래의 식량 창고
* 皇子 長 - 고조의 일곱 번째 아들 「戰國策」.
* 戰國時代 蘇秦과 張儀가 활약할 때의 일로, 蘇秦은 合從을 강조하며 6개국이 동맹하여 秦에대항 할 것을 주장했으나, 張儀는 6개국이 동맹해서 秦을 따르기를 주장했다. 張儀는, '秦을 섬기면 楚와 漢은 감히 움직이지 못하고, 楚와 漢의 걱정이 없어지면 대왕은 베개를 높이 베고 편히 누울 수 있으니(高枕安眠) 반드시 근심이 없어질 것'이라고 설득하였다.

고침이와(高枕而臥)
⇒고침안면(高枕安眠) 참조.

고침한등(孤枕寒燈)
외로운 베개와 쓸쓸한 등불이라는 뜻으로, 홀로 자는 쓸쓸한 밤을 이르는 말.

고태의연(古態依然)
⇒구태의연(舊態依然) 참조.

고혜두국화구(稿鞋頭菊花毬)

짚신 머리에 국화 수놓음이란 뜻으로, 격에 맞지 않음을 이르는 말.
「靑莊館全書」.

고황지질(膏肓之疾)

난치(難治)의 병을 이르는 말.
「左傳 成公十年」
疾不可爲也 在肓之上 膏之下.

고희(古稀)

나이 칠십세(七十歲)를 이르는 말.
인생칠십고래희(人生七十古來稀)에서 유래된 말.
「杜甫의 曲江」.
　조회일일전춘의典春衣 : 조정에서 퇴청하면 매일 봄옷을 전당 잡혀
　每日江頭盡醉歸 : 곡강 가에서 술을 마시고는 취해서 돌아온다
　酒債尋常行處有 : 술 외상은 보통 어디나 있게 마련이매
　人生七十古來稀 : 인생 칠십 살기 어려우니 술이나 마시자
　穿花蛺蝶深深見 : 꽃 사이에 꿀빠는 나비는 깊숙한 곳에 보이고
　點水蜻蜓款款飛 : 물에 꼬리 담그는 잠자리는 천천히 날고 있다
　傳語風光共流轉 : 풍광에게 전하리, 나와 함께 흘러가자고
　暫時相賞莫相違 : 잠시 서로 잘 지내어 서로 외면하는 일 없도록 하자
* 숙종의 노염을 산 47세(758년) 때의 작품. 5,6구에서 나비와 잠자리를 노래한 것은 '시간이여 멎어 다오'하는 작자의 심정이기도 한 것이며, 작자 자신도 古稀와는 까마득한 59세로 그 生을 마쳤다.

「侯鯖錄」
東坡再謫惠州 一老擧人年六十九爲隣 其妻三十誕子 公與詩云 令閤方當而立歲 賢夫已近古稀年
* 立歲는 三十歲를 말함.

곡굉지락(曲肱之樂)

청빈(淸貧)에 안심(安心)하여 도(道)를 즐김. 안빈낙도(安貧樂道)라고도 함.
「論語 述而」.
子曰 飯疏食飮水 曲肱而枕之 樂亦在其中矣 不義而富且貴 於我如浮雲
　공자 가로되, "나물밥을 먹으며 물을 마시고 팔을 구부려 베개하며 살아도 즐거움이 그 가운데 있나니, 불의(不義)로 얻은 부귀(富貴)는 나에겐 뜬구름과 같다."

곡돌사신(曲突徙薪)

화재를 예방하기 위하여 불 나가는 굴뚝을 밖으로 굽히고 근방에 있는 나무를 다른 곳으로 옮긴다는 뜻으로, 재앙을 미연(未然)에 방지함을 비유하는 말. 초두난액(焦頭爛額)이라고도 함.
「事言故事·事物譬類」.
防患未然 曲突徙薪

곡목구곡목(曲木求曲木)

굽은 나무는 다시 굽은 나무를 구하게 된다는 말로, 곧은 나무를 안 쓰면 공연히 헛수고만 거듭된다는 말.
* 춘추 시대 제(齊)나라 환공(桓公)이 하루는 궁중 마굿간을 맡아 돌보는 관리를 만났다. "그대가 하는 일에 가장 힘든 것이 무언가?" 그러자 그는 별 것을 다 묻는다는 듯이 대답했다. "그야 마굿간 만드는 일이죠." 그러더니, 곧은

나무가 흔치 않아 아랫사람들이 대개 굽은 나무를 깎아 마굿간을 만드는데, 그러다 보니 마굿간 전체가 삐딱하게 세워지거나 견고하지 않아서 다시 굽은 나무토막으로 이어 대거나 얼기설기 엮어 매게 된다는 설명을 했다. "처음부터 곧은 나무를 쓰게 되면 마굿간도 튼튼하고 보기 좋거니와 나무도 덜 들고 일손도 덜텐데 말씀이죠." 환공은 이 말을 듣고는 뭔가를 혼자 중얼거리고 있었다. '그래, 사람을 골라 쓰는 것도 그와 같으니까.'

곡무호 선생토(谷無虎先生兎)

범 없는 골에 토끼가 선생 노릇함이란 뜻으로, ①강자가 없어지면 약한 자가 도리어 다른 사람에게 횡포를 부린다는 뜻. ②군자가 없는 곳에 소인들이 횡행한다는 뜻.

곡미풍협(曲眉豊頰)

활처럼 굽어서 예쁜 눈썹과 토실토실 탐스러운 뺨을 뜻하는 말로, 아름다운 여인을 형용하는 말.
「韓愈 送李愿歸盤谷序」,
曲眉豊頰 淸聲而便體

곡복사신(穀服絲身)

먹는 것과 입는 것. 사신곡복(絲身穀服)이라고도 함.

곡부득기소(哭不得己笑)

울어야 하는데 마지못해 웃는다는 뜻이니, 하기 싫은 일을 마지못해 함을 이르는 말.

곡수연(曲水宴)

⇒곡수유상(曲水流觴) 참조.

곡수유상(曲水流觴)

지난 날. 음력 3월 3일에 곡수에 술 잔을 띄우고 시가를 읊으며 놀음. 진(晉) 나라 왕희지(王羲之)가 영화(永和) 구 년(九年) 3월 3일에 내빈을 모아놓고 연희를 열었다고 함. 곡수연(曲水宴) 또는 유상곡수(流觴曲水)라고도 함.
「古文眞寶」,
淸流激湍 映帶左右 引似 爲流觴曲水

곡자(이)상명(哭子(而)喪明)

자식이 죽자 몹시 슬퍼하여 장님이 되었다는 고사.
「禮記」,
子夏喪其子 而喪其明 曾子弔之 子夏曰 天乎予之無罪也

곡절(曲折)

복잡한 사정.
「史記 魏其武安侯列傳」,
吳楚反時 潁陰侯灌何爲將軍 屬太尉 請灌孟爲校尉 夫以千人與父俱 灌孟年老 潁陰侯强請之 鬱鬱不得意 故戰常陷堅 遂死吳軍中 軍法 父子俱從軍 有死事 得與喪歸 灌夫不肯隨喪歸 舊曰 願取吳王若將軍頭 以報父之仇 於是灌夫被甲持戟 募軍中壯士所善 願從者數十人 及出壁門 莫敢前 獨二人及從奴十數騎馳入吳軍 至吳將麾下 所殺傷數十人 不得前 復馳還 走入漢壁 皆亡其奴 獨與一騎歸 夫身中大創十餘 適有萬金良藥 故得無死 復創少瘳 又復請將軍曰 吾益知吳壁中曲折 請復往 將軍壯義之恐亡夫 乃言太尉 太尉乃固止之

吳楚七國의 난이 일어났을 때, 관영의 아들인 영음후 灌何가 장군으로서 太尉 周亞夫에게 예속되자 관맹은 校尉로 임명해 줄 것을 청했다. 아들 灌夫는 千人部隊의 대장으로 그의 부친과 행동을 함께 하게 되었다. 태위는 처음 관맹이 나이가 너무 들었다고 해서 그의 종군을 허락하지 않으려 했으나 영음후의 청이 간절했기 때문에 겨우 승낙을 한 것이다. 관맹은 그것이 불만이었다. 그래서 싸울 때마다 일부러 적의 견고한 진지를 골라서 공격하곤 했는데 吳나라 군사와 싸우다가 전사하고 말았다. 군법에 의하면 부자가 함께 종군할 경우 어느 쪽이든 한쪽이 전사하게 되면 남은 한쪽은 그의 유해와 함께 집에 돌아가도 좋게 되어 있었다. 그러니 관부는 유체를 호송하여 귀향하기를 거절하고 분연한 기색으로 이렇게 말했다. "오왕이나 아니면 적장의 목을 베어서 부친의 원수를 갚을 것이다." 그런 다음 관부는 투구를 쓰고 갑옷을 입고 창을 든 다음 부대 안의 장사들 가운데 평소에 친교가 있고 기운찬 자를 모집했더니 함께 가기를 청하는 자가 수십 명이나 되었다. 그러나 막상 진문을 나서자 감히 나아가려는 자가 없었다. 다만 두 사람의 장사와 관부를 따라 종군했던 집안 하인 십여 명만이 관부를 따라서 오나라 본진까지 달려들어갔을 뿐이었다. 마침내는 오나라 장군이 본진까지 뚫고 들어가서 적병 수십 명을 살상했으나 그 이상은 더 나아갈 수가 없어서 말을 돌려 한나라 진지로 도망쳐 왔다. 이 싸움에서 관부는 하인 전부를 잃고 장사 한 사람과 함께 돌아왔을 뿐이다. 관부 자신도 10여 군데나 큰 부상을 입었다. 때마침 귀중한 좋은 약이 있어서 죽지는 않고 목숨을 건질 수가 있었다. 그러나 관부는 상처가 조금 아물고 나아지자 또 다시 장군에게 청했다. "저는 이제 吳나라 군사의 진지 내부를 더 소상하게 알게 되었습니다. 청컨대, 한 번만 더 가서 싸우게 해 주십시오." 장군은 이를 용감하다고 생각은 했으나, 관부를 잃어서는 안 되겠다는 생각으로 太尉에게 상의했다. 태위 역시 굳이 말렸다.

「史記 李將軍列傳」,

廣已見大將軍 還入軍 大將軍使長史持糒醪遺廣 因問廣食其失道狀 靑欲上書報天子失軍曲折 廣未對 大將軍使長史急責廣之幕府待簿

李廣은 大將軍을 회견하고 군영으로 돌아왔다. 大將軍은 長史(비서관)에게 말린 밥과 탁주를 들려 이광에게 보내고, 이광이 조이기(趙食其)가 길을 잘못 들어 헤맨 사정을 묻게 했다. 衛靑(大將軍)은 서면으로 황제에게 자세한 사정을 상주할 생각이었다. 이광은 좀처럼 대답하지 않았다. 위청은 장사에게 막사로 가서 문서에 의해 문답하도록 했다. 그리고는 이광을 엄중하게 문책하고 막부에서 심문하려고 차비를 차렸다.

곡직불문(曲直不問)

⇒불문곡직(不問曲直) 참조.

곡진기정(曲盡其情)

앞 뒤 사정을 자세히 말함을 이름.

곡창방통(曲暢旁通)

조리가 자세하고 명확함을 이름.

곡학아세(曲學阿世)

사곡(邪曲)한 학문을 하여 세상에 아첨함. 즉 스스로 믿는 학문을 굽혀 세상의 속물에 아부함. 비슷한말로 어용학자(御用學者)가 있음.
「史記 儒林列傳」,
　轅固曰 公孫子(弘)務正學以言 無曲學以阿世
　轅固 가로되, "公孫弘, 자네는 부디 올바른 학문을 힘써 세상에 알려주게. 결코 자기가 믿는 학문을 굽혀 세상의 俗物들에게 아부하지 말게."
* 轅固 - 前漢 4대 때의 학자였는데 특히 詩經에 밝았던 사람이다. 5대 武帝 때에 다시 등용되었으나, 엉터리 학자들로부터 무시당하게 되었다. 이 때 부름을 받은 소장학자 公孫弘도 轅固를 늙어빠진 영감이라고 무시하는 눈초리로 대하였다. 轅固는 조금도 개의치 않고 그에게 위와 같이 말하였다. 그는 뒤에 뉘우치고 무례함을 사과한 뒤에 轅固의 제자가 되었다.

곤고결핍(困苦缺乏)

물자의 부족 등에서 오는 곤란한 상태에서 고생함.

곤수유투(困獸猶鬪)

쫓기는 짐승은 도리어 덤빈다는 말로, 약자라도 곤경에 빠지면 강자에게 대항함을 비유하는 말.
「春秋左氏傳」,
　文公猶有憂色 左右曰 喜有憂如 憂有喜也 得臣猶在 憂未歇 困獸猶鬪

곤옥추상(琨玉秋霜)

곤옥(琨玉)은 미옥(美玉)을 말함이니, 인격이 고상하고 엄숙함을 옥과 서리에 비유한 말.
「後漢書」,
　懍懍焉 嘖嘖焉 其與琨玉秋霜比質可也

곤이득지(困而得之)

고생 끝에 어렵게 일을 성취함을 이르는 말.

곤이지지(困而知之)

고생하여 공부한 끝에 지식을 얻음, 또는 그렇게 얻은 지식.

골경지신(骨鯁之臣)

강직한 신하를 이르는 말.
「史記 刺客傳」,
　方今吳外困於楚而內空無骨鯁之臣

골계쇄탈(滑稽洒脫)

기지가 넘치는 언동으로 지혜가 잘 돌아, 세련되고 말쑥하여 속기가 없는 것.
「史記 滑稽傳」,

골계지웅(滑稽之雄)

지혜가 가장 뛰어난 사람을 이르는 말.
「漢書 東方朔傳」,
　朔名過實者 以其詼達多端不名一行〈中略〉詭時不逢 其滑稽之雄乎

골골무가(汨汨無暇)

⇒골몰무가(汨沒無暇) 참조.

골등육비(骨騰肉肥)

①용사가 씩씩하고 날쌤을 형용하는 말. ②아름다운 창녀(娼女)가 사람을 호림이 심한 것을 형용하는 말.
「吳越春秋」,
　慶忌之勇 萬人莫當 骨騰肉肥 拊膝而行百里

골몰무가(汨沒無暇)

일에 파묻혀서 조금도 쉴 겨를이 없음. 골골무가(汨汨無暇)라고도 함.

골수분자(骨髓分子)

가장 핵심이 되는 구성 요원을 이르는 말.

골육(骨肉)

친족(親族)을 이르는 말.
「史記」,
別疏人骨肉

골육상식(骨肉相食)

⇒골육상쟁(骨肉相爭) 참조.

골육상잔(骨肉相殘)

⇒골육상쟁(骨肉相爭) 참조.

골육상쟁(骨肉相爭)

가까운 혈족끼리 서로 싸움. 골육상식(骨肉相食), 골육상잔(骨肉相殘) 또는 골육상전(骨肉相戰)이라고도 함.

골육상전(骨肉相戰)

⇒골육상쟁(骨肉相爭) 참조.

골육지친(骨肉之親)

부자 형제(父子兄弟)와 같은 가까운 혈족(血族).
「呂氏春秋」,
父母之於子也 子之於父母也 此之謂骨肉之親
父母와 자식과의 관계를 骨肉之親이라 한다.
「禮記 文王世子篇」,
公族之罪 雖親 不以犯有司正術世 所以體百姓也 刑于隱者 不與國人 慮兄弟也 弗弔弗爲服 哭于異姓之廟 爲忝祖 遠之也 素服居外 不聽樂 私喪之也 骨肉之親無絶也 公族無宮刑 不翦其類也
公族의 죄는, 비록 공족을 親愛하더라도 유사의 正法을 침범하지 않는 것은 백성과 일체로 처리하기 때문이다. 공족의 죄를 전인(甸人)에게 넘겨서 은밀하게 처형한 것은 나라 사람들과 함께 형제의 일을 염려하게 하지 않고자 함이요, 弔喪하지 않고 상복을 입지 않으며 異姓의 사당에서 곡하는 것은 祖上을 욕되게 하였기 때문에 멀리하는 것이다. 素服 차림으로밖에 거처하며 음악을 듣지 않아서 오히려 私喪으로 대하는 것은 骨肉之親이란 것은 끊을 수 없기 때문이다. 공족에게 궁형을 적용하지 않는 것은 공족의 무리가 生生하는 것을 끊어 없애지 않으려는 것이다.

골의지요(滑疑之耀)

마음속의 의문이 풀려 환하게 됨을 뜻함.
「莊子 齊物論」,
是故滑疑之耀 聖人之所圖也

공경대부(公卿大夫)

영의정, 좌의정, 우의정 등 3공과, 육조판서 및 좌참판, 우참판, 한성판윤 등 9경 등, 벼슬이 높은 사람을 이르는 말.

공곡공음(空谷空音)

⇒공곡족음(空谷足音) 참조.

공곡족음(空谷足音)

공곡에 울리는 사람의 발자국 소리를 뜻하는 말로, ①적적할 때에 사람이 찾아옴. ②쓸쓸히 지낼 때 듣는 기쁜 소식을 비유하여 이르는 말 공곡공음(空谷空音)이라고도 함.
「莊子 雜篇 徐無鬼」,
跟位其空 聞人足音跫然 而喜矣
텅빈 인적 드문 고장으로 도망하여

잡처가 족제비나 다닐 듯한 좁은 길을 막고 있는 고장에서 오랜 동안 외로이 있게 되면 사람의 발자국 소리가 터벅터벅 들리기만 하여도 기뻐하는 것입니다.

공공근언(恐恐謹言)

두려워하면서 삼가 아뢴다는 뜻으로, 편지 따위의 끝에 경의를 나타내어 쓰는 말.

공공막막(空空漠漠)

내용이 공허하여 아무 것도 없는 모양. 넓고 끝이 없는 모양. 뚜렷하지 않아 막연한 모양.

공공적적(空空寂寂)

우주의 만물은 실체가 없고, 일체가 공(空)임.

공과상반(功過相半)

공로와 과실이 반반이란 뜻.

공도동망(共倒同亡)

넘어져도 같이 넘어지고 망해도 같이 망한다는 뜻으로, 운명을 같이 한다는 말.

공득지물(空得之物)

힘들이거나 대가를 치르지 아니하고 거저 얻은 물건을 이르는 말.

공론공담(空論空談)

쓸데없는 헛된 이야기를 이르는 말.

공리공론(空理空論)

실천이 뒤따르지 않는 쓸데없는 이론을 이르는 말.

공명정대(公明正大)

마음이 숨김이나 사사로움이 없이 공명하며 바르고 크다는 뜻.

공보지기(公輔之器)

재상이 될 만한 인재를 이르는 말.

공사무척(孔蛇無尺)

⇒궁사무척(孔蛇無尺) 참조.

공산명월(空山明月)

①사람이 없는 적적한 산에 비치는 외로이 밝은 달. ②대머리를 농으로 이르는 말. ③화투짝의 한가지로 산과 달을 그린 공산의 스무 끗 짜리 딱지.

공생공사(共生共死)

생사를 함께 함을 이르는 말.

공서양속(公序良俗)

법률 행위를 판단하는 기준으로서의 사회의 질서와 선량한 풍속.

공석불난 묵돌불검(孔席不煖墨突不黔)

자리에 편안히 앉아 있을 틈이 없다는 말.

「班固」,

聖哲之治 棲棲皇皇 公席不煖 墨突不黔

* 공자(孔子)와 묵적(墨翟)은 그의 도(道)를 널리 펴기 위하여 항상 동분서주(東奔西走)하였기 때문에 집에서 편안히 앉아 있을 틈이 없었다는 데서 나온 말.

공성명수(功成名遂)

공을 이루어 명성을 떨친다는 뜻. 공성신퇴(功成身退)라고도 함.

「北史 周明帝紀」,

功成名遂 建國剖符

「老子」,

富貴而驕 自遺其咎 功成名遂 身退天之道

공성신퇴(功成身退)

⇒공성명수(功成名遂) 참조.

공성약지(攻城略地)

성을 공격하고 땅을 빼앗는다는 뜻.

공손포피(公孫布被)

위선으로 하는 검약(儉約).
「史記 平津侯傳」,
弘爲布被 食不重肉 汲黯曰 弘位在三
公 奉祿甚多 然爲布被 此詐也
* 전한 시대, 공손홍이라는 인물은 높은
지위에 있으면서 서민과 같이 옷을 입
어, 위선자라는 비난을 받은 고사.

공수래 공수거(空手來空手去)

빈손으로 왔다가 빈손으로 간다는
뜻으로, 불교에서 사람의 일생이 허
무함을 이르는 말.

공수시립(拱手侍立)

공손히 두 손을 맞잡고 옆에서 모시
어 섬긴다는 뜻.

공언무시(空言無施)

빈말만 하고 실행이 따르지 아니함
을 이르는 말.

공자왈 맹자왈(孔子曰孟子曰)

선비들이 공맹(孔孟)의 경전만 읽고
실천을 하지 않는 공리공론을 비유하
여 이르는 말.

공전절후(空前絶後)

⇒전무후무(前無後無) 참조.

공존공영(共存共榮)

서로 도와 생존하고, 함께 번영하는
것.

공중누각(空中樓閣)

공중에 떠 있는 누각이라는 뜻으로,
①내용이 없는 문장이나 쓸데없는 의
논, ②진실성이나 현실성이 없는 일,
③허무하게 사라지는 근거 없는 가공
의 사물을 이르는 말. 비슷한말로 과
대망상(誇大妄想)이 있음.
「沈括의 夢溪筆談」
登州四面臨海 春夏時遙見空際有城市
樓臺之狀 土人謂之海市
등주는 사면이 바다로 둘러 싸여 있
는데 봄, 여름에 멀리 수평선 위로
누각들이 줄을 이은 도시가 보이는
데, 그 지방 사람들은 이것을 海市라
고 한다.
「翟灝의 通俗篇」,
今稱言行虛構者曰 空中樓閣 用此事
지금 말과 행동이 허황된 자를 가리
켜 空中樓閣이라고 하는데 바로 이것
을 이용한 것이다.

공즉시색(空卽是色)

반야심경(般若心經)에 나오는 말로,
이 세상에 존재하는 모든 사물의 참
모습은 공(空)일 뿐 실체가 아니라는
말.
「般若心經」
觀自在菩薩行深 般若波羅密多時 照
見五蘊皆空度 一切苦厄舍利子 色不異
空 空不異色 色卽是空 空卽是色 受想
行識 亦復如是舍利子

공평무사(公平無私)

공평하여 조금도 사사로운 마음이
없음을 이르는 말.
「韓詩外傳」,
正直者 順道而行 順理而言 公平無私
마음이 정직한 자는 道에 어긋나지
않게 행하며, 이치에 어긋나지 않게
말하고, 조금도 사사로운 마음이 없

다.

공황근언(恐惶謹言)

삼가 말씀을 올림.

* 편지 따위 끝에 써서 경의를 나타낼 때 사용함.

공휴일궤(功虧一簣)

산을 쌓아 올리는 데 한 삼태기의 흙을 게을리 하여 드디어는 완성을 보지 못한다는 뜻으로, 거의 성취한 일을 중지함을 이르는 말.

과갈지의(瓜葛之誼)

인척간의 정의(情誼)를 이르는 말.

* 과갈(瓜葛) - 오이와 칡은 다같이 넝쿨로 자라는 풀이라는 뜻에서 일가 친척을 일컫는 말.

과감지기(果敢之氣)

날카롭고 강한 기질.

「王安石의 祭歐陽文忠公」,

果敢之氣 剛之節 至晩而不衰

과거지사(過去之事)

지나간 일을 이르는 말.

과공비례(過恭非禮)

지나친 공손은 도리어 실례(失禮)가 된다는 말.

과대망상(誇大妄想)

자기의 능력·용모·지위 등을 과대하게 평가하여 사실인 것처럼 믿는 일. 또는 그런 생각. 공중누각(空中樓閣)과 유사한 말.

과대평가(過大評價)

실제보다 과장하여 높게 평가함을 이르는 말. ⇔과소평가(過小評價)

과대황장(過大皇張)

사물을 사실보다 지나치게 떠벌린다는 뜻.

과두시대(蝌蚪時代)

⇒과두시절(蝌蚪時節) 참조.

과두시절(蝌蚪時節)

개구리가 올챙이였던 때라는 뜻으로, 많이 발전되어 있는 현재로 보아, 아직 발전되기 전의 과거를 가리키는 말. 과두시대(蝌蚪時代)라고도 함.

과두정치(寡頭政治)

몇몇 사람이 국가의 지배권을 장악한 정치를 이르는 말.

과맥전대취(過麥田大醉)

밀밭만 지나가도 누룩 생각이 나서 취한다는 뜻으로, 술을 먹지 못하는 사람을 조롱하는 말.

과목불망(過目不忘)

한 번 본 것은 잊지 않는다는 뜻.

「晉書」,

融下筆成章 耳聞則通 過目不忘

과문불입(過門不入)

아는 사람의 문 앞을 지나면서도 들르지 않음.

과문천식(寡聞淺識)

견문이 적고 학식이 얕음.

과물탄개(過勿憚改)

잘못을 깨닫거든 고치기를 꺼리지 말라는 뜻.

과부적중(寡不敵衆)

⇒중과부적(衆寡不敵) 참조.

과불급(過不及)

⇒과유불급(過猶不及) 참조.

과소평가(過小評價)

⇔과대평가(過大評價)

과숙체락(瓜熟蒂落)

오이가 익으면 꼭지가 자연히 떨어진다는 뜻으로, 때가 오면 무슨 일이든지 자연히 이루어짐을 비유하는 말.

과실상규(過失相規)

향약의 네 덕목 중의 하나로, 나쁜 행실을 서로 규제함.

과약기언(果若其言)

미리 말한 것과 사실이 들어맞는다는 뜻.

과여불급(過如不及)

⇒과유불급(過猶不及)과 같은 말.

과유불급(過猶不及)

정도를 지나침은 미치지 못한 것과 같다는 뜻이니, 곧 지나친 것이나 부족한 것이나 모두 좋지 않다는 말로 中庸을 강조하는 말. 줄여서 과불급(過不及)만으로도 쓰이고 과여불급(過如不及)이라고도 함.

「論語 先進十五」,

子貢問 師與商也孰賢 子曰 師也過商也不及 曰 然則師愈與 子曰 過猶不及

어느날 자공이 공자에게 물었다. "선생님, 자장(子張)과 자하(子夏) 중 어느 쪽이 더 현명합니까?" 공자는 두 제자를 비교한 다음 이렇게 말했다. "자장은 매사에 지나친 면이 있고, 자하는 부족한 점이 많은 것 같다." 자공이 다시 물었다. "그렇다면 자장이 낫겠군요?" 공자는 이렇게 대답했다. "그렇지 않다. 지나침은 미치지 못한 것과 같다."

* 사(師) - 자장(子張)의 이름.

* 상(商) - 복상(卜商). 자하는 자(字)

과이불개(過而不改)

잘못을 고치지 않는 잘못을 이르는 말.

「論語 衛靈公 二十九」,

子曰 過而不改 是謂過矣

孔子 가로되, "잘못을 하고서도 고치지 않는 것, 이것을 잘못이라 하느니라."

과인지력(過人之力)

보통 사람보다 훨씬 센 힘.

과전불납리(瓜田不納履)

남으로부터 의심받을 짓을 하지 말라는 뜻. 과전이하(瓜田李下) 또는 과전지리(瓜田之履)라고도 하며, 이하부정관(李下不整冠)과 함께 쓰이는 말.

「烈女傳」,

齊威王虞姬 謂王曰 經瓜田不納履 過李下不整冠 妾不避之罪一也

(齊나라 威王의 후궁 중에 虞姬라는 여자가 있어, 佞臣 周破胡의 횡포를 보다 못해 왕에게 諫하였으나, 그 내용이 破胡의 귀에 들어가 도리어 모함에 빠졌다. 왕은 조사 방법을 이상히 여겨 虞姬를 불러 사실 여부를 물었다.) 虞姬가 왕께 아뢰기를, "(제가 결백하다는 것은 명백합니다.) 만약 죄가 있다고 하면 '오이밭에 신발을 들여놓지 말고, 오얏나무 아래에서 갓끈을 고쳐 쓰지 말라'는 의심받을 일을 피하지 않았던 점입니다." (虞姬가 이렇게 진심으로 忠言을 하자 周破胡를 烹殺시켜 내정을 바로잡았다.)

과전이하(瓜田李下)

⇒과전불납리(瓜田不納履) 참조.

과전지리(瓜田之履)

⇒과전불납리(瓜田不納履) 참조.

과즉물탄개(過則勿憚改)

과실(過失)이 있을 때에는 꺼릴 것 없이 속히 고쳐야 함을 이르는 말.
「論語 學而 八」,
子曰 君子不重 則不威 學則不固 主忠臣 無友不知己者 過則勿憚改
공자 가로되, "군자는 언행이 무겁지 아니하면 위엄이 없으니 비록 배워도 이루기 힘들다. 그러므로 성실과 眞心을 信條로 삼으며 자기만 못한 벗을 사귀지 말고, 잘못이 있거든 고치기를 서슴지 말아야 한다.

과화숙식(過火熟食)

지나가는 불에 밥이 익는다는 뜻으로, 저절로 은혜를 입게 됨을 이름.

곽거매자(郭巨埋子)

어머니가 잡수실 음식을 어린아이들이 먹자, 그 이들을 묻어 없애버리려고 땅을 파다가 황금 솥을 얻어 부자가 되었다는 곽거(郭巨)의 고사로, 부모님에 대한 지극한 효심을 뜻하는 말.

관과지인(觀過知仁)

어진 사람의 과실은 너무 후(厚)한 데 있고, 악한 사람의 과실은 너무 박(薄)한 데 있으므로, 사람의 과실을 보고 그 어질고 어질지 않음을 알 수 있다는 말.
「論語 里仁」,
子曰 人之過也 各於其黨 觀過斯知仁矣
공자 가로되, "사람의 허물은 각각 친함에 의하여 일어나니 허물을 보고 곧 인(仁)을 알지니라.

관기숙정(官紀肅正)

어지러운 관청의 규율을 바로잡음.

관녕할석(管寧割席)

사람은 그 행동거지를 보면 그의 생각하는 바를 알 수 있다는 뜻.

관대장자(寬大長者)

너그럽고 덕망이 있어 여러 사람 위에 설 수 있는 사람을 이르는 말.
「漢書」,
沛公素 寬大長者

관리전도(冠履顚倒)

갓과 신발을 몸에 거꾸로 붙였다는 뜻으로, 일의 순서를 거꾸로 바꾸어 그르침을 비유하는 말.
「後漢書 楊賜傳」,

관맹상제(寬猛相濟)

정사(政事)를 해 나가는 데에 관용과 위엄이 있어서 조급함이나 거침에 빠지지 않고 우유부단(優柔不斷)에 흐르지 않음을 이르는 말.
「左傳」,
仲尼曰 政寬則慢 寬則糾之以猛 猛則民殘 殘則施之以寬 寬以濟猛 猛以濟寬 政是以和

관불필비(官不必備)

관청의 일은 사람의 수보다 올바른 일꾼이 필요함을 이르는 말.
「書經 周官篇」,
立太師太傅太保 玆惟三公 論道經邦 燮里陰陽 官不必備 惟其人
太師·太傅·太保를 세우노니 이게 오직 三公이며, 道를 論하여 나라를 經綸하며 陰陽을 燮理하나니, 官은 반드시 (많이) 갖출 것이 아니라, 그 사람으로 할지니라.

* 三公이란 官不必備로 언제든지 두는
것도 아니다. 그러한 德이 뛰어난 사람
이 있으면 두는 것으로 그 三公을 두
지 않아도 좋다.

* 太師 – 天子의 師. 太傅 – 天子를 도
와 모든 일을 의논하는 顧問.

　太保 – 天子의 德을 다할 수 있도록
補佐하는 사람.

관어해자난위수(觀於海者難爲水)

　바다는 모든 물이 모이는 곳으로,
바다를 보면 모든 다른 물의 흐름은
물이라고 하기엔 부족함을 느낀다는
말로, 성현(聖賢)의 역량이 매우 큼
을 이름.

「孟子 盡心章句上 二十四」,

　孟子曰 孔子登東山而小魯 登泰山而
小天下 故觀於海者難爲水 遊於聖人之
門者難爲言 觀水有術 必觀其瀾 日月
有明 容光必照焉 流水之爲物也 不盈
科不行 君子之志於道也 不成章不達

　孟子 가로되, "孔子께서 東山에 오
르시면 魯나라를 작게 여기셨고, 泰
山에 오르시면 천하를 작게 여기셨
다. 그러므로 바다를 보아 버린 사람
에게는 다른 물은 물로서 인정받기
어렵고, 聖人의 門下에서 遊學한 사
람에게는 다른 여러 말들은 올바른
말로서 인정받기 어렵다. 물(의 크고
작음)을 보는 데는 방법이 있다. 반
드시 그 물결을 보아야 한다. 해와
달이 밝은 빛을 지니고 있음은 작은
틈바구니에까지도 반드시 비친다는
것으로 알 수 있다. 흐르는 물이라는
것은 웅덩이를 채우지 않으면 앞으로
나가지 않는다. 君子가 道에 뜻을 두
었을 때에도 마디마디를 이룩하지 않

고는 전체에 통달할 수 없는 것이다.

* 聖人의 道가 매우 탁월함을 역설한
내용임.

관인대도(寬仁大度)

　너그럽고 어질며 도량이 넓음을 이
르는 말.

「史記 高祖紀」,

　寬仁而愛人喜施 意豁如也 常有大度
不事家人生産作業

관자여도(觀者如堵)

　구경꾼이 많아서 담과 같이 죽 둘러
섬.

「禮記」,

　孔子射於矍相之圃 蓋觀者如堵牆

관저복통(官猪腹痛)

　관청 돼지 배 앓는다는 뜻으로, 자
기와 아무 관계가 없는 사람이 당하
는 고통을 이르는 말.

「旬五志」,

관존민비(官尊民卑)

　관리를 존귀하게, 백성은 비천하게
보는 생각.

관중규천(管中窺天)

　⇒좌정관천(坐井觀天) 참조.

* 대통 속으로 하늘을 내다본다는 데서
나온 말.

관중규표(管中窺豹)

　보는 시야가 좁고 작음을 이르는
말.

「三國魏志」,

　建守八年庚申令曰 議者或以軍吏者之
言 一以管中窺豹

관즉득중(寬則得衆)

관용을 베풀면 민심을 얻을 수 있다

는 말로, 위정자들이 갖추어야 할 중요한 태도의 하나다.

「論語」

所重 民食喪祭 寬則得衆 信則民任焉 敏則有功 公則說.

관태어환성(官怠於宦成)

관직에 있는 사람은 출세함에 따라 점점 태만한 마음이 생겨, 잘못을 저지른다는 말.

「說苑」.

曾子曰 官怠於宦成 病加於小愈 禍生 於懈情 老衰於妻子

관포지교(管鮑之交)

제(齊)나라 때 관중(管仲)과 포숙(鮑叔)이 서로 친하게 지내며 시종(始終) 우정을 두텁게 한 데서 나온 말로, 친구 사이의 두터운 우정이나 교우 관계를 뜻함. 간담상조(肝膽相照)와 유사한 말로 이러한 우정을 나타내는 말로는, 교칠지교(膠漆之交), 금란지계(金蘭之契), 금란지교(金蘭之交), 담금지계(斷金之契), 단금지교(斷金之交), 막역지교(莫逆之交), 막역지우(莫逆之友), 문경지계(刎頸之契), 문경지교(刎頸之交), 수어지교(水魚之交), 수어지우(水魚之友), 어수지친(魚水之親), 유어유수(猶魚有水) 등이 있다.

「列子 力命篇」.

管仲嘗歎曰 吾少窮困時 相與鮑叔賈 分財多自與 鮑叔不以我爲貪 知我貧也 云云 生我者父母 知我者鮑叔也 此世 稱管鮑善交者

管仲은 일찍이 이렇게 술회하고 있다. "나는 일찍이 가난했을 때 鮑叔과 함께 장사를 하였는데 이익을 나눌 때면 나의 몫을 더 많이 가졌으나 鮑叔은 나를 욕심장이라고 말하지 않

았다." 그리고 또 이르되, "나를 낳아준 이는 부모이지만, 나를 진정으로 이해해 주는 이는 鮑叔뿐이다."라고. 이것이 세상 사람들이 일컫는 管仲과 鮑叔의 친한 사귐인 것이다.

* 鮑叔은 管仲이 가난한 것을 알고 있었기 때문에 이익을 더 챙겨도 욕심장이라고 말하지 않은 것이다. 또 管仲이 벼슬길에 나갈 때마다 쫓겨나고 말았지만 鮑叔은 그를 무능한 자라고 하지 않았다. 다만 시운을 타지 못한 것이라고 생각했기 때문이다. 그리고 전쟁터에 나갔을 때에도 도망쳐 왔기 때문에 모두 그를 겁장이라고 욕하였으나, 鮑叔은 늙은 어머니 때문이라고 생각하고 이해해 주었다. 그래서 세상 사람들은 鮑叔이 사람을 알아보는 눈이 정확한 것을 더 칭찬하였다 한다.

「史記 管晏列傳」.

管仲曰 吾始困時 嘗與鮑叔賈 分財利 多自與 鮑叔不以我爲貪 知我貧也 吾 嘗爲鮑叔謀事而更窮困 鮑叔不以我爲 愚 知時有利不利也 吾嘗三仕三見逐 於君 鮑叔不以我爲不肖 知我不遭時 也 吾嘗三戰三走 鮑叔不以我爲怯 知 我有老母也 公子糾敗 召忽死之 吾幽 囚受辱 鮑叔不以我爲無恥 知我不羞 小節 而恥功名不顯于天下也 生我者 父母 知我者鮑子也 鮑叔旣進管仲 以 身下之 子孫世祿於齊 有封邑者十餘 世 常名大夫 天下不多管仲之賢 而多 鮑叔能知人也

管仲이 말하기를, "내가 지난 날 가난하게 살 때 鮑叔과 함께 장사한 일이 있었다. 이익을 분배할 때 내 몫을 많이 했는데도 포숙은 나에게 貪한다는 말을 하지 않았다. 내가 가난한 것을 알기 때문이었다. 나는 이전

에 포숙을 위해 사업을 경영하다가 실패하여 그 전보다 더 궁핍해진 적이 있지만, 포숙은 나를 어리석다고 탓하지 않았다. 時運이라는 것이 있어 利不利가 있다는 것을 알기 때문이었다. 나는 이전에 벼슬길에 세 번이나 올랐다가 그 때마다 主君에게 추방된 일이 있었지만, 鮑叔은 나를 불초한 놈이라 말하지 않았다. 내가 때를 만나지 못했다는 것을 알기 때문이었다. 나는 이전에 세 번이나 전쟁터에 나갔다가 그 때마다 패주했지만, 鮑叔은 나를 비겁한 자라고 욕하지 않았다. 그는 나에게 老母가 있다는 것을 알기 때문이었다. 내가 섬기던 公子糾가 소백에게 패하여 죽음을 당하고 부하였던 召忽은 殉死했지만, 나는 옥에 갇혀 치욕을 받았었다. 하지만 鮑叔은 나를 뻔뻔스러운 자라고 욕하지 않았다. 그는 내가 작은 절조를 버리는 것을 부끄러이 여기지 않고 공명을 천하에 떨치지 못하는 것이 부끄러운 것임을 아는 자라는 것을 알기 때문이었다. 나를 알아준 분은 부모이지만 나를 참으로 이해해주는 자는 鮑叔이다." 鮑叔은 管仲을 추천하고 자기는 관중의 밑에서 만족해 있었다. 그의 자손은 대대로 齊나라의 녹을 받고 영지를 지닌 십여 대동안 항상 大夫로 불리어졌다. 천하 사람들은 모두 관중의 뛰어난 능력을 칭찬하기보다는 포숙이 능히 사람을 알아보는 것을 칭찬했다.

관형찰색(觀形察色)

①남의 심정을 떠보기 위해 안색을 자세히 살펴봄. ②잘 모르는 사물을 자세히 살펴봄.

관홍뇌락(寬弘磊落)

마음이 너그럽고 신선하며 작은 일에 거리끼지 아니함.

괄목상대(刮目相對)

눈을 비비고 자세히 본다는 말로, 남의 학식이나 재주가 놀랍게 향상되었음을 나타내는 말. ⇔오항아몽(吳下阿蒙)

「三國吳志 呂蒙傳」,

至於今者 學識英博 非復吳下阿蒙 呂蒙曰 士別三日 卽當刮目相對

三國이 鼎立하여 대립을 계속하던 무렵, 吳 孫權의 부하로 呂蒙이라는 장수가 있었는데, 아주 무식한 사람이었지만 戰功으로 인하여 마침내 將軍이 되었다. 어느 날 孫權이 그에게 충고를 하고 얼마 후, 孫權의 부하 중 학식이 뛰어난 자가 呂蒙을 찾아갔다. 呂蒙과 오랜 친구 사이였던 그는 이야기하는 사이에 呂蒙의 博識함에 깜짝 놀라 가로되, "이제 學識이 대단하니 吳나라 시절의 阿蒙이 전혀 아니로군." 그러자 呂蒙이 이르기를, "선비는 헤어진 지 사흘이 지나면 눈을 비비고 다시 대해야 할 정도로 달라져야 하는 법이라네."라고 하였다.
* 呂蒙 = 阿蒙

광객사영(廣客蛇影)

마음의 걱정이 병이 됨을 이름.

광겁다생(曠劫多生)

한없는 세상에 났다가는 죽고, 죽었다가는 나고 하는 일이 많음.

광관지자(曠官之刺)

관리가 직무를 게을리 하여 받는 비난.

「韓愈의 諍臣論」,
冒進之患生 曠官之刺興

광담패설(狂談悖說)

이치에 맞지 않고 도의에 어그러진 말. 광언망설(狂言妄說)이라고도 함.

광대무변(廣大無邊)

한없이 넓고 커서 끝이 없음을 이르는 말.
「劉向別傳」,
天地之廣大無邊

광란노도(狂瀾怒濤)

성나 미친 듯이 치밀어 오르는 거친 물결. 사물의 질서가 세차게 흐트러짐을 비유하는 말.

광막무변(廣漠無邊)

넓고 아득하여 끝이 없음을 이르는 말.

광명정대(光明正大)

언행이 밝고 바르며 큼. 즉, 언행이 떳떳하고 정당함.

광세영웅(曠世英雄)

세상에 보기 드문 영웅.

광세지재(曠世之才)

세상에 보기 드문 재주, 또는 그런 재주를 가진 사람.

광언기어(狂言綺語)

이치에 맞지 않는 말이나 교묘하게 꾸민 말.

광언망설(狂言妄說)

⇒광담패설(狂談悖說) 참조.

광음여류(수)(光陰如流(水))

세월이 물의 흐름과 같이 빠르고, 한 번 지나가면 돌아오지 않음을 비유하는 말.

광음여시(전)(光陰如矢(箭))

세월의 흐름이 화살과 같이 빠름.
「李益의 遊子吟」,
君看白日馳 何異弦上箭

광일지구(曠日持久)

오랫동안 쓸데없이 세월만 보냄.
「戰國策 趙策」,
今得强趙之兵 以桂燕將 曠日持久數歲

* 전국 시대 말엽. 조(趙)나라 혜문왕(惠文王) 때의 일이다. 연(燕)나라의 공격을 받은 혜문왕은 제(齊)나라에 사신을 보내어 3개 성읍(城邑)을 할양한다는 조건으로 명장 전단(田單)의 파견을 요청했다. 전단은 일찍이 연나라의 침략군을 화우지계(火牛之計)로 격파한 명장인데 조나라의 요청에 따라 총사령관이 되었다. 그러자 조나라의 명장 조사(趙奢)는 재상 평원군(平原君)에게 항의하고 나섰다. "아니, 조나라엔 사람이 없단 말입니까? 제게 맡겨 주신다면 당장 적을 격파해 보이겠습니다." 평원군은 안 된다고 말했다. 그러나 조사는 물러서지 않았다. "제나라와 연나라는 원수간이긴 합니다만 전단은 타국인 조나라를 위해 싸우지 않을 것입니다. 강대한 조나라는 제나라의 패업(霸業)에 방해가 되기 때문이죠. 그래서 전단은 조나라 군사를 장악한 채 오랫동안 쓸데없이 세월만 보낼 것입니다. 두 나라가 병력을 소모하여 피폐해지는 것을 기다리면서……" 평원군은 조사의 의견을 묵살한 채 미리 정한 방침대로 전단에게 조나라 군사를 맡겨 연나라 침공군과 대적케 했다. 결과는 조사가 예언한 대로 두 나라는 장기전에서 병력만 소모하고 말았다.

* 화우지계(火牛之計) - 쇠뿔에 칼을
잡아매고 꼬리에 기름 바른 갈대 다발
을 매단 다음 그 소떼를 적진으로 내모
는 전술.

광제창생(廣濟蒼生)
널리 백성을 구한다는 말.

광풍제월(光風霽月)
시원한 바람과 맑은 달이란 뜻으로,
아무 거리낌이 없는 맑고 밝은 인품
을 비유하여 이르는 말.
「宋史 周惇頤傳」.

괘관(掛冠)
관(冠)을 성문에 벗어 놓고 떠났다
는 고사에서 나온 말로, 관직을 물러
남을 비유하는 말.

괘념(挂念·掛念)
마음속에 둠.
「水滸傳 第七回」.
爾但放心去不要挂念

괴괴망측(怪怪罔測)
말할 수 없을 만큼 이상야릇함을 이
르는 말.

괴담이설(怪談異說)
괴상하고 이상한 말과 이야기.

괴력난신(怪力亂神)
괴이(怪異)와 만용(蠻勇)과 패란(悖
亂)과 귀신(鬼神)을 이르는 것으로,
이성으로 설명할 수 있는 범위를 넘
어, 인지(人知)로 헤아릴 수 없는 것
을 표현하는 말.
「論語 述而篇」.
子不語怪力亂神
공자께서는 괴변, 폭력, 난돈, 귀신
등에 대해서는 별로 말씀하지 않으셨

다.
「三國遺事 卷第一」.
叙曰 大抵古之聖人 方其禮樂興邦 仁
義設教 則怪力亂神 在所不語

괴루지사(魁壘之士)
장사(壯士)를 이르는 말.

괴문극로(槐門棘路)
나라를 다스리는 최고 관리는 가시
나무 문을 드나드는 것과 같음.

괴상망측(怪常罔測)
말할 수 없이 괴상하고 이상함을 이
르는 말.

괴악망측(怪惡罔測)
도리에 벗어나서 말할 수 없이 괴악
함을 이르는 말.

괴오기위(魁梧奇偉)
몸이 장대하고 뛰어나게 잘남을 이
르는 말.
「史記」.
其人計魁梧奇偉 至見其圖 狀貌如婦
人好女

굉재탁식(宏才卓識)
큰 재능과 뛰어난 식견(識見).

굉주교착(觥籌交錯)
활쏘기에 진 편에게 먹이는 벌주의
잔 수를 세는 산가지가 뒤섞였다는
뜻으로, 연회가 융성한 모양을 비유
하여 이르는 말.
「歐陽修 醉翁亭記」
觥籌交錯 起坐而諠譁者 衆賓歡也.
굉주가 교착하고 기좌하여 훤화하는
것은 중빈이 즐김이니라.

교각살우(矯角殺牛)
쇠뿔을 바로잡으려다 소를 죽인다는

말로, 조그만 결점을 지나치게 고치
려다 일을 그르침을 비유하는 말.
　교왕과정(矯枉過正), 교왕과직(矯枉過
直), 석지실장(惜指失掌), 소탐대실(小貪
大失) 또는, 탐소실대(貪小失大)라고도
함.

교교백구(皎皎白駒)

　①희고 깨끗한 말. ②성현(聖賢)이
타는 말.

교교월색(皎皎月色)

　매우 희고 밝은 달빛. 즉, 휘영청
밝은 달빛.

교두결미(交頭結尾)

한쪽 끝이 한쪽의 머리에 이어져 순
환함.

교룡득운우(蛟龍得雲雨)

　교룡이 구름과 비를 얻어 하늘에 오
름을 뜻하는 말로, 영웅이 때를 얻어
큰 뜻을 이룸을 비유하는 말.
「三國志 周瑜傳」
恐蛟龍得雲雨 終非池中物

교목세가(喬木世家)

　여러 대에 걸쳐 중요한 벼슬을 지내
고 내려와, 그 나라와 운명을 같이하
는 집안.

교목세신(喬木世臣)

　여러 대에 걸쳐 중요한 지위에 있어
나라와 운명을 같이하는 신하.

교발기중(巧發奇中)

　교묘하게 꺼낸 말이 신기하게 들어
맞음.
「漢書」,
小君資好方 善爲巧發奇中

교병필패(驕兵必敗)

백군(白軍)의 강대함만 믿고 교만하
면 적에게 반드시 패한다는 말.
「漢書」,
利人之土地貨寶者 貪兵之謂 〈中略〉
欲見威宇敵者 謂之驕兵 兵驕者滅 此
但非人事乃天道也

교부초래(敎婦初來)

　신부(新婦)에 대한 교훈은 시집왔을
때 바로 하라는 말.
「顔氏家訓」,
俗顔曰 敎婦爲初來 敎兒爲嬰孫 誠哉
此語

교불약졸(巧不若拙)

　약삭빠른 기교는 우직한 서투름만
못하다는 말.

교서소진(校書掃塵)

　교정하는 일은 책상 위의 먼지를 쓸
어내는 것과 같아, 아무리 되풀이해
도 틀린 곳이 있다는 것, 즉 정확한
교정은 기대하기 어렵다는 뜻.
「夢溪筆談雜誌」
校書如掃塵 一面掃一面生

교아절치(咬牙切齒)

이를 갈며 몹시 분해함을 뜻함.

교언영색(巧言令色)

　아첨하는 말과 얼굴 빛. 소인의 교
묘한 수단과 아양을 부리는 태도, 즉
겉치레만 할 뿐 참되지 못한 태도를
이르는 말. 감언이설(甘言利說)과 유
사한 말.
「論語 學而 三」,
子曰 巧言令色鮮矣仁
孔子 가로되, "교묘한 말솜씨와 아
름답게 꾸민 얼굴에 仁은 적으니라."
「經書 皐陶謨篇」,

何畏乎巧言令色孔壬

교왕과정(矯枉過正)

⇒교각살우(矯角殺牛) 참조.

「漢書 諸侯王表」,

矯枉過其正謂

교왕과직(矯枉過直)

⇒교각살우(矯角殺牛) 참조.

* 구부러진 것을 바로잡으려다가 지나치게 곧게 한다는 데서 나온 말.

교외별전(教外別傳)

⇒이심전심(以心傳心) 참조.

「正宗記」,

其所謂教外別傳者 非謂黃卷赤軸間言聲字色樅然之有狀者直與實相無相一也 亦非別於佛教也 正其教迹所不到者也 吾宋章聖皇帝爲之修心詩曰 初祖安禪在小林 不傳經教但傳心 後人若悟愼如性 密印由來妙理深

교우이신(交友以信)

⇒세속 오계(世俗五戒) 참조.

교자이의방(教子以義方)

자식 교육은 정의로써 해야 함을 이르는 말.

「左傳」,

石碏曰 愛子教以義方

교자졸지노(巧者拙之奴)

꾀가 많은 자가 용렬한 자의 노예란 말로, 재주 있는 자가 어리석은 자에게 흔히 쓰임을 이르는 말.

교절불출악성(交絶不出惡聲)

군자는 절교(絶交) 후에도 상대방의 좋지 못한 점을 말하지 않는다는 말.

「史記」,

古之君子 交絶不出惡聲 忠臣去國 不絜其名

교주고슬(膠柱鼓瑟)

비파나 거문고의 안족(雁足)을 아교로 교착시키면 한 가지 소리밖에 나지 않는 것과 같이, 변통성이나 융통성이 없이 소견이 꼭 막힌 사람을 가리키는 말. 교주조슬(膠柱調瑟)이라고도 함.

「史記 廉頗藺相如列傳」,

後四年 趙惠文王卒 子孝成王立 七年秦與趙兵相距長平 時趙奢已死 而藺相如病篤 趙使廉頗將攻秦 秦數敗趙軍趙軍固壁不戰 秦數挑戰 廉頗不肯 趙王信秦之間 秦之間言曰 秦之所惡 獨畏馬服君趙奢之子趙括爲將耳 趙王因以括爲將 代廉頗 藺相如曰 王以名使括 若膠柱而鼓瑟耳 括徒能讀其父書傳不知合變也 趙王不聽 遂將之

그로부터 4년 후에 조나라 혜문왕이 서거하고 그 아들 효성왕이 왕위에 올랐다. 효성왕 7년에 진나라는 조나라 군사와 長平에서 서로 맞붙어 싸우게 되었다. 당시 조사는 이미 죽었고 인상여는 병세가 위독한 상태였다. 조나라에서는 염파를 장수로 삼아 진나라를 공격하게 했다. 그러나 진나라 군사는 번번이 조나라 군사를 격파했다. 조나라 군사는 싸우지 않고 방벽을 굳게 하여 농성하고 있었다. 진나라 군사는 자주 도전해 왔으나 염파는 응하려 하지 않았다. 이때 진나라 첩자가 조나라에 와서 말했다. "지금 진나라가 가장 걱정하고 있는 것은 마복군 조사의 아들 趙括이 대장이 되는 것을 두려워하고 있습니다." 조왕은 진나라 첩자의 말을 믿었다. 조왕은 조괄을 대장으로 임명하여 廉頗와 교체시켰다. 이 때 인상여가 말했다. "주상께서는 이름만으로써 조괄을 쓰시려고 하는데, 조괄은 膠柱鼓瑟과 같은 사람이옵니다. 조괄은 단지 자기의 亡父 趙奢가 남긴 병법의 秘傳을 읽은 데 불과하고 변화에 대응할 줄 모르는 자입니다." 그러나 조왕은 이 말을 받아들이지 않고 기어이 조괄을 대장으로 임명했다.

교주조슬(膠柱調瑟)

⇒교주고슬(膠柱鼓瑟) 참조.

교지졸속(巧遲拙速)

훌륭하고 늦는 것보다는 조금 서툴러도 빠른 것이 낫다는 말.

「文章軌範有字集」,

日咎有限巧遲者不如拙速

교착부동(膠着不動)

교착하여 움직이지 않음을 이름.

교천언심(交淺言深)

교제한 지는 얼마 안 되지만 속마음을 털어놓고 이야기한다는 말.

「戰國策」,

客有見人於服子者 服子罪之曰 交淺而言深 是亂也

교칠지교(膠漆之交)

⇒관포지교(管鮑之交) 참조.
* 아교와 옻칠처럼 끈끈한 사귐이란 뜻에서 나온 말.

「元稹詩」

我實膠漆交 中堂共杯酒.

교토사양구팽(狡兎死良狗烹)

요긴한 때에는 소중히 여기다가도 쓸모가 없게 되면 천대하여 쉽게 버림을 이르는 말. 줄여서 토사구팽(兎死狗烹)이라고도 하고, 비슷한말로 감탄고토(甘呑苦吐), 도수기장(渡水棄杖)이라고도 함.

「史記 淮陰侯列傳」,

信初之國 行縣邑 陳兵出入 漢六年 人有上書告楚王信反 高帝以陳平計 天子巡狩會諸侯 南方有雲夢 發使告諸侯 會陳 吾將游雲夢 實欲襲信 信弗知 高祖且至楚 信欲發兵反 自度無罪 欲謁上 恐見禽 人或說信曰 斬眛謁上 上必喜 無患 信見眛計事 眛曰 漢所以不擊取楚 以眛在公所 若欲捕我以自媚於漢 吾今日死 公亦隨手亡矣 乃罵信曰 公非長子 卒自到 信持其首 謁高祖於陳 上令武士縛信 載後車 信曰 果若人言 狡兎死良狗烹 高鳥盡 良弓藏 敵國破 謀臣亡 天下已定 我固當烹 上曰 人告公反 遂械繫信 至洛陽 赦信罪 以爲淮陰侯

韓信은 자기의 영지인 楚나라로 처음 들어가자, 영내의 각 고을을 순시할 때마다 군사를 거느리고 어마어마하게 행동했다. 漢나라 6년(BC 201)에 누군가가 그 일을 漢王인 천자에게 상주문을 올려서 楚王 韓信이 모반을 꾀하고 있다고 고변했다. 高帝, 즉 漢王은 陳平의 계략에 따라서 천자가 각 지방을 순행하면서 제후를 소집하기로 했다. 楚나라 남쪽에 雲夢이라는 곳이 있다. 사자를 보내어 제후들에게 고했다. "모두 陳에 집합하라. 나는 운몽을 순행할 계획이다." 사실은 한신을 기습할 생각으로 한왕 유방은 제후들을 진으로 소집했다. 한신은 그것을 눈치채지 못하고 있었다. 고조가 초나라에 들어오려고 할 무렵, 한신은 군사를 동원하여 반란

을 일으키려 했으나 가만히 생각해
보니 자기는 아무 잘못이 없었다.

교토삼굴(狡兎三窟)

간사한 토끼는 세 개의 굴을 가지고
있으면서도 생명을 근근히 이어간다
는 뜻으로, 사람이 난(難)을 피함에
교묘함을 뜻함.
「戰國策」,
憑煖謂孟嘗君曰 狡兎有三窟 僅得兎
其死耳

교하질쉬(橋下叱倅)

다리 밑에서 원 욕하기란 뜻으로,
듣지 못하는 곳에서 헐뜯어 욕한다는
말.
「旬五志」,

교학상장(教學相長)

사람들에게 가르쳐주거나 스승으로
부터 배우거나 모두 나의 학업을 증
진시킨다는 뜻.
「禮記 學記篇」,
雖有嘉肴 弗食不知其旨也 雖有至道
弗學不知其善也 是故學然後知不足 教
然後知困 知不足 然後能自反也 知困
然後能自强也 故曰教學相長也 兌命曰
學學半 其此之謂乎
비록 좋은 안주가 있어도 먹지 않으
면 그 좋은 맛을 모르며, 지극히 좋
은 도(道)가 있어도 배우지 않으면
그 착한 것을 모르는 법이다. 따라서
배우고 나서야 자기의 지덕(智德)이
모자람을 알게 되는 것이며, 가르치
고 나서야 자기가 아직 지덕이 미숙
하여 곤고(困苦)를 겪는다는 걸 알게
되는 것이다. 그리고 자기의 지덕이
모자람을 알고 나서야 능히 스스로
반성하여 면학하게 되고, 곤고한 것

을 알고 나서야 능히 힘쓰게 되는 것
이다. 그러므로 말하기를, "가르치는
것도 배우는 것도 함께 지덕을 성장
하게 하는 것이다."고 했다. 태명에
도 이르기를, "가르치는 것은 반은
자기가 배우는 것과 같다."고 했는데,
이를 두고 한 말일 것이다.
* 學學半 - '효학반'으로 발음된다. 學은
斅(효)와 통해서 '가르친다'는 뜻이 됨.

구각춘풍(口角春風)

수다스러운 말로 남을 칭찬하여 즐
겁게 해 줌. 또는 그런 말.

구강지획(口講指畫)

말로 설명하고 손으로 그려가면서
자세하게 가르침.
「韓愈의 柳子厚墓誌銘」,
經承子厚 口講指畫 爲文詞者

구곡간장(九曲肝腸)

굽이굽이 서린 창자라는 뜻이니, 굽
이굽이 시름이 사무친 깊은 속마음을
이르는 말.

구관명관(舊官名官)

전직 관원이 더 훌륭함, 즉 경험이
많은 이가 더 낫다는 말.

구교지간(舊交之間)

오래 전부터 사귀던 사이.

구구불일(區區不一)

각각 달라서 한결같지 아니함.

구국간성(救國干城)

나라를 지키는 방패와 성이란 뜻이
니, 곧 국토방위를 하는 군인을 이르
는 말.

구궐심장(究厥心腸)

남의 마음을 짐작함.

구급검급(屨及劍及)

신은 신대로 칼은 칼대로 간다는 뜻으로, 급해서 당황하는 모양을 이르는 말.

「左傳 宣公 十四年」,

楚子聞之 投袂而起 屨及於窒皇 劍及於寢門之外 車及於蒲胥之市 秋九月 楚子圍宋

초자(楚子)는 이 소식을 듣자마자 옷소매를 떨치고 일어나서 신발도 신지 않고 칼도 차지 않은 채 달려나갔기 때문에, 종자가 그 뒤를 쫓아가서 신발은 궁전 밖의 흙을 높이 쌓아 올린 곳에서 신기고, 칼은 침문(寢門) 밖에서 차게 하였으며, 수레는 시가(市街)의 포서(蒲胥)라는 곳에서 탈 수 있게 하였다. 그리하여 가을 9월에 장왕은 송나라를 포위하였다.

구기당오(究其堂奧)

학문의 깊은 뜻을 연구함.

구년친구(舊年親舊)

①오랫동안 자별한 벗. ②오랫동안 사귀어 오는 벗.

구두삼매(口頭三昧)

불교에서 경문을 읽기만 할 뿐 진정으로 불도를 수행하지 않는 일. 구두선(口頭禪)이라고도 함.

구로지감(劬勞之感)

자신을 낳아 기른 어버이의 은덕(恩德)을 생각하는 마음.

구로지은(劬勞之恩)

자신을 낳아 기른 어버이의 은덕(恩德)을 이르는 말.

구룡토수(九龍吐水)

석가가 탄생할 때 아홉 마리의 용이 물을 뿜어 목욕을 시켰다는 고사.

구만리 장천(九萬里長天)

끝없이 높고 먼 하늘을 이르는 말.

구명도생(苟命徒生)

구차스럽게 겨우 목숨만 보전하여 살아감. 구명도생(救命圖生)이라고도 함.

구묘지향(丘墓之鄕)

선산이 있는 시골. 추향(楸鄕)이라고도 함.

구무택언(口無擇言)

하는 말이 다 옳거나, 착하면 고를 것이 없다는 말.

「孝經卿大夫章」,

口亡擇言 身亡擇行

구미속초(狗尾續貂)

담비의 꼬리가 모자라 개꼬리로 잇는다는 뜻으로, ①벼슬을 함부로 줌을 비유하여 이르는 말. ②훌륭한 것에 보잘것없는 것이 잇닿음을 이르는 말.

구미호(九尾狐)

꼬리가 아홉 달린 오래 묵은 여우란 뜻으로, 매우 간녕(奸佞)한 사람을 비유하는 말.

「竹書紀年」,

帝杼八年 征于東海 及壽得一狐九尾

「商輅續綱目」,

宋眞宗以陳彭年參知政事 彭年敏給强記 尤好刑名之學 性奸詔 時號九尾狐

구밀복검(口蜜腹劍)

⇒소리장도(笑裏藏刀) 참조.

구박자심(驅迫滋甚)

구박이 더욱 심함을 이르는 말.

구반상실(狗飯橡實)

개밥에 도토리란 뜻으로, 외톨이로 고립된 사람을 비유하는 말.
「東言解」.

구복원수(口腹怨讐)

목구멍이 포도청이라는 뜻으로, 먹고살기 위하여 어쩔 수 없이 잘못을 저질렀음을 이르는 말.

구복지계(口腹之計)

⇒호구지책(糊口之策) 참조.

구부득고(求不得苦)

불교(佛敎)에서 말하는 8고(八苦)의 하나로 구하여도 얻지 못하는 고통을 이르는 말.

구분증닉(救焚拯溺)

불에 타고 물에 빠진 위태로운 자를 구한다는 말로, 곧 남의 곤액(困厄)을 구한다는 뜻.

구사불첨(救死不瞻)

곤란이 극도에 달하여 다른 일을 돌아볼 겨를이 없음.

구사일생(九死一生)

죽을 고비를 여러 차례 넘기고 겨우 살아남을 이르는 말. 백사일생(百死一生), 십생구사(十生九死) 또는 출만사이우일생(出萬死而遇一生)이라고도 함.
「屈平(原)의 離騷」.
長太息以掩涕兮 : 긴 한숨에 눈물 닦으며
哀民生之多艱 : 사람의 삶 다난함이 슬퍼라
余雖好修姱以鞿羈兮 : 나는 고운 것 좋아했기에 속박 받아
謇朝誶而夕替 : 아아 아침에 諫하고

저녁에 쫓겨났어라
旣替余以蕙纕兮 : 내 쫓겨남은 혜초 띠 때문
又申之以攬茝 : 게다가 백지를 가지고 있어 서여라
亦余心之所善兮 : 하지만 내 맘의 착함은
雖九死猶未其悔 : 아홉 번 죽어도 변함없으리
怨靈修之浩蕩兮 : 원망스러워라 임의 분별없으심
終不察夫民心 : 끝내 사람 마음 살피지 않고
衆女嫉余之蛾眉兮 : 뭇 계집들 내 고운 눈썹 시새워
謠諑謂余以善淫 : 날더러 음란하다고 헐뜯어 대누나

* 총374句 중 77句~88句의 부분임.
* 離騷 - 작자 나이 45세. 懷王의 入秦을 반대하다가, 鄭袖子蘭靳尙 등 親秦派등의 讒訴로 漢北에 放逐되어 쓴 戀君歌의 絶調. 후에 懷王의 客死로 親秦派들이 비난을 면치 못해 秦과 國交를 끊고 작자는 召還되어 조정에 복귀했으나, 조정에서는 역시 그의 直言을 꺼려 疎遠히 했음.

구상유취(口尙乳臭)

입에서 아직 젖내가 난다는 말로, 나이가 아직 어리거나 유치함을 나타내는 말. 치발부장(齒髮不長) 또는 치발불급(齒髮不及)이라고도 함
「史記 高祖記」.
漢王以韓信擊魏王豹問酈食其 魏大將誰 對曰 柏直 漢王曰 是口尙乳臭 安能當吾韓信
漢王이 韓信을 시켜 魏王 豹를 치게 하며 물어 가로되, "魏의 대장이 누

구인가?" 대답하여 가로되, "柏直입니다." 그러자 漢王이 가로되, "입에서 젖비린내가 나는구나. 어찌 우리의 韓信을 당할 수 있겠는가?"

구세동거(九世同居)

9대가 한 집에 산다는 뜻으로, 집안이 화목함을 이르는 말.

구세제민(救世濟民)

세상 사람을 어려움에서 구제함.

구수밀의(鳩首密議)

⇒구수응의(鳩首凝議) 참조.

구수응의(鳩首凝議)

사람들이 모여서 이마를 맞대고 의논하는 모양. 구수밀의(鳩首密議) 또는 구수협의(鳩首協議)라고도 함.

구수협의(鳩首協議)

⇒구수응의(鳩首凝議) 참조.

구시심비(口是心非)

말로는 옳다 하고, 마음속으로는 그르게 여김. 곧, 속과 겉이 다름을 이르는 말.

구시화문(口是禍門)

입은 곧 재앙의 문이란 뜻으로, 말조심하지 않으면 화를 당한다는 말.

구십구절(九十九折)

굽이굽이 여러 겹으로 꺾이어 휘어진 산길을 이르는 말.
「大唐西域記 十二」.

구십춘광(九十春光)

①봄의 석 달 동안. ②늙은이의 마음이 젊은이처럼 젊음을 이르는 말.

구악발로(舊惡發露)

구악이 드러남을 뜻하는 말.

구안지사(具眼之士)

사물의 시비나 선악을 판단할 수 있는 견식(見識)을 갖춘 선비.

구안투생(苟安偸生)

일시적 편안함을 탐하여 헛되이 살아감.

구약현하(口若懸河)

물 흐르듯 말을 잘함을 비유한 말.

구연세월(苟延歲月)

구차하게 세월을 보냄을 이르는 말.

구염오속(舊染汚俗)

옛부터 깊이 물들어 있는 나쁜 습관을 이르는 말.

구오사미(軀烏沙彌)

삼사미(三沙彌)의 하나로, 7세에서 13세까지의 어린 중.

구우금우(舊雨今雨)

옛 친구와 새로운 친구라는 뜻.
「杜甫 詩小序」,
臥病長安旅次多雨 尋常車馬客 舊雨來 今雨不來
* 雨와 友는 음(音)이 같으므로 이르는 말.

구우일모(九牛一毛)

많은 것 중에서 가장 적은 부분을 이르는 말이니, 곧 하찮은 존재를 의미하는 말. 같은 뜻의 말로는 대창제미(大倉稊米), 대해일속(大海一粟), 대해일적(大海一滴), 조족지혈(鳥足之血), 창해일속(滄海一粟), 창해일적(滄海一滴) 등이 있다.
「司馬遷의 報任安書」,
假令僕伏法受誅 若九牛亡一毛
내가 만일 법에 따라 사형을 받는다

고 해도 그것은 한낱 아홉 마리의 소 중에서 터럭 하나 없어지는 것과 같을 뿐이다. (나와 같은 존재는 땅강아지나 개미 같은 미물과 무엇이 다르겠나? 그리고 세상 사람들 또한 내가 죽는다 해도 절개를 위해 죽는다고 생각하기는커녕 나쁜 말 하다가 큰 죄를 지어서 어리석게 죽었다고 여길 것이네.)

* 한(漢)나라 7대 황제인 무제(武帝) 때 5000의 보병을 이끌고 흉노(匈奴)를 정벌하러 나갔던 이릉(李陵) 장군은 열 배가 넘는 적의 기병을 맞아 초전 10여 일간은 잘 싸웠으나 결국 중과부적(衆寡不敵)으로 패하고 말았다. 그런데 이듬해 놀라운 사실이 밝혀졌다. 난전(亂戰) 중에 전사한 줄 알았던 이릉이 흉노에게 투항하여 후대를 받고 있다는 것이었다. 이를 안 무제는 크게 노하여 이릉의 일족(一族)을 참형에 처하라고 엄명했다. 그러나 중신을 비롯한 이릉의 동료들은 침묵 속에 무제의 안색만 살필 뿐 누구 하나 이릉을 위해 변호하는 사람이 없었다. 그래서 이를 분개한 사마천(司馬遷)이 그를 변호하고 나섰다. 사마천은 지난 날 흉노에게 경외(敬畏)의 대상이었던 이광(李廣) 장군의 손자인 이릉을 평소부터 '목숨을 내던져서라도 국난에 임할 용장'이라고 굳게 믿어왔기 때문이다. 그는 사가(史家)로서의 냉철한 눈으로 사태의 진상을 통찰하고 솔직 대담하게 무제에게 아뢰었다. "황공하오나 이릉은 소수의 보병으로 오랑캐의 수만 기병과 싸워 그 괴수를 경악케 하였으나 원군은 오지 않고 아군 속에 배반자까지 나오는 바람에 어쩔 수 없이 패전한 것으로 생각되옵니다. 하오나 끝까지 병졸들과 신고(辛苦)를 같이한 이릉은 인간으로

서 극한의 역량을 발휘한 명장이라 해도 과언이 아닐 것이옵니다. 그가 흉노에게 투항한 것도 필시 훗날 황은(皇恩)에 보답할 기회를 얻기 위한 고육책(苦肉策)으로 사료되오니, 차제에 폐하께서 이릉의 무공을 천하에 공표하시오서." 무제는 진노하여 사마천을 투옥한 후 궁형(宮刑)에 처했다. 세인(世人)들은 이를 가리켜 이릉의 화(李陵之禍)라고 일컫고 있다. 궁형이란 남성의 생식기를 잘라 없애는 것으로 가장 수치스러운 형벌이었다. 사마천은 이를 친구인 '임안에게 알리는 글(報任安書)'에서 '최하급의 치욕'이라고 적고, 이어 착잡한 심정을 적었다.

구우지감(舊雨之感)

옛 친구를 추모하는 정.

구유밀복유검(口有蜜腹有劍)

⇒소리장도(笑裏藏刀) 참조.

「十八史略」,

李林甫 妬賢嫉能 排抑勝己 性陰險 人以爲口有蜜腹有劍

(당나라 현종 후기의 재상) 李林甫란 자는 현명한 사람을 미워하고 능력 있는 자를 질투하여, 자기보다 나은 사람은 배척하고 억누르는 성품이 陰險한 사람이다. 그래서 사람들은 그를 '입에는 꿀을 바르고, 배에는 칼을 품은 자'라고 여겼다.

구이강설(口耳講說)

⇒구이지학(口耳之學) 참조.

구이경지(久而敬之)

친한 우정을 오래 지속하려면 친할수록 서로 존경해야 한다는 말.

「論語 公冶長」

子曰, 晏平仲善與人交 久而敬之.

구이사촌(口耳四寸)

입과 귀와의 간격이 가깝다는 뜻에서, 남에게서 들은 내용을 이해하기도 전에 남에게 옮김, 곧 자기의 몸에 붙지 않은 학문을 이르는 말.
「荀子 勸學篇」
口耳之間 則四寸耳 曷足以美七尺之.

구이지학(口耳之學)

남의 학설을 그대로 외워, 곧 남에게 말하는 깊이 없는 학문. 즉, 들은 풍월격으로 아무런 연구 가치가 없는 학문을 이르는 말. 구이강설(口耳講說)이라고도 함.
「荀子 勸學篇」,
小人之學也 入乎耳出乎口 口耳之間 則四寸耳 曷足以美七尺之軀哉

구인공휴일궤(九仞功虧一簣)

오랫동안 쌓은 공도 마지막 한 번의 실수나 부족으로 일이 실패됨을 이르는 말.

구자관야(口者關也)

입은 관문(關門)과 같아 함부로 놀려서는 안 됨을 비유한 말.
「說苑」,
口者關也 舌者兵也 出言不當 反自傷也

구장극구(鉤章棘句)

해득하기 어렵고 무척 까다롭게 된 문장.
「韓愈 孟郊墓誌」,
鉤章棘句 擢擢胃腎

구장촌단(九腸寸斷)

⇒단장(斷腸) 참조.

구전문사(求田問舍)

논밭이나 살림할 집을 구하여 산다는 뜻으로, 논밭이나 집 따위 재산에만 마음을 쓸 뿐 원대한 뜻이 없음을 이르는 말.
「魏志 陳登傳」
求田問舍 言無可采.

구전성명(苟全姓名)

구차하게 목숨을 보전함.

구전심수(口傳心授)

말로 전하고 마음을 가르침.

구전이수(口傳耳受)

입으로 전해진 것을 귀로 들음.

구전지훼(求全之毀)

자기 몸을 수양하여 완전하게 하려던 것이 오히려 뜻밖의 욕설을 남에게 듣게 됨을 이르는 말.
「孟子 離婁章句上 二十一」,
孟子曰 有不虞之譽 有求全之毀
맹자 가로되, "예상하지 않았던 일에 칭찬을 받게 되는 수도 있고, 정당하기를 바라서 완전을 기했던 일에 그 명예를 손상하는 수도 있다."

구절양장(九折羊腸)

양의 창자처럼 구부러진 험한 산길. 또는 세상이 복잡하여 살아가기가 어려움을 뜻하기도 함.

구절죽장(九節竹杖)

중이 짚는 마디가 아홉인 대지팡이를 이르는 말.

구정대려(九鼎大呂)

귀중한 것, 높은 지위, 명망 따위를 비유하는 말.
「史記 平原君傳」,
平原君曰 毛先生一至楚 使趙重於九

鼎大呂　九鼎　左傳宣公三年　昔夏之方
有德也　遠方圖物　貢金九牧　鑄鼎象物
百物而爲之備　使民之神姦

구족제철(狗足蹄鐵)

개발에 편자란 말로, 전혀 어울리지
않음을 이르는 말.

구종별배(驅從別陪)

구종이 상전을 특별하게 모심을 이
르는 말.

* 구종(驅從) - 지난 날 벼슬아치를 모
시고 다니던 하인을 이르는 말.

구중심처(九重深處)

대궐 안 깊은 곳. 또는 깊숙하고 은
밀한 곳을 이르는 말.

구지부득(求之不得)

아무리 구하고자 해도 구할 수가 없
다는 뜻.

구충기수(苟充其數)

구차스럽게 그 수만을 채움을 이르
는 말.

구태의연(舊態依然)

옛 모양 그대로임. 고태의연(古態依
然)이라고도 함.

구폐금진(裘弊金盡)

갖옷은 해어지고 돈이 떨어졌다는
뜻으로, 생활이 궁핍함을 비유하여
이르는 말.

「戰國策 秦策」,

구폐생폐(捄弊生弊)

폐해를 바르게 잡으려다 도리어 폐
단을 일으킴.

구하삼복(九夏三伏)

여름 90일 동안에 가장 더운 초복,
중복, 말복의 세 복날을 이름.

구한(봉)감우(久旱[逢]甘雨)

오랜 가뭄 끝에 내리는 단비. 또
는 인생의 가장 즐거운 때를 가리
킴.

구허날무(構虛捏無)

터무니없는 말을 꾸며냄. 줄여서 구
날(構捏)이라고도 함.

구화양비(救火揚沸)

불에 타고 있는 사람을 구하려고 끓
는 물을 퍼 올린다는 말이니, 어려움
에 처한 사람을 더욱 괴롭힘을 이르
는 말.

구화지문(口禍之門)

입이 재앙을 불러들이는 문이 된다
는 뜻으로, 말을 조심하라고 경계하
는 말.

구화투신(救火投薪)

불을 끄는 데 섶을 던진다는 말로,
일을 크게 그르침을 비유하는 말. 부
신구화(負薪救火) 또는 포신구화(抱薪
救火)라고도 함.

「鄧析子」,

譬如拯溺錘之以石　救火投之以薪

구환분재(救患分災)

다른 사람의 환란과 재앙을 구제하
고 분담하여 동정을 베푼다는 말.

「左傳」,

凡侯伯　救患分災討罪　禮也

구회일처(俱會一處)

극락 정토에서 태어난 것은, 모두
한 군데에서 만날 수 있다는 것.

국궁진췌(鞠躬盡瘁)

마음과 힘을 다하여 나라 일에 이바
지함.

국난사충신(國難思忠臣)

나라가 어지러우면 충성스런 신하를 생각한다는 말.

국난즉사양상(國難則思良相)

나라가 어지러우면 어진 재상을 생각한다는 말.

국무손척(國無損瘠)

국가가 흉년을 만나도 예비 저축이 있으면 백성이 굶주리지 않는다는 말.

「漢書」,

故堯禹有九年之水 湯有七年之旱 而國亡損瘠 以畜積多而備先具也

국보간난(國步艱難)

나라의 운명이 매우 어지럽고 어려움을 이르는 말.

「詩經」,

天步艱難

국사무쌍(國士無雙)

한 나라 안에서 둘도 없는 특별히 뛰어난 인재를 이르는 말. 동량지기(棟梁之器), 동량지재(棟梁之材)와 유사한 말.

「史記 淮陰侯列傳」,

信數與蕭何語 何奇之 至南鄭 諸將行道亡者數十人 信度何等已數言上 上不我用 即亡 何聞信亡 不及以聞 自追之 人有言上曰 丞相何亡 上大怒 如失左右手 居一二日 何來謁上 上且怒且喜 罵何曰 若亡 何也 何曰 臣不敢亡也 臣追亡者 上曰 若所追者誰何 曰 韓信也 上復罵曰 諸將亡者以十數 公無所追 追信詐也 何曰 諸將易得耳 至如信者 國士無雙 王必欲長王漢中 無所事信 必欲爭天下 非信無所與計事者 顧王策安所決耳 王曰 吾亦欲東耳 安能鬱鬱久居此乎 何曰 王計必欲東 能用信 信即留 不能用 信終亡耳 王曰 吾爲公以爲將 何曰 雖爲將 信必不留 王曰 以爲大將 何曰 幸甚

韓信은 자주 蕭何와 이야기하고, 소하는 그를 아주 뛰어난 자라고 인정했다. (한왕은 漢中 땅을 영토로 받아 도성인) 南鄭으로 옮겨가게 되었는데, 남정까지 가는 도중에 여러 장수가 잇따라 도망쳐서 그 수가 수십 명이나 되었다. 한신은 '소하 등이 한왕에게 여러 번 천거해 주었지만 한왕은 나를 긴하게 쓰지 않는다'고 생각하고 곧 도망쳤다. 소하는 한신이 도망했다는 말을 듣고 한왕에게 알릴 틈도 없이 직접 뒤쫓아갔다. 어떤 자가 한왕에게 보고했다. "승상 소하가 도망쳤습니다." 한왕은 크게 화를 내었으나 마치 두 팔을 잃은 것처럼 낙심했다. 그대로 2·3일이 지나자 소하가 돌아와서 한왕을 배알했다. 한왕은 한편 화가 나기도 하고 또 한편으로는 반갑기도 해서 소하를 꾸중했다. "네가 도망치다니 어찌 된 일이냐?" 소하는 말했다. "신이 어찌 감히 도망을 치겠습니까? 그런 일은 없습니다. 신은 도망친 자를 잡으러 갔을 뿐입니다." 한왕이 말했다. "네가 잡으러 갔다는 자는 도대체 누구란 말이냐?" 소하가 말했다. "한신이올시다." 한왕은 고함쳤다. "장수로서 도망친 자가 수십 명이나 되는데도 공은 누구 하나 쫓아간 일이 없었다. 그러니 한신을 잡으러 갔다는 말은 거짓일 것이다." 소하는 말했다. "그 따위 하잘것없는 장수들은 쉽게 얻을 수가 있습니다. 그러나 한신 같은 인물 정도면 일국에 둘도 없는 인물이 올시다. 대왕께서 앞으로 계속 한중의 왕으로 만족하실 생각이시라면 한신 같은 자는 문제삼을 필요가 없습니다. 그러나 기어코 천하를 다투실 뜻이라면 한신이 아니면 함께 일을 도모할 수가 없을 것입니다. 대왕께서는 어느 쪽을 택하실 것인지 결정해 주십시오." 한왕은 말했다. "나는 동쪽으로 진출할 생각이다. 어찌 이런 곳에서 썩고 있을 수가 있단 말인가?" 소하가 말했다. "대왕께서 꼭 동쪽으로 진출하실 생각이라면 한신을 등용하십시오. 그러면 한신은 곧 돌아올 것입니다. 한신을 믿지 않으신다면 그는 또 도망치고 말 것입니다." 한왕은 말했다. "公의 체면을 보아서 한신을 특별히 장군으로 임명하겠노라." 소하가 말했다. "장군이 되는 것으로서는 한신도 아마 머물지 않을 것입니다." 한왕이 말했다. "그렇다면 대장군으로 임명하겠노라." 소하가 말했다. "참으로 다행한 처분이올시다."

* 韓信 – 秦이 멸망하고 초패왕 項羽와 한왕 劉邦이 천하를 다투고 있을 때, 아무리 軍略을 건의해도 項羽가 듣지 않으므로 도망쳐 나와 漢군에 투신한 장군. 後에는 향수에 젖어서 劉邦으로부터 도망침.
* 蕭何 – 漢의 丞相. 평소에 韓信의 재능과 야망에 은근히 기대를 걸었다 함.

국수대호전필망(國雖大好戰必亡)

나라가 강대하여도 전쟁을 좋아하면 반드시 망한다는 뜻으로, 싸움을 좋아하는 나라는 망한다는 것을 경계(警戒)하는 말.

「司馬法仁 本篇」,

國雖大好戰必亡 天下雖安忘戰必危

나라가 아무리 크다 할지라도 싸움을 좋아하면 반드시 망하게 될 것이요, 천하가 아무리 평안하다 할지라도 전쟁을 잊는다면 반드시 위태롭게 되느니라.

국지조아(國之爪牙)

나라를 지키는 무사를 이르는 말.

「漢書」,

廣上書自陳 上報曰 將軍者國之爪牙也

국천척지(跼天蹐地)

머리가 하늘에 받힐까 두려워 허리를 굽힌 채 걷고, 땅이 꺼지지 않을까 걱정하여 살금살금 걷는다는 뜻으로, 몹시 두려워하여 몸둘 바를 모르는 모양. 국척(跼蹐)만으로도 쓰임.

국치민욕(國恥民辱)

나라의 부끄러움과 국민의 욕됨. 외적에게 국권이 농락되는 경우 따위를 이르는 말.

국태민안(國泰民安)

나라가 태평하고 백성이 살기가 편안함.

국파산하재(國破山河在)

나라가 망하여 백성과 문물이 다 바뀌었으나, 산하는 변하지 않고 예전대로 있음을 이르는 말.

「杜甫의 春望」,

國破山河在 : 나라는 무너져도 산하는 옛 산하

城春草木深 : 봄이야 속절없이 초목마다 푸르렀네

感時花濺淚 : 시절이 못내 슬퍼 꽃
　　잎도 눈물 짜고
恨別鳥驚心 : 어이타 이별인가! 새
　　들도 질겁하네
烽火連三月 : 兵亂의 봉화불 석 달만
　　에
家書抵萬金 : 고향 편지 받아 드니
　　황금 만냥 가당하겠네
白頭搔更短 : 백발을 긁다 보면 그
　　더욱 짧아져
渾欲不勝簪 : 비녀도 낄 수 없어 지
　　르르 떨어지네

군경절축(群輕折軸)

⇒적우침선(積羽沈船) 참조.

군계일학(群鷄一鶴)

낙양(洛陽) 사람이 혜소(嵇紹)를 칭
찬한 데서 나온 말로, 닭의 무리 속
에 끼여있는 한 마리의 학이란 뜻이
니, 곧 평범한 무리 가운데서 가장
뛰어난 하나를 일컫는 말. 계군고학
(鷄群孤鶴), 계군일학(鷄群一鶴) 또는
학립계군(鶴立鷄群)이라고도 함.
「晋書 嵇紹傳」,
　昂昂然 野鶴如在鷄群
嵇紹는 10세 때 아버지가 무고한
죄로 형장의 이슬로 사라진 이래 어
머니를 모시고 사는데, 亡父의 친구
이며 七賢의 한 사람인 山濤가 武帝
에게 추천하여 秘書丞이란 관직에 올
라 처음 洛陽에 들어갈 때 어떤 사람
이 말했다. "어제 많은 사람들 틈에
서 혜소를 보았는데 의기가 높은 것
이 아주 늠름하여 마치 들학〔野鶴〕
이 닭의 무리 속으로 내려앉는 것 같
았네."
* 혜소(嵇紹)는 죽림칠현의 한 사람으

로, 魏나라의 中散大夫 嵇康의 아들.

군덕유삼(君德有三)

임금이 지켜야 할 세 가지 도(道)를
말함.
「十八史略 司馬溫公 上奏文」
　君德有三 曰仁 曰明 曰武.

군령태산(軍令泰山)

군대의 명령이 매우 엄숙함을 이르
는 말.

군맹모상(群盲摸象)

⇒군맹무상(群盲撫象) 참조.

군맹무상(群盲撫象)

여러 소경이 코끼리를 어루만진다는
뜻에서 나온 말로, 범인(凡人)은 모
든 사물을 자기 주관대로 그릇 판단
하거나 그 일부밖에 파악하지 못함을
비유하는 말. 또는 좁은 식견을 비유
하는 말. 군맹모상(群盲摸象) 또는 군
맹평상(群盲評象)이라고도 함.
「涅槃經」,
* 인도의 경면왕(鏡面王)이 어느 날 맹
인들에게 코끼리라는 동물을 가르쳐 주
기 위해 그들을 궁중으로 불러모았다.
그리고 신하를 시켜 코끼리를 끌어오게
한 다음 소경들에게 만져보라고 했다.
얼마 후 경면왕은 소경들에게 물었다.
"이제 코끼리가 어떻게 생겼는지 알았느
냐?" 그러자 소경들은 입을 모아 대답했
다. "예, 알았나이다." "그럼, 어디 한 사
람씩 말해 보아라." 소경들의 대답은 각
기 자기가 만져 본 부위에 따라 다음과
같이 달랐다. "무와 같사옵니다.(상아)"
"키와 같나이다.(귀)" "돌과 같사옵니다.
(머리)" "절굿공이 같사옵니다.(코)" "널
빤지와 같나이다.(다리)" "독과 같사옵니
다.(배)" "새끼줄과 같나이다.(꼬리)"

* 이 이야기에 등장한 코끼리는 석가모니(釋迦牟尼)에 비유한 것이고, 소경들은 밝지 못한 모든 중생(衆生)들에 비유한 것이다. 그리고 이 이야기는 모든 중생들이 석가모니를 부분적으로 이해할 수 있다는 것, 즉 모든 중생들에게는 각기 석가모니가 따로 있다는 것을 말해주고 있는 것이다.

군맹평상(群盲評象)
⇒군맹무상(群盲撫象) 참조.

군무사노(軍無私怒)
군대에는 사사로운 노여움이 없어야 한다는 말.

군사부일체(君師父一體)
임금과 스승과 부모의 은혜는 같음을 이르는 말.

군신유의(君臣有義)
오륜(五倫)의 하나로, 임금과 신하의 도리는 의리에 있음을 이르는 말. ⇒포식난의(飽食暖衣)의 고사 및 삼강오륜(三綱五倫) 참조.

군욕신사(君辱臣死)
임금과 신하가 온갖 어려움과 생사를 함께 한다는 말.
「國語越語」,
爲人臣者 君憂臣勞 君辱臣死

군웅할거(軍雄割據)
같은 시기에 여러 곳에서 일어난 많은 영웅들이 각각 한 지방씩 차지하고 웅거하여 세력을 다투거나 위세를 부림.

군위신강(君爲臣綱)
⇒삼강오륜(三綱五倫) 참조.

군의만복(群疑滿腹)
많은 사람이 마음에 의심이 가득함.

「諸葛亮의 出師表」,
動引聖人 群疑滿腹 衆難塞胸

군자무소쟁(君子無所爭)
군자는 사람과 다투지 않는다는 말.
「論語」,
子曰 君子無所爭 必也射乎 揖讓而升下而飮 其爭也君子

군자삼락(君子三樂)
군자(君子)는 보통 사람과는 달리 특별히 삼락(三樂)이 있다는 말.
「孟子 盡心句上 二十」,
君子有三樂 而王天下不與存焉 父母俱存兄弟無故 一樂也 仰不愧於天俯不怍於人 二樂也 得天下英才而敎育之 三樂也 君子有三樂 而王天下不與存焉
君子에게 세 가지 즐거움이 있다. 그러나 천하에 왕노릇 하는 것만은 거기에 들어있지가 않다. 부모가 다 생존해 있고, 형제들에게 아무런 變故가 없는 것이 그 첫째의 즐거움이다. 우러러보아서 하늘에 부끄럽지 않고, 굽어보아서 사람에게 부끄럽지 않은 것이 그 둘째의 즐거움이다. 천하의 뛰어난 인재를 얻어서 그를 교육하는 것이 셋째의 즐거움이다. 君子에게는 세 가지 즐거움이 있으나 천하에 왕노릇 하는 것만은 거기에 들어있지 않다.
* 育英의 참된 보람을 역설한 내용임.

군자의야(君子儀也)
임금은 백성의 의표(儀表)가 되어야 한다는 말.
「荀子」,
君子儀也 儀正而景正 君子槃也

군자장자(君子長者)
사물의 도리를 분별할 줄 아는 사람

을 이르는 말.
「史記」,
代王母家薄氏 君子長者

군자지교담약수(君子之交淡若水)

군자의 사귐은 물과 같이 맑다는 말.

군자화이부동(君子和而不同)

君子는 道理에 화합하되, 줏대 없이 타인의 의견이나 어떤 일에 함부로 부화뇌동(附和雷同)하지 않는다는 뜻. 아부뇌동(阿附雷同)이라고도 하며, 화이부동(和而不同)만으로도 쓰임.
「論語 子路 二十三」,
子曰 君子和而不同 小人同而不和
孔子 가로되, "사람을 사귐에 있어 君子는 和하되 雷同하지는 않고, 小人은 雷同할 줄만 알지 和할 줄을 모른다."

군주신수(君舟臣水)

도와주는 사람이 때로는 해(害)가 되는 수가 있음을 비유하는 말.
「荀子」,
君子舟也 庶人者水也 水則載舟 水則覆舟

군책군력(群策群力)

많은 사람의 지모(智謀)와 능력. 많은 사람의 꾀와 힘.

굴지득금(掘地得金)

땅을 파다 금을 얻었다는 말로, 의외의 횡재를 얻음을 이르는 말.

궁구막추(窮寇莫追)

⇒궁구물박(窮寇勿追) 참조.

궁구물박(窮寇勿追)

곤경에 빠진 적을 끝까지 좇아가지 말라는 뜻. 궁구막추(窮寇莫追) 또는 궁구물추(窮寇勿追)라고도 함.
「孫子 軍爭篇」,
歸師勿遏 圍師必闕 窮寇勿迫 用兵之法也

궁구물추(窮寇勿追)

⇒궁구물박(窮寇勿追) 참조.

궁당익견(窮當益堅)

곤궁하여지면 그럴수록 그 지조는 더욱 굳어짐.

궁리진성(窮理盡性)

사물의 성정 및 변화의 이치를 깊이 연구하여 밝힘.
「易經」,
窮理盡性 以至於命

궁마지사(弓馬之士)

무인(武人)이나 무사(武士)를 이르는 말.

궁사극치(窮奢極侈)

매우 심한 사치.

궁사남위(窮思濫爲)

궁하면 아무 짓이나 함.

궁사무척(孔蛇無尺)

구멍에 든 뱀의 길이는 알 수 없다는 뜻으로, 사람의 마음이나 재주는 헤아리기 어려움을 이르는 말. 공사무척(孔蛇無尺)이라고도 함.

궁서설리(窮鼠齧貍)

⇒수궁즉설(獸窮則齧) 참조.
「鹽鐵論 刑法篇」,
死不再生 窮鼠齧貍

궁서설묘(窮鼠齧猫)

⇒수궁즉설(獸窮則齧) 참조.

궁심멱득(窮心覓得)

　온갖 힘을 다 들여 겨우 찾아 얻음.

궁여일책(窮餘一策)

　⇒궁여지책(窮餘之策) 참조.

궁여지책(窮餘之策)

　막다른 처지에서 생각다 못해 짜낸 계책. 궁여일책(窮餘一策)이라고도 함.

궁이후공(窮而後工)

　시인이 가난하면 가난할수록 그가 짓는 시는 더 훌륭하여짐.
「歐陽修의 梅聖兪詩集序」,
　予聞世謂詩人小達而多窮 〈中略〉 然則非詩之能窮人 殆窮者而俊工也

궁인모사(窮人謀事)

　운수가 궁한 사람이 꾸미는 일은 실패한다는 뜻으로, 일이 잘 이루어지지 않음을 이르는 말.

궁인지사 번역파비(窮人之事 飜亦破鼻)

　몹시 재수가 없음을 이르는 말로, 재수가 없는 사람은 '뒤로 자빠져도 코가 깨진다'는 속담과 같은 뜻.

궁적상적(弓的相適)

　활과 과녁이 서로 맞는다는 뜻으로, 하려는 일과 기회가 꼭 들어맞음.

궁조입회(窮鳥入悔)

　새매에게 쫓기어 몰린 새가 사람의 품안에 기어든다는 뜻으로, 궁지에 빠진 사람이 와서 하소연을 하면 불쌍히 여기고 도와주어야 한다는 말. 궁조입회(窮鳥入懷)라고도 함.
「顏氏家訓」,
　窮鳥入悔 仁人所憫

궁천극지(窮天極地)

하늘과 땅처럼 끝닿는 데가 없음.

궁촌벽지(窮村僻地)

　가난한 마을과 궁벽한 곳.

궁통각유명(窮通各有命)

　사람의 곤궁함과 출세함이 모두 그 사람에게 딸린 운명이라는 뜻.
「白居易의 諭友詩」,
　窮通各有命 不擊才不才 推此自裕裕 不必待安排

궁흉극악(窮凶極惡)

　성정이 음침하고 몹시 흉악함.

권갑도기(卷甲韜旗)

　갑옷을 벗어 챙기고 기를 싸 넣음. 즉 전쟁이 끝남을 이르는 말.

권고지은(眷顧之恩)

　돌보아준 은혜.

권권복응(拳拳服膺)

　명령이나 훈계 따위를 늘 마음에 두고 정성껏 간직하여 잊지 않고 지킴.
「中庸」,
　得一善 則拳拳服膺而弗失之矣

권권불망(眷眷不忘)

　늘 생각하여 잊지 아니함.

권모술수(權謀術數)

　목적달성을 위해서 수단과 방법을 가리지 않고 남을 교묘하게 속이는 술책.

권문세가(權門勢家)

권세가 있는 집안을 이르는 말.

권불십년(權不十年)

　권력은 10년을 못 간다는 말. 세무십년과(勢無十年過), 화무십일홍(花無十日紅)이라고도 함.

권상요목(勸上搖木)

나무에 오르게 해 놓고 흔들고 떨어뜨린다는 뜻으로, 남을 선동해 놓고 낭패보도록 방해함을 비유하는 말. 등루거제(登樓去梯)라고도 함.

권선징악(勸善懲惡)

악한 일을 징계하고, 착한 일을 권장함. 창선징악(彰善懲惡)이라고도 함.

「左氏傳 成公 十四年」,

故君子曰 春秋之稱 微而顯 志而晦 婉而成章 盡而不汚 懲惡而勸善 非聖人誰能修之

그러므로 君子 가로되, "春秋時代의 호칭은 알기 어려운 것 같으면서도 쉽고, 쉬운 것 같으면서도 뜻이 깊고, 빙빙 도는 것 같으면서도 정돈되어 있고, 노골적인 표현을 쓰면서도 품위가 있고, 악행을 징계하고 선행을 권한다. 聖人이 아니고야 누가 능히 이렇게 지으랴?"

권여(權輿)

⇒남상(濫觴) 참조.

권토중래(捲土重來)

흙먼지를 말아 일으키며 다시 쳐들어온다는 뜻으로, 한 번 실패한 사람이 그 실패에 굴하지 않고 다시 분기하여 쳐들어온다는 말. 백절불굴(百折不屈) 또는 백절불요(百折不撓)과 유사한 말.

「杜牧의 題烏江亭」,

勝敗兵家事不期 : 승패는 병가도 기할 수 없는 것

包羞忍恥是男兒 : 수치를 참을 수 있음이 바로 남아라

江東子弟多才俊 : 강동의 자제에는 준재가 많으니

捲土重來未可知 : 흙먼지를 일으키며 다시 왔으면 몰랐을 것을.

* 項羽가 垓下의 싸움에서 패하여 烏江까지 왔을 때 烏江의 亭長(村長)이 배를 준비하여 와서는 강동으로 건너가 재기를 도모하라고 권했다. 그러나 項羽는 이미 강동의 자제 8천 명을 모조리 전사시켰는데 무슨 낯으로 그 부모들을 대하겠느냐 하며 자살한다. 작자는 이 영웅의 말로를 애석하게 여겨 쓴 것이다.

궐각계수(厥角稽首)

이마가 땅에 닿도록 절함을 이름.

「漢書」,

漢諸侯王 厥角稽首

궤상공론(机上空論)

⇒지상담병(紙上談兵) 참조.

궤상육(机上肉)

⇒조상지육(俎上之肉) 참조.

귀감(龜鑑)

사물의 거울, 본보기 또는, 행위의 기준. 거북은 길흉(吉凶)을 점치고 거울은 사물을 비친다는 데서 온 말.

「蘇軾의 乞校正陸贄奏議進御劄子」,

聚古今之精英 實治亂之龜鑑

귀거래(歸去來)

관직을 사임하고 고향으로 돌아감.

「陶淵明 歸去來辭」,

歸去來兮 田園將蕪胡不歸 旣自以心 爲形役 奚惆悵而獨悲 悟已往之不諫 知來者之可追 實迷塗其未遠 覺今是而昨非

자, 돌아가자. 전원이 황폐하려 하는데 어찌 돌아가지 않으리요? 이미 스스로 마음으로써 형(形)의 사역(使

役)이 되니, 어찌 추창(惆悵)하여 홀로 슬퍼하랴. 이미 간하지 못할 것임을 깨닫고 내자(來者)를 따를 수 있음을 알았다. 실로 길에 헤매되 그 아직 멀지 않았나니, 지금은 옳으나 어제는 틀렸음을 깨달았다.

귀검혁인(鬼臉嚇人)
허세로 남을 위협함을 이르는 말.

귀곡천계(貴鵠賤鷄)
⇒귀혹천계(貴鵠賤鷄) 참조.
* 따오기를 귀하게 여기고 닭을 천히 여긴다는 뜻으로, 세상 사람의 심정이 가까운 것을 천하게 여기고 먼 데 것을 귀하게 여김.

귀곡추추((鬼哭啾啾)
유령의 우는 소리가 나듯이, 귀신이 나올 듯한 무서운 상황.

귀귀수수(鬼鬼祟祟)
숨어서 남몰래 일 꾸밈을 욕하는 말.

귀마방우(歸馬放牛)
휴전(休戰)하게 됨을 비유하여 이르는 말.
* 주(周) 무왕(武王)이 은(殷)을 토벌하여 이기고 돌아와 말을 돌려보내고 소를 놓아주었다는 데서 나온 말.

귀면불심(鬼面佛心)
보기에는 귀신과 같은 얼굴이지만, 사실은 부처같이 순한 마음을 가지고 있는 것, 또는 그런 사람.

귀명정례(歸命頂禮)
부처에 귀의하여 머리를 방에 대고 절함. 부처에게 진심으로 위하는 마음을 보임.

귀모남색(鬼貌藍色)
귀신처럼 얼굴빛이 검푸름을 이르는 말.
「唐書」,
盧杞體陋甚　鬼貌藍色　尙父郭子儀病甚

귀모토각(龜毛兎角)
⇒토각귀모(兎角龜毛) 참조.

귀배괄모(龜背刮毛)
거북의 등에 난 털을 깎으려 한다는 뜻으로, 되지 않을 일을 무리하게 이루려 함을 비유하는 말.
「旬五志」,

귀불가언(貴不可言)
아주 존귀함을 이르는 말.

귀사신차(鬼使神差)
귀신의 힘으로 했다는 뜻으로, 자기가 주장이 되어 하지 못함을 비유하여 이르는 말.
「琵琶記」,
元來他也　是無奈　好以鬼使神差

귀소본능(歸巢本能)
동물이 일정한 주거·육아의 장소 등에서 멀리 다른 곳으로 갔다가도 되돌아오는 본능적인 성질을 이르는 말.

귀이천목(貴耳賤目)
듣기는 잘 하고 보지는 말라는 말.
「顔氏家訓」,
世人多蔽　貴耳賤目

귀혹천계(貴鵠賤鷄)
따오기를 귀히 여기고 닭을 천히 여긴다는 뜻으로, 세상 사람의 심정이 가까운 것을 천하게 여기고 먼 데 것

을 귀하게 여김을 이르는 말. 귀곡천계라(貴鵠賤鷄)고도 함

貴鵠科玉條 神卦靈兆 古文畢發 炳煥照耀

규구준승(規矩準繩)

사물의 기준이 되는 것, 또는 일상생활에서 지켜야 할 법도.

「孟子 離婁章句上 一」.

孟子曰 離婁之明 公輸子之巧 不以規矩 不能成方圓 師曠之聰 不以六律 不能正五音 堯舜之道 不以仁政 不能平治天下 今有仁心仁聞而民不被其澤 不可法於後世者 不行先王之道也 故曰 徒善不足以爲政 徒法不能以自行 詩云 不愆不忘 率由舊章 遵先王之法而過者 未之有也 聖人旣竭目力焉 繼之以規矩準繩 以爲方員平直 不可勝用也 旣竭耳力焉 繼之以六律 正五音 不可勝容也 旣竭心思焉 繼之以不忍人之政 而仁覆天下

孟子 가로되, "離婁의 밝은 시력과 公輸子의 교묘한 기술로도 콤파스와 자를 쓰지 않으면 4각과 원을 만들지 못한다. 師曠의 밝은 청각으로도 六律을 쓰지 않으면 五音을 바르게 할 수 없다. 堯 임금과 舜 임금의 道(治世法)로도 仁政을 행하기 않으면 천하를 화평하게 다스리지 못한다. 이제 어진 마음과 어질다는 소문이 있으면서 인민이 은택을 입지 못해서 후세에 모범이 될 수 없는 것은 先王의 道(治世法)를 실천하지 않기 때문이다. 그래서, '실천이 따르지 않는 한낱 착하기만 한 것으로 정치를 하기에 부족하고, 실행이 따르지 않는 한갖 형식민 갖춘 법도만으로는 그것이 저절로 운영되어 나가지는 못한

다.'고 하는 것이다. 詩에도, '틀리지도 않고 잊지도 않으면서 옛 법도를 좇아 말미암는다.'고 하였다. 先王의 법도를 따르고서 과오를 범한 사람은 아직 없다. 聖人이 이미 視力을 다 쓰고서 그에 이어 規矩準繩을 써서 4각과 원과 水平과 直線을 만들었으니, 그 만들어진 것은 넉넉하여 이루 다 써낼 수 없다. 이미 청력을 다하고서 그에 이어 六律을 써서 五音을 바로잡았으니, 그 바로잡아진 것은 풍부하여 이루 다 써낼 수 없다. 이미 마음과 생각을 다하고서 그에 이어 남을 차마 해치지 못하고 남의 불행을 차마 보지 못하는 정치를 행하였으니, 그래서 仁이 천하를 덮은 것이다.

* 규(規)는 원을 그리는 컴퍼스, 구(矩)는 네모를 그리는 곱자. 준(準)은 수평을 재는 수평기, 승(繩)은 목수나 석수장이가 곧은 금을 긋는 데 쓰는 먹통.

규규무부(赳赳無夫)

용맹스러운 무사(武士)를 이름.

* 규규(赳赳) - 씩씩하고 강한 모양. 용맹스러운 모양.

규환지옥(叫喚地獄)

불교에서 이르는 팔열 지옥(八熱地獄)의 하나. 살생(殺生)·절도(竊盜)·음행(淫行)·음주(飮酒)의 죄를 지은이가 가게 된다는 지옥으로, 펄펄 끓는 가마솥에 들어가거나 시뻘건 불 속에 던져서 고통을 받는다고 함.

귤중지락(橘中之樂)

장기나 바둑을 두는 즐거움.

「幽怪錄」.

皆相對象戲 談笑自若 一叟曰 橘中之
樂
* 옛날 파공(巴邛) 사는 사람이 굴의
큰 열매를 쪼개어 보니 두 노인이 바둑
을 두고 있었다는 고사에서 나온 말.

귤화위지(橘化爲枳)
강남(江南)의 귤을 강북(江北)에 심
으면 탱자가 되는 것과 같이, 사람도
환경에 따라 변화함을 말함.
「淮南子」,
今夫徙樹吉 失眞陰陽之性則莫不枯槁
故橘樹之江北 則化而爲枳
「晏子春秋」,
晏子曰 嬰聞之 橘生淮南則爲橘 生淮
北則爲枳 葉徒相似 其實味不同 所以
然者 何水土異也
「周禮考工記」,
橘踰淮而北爲枳

극구광음(隙駒光陰)
달리는 말을 문틈으로 본다는 말로,
인생의 짧고 덧없음을 뜻함.

극구찬양(極口讚揚)
말로 할 수 있는 최대의 칭찬을 뜻
함.

극기복례(克己復禮)
제 욕심을 누르고 예의 범절(禮義凡
節)을 따른다는 말.
「論語 顏淵 一」,
顏淵問仁 子曰 克己復禮爲仁 一日克
己復禮 天下歸仁焉 爲人由己 而由人
乎哉 顏淵曰 請問其目 子曰 非禮勿視
非禮勿聽 非禮勿言 非禮勿動 顏淵曰
回雖不敏 請事斯語矣
顏淵이 仁을 물었다. 孔子 가로되,
"자기를 극복하여 禮를 행함이 仁이
다. 단 하루 스스로를 이겨서 禮를

행하면 天下가 仁으로 돌아올 것이니
仁은 자기에게 의존함이요, 남에게
의존함이 아니다." 顏淵이 細目을 묻
자 공자 가로되, "예가 아니면 보지
도 말고, 듣지도 말며, 말하지도 말
고, 행하지도 말라." 顏淵이 가로되,
"제가 비록 不敏하오나 이 말씀을 받
들어 任務로 삼겠나이다."

극락(極樂)
①극락정토(極樂淨土)의 준말. ②더
없이 안락하고 아무 걱정이 없는 지
경을 이르는 말. ⇨나락(奈落)

극벌원욕(克伐怨欲)
4가지의 악덕(惡德)을 이르는 말로,
싸워서 이김을 즐겨하고[克], 재능을
스스로 자랑하고[伐], 남을 원망하고
[怨], 물욕(物慾)이 많은 마음[欲]을
말함.
「論語 憲問 二」,
憲問 克伐怨欲不行焉 可以爲仁矣 子
曰 可以爲難矣 仁則吾不知也
원헌(原憲)이 묻기를, "克,伐,怨,欲
을 자제(自制)하여 행치 아니하는 이
를 인자(仁者)라 합니까?"
공자가 말하기를, "그렇게 하기도
어렵거니와 그것이 인자인지는 내 알
지 못하노라."

극성즉패(極盛則敗)
왕성함이 지나치면 도리어 패망한다
는 말.

극악무도(極惡無道)
더없이 악하고 도의심이 없음을 이
르는 말.

극열지옥(極熱地獄)
⇨무간지옥(無間地獄) 참조.

극혈지신(隙穴之臣)

몰래 적과 내통하는 자를 이름.
「韓非子 用人」,

근근득생(僅僅得生)

겨우 살아감. 겨우겨우 삶을 이어
나감.

근근부지(僅僅扶持)

겨우 배겨 나감. 가까스로 버티어
나감.

근근자자(勤勤孜孜)

매우 부지런하고 정성스러움.

근묵자흑(近墨者黑)

먹을 가까이하면 검어진다는 뜻으
로, 나쁜 사람과 어울리면 물들기 쉽
다는 말. 근주자적(近朱者赤)과 함께
쓰이는 말.
「雜書 傳玄太子少傳箴」
近墨必緇 近朱必赤.

근배지달(根培枝達)

뿌리를 북돋우면 가지가 무성해진다
는 뜻이니, 학문의 기초를 튼튼히 하
면 학식이 저절로 늚을 비유하는 말.

근위무가지보(勤爲無價之寶)

근면을 값으로 따질 수 없는 보배라
는 말.

근유익하(瑾瑜匿瑕)

아름다운 옥에도 티가 있다는 뜻으
로, 현인(賢人) 군자(君子)에게도 허
물이 없을 수 없으니 그 허물을 덮어
줌을 비유하는 말.

근장보졸(勤將補拙)

서툰 것을 보충하는 데는 부지런함
이 으뜸이라는 말.

「白居易의 題儉閑走必二十四韻詩」,
救煩無若靜 補拙莫如勤

근주자적(近朱者赤)

⇒근묵자흑(近墨者黑) 참조.

근화일일영(槿花一日榮)

아침에 피어나 저녁에 지는 꽃처럼
일시적인 덧없는 영화를 비유하는
말.
「白居易 放言詩」,
泰山不要欺毫末　顔子無心羨老彭
松樹千年終是朽　槿花一日自爲榮
何須戀世常憂死　亦莫嫌身漫厭世
生去師來都是幻　幻人哀樂繫何情

근화일조몽(槿花一朝夢)

허무한 영화를 비유하여 이르는 말.

금강불괴(金剛不壞)

금강석처럼 몹시 단단하여 부서지지
않는 것. 불신(佛身)을 이르는 말.

금강산 식후경(金剛山食後景)

아무리 좋은 경치도 배가 불러야 구
경할 수 있다는 말.

금과옥조(金科玉條)

금옥(金玉)과 같이 몹시 귀중한 법
률이나 규정을 이르는 말.
「揚雄의 劇秦美新」,
懿律嘉量　金科玉條 神卦靈兆 古文畢
發 炳煥照耀

금구목설(金口木舌)

언론에 의해 사회를 지도함을 비유
하는 말.

금구무결(金甌無缺)

금으로 만든 사발이 조금도 흠이 없
다는 뜻으로, 사물이 완전하고 견고
하여 흠이 없는 것이나, 외국의 침략

을 받은 일이 없는 독립 견고한 나라
를 이르는 말.
「南史 朱异傳」,
　武帝曰 我國家猶若金甌無一傷缺

금독지행(禽犢之行)

친척 사이에서 발생한 음탕한 짓.

금란지계(金蘭之契)

⇒관포지교(管鮑之交) 참조.
* 금은 지극히 견고하지만, 두 사람이
마음을 합치면 그 금을 단절할 수 있으
며, 두 사람의 참된 우정을 향기로운
난초에 비유하여 금란(金蘭)이라 이름.
「世說」,
　山公與嵇阮一面契若金蘭
「宋文鑑 范質의 詩」,
　擧世重交游 擬結金蘭契
「易經 繫辭上傳」,
　同人先號咷而後笑 子曰 君子之道 或
出或處 或默或語 二人同心 其利斷金
同心之言 其臭如蘭

同人卦의 五陽 爻辭에 먼저는 울부
짖고 뒤에는 웃는다고 있다. 마음을
같이하는 자를 얻었기 때문에 웃는
것이다. 孔子 가로되, "君子의 道는
세상에 나가 벼슬하기도 하고, 물러
나와 고요히 지키기도 한다. 침묵할
때도 있고 말할 때도 있다. 그 어느
때에나 道가 같으면 서로 호응하는
것이다. 두 사람이 마음을 같이하면
그 銳利함이 쇠도 끊는다. 마음이 같
은 그들의 말은 향기롭기가 난초와
같은 것이다."

금란지교(金蘭之交)

⇒금란지계(金蘭之契) 참조.

금린옥척(錦鱗玉尺)

비늘이 비단처럼 번쩍이는 옥 같은

큰 불고기란 뜻으로, 싱싱하고 아름
다운, 큰 물고기를 비유하여 이름.

금상첨화(錦上添花)

미려(美麗)한 위에 더 미려(美麗)함
을 이름. 또는 기쁘거나 좋은 일이
겹치어 일어날 때 이르는 말. ⇔설상
가상(雪上加霜)
「王安石의 即事詩」,
　河流南苑岸西斜 : 강은 남원을 흘러
　　　　　　서쪽으로 기우는데
　風有晶光露有華 : 바람엔 맑은 빛이
　　　　　　있고 이슬에는 꽃이 있다
　門柳故人陶令宅 : 문 앞의 버들은
　　　　　　옛사람 도령의 집이요
　井桐前日總持家 : 우물가의 오동은
　　　　　　전날 총지의 집이다
　嘉招欲覆盃中淥 : 좋은 모임에서 잔
　　　　　　속의 술을 비우려 하는데
　麗唱仍添錦上花 : 고운 노래는 비단
　　　　　　위에 꽃을 더한다
　便作武陵樽俎客 : 문득 무릉의 술과
　　　　　　안주를 즐기는 손이 되어
　川原應未少紅霞 : 내의 근원엔 응당
　　　　　　붉은 노을이 적지 않으리라
* 이 시는 왕안석(王安石)이 만년에 정
계(政界)를 떠나 남경(南京)의 한적한
곳에 은거해 살 때에 지은 것으로, 즉
사시(即事詩)란 즉흥시를 말한다.

금석맹약(金石盟約)

쇠나 돌 같이, 단단하고 굳센 약속.
금석지약(金石之約)이라고도 함.

금석위개(金石爲開)

생각을 하나로 모으면 금석도 뚫을
수 있다는 의미로, 목표 달성을 위해
서는 성심성의가 필요함을 이르는
말.

「西京雜記」,
更鏃破簳折石傷　余嘗問以問揚子雲
子雲曰 至誠則金石爲開也

금석지감(今昔之感)

옛날과 지금을 비교할 때 그 차이가
심함을 보고 느끼는 정.

금석지교(金石之交)

쇠나 돌처럼 굳고 변하지 않는 사귐
을 이르는 말.
「史記 淮陰侯傳」,

금석지약(金石之約)

⇒금석맹약(金石盟約) 참조.

금석지언(金石之言)

쇠나 돌처럼 변할 수 없는 확실한
말.
「晉書」,
陶回規過 言同金石

금석지재(金石之材)

한방에서, 쇠나 돌 같은 광물로 된
약의 재료를 이르는 말. 금석지제(金
石之劑)라고도 함.

금석지전(金石之典)

쇠나 돌처럼 굳고 변함없는 가치를
지닌 법전(法典).

금석지제(金石之劑)

⇒금석지재(金石之材) 참조.

금성옥진(金聲玉振)

①사물을 집대성(集大成)함. ②지덕
(智德)을 완비한 상태. ③시가(詩歌)
나 음악의 아름다운 가락.
「孟子」,
孔子聖之時者也 孔子之謂集大成 集
大成也者 金聲而玉振之也

금성철벽(金城鐵壁)

⇒금성탕지(金城湯池) 참조.
「徐積의 和倪復詩」,
金城不可破 鐵壁不可奪

금성탕지(金城湯池)

끓어오르는 연못에 둘러싸인 무쇠
성이란 뜻으로, 견고하기 때문에 용
이하게 접근하여 쳐부수기 어려운 성
지(城池). 금성철벽(金城鐵壁) 또는 탕
지철성(湯池鐵城)이라고도 함.
「漢書 蒯通傳」,
必將嬰城固守 皆爲金城湯池 不可攻
也
장군께서 반드시 군비를 강화하여
'끓어오르는 못에 둘러싸인 무쇠 성'
같은 철벽의 수비를 굳히면 공격이
여의치 않을 것이오.

금수강산(錦繡江山)

①비단에 수를 놓은 듯이 아름다운
산천. ②우리 나라 삼천리 강산의 아
름다움을 이르는 말.

금수의 끽일시(錦繡衣喫一時)

비단 옷이 한 끼란 뜻으로, 빈곤할
때는 값진 보물이라도 밥값에 불과하
다는 뜻.

금슬부조(琴瑟不調)

부부(夫婦)가 화락(和樂)하지 못함
을 일컫는 말. ⇔금슬상화(琴瑟相和)
「故事成語考夫婦門」,
琴瑟不調 夫妻反目之詞
금슬부조(琴瑟不調)란 부부간에 반
목(反目)함을 이르는 말이다.

금슬상화(琴瑟相和)

거문고와 비파 소리가 화합하듯, 부
부(夫婦)가 서로 화락(和樂)함을 일
컫는 말. 금슬화(琴瑟和), 또는 여고금

슬(如鼓琴瑟)이라고도 함.

「詩經 小雅 常棣篇」,

　妻子好合 : 아내도 애들도 뜻을 한
　　　가지

　如鼓瑟琴 : 금과 슬이 어울리듯 하기
　　　위해선

　兄弟旣翕 : 형제들 한자리에 모여 앉
　　　아

　和樂且湛 : 즐기는 이 기쁨이 앞서야
　　　하네

금슬지락(琴瑟之樂)

부부 사이의 화락한 즐거움을 이르
는 말.

금슬화(琴瑟和)

⇒금슬상화(琴瑟相和) 참조.

금시발복(今時發福)

어떤 일을 한 결과로 당장에 복이
트이어 부귀를 누리게 됨.

금시작비(今是昨非)

과거의 잘못을 오늘에야 깨달았다는
뜻.

금시초견(今時初見)

보느니 처음. 이제야 비로소 처음
봄.

금시초문(今時初聞)

듣느니 처음. 비로소 처음 들음.

금식조시(禽息鳥視)

짐승이나 새처럼 다만 먹이를 구할
뿐 그밖에 아무 뜻도 가지지 않는다
는 뜻으로, 봉록을 받을 뿐으로 아무
런 도움이 되지 않는 사람이나 그러
면서도 평생 도와주어야 할 사람을
비유하는 말.

금심수구(錦心繡口)

아름다운 착상(着想)과 말. 시와 문
장이 뛰어남을 형용하는 말.

「柳宗元의 乞巧文」,

眩耀爲文 琱碎排偶 描黃對白 呀弄飛
走 餠四儷六 錦心繡口

금안의락(今案意樂)

현재의 생각을 최상이라고 여기고
즐김. 지금의 생각을 훌륭하다고 만
족하고 즐거워함.

금언역어이(金言逆於耳)

⇒양약고어구이어병(良藥苦於口利於病)
참조.

금오옥토(金烏玉兎)

해와 달을 가리키는 말로, 줄여서
오토(烏兎)만으로도 쓰임.

「楊萬里의 詩」,

鎖郤心猿意馬 縛住金烏玉兎

금옥군자(金玉君子)

몸가짐이 금옥(金玉)과 같이 깨끗하
고 점잖은 사람.

「宋史」,

終始不變 金玉君子也

금옥만당(金玉滿堂)

금옥관자가 방안에 가득하다는 뜻으
로, 현명한 신하가 조정에 가득함을
비유하여 이르는 말.

「世說」,

王長史道江道群 〈中略〉 劉眞長可謂
金玉滿堂

금의공자(金衣公子)

꾀꼬리의 다른 이름.

「開元天寶遺事」,

明皇每於禁苑中 見黃鶯 常呼之爲 金

衣公子

금의야행(錦衣夜行)

⇒의수야행(衣繡夜行) 참조. ⇔금의주
행(錦衣晝行).

금의옥식(錦衣玉食)

비단옷과 옥과 같은 음식이라는 말이
니, 곧 호화로운 생활을 비유하는 말.
「宋史 李薦傳」,
薦雖在山林 其文有錦衣玉食氣

금의일식(錦衣一食)

비단옷이 한 끼란 뜻으로, 값진 옷
보다 한 그릇의 밥이 더 필요하다는
말.

금의주행(錦衣晝行)

⇒금의환향(錦衣還鄉) 참조. ⇔금의야
행(錦衣夜行)

금의환향(錦衣還鄉)

비단옷을 입고 고향에 돌아온다는
뜻으로, 출세하여 고향에 돌아옴을
이르는 말. 금의주행(錦衣晝行) 또
는 의금주행(衣錦晝行), 의금지영(衣
錦之榮), 의금환향(衣錦還鄉)이라고
도 함.

금자탑(金子塔)

후대에까지 빛날 훌륭한 업적을 비
유하여 이르는 말.

금잔옥대(金盞玉臺)

①금으로 만든 술잔과 옥으로 만든
잔대. ②수선화 꽃을 아름답게 이르
는 말.

금전옥루(金殿玉樓)

규모가 크고 화려하게 지은 전각과
누대란 뜻으로, 몹시 화려한 궁전을
이르는 말.

금정옥액(金精玉液)

썩 효과가 있는 약을 비유하여 이르
는 말.

금지옥엽(金枝玉葉)

황금으로 된 나뭇가지와 옥으로 만
든 잎이란 뜻으로, 아주 귀하고 소중
하게 기른 자식을 이르는 말. 또는
임금의 자손이나 집안을 높이어 이르
는 말.
「古今注」,
常有五色雲 氣如金枝玉葉 止帝上

금지지우필추(禽之止羽必墜)

새도 앉는 곳마다 깃이 떨어진다는
뜻으로, 사람이 이사를 자주 하면 손
해를 본다는 것을 비유하여 이르는
말.
「靑莊館全書」,

금포리견시(錦袍裏犬矢)

비단 보에 개똥이란 뜻으로, ①외모
는 좋은데 내용이 나쁜 것. ②외양은
잘 생긴 사람이 마음씨가 나쁜 것 등
을 비유하여 이르는 말.
「東言解」,

금풍요뇨(金風嫋嫋)

가을 바람이 불어 나무가 흔들리는
모양.
* 금풍(金風) - 가을바람.

금혼식(金婚式)

결혼한 후 50년만에 혼인을 축하하
는 식.

금화벌초(禁火伐草)

무덤에 불을 조심하고 때맞추어 벌
초하며 잘 가꿈.

급류용퇴(急流勇退)

벼슬길에서 기회를 보아 용기 있게 물러남을 비유하는 말.
「戴復古의 詩」,
日暮倒行非我事 急流勇退有何難

급마하송(給馬下送)
무슨 일이 있을 때에 주방 관리에게 말을 주어 급히 파송(派送)하는 것.

급수공덕(給水功德)
남을 위하여 하는 일은 아무리 작고 쉬운 일이라도 덕을 쌓는 일이라는 말.

급어성화(急於星火)
급하기가 별똥과 같다는 뜻이니, 매우 급하고 빠름을 이르는 말.

급전직하(急轉直下)
갑자기 형세가 바뀌어 걷잡을 수 없이 밀어닥치는 상황을 뜻함.

긍긍업업(兢兢業業)
언제나 조심하고 삼감.
「書經」,
皐陶曰 (中略) 兢兢業業 一日二日萬幾

기각지세(掎角之勢)
사슴을 잡을 때 뒷발과 뿔을 아울러 잡는 데서 나온 말로, 적을 앞뒤에서 몰아치는 태세를 비유하는 말.

기갈자심(飢渴滋甚)
굶주림이 더욱 심하여 감을 이름.

기거동작(起居動作)
사람이 살아가는 모든 행동을 이르는 말.

기거무시(起居無時)
속박 없는 생활을 이르는 말.

기고만장(氣高萬丈)
일이 뜻대로 잘 될 때에 지나치게 득의연(得意然)하거나, 또는 성을 낼 때에 지나치게 자만하는 기운이 펄펄 나는 일.

기고상당(旗鼓相當)
①군대 세력이 대등함. ②서로 재주를 다하여 싸움.
「管輅別傳」,
太守軍子春欲 試輅之才辯 謂輅曰 吾欲自與卿 旗鼓相當有因

기괴망측(奇怪罔測)
너무나 기괴하여 말할 수 없음.

기구망측(崎嶇罔測)
세상살이나 운수 등이 평탄하지 못하고 험난하기 짝이 없음.

기구지업(箕裘之業)
아들이 선대로부터 물려받은 직업을 이르는 말.
「禮記」,
良冶之子必學爲裘　良弓之子必學爲箕

기근천지(饑饉荐至)
흉년이 계속 드는 것을 이르는 말.

기급절사(氣急絶死)
놀라서 정신을 잃음을 이르는 말.

기기괴괴(奇奇怪怪)
매우 기괴함. 몹시 이상야릇함.

기기묘묘(奇奇妙妙)
매우 기이하고 묘함.

기략종횡(機略縱橫)
그때, 그 장소의 어떠한 변화에도 대처할 수 있는 빈틈없는 계략.

기려지신(羈旅之臣)

남의 집에서 손님 대우를 받으면서, 부하가 되어 있는 사람.

기로망양(岐路亡羊)

⇒다기망양(多岐亡羊) 참조.

기마욕솔노(騎馬欲率奴)

⇒득롱망촉(得隴望蜀) 참조.

* 말 타면 (종에게) 경마(고삐) 잡히고 싶다는 말로, 인간의 욕심은 한이 없음을 비유함.

기맥상통(氣脈相通)

마음과 뜻이 서로 통한다는 뜻.

기문벽서(奇文僻書)

기이한 내용의 글과 흔하지 않은 기이한 책을 이르는 말.

기문지학(記問之學)

남의 물음을 기다리기 위하여 단순히 고서(古書)를 외우기만 하고, 정말 이해하고 있지 않은 학문.

「禮記 學記」,

記問之學不足以爲人師

기문(記問)의 학(學)은, 이것을 가지고 남의 스승이 되기에 부족하다.

기미상적(氣味相適)

취미나 마음이 서로 어울림. 기미상합(氣味相合)이라고도 함.

기미상합(氣味相合)

⇒기미상적(氣味相適) 참조.

기변백출(機變百出)

때에 따르고 변(變)에 응하여 온갖 기술을 나타냄.

기변지교(機變之巧)

때에 따라 적절하게 쓰는 교묘한 수단.

기복염거(驥服鹽車)

천리마(千里馬)가 소금 실은 수레를 끈다는 뜻으로, 유능한 현사(賢士)가 천역(賤役)에 종사함을 비유하여 이르는 말.

기복출사(起復出仕)

상중(喪中)에 벼슬 나가던 일. 기복행공(起復行公)이라고도 함.

기복행공(起復行公)

⇒기복출사(起復出仕) 참조.

기불택식 한불택의(飢不擇食 寒不擇衣)

굶주린 사람은 먹을 것을 가리지 않고, 추운 사람은 옷이 좋고 나쁨을 가리지 않는다는 뜻으로, 빈곤한 사람은 사소한 은혜에도 감격함을 이르는 말.

기사근생(起死僅生)

⇒기사회생(起死回生) 참조.

기사득생(期死得生)

비굴한 삶보다는 떳떳한 죽음이 나음을 이르는 말.

「閔忠正公遺稿」,

嗚呼 國恥民辱 乃至於此 我人民 將且殄滅於生存競爭之中矣 夫要生者 必死 期死者 得生 諸公 豈不諒只 泳煥 徒以一死 仰報皇恩 以謝我二千萬同胞兄弟 泳煥 死而不死 期助諸君於九泉之下 幸我同胞兄弟 益加奮勵 堅乃志氣 勉其學問 決心戮力 復我自主獨立 則死者當喜笑於冥冥之中矣

아아, 슬프도다. 나라가 부끄럽고 백성이 욕됨이 바로 여기에 이르렀으니 우리 국민은 장차 생존 경쟁하는 가운데 모두 멸망하려는 도다. 대저,

살기를 바라는 자는 반드시 죽고, 죽기를 기약하는 이는 살 수 있는 것이니, 여러 분은 어찌 이것을 모르시는가? 영환은 다만 한 번 죽음으로써 위로 임금의 은혜에 보답하고 그럼으로써 우리 이천만 동포 형제에게 사죄하노라. 영환은 죽되 죽지 아니하고, 여러분을 구천 아래에서 돕기를 기약하니, 바라건대 우리 동포 형제들은 더욱 더 분발하여 힘쓰기를 더하고 그대들의 뜻과 기개를 굳건히하여 그 학문에 힘쓰고, 마음을 단결하고 힘을합쳐서 우리의 자주 독립을 회복한다면, 죽은 자도 마땅히 저 어두운 저승에서 기뻐 웃을 것이다.

기사이적(奇事異蹟)
희한하고 기이한 일을 이르는 말.

기사회생(起死回生)
본래 죽은목숨을 다시 살려서 큰 은혜를 베푼다는 뜻이지만, 지금은 죽음에 임박했던 환자가 되살아나거나, 위기에 처한 상태가 호전됨을 이르는 뜻으로 쓰임. 기사근생(起死僅生)이라고도 함. 생고기후(生枯起朽)와 유사한 말.
「國語 吳語」,
起死人而肉白骨也

기산지절(箕山之節)
⇒기산지지(箕山之志) 참조.
「漢書」,
小臣欲守 箕山之節也

기산지지(箕山之志)
은퇴하여 자기 지조를 굳게 지킴. 기산지절(箕山之節)이라고도 함.
「晉書 向秀傳」,
* 요(堯) 임금 때 허유(許由)와 소부(巢父) 두 사람이 기산(箕山)에 은거한 고사.

기상천외(奇想天外)
보통 사람들이 감히 생각할 수 없는 엉뚱한, 또는 기발한 생각을 이를 때 사용함.

기색혼절(氣塞昏絶)
숨이 막히고 정신이 아찔하여 까무러침을 이르는 말.

기성안혼(技成眼昏)
기술이 성숙하자 눈이 어두워진다는 말로, 일을 배워서 할 만하게 되자 벌써 늙어서 일을 할 수 없게 된다는 뜻.
「旬五志」,

기세도명(欺世盜名)
세상 사람을 속이고 헛된 명예를 탐냄을 이르는 말.

기세양난(其勢兩難)
이리 할 수도 저리 할 수도 없어 사세가 매우 딱함.

기수지세(騎獸之勢)
⇒기호지세(騎虎之勢) 참조.

기식엄엄(氣息奄奄)
금방이라도 숨이 넘어갈 듯, 숨결이 몹시 약함.

기슬지류(蟣蝨之類)
서캐 따위 같이 못난 놈이라는 뜻.

기승전결(起承轉結)
한시(漢詩) 구성법의 한가지로, 기(起)에서는 시구(詩句)를 일으키고, 승(承)에서는 앞의 것을 받아 풀이하고, 전(轉)에서는 변화를 주고, 결(結)에서는 전체를 마무리함.

기아임금(飢餓賃金)

겨우 입에 풀칠이나 할 정도의 극히 낮은 품삯을 이르는 말.

기여보비(寄與補裨)

이바지하여 돕고 모자람을 보탠다는 뜻.

기염만장(氣焰萬丈)

호기나 기세가 굉장함을 이르는 말.

기왕불구(旣往不咎)

이왕 지난 일은 탓해야 쓸데없다는 뜻.

「論語 八佾」

子聞之曰 成事不說 遂事不諫 旣往不咎.

기왕지사(旣往之事)

이미 지나간 일을 이르는 말.

기우(杞憂)

쓸데없는 걱정 또는 무익한 근심을 말함. 기인우천(杞人憂天) 또는 기인지우(杞人之憂)라고도 함.

「列子 天瑞篇」,

杞國有人憂天崩墜 身亡無所寄廢寢食者 又有憂被之所憂者 因王曉之曰 天積氣耳 奈何憂崩墜乎 其人曰 天果積氣 日月星宿不當墜邪 曉之者曰 日月星宿亦積氣中有光耀者 只使墜 亦不能有所中傷 其人曰 奈地壞何 曉者曰 地積壞耳 奈何憂其壞 其人舍然大喜 曉之子亦舍然大喜

杞나라에 어떤 사람이 있었는데, 그는 하늘이 무너진다면 몸둘 곳이 없어진다고 걱정하며 寢食을 못했다. 그것을 딱하게 여긴 친구가 이르기를, "하늘은 공기가 쌓인 것뿐인데 어찌 무너지겠는가?" 그가 가로되, "하늘이 정말 공기가 쌓인 것이라면 日月星宿같은 것이 떨어지지 않겠는가?" 그 친구 가로되, "日月星宿 역시 쌓인 공기 속에서 빛나고 있는 것으로, 떨어진다고 해도 맞아서 다치지는 않네." 그 사람이 가로되, "왜 땅은 파괴되지를 않는가?" 친구 가로되, "땅은 흙덩이가 쌓인 것뿐인데 (그것이 사방에 꽉 차서 흙이 없는 곳은 없지. 우리가 걸어도 뛰어도 항상 땅 위에 있지 않은가? 그러니)어찌 땅이 파괴될 것을 걱정하겠나?" 그러자 그 사람은 비로소 크게 기뻐하고, 그 친구도 역시 웃으며 기뻐했다.

기우장대(氣宇壯大)

의기가 대단히 큰 모양. 뜻이나 구상 따위가 큰 모양.

기운생동(氣韻生動)

예술 작품 따위에서 기품 있는 멋이 생생히 나타나 있음.

기이(期頤)

⇒기이지수(期頤之壽) 참조.

기이지수(期頤之壽)

백 살의 나이를 이르는 말. 줄여서 기이(期頤)만으로도 쓰임.

「禮記」,

百年曰期頤

기인우천(杞人憂天)

⇒기우(杞憂) 참조.

기인지우(杞人之憂)

⇒기우(杞憂) 참조.

기인취물(欺人取物)

사람을 속여 돈이나 물건을 빼앗음을 이르는 말. 기인편재(欺人騙財)라고도 함.

기인편재(欺人騙財)

⇒기인취물(欺人取物) 참조.

기자감식(飢者甘食)

배고픈 사람은 음식을 가리지 않고 달게 먹음을 이르는 말.

기자용문(驥子龍文)

훌륭한 자제(子弟)를 일컫는 말.
* 배선명(裵宣明)의 두 아들 경연(景鸞)·경홍(景鴻)이 모두 뛰어난 재주를 갖고 있어 하동(河東) 지방에서는 경난을 기자(驥子), 경홍을 용문(龍文)이라 칭한 데서 온 말.

기자쟁선(棄子爭先)

바둑에서 살 가망이 없는 돌은 빨리 버리고 선수(先手)를 잡으라는 말.

기장지무(旣張之舞)

이미 벌인 춤이란 뜻으로, 시작한 일이므로 중간에 그만둘 수 없다는 말.

기지사경(幾至死境)

거의 죽을 지경에 이름을 뜻함.

기진맥진(氣盡脈盡)

기력이 다 없어짐. 기진역진(氣盡力盡)이라고도 함.

기진역진(氣盡力盡)

⇒기진맥진(氣盡脈盡) 참조.

기추지첩(箕箒之妾)

청소하는 하녀란 뜻으로, 남의 아내가 되는 것을 겸손하게 나타내는 말.
「史記」,
願季自愛 臣有息女 願爲李箕箒妾

기치선명(旗幟鮮明)

태도나 언행이 뚜렷함을 이르는 말.

기형괴상(奇形怪狀)

이상야릇한 형상을 이르는 말.

기혜천수(祁奚薦讎)

공평무사(公平無私)한 마음씨.
* 중국 춘추 시대 진(晉) 도공(悼公)의 신하 기혜(祁奚)가 자기 후임자로 전날의 원수인 해호(解狐)를 추천한 고사에서 나온 말.

기호난하(騎虎難下)

⇒기호지세(騎虎之勢) 참조.

기호지세(騎虎之勢)

범을 타고 가다가 도중에서 내리면 범에게 잡혀 먹힌다는 뜻으로, 일을 계획하고 시작한 다음에 중도에서 그만둘 수 없는 형편을 나타내는 말. 기수지세(騎獸之勢) 또는 기호난하(騎虎難下)라고도 함.
「隋書 獨孤皇后傳」,
當周宣帝崩 高祖入居禁中 總百揆 后使人謂高祖曰 大事已然 騎虎之勢 不得下 勉之
北周의 宣帝가 죽자 楊堅(外戚인 漢人으로 뒷날의 高祖)이 뒤처리를 하기 위해 재상으로서 정치를 총괄하고 있었다.(아들이 아직 어리고 영특하지 못했으므로 제위를 양도시켜 隋나라를 세웠다. 그가 천하를 통일한 高祖 文帝이다. 文帝의 황후는 전부터 남편의 야망을 들어 알고 있었으므로 高祖가 北周의 천하를 빼앗기 위해 궁중으로 들어가 획책하고 있을 때) 황후가 사람을 보내어 말을 전했다. "호랑이를 탄 이상 도중에 내릴 수는 없습니다. (도중에 내리면 잡아먹히게 되고 맙니다. 그러니 반드시 목적을 달성할 수 있도록)애써 주시기 바랍니다."

기화가거(奇貨可居)

진귀한 물건을 사 두었다가 때를 기다리면 훗날 큰 이익을 얻게 한다는 뜻.

「史記 呂不韋列傳」.

呂不韋賈邯鄲 見而憐之 曰 此奇貨可居 乃往見子楚 說曰吾能大子之門 子楚笑曰 且自大君之門 而乃大吾門 呂不韋曰 子不知也 吾門待子門而大 子楚心知所謂 乃引與坐 深語

여불위는 장사차 조나라 서울 한단에 왔을 때 자초의 딱한 형편을 듣고 가엾게 여겨서, "이건 진귀한 물건이다. 사 두어야겠다."라고 말했다. 여불위는 자초를 찾아가서 말했다. "내게는 당신의 집안을 번창하게 할 능력이 있습니다." 이 말을 들은 자초는 웃으면서 말했다. "당신 집안이나 크게 한 연후에 우리 집안을 크게 해 주시오." 여불위는 말했다. "공자께서 모르는 말씀이오. 내 집은 공자로 인해서 크게 될 것입니다." 자초는 그 말뜻을 알아차리고 집안으로 안내하여 마주앉아서 터놓고 모든 것을 이야기했다.

기화요초(琪花瑤草)

선경(仙境)에 있다고 하는 곱고 아름다운 꽃과 풀을 이르는 말.

길굴오아(佶屈聱牙)

⇒힐굴오아(詰屈聱牙) 참조.

길상선사(吉祥善事)

더없이 기쁘고 좋은 일을 이름.

「戰國策」.

蔡澤曰 〈中略〉 守其業 名實純粹 澤流千世 豈非所謂 古祥善事與

길흉화복(吉凶禍福)

길함과 흉함과 재앙과 행복, 곧 사람의 운수를 이르는 말. 화복길흉(禍福吉凶)이라고도 함.

나

나락(捺落·那落)

지옥(地獄)의 별칭(別稱). 또는 도저히 벗어날 수 없는 극한 상황을 비유하여 이르는 말. ⇔극락(極樂)

「名義集 地獄篇」,

捺落迦 或那落迦 此云 不可樂 亦云苦具 亦云苦器 此標依報也 又云 那落迦 此翻惡者 那落是者義 迦是惡義 造惡之者生彼處 故此標正報也

나부지몽(羅浮之夢)

⇒한단지몽(邯鄲之夢) 참조.

* 수(隋) 나라 조사웅(趙師雄)이 나부산(羅浮山) 매화촌(梅花村)에서 꿈속에 담장소복(淡粧素服)의 미인을 만나 즐겁게 놀다가 깨어보니 쇠잔한 달빛만 차가울 뿐 미인은 오간 데 없었다는 고사.

「柳宗元의 龍城錄」,

낙극애생(樂極哀生)

즐거움이 다하면 슬픔이 생긴다는 뜻.

「列女傳」,

陶答子妻曰 樂極必哀生

낙담상혼(落膽喪魂)

크게 낙담하여 정신을 잃음. 상혼낙담(喪魂落膽)이라고도 함.

낙락뢰뢰(落落磊磊)

자질구레한 일에 거리끼지 않는 공명정대한 모양.

「漢書 耿弇傳」,

落落難合 則落落正從 硌硌起義 卽磊磊落落 亦狀石 而因以狀人之魁儡也

낙락목목(落落穆穆)

성격이 원만하여 모남이 없는 모양을 이르는 말.

「晋書 王澄傳」,

衍曰 誠不如卿落落穆穆然也

낙락난합(落落難合)

흩어져 모이기가 어려움을 이르는 말.

⇒낙락뢰뢰(落落磊磊)의 고사 참조.

낙락장송(落落長松)

가지가 축축 늘어진 큰 소나무를 이르는 말.

낙락신성(落落晨星)

훌륭한 인물이 점점 죽어가서 적게 남음을 비유한 말.

「劉禹錫의 文」,

落落如晨星之相望

낙락지예(落落之譽)

도량이 큰 인물의 명성을 이르는 말.

낙목공산(落木空山)

잎이 다 떨어져 앙상한 나무들만 서 있는 겨울철의 쓸쓸한 산을 이르는 말.

낙목한천(落木寒天)

나뭇잎이 다 떨어진 겨울의 춥고 쓸쓸한 풍경, 또는 그러한 계절을 이르는 말.

낙미지액(落眉之厄)

눈썹에 떨어진 액(厄)이란 뜻으로,

의외로 일어난 횡액(橫厄)을 이르는
말.
「東言解」.

낙발위승(落髮爲僧)

⇒삭발위승(削髮爲僧) 참조.
「北史 魏宗室河南王傳」.
忿遂自落髮爲沙門

낙방거자(落榜擧子)

①과거에 떨어진 선비. ②무슨 일에
참여하려다가 못하게 된 사람을 얕잡
아 이르는 말.

낙불가극(樂不可極)

즐거움을 만끽하려 하지 말라는 뜻.
⇒오불가장(敖不可長)의 고사 참조.

낙생어우(樂生於憂)

즐거움은 항상 고생하는 데서 나온
다는 뜻.
「明心寶鑑」.
逸出於勞而常休 樂生於憂而無厭

낙송자칭원(落訟者稱寃)

낙송자가 억울함을 중언부언하듯 이
치에 닿지 않는 변명을 늘어놓음을
비유하여 이르는 말.
* 낙송자(落訟者) - 소송에서 진 사람.

낙시고인(樂是苦因)

지나친 안락은 고난의 씨앗이 된다
는 말.

낙심천만(落心千萬)

몹시 낙심함을 이르는 말.

낙양지가귀(洛陽紙價貴)

훌륭한 글을 다투어 베끼느라고 종
이의 수요(需要)가 늘어서 값이 등귀
(騰貴)한 것을 말함이니, 저서가 호
평을 받아 베스트 셀러가 됨을 이르

는 말. 낙양지귀(洛陽紙貴)만으로도
쓰임.
「晉書 文范傳」.
左思字太冲 齊國臨淄人 貌寢口訥 而
辭藻壯麗 造齊都賦 一年乃成 復欲賦
三都 構思什稔 及賦成 時人未之重 張
華見曰 班張之流也 於是競相傳寫 洛
陽爲之紙貴

진(晉)나라 시대, 제(齊)나라의 도
읍 임치(臨淄) 출신의 시인에 태충
(太冲)이라는 자(字)를 지닌 좌사(左
思)라는 사람이 있었다. 그는 추남에
다 말까지 더듬었지만 일단 붓을 잡
으면 장려한 시를 썼다. 그는 임치에
서 집필 1년만에 〈齊都賦〉를 탈고하
고, 도읍 낙양으로 이사한 뒤 삼국
시대 촉한(蜀漢)의 도읍 성도(成都),
오(吳)나라의 도읍 건업(建業), 위
(魏)나라의 도읍 업(鄴)의 풍물을 읊
은 〈三都賦〉를 10년만에 완성했다.
그러나 알아주는 사람이 없었다. 그
러던 어느 날, 장화(張華)라는 유명
한 시인이 〈三都賦〉를 읽어보고 격찬
했다. "이것은 반(班)·장(張)의 유
(流)이다." 그러자 〈三都賦〉는 당장
낙양의 화제작이 되었고, 고관대작은
물론 귀족, 환관, 문인, 부호들이 그
것을 다투어 베껴 썼다. 그 바람에
낙양의 종이 값이 올랐다 한다.
* 班張이란 後漢 때 班固가 兩都賦를
짓고 張衡이 二京賦를 지음을 이름.

낙양지귀(洛陽紙貴)

⇒낙양지가귀(洛陽紙價貴) 참조.

낙역부절(絡繹不絶)

왕래가 끊이지 않음.

낙월옥량(落月屋梁)

지는 달이 지붕을 비춘다는 뜻으로, 고인(故人)을 생각함이 간절함을 이르는 말.

「杜甫의 夢李白詩」,

死別已吞聲 : 죽어 이별은 소리조차 나오지 않고,

生別常惻惻 : 살아 이별은 슬프기 그지없더라.

江南瘴癘地 : 강남은 악질(惡疾) 풍토병이 있는 땅.

逐客無消息 : 귀양간 축객(逐客＝李白)은 소식도 없구나.

故人入我夢 : 그대가 내 꿈에 나타나 보이니,

明我長相憶 : 내 길이 서로가 생각하는 증거인 것이 분명하다.

恐非平生魂 : 그것이 평상시의 혼이 아닐까 두려워 하노니,

路遠不可測 : 먼길 짐작마저 헤아리기 어려워라.

魂來楓林靑 : 혼이 올 적엔 풍림(楓林)이 푸르렀을 터인데,

魂返關塞黑 : 혼이 돌아갈 땐 관소(關所)의 성채(城砦)가 검었더라.

君今在羅網 : 그대 지금 오중에 있으련만,

何以有羽翼 : 어찌 날개를 얻어 여기까지 왔던고.

落月滿屋梁 : 낙월이 지붕 돌채에 가득하니

猶疑見顔色 : 아직도 그대 얼굴이 보이는 것인가 의심하였노라.

水深波浪闊 : 가는 길 물은 깊고 물결은 넓을 터이니,

無使蛟龍得 : 부디 교룡(蛟龍)을 조심하여 무사(無事)하기를 바라노라.

낙이망우(樂以忘憂)

쾌락에 도취하여 근심을 잊음을 이르는 말.

⇒발분망식(發憤忘食)의 고사 참조.

낙이불음(樂而不淫)

즐거움의 도(度)를 넘지 않는다는 뜻.

⇒애이불상(哀而不傷)의 고사 참조.

낙이사촉(樂而思蜀)

타향의 생활을 즐기다보면 고향 생각을 잊는다는 뜻으로, 너무 즐거움에 빠지다보면 근본을 잊게 된다는 말.

「三國志 蜀書」,

他日王問禪曰 頗思蜀乎否乎 禪曰 此間之樂而思蜀乎

낙자압빈(落者壓鬢)

⇒낙정하석(落穽下石) 참조.

낙장불입(落張不入)

화투 따위를 할 때에, 내어놓은 팻장을 다시 접어들이지 못하는 일을 이르는 말.

낙정하석(落穽下石)

함정에 빠진 사람에게 돌을 떨어뜨린다는 뜻으로, 어려운 처지에 놓인 사람을 구해 주기는커녕 도리어 더 심하게 괴롭힌다는 말. 낙자압빈(落者壓鬢), 하정투석(下穽投石)이라고도 함.

「韓愈의 柳子厚墓誌銘」,

落陷穽 不一引手救 反擠之 又下石焉者 皆是也

낙지군자(樂只君子)

도(道)를 즐기는 군자를 이르는 말.

「詩經」,
南山有臺　　北山有萊
樂只君子　　邦家之基
樂只君子　　萬壽無期

낙지운연(落紙雲煙)
웅대하여 막힘이 없음을 이르는 말.
「杜甫 飮中八仙歌」,

낙지이후(落地以後)
세상에 태어난 이후라는 뜻.

낙천도모(落天圖謀)
다른 사람이 잘 되면 자기가 힘써서 그렇게 되었다 하여 그에게 금품 등을 요구하는 행위를 말함.

낙화난상지(落花難上枝)
한 번 떨어진 꽃은 다시 가지에 오르기 어렵다는 뜻이니, 이미 그릇된 일은 다시 수습할 도리가 없음을 이르는 말.

낙화유수(落花流水)
떨어지는 꽃과 흐르는 물이란 뜻으로, 정(情)이 있어 서로 보고 싶어하는 남녀의 관계를 일컬음.
「白居易詩」,
落花不語空辭樹　流水無心自入池

난공불락(難攻不落)
공격하기 어려워 좀처럼 함락되지 아니함.

난득자형제(難得者兄弟)
형제는 인력(人力)으로 얻어지는 것이 아니므로 서로 우애가 좋아야 한다는 말.
「北齊書循吏傳」,
蘇瓊字珍之 遷南淸河太守 有百姓乙普明 兄弟爭田積年不斷 各相接據 乃至百人 瓊召論之曰 天下難得者兄弟 易求者田地 假令得地失兄弟 心如何

난리골회(亂離骨灰)
산산이 흩어져 뒤죽박죽이 됨을 이르는 말.

난만동귀(爛漫同歸)
옳지 않은 일에 함부로 날뜀을 이르는 말.

난만상의(爛漫相議)
오래 두고 여러 차례 충분히 의논함을 이르는 말.

난망지은(難忘之恩)
잊지 못할 큰 은혜를 이르는 말.

난명지안(難明之眼)
변명하기 어려운 사건을 이름.

난보지경(難保之境)
보호하기 어려운 지경.

난사필작이(難事必作易)
어려운 일은 쉬운 일에서 비롯되기 때문에, 쉬운 일일수록 신중히 하면 어려운 일이 생기지 않는다는 말.
「老子」,
天下難事必作於易

난상공론(爛商公論)
여러 사람이 모여 충분히 의논하는 일. 또는 그런 의논.

난상지목 물앙(難上之木勿仰)
오르지 못할 나무는 쳐다보지도 말라는 뜻으로, 가망이 없는 일은 처음부터 생각도 내지 말라는 말.
「旬五志」,

난상토론(爛商討論)
충분히 토론하는 일. 또는 그런 토

의. 난상토의(爛商討議)라고도 함.

난상토의(爛商討議)

⇒난상토론(爛商討論) 참조.

난신적자(亂臣賊子)

나라를 어지럽게 하는 신하와 어버이를 해치게 하는 자식.

「孟子 滕文公下」,

公子成春秋 而亂臣賊子懼

난아심곡(亂我心曲)

여러 가지 일로 마음이 산란하다는 뜻.

「詩經」,

在其板屋　亂我心曲

난약피금(爛若披錦)

문채(文采)가 빛남을 비유하는 말.

「世說文學」,

孫興公云 潘文爛若披錦 無處不善

난언지지(難言之地)

말하기 어려운 처지를 이르는 말.

난의문답(難疑問答)

어려운 문제를 서로 묻고 대답함을 이르는 말.

난의포식(暖衣飽食)

⇒포식난의(飽食暖衣) 참조.

난중지난(難中之難)

어려운 일 중에 매우 어려운 일. 즉 몹시 어려운 일을 뜻함.

「无量壽經」,

若聞斯經 信樂受持 難中之難 无過此難

난최옥절(蘭摧玉折)

난초가 부러지고 옥이 부서졌다는 뜻으로, 현인(賢人)이나 가인(佳人)의 죽음을 이르는 말.

난행고행(難行苦行)

심신이 고된 것을 참고 행하는 수행(修行).

「法華經」,

我見釋迦如來於無量劫 難行苦行 積功累德 求菩薩道

난형난제(難兄難弟)

형제가 모두 성덕(盛德)이 있어 우열(優劣)을 가릴 수가 없다는 뜻에서 나온 말로, 두 사물이 서로 엇비슷하여 우열을 가리기 어려움을 비유하는 말. 유사한 말로 막상막하(莫上莫下) 또는 백중지간(伯仲之間)이 있음.

「世說 德行篇」,

陳元方子長文有英才　與秀方子孝先各論其父功德 爭之不能決 咨于太邱 太邱曰 元方難爲其兄 季方難爲其弟

* 太邱는 元方, 季方의 父 太邱의 長陳寔.

난화지맹(難化之氓)

교화하기 힘든 백성. 난화지민(難化之民)이라고도 함.

난화지민(難化之民)

⇒난화지맹(難化之氓) 참조.

난훈계복(蘭薰桂馥)

덕행을 쌓아 미명(美名)을 후세에 남김. 또는, 가문이 번영하고 자제(子弟)가 뛰어남을 이름.

날이불치(涅而不緇)

검은 것에는 물을 들일 수 없다는 뜻이니, 군자는 악에 물들지 않는다는 뜻.

남가일몽(南柯一夢)

⇒한단지몽(邯鄲之夢) 참조.

* 남쪽 나뭇가지의 꿈이란 뜻으로, 한 때의 헛된 부귀영화(富貴榮華)나 인생 의 덧없음.
「南柯記」,
* 당(唐)나라 9대 황제인 덕종(德宗) 때 광릉(廣陵) 땅에 순우분(淳于棼)이 란 사람이 있었다. 어느 날, 순우분이 술에 취해 집 앞의 큰 홰나무 밑에서 잠이 들었다. 그러자 어디서 남색 관복 을 입은 두 사나이가 나타나더니 이렇 게 말했다. "저희는 괴안국왕(槐安國王) 의 명을 받고 대인(大人)을 모시러 온 사신이옵니다." 순우분이 사신을 따라 홰나무 구멍 속으로 들어가자 국왕이 성문 앞에서 반가이 맞이했다. 순우분 은 부마(駙馬)가 되어 궁궐에서 영화를 누리다가 남가 태수를 제수(除授)받고 부임했다. 남가군(南柯君)을 다스린 지 20년, 그는 그간의 치적을 인정받아 재 상이 되었다. 그러나 때마침 침공해 온 단라국군(檀羅國軍)에게 참패하고 말았 다. 설상가상(雪上加霜)으로 아내까지 병으로 죽자 관직을 버리고 상경했다. 얼마 후 국왕은 천도(遷都)해야 할 조 짐이 보인다며 순우분을 고향으로 돌려 보냈다.
잠에서 깨어난 순우분은 꿈이 하도 이 상해서 홰나무 뿌리 부분을 살펴보았 다. 과연 구멍이 있었다. 그 구멍을 더 듬어 나가자 넓은 공간에 수많은 개미 의 무리가 두 마리 왕개미를 둘러싸고 있었다. 여기가 괴안국이었고, 왕개미는 국왕 내외였던 것이다. 또 거기서 남쪽 으로 뻗은 나뭇가지에 나 있는 구멍에 도 개미떼가 있었는데 그곳이 바로 남 가군이었다. 순우분은 개미 구멍을 원 상대로 고쳐 놓았지만 그날 밤에 큰비 가 내렸다. 이튿날 아침, 그 구멍을 살 펴보니 개미는 흔적도 없이 사라졌다.

천도해야 할 조짐이 바로 이 일이었던 것이다.

남굴북지(南橘北枳)
양자강 남쪽의 귤은 강북에다 옮겨 심으면 탱자로 변하고 만다는 뜻으 로, 풍토와 환경의 다름에 따라 사람 의 기질 따위가 변함을 이르는 말.
⇒귤화위지(橘化爲枳)의 고사 참조.

남극노인(南極老人)
별 이름으로, 이 별이 나타나면 천 하가 태평하다고 전함.
「史記」,
狼比地有大星 曰南極老人

남남북녀(南男北女)
우리 나라에서 남쪽지방은 남자가, 북쪽지방에는 여자가 아름답다는 말.

남남세어(喃喃細語)
재잘거리며 말을 많이 함.

남녀노소(男女老少)
모든 사람이라는 뜻.

남녀유별(男女有別)
남녀 사이에는 분별이 있어야 함.

남대문 입납(南大門入納)
남대문 안에 드림이라는 뜻이니, 주 소와 이름이 없어 찾아갈 수 없음을 비유하는 말.

남면백성(南面百城)
넓은 영토를 지닌 군주의 지위를 이 르는 말.

남면지존(南面之尊)
천자(天子)의 지위를 이르는 말.
「漢書」,
以漢治之廣 陛下之德 處南面之尊 乘 萬乘之權

남방지강(南方之强)

군자(君子)의 용기를 이르는 말.
「中庸」,
子路問强 子曰 南方之强與

남부여대(男負女戴)

남자는 등에 지고 여자는 머리에 인
다는 뜻으로, 가난한 사람이나 재난
을 당한 사람들이 살 곳을 찾아 이리
저리 떠돌아다님을 이르는 말. 유사
한 말로 동가식서가숙(東家食西家宿)이
있음.

남산지수(南山之壽)

수명장수를 축원하는 말.
「詩經」,
如明之恒　如日之斥
如南山之壽　不騫不崩

남상(濫觴)

⇒효시(嚆矢) 참조.
사물의 처음, 시초, 기원(起源)을
이르는 말.
「孔子家語 三恕篇」,
子曰 江始出岷山 其源可以濫觴 及至
江津 不舫舟 不避風則不可以涉
孔子 가로되, "예로부터 양쯔강은
岷山에서 흘러나오는데, 그 근원은
술잔을 띄울 정도의 적은 물에 지나
지 않았다. 그것이 나루터 근처에 이
르면 물도 붇고 물살도 빨라져 배를
띄우지 않으면 건너가지도 못하게 된
단다."
* 子路가 화려한 옷을 입고 孔子를 방
문했을 때 사치와 교만에 빠져들 것을
염려하여 한 말로, 사물의 시초가 중요
하며 처음이 나쁘면 갈수록 점점 더 심
해짐을 강조한 말임.
「呂覽」,

岷山之導江初發源於濫觴
「書品」,
杜度濫觴於草書 取奇漢帝詔 復奏事
皆作草書

남생출옥(藍生出玉)

⇒남전출옥(藍田出玉) 참조

남선북마(南船北馬)

①옛날 중국의 교통 수단을 이르던
말. ②쉴새 없이 여행함을 이르는
말. 북마남선(北馬南船)이라고도 함.
「淮南子 齊俗訓」,
* 옛날 중국에서, 남부에서는 강이 많아
배를 이용하고 북부에서는 산이 많아
말을 많이 이용한 데서 나온 말.

남아수독오거서(男兒須讀五車書)

남자는 모름지기 다섯 수레에 실을
만한 많은 책을 읽으라는 말. 독오거
서(讀五車書)만으로도 쓰임.
「杜甫 題栢學士茅屋」,
富貴必從勤苦得 男兒須讀五車書

남아일언중천금(男兒一言重千金)

남자의 한 마디 말은 천금과 같은
무게를 지녔다는 말.

남여완보(藍輿緩步)

남여를 타고 천천히 감.
* 남여(藍輿) - 주로 산길에 쓰이는 뚜
껑이 없고 의자 같이 생긴 가마.

남전북답(南田北畓)

밭은 남쪽에 논은 북쪽에 있다는 뜻
으로, 가지고 있는 논밭이 여기저기
흩어져 있음을 이르는 말.

남전출옥(藍田出玉)

용모가 아름다움을 이르는 말. 남생
출옥(藍生出玉)이라고도 함.

「宋書」,
莊詔令美容儀 太祖見而異之曰 藍田
出玉 豈虛也哉

남정북벌(南征北伐)

남쪽의 적을 치고, 연이어 북쪽의
적을 침. 곧, 여기저기서 전쟁에 종
사하느라고 편안한 날이 없음을 뜻하
는 말. 동정서벌(東征西伐)이라고도
함.

남존여비(男尊女卑)

태어나면서부터 권리나 지위에 있어
남자가 높고 여자는 낮다는 말.
「列子 天瑞篇」,
男女之別 男尊女卑 故以男爲貴 吾旣
得爲男矣

남좌여우(男左女右)

음양설에서, 왼쪽이 양이고 오른쪽
이 음이라 하여 남자는 왼쪽을, 여자
는 오른쪽을 소중히 여기는 일. 맥,
손금, 자리 같은 것도 남자는 왼쪽
을, 여자는 오른쪽을 취함.

남중일색(男中一色)

얼굴이 뛰어나게 잘 생긴 남자.

남창여수(男唱女隨)

⇒부창부수(夫唱婦隨) 참조.

남풍불경(南風不競)

남풍(南風)은 남방의 시, 그 성조
(聲調)가 웅장하지 못하였기 때문에
남방의 국세(國勢)가 쇠퇴하였음을
이름.
「左傳 襄公十八年」,
晋人聞有楚師 師曠曰 不害 吾驟歌北
風 又歌南風 南風不競 多死聲 楚必無
功
晋나라 사람은 楚나라 군대가 정나

라를 침공했다는 말을 들었다. 師曠
이 가로되, "조금도 해로울 것이 없
습니다. 내가 북쪽의 노래를 불러보
고, 또 남쪽의 노래를 불러보았는데,
남쪽의 노래가 흥이 나지 않고 또 죽
은 소리가 많습니다. 楚나라는 반드
시 승리를 거두지 못할 것입니다.
* 楚는 南方임

남행북주(南行北走)

남으로 가고 북으로 달린다는 뜻이
니, 바삐 돌아다님을 뜻함.

남혼여가(男婚女嫁)

아들을 장가들이고 딸을 시집보낸다
는 뜻으로, 자녀의 혼인을 이름.

남흔여열(男欣女悅)

남편과 아내가 다 기뻐한다는 뜻으
로, 부부사이의 화락함을 이르는 말.

납일(納日)

지는 해를 이르는 말.
「書經 堯典篇」,
乃命羲和 欽若昊天 曆象日月星辰 敬
授人時 分命羲仲 宅嵎夷 曰暘谷 寅賓
出日 平秩東作 日中星鳥 以殷仲春 厥
民析 鳥獸孶尾 申命羲叔 宅南交 平秩
南訛 敬致 日永星火 以正仲夏 厥民因
鳥獸希革 分命和仲 宅西 曰昧谷 寅
餞納日 平秩西成 宵中星虛 以殷仲秋
厥民夷 鳥獸毛毨 申命和叔 宅朔方 曰
幽都 平在朔易 日短星昴 以正仲冬 厥
民隩 鳥獸氄毛 帝曰 咨汝羲暨和 朞三
百有六旬有六日 以閏月 定四時成歲
允釐百工 庶績咸熙
이에 羲씨와 和씨에게 명하시어 昊
天을 공경하고 순하여 日月星辰을 曆
으로 하며 象으로 하여, 공경하여 人

時를 주라 하시다. 羲仲에게 각각 命하시어 嵎夷에게 살게 하시니 이른바 暘谷, 나는 날을 공경하여 손님같이 맞아서 동녘 시작함을 고루 차례로 할지니, 날은 가운데요, 별은 鳥라, 이로써 맞게 한 仲春이면 그 백성은 흩어지고 새와 짐승은 흘레하느니라. 거듭 羲叔에게 명하시어 南交에 살게 하시니 이른바 明都, 남녘 변함을 고루 차례로 하여 공경하고 이루게 할지니 날은 길고 별은 火라. 이로써 바르게 한 仲夏이면 그 백성은 더욱도 흩어지고 새와 짐승은 털갈이하여 살갗을 바꾸느니라. 和仲을 나누어 命하시어 西에 살게 하시니 이른바 昧谷, 드는 날을 공경하여 보내어 서녘 이룸을 고루 차례로 할지니 밤은 가운데요 별은 虛라. 이로써 맞게 한 仲秋이면 그 백성은 수월하고, 새와 짐승은 털이 다시 나 함치를 하느니라. 거듭 和叔에게 命하시어 朔方에 살게 하시니, 이른바 幽都, 북녘 변함을 고루 살필지니 날은 짧고 별은 昴라. 이로써 바르게 한 仲冬이면 그 백성은 집 속에 있고, 새와 짐승은 가는 털이 나느니라.

帝께서 이르시기를, "아아! 羲와 和야, 돌아온 삼백이요, 또 예순이요, 또 여섯 날이니 閏月과 四時를 정하여야 해를 이루어서 진실로 百官을 다스리면 여러 功績이 다 넓으리라."

* 堯典이란 德이 뛰어난 堯의 事蹟을 다음 시대인 舜의 史官이 쓴 것임.

납채(納采)

약혼하였을 때 신랑집에서 신부집에 보내는 물건. 납폐(納幣)라고도 함. 「禮記 昏義 疏」.

昏禮者 將合二姓之好 上以事宗廟 而下以繼後世也 故君子重之 是以昏禮 納采 問名 納吉 納徵 請期 皆主人筵 几於廟 而拜迎於門外 入揖讓而升 聽命於廟 所以敬慎重正昏禮也

혼례는 장차 두 성〔二姓〕의 좋은 것을 합하여 위로는 종묘에 섬기며 아래로는 후세에 이으려고 하는 것이다. 그러므로 군자가 이것을 소중히 여긴다. 그러므로 혼례에는 납채(納采)·문명(問名)·납길(納吉)·납징(納徵)·청기(請期)에다 주인이 사당에 연궤하고 절을 하며 문 밖에서 맞는데, 여가(女家)의 주인은 먼저 묘중에 연궤를 설비하고 뒤에 나가서 남가(男家)의 사자를 묘문 밖에서 맞는다. 들어와서는 읍양하여 오르게 하고 명을 사당에서 듣는다. 즉 남가의 사자는 남가의 명을 전하고 또 사당에서 주인의 답명을 듣는다. 공경하고 삼가서 혼례를 중히 하며 바르게 하는 때문이다.

* 납채(納采) - 매작의 혼담이 이미 합치되어 여가(女家)에서 허하면 기러기를 드려서 채택의 예를 하는 것.
* 문명(問名) - 이미 납채서부터 점치기 위하여 여가(女家)의 어머니의 이름과 성을 물음.
* 납길(納吉) - 이미 명 씨를 물어서 점쳐서 길하면 여가에 고하는 일.
* 납징(納徵) - 이미 납길하여 폐백을 드려서 혼인의 증거로 하는 것.
* 청기(請期) - 이미 납폐해서 남가로 가서 성혼의 기일을 청하는 것.

납폐(納幣)

약혼의 증거로 예물(禮物)을 보내는 일. 납채(納采)라고도 함.

「禮記 曾子問」,

曾子問曰 昏禮旣納幣 有吉曰 女之父母死則如之何 孔子曰 壻使人弔 如壻之父母死 則女之家 亦使人弔 父喪稱父 母喪稱母 父母不在 則稱伯父世母 壻已葬壻之伯父 致命女氏曰 某之子有父母之喪 不得嗣爲兄弟 使某致命女氏許諾 而弗敢嫁 禮也 壻免喪 女之父母 使人請 壻弗取 而后嫁之 禮也 女之父母死 壻亦如之

증자가 물었다. "혼례에 이미 폐백을 보내고 길일이 이미 정해졌는데, 여자의 부모가 죽었다면 어떻게 합니까?" 공자 가로되, "사위가 사람을 시켜 조상하는데, 만일 사위의 부모가 죽었다면 여자의 집에서 역시 사람을 시켜 조상한다. 쌍방이 모두 상대방의 아버지 상에는 내 아버지의 이름으로 조상하고, 어머니 상에는 내 어머니의 이름으로 조상한다. 부모가 없을 때는 백부와 백모의 이름으로 한다. 사위가 이미 장례를 끝냈을 때는 사위의 백부가 여자의 집에 말을 전하기를, '아무의 아들이 부모의 상에 있어 곧 형제가 될 수 없습니다. 사자 아무를 시켜 결혼의 약속을 돌려보냅니다.'고 한다. 여자의 집에서는 이것을 허락하기는 하나 감히 다른 데로 시집보내지 않는 것이 禮다. 사위가 제상하면 여자의 부모가 사람을 시켜 사위에게 成婚을 청해서 사위가 감히 장가들지 못하겠다고 한 뒤에야 딴 데로 시집보내는 것이 禮다. 여자의 부모가 죽었을 경우 사위도 또한 이와 같다."고 했다.

「禮記 雜記 下」,

納幣一束 束五兩 兩五尋

納幣하는 것은 한 묶음이니, 한 묶음은 돈 5냥이요, 1냥은 5심(五尋)이다.

* 심(尋) - 1심은 8척이니, 5심이면 40척이다.

「鄭注」,

納幣 謂昏禮納徵也

納幣란 혼례 때 드리는 징표를 일컫는다.

「左傳 文公二年」,

公子遂如齊納幣

공자(公子) 수(遂)가 제나라에 가서 納幣했다.

「杜注」,

士昏六禮 納徵始有纁束帛 諸侯則謂之納幣 其禮與士禮不同

낭랑세어(朗朗細語)

낭랑한 목소리로 소곤거리며 말함.

낭랑연모(郎娜戀慕)

남자와 여자가 서로 그리워함.

낭령취물(囊令取物)

⇒탐낭취물(探囊取物) 참조.

낭묘지지(廊廟之志)

재상(宰相)이 되어 국정을 맡아보려는 큰 뜻.

낭발기호재치기미(狼跋其胡載疐其尾)

앞으로 가도 넘어지고 뒤로 가도 넘어진다는 뜻이니, 진퇴양난(進退兩難)의 상황을 이르는 말. 발호(跋胡)만으로도 쓰임.

「詩經 豳風 狼跋篇」,

狼跋其胡 : 늙은 이리 수염 밟고
　　　　　　비척비척
載疐其尾 : 제꼬리에 제가 걸려
　　　　　　비틀비틀

公孫碩膚 : 어여쁘신 우리 님의
赤鳥几几 : 붉은 신은 곱기도 해
* 발(跋)은 엽(躐), 호(胡)는 턱밑에 늘
어진 살, 재(載)는 즉(卽), 치(疐)는 겁
(跲)으로, 늙은 이리는 앞으로 갈 때는
호(胡)를 밟고, 물러갈 때에는 꼬리를
밟아 넘어진다는 말로 귀인(貴人)을 놀
리는 노래임.

낭사지계(囊沙之計)

전법(戰法)의 하나로, 전한(前漢)의
한신(韓信)이 모래를 담은 주머니로
냇물의 목을 막았다가 적병이 그 하
류를 지날 때 터놓아 적을 침살(沈
殺)시킨 고사임.

낭유도식(浪遊徒食)

하는 일없이 헛되이 놀고먹음.

낭자야심(狼子野心)

이리 새끼는 아무리 길들여도 야수
(野獸)의 성질을 버리지 못한다는 뜻
이니, 본성이 비뚤어진 사람은 끝내
배반한다는 뜻.
「春秋左氏傳」,
此子熊虎狀豺狼聲 殺必若滅敎 氏諺
曰 狼子野心

낭중지추(囊中之錐)

주머니 속에 있는 송곳은 그 예리한
끝으로 주머니를 뚫고 나오듯이, 포
부와 역량이 뛰어난 사람은 어디서나
그 재능을 발휘할 수 있음을 나타내
는 말. 추처낭중(錐處囊中)이라고도
함.
「史記 平原君列傳」,
平原君曰 夫賢士之處世也 譬若錐之
處囊中 其末立見 今先生處勝之門下
三年於此矣 勝未有所聞 是先生無所有
也

平原君 가로되, "무릇 현명한 선비
의 처세를 비유하면 주머니 속에 든
송곳처럼 그 끝이 즉시 나타나거늘,
지금 그대는 남의 門下에 있은 지 三
年이 되었어도 내 좌우의 근신이 아
직도 그대를 칭찬한 적이 없고 나도
그대에 관해 들은 바가 없소. 이것은
그대가 재능이 없는 까닭이오."
* 전국 시대 말엽 진(秦)나라의 공격을
받은 조(趙)나라 혜문왕(惠文王)은 동
생이자 재상인 평원군(平原君)을 초
(楚)나라에 보내어 구원군을 청하기로
했다. 20명의 수행원이 필요한 평원군
은 그의 3000여 식객 중에서 19명은
쉽게 뽑았으나 나머지 한 사람을 뽑지
못해 고심하고 있었다. 이 때 모수(毛
遂)라는 사람이 자천하고 나섰을 때 발
탁하는 과정에서 나온 고사임.

낭중취물(囊中取物)

주머니 속에 든 물건을 꺼내듯이,
손쉽게 얻거나 이룰 수 있음을 비유
하는 말.
「五代史」,

낭패(狼狽)

조급한 나머지 당황하여 조치(措置)
를 잘못 함. 또는 일이 뜻대로 되지
않아 몹시 딱하게 됨.
「後漢書 李固傳」,
孝安皇帝改亂嫡嗣 至令聖躬狼狽 親
遇其懇
「漢紀의 論」,
周勃狼狽失據 塊然囚執
「李密의 陳情表」,
臣之進退 實爲狼狽
「酉陽雜俎毛篇」,
或言狼狽是兩物 狽前足絶短 每行常
駕於狼腿上 狽失狼則不能動 故世言事

垂者稱狼狽

내무내문(乃武乃文)

임금의 덕의 높이고 기리는 마음을 이르는 말.

내성불구(內省不疚)

마음속으로 반성하여 부끄러움이 없음. 즉, 마음이 결백함을 이르는 말.

「論語 顔淵」,

司馬牛問 君子 子曰 君子不憂不懼 曰 不憂不懼 斯謂之君子矣乎 子曰 內省不疚 夫何憂何懼

사마우가 군자됨을 물었다. 공자가 로되, "군자는 근심치 아니하고 두려워하지 아니한다." 사마우가 묻기를, "근심하지 않고 두려워하지 않으면 군자라는 것입니까?" 공자가 대답하기를, "스스로 살펴서 부끄러움이 없으면 무엇을 근심하고 무엇을 두려워하겠는가?"

내성외왕(內聖外王)

안으로 성인의 덕, 밖으로 왕의 품위를 겸비한 자.

내소외친(內疎外親)

속으로는 소홀히 하고 겉으로는 친한 체함.

내옥내금(迺玉迺金)

글월이 금옥(金玉)처럼 아름다움을 이르는 말.

「漢書」,

昔人之辭 迺玉迺金

내우외환(內憂外患)

나라 안팎에서 일어나는 여러 가지 환난(患難).

「左傳 成公 十六年」,

文子曰 吾先君之亟戰也有故 秦狄齊 楚皆彊 不盡力 子孫將弱 今三彊服矣 敵楚而已 唯聖人能外內無患 自非聖人 外寧必有內憂 蓋釋楚以爲外懼乎

范文子는 말하기를, "우리 先君이 자주 싸운 데에는 이유가 있다. 秦·狄·齊·楚의 여러 나라들은 모두 강국으로 힘을 다하여 싸우지 않았다면 자손들은 쇠약해졌을 것이다. 이제 齊·秦·狄의 세 강국은 복종하였고, 敵은 오로지 楚나라뿐이다. 오직 聖人만이 나라의 안과 밖에서 우환이 없을 수 있는 것이다. 성인이 아니면 밖이 편안하더라도 반드시 안으로 걱정이 있는 법이다. 무엇 때문에 楚나라를 이대로 버려두어 진나라가 경계해야 할 外患으로 생각하지 않는가?"

「晉書」,

山濤告人曰 自非聖人 外寧必有內憂 釋吳爲外懼 豈非算乎

내유외강(內柔外剛)

사실은 마음이 약한데도 겉으로 나타난 태도는 강하게 보임. 외강내유(外剛內柔)라고도 함. ⇔외유내강(外柔內剛)

「易經」,

剛中而柔外 說以利貞.

내자가추(來者可追)

지나간 일은 어쩔 수 없지만 장래의 일은 개선할 여지가 있음. 곧, 실패를 되풀이하지 않을 수 있다는 말.

「論語」,

歌而過孔子曰 鳳兮鳳兮 何德之衰 往者不可諫 來者猶可追

내자물거(來者勿拒)

오는 사람을 막지 않음(사람의 행위는 그 자유 의사에 맡겨야 한다는 뜻). 내자물거 거자물추(來者勿拒去者勿追)에서 나온 말. 내자물금(來者勿禁)이라고도 함.⇔거자막추(去者莫追).

내자물거 거자물추(來者勿拒去者勿追)
⇒내자물거(來者勿拒) 참조.
「公羊傳」,
王者不治夷狄 錄戎者 來者勿拒 去者勿追

내자물금(來者勿禁)
⇒내자물거(來者勿拒) 참조.

내조지공(內助之功)
아내가 집안 일을 잘 다스려 남편을 돕는다는 뜻.

내직이외곡(內直而外曲)
마음은 곧게 지니고 외모는 부드럽게 함을 이름.
* 外曲 - 외형을 위곡공순(委曲恭順)하여 세상을 따른다는 말.
「莊子 內篇」,
然則我內直而外曲 成而上比

내청외탁(內淸外濁)
군자가 난세(亂世)를 당하여 명철보신(明哲保身)하는 처세술.
「太玄經」,
內淸外濁 敝衣裏玉

내한행군(耐寒行軍)
추울 때 단련하기 위하여 하는 행군.

내허외식(內虛外飾)
속은 비고 겉치레만 번지르르함.

냉난자지(冷暖自知)
물을 마시면 스스로 그 차고 따뜻함을 알 수 있듯이, 불법(佛法)은 남에게 배워서 깨닫는 것이 아니라 몸소 체험해야 깨닫는다는 뜻.
「傳燈錄」,

냉한삼두(冷汗三斗)
식은땀이 서 말이나 나온다는 뜻으로, 몹시 무섭거나 부끄러운 생각을 함.

냉혹무잔(冷酷無殘)
인정이 없고 잔인하고 혹독함을 이르는 말.

노갑이을(怒甲移乙)
어떤 사람에게 당한 노여움을 엉뚱한 다른 사람에게 화풀이함.

노기등등(怒氣騰騰)
노기가 얼굴에 가득함.

노기복력(老驥伏櫪)
나이 많은 천리마가 헛간에서 낮잠을 잔다는 뜻으로, 어진 사람이 나이를 먹어도 아직 세상에 쓰이지 않고 있음을 비유하는 말.
「魏武帝의 樂歌」,
神龜雖壽 猶有竟時 騰蛇成霧 終爲土灰 老驥伏櫪 志在千里 烈士暮年 壯心未已

노기충천(怒氣衝天)
노기가 하늘을 찌를 것 같음. 곧 잔뜩 성이 나 있음을 이르는 말.

노노발명(呶呶發明)
여러 가지 말을 늘어놓아 변명함을 이르는 말.

노당익장(老當益壯)
사람은 연로(年老)하면 더욱 뜻을 굳게 해야 한다는 말. 또는 연로하여도 뜻이 굳셈을 나타내는 말. 노익장(老益壯)만으로도 쓰임.

「後漢書 馬援傳」,
少有大志 嘗謂賓客曰 丈夫爲志 窮當
益堅 老當益壯
(西漢 말년 扶風郡에 馬援이라는 자
가 있었다. 그는)어려서부터 큰 뜻을
품고 있었다. (그 후 그는 光武帝 때
대장수가 되어 혁혁한 공을 세웠다.)
일찍이 빈객에게 입버릇처럼 말했다.
"무릇 장부가 뜻을 품었으면 어려울
수록 굳세어야 하며, 늙을수록 건강
해야 한다."라고.

노래아희(老萊兒戲)
⇒노래지희(老萊之戲) 참조.

노래지희(老萊之戲)
주(周)나라의 노래자(老萊子)가 약
70세 때 무늬 있는 옷을 입고 동자
(童子)의 모습으로 재롱을 부려 90
세가 넘은 부모에게 자기의 늙음을
잊게 해드린 일. 즉, 부모님에 대한
지극한 효심을 이르는 말. 노래아희
(老萊兒戲) 또는 반의지희(斑衣之戲)라
고도 함.
「皇甫謐의 高士傳」,
老萊子孝奉二親 行年七十 作嬰兒戲
身著五色斑爛之衣 嘗取水上堂 詐跌仆
臥地 爲小兒啼 弄雛於親側 欲親之喜

노류장화(路柳墻花)
누구나 쉽게 꺾을 수 있는 길가의
버들과 담장 밑의 꽃이란 뜻으로, 창
녀(娼女)를 이르는 말.

노마십가(魯馬十駕)
재주 없는 사람도 노력하여 태만하
지 않으면 재주 있는 사람과 비견(比
肩)할 수 있음을 이르는 말. 노마십가
(駑馬十駕)라고도 함.

「荀子 勸學篇」,
驥一日而千里 駑馬十駕則亦及之矣
임금이 끄는 말이 하루에 천리를 간
다면 노둔한 말도 미칠 수가 있다.
「淮南子 齊俗訓」,
騏驥千里一日而通 駑馬十舍 旬亦至
之
임금이 끄는 말이 하루에 10리를
간다면 노둔한 말도 열흘이면 10리
를 간다.

노마염태호(老馬厭太乎)
'늙은 말이 콩 싫다 하랴'의 뜻으로,
본능적인 욕망은 늙는다고 없어지는
것이 아니라는 뜻.
「東言解」,

노마지도(老馬之道)
⇒노마지지(老馬之智) 참조.

노마지지(老馬之智)
아무리 하찮은 인간이라 할지라도
자기 나름대로의 쓸모가 있다는 말.
노마지도(老馬之道)라고도 함.
「韓非子 說林篇」,
管仲隰朋從於桓公而伐孤竹 春往冬反
迷惑失道 管仲曰 老馬之智可用也 乃
放老馬而隨之
春秋時代 齊의 桓公이 管仲과 隰朋
을 이끌고 孤竹을 토벌할 때의 일이
다. 봄에 토벌이 시작되어 귀로에
오를 때는 겨울이 되었다. 악천후
속에서 길을 잃고 대장들이 벌벌
떨고 있을 때, 管仲이 가로되, "늙
은 말의 지혜를 이용하자." 그래서
짐을 싣고 가던 말 중에서 늙은
말 한 마리를 골라 수레에서 풀어
주고 그 말을 따라 무사히 귀환했
다.

노말지세(弩末之勢)

쇠뇌 끝의 힘이란 뜻으로, 걷잡을 수 없이 잇달아 퉁겨져 나오는 강력한 세력을 이르는 말.

노목궤 지우위목(櫨木櫃 指牛爲木)

지극히 융통성이 없는 사람이나 행위를 가리키는 말. 우리 속담에서는 노목궤(櫨木櫃)만으로도 쓰임.

「旬五志」,

* 어떤 한 촌영감에게 딸 하나가 있었는데, 사위를 고르려고 버드나무 궤를 짜서 쌀 쉰댓 말을 저장해 놓고 사람들을 모아 이르기를, "누구라도 이 궤의 나무 이름과 그 속에 쌀이 몇 말이 들어 있는가를 명확하게 알아맞히면 나의 사위로 삼겠소."하고 여러 사람들에게 물었으나 알아맞히는 자가 없었다. 이렇게 세월은 덧없이 흘러 그 딸은 이팔 방년(芳年)을 넘게 되었다. 그 딸은 고민하던 나머지 한 어리석은 장사치를 불러 귓속말로, "저 궤는 버드나무요, 그 속에 간직된 쌀은 쉰댓 말이니, 당신이 정확하게 말한다면 나의 남편이 될 것이오."하고 가르쳐 주었다. 비로소 그 장사치가 그대로 대답을 하였더니 주인 영감은, "슬기 있는 신랑을 만났다."라고 기뻐하면서 날을 택하여 성례(成禮)를 시키고는 모든 일에 의심쩍은 것이 있을 때는 그 사위에게 자문(諮問)을 구하는 것이었다. 하루는 장인이 장에서 소 한 마리를 사 왔다. 그 바보 사위는 그 소를 보더니, "이건 버드나무 궤로고."라 하고는 또 뒤를 이어서, "아마 쉰댓 말은 들었겠군."하며 아는 척하였다. 그 말을 들은 영감은, "김서방이 망발(妄發)을 하는구료. 어찌 소를 가리켜 나무라 하는고."하고 그 사위의 자질에 대해 의심을 품게 되었다. 그 아

내가 가만히 남편에게, "어찌 그 소의 입술을 헤치면서 '이가 적구료'라고 말하고, 꼬리를 들고서 '새끼를 많이 낳겠구료'라고 하지를 않았소?"하며 책망하는 것이었다. 그 이튿날이었다. 장모가 병이 들어 위독하매 사위를 청하여 그 증세를 보라 하였더니 사위가 침상 밑에 다가서서 장모의 입술을 헤치면서, "이가 적구료."하고는 또 이불을 걷어치고 그 궁둥이를 보면서, "새끼를 많이 낳겠구료."하는 것이었다. 장인 장모가 모두 화를 벌컥 내며, "소를 나무로 보고 사람을 소로 보니 참 미친 놈이로고."하고 장탄식을 하는 것이었다.

노무멸렬(鹵莽滅裂)

하는 일이 꼼꼼하지 못하고 거침을 이르는 말.

「莊子」,

長梧封人問子牢曰　君爲政焉勿鹵莽治民焉勿滅裂

노발대발(怒發大發)

몹시 성냄을 이르는 말.

노발대성(怒發大聲)

크게 성을 내어 외치는 큰 목소리.

노발상충(怒髮上衝)

⇒노발충관(怒髮衝冠) 참조.

노발충관(怒髮衝冠)

노하여 머리털이 갓을 찌를 듯이 곤두선다는 뜻으로, 몹시 성난 모습을 비유하는 말. 노발상충(怒髮上衝), 노발충천(怒髮衝天) 또는 발충관(髮衝冠)이라고도 함.

「史記 廉頗·藺相如傳」,

秦王坐章臺見相如　相如奉璧奏秦王秦王大喜 傳以示美人及左右 左右皆呼萬歲 相如視秦王無意償趙城 乃前曰

璧有瑕 請指示王 王授璧 相如因持璧
郤立 倚柱 怒髮上衝冠 謂秦王曰 大王
欲得璧 使人發書至趙王 趙王悉召群臣
議 皆曰 秦貪 負其强 以空言求璧 償
城恐不可得 議不欲予秦璧 臣以爲布衣
之交尙不相欺 況大國乎 且以一璧之故
逆强秦之驩 不可 於是趙王乃齋戒五日
使臣奉璧 拜送書於庭 何者 嚴大國之
威以修敬也 今臣至 大王見臣列觀 禮
節甚倨 得璧 傳之美人 以戲弄臣 臣觀
大王無意償趙王城邑 故臣復取璧 大王
必欲急臣 臣頭今與璧俱碎於柱矣 相如
持其璧睨柱 欲以擊柱 秦王恐其破璧
乃辭謝固請 召有司案圖 指從此以往十
五都予趙

진왕은 수도 함양(咸陽)에 있는 장
대(章臺)에 앉아서 인상여를 인견(引
見)했다. 원래 사신은 궁중의 정청에
서 만나도록 되어 있는데 그 때 연회
를 하고 있던 장소로 부른 것이다.
인상여는 벽옥을 받들어 진왕에게 조
심스럽게 올렸다. 진왕은 대단히 기
뻐하면서 좌우에서 모시는 측근들과
측실인 후궁들에게도 돌리며 구경시
켰다. 진왕의 좌우에 있던 측근들은
모두 만세를 외쳤다. 인상여는 진왕
이 약속한 대로 벽옥의 대가로서 조
나라에 성읍을 넘겨줄 뜻이 없음을
간파하고 앞으로 나가서 말했다. "그
벽옥에는 흠이 한 곳 있습니다. 그
곳을 알려 드리겠습니다." 진왕은 인
상여에게 다시 벽옥을 건네주었다.
그는 재빨리 벽옥을 받아 들자 뒤로
물러서서 기둥에 의지하고 섰다. 그
모습은 노여움으로 머리털이 거꾸로
곤두서서 관을 뚫을 듯했다. 그리고
진왕을 향해 말했다. "대왕께서는 벽

옥을 손에 넣기 위해 사람을 보내어
서신으로 조왕에게 청하셨습니다. 조
왕은 가신을 전부 소집하여 의논한
결과 모두가, '진나라는 탐욕스러워
서 그 강대한 힘만 믿고 헛말로써 벽
옥을 달라 하고 있습니다. 그 대신
성읍을 준다는 말은 아마도 실현하지
않을 것입니다.'라는 의논이 모아졌
습니다. 그래서 진나라에 벽옥을 주
지 않기로 결정되었습니다. 그러나
신이 생각하건대, 일개 서민들 사이
라도 서로 교섭하는 데 속이지 않는
것이온데 항차 큰 대국에 있어서랴.
그리고 한낱 하찮은 벽옥 하나 때문
에 강국인 진나라의 우의를 꺾는다는
것은 좋지 못하다고 했습니다. 조왕
은 이런 신의 의견을 받아들여서 재
계(齋戒)를 닷새나 하시고, 신에게
친서를 주시며 벽옥을 받들고 귀국의
궁전에 배송하게 하시었습니다. 이것
은 대국의 권위를 존중하고, 또 예의
를 다하기 위해서입니다. 그런데 지
금 신이 이곳에 이른즉, 대왕께서는
신을 빈객으로 대우하지도 않으십니
다. 유흥하는 이런 장소로 신을 부르
시는 것 같은 처사는 고금의 예절에
벗어난 일입니다. 벽옥을 얻자마자
측실인 후궁들에게까지 돌려 보이고
있사오니, 이런 일은 신을 희롱하는
것이 되옵니다. 신은 대왕께서 벽옥
의 대상으로 성읍을 줄 생각이 없는
것으로 보았습니다. 그래서 벽옥을
도로 받아 가진 것입니다. 대왕께서
신에게 위해를 가하실 것이라면, 신
은 지금 이 자리에서 벽옥과 함께 머
리를 기둥에 부딪쳐 산산이 부수고
말 것입니다." 인상여는 벽옥을 손에

들고 기둥을 노려보면서 곧 부딪칠 기세를 보였다. 진왕은 인상여가 벽옥을 부숴 버리지나 않을까 심히 두려워하여 겨우 사과하고 유사(有司)를 불러 지도를 가지고 오게 했다. 그리고는, "이곳으로부터 저쪽 15개 성읍을 조나라에게 주어라."하고 손가락으로 가리키며 지시했다.

노발충천(怒髮衝天)
⇒노발충관(怒髮衝冠) 참조.

노방생주(老蚌生珠)
오래된 조개가 진주를 낳는다는 뜻으로, ①시원치 않은 부모에게 총명한 아들이 있음을 칭찬하여 이르는 말. ②부자(父子)의 학문적 재질이 뛰어남을 비유하는 말. ③만년에 자식을 낳음을 비유하는 말. 명주출노방(明珠出老蚌)이라고도 함.
「北齊書 陸邛前」,
邢劭謂其父曰 吾以卿老蚌 遂出明珠

노방잔읍(路傍殘邑)
오며 가며 들르는 벼슬아치들을 대접하느라고 피폐해진 작은 고을.

노변담화(爐邊談話)
난롯가에서 서로 허물없이 주고받는 세상 이야기. 줄여서 노변담(爐邊談)만으로도 쓰임.

노불습유(路不拾遺)
⇒도불습유(道不拾遺) 참조.

노사숙유(老士宿儒)
학문이 썩 깊은 늙은 선비를 이름.

노상안면(路上顔面)
길에서 만나 보고 익혀서 아는 얼굴.

노생지몽(盧生之夢)
⇒한단지몽(邯鄲之夢) 참조.
* 옛날 노생(盧生)이 한단(邯鄲)의 여숙(旅宿)에서 신선을 만나, 밥 한 끼를 끓이는 짧은 동안의 꿈속에서 일생의 성쇠(盛衰)를 꿈꾸었다는 고사.

노소동락(老少同樂)
늙은이와 젊은이가 함께 즐김.

노소부정(老少不定)
죽음에는 노소의 선후가 없음, 곧 늙은이가 꼭 먼저 죽는 것만은 아님을 이르는 말.

노숙(露宿)
한데서 유숙하는 것.
「後漢書 王渙傳」,
境內淸夷 商人露宿於道

노승발검(怒蠅拔劍)
⇒견문발검(見蚊拔劍) 참조.
* 성가시게 구는 파리를 보고 칼을 뽑는다는 뜻에서 나온 말.

노심초사(勞心焦思)
애를 쓰고 속을 태움. 몹시 애를 태움. 비슷한 뜻의 말로 초심고려(初心苦慮)가 있음.

노안비슬(奴顔婢膝)
남자 종의 아첨하는 얼굴, 여자 종의 무릎걸음걸이라는 뜻으로, 남과의 사귐에 있어서 지나치게 굽실거리는 비굴한 태도를 이르는 말.
「陸龜蒙의 散人歌」,
奴婢顔膝眞乞丐 反以正直爲狂癡
「抱朴子」,
交際以奴顔婢膝爲曉解

노안유명(老眼猶明)

노인의 시력이 오히려 밝다는 뜻.

노양지과(魯陽之戈)

위세(威勢)가 왕성함을 이르는 말.
* 전국 시대(戰國時代)에 초(楚)나라의 노양공(魯陽公)이 한(韓)나라와 격전 중 해가 넘어가려 하므로 그가 창을 들어 해를 부르니까 해가 그의 명령대로 군대의 하룻길인 삼사(三舍)나 뒷걸음 질쳤다고 하는 고사.

노어해시(魯魚亥豕)

魯·魚·亥·豕 글자를 구분하지 못함을 이름이니, 글자를 잘못 알거나 잘못 씀을 이르는 말.

노우지독지애(老牛舐犢之愛)

늙은 소가 송아지 새끼를 핥아주는 사랑이란 뜻이니, 자식에 대한 부모의 지극한 사랑을 이르는 말.

노이무공(勞而無功)

애는 썼으나 보람없이 되어 버림을 이르는 말.
「莊子」,
猶推舟於陸 勞而無功

노이불사(老而不死)

늙어서 언짢은 일이 끊임없어, 죽고 싶으나 죽지 못함.

노이불원(勞而不怨)

효자의 행위나, 또는 마땅히 해야 할 백성의 행위를 이르는 말.
「論語」,
子曰 事父母幾諫 見志不從 又敬不違 勞而不怨

노익장(老益壯)

⇒노당익장(老當益壯) 참조.

노자안지(老者安之)

늙은이는 평하게 해드려야 한다는 말.
「論語」
子曰, 老者安之 朋友信之 少者懷之

노자역덕(怒者逆德)

노하게 되면 서로 싸우게 됨을 이르는 말. 병자흉기(病者凶器)라고도 함.

노주해사(蘆洲蟹舍)

강 마을 경치를 이르는 말.

노지남자(魯之男子)

사람의 행위를 배울 때는 외형을 배우지 말고 심의(心意)를 배우라는 뜻으로 쓰이는 말.

노축암(怒蹴巖)

성나서 바위 차기란 말로, 분을 참지 못하는 사람이 오히려 자기 몸을 해침을 비유하는 말.

노친시하(老親侍下)

늙은 부모를 모시고 있는 처지. 또는 그런 처지에 있는 사람.

노파심(老婆心)

⇒노파심절(老婆心切) 참조.

노파심절(老婆心切)

①친절하여 남의 일을 지나치게 걱정하는 마음. 또는, 필요 이상의 친절한 마음. ②의견·충고 따위를 말할 때 자기 마음을 겸손하게 이르는 말. 노파심(老婆心)만으로도 쓰임.
「傳燈錄」,
臨濟自黃檗往參大愚　述三度被打話 愚曰 黃檗與麼老婆心切 又云 黃檗云 汝廻太速生 師云 秪爲老婆心切

노홍소청(老紅少靑)

장기를 둘 때, 나이가 많은 사람이 홍말, 나이가 적은 사람이 청말로 두는 일.

녹림(綠林)

⇒녹림호걸(綠林豪傑) 참조.

녹림호객(綠林豪客)

⇒녹림호걸(綠林豪傑) 참조.

녹림호걸(綠林豪傑)

푸른 숲 속의 호걸이란 뜻으로, 도적, 화적, 불한당을 말함. 형주(荊州)에 녹림산(綠林山)이 있는데 전한(前漢) 말에 망명(亡命)하는 자가 이곳으로 많이 모인데서 유래함. 녹림호객(綠林豪客)이라고도 하며, 도둑의 소굴을 말할 때는 녹림(綠林)만으로 쓰임.

「漢書 王莽傳」,
南郡張覇 江下羊牧王匡等起雲杜綠林
號曰下江之兵
「後漢書 劉元傳」,
諸亡命聚藏于綠林中
「通俗篇」,
劉元傳注謂 綠林地名 在荊州當陽縣
自李涉有綠林豪客夜知聞句 後人竟稱
此輩爲綠林

* 후한 말(後漢末) 왕광(王匡), 왕봉(王鳳) 등이 녹림산을 근거로 도적이 되었다는 고사.

녹불첩수(綠不疊受)

두 가지 벼슬을 맡은 사람이 한 가지 벼슬의 녹만 받음.

녹빈홍안(綠鬢紅顔)

윤이 나는 검은 귀밑머리와 아름다운 얼굴이란 뜻으로, 젊은 여자의 아름다운 얼굴을 이르는 말.

녹사불택음(鹿死不擇音)

선량한 사람도 위급한 지경을 당하면 악성이 나온다는 말.

녹사수수(鹿死誰手)

세력이 막강하여 승패를 못 가린다는 말.

녹양방초(綠楊芳草)

푸르게 우거진 버들과 꽃다운 풀.

녹엽성음(綠葉成陰)

나무에는 초록 잎이 우거져 그늘을 짓고 가지가 휘도록 열매가 열린 모양으로, 여성이 결혼하여 아기를 갖는 것을 비유하거나 또 옛 연인이 결혼하여 이미 아기를 가졌음을 비유하는 말.

녹우(綠雨)

신록의 계절에 내리는 비를 이르는 말.

「張問陶의 詩」,
四月好天氣 人來綠雨中

녹음방초(綠陰芳草)

우거진 나무 그늘과 꽃다운 풀. 여름철을 가리키는 말.

「王安石의 初夏卽事詩」,
晴日煖風生麥氣 綠陰幽草勝花詩

녹의사자(綠衣使者)

앵무새의 별칭(別稱).

녹의홍상(綠衣紅裳)

연두 저고리에 다홍치마. 즉, 젊은 여자의 곱게 치장한 복색을 이름.

녹의황리(綠衣黃裏)

천한 첩이 본부인의 자리를 차지한다는 말. 귀천(貴賤)의 입장을 바꾼다는 비유의 뜻임.

녹이상제(綠駬霜蹄)

명마(名馬)를 이르는 말.
「史記 周紀」,
造父以善御幸於周穆王得綠耳之駟
* 녹이(綠耳) - 주(周)나라 목왕(穆王)
이 타던 팔준마(八駿馬)의 하나.
* 상제(霜蹄) - 굽에 흰털이 난 좋은
말.

녹죽청송(綠竹青松)

푸른 대와 소나무.

논공행상(論功行賞)

공적의 유무·대소를 논의하여 각각
에 알맞은 상을 줌.
「史記」,
漢五年旣殺項羽定天下 論功行封

논인장단(論人長短)

남의 잘잘못을 논평함.

논점일탈(論點逸脫)

말(주장)하고자 하는 핵심에서 벗어
남을 이르는 말.

농가성진(弄假成眞)

⇒가롱성진(假弄成眞) 참조.

농과성진(弄過成眞)

⇒가롱성진(假弄成眞) 참조.

농교성졸(弄巧成拙)

지나치게 솜씨를 부리려다가 도리어
서툴게 됨.
「黃庭堅의 拙軒頌」,
弄巧成拙爲蛇添足
농교성졸이란 뱀을 그림에 발을 그
린 것이 된다.

농부아사침궐종자(農夫餓死枕厥種子)

농부는 굶어죽어도 그 씨앗을 베고

죽는다는 뜻이니, 죽는 순간까지도
앞날을 위한 생각을 버리지 말라는
교훈의 말.

농불실시(農不失時)

농사일은 시기를 놓치지 말아야 한
다는 뜻.

농시방장(農時方張)

농사철이 되어 농사일이 한창 바쁨.

농와지경(弄瓦之慶)

계집아이를 낳은 기쁨. 농와지희(弄
瓦之喜)라고도 함.
⇒농장지경(弄璋之慶)의 고사 참조.

농와지희(弄瓦之喜)

⇒농와지경(弄瓦之慶) 참조.

농자천하지대본(農者天下之大本)

농사짓는 일은 세상 모든 일의 근본
이 된다는 뜻.

농장지경(弄璋之慶)

사내아이를 낳은 기쁨. 숭악강신(嵩
嶽降神) 또는 농장지희(弄璋之喜)라고
도 함.
「詩經 小雅 斯干篇」,
下莞上簟 : 왕골과 삿자리 겹쳐 깔고
乃安斯寢 : 편안히 하룻밤
乃寢乃興 : 자고 일어나
乃占我夢 : 간밤 꿈 점쳤네
吉夢維何 : 길몽은 무엇?
維熊維羆 : 무섭고도 큰 곰 보았고
維虺維蛇 : 살모사와 뱀을 만나 놀라
　　　　　　 깨었네.
大人占之 : 일관(日官)이 점을 쳐
　　　　　　 괘를 풀었네
維熊維羆 : 검은 곰에 큰곰은
男子之祥 : 아들 낳을 조짐
維虺維蛇 : 살모사에 뱀 본 것은

女子之祥 : 딸 꿈이라고.
乃生男子 : 이리 해 사내 아이
　　　　　　낳기만 하면
載寢之床 : 침상(寢床)에 누이고
載衣之裳 : 꼬까옷 입혀
載弄之璋 : 손에는 구슬을
　　　　　　들려주겠네
其泣喤喤 : 음도 우렁차고, 이제
　　　　　　크며는
朱芾斯皇 : 입신양명 붉은 슬갑 휘황
　　　　　　찬란히
室家君王 : 집안을 일으키어
　　　　　　군왕(君王)도 되리.

乃生女子 : 만일에 계집아이가
　　　　　　태어나면
載寢之地 : 맨바닥에 재우고
載衣之裼 : 포대기 둘러
載弄之瓦 : 손에 실패나 쥐어주리
無非無儀 : 좋지도 나쁘지도 아니
　　　　　　하여서
唯酒食是議 : 술 데우고 밥짓기나
　　　　　　익히게 하리
無父母詒罹 : 부모 걱정되지나 않게
　　　　　　하려네.
* 斯干은 집을 신축(新築)하여 즐기는
노래임

농장지희(弄璋之喜)

⇒농장지경(弄璋之慶) 참조.

농조연운(籠鳥戀雲)

갇힌 새가 구름을 그린다는 뜻으로,
자유 없는 사람이 자유를 그리는 마
음. 또는 고향을 몹시 그리워함을 비
유하여 이르는 말.
「鶡冠子」.
　籠中之鳥 空窺不出

농한희어(弄翰戲語)

낙서와 농담을 이르는 말.

뇌구전격(雷呴電激)

요란한 천둥소리와 번개를 이르는
말.
「郭璞의 江賦」.
　溢流雷呴而電激

뇌동(雷同)

주견 없이 덮어놓고 남의 말을 따라
행함. 뇌동부화(雷同附和) 또는 부화뇌
동(附和雷同)이라고도 함.
「禮記 曲禮 上篇」.
　主人不問 客不先擧 將卽席 容無怍
兩手偏衣 去齊尺 衣無撥 足無蹷 先生
書策琴瑟在前 坐而遷之 戒勿越 虛坐
盡後 食坐盡前 坐必安 執爾顔 長者不
及 毋儳言 正爾容 聽必恭 毋勦說 毋
雷同 必則古昔 稱先王
주인이 묻지 않으면 손이 먼저 말하
지 않는다.
장차 자리에 가 앉으려고 할 때는
부끄러워하는 얼굴로 당황하는 태도
를 하지 말고, 두 손으로 下衣를 그
꿰맨 곳이 땅에서 한 자쯤 뜨게 치켜
들어야 한다. 옷자락이 펄럭이는 일
이 없어야 하며 발은 미끄러지는 일
이 없어야 한다.
先生의 책이나 거문고, 비파 같은
것이 자기 앞 통로에 놓여 있으면 꿇
어앉아서 옮겨 놓을 것이며, 타 넘는
일이 없어야 한다.
빈자리에 앉을 때에는 뒤로 물러앉
고, 음식을 먹는 자리에 앉을 때에는
앞으로 다가 앉는다. 앉는 것은 반드
시 안정되게 하며, 자신의 얼굴빛을
바르게 가진다. 어른이 말을 마치지

않았으면 그 말과 관계없는 다른 말을 꺼내어 말을 착잡하게 만들지 말아야 한다.

講論할 때에는 너의 얼굴빛을 바르게 하여 선생의 강의를 반드시 공손하게 들어야 하며, 남의 說을 앗아다가 자기의 說이라고 하지 말며, 남의 말에 무비판적으로 찬성하는 일도 없어야 한다.

반드시 옛것을 법으로 하고 先王의 가르침을 인용하여 논술하도록 한다.
「楚辭九辨」,
世雷同而炫燿兮
「後漢書 桓譚傳의 注」,
雷之發聲 衆物同應 俗人無是非之心
出言同者 謂之雷同

뇌동부화(雷同附和)

⇒뇌동(雷同) 참조.

뇌동비평(雷同批評)

다른 사람이 말하는 대로 좇아서 줏대 없이 하는 비평.
「後漢書 桓譚傳注」,
雷之發聲 發物同應 俗人無是非之心
出言同者 謂之雷同

뇌락장렬(磊落壯烈)

기상이 쾌활하고 지기(志氣)가 장렬함, 또는 그런 사람.

뇌려풍비(雷厲風飛)

일을 처리하는 솜씨가 벼락같이 날쌔고 빠름.

뇌뢰락락(磊磊落落)

마음이 공명정대(公明正大)함을 이르는 말.
「晉書 石勒載記」,
大丈夫行事 當磊磊落落如日月

뇌봉전별(雷逢電別)

우레같이 만났다가 번개같이 헤어진다는 뜻으로, 갑자기 잠깐 만났다가 곧 이별함을 비유하여 이르는 말.

뇌불가파(牢不可破)

굳어서 깨뜨려지지 않는다는 뜻.
「韓愈의 平淮西碑」,
并爲一談 牢不可破

뇌성대명(雷聲大名)

세상에 우레처럼 높이 드러난 이름 또는 타인의 이름을 높여서 이르는 말.

뇌성벽력(雷聲霹靂)

우레 소리와 벼락을 이르는 말.

뇌정벽력(雷霆霹靂)

격렬한 우레와 벼락을 이르는 말.

누거만금(累巨萬金)

매우 많은 돈을 이르는 말.

누거만년(累巨萬年)

매우 오랜 세월을 이르는 말.

누거만재(累巨萬財)

매우 많은 재물을 이르는 말.

누란지세(累卵之勢)

⇒누란지위(累卵之危) 참조.

누란지위(累卵之危)

알을 포개어 쌓아 놓은 것처럼, 매우 위태(危殆)로운 형세(形勢)를 일컫는 말. 유사한 말로 간두지세(竿頭之勢), 누란지세(累卵之勢), 백척간두(百尺竿頭), 심연박빙(深淵薄氷), 여리박빙(如履薄氷), 위여누란(危如累卵), 임심이박(臨深履薄) 등이 있음.
「司馬相如의 喩巴蜀檄」,

去累卵之危 就永安之計 豈不美與
「史記 氾睢列傳」,
秦王之國 危於累卵 得臣則安
秦은 지금 계란을 쌓아 둔 것보다
더 위태롭다. 나를 얻으면 안전할 수
있다.
* 위(魏)나라에서 누명을 쓰고 죽을 뻔
한 범저(范雎)란 자가 장록(張祿)이란
이름으로 진(秦)에 망명할 때 왕계(王
季)의 도움을 받는다. 이 말은 王季가
秦王에게 보고할 때 이용한 말임. 그
후 張祿은 秦王에게 원교근공(遠交近
攻)의 대외정책을 진언하여 크게 활약
함.

누루면면(縷縷綿綿)
이야기가 자세하게 길게 이어지는
모양.

누순공찬(屢巡空讚)
거짓 칭찬을 여러 차례 함을 이름.

눌언민행(訥言敏行)
말은 더듬으나 실제 행동은 빠름.
「論語 里仁」,
子曰 君子欲訥於言而敏於行

능견난사(能見難思)
눈으로 볼 수는 있으나 보통의 이치
로는 추측할 수 없음. 또는 그런 일.

능곡지변(陵谷之變)
⇒창상지변(滄桑之變) 참조.

능대능소(能大能小)
능히 크게도 또는 작게도 한다는 뜻
이니, 재주가 많아 모든 일에 두루
능함을 이르는 말.

능사필의(能事畢矣)
⇒만사휴의(萬事休矣) 참조.

능서불택필(能書不擇筆)
글씨에 능한 사람은 붓을 가리지 않
는다는 뜻으로, 진정한 달인(達人)은
주어진 조건(종이나 붓 같은 재료)을
가리지 않는다는 말.
「唐書 歐陽詢傳」,
唐에 書道의 達人으로 虞世南, 褚遂
良, 顏眞卿, 歐陽詢등이 있었는데 그
중 특히 歐陽詢이 유명했다. 하루는
저수량이 우세남에게 자신의 글씨와
구양순의 글씨 중 어느 것이 더 나으
냐고 물었다. 저수량은 좋은 붓과 먹
이 없으면 글을 쓰려고 하지 않는 사
람이었다. 우세남이 대답하기를, "순
은 종이나 붓에 일체 신경쓰지 않고
어떤 것을 써도 뜻대로 쓸 수가 있으
니, 자네는 순을 도저히 따르지 못하
네."라고 하였다 한다.

능소능대(能小能大)
작은 일이나 큰 일이나 두루 잘한다
는 뜻으로, 모든 일을 임기응변으로
잘 처리함을 이르는 말. 능수능란(能
手能難)과 유사한 말.

능수능란(能手能難)
모든 일을 어려움 없이 능숙하게 처
리하는 솜씨. 능소능대(能小能大)와
유사한 말.

능언앵무(能言鸚鵡)
앵무새도 능히 말할 수 있다는 뜻으
로, 사람답지 못한 사람에게 핀잔을
줄 때 쓰는 말.

능지처참(凌遲處斬)
머리, 몸, 손, 팔다리를 토막쳐서
죽인다는 뜻으로, 지난 날 대역 죄인
에게 내리던 극형(極刑).

다

다감다정(多感多情)

⇒다정다감(多情多感) 참조.

다기망양(多岐亡羊)

달아나는 양을 쫓다가 여러 갈래길에서 양을 잃고 탄식(歎息)하였다는 데서 나온 말로, 학문의 길이 다단(多端)하므로 진리를 찾기 어려움을 비유한 말. 기로망양(岐路亡羊), 독서망양(讀書亡羊) 또는 망양지탄(亡羊之歎)이라고도 함.

「列子 說符篇」,

楊子之隣人亡羊 旣率其黨 又請楊子之豎追 楊子曰 噫亡一羊 何追者之衆 隣人曰 多岐路 旣反 問獲羊乎 曰 亡之矣 曰 奚亡之 曰 岐路之中又有岐焉 吾不知所知 所以反也 都子曰 大道以多岐亡羊 學者以多方喪生 學非本不同 非本不一 而末異若是 唯歸同反一 爲亡得喪

楊子의 이웃집에서 양이 도망쳤다. 그래서 이웃집 사람들과 양자의 집 하인까지 양을 찾았다. (그것을 보고) 楊子가로되, "한 마리의 양이 도망쳤는데 왜 그렇게 많은 사람들이 쫓고 있는가?" 이웃집 사람 가로되, "갈림길이 많기 때문입니다." 얼마 후 그들이 돌아와 양을 잡았는지 물으니, 그들이 가로되, "잃어버렸습니다." 또 가로되, "어찌 찾지 못했는가?" 그들이 가로되, "갈림길 속에 또 갈림길이 있어 양이 어디로 갔는지 도저히 알 수가 없어 돌아왔습니다." 그래서 心都子에게 물으니 가로되, "大道는 갈림길이 많기 때문에 양을 찾지 못하고, 학문하는 사람은 방법이 많기 때문에 본성을 잃는다. 학문이란 원래 근원이 하나였는데, 그 끝에 와서 이같이 달라지고 말았다. 그러므로 하나인 근본으로 되돌아가기만 하면 얻는 것도 잃는 것도 없는 것이네."라고 하였다.

* 양자(楊子) - 전국 시대 극단적인 개인주의를 주장했던 사상가로 본명은 주(朱).

다난흥방(多難興邦)

나라에 어려움이 많을수록 단결하여 부흥시킴.

다남자즉다구(多男子則多懼)

아들을 많이 두면 여러 가지로 두려움과 걱정이 많다는 뜻.

「莊子 天地」,

多男子則多懼 富則多事 壽則多辱

다능비사(多能鄙事)

낮고 속된 일에 재능이 많다는 뜻.

「論語 子罕」,

孔子曰 吾少也賤 故多能鄙事

다다익선(多多益善)

많으면 많을수록 더욱 좋다는 말. 다다익판(多多益辦)이라고도 함.

「史記 淮陰侯列傳」,

上常從容與信言諸將能不 各有差 上問曰 如我能將幾何 信曰 陛下不過能將十萬 上曰 於君何如 曰 臣多多而益善耳 上笑曰 多多益善 何爲爲我禽 信曰

陛下不能將兵 而善將將 此乃信之所以
陛下禽也 且陛下所謂天授 非人力也

漢 高祖(劉邦)는 어느 날 韓信과 더
불어 장수들의 능력에 대해 이야기했
다. 여러 가지 평가에 차이가 있었다.
高祖가 묻기를, "나는 얼마의 장수들
을 거느릴 수 있겠는가?" 韓信 가로
되, "폐하께서는 기껏 10만 정도를
거느릴 수 있다고 봅니다." 高祖 가로
되, "그러면 자네는 어떠한가?" 한신
가로되, "臣은 많으면 많을수록 좋습니
다." 高祖는 웃으며 가로되, "많으면 많
을수록 좋다는 자네가 어째서 내게 잡
힌 몸이 되었는가?" 韓信 가로되, "폐
하께서는 군사를 거느리는 데에는 능
하지 못하지만 장군을 지휘하는 능력
은 능숙하십니다. 이것이 바로 臣이 폐
하께 잡힌 까닭입니다. 더욱이 폐하의
능력은 소위 하늘이 주신 능력이지 인
간의 능력이 아니올시다."

다다익판(多多益辦)
　⇒다다익선(多多益善) 참조.

다모객(多謀客)
　교묘하게 회피하기를 좋아하는 사람
을 이르는 말.

다문박식(多聞博識)
　견문과 학식이 넓음.

다방이오지(多方以誤之)
　여러 가지 방략(方略)을 써서 적(상
대방)을 속인다는 뜻.
「左傳 昭公三十年」,
彼必皆出 彼出則歸 彼歸則出 楚必道
敝 亟肄以罷之 多方以誤之

다복다남(多福多男)
　복이 많고 아들이 여럿이란 뜻으로,

팔자가 좋음을 이르는 말.

다사다난(多事多難)
　여러 가지 일이 많은 데다 어려움도
많음.

다사다단(多事多端)
　일이나 사단(事端)이 여러 가지로
뒤얽혀 복잡함.

다사다망(多事多忙)
　일이 많아 몹시 바쁨.

다사자불의(多私者不義)
　사리 사욕이 많은 사람은 의리를 저
버림을 이르는 말.
「逸周書」,
多私者不義 揚言者寡信

다사제제(多士濟濟)
　여러 선비가 다 뛰어남. 뛰어난 인
물이 많음. 제제다사(濟濟多士)라고도
함.
「詩經 大雅 文王篇」,
濟濟多士 文王以寧

다사지추(多事之秋)
나라에 어려움이 많은 때를 이르는
말.

다소불계(多少不計)
많고 적음을 헤아리지 아니함.

다언삭궁(多言數窮)
　말이 많으면 자주 어려움에 빠진다
는 말.
「老子 第五章」,
多言數窮 不如守中

다언혹중(多言或中)
　말을 많이 하다 보면 더러 사리에
맞는 말도 있음. 우자일득(愚者一得)
과 유사한 말.

다예무예(多藝無藝)

재주가 많은 사람은 한 가지에 깊이 통하지 않아, 결국은 재주가 없는 것과 같음.

다재다능(多才多能)

재주가 많아 모든 일에 능란함.

다재다병(多才多病)

재주가 많은 사람은 흔히 몸이 약하고 병이 많음.

다전선고(多錢善賈)

돈이 많으면 마음대로 장사를 잘 할 수 있다는 뜻으로, 재물이 풍부하면 성공하기도 쉽다는 말. 장수선무(長袖善舞)와 함께 쓰이는 말.

⇒장수선무(長袖善舞)의 고사 참조.

다정다감(多情多感)

감수성이 풍부해 느끼는 점도 많음. 다감다정(多感多情)이라고도 함.

다정다한(多情多恨)

애틋한 정도 많고 한스러운 일도 많다는 말.

다정불심(多情佛心)

정이 많은 자비스러운 마음.

다종다양(多種多樣)

가짓수나 모양 따위가 여러 가지로 많음.

다지위잡(多知爲雜)

너무 아는 것이 많으면 도리어 잡박(雜駁)해져서 기율(紀律)이 없다는 말.

「揚子法言問神篇」,

或曰 淮南太史公言 其多知歟 何其雜也 曰雜乎雜 人病以多知爲雜 惟聖人爲不雜

다천과귀(多賤寡貴)

모든 상품은 수량의 많고 적음에 따라 그 가격의 고하(高下)가 결정된다는 뜻.

「管子」,

夫物多則賤 寡則貴 重則散 輕則聚

다취다화(多嘴多話)

사람이 많으면 말도 많다는 뜻.

다행다복(多幸多福)

운수가 좋고 복이 많음. 다행하고 매우 행복함.

단간영묵(斷簡零墨)

⇒단간잔편(斷簡殘篇) 참조.

단간잔편(斷簡殘編)

떨어져 나가고 빠지고 하여 온전하지 못한 책이나 문서. 단간영묵(斷簡零墨) 또는 단편잔간(斷編殘簡)이라고도 함.

단금지계(斷金之契)

⇒단금지교(斷金之交) 참조.

단금지교(斷金之交)

⇒관포지교(管鮑之交) 참조.
* 무쇠라도 끊을 만큼 마음이 굳은 두 사람의 사귐이란 뜻.

단기지계(斷機之誡)

학업을 중단해서는 안 된다는 것을 일깨우는 말. 단기지교(斷機之敎) 또는 맹모단기(孟母斷機)라고도 함.

「劉向列女傳」,

孟子秒長就學而歸 孟母方績 問曰 學何所至與 孟子曰 自若也 母以刀斷其織曰 子之廢學若吾斷斯織矣 孟子懼旦夕勤學

孟子가 학업을 중도에 그만두고 집

에 돌아오자, 그 어머니가 베를 짜다가 물어 가로되, "너의 학업이 어느 정도에 이르렀는가?" 孟子 가로되, "전과 같습니다."라고 답했다. 그러자 그 어머니는 짜던 베를 칼로 끊으며 가로되, "네가 학업을 중도에 그만둠은 내가 이 베를 끊는 것과 같으니라." 그 어머니의 말을 듣고 孟子는 두려워 아침 저녁으로 부지런히 학업에 임했다.
「後漢書 列女傳」,
樂羊子遠尋師學 一年來歸 妻乃引刀趨機而言曰 此織一絲而累以至於寸 累寸不已 遂成丈匹 今若斷斯織也 則損失成功 夫子積學 當日知所亡 以就懿德 中道而歸 何異斷斯織乎 羊子感其言 復還終業

단기지교(斷機之敎)
⇒단기지계(斷機之誡) 참조.

단단무타(斷斷無他)
오로지 한 가지 신념 외에 딴마음이 없음.

단단상약(斷斷相約)
단단히 서로 약속함.

단도직입(單刀直入)
한 칼로 대적(大敵)을 거침없이 쳐들어간다는 뜻에서 나온 말로, 군말을 떼어버리고 바로 본론(本論)으로 들어감을 비유하는 말.
「傳燈錄」,
靈祐曰 單刀直入 則凡聖盡露眞

단말마(斷末魔)
숨이 끊어질 때의 고통.
「顯宗論」,
傷害人心者 臨終受斷末魔苦

다른 사람의 마음에 상처를 주는 자는 죽음에 임하여 단말마의 고통을 받게 된다.

단무타려(斷無他慮)
다른 걱정을 할 필요가 전혀 없음.

단문고증(單文孤證)
간단한 문서와 하나의 증거란 뜻으로, 불충분한 증거를 이르는 말.
「四庫全書」,
未可以單文孤證遽斷其僞

단불요대(斷不饒貸)
단연코 용서하지 않음. 단불용대(斷不容貸)라고도 함.

단불용대(斷不容貸)
⇒단불요대(斷不饒貸) 참조.

단사두갱(箪食豆羹)
얼마 안 되고 변변치 않은 음식을 일컫는 말.
「孟子 告子 上篇」,
一箪食 一豆羹 得之則生 弗得則死 嘑爾而與之 行道之人弗受 蹴爾而與之 乞人弗屑也
사람이 한 대그릇의 밥과 한 나무그릇의 국을 얻으면 살고, 얻지 못하면 죽는 경우라도 야단치고 주면 行人도 받지 않고, 발로 차서 주면 乞人도 더럽게 여긴다.
「孟子 盡心長句下 十一」,
孟子曰 好名之人 能讓千乘之國 苟非其人 箪食豆羹見於色
명예를 존중하는 사람은 千乘의 나라도 사양할 수 있다. 진실로 명예를 존중하는 사람이 아니면 한 대그릇의 밥과 한 나무그릇의 국에도 (침을 꿀떡 삼키면서) 탐내는 빛을 얼굴에 나타낸다.

단사표음(簞食瓢飮)

청빈한 생활에 만족하는 것〔安貧樂道〕을 말함. 단표누항(簞瓢陋巷) 또는 일단사일표음(一簞食一瓢飮)이라고도 함.

「漢書 貨殖傳」,
顔淵簞食瓢飮在於陋巷
顔淵은 한 도시락의 밥과 한 표주박의 물로 더러운 거리에 살았다.

「論語 雍也 九」,
子曰 賢哉回也 一簞食一瓢飮 在陋巷 人不堪其憂 回也不改其樂 賢哉回也
孔子 가로되, "어질구나 顔回야, 한 도시락의 밥과 한 표주박의 물로 더러운 거리에 살면, 모든 사람들은 그 어려움을 견디어 내지 못하나, 顔回는 그 즐거움을 고치지 아니하니, 참으로 顔回는 어질구나."

단사호장(簞食壺漿)

밥을 도시락에 담고 물을 호리병에 넣는다는 뜻으로, 길 떠날 때 간단한 음식물 준비 또는 백성이 자기들을 구원하여 주기 위하여 도착한 의병을 환영하여 위로함을 비유하여 이르는 말.

「孟子 梁惠王章句下 十一」,
今燕虐其民 王往而征之 民以爲將拯己於水火之中 簞食壺漿 以迎王師 若殺其父兄 係累其子弟 毀其宗廟 遷其重器 如之何其可也 天下固畏齊之疆也 今又倍地而不行仁政 是動天下之兵也 王速出令 反其旄倪 止其重器 謀於燕衆 置君而後 去之則猶可及止也
이제 연(燕)나라에서 그 인민들에게 포학하게 굴었기 때문에 왕께서 나아가 정벌하셨으니, 그곳의 인민들은 자기네들을 물불 같은 재난 속에서 구제해 줄 것이라 생각하여 대그릇에 담은 밥과 물그릇에 담은 음료수를 가지고 왕의 군대를 환영하였던 것입니다. 그런데 만일 그들의 부형을 죽이고, 그들의 자제를 묶어 가며, 그들의 종묘를 헐고, 그들의 귀중한 제기(祭器)를 빼앗아 간다면 어찌 괜찮다 할 수 있겠습니까? 온 천하는 본래부터 제(齊)나라의 강한 것을 두려워하고 있습니다. 그런데 이제 또 땅을 배(倍)로 넓히고서 인정(仁政)을 베풀지 않는다면 그것은 온 천하의 군대를 (齊나라에 대항하여) 움직이게 하는 것입니다. 왕께서는 속히 명령을 내리시어 (포로로 잡은) 그들의 노인과 어린이를 돌려보내고, (약탈하여 운반 중인) 그들의 귀중한 제기(祭器)의 반입을 중지하고, 연(燕)나라의 인민들과 의논하여 그들의 임금을 세워 놓은 후에 철수하신다면 오히려 (제후들의 공격을) 미연에 방지할 수 있을까 합니다.

단성무이(丹誠無二)

성실한 마음, 곧 진심으로 일을 행하는 모습.

단순호치(丹脣皓齒)

붉은 입술과 흰 이란 뜻으로, 매우 아름다운 여인을 비유하는 말. 주순호치(朱脣皓齒) 또는 호치단순(皓齒丹脣)이라고도 함.

「楚辭」,

단애절벽(斷崖絶壁)

깎아지른 듯한 낭떠러지를 이름.

단야연마(鍛冶硏磨)

단련하고 또 단련하여 갈고 닦음.

단엄침중(端嚴沈重)

단엄하고 침착하여 무게가 있음.

단장(斷腸)

창자가 끊어질 듯한 슬픔을 이르는 말. 구장촌단(九腸寸斷)이라고도 함.
「世說新語」,
* 동진(東晉)의 환온(桓溫)이 촉(蜀) 땅을 정벌하기 위해 여러 척의 배에 군사를 나누어 싣고 양자강 중류의 협곡인 삼협(三峽)을 통과할 때 있었던 일이다. 환온의 부하 하나가 원숭이 새끼 한 마리를 붙잡아서 배에 실었다. 어미 원숭이가 뒤따라 왔으나 물 때문에 배에는 오르지 못하고 강가에서 슬피 울부짖었다. 이윽고 배가 출발하자 어미 원숭이는 강가에 병풍처럼 펼쳐진 절벽도 아랑곳하지 않고 필사적으로 배를 쫓아왔다. 배는 100여 리쯤 나아간 뒤 강기슭에 닿았다. 어미 원숭이는 서슴없이 배에 뛰어 올랐으나 그대로 죽고 말았다. 그 어미 원숭이의 배를 갈라 보니 너무나 애통한 나머지 창자가 토막토막 끊어져 있었다. 이 사실을 안 환온은 크게 노하여 원숭이 새끼를 붙잡아 배에 실은 그 부하를 매질한 다음 내쫓아 버렸다고 한다.
「鮑照의 詩」,
紫房絲女弄明璫　鸞歌鳳舞斷君腸
「魏文帝의 詩」,
念君客遊思斷腸

단장보단(斷長補短)

긴〔長〕 것을 잘라 짧은 것을 메꿔 들쭉날쭉한 것을 곧게 하듯이, 단점을 장점으로 보완함을 이르는 말.
「禮記 王制篇」,
凡四海之內 斷長補短 方三千里 爲田 八十萬億一萬億畝 方百里者 爲田九十億畝 山陵林麓川澤溝瀆 城郭宮室塗巷 三分去一 其餘六十億畝

무릇 四海의 안을 긴 것을 떼어 내어 짧은 것에 보태어 계산하면 方三千里가 되고 田地를 계산하면 81만 억畝가 된다. 方百里 되는 곳은 田地로 계산하면 90억畝가 되는 것이니 山陵과 林麓과 川澤溝瀆과 城郭, 宮室, 길거리 등을 전체의 3분의 1로 쳐서 제거하더라도 그 나머지가 60억畝가 된다.

단장적구(斷章摘句)

고전이나 원전의 일부를 따 온 글귀. 단장절구(斷章截句)라고도 함.

단장절구(斷章截句)

⇒단장적구(斷章摘句) 참조.

단장취의(斷章取義)

문장의 일부분을 따서 그 뜻을 취한다는 뜻으로, 시나 문장의 일부분을 따서 자기본위로 해석하여 씀을 비유하는 말.
「孟子」,
魯頌曰 戎狄是膺 荊舒是懲 周公方且膺之 宋注按 今此詩爲僖公之頌 而孟子山人周公言之 亦斷章取義也

단청과실(丹靑過實)

실제로는 없는 것을 그린 그림을 이르는 말.
「客越志」,
每疑丹靑過實 今觀此景 乃知良工若心

단칠불문(丹漆不文)

본래부터 아름답고 훌륭한 것은 단장할 필요가 없다는 말.

단편잔간(斷編殘簡)

⇒단간잔편(斷簡殘編) 참조.

단표누공(簞瓢屢空)

청빈하게 살거나 또는 그 삶.

단표누항(簞瓢陋巷)

⇒단사표음(簞食瓢飮) 참조.

단한무붕(但恨無朋)

오직 친구가 없음을 탄식함.

달다어요(獺多魚擾)

수달이 많으면 물고기가 두려워 혼란에 빠지듯, 관리가 너무 많으면 백성이 여러 면에서 시달림을 받음을 비유한 말.

달인대관(達人大觀)

달인(達人)은 사물의 전체를 잘 헤아려 빠르게 판단하고 그릇됨이 없다는 말. 즉, 도리(道理)에 통달한 선비의 뛰어난 견식(見識)을 이르는 말.

「鶡冠子」,

達人大觀 乃見其符

「賈誼」,

達人大觀 兮無物不可

담대심세(膽大心細)

⇒담대심소(膽大心小) 참조.

담대심소(膽大心小)

사람은 담대하면서도 치밀한 주의력을 가져야 함을 이르는 말. 또는 문장을 짓는 데 있어서의 경계하는 말. 담대심세(膽大心細)라고도 함.

「唐書 隱逸傳」,

孫思邈答盧照隣曰　膽欲大而心欲小智欲圓而行欲方

「困學紀聞」,

梁簡文帝誡子當陽公書曰 立身之道與文章異 立身先須謹重 文章且須放蕩

담론풍발(談論風發)

담화나 의론이 속출하여 활발히 행해짐.

담석지저(儋石之儲)

저장한 극히 얼마 안 되는 쌀이라는 뜻으로, 여축이 적음을 이르는 말.

「漢書 楊雄傳」,

담소자약(談笑自若)

⇒언소자약(言笑自若) 참조.

「三國志 吳書甘寧傳」,

寧受攻累日 敵設高樓 雨射城中 士衆填 惟寧談笑自若 遣使報瑜 瑜用呂蒙計 帥諸將解圍也

담언미중(談言微中)

완곡(婉曲)하게 상대방의 급소(急所)를 찌르는 말.

「史記 滑稽傳」,

談言微中 亦可以解紛

담여수(淡如水)

욕심이 없고 마음이 깨끗하기가 물과 같다는 뜻으로, 군자(君子)의 마음씨를 형용하는 말.

「莊子 山禾」,

君子之交淡若水 小人之交甘如醴 君子淡以親 小人甘以絶

담장농말(淡粧濃抹)

산뜻한 화장과 짙은 화장, 즉 갠 날과 비오는 날에 따라 변화하는 경치를 이르는 말.

「蘇軾 飮湖上初晴後雨」,

담하용이(談何容易)

이야기하기가 쉽지 않음. 즉, 말을

너무 쉽게(가볍게) 하지 말라는 말.
「漢書 東方朔傳」,

吳王曰 可以談矣 先生曰 於戲可乎哉
可乎哉 談何容易

담호호지(談虎虎至)

호랑이도 제 말하면 온다는 뜻으로,
마침 화제에 오르고 있는 당사자가
공교롭게도 그 자리에 나타날 때에
쓰는 어구로, 그 자리에 없다고 해서
남의 흉을 함부로 보지 말라는 뜻.
「耳談續纂」,

談虎虎至 談人人至 言不可其人之不
在 而議其人

호랑이도 제 말하면 오고 사람도 제
말하면 온다. 이것은 그 사람이 그
자리에 없다고 해서 그 사람에 대해
왈가왈부하는 것은 옳지 않다는 것을
말하는 뜻이다.

답호미(踏虎尾)

호랑이 꼬리를 밟는다는 뜻으로, 극
히 위험한 짓을 비유한 말.

당구삼년 능풍월(堂狗三年能風月)

⇒당구삼년　폐풍월(堂狗三年吠風月)
참조.

당구삼년 폐풍월(堂狗三年吠風月)

서당개 3년에 풍월을 읊는다는 뜻
으로, 무식한 사람도 유식한 사람들
틈에 있으면 감화를 받아 다소 유식
해진다는 말. 당구풍월(堂狗風月) 또
는 당구삼년 능풍월(堂狗三年能風月)이
라고도 함.

당구지락(堂構之樂)

아들이 아버지의 사업을 계승하여
이루는 낙(樂).
「李攀龍의 報吳濟南尺牘」,

翁撫之膝下 經學相難 異聞互發 家庭
之美 堂構之樂 快何如也

당구풍월(堂狗風月)

⇒당구삼년　폐풍월(堂狗三年　吠風月)
참조.

당국자미(當局者迷)

실제 일을 담당한 사람이 오히려 실
정에 어둡다는 말.

당금무배(當今無輩)

이 세상에서는 어깨를 겨눌 사람이
없다는 말.

당돌서시(唐突西施)

가당치도 않은 사람과 비교됨(함)을
이르는 말.
「三國吳志 張溫傳」,

溫當今無輩 權曰 如是張允不死也

당동벌이(黨同伐異)

같은 의견의 사람끼리는 돕고 다른
의견의 사람은 배척함. 동당벌이(同黨
伐異)라고도 함.
「周邦彦 汴都賦」,

당랑거철(螳螂拒轍)

⇒당랑당거철(螳螂當車轍) 참조.

당랑규선(螳螂窺蟬)

⇒당랑재후(螳螂在後) 참조.
* 매미는 버마재비가 엿봄을 모르고 울
고 있고, 버마재비는 매미를 덮치려고
만 정신이 팔려 새가 자신을 엿보고 있
음을 모른다는 데서 나온 말.

당랑당거철(螳螂當車轍)

버마재비가 앞발을 들어 수레를 막
는다는 뜻으로, 자기의 역량을 헤아
리지 않고 대적(大敵)에게 함부로 덤
벼드는 것을 비유한 말. 당랑거철(螳

螂拒轍)만으로도 쓰이며, 당랑지력(螳螂之力) 또는 당랑지부(螳螂之斧)라고도 함. 유사한 말로 연목구어(緣木求魚)나 이란격석(以卵擊石)이 있음.

「莊子 人間世篇」,

蘧伯玉曰 汝不知夫螳螂乎 怒其臂以當車轍 不知其不勝任也 是其才之美者也 戒之 愼之 積伐而美者以犯之 幾矣 汝不知夫養虎者乎 不敢以生物與之 爲其殺之之怒也 不敢以全物與之 爲其決之之怒也 時其饑飽 達其怒心 虎之與人異類 而媚養己者 順也 故其殺者 逆也 夫愛馬者 以筐盛矢 以蜄盛溺 適有蚊虻僕緣 而拊之不時 則缺銜毀首碎胸 意有所至 而愛有所亡 可不愼邪

蘧伯玉 가로되, "당신은 사마귀(버마재비)를 모르십니까? 성이 나서 그의 집게를 벌리고 수레바퀴 앞에 막아서서 자기가 깔려 죽을 것도 알지 못합니다. 자기 才質의 훌륭함만 믿고 있는 거지요. 경계하고 조심해야 합니다. 자기의 훌륭함을 크게 뽐내면서 상대방의 권위를 범하면 위태로워집니다. 당신은 호랑이 기르는 사람을 모르십니까? 감히 그에게 산 것을 먹이로 주지 않는데, 호랑이가 그것을 죽이는 사이에 사나움이 생겨날 것이기 때문입니다. 감히 그에게 완전한 물건을 먹이로 주지 않는데, 호랑이가 그것을 찢는 사이에 사나움이 생겨날 것이기 때문입니다. 그의 굶주림과 배부름을 때맞춰 주어, 그 사나운 마음을 트이게 해 줍니다. 호랑이와 사람은 종류가 다른 동물이지만, 자기를 길러주는 사람에게 잘 보이려 드는 것은 호랑이의 성질을 따르기 때문입니다. 그리고 호랑이가 길러주는 사람을 죽이는 것은 그의 성질을 거슬렀기 때문입니다. 말을 사랑하는 사람은 바구니에 똥을 받고 큰 조개에 오줌을 받습니다. 그러나 마침 모기나 등에가 말에 앉아 있을 때 불시에 그 놈들을 잡으려고 손으로 치면, 말은 놀라 재갈을 물어 부수고 사람의 머리를 깨거나 가슴을 떠 받습니다. 노여움이 생겨 사람이 잊혀지기 때문입니다. 어찌 조심하지 않을 수 있겠습니까?

* 사마귀처럼 무모하게 권력자와 맞서도 안 되고, 호랑이를 기르듯 권력자는 그의 성질에 따라 잘 길들여야 하며, 말을 다루듯 조심하여 권력자를 놀라게 해서는 안 된다는 것이다. 다시 말해 벼슬을 함에 있어서도 자연스러운 행동, 상대의 본성을 따르는 행동이 가장 적절한 몸가짐이라는 것을 역설한 말임.

「淮南子 人間訓」,

齊莊公出獵 有一蟲擧足將搏其輪 問其御曰 此何蟲也 對曰 此所謂螳螂者也 其爲蟲也 知進而不知却 不量力而輕敵 莊公曰 此爲人而必爲天下勇武矣 廻車而避之

당랑박선(螳螂搏蟬)

⇒당랑재후(螳螂在後) 참조.

당랑재후(螳螂在後)

매미를 노리는 사마귀가, 뒤에서 저를 노리는 황작(黃雀)이 있음을 모른다는 뜻으로, 눈앞의 욕심에만 눈이 어두워, 장차 닥쳐 올 큰 재앙을 알지 못함을 비유하여 이르는 말. 당랑규선(螳螂窺蟬), 당랑박선(螳螂搏蟬)이라고도 함.

「前漢劉向說苑正諫篇」,

園中有樹 其上有蟬 蟬高居悲鳴飲露
不知螳螂在其後也

당랑지력(螳螂之力)

⇒당랑당거철(螳螂當拒轍) 참조.

당랑지부(螳螂之斧)

⇒당랑당거철(螳螂當拒轍) 참조.

당래지사(當來之事)

마땅히 돌아올 일.

당래지직(當來之職)

마땅히 돌아올 신분에 알맞은 직분.

당면착과(當面錯過)

눈앞에 보면서 잘못을 저지른다는
말.

「水滸傳楔子」,
有眼不識眞師 當面錯過

당봉지물(當捧之物)

당연히 걷어들일 물건.

당시승상(當時丞相)

한창 권세를 누리는 사람을 일컫는
말.

당연지사(當然之事)

마땅한 일. 의당한 일을 이르는 말.

당의즉묘(當意卽妙)

그 경우에 알맞은 즉석의 기지(機
智)를 부림. 그 자리에 바로 적합한
언동을 함.

당장졸판(當場猝辦)

즉석에서 갑자기 어떤 일을 준비함
을 이르는 말.

당황망조(唐慌罔措)

몹시 당황하여 어쩔 바를 모름을 이
르는 말.

대가소항(大街小巷)

큰길과 골목길. 즉 온 거리 또는 곳
곳마다의 뜻.

대간사충(大奸似忠)

매우 간사한 사람은 아첨하는 수단
이 아주 교묘하여 흡사 크게 충성된
사람과 같아 보임.

대갈일성(大喝一聲)

크게 한 번 소리침. 또는 선문(禪
門)의 법(法)을 이름.
「水滸傳 第五回」,
智深大喝一聲 道儞這廝們來來
「水滸傳 第三回」,
長老念罷偈言喝一聲 咄 盡皆剃去

대경대법(大經大法)

공명정대한 원리와 법칙. 줄여서 경
법(經法)만으로도 쓰임.

대경소괴(大驚小怪)

몹시 놀라 의아하게 여김을 이름.

대경실색(大驚失色)

몹시 놀라 낯빛을 잃음을 뜻함.

대공지정(大公至正)

아주 공변되고 더없이 올바름을 뜻
함.

대교약졸(大巧若拙)

아주 능한 사람은 자연스럽고도 꾀
도 쓰지 않고 자랑도 아니하므로 졸
(拙)한 것처럼 보인다는 말. 대직약굴
(大直若屈)이라고도 함.
「老子 第四十五章」,
大直若屈 大巧若拙 大辯若訥

대기난성(大器難成)

⇒대기만성(大器晚成) 참조.

대기만성(大器晩成)

크게 될 인물은 큰 종(鍾)을 만드는 것과 같아서 속(速)히 이루어지지 않고 천천히 이루어진다는 말. 대기난성(大器難成) 또는 대재만성(大才晩成)이라고도 함.

「老子 第四十一章」,

上士聞道 勤而行之 中士聞道 若存若亡 下士聞道 大笑之 不笑 不足 以爲道 故建言有之 明道若昧 進道若退 夷道若纇 上德若俗 大白若辱 廣德若不足 建德若偸 質眞若渝 大方無隅 大器晩成 大音希聲 大象無形 道隱無名 夫唯道 善貸且成 (纇:米밑에 糸)

上級의 선비는 道를 들으면 부지런히 그것을 실천한다. 中級의 선비는 道를 들으면 그 存在를 인정하는 듯도 하고 무시하는 듯도 하게 행동한다. 下級의 선비는 道를 들으면 그것을 크게 비웃는다. 그들이 비웃지 않는다면 道가 되지 못할 것이다. 그러므로 옛말에 이르기를 '道에 밝은 이는 어두운 듯이 보이고, 道에 나아가는 이는 물러나는 듯이 보이며, 평탄한 道는 울퉁불퉁한 듯이 보이고, 훌륭한 德은 속된 듯이 보인다. 크게 결백한 이는 욕된 듯이 보이고, 광대한 德을 지닌 이는 부족함이 있는 듯이 보이며, 튼튼한 德을 지닌 이는 간사한 자인 듯이 보인다. 바탕이 참된 사람은 더럽혀진 듯이 보이고, 크게 모진 물건에는 모퉁이가 없는 듯이 보인다. 큰 그릇은 더디게 이룩되고, 큰 소리는 소리가 들리지 않으며, 큰 형상은 형체가 없는 듯이 보인다.'고 한 것이다. 道란 隱微한 것이어서 이름 붙일 수도 없는 것이다.

그러나 道란 萬物의 모든 것을 빌려 주고 또 生成케 해 주는 것이다.
* 세상 사람들의 그릇된 판단 기준으로는 진실로 올바른 것이나 진실로 위대한 것이 무엇인지 파악하지 못한다. 그래서 道는 萬物을 생성케 하고 存在케 하는 가장 중요한 것인데도 불구하고 사람은 道를 소홀히 한다고 밝힌 글.

대기소용(大器小用)

뛰어난 재능을 가진 사람에게 누구든지 할 수 있는 일이나 미관말직(微官末職)을 맡겨, 그 재능을 살리지 못함을 이르는 말.

「後漢書 邊讓傳」,

大器之於小用 固有所不宜也

대담무쌍(大膽無雙)

담력이 비길 데가 없을 정도로 큼.

대담부적(大膽不敵)

사물을 두려워하지 않고 적을 삼지 않음. 대담하여 무슨 일에 동하지 않는 모양.

대대손손(代代孫孫)

대대로 이어 내려오는 자손. 세세손손(世世孫孫) 또는 자자손손(子子孫孫)이라고도 함.

대덕불관(大德不官)

훌륭한 덕을 지닌 사람은 어떤 벼슬에도 제한받지 않고 사물의 근본적인 일에 힘쓴다는 말.

「禮記」

大德不官 大道不器 大信不約 大時不齊 四者 可以有志於本

대도무문(大道無門)

사람으로서 마땅히 지켜야 할 큰 도리에는 거칠 것이 없다는 뜻으로, 누구나 그 길을 걸으면 승리자가 될 수 있다는 말.

「列子 說符篇」,
大道以多岐亡羊 學者以多方喪生

대도불기(大道不器)

⇒대덕불관(大德不官) 참조.

대동단결(大同團結)

따로이던 당파가 같은 목적을 이룩하기 위해서 작은 차이를 버리고 뭉쳐서 한 덩어리로 됨.

대동소이(大同小異)

어슷비슷함 또는 거의 같음을 이르는 말.

「莊子 天下篇」,

惠施多方 其書五車 其道舛駁 其言也不中 歷物之意曰 至大無外 謂之大一 至小無內 謂之小一 無厚不可積也 其大千里 天與地卑 山與澤平 日方中方睨 物方生方死 大同而與小同異 此之謂小同異 萬物畢同畢異 此之謂大同異 南方無窮而有窮 今日適越而昔來 連環可解也 我知天下之中央 燕之北 越之南是也 汎愛萬物 天地一體也 惠施以此爲大 觀於天下 而曉辯者 天下之辯者 相與樂之

惠施의 學說은 다방면에 걸쳐 있고, 그의 著書는 다섯 수레에 실어야 할 정도이다. 그의 道는 복잡하고, 그의 理論은 이치에 꼭 들어맞지 않는다. 그는 萬物에 대한 생각을 나열하여 다음과 같이 말하였다. "지극히 커서 한계가 없는 것을 大一이라 하고, 지극히 작아서 부피가 없는 것을 小一이라 한다. 쌓을 수도 없이 두께가 없는 것도 小一의 입장에서는 크기가 千里나 되는 것이다. 大一의 입장에

서 보면 하늘과 땅이 다같이 낮고, 산과 못이 다같이 평평하다. 해는 방금 한가운데 있다가도 방금 비뚤어진다. 萬物은 방금 생겨났다 방금 죽어버린다. 큰 견지에서 보면 모두가 같지만, 작은 견지에서 보면 모두가 다르다. 萬物은 모두가 같다고도 할 수 있고, 모두가 다르다고도 할 수 있다. 이것을 大同異라 말한다. 남쪽은 무한하지만 북쪽과의 한계를 생각하면 유한한 것이 된다. 오늘 越나라로 출발하여도 옛날에 도착했다고도 할 수 있다. 이어진 고리도 자유롭게 움직이는 고리의 입장에서 보면 풀수가 있다. 나는 天下의 중앙을 알고 있다. 그것은 燕나라의 북쪽이라 할 수도 있고 越나라의 남쪽이라 할 수도 있다. 널리 萬物을 아울러 사랑하면 하늘과 땅도 차별 없이 一體가 된다." 惠施는 이것을 위대한 것이라 생각하고 天下에 제시하며 辯士들을 가르쳤다. 천하의 辯士들은 그래서 서로 즐거워하였다.

* 莊子의 마지막 부분으로, 특히 여기서는 자기의 친구 惠施의 詭辯을 소개하며 비평하고 있다.

대동지론(大同之論)

모든 사람의 여론. 또는 공공의 여론을 이르는 말.

대동지역(大同之役)

모든 사람이 다 같이 하는 부역을 이르는 말.

대동지환(大同之患)

모든 사람이 다 같이 겪는 환난(患

難)을 이르는 말.

대두불기(擡頭不起)

머리를 쳐들고 일어나지 못함.
「朱子文集」,
答潘叔昌曰 世俗近年有一種議論 愈
見卑狹 令人擡頭不起 轉身不得

대마불사(大馬不死)

바둑에서, 대마는 쉽사리 죽지 않음
을 이르는 말.

대마의북풍(代馬依北風)

동물도 고토(故土)를 그리워하는 정
(情)이 있다는 말.
「鹽鐵論」,
文學曰 樹木數徒則矮 蟲獸徒居則懷
故代馬依北風 飛鳥翔故巢 莫不哀其生

대면불상식(對面不相識)

어느 누구를 보고 대하여도 마음이
서로 통하지 못하면 모르는 사이와
같다는 뜻.
「傳燈錄」,
石霜往見楊大年 楊言對面不相識 千
里郤同識

대명천지(大明天地)

아주 밝은 세상을 이르는 말.

대변불언(大辯不言)

참된 변론은 말로 할 수 없다는 말.
「莊子」
大辯不言 大仁不仁

대변여눌(大辨如訥)

말을 썩 잘 하는 것은 도리어 말이
서툴러 보인다는 뜻.
「老子 第四十五章」,
大巧如拙 大辯若訥

대복부재(大福不再)

큰복은 두 번 다시 오는 것이 아니
라는 말.

대부유천　소부유근(大富由天　小富由勤)

큰 부자는 하늘이 내리고, 작은 부
자는 근면에 의해서 이루어진다는
말.

대분망천(戴盆望天)

물동이를 이고 하늘을 바라볼 수 없
듯이, 동시에 두 가지 일을 할 수 없
음을 비유하는 말.
「後漢書」,
第五倫諭諸外戚曰 苦身待士 不如爲
國 戴盆望天 事不兩施

대불핍인(代不乏人)

어느 시대나 인재는 있다는 말.

대사불호도(大事不糊塗)

대사(大事)는 결단성 있게 처리해야
지 애매하게 얼버무려서는 안 된다는
말.
「宋書 呂端傳」,
端爲人糊塗 太宗曰 端小事糊塗 大事
不糊塗 決意相之

대상무형(大象無形)

가장 큰 현상은 형체가 없듯, 대
도(大道)는 형체가 없음을 이르는
말.

대상부동(大相不同)

조금도 비슷하지 않고 아주 다름.

대서특필(大書特筆)

뚜렷이 드러나게 큰 글자로 씀. 특
필대서(特筆大書)라고도 함.

대성가문(大姓家門)

겨레붙이가 매우 번성한 집안.

대성이왕(戴星而往)

⇒대성지행(戴星之行) 참조.

대성지행(戴星之行)

별을 이고 가는 길이란 뜻으로, 객지에서 부모의 부음(訃音)을 받고 밤을 새워가며 귀가하는 일. 대성이왕(戴星而往)이라고도 함.
「呂氏春秋」,
巫馬期爲單父宰 戴星出 戴星入 而單父亦治

대성질타(大聲叱咤)

⇒대성질호(大聲叱呼) 참조.

대성질호(大聲叱呼)

큰 소리로 꾸짖음을 이르는 말. 대성질타(大聲叱咤)라고도 함.

대성통곡(大聲痛哭)

⇒방성통곡(放聲痛哭) 참조.

대소고소(大所高所)

대개의 사람이나 작은 일에 구애되지 않고 넓고 큰 관점.

대소안타역난(對笑顔唾亦難)

웃는 낯에 침 못 뱉는다는 뜻으로, 좋은 낯으로 대하는 사람에게 미워도 괄시하기 어렵다는 뜻.
「靑莊館全書」,

대시이동(待時而動)

군자는 좋은 시기를 기다려 행동한다는 말.

대신불약(大信不約)

참다운 신의(信義)는 약속하지 않는다는 말.
⇒대덕불관(大德不官) 참조.

대실소망(大失所望)

바라던 소망을 아주 잃음.

대악무도(大惡無道)

크게 모질고 도의심이 없음. 무지막지하고 도리를 모름.

대안길일(大安吉日)

만사에 길하다는 날.

대언불참(大言不慙)

실천 못할 일을 말로만 떠들어대고 부끄러운 생각조차 없는 것.
「論語 憲問篇」,
其言之不怍則爲之也難
말할 때 부끄러움을 깨닫지 못하면 행할 때 깨닫기는 더욱 어려우니라.

대언장담(大言壯談)

⇒호언장담(豪言壯談) 참조.

대언장어(大言壯語)

⇒장언대어(壯言大語) 참조.

대여약우(大如若愚)

⇒대지약우(大智若愚) 참조.

대역무도(大逆無道)

대역으로서 사람의 도리에 벗어나 막됨. 또는 그런 행위를 이르는 말.
「漢書 郭解傳」,
御史大夫公孫弘議曰　解布衣爲任俠行權 以睚眦殺人 當大逆無道

대연은촉(玳筵銀燭)

성대한 잔치를 이르는 말.
「侯鯖錄」,
劉原父晚守長安　眷官妓蔡嬌　見召還時 作詩別曰 玳筵銀燭 鐵宵明 白玉佳人昌渭城 更盡一杯須起舞 關河秋月不勝情

대오각성(大悟覺醒)

자신의 잘못을 크게 깨달음을 이르

는 말.

대우탄금(對牛彈琴)

⇒우이독경(牛耳讀經) 참조.
「祖庭事苑」,
魯賢士公明儀 對牛彈琴 弄淸角之操
牛食如故 非牛不聞 不合耳也
* 소를 향해 거문고를 뜯는다는 말.

대우패독(帶牛佩犢)

칼을 팔아서 소를 산다는 뜻으로,
전쟁을 그만두고 농사를 지음을 이르
는 말.
「漢書 龔遂傳」,
* 한(漢)나라 선제(宣帝) 때 발해(渤海)
에 흉년이 들어 많은 사람이 칼을 가지
고 도둑질을 하므로 공수(龔遂)가 태수
가 되어 칼을 팔아 소를 사라고 가르쳤
다 함.

대은(은)조시(大隱(隱)朝市)

비범한 은자는 산중에 있지 않고,
시중에 살면서 속된 사람 중에서 초
연하게 지낸다는 말.
「王康琚의 反招隱詩」,
小隱隱陵藪 大隱隱朝市 伯夷竄首陽
老聃伏柱史

대의광대(大衣廣帶)

⇒포의박대(褒衣博帶) 참조.

대의멸친(大義滅親)

대의(大義)를 위해서 부자(父子)의
사정(私情)을 끊는다는 것.
「春秋左氏傳 隱公 四年」,
君子曰 石錯純臣也 惡州吁而厚與焉
大義滅親 其是之謂乎
군자 가로되, "석작(石錯)은 忠純한
신하로다. 주우(州吁)가 弑君한 역적
이기에 미워했는데, 그 자식이 이에

참여했다. 大義滅親이란 바로 이것을
두고 말하는 것인가?"
* 厚는 錯의 아들임. 아들 厚가 아버지
에게 만인이 인정할 수 있는 정통의 衛
君으로 인정받는 방법을 물은 데서 유
래한 말.

대의명분(大義名分)

사람으로서 응당 지켜야 할 도리나
본분, 또는 떳떳한 명목.

대인군자(大人君子)

도량이 넓고 덕행이 있는 점잖은 사
람.

대인대이(大人大耳)

덕이 높고 마음에 여유가 있는 사람
은 자질구레한 것을 일일이 귀에 담
아두지 않음 이르는 말. 곧 도량이
넓어서 자질구레한 일에 거리끼지 않
음을 이르는 말.

대인무기(大人無己)

도를 터득한 사람에게는 자기 자신이
없다는 말.

대인불인(大仁不仁)

참된 인(仁)은 몰인정(沒人情)하다
는 말.
⇒대변불언(大辯不言)의 고사 참조.

대인호변(大人虎變)

훌륭한 사람이 지도자가 되면 문물
제도가 나날이 바뀐다는 뜻.

대자대비(大慈大悲)

①부처·보살의 한없이 큰 자비를 일
컬음. ②넓고 커서 가이없는 자비(慈
悲)를 뜻함.

대자위동량(大者爲棟梁)

재목은 나름대로 기둥과 들보로 쓰

이듯, 인재(人材)도 역시 기량에 따라 쓰임을 비유한 말.
「宋史」,
宋太宗嘗謂樞密史張宏曰 朕自御極以來 親擇群材 大者爲棟梁 小者爲榱桷

대장부당용인 무위인소용(大丈夫當容人 無爲人所容)

대장부는 마땅히 다른 사람을 용서하는 사람은 될지언정 타인으로부터 용서받는 자가 되지는 않는다는 말.

대장불착(大匠不斲)

솜씨 좋은 목수는 나무를 깎아보지 않고도 재목이 곡직(曲直)을 알아보듯이, 도(道)를 아는 사람은 일을 행하기 전에 미리 그 득실(得失)을 안다는 말.
「呂氏春秋」,
大匠不斲 大疱不豆 大勇不鬪 大兵不寇

대재만성(大才晚成)

⇒대기만성(大器晚成) 참조.

대재소용(大材小用)

큰 재목이 적게 쓰임. 즉, 훌륭한 인재가 능력을 발휘할 수 없는 조건을 비유한 말.
「陸游辛幼安 殿撰朝送造詩」,
大材小用古所嘆

대적방조(對敵幇助)

적에 대하여 중립국이 방조하는 일.

대지약우(大智若愚)

참된 지자(智者)는 영리함을 함부로 드러내지 않으므로 어리석어 보인다는 말. 곧 대인군자(大人君子)의 소행은 잔재주가 없고 공명정대하다는 의미. 대여약우(大如若愚)라고도 함.

「蘇軾의 賀歐陽少師致仕啓」,
大勇若怯 大智如愚 至貴無軒冕而榮 至仁不導引而壽

대직약굴(大直若屈)

⇒대교약졸(大巧若拙) 참조.

대차무예(大車無輗)

소달구지의 채에 마구리가 없다는 뜻으로, 신용이 없는 사람은 처세하기가 어려움을 비유한 말.

대창제미(大倉稊米)

⇒구우일모(九牛一毛) 참조.
「莊子 秋水」,
計中國之在海內 不似稊米之在太倉乎

대천지수(戴天之讐)

이 세상에서는 같이 있을 수 없는 원수.

대춘지수(大椿之壽)

오래 장수(長壽)함을 이르는 말.
「莊子 逍遙遊」,
小知不及大知 小年不及大年 奚以知其然也 朝菌不知晦朔 蟪蛄不知春秋 此小年也 楚之南有冥靈者 以五百歲爲春 五百歲爲秋 上古有大椿者 以八千歲爲春 八千歲爲秋 而彭祖乃今以久特聞 衆人匹之 不亦悲乎

작은 지혜는 큰 지혜에 미치지 못하고, 짧은 동안 사는 자는 오래 사는 자에 미치지 못한다. 어떻게 그러함을 아는가? 아침 버섯은 아침과 저녁을 알지 못한다. 쓰르라미는 봄과 가을을 알지 못한다. 이것들은 짧은 동안 사는 것들이다. 초(楚)나라의 남쪽에 명령(冥靈)이란 나무가 있는데, 500년을 한 봄으로 삼고 500년을 한 가을로 삼는다 한다. 태고 적에 대춘

(大椿)이란 나무가 있었는데, 800년을 한 봄으로 삼고 8000년을 한 가을로 삼았다 한다. 이것은 오래 사는 것들이다. 그리고 팽조(彭祖)는 지금까지도 오래 산 사람으로서 특히 유명하다. 보통 사람들이 그에게 자기 목숨을 견주려 한다면 또한 슬픈 일이 아니겠는가?

* 팽조(彭祖) - 성은 전(錢)이고 이름은 경(鏗). 태고 적 전욱(顓頊)의 현손(玄孫)이며 은(殷)나라 말엽에 이르기까지 767년를 살았어도 늙지 않았었다 한다. 나라에서 그를 죽이려 하자 어디론가 없어져 버렸다 한다.〈神仙傳〉

* 대비(對比)에서 생기는 크고 작다는 등의 판단이 사람들의 불행의 원인이 된다는 것을 역설한 부분임.

대한불갈(大旱不渴)

아무리 크게 가물어도 물이 마르지 않음.

대한(망)운예(大旱(望)雲霓)

가뭄이 계속되면 비의 조짐인 구름을 몹시 기다리듯이, 어떤 뜻이 이루어지기를 간절히 바람을 비유하는 말.

「孟子 梁惠王章句下 十一」,

齊人 伐燕取之 諸侯將謀救燕 先王曰 諸侯多謀伐寡人者 何以待之 孟子對曰 臣聞七十里 爲政於天下者 湯是也 未聞以千里 畏人者也 書曰 湯一征自葛 始 天下信之 東面而征 西而怨 南面而征 北狄怨 曰 奚爲我後 民望之 若大旱之望雲霓 歸市者不止 耕者不變 誅其君而弔其民 若時雨降 民大悅 書曰 傒我后 后來其蘇

齊 나라가 燕 나라를 쳐서 그것을 차지해 버렸다. 여러 제후들은 의논들을 하여 燕 나라를 구하려고 하였다.

先王이 가로되, "제후들의 대부분이 寡人을 치려고 하니, 어떤 방법으로 대비하면 좋겠습니까?"

孟子 가로되, "저는 칠십 리의 땅에서 시작하여 온 천하에 주인 노릇을 하였다는 말은 들었습니다. 湯 임금이 그런 분이올시다. 천 리의 땅을 가지고도 남을 두려워하였다는 말은 아직 들어보지 못하였습니다. 書에, '湯 임금이 정벌을 시도하기를 葛 나라로부터 시작하였다.'고 하였습니다. 이 대를 당해서 온 천하가 다 湯 임금이 옳다고 믿었습니다. 그가 동쪽으로 향하여 정벌하면 西夷가 원망하였고, 남쪽으로 향하여 정벌하면 北狄이 원망하여 말하기를, '왜 우리들을 뒤로 미루시나.'고 하였습니다. 그러니 인민들이 (그가 정벌하러 올 것을) 기다리고 바라기를 마치 큰 가뭄에 구름 일어 비내리기를 기다리고 바라는 것같이 하였던 것입니다. (그래서 湯 임금의 군대가 쳐들어가도) 시장으로 장사하러 모여드는 무리는 끊어지지 않았고, 밭가는 사람들도 평상시와 마찬가지로 일을 계속하였습니다. 이것은 그 나라의 (못된) 입금을 죽여서 그 나라의 인민들을 위로하여 준 것이니, 알맞은 때에 비가 내리는 것과 같습니다. 그래서 인민들은 대단히 기뻐하였던 것입니다. 書에도, '우리 임금님 기다리는데 임금님이 오시니까 살아나겠네.'라고 하였습니다."

대한자우(大旱慈雨)

큰 가뭄에 자비로운 비, 곧 혼란한

세상에 훌륭한 지도자를 비유한 말.

대해일속(大海一粟)

⇒구우일모(九牛一毛) 참조.

대해일적(大海一滴)

⇒구우일모(九牛一毛) 참조.

대혹불해(大惑不解)

대혹(大惑)은 몸이 마치도록 풀리지 않는다는 말. 미혹됨을 앎은 벌써 대혹이 아님.

덕무상사(德無常師)

덕을 닦는 데는 정해진 스승이 따로 없다는 말.

덕불고 필유린(德不孤必有隣)

덕(德)이 있는 사람은 따르는 이가 많아 외롭지 않음. 덕필유린(德必有隣)으로도 쓰임.

「論語 里仁 二十五」,

子曰 德不孤 必有隣

孔子 가로되, "德에 孤立은 없다. 반드시 이웃이 있다."

「易經 文言」,

君子敬以直內 義以方外 敬義立而德不孤

덕업상권(德業相勸)

향약의 네 덕목 중의 하나로, 좋은 행실은 서로 권장하라는 뜻.

덕위인표(德爲人表)

덕망이 높아 세상 사람의 사표(師表)가 된다는 뜻.

「隋書 盧昌衡傳」,

出爲徐州總管長史 甚有能名 吏部尙書蘇威考之曰 德爲人表 行爲士則 論者以爲美談

덕유선정(德惟善政)

도덕은 선정의 근본이라는 말.

「書經 大禹謨」

曰, 於帝念哉 德惟善政 政在養民 水火金木土穀 惟修正德利用厚生 惟和……

덕필유린(德必有隣)

⇒덕불고 필유린(德不孤必有隣) 참조.

도견와계(陶犬瓦鷄)

흙으로 빚은 개와 닭이란 뜻으로, 겉모양만 훌륭할 뿐 아무 쓸모 없는 사람을 비유하는 말.

「金樓子 立言」,

夫陶犬無守夜之警 瓦鷄無司晨之盜 塗車不態代勞 木馬不中馳逐

도구과두(跿跔科頭)

투구를 벗고 맨발로 뜀. 즉 용기가 있음을 형용하는 말.

도난어기이(圖難於其易)

어려운 일을 하고자 할 때는 그 일의 쉬운 것부터 함을 이르는 말.

「呂覽」,

圖難於其易 爲大於其細

도남붕익(圖南鵬翼)

⇒붕정만리(鵬程萬里) 참조.
* 붕새란 상상의 새로 한 번 날갯짓을 하면 만리(萬里)를 날아간다 함.

도대막용(道大莫用)

닦아야 할 도(道)가 너무 커서 이 세상에 용납할 수 없음.

도동해이사(蹈東海而死)

제(齊) 나라 사람 노중련(魯仲連)의 고사로, 세상일에 분개하여 죽음을 이르는 말.

「史記 魯仲連傳」,

彼則肆然而爲帝　過而爲政於天下　則
連有蹈東海而死耳　吾不忍爲之民也

도둔부득(逃遁不得)

몰래 도망할 수 없다는 뜻.

도랑방자(跳踉放恣)

너무 똑똑하게 굴어 거리낌없는 모
양. 도랑(跳踉)만으로 쓰임.

도량발호(跳梁跋扈)

악인이 남의 것을 자기 것처럼 행세
하며 멋대로 날뛰며 판을 치고 돌아
다님.

도로무공(徒勞無功)

헛되이 수고만 하고 효과가 없음.
도로무익(徒勞無益)이라고도 함.

도로무익(徒勞無益)

⇒도로무공(徒勞無功) 참조.

도로이목(道路以目)

국정(國政)에 불만을 품은 자가 터
놓고 말은 못하고 서로의 눈치로만
뜻을 통한다는 말.
「國語周語上」,
國人莫敢言 道路以目

도룡지기(屠龍之技)

용을 잡는 재주가 있다는 뜻으로,
쓸데없는 재주를 이르는 말.
「莊子 說劍篇」,
朱泙漫學屠龍於支離益殫千金之家 三
年技成 而無所用其巧

도리만천하(桃李滿天下)

복숭아와 오얏은 열매 맛이 좋기 때
문에 후배나 자녀 교육을 의미하니,
복숭아와 오얏이 천하에 가득하다 함
은 훌륭한 제자가 많음을 비유하는 말.
「資治通鑑唐紀」,

或謂仁傑曰 天下桃李 盡在公門矣 仁
傑曰 薦賢爲國 非爲私也

도리불언하자성혜(桃李不言下自成蹊)

⇒도리성혜(桃李成蹊) 참조.

도리성혜(桃李成蹊)

복숭아와 오얏은 꽃이 곱고 열매 맛
이 좋아 찾아오는 사람이 많아 저절
로 길이 난다는 말이니, 훌륭한 인물
은 아무 말을 안 해도 그 덕을 섬기
어 자연히 사람이 모여드는 것을 비
유하는 말. 도리불언하자성혜(桃李不言
下自成蹊)라고도 함.
「史記 李將軍列傳」,
太史公曰 傳曰 其身正 不令而行 其
身不正 雖令不從 其李將軍之謂也 余
睹李將軍 悛悛如鄙人 口不能道辭 反
死之日 天下知與不知 皆爲盡哀 彼其
忠實心 誠信於士大夫也 諺曰 桃李不
言 下自成蹊 此言雖小 可以喩大也

도마죽위(稻麻竹葦)

벼·삼·대·갈대 따위가 뒤얽혀 모
여 나 있는 것처럼, 많은 것이 뒤얽
혀 혼란한 상태. 또는 훌륭한(어진)
사람이 구름처럼 모여든 낙원을 이르
는 말.

도말시서(塗抹詩書)

시경(詩經)이나 서경(書經) 같은 책
에 먹칠을 한다는 뜻으로, 가치를 모
르는 어린아이의 장난을 비유하는
말.

도모시용(道謀是用)

집을 짓는데 길을 가는 사람에게 어
떻게 짓는 것이 좋으냐고 물으면 의
견이 구구하여 집을 지을 수 없다는
데서 나온 말이니, 일정한 주견 없이

남에게 좌우됨을 비유하는 말.

「詩經 小雅 小旻篇」,

　如彼築室于 道謀是用 不潰于成

도방고리(道傍苦李)

길가의 오얏나무에 달린 쓴 오얏이란 뜻으로, 남들로부터 외면당하는 사람을 비유하는 말.

「世說雅量篇」,

　王戎七歲 嘗與諸小兒遊 看道邊李樹多子折枝 諸兒競走取之 不惟戎動 人問之 答曰 樹在道邊而多子 此必若李取之信然

도법자연(道法自然)

계절의 바뀜이나 우주만물의 생멸(生滅)은 자연의 순리를 따라야 좋다는 말.

도불습유(道不拾遺)

길에 떨어진 물건을 줍지 않는다는 데서 나온 말로, 나라가 태평하게 잘 다스려짐을 비유한 말. **노불습유(路不拾遺)**라고도 함.

「孔子家語 相魯篇」,

　孔子之爲政也 三月則鬻牛馬者不儲價 賣羔豚者不加飾 男女行者別其塗 道不拾遺

孔子가 大司寇(법무장관)에 임명되어 재상의 직무를 본 지 3개월이 지나매, 소와 말을 매점매석하거나 양과 돼지를 에누리하지 않고, 남녀가 길을 달리 해서 문란함이 없었으며, 사람들은 길에 떨어진 것을 줍지 않았다.

「韓非子 外儲說左上」,

　子産爲政五年 國無盜賊 道不拾遺

子産이 정사를 바로잡은 지 5년이 되자 나라 안에 도적이 없어졌으며, 길에 물건이 떨어져 있어도 줍는 사람이 없었다.

「史記 酷吏列前」,

　補上黨郡中令 治敢行 少蘊藉 縣無逋事 擧爲第一 遷爲長陵及長安令 直法行治 不避貴戚 以補案太后外孫脩成君子仲 上以爲能 遷爲河內都尉 至則族滅其豪穰氏之屬 河內道不拾遺 而將次公亦爲郎 以勇悍從軍 敢深入 有功 爲岸頭侯

義縱은 上黨郡 내의 어느 현령으로 승진하여 일을 과감하게 처리해서 거의가 용서되는 법이 없었다. 그 현에서는 그저 지나치는 법이 없었고, 그의 통치 성적은 그 관내의 형령의 필두로 손꼽히게 되어서 長陵縣과 長安縣의 현령으로 승진되었다. 즉, 중앙 가까운 縣으로 발탁된 것이다. 그 뒤에도 그는 법규대로 다스릴 뿐 귀족이나 외척에게도 조금도 고려함이 없었다. 脩成君의 아들로서 太后의 外孫이 되는 仲을 잡아다가 심문한 일로써 황제는 그를 유능한 인물이라보고 河內郡의 都尉로 영전시켰다. 의종은 부임하자마자 그 지방의 호족이던 穰氏 일족을 모조리 잡아 죽였다. 그 후로부터는 하내군에서는 길에 떨어진 물건도 줍지 않을 정도로 치안이 잘 되어갔다. 또한 이전에 강도의 한 패거리였던 張次公도 낭이 되었는데, 그 역시 군대에 나가서 용맹함을 인정받았고, 또 종군하여 적진 깊숙이 쳐들어가는 용맹을 떨친 공으로 인해 岸頭侯로 봉해졌다.

「史記 齊世家」,

　齊威王曰 吾有臣種首者 使備盜賊則道不拾遺

「史記 商君傳」,
行之十年秦民大說 道不拾遺 山無盜
賊 家給人足

도붕해아(倒繃孩兒)

산파가 갓난아이를 거꾸로 싼다는
뜻으로, 아무리 경험이 풍부한 고수
도 부주의하면 실수할 수 있다는 말.
「東軒筆錄」,

도비순설(徒費脣舌)

공연히 말만 많이 하고 아무 보람이
없음을 이르는 말.

도비심력(徒費心力)

마음과 힘을 기울여 애를 쓰나 아무
런 보람이 없음을 이르는 말.

도삼이사(桃三李四)

복숭아 나무는 3년, 오얏나무는 4
년이 되어야 수확을 할 수 있듯이,
무슨 일이든 이루어지기까지는 그에
상응한 시간이 필요함을 비유한 말.

도상가도(睹上加睹)

일이 거듭되면 될수록 어려움이나
부담이 보다 가중됨을 이르는 말.

도상습고(蹈常襲故)

선인(先人)의 설(說)을 그대로 받아
지키는 것. 줄여서 도습(蹈襲)만으로
도 쓰임.
「蘇軾 伊尹論」,
後六君子 蹈常而襲故

도선불여악(徒善不如惡)

헛되게 선한 것은 악보다 못 하다는
뜻으로, 너무 착하기만 하고 융통성
이 없는 것을 비웃는 말.
「孟子 離婁上」,
徒不足以爲政

도성덕립(道成德立)

수양을 하여 도와 덕이 이루어짐.

도소지양(屠所之羊)

도살장에 끌려가는 양이란 뜻으로
죽음이 임박한자 또는 무상한 인생을
비유하는 말.
「摩詞摩耶經」,
譬如旃陀羅駈羊至屠處步步近死地 人
命亦如是
* 旃陀羅는 屠者.

도수공권(徒手空拳)

⇒적수공권(赤手空拳) 참조.

도수기장(渡水棄杖)

⇒교토사양구팽(狡兔死良狗烹) 참조.

도습(蹈襲)

⇒도상습고(蹈常襲故) 참조.

도식부도(倒植浮圖)

절의 탑을 거꾸로 세웠다는 말이니,
위급한 형세를 뜻하는 말.
「宋史 兵志」,
帝曰 邊上老人亦謂 今之邊兵過於昔
時 其勢如倒植浮圖 朕亦每以此爲急也

도역유도(盜亦有道)

도둑들에게도 나름대로의 도덕이 있
다는 말.

도외시(度外視)

안중에 두지 않고 무시하거나, 문제
삼지 않음을 이르는 말. 도외치지(度
外置之) 또는 치지도외(置之度外)라고
도 함.
「後漢書 光武紀」,
* 후한의 시조 광무제(光武帝) 때의 일
이다. 광무제 유수(劉秀)는 전한(前漢)
을 빼앗아 신(新)나라를 세운 왕망(王

莽)을 멸하고 유현(劉玄)을 세워 황제로 삼고 한나라를 재흥했다. 대사마(大司馬)가 된 유수는 그 후 동마(銅馬)·적미(赤眉) 등의 반란군을 무찌르고 부하들에게 추대되어 제위에 올랐으나 천하 통일의 싸움은 여전히 계속되었다. 이윽고 제(齊) 땅과 강회(江淮) 땅이 평정되자 중원(中原)은 거의 광무제의 세력권으로 들어왔다. 그러나 벽지인 진(秦) 땅에 웅거하는 외효(隗囂)와 역시 산간오지인 촉(蜀) 땅의 성도(成都)에 거점을 둔 공손술(公孫述)만은 항복해 오지 않았다. 중신들은 계속 이 두 반군의 토벌을 진언했다. 그러나 광무제는 이렇게 말하며 듣지 않았다. "이미 중원은 평정되었으니 이제 그들은 문제시할 것 없소." 광무제는 그간 함께 많은 고생을 한 병사들을 하루 속히 고향으로 돌려보내어 쉬게 해 주고 싶었던 것이다.

도외치지(度外置之)

⇒도외시(度外視) 참조.

도요시절(桃夭時節)

복숭아꽃이 요염하게 핀 봄철이란 뜻으로, 시집가기 좋은 시기를 비유하는 말.
「詩經 周南 桃夭」,
桃之夭夭　밋밋한 나뭇가지
灼灼其華　복사꽃 활짝 피었네
之子于歸　이 색시 시집가면
宜其室家　그 집안의 복덩이

桃之夭夭　밋밋한 나뭇가지
有蕡其實　복숭아 알이 찼네
之子于歸　이 색시 시집가면
宜其家室　그 집안의 복덩이

桃之夭夭　밋밋한 나뭇가지
其葉蓁蓁　잎사귀 싱싱하네
之子于歸　이 색시 시집가면
宜其家人　그 가정의 복덩이
* 도요(桃夭) - 출가할 여자를 복숭아의 아름다운 모양에 비유한 말로 젊은 처녀의 결혼을 祝福하는 노래.

도운평담(道韻平淡)

도(道)를 닦는 사람의 인품이 맑고 깨끗함을 이르는 말.
「晉書 郗鑒傳」,
彦輔道韻平淡 體識沖粹 處傾危之朝 不可得而親疏

도원결의(桃園決義)

중국 촉(蜀)나라의 유비(劉備)·관우(關羽)·장비(張飛)가 일찍이 도원(桃園)에서 형제의 의를 맺었다는 고사로 의형제를 맺음을 이르는 말.
「三國志」,
飛曰 吾莊後 有一桃園 花開正盛 明日當於園中 祭告天地 我三人 結爲兄弟 協同心然後 可圖大事 次日於桃園中 三人 焚香再拜而誓曰 念劉備·關羽·張飛 雖異姓 旣結爲兄弟 則同心協力 救困扶危 上報國家 下安衆庶

도원경설 음무난멸(盜寃竟雪淫誣難滅)

도둑의 때는 벗어도 화냥의 때는 못 벗는다는 말로, 여자가 부정(不貞)했다는 누명은 밝힐 도리가 없는 것이니 품행을 삼가라는 뜻.
「耳談續纂」,
盜寃竟雪 淫誣難滅 言有臟故可證 無跡故難暴
도적의 누명은 쉽게 벗을 수 있으나 화냥의 때는 벗기가 어렵다. 이것은 도적의 누명은 장물(臟物)이 있기 때

문에 증명할 수가 있으나, 화냥의 때
는 자취가 없기 때문에 밝혀 내기가
어렵다는 말이다.

도원지기(道遠知驥)

천리마(千里馬)의 기능은 먼길을 간
연후에야 비로소 세상에 알려짐을 이
르는 말.
「曹植의 矯志詩」,
道遠知驥 世僞知賢

도원향(桃源鄉)

신선이 살았다는 중국의 전설적인
명승지로 이상향, 곧 선경(仙境)이나
별천지(別天地)를 이르는 말. 중국의
현실에서는 환상사회를 뜻함.
「陶淵明集 桃花源記」,
晉太元中 武陵人 捕魚緣溪行 忘路之
遠近 忽逢桃花林夾岸 〈中略〉 林盡水
源得一山

도위이(徒爲爾)

아무 쓸데없는 일.
「高適의 詩」,
始知梅福徒爲爾 轉憶陶潛歸去來

도이후착불이전착(盜以後捉不以前捉)

도둑은 뒤로 잡아야지 앞으로 잡지
말아야 한다는 말.

도자갱곽(屠者羹藿)

배정은 자기 손으로 소는 잡아도 쇠
고기를 먹지 못하고 콩잎을 먹는다는
말. 도자용결분(陶者用缺盆)이라고도
함.
「淮南子 說林訓」,
屠者羹藿 爲車者步行 陶者用缺盆 匠
人處狹廬

도자고이(徒自苦耳)

스스로 헛된 고생을 한다는 말.

「後漢書 馬援傳」,
士生一世 但取衣食裁足 致求盈餘 徒
者苦耳

도자용결분(陶者用缺盆)

도자기 만드는 사람 집에 깨진 그릇
만 있다는 말. 도자갱곽(屠者羹藿)의
고사 참조.

도재간과(倒載干戈)

전쟁 무기를 뒤로 향하게 싣는다는
뜻이니, 전쟁을 그만둠을 이르는 말.

도절시진(刀折矢盡)

칼이 부러지고 화살을 다 썼다는 뜻
으로, 기진맥진하여 싸울 기력이 없
는 모양을 이르는 말.

도주의돈(陶朱猗頓)

⇒도주의돈지부(陶朱猗頓之富) 참조.

도주의돈지부(陶朱猗頓之富)

도주공(陶朱公)과 의돈(猗頓) 두 사
람은 거만(鉅萬)의 돈을 가진 부자라
는 것에서 나온 말로, 큰 부자를 일
컬음. 도주의돈(陶朱猗頓), 도주지부(陶
朱之富) 또는 의돈지부(猗頓之富)라고
도 함.
「賈誼의 過進論」,
非有仲尼墨翟之賢陶朱猗頓之富
「史記 貨殖傳」,
范蠡旣雪會稽之恥 乃乘扁舟 浮于江
湖 變名易姓 適齊爲鴟夷子皮 之陶爲
朱公 朱公以爲 陶天下之中 三致千金
故言富者 皆稱陶朱公 又曰 猗頓用鹽
起
＊ 陶朱란 越나라의 名臣 范蠡(범려)의
늙었을 적 이름.

도주지부(陶朱之富)

⇒도주의돈지부(陶朱猗頓之富) 참조.

도중하차(途中下車)

일을 중도에서 그만둠을 이르는 말.

도증주인(盜憎主人)

사람은 누구나 자기를 해치려는 자를 싫어한다는 말.

「左傳」,

盜憎主人 民惡其上

도지태아(倒持泰阿)

보검을 거꾸로 잡아 자루를 남에게 넘겨준다는 뜻으로, 경솔하게 대권을 남에게 넘겨주고 자기는 오히려 화를 당하는 것을 비유한 말. 태아도지(泰阿倒持)라고도 함.

「漢書 梅福傳」,

張誹謗之罔 以爲漢歐除 倒持泰阿 言秦無道

* 泰阿 – 寶劍의 이름.

도청도설(道聽塗說)

길거리에 떠도는 풍문(風聞). 가담항어(街談巷語), 가담항설(街談巷說), 가담항의(街談巷議) 또는 무근지설(無根之說)이라고도 함.

「論語 陽貨篇」,

子曰 道聽而塗說 德之棄也

孔子 가로되, "큰길에서 듣고 작은 길에서 말하는 것은 德을 버리는 것이다."

「漢書 藝文志」,

小說家者流蓋出於稗官 街談巷說 道聽塗說之所造也

대체로 소설이란 것의 기원은 임금이 하층민의 풍속을 알기 위해 하급 관리에게 명하여 서술토록 한 데서 비롯되었다. 즉 세상 이야기라든가, 길거리의 뜬소문은 길에서 듣고 길에서 말하는 무리가 지어낸 것이다.

도출일원(道出一原)

도리의 근원은 오직 하나라는 말.

「淮南子 俶眞訓」,

道出一原通九門 散六衢

도측기보(道側奇寶)

길바닥에 버려진 진귀한 보물. 세상에 묻혀 있는 어질고 총명한 사람.

「韓愈의 薦樊宗師於袁滋相公書」,

誠不忍奇寶橫棄道側

도탄지고(塗炭之苦)

진흙길을 걷고 숯불 속으로 들어간다는 말로, 백성들의 심한 고통을 일컬음. 민생도탄(民生塗炭)이라고도 함.

「書經 仲虺之誥篇」,

成湯 放桀于南巢 惟有慙德 曰 予恐來世 以台爲口實 仲虺乃作誥曰 嗚呼 惟天生民有欲 無主乃亂 惟天生聰明 時乂 有夏昏德 民墮塗炭 天乃錫王勇智 表正萬邦 纘禹舊服 玆率厥典 奉苦天命

成湯이 桀을 南巢에 내치시고, 부끄러운 마음으로 이르시기를, "來世에 나로써 口實을 삼을까 두려워하노라." 仲虺가 誥를 지어 이르기를, "아아! 하늘이 낳으신 백성이 하고자 함이 있나니, 主가 없으면 亂하므로 하늘이 聰明을 내신 것은 이에 다스리게 하심이니, 夏왕은 德을 멸하고 폭위(暴威)를 떨쳐 백성을 塗炭에 빠뜨리거늘 하늘이 왕께 勇과 智를 주시어 萬邦에 表正하시어 禹의 舊服을 잇게 하시니, 그 떳떳함을 좇아 天命을 받들어 順應하실지니이다."

* 湯王이 桀王과 싸워 대승하고 개선했을 때 桀王의 虐政을 제후들에게 한 말.

도통위일(道通爲一)

도를 통하면 모든 것이 하나가 된다는 말.
「莊子 內篇 齊物論」
故爲是擧 筳與楹 厲與西施 恢恑憰怪 道通爲一

도필지리(刀筆之吏)

옛날에는 죽간(竹簡)에 글씨를 쓰다가 잘못 쓰면 칼로 깎아냈기 때문에 비롯된 말로, 글씨를 쓰는 천리(賤吏)를 이르는 말.
「史記 蕭相國世家」
太史公曰 蕭相國何 於秦時爲刀筆史 錄錄未有奇節

도행역시(倒行逆施)

일을 행함에 있어 도리를 거스름. 순서를 따르지 않고 차례를 바꾸어 행함.
「史記 伍子胥傳」
伍子胥曰 吾日暮塗遠 吾故倒行而逆施之也

독격골(獨擊鶻)

남의 힘을 빌지 않고 자기 단독으로 일을 처리함을 이르는 말.
「宋名臣言行錄」
王素升臺憲 風力愈厲 議者目爲 獨擊鶻

독견지명(獨見之明)

남은 보이지 않는 것 깨닫지 못하는 것을 혼자 보고 깨닫는 것.
「淮南子 兵略訓」

독단전행(獨斷專行)

남에게 의논하지 않고 자기만의 생각으로 판단하고 제 맘대로 함.

독목교 원가조(獨木橋寃家遭)

원수는 외나무다리에서 만난다는 뜻으로, 회피할 수 없는 경우를 가리키는 말.
「靑莊館全書」

독불장군(獨不將軍)

혼자서는 장군이 될 수 없다는 뜻이니, ①따돌림을 받고 외톨이가 된 사람이나, 무슨 일이든 혼자서 처리하는 사람을 비유하는 말. ②혼자서는 할 수 없으므로 남과 협조해야 한다는 말.

독서망양(讀書亡羊)

⇒다기망양(多岐亡羊)
* 독서에 정신이 쏠려 기르던 양을 잃었다는 데서 나온 말.
「莊子 駢拇篇」
臧與穀二人相與牧羊 而俱亡其羊 問臧奚事則挾策讀書 問穀奚事則博塞以遊 二人者 事業不同 其於亡羊均也 伯夷死名於首陽之下 盜跖死利於東陵之上 二人者 所死不同 其於殘生傷性 均也 奚必伯夷之是 而盜跖之非乎 天下盡殉也 彼其所殉仁義也 則俗謂之君子 其所殉貨財也 則俗謂之小人 其殉一也 則有君子焉 有小人焉 若其殘生損性 則盜跖亦伯夷已 又惡取君子小人於其間哉

하인과 하녀 두 사람이 함께 양을 치러 갔다가 둘이 다 자기의 양을 잃어버렸다. 하인에게 무엇을 하고 있었느냐고 물으니, 책을 걸치고 독서했다고 하였다. 하녀에게 무엇을 하고 있었느냐고 물으니, 雙六을 가지고 놀았다고 하였다. 두 사람이 하던 일은 같지 않았지만 그들이 자기의

양을 잃은 점에 있어서는 같은 것이
다. 伯夷는 수양산에서 명예를 위해
서 죽었고 盜跖은 東陵에서 이익을
위해서 죽었다. 두 사람이 죽은 방법
은 달랐지만, 그들이 자기 삶을 해치
고 자기 본성을 손상시킨 점에 있어
서는 같은 것이다. 어찌 반드시 伯夷
는 옳고 盜跖만이 틀렸겠는가? 천하
사람들은 모두가 자기를 희생하고 있
다. 저 仁義를 위하여 자기를 희생하
면 세상 사람들은 그를 君子라 부른
다. 그가 財物을 위하여 자기를 희생
하면 세상 사람들은 그를 小人이라
부른다. 그들이 자기 몸을 희생한 점
은 같은데도 어떤 이는 君子가 되고
어떤 이는 小人이 된다. 그러나 삶을
해치고 本性을 손상시킨 점으로 말하
면 盜跖이나 伯夷나 같은 사람이다.
그런데 어찌 그 사이에서 君子와 小
人을 가려내야 하겠는가?

* 臧 - 남자 하인, 穀 - 여자 하녀.
* 人爲的인 모든 行爲는 사람의 本性을
해치는 것이다. 節義를 위하여 굶어 죽
은 伯夷나 평생을 도둑질로 보내다 죽
은 盜跖이 다 같이 사람의 본성을 저버
렸다는 점에서는 같다는 것이다.
　사람의 본성을 해쳤다는 것은 참된
사람으로서 살지 못했음을 뜻한다. 莊
子는 참된 사람의 모습, 참된 사람으로
서의 생활을 찾기 위하여 이처럼 과격
한 논리를 전개시키고 있다.

독서백편의자통(讀書百遍義自通)

　⇒독서백편의자현(讀書百遍義自見) 참
조.

독서백편의자현(讀書百遍義自見)

　뜻이 어려운 글도 자꾸 여러 번 반
복(反復)하여 송독(誦讀)하면 그 문의

(文意)를 스스로 깨쳐서 알게 된다는
뜻. 독서백편의자통(讀書百遍義自通)이
라고도 함.
　「朱熹曰」,
　書只貴讀 讀多自然曉 董遇云 讀書百
遍而義自見

독서불구심해(讀書不求甚解)

　책을 읽는데 만일 잘 이해가 안 되
는 곳이 있더라도 잠시 그대로 내버
려두고 무리하게 완전히 이해하려 하
지 않음. 즉 독서는 즐겨하나 참된
학문을 연구하지 않는다는 말.
　「陶潛의 五柳先生傳」,
　好讀書不求甚解

독서삼도(讀書三到)

　독서하는 데 필요한 요건을 이르는
말로, 구도(口到)·안도(眼到)·심도(心
到)를 말함.
　「訓學齋規」,
　余謂讀書有三到 心到眼到口到 三到
之中 心到最急

* 구도(口到) - 입으로 다른 말을 아니
함.
* 안도(眼到) - 눈으로 다른 것을 보지
아니함.
* 심도(心到) - 마음을 하나로 가다듬
고 반복 숙독함.

독서삼매(讀書三昧)

　오직 책읽기에만 골몰함.

독서삼여(讀書三餘)

　책읽기에 알맞은 세 여가, 곧 겨울
과 밤과 비가 내릴 때를 이르는 말.

독서상우(讀書尙友)

　책을 읽음으로써 옛 현인들과 벗할
수 있다는 말.

「孟子 萬章下」,

天下之善士 斯友天下之善士 以友天
下之善士爲未足 又尙論古之人 頌其詩
讀其書 不知其人 可乎 是以論其世也
是尙友也

독서종자(讀書種子)

학문을 좋아하는 자손을 이르는 말.
「陔餘叢考」,

鶴林玉露 周益公謂 士大夫家可使讀
書種子衰息乎

독서파만권(讀書破萬卷)

책을 많이 읽음을 뜻하는 말.
「杜甫의 贈韋左丞詩」,

紈袴不餓死 儒冠多誤身 丈人試靜聽
賤子請具陳 甫昔少年日 早充觀國賓
讀書萬破卷 下筆有如神〈下略〉

독수공방(獨守空房)

여자가 남편 없이 혼자 밤을 지냄.
독숙공방(獨宿空房) 또는 무인동방(無
人洞房)이라고도 함.

독숙공방(獨宿空房)

⇒독수공방(獨守空房) 참조.

독안룡(獨眼龍)

척안(隻眼)으로 용기가 있는 사람,
또는 사납고 용감한 장수를 일컫는
말.
「五代史 唐紀」,

李克用少驍勇 軍中號曰李鴉兒 其一
目眇 及其貴也 又號獨眼龍

이극용은 젊어서부터 驍勇하여 군중
이 일컬어 이아아라 했다. 그 한 눈
이 애꾸였으므로 그가 귀하게 되자
다시 獨眼龍이라 이름 불렀다.

* 효용(驍勇) - 사납고 날쌤.

「唐書 李克用傳」,

僖宗時黃巢造反 李克用破之 時人以
其一目眇而有勇 號爲獨眼龍

당나라 18대 황제인 희종(僖宗) 때
황소(黃巢)가 반란을 일으켰는데 돌
궐족(突厥族) 출신인 이극용이 희종
의 명을 받들어 토벌하였다. 이 때
한 눈이 애꾸로 용맹을 떨쳤기 때문
에 이름하여 독안룡이라 하였다.

독야청청(獨也靑靑)

홀로 푸르다는 뜻으로, 홀로 높은
절개를 지켜 늘 변함이 없음을 이르
는 말.

독양불생(獨陽不生)

혼자서는 이이를 낳을 수 없다는 뜻
이니, 곧 모든 일은 상대가 있어야
함을 이르는 말.
「穀梁傳莊公三年」,

獨陰不生 獨陽不生 獨天不生 三合然
後生

독오거서(讀五車書)

⇒남아수독오거서(男兒須讀五車書) 참
조.

독장난명(獨掌難鳴)

⇒고장난명(孤掌難鳴) 참조.

독장불명(獨掌不鳴)

⇒고장난명(孤掌難鳴) 참조.

독책지술(督責之術)

국가에서 백성을 구박하여 심하게
부리는 술책.
「史記 李斯傳」,

夫賢主者必且能全道而行督責之術者
也 督責之 則臣不敢不竭能以徇其主矣

독청독성(獨淸獨醒)

혼탁한 세상에서, 혼자만이 깨끗하

고 정신이 맑음.

독학고루(獨學孤陋)

스승 없이 혼자 배운 사람은 식견이 좁아 고루하다는 것.

「禮器 學記」,

獨學而無友 則孤陋而寡聞

독행우우(獨行踽踽)

세상 사람에 구애됨 없이 홀로 자기의 뜻을 행한다는 말.

「詩經 唐風 杕篇」,

獨行踽踽 豈無他人 不如我同父

돈단무심(頓斷無心)

사물에 대하여 도무지 탐탁하게 여기는 마음이 없음. 돈담무심(頓淡無心)이라고도 함.

돈담무심(頓淡無心)

⇒돈단무심(頓斷無心) 참조.

돈불고견(頓不顧見)

아주 돌보지 않는다는 뜻.

돈수백배(頓首百拜)

⇒돈수재배(頓首再拜) 참조.

돈수재배(頓首再拜)

①머리가 땅에 닿도록, 두 번 절함. ②'경의를 표함'의 뜻으로 편지 끝에 쓰는 말. 돈수백배(頓首百拜)라고도 함.

「周禮注」,

稽首拜 頭至地也 頓首拜 頭叩地也

돈제우주(豚蹄盂酒)

돼지 발굽 하나와 한 잔의 술이란 뜻으로, 얼마 안 되는 술과 안주 혹은 변변치 못한 음식이나 물건을 이르는 말.

「史記 滑稽傳」,

今者臣從東方來　見道傍有禳田者　操一豚蹄酒一盂

돌노언건(突怒偃蹇)

돌이 성낸 것처럼 사람이 오만함을 비유해서 이르는 말.

「柳宗元의 鈷鉧潭西小邱記」,

其石之突怒偃蹇　負土而爭爲奇狀者殆不可數

돌돌괴사(咄咄怪事)

놀랄 만한 괴상한 일.

「晉書 殷浩傳」,

浩被黜 談詠不輟 雖家人不見其有流放之憾 但終日書空 作咄咄怪事四字而已

돌불연 불생연(突不燃不生煙)

'아니 땐 굴뚝에 연기 나랴'의 뜻으로, 무슨 일이든지 근거 없이 유포되는 일이 없다는 뜻.

「靑莊館全書」,

돌제골계(突梯滑稽)

시대의 풍속을 따름을 이르는 말.

「楚辭 卜居」,

將突梯滑稽 如脂如韋 以潔楹乎

동가식 서가숙(東家食西家宿)

동쪽 집에서 먹고 서쪽 집에서 잔다는 뜻으로, 일정한 거처 없이 떠돌아다님을 비유하는 말. 동식서숙(東食西宿)이라고도 함. 유사한 말로 남부여대(男負女戴)가 있음.

동가홍상(同價紅裳)

같은 값이면 다홍치마란 뜻으로, 같은 조건이라면 좋은 것을 택한다는 말.

동고동락(同苦同樂)

고락(苦樂)을 같이 함을 이름.

동공이곡(同工異曲)

같은 악공(樂工)이라도 곡조를 달리한다는 뜻으로, 동등한 재주의 작가라도 문장의 체(體)에 따라 특이한 광채(光彩)를 낸다는 뜻. 동공이체(同工異體) 또는 이곡동공(異曲同工)이라고도 함.
「韓愈의 進學解」,
作爲文章 其書滿家 上規姚姒渾渾無涯云云 下逮莊騷太史所錄子雲相如同工異曲

동공이체(同工異體)

⇒동공이곡(同工異曲) 참조.

동공일체(同功一體)

같은 공(功)으로 같은 처지에 있음을 이르는 말.
「史記 黥布傳」,
淮南王黥布見帝之殺韓信醢彭越 以爲同功一體之人 自禍疑之及遂反

동귀수도(同歸殊塗)

천하의 이치는 귀착이 같으나 도(道)에 따라 다를 수 있다는 말.
「易經 繫辭下傳」,
天下同歸而殊塗 一致而百慮

동기상구(同氣相求)

⇒동병상련(同病相憐) 참조.
⇒운종룡풍종호(雲從龍風從虎)의 고사 참조.

동기일신(同氣一身)

동기간은 한 몸과 같다는 말.

동당벌이(同黨伐異)

⇒당동벌이(黨同伐異) 참조.

동도서말(東塗西抹)

이리 저리 변화하여 간신히 꾸려 댐.

동동촉촉(洞洞屬屬)

사랑하는 가운데 공경하는 마음이 있다는 말.
「禮記 祭義」,
孝子如執玉 如奉盈 洞洞屬屬然 姑不勝 如將失之

동동촉촉(洞洞灟灟)

무형(無形)의 모양을 이르는 말.
「淮南子 天文篇」,
天地未形 馮馮翼翼 洞洞灟灟 故曰大昭

동두서미(東頭西尾)

제사상을 차릴 때, 머리와 꼬리를 분간할 수 있는 음식은 머리를 동쪽, 꼬리를 서쪽으로 놓아 차림을 이르는 말.

동두철신(東頭鐵身)

⇒동두철액(東頭鐵額) 참조.
* 구릿덩이 같은 머리, 쇳덩이 같은 몸이란 뜻에서 나온 말.

동두철액(銅頭鐵額)

구리로 만든 머리와 쇠로 만든 이마란 뜻으로, 대단히 용맹함을 비유하여 이르는 말. 동두철신(東頭鐵身)이라고도 함.

동량지기(棟梁之器)

⇒국사무쌍(國士無雙) 참조.

동량지재(棟梁之材)

⇒국사무쌍(國士無雙) 참조.
「後漢書 陳蕃傳」,
公爲國棟梁 傾危不持

동류상구(同流相求)

⇒ 동병상련(同病相憐) 참조.

동명상조(同明相照)

대개 서로 비슷한 무리들이 한 데 어울린다는 뜻.

동문동궤(同文同軌)

천하를 통일함을 이르는 말.
「中庸 第二十八章」,
今天下車同軌 書同文 行同論

동문서답(東問西答)

묻는 말에 당치도 않은 엉뚱한 대답을 함을 이르는 말.

동문수학(同門受學)

한 스승 밑에서 함께 학문을 닦고 배우는 것.

동미상투(同美相妬)

같은 미인은 서로 강샘한다는 뜻으로, 같은 정도의 실력자나 동업자는 서로 적대시한다는 말. 경쟁 상대가 됨.

동병상련(同病相憐)

고난을 같이 겪어본 사람은 서로 불쌍히 여겨 동정하고 서로 돕는다는 뜻. 동기상구(同氣相求), 동류상구(同流相求), 동성상응(同聲相應) 또는 동우상구(同憂相救)라 고도 함.
「吳越春秋」,
子胥述河上歌曰 同病相憐 同憂相救
(전국 시대인 기원전 515년, 오(吳)나라의 공자 광(光)은 사촌 동생인 오왕 요(僚)를 시해한 뒤 오왕 합려(闔閭)라 일컫고, 자객을 천거하는 등 반란에 적극 협조한 오자서(伍子胥)를 중용했다. 오자서는 7년 전 초나라의 태자 소부(太子少傅) 비무기(費無忌)의 모함으로 태자 태부(太子太傅)로 있던 아버지와 역시 관리였던 맏형이 처형당하자 복수의 화신이 되어 오나라로 피신해 온 망명객이었다. 그가 반란에 적극 협조한 것도 실은 유능한 광(합려)이 왕위에 오름으로써 부형(父兄)의 원수를 갚을 수 있는 초나라 공략의 길이 열릴 것으로 믿었기 때문이다. 그 해 또 비무기의 모함으로 아버지를 잃은 백비(伯嚭)가 오나라로 피신해 오자 오자서는 그를 오왕 합려에게 천거하여 대부(大夫) 벼슬에 오르게 했다. 이 사실이 알려지자 오자서는 대부 피리(被離)에게 힐난을 받았다. "백비의 눈길은 매와 같고 걸음걸이는 호랑이와 같으니, 이는 필시 살인할 악상(惡相)이오. 그런데 귀공은 무슨 까닭으로 그런 인물을 천거하였소?") 피리의 말이 끝나자 오자서는 이렇게 대답하였다. "뭐 별다른 까닭은 없소이다. 하상가(河上歌)에도 동병상련(同病相憐), 동우상구(同憂相救)란 말이 있듯이 나와 같은 처지에 있는 백비를 돕는 것은 인지상정(人之常情)이지요." (그로부터 9년 후 합려가 초나라를 공략, 대승함으로써 오자서와 백비는 마침내 부형의 원수를 갚을 수 있었다. 그러나 그 후 오자서는 불행히도 피리의 예언대로 월(越)나라에 매수된 백비의 모함에 빠져 죽고 말았다.

동분서주(東奔西走)

사방으로 바삐 돌아다님. 동서분주(東西奔走) 또는 동치서주(東馳西走)라 고도 함.

동빙한설(凍氷寒雪)

얼음이 얼고 찬 눈이 내린다는 뜻으

로, 매서운 추위를 이르는 말.

동산금혈(銅山金穴)

재원이 많아 풍성함을 가리키는 말.

동상각고몽(同牀各做夢)

⇒동상이몽(同床異夢) 참조.

동상이몽(同床異夢)

한 자리에 자면서 꿈을 다르게 꾼다는 뜻으로, 행동은 같이하면서도 서로 생각은 달리함을 이르는 말. 동상각고몽(同牀各做夢)이라고도 함.
「陳亮 興朱元晦書」,

동생공사(同生共死)

서로 생사를 같이함.

동서고금(東西古今)

동양이나 서양이나 예나 지금이란 말.

동서남북인(東西南北人)

주거가 일정치 않은 사람을 이르는 말.
「禮記 檀弓上」,
吾聞之 古也 墓而不墳 今丘之 東西南北之人也 不可以弗識也

동서분주(東西奔走)

⇒동분서주(東奔西走) 참조.

동서불변(東西不辨)

동서를 가리지 못한다는 뜻으로, 아무런 분별이 없음을 비유하는 말.

동선하로(冬扇夏爐)

겨울 부채와 여름 화로란 뜻으로, 시기에 맞지 않아 쓸데없는 물건을 비유하여 이르는 말.
「論衡」,
作無益之能 納無補之說 猶如以夏進爐 以冬奏扇 亦徒耳

동섬서홀(東閃西忽)

동에 번쩍 서에 번쩍이란 뜻으로, 바쁘게 이리 왔다 저리 갔다 함을 비유하는 말.

동성상응(同聲相應)

⇒동병상련(同病相憐) 참조.
「莊子 漁父」,
同流相從 同聲相應

동성이속(同性異俗)

사람의 성질은 본래 같으나 습관에 따라 달라진다는 말.
「荀子 勸學」,
于越夷貉之子 生而同聲 長而異俗 敎使之然也

동식서숙(東食西宿)

⇒동가식 서가숙(東家食西家宿) 참조.

동심협력(同心協力)

⇒육력동심(戮力同心) 참조.

동악상조(同惡相助)

악인은 악(惡)을 위하여 서로 돕는다는 말.
「史記 吳王濞」,
同惡相助 同好相留 同情相成 同欲相趨 同利相死

동업상구(同業相仇)

같은 업을 하는 사람끼리는 서로 배척한다는 말.
「素書」,
同美相妒 同業相仇

동영임신(董永賃身)

옛날에 동영(董永)이란 사람이 있었는데, 가난 때문에 평생 남의 집에 머슴살이를 해 주기로 하고 받은 돈으로 돌아가신 아버님의 장례를 지냈다는 고사로, 부모님에 대한 지극한 효심을 이르는 말.

동온하청(冬溫夏淸)

⇒혼정신성(昏定晨省) 참조.

* 부모님께 추운 겨울에는 따뜻하게, 더운 여름에는 시원하게 해 드린다는 뜻에서 나온 말.

동우각마(童牛角馬)

뿔이 없는 송아지와 뿔이 있는 말〔馬〕이란 뜻으로, 도리에 어긋남을 이르는 말.

동우상구(同憂相救)

⇒동병상련(同病相憐) 참조.

동우지곡(童牛之牿)

송아지를 외양간에 매어 놓은 것같이 자유가 없는 처지를 이르는 말.
「易經 大畜卦」,
六四 童牛之牿 元吉

동이불화(同而不和)

아첨하여 겉으로는 친해지나 마음속으로는 일치하지 아니함. 소인동이불화(小人同而不和)에서 나온 말.
⇒군자화이부동(君子和而不同)의 고사 참조.

동절초붕(棟折榱崩)

⇒동절최붕(棟折榱崩) 참조.

동절최붕(棟折榱崩)

대들보가 부러지면서 서까래가 부서짐을 나타내는 말로, 주종 관계(主從關係)에서 윗사람이 망하면 아랫사람도 자연히 그 영향을 받아 온전할 수 없다는 뜻. 동절초붕(棟折榱崩)이라고도 함.
「左傳 襄公 三十一年」,

子皮欲使尹何爲邑 子産曰 少未知可否 子皮曰 愿吾愛之 不吾叛也 使夫往而學焉 夫亦愈知治矣 子産曰 不可 人之愛人 求利之也 今吾子愛人則以政 猶未能操刀而使割也 其傷實多 子之愛人 傷之而已 其誰敢求愛於子 子於鄭國棟也 棟折榱崩 僑將厭焉 敢不盡言 子有美錦 不使人學製焉 其爲美錦 不亦多乎 僑聞學而後入政 未聞以政學者也 若果行此 必有所害 譬如田獵 射御貫則能獲禽 若未嘗登車射御 則敗績厭覆是懼 何暇思獲

자피(子皮)가 윤하(尹何)에게 고을을 다스리게 하고자 하니, 자산(子産)이 말하기를, "어려서 가부(可否)를 알지 못할 것입니다."고 하였다. 그래서 자피가 말하기를, "착실합니다. 그래서 나는 그를 사랑합니다. 나에게는 배반하지 않을 것입니다. 그래서 그에게 지방으로 가서 공부하게 하면 그는 차차 정치를 알 것입니다."라고 했다. 그러나 자산은 말하기를, "그것은 안 됩니다. 남을 사랑하면 그 자신을 위하여 헤아려 보아야 합니다. 지금 당신이 사람을 사랑하여 정치를 맡기려 하나 그것은 칼도 잡을 줄 모르는 사람에게 요리를 시키는 것과 같아 그 해로움이 실로 많을 것입니다. 그렇다면 당신은 사람을 사랑하여 그를 해롭게 할 뿐입니다. 그러니 누가 당신에게 사랑을 받고자 하겠습니까? 당신은 우리 정(鄭)나라의 대들보인데 대들보가 무너지면 서까래도 부러지는 법이고, 그 때에는 나는 눌려 죽을 것입니다. 그래서 감히 모두 말하는 것입니다. 당신에게 아름다운 비단이 있는 것을 겨우 재단을 배우는 사람에게 재단하게 하지 마십시오. 큰 벼슬이나 큰 고을은 그 몸을 가리는 의복과 같아 재단을 배우는 사람으로 하여금 재단하게 하여야만 그 아름다운 비단이 멋있는 옷으로 될 경우가 많지 않겠습니까? 나는 배운 뒤에 정치로 들어간다는 소리는 들었어도, 정치를 하고서 배운다는 것은 듣지 못하였습니다. 만약 당신 뜻대로 행한다면 반드시 해로움이 있을 것입니다. 비유하건대, 사냥할 때에 활을 쏘거나 말을 타는 행동에 익숙해야만 짐승을 사로잡을 수 있는 법입니다. 만약 일찍이 수레를 타고 활을 쏘거나 말을 달려보지 않았다면 연속적으로 실패하여 정복될까 봐 두려워하니 어느 겨를에 짐승 잡을 생각을 하겠습니까?"라고 하였다.

동정서벌(東征西伐)

⇒ 남정북벌(南征北伐) 참조.

동정운위(動靜云爲)

사람의 언행(言行)을 이르는 말.
「朱熹의 中庸序」,
心常爲 一身之主 而人心每聽命焉 則危者安 微者著 而動靜云爲自無過不及之差矣

동족방뇨(凍足放溺, 凍足放尿)

⇒ 미봉(彌縫) 참조.
* 언 발에 오줌 누기란 뜻.
「旬五志」,
凍足放溺 言人姑息之計
언 발에 오줌 누기란 사람들이 姑息之計를 취함을 일컫는 말이다.

동족상잔(同族相殘)

같은 겨레끼리 서로 싸우고 죽이는 일. 민족상잔(民族相殘)이라고도 함.

동주상구(同舟相救)

⇒오월동주(吳越同舟) 참조.

동주제강(同舟濟江)

⇒오월동주(吳越同舟) 참조.
「孔叢子」,
吳越之人同舟濟江 中流遇風波 其相救 如左右手者 所患同也
吳나라 사람과 越나라 사람이 한 배를 타고 가다 풍파를 만나면 서로 돕고 구하기를 左右의 팔과 같이 하는 것은 걱정하는 바가 같기 때문이다.

동추서대(東推西貸)

⇒동취서대(東取西貸) 참조.

동충하초(冬蟲夏草)

겨울에는 땅 속에 있고 여름이 되면 몸에서 풀이 나오는 벌레의 일종으로 약품으로 쓰임.
「柳崖 外篇」,
滇有冬蟲夏草 一物也 冬則爲蟲 夏則爲草

동취서대(東取西貸)

여기저기 여러 곳에서 빚을 짐. 동추서대(東推西貸)라고도 함.

동치서주(東馳西走)

⇒동분서주(東奔西走) 참조.

동퇴서비(東頹西圮)

허술한 집이 이리 저리 쏠림을 이르는 말.

동패서상(東敗西喪)

이르는 곳마다 실패하거나 패망함을 뜻함.

동표서랑(東漂西浪)

정처 없이 이리저리 떠돌아다님을
이르는 말.

동풍신연(東風新燕)

봄바람을 따라 날아오는 제비를 이
르는 말.

동행서주(東行西走)

사방으로 바삐 다님을 뜻하는 말.
동분서주(東奔西走)와 같은 말.
「易林」,
東行西走 喪其犬馬 又云 南行北走
延頸望食

동혈지우(同穴之友)

부부가 죽은 뒤엔 같은 구덩이에 묻
힌다는　의미에서　내외지간(內外之
間), 즉 부부(夫婦)를 이르는 말.
「三國遺事 卷三」,
兒早識上人於半面 心乎愛矣 未嘗暫
忘 迫於父母之命 強從人矣 今願爲同
穴之友 故來爾

　저는 일찍부터 스님을 잠깐 뵙고 마
음 속으로 사랑한 나머지 잠시도 잊
지 못했으나 부모의 명령에 못 이겨
억지로 다른 사람에게 시집갔었습니
다. 지금 내외(內外)가 되기를 원해
서 온 것입니다.
* '조신(調信)의 꿈' 이야기의 일부분임.

동호지필(董狐之筆)

권세를 두려워하지 않고 있는 그대
로의 사실을 써서 역사에 남김.
「文天祥의 正氣歌」,
在齊太史簡 在晉董狐筆
* 동호(董狐) - 춘추 시대(春秋時代)
진(晋)나라의 사관(史官)으로, 역사를
직필(直筆)한 것으로 유명함.

두곡지록(斗斛之祿)

얼마 안 되는 소관(小官)의 녹을 이
르는 말.
「韓愈의 祭十二郎文」,
圖久遠者 莫如西歸 將成家而致汝 嗚
乎〈中略〉以來斗斛之祿 誠知其如此
雖萬乘之公相 吾不以一日輟汝而就也

두남일인(斗南一人)

천하에서 제일가는 사람을 이르는
말.
「唐書 狄仁傑傳」,
藺仁基曰 狄公之賢 北斗以南一人而
已矣
* 적공(狄公)은 적인걸(狄仁傑)을 말함.

두동치활(頭童齒豁)

사에 초목이 없음을 동(童)이라 하
고, 이가 빠져서 구멍이 보임을 활
(豁)이라 함이니, 곧 노인을 형용하
는 말임.
「韓愈의 進學解」,
頭童齒豁 竟死何裨

두두시도(頭頭是道)

일의 되어 가는 순서가 분명함.

두로이판(頭顱已判)

늙어서 이미 앞에 바라볼 것이 없
음.

두문불출(杜門不出)

집에만 들어 있어 밖에 나다니지 아
니함.
「漢書」,

두발부예(頭髮扶曳)

머리털을 움켜잡고 싸움.

두부끽 치혹락(豆腐喫齒或落)

두부 먹다가도 이 빠지는 수가 있다
는 뜻으로, 대수롭지 않은 일에도 큰

해를 당하는 수가 있으므로 무슨 일
이나 소홀히 여기지 말라는 뜻.
「青莊館全書」.

두상안두(頭上安頭)

사물이 중복됨을 비유하여 이르는
말.
「黃庭堅의 拙軒頌」.
頭上安頭 屋下蓋屋 畢竟巧者有餘 拙
者不足

두소(斗筲)

⇒두소지인(斗筲之人) 참조.

두소소인(斗筲小人)

⇒두소지인(斗筲之人) 참조.

두소지인(斗筲之人)

변변치 못한 사람. 국량(局量)이 작
은 사람. 두소(斗筲)만으로도 쓰이며
두소소인(斗筲小人),   두소지재(斗筲之
材)이라고도 함.
「論語 子路 二十」.
子貢問曰 何如 斯可謂之士矣 子曰 行
已有耻 使於四方 不辱君命 可謂士矣 曰
敢問其次 曰 宗族稱孝焉 鄕黨稱弟焉 曰
敢問其次 曰 言必信 行必果 硜硜小人哉
抑亦可以爲次矣 曰 今之從政者 何如 子
曰 噫 斗筲之人 何足算也
子貢이 묻기를, "선비의 자격은 무
엇입니까?" 孔子 가로되, "처신에 염
치 있으며, 사신(使臣)이 되어 군명
(君命)을 욕되게 아니하면 선비라고
할 수 있다." 자공이 말하기를, "감히
그 다음을 묻습니다." 공자 가로되,
"친척이 효자라고 칭찬하며, 마을 사
람들이 공손한 자라 일컬으면 2류 선
비는 된다." 자공이 다시 말하기를,
"감히 그 다음을 묻습니다." 공자 가
로되, "말에 신의가 있으며 과단성

있게 행하면, 비록 소절(小節)에 구
애되어 소인(小人)이라 할지라도 또
한 3류 선비는 되리라." 자공이 다시
묻기를, "오늘의 정치가들은 어떠합
니까?" 공자 가로되, "한심하다! 졸
렬한 인간들을 헤아린들 무엇하랴!"
* 두(斗)는 한 말들이 말, 소(筲)는 한
말 두 되들이 대그릇이란 뜻.

두소지재(斗筲之材)

그릇이 작고 보잘것없는 재능.
⇒두소지인(斗筲之人)의 고사 참조.

두승지록(斗升之祿)

말이나 되로 받는 녹, 즉 얼마 되지
않는 급료를 이르는 말.

두양소근(頭痒搔跟)

머리가 가려운데 발뒤꿈치를 긁는다는
뜻이니, 무익(無益)한 일을 이르는 말.
「易林」.
頭痒搔跟 無益于疾

두점방맹(杜漸防萌)

점(漸)응 사물의 처음이며 맹(萌)은
싹이니, 이 말은 사물의 나쁜 점은
처음 단계에 쳐서 일의 악화를 막는
다는 뜻으로, 일의 조짐이 좋지 않을
때는 즉시 그 해로운 것을 제거해야
복이 온다는 말.
「後漢書 丁鴻傳」.
若勅政責躬 杜漸防萌則凶妖銷滅 解
除福湊也

두족이처(頭足異處)

칼로 베어 머리와 발이 따로따로 됨
을 이르는 말. 수족이처(手足異處)라
고도 함.

두주불사(斗酒不辭)

말술도 사양하지 않음. 주량이 매우

큼을 이르는 말.

두중각경(頭重脚輕)

머리는 무겁고 다리는 가볍다는 뜻
으로, 어지럽고 허전하여 쓰러짐, 또
는 쓰러질 상태.

두찬(杜撰)

저술한 책에 틀린 곳이 많아 믿을
수 없음을 이르는 말.

두한족열(頭寒足熱)

건강법의 한가지로, 머리는 차게 두
소 발은 따뜻하게 해야 한다는 말.

둔천지형(遁天之刑)

자연의 도리에 어긋난 자에게 내려
지는 벌을 이르는 말.
「莊子 內篇 養生主」
古者謂之 遁天之刑 適來夫子時也

둔필승총(鈍筆勝聰)

아무리 총명하다 하여 기억으로 남
기려는 것보다, 비록 둔하더라도 글
로 써서 기록으로 남기는 것이 낫다
는 말. 또는 글씨 쓰는 사람이 더 총
명하다는 뜻.

득롱망촉(得籠望蜀, 得隴望蜀)

한(漢隴)나라 광무제(光武帝)가 농
서(隴西) 지방을 얻고 또다시 촉(蜀)
나라를 탐낸다는 뜻으로, 끝이 없는
인간의 욕망에 비유되어 쓰이는 말.
기마 욕솔노(騎馬欲率奴), 차청차규(借
廳借閨), 차청입실(借廳入室) 또는 평
롱망촉(平隴望蜀)이라고도 함.
「後漢書 岑彭傳」,
人若不知足 旣平隴復望蜀
사람은 만족함을 깨닫지 못하면 이
미 隴西 지방을 평정하고도 蜀나라를
탐내게 된다.

득부상부(得斧喪斧)

얻은 도끼나 잃은 도끼나 마찬가지
란 뜻으로, 득실(得失)이 같아 이익
도 손해도 없음을 이르는 말. 득부실
부(得斧失斧)라고도 함.

득부실부(得斧失斧)

⇒득부상부(得斧喪斧) 참조.

득불보실(得不補失)

얻은 것으로는 그 잃은 것을 채우지
못함. 즉 손해가 큼을 이르는 말. 득
불상실(得不償失)이라고도 함.

득불상실(得不償失)

⇒득불보실(得不補失) 참조.

득소실다(得小失多)

얻은 것은 적고, 잃은 것은 많음.
소득보다 손실이 큼. 득수이실인(得獸
而失人)이라고도 함.

득수이실인(得獸而失人)

⇒득소실다(得所失多) 참조.
「國語」,
勞師於戎 而失諸華 雖有功 猶得獸而
失人也

득시무태(得時無怠)

시기(時機)를 얻으면 태만하지 말고
근면하여 때를 놓치지 말라는 뜻.
「國語 越語」,
得時無怠 時不再來 天予不取 反爲之災

득실상반(得失相半)

이득과 손실이 서로 반반이라는 뜻.

득어망전(得魚忘筌)

고기가 잡히면 쓰던 통발을 잊어버
린다는 뜻으로, 어떤 목적이 달성되
면 그 동안 도움이 되던 것을 까맣게
잊어버리고 그 은혜에 보답하는 일조

차 잊는다는 말.

「莊子 外物篇」,

靜然可以補病 眥搣可以休老 寧可以止遽 雖然 若是 勞者之務也 非佚者之所未嘗過而問焉 聖人之所以駴天下 神人未嘗過而問焉 賢人所以駴世 聖人未嘗過而問焉 君子所以駴國 賢人未嘗過而問焉 小人所以合時 君子未嘗過而問焉 演門有親死者 以善毀 爵爲官師 其黨人毀而死者半 堯與許由天下 許由逃之 湯與務光 務光怒之 紀他聞之 師弟子而踆於窾水 諸侯弔之 三年 申徒狄因以踣河 筌得者所以在魚 得魚而忘筌 蹄者所以在兎 得兎而忘蹄 言者所以在意 得意而忘言 吾安得夫忘言之人 而與之言哉

고요함은 병을 고칠 수가 있으며, 눈썹과 머리를 깨끗이 손질하면 노쇠를 방지할 수가 있고, 편안함은 조급한 마음을 없앨 수가 있다. 비록 그렇기는 하나 그와 같은 방법은 심신을 수고롭게 하는 사람들이나 힘쓸 일이지, 편안히 自得하는 사람과는 관계가 없어서, 그들은 그에 대해 알아보려고 들지도 않는다. 聖人이 천하를 바로 고치는 방법에 대하여 神人은 알아보려고 들지도 않는다. 賢人이 세상을 바로 고치는 방법에 대하여 聖人은 알아보려고 하지도 않는다. 君子가 나라를 바로 고치는 방법에 대하여 賢人은 알아보려고 하지도 않는다. 小人들이 時勢에 영합하는 방법에 대하여 君子는 알아보려고 하지도 않는다. 宋나라에 성문 밖에 부모를 여읜 사람이 있었는데, 哭하고 슬퍼함으로써 喪을 치렀다 하여 그에게 官師란 벼슬이 내려졌다. 그러자 그 마을사람들 중에는 親喪을 치르다 몸을 상하게 하여 죽는 자가 태반이나 되었다. 堯임금이 許由에게 천하를 물려주려 하자 許由는 도망을 쳤다. 湯임금이 務光에게 천하를 물려주려 하자 務光은 怒하였다. 紀他는 그 얘기를 듣고서 자기에게 주어질 차례라고 단정하고는, 제자들을 거느리고 窾水로 가 숨어살았다. 諸侯들은 紀他가 물에 投身할까봐 그를 위문하기를 三年 동안이나 하였다. 申徒狄은 그것을 보고 자기도 높은 名望을 얻으려고 黃河에 몸을 던져 죽었다.

통발이란 것은 고기를 잡는 기구이지만, 고기를 잡고 나면 통발을 잊게 된다. 올가미란 것은 토끼를 잡는 기구이지만, 토끼를 잡고 나면 올가미를 잊게 된다. 말이란 것은 뜻을 표현하는 기구이지만, 뜻을 표현하고 나면 말을 잊게 된다. 우리는 어찌 말을 잊은 사람들과 더불어 얘기할 수 있겠는가?

* 自得하는 사람은 밖의 물건이나 자기의 形迹을 추구하지 않는다는 것을 나타낸 대목임.

득의만면(得意滿面)

뜻을 이루어 기쁜 표정이 얼굴에 가득 참.

득의 양양(得意揚揚)

뜻하는 바를 이루어서 뽐내고 우쭐거림.

득의지추(得意之秋)

바라던 일이 뜻대로 이루어질 좋은 때를 이르는 말.

득의천(得意天)

자기의 뜻이 성취되어 아주 만족함을 이르는 말.

「袁枚의 春日雜詩」,

千枝紅雨萬重烟 畵出詩人得意天

득일망십(得一忘十)

한 가지를 얻으면 열 가지를 잃는다는 말.

「陸游의 詩」,

得一忘十眞堪咍

득현명자(得顯名者)

악한 방법으로 세상에서 이름을 얻어 부귀영화를 누리는 자를 이르는 말.

若人作不善得顯名者

등고자비(登高自卑)

높은 곳에 오르려면 낮은 곳에서부터 올라가야만 하듯이, 무슨 일이든지 순서(順序)가 있음을 이르는 말. 또는 높은 지위에 오를수록 겸손해야 함을 뜻하기도 함.

「中庸 第十四章」,

君子之道 辟如行遠必自邇 辟如登高必自卑 詩曰 妻子好合如鼓瑟琴 兄弟旣翕和樂且耽 宜爾室家 樂爾妻帑 子曰 父母其順矣乎

君子의 도는, 비유하면 먼 곳을 감에는 반드시 가까운 곳에서부터 출발함과 같으며, 높은 곳에 오름에는 반드시 낮은 곳에서부터 출발함과 같다. 詩에 이르되, "처자의 어울림이 거문고를 타는 듯. 형제 진작 뜻 맞아 즐겁고도 즐겁나니. 너의 집안 화목케 하며 너의 처자 즐겁게 하라." 라고 노래한 바 있는데, 孔子는 이 詩를 읊고서, "부모님께선 참 안락하시겠다."라고 말씀하셨다.

등교기봉(騰蛟起鳳)

뛰어 오르는 도롱룡과 날아오르는 봉황이란 뜻으로, 재능이 풍부한 사람을 이르는 말.

등룡문(登龍門)

뜻을 펴서 크게 영달(榮達)함을 비유하는 말. 또는 출세(出世)의 관문을 일컫는 말. ⇔점액(點額)

「後漢書 李膺傳」,

膺以聲名自高 士有被其容接者 名爲登龍門

李膺은 명성이 절로 높아져 신진 官僚士人들은 그와 친분을 갖거나 추천받는 것을 대단한 명예로 삼아 이를 登龍門이라 칭했다.

「李白의 與韓荊州書」,

白聞 天下談士相聚而言曰 生不用封萬戶侯 但願一識韓荊州 何令人之景慕一至於此 豈不以周公風 躬吐握之事 使海內豪俊 奔走而歸之 一登龍門則聲價十倍 所以龍蟠鳳逸之士 皆欲收名定價於君侯 君侯不以富貴而驕之 寒賤而忽之 則三千之中有毛遂 使白得穎脫而出 卽其人焉

나 이백이 들으니, 시세나 인물을 담론하는 사람들이 모여서 말하기를, "사람으로 태어나 人家가 萬戶나 되는 나라의 제후에 봉해지기를 원하진 않으나, 다만 한 번이라도 한형주의 인정을 받고 싶다."라고 하였다. 어떻게 하여 남의 숭앙을 받기가 이 정도까지 이르렀을까. 그것은 공이 주공 단과 같은 인물로서, 주공이 한 번 밥 먹을 동안 세 번이나 입에 넣었던 음식을 뱉어 버리고, 한 번 머리 씻을 때 세 번이나 머리카락을 붙잡는 등, 성실한 태도로 선비를 면접할 정도로 인재 등용을 위한 노력을 하였기 때문에 천하의 뛰어난 인물들이 모여들어 귀하에게 복종하도록 한 것이 아니겠느냐. 옛날 후한 시대에 이응에게 면접만 하면 입신출세하였으므로, 세상 사람들은 물고기가 용문 폭포를 뛰어 올라 용이 되는 것과 같다고 했다. 지금 사람들도 한 번 공을 면접하기만 하면 그 용문 폭포를 뛰어 오른 것 같아서 그 인물의 가치가 십 배로 되는 것이다. 그러므로 용이 서리고 봉황이 무리를 떠나서 노는 것처럼, 뛰어난 재주를 갖고 있으면서도 아직 출세하지 못한 인물이 모두 이름을 귀하에게 정중하게 알려, 그 성가가 정해지기를 원하고 있다. 귀하가 부귀한 신분이라고 하여 이런 인물들을 대수롭지 않게 생각지 말며, 이런 인물들이 가난하고 신분이 낮다 하여 소홀하게 대우하지 않는다면, 옛날 趙나라의 平原君의 식객 3천여 명 중에 毛遂와 같은 뛰어난 인물이 있었듯이, 지금 세상에도 준수한 인물은 있을 것이다. 나를 시험삼아 채용하여 주머니 속의 송곳이 그 주머니를 뚫고 나오듯이 재능을 발휘하게 해주면, 나야말로 바로 毛遂 같은 사람일 것이다.

* 이 글은 李白이 唐나라 玄宗 때의 荊州刺史인 韓荊州, 즉 韓朝宗에게 보낸 것이다. 韓朝宗은 당시 사람들의 존경을 받고 있었는데, 李白은 이 글에서 자기의 문장력을 인정하여 벼슬자리에 추천하여 주기를 바라는 뜻을 나타내었다.

* 용문(龍門)은 황하(黃河)의 상류에 있는 산 이름으로 하수(河水)가 이곳을 흐를 때 가장 급하며, 잉어가 이곳을 이르면 용이 된다고 함.

「蓮社高賢傳」,
　法師慧持遠公母弟也 至成都俾縣 居龍淵寺 大弘佛寺 升其堂者 號登龍門

등루거제(登樓去梯)

⇒권상요목(勸上搖木) 참조.

* 나무(다락)에 오르라 하고 흔드는 격이라는 말.

「松南雜志 李陽元의 時調」,
　노프나 노픈 남게 날 勸ᄒᆞ여 오려두고
　이보오 벗님닉야 흔드지나 마르되야
　느려져 죽기는 셟지 아녀 님 못 볼가 ᄒᆞ노라.

〈높으나 높은 나무 위에 나를 권해 올려 놓고, 여보게 친구들이여, 흔들지나 말아 주소. 떨어져 죽는 것은 슬프지 아니하여도 님을 보지 못할까 두렵구나.〉

* 작자는 선조 때 중신(重臣)들의 추천으로 영의정의 중책(重責)을 맡았으나, 간신들은 이를 보좌하기는커녕 모함을 일삼아 자신들의 당쟁의 수단으로 사용함을 크게 개탄하여 지은 시조로, 그들에게 풍자를 통한 원망과 분노를 터뜨리고 있다.

등하불명(燈下不明)

등잔 밑이 어둡다는 뜻으로, 바로 눈앞 또는 가까운데 있는 것일수록 보지 못하거나 알아채지 못함을 비유하는 말.

「東言解」,

등화가친(燈火可親)

등불을 가까이하여 글읽기에 아주 좋음을 이르는 말.

「韓愈의 符讀書城南詩」,
　木之就規矩 在梓匠輪輿 人之能爲人
由服有詩書 〈中略〉 時秋積雨霽 新凉
入郊墟 燈火稍可親 簡編可卷舒 豈不
旦夕念

마

마각노출(馬脚露出)

숨기고 있던 간사한 꾀가 부지중에 드러남.

마고소양(麻姑搔痒)

마고(麻姑)는 중국 전설상의 선녀로, 손톱이 길어 마치 새의 발톱같이 생겨서 가려운 곳을 긁으면 시원하여진다는 뜻으로, 일이 뜻대로 시원하게 이루어짐을 의미함.

「神仙傳」,

麻姑手爪不如人爪　形皆似鳥爪　察經心中私言　若背大痒時　得此爪以爬背當佳也

마권찰장(摩拳擦掌)

단단히 벼르고 기운을 모아 기회를 기다림.

마두납채(馬頭納采)

혼인날에 가지고 가는 납채. 보통으로는 납채를 혼인 전에 보냄.

마두출령(馬頭出令)

갑자기 명령을 내림.

마부위침(磨斧爲針)

⇒토적성산(土積成山) 참조.

마부작침(磨斧作針)

⇒토적성산(土積成山) 참조.
「唐書 文苑傳」,

* 시선(詩仙)이라 불렸던 당나라 시인 이백(李白)이 어렸을 때의 이야기다. 그는 아버지의 임지인 촉(蜀) 땅의 성도(成都)에서 자랐다. 그 때 훌륭한 스승을 찾아 상의산(象宜山)에 들어가 수학(修學)했는데 어느 날 공부에 싫증이 나자 그는 스승에게 말도 없이 산을 내려오고 말았다. 집을 향해 걷고 있던 이백이 계곡을 흐르는 냇가에 이르자 한 노파가 바위에 열심히 도끼를 갈고 있었다. "할머니, 지금 뭘 하고 계셔요?" "바늘을 만들려고 도끼를 갈고 있다." "그렇게 큰 도끼가 간다고 바늘이 될까요?" "그럼, 되고 말고. 중도에 그만두지 않는다면……." 이백은 '중도에 그만두지 않는다면'이란 말이 마음에 걸렸다. 여기서 생각을 바꾼 그는 노파에게 공손히 인사하고 다시 산으로 올라갔다. 그 후 이백은 마음이 해이해지면 바늘을 만들려고 열심히 도끼를 갈고 있던 노파의 모습을 떠올리곤 분발했다고 한다.

마상득지(馬上得之)

전쟁을 통해서 천하를 얻었다는 뜻.
「史記 陸賈傳」,

乃公居馬上而得之

마생각(馬生角)

말에 뿔이 났다는 말이니, 세상에 결코 있을 수 없는 일을 비유한 말.
「史記 索隱」,

燕丹子曰　丹求歸　秦王曰　烏頭白　馬生角　乃許耳　丹乃仰天歎　烏頭卽白　馬亦生角　風俗通及論衡皆有此說　仍云廢門木烏生肉足

마왕처 우역왕(馬往處牛亦往)

⇒마행처 우역거(馬行處牛亦去) 참조.

마우금거(馬牛襟裾)

마소가 옷을 입고 있는 것과 다름이

없다는 뜻으로, 학식이나 예의가 없
는 사람을 조롱하는 말.

마유천혁(磨揉遷革)
제자를 가르쳐 착하게 한다는 말.
「歐陽修의 古州學記」,
教學之法本於人性 磨揉遷革 使趨於
善 其勉於人者勤其入於人者漸
* 磨 = 琢磨, 揉=矯揉, 遷=遷善, 革=改革

마이동풍(馬耳東風)
남의 말을 귀담아 듣지 않고 지나쳐
흘려버리는 것을 비유한 말.
「李白의 答王十二寒夜獨酌有懷」,
世人聞此皆掉頭 : 세상사람들은
　　　　　　그것을 듣고 고개를
　　　　　　흔들며,
有如東風射馬耳 : 동풍이 말의 귀에
　　　　　　스치는 정도로밖에
　　　　　　생각하지 않는다.
「蘇軾의 詩」,
青山自是絶世 無人誰與爲容 說向市
朝公子 何殊馬耳東風

마이불린(磨而不磷)
정신이 굳건하면 어떤 여건에도 흔들
리지 않는다는 말.

마저작침(磨杵作針)
⇒토적성산(土積成山) 참조.

마중지봉(麻中之蓬)
삼밭 속에 나는 쑥이란 뜻으로, 교
육에는 좋은 환경이 필요함을 이르는
말. 봉생마중 불부이직(蓬生麻中不扶而
直)이라고도 함.
「荀子 勸學」,
蓬生麻中 不扶而直 白沙在涅與之俱
黑

마철저(磨鐵杵)

⇒토적성산(土積成山) 참조.
「方與勝覽」,
李太白山中讀書 未成 去東過小溪 道
峰一嫗磨鐵杵

마행처 우역거(馬行處牛亦去)
말 가는 데 소도 간다는 뜻으로, 재
주가 좀 부족하더라도 부지런하면 된
다는 말. 마왕처 우역왕(馬往處牛亦往)
이라고도 함.

마혁과시(馬革裹尸)
⇒파부침선(破釜沈船) 참조.
* 말의 가죽으로 자기의 시체를 싸겠다
는 말로, 종군(從軍)하여 싸우다가 죽
겠다는 용장(勇將)의 각오.
「後漢書 馬援傳」,
援請擊匈奴曰 男兒當效死於邊野以馬
革裹尸還葬耳 何能臥床上 在兒女子手
中耶
馬援이 흉노를 칠 것을 청하여 가로
되, "사나이는 마땅히 변경 싸움터에
서 죽어야만 한다. 말가죽으로 시체
를 싸 가지고 돌아와 장사를 지낼 뿐
이다. 어찌 침대에 누워 여자의 시중
을 받겠는가?"
* 馬援 – 後漢 光武帝 때 伏波將軍으로
용맹과 인격이 뛰어난 명장.

마호체승(馬好替乘)
말도 갈아타는 것이 좋다는 뜻으로,
옛것이 좋지 않아서가 아니라 새것으
로 바꾸어보면 더욱 즐겁다는 뜻.
「東言解」,

막가내하(莫可奈何)
⇒무가내하(無可奈何) 참조.

막감개구(莫敢開口)
두려워서 할 말을 감히 하지 못함.

막감수하(莫敢誰何)

세력이 굉장하여 아무도 감히 그를 건드리지 못함을 이르는 말.

막교삼공신오신(莫交三公愼吾身)

높은 벼슬을 사귀어 덕을 보려 하지 말고, 스스로의 몸가짐을 잘 하라는 말.

막기자기(莫欺自己)

스스로를 속이지 않는다는 말로, 남을 속이지 않음도 중요하지만 자기 자신을 속이지 않음이 더욱 중요함을 이르는 말.

막상막하(莫上莫下)

우열의 차이가 없음.

막약법천(莫若法天)

나라와 백성을 다스리는 길은 오직 하늘의 뜻을 따름이 제일이라는 뜻.

막역어심(莫逆於心)

상대방과 뜻이 같다는 말.
⇒막역지우(莫逆之友)의 고사 참조.

막역지교(莫逆之交)

⇒관포지교(管鮑之交) 참조.

막역지우(莫逆之友)

⇒관포지교(管鮑之交) 참조.
* 마음이 맞아 거슬림이 없는, 사생(死生)과 존망(存亡)을 같이 할 수 있는 친밀한 벗.
「莊子 大宗師篇」,
子祀子輿子犁子來 四人相與語曰 孰能以無爲首 以生爲脊 以死爲尻 孰知死生存亡之一體者 吾與之友矣 四人相視而笑 莫逆於心 遂相與爲友 俄而子輿有病 子祀往問之 曰 偉哉 夫造物者 將以予爲此拘拘也 曲傴發背 上有五管 頤隱於齊 肩高於頂 句贅指天 陰陽之氣有沴 其心閒而無事 跰𨇤而鑑於井 曰 嗟乎 夫造物者 又將以予爲此拘拘也 子祀曰 予惡之乎 曰 亡 予何惡 浸假而化予之左臂以爲雞 予因以求時夜 浸假而化予之右臂以爲彈 予因以求鴞炙 浸假而化予之尻以爲輪 以神爲馬 予因以乘之 豈更駕哉 且夫得者 時也 失者 順也 安時而處順 哀樂不能入也 此古之所謂縣解也 而不能自解者 物有結之 且夫物不勝天 久矣 吾又何惡焉(선:足변 鮮)

子祀, 子輿, 子犁, 子來의 네 사람이 모여 얘기하였다. "누가 無를 머리로 삼고, 삶을 척추로 삼고, 죽음을 궁둥이로 삼을 있겠는가? 누구든 삶과 죽음과 存續과 滅亡이 한가지임을 알고 있는 사람이 있다면 나는 그와 더불어 친구가 되겠다." 네 사람은 서로 바라보면서 웃고, 마음이 投合하여 마침내 서로 친구가 되었다. 얼마 안 있다가 子輿가 병이 나서 子祀가 위문을 가니, 그가 말하였다. "위대하도다, 조물주여! 내 몸을 이토록 구부러지게 만들다니. 등은 곱사등이 되고, 五臟의 힘줄은 위쪽으로 올라오고, 턱은 배꼽 아래로 감추어지고, 어깨가 머리끝보다도 높고, 머리 꼬리가 하늘을 향하게 되었다. 陰과 陽의 氣가 어지러워진 것이다." 그러는 그의 마음은 閒靜하기 아무 일도 없는 듯하였다. 뒤뚱뒤뚱 걸어가 우물에 자기 모습을 비추어 보면서 말하였다. "아아, 조물주가 나의 몸을 이토록 구부러지게 만들다니!"
子祀가 말하였다. "당신은 그게 싫소?"

"아니오. 내가 어찌 싫어하겠소? 나의 왼 팔을 조금씩 변화시켜서 닭으로 만들어 준다면 나는 그대로 사람들에게 새벽이나 알려 주지요. 나의 오른 팔을 조금씩 변화시켜 화살로 만들어 준다면 나는 그대로 솔개를 맞추어 구운 고기를 만들게 해 주지요. 나의 궁둥이를 조금씩 변화시켜 수레바퀴로 만들어 주고, 정신을 변화시켜 말로 만들어 준다면 나는 그대로 타고 다니게 하지요. 다시 수레에 말을 맬 필요가 있겠소? 또한 몸을 타고나는 것은 때를 얻은 것이며, 삶을 잃는 것은 自然變化를 따르는 것이오. 때에 한정되고 자연의 변화에 순응하면 슬픔이나 즐거움이 끼어들 수가 없게 되오. 이것이 옛날부터 이른바 束縛으로부터의 解放인 것이오. 그런데 속박으로부터 스스로를 해방시키지 못하는 것은 事物이 그를 동여매고 있기 때문이오. 그런데 사물이 하늘을 이기지 못한다는 것은 오래 된 진리요. 그러니 내가 또 어찌 싫어하겠소?"

* 子祀, 子輿, 子犁, 子來 - 가설적 인물임.
* 無는 생전을 뜻한다. 생전과 생시와 사후를 일치시키는 비유로서 '생전으로 머리를 삼고, 현재의 삶으로써 척추를 삼고, 死後로써 궁둥이를 삼는다.'하였다. 이처럼 과거와 현재와 미래의 시간적 제약을 초월하는 사람들 넷이 친구로서 모인 것이다. 모든 변화에 순응하는 자연의 태도에서 莊子가 추구하는 「至人」의 일면을 볼 수가 있다.

막지동서(莫知東西)

동서(東西)를 분간하지 못한다는 뜻으로, 사리를 모르는 어리석은 사람을 이르는 말.

막천석지(幕天席地)

하늘을 장막으로 땅을 자리로 하여 천지를 자기의 거소로 삼는다는 뜻이니, 의지와 기개가 넓음을 이르는 말.

「劉伶 酒德頌」,
有大人先生 以天地爲一朝 萬期爲須臾 日月爲扃牖 八荒爲庭 衢 行無轍跡 居無室廬 莫天席地 縱意所如

막현호은(莫見乎隱)

숨어있는 것이 더 잘 보인다는 뜻으로, 남이 보이지 않는 곳에서 한 일이 더 잘 보이거나, 숨기면 숨길수록 더 잘 보임을 비유한 말.

「中庸 第一章」,
莫見乎隱 莫顯乎微 故君子愼 其獨也

만가(輓歌)

상여를 메고 갈 때 부르는 노래, 죽은 사람을 애도하는 노래를 이르는 말.

「薤露歌」,
薤上朝露何易晞 : 부추잎의 이슬은 어찌 그리 쉬 마르는가
露晞明朝更復落 : 이슬은 말라도 내일 아침 다시 내리지만
人死一去何時歸 : 사람은 죽어 한 번 가면 언제 다시 돌아오나.

「蒿里曲」,
蒿里誰家地 : 호리는 뉘 집터인고
聚斂魂魄無賢愚 : 혼백을 거둘 때는 현·우가 없네
鬼伯一何相催促 : 귀백은 어찌 그리 재촉하는고
人命不得少踟躕 : 인명은 잠시도

머뭇거리지 못하네
* 한(漢)나라 고조(高祖) 유방(劉邦)이 즉위하기 직전의 일이다. 한나라 창업 삼걸(三傑) 중 한 사람인 한신(韓信)에게 급습당한 제왕(齊王) 전횡(田橫)은 그 분풀이로 유방이 보낸 세객(說客) 역이기(酈食其)를 삶아 죽여 버렸다. 이윽고 고조가 즉위하자 보복을 두려워한 전횡은 500여 명의 부하와 함께 발해만(渤海灣)에 있는 전횡도(田橫島)로 도망갔다. 그 후 고조는 전횡이 반란을 일으킬까 우려하여 그를 용서하고 불렀다. 전횡은 일단 부름에 응했으나 낙양을 30여 리 앞두고 스스로 목을 찔러 자결하고 말았다. 포로가 되어 고조를 섬기는 것이 부끄러웠기 때문이다. 전횡의 목을 고조에게 전한 두 부하를 비롯해서 섬에 남아있던 500여 명도 전횡의 절개를 경모하여 모두 순사(殉死)했다. 그 무렵 전횡의 문인(門人)이 이 두 장의 상가(喪歌)를 지어 애도했다. 이 두 상가는 그 후 7대 황제인 무제(武帝) 때에 악부(樂府) 총재인 이연년(李延年)에 의해 작곡되어 해로가는 공경귀인(公卿貴人), 호리곡은 사부서인(士夫庶人)의 장례시에 상여꾼이 부르는 '만가'로 정해졌다 한다.

만경창파(萬頃蒼波)
한없이 넓고 넓은 바다를 이름.

만고(萬古)
만세(萬歲)의 뜻과 같음.

만고강산(萬古江山)
오랜 세월동안 변함이 없는 산천을 이르는 말.

만고불멸(萬古不滅)
오랜 옛적부터 없어지지 않음을 뜻함.

만고불변(萬古不變)
⇒만세불역(萬世不易) 참조.

만고불역(萬古不易)
⇒만세불역(萬世不易) 참조.

만고불후(萬古不朽)
만고에 사라지지 않음. 만세불후(萬世不朽)라고도 함.

만고상청(萬古常靑)
오랜 세월을 두고 변함이 없이 늘 푸름을 이름.

만고역적(萬古逆賊)
두고두고 그 허물을 벗을 수 없을 만큼 나라에 반역한 사람.

만고절담(萬古絶談)
세상에 유례가 없을 만큼 훌륭한 말을 이르는 말.

만고절색(萬古絶色)
만고에 뛰어난 미색(美色)을 이르는 말.

만고절창(萬古絶唱)
만고에 없는 명창을 이르는 말.

만고천추(萬古千秋)
한없이 오랜 세월. 영원한 세월을 이르는 말.
「沈佺期의 邙山詩」,
北邙山上列墳塋 萬古千秋對洛城

만고천하(萬古天下)
만대에 영원한 이 세상. 또는 아득한 옛적의 세상을 이르는 말.

만고풍상(萬古風霜)
⇒만고풍설(萬古風雪) 참조.

만고풍설(萬古風雪)
오래 동안 겪어 온 많고 많은 쓰라

린 고생을 이르는 말.

만구성비(萬口成碑)

여러 사람이 칭찬하는 것은, 칭찬 받는 이의 송덕비를 세워 주는 것과 같다는 뜻.

만구일담(萬口一談)

여러 사람의 의견이 일치함.

만구전파(萬口傳播)

여러 사람의 입을 통하여 온 세상에 널리 퍼짐.

만근지래(輓近之來)

몇 해 전으로부터 지금까지 계속하는 상태.

만년불패(萬年不敗)

매우 튼튼하여 오래도록 거덜나지 아니함을 이르는 말.

만단개유(萬端改諭)

갖은 방법을 써서 타이른다는 뜻.

만단설화(萬端說話)

가슴에 서리고 맺힌 온갖 이야기를 이르는 말.

만단수심(萬端愁心)

여러 가지로 마음에 일어나는 수심(愁心)을 이르는 말.

만단애걸(萬端哀乞)

남에게 여러 가지로 사정을 들어 애걸함을 이르는 말.

만단의혹(萬端疑惑)

온갖 의심을 이르는 말.

만단정회(萬端情懷)

온갖 정과 회포를 이르는 말.

만령치기(慢令致期)

위정자의 네 가지 악(惡) 중, 백성에게 늦게 전달하고 갑자기 기한을 정하여 위반자를 처벌함을 이르는 말.

「論語 堯曰」,

子張曰 何謂四惡 子曰 不教而殺 謂之虐 不戒視成 謂之暴 慢令致期 謂之賊 猶之興人也 出納之吝 謂之有司

만리동풍(萬里同風)

천하가 통일되어 원근(遠近)의 풍속이 모두 같다는 말.

「漢書 終軍傳」,

天下爲一 萬里同風

만리비린(萬里比隣)

만리나 먼 곳도 마음에 따라서는 이웃과 같음.

「曹植의 贈白馬王彪詩」,

丈夫志四海 萬理猶比隣

만리장천(萬里長天)

아주 높고 먼 하늘을 이르는 말.

만리전정(萬里前程)

먼 앞날을 뜻하는 말.

만만다행(萬萬多幸)

⇒천만다행(千萬多幸) 참조.

만만부당(萬萬不當)

⇒천만부당(千萬不當) 참조.

만만불가(萬萬不可)

⇒천만불가(千萬不可) 참조.

만면수색(滿面愁色)

얼굴에 가득한 수심 빛.

만면춘풍(滿面春風)

기쁨에 넘치는 얼굴을 비유한 말.

만목소시(萬目所視)

많은 사람이 다같이 지켜보는 바를
이름.

만목소연(滿目蕭然)

눈에 보이는 데까지 초목이 시들고
말라서 어쩐지 쓸쓸함.

만목소조(滿目蕭條)

끝없이 바라보이는 것이 쓸쓸함.

만목수참(滿目愁慘)

눈에 띄는 것이 모두 시름겹고 참담
함.

만목황량(萬目荒凉)

눈에 뜨이는 것이 모두 거칠고 처량
함.

만무시리(萬無是理)

도무지 그럴 이치가 전혀 없음. 결
코 그럴 수 없음.

만무일실(萬無一失)

실패한 적이 전혀 없음. 실패할 염
려가 전혀 없음.

만물부모(萬物父母)

천지(天地)를 이르는 말.
⇒만물지령(萬物之靈)의 고사 참조.

만물지령(萬物之靈)

만물의 영장, 즉 사람을 이르는 말.
「書經 泰誓上」,
惟天地萬物之父母 惟人萬物之靈

만물불능이(萬物不能移)

천하의 만물도 한 마음을 움직일 수
없다는 말로, 의지가 몹시 굳음을 이
르는 말.
「晉書 阮咸傳」,
山濤擧咸 典選曰 阮咸貞素寡欲 深識

淸濁 萬物不能移 若在官人之職 必絶
於時

만물일부(萬物一府)

만물은 모두 차별 없이 같다는 뜻.
「莊子 在宥」,
萬物一府 死生同狀

만반진수(滿盤珍羞)

상에 가득히 차린 귀하고 맛있는 음
식을 이르는 말.

만발공양(滿鉢供養)

절에서 많은 바리때에 밥을 수북수
북 담아 대중에게 베푸는 공양을 이
르는 말.

만병통치(萬病通治)

온갖 병을 다 고친다는 뜻.

만복유동(萬福攸同)

온갖 복이 모여듦을 이르는 말.
「詩經 小雅 采菽」,
樂只君子 萬福攸同

만복지원(萬福之源)

만복의 근원. 또는 부부의 결합을
축복하여 이르는 말.

만부당천부당(萬不當千不當)

⇒천부당만부당(千不當萬不當) 참조.

만부득이(萬不得已)

하는 수 없이. 즉, 부득이(不得已)
의 힘줌말.

만부부당(萬夫不當)

수많은 장정으로도 능히 당해 낼 수
없다는 뜻.

만부지망(萬夫之望)

천하(天下) 만민이 우러러 사모함.
「易經 繫辭」,

君子知微知彰 知柔知剛 萬夫之望
군자는 미세한 것도 알고 드러난 것
도 알며 유순한 것도 알고 강강(剛
强)한 것도 안다. 그러므로 모든 사
람들이 선망(羨望)하는 것이다.

만분다행(萬分多幸)

일이 뜻밖에 잘 되어 매우 다행함.
천만다행(千萬多幸)과 같은 뜻.

만분위중(萬分危重)

병이 위태한 지경에 빠짐을 이르는
말.

만불근리(萬不近理)

전혀 이치에 맞지 않음을 이르는
말.

만불성설(萬不成說)

전연 말답지 않음을 이르는 말.

만불성양(萬不成樣)

도무지 꼴이 갖추어지지 않음을 이
르는 말.

만불실일(萬不失一)

조금도 과실이 없음. 또는, 조금도
틀림이 없음.
「史記 淮陰侯傳」,
蒯通曰 貴賤在于骨法 憂喜在于容色
成敗在于決斷 以此參之 萬不失一

만사개여몽(萬事皆如夢)

세상만사가 모두 꿈과 같이 허무하
다는 말.

만사무석(萬死無惜)

만 번 죽어도 아깝지 않을 만큼 죄
가 무거워 용서할 여지가 없음을 이
르는 말.

만사무심(萬事無心)

①걱정으로 딴 일에 경황이 없어 모
든 일에 소홀함. ②온갖 일에 무심
함.

만사불고일생(萬事不顧一生)

죽음을 무릅쓴다는 뜻. 만사일생(萬
事一生)이라고도 함.
「史記 張耳陳餘傳」,
將軍瞋目張膽 出萬死不顧一生之計

만사여생(萬死餘生)

꼭 죽을 고비를 면하여 살게 된 목
숨.

만사여의(萬事如意)

모든 일이 뜻대로 잘 이루어짐.

만사와해(萬事瓦解)

한 가지의 잘못으로 모든 일이 모두
틀어짐.

만사유경(萬死猶輕)

만 번 죽음을 당하여도 오히려 가벼
울 정도로 죄가 매우 무거움을 이르
는 말.

만사일생(萬死一生)

⇒만사불고일생(萬事不顧一生) 참조.

만사태평(萬事太平)

①모든 일이 잘 되어서 어려움이 없
음. ②어리석어 무릇 일에 아무 걱정
이 없음. 만사태평(萬事泰平)이라고도
함.

만사형통(萬事亨通)

온갖 일이 다 잘 됨을 이르는 말.

만사휴의(萬事休矣)

모든 방법이 다 헛되게 됨. 즉, 어
떻게 달리 해볼 도리가 없다는 말.
능사필의(能事畢矣)라고도 함.

만산홍엽(滿山紅葉)

　온갖 산이 단풍으로 붉게 물든 모습을 이르는 말.

만세동락(萬歲同樂)

　오래도록 영원히 함께 즐김을 뜻함.

만세무강(萬世無疆)

　⇒만수무강(萬壽無疆) 참조.

만세불망(萬世不忘)

　은덕을 영원히 잊지 아니함. 영세불망(永世不忘)이라고도 함.

만세불변(萬世不變)

　⇒만세불역(萬世不易) 참조.

만세불역(萬世不易)

　영구불변(永久不變)의 뜻임. 만고불변(萬古不變), 만고불역(萬古不易) 또는 만세불변(萬世不變)이라고도 함.
　「荀子 正論」,
　士大夫以爲道 百姓以爲成俗 萬世不能易也

만세불후(萬世不朽)

　⇒만고불후(萬古不朽) 참조.

만수무강(萬壽無疆)

　장수(長壽)하기를 비는 말. 만세무강(萬世無疆)이라고도 함.
　「詩經 豳風七月」,
　十月滌場 : 시월이면 마당 치우고
　朋酒斯饗 : 두 통 술로 잔치할 제
　曰殺羔羊 : 염소 잡아 안주하고
　躋彼公堂 : 公堂에 올라앉아
　稱彼兕觥 : 물 소 뿔잔을 들어
　萬壽無疆 : 만수무강 축원하세

만수운환(漫垂雲鬟)

　가닥가닥이 흩어져 드리워진 쪽진 머리를 이르는 말.

만승지국(萬乘之國)

　유사시에 병거(兵車) 1만 채를 갖추어 낼 만한 능력이 있는 나라. 곧 천자(天子)의 나라. 천승지국(千乘之國)이라고도 함.
　「孟子 梁惠王上」,
　萬乘之國 弑其君子 必千乘之家 千乘之國 弑其君子 必百乘之家

만승지위(萬乘之位)

　천자(天子)의 높은 지위.

만승지자(萬乘之子)

　천자(天子)를 높이어 부르는 말.

만시지탄(晩時之歎)

　기회를 놓친 탄식, 때늦은 한탄을 이르는 말. 유사어로 사후약방문(死後藥方文)이 있음.

만식당육(晩食當肉)

　늦게 배가 고플 때 먹으면 맛이 있어 고기를 먹는 것과 같음.
　「隱逸傳」,
　顔𩣡嘗言 有處窮方 其名有四 一曰無事以當貴 二曰早寢以當富 三曰安步以當車 四曰晩食以當肉

만신창이(萬身瘡痍)

　①온 몸이 상처투성이가 됨. ②사물이 성한 데가 없을 만큼 결함이 많음.

만실우환(滿室憂患)

　한집안에 앓는 사람이 많음을 이르는 말.

만심환희(滿心歡喜)

　만족하여 한껏 기뻐함, 또는 그 기쁨을 이르는 말.

만우난회(萬牛難回)

　만 필의 소가 끌어도 돌리기가 어렵

다는 뜻으로, 고집이 너무 심한 것을
비유하여 이르는 말.

만인이심(萬人異心)

온갖 사람의 마음이 각기 다름을 이
르는 말.
「淮南子」,
萬人異心 則無一人之用

만인총중(萬人叢中)

'많은 사람이 있는 가운데'의 뜻.

만장공도(萬丈公道)

조금도 사사로움이 없는 매우 공평
한 일.

만장광염(萬丈光焰)

웅장한 기상을 이르는 말.

만장생광(萬丈生光)

①한없이 빛이 나는 일. ②고맙기
그지없는 일.

만장일치(滿場一致)

그 자리에 있는 모든 사람의 의견이
완전히 일치하는 일.

만장절애(萬丈絶厓)

매우 높은 낭떠러지를 이르는 말.

만장폭포(萬丈瀑布)

매우 높은 곳에서 떨어지는 폭포.

만장홍진(萬丈紅塵)

①하늘 높이 솟아오르는 먼지. ②한
없이 구차스럽고 번거로운 속세.

만장회도(慢藏誨盜)

물건은 소중히 간수하지 않으면 다
른 사람의 도심(盜心)을 유발시킨다
는 말.

만전지계(萬全之計)

⇒만전지책(萬全之策) 참조.

만전지책(萬全之策)

조금도 허술한 데가 없는 완전한 계
책. 더없이 완전한 계책. 만전지계(萬
全之計)라고도 함.

만절필동(萬折必東)

황하(黃河)가 여러 번 꺾여 흘러가
도 필경은 동쪽의 황해로 흘러간다는
뜻으로, ①곡절은 있으나 필경은 본
뜻대로 나간다는 말. ②충신의 절개
는 꺾을 수 없다는 말.

만지장서(滿紙長書)

편지지에 가득 차게 쓴 사연이 긴
편지를 이름.

만첩청산(萬疊靑山)

사방이 겹겹이 에워싸인 푸른 산을
이름.

만초한연(蔓草寒烟)

무성한 덩굴과 쓸쓸한 연기, 곧 황
폐화된 옛 성터의 정경을 뜻하는 말.
「吳融의 秋色詩」,
染不成乾畫未消 霏霏拂拂又迢迢 贈
從建業城邊過 蔓草寒烟鎖六朝

만촉지쟁(蠻觸之爭)

⇒와각지쟁(蝸角之爭) 참조.

만추가경(晩秋佳景)

늦가을의 아름다운 경치를 이르는
말.

만패불청(萬覇不聽)

①바둑에서, 큰 패가 생겼을 때, 상
대가 어떠한 패를 쓰더라도 응하지
않는 일. ②아무리 집적거려도 못 들
은 체하고 응하지 않음을 이르는 말.

만학천봉(萬壑千峯)

여러 골짜기와 여러 봉우리를 이르는 말.

만항하사(萬恒河沙)

천축(天竺) 동계(東界)의 항하(恒河)의 모래란 뜻으로, 무한한 또는 무수한 것을 비유하여 이르는 말. 항사(恒沙)만으로도 쓰이고 항하사(恒河沙)라고도 함.

* 항하(恒河) – 지금의 갠지스강.

만호장안(萬戶長安)

인가가 매우 많은 서울을 이르던 말.

만호중생(萬戶衆生)

⇒억조창생(億兆蒼生) 참조.

만화방석(滿花方席)

갖가지 꽃무늬를 넣어서 만든 방석을 이름.

만화방창(萬化方暢)

따뜻한 봄날에 온갖 생물이 나서 자람을 이름.

만휘군상(萬彙群象)

⇒삼라만상(森羅萬象) 참조.

말대필절(末大必折)

나무의 가지가 커지면 반드시 부러진다는 뜻이니, 변방의 힘이 커지면 나라가 위태로워짐을 이르는 말.
「左傳 昭公十一年」,
末大必折 尾大不掉

말류지폐(末流之弊)

잘 해 나가다가 끝판에 생기는 폐단이라는 뜻.

말마이병(秣馬利兵)

말에 먹이를 먹이고 칼을 간다는 뜻으로, 출병(出兵) 준비를 이르는 말.
「左傳 成公十六年」,
蒐乘補卒 秣馬利兵

말여지하(末如之何)

아주 엉망이 되어서 어찌할 도리가 없음을 이르는 말.

망거목장(網擧目張)

그물을 들면 그물눈이 저절로 열린다는 뜻으로, ①아래는 위를 따르고, 작은 것은 큰 것을 따름. ②요점을 잡으면 뒤에 딸린 문제는 자연히 해결됨.

망국지성(亡國之聲)

⇒망국지음(亡國之音) 참조.

망국지음(亡國之音)

망한 나라의 음악, 또는 나라를 망하게 하는 음탕한 음악. 망국지성(亡國之聲) 또는, 정위지음(鄭衛之音)이라고도 함.
「韓非子 十過」,
衛靈公將之晉 至濮水之上 聞鼓新聲者 使師涓撫琴而寫之 去之晉 以新聲示平公 師曠撫止之曰 此亡國之聲也
「禮記 樂記」,
鄭衛之音 亂世之音也 此於慢衣 桑間濮上之音 亡國之音也 其政散 其民流 誣上行私而不可止也

망국지탄(亡國之歎)

⇒맥수지탄(麥秀之嘆) 참조.

망국지한(亡國之恨)

나라가 망한 한을 이르는 말.

망극지은(罔極之恩)

⇒호천망극(昊天罔極) 참조.

망극지통(罔極之痛)

한없는 슬픔. 어버이나 임금의 상사

(喪事)에 쓰는 말.

망년지교(忘年之交)

나이를 따지지 않고 재주와 학문으로 허물없이 사귐. 망년지우(忘年之友)라고도 함.
「漢書」,
禰衡有逸才 少與孔融交 時衡未滿二十 而融已五十 爲忘年交

망년지우(忘年之友)

⇒망년지교(忘年之交) 참조.

망량양세(魍魎量稅)

도깨비에게 세금 매긴다는 뜻으로, 허망한 수입을 바라는 것을 비유하여 이르는 말.

망리투한(忙裏偸閑)

⇒망중유한(忙中有閑) 참조.

망망감여(茫茫堪輿)

광막한 천지(天地)를 이르는 말.

망망대해(茫茫大海)

아득히 넓고 끝없이 펼쳐진 바다를 이름.

망매지갈(望梅之渴)

⇒망매해갈(望梅解渴) 참조.

망매해갈(望梅解渴)

목이 마른 졸병이 신 살구 얘기를 듣고 입에 침이 고여 목마름을 풀었다는 고사로, 망매지갈(望梅止渴), 또는 매림지갈(梅林止渴)이라고도 함.
「世說新語假譎」,
魏武行後失汲道 軍皆渴 乃令曰 前有大梅林可解渴 士卒聞之 口皆出水 乘此得及前源

망명도생(亡命圖生)

몰래 멀리 달아나 자신의 삶을 꾀한

다는 뜻.

망명도주(亡命逃走)

죽을죄를 지은 사람이 몰래 멀리 달아남을 뜻함.

망명죄인(亡命罪人)

죄를 짓고 나라 밖으로 달아난 죄인을 이름.

망목불소(網目不疎)

그물코가 촘촘한 것처럼, 법률이 세밀함을 이르는 말.
「世說新語 上」,
猶公幹以失敬罹罪 文帝問曰 卿何以不謹於文憲 楨答曰 臣誠庸短 亦由陛下 網目不疎

망무두서(茫無頭緖)

정신이 아득하여 갈피를 잡을 수 없음을 이름.

망무애반(茫無涯畔)

아득하게 넓고 멀어 끝이 없음. 망무제애(茫無際涯)라고도 함.

망무제애(茫無際涯)

⇒망무애반(茫無涯畔) 참조.

망문과부(望門寡婦)

정혼(定婚)을 한 뒤에 곧 남자가 죽어, 시집도 가보지 못하고 과부가 된 여자를 이르는 말.

망문투식(望門投食)

객지에서 노자가 떨어져 남의 집을 찾아가서 얻어먹음을 이르는 말.

망사지죄(罔赦之罪)

용서할 수 없는 큰 죄를 이르는 말.

망수행주(罔水行舟)

물이 없는데 배를 띄운다는 뜻으로,

무리한 일을 억지로 우기거나 행함을
이름.

망식열후(忙食噎喉)

급히 먹은 밥이 목에 멘다는 뜻으
로, 일을 급히 서두르면 실패하기 쉽
다는 말.
「旬五志」.

망신망가(忘身忘家)

자신과 가족을 마음속에서 잊는다는
말로, 사(私)를 돌보지 않고 오직 나
라와 공(公)을 위해서 헌신함을 뜻하
는 말.
「漢書 賈誼傳」.
化成俗定 則爲人臣者 主耳 忘身 國
耳 忘家 公耳 忘私

망야도주(罔夜逃走)

밤새도록 도망함을 이르는 말.

망양득우(亡羊得牛)

작은 것을 잃고 큰 것을 얻음.

망양보뢰(亡羊補牢)

⇒망우보뢰(亡牛補牢) 참조.

망양지탄(亡羊之歎)

⇒다기망양(多岐亡羊) 참조.

망양지탄(望洋之歎)

넓은 바다를 보고 감탄한다는 뜻으
로, ①남의 위대함에 감탄하고 나의
미흡함을 부끄러워하는 것을 비유하는
말. ②제 힘이 미치지 못할 때 하는
탄식. 망양흥탄(望洋興嘆)이라고도 함.
「莊子 秋水篇」.
秋水時至百川灌河 涇流之大兩涘涯之
間不辨牛馬 於是焉 河伯欣然自喜以天
下之美爲盡在己 順流而東行至於北海
東面而視不見水端 於是焉 河伯始旋其

面目望洋向若而歎曰 野語有之曰 聞道
百以爲莫己若者我之謂也 且夫 我嘗聞
少仲尼之聞而輕伯夷之義者 始吾不信
今我睹子之難窮也 吾非至於子之門則
殆矣 吾長見笑於大方之家

가을철이 되면 물이 불어난 모든 냇
물이 황하로 흘러든다. 그 본류는 커
서 양편 물가의 거리가 상대편에 있
는 소나 말을 분별할 수 없을 정도이
다. 그리하여 黃河의 神은 흔연히 기
뻐하면서 천하의 아름다움이 모두가
자기에게 갖추어져 있다고 생각하면
서, 흐름을 따라서 동쪽으로 가 北海
에 도착하였다. 그 곳에서 동쪽을 바
라보았으나 물가가 보이지 않았다.
이에 황하의 신은 비로소 그의 얼굴
을 돌려 북해의 신인 약(若)을 우러
러보고 탄식하면서 말하였다. "속담
에 백 가지 도리를 알고는 자기 만한
사람은 없다고 생각하는 자가 있다고
하였는데 저 같은 사람을 두고 한 말
인 것 같습니다. 또한 저는 일찍이
孔子의 넓은 지식을 낮게 평가하고,
伯夷 같은 節義를 가볍게 여기는 이
론을 듣고서 이제까지 저는 믿지 않
고 있었습니다. 지금 저는 선생님의
끝을 알 수 없는 모습을 보고서야 그
런 것 같이 느껴집니다. 제가 선생님
의 문하로 찾아오지 않았더라면 위태
로워졌을 것입니다. 저는 오랫동안
위대한 道를 터득한 사람들에게 비웃
음을 받았을 것입니다.

망양흥탄(望洋興嘆)

⇒망양지탄(望洋之歎) 참조.

망언다사(妄言多謝)

편지글이나 평문 따위에서, 자기의

글 가운데 망언이 있으면 깊이 사과
한다는 뜻으로 쓰는 말.

망연자실(茫然自失)

멍하니 제 정신을 잃은 모양.

망우보뢰(亡牛補牢)

⇒사후약방문(死後藥方文) 참조.

망우지물(忘憂之物)

술을 마시면 근심·걱정을 잊는다고
하여 나온 말로 술의 다른 이름.
「文選」,

망운지정(望雲之情)

당(唐)나라 적인걸(狄仁傑)이 타향
에서 부모가 있는 곳을 바라보았다는
고사에서 나온 말로, 자식이 타향에
서 고향이나 부모를 그리는 정(情)을
뜻함. 망운지회(望雲之懷)라고도 함.
「舊唐書 狄仁傑傳」,
仁傑授幷州法曹參軍 其親在河陽別業
仁傑登太行山 反顧見白雲孤飛 謂左右
曰 吾親舍其下 瞻悵久之 雲移 乃得去

망운지회(望雲之悔)

⇒망운지정(望雲之情) 참조..

망유기극(罔有紀極)

기율에 몹시 어그러짐을 이름.

망은부의(忘恩負義)

은혜와 의리를 저버림을 이름.

망자계치(亡子計齒)

죽은 자식 나이 세기란 뜻으로, 이
미 그릇된 일을 생각하고 아쉬워해도
소용없다는 말.

망자재배(芒刺在背)

망자(芒刺)는 가시니 가시를 등에
진다는 뜻은, 곧 자기 뒤에 꺼리고
두려운 자가 있어 마음이 편치 않음

을 이르는 말.
「漢書 藿光傳」,
上內嚴憚之 若有芒刺在背

망자존대(妄自尊大)

종작없이 함부로 제가 잘난 체함을
이름.
「後漢書 馬援傳」,
子陽 井底蛙耳 而妄自尊大子

망중유한(忙中有閑)

바쁜 중에도 마음에 한가한 짬을 얻
음. 망리투한(忙裏偸閑), 망중투한(忙中
偸閑) 또는,망중한(忙中閑)이라고도
함.

망중투한(忙中偸閑)

⇒망중유한(忙中有閑) 참조.

망중한(忙中閑)

⇒망중유한(忙中有閑) 참조.

망지불사(望之不似)

남이 보기에 태도가 온당치 못함을
이르는 말.

망지소조(罔知所措)

어찌할 바를 모르고 허둥지둥함을
이르는 말.

망진막급(望塵莫及)

도저히 따를 수 없을 정도로 남에게
뒤떨어졌음을 이르는 말.

망징패조(亡徵敗兆)

망하거나 결딴날 징조를 이르는 말.

망풍이미(望風而靡)

풍문을 듣고 놀라 싸우지 않고 흩어
져 달아남을 이르는 말.

망형지교(忘形之交)

신분, 지위, 학벌, 빈부, 용모 따위

에 구애받지 않는 친밀한 사귐을 이르는 말.
「唐書 孟郊傳」,
郊性介 少諧合 韓愈一見爲忘形交

매검매우(賣劍買牛)

칼을 팔아서 소를 산다는 뜻으로, 전쟁을 그만두고 고향으로 돌아감을 비유하는 말.
「漢書」,
迺躬奉以儉約 勸民務農桑 民有帶持刀劍者 使賣劍買牛 賣刀買犢 吏民皆富貴

매관매직(賣官賣職)

돈이나 재물을 받고 벼슬을 시킴. 매관육작(賣官鬻爵)이라고도 함.

매관육작(賣官鬻爵)

⇒매관매직(賣官賣職) 참조.

매다철주(每多掣肘)

항상 남의 일을 간섭하고 방해함.

매독이환주(買櫝而還珠)

나무 상자를 사두니 구슬이 굴러 들어온다는 말이니, 이익을 생각하여 사물의 경중(輕重)을 취사선택함을 이르는 말.
「韓非子 外儲說」,
楚人有賣其珠 鄭者 爲木蘭之櫃 薰桂椒之櫝 綴以珠玉 輯以翡翠 鄭人買其櫝而還其珠也

매두몰신(埋頭沒身)

①일에 얽매여 헤어나지 못함. ②일에 열중하여 물러날 줄 모름.

매리잡언(罵詈雜言)

상대방에게 온갖 욕을 하여 큰소리로 꾸짖음. 또는 그 말. 악구잡언(惡口雜言)이라고도 함.

매림지갈(梅林止渴)

⇒망매해갈(望梅解渴) 참조.

매목분한(梅木分限)

매화나무는 성장이 빠른데도 큰 나무가 되지 않는 데서, 자수성가한 사람이나 벼락부자를 이르는 말.

매문매필(賣文賣筆)

돈벌이를 위하여 글을 짓거나 글씨를 써서 판다는 말.

매사가감(每事加堪)

어떤 일이라도 감당할 만함을 뜻함.

매사마골(買死馬骨)

죽은 명마(名馬)의 뼈를 많은 돈으로 삼. 곧 쓸모 없는 것을 사서 쓸모 있을 때를 기다린다는 뜻이니, 재능이 부족한 자를 우대하여 현자(賢者)가 모여들기를 기다림을 비유한 말.
「戰國策」,
有以千金求天里馬者 〈中略〉 買其骨五百金而返 君怒曰 求生馬 安損五百金死馬乎

매염봉우(賣鹽逢雨)

소금을 팔다가 비를 맞는다 함이니, 일에 마(魔)가 끼어서 잘 안 된다는 뜻.

매장봉적(買贓逢賊)

장물(贓物)을 산 사람과 도둑 맞은 사람.

매점매석(買占賣惜)

부당한 이익을 탐하여 물건을 몰아 사두고 팔지 않음.

매처학자(梅妻鶴子)

송(宋)나라 시인 임포(林逋)가 서호

(西湖)에서 매화(梅花)를 아내 삼고, 학(鶴)을 자식 삼아 살았다는 고사에서 나온 말로, 풍아(風雅)한 생활을 함을 이르는 말.

「詩話總龜」,

林逋隱于武林之西湖 不娶無子 所居多植梅蓄鶴 泛舟湖中 客至則放鶴致之 因謂梅妻鶴子云.

임포는 武林의 西湖에 은거했는데 妻子도 없었으며, 오직 西湖에 배를 띄우고 梅花와 鶴을 기르며 살았다. 길손이 오면 학이 날아와 맞아주니, 이로 인하여 梅妻鶴子라 일컬어졌다.

맥락관통(脈絡貫通)

사리 연락에 환하게 트임. 즉 조리가 일관되게 계통이 서 있음을 이르는 말.

「中庸 朱熹의 序」,

支分節解 脈絡貫通

그 단락이 분명히 나누어지고 맥락이 긴밀하게 연결된다.

맥수점점(麥穗漸漸)

⇒맥수지탄(麥秀之嘆) 참조.

맥수지가(麥秀之歌)

맥수지탄(麥秀之嘆)의 노래를 이름.
⇒맥수지탄(麥秀之嘆)의 고사 참조.

맥수지탄(麥秀之嘆)

기자(箕子)가 은(殷)나라 도읍(都邑)을 지나가며 보니 고국은 망(亡)하여 옛 궁실(宮室)은 폐허(廢墟)가 되고 궁궐터는 보리밭이 된 것을 보고 맥수지가(麥秀之歌)를 지어 탄식하였다는 데서 나온 말로, 고국이 멸망함을 탄식하는 데 쓰는 말. 망국지탄(亡國之歎), 맥수점점(麥穗漸漸), 맥수지가(麥秀之歌), 또는 서리지탄(黍離

之歡)이라고도 함.

「史記」,

箕子朝周過故殷墟 過宮室毀壞生禾黍 箕子傷之 欲哭則不可 欲泣爲其近婦人 乃作麥秀之歌 以歌詠之 其詩曰 麥秀漸漸兮 禾黍油油兮 彼狡童兮 不如我好兮 所謂狡童者 紂也 殷民聞之皆流涕云

箕子가 周나라 도읍으로 가던 중 殷墟를 지나게 되었다. 옛 宮室이 폐허가 되어 보리와 벼만 무성해진 것을 보고 마음이 상해 울려고 했으나 곁에 부인이 있어 울지는 못하고, 麥秀之歌를 지어 불렀는데 그 노래는 이러했다. '옛 궁궐터에는 보리만이 무성하고, 벼와 기장들도 잎이 기름지도다. 저 狡童이 나의 말을 듣지 않았음이 슬프구나.' 소위 狡童은 桀王 紂를 말함이고, 殷나라 백성들은 그 노랫소리를 듣고 모두 울었다고 한다.

맹귀부목(盲龜浮木)

눈먼 거북이 물에 뜬 나무를 만났다는 뜻으로, 어려운 때에 좋은 일을 만남을 비유하여 이르는 말. 맹귀우목(盲龜遇木)이라고도 함.

「阿含經」,

佛告諸此丘 譬如大海中有一盲龜〈中略〉盲龜百年一出 得過此孔 至海東浮木或至海西 圍繞亦爾 雖復差遠 或復相得 凡夫漂流五趣至海 還復人身甚難於此

맹귀우목(盲龜遇木)

⇒맹귀부목(盲龜浮木) 참조.

맹모단기(孟母斷機)

⇒단기지계(斷機之誡) 참조.

「列女傳」,

孟子之少也 旣學而歸 孟母方績 問曰
"學何所至矣. 孟子曰 自若也" 孟母以
刀 斷其織. 孟子 懼而問其故 孟母曰
"子之廢學 若吾斷斯織也" 孟子 懼且
夕 勤學不息 師事子思 遂成天下之名
儒 君子謂 "孟母 知爲人母之道也"

* 列女傳 : 중국 전한 말(前漢末)에 유
향이라는 사람이 역대 훌륭한 여성들의
전기를 모아 그 언행을 엮은 책

맹모삼천(孟母三遷)

⇒맹모삼천지교(孟母三遷之敎) 참조.

맹모삼천지교(孟母三遷之敎)

맹자의 어머니가 맹자의 교육을 위
해 세 번 이사했다는 고사. 맹모삼천
(孟母三遷) 또는 삼천지교(三遷之敎)만
으로도 쓰이고, 현모지교(賢母之敎)라
고도 함.

「列女傳 母儀傳」,

* 전국 시대 유학자의 중심 인물로서
聖人 孔子에 버금가는 아성(亞聖) 맹자
(孟子)는 어려서 아버지를 여의고 홀어
머니 손에 자랐다. 맹자의 어머니는 당
시 묘지 근처에 살았는데 어린 맹자는
묘지 파는 흉내만 내며 놀았다. 그래서
교육상 좋지 않다고 생각한 맹자의 어
머니는 시장 근처로 이사했다. 그런데
이번에는 물건을 팔고 사는 장사꾼 흉
내만 내는 것이었다. 이곳 역시 안 되
겠다고 생각한 맹자의 어머니는 서당
근처로 이사했다. 그러자 맹자는 제구
(祭具)를 늘어놓고 제사 지내는 흉내를
냈다. 서당에서는 유교에서 가장 중히
여기는 예절을 가르치고 있었기 때문이
다. 맹자의 어머니는 이런 곳이야말로
자식을 기르는 데 더할 나위 없이 좋은
곳이라며 기뻐했다 한다.

맹분지용(孟賁之勇)

큰 용기를 이르는 말.

「說苑」,

勇士孟賁水行不避蛟龍 陸行不避狼虎

맹완단청(盲玩丹靑)

소경의 단청 구경이란 뜻으로, 보아
도 알지 못하면서 형식만 갖춤을 비
유하는 말. 맹자단청(盲者丹靑)이라고
도 함.

「旬五志」,

맹인모상(盲人模象)

사물의 일부만을 알고 함부로 결론
짓는 좁은 견해.

맹인식장(盲人食醬)

소경 장 떠먹듯 한다는 뜻으로, 대
중이 없음을 비유하여 이르는 말.

맹인직문(盲人直門)

소경이 문을 바로 찾음이란 뜻으로,
생각지도 않았던 일이 뜻밖에 잘 이
루어졌을 때, 또는 어리석은 사람이
어쩌다가 이치에 맞는 바른 일을 함
을 비유하는 말. 맹자정문(盲者正門)
이라고도 함.

「旬五志」,

盲人直門 以喩成事幸

장님이 문으로 바로 들어갔다는 것
은 일이 뜻밖에 잘 이루어졌음을 비
유하는 말이다.

맹자단청(盲者丹靑)

⇒맹완단청(盲玩丹靑) 참조.

맹자실장(盲者失杖)

장님이 지팡이를 잃은 것처럼, 믿고
의지할 곳이 없어짐을 나타내는 말.

「陳同甫集」,

惘然若盲者失杖

맹자정문(盲者正門)

⇒맹인직문(盲人直門)

맹자효도(盲者孝道)

눈먼 자식이 효도함이란 뜻으로, 무
능력하다고 여긴 사람에게 도리어 신
세를 짐을 비유하여 이르는 말.
「東言解」,

맹장여운(猛將如雲)

용맹한 장수가 구름처럼 많이 모여
듦을 비유한 말.
「李陵의 答蘇式書」,
猛將如雲 謀臣如雨

맹풍열우(猛風烈雨)

몹시 세차게 몰아치는 비바람.

맹호복초(猛虎伏草)

영웅은 일시적으로는 숨어 있지만
언젠가는 반드시 세상에 나타남을 비
유하는 말.

맹호위서(猛虎爲鼠)

동물의 왕인 범도 위엄을 잃게 되면
쥐와 같다는 뜻이니, 곧 군주도 권위
를 잃으면 신하에게 제압 당함을 비
유한 말.
「李白의 詩」,
君失臣兮龍爲魚 權歸臣兮虎變鼠

맹호출림(猛虎出林)

사나운 범이 숲에서 나왔다는 뜻으
로, 용맹하고 성급한 성격을 평하여
이르는 말.

면력박재(綿力薄材)

무력무능(無力無能)함을 이르는 말.
「漢書 嚴助傳」,
越人綿力薄材 不能陸戰

면면상고(面面相顧)

말없이 서로 얼굴만 물끄러미 바라
본다는 말.

면면풍(面面風)

사방에서 불어오는 바람을 이르는
말.
「章八元의 詩」,
十層突兀在虛空 四十門開面面風

면목가증(面目可憎)

얼굴이 흉하여 남의 미움을 받음.
얼굴이 흉하여 불쾌함을 이르는 말.
「韓愈의 送窮文」,
凡所以使吾 面目可憎 語言無味者 皆
子之志也
* 자(子) - 궁귀(窮鬼)를 가리킴.

면목부지(面目不知)

서로 얼굴을 전혀 모름을 이르는
말.

면목약여(面目躍如)

세상의 평가나 지위에 걸맞게 활약
하는 모양.

면목일신(面目一新)

남을 대하는 얼굴. 세상에 대한 체
면이나 명예, 사물의 모양, 일의 상
태를 완전히 새롭게 고침.

면무인색(面無人色)

너무 놀라거나 두려워서 얼굴에 핏
기가 없음. 면여토색(面如土色)이라고
도 함.

면벽구년(面壁九年)

한 가지 일에 오랫동안 심혈을 기울
임을 비유하는 말.
「神僧傳」,
梁武帝普通元年 汎海至金陵 與帝語

師如機不契 遂去梁 折蘆渡江 止嵩山
少林寺 終日面壁而坐 九年形入石中
抏之益顯人謂 其精誠貫金石也

* 중국 선종(禪宗)의 개조(開祖)인 달
마 대사(達磨大師)가 소림사(少林寺)에
서 9년 동안 벽을 마주하고 좌선(坐禪)
하여 오도(悟道)했다는 데서 나온 말.

면부지간(俛付之間)

잠시동안을 이르는 말.

「王羲之의 蘭亭記」,

及其所之旣倦 情隨事遷 感慨係之矣
向之所欣 俛付之間 以爲陳迹 尤不能
不以之興悔

면색여토(面色如土)

⇒면무인색(面無人色) 참조.

면시염차(麵市鹽車)

밀가루를 뿌린 시장 거리와 소금을
실은 수레라는 뜻이니, 곧 눈이 많이
내렸음을 비유한 말.

「李義山의 詠雪詩」,

人疑迷麵市 馬以困鹽車

면여불충(面如不忠)

⇒면예불충(面譽不忠) 참조.

면여채색(面如菜色)

영양실조로 얼굴색이 누렇게 뜸을
이르는 말.

면여토색(面如土色)

⇒면무인색(面無人色) 참조.

면예불충(面譽不忠)

변전에서 칭찬하는 사람은 마음에
성실성이 없다는 말. 면여불충(面如不
忠)이라고도 함.

「大戴禮」,

面譽者不忠 飾貌者不情

면인정쟁(面引廷爭)

임금 앞에서 서로 면대하여 그 허물
을 쟁론(爭論)함.

면장우피(面張牛皮)

⇒후안(厚顔) 참조.

* 얼굴에 쇠가죽을 발랐다는 뜻에서 나
온 말.

면쟁기단(面爭其短)

면전에서 그 결점이나 잘못을 간
(諫)함을 이르는 말.

면절정쟁(面折廷爭)

임금 앞에서 그 실책을 들어 시비를
논쟁함. 또는 그런 강직한 신하를 이
르는 말.

「史記 呂后記」,

陳平絳侯曰 於今面折廷爭 臣不如君

면종복배(面從腹背)

⇒면종후언(面從後言) 참조.

면종후언(面從後言)

앞에서는 복종하는 체하면서 뒤에서
헐뜯고 욕함. 면종복배(面從腹背)라고
도 함.

「書經 益稷」,

帝曰, 臣作朕股肱耳目 予欲左右有民
汝翼 予欲宣力四方 汝爲 予欲觀古人
之象 日月星辰 山龍華蟲 作會 宗彝藻
火粉米黼黻 絺繡 以五采 彰施于五色
作服 汝明 予欲聞六律五聲八音 在治
忽 以出納五言 汝聽 予違 汝弼 汝無
面從退有後言 欽四鄰 庶頑讒說 苦不
在時 侯以明之 撻以記之 書用識哉 欲
並生哉 工以納言 時而颺之 格則承之
庸之 否則威之

제께서 이르시되 신하는 다리와 팔
과 귀와 눈이 되었나니 내 백성을 도

우려 하거든 네 나래하며, 네 사방에
힘을 베풀고자 하거든 네가 하며, 내
옛 사람의 象을 보아 日月星辰과 산,
용, 화충을 그림 그리며 宗彛와 藻
와, 火와 粉米와 黼와 黻을 絺하며
繡하여 다섯 채색으로써 五色을 빛나
게 베풀어 옷을 짓고자 하거든 네가
밝히며, 내가 六律과 五聲과 八音을
들어 다스리며, 다스리지 못함을 살
펴 이로써 다섯 가지 말씀을 내며 드
리고자 하거든, 네 들으라.

나의 어김을 네 도울지니, 네 낯으
로 좇고, 물러 뒷말을 두지 말아 四
隣을 공경하라.

모든 완만한 참소하는 말이 이에 있
지 아니하거든 과녁으로써 밝히며,
회초리로써 기록하며, 글로써 분별하
여 아울러 살고자 함이니, 工이 드린
말씀으로써 때로 날리어 바로 잡히거
든 받아쓰고, 아니거든 위엄케 할지
니라.

면피후(面皮厚)

몰염치함을 이르는 말.
「南史 卞彬傳」,
書鼓云 徒有八尺圍 腹無一寸腸 面皮
厚如許 受打未詎央

면향불배(面向不背)

앞에서 보거나 뒤에서 보아도 똑같
이 훌륭하여 앞뒤의 구별이 없는 것.

면허개전(免許皆傳)

스승이 예술 또는 무술의 깊은 뜻을
남김없이 제자에게 전해줌.

면홍이적(面紅耳赤)

낯이 뜨거워 부끄러움을 감추지 못함
을 이르는 모습.

멸륜패상(滅倫敗常)

오륜(五倫)과 오상(五常)을 깨뜨려
없앰을 이름.

멸문지화(滅門之禍)

한 집안이 멸망하게되는 큰 재앙.
멸문지환(滅門之患)이라고도 함.

멸문지환(滅門之患)

⇒멸문지화(滅門之禍) 참조.

멸사봉공(滅私奉公)

사사로움을 없애고 공(公)을 위하여
힘씀을 이르는 말.

멸이가의(蔑以加矣)

이에 더할 나위가 없다는 말.

멸죄생선(滅罪生善)

부처의 힘으로 현재의 죄장(罪障)을
없애고 후세의 선근(善根)을 돕는다
는 뜻.

명견만리(明見萬里)

만 리 밖의 일을 환하게 알고 있다
는 뜻으로, 관찰력이나 판단력 따위
가 날카롭고 정확함을 이르는 말.
즉, 총명함을 이름.
「後漢書 竇融傳」,
璽書旣至河西 咸驚以爲天子 明見萬
里之外

명경어홍모(命輕於鴻毛)

목숨을 가볍게 여김을 비유한 말.
「燕丹子」,
荊軻謂太子曰 烈士之節死有重於太山
有輕於鴻毛者 但問用之所在耳

명경지수(明鏡止水)

맑은 거울과 고요한 물을 이르는 말
로, 사념(邪念)이 없이 아주 깨끗한
마음을 비유하는 말.

「莊子 德充符篇」,

申徒嘉 兀者也 而與鄭子産同師於伯昏無人 子産謂申徒嘉曰 我先出則子止 子先出則我止 其明日 又與合堂同席而坐 子産謂申徒嘉曰 我先出則子止 子先出則我止 今我將出 子可以止乎 其未邪 且子見執政而不違 子齊執政乎 申徒嘉曰 先生之門 固有執政焉如此哉 子而說子之執政 而後人者也 聞之曰 鑑明則塵垢不止 止則不明也 久與賢人處則無過 今子之所取大者 先生也 而猶出言若是 不亦過乎 子産曰 子旣若是矣 猶與堯爭善 計子之德 不足以自反邪 申徒嘉曰 自狀其過 以不當亡者衆 不狀其過 以不當存者寡 知不可奈何 而安之若命 唯有德者能之 遊於羿之彀中 中央者 中地也 然而不中者 命也 人以其全足笑吾不全足者 衆矣 我怫然而怒 而適先生之所 則廢然而反 不知先生之洗我以善邪 吾之自寤邪 吾與夫子遊 十有九年矣 而未嘗知吾兀者也 今子與我遊於形骸之內 而子索我於形骸之外 不亦過乎 子産蹴然改容更貌曰 子無乃稱

申徒嘉는 형벌로 다리를 잘린 사람이었는데, 鄭나라 子産과 함께 伯昏無人을 스승으로 모시고 있었다. 子産이 申徒嘉에게 일러 가로되, "내가 먼저 나가게 되면 자네가 머물러 있고, 자네가 먼저 나가게 되면 내가 머물러 있기로 하세." 다음날 함께 만나 있을 때, 子産이 申徒嘉에게 또 말하였다. "내가 먼저 나가면 자네가 머물러 있고, 자네가 먼저 나가면 내가 머물러 있기로 하세. 지금 내가 먼저 나가려 하는데 자네는 머물러 있을 텐가, 어쩔 텐가? 또한 자네는

宰相을 보고도 길을 비키지 않는데, 자네는 宰相과 신분이 같다고 보는가?"

申徒嘉가 말하기를, "선생님의 문하에 본시부터 그런 宰相이란 게 있었소? 당신은 당신이 宰相이란 것을 내세우면서 남을 업신여기고 있소. 듣건대 거울이 맑은 것은 먼지와 때가 묻지 않았기 때문이고, 먼지와 때가 묻으면 거울이 맑지 않게 되오. 오랫동안 현명한 사람과 생활하면 곧 잘못이 없게 된다고 하였소. 지금 당신이 크게 높이며 배우고 있는 분은 우리 선생님이오. 그런데도 이러한 말을 하고 있으니 잘못된 게 아니겠소?"

子産이 말하기를, "자네는 몸이 이 모양인데도 堯임금과 훌륭함을 겨루어 보려고 하는구료. 자네의 덕으로 헤아려 스스로를 반성할 줄도 모르는가?"

申徒嘉가 말하였다. "스스로 자기의 허물을 변호하며 자기 다리를 잃은 것은 부당한 일이었다고 생각하는 사람들은 많지만, 자기의 허물을 변호하지도 않고 자기 다리를 보존하고 있는 게 부당하다고 생각하는 사람은 적소. 어찌할 수도 없는 일임을 알고서 운명이라 여기고 이에 평안히 따르는 일은 오직 덕이 있는 사람만이 할 수 있는 일이오. 羿의 활 사정거리 안을 노닐면 그 가운데 있는 모두가 화살에 맞을 것이오. 그런데도 맞지 않는다는 것은 운명이오. 사람들 중에는 자기의 다리가 완전하다고 해서 내 불완전한 다리를 비웃는 사람이 많소. 나는 머리끝까지 화가 나지

만 선생님 계신 곳에 가기만 하면 곧 시원한 마음으로 돌아오게 되오. 선생님께서 훌륭함으로 나를 씻어주시는 것인지 내 스스로 깨닫게 되는 것인지 알 수가 없소. 나는 선생님을 따라 공부한 지 19년이 되지만 내가 절름발이라는 것을 의식한 적이 없었소. 지금 당신은 나와 形體 속의 마음으로 공부하고 있으면서도, 당신은 내게 形體의 외모를 따지고 있으니 또한 잘못이 아니겠소?"

子産이 부끄러운 듯 얼굴을 붉히며 몸을 바로잡고 말하기를, "더 말을 말아 주오."

* 申徒嘉 - 鄭나라의 賢人으로 申徒는 姓, 嘉는 이름.

* 子産 - 春秋時代 鄭나라의 名宰相으로 姓은 公孫, 이름은 僑, 子産은 그의 字.

* 羿 - 堯임금 시대의 활의 名手.

* 사람의 겉모양이나 세속적인 신분은 참된 사람의 입장에서는 무의미한 것임을 주장한 부분임.

명고공지(鳴鼓攻之)

죄를 낱낱이 들어 공박함을 이르는 말.

「論語 先進」,

子曰 非吾徒也 小子鳴鼓而攻之可也

* 명고(鳴鼓) - 죄를 탓함.

명과기실(名過其實)

이름은 크게 났으나 실상은 그만 못함. 즉, 이름만 좋고 실속이 없음을 이르는 말.

명기누골(銘肌鏤骨)

살에 새기고 뼈에 새긴다는 뜻으로, 마음에 간직하여 잊지 않음을 비유하여 이르는 말.

「顔氏家訓」,

追思平昔之指 銘飢鏤骨非徒 古書之誡經目過耳

명덕신벌(明德愼罰)

정치를 함에는 도덕을 밝게 하고, 형벌은 신중히 해야함을 이름.

「書經 康誥」,

王若曰, 孟候朕其弟小子對 惟乃丕顯考文王 克明德愼罰

명론탁설(名論卓說)

우수한 논문과 탁월한 학설을 이르는 말.

명당대지(明堂岱地)

집터나 무덤 터가 복 받을 만한 좋은 곳을 이르는 말.

명덕신벌(明德愼罰)

정치를 함에는 도덕을 밝게 하고, 또한 형벌은 신중히 해야함을 이름.

명리양전(名利兩全)

명예와 재물을 동시에 얻음을 이르는 말.

명만천하(名滿天下)

이름이 세상에 널리 알려짐을 이름. 명문천하(名聞天下)라고도 함.

명맥소관(命脈所關)

병이나 상처가 중하여 목숨에 관계된다는 뜻.

명면각지(名面各知)

같은 사람인 줄 모르고 이름과 얼굴을 각각 따로 앎을 이르는 말.

명명백백(明明白白)

추호도 거리낌없이 아주 명백함을

이르는 말.

명명지지(冥冥之志)

마음속에 깊이 간직하고 외부에 드러내지 않는 뜻.

「荀子 勸學篇」,

無冥冥之志者無昭昭之明 無惛惛之事者無赫赫之功

명명혁혁(明明赫赫)

밝게 빛남을 이르는 말.

「詩經 大雅 大明」,

明明在下 赫赫在上

명모호치(明眸皓齒)

맑은 눈동자와 흰 이란 뜻으로, 미인을 형용하는 말.

「杜甫의 哀江頭」,

少陵野老吞聲哭	春日潛行曲江曲
江頭宮殿鎖千門	細柳新蒲爲誰綠
憶昔霓旌下南苑	苑中景物生顏色
昭陽殿裏第一人	同輦隨君侍君側
輦前才人帶弓箭	白馬嚼齧黃金勒
飜身向天仰射雲	一箭正墜雙飛翼
明眸皓齒今何在	血污遊魂歸不得
清渭東流劍閣深	去住彼此無消息
人生有情淚沾臆	江水江花豈終極
黃昏胡騎塵滿城	欲往城南望城北

명목장담(明目張膽)

눈을 크게 뜨고 담력으로 아무 것도 두려워하지 않고 용기를 내어 일을 함.

「唐書 韋思謙傳」,

丈夫當敢言地須要明目張膽以報天子 焉能碌碌保妻子耶

명문거족(名門巨族)

이름난 집안과 크게 번창한 겨레를 이르는 말.

명문천하(名聞天下)

⇒명만천하(名滿天下) 참조.

명부지 성부지(名不知姓不知)

이름도 성도 모른다는 뜻으로, 전혀 알지 못하는 사람을 이르는 말.

명불허전(名不虛傳)

이름은 헛되이 전해지는 법이 아니라는 뜻으로, 명성이나 명예가 널리 알려진 데는 그럴 만한 실력이나 근거가 있음을 이르는 말.

명산대천(名山大川)

유명한 산과 바다.

「書經 武威」,

告于皇天后土所過 名山大川

명성자심(名聲藉甚)

평판이 높음. 명성이 대단하여 세상에 널리 퍼짐.

「漢書 陸賈傳」,

명세지재(命世之材)

①세상을 바로잡고 민생을 건질 만한 큰 인재. ②맹자(孟子)를 달리 이르는 말.

「三國魏志 武帝紀」,

橋玄謂太祖曰 天下將亂 非命世之材不能濟也 能安之者 其在君乎

명수죽백(名垂竹帛)

이름을 역사에 길이 남김을 이르는 말.

* 죽백(竹帛) - 책 또는 역사를 뜻하는 말.

명시이공(明試以功)

사람을 알려면 그 사람이 행한 일을 살피면 된다는 말.

「書經 舜典」

敷奏以言 明試以言 車服以庸

명실상부(名實相符)
이름에 걸맞게 실속도 들어맞음.

명심누골(銘心鏤骨)
⇒명기누골(銘飢鏤骨) 참조.
「書言故事」,
趙林武云 貫心鏤骨 李義山云 刻鏤心
骨

명심불망(銘心不忘)
마음에 깊이 새겨 잊어버리지 않음
을 이름.

명야복야(命也福也)
잇따라 생기는 복을 이르는 말.

명약관화(明若觀火)
불을 보듯 분명하고 명백함을 이름.

명언장리(明言章理)
그럴 듯한 말과 이치를 이르는 말.
「戰國秦策 上」,
明言章理 兵甲愈起 辯言偉服 戰攻不
息 繁稱文辭 天下不治 舌敝耳聾 不見
成功

명여풍중등(命如風中燈)
목숨이 매우 위태로움을 비유한 말.
「法苑珠林」,
命如風中燈

명연의경(命緣義輕)
의(義)를 위해서는 목숨을 아끼지
않음을 이르는 말.
「後漢書 朱穆傳」,
情爲恩使 命緣義輕

명열전모(名列前茅)
시험에 수석으로 합격함을 이름.

명예훼손(名譽毁損)
남의 체면이나 명예를 손상하고 더
럽힘을 이르는 말.

명자실지빈(名者實之賓)
명예는 실덕(實德)의 손이고 실덕이
주인이라는 뜻으로, 실덕이 있은 후
에 명예가 따른다는 말.
「莊子 逍遙遊」,
堯讓天下於許由 曰 日月出矣 而爝火
不息 其於光也 不亦難乎 時雨降矣 而
猶浸灌 其於澤也 不亦勞乎 夫子立而
天下治 而我猶尸之 吾自視缺然 請致
天下 許由曰 子治天下 天下旣已治也
而我猶代子 吾將爲名乎 名者實之賓也
吾將爲賓乎 雛鷯巢於深林 不過一枝
偃鼠飮河 不過滿腹 歸休乎君 予無所
用天下爲 庖人雖不治庖 尸祝不越樽俎
而代之矣
요(堯) 임금이 천하를 허유(許由)에
게 물려주고자 말하였다. "해와 달이
나와 있는데 횃불을 끄지 않는다 해
도 그 빛을 내는 일이 어렵지 않겠습
니까? 철에 맞는 비가 왔는데 여전히
물을 준다면 논밭에 미치는 효과에
있어 도로(徒勞)가 되지 않겠습니
까? 선생께서 즉위하시면 천하가 다
스려질 터인데도 제가 그대로 주인
노릇을 하고 있습니다. 제 스스로 결
함이 있다고 여기고 있으니 부디 천
하를 받아 주시기 바랍니다."
허유가 대답하였다. "당신이 천하를
다스려 천하는 이미 다스려졌습니다.
그런데도 제가 당신을 대신한다면 저
는 명분을 위하여 하게 됩니다. 명분
이란 사실의 부수적인 물건과 같은
것입니다. 제가 부수적인 물건을 위
하여 천하를 맡아야 되겠습니까? 뱁
새는 깊은 숲 속에 둥우리를 친다 해

도 한 개의 나뭇가지를 사용할 따름이며, 두더지가 황하의 물을 마신다 하더라도 그것은 배를 채우는 데 지나지 않는 것입니다. 돌아가 쉬십시오, 임금님.! 저는 천하를 맡는다 하더라도 소용이 없습니다. 숙수(熟手)가 비록 숙설간 일을 보지 않는다 하더라도 시축(尸祝) 술그릇과 제기(祭器)를 넘어가 그의 일을 대신하지 않는 법입니다."

명재경각(命在頃刻)
숨이 끊어질 지경에 이르렀다는 말로, 매우 위태로운 경지를 이르는 말.

명재명간(明再明間)
명일(明日)이나 재명일(再明日) 사이. 내일이나 모레 동안이라는 뜻.

명정언순(名正言順)
명분이 바르고 말이 사리에 맞음을 이르는 말.

명조지손(名祖之孫)
이름난 조상의 자손을 이르는 말.

명존실무(名存實無)
⇒유명무실(有名無實) 참조.

명졸지추(命卒之秋)
거의 죽게 된 때를 이르는 말.

명주암투(明珠闇投)
보배로운 구슬을 어두운 밤에 남에게 던져 준다는 뜻으로, 아무리 귀중한 것이라도 갑자기 사람 앞에 내어 놓으면 이상하게 여긴다는 뜻으로, 재능이 있어도 남이 알아주지 않음을 비유하는 말.
「史記 鄒陽傳」,
明月之珠 夜光之璧 以暗投人於道路 人無不按劍相眄者 何則無因而至前也

명주출노방(明珠出老蚌)
⇒노방생주(老蚌生珠) 참조.

명주탄작(明珠彈雀)
새를 잡는데 구슬을 쏜다는 뜻으로, 작은 것을 탐내다가 큰 손해를 봄을 이르는 말.

명지고범(明知故犯)
뻔히 알면서 고의로 잘못을 저지름을 이르는 말.

명지적견(明知的見)
①밝은 지혜와 적실(的實)한 견해.
②밝게 알고 적실하게 봄.

명찰추호(明察秋毫)
시력이 날카로움을 이르는 말.
⇒추호(秋毫)의 고사 참조.

명창정궤(明窓淨几)
밝은 창에 깨끗한 책상이라는 뜻으로, 검소하고 정결한 서재를 이르는 말.
「九陽修 試筆」,
蘇子美常言 明窓淨几 筆硯紙墨 皆極精良 亦自是人生一樂

명천지하(明天之下)
총명한 임금이 다스리는 태평한 세상을 이름.

명철보신(明哲保身)
성급하게 시류에 휘말려들지 않고 매사에 법도를 지켜 온전히 처신하는 태도를 이름.
「詩經 大雅 蒸民篇」,
肅肅王命：지엄하신 임금의 어명을 받들고

中山甫將之 : 중산보는 그대로 행하
　　　였네
邦國若否 : 나라의 잘잘못을
中山甫明之 : 중산보는 자세히 밝혔
　　　네
旣明且哲 : 밝고 어질게 처신하여
以保其身 : 스스로 몸가짐에 그르침
　　　이 없었네
夙夜非解 : 아침 저녁으로 게을리 하
　　　지 않고
以事一人 : 오로지 임금 한 분만을
　　　섬기었구나

* 명(明)이란 이치에 밝고, 철(哲)이란 사리에 분명하고, 보신(保身)이란 도리에 어긋나지 않게 행동하며 자신을 온전히 보전한다는 뜻.

명탁이성자훼(鳴鐸以聲自毀)

풍경(風磬)이 스스로 울다가 마멸되듯, 화(禍)를 자초함을 비유한 말.
「文子」,
鳴鐸以聲自毀 膏燭以明自消

명학재음기자화지(鳴鶴在陰其子和之)

어미 학이 울면 새끼 학도 화(和)하여 운다는 뜻으로, 덕(德)이 있는 자는 자기가 나타내려 하지 않아도 저절로 세상에 알려짐을 비유한 말.
「易經 中孚卦」,
九二 鳴鶴在陰其子和之 我有好爵 吾與爾靡之

모거(毛擧)

터럭만한 작은 죄까지 들추어냄을 비유한 말.
「漢書 刑法」,
徒鉤摭微細 毛擧數事

모골송연(毛骨竦然)

무슨 일을 보거나 당했을 때 너무 끔찍스러워 몸이 오싹해짐을 이르는 말.

모막난우고밀(謀莫難于固密)

모사(謀事)는 누설되기 쉽고 비밀은 지키기 어렵다는 말.
「鬼谷子」,
謀莫難于固密 說莫難于悉聽 事莫難必成

모몰염치(冒沒廉恥)

염치없는 줄 알면서도 이를 무릅쓰고 함, 또는 그런 일.

모리배(謀利輩)

모리(謀利)를 일삼는 무리를 이름.

모사재인　성사재천(謀事在人　成事在天)

되든 안 되든 간에 일은 인간이 힘써 꾀하되 그 성사 여부는 하늘에 달렸음을 이르는 말.

모산지배(謀算之輩)

꾀를 부리어 이해타산을 일삼는 무리를 이르는 말.

모색창연(暮色蒼然)

해질 무렵의 저녁 빛이 매우 어스레함을 이름.
「柳宗元의 始得西山宴游記」,
蒼然暮色自遠而至

모선사즉창(謀先事則昌)

일을 추진하기 전에 계획을 세우면 실패 없이 성취한다는 말.
「說苑」,
謀先事則昌 事先謀則亡

모설자사무공(謀泄者事無功)

모사(謀事)가 누설되면 일이 실패로 돌아간다는 말.

「戰國策」,
蘇秦曰 謀泄者事無功 計不決者名不成

모수자천(毛遂自薦)

춘추전국시대 때 趙나라 사람 모수(毛遂)의 고사로, 자기가 지기 자신을 천거함을 이르는 말.
⇒낭중지추(囊中之椎)의 고사 참조.

모순(矛盾)

말의 앞뒤가 맞지 않음을 이르는 말. 모순당착(矛盾撞着), 모순지설(矛楯之說), 자가당착(自家撞着) 또는 자상모순(自相矛盾)이라고도 함.
「韓非子 難篇」,
楚人有鬻盾與矛者 之譽曰 吾盾之堅 莫能陷也 又譽其矛曰 吾矛之利於物無不陷也 或曰 以子之矛陷子之盾 何如 其人弗能應也 夫不可陷之盾與無不陷之矛 不可同世而並立
楚나라에 방패와 창을 파는 자가 자기의 방패를 자랑하며 가로되, "내 방패는 아무리 날카로운 창으로 찔러도 끄떡하지 않습니다." 그리고 자기의 창을 자랑하며 또 가로되, "내 창은 기막히게 날카로워 뚫지 못하는 방패가 없소." 그것을 가만히 듣고 있던 자가 가로되, "그러면 당신의 그 창으로 그 방패를 찔러 보시오." 그 자가 아무 대답도 못했다. 무릇 뚫리지 않는 방패와 뚫지 못할 것이 없는 창은 함께 존재할 수가 없는 법이니라.

모순당착(矛盾撞着)

⇒모순(矛盾) 참조.

모순지설(矛楯之說)

⇒모순(矛盾) 참조.

모야무지(暮夜無知)

이슥한 밤중이라서 보고 듣는 사람이 없다는 뜻.

모우미성(毛羽未成)

새의 깃이 덜 자라서 아직 날지 못한다는 뜻으로, 사람이 아직 어림을 가리키는 말.

모우전구(冒雨翦韭)

비가 오는데도 불구하고 부추를 뜯어다가 손님을 대접했다는 뜻으로, 두터운 우정을 이르는 말.
「郭林宗別傳」,
林宗有友人 夜冒雨至 翦韭作炊餅食之

모운낙일(暮雲落日)

저녁 구름에 지는 해란 뜻으로, 나라가 쇠퇴하였음을 슬퍼하는 정.

모운춘수(暮雲春樹)

멀리 떨어져 있는 친구를 그리워하는 마음이 간절함. 위수강운(渭樹江雲)이라고도 함.

모의봉격(毛義奉檄)

모의(毛義)라는 사람은 집이 가난하고 노모(老母)가 있었는데, 그를 임관(任官)한다는 부(府)의 소장(召狀)을 받고 노모를 위하여 본래 뜻에 없던 벼슬에 오르게 되었는데, 마침 그의 지조를 사모하여 와 있던 장봉(張奉)이 그를 보고 지조 없는 사람으로 오해를 받은 고사.
「後漢書 趙淳于江劉周趙傳序」,
中興 廬江毛義 少節家貧 以孝行稱 南陽張奉慕其名 往候之 坐定而府 檄適至 以義守令 義奉檄而入 喜動顔色 奉心賤之 固辭而去 及義母死 去官行

服 後擧賢良 公車徵 遂下至 張奉歎曰
賢者固不可測 往日之喜 酒爲親屈也

모자부전(茅茨不剪)

지붕을 띠로 이은 대로 가지런히 자르지 않고 둔다는 뜻으로, 곧 소박한 생활을 일컬음. 모자부전(茆茨不剪)이라고도 함.
「韓非子 五蠹」,

모정이후전(謀定而後戰)

전략을 세운 후에 전투를 한다는 말.
「唐書 李光弼傳」,
光弼用兵 謀定而後戰 能以小覆衆

목경(目耕)

독서(讀書)를 이르는 말.
「世說」,
王韶之家 貧而好學 嘗三日絶糧 執卷不輟 家人謂之 困窮如此 何不耕 王徐答曰 我常目耕耳

목광여거(目光如炬)

눈빛이 횃불과 같다는 뜻으로, 사람을 노려보는 노기띤 눈을 이르는 말.
「南史 檀道濟傳」,
道濟見牧 憤怒氣盛 目光如炬

목낭청조(睦郎廳調)

분명하지 않은 태도. 어물어물하면서 얼버무리는 말씨를 이르는 말.

목내이(木乃伊)

미이라를 이르는 말.

목노(木奴)

귤의 별칭.
「本草」,
柑一名木奴 又曰橘奴

목눌(木訥)

질박(質樸)하고 지둔(至鈍)하여 꾸밈이 없다는 말.
⇒강의목눌(剛毅木訥)의 고사 참조.

목능견백보지외이불능자견기첩(目能見百步之外而不能自見其睫)

눈은 백 보 밖을 볼 수 있으나 자기의 눈썹은 보지 못한다는 뜻으로, 곧 자기의 허물을 모른다는 뜻.
「韓非子 喩老」,

목단어자견(目短於自見)

눈은 물건을 잘 보지만 눈 속은 보지 못한다는 말로, 사람이 자기 자신을 모름을 비유한 말.
「韓非子 觀行」,
目短於自見 故以鏡觀面 智短於自知 故以道正己

목모(木母)

매화(梅花)의 별칭.
「夷堅志」,
木公松也 木母梅也

목무전우(目無全牛)

어떤 기예(技藝)가 인신(人神)의 경지에 이른 것을 형용하는 말.
「莊子 養生主」,
庖丁爲文惠君解牛 手之所觸 肩之所倚 足之所履 膝之所踦 砉然嚮然 秦刀騞然 莫不中音 合於桑林之舞 乃中經首之會 文惠君曰 譆 善哉 技蓋至此乎 庖丁釋刀對曰 臣之所好者 道也 進乎技矣 始臣之解牛之時 所見無非牛者 三年之後 未嘗見全牛也 方今之時 臣以神遇 而不以目視 官知止而神欲行 依乎天理 批大郤 導大窾 ……
한 백정이 문혜왕(文惠王)을 위하여

소를 잡은 일이 있었다. 그의 손이
닿는 곳이나 어깨를 기대는 곳이나
발로 밟는 곳이나 무릎으로 누르는
곳은 푸덕푸덕 살과 뼈가 떨어졌다.
칼이 지나갈 때마다 설정설정 소리가
나는데 모두가 음률에 들어맞았다.
그의 동작은 상림(桑林)의 춤과 같았
으며, 그 절도는 경수(經首)의 절주
(節奏)와 들어맞았다. 문혜왕이, "아
아, 훌륭하다. 재주가 이런 지경에
이를 수가 있는가?"라고 감탄했다.
백정이 칼을 놓고 대답하기를, "제가
좋아하는 것은 도(道)로서 재주보다
앞서는 것입니다. 처음 제가 소를 잡
았을 적에는 보이는 게 모두가 소였
습니다. 그러나 3년 뒤에는 완전한
소가 보이는 일이 없어졌습니다. 지
금에 이르러서는 정신으로서 소를 대
하지 눈으로는 보지 않습니다. 감각
의 작용은 멈춰 버리고 정신을 따라
움직이는 것입니다. 천연의 조리를
따라서 큰 틈을 쪼개고 큰 구멍을 따
라 칼을 찌릅니다.……"

목민지관(牧民之官)

　백성을 다스리는 벼슬아치, 즉 원이
나 수령을 이르는 말.

목본수원(木本水源)

　양친(兩親)은 나무의 근본이며 물의
근원과 같다는 뜻으로, 자식되는 사
람은 자신의 근본을 잊지 말아야 한
다는 말.
「左傳 昭公 九年」,
主使詹桓之有本原 民人之有謀主也

목불규원(目不窺園)

　강학(講學)에 열중하여 자기 집조차
돌보지 않는다는 뜻으로, 학문(學問)에

강론(講論)에 열심인 것을 비유하여
이르는 말.
「漢書 董仲舒傳」,

목불식정(目不識丁)

　낫 놓고 기역자도 모른다는 뜻으로,
일자무식(一字無識)을 이르는 말. 유
사한 말로 어로불변(魚魯不辨)이 있음.

목불인견(目不忍見)

　차마 눈뜨고 볼 수 없음. 또는, 그
러한 참상(慘狀)을 이르는 말.

목사(目使)

　눈짓으로 사람을 부린다는 말.
「唐書」,
目使頤令 自視王侯

목사기사(目使氣使)

　입으로 지시하지 않고 눈의 표정이
나 낯빛으로 부하를 부린다는 뜻으
로, 권세를 떨치는 모양을 이름.
「漢書」,

목석간장(木石肝腸)

　나무나 돌과 같이 아무런 감정도 없
는 마음.

목석난부(木石難傅・附)

　⇒목석불부(木石不傅) 참조.

목석불부(木石不傅・附)

　나무에도 돌에도 붙일 데가 없다는
뜻으로, 가난하고 외로와 의지할 곳
이 없는 처지를 비유하는 말. 목석난
부(木石難傅)라고도 함.

목성(目成)

　눈짓으로 의사를 통함을 이름.
「楚辭 少司命」,
滿堂兮美人 忽獨與余兮目成

목식이시(目食耳視)

눈으로 먹고 귀로 보려는 것이 타당한 일이 아닌 것처럼, 외관 때문에 의식 본래의 목적을 잊고 사치에 흐름을 일컫는 말.

「司馬溫公 迂書」,

衣冠所以爲容貌也 稱體斯美矣〈中略〉以爲盤案之玩 豈非以目食者邪 嗚呼衣食之奢日甚一日 不以耳視 而以目食者鮮矣

목실경무이정수미(目失鏡無以正鬚眉)

눈이 있어도 거울이 없으면 자기 얼굴을 보지 못한다는 말.

「韓非子 觀行」,

目失鏡則無以正鬚眉 身失道則無以知迷惑

목실번자피기지(木實繁者披其枝)

나무의 열매가 번성하면 나뭇가지가 꺾어진다는 뜻으로, 신하가 강하면 군주가 위태로움을 비유한 말.

「史記 范雎傳」,

木實繁者披其枝 披其枝者傷其心

목왕지절(木旺之節)

오행(五行)의 목기(木氣)가 성한 때라는 뜻으로, '봄철'을 달리 이르는 말.

목여청풍(穆如淸風)

마음과 용모가 유화(柔和)한 모양을 이르는 말.

「詩經 大雅 烝民」,

吉甫作誦 穆如淸風

목욕재계(沐浴齋戒)

제사를 지내거나 신성한 일 따위를 할 때, 목욕하여 몸을 깨끗이 하고, 부정(不淨)을 피하여 마음을 가다듬는 일. 재계목욕(齋戒沐浴)이라고도 함.

목우인의(木偶人衣)

우상에게 비단옷을 입힌 것처럼 아무 소용이 없음을 비유한 말.

「史記 任安傳」,

趙禹曰 吾聞之將門之下必有將類 傳曰 不知其君視其所使 不知其子 視其所友 今有詔擧將軍金人者 欲以觀將軍而能得賢者文武之士也 今徒取富人子上之 又無智略 如木偶人衣之綺繡耳 將奈之何

목우즐풍(沐雨櫛風)

⇒즐풍목우(櫛風沐雨) 참조.

목유이염(目濡耳染)

눈에 물들고 귀에 물든다는 뜻으로, 곧 사물을 점점 이해하는 것을 이르는 말.

목인석심(木人石心)

나무 몸에 돌 마음이란 뜻으로, 감정이 전연 없는 사람.

「晉書 夏統傳」,

太尉賈充 用官職及女色誘致夏統 統如危坐故 若無聞 充各各散曰 此吳兒木人石心乎

목전지계(目前之計)

눈앞의 이익을 생각하는 일시적인 꾀. 얕은 꾀.

목제진열(目眥盡裂)

눈을 부릅뜨고 흘겨본다는 말.

「史記 項羽紀」,

頭髮上指 目眥盡裂

목지기사(目指氣使)

눈짓으로 지시하고 기색(氣色)으로 사람을 부림. 곧 사람을 경멸하며 부린다는 말.
「漢書 貢禹傳」,
家富勢足 目指氣使

목피삼촌(木皮三寸)

나무 껍질이 세 치라는 말로, 두께
가 몹시 두꺼움을 뜻하는 말.
「尺子」,
朔方寒冰厚六尺 而木皮三寸 因地寒
然

목후이관(沐猴而冠)

원숭이가 사람의 관을 썼다는 뜻으로,
옷은 훌륭하나 마음은 사람답지 못하
여 조급하고 사나움을 가리키는 말.
「史記 項羽本紀」,
項羽西屠咸陽 人或說項王曰 〈중략〉
如衣繡夜行 誰知之者 說者曰 人言 楚
人沐猴而冠耳 果然 項王聞之烹說者
* 초(楚)나라 항우(項羽)가 진(秦)나라
서울을 불태워 버리고 유방(劉邦)을 추
방하여 부귀를 누리게 된 자기는 고향에
금의환향(錦衣還鄉)해야 된다고 말했을
때, 한생(韓生)이 도시 그런 의관을 할
사람됨이 못 된다고 비꼬았다는 고사.
* 목후(沐猴) - 원숭이.

몰두몰미(沒頭沒尾)

밑도 끝도 없다는 뜻. 무두무미(無頭
無尾)라고도 함.

몰자비(沒字碑)

글씨가 없는 비석이라는 말로, 곧 글
을 모르는 사람, 눈뜬장님의 뜻임.
「五代史任圜傳」,
叔于狀貌堂堂 而不通文字 所爲鄙陋
時人謂之沒字碑

몽망착어(蒙網捉魚)

그물 쓰고 고기 잡기란 뜻으로, 우

연히 운이 좋았음을 비유하는 말.
「旬五志」,

몽매간(夢寐間)

⇒몽매지간(夢寐之間) 참조.

몽매난망(夢寐難忘)

몹시 그리워 꿈에도 잊을 수 없다는
말.

몽매지간(夢寐之間)

꿈을 꾸는 동안, 또는 잠을 자는 동
안을 이르는 말. 몽매간(夢寐間)이라
고도 함.

몽위호접(夢爲胡蝶)

⇒장주지몽(莊周之夢) 참조.

몽유미지(蒙幼未知)

세상 물정을 모르는 철이 없는 어린
나이를 이르는 말.

몽음주자단곡읍(夢飮酒者旦哭泣)

인간 세상의 근심과 즐거움은 모두
가 꿈이라는 말. 몽지중우점기몽(夢之
中又占其夢)이라고도 함.
「莊子 齊物論」,
夢飮酒者 旦而哭泣 夢哭泣者 旦而田
獵 方其夢也 不知其夢也 夢之中又占
其夢焉 覺而後知其夢也

몽중상심(夢中相尋)

몹시 그리워 꿈속에서까지 찾는다는
말로, 매우 친밀함을 이르는 말.
「書言故事」,
六國張敏與高惠爲友　每相思不能得
便於夢中往尋 但行至半路 卽迷不知路

몽중설몽(夢中說夢)

⇒치인설몽(癡人說夢) 참조.

몽지중우점기몽(夢之中又占其夢)

⇒몽음주자단곡읍(夢飮酒者旦哭泣) 참

조.

몽환포영(夢幻泡影)

꿈과 허깨비와 물거품과 그림자는 잡을 길이 없다는 말로, 덧없음을 비유하는 말.

「金剛經」,

一切有爲法如 夢幻泡影 如露亦如電 應作如是觀

묘기백출(妙技百出)

절묘한 재주나 기술이 연이어 많이 나옴. 묘기속출(妙技續出)이라고도 함.

묘기속출(妙技續出)

⇒묘기백출(妙技百出) 참조.

묘두현령(猫頭懸鈴)

⇒묘항현령(猫項懸鈴) 참조.

묘목이공(墓木已拱)

무덤에 심은 나무가 컸다는 뜻으로, 사람이 죽어서 이미 오랜 세월이 흘렀음을 비유하는 말.

「左傳 僖公 三十二」,

公使謂之曰 爾何知 中壽 爾墓之木拱矣

진나라 목공이 사람으로 하여금 건숙에게 말하게 하기를, "네놈이 무엇을 안다고 하느냐? 만일 네놈이 중년까지 살다가 죽는다면 네 무덤에서 자란 나무가 한 아름은 될 것이다."라고 했다.

묘사첨족(描蛇添足)

⇒화사첨족(畵蛇添足) 참조.

묘서동면(猫鼠同眠)

상하(上下)가 부정하게 결탁하여 나쁜 짓을 함을 비유하는 말.

묘소장부(眇小丈夫)

키가 작은 남자를 이르는 말.

「史記 孟嘗君傳」,

趙人聞孟嘗君賢 出觀之 皆笑曰 始以薛公爲魁然也 今視之乃眇小丈夫耳

묘시파리(眇視跛履)

애꾸눈으로 환히 보려 하고 절름발이가 먼길을 가려 한다는 뜻으로, 분에 넘치는 일을 하려고 하면 오히려 화(禍)를 자초하게 됨을 이르는 말.

「易經 履卦」,

大三眇能視 跛能履 履虎尾咥人 凶

묘자부전(茆茨不剪)

⇒모자부전(茅茨不剪) 참조.

묘항현령(猫項懸鈴)

고양이 목에 방울 달기란 뜻으로, 실행할 수 없는 헛공론만 하거나 또는 실행하기 어려운 일은 애당초 계획하지도 말라는 뜻, 또는 그런 일을 비유하는 말. 묘두현령(猫頭懸鈴)이라고도 함. 유사한 말로 탁상공론(卓上空論)이 있음.

「旬五志」,

群鼠聚謀曰 猫之害 何以防之 一鼠曰 懸鈴於猫項則 可知其來 群鼠曰 誠然矣 一鼠曰 善則善矣 但就懸鈴於猫項 以喩難事之 不可圖者

어느 날 쥐들이 모여서 상의하여 가로되, "우리가 고양이의 피해를 막으려면 어떻게 하면 좋겠는가?" 그 때 쥐 한 마리가 나서며 가로되, "고양이 목에 방울을 하나 달아 놓으면 그놈이 오는 것을 알 수 있을 게 아니오?" 그러자 쥐들이 일제히 이르되, "그것 참 좋은 의견이다."하고 그렇게 하기로 찬성하였다. 그러나 다른 쥐 한 마리가 가로되, "그 의견이 무척 좋기는 하지만 그 방울을 누가 달아 놓을 수 있겠는가?"라고 하였다.

묘호류견(描虎類犬)

호랑이를 그리려다 실패하여 개를 그렸다는 말이니, 곧 높은 뜻을 갖고 어떤 일을 성취하려다가 중도에 그쳐 다른 사람의 조소를 받음을 비유하는 말.

「後漢書 馬援傳」,

伯高得效猶謹直之士　所謂刻鵠而成 尙類鶩 季良得效 陷天下爲輕薄子 所謂描虎而成 反類狗也

무가내하(無可奈何)

처치할 수단이 없음. 어찌 할 수 없게 됨. 막가내하(莫可奈何)라고도 함.

무가대보(無價大寶)

⇒무가지보(無價之寶) 참조.

무가보(無價寶)

⇒무가지보(無價之寶) 참조.

무가지보(無價之寶)

값을 칠 수 없을 만큼 아주 귀중한 보배. 무가대보(無價大寶) 또는 무가보(無價寶)라고도 함.

무간나락(無間奈落)

⇒무간지옥(無間地獄) 참조.

무간지옥(無間地獄)

범명(梵名)은 아비(阿鼻), 무간무구(無間無救)라고 번역됨. 염부제하 이백유순(閻浮提下二百由旬)에 있는 극고(極苦)의 곳으로서, 고통이 그칠 사이가 없다는 뜻, 또는 그런 곳을 의미함. 극열지옥(極熱地獄), 무간나락(無間奈落) 또는 아비지옥(阿鼻地獄)이라고도 함.

「飜譯名義集」,

阿鼻此云无間 觀佛三昧經云 我言无 鼻言救 成論明五无間 一趣果无間 捨身生報 故二受苦无間 中无樂故 三時无間 定一劫故 四命无間中不絶故 五形无間 如阿鼻相 縱廣八萬由旬 一人多人 皆偏滿故

무거불측(無據不測)

①성질이 아주 흉측함. ②근거가 없어 헤아리기가 어려움.

무계지언(無稽之言)

전혀 근거 없는 망설(妄說) 또는 생각지 않고 함부로 하는 말을 의미함.

「書經 大禹謨篇」,

帝曰 來 禹 洚水儆予 成允成功 惟汝賢 克勤于邦 克儉于家 不自滿假 惟汝賢 汝惟不矜 天下莫與汝爭能 汝惟不伐 天下莫與汝爭功 予懋乃德 嘉乃丕績 天地曆數在汝躬 汝終陟元后 人心惟危 道心惟微 惟精惟一 允執厥中 無稽之言勿聽 弗詢之謀勿庸 可愛非君 可畏非民 衆非元后何戴 后非衆 罔與守邦 欽哉 愼乃有位 敬修其可願 四海困窮 天祿永終 惟口出好興戎 朕言不再

帝께서 이르시되, "禹야, 이리 오너라. 洚水가 나를 경계하지만 미쁨과 공을 이루는 것이 너의 어짊 때문이며, 능히 나라에 부지런하며 집에 검소하여 스스로 가득하며 큰 체 아니하는 것이 오직 너의 어짊이니라. 네가 자랑하지 아니하나 천하가 너와 더불어 능함을 다투지 못하고 功을 다투지 못하나니, 내 너의 德을 크게 여기며 너의 큰 功을 아름답게 여기나니, 하늘의 曆數가 네 몸에 있는지

라. 네 마침 元后에 오르리라. 인심은 위태하고(私를 아끼는 마음 때문에), 道心은 적으니, 精하며 一하여야 진실로 그 中을 잡으리라. 無稽한 말씀을 듣지 말며, 묻지 아니한 꾀를 쓰지 말라. 가히 사랑할 이는 임금이 아니고, 가히 두려운 이는 백성이 아닌가! 民衆은 元后가 아니면 어디를 이며, 임금은 民衆이 아니면 더불어 나라를 지키지 못하리니, 공경하여 네가 처한 자리를 삼가, 가히 所願하는 바를 공경하여 닦아라. 四海가 困窮하면 하늘의 祿이 길이 마치리라. 입은 착함을 내기도 하며 군사를 일으키기도 하나니, 나는 두 번 말하지 않으리라."

* 舜 임금이 禹를 불러 가르친 말로, 나라를 생각하는 思慮와 배경을 보살피는 정성이 잘 나타나 있음.

무계지언물청(無稽之言勿聽)

함부로 하는 이야기는 들을 필요가 없다는 말.
⇒무계지언(無稽之言)의 고사(故事) 참조.

무고부진(無故不進)

아무 까닭 없이 나오지 않음.

무고작산(無故作散)

아무 까닭 없이 벼슬을 빼앗아 버림.

무고지민(無故之民)

①늙어서 아내 혹은 남편이 없고 어려서 부모가 없는 사람. ②호소할 곳이 없는 사람.

무골호인(無骨好人)

아주 순하여 남의 비위에 두루 맞는 사람을 이르는 말.

무과난문(無過亂門)

집안이 화목하지 못한 집에는 반드시 화(禍)를 입게 되니 출입하지 말라는 말.

무괴어심(無愧於心)

언행이 발라서 마음에 조금도 부끄러울 것이 없음을 이르는 말.
「皇極經世」,
無愧於口 不若無愧於身 無愧於身 不若無愧於心

무구인지(無求人知)

스스로 정의를 행하고 대도(大道)를 행함은 자신을 위한 것이니 다른 사람이 알아주기를 바라지 말라는 말.

무궁무진(無窮無盡)

끝과 다함이 없음. 무진무궁(無盡無窮)이라고도 함.

무궁지규(無窮之規)

영구히 전할 규칙을 이르는 말.
「漢書 蕭望趾傳」,
先帝聖德 賢良在位 作憲垂法爲 無窮之規

무극대도(無極大道)

천도교에서, 우주의 본체인 '무극(無極)의 영능(靈能)'을 이르는 말.

무근지설(無根之說)

⇒도청도설(道聽塗說) 참조.

무념무상(無念無想)

⇒무상무념(無想無念) 참조.

무념무생(無念無生)

아무런 사념(思念)도 없고 생명에 대한 애착도 없이 일심(一心)이 되는 것.

「白居易의 詩」,
北關停朝簿　西方入社名　唯名吟一句
揭無念無生

무도막심(無道莫甚)

더할 수 없이 무도함. 무도하기 이
를 데 없음.

무도인단 무설기장(無道人短無說己長)

남의 단점을 말하지도 말고 자기의
장점을 말하지도 말라는 뜻.
「崔瑗의 座右銘」,
無道人短　無說己長　施人愼勿念　受施
愼勿忘

무두무미(無頭無尾)

⇒몰두몰미(沒頭沒尾) 참조.

무등호인(無等好人)

더할 나위 없이 마음 좋은 사람을
이르는 말.

무량무변(無量無邊)

무한하게 광대함을 이르는 말.
「法華經」,
起塔寺及造僧坊　他經等　或云　供養衆
僧其德最勝　貿量無邊

무뢰도배(無賴徒輩)

일정 직업 없이 놀아나는 불량한 무
리.

무릉도원(武陵桃源)

속세(俗世)와 완전히 동떨어진 별천
지(別天地), 곧 이상향(理想鄕)을 이
르는 말.
「陶潛의 桃花源記」,
晉太元中武陵人　捕魚鳥爲業緣溪行
忘路之遠近　忽逢桃花林夾岸　數百步中
無雜樹　芳草鮮美　落萬英繽紛　漁人甚
異之　復前行欲窮其林　林盡水源便得一

山　山有小口　髣髴若有光　便捨船從口
入　初極狹　纔通人　復行數十步　豁然開
朗　土地平曠　屋舍儼然　有良田美池桑
竹之屬　阡陌交通　雞犬相聞　其中往來
種作　男女衣著　悉如外人　黃髮垂髫　並
怡然自樂　見漁人乃大驚　問所從來　具
答之　便要還家　爲設酒　殺雞作食　村中
聞有此人　咸來問訊　自云先世避大亂
率妻子邑人　來此絶境　不復出焉　遂與
外人間隔　問今是何世　乃不知有漢　無
論魏晉　此人一爲其言　所聞皆歎惋　餘
人各復延至其家　皆出酒食　停數日辭去
此中人語云　不足爲外人道也　旣出得其
船　便扶據向路　處處誌之　及郡下詣太
守　說如此　太守卽遣人隨其往　尋向所
誌　遂迷不復得路　南陽劉子驥　高尙士
也　聞之　欣然親往　未果尋病終

晉나라 太元(孝武帝) 때 武陵 사람
으로 고기잡이를 業으로 삼고 있는
사람이 있었다. 하루는 물길을 따라
갔다가 얼마나 멀리 왔는지도 모를
무렵, 홀연히 복숭아꽃 숲이 눈앞에
나타났다. 양쪽 강을 끼고 수백 보의
거리에 온통 복숭아나무뿐이며, 다른
잡목은 하나도 없었다. 또한 향기로
운 풀들이 싱싱하고 아름답게 자랐
고, 복숭아 꽃잎이 펄펄 바람에 날려
떨어지고 있었다. 어부는 이상히 여
기고 계속 앞으로 나가 그 복숭아 숲
끝에 무엇이 있는지 알고자 했다. 숲
은 강 상류에서 끝났고, 그곳에 산이
있었으며, 산에는 작은 동굴이 있고
그 속으로 희미하게 빛이 보였다. 어
부는 즉시 배에서 내려 동굴 속으로
따라 들어갔다. 동굴은 처음에는 몹
시 좁아 간신히 사람이 통과할 수 있
었으나, 수십 보를 더 나가자 갑자기

탁 트이고 넓어졌다. 토지가 평평하니 넓고, 집들이 정연하게 섰으며, 기름진 논밭과 아름다운 연못, 뽕나무와 대나무 숲이 우거져 있었다. 사방으로 길이 트였고 닭과 개 우는 소리가 들려 왔다. 이 마을에서 왔다 갔다 하며 농사를 짓는 남녀의 옷차림은 다른 고장 사람들과 똑같았으며, 노인이나 어린아이나 다들 즐거운 듯 안락하게 보였다. 어부를 보자 크게 놀라며 어디서 왔느냐고 물었다. 어부가 자세히 대답하자, 그들은 집으로 데리고 가서 술을 내고 닭을 잡아서 대접을 했다. 마을 사람들도 어부가 왔다는 말을 듣고 모두 와서 저마다 물었다. 집주인이 말했다. "우리 선조가 진나라 때 난을 피해 처자와 마을 사람들을 이끌고 이 절경으로 와 다시 나가지 않았으므로 결국 바깥 세상 사람들과 단절됐습니다." 그리고 지금이 어느 때냐고 묻는 것을 보니 그가 漢나라가 있었다는 것은 물론 그 뒤로 魏나라, 晉나라가 있었다는 사실도 모른다고 하겠다. 어부가 지난 역사를 하나하나 자세히 이야기해 주자 모두들 놀라며 감탄했다. 다른 사람들도 저마다 어부를 자기 집으로 초대해 가서 술과 밥을 대접했다. 어부는 며칠을 묵은 후 작별하고 떠났다. 그 마을 사람들이 말했다. "바깥 세상 사람들에게 말하지 마십시오." 어부는 마을을 벗어 나와 배를 얻어 타고 돌아오는 길에 여러 군데에 표식을 해 두었다. 읍에 이르자 태수를 찾아 그대로 보고를 했다. 태수는 즉시 사람을 파견하여 어부가 표식을 한 곳을 찾아가게 했으나, 결국 길을 잃고 도화원으로 통하는 길을 찾지 못했다. 南陽의 유자기는 고결한 隱士였다. 그 소리를 듣고 기꺼이 몸소 나섰다. 그러나 목적을 달성하지 못하고 병들어 죽었다. 그 후로는 뱃길을 찾는 사람이 다시 없었다.

* 武陵 - 洞庭湖 서쪽에 있으며, 오늘날 그곳에 桃源縣이 있다.
* 無爲自然의 소박한 생활 속에서 인위적인 정치의 구속이나 인간 역사의 변천도 느끼지 못하는 꿈같은 마을을 桃花源 또는 武陵桃源이라 이름짓게 되었다.

무리난제(無理難題)

도리에 맞지 않는 트집. 풀 수 없는 문제나, 도저히 승복할 수 없는 조건을 이르는 말.
「顏氏家訓」,

무망지복(無妄之福)

바라지 않던 복 또는 우연한 복을 이르는 말.
「戰國楚策」,

有無妄之福 又有無妄之禍 今君處無妄之世 以事無妄之主 安不有無妄之人乎

무망지세(無妄之世)

반드시 이로운 세상.
⇒무망지복(無妄之福)의 고사 참조.

무망지인(無妄之人)

반드시 나를 도와줄 사람.
⇒무망지복(無妄之福)의 고사 참조.

무망지재(無妄之災)

의외에 일어난 일. 무망지재(无妄之災) 또는 무망지화(無妄之禍)라고도

함.
⇒무망지복(無妄之福)의 고사 참조.

무망지주(無妄之主)
반드시 총행(寵幸)을 받을 군주(君主).

무망지화(貿妄之禍)
⇒무망지재(无妄之災) 참조.

무면도강동(無面渡江東)
보잘 것 없이 되어 고향에 돌아갈 낯이 없음.
* 초(楚)나라 항우(項羽)가 싸움에 패하고 고향에 이르는 오강(烏江)에서 뱃사공에게 한 말.

무명소졸(無名小卒)
이름이 알려지지 않은 하찮은 인간.

무명지인(無名之人)
이름이 세상에 널리 알려지지 아니한 사람을 이르는 말.

무문곡필(舞文曲筆)
붓을 함부로 놀려 왜곡된 문사(文辭)를 씀을 이르는 말.

무문농필(舞文弄筆)
①문부(文簿)를 함부로 고치거나 또는 법규의 적용을 농락하는 것. ②붓을 함부로 놀리어 문사(文辭)를 희롱하는 것. 또는 그 문사(文辭).

무물부존(無物不存)
없는 것이 없다는 뜻.

무물불성(無物不成)
돈이 없이는 일을 이루지 못한다는 뜻.

무미건조(無味乾燥)
맛도 없고 메마르다는 뜻으로, 글이

나 그림 또는 분위기가 깔깔하거나 딱딱하여 운치나 재미가 없음. 건조무미(乾燥無味)라고도 함.

무미불촉(無微不燭)
샅샅이 다 살핌을 이르는 말.

무미불측(無微不測)
샅샅이 다 안다는 뜻.

무방지민(無方之民)
도를 행할 줄 모르는 백성을 이르는 말.
「史記 禮書」,
謂之無方之民

무법지법(無法之法)
인위적으로 만든 것이 아닌 자연스런 법.
「傳燈綠 世尊付法偈」,
法本法無法 無法法亦法 今付無法時法法何曾法

무법천지(無法天地)
①법이 없는 세상. 또는 ②무질서한 짓을 이르는 말.

무변대해(無邊大海)
끝없이 넓은 바다를 이르는 말.

무변불모(無邊不毛)
식물이 자라지 않는 끝없이 넓은 지대를 이르는 말.

무병식재(無病息災)
앓지도 않고 건강함을 이르는 말.
「漢書 王嘉傳」,

무병자구(無病自灸)
질병이 없으면 뜸뜰 필요가 없는데 뜸을 뜬다는 말이니, 쓸데없는 고생을 함을 이른다.
「莊子 盜跖篇」,

孔子仰天而歎曰 然 柳下季曰 跖得無
逆汝意若前乎 孔子曰 然 丘所謂無病
而自炙也

무병장수(無病長壽)

병 없이 오래 삶을 이르는 말.

무본대상(無本大商)

밑천 없이 하는 큰 장사라는 뜻으
로, 곧 '도둑'을 비꼬아 이르는 말.

무부무군(無父無君)

덜된 사람이 어버이와 임금을 알지
못함을 이르는 말.

무부여망(無復餘望)

다시 더 바랄 것이 없다는 뜻.

무부여지(無復餘地)

다시 더할 여지가 없음을 이르는
말.

무불간섭(無不干涉)

두루 간섭하지 않는 것이 없음을 이
르는 말.

무불운위(無不云謂)

이르지 않음이 없음, 즉 모두 말했
다는 말.

무불통지(無不通知)

두루 통하여 모르는 것이 없음을 이
르는 말.

무사가답(無辭可答)

사리가 정당한 데는 답변할 말이 없
음.

무사귀신(無祀鬼神)

자손이 모두 죽어서 제사를 지내 줄
사람이 없게 된 귀신.

무사독학(無師獨學)

스승이 없이 혼자서 학문을 익힘.

무사득방(無事得謗)

까닭 없이 남에게 나무람을 받음.

무사무려(無思無慮)

아무 생각과 근심이 없음.

무사무편(無私無偏)

사람을 접함에 있어 사심 없이 공평
하게 치우치지 않는 것.

「文中子」,

方玄齡 問事君之道 子曰 無私 問使
人之道 曰無偏

무사분주(無事奔走)

하는 일없이 공연히 바쁨을 이름.

무사불참(無事不參)

참견하지 않는 일이 없음을 이름.

무사식재(無事息災)

사고나 병 따위 걱정거리가 없이 평
온하게 지냄.

무사자통(無師自通)

스승 없이 스스로 통하여 깨달음을
이름.

무사태평(無事泰平)

①아무 일 없이 무탈하고 편안함.
②어떤 일에도 개의치 않고 태연함.

무산선녀(巫山仙女)

얼굴이 매우 아름답다는 중국의 전
설상의 선녀.

무산지몽(巫山之夢)

무산(巫山)에서 꾼 꿈이란 고사(故
事)에서 나온 말로, 남녀의 밀회(密
會)나 정교(情交)를 이르는 말. 무산
지우(巫山之雨), 무산지운(巫山之雲) 또
는 조운모우(朝雲暮雨)라고도 함.

「宋玉의 高唐賦」,

昔者先王嘗游高唐 怠而晝寢 夢見一
婦人 曰 妾巫山之女也 爲高唐之客 聞
君游高唐 願薦枕席 王因行之 去而辭
曰 妾在巫山之陽 高丘之岨 旦爲朝雲
暮爲行雨 朝朝暮暮 陽臺之下 旦朝視
之如言 故爲立廟 號曰朝雲

옛날에 先王이 高唐에서 향연을 즐
기다가 피로해서 잠시 낮잠을 잤다.
꿈속에서 한 부인이 가로되, "저는
巫山에 사는 여자로 高唐에 당신이
계시다는 말을 듣고 왔으니, 함께 잠
자리를 하게 하여 주십시오." 왕과
그 여인이 同寢을 하고 난 후 사라지
며 가로되, "저는 巫山 남쪽 험준한
곳에 삽니다만, 아침에는 구름이 되
고 저녁에는 비가 되어 아침 저녁으
로 陽臺 기슭에 있습니다."라고 하는
소리에 꿈에서 깬 왕이 巫山 쪽을 바
라보니 선녀의 말대로 무산에는 아침
빛을 받은 구름이 두둥실 떠 있었다.
그러므로 王은 선녀를 생각하고 廟를
세워 그것을 朝雲廟라 했다.

무산지우(巫山之雨)

⇒무산지몽(巫山之夢) 참조.

무산지운(巫山之雲)

⇒무산지몽(巫山之夢) 참조.

무상고공(無常苦空)

인생이 무상하고 공허(空虛)함을 이
르는 말.
「三國遺事 卷五 布川山」,
寺僧出觀 五比丘爲說 無常苦空之理
蛻棄遺骸 放火光明 向西而去

무상무념(無想無念)

무아(無我)의 경지에 들어가 모든
생각을 벗어남. 즉 일체의 상념을 떠

난 상태를 이르는 말. 무념무상(無念
無想)이라고도 함.

무상왕래(無常往來)

아무 때나 거리낌없이 왕래함을 이
르는 말.

무상출입(無常出入)

아무 때나 거리낌없이 드나듦을 이
름.

무석치아여론(無惜齒牙餘論)

아낌없이 충분히 의논하라는 뜻.
「世說」,
語稚圭曰 是子聲名未立 應共獎成 無
惜齒牙餘論

무소가취(無所可取)

취할 만한 것이 없음을 이르는 말.

무소고기(無所顧忌)

⇒무소기탄(無所忌憚) 참조.

무소기탄(無所忌憚)

아무 거리낄 것이 없음을 이르는
말. 무소고기(無所顧忌)라고도 함.

무소도우천지지간(無所逃于天地之間)

천지 자연의 도리(道理)라 피할 수
없다는 말.
「莊子 人間世」,
子之愛親命也 臣之事君義也 無所逃
于天地之間

무소부재(無所不在)

신(神)의 품성으로서, 존재하지 않는
곳이 없음. 어디에나 다 있다는 뜻.

무소부지(無所不至)

이르지 않는 곳이 없다는 말.

무소부지(無所不知)

모르는 바가 없이 다 안다는 뜻.

무소불능(無所不能)
능하지 않은 것이 없음을 이름.

무소불위(無所不爲)
못 하는 일이 없이 다 잘 함을 이르는 말.

무소조수족(無所措手足)
두려워 몸둘 곳이 없음을 이름.
「論語 子路」,
刑罰不中 民無所措手足

무수지수(貿首之讐)
목을 바꾸어 벨 만한 원수(怨讐)란 뜻으로, 불공대천지수(不共戴天之讐)와 같은 의미의 말.
「戰國楚策」,
甘茂與樗里子貿首之讐也

무술지지(無術之智)
계략이 없는 지혜, 즉 쓸모 없는 지혜를 이름.
「呂覽 不仁」
無術之智 不敎之能

무시무종(無始無終)
①시초와 종말이 없음. ②불변의 진리. ③하느님의 소극적 성품의 하나.

무시이래(無始以來)
'먼 과거로부터--'의 뜻.

무식소치(無識所致)
'무식한 까닭'이라는 뜻.

무신무의(無信無義)
믿음성도 의리도 없음을 이르는 말.

무신불석사(武臣不惜死)
무인(武人)은 죽음을 두려워하지 않는다는 말.
「宋史 岳飛傳」,
或問岳飛 天下何時太平 飛答曰 文臣不愛錢 武將不惜死

무실무가(無室無家)
집도 절도 없음. 매우 구차함. 미실미가(靡室靡家)라고도 함.

무실역행(務實力行)
참되고 실속 있도록 힘써 실행함.

무심도인(無心道人)
도를 깊이 닦아 세속의 온갖 물욕과 번거로움을 벗어난 경지에 이른 사람.

무심출수(無心出岫)
심중(心中)에 품은 것도 없이 구름처럼 종일(縱逸)함을 이르는 말.
「陶潛의 歸去來辭」,
雲無心以出岫 鳥倦飛而知還

무아경(無我境)
정신이 한 곳에 통일되어 자신을 잊고 있는 경지. 무아지경(無我之境)이라고도 함.

무아도취(無我陶醉)
자기를 잊고 무엇에 흠뻑 취함을 이르는 말.

무아지경(無我之境)
⇒무아경(無我境) 참조.

무염녀(無鹽女)
추부(醜婦)를 일컫는 말.
「新序雜事篇」,
鍾離春者 齊婦人也 極醜無雙 號曰無鹽女

무염지욕(無厭之慾)
한없는 욕심을 이르는 말.

무예불치(無穢不治)

거칠어진 전원을 다스리지 않았다는 뜻으로, 사물이 정돈되지 않은 상태를 비유하여 이르는 말.

무용지물(無用之物)

아무짝에도 쓸모 없는 사물을 이르는 말.

무용지변(無用之辯)

필요 없는 말을 뜻함.

「荀子 天論篇」.

無用之辯 不急之察 棄而不治 若夫君臣之義 父子之親 夫婦之別 則日切磋而不舍也

무용지용(無用之用)

아무 쓸모 없이 보이는 것이 때로는 어느 것보다 더 유용하게 쓰인다는 뜻. ⇔유용지용(有用之用)

「莊子 人間世篇」.

孔子適楚 : 공자가 楚나라로 가는데

楚狂接輿遊其門曰 : 楚狂接輿가 客舍
　　문 앞을 지나며 다음과 같이
　　노래했다.

鳳兮鳳兮 何如德之衰也 : 봉새야, 봉
　　새야, 어찌하여 그대의 덕이
　　쇠하였나?

來世不可待 : 장래는 기대할 수 없고

往世不可追也 : 과거는 돌이킬 수 없
　　는 것

天下有道 聖人成焉 : 천하에 올바른
　　도가 있으면 성인은 교화를
　　이룩하고

天下無道 聖人生焉 : 천하에 올바른
　　도가 없으면 성인은 자기 삶
　　을 보전한다

方今之時 僅免刑焉 : 지금 시국에선
　　근근히 형벌 면하기도 바쁘다

福輕乎羽 莫之知載 : 福은 깃털보다

가벼운데 아무도 그것을 잡을
　　줄 모르고

禍重乎地 莫之知避 : 禍는 땅보다 무
　　거운데 아무도 그것을 피할
　　줄 모른다

已乎已乎 臨人以德 : 아서라, 아서
　　라, 德을 사람들에게 내세우
　　는 짓을

殆乎殆乎 畵地而趨 : 위태롭고 위태
　　롭도다, 땅을 가려가며 쫓아
　　다니는 짓이

迷陽迷陽 無傷吾行 : 밝음을 가리고
　　가리어서 나의 갈 길을 그르
　　치지 말아라

吾行卻曲 無傷吾足 : 발길을 삼가고
　　삼가서 나의 발을 다치지 않
　　게 하라

山木自寇也 膏火自煎也 : 산의 나무
　　는 스스로 베이도록 자라고
　　기름불은 스스로 타버린다

桂可食 故伐之 : 桂는 먹을 수 있기
　　때문에 사람들에게 잘리고

漆可用 故割之 : 옻나무는 옻을 쓰기
　　때문에 껍질이 벗겨진다

人皆知有用之用 : 사람들은 모두 有
　　用의 쓰임은 알지만

而莫知無用之用也 : 無用의　쓰임은
　　아무도 알지 못하는구나

* 楚狂接輿 - 楚나라 狂人 접여.
* 어지러운 세상을 구하려고 사방을 쫓아다니는 孔子의 위태로움을 노래한 것임.
* 도(道)의 입장에서 보면, 범속(凡俗)한 인간들이 말하는 유용이란 아무 쓸모도 없는 잔꾀로 어리석음에 지나지 않고, 무용으로 보이는 것에 도리어 대용(大用), 진정한 용(用)이 있다고도 말할 수 있지 않은가 하고 비꼬기를 잘하

는 장자(莊子)는 '無用의 用'을 강조했다.

무우귀영(舞雩歸詠)

무우(舞雩)에서 놀고 시를 읊으면서 돌아온다는 뜻으로, 자연을 즐기는 즐거움을 비유하여 이르는 말.

무위도식(無爲徒食)

하는 일없이 한갓 먹고 놀기만 함을 이르는 말.

무위모부(無爲謀府)

모략의 창고가 되지 말라는 뜻.
「莊子 內篇」
無爲名尸 無爲謀府 無爲知主

무위무능(無爲無能)

하는 일도 없고 일할 능력도 없음을 이르는 말.

무위무책(無爲無策)

하는 일도 없고 해볼 만한 방책도 없음을 이르는 말.

무위사임(無爲事任)

일의 책임자가 되지 말라는 뜻.

무위이치(無爲而治)

①성인(聖人)의 덕이 커서 백성이 감화를 입어 나라가 저절로 다스려짐. ②자연의 도를 좇아 다스림을 이르는 말. 무위지치(無爲之治)라고도 함.
「論語 衛靈公篇」,
子曰 無爲而治者 其舜也與 夫何爲哉 恭己正南面而已矣

무위이화(無爲而化)

애써 공들이지 않아도 저절로 잘 이루어짐을 이르는 말.
「老子」,

무위자연(無爲自然)

①자연에 맡겨 부질없는 행위를 하지 않음. ②사람의 힘이 더해지지 않은 본디 그대로의 자연.

무위지치(無爲之治)

⇒무위이치(無爲而治) 참조.

무육지은(撫育之恩)

고이 길러 준 은혜를 이르는 말.

무의무신(無義無信)

의리가 없고 신용도 없음을 이르는 말.

무의무탁(無依無托)

몸을 의탁할 곳이 없음. 또는, 빈곤하고 고독한 처지를 이르는 말.

무이맹자경(毋貽盲者鏡)

장님에게 거울을 주지 말라는 뜻이니, 곧 소용없는 짓을 하지 말라는 말.
「淮南子 說林訓」,
毋貽盲者鏡 毋予躄者履

무이무삼(無二無三)

유일하여 비할 것이 없음. 즉, 어떤 일에 매우 열중하는 모양을 비유하여 이르는 말.

무이유언(無易由言)

문제를 야기할만한 말은 생각 없이 함부로 하지 말라는 뜻.

무인궁도(無人窮途)

도와줄 이 없는, 가기 힘든 길. 또는, 막다른 곳에 이른 어려운 처지.

무인동방(無人洞房)

⇒독수공방(獨守空房) 참조.

무인부지(無人不知)

모르는 사람이 없음을 이르는 말.

무인지경(無人之境)

사람이 없는 경지(상황)를 이름.

무일가관(無一可觀)

어느 한 가지도 볼 만한 것이 없음을 이르는 말.

무일가취(無一可取)

가히 취하거나 쓰일 만한 것이 하나도 없음을 이르는 말.

무일망지(無日忘之)

하루도 잊지 않는다는 말.
「左傳」,
余一人無日忘之

무일불성(無一不成)

한 가지도 되지 않는 일이 없음, 즉 다 이루어짐을 이르는 말

무일불위(無日不爲)

하지 않는 날이 없음. 즉, 매일을 쉬지 않는다는 말.

무일호차(無一毫差)

조금도 틀림이 없음을 이르는 말.
「唐書 崔咸傳」,
日與賓客僚屬痛飮 未嘗醒 夜分輒決事 裁剖精明 無一毫差 吏稱爲神

무입추지지(無立錐之地)

송곳을 세울만한 땅도 없음, 곧 소유한 땅이 전혀 없음을 이르는 말.
「呂氏春秋」,
無欲者視有天下也 與無立錐之地同

무자식상팔자(無子息上八字)

자식이 없는 것이 오히려 걱정거리가 없어 편하다는 말.

무장공자(無腸公子)

창자가 없다는 뜻으로, ①게를 이르는 말. ②기력이 없는 사람을 조롱하는 말.
「抱朴子 內篇 登涉」,
山中辰日稱雨師者 龍也 稱河伯者 魚也 稱無腸公者蟹也

무장무애(無障無礙)

장애 되는 것이 전혀 없음 또는 거리낌이 없음을 이르는 말.

무장지졸(無將之卒)

①장수가 없는 군사. ②주장할 사람이 없는 무리.

무재무능(無才無能)

아무 재능이 없음, 즉 아무런 재주와 능력이 없음을 이르는 말.

무적천하(無敵天下)

천하에 당할 사람이 없다는 말. 무적어천하(無敵於天下)라고도 함.
「孟子 公孫丑章 上」,
如此則無敵於天下 無敵於天下者天使也

무적어천하(無敵於天下)

⇒무적천하(無敵天下) 참조.

무전대변(無前大變)

전에 없던 큰 재변을 이르는 말.

무전대풍(無前大豊)

전례 없이 크게 든 풍년을 이름.

무전취식(無錢取食)

돈을 내지 않고 남이 파는 음식을 먹음.

무족가책(無足可責)

사람의 됨됨이가 가히 책망을 할 만한 가치가 없음.

무족지언 비우천리(無足之言飛于千里)

발 없는 말이 천 리 간다는 뜻으로,

말이라는 것은 쏜살같이 빨리 퍼지니 조심하라고 경계하는 말. 언비천리(言飛千里)만으로도 쓰임.

무주고혼(無主孤魂)
제사를 지낼 자손이 없어 떠돌아다니는 외로운 혼령을 이르는 말.

무주공산(無主空山)
①개인도 나라도 소유권을 갖지 않은 임자 없는 산. ②인가도 인기척도 전혀 없는 쓸쓸한 산.

무주공처(無主空處)
임자 없는 빈곳을 이르는 말.

무주내란(無主乃亂)
지도자가 없는 사회는 반드시 어지럽다는 말.
「書經」
天生民有欲 無主乃亂

무중생유(無中生有)
억지로 일을 만들어 냄. 또는 천하의 만물은 무(無)에서 생(生)하였다는 뜻.
「老子 第四十章」,
天下萬物生于無

무증제물유증도물(無贈弟物有贈盜物)
먹을 것조차 없이 가난해도 도둑이 가져갈 물건은 있다는 말.

무지막지(無知莫知)
몹시 무지하고 상스러움을 이르는 말.

무지망작(無知妄作)
아무 것도 모르고 함부로 행동함을 이르는 말.

무지몰각(無知沒覺)
무지하고 지각이 없음을 이르는 말.

무지몽매(無知蒙昧)
전혀 아는 것이 없고 사리에 어두움을 이르는 말.

무진무궁(無盡無窮)
⇒무궁무진(無窮無盡) 참조.

무처가고(無處可考)
상고(詳考)하여 볼 만한 곳이 없음을 이르는 말.

무처부당(無處不當)
무슨 일이든지 감당하지 못할 것이 없다는 말.

무천매귀(貿賤賣貴)
싼값으로 사서 비싼 값으로 파는 것을 이름.

무축단헌(無祝單獻)
제사 때 축문 없이 술 한 잔만 올리는 일.

무측미지(毋測未至)
아직 닥치지 않은 일은 미리 헤아리지 말라는 말.

무편무당(無偏無黨)
어느 편에도 치우치지 않고 공평(公平), 중립(中立)의 자리에 섬. 불편부당(不偏不黨)이라고도 함.
「書經 洪範篇」,
無偏無黨 王道蕩蕩 無黨無偏 王道平平

무풍랑기(無風浪起)
자연의 도리를 비유한 말.
「傳燈錄」,
僧問道堅 如何是祖師西來意 堅曰 洋瀾左蠡 無風浪起

무풍지대(無風地帶)

①바람이 불지 않는 지역. ②다른 곳의 재난이 미치지 않아 평화롭고 안전한 곳.

무하저처(無下箸處)

젓가락을 댈 곳이 없다는 말이니, 곧 먹을 만한 음식이 없다는 뜻.
「晉書 何曾傳」.
日食萬錢 猶曰 無下箸處

무하지증(無何之症)

한방에서 병명을 몰라 고칠 수 없는 병을 이르는 말.

무항산 무항심(無恒産無恒心)

정한 생업이 없으면 안정된 마음도 가질 수 없다는 뜻.
「孟子 梁惠王章句上 七」.
王曰 吾惛不能進於是矣 願夫子輔吾志 明以教我 我雖不敏請嘗試之 曰 無恒産有恒心者惟士爲能 若民則無恒産 因無恒心 苟無恒心 放辟邪侈無不爲已 及陷於罪然後從而刑之 是罔民也 焉有仁人在位 罔民而可爲也 是故 明君制民之産 必使仰足以事父母 俯足以畜妻子 樂歲終身飽 凶年不免於死亡 此惟救死而恐不贍 奚暇治禮義哉 王欲行之則盍反其本矣 五畝之宅樹之以桑 五十者可以衣帛矣 鷄豚狗彘之畜無失其時 七十者可以食肉矣 百畝之田勿奪其時 八口之家可以無飢矣 謹庠序之教 申之以孝悌之義 頒白者不負戴於道路矣 老者衣帛食肉 黎民不飢不寒 然而不王者未之有也

왕이 말했다. "내가 본디 어리석어서 그런 경지에까지 나아가지 못하오니, 원컨대 선생께서는 내 뜻을 도우시어 분명히 나에게 가르쳐 주소서. 내 비록 똑똑하지 못하오나 한 번 실제로 시행하여 보겠나이다."

"일정한 생활 근거가 없어도 꾸준히 변치 않는 마음을 지니는 일은 오직 선비라야 할 수 있나이다. 일반 백성들이라면 일정한 생활 근거가 없으면 따라서 꾸준한 마음이 없게 된다면 방탕·편벽·사악·사치 등 못하는 짓이 없게 되나이다. 이리하여 그들이 죄에 빠지게 된 뒤에야 쫓아가 그들을 처벌한다면, 이는 백성들을 그물질하는 정치를 할 수 있겠나이까? 그러므로 옛날의 명군(明君)은 백성의 생활 근거를 마련해 줌에 있어서, 반드시 위로는 부모를 넉넉히 섬길 수 있고 아래로는 처자를 충분히 먹여 살릴 수 있게 하여, 풍년이 들면 내내 배불리 지내고, 흉년이 들어도 죽음을 면하게 하여 주었나이다. 그렇게 한 뒤에 백성들을 몰아 善한 길로 가게 하기 때문에, 백성들이 따라가기가 수월하였나이다. 그런데 지금의 위정자들은 백성들의 생활 근거를 마련해 주되, 위로는 부모를 섬기기에 부족하고, 아래로는 처자를 먹여 살리기에 부족하여, 풍년이 들어도 내내 고생을 하고, 흉년이 들면 죽음을 면치 못하게 하나이다. 이러고서야, 백성들이 죽음에서 구제되기만도 오히려 힘이 모자랄 지경인데, 어느 사이에 禮와 義를 차릴 여지가 있겠나이까? 다섯 이랑의 택지(宅地)에 뽕나무를 심게 하면 50된 사람이 능히 비단옷을 입을 수 있으며, 닭·돼지·개 등의 가축을 그 번식하는 때를 잃지 않게 한다면 70된 사람이 능히 고기를 먹을 수 있으며, 100이랑의 논밭에 그 농사짓는 시기를 뺏지 않는다면 여덟 식구의 집안이 능히 굶주리는 일이 없을 것이며, 학교의 교육을 착실히 실시하여 효제(孝悌)의 도리를 가르친다면 머리가 희끗희끗한 늙은이가 길거리에서 짐을 지거나 이고 다니지 않게 될 것입니다. 늙은이들이 비단옷을 입고 고기를 먹으며 백성들이 굶주리지 않고 추위에 떨지 않게 인정(仁政)을 베풀고서도 왕노릇을 못 한 사람은 이제까지 없었나이다."

무해무득(無害無得)

해로울 것도 없고 이로울 것도 없음을 이르는 말.

무호동 이작호(無虎洞狸作虎)

범 없는 곳에 이리가 범 노릇 한다는 뜻으로, 높은 사람이 없는 곳에 당치 않은 사람이 잘난 체함을 비유하는 말.

무후위대(無後爲大)

불효 중 가장 큰 것으로 자손이 없음을 이르는 말.
「孟子 離婁 下」,
孟子曰 不孝有三 無後爲大 舜不告而娶 爲無後也 君子以爲猶告也

묵돌불검(墨突不黔)

분주히 왔다 갔다 함을 이르는 말.

묵묵부답(默默不答)

잠자코 대답이 없음을 이르는 말.

묵수(墨守)

⇒묵적지수(墨翟之守) 참조.

묵연양구(默然良久)

잠잠하게 한참 있다가. '한참 말없이 있다가'의 뜻.

묵이식지(默而識之)

군자는 깨달음을 함부로 경박하게 말하지 않는다는 말.
「論語」
子曰, 默而識之 學而不厭 誨人不倦 何有於我哉

묵적지수(墨翟之守)

자기의 의견이나 주장을 굳이 지킴, 또는 너무 완고하여 변통이 없음. 줄여서 묵수(墨守)만으로도 쓰임.
「後漢書 鄭康成傳」,
時任城何休好公羊學 遂著公羊墨守
* 초(楚)나라 군사 공수반(公輸盤)이 운제(雲梯)를 만들어 송(宋)나라를 공격하였을 때 묵적(墨翟)이 송나라 성을 고수(固守)하여 초나라 군사를 퇴격시켜 침입하지 못하게 하였다는 고사(故事)에서 나온 말

문경지계(刎頸之契)

⇒관포지교(管鮑之交) 참조.

문경지교(刎頸之交)

⇒관포지교(管鮑之交) 참조.
* 친구를 위해서라면 목숨을 아끼지 않을 정도로, 매우 절친한 사귐을 이름.
⇒양호상투(兩虎相鬪)의 고사 참조.

문과수비(文過遂非)

잘못을 어물어물 숨기고 조금도 뉘우치지 않음.
「論語 子張」,
子夏曰 小人之過也 必文

문과식비(文過飾非)

잘못을 뉘우치기는커녕 숨길 뿐 아니라 오히려 꾸며대며 전보다 더 잘난 체함.

문념무희(文恬武嬉)

세상이 태평하여 문무관이 편히 놀

기만을 일삼음, 즉 흔히 정치가 퇴폐
함을 이르는 말.
「韓愈의 平淮西碑」,
相臣將臣 文恬武嬉

문당호대(門當戶對)

문벌이 상대가 될 정도로 어슷비슷
함을 이름.

문맹주우(蚊蝱走牛)

모기나 등애 같은 미물이 소 같은
큰 짐승을 도망가게 한다는 뜻으로,
①작은 것이 큰 것을 제압함, ②작은
것도 화근이 되면 큰 해를 끼칠 수
있음을 비유하는 말. 문맹주우양(蚊蝱
走牛羊)이라고도 함.
「說苑 說叢篇」,
蠹蝝剖梁柱 蚊蝱走牛羊

문맹주우양(蚊蝱走牛羊)

⇒문맹주우(蚊蝱走牛) 참조.

문무겸비(文武兼備)

문식(文識)과 무략(武略)을 다 갖
춤, 또는 그런 사람. 문무겸전(文武兼
全) 또는 문무쌍전(文武雙全)이라고도
함.
「唐書 裴行儉傳」,
帝曰 行儉提孤軍深入萬里 兵不血刀
而叛黨离夷 可謂文武兼備矣

문무겸전(文武兼全)

⇒문무겸비(文武兼備) 참조.

문무쌍전(文武雙全)

⇒문무겸비(文武兼備) 참조.

문무지도(文武之道)

주(周) 나라 문왕(文王)과 무왕(武
王)의 도(道), 곧 성인(聖人)의 돈
(道)를 이르는 말.

「論語 子張」,
衛公孫朝問於子貢曰 仲尼焉學 子貢
曰 文武之道未墜於地 在人 賢者識其
大者 不賢者識其小者

문방사보(文房四寶)

⇒문방사우(文房四友) 참조.

문방사우(文房四友)

종이[紙], 붓[筆], 먹[墨], 벼루
[硯]의 네 가지 문방(文房)의 도구를
이르는 말. 지필연묵(紙筆硯墨)과 같
은 뜻의 말. 문방사보(文房四寶) 또는
문방사후(文房四侯)라고도 함.

문방사후(文房四侯)

⇒문방사우(文房四友) 참조.
「文房四譜」,
管城侯毛元銳 筆也 卽墨侯石虛中 硯
也 好時侯楮知白 紙也 松滋侯易玄光
墨也

문병조룡(文炳雕龍)

교묘하게 잘 된 문장을 이르는 말.
「魏書 高允傳」,
高滄朗達 默識淵通 領新悟異 發自心
胸 質侔和璧 文炳雕龍 燿姿天邑 衣錦
舊邦

문부산(蚊負山)

⇒사문부산(使蚊負山) 참조.

문불가점(文不加點)

문장을 이룬 후 한 점[一點]도 가필
(加筆)할 필요성이 없을 만큼 문장이
완전무결함을 이르는 말. 유사한 말
로 천의무봉(天衣無縫)이 있음.
「禰衡의 鸚鵡賦 序」,
時黃祖太子射 賓客大會 有獻鸚鵡者
舉酒於衡前曰 今日無用娛賓 願先生爲
之賦 使四座咸共榮觀 衡因爲賦 筆不

停綴 文不加點
「北史 杜銓傳」.
杜正元 文不加點

문사행지(聞斯行之)

의(義)로운 일을 들으면 곧 그것을
행하라는 말.
「論語 先進」
子路問 聞斯行諸 子曰 有父兄在 如
之何 其聞斯行之

문생(門生)

문하(門下)의 서생(書生)이라는 말
로, 고려 때 과거에 급제한 사람이
좌주(座主)에게 일컫던 말. 문하생
(門下生)이라고도 함.
「後漢書 袁紹傳」.
表氏樹恩.四世 門生故吏徧於天下

문소미문(聞所未聞)

지금까지 듣지 못 했던 것을 들음.
「史記 陸賈傳」.
尉陀曰 越中無足與語 至生來 令我日
聞所未聞

문여춘화(文如春華)

문사(文詞)가 화려함을 이르는 말.
「曹植의 文」.
文如春華 思若湧泉

문예부산(蚊蚋負山)

⇒사문부산(使蚊負山) 참조.

문외가설작라(門外可設雀羅)

⇒문전작라(門前雀羅) 참조.

문외한(門外漢)

그 일에 대한 전문적인 지식이 없거
나 관계가 없는 사람.
「五燈會元」.
圓智擧東坡詩 溪聲便是廣長舌 山色

豈非淸淨身 日若不到此田地如何有這
箇消息 此菴曰 是門外漢耳

문인상경(文人相輕)

문인(文人)끼리 서로 경멸(輕蔑)함
을 이르는 말.
「典論」.
文人相輕 自古而然 傳毅之於班固 伯
仲之間耳

문일지십(聞一知十)

한 가지를 들으면 열 가지를 안다는
뜻으로, 매우 총명(聰明)함을 이름.
「論語 公冶長篇」.
子謂子貢曰 女與回也孰愈 對曰 賜也
何敢望回 回也聞一知十 賜也聞一以知
二 子曰 弗如也 吾與女弗如也
孔子가 子貢에게 물었다. "너와 回
는 누가 더 나으냐?" 子貢 가로되,
"제가 어찌 감히 回를 따르겠습니까?
回는 하나를 들으면 열을 알고, 저는
하나를 들으면 둘을 알 뿐입니다."
공자 가로되, "그만 못하니라. 나는,
네가 그만 못하다는 의견에 찬성하노
라."

문자부산(蚊子負山)

⇒사문부산(使蚊負山) 참조.

문장거공(文章鉅公)

문장(文章)의 대가(大家)를 이르는
말.
「李賀의 高軒過詩」.
馬蹄隱耳聲隆隆 入門下馬氣如虹 云
是東京才子 文章鉅公

문장삼이(文章三易)

문장이 마땅히 갖추어야 할 세 가지
요건으로, 보기 쉽고, 읽기 쉽고, 알
기 쉽게 쓰라는 뜻.

문장원수(文場元帥)

문장의 기예가 뛰어난 사람을 비유한 말.

「事文類聚」,

張九齡號詞人之冠 又號文場元帥

문장절창(文章絕唱)

문장이 절미(絕美)함을 이르는 말.

「鷄林玉露」,

太史公伯夷傳 蘇東坡赤壁賦 文章絕唱也

문전걸식(門前乞食)

이 집 저 집 돌아다니며 빌어먹음을 이르는 말.

문전성시(門前成市)

장사진(長蛇陳)과 유사한 말임.

⇒문정약시(門庭若市) 참조.

문전여시(門前如市)

⇒문정약시(門庭若市) 참조.

문전옥답(門前沃畓)

집 앞 가까이에 있는 기름진 논을 이르는 말.

문전옥토(門前沃土)

집 앞 가까이 있는 기름진 땅을 이르는 말.

문전작라(門前雀羅)

문 앞에 새그물을 친다는 뜻으로, 세도가 몰락하여 새들이 모여들 정도로 사람들의 발걸음이 끊어져 한산하다는 것을 비유한 말. 문외가설작라(門外可設雀羅)라고도 함. ⇒문전성시(門前成市)

「史記 鄭當時傳贊」,

下邽翟公爲廷尉 賓客塡門 及廢 門外可設雀羅 後復爲廷尉 客欲往 翟公大

署其門曰 一死一生 迺知交情 一貧一富 迺知交態 一貴一賤 交情迺見

* 급암과 정당시 정도의 현인이라도 세력이 있으면 빈객(賓客)이 열 배로 늘어나지만 세력이 없으면 당장 모두 떨어져 나간다. 그러니 보통 사람의 경우는 더 말할 나위도 없다. 또 적공(翟公)의 경우는 이렇다. 적공이 정위(廷尉)가 되자 빈객이 문전성시를 이룰 정도로 붐볐다. 그러나 구가 면직되자 빈객은 금세 발길을 끊었다. 집 안팎이 어찌나 한산한지 문 앞에 새 그물을 쳐놓을 수 있을 정도였다.

* 전한 7대 황제인 무제(武帝) 때 급암(汲黯)과 정당시(鄭當時)라는 두 현신(賢臣)이 있었다. 그들은 한 때 9경(九卿)의 지위에게까지 오른 적도 있었지만 둘 다 개성이 강한 탓에 좌천·면직·재등용을 되풀이하다가 급암은 회양 태수(淮陽太守)를 끝으로 벼슬을 마쳤다. 이들이 각기 현직에 있을 때에는 방문객이 늘 문전성시를 이루었으나 면직되자 방문객의 발길이 뚝 끊어졌다고 한다.

문정약시(門庭若市)

권세가나 부자가 되어 집 앞에 사람들이 많이 모임을 이르는 말. 문전성시(門前成市) 또는, 문전여시(門前如市), 문정여시(門庭如市)라고도 함.

「戰國齊策 上篇」,

今初下 群臣進諫 門庭若市

「漢書 鄭崇傳」,

尙書令趙昌佞諂素害崇 知其見疏 因奏崇 與宗族通 疑有姦 請治 上責崇曰 君門如市人 何以欲禁切主上 崇對曰 臣門如市 臣心如水

趙昌이라는 尙書令은 남을 고자질하여 아첨하는 인물로 전부터 鄭崇이라는 인물을 꺼림칙하게 여겼다. 그는,

鄭崇이 哀帝에게 소원해짐을 알고, 崇을 '왕실의 사람들과 빈번히 내통하고, 분명히 무슨 음모가 있을 것'이라고 上奏하고 곧 조치해 달라고 하였다. 哀帝는 崇을 불러 문책했다. "그대의 집은 저자와 같다고 하더군." 崇이 대답하기를, "臣의 문은 저자와 같아도, 신의 마음은 물과 같사옵니다." 이 말을 들은 애제는 화가 나서 정승을 옥에 가두었고 얼마 후 그 정승은 獄死하고 말았다.

문정여시(門庭如市)

⇒문정약시(門庭若市) 참조.

문즉병 불문약(聞則病不聞藥)

들으면 병이요, 못 들으면 약이다란 뜻으로, 마음에 걸리는 말은 처음부터 듣지 않는 편이 나음을 이르는 말.

「靑莊館全書」,

문질빈빈(文質彬彬)

외양의 미(美)와 내용의 미가 잘 어울려서 아름다운 모양.

「論語 雍也」,

子曰 質勝文則野 文勝質則史 文質彬彬 然後君子

質이 文보다 勝하면 野하고, 文이 質보다 勝하면 文弱에 흐르나니, 文과 質이 혼연일체 조화를 얻어야 비로소 君子라 할 수 있다.

* 빈빈(彬彬) - 물건이 섞여서 고른 모양.
* 연성과 문화는 어느 쪽이 더 勝해도 생활의 조화를 잃게 된다. 文과 質은 반반씩 섞여서 고르게 각자가 설 자리를 얻어 균형이 잡혀야 君子의 완성된 인격이 형성됨을 역설한 내용.

문첩지충(蚊睫之蟲)

모기 눈썹에 벌레란 뜻이니, 극히 미세한 것을 비유한 말.

「列子 湯問篇」,

江浦之間生麼蟲 其名曰 焦螟 群飛而集於蚊睫 弗相觸也 栖宿去來 蚊弗覺也

문필도적(文筆盜賊)

남의 글이나 저술을 베껴 마치 제가 지은 것처럼 써먹는 사람을 이르는 말.

문하생(門下生)

⇒문생(門生) 참조.

물각유주(物各有主)

모든 만물은 다 각기 주인이 있다는 뜻.

물각종기류(物各從其類)

⇒유유상종(類類相從) 참조.

「易經 文言」,

물극즉반(物極則反)

만물의 변화가 극도에 달하면 원상으로 돌아감을 이르는 말.

「鷄冠子 環流篇」,

물망재거(勿忘在莒)

영화를 누릴 때 교만하지 말며, 어려웠던 과거를 잊지 말라는 말.

물미지신(物微志信)

미물(微物)도 신의(信義)가 있다는 말.

「後漢書 襄楷傳」,

物有微而志信 人有賤而言忠

물박정후(物薄情厚)

물질적인 대우는 박하나 정신적인 우정은 매우 두터움.

「司馬光 訓儉文」,
會數而禮勤物薄而情厚

물성즉쇠(物盛則衰)

⇒물장즉로(物壯則老) 참조.
「戰國秦策」,
物盛則衰 天之常數也 進退盈縮變化
聖人之常道也

물실호기(勿失好機)

좋은 기회를 놓치지 말라는 뜻.

물심일여(物心一如)

⇒물아일체(物我一體) 참조.

물아일리(物我一理)

삼라만상과 나는 서로 다른 것이 아
니고 원래부터 하나의 이치라는 말.

물아일체(物我一體)

객관의 외물과 주관적인 내가 한 덩
이가 됨. 물심일여(物心一如)라고도 함.

물외한인(物外閒人)

세속의 번거로움을 피하여 한가롭게
지내는 사람을 이르는 말.

물유본말(物有本末)

모든 사물에는 근본과 끝이 있다는
말.

물장즉로(物壯則老)

세상 만물은 왕성할 때가 있으면 곧
노쇠한다는 말. 물성즉쇠(物盛則衰)라
고도 함.
「老子 三十」,
物壯則老是謂非道

물취(어)소호(物聚(於)所好)

물건은 반드시 그 물건을 좋아하는
사람에게 모인다는 말.
「歐陽修의 集古錄目序」,
物常聚於所好 而常得於有力之彊 有

力而不好 好之而無力 雖近且易 有不
能致之

미개안소(眉開眼笑)

얼굴에 웃음이 가득함을 이르는 말.

미경양신(美景良辰)

좋은 경치와 계절을 뜻하는 말.
「北齊書 段榮傳」,
段考言雖贓貨無厭姿情酒色 然擧止風
流 招致名士 美景良辰 未嘗虛棄

미관말직(微官末職)

지위가 아주 낮은 관직을 이르는
말. 미말지직(未末之職)이라고도 함.

미구불원(未久不遠)

동안이 오래기는 하지만 멀지 않아
서의 뜻.

미능면속(未能免俗)

속세와 인연을 끊지 못함.
「晉書 阮咸傳」,
七月七日北阮競曬衣服　皆錦綺餐目
咸以竿挂 大布犢鼻於庭 人或怪之 答
曰 未能免俗 聊復爾爾

미능조도이사할(未能操刀而使割)

아직 칼도 쥘 줄 모르는 사람에게
칼질을 시킨다는 뜻이니, 곧 소양(素
養)이 없는 자에게 강제로 일을 시킴
을 비유한 말.
「左傳 襄公三十一年」,
今吾子愛人則以情 猶未能操刀而使割
也 其傷實多

미달일간(未達一間)

모든 일에 다 밝아도 오직 한 부분
만은 서투름을 이르는 말.

미대난도(尾大難掉)

⇒미대부도(尾大不掉) 참조.

미대부도(尾大不掉)

동물의 꼬리가 너무 커서 자신의 힘으로 움직이지 못한다는 뜻으로, 신하의 세력이 커서 임금이 자유로이 하지 못함을 비유하는 말. 미대난도(尾大難掉)라고도 함.

「左傳 昭公 十一年」.

對曰 鄭京櫟實殺曼伯 宋蕭亳實殺子游 齊渠丘實殺無知 衛蒲戚實出獻公 若由是觀之則害於國 末大必折 尾大不掉 君所知也

(申武宇는) 대답하기를, "정나라의 京과 역(櫟)의 소(蕭)·박의 두 성이 실은 자유(子游)를 죽였으며, 제나라의 거구(渠丘)가 실은 무지(無知)를 죽였고, 위나라의 포(蒲)와 척(戚)의 두 성이 실은 헌공(獻公)을 내쫓았습니다. 만일 이런 점으로 볼 때는 나라에 해롭습니다. 나무의 끝가지가 너무 크면 그 나무는 부러지고, 꼬리가 너무 길면 흔들지 못하는 것은 임금님께서는 잘 아시는 바입니다."라고 했다.

미도불원(迷道不遠)

가까운 곳에서 길을 헤맨다는 말이니, 곧 본 길로 돌아옴(감)을 뜻하는 말.

「吳越春秋」.

或者知返 迷道不遠

미래안거(眉來眼去)

연정을 나타내는 눈짓, 즉 추파를 던짐을 이르는 말.

미려혈(尾閭穴)

점점 줄어서 없어짐을 이르는 말.

미말지직(未末之職)

⇒미관말직(微官末職) 참조.

미망인(未亡人)

남편(男便)이 죽으면 의례히 남편을 따라 죽어야 함에도 불구하고 아직 죽지 않고 이 세상에 살아남아 있다는 뜻으로, 과부(寡婦)가 스스로를 겸손하게 일컫는 말.

「左傳 莊公 二十八年」.

楚文夫人曰 先君以是舞也 習戎備也 今令尹不尋諸仇讎 而於未亡人之側 不亦異乎

(楚나라 令尹 子元이 文夫人을 유혹하려고 부인의 궁 곁에 건물을 세우고 萬을 춤추게 했다.) 文夫人이 (이를 듣고 울면서) 말하기를, "先君께서는 이 舞樂을 군사 훈련에 한해서 썼다. 이제 영윤이 이것을 원수갚는 일에 쓰지 않고 未亡人의 집 곁에서 하고 있으니 또한 이상스럽지 않은가?"라고 했다.

* 文夫人 - 文王의 夫人을 말함.

미목수려(眉目秀麗)

얼굴이 빼어나게 아름다움을 이르는 말.

「漢書 霍光傳」.

미무도(美無度)

몹시 아름다움을 뜻함.

「詩經 魏風 汾沮洳篇」.

彼汾沮洳 言采其莫 彼其之子 美無度 殊異乎公路

미문지사(未聞之事)

아직 듣지 못한 일을 이르는 말.

미변동서(未辨東西)

아직도 동서 방위를 분간 못한다는 말로, 도리(道理)에 불통(不通)함을

이르는 말.
「白居易의 詩」,
未辨東西過一生

미복잠행(微服潛行)

남이 알아보지 못하게 미복차림으로 몰래 다님을 이르는 말.

미봉(彌縫)

헤진 데를 임시로 기운다는 뜻으로, 임시변통으로 꾸며대어 그 순간만을 모면하고자 눈가림하는 것을 말함. 고식지계(姑息之計) 또는, 미봉책(彌縫策), 포화조신(抱火厝薪)이라고도 함.
「左傳 桓公 五年」,
爲魚麗之陣 先偏後伍 伍承彌縫
魚麗의 陣을 이루고, 偏을 앞으로 하고 伍를 뒤로하여, 伍가 받아 彌縫한다.
* 편(偏)은 전차 부대를 의미하고, 오(伍)는 보병 부대를 의미한다.
* 여기서는 사람으로 전차 사이사이를 이어 고기 그물처럼 진을 친 것을 미봉(彌縫)이라 했다. 전차가 헝겊 조각이라면 사람은 실이 된 것이다.
「同書 僖公 二十六年」,
桓公是以糾合諸侯 而謀其不協 彌縫其闕 而匡救其災 昭舊職也
그래서 桓公이 이 제후를 통합해서 협조하지 않는 자들을 도모하고 제후들의 부족한 점을 임시로 보충하고, 그들의 재앙을 구제한 것은 선조들의 직분을 밝힌 것입니다.

미봉책(彌縫策)

⇒미봉(彌縫) 참조.

미불용극(靡不用極)

전심전력(專心專力)을 다함.

미비의동(糜沸蟻動)

죽이 끓고 개미가 들끓는 것 같은 소동(騷動), 즉 천하가 어지러움을 뜻함.
「淮南子」,
天下爲之 糜沸蟻動

미사심(未死心)

몸은 죽었지만 충성심은 남아있다는 말.
「馬子才의 岳王墓詩」,
落盡靑松百草深 鷺鶿斜日叫寒林 可憐一片西湖上 埋郤英雄未死心

미사여구(美辭麗句)

아름다운 말과 훌륭한 글귀를 이르는 말.

미상불(未嘗不)

아닌게 아니라. 과연. 미상비(未嘗非)라고도 함.

미상불연(未嘗不然)

그렇지 않은 바가 없다는 뜻.

미상비(未嘗非)

⇒미상불(未嘗不) 참조.

미상유(未嘗有)

아직까지 없음. 일찍이 없음.
「墨子 修身篇」,
可以爲士於天下者 未嘗有

미생지신(尾生之信)

쓸데없는 명목에 구애된 나머지 너무 고지식하여 임기응변(臨機應變)의 변통이 없어서 하나만 알고 둘은 모르는 사람을 비유하거나, 또는 신의를 굳게 지킴을 이르는 말. 포주지신(抱柱之信)이라고도 함.
「莊子 盜跖篇」,
世之所謂賢士 伯夷叔齊 辭孤竹之君

而餓死於首陽之山 骨月不葬 鮑焦飾行
非世 抱木理死 申徒狄諫而不聽 負石
自投於河 爲魚鼈所食 介子推至忠也
自割其股以食文公 文公後背之 子推怒
而去 抱木而燔死 尾生與女子期於梁下
女子不來 水至不去 抱梁柱而死 此四
者 無異於磔犬類豕 操瓢而乞者 皆離
名輕死 不念本養 壽命者也 世之所謂
忠臣者 莫若王子比干伍子胥 子胥沈江
比干剖心 此二子者 世謂忠臣也 然卒
爲天下笑 自上觀之 至於子胥比干 皆
不足貴也 丘之所以說我者 若告我以貴
事 則我不能知也 若告我以人事者 不
過此矣 皆吾所聞知也

세상에 이른바 賢士라 부르는 사람
중에 伯夷와 叔齊가 있는데, 孤竹나
라의 임금자리를 사퇴하고는 首陽山
으로 들어가 굶어죽은 사람들이다.
그들의 시체는 아무도 장사지내 주지
도 않았다. 鮑焦라는 사람은 자기 행
동을 꾸미며 세상을 비난하다가 나무
를 끌어안고 죽었다. 申盜狄은 임금
께 諫하다가 들어주지 않자 돌을 등
에 지고 黃河에 자기 몸을 던져 물고
기와 자라에게 먹히게 되었다. 介子
推는 지극한 충신으로서 스스로 그의
넓적다리 살을 떼어 文公을 먹여 살
리기까지 하였으나, 文公은 뒤에 그
를 배반했다. 介子推는 성이 나, 그
나라를 떠나 살다 나무를 끌어안고
불에 타 죽어야만 했다. 尾生이란 사
람은 여자와 다리 밑에서 만날 약속
을 하였으나, 여자가 오지 않자 물이
불어나도 떠나지 않고 있다가 다리
기둥을 끌어안은 채 죽어야만 했다.
이 네 사람들은, 잡기 위해 매달아
놓은 개나, 제물로 강물에 던져진 돼

지나, 표주박을 들고 구걸을 하는 자
와 다를 것이 없는 사람들이다. 모두
가 자기 名分에 얽매여 죽음을 가벼
이 하고 근본으로 돌아가 壽命을 保
養할 생각을 하지 않은 사람들이다.
세상에 이른바 충신이라는 사람 중
에는 왕자 比干이나 伍子胥보다 더한
사람이 없다. 그러나 伍子胥는 처형
을 당하고 시체는 강물에 던져졌으
며, 比干은 가슴을 째이고 심장이 꺼
내졌다. 이 두 사람들은 세상에서
말하는 忠臣들이다. 기러나 마침내는
천하의 비웃음거리가 되었다.
위 사실로 본다면 伍子胥나 比干 같
은 사람들까지도 모두 귀하다 할 만
한 것이 못된다. 당신이 나를 說服시
키는 방법으로서 만약 내게 귀신 얘
기를 한다면 나는 알 수가 없을는지
도 모른다. 그러나 만약 사람에 관한
일로써 얘기한다면, 여기서 더 벗어
나지는 못할 것이다. 그것은 모두 내
가 알고있는 일이기 때문이다.

* 盜跖은 儒家에서 말하는 賢人이나 忠
臣이 本性을 위 반했던 사람들임을 지
적함으로써, 儒家의 기본 사상인 仁義
나 忠孝를 부정하고 있는 것이다.
「史記 蘇秦傳」,
信如尾生 與女子期於梁下 女子不來
水至不去 抱柱而死

미성일궤(未成一簣)

최후의 노력을 소홀히 하면 일이 잘
끝나지 못함을 비유하는 말.
「論語 子罕 十八」,
子曰 譬如爲山 未成一簣 止 吾止也
譬如平地 雖覆一簣 進 吾往也
공자 가로되, "학문함을 비유컨대
산을 만드는 것과 같으니라. 한 삼태

기를 이루지 못하여 그치는 것도 스
스로의 그침이며, 땅을 고름에 비유
하면, 비록 한 삼태기를 덮어도 나아
감은 스스로의 전진이니라.

* 실패도 성공도 책임은 자신에게 있음
을 말하고, 아울러 일궤(一簣)의 행동
에서 구인(九仞)의 공(功)이 결정됨을
가르치려는 공자(孔子)의 행동주의적
인생관을 나타낸 귀절.

미성재구(美成在久)

훌륭한 일은 오랜 후에 이루어진다
는 말.

「莊子 人間世篇」,

法言曰 無遷令無勸成 過度益也 遷令
勸成殆事 美成在久 惡成不及改 可不
愼與

미실미가(靡室靡家)

⇒무실무가(無室無家) 참조.

미안이리(靡顏膩理)

얼굴이 곱고 아름다우며 살결이 반
드르르함.

미여관옥(美如冠玉)

용모의 아름다움이 관(冠)에 달린
옥(玉)과 같다는 말이니, 외모는 아
름다우나 마음속은 비어있음을 비유
한 말.

「史記 陳丞相世家」,

絳侯灌嬰等咸讒陳平曰　平雖美丈夫
如冠玉耳 其中未必有也

미연방지(未然防止)

재앙을 당하기 전에 예방하라는 말.
방환미연(防患未然)이라고도 함.

미염박변(米鹽博辯)

미세한 일까지 상세하게 논함을 이
르는 말.

「韓非子 說難」,

米鹽博辯 則以爲多而交之

미의투식(靡衣偸食)

아름다운 옷이나 한 끼의 밥을 탐낸
다는 뜻으로, 장래의 일을 생각하지
않음을 비유하여 이르는 말.

미인박명(美人薄命)

⇒가인박명(佳人薄命) 참조.

미재수호(美哉水乎)

물의 덕(德)을 찬탄(讚嘆)한 말.

「晏子春秋」,

景公問晏子 廉政而長久 其行何也 晏
子對曰 其行水也 美哉水乎淸淸 其濁
無不霑途 其淸無不酒除 是以長久也

미증유(未曾有)

지금까지 한 번도 있어본 적이 없음
을 이르는 말.

「墨子 親士篇」,

未曾有也

「地持論」,

轉未曾有法

미지사야 부하원지유(未之思也 夫何遠之有)

멀어서 못 간다 함은 아직 갈 마음
이 부복함이요, 마음이 간절하면 원
근(遠近)을 가리지 않는다는 뜻.

「論語 子罕篇」,

唐棣之華 偏其反而 豈不爾思 室是遠
而 子曰 未之思也 夫何遠之有

미측심천(未測深淺)

깊고 얕음을 모른다는 말이니, 곧
①내용을 알지 못함. ②사람의 마음
을 모름의 뜻임.

「吳質의 與魏太子牋」,

則以五日到官 初至承前 未知深淺

「北史 魏高陽王雍傳」,
少倜儻不恆 孝文曰 吾亦未能測此兒
之淺深

미풍양속(美風良俗)

훌륭하고 아름다운 풍속을 이르는
말.

민무소료(民無所聊)

백성이 편히 쉴 곳이 없다는 말.
「戰國策 秦上策」,
蘇秦曰 臣固疑大王之不能用也〈中略〉
百姓不足 上下相愁 民無所聊 明言章
理 兵甲愈起

민생도탄(民生塗炭)

⇒도탄지고(塗炭之苦) 참조.

민아무간(民我無間)

백성(남)과 나 사이에 간격이 없다
는 뜻으로, 위정자나 지도자가 백성
과 한마음이 됨을 이르는 말.

민족상잔(民族相殘)

⇒동족상잔(同族相殘) 참조.

민즉유공(敏則有功)

매사를 남보다 민첩하게 하면 공을
이루게 된다는 말.

민지사명(民之司命)

오곡(五穀)을 이르는 말.
「管子」,
五穀食米 民之司命也

밀어상통(密語相通)

서신으로 남몰래 서로의 의사를 주
고받음을 이르는 말.

밀운불우(密雲不雨)

구름만 자욱하고 비는 오지 않는다
는 말.
「易經 小畜卦」,

密雲不雨 自我西郊

밀월여행(蜜月旅行)

신혼여행을 이르는 말.

바

박도(拍刀)
날이 양쪽에 있는 칼을 이르는 말.
「湧幢小品」,
刀兩刃者曰 拍刀

박고지금(博古知今)
옛일을 널리 알면 현재의 일도 알게 된다는 말.
「孔子家語 觀射篇」,
孔子曰 吾聞老聃 博古知今 則吾師也 今將往矣

박람강기(博覽强記)
동서 고금(東西古今)의 여러 가지 책을 널리 읽고 사물을 잘 기억한다는 말. 박문강기(博聞强記)라고도 함.

박리다매(薄利多賣)
상품의 이익을 조금씩 남기고 많은 수량을 파는 일.

박문강기(博聞强記)
⇒박람강기(博覽强記) 참조.

박문약례(博文約禮)
학문을 널리 알고 예절을 잘 지킴. 줄여서 박약(博約)이라고도 함.
「論語 雍也」,
子曰 君子博學於文 約之以禮 亦可以 弗畔矣夫
공자께서 말씀하셨다. "군자는 널리 배우고 예로써 단속해야 비로소 도에서 어긋나지 않을 것이다"

박물군자(博物君子)
온갖 사물에 정통한 사람을 이르는 말.

박물세고(薄物細故)
자질구레한 사물을 이르는 말.

박부득이(迫不得已)
일이 매우 급하여 어찌 할 수가 없이. 박어부득(迫於不得)이라고도 함.

박빙여림(薄氷如臨)
살얼음에 임한 것 같다는 뜻으로, 매우 위태로움을 비유하는 말.

박수갈채(拍手喝采)
연달아 손뼉을 치며 환영하거나 칭찬함을 이르는 말.

박시제중(博施濟衆)
널리 사랑과 은혜를 베풀어 많은 사람을 구제함.

박약(博約)
⇒박문약례(博文約禮) 참조.

박어부득(迫於不得)
⇒박부득이(迫不得已) 참조.

박옥혼금(璞玉渾金)
갈지 않은 옥과 제련하지 않은 쇠 덩어리란 뜻으로, 사람의 성질이 순박하고 꾸밈이 없음을 비유하는 말.
「晉書 山濤前」,
裴楷有知人鑒 嘗謂濤 若登山臨下 幽然深遠 王戎亦目濤如 璞玉渾金 人皆 欽其寶 莫知名其器

박이부정(博而不精)
널리 알되 자세하거나 능숙하지 못

함을 이르는 말.

박인방증(博引旁證)

널리 많은 예를 끌어대고 두루 증거를 보임.

박장대소(拍掌大笑)

손뼉을 치며 크게 웃음을 이름.

박전박답(薄田薄畓)

메마른 밭과 논을 이르는 말.
「三國蜀志 諸葛亮傳」,
成都有桑八百株 薄田十五頃

박주산채(薄酒山菜)

①맛이 좋지 않은 술과 산나물. ②'남에게 대접하는 술과 안주'를 겸손하게 이르는 말.

박지약행(薄志弱行)

의지가 약하고 일을 해낼 기력이 없음을 이르는 말.

박지타지(縛之打之)

묶어 놓고 두들김. 줄여서 박타(縛打)라고도 함.

박채중의(博採衆議)

널리 여러 사람의 의견을 들어 받아들임.

박타(縛打)

⇒박지타지(縛之打之) 참조.

박학다문(博學多聞)

학식과 견문이 넓음을 이르는 말.

박학다식(博學多識)

학식이 넓고 많음을 이르는 말.
「列子 仲尼篇」,
然則丘博學多識者也

박학다재(博學多才)

학식이 넓고 재주가 많음을 이르는

말.

반간고육(反間苦肉)

적을 이간시키기 위해서 자기편의 고통을 돌보지 않음을 이르는 말.

반계곡경(盤溪曲徑)

반혜곡경(盤蹊曲徑)이라고도 함.
⇒방기곡경(旁岐曲徑) 참조.

반구여초(飯糗茹草)

가난한 사람이 먹는 나쁜 음식.

반근착절(盤根錯節)

구부러진 나무 뿌리와 울퉁불퉁한 나무의 마디라는 뜻으로, 세상일에 난관이 많아 처리하기가 어려움을 비유한 말. 또는 세력이 굳어 흔들리지 아니함을 이르는 말.
「後漢書 虞詡傳」,
詡爲朝歌長 笑曰 不遇盤根錯節 何以別利器乎

후한(後漢) 6대 황제인 안제(安帝) 때의 일이다. 안제가 13세의 어린 나이로 즉위하자 모후(母后)인 태후(太后)가 수렴 청정(垂簾聽政)을 하고 태후의 오빠인 등즐(鄧騭)이 대장군이 되어 병권을 장악했다. 그 무렵, 서북 변경은 티베트계 유목 민족인 강족(羌族)의 침략이 잦았다. 그러나 등즐은 국비 부족을 이유로 양주(涼州)를 포기하려고 했다. 그러자 낭중(郎中) 벼슬에 있는 우허(虞詡)가 반대하고 나섰다. "함곡관(函谷關)의 서쪽은 장군을 내고, 동쪽은 재상을 낸다고 했습니다. 예로부터 양주는 많은 열사와 문인을 배출한 곳인데 그런 땅을 강족에게 내준다는 것은 당치 않은 일입니다." 중신들도 모두 우허와 뜻을 같이했다. 이 때부터 우허를 미워하는 등즐은 때마침 조가현(朝歌縣)의 현령이 비적(匪賊)에게 살해되자) 우허를 후임으로 정하고 (비적 토벌을 명했다.), 친구들이 모여 걱정했으나 우허는 웃으며 이렇게 말했다. "서린 뿌리와 얼크러진 마디에 부딪쳐 보지 않고서야 어찌 칼날의 예리함을 알 수 있겠는가." (현지에 도착한 우허는 우선 전과자들을 모아 적진에 침투시킨 다음 갖가지 계책으로 비적을 토벌했다고 한다.)

반기조례(半旗弔禮)

반기를 달고 조의를 나타내는 예를 이르는 말.

「揚子法言 淵騫篇」,

或曰 淵騫曷不寢 曰 攀龍鱗附風翼 巽以揚之 勃勃乎其不可及乎

「漢書 敍傳」,

舞陽鼓刀 滕公廝騶 穎陽商販 曲周庸夫 攀龍附鳳 竝乘天衢

반도이폐(半途而廢)

일을 하다가 중도에서 그만둠을 이르는 말.

* 동한 시대에 하남 지방에서 낙양자라는 사람이 있었다. 그의 아내는 총명하고 어질었다. 어느 날 먼 곳으로 스승을 찾아 공부하러 갔던 남편이 일 년만에 돌아오자, 그의 아내는 짜고 있던 베를 가위로 잘라버리며 '힘들게 짠 베가 무효가 되었고, 그간에 들인 노력이 헛된 것이 되었듯이, 공부도 부단(不斷)히 해야 성취되는 것인데 중도에 그만두면 잘라버린 베와 같다.'고 한데서 유래된 말.

반뢰수(畔牢愁)

수심에 가득찬 모습을 이르는 말.

「漢書 揚雄傳」,

旁惜誦以下至懷沙一卷 名曰 畔牢愁

반룡부봉(攀龍附鳳)

용을 끌어 잡고 봉황에게 붙는다는 뜻으로, 곧 ①성인을 따라 덕을 이루기를 원함. ②제왕(帝王)을 받들어 공업(功業)을 세우기를 원함. ③세력 있는 사람을 의지하여 따름을 비유하는 말.

「揚子法言 淵騫篇」,

或曰 淵騫曷不寢 曰攀龍鱗附鳳翼 巽以揚之 勃勃乎其不可及乎

「漢書 敍傳」,

舞陽鼓刀 滕公廝騶 穎陽商販 曲周庸夫 攀龍附鳳 竝乘天衢

반면지교(半面之交)

⇒반면지식(半面之識) 참조.

반면지분(半面之分)

⇒반면지식(半面之識) 참조.

반면지식(半面之識)

서로 깊이 알지 못하는 사이. 반면지교(半面之交), 반면지분(半面之分)이라고도 함.

「後漢書 應奉傳」,

謝承書曰 奉年二十時 嘗詣彭城相袁賀 賀時出行 閉門造車 匠於內開扇 出半面視奉 奉卽委去 後數十年 於路見車匠 識而呼之

반목질시(反目嫉視)

서로 미워하고 시기하는 눈으로 봄을 이르는 말.

반문농부(班門弄斧)

실력도 없으면서 잘난 척함을 비유한 말.

* 춘추 시대에 노나라에 공수반이라는
뛰어난 목수가 있었다. 그런데 어느 날
젊은 목수 한 사람이 공수반의 집 앞에
서 도끼로 자기의 수공 기술을 자랑하
며 큰소리를 쳤다. 구경꾼이 보고 있다
가 냉소하며, '당신 뒤의 집이 공수반의
집이니 들어가 보라.'고 하였다. 젊은이
가 들어가 보고는 공수반의 기술에 탄
복하고 자신의 기술을 부끄러워하며 돌
아갔다는 고사에서 유래된 말.

반박지탄(斑駁之歎)
한편으로 치우치는 불공정한 처사를
개탄하여 이르는 말.

반복무상(反覆無常)
언행이 이랬다 저랬다 하여 종잡을
수 없음.

반복무상(叛服無常)
배반했다 복종했다, 이랬다 저랬다
하여 그 태도를 종잡을 수 없이 한결
같지 아니함을 이르는 말.

반복소인(反覆小人)
언행을 이랬다 저랬다 하는 변변치
못한 사람.

반복수(反復手)
손을 뒤집듯 아주 쉬움을 뜻하는
말.
「漢書 陸賈傳」,
殺王降漢 如反復手耳

반불여초(反不如初)
처음과 같지 못하고 도리어 나빠짐을
이르는 말.

반사반생(半死半生)
반은 죽고 반은 산 상태.

반상낙하(半上落下)

반쯤 올라가다가 떨어진다는 뜻으
로, 처음에는 정성껏 하다가 중도에
그만두어 버림을 이르는 말.

반상반하(反上反下)
어느 쪽에도 붙지 않고 태도나 성질
이 모호함을 이르는 말.

반생반사(半生半死)
거의 죽게 되어서 죽을는지 살는지
알 수 없는 지경에 이름.

반생반숙(半生半熟)
반쯤은 설고 반쯤은 익었다는 뜻으
로, 기예(技藝) 따위가 아직 익숙지
못함을 이르는 말.
「拊掌錄」,
北都有妓 擧止生硬 土人謂生張八 乞
詩魏野 野贈詩云 君爲北道生張八 我
是西州熟魏三 莫怪尊前無笑語 半生半
熟未相語

반석지안(盤石之安)
아주 견고한 기초를 뜻함.
「陸隴其의 謙守齋記」,
視其家 若泰山之固 盤石之安 人無如
我何者也

반석지종(盤石之宗)
⇒반석지안(盤石之安) 참조.
「史記 文帝紀」,
中尉宋昌曰 高弟王子弟 地犬牙相制
此所謂 盤石之宗也

반성반수(半醒半睡)
반은 깨고 반은 자고 있다는 뜻으
로, 몽롱한 상태를 이르는 말. 반수
(半睡)만으로도 쓰이고, 반수반성(半
睡半醒)이라고도 함.

반수(半睡)

⇒반성반수(半醒半睡) 참조.

반수반성(半睡半醒)

⇒반성반수(半醒半睡) 참조.

반수발사(反首拔舍)

헝클어진 머리와 해진 옷을 입고 한데서 잔다는 뜻.

「左傳 僖公十五年」,
秦獲晉侯以歸 晉大夫 反首拔舍從

반승반속(半僧半俗)

⇒비승비속(非僧非俗) 참조.

반식대신(伴食大臣)

⇒반식재상(伴食宰相) 참조.

반식자우환(半識字憂患)

반쯤 아는 것이 근심거리를 가져온다 함이니, 무슨 일에나 어설피 잘 알지도 못하면서 아는 체하다가는 도리어 일을 아주 그르치게 됨을 이르는 말.

반식재상(伴食宰相)

어지간한 직책이나 지위에 있으면서, 실력이 따르지 않아 유능한 재상의 곁에 달라붙어 자기 지위를 유지하는 무능한 재상. 반식대신(伴食大臣)이라고도 함.

「唐書 盧懷愼傳」,
開元元年 進同紫微黃門平章事 懷愼自以才不及崇 故事皆推而不專 時謂爲伴食宰相

＊ 당나라 현종(玄宗) 시대, 청렴 결백하고 검약가였던 노회신(盧懷愼)이 요숭(姚崇)과 함께 재상직에 있을 때, 모든 일을 요숭에게 맡기고 자신은 물러서 있었다. 그래서 당시 사람들은 노회신을 반식재상이라고 했다.

반신반의(半信半疑)

반쯤은 믿고 반쯤은 의심함.

반신반인(半神半人)

반은 신이고 반은 사람이란 뜻으로, 아주 영묘한 사람을 이르는 말.

반신불수(半身不隨)

몸의 어느 한쪽을 쓰지 못하는 증상, 또는 그런 사람.

반양기지족(絆良驥之足)

천리마(千里馬)의 발을 묶음, 즉 어진 사람을 구속함을 비유하는 말.

「吳質의 答東阿王書」,
今處此而求大功 猶絆良驥之足 而責以千里之任

반양지호(潘楊之好)

혼인(婚姻)으로 인척 관계를 겹친 오랜 적부터 좋은 사이.

＊ 진(晉)나라의 반악(潘岳)의 아버지와 양중무(楊仲武)의 조부(祖父)가 옛적부터 친교가 있었고 반악의 아내가 중무의 고모(姑母)였기 때문에 반악과 양중무는 더욱 친밀했다는 고사.

반용부봉(攀龍附鳳)

용을 타고 봉황에게 달라붙음, 즉 걸출한 사람에게 빌붙어 자기의 공명을 세우려함을 이름.

반유무도(盤遊無度)

정도를 벗어난 놀이를 이르는 말.

반의지희(斑衣之戲)

⇒노래지희(老萊之戲) 참조.

반자지정(半子之情)

반 아들 같은 정리, 곧 사위를 이르는 말.

반포보은(反哺報恩)

⇒반포지효(反哺之孝) 참조.

반포지효(反哺之孝)

까마귀 새끼가 자라서 그 어버이에게 먹이를 먹인다는 고사로, 자식이 자라서 부모의 은혜에 보답함을 비유하는 말. 반포보은(反哺報恩) 또는, 오유반포지효(烏有反哺之孝)라고도 함.

「白居易의 慈烏夜啼」,

慈烏失其母 : 慈烏는 자기어미를 잃고

啞啞吐哀音 : 아! 아! 슬프게 울음 토하며

晝夜不飛去 : 주야로 둥우리에서 떠나지 않으며

經年守故林 : 해를 넘겨도 옛 숲을 지키고 있네

夜夜夜半啼 : 깊은 밤마다 찢어질 듯 울어

聞者爲沾襟 : 듣는 이로 하여금 옷깃을 적시게 하네

聲中如告訴 : 울음소리에는 마치 반포의 효성을

未盡反哺心 : 다하지 못함을 애절하게 호소하는 듯

百鳥豈無母 : 모든 새들도 다 자기 어미가 있겠거늘

爾獨哀怨心 : 너만이 유독 애원하는 정이 깊으니

應是母慈重 : 틀림없이 네 어미의 사랑이 커서

使爾無不任 : 그렇듯 슬픔을 이기지 못했으리라

昔有吳起去 : 옛날에 吳起라는 자는 집을 떠나

母歿喪不臨 : 돌아간 어머니 장례도 치르지 않았으니

哀哉若此輩 : 슬프도다 그러한 무리들의

其心不如禽 : 새만도 못한 심정이여

慈烏復慈烏 : 자오야, 자오야! 너는 바로

烏中之曾參 : 새들 중의 曾子라 하겠노라

* 慈烏 또는 孝鳥라고 하는 까마귀가 어미를 잃고 애타게 우는 것을 주제로 孝心을 깨우치고자 지은 시.

* 吳起 - 衛나라 사람으로 曾子에게 배웠으나, 자기 母親喪에도 돌아오지 않았으므로 曾子가 인연을 끊었다. 그러자 吳起는 兵法을 배웠다 한다.

「事文類聚」,

禽經張華注 慈烏曰孝鳥 長則反哺其母

「小爾雅釋鳥」,

純黑而哺者謂之烏 小而腹下白 不反哺者 謂之鴉

반혜곡경(盤蹊曲徑)

⇒방기곡경(旁岐曲逕) 참조.

반호(盤互)

서로 즐겨 어울림을 이르는 말.

「漢書 劉向傳」,

宗族盤互

반후지종(飯後之鍾)

목란원(木蘭院)의 중이 왕파(王播)가 식객(食客)으로 얻어먹음을 싫어하여 식사 후에 종을 쳐서 식사시간을 알렸다는 고사로, 기한이나 시간이 지났음을 뜻하는 말.

「摭言」,

王播客揚 州木蘭院 隋僧齋食 僧厭苦 飯後擊鍾 後播來則後時矣

발간적복(發奸摘伏)

적당하지 못한 일이나 숨겨진 죄상을 들추어냄을 이르는 말

발고여락(拔苦與樂)

중생의 괴로움을 거둬 버리고 즐거움을 줌. 불교에서 자비를 베풂.

발군(拔群)

여럿 중에서 뛰어남을 이르는 말.
「宋書 玉華傳」,
才質拔群
「梁書 劉顯傳」,
聰明特達 出類拔群

발단심장(髮短心長)

늙기는 했으나 계려(計慮)하는 것은 길다는 뜻.

발란반정(撥亂反正)

어지러운 세상을 다스려 바른 세상으로 만듦을 이름.
「雜書 公羊傳」
撥亂世反諸正 莫近於春秋

발명무로(發明無路)

죄가 없음을 밝힐 길이 없음. 변명할 도리가 없음.

발몽진락(發蒙振落)

힘들지 않거나 아주 쉬운 일을 이르는 말.
「史記 汲黯傳」,
淮南王安謀反 憚黯曰 好直諫守節死義 難惑以非 至如說丞相弘(公孫子)
如發蒙振落耳

발묘조장(拔苗助長)

일을 나쁜 쪽으로 도와줌을 이르는 말.

발보리심(發菩提心)

자비(慈悲)로운 마음을 이르는 말.
「華嚴經」,
發菩提心者 所謂發大悲心 普救一切

衆生 故發大慈心 等祐一切簡故

발복지지(發福之地)

장차 운이 트일 땅이란 뜻으로, 좋은 집터나 자리를 이르는 말.

발본색원(拔本塞源)

나무의 뿌리를 뽑아 버리고 물의 근원을 막아 버린다는 뜻으로, 어떤 일이나 사물의 폐단을 완벽하게 없애 버림을 이르는 말.
「左傳 昭公九年」,
我在伯父 猶衣服之有冠冕 木水之有本源 民人之有謀主 伯父若裂冠毀冕拔本塞源 專棄謀主 雖戎狄其何有餘一人

나와 백부와의 사이는 의복과 모자와의 관계나, 나무와 물과 그 근원과의 관계나, 백성들과 그 주인과의 관계와 같습니다. 백부께서 만약 갓을 찢어 버리고, 면류관을 허물어 버리며, 근본을 뽑고 근원을 막으며 전적으로 주인을 내버린다면, 비록 융적(戎狄)이라 한들 나 한 사람을 섬기려 들겠습까?

발분망식(發憤忘食)

어떤 일을 성취하기 위하여 끼니까지 잊고 노력함을 이르는 말.
「論語 述而 十八」,
葉公問 孔子 於子路 子路不對 子曰
女奚不曰 其爲人也 發憤忘食 樂以忘憂 不知老之將至云爾

葉公이 孔子의 사람됨을 子路에게 물었는데, 자로가 대답하지 않았다. 이를 孔子가 들으시고 알려주시되, "너 어찌 '그 사람됨이 학문을 사랑하여 發憤하면 음식을 잊으며 흥겨움에 모든 근심을 잊어 늙음이 장차 신상

에 이르는 것조차 알지 못하는 위인
이라'고 대답하지 아니하였느냐?"

발산개세(拔山蓋世)

⇒역발산기개세(力拔山氣蓋世) 참조.

발심성(發深省)

매사에 깊이 반성함을 이르는 말.
「杜甫의 遊龍門奉先寺詩」,
月林散淸影 天闕象緯逼 雲臥衣裳冷
欲覺聞晨鍾 令人發深省

발안중정(拔眼中釘)

나쁜 신하를 제거함을 이르는 말.
「五代史 趙在禮傳」,
在禮在宋州 人尤苦之 已而罷去 宋人
喜而相謂曰 拔眼中釘 豈不樂哉

발전치후(跋前疐後)

진퇴(進退)가 몹시 어려움을 뜻하는
말.
「韓愈의 進學解」,
跋前疐後

발충관(髮衝冠)

⇒노발충관(怒髮衝冠) 참조.

발호(跋胡)

진퇴양난(進退兩難) 또는 진퇴유곡
(進退維谷)에 빠지는 것.
⇒낭발기호재치기미(狼跋其胡載疐其尾)
참조

발호(跋扈)

함부로 세력을 휘두르거나 제멋대로
날뛰는 것을 이르는 말.
「後漢書 崔駰傳」,
黎共奮以跋扈兮

발호시령(發號施令)

위에서 명령을 내림을 이르는 말.
「書經 冏命篇」,
發號施令 罔有不臧

방가위지(方可謂之)

'과연 그렇다 할 만하게'의 뜻으로
쓰임. 방가위(方可謂)만으로도 쓰임.

방기곡경(旁岐曲逕)

꾸불꾸불한 길이란 뜻으로, 일을 순
리대로 하지 않고, 옳지 않은 방법을
써서 억지로 함을 이르는 말. 반계곡
경(盤蹊曲徑) 또는, 반혜곡경(盤蹊曲
徑)이라고도 함. 유사한 말로 견강부
회(牽强附會)가 있음.

방미두점(防微杜漸)

어떤 일이 커지기 전에 미리 막음을
이르는 말.

방반유철(放飯流歠)

밥을 많이 뜨고 국을 소리내며 마신
다는 뜻으로, 예절이 없이 음식을 먹
는다는 말.
「孟子 盡心章句上 四十六」,
孟子曰 知者無不知 當務之爲急 仁者
無不愛 急親賢之爲務 堯舜之知而不徧
物 急先務也 堯舜之仁不徧愛人 急親
賢也 不能三年之喪而緦小功之察 放飯
流歠而問無齒決 是之謂不知務
맹자 가로되, "지성인에게는 알지
못할 것이 없는 것이겠지만, 먼저 당
연히 힘써야 될 일을 급하게 여겨야
할 것이다. 인자한 사람에게는 사랑
하지 않을 것이 없는 것이겠지만, 賢
良한 사람을 더 친하기를 서두를 것
을 힘써야 될 일이다. 堯舜 임금의
지혜로도 사물을 두루 다 알지 못했
던 것은 먼저 힘써야 될 일을 서둘러
했기 때문이다. 또 堯舜 임금의 인자
함을 가지고도 사람들을 두루 다 사

랑하지 못한 것은 賢良한 사람을 먼저 친하게 하는 데 서둘렀기 때문이다. 三年喪을 지키지 못하면서 석 달 服입는 것과 다섯 달 服 입는 것을 자세히 살핀다거나, 또는 밥을 마구 퍼먹고 국물을 줄줄이 들이키면서 마른 乾肉을 이빨로 끊어 먹지 말아야 한다고 문제삼는 것 등을 두고 소위 먼저 힘써야 할 일이 무엇인가를 모른다고 하는 것이다."

방방곡곡(坊坊曲曲)
한 군데도 빼놓지 아니한 모든 곳을 이르는 말.

방벽사치(放僻邪侈)
아무 거리낌없이 제 멋대로 하고 분수에 넘치도록 치레만 함을 이르는 말.

「孟子 梁惠王章句上 七」.

無恒産而有恒心者 惟士爲能 若民則無恒産 因無恒心 苟無恒心 放僻邪侈 無不爲已 及陷於罪然後 從而刑之 是罔民也 焉有仁人 在位 罔民而可爲也 是故 明君制民之産 必使仰足以事父母 不足以畜妻子 樂歲終身飽 凶年免於死亡 然後 驅而之善故 民之從之也輕 今也制民之産 仰不足以事父母 俯不足以畜妻子 樂歲終身苦 凶年不免於死亡 此惟救死而恐不贍 奚暇治禮義哉 王欲行之則盍反其本矣 五畝之宅樹之以桑 五十者可以衣帛矣 鷄豚狗彘之畜 無失其時 七十者可以食肉矣 百畝之田 勿奪其時 八口之家可以無飢矣 謹庠序之敎 申之以孝悌之義 頒白者不負戴於道路矣 老者衣帛食肉 黎民不飢不寒 然而不王者 未之有也

恒産이 없더라도 恒心을 갖는 것은 오직 선비만이 그렇게 할 수 있습니다. 일반 백성들에 이르러서는 恒産이 없으면 그 때문에 恒心을 못 가지는 것입니다. 만일 恒心이 없어 바깥 유혹에 마음이 흔들린다면 放蕩·偏僻·邪惡·奢侈 등 못할 짓이 없습니다. 그러나 이러한 일반 백성들이 죄에 빠진 연후에 뒤따라가서 처벌한다면 그것은 백성들을 그물 쳐서 잡는 것입니다. 어찌 어진 사람이 임금의 자리에 있으면서 백성들을 그물 쳐서 잡는 일을 할 수 있겠습니까? 그러므로 옛 明君이 백성의 산업을 제정함에 있어서, 반드시 위로는 넉넉히 부모를 섬길 수 있고 아래로는 넉넉히 처자식을 먹여 살릴 수 있어서, 풍년이 들면 일생을 배불리 먹을 수 있고 흉년이 들더라도 죽음으로부터 면할 수 있도록 하여 줍니다. 그렇게 한 후에 백성들을 지도하여 善한 길로 가게 하는 까닭에 백성들이 그를 따라가기가 수월한 것입니다. 그런데 오늘날 君主들은 백성들의 산업을 제정한다는 것이 위로는 부모를 섬기기에 부족하고 아래로는 처자식을 먹여 살리기에 부족하여, 풍년이 들더라도 일생을 고생해야 되고 흉년이 들면 죽을 도리밖에 없습니다. 이러고서야 백성들이 죽음에서 救濟되기에도 힘이 모자랄까 걱정인데 어느 여가에 禮를 닦고 義를 행하겠습니까? 王께서 한 번 仁政을 펴보고 싶으시면 왜 그 근본으로 돌아가서 백성들이 恒産을 갖도록 하시지 않습니까? 5무(五畝)의 택지에다 뽕나무를 심으면 50대의 노인이 비단 옷을 입을 수 있을 것이요, 닭·돼지·개 등의 가축을 기르는 데 그 번식기를 잃지 않게 하면 70대의 노인이 고기를 먹을 수 있을 것이요, 100무의 전답을 가진 경작자에게서 농번기를 빼앗지 않는다면 여덟 식구를 가진 가구가 굶주리지 않게 될 것입니다. 그리고 학교 교육을 신중하게 실시하고 孝悌의 도를 되풀이하여 가르친다면 斑白의 노인이 짐을 이거나 지고서 길에 다니지 않게 될 것입니다. 노인이 비단 옷 입고 고기를 먹으며, 일반 백성이 주리지 않고 헐벗지 않게 되고서도, 王 노릇하지 못한 사람은 아직 있어본 일이 없습니다.

방성대곡(放聲大哭)

⇒방성통곡(放聲痛哭) 참조.

방성통곡(放聲痛哭)

몹시 슬퍼 목을 놓아 크게 울음. 대성통곡(大聲痛哭) 또는 방성대곡(放聲大哭)이라고도 함.

방안(榜眼)

시험에 둘째로 합격함을 이르는 말.
「雲麓漫鈔」,
世目狀元第二人爲榜眼
「陔餘叢考」,
按宋史陳思讓傳 思讓之孫若拙素無文中第二名 當時以第二名爲榜眼 遂以若拙爲瞎榜 則榜眼之名 起於北宋無疑 然魏道輔詩話 宋太宗時 朱嚴以第三人及第 附舟赴任 王禹偁送詩曰 賃舟東下歷陽湖 榜眼科名釋褐初 則北宋時第三人 亦呼爲榜眼 蓋眼必有二 故第二第三人皆謂之榜眼 其後以第三人爲探花 遂專以第二人爲榜眼耳

방약무인(傍若無人)

좌우에 사람이 없는 것 같이 남의

입장이나 형편을 살피지 않고 제멋대로 하는 사람을 일컬음. 안하무인(眼下無人), 유아독존(唯我獨尊)과 유사한 말.
「史記 刺客列傳」,
荊軻旣至燕 愛燕之狗屠及先擊筑者高漸離 荊軻嗜酒 日與狗屠及高漸離飮於燕市 酒酣以往 高漸離擊筑 荊軻和而歌於市中 相樂也 已而相泣 傍若無人者
형가는 燕나라로 옮긴 뒤 연나라의 어떤 개백정과 筑의 명수인 高漸離와 반죽이 맞았다. 호주가인 荊軻는 날마다 개백정과 고점리 들과 어울려 연나라 장바닥에 나가 술을 마시고 놀았다. 술자리가 무르익으면 고점리는 축을 치고 형가는 거기에 맞추어 노래를 부르며 서로 즐기다가도 와락 울음을 터뜨리며 마치 곁에 아무도 없는 것처럼 행동했다.
* 축(筑) - 거문고 비슷한 악기로 대(竹)로 현을 퉁겨서 소리를 내는 악기.
* 형가(荊軻) - 포학 무도한 진왕(秦王) 정(政: 훗날의 시황제)을 암살하려다 실패한 자객(刺客).

방어정미(魴魚赬尾)

방어의 꼬리는 원래 흰 것인데 그것이 붉어졌다는 뜻으로, 백성의 노고가 심한 것을 비유하여 이르는 말.

방언고론(放言高論)

마음먹은 대로 아무 거리낌없이 하는 의논을 이르는 말.
「文章軌範侯字集 小序」,
放言高論 筆端不窘束

방예원착(方枘圓鑿)

⇒예착불상용(枘鑿不相容) 참조.

방외범색(房外犯色)

아내 이외의 여자와 육체 관계를 맺음을 뜻함.

방의여성(防意如城)

각자의 분분한 의견을 막는다는 뜻.
「癸辛雜識」,
富鄭公有 守口如瓶 防意如城之語 見梁武懺六卷 不知本出何經

방장부절(方長不折)

① 자라나는 초목을 꺾지 아니함. ② 전도가 양양한 사람이나 사업에 훼살을 놓지 아니함.

방저원개(方底圓蓋)

⇒예착불상용(枘鑿不相容) 참조.
「顔氏家訓」,
使疏薄之人而節量親厚之恩 猶方底而圓蓋 必不合矣

방탕무뢰(放蕩無賴)

술과 여자에 빠져 일은 안 하고 불량한 짓을 함을 이르는 말.

방환미연(防患未然)

⇒미연방지(未然防止) 참조.

방휼지세(蚌鷸之勢)

서로 물고 버티어 놓지 않음. 곧, 어금버금한 형세를 이르는 말.
⇒휼방지쟁(鷸蚌之爭)의 고사 참조.

방휼지쟁(蚌鷸之爭)

⇒휼방지쟁(鷸蚌之爭)의 고사 참조.

배가경(拜家慶)

자녀가 부모를 찾아 뵙는 일을 이르는 말.
「孟浩然의 詩」,
明朝拜家慶 復著老萊夜

배반낭자(杯盤狼藉)

술좌석이 산만하거나 문란해짐을 이르는 말.
「史記 滑稽傳」,
杯盤狼藉 堂上燭滅
술잔과 접시가 마치 이리에게 깔렸던 풀처럼 어지럽게 흩어지고 집안에 등불이 꺼졌다.
「蘇軾의 前赤壁賦」,
肴核已盡 杯盤狼藉 相與枕藉乎舟中 不知東方之旣白
그러나 (魚肉이나 果實 등의) 안주가 다 없어지고 잔과 쟁반이 흐트러져 뒤섞였다. 우리는 모두 醉해서 뱃바닥에 쓰러져 서로 베고 잠이 들어 버리니, 東方이 밝아 날이 새는 줄을 모르고 있었다.

배부개가(背夫改嫁)

자기 남편을 배반하고 다른 곳으로 시집감을 이르는 말.

배산압란(排山壓卵)

일이 아주 쉬움을 이르는 말.
「晉書 杜有道妻嚴氏」,
排山壓卵 以湯沃雪

배산임수(背山臨水)

땅의 형세가 산을 등지고 물에 면하고 있음을 이르는 말.

배수거신(杯水車薪)

한 바가지의 물로 한 수레나 되는 장작의 불을 끄려 한다는 뜻으로, 전혀 소용없는 일을 비유하는 말.
「孟子 告子章句上 十八」,
孟子曰 仁之勝不仁也 猶水之勝火 今之爲仁者 猶以一杯水 救一車薪之火也 不熄則謂之水不勝火 此又興於不仁之

甚者也 亦終必亡而已矣

맹자 가로되, "仁이 不仁을 이기는 것은 마치 물이 불을 이기는 것과 같다. 그러나 요즈음 仁을 행하는 사람은 마치 한 잔의 물을 가지고 한 채의 수레에 실려있는 땔나무에 붙은 불을 끄는 것과 같다. 꺼지지 않으면 물도 불을 이기지 못한다고 하니, 이것은 또한 不仁에 편드는 것이 심한 사람으로 나중에는 필경 仁까지도 잃어버리고야 말 것이다."

배수지진(背水之陣)

물을 등에 지고 진을 친다는 뜻으로, 목숨을 걸고 어떤 일에 대처하는 경우를 비유하는 말. 줄여서 배수진(背水陣)만으로도 사용함. 유사어로 제하분주(濟河焚舟), 파부침선(破釜沈船)이 있음..

「史記 淮陰侯列傳」,

光武君策不容 韓信使人間視 知其不用 還報 則大喜 乃敢引兵遂下 未至井陘口三十里 止舍 夜半傳發 選輕騎二千人 人持一赤幟 從間道萆山而望趙軍 誠曰 趙見我走 必攻壁逐我 若疾入趙壁 拔趙幟 立漢赤幟 令其裨將傳飱曰 今日破趙會食 諸將皆莫信 詳應曰 若謂軍吏曰 趙已先據便地爲壁 且彼未見吾大將旗鼓 未肯擊前行 恐吾至阻險而還 信乃使萬人先行出 背水陣 趙軍望見而大笑 平旦 信建大將之旗鼓 鼓行出井陘口 趙開壁擊之 大戰良久

(成安君 陳餘는)광무군의 계획을 받아들이지 않았다. 韓信은 첩자를 놓아 몰래 趙나라의 동향을 탐지시키고 있었는데, 그 첩자가 돌아와서 광무군의 계책이 채택되지 않은 것을 보고하자 크게 기뻐했다. 그래서 과감하게 군사를 이끌고 정형 입구 30리 지점에 진을 쳤다.

그날 밤, 그는 군중에 명령을 내려서 輕騎兵 2000명을 선발하여 각자 붉은 기를 지니게 하고 뒷길을 돌아 사잇길로 나아가 산 속에 숨어서 조나라 군진을 엿보게 했다. 그리고 다음과 같은 지시를 내렸다. "조나라 군사는 우리가 도망가는 것을 보면 반드시 진지를 비우고 나와서 추격할 것이다. 그때 너희들은 재빨리 조나라 진지 안으로 들어가기를 모두 뽑아 버리고 漢나라의 붉은 기치를 세워라." 또 비장들에게 간단한 점심 식사를 나누어주도록 하고 말했다. "오늘 조나라를 쳐서 이긴 다음에 다 같이 모여서 회식하자!" 장군들은 아무도 그 말을 믿지 않았다. 그러나 모두 알아들은 체하고 대답했다. "알았습니다." 한신은 다시 軍吏에게 일렀다. "조나라 군사는 벌써 유리한 곳을 점거하여 보루를 쌓고 있다. 그리고 그들은 아직 우리 군사의 대장의 軍旗와 큰북을 보기 전에는 우리의 선봉 부대를 공격하지 않을 것이다. 우리 주력부대가 길이 험한 곳에 부딪쳐서 되돌아가지나 않을까 하고 있기 때문이다."

한신은 1만 명의 군사를 먼저 출발시켜서 정형 입구를 나와 강을 뒤로 등지고 포진했다. 조나라 군사는 이것을 바라보고 크게 웃었다. 동이 틀 무렵에 한신은 대장기를 높이 세우고 큰북을 울리면서 전진해 정형의 입구에서 쳐들어갔다. 조나라 군사는 진문(陣門)을 열고 출격해 나왔다. 잠시 동안 격렬한 전투가 계속되었다.

「尉繚子 天官篇」,

按天官 曰 背水陣爲絶地 向阪陳爲廢
軍 武王伐紂 背濟水 向山阪而陳 以二
萬二千五百人 擊紂之億萬而滅商 豈紂
不得天官之陳哉

「後漢書 銚期傳」,

時銅馬數千萬衆人 淸陽博平期與諸將
迎擊之 連戰不利 乃更背水而戰 所殺
傷甚多 會光武救至 遂大破之

* 한고조(漢高祖)가 제위(帝位)에 오르
기 2년 전 한군의 일지대(一支隊)를 이
끈 한신(韓信)이 위(魏)를 격파한 여세
를 몰아 조(趙)로 진격했던 때의 고사
(故事)에서 유래된 말.

배수진(背水陣)

⇒배수지진(背水之陣) 참조.

배암투명(背暗投明)

어둠을 등지고 밝은 데로 나아간다
는 뜻으로, 그른 길을 버리고 바른
길로 나아감을 뜻하는 말.

배은망덕(背恩忘德)

입은 은덕을 저버리고 배반함을 이
르는 말.

배일병행(倍日幷行)

밤낮을 계속하여 달림을 이르는 말.
「史記 孫子傳」,

棄其步軍 與其輕銳 倍日幷行逐之

배주해원(杯酒解怨)

주석에서 술잔을 주거니 받거니 하
는 동안에 옛날의 원한을 잊는다는
뜻.
「唐書 張延賞傳」,

배중사영(杯中蛇影)

문설주에 걸려 있는 활에 뱀이 그려
져 있었는데 그 밑에서 술을 마시다

가 잔 속에 비친 뱀의 그림자에 놀라
병을 앓게 되었다는 고사(故事)로,
아무 것도 아닌 일에 의심을 품으면
쓸데없는 걱정을 하게 된다는 뜻. 같
은 뜻으로 쓰이는 말에 의심생암귀
(疑心生暗鬼)가 있다.
「晉書 樂廣傳」,

樂廣字彦輔 遷河南尹 常有親客 久闊
不復來 廣問其故 答曰 前在坐蒙賜酒
方飮忽見盃中有蛇 意甚惡之 旣飮而疾
于時河南廳事 壁上有角弓 漆畵作蛇
廣意 盃中蛇卽角弓也 復置酒於前處
謂客曰 盃中復有所見不 答曰 所見如
初 廣乃告其所以 客豁然意解 沈痾頓
愈

樂廣의 字는 彦輔인데 河南의 장관
으로 있었다. 친한 친구가 있었는데
오랫동안 찾아오지 않아 樂廣은 그
까닭을 물었다. 친구가 답하기를,
"전에 술대접을 받았을 때, 느닷없이
잔 속에 뱀이 보여 이상히 여겼지만
그냥 마신 후로 병에 걸려서 찾아 뵙
지를 못했습니다." 그 때 마신 곳은
河南의 廳舍였는데 벽에는 활이 걸려
있었고, 그 활에는 뱀이 그려져 있었
다. 樂廣은 잔 속에 그 뱀이 비친 것
이라고 생각하고, 전과 같은 장소에
서 술자리를 다시 베풀어 그 친구에
게 가로되, "잔 속에 또 보입니까?"
친구가 답하기를, "전과 같습니다."
樂廣이 그 까닭을 말하니 친구는 그
순간에 의문이 풀려 병이 나아버렸
다.

* 악광(樂廣) - 진(晉)나라 때 사람으
로, 그는 집이 가난하여 독학을 했지만
영리하고 신중해서 늘 주위 사람들로부
터 칭찬을 받으며 자라. 훗날 수재(秀

才)로 천거되어 벼슬길에 나가서도 역시 매사에 신중했다 함.

「風俗通義」,

予之祖父郴爲汲令 以夏至日見主簿杜宣 賜酒 時北壁上有懸赤弩照於杯 形如蛇 宣畏惡之 其日便胸腹痛切 攻治萬端不愈 後郴至宣家 問其變故 云蛇入腹中 郴還廳事顧見懸弩 載宣於故處 設酒 杯中壁有蛇 巴謂宣 此壁上弩影耳 非有他怪 宣遂解 由是乿瘳平

백가쟁명(百家爭鳴)

많은 학자, 문화인 등 지식층의 논쟁이 활발함을 이르는 말.

백거백전(百車百全)

하는 일마다 잘 되어 감을 비유하는 말.

「魏志」,

백견사봉(白絹斜封)

예전에 편지를 흰 비단으로 봉(封)한데서 유래된 말로, 타인으로부터 받은 편지를 이르는 말.

「盧仝의 謝孟諫議惠茶歌」,

日高丈五睡正濃 軍將扣門驚周公 口傳諫議送書信 白絹斜封三道印

백계무책(百計無策)

있는 꾀를 다 써봐도 별 수 없음. 계무소출(計無所出)이라고도 함.

백골난망(白骨難忘)

죽어서도 그 은혜를 잊을 수 없다는 뜻. 각골난망(刻骨難忘), 결초보은(結草報恩)과 유사한 낱말.

백공천창(百孔千瘡)

백의 구멍, 천의 부스럼, 곧 상처투성이란 뜻으로, 온갖 폐단으로 엉망진창이 된 상태를 이르는 말. 또는,

성인(聖人)의 도(道)에 많이 이지러짐을 뜻하는 말.

「韓愈의 與孟尙書」,

漢氏以來 群儒區區 修補百孔千瘡 隨亂隨失

백구(百口)

한 가족을 이르는 말.

「胡注」,

人謂其家之 親屬爲百口

백구과극(白駒過隙)

흰 망아지가 달리는 것을 벽(壁) 틈으로 보는 것과 같이 눈 깜박할 동안이라는 뜻으로, 세월(인생)이 덧없이 빨리 지나감을 이르는 말. 줄여서 구극(駒隙)만으로도 쓰임.

「莊子 知北遊」,

人生天地之門 若白駒之過隙 忽然而已

사람이 하늘과 땅 사이에 살고 있는 것은 마치 날랜 말이 벽 틈바구니 앞을 지나가는 것처럼 순간적인 것에 불과하오.

백귀야행(百鬼夜行)

많은 요괴(妖怪)가 사람 눈을 피하여 밤에 횡행(橫行)한다는 뜻으로, 악인들이 때를 만나 제멋대로 발호(跋扈)함을 비유하는 말.

백난지중(百難之中)

'온갖 어려운 고비를 겪는 가운데'의 뜻.

백년가약(百年佳約)

결혼을 하여 평생을 같이 지낼 언약을 이름.

백년대계(百年大計)

먼 장래를 내다보고 게우는 계획.

백년지계(百年之計)라고도 함.

백년지객(百年之客)

아무리 스스럼이 없어져도 한평생 손〔客〕으로 맞아 예의를 잊지 말아야 한다는 뜻에서 나온 말로, 사위를 이르는 말.

백년지계(百年之計)

⇒백년대계(百年大計) 참조.

백년하청(百年河淸)

백 년을 기다린다 해도 황하(黃河)는 맑아지지 않는다는 뜻으로, 아무리 기다려도 이루어지지 않는 일을 비유하는 말. 유사어로는 부지하세월(不知何歲月), 천년일청(千年一淸), 천년하청(千年河淸) 등이 있음.

「左傳 襄公 八年」,

子駟曰 周詩有之 曰 俟河之淸 人壽幾何 兆云詢多 職競作羅 謀之多族 民之多違 事滋無成 民急矣 姑從楚以舒吾民 晋師至 吾又從之 敬共幣帛 以待來者 小國之道也 犧牲玉帛 待於二竟 以待彊者而庇民焉 寇不爲害 民不能病 不亦可乎

＊（춘추 시대 중반인 주(周)나라 영왕(靈王) 7년. 정(鄭)나라는 위기에 빠졌다. 초(楚)나라의 속국인 채(蔡)나라를 친 것이 화가 되어 초나라의 보복 공격을 받게 된 것이다. 곧 중신들이 모여 대책을 의논했으나 의견은 초나라에 항복하자는 화친론(和親論)과 진(晋)나라의 구원군을 기다리며 싸우자는 주전론(主戰論)으로 나뉘었다. 양쪽 주장이 팽팽히 맞서자 대부인) 자사(子駟)가 말하였다. "주나라의 시에 '황하가 맑아지기를 기다리는데 인간의 수명은 얼마이던가? 점을 쳐서 꾀하는 사람들이 많으면 오직 서로 다투어 그물에 걸려꼼 짝도 못하게 된다.'고 하였다. 꾀하는 사람이 너무 많고 사람들의 의견의 차이가 많으면 일은 더욱 성공하지 못하는 것이다. 이제 백성들이 위급하게 되었다. 잠깐 楚나라에 붙어서 백성들의 어려움을 풀어 주는 것이 좋을 것이다. 진나라의 원군이 온다면 그때는 또 진나라에 붙으면 될 것이다. 폐백(幣帛)을 바쳐서 쳐들어온 자를 기다리는 것이 소국(小國)이 택해야 할 길이다. 희생(犧牲)이나 옥백(玉帛)으로 晋, 楚 두 나라의 국경에서 기다리다가, 강한 자를 기다려 그에게 붙어 백성들을 지키자. 쳐들어오는 적이 백성들을 해치지 않고, 백성들도 피로하지 않는다면 또한 좋지 않겠는가?"라고 하였다. (이리하여 정나라는 초나라와 화친을 맺고 위기를 모면했다.)

백년해락(百年偕樂)

부부가 되어 한평생을 즐겁게 지냄.

백년해로(百年偕老)

부부가 화락(和樂)하게 함께 늙음을 이르는 말.

백대지친(百代之親)

여러 대에 걸쳐 가까이 지내 오는 친분을 이르는 말.

백두여신(白頭如新)

서로 백발이 되기까지 사귀고 있어도 마음을 알지 못하면 새로 사귄 것이나 같다, 곧 친구가 서로 마음을 몰랐던 것을 사과하는 말.

「史記 鄒陽傳」,

諺曰 白頭如新 傾蓋如故 何則知與不知也

백두옹(白頭翁)

새 이름(후루룩비쭉새).

「江表傳」,
曾有白頭鳥集殿前 孫權問此何鳥 諸
謁恪曰 白頭翁也

백락일고(伯樂一顧)

명마(名馬)가 백락(伯樂)을 만나 비
로소 세상에 알려진다는 뜻으로, 현
자(賢者)가 그를 알아주는 지기(知
己)를 만나게 된다는 뜻.
「戰國策」,
蘇代曰 客有謂伯樂曰 臣有駿馬欲賣
此三旦立于市 人莫與言 願子一顧之
請獻一朝之費 伯樂乃旋視之 去而顧之
一旦而馬價十倍
* 백락(伯樂) - 주(周)나라 때 말의 감
정을 잘 하였던 사람의 별명(別名).

백령백리(百怜百俐)

여러 가지 일에 민첩하거나 영리함
을 이르는 말.

백로위상(白露爲霜)

기후가 추워짐을 이르는 말.
「詩經 秦風 蒹葭篇」,
蒹葭蒼蒼 白露爲霜

백록시하(百祿是荷)

하늘로부터 많은 복을 받음을 이르
는 말.
「詩經 商頌玄鳥篇」,
殷受命咸宜 百祿是荷

백룡어복(白龍魚服)

신령스러운 백룡(白龍)이 물고기로
둔갑하였다가 어부에게 잡혔다는 고
사에서 나온 말로, 귀인(貴人)이 미
행(微行)하다가 재난을 당함을 뜻하
는 말.
「說苑 正諫篇」,
吳王欲從氏飮 伍子胥諫曰 不可 昔白

龍下清冷之淵 化爲魚 漁者豫且射中其
目 白龍上 訴天帝 天帝曰 當是時 若
安置而形 白龍對曰 我下清冷之淵 化
爲魚 天帝曰 魚固人所射也

백리부미(百里負米)

가난한 가운데 부모님께 효도함을
이르는 말.
「孔子家語 致思篇」,
子路嘗曰 昔者由也事二親之時 常食
藜藿之實 爲親負米百里之外

백리이습(百里異習)

풍속이나 습관이 곳에 따라 다르다
는 말.
「晏子春秋」,
百里而異習 千里而殊俗

백리지재(百里之才)

'백 리'는 현(縣)을 뜻함이니, 현을
다스릴 만한 재주란 뜻으로, 재량이
보통 이상은 되나 그다지 출중하지
못한 사람을 이르는 말.

백리지해불능음일부(百里之海不能飮一夫)

세상에는 완전한 곳이 없다는 말.
「尉繚子」,
百里之海 不能飮一夫 三尺之泉 足止
三軍渴

백마과극(白馬過隙)

인생이나 세월이 덧없이 빠름을 이
르는 말.

백면서생(白面書生)

오로지 글만 읽고 세상일에 경험이
없는 사람을 이르는 말.
「晉書」,
高陽王隆曰 伐詳之徒 皆百面書生
「宋書 沈慶之傳」,

欲溫國 而與白面書生謀之 事何由濟

* 남북조(南北朝) 시대. 남조인 송(宋)나라 3대인 문제(文帝) 때 오(吳) 땅에 심경지(沈慶之)라는 사람이 있었다. 그는 어릴 적부터 힘써 무예를 닦아 그 기량이 뛰어났다. 전(前) 왕조인 동진(東晉)의 유신(遺臣)은 손은(孫恩) 장군이 반란을 일으켰을 때 그는 불과 10세의 어린 나이에 일단(一團)의 사병(私兵)을 이끌고 반란군과 싸워 번번이 승리하여 무명(武名)을 떨쳤다. 그의 나이 40세 때 이민족(異民族)의 반란을 진압한 공로로 장군에 임명되었다. 문제에 이어 즉위한 효무제(孝武帝) 때는 도읍인 건강(建康)을 지키는 방위 책임자로 승진했다. 그 후 또 많은 공을 세워 건무장군(建武將軍)에 임명되어 변경 수비군의 총수(總帥)로 부임했다.

어느 날 효무제는 심경지가 배석한 자리에 문신들을 불러 놓고 숙적인 북위(北魏)를 치기 위한 출병을 논의했다. 먼저 심경지는 북벌(北伐) 실패의 전례를 들어 출병을 반대하고 이렇게 말했다. "폐하, 밭갈이는 농부에게 맡기고 바느질은 아낙네에게 맡겨야 합니다. 하온데 폐하께서는 어찌 북벌 출병을 백면서생과 논의하려 하십니까?" 그러나 효무제는 심경지의 의견을 듣지 않고 문신들의 의견을 받아들여 출병했다가 크게 패하고 말았다.

백무가관(百無可觀)

눈에 띄는 것마다 볼 만한 것이 하나도 없다는 말.

백무소성(百無所成)

하는 일마다 아무 것도 이루어지는 것이 없음을 이르는 말.

백무일실(百無一失)

무슨 일에나 한 번도 실패나 실수가 없음을 이르는 말.

백무일취(百無一取)

많은 언행 중에서 하나도 쓸 만한 것이 없음을 이르는 말.

백문불여일견(百聞不如一見)

백 번 듣는 것보다 한 번 보는 것이 낫다는 뜻으로, 무엇이든지 실제로 경험을 해야 확실히 알 수 있다는 말. 이문불여목견(耳聞不如目見)이라고도 함.

「漢書 趙充國傳」.

充國曰 百聞不如一見 兵難隃度 臣願 馳至金城 圖上方略

조충국은 이렇게 대답했다. "백 번 듣는 것이 한 번 보는 것만 못합니다. 군사란 실제를 보지 않고는 헤아리기 어려운 법이니, 원컨대 신을 금성군(金城郡)으로 보내 주십시오. 계책은 현지를 살펴본 다음에 아뢰겠습니다."

* 전한(前漢) 9대 황제인 선제(宣帝)가 강족(羌族) 토벌의 적임자를 70이 넘은 노장(老將) 조충국(趙充國)에게 물어 스스로 결정한 뒤, 계책을 물었을 때 나온 말. 결국 현지 조사를 마치고 돌아온 조충국은 기병(騎兵)보다 둔전병(屯田兵)을 두는 것이 상책이라고 상주하여 이 계책이 채택됨으로써 강족의 반란이 수그러졌다고 한다.

백미(白眉)

흰 눈썹을 가진 사람이 가장 뛰어났다는 말로, 여러 사람 중에 가장 뛰어난 사람이나 물건을 이르는 말.

「三國志 蜀志 馬良傳」.

良字季常宣城人 兄弟五人 竝有才名
鄕里謂之諺曰 馬氏五常 白眉最良 良
眉中有白毛 故以稱之

馬良의 字는 季常으로 宣城 사람이
었다. 그에게는 5형제가 있었는데 모
두 재주가 뛰어나 이름이 잘 알려졌
다. 마을 사람들이 그들을 평하여 말
하기를, "馬씨 집에 五常이 있는데
그 중에 흰 눈썹이 가장 뛰어나다.
馬良의 눈썹에는 흰털이 있기 때문에
이렇게 말하는 것이다."

* 蜀漢의 劉備가 군신들에게 久遠之計
를 묻자 伊籍이 어진 선비를 추천할 때
올린 말.

백미음식(百味飮食)

여러 가지 공양(供養)하는 음식을
이르는 말.
「百綠經」,
百味飮食 皆悉備有

백민(白民)

벼슬하지 않은 사람.
「康熙字典」,
魏書食貨志 莊帝班入栗之制 白民輸
五百石 聽依等出身

백반청추(白飯靑芻)

종에게는 백반, 말에게는 싱싱한 풀
을 준다는 뜻이니, 곧 주인이 몹시
후대함을 이르는 말.
「杜甫의 入奏行」,
江花未落還成都 肯防浣花老翁無 爲
君酤酒滿眼酤 與奴白飯馬靑芻

백반총탕(白飯葱湯)

쌀밥과 팟국이란 뜻으로, 검소한 음
식을 이르는 말.

백발백중(百發百中)

백 번 쏘아 백 번 맞힌다는 뜻에서
나온 말로, 활쏘기에 능숙한 사람을
이르는 말이었으나, 요즘에는 계획한
일이 생각했던 대로 들어맞음을 뜻한
다.
「史記 周紀」,
楚有養由基者 善射者也 夫柳葉百步
而射之 百發而百中之 左右觀者數千人
皆曰善射

楚나라에 養由基라는 사람이 있었는
데 활을 잘 쏘는 사람이었다. 버드나
무 잎을 100步 떨어진 곳에서 맞히는
데, 백 번을 쏘아 백 번을 맞히어, 구
경하던 수천 명의 사람들이 '잘 쏜다'
고 탄복하였다.

백발삼천장(白髮三千丈)

머리가 몹시 세었음을 과장한 말로,
몸이 늙어 서글픔을 이르는 말.

백발성성(白髮星星)

늙어 머리털이 희끗희끗함.

백방천계(百方千計)

여러 가지 방법과 온갖 계책.

백배사례(百拜謝禮)

몹시 고마워 거듭거듭 사례함. 백배
치사(百拜致謝)라고도 함.

백배사죄(百拜謝罪)

여러 번 절을 하며 거듭거듭 용서를
빈다는 말.

백배치사(百拜致謝)

⇒백배사례(百拜謝禮) 참조.

백벽미하(白璧微瑕)

희고 아름다운 구슬에 있는 조그만
흠이란 뜻으로, 거의 완전하나 약간
의 흠이 있음을 비유하는 말.

「昭明太子 陶淵明集序」,
白璧微瑕 惟在閒情一賦

백복장엄(百福莊嚴)
많은 선행으로 복을 쌓은 공덕(功
德)에 의하여 갖추어진 부처의 삼십
이상(三十二相)을 이르는 말.
「法華經」,
彩畫作佛像 百福莊嚴

백분무구(白賁无咎)
화려하지 않고 순수하며 검소한 기풍
을 이름.

백불실일(百不失一)
결코 목적한 바를 잃지 않음을 이르
는 말.
「論衡 須頌篇」,
從門庭廳堂室之言 什而失九 如登堂
闖室 百不失一

백불유인(百不猶人)
백이면 백 가지가 다 남보다 못하다
는 말.

백사불성(百事不成)
하는 일마다 이루어지는 것이라고는
하나도 없다는 뜻.

백사여의(百事如意)
모든 일이 뜻과 같음. 모든 일이 뜻
한 대로 이루어짐.

백사일생(百死一生)
⇒구사일생(九死一生) 참조.

백산흑수(白山黑水)
장백산(長白山)과 흑룡강(黑龍江)의
약칭.
「金史 世宗紀」,
生女直地 有混同江 長白山 混同江亦
號黑龍江 所謂白山黑水是也

백성유과 재여일인(百姓有過 在予一人)
백성의 잘못은 천자(天子) 자신의
잘못이라 하여 천자가 몸소 책임을
짐.
「書經 泰誓中篇」,
天視自我民視 天聽自我民聽 百姓有
過 在予一人 今朕必往

**백성지명 불여일월지광(百姓之明 不如
一月之光)**
범인(凡人) 백 사람이 한 사람의 현
인(賢人)을 따르지 못함을 비유한
말.
「文子」,
百姓之明 不如一月之光

백세지사(百世之師)
후세에까지도 많은 사람의 사표(師
表)가 될만한 훌륭한 사람한 사람을
이르는 말.
「孟子 盡心章句 下」,
聖人百世之師也
「蘇軾의 韓文公廟碑」,
匹夫而爲 百世之師 一言而爲天下法

백수건달(白手乾達)
가진 게 아무 것도 없는 멀쩡한 건
달을 이르는 말.

백수공귀(白首空歸)
나이를 먹어서 머리털이 희어져도
학문이 성취되지 않는 것.
「後漢書」,

백수북면(白首北面)
재덕(才德)이 없는 사람은 늙어서도
북쪽을 향하여 스승의 가르침을 빈다
는 뜻.
「文中子」,
賈瓊曰 夫子(文中子)十五爲人師 陳

留王孝逸先達之傲者矣 然白首北面 豈
以年乎

백수진인(白水眞人)

돈의 다른 이름.

「漢書」,

王莽以錢文有金刀 故改爲貨泉 或以
貨泉字 爲白水眞人

백수풍신(白首風神)

머리가 희고 풍채가 좋은 노인을 이
르는 말.

백수풍진(白首風塵)

늘그막에 겪는 고생을 이르는 말.

백술천려(百術千慮)

여러 가지 방책을 마음을 써서 생각
함.

백아절현(伯牙絶弦)

백아가 거문고의 줄을 끊었다는 말
로, 서로 마음 속 깊은 곳까지 잘 이
해해 주는 우인지기(友人之己)의 죽
음을 이르거나, 또는 친한 벗을 잃은
슬픔을 나타내는 말. 지기(知己)를
지음(知音)이라고도 하는 것도 이에
서 유래된 말이다. 백아파금(伯牙破
琴) 또는 절현(絶絃)이라고도 함.

「列子 湯問篇」,

* 춘추 시대, 거문고의 명수로 이름 높
은 백아(伯牙)에게는 그 소리를 누구보
다 잘 감상해 주는 친구 종자기(種子
期)가 있었다. 백아가 거문고를 타며
높은 산과 큰 강의 분위기를 그려내려
고 시도하면 옆에서 듣던 종자기의 입
에서는 탄성이 연발한다. "아, 멋지다.
하늘 높이 우뚝 솟는 그 느낌은 마치
태산(泰山) 같군." 또, "음, 훌륭해. 넘칠
듯이 흘러가는 그 느낌은 마치 황하(黃
河) 같군." 두 사람은 그토록 마음이 통

하는 연주자였고 청취자였으나, 불행히
도 종자기는 병으로 일찍 죽고 말았다.
그러자 백아는 절망한 나머지 거문고의
줄을 끊고 다시는 연주하지 않았다 한
다.

「荀子 勸學篇」,

昔者瓠巴鼓瑟 而流魚出聽 伯牙鼓琴
而六馬仰秣 故聲無小而不聞 行無隱而
不形 玉在山而草木潤 淵生珠而崖不枯
爲善不積 安有不聞者乎

백아파금(伯牙破琴)

⇒백아절현(伯牙絶鉉) 참조.

백안시(白眼視)

사람을 흘겨본다는 말로, 남을 나쁘
게 여기거나 냉대(冷待)함을 이르는
말.

「晉書 阮籍傳」,

籍不拘禮敎 能爲靑白眼 見禮俗之士
以白眼對之 及嵆喜來 卽籍爲白眼 喜
不懌而退 喜弟康聞之 乃齎酒挾琴造焉
籍大悅 乃見靑眼 由是禮法之士疾之若
讎

* 완적(阮籍) - 죽림칠현(竹林七賢)의
한 사람으로, 예의 범절에 얽매인 지식
인을 보면 백안시했다고 한다.

백약무효(百藥無效)

온갖 약이 효험이 없다는 뜻. 또는
어려운 일을 해결하려고 별난 방법을
다 써봐도 소용이 없다는 말.

백약지장(百藥之長)

⇒주백약지장(酒百藥之長) 참조.

백옥무하(白玉無瑕)

아무런 흠이 없는 원만한 사람을 비
유하는 말.

백옥치삼공(白屋致三公)

서민이 문신의 자리에 오름을 뜻함.
「漢書 主父偃傳」,
士或起白屋而致三公

백왕흑귀(白往黑歸)

처음과 끝이 다름을 이르는 말.
「列子」,
嚮者使汝狗白而往黑而歸 豈能無怪哉

백우(白雨)

우박을 이르는 말.
「淸異錄」,
關中謂雹曰 白雨

백운고비(白雲孤飛)

먼길을 떠나는 자식이 어버이를 그리워함을 이르는 말.

백유읍장(伯兪泣杖)

옛날 한백유(韓伯兪)가 어느 날 잘못을 저지르고 어머님에게 종아리를 맞는데, 어쩐지 어머님의 매가 전에 비해 약함을 느껴 어머님이 쇠약해지셨음을 알고 슬피 울었다는 고사로, 부모님에 대한 효심을 뜻함.
「說苑 建本篇」,
伯兪有過 其母笞之泣 其母曰 他日笞子 未嘗見泣 今泣何也 對曰 他日兪得罪 笞常痛 今母之力 不能使痛 是以泣

백의재상(白衣宰相)

평민이 재상대우를 받음을 이르는 말.
「南史」,
永明十年 陶弘景脫朝服 上表辭祿 詔許之 賜以束帛 敕所在 月給茯苓 時號白衣宰相

백의종군(白衣從軍)

벼슬 없이 군대를 따라 전장에 나감을 이르는 말.

백의창구(白衣蒼狗)

구름이 흰 옷 모양같이 되었다가 강아지 모양으로 변한다는 뜻으로, 세상일이 잘 변하는 것을 비유한 말.
「杜甫의 詩」,
天上浮雲如白衣 : 하늘에 뜬구름은 흰옷같이 되었다가
斯須改變成蒼狗 : 느닷없이 강아지로 변하는구나

백의천사(白衣天使)

흰옷을 입은 간호원을 아름답게 이르는 말.

백이사지(百爾思之)

갖가지로 생각하여 본다는 뜻.

백인가답(白刃可踏)

오기가 있음을 이르는 말.
「中庸」,
子曰 天下國家均也 爵祿可辭也 白刃可踏也 中庸不可能也

백인교전(白刃交前)

눈앞에서 칼날이 번쩍인다는 뜻이니, 몹시 다급함을 이르는 말.
「宋書」,
白刃交前 不救流失 事有緩急故也

백일몽(白日夢)

대낮에 잠을 자다 꾸는 꿈을 이르는 말.

백일승천(百日昇天)

도를 극진히 닦아 육신을 가진 채 대낮에 하늘에 오름, 곧 선인이 됨을 이르는 말. 또는 부자가 됨.
「魏書 釋老志」,

백자천손(百子千孫)

꽤 많은 자손을 비유하는 말.

백장(白藏)

가을을 이르는 말.

「爾雅釋天」,

秋爲白藏

백전노장(百戰老將)

①수없이 많은 싸움을 치른 노련한 장수. ②온갖 세상 풍파를 다 겪어서 여러 가지로 능란한 사람. 백전노졸(百戰老卒)이라고도 함.

백전노졸(百戰老卒)

⇒백전노장(百戰老將) 참조.

백전백승(百戰百勝)

최상의 승리를 이르는 말. 백전불태(百戰不殆) 또는 연전연승(連戰連勝)이라고도 함.

「孫子兵法 謀攻篇」,

孫子曰 凡用兵之法 全國爲上破國次之 全軍爲上破軍次之 全旅爲上破旅次之 全卒爲上破卒次之 全伍爲上破伍次之 是故 百戰百勝非善之善者也 不戰而屈人之兵善之善者也

대체로 전쟁하는 방법은 적국(敵國)을 온전한 채로 두고 굴복시키는 것이 최상의 방법이고, 적국을 깨뜨려서 굴복시키는 방법은 차선(次善)의 방법이다. 적군(敵軍)을 온전한 채로 두고 굴복시키는 것이 최상의 방법이고, 적군을 깨뜨려서 굴복시키는 것은 차선의 방법이다. 적의 여(旅)를 온전한 채로 두고 굴복시키는 것이 최상의 방법이고, 적의 여를 깨뜨려서 굴복시키는 것은 차선의 방법이다. 적의 졸(卒)을 온전한 채로 두고 굴복시키는 것이 최상의 방법이고, 적의 졸을 깨뜨려서 굴복시키는 것은 차선의 방법이다. 적의 오(伍)를 온전한 채로 두고 굴복시키는 것이 최상의 방법이고, 적의 오를 깨뜨려 굴복시키는 것은 차선의 방법이다. 이런 까닭이 백 번 싸워 백 번 승전하는 것이 최상의 것은 아니다. 전투하지 아니하고 굴복시키는 것이 최선일 것이다.

* 軍·旅·卒·伍 ─ 고대 군대 편제의 단위. 12500명을 軍이라 하고, 500명을 旅라 하고, 100명을 卒이라 하고, 5명을 伍라고 하였다.

백전불태(百戰不殆)

⇒백전백승(百戰百勝) 참조.

「孫子兵法 謀攻篇」,

故知勝有五 知可以戰與不可以戰者勝 識衆寡之用者勝 上下同欲者勝 以虞待不虞者勝 將能而君不御者勝 此五者知勝之道也 故曰 知彼知己百戰不殆 不知彼而知己一勝一負 不知彼不知己每戰必殆

그런 까닭에 전쟁의 승리를 미리 알 수 있는 것이 다섯 가지 있다. 싸울 수 있는 경우와 싸워서는 안 될 경우를 아는 자는 승리한다. 많은 병력과 적은 병력의 사용 방법을 아는 자는 승리한다. 윗사람과 아랫사람의 마음이 같으면 승리한다. 조심스레 경계함으로써 적이 경계하지 않음을 기다리는 자는 승리한다. 장수가 유능하고 군주가 견제하지 아니하는 자는 승리한다. 이 다섯 가지는 승리를 미리 아는 길이다. 그런 까닭에 상대방을 알고 나를 알면 백 번 싸워도 위태하지 않다. 상대방을 알지 못하고 나만 알고 있으면 한 번은 이기고 한 번은 진다. 상대방을 모르고 나도 모르면 반드시 싸울 때마다 위태하다.

백절불굴(百折不屈)

⇒백절불요(百折不撓) 참조.

백절불요(百折不撓)

실패를 거듭해도 뜻을 굽히지 않음을 이르는 말. 백절불굴(百折不屈)이라고도 함. 권토중래(捲土重來)와 유사한 말.

「蔡邕의 橋太尉碑」,

有百折不撓 臨大節而不可奪之風

백족지충 지사불강(百足之蟲至死不僵)

도움이 많으면 쉽게 멸망하지 않음을 비유하는 말.

「曹冏涒 六代論」,

夫泉竭則流乾 根朽則葉枯 枝繁者蔭根 條落者本孤 故語曰 百足之蟲 至死不僵 扶之者衆也

백족화상(百足和尙)

석가모니를 이르는 말.

「雞跖集」,

釋曇始足白於面 雖跣涉泥水 未嘗沾濕 稱白足和尙

백주지조(柏舟之操)

편백나무의 지조란 뜻으로, 과부(寡婦)의 굳은 정조(貞操)를 일컬음.

「詩經 鄘風 柏舟篇」,

汎彼柏舟 : 편백나무 저 배는

在彼中河 : 물 가운데 떠 있네

髧彼兩髦 : 두 줄기 더벅머리

實維我儀 : 내 사랑 내 임이니

之死矢靡他 : 죽어도 따르오리

母也天只 : 엄마와 저 하늘은

不諒人只 : 어이 나를 모르시나

* 백주(柏舟)는 어머니로부터 재혼(再婚)을 강요당했으나, 죽기로 맹세하여 이를 거절하는 노래임.

「同篇 序」,

柏舟 共姜自誓也 衛世子共伯蚤死 其妻守義 父母欲奪而嫁之 誓而弗許 故作是詩以絶之

백중(伯仲)

형제를 일컫는 말.

「詩經 小雅 何人斯篇」,

伯氏吹壎 : 형은 질나팔을 불고

仲氏吹箎 : 아우는 저를 불어

及爾如貫 : 떨어짐이 없던 사이

諒不我知 : 그래도 날 모르시면

出此三物 : 돼지 닭 개 제물 드려

以詛爾斯 : 당신에게 맹세하리

* 하인사(何人斯)는 배반하고 간 사람을 원망하는 내용의 노래임.

백중세(伯仲勢)

⇒백중지간(伯仲之間) 참조.

백중숙계(伯仲叔季)

네 형제의 차례를 이르는 말, 즉 만형을 백(伯), 그 다음을 중(仲), 또 그 다음을 숙(叔), 끝의 아우를 계(季)라 일컬음.

백중지간(伯仲之間)

우열(優劣)을 가리기 힘든 사이를 일컫는 말. 백중세(伯仲勢), 백중지세(伯仲之勢)라고도 함.

「魏文帝의 典論」,

傳毅之於班固 伯仲之間耳

백중지세(伯仲之勢)

⇒백중지간(伯仲之間) 참조.

백척간두(百尺竿頭)

⇒누란지위(累卵之危) 참조.

* 아주 높은 장대 끝에 올라앉은 상태라는 뜻에서 나온 말.

백파(白波)

도적의 별칭.

「後漢書 靈帝紀」,
靈帝中平元年 張角反 皇甫嵩討之 角
餘賊在西河白波谷 時俗號白波賊

백팔번뇌(百八煩惱)

불교에서 이르는 108가지의 번뇌.
육관(六官:눈·코·귀·입·몸·뜻)
에 고(苦)·낙(樂)·불고불락(不苦不
樂)이 있어 18가지가 되고, 여기에
탐(貪)·무탐(無貪)이 있어 36가지
가 되는데, 이것을 과거·현재·미래
에 각각 풀면 108가지가 됨.

백폐구존(百弊俱存)

온갖 폐단이 모두 있음.

백폐구흥(百廢俱興)

일단 쇠폐(衰廢)한 일이 모두 다시
일어남을 이르는 말.

백해구흥(百骸俱興)

온 몸이 안 아픈 데가 없이 다 아픔
을 이르는 말.

백해무익(百害無益)

해롭기만 하고 하나도 이로울 것이
없음.

백행지본인지위상(百行之本忍之爲上)

모든 행실의 으뜸이 되는 근본은 참
는 것이라는 말.

백홍관일(白虹貫日)

흰빛 무지개가 태양을 뚫고 걸렸다
는 뜻으로, ①병란(兵亂)이 일어날
조짐. ②정성이 하늘을 감동시킬 징
조라는 뜻.
「史記 鄒陽傳」,
昔荊軻慕燕丹之義 白虹貫日 太子畏
之
「戰國魏策」,

唐雎曰 專諸之刺王僚也 彗星襲天 聶
政之刺韓傀也 白虹貫日

백화괴(百花魁)

매화(梅花)의 별칭.

백화왕(百花王)

모란(牡丹)의 별칭.

백화요란(百花燎亂)

가지가지 꽃이 피어 만발함. 곧 뛰
어난 인재가 많이 모인 것을 비유하
는 말.

백화제방(百花齊放)

여러 가지 수많은 꽃이 일제히 핌.
즉 모든 분야의 학문·기술이 함께
성함을 비유하는 말.

백화지원(白華之怨)

사랑을 잃은 여성의 슬픔을 이름.
「漢書」,

백훼함영(百卉含英)

온갖 꽃이 아름답게 피어남을 이름.
「後漢書 馮衍傳」,
開歲發春兮 百卉含英

백흑지변(白黑之辨)

시(是)와 비(非), 선(善)과 악(惡),
참과 거짓 따위를 구별하고 가려내는
일을 이르는 말.

번리지안(蕃籬之鷃)

새장 안의 새라는 말로, 식견(識見)
이 좁은 소인을 비유하는 말.
「宋玉의 對楚王問」,
鳥有鳳而魚有鯤 鳳上擊九千里 〈中略〉
蕃籬之鷃 豈能與之料天地之高哉

번문욕례(繁文縟禮)

문장이 너무 길거나, 규칙·예절 따
위가 지나치게 번거롭고 까다로움을

이르는 말. 줄여서 번욕(繁縟)이라고
도 함.

「禮記」.

번언쇄사(煩言碎辭)

번거롭고 자차분한 말, 또는 그런
말을 함.

「漢書 劉歆傳」.

分文析字 煩言碎辭

번운복우(飜雲覆雨)

세상사의 변화무쌍(變化無雙)함을
이르거나, 경박한 세태를 비유하는
말.

「杜甫 貧交行」.

飜手作雲覆手雨 : 손을 뒤집어 구름
　　　　 짓고, 손을 엎어 비 짓나니

紛紛輕薄何須數 : 세상이 경박한
　　　　 것을 어찌 다 헤아리랴

君不見管鮑貧時交 : 관중과 포숙의
　　　　 가난한 때 사귐을 모르는가

此道今人棄如土 : 이 도를 요즘
　　　　 사람은 쉽게도 버리는구나

* 작자 41세 때인 752년의 작품. 과거
에 낙방하고 잠시 서울 長安에 머무르
고 있었는데 옛 친구들을 찾았더니 모
두 냉정하였다. 당시의 인정이 야박함
을 읊은 시.

번욕(繁縟)

⇒번문욕례(繁文縟禮)

벌빙지가(伐氷之家)

경대부(卿大夫) 이상의 집에선 제사
(祭祀) 때 얼음을 사용한 데서 나온
말로, 부유하고 권세 있는 집을 이
르는 말.

「大學」.

孟獻子曰 畜馬乘 不察於雞豚 伐氷之
家 不畜牛羊 百乘之家 不畜聚斂之臣

與其有聚斂之臣 寧有盜臣 此謂國 不
以利爲利 以義爲利也

　孟獻子 가로되, "馬乘을 기르게 된
이는 닭 돼지 따위를 살피지 아니하
고, 얼음을 採伐해 쓰게 된 집은 소
양 따위를 기르지 아니한다. 그리고
百乘의 집은 聚斂하는 신하를 기르지
않나니 聚斂하는 신하를 두기보다는
차라리 도둑질을 하는 신하를 두겠
다."라고 했다. 이것을 두고 '나라는
利로써 이로움을 삼지 아니하고, 義
로써 이로움을 삼는다'는 것이다.

벌성지부(伐性之斧)

　사람의 천부(天賦)의 양심을 끊는
도끼란 뜻에서 나온 말로, 사람의 마
음을 탕(蕩)하게 하여 성명(性命)을
잃게 하는 것 즉, 여색(女色)과 요행
(僥倖)을 이르는 말.

「呂氏春秋 本性篇」.

出則以車 入則以輦 務以自佚 命之曰
招蹶之機 肥肉厚酒 務以自彊 命之曰
爛腸之食 靡曼皓齒 鄭衛之音 務以自
樂 命之曰伐性之斧 三患者 富貴之所
致也

「枚乘의 七發」.

今夫貴人之子 必宮居而閨處 內有保
母 外有傳父 欲交無所 飮食則溫淳甘
膬腥 醲肥厚 衣裳則雜遝曼煖 燂爍熱
暑 雖有金石之堅 猶將銷鑠而挺解也
況其在筋骨之閒乎哉 故曰 縱耳目之欲
恣支體之安者 傷血脉之和 且夫出輿入
輦 命曰蹷痿之機 洞房淸宮 命曰寒熱
之媒 皓齒娥眉 命曰伐性之斧 甘脆肥
膿 命曰腐腸之樂

「韓詩外傳」.

徼幸者 伐性之斧也 嗜慾者逐禍之馬
也

벌제위명(伐齊爲名)

어떤 일을 겉으로 하는 체하면서 속으로 딴전을 부림을 이르는 말.
* 중국 전국 시대(戰國時代) 연(燕)나라의 장수 악의(樂毅)가 제(齊)나라를 칠 때, 제(齊)나라의 전단(田單)이 이간질을 한 고사에서 유래된 말.

범강장달(范彊張達)

키가 크고 흉악한 사람을 이르는 말.
* 장비(張飛)를 죽인 범경과 장달이 키가 크고 흉포했다는 데서 나온 말.

범부육안(凡夫肉眼)

범인(凡人)의 천박한 견해를 일컫는 말.
「摭言」,
鄭光業策試夜 有同人突入 吳語曰 必先必先可相容否 光業爲輟半舖之地 其人曰 伏取一杓水 更託煎一椀茶 光業欣然爲取水煎茶 居二日 光業狀元及第 其人啓謝曰 旣煩取水 更便煎茶 當時人識貴人 凡夫肉眼 今日俄爲後進 窮相骨頭

범성일여(凡聖一如)

상(相)의 차이는 있으나 이성(理性)에 있어서는 범부(凡夫)나 성자(聖者)가 같다는 말.

범아일여(梵我一如)

인도 우파니샤드 철학에서 나온 말로, 우주의 근본 원리인 범(梵)과 아(我)가 같다는 말.

법계인기(法界悋氣)

자기에게 직접 관계없는 일로 남을 질투하는 일. 특히 남이 사랑을 샘하여 질투하는 것을 가리켜 말함.

법구폐생(法久弊生)

좋은 법도 오래 되면 폐가 생긴다는 말.

법삼장(法三章)

한 고조(漢高祖)가 제정한 살인, 상해, 절도로 되어있는 법률. 곧 간략한 법을 비유한 말.
「史記 高祖本記」,
吾當王關中 與父老約法三章耳 殺人者死傷人及盜抵罪

법어지언(法語之言)

올바른 말로 사람들을 가르치는 것을 이르는 말.
「論語 子罕篇」,
法語之言 能無從乎 改之爲貴

법원권근(法遠拳近)

법은 멀고 주먹은 가깝다는 뜻으로, 일이 급박할 때는 이성보다도 완력에 호소하게 되기 쉽다는 말.

벽력수(霹靂手)

재능이 민첩한 사람을 이르는 말.
「樓鑰의 詩」,
奸胥及強使 時用霹靂手

벽립천인(壁立千仞)

암석이 높이 솟아있음을 이르는 말.
「世說賞譽上篇」,
王公目太尉 巖巖淸峙 壁立千仞

벽토척지(闢土拓地)

버려 두었던 땅을 갈아 개간함을 이르는 말.

벽파문벌(劈破門閥)

사람을 골라 벼슬을 시킴에 있어 문벌을 가리지 않는다는 말.

변불신기(便不神奇)

듣던 것과는 달리 별로 신기한 것이 없음을 이르는 말.

변족이식비(辯足以飾非)

능한 변설(辯舌)은 자기의 결점이나 부족한 점을 숨기고 겉치레를 할 수 있음. 곧, 말솜씨가 매우 교묘함을 뜻하는 말.
「莊子 盜跖篇」,
强足以拒敵 辯足以飾非

변출불의(變出不意)

생각지도 않은 괴이한 일이 일어남을 이르는 말.

변치지성(變徵之聲)

비장(悲壯)한 소리를 이르는 말.
「史記 刺客傳」,
高漸離擊筑 荊軻和而歌 爲變徵之聲
＊ 徵은 오음(五音)의 하나.

변통무로(變通無路)

변통할 방법이 없다는 말.

변화난측(變化難測)

⇒변화불측(變化不測) 참조.

변화무궁(變化無窮)

변화함이 한없음을 이르는 말.

변화무쌍(變化無雙)

⇒변화불측(變化不測) 참조.

변화불측(變化不測)

변화함이 이루 헤아릴 수 없음. 변화난측(變化難測) 또는 변화무쌍(變化無雙)이라고도 함.

변환자재(變幻自在)

변화하거나 출몰함이 마음대로 임을 이르는 말.

별무가관(別無可觀)

특별히 볼 만한 것이 없음을 이름.

별무신통(別無神通)

별로 신통할 것이 없다는 말.

별무장물(別無長物)

귀한 물건이 없다는 뜻으로, 검소한 생활을 이르는 말.
「晉書 王恭傳」,
恭所坐六尺之簟 忱謂其有余 因求之 恭輒以送 遂薦上坐 忱聞大驚恭曰 吾平生無長物也 其簡素如也

별유천지 비인간(別有天地非人間)

속세(俗世) 이외의 별천지(別天地), 곧 산중의 고요한 곳이나 선경(仙境)을 이르는 말.
「李白 答山中人」,
問余何事棲碧山 笑而不答心自閑 桃花流水杳然去 別有天地非人間

별이청지(別而聽之)

한 사람 한 사람씩 물어본다는 뜻.
「管子」,
夫民別而聽之則愚 合而聽之則聖 雖有湯武之德 復合於市人之言

병가상사(兵家常事)

전쟁에서 이기고 지는 것은 흔히 있는 일이니, 한 번의 실패에 절망하지 말라는 말.

병귀신속(兵貴神速)

용병은 적과 대응하여 싸우는 것이나, 군사를 지휘하는 작전은 신속하게 해야 함을 이르는 말.
「孫子 九地篇」,
兵之情主速也
「三國志 郭嘉傳」,
太祖將襲袁尙 喜言兵貴神速

병문졸속(兵聞拙速)

용병에는 서툴러도 재빠른 행동으로 적을 제압해야 한다는 뜻.

병문친구(屛門親舊)

늘 길거리에서 막벌이 하는 사람들을 비유하는 말.

병법승노(兵法乘勞)

상대방이 지쳤을 때 공격하는 것이 최상의 병법이라는 말.

병불염사(兵不厭詐)

군사상에 있어서 적을 속이는 행위는 문젯거리가 아니라는 뜻.
「韓非子 難篇」,
兵陳之間不厭詐僞

병불이신(病不離身)

몸에서 병이 떠날 날이 없음을 이르는 말.

병사지야(兵死地也)

전쟁은 개인이나 국가나 사생존망(死生存亡)이 걸린 대사(大事)라는 말.

병상첨병(病上添病)

병을 앓는 가운데 또 다른 병이 겹쳐 일어남을 이르는 말.

병와끽 두설락(餠臥喫豆屑落)

떡을 누워서 먹으면 팥고물이 떨어진다는 뜻으로, 무슨 일을 편하게 하려다 손해를 봄을 비유하여 이르는 말.
「靑莊館全書」,

병이지성(秉彝之性)

인간으로서의 떳떳한 길을 지켜 나가려는 타고난 천성을 이르는 말.

병입고황(病入膏肓)

병이 다스리기 어렵게 몸 속 깊이 듦.
「春秋左氏傳 成公 十年」,
病在肓上膏下則不能功之矣
* 고황(膏肓) - 심장과 횡경막 사이.

병입골수(病入骨髓)

병이 뼛속 깊이 스며들어 그 뿌리가 깊고 중함을 이르는 말.

병자구입(病自口入)

⇒병종구입(病從口入) 참조.

병자흉기(病者凶器)

⇒노자역덕(怒者逆德) 참조.

병종구입(病從口入)

병은 음식을 조심하지 않는 데에서 일어남, 곧 구복(口腹)의 욕심을 삼가야 함을 일컫는 말. 병자구입(病自口入), 화종구생(禍從口生)과 함께 쓰이는 말.

병주고향(幷州故鄕)

오래 살아서 고향처럼 정든 타향을 이르는 말. 병주지정(幷州之情)이라고도 함.
「賈島의 渡桑乾詩」,
客舍幷州已十霜 歸心日夜憶咸陽 無端更渡桑乾水 卻望幷州是故鄕
* 당(唐)나라의 시인 가도(賈島)가 병주(幷州)에서 오래 살다가 떠나면서 한 말에서 유래됨.

병주지정(幷州之情)

⇒병주고향(幷州故鄕) 참조.

병촉지명(炳燭之明)

저녁에 밝히는 촛불의 빛이란 뜻으로, 늙어서도 배우기를 좋아함을 이

르는 말.

* 춘추 시대 진(晉)나라의 평공(平公)이, 장님으로서 음악을 관장하는 신하인 사광(師曠)에게 물었다. "내 나이 벌써 일흔이니 배우고 싶어도 이미 늦은 것이 아닐까 두렵소!" 사광이 말했다. "어찌 촛불을 밝히고 공부를 하지 않으십니까?" 평공이 말했다. "어디에 신하가 되어서 감히 임금을 희롱하는 자가 있단 말이냐?" 사광이 말했다. "눈이 먼이 신하가 어찌 감히 임금을 희롱하겠습니까? 제가 듣건대, '어려서 배우기를 좋아하는 것은 일출한 무렵의 햇빛과 같고, 커서 배우기를 좋아하는 것은 정오 무렵의 햇빛과 같고, 늙어서 배우기를 좋아하는 것은 저녁에 밝히는 촛불의 빛과 같다고 하였습니다. 밤에 밝히는 촛불의 빛이 어둠 속에서 걸어가는 것보다는 나은 것입니다!" 이 말을 듣고 평공이 말하기를, "좋은 말이로구나!"라고 하였다.

병풍상서(病風傷暑)

바람에 병들고 더위에 상했다는 뜻으로, 세상의 온갖 고생에 시달림을 비유하여 이르는 말.

병행불패(竝行不悖)

한꺼번에 두 가지 일을 치르면서도 사리에 어그러짐이 없음을 비유하는 말.

보거상의(輔車相依)

수레의 덧방나무와 바퀴가 떨어져 있을 수 없다는 말로, ①서로 돕고 의지함. ②이해 관계가 매우 깊은 사이를 이르는 말. 순치보거(脣齒輔車) 또는 순치지세(脣齒之勢)라고도 함.
⇒순망치한(脣亡齒寒)의 고사 참조.
* 보(補)는 광대뼈, 거(車)는 잇몸을 말

하기도 함.

보궤불칙(簠簋不飭)

제기(祭器)가 깨끗하지 않다는 뜻으로, ①청렴하지 못한 신하나, ②대신(大臣)의 수뢰죄(收賄罪)를 힐문하는 말.

보동공양(普同供養)

누구나 다 같이 참여할 수 있는 공양을 이르는 말.

보무당당(步武堂堂)

걸음걸이가 활발하고 버젓함을 이르는 말.

보본반시(報本反始)

근본에 보답하고 처음으로 돌아간다는 뜻으로, 조상의 은혜에 보답함을 이르는 말.
「禮記 郊特牲」,
帝牛不吉 以爲稷牛 帝牛必在滌三月 稷牛唯具所以別事天神與人鬼也 萬物本乎天 人本乎祖 此所以配上帝也 郊之祭也 大報本反始也
제우가 죽거나 다쳤을 때는 직우로 대신한다. 제우는 반드시 정결한 외양간에 있은 지 석 달이어야 하고, 직우는 오직 형상을 갖출 뿐이다. 이는 천신(天神)과 인귀(人鬼)를 섬기는 예를 달리하기 때문이다. 만물은 하늘을 근본으로 하고 사람은 조상을 근본으로 하는데, 이것이 후직을 상제에 배사하는 까닭이다. 교(郊)의 제사는 보본반시(報本反始)의 예다.

보섭여비(步屧如飛)

걸음이 썩 빠름을 이르는 말.

보우지차(鴇羽之嗟)

백성이 난리로 말미암아 고통 속에

서 헤매며 자기 부모를 봉양할 수 없음을 탄식함.

「詩經 唐風 鴇羽篇」,

肅肅鴇羽 集于苞栩 王事靡監 不能藝稷黍 父母何怙 悠悠蒼天 曷其有所

보원이덕(報怨以德)

원한 있는 자에게 은덕으로써 갚음. 곧 앙갚음하지 아니함, 즉 원수를 사랑한다는 말.

「論語 憲問篇」,

或曰 以德報怨 何如 子曰 何以報德 以直報怨 引以德報德

보천솔토(普天率土)

⇒보천지하(普天之下) 참조.

보천욕일지공(補天浴日之功)

나라를 의해 큰 세운 큰공을 뜻함.

「宋史 趙鼎傳」,

鼎上疏 言頃張浚出使川陝 國勢百倍於今 浚有補天浴日之功

보천지하(普天之下)

하늘 아래의 전체, 즉 천하(天下). 또는, 온 세상을 이르는 말. 보천솔토(普天率土) 또는 부천지하(溥天之下)라고도 함.

「左傳 昭公 七年」,

故詩曰 普天之下 莫非王土 率土之濱 莫非王臣

그러므로 시경(詩經)에서도 말하기를, "넓은 하늘 아래가 임금님의 땅이 아닌 곳이 없고, 전 영토의 끝까지 임금님의 신하가 아닌 자가 없도다."라고 하였습니다.

보편타당(普遍妥當)

지식 등이 때와 장소에 관계없이 필연적으로 통용됨을 이르는 말.

보필지신(輔弼之臣)

보필하는 신하를 이르는 말.

보필지임(輔弼之任)

임금을 보필하는 임무를 이르는 말.

보필지재(輔弼之才)

임금을 보필할 만한 재능. 또는 그러한 인재를 이르는 말.

복거지계(覆車之戒)

앞에 간 수레가 엎어지는 것을 보고 미리 경계한다는 뜻이니, 곧 앞사람이 하다가 실패한 것이면 그를 거울삼아 조심하고 경계한다는 말.

복경호우(福輕乎羽)

복은 새털보다 가볍다는 뜻으로, 자기 마음 여하로 행복하게 된다는 말.

「莊子 人間世篇」,

福輕乎羽 莫之知載 福重乎地 莫之知避

복고여산(腹高如山)

부자가 교만함. 또는, 여자가 아이를 배서 배가 부름을 비유해서 이르는 말.

복과재생(福過災生)

⇒복과화생(福過禍生) 참조.

복과화생(福過禍生)

복이 너무 지나치면 도리어 재앙이 됨. 복과재생(福過災生)이라고도 함.

「宋書 劉敬宣傳」,

敬宣報豫州刺史諸葛長書曰 下官自義熙以來 首尾十載 逐恭三州七郡 今此杖節 常懼福過禍生 實思避盈居損 富貴之指 非所敢當

복룡봉추(伏龍鳳雛)

누운 용과 봉황의 새끼란 말로, 원

래는 촉한(蜀漢)의 명신(名臣) 제갈
량(諸葛亮)과 방통(龐統)을 형용한
데서 나온 말로, 숨어 있는 큰 인물
을 이르는 말. 복룡(伏龍)만으로도 쓰
이며, 와룡봉추(臥龍鳳雛) 또는, 용구
봉추(龍駒鳳雛)라고도 함.
「三國志 諸葛亮傳」,
襄陽記曰 劉備訪世事於司馬德操 德
操曰 儒生俗士 豈識時務 識時務者在
乎俊傑 此間自有伏龍鳳雛 備問爲誰
曰諸葛孔明 龐士元也

복배수적(腹背受敵)
앞뒤로 적의 공격을 받음을 이름.

복배지모(腹背之毛)
배와 등에 난 털이란 뜻으로, 있으
나 없으나 문제가 되지 않는다는 뜻.
쓸데없음을 이르는 말.

복배지수(覆杯之水)
⇒복수불반분(覆水不返盆) 참조.

복불재강(服不再降)
상례(喪禮)에서는 이중으로 강복(降
服)하지 않음을 이르는 말.
* 본생가(本生家)나 친정 부모의 복
(服)은 한 등 떨어지는 것이나, 그 경우
의 부재모상(父在母喪)의 복(服)을 다
시 한 등 떨어뜨리지 않는다는 말.

복사허(腹笥虛)
뱃속에 한 권의 책이 없으니, 곧
학력이 부복함을 이르는 말.
「楊億의 詩」,
談經腹笥虛

복상지음(濮上之音)
음란(淫亂)한 음악을 이르는 말.
「三國魏志高堂隆傳」,
作靡靡之樂安濮上之音

* 위령공(衛靈公)이 진(晉)나라에 가는
도중 복수(濮水) 가에서 들었던 음악으
로서 이것을 진평공(晉平公) 앞에서 연
주하게 했더니 사광(師曠)이 망국(亡
國) 은(殷)나라의 음악이라 하여 중지
시켰다는 고사.

복생어무위(福生於無爲)
행복은 담박무위(淡泊無爲)에서 생
긴다는 말.
「淮南子」,
福生於無爲 患生於多慾 害生於弗備
穢生於弗耨

복생어미(福生於微)
복은 작은 일에서부터 싹튼다는 말.
복생어은약(福生於隱約)이라고도 함.
「說苑 說叢篇」,
福生於微 禍生於忽 日夜恐懼 唯恐不
卒

복생어은약(福生於隱約)
⇒복생어미(福生於微) 참조.

복생유기(福生有基)
행복이 오는 것은 그 원인이 있다는
말.
「牧乘의 練吳王書」,
福生有基 禍生有胎

복선화음(福善禍淫)
착한 사람에게는 복을 주고, 악한
사람에게는 재앙이 돌아감.

복수난수(覆水難收)
⇒복수불반분(覆水不返盆) 참조.

복수불반분(覆水不返盆)
한 번 엎지른 물은 다시 그릇에 담
을 수 없다는 말로, 일단 저지른 일
은 다시 되돌릴 수 없음을 비유하는
말. 복배지수(覆杯之水), 복수난수(覆水

難收) 또는, 복수불수(覆水不收)라고도 함.

「拾遺記」,

太公初娶馬氏 讀書不事産 馬求去 太公封齊 馬求再合 太公取水一盆傾于地 令婦收水 惟得其泥 太公曰 若能離更合 覆水定難收

「李白의 詩」,

雨落不上天 覆水難再收

* 주(周)나라 시조인 무왕(武王)의 아버지 서백(西伯)이 사냥을 나갔다가 위수(渭水)에서 낚시질을 하고 있는 한 초라한 노인을 만났다. 이야기를 나누어 보니 학식이 탁월한 사람이었다. 그래서 서백은 이 노인이야말로 아버지 태공(太公)이 바라고 기다리던 주(周)나라를 일으켜 줄 바로 그 인물이라 믿고 스승이 되어주기를 청했다. 이리하여 이 노인, 태공망(太公望) 여상(呂尙; 성은 강씨, 속칭 강태공)은 서백의 스승이 되었다가 무왕의 태부(太傅; 태자의 스승)·재상을 역임한 뒤 제(齊)나라의 제후로 봉해졌다. 태공망 여상은 이처럼 입신 출세했지만 서백을 만나기 전까지는 끼니조차 제대로 잇지 못하던 가난한 서생이었다. 그래서 결혼 초부터 굶기를 부자 밥먹듯 하던 아내 마(馬)씨는 그만 친정으로 도망가고 말았다. 그로부터 오랜 세월이 흐른 어느 날, 그 마씨가 여상을 찾아와서 이렇게 말했다. "전엔 끼니를 잇지 못해 떠났지만 이젠 그런 걱정 안 해도 될 것 같아 돌아왔어요." 그러자 여상은 잠자코 곁에 있는 물그릇을 들어 마당에 엎지른 다음 마씨에게 말했다. "저 물을 주워서 그릇에 담으시오." 그러나 이미 땅 속으로 스며든 물을 어찌 주워 담을 수 있단 말인가. 마씨는 진흙만 약간 담았을 뿐이었다. 그러자 여상은 조용히 말했다. "한 번 엎지른 물은 다시 그릇에 담을 수 없고, 한 번 떠난 아내는 돌아올 수 없는 법이오."

복수불수(覆水不收)

⇒복수불반분(覆水不返盆) 참조.

복심대신(腹心大臣)

임금을 보좌하는 대신을 이르는 말. 「胡銓의 上高宗封事」, 秦檜以腹心大臣 而亦爲之

복심지신(腹心之臣)

마음과 덕을 함께 하는 신하를 이르는 말. 「詩經 周南 鬼罝篇」, 赳赳武夫 公候腹心

복심지우(腹心之友)

마음이 맞는 극친한 벗을 이름. 「漢書 翟方進傳」, 故光祿大夫陳咸與立(王位)交通厚善 相與爲腹心

복심지질(腹心之疾)

①배나 가슴을 앓는 고치기 어려운 병. ②덜어 버릴 수 없는 근심을 비유하여 이르는 말.

복차지계(覆車之戒)

⇒은감불원(殷鑑不遠) 참조.

복철지계(覆轍之戒)

⇒은감불원(殷鑑不遠) 참조.

본말전도(本末顚倒)

사물의 근본적인 것과 지엽적인 것이 뒤바뀜을 이르는 말.

본비아물(本非我物)

뜻밖에 얻은 물건은 잃어버려도 과히 섭섭할 것이 없다는 말. 본비아토(本非我土)라고도 함.

본비아토(本非我土)

⇒본비아물(本非我物) 참조.

본연지성(本然之性)

사람이 지닌 본래의 착한 성품을 이르는 말.

본지백세(本支百世)

근본과 갈린 것이 오래 번영함, 곧 한 가문이 오래 영화로움.
「詩經 大雅 文王」,
亹亹文王 : 끊임없이 애쓰시니
　　　　　문왕의 명성
令聞不已 : 온 누리에 그칠 때 없고,
陳錫哉周 : 은혜를 베푸샤 우리
　　　　　나라 여셨도다.
侯文王孫子 : 아, 여기 문왕의 자손
文王孫子 : 문왕의 그 자손
本支百世 : 원가지 곁가지 무궁히
　　　　　벋어 가며
凡周之士 : 이 땅에 삶을 받은 온
　　　　　사족(士族)들
不顯亦世 : 대대로 섬기어 받드도다.

봉격지희(奉檄之喜)

부모가 있는 사람이 고을의 원이 되는 기쁨을 이르는 말.

봉고파직(封庫罷職)

부정을 저지른 원을 파면시키고 관고를 봉하여 잠그던 일을 이르는 말.

봉두구면(蓬頭垢面)

쑥처럼 흐트러진 머리털과 때가 긴 얼굴이란 뜻으로, 옷차림에 마음을 쓰지 않고 무관심한 것을 이르는 말.
「魏書 封軌傳」,
善自修潔 儀容甚偉 或曰 學士不事修
飾 此賢何獨如此 軌聞笑曰 君子整其
衣冠 尊其瞻視 何必蓬頭垢面然後爲賢
言者慙退

봉두난발(蓬頭亂髮)

쑥대강이 같이 흩어진 머리털. 줄여서 봉발(蓬髮), 봉두돌빈(蓬頭突鬢)이라고도 함.

봉두돌빈(蓬頭突鬢)

⇒봉두난발(蓬頭亂髮) 참조.

봉두역치(峰頭歷齒)

흐트러진 머리털과 드문드문한 이빨이란 뜻으로, 곧 노인의 용모를 형용하는 말.

봉래약수(蓬萊弱水)

서로 멀리 떨어져 있음을 이름.
「太平廣記 神仙傳」,
蓬萊隔弱水三十萬里　非飛仙無以到
自然乃回 求承禎受渡

봉린지란(鳳麟芝蘭)

봉황과 기린처럼 재능이 빼어난 남자와 지초와 난초처럼 아름다운 여자란 뜻으로, 젊은 남녀의 빼어난 아름다움, 또는 그러한 젊은 남녀를 비유하여 이르는 말.

봉명조양(鳳鳴朝陽)

봉황이 산 동쪽에서 운다는 뜻으로, ①천하가 태평한 조짐을 나타내는 말. ②진귀하고 뛰어난 행위를 칭찬하는 말.

봉모인각(鳳毛麟角)

봉황의 털과 기린의 뿔이란 뜻으로, 뛰어난 인물을 비유하여 이르는 말.

봉목시성(蜂目豺聲)

벌과 같은 눈매와 승냥이와 같은 소리란 뜻으로, 흉악한 인상(人相)을 비유하여 이르는 말.

「左傳 文公 元年」,
　初 楚子將以商臣爲太子 訪諸令尹子
上 子上曰 君之齒未也 而又多愛 黜乃
亂也 楚國之擧 恒在少者 且是人也 蜂
目而豺聲 忍人也 不可立也 弗聽

처음에 초(楚)나라 성왕(成王)은 그
의 아들 상신(商臣)을 태자(太子)로
삼으려고 영윤(令尹) 자상(子上)에게
물었는데, 자상이, "임금의 나이가
아직 젊으신 데다가 또 총애하시는
여인도 많습니다. 나중에 상신을 쫓
아내게 된다면 혼란이 일어날 것입니
다. 초(楚)나라에서 태자를 책립할
때에는 언제나 나이가 젊은 사람을
택했습니다. 그런데 이 분은 벌과 같
은 눈매에 승냥이와 같은 목소리를
가졌으므로, 잔인한 성격을 지닌 분
으로서 태자로 세워서는 안 됩니다."
라고 하였으나, 초나라 성왕(成王)은
이 말을 듣지 않았다.
* 결국 성왕은 뒷날 상신의 반란에 의
해 목을 매어 자살하게 됨.

봉발운류(鋒發韻流)
　문장이 유창함을 형용하여 이르는
말.

봉방불용작란(蜂房不容鵲卵)
　벌집 구멍에 까치 알을 넣을 수 없
다는 말이니, 곧 작은 것은 큰 것을
포용할 수 없다는 말.
「淮南子」,
　蜂房不容鵲卵 小形不足以包大體

봉방수와(蜂房水渦)
　벌집에 벌이 물의 소용돌이처럼 모
여들 듯, 많이 모여듦을 비유한 말.
「杜牧의 阿房宮賦」,
　蜂房水渦 矗不知其幾千萬落

봉복절도(捧腹絶倒)
　⇒포복절도(抱腹絶倒) 참조.

봉생마중 불부이직(蓬生麻中不扶而直)
　⇒마중지봉(麻中之蓬) 참조.

봉시불행(逢時不幸)
　공교롭게 불행한 때를 만남을 이르
는 말.

봉시장사(封豕長蛇)
　큰 돼지와 긴 뱀이란 뜻으로, 잔인
하고 탐욕스러운 사람을 비유하여 이
르는 말.
「左傳 定公 四年」,
　吾爲封豕長蛇 存食上國

봉액지의(縫掖之衣)
　옆이 넓게 터진 유자(儒者)가 입는
도포(道袍)를 이르는 말.

봉의군신(蜂蟻君臣)
　벌과 개미에게도 임금과 신하의 구
별이 있다는 뜻으로, 위계 질서를 말
할 때 앞세우는 말.

봉인첩설(逢人輒說)
　만나는 사람마다 붙들고 지껄여 소
문을 퍼뜨림.

봉장풍월(逢場風月)
　아무 때나 즉석에서 즉흥적으로 시
를 짓는다는 말.

봉준장목(蜂準長目)
　벌처럼 높은 콧대와 가늘고 긴 눈이
란 뜻으로, 영특하고 생각이 깊은 인
상(人相)을 비유하여 이르는 말.
「史記 秦皇紀」,
　尉繚曰 秦王爲人 蜂準長目 鷙鳥膺豺
聲 少恩 而虎狼心 居約易出人下 得志

亦輕食人

봉호옹유(蓬戸甕牖)

⇒옹유승추(甕牖繩樞) 참조.

봉황내의(鳳凰來儀)

경사로운 태평성대의 조짐을 이름.
「書經 虞書 益稷」,
鳥獸蹌蹌 簫韶九成 鳳凰來儀
새와 짐승이 창창하여 소소가 아홉
번 이룸에 봉황이 와서 거동하다.

봉황재노(鳳凰在笯)

현자(賢者)가 버림받아 평민 속에
묻혀 있음을 뜻함.
「屈原의 懷沙賦」,
鳳凰在笯兮 雞雉翔舞

부경수단 속지즉우(鳧脛雖短續之則憂)

오리의 다리가 짧다고 해서 보족(補
足)을 하여 주면 그 오리가 도리어
귀찮게 생각한다는 뜻으로, 사물에는
각각 자연스러운 특징이 있는 것인
데, 공연히 다른 사람의 일에 간섭할
필요가 없음을 비유하여 이르는 말.

부고발계(婦姑勃谿)

며느리와 시어머니가 서로 싸움을
뜻하는 말.
「莊子 外物篇」,
心無天遊 則六鑿相攘 室無空虛 則婦
姑勃谿

부국강병(富國强兵)

나라의 경제를 넉넉하게 하고, 군사
력을 든든하게 하는 일을 이르는 말.

부국안민(富國安民)

나라를 풍요롭게 하여 국민을 안심
시킴을 이르는 말.
「後漢書」,

부귀공명(富貴功名)

재산이 많고 지위가 높으며, 공을
세워 이름이 드러남을 이르는 말.

부귀다남(富貴多男)

재산이 많고 지위가 높으며, 아들이
많음을 이르는 말.

부귀생교사(富貴生驕奢)

사람이 잘 살게 되면 자연히 교만해
지고 사치스런 마음이 생긴다는 말.
「寶鑑」,
富貴生驕奢 驕奢生淫亂 淫亂生貧賤
貧賤生勤儉 勤儉生富貴

부귀영화(富貴榮華)

재산이 많고 지위가 높으며, 영화로
움을 이르는 말.

부귀재천(富貴在天)

부귀를 누리는 일은 하늘의 뜻에 달
려 있기 때문에 사람의 힘으로는 어
찌할 수 없음을 이르는 말.
「論語 顔淵篇」,
司馬牛曰 人皆有兄弟 我獨亡 子夏曰
商聞之矣 死生有命 富貴在天

부귀처영(夫貴妻榮)

남편 덕분에 아내가 영광스럽게 됨
을 이르는 말.
「魏書 宋室傳」,
詔曰 夫責於朝 妻榮於室 婦女無定
升從其夫 三藩旣啓 王封改名 亦宜同
等

부귀초두로(富貴草頭露)

부귀는 풀잎에 맺힌 이슬처럼 덧없
음을 비유한 말.
「杜甫의 詩」,
富貴何如草頭露

「蘇軾의 詩」,
生前富貴草頭露 身後風流陌上花

부귀화(富貴花)

모란꽃을 이르는 말.
「周惇頤의 愛蓮說」,
牡丹 花之富貴者也

부급종사(負笈從師)

⇒불원천리(不遠千里) 참조.
* 책 상자를 지고 스승을 따른다는 뜻
으로, 먼 곳에 있는 스승에게 공부하러
감.
「史記 蘇秦傳」
負笈從師 不遠千里
* 負笈 = 遊學

부다익과(裒多益寡)

남는 것은 덜고 부족한 것은 보탬을
이르는 말.
「易經 謙」,
君子以裒多益寡 稱物平施

부달시의(不達時宜)

지나치게 완고하여 시대의 흐름에
적응하려는 융통성이 없음을 이르는
말.

부답복철(不踏覆轍)

⇒은감불원(殷鑑不遠) 참조.

부대불소(不大不小)

크지도 작지도 않고 알맞음을 이르는
말.

부도구고(不道舊故)

옛친구의 허물은 말하지 않는다는
말.

부득요령(不得要領)

요령을 잡을 수가 없음. 요령부득
(要領不得)이라고도 함.

부로위고(婦老爲姑)

며느리가 늙어서 시어미 된다는 뜻
으로, 나이 어리다고 업신여기지 말
라는 뜻.
「東言解」,

부마(駙馬)

부마도위(駙馬都尉)에서 나온 말로,
임금의 사위를 이르는 말.
「行營雜錄」,
皇女爲公主 其夫必拜 駙馬都尉 故謂
之駙馬
「搜神期」,
* 옛날 농서(隴西) 땅에 신도탁(辛道
度)이란 젊은이가 있었다. 그는 이름
높은 스승을 찾아 옹주(雍州)로 가던
도중 날이 저물자 어느 큰 기와집의 솟
을대문을 두드렸다. 이윽고 하녀가 나
와 대문을 열었다. "옹주로 가는 나그네
인데 하룻밤 재워 줄 수 없겠습니까?"
하녀는 잠시 기다리라며 안으로 들어갔
다 나오더니 그를 안방으로 안내했다.
방안에는 잘 차린 밥상이 있었는데 하
녀가 사양 말고 먹으라고 한다. 식사가
끝나자 안주인이 들어왔다. "저는 진
(秦)나라 민왕(閔王)의 딸이온데 조
(曹)나라로 시집을 갔다가 남편과 사별
하고 이제까지 23년 동안 혼자 살고
있습니다. 그런데 오늘 이처럼 찾아 주
셨으니 저와 부부의 인연을 맺어 주세
요." 신도탁은 그런 고귀한 여인과 어찌
부부의 인연을 맺을 수 있겠느냐고 극
구 사양했으나 여인의 끈질긴 간청에
못 이겨 사흘 낮 사흘 밤을 함께 지냈
다. 다음날 아침 여인은 슬픈 얼굴로
말했다. "좀더 함께 지내고 싶지만 사흘
밤이 한도예요. 이 이상 같이 있으면
화를 당하게 되지요. 그래서 헤어져야
하지만 제 진심을 보여 드릴 수 없는

게 슬프군요. 정표로 이거라도 받아 주세요." 여인은 신도탁에게 금베개를 건네주고는 하녀에게 대문까지 배웅하라고 일렀다. 대문을 나선 신도탁이 뒤돌아보니 그 큰 기와집은 간데 없고 잡초만이 무성한 허허 벌판에 무덤이 하나 있을 뿐이었다. 그러나 품속에 간직한 금베개는 그대로 있었다. 신도탁은 금베개를 팔아 음식을 사 먹었다. 그 후 왕비가 금베개를 저잣거리에서 발견하고 관원을 시켜 조사해 본 결과 신도탁의 소행임이 드러났다. 왕비는 그를 잡아다가 경위를 알아본 다음 공주의 무덤을 파고 관을 열어 보니 다른 부장품(副葬品)은 다 있었으나 금베개만 없어졌다. 그리고 시체를 조사해 본 결과 정교(情交)한 흔적이 역력했다. 모든 사실이 신도탁의 이야기와 부합하자 왕비는 신도탁이야말로 내 사위라며 '부마도위(駙馬都尉)'라는 벼슬을 내리고 후대했다 한다.

부모지방(父母之邦)
자신이 태어난 나라, 즉 조국을 이르는 말.
「論語 微子篇」,
枉道而事人 何必去父母之邦

부모지유체(父母之遺體)
자식의 몸을 이르는 말.
「禮記 祭義篇」,
曾子曰 身也者父母之遺體也 行父母之遺體 敢不敬乎 居處不莊 非孝也

부미백리지외(負米百里之外)
가난한 살림인데도 부모님께 효성이 극진함을 이르는 말.
「孔子家語 致思篇」,
子路嘗曰 昔者由也 事二親之時 常食藜藿之實 爲親負米百里之外 親歿之後

爲楚大夫 從車百乘 積粟萬鍾

부복장주(剖腹藏珠)
이익을 위하여 내 몸을 해치는 일을 하지 말라는 뜻.
「通鑑綱目」,
唐太宗謂侍臣曰 吾聞西域賈胡得美珠 剖身以藏之 人皆知笑彼之愛珠而不愛其身也 吏受賕抵法 與帝王徇奢欲而亡國者 何以異於胡之可笑邪

부부유별(夫婦有別)
오륜(五倫)의 하나로, 부부 사이에는 엄격히 지켜야 할 인륜의 구별이 있음을 이르는 말.
⇒포식난의(飽食暖衣)의 고사 및 삼강오륜(三綱五倫) 참조.

부부자자(父父子子)
아버지는 아버지, 아들은 아들대로 본분을 지킴을 이르는 말.

부불검용빈후회(富不儉用貧後悔)
주자 십회훈(朱子十悔訓)으로, 부유할 때 아끼지 않으면 가난한 후에 뉘우친다는 말.

부불부(父不父)
아비가 아비 노릇을 하지 않음을 이르는 말.
「論語 顏淵篇」,
齊景公問政於孔子 孔子對曰 君君臣臣 父父子子 公曰 善哉 信如君不君 臣不臣 父不父 子不子 雖有粟 吾得而食諸

부불훼 호난제(膚不毀虎難制)
범을 잡자면 그 껍질을 상하게 하지 않을 수 없다는 뜻으로, 무슨 일이나 수고하지 않으면 이루어지지 않는다는 말.

부생모육(父生母育)

부모가 자녀를 낳아 기름을 이르는 말.

부생약몽(浮生若夢)

인생의 덧없음을 뜻하는 말. 부생여몽(浮生如夢)이라고도 함.

「李白의 春夜宴桃李園序」,

夫天地者萬物之逆旅 光陰者百代之過客 浮生若夢 爲懽幾何 古人秉燭夜遊 良有以也 況陽春召我以煙景 大塊假我以文章 會桃李之芳園 序天倫之樂事 群季俊秀 皆爲惠連 吾人詠歌 獨慙康樂 幽賞未已 高談轉淸 開瓊筵以坐花 飛羽觴而醉月 不有佳作 何伸雅懷 如詩不成 罰依金谷酒數

天地라는 것은 임시로 머무르는 여관과 같은 것이며, 만물은 홀연히 지나가 버린다. 또 시간은 영원히 쉬지 않고 이 천지 사이를 통과하는 나그네 같은 것이다. 그리고 불안정한 일생은 짧고 덧없기가 꿈과 같은 것이다. 이 세상에서 기쁨을 누리는 데 시간이 얼마나 있겠는가, 얼마 되지 않는다. 그래서 옛 사람들은 등촉을 밝히고 낮을 이어 계속하여 밤에도 논다고 옛 시에 읊었는데, 참으로 그럴 만하다. 하물며 양기가 왕성한 봄이 사람들을 아지랑이가 낀 유한한 풍경으로 부르고 있으며, 천지는 사람들에게 문장의 재주를 빌려주었으니, 더 한층 이 봄밤을 즐겨야 할 것이다. 그리하여 桃李의 꽃이 흐드러진 동산에 모여, 자연적 질서가 있는 형제들의 회합의 즐거움을 순차적으로 전개하는 것이다. 많은 연소한 수재들은 다 詩를 잘 지어 宋의 謝惠連 같은데, 내가 읊은 노래만이 신통치 않아, 惠連의 族兄이었던 山水詩人 謝靈運에 대하여 부끄러울 뿐이다. 조용하게 풍경을 즐기면서 속되지 않은 담론이 이어져, 진정 청명한 기분이다. 옥으로 짠 자리 같은 훌륭한 연석을 베풀고, 꽃을 바라보며 앉아, 새 모양을 한 술잔들을 날리기라도 하듯 분주히 주고받으면서 마시고 달을 보며 즐긴다. 이럴 때 좋은 시가 지어지지 않는다면 어떻게 그 마음을 충분히 표현할 수 있겠는가. 그러므로 다투어 좋은 시를 지어주기 바라는데, 만일 좋은 시를 짓지 못한다면, 그 벌로 벌주 삼배의 數를 따라야 할 것이다.

* 이 글은 李白이 봄밤에 형제, 친척들과 함께 桃李가 활짝 핀 동산에서 잔치를 베풀 때 지은 것이다. 그들은 그 잔치에서 시를 지었는데, 이 글은 그 시편의 앞에, 그 때의 감상과 함께 경위를 서술한 것이다.

부생여몽(浮生如夢)

⇒부생약몽(浮生若夢) 참조.

부수반환(負手盤桓)

뒷짐을 지고 머뭇거린다는 말이니, 어찌할 바를 모르고 서성임을 이르는 말.

부수지소(膚受之愬)

살을 찌르는 듯한 통절한 하소연을 이르는 말.

「論語 顏淵 六」,

子張問 明 子曰 浸潤之譖 膚受之愬 不行焉 可謂明也已矣 浸潤之膚譖 受之愬不行焉 可謂遠也已矣

자장(子張)이 명찰(明察)을 물었다.

공자 가로되, "물 젖어들 듯 참언하는 자의 계교와 피부에 닿을 듯 절박하게 호소하는 자의 간교를 통찰하여 행하지 못하게 함이 명찰이니라. 물 젖어들 듯하는 참소와 억울한 호소를 밝게 통찰하여 그 흉계를 행하지 못하게 하면 명찰이 미치는 바 매우 크다 이르리라."

부수청령(俯首聽令)

윗사람의 위엄에 눌려 다소곳하게 명령에 따름을 이르는 말.

부신구화(負薪救火)

⇒구화투신(救火投薪) 참조.

부신장옥(剖身藏玉)

서방 오랑캐는 옥을 손에 넣으면 도난이 두려워 몸을 찢고 그 속에 감추었다는 고사로, 본말대소(本末大小)가 잘못됨을 비유한 말.
「十八史略 唐太宗」,
西域賈胡得美珠 剖身而藏之

부신지우(負薪之憂)

⇒채신지우(採薪之憂) 참조.

부신지자(負薪之資)

땔나무나 질 용렬한 사람이란 뜻으로, ①비천한 출신을 비유하거나, ②자기의 타고난 자질을 겸손하게 이르는 말.
「後漢書」,

부앙무괴(俯仰無愧)

하늘에 대해서나 사람에 대해서나 양심에 조금도 부끄러운 데가 없다는 뜻.
⇒군자삼락(君子三樂)의 고사 참조.

부앙일세(俯仰一世)

세상에 순응하며 행동함을 이르는 말.
「王羲之 蘭亭記」,
夫人之相與 俯仰一世 或取諸懷抱 悟言一室之內 或因寄所託 放浪形骸之外

부어증진(釜魚甑塵)

⇒부중생어(釜中生魚) 참조.

부언낭설(浮言浪說)

⇒유언비어(流言蜚語) 참조.

부언시용(婦言是用)

부인의 말에만 귀를 기울인다는 말로, 망국(亡國)의 징조를 뜻하는 말.

부여부일체(婦與夫一體)

지어미와 지아비는 한 몸이라는 말.
「雜書 白虎通」,
婦人學事舅姑 不學事夫者 示婦與夫一體

부운조로(浮雲朝露)

하늘의 뜬구름과 아침의 이슬이란 뜻으로, 믿을 수 없는 것을 비유하는 말.
「周書 蕭大圜傳」,

부운지지(浮雲之志)

하늘에 떠도는 구름처럼 부귀에 사로잡히지 않는 마음을 이르는 말.

부월당전(斧鉞當前)

극형으로, 죽음이 눈앞에 닥쳤음을 이르는 말.

부월지주(斧鉞之誅)

죄를 범한 자를 극형에 처함을 이르는 말.

부월지하(斧鉞之下)

옛날 중국에서, 권력의 상징으로 삼

왔던 큰 도끼와 작은 도끼의 아래란 뜻으로, 천자(天子)의 위엄을 뜻하는 말.

부위부강(夫爲婦綱)

⇒삼강오륜(三綱五倫) 참조.

부위자강(父爲子綱)

⇒삼강오륜(三綱五倫) 참조.

부위자은(父爲子隱)

아비 된 사람이 자식을 위해 자신의 나쁜 일을 숨긴다는 말.

부유대분(蜉蝣戴盆)

책임이 무거움을 비유한 말.
「易林」,
蜉蝣戴盆 不能上山

부유인생(蜉蝣人生)

하루살이 인생, 즉 인생의 덧없음을 이르는 말.

부유일기(蜉蝣一期)

하루살이의 생애란 뜻으로, 짧은 인생을 비유하여 이르는 말.

부유장설(婦有長舌)

여자가 말이 많음은 화(禍)의 근원이 된다는 뜻.
「詩經 大雅 瞻卬篇」,
婦有長舌 維厲之階

부유지명(蜉蝣之命)

하루살이의 목숨, 곧 인생의 짧음을 비유한 말.
「白居易의 詩」,
長生無得者 擧世如蜉蝣

부윤옥덕윤신(富潤屋德潤身)

부(富)는 집을 윤택하게 하고, 덕(德)은 자신을 윤택하게 한다는 말.

부이무교(富而無驕)

부자이면서도 난 체하거나 뽐내지 아니한다는 말.

부인종인자(婦人從人者)

여자는 성품이 온유하니 남자를 잘 따라야 좋다는 말. 삼종지의(三從之義)와 같은 말.
「禮記 郊特牲篇」,
婦人從人者也 幼從父兄 嫁從夫 夫死從子

부자상전(父子相傳)

⇒부전자전(父傳子傳) 참조.

부자유친(父子有親)

오륜(五倫)의 하나로, 아버지와 아들 사이의 도(道)는 친애(親愛)에 있음을 이르는 말.
⇒포식난의(飽食暖衣)의 고사 및 삼강오륜(三綱五倫) 참조.

부자자효(父慈子孝)

아버지는 자녀에게 자애롭고, 자녀는 아버지에게 효성스러워야 함을 이르는 말.

부재다언(不在多言)

여러 말 할 것 없다는 뜻.

부재모상(父在母喪)

아버지는 살아있고 어머니가 먼저 죽은 상사(喪事)를 이르는 말.

부재지족(富在知足)

욕심은 한이 없으니, 만족할 줄 알아야 부자가 된다는 말.

부재차한(不在此限)

어떤 한계에 얽매이지 않음을 이르는 말.

부저소정저(釜底笑鼎底)

가마 밑이 노구솥 밑을 검다 한다는 뜻으로, 제 허물이 큰 것은 모르고 남의 작은 허물을 들추어내어 비웃고 흉볼 때 쓰는 말.

「旬五志」,

釜底笑鼎底 以比己有十訾而指人一訾 가마 밑이 노구솥 밑을 검다 하는 것은 자기 자신의 허물은 열이나 되는데도 허물이 하나밖에 안 되는 남의 흠을 꼬집는 것을 비유한 말이다.

* 노구솥 – 놋쇠나 구리로 만든 솥으로, 자유로이 옮기어 따로 걸고 쓰게 되었음.

부전자승(父傳子承)

⇒부전자전(父傳子傳) 참조.

부전자전(父傳子傳)

그 아버지에 그 아들. 부자상전(父子相傳) 또는 부전자승(父傳子承)이라고도 함.

부절여루(不絶如縷)

실처럼 가늘면서도 끊어지지 않고 계속 이어감을 뜻함.

부접빈객거후회(不接賓客去後悔)

손님이 왔을 때 접대하지 않으면 떠난 후에 후회한다는 말.

부족가론(不足可論)

이야기할 거리가 되지 못함을 이르는 말.

부족위기(不足爲奇)

이상하게 여길 필요가 없다는 말.

부중생어(釜中生魚)

오랫동안 솥에 밥을 짓지 못하였으므로 솥 속에 고기가 생겨났다는 뜻으로, 아주 가난함을 비유하여 이르는 말. 부어증진(釜魚甑塵)이라고도 함.

「後漢書 獨行傳」,

釜中生魚 范萊燕

부중어(釜中魚)

⇒어유부중(魚遊釜中) 참조.

부즉다사(富則多事)

재산이 많으면 일 또한 많다는 말.

「莊子 天地篇」,

堯曰 多男子則多懼 富則多事 壽則多辱

부지감고(不知甘苦)

사리에 어두운 사람을 비유한 말.

「墨子 非攻篇」,

有人于此 少嘗苦曰苦 多嘗苦曰甘 則必以此人爲 不知甘苦之辨矣

부지기수(不知其數)

수효가 많아 헤아릴 수 없음을 이르는 말.

부지기자 시기우(不知其子視其友)

자식의 성품을 모를 때는 그의 친구를 보면 알 수 있다는 말.

「荀子 性惡篇」,

不知其子 視其友 不知其君 視其左右

부지소조(不知所措)

어찌할 바를 모른다는 말.

부지통양(不知通痒)

아무런 감각이 없음을 뜻함.

「傳燈錄」,

僧問樓賢湜古人斬蛇意旨 湜曰 猶未知通痒

부지하세월(不知何歲月)

⇒백년하청(百年河淸) 참조.

부창부수(夫唱婦隨)

남편이 노래를 부르면 아내도 그에 따라 행한다는 뜻으로, 어떤 경우든 남편의 주장에 아내가 따르는 것이, 집안이 서로 화합하는 도리임을 뜻하거나, 혹은 부부간의 도리를 말함. 남창여수(男唱女隨)라고도 함. 유사한 말로 여필종부(女必從夫)가 있음.

「關尹子 三極篇」,

天下之理 夫者唱婦者隨 牡者馳牝者逐 雄者鳴雌者應 是以聖人制言行 而賢人拘之

天下의 이치는 남편이 노래 부르면 부인이 따라 부르고, 숫놈이 달리면 암놈은 쫓아가며, 수컷이 울면 암컷이 응답해야 한다. 이것이 聖人과 賢人 들이 언행을 조심하고 삼가는 것이니라.

부천지하(溥天之下)

⇒보천지하(普天之下) 참조.

부탕도화(赴湯蹈火)

어렵고 위험한 것을 피하지 않는다는 뜻으로, 호용(好勇)의 모양을 이르는 말.

부허지설(浮虛之說)

떠돌아다니는 허황한 말, 곧 소문을 이르는 말.

부형청죄(負荊請罪)

가시나무를 등에 지고 때려주기를 바란다는 뜻으로, 깊이 사죄하는 일을 이르는 말.

「史記 廉頗藺相如傳」,

吾有此所以者 以先國家之急 後私仇 廉頗肉袒負荊 至門謝罪曰

부화뇌동(附和雷同)

⇒뇌동(雷同) 참조.
⇒군자화이부동(君子和而不同) 참조.

부회지설(附會之說)

사리를 억지로 발라 맞춘 의견을 이르는 말.

북마남선(北馬南船)

⇒남선북마(南船北馬) 참조.

북망산(北邙山)

① 중국 하남성(河南省) 낙양(洛陽)의 북쪽에 있는 작은 산. ② 옛날 북망산에 제왕(帝王)·귀인(貴人)·명사(名士)들의 무덤이 많았다는 데서 나온 말로, 무덤이 많은 곳, 또는 사람이 죽어서 묻히는 곳을 이르는 말. 북망산천(北邙山川)이라고도 함.

북망산천(北邙山川)

⇒북망산(北邙山) 참조.

북방지강(北方之强)

정의(正義) 여하에 관계없이 단순히 용감한 사람을 이르는 말.

「中庸 第十章」,

南方之强與 北方之强與

북산지감(北山之感)

공사(公事) 관계로 부모님을 공양치 못함을 한탄함.

「曾鞏의 福州上執政書」,

苦於政役 而不得養父母 則有北山之感 鴇羽之嗟

북창삼우(北窓三友)

거문고·술·시를 가리키는 말.
* 백거이(白居易)의 시에서 온 말.

북풍한설(北風寒雪)

몹시 차고 추운 겨울 바람과 눈을 이르는 말.

분감공고(分甘共苦)

고락(苦樂)을 함께 한다는 말.

분골보효(粉骨報效)

있는 힘을 다해 은혜를 갚음.

「蘇轍 爲兄軾下獄上書」,

洗心改過 粉骨報效

마음을 깨끗이 하고 허물을 고쳐 있는 힘을 다해 은혜를 갚겠습니다.

분골쇄신(粉骨碎身)

뼈가 가루가 되고 몸이 부서지도록 노력하고 힘써 일함. 즉 자기 몸을 돌보지 않고 지극한 정성으로 온 힘을 다함. 쇄골분신(碎骨粉身)이라고도 함.

「證道歌」,

粉骨碎身未足酬 一句了然超百億

분기충천(忿氣衝天)

분한 마음이 하늘을 찌를 듯이 솟구쳐 오름. 즉 몹시 분한상태를 이르는 말. 분기탱천(忿氣撑天)이라고도함. 유사한 말로 비분강개(悲憤慷慨), 절치부심(切齒腐心)이 있음.

분기탱천(忿氣撑天)

⇒분기충천(忿氣衝天) 참조.

분리사명(奔利死名)

세상 사람들이 너무나 명리(名利)에 도취되어 있음을 이르는 말.

「柳宗元의 東明張先生墓誌」,

世皆狂狂 奔利死名

분벽사창(粉壁紗窓)

하얗게 꾸민 벽과 깁으로 바른 창이란 뜻으로, 아름다운 여인이 거처하는 방을 비유하여 이르는 말.

분서갱유(焚書坑儒)

진시황제가 정부를 비방하는 언론을 봉쇄하기 위하여 책을 불사르고 선비를 산채로 구덩이에 파묻어 죽인데서 유래한 말로, 학자와 학문이 정치적 박해와 탄압을 받음을 비유하는 말.

「孔安圍上書序」,

秦始皇滅先代典籍 焚書坑儒

「史記 秦始皇紀」,

* 기원전 221년, 제(齊)나라를 끝으로 6국을 평정하고 전국 시대를 마감한 진(秦)나라 시황제(始皇帝) 때의 일이다. 시황제는 천하를 통일하자 주(周) 왕조 때의 봉건 제도를 폐지하고 사상 처음으로 중앙 집권(中央集權)의 군현 제도(郡縣制度)를 채택했다.

군현제를 실시한 지 8년이 되는 그 해(B.C. 213) 어느 날, 시황제가 베푼 함양궁(咸陽宮)의 잔치에서 박사(博士)인 순우월(淳于越)이 현행 군현 제도하에서는 황실의 무궁한 안녕을 기하기가 어렵다며 봉건 제도로 개체할 것을 진언했다. 시황제가 신하들에게 순우월의 의견에 대해 가부를 묻자 군현제의 입안자인 승상 이사(李斯)는 이렇게 대답했다. "봉건 시대에는 제후들 간에 침략전이 끊이지 않아 천하가 어지러웠으나 이제는 통일되어 안정을 찾았사오며, 법령도 모두 한 곳에서 발령(發令)되고 있나이다. 하오나 옛 책을 배운 사람들 중에는 그것만을 옳게 여겨 새로운 법령이나 정책에 대해서는 비난하는 선비들이 있사옵니다. 하오나 차제에 그러한 선비들을 엄단하심과 아울러 백성들에게 꼭 필요한 책과 진나라 역사서 외에는 모두 수거하여 불태워 없애 버리소서."

시황제가 이사의 진언을 받아들임으로써 관청에 제출된 희귀한 책들이 속속 불태워졌는데 이 일을 가리켜 '분서(焚書)'라고 한다.

이듬해(B.C. 212) 아방궁(阿房宮)이 완성되자 시황제는 불로 장수의 신선 술법(神仙術法)을 닦는 방사(方士)들을 불러들여 후대했다. 그들 중에서도 특히 노생(盧生)과 후생(侯生)을 신임했으나 두 방사는 많은 재물을 사취(詐取)한 뒤 시황제의 부덕(不德)을 비난하며 종적을 감춰 버렸다. 시황제는 진노했다. 그 진노가 채 가시기도 전에 이번에는 시중의 염탐꾼을 감독하는 관리로부터 폐하를 비방하는 선비들을 잡아 가뒀다는 보고가 들어왔다. 시황제의 노여움은 극에 달했다. 엄중히 심문한 결과 연루자는 460명이나 되었다. 시황제는 그들을 모두 산 채로 각각 구덩이에 파묻어 죽였는데 이 일을 가리켜 '갱유(坑儒)'라고 한다.

분신미골(紛身糜骨)

온 몸과 뼈가 가루가 되도록 정성과 힘을 다한다는 말.

「三國史記 卷第七 新羅本記 第七」,
得免屠滅 紛身糜骨

분여광(分餘光)

등불을 여러 사람에게 나누어 비춘다는 말이니, 곧 은혜를 여러 사람에게 나누어 베푼다는 뜻.

「烈女傳」,
齊女徐吾夜績 而燭不繼 謂鄰婦曰 一室之中 益一人 燭不爲闇 去一人 燭不爲益明 何愛東壁餘光 幸分之

분용우(分龍雨)

소나기를 이르는 말.

「埤雅」,
俗五月雨曰之分龍雨 又曰隔轍雨 言夏雨多至 龍各分域 雨暘往往隔一轍而異也

분전역투(奮戰力鬪)

있는 힘을 다하여 싸움을 이름.

분토지언(糞土之言)

쓸모가 없는 말. 이치에 닿지 않는 말. 더러운 말.

「左傳 襄公十四年」,
臟紇唁衛侯 與之譴 退而告其人曰 衛侯不得入矣 其言糞土也

불가구약(不可救藥)

이미 일이 낭패되어 수습할 길이 없다는 뜻.

불가근 불가원(不可近不可遠)

경계하는 사람은 가깝게 하지도 말고 그렇다고 해서 멀리 하지도 말라는 말.

불가명장(不可名狀)

무어라 형용할 수 없다는 말.

불가사야(弗可赦也)

용서할 수 없다는 말로, 천벌을 받는다는 뜻.

「左傳」,
大司馬固諫曰 天之棄商久矣 君將與之 弗可赦也已

불가사의(不可思議)

①말로 나타낼 수도 없고 마음으로 헤아릴 수도 없는 오묘한 이치 또는 가르침. ②상식으론 헤아릴 수 없는 이상야릇한 일.

불가이유(不可理唯)

함부로 이치에 어긋나는 짓을 한다는 말.

불가항력(不可抗力)

사람의 힘으로는 도저히 저항하거나 막아낼 수 없다는 뜻.

불가형언(不可形言)
말로 형용할 수 없다는 말.

불감생심(不敢生心)
힘에 부쳐 감히 엄두도 내지 못한다는 말. 불감생의(不敢生意)라고도 함.

불감생의(不敢生意)
⇒불감생심(不敢生心) 참조.

불감앙시(不敢仰視)
두려워서 감히 쳐다보지도 못한다는 뜻.

불감청 고소원(不敢請固所願)
굳이 청하지는 않았지만, 본래 바라던 뜻이라는 말.

불감폭호(不敢暴虎)
맨주먹으로 맹수를 치지 않는다는 말이니, 즉 모험을 하지 않겠다는 뜻.
⇒여리박빙(如履薄氷)의 고사 참조.

불개기락(不改其樂)
참다운 도를 구하는 자는 상황의 변화에 구애받지 않고 구도(求道)에만 전념한다는 말.
「論語 雍也」,
曰, 賢哉回也 一簞食 一瓢飮 在陋巷 人不堪其憂 回也 不改其樂

불거소리즉대리부득(不去小利則大利不得)
작은 이익을 아까워 버리지 못하면 큰 이익을 얻을 수 없다는 말.
「呂氏春秋」,
不去小利則大利不得 不去小忠則大忠不至

불계지주(不繫之舟)
매여 있는 배란 뜻으로, ①무념무상(無念無想)의 경지를 이르는 말. ②정처 없이 떠돌아다니는 사람을 비유하여 이르는 말.

불고가사(不固家事)
집안 일을 돌보지 아니한다는 뜻.

불고염치(不顧廉恥)
체면과 부끄러움을 돌보지 않는다는 말. 염치불고(廉恥不顧)라고도 함.

불공대천지수(不共戴天之讐)
본래는 아버지의 원수를 뜻하는 말이었으나, 지금은 함께 살아갈 수 없는 원수(怨讐)라는 뜻으로 쓰임. 불구대천(不俱戴天), 불구대천지수(不俱戴天之讐) 또는 무수지수(貿首之讐)라고도 함.
「禮記 曲禮 上」,
父之讐弗與共戴天 兄弟之讐不反兵 交遊之讐不同國
아버지의 원수와는 더불어 하늘을 이지 않고, 형제의 원수와는 (사람을 죽이려는) 兵器를 도로 거두지 않으며, 친구의 원수와는 같은 나라에서 함께 살지 않는다.
* 讐 = 讎

불공자파(不攻自破)
치지 않아도 스스로 깨어진다는 뜻.

불괴옥루(不愧屋漏)
사람이 보지 않는 곳에서도 행동을 신중하게 하므로 신에게도 부끄럽지 않음을 뜻함.

불구공졸(不拘工拙)
재주가 좋고 나쁨을 가리지 않는다는 뜻.

불구대천(不俱戴天)
하늘을 함께 머리에 일 수 없다는

뜻임.

⇒불공대천지수(不共戴天之讐) 참조.

불구대천지수(不俱戴天之讐)

⇒불공대천지수(不共戴天之讐) 참조.

불구문달(不求聞達)

출세하여 이름이 세상에 드날리기를 바라지 아니함, 즉 애써 명예를 구하지 아니한다는 말.

불구소절(不拘小節)

자질구레한 의리·명분·예절 따위에 얽매이지 아니한다는 말.

불구심해(不求甚解)

대의(大意)에만 통하고 뜻을 깊이 캐지 않음을 이르는 말.
「陶潛의 五柳先生傳」,
好讀書不求甚解
독서를 좋아했으나 뜻을 깊이 캐지 아니하였다.

불굴불요(不屈不撓)

어떤 장애나 시련에도 자신의 뜻을 굽히거나 흔들리지 않음을 이름.

불권불해(不倦不懈)

싫증을 내지도 않고 게을리 하지도 아니함.

불궤지심(不軌之心)

①법이나 도리에 벗어나는 마음. ②모반을 꾀하는 마음.

불근인정(不近人情)

몰인정함을 뜻함.
「莊子 逍遙遊篇」,
大有徑庭 不近人情焉

불기지재(不羈之才)

비범한 재주를 이르는 말.
「漢書 司馬遷傳」,

少負不羈之才

불긴지사(不緊之事)

별로 중요하지 않은 일을 이르는 말.

불념구악(不念舊惡)

타인이 저지른 오래된 나쁜 일을 마음에 두지 않는다는 말.
「論語 公冶長篇」,
子曰 伯夷叔齊 不念舊惡 怨是用希

불려호획(弗慮胡獲)

무슨 일이든 신중히 생각하자 않으면 좋은 결과를 얻을 수 없음을 뜻함.
「書經 太甲下篇」,
嗚呼 弗慮胡獲 弗爲胡成

불령지배(不逞之輩)

쓸모 없고 불법적인 행동을 하는 사람을 이르는 말.

불로불사(不老不死)

사람이 극히 장수함을 뜻함.
「列子 湯問篇」,
珠玕之樹皆叢生 華實皆有滋味 食之皆不老不死

불로장생(不老長生)

늙지 않고 오래 삶을 이르는 말.

불립문자(不立文字)

⇒이심전심(以心傳心) 참조.

불망지은(不忘之恩)

잊을 수 없는 은혜를 이르는 말.

불면불휴(不眠不休)

자지도 아니하고 쉬지도 아니함, 곧 잠시도 쉬지 아니하고 일함을 이름.
「列子」,

불면어정조(不免於鼎俎)

죽음을 면치 못한다는 말.
「淮南子 說山訓」,
雖知將旦 鶴知夜半 而不免於鼎俎

불면호구(不免虎口)

위험을 면치 못한다는 말.
「莊子 盜跖篇」,
孔子曰 疾走料虎頭 編虎鬚 幾不免虎
口哉

불멸불생(不滅不生)

멸하지도 태어남도 없어 무시무종
(無始無終)이라는 뜻.
「王巾의 頭陀寺碑」,
視聽之外 若存若亡 心行之表 不生不
滅

불모이동(不謀而同)

의논함이 없어도 의견이 서로 같음
을 이르는 말.

불모지(不毛地)

식물이 자라지 않는 거칠고 메마른
땅. 불모지지(不毛之地)라고도 함.
「史記 鄭世家」,
不忍絶其社稷 錫不毛地

불모지지(不毛之地)

⇒불모지(不毛地) 참조.

불문가지(不問可知)

묻지 않아도 알 수 있음. 즉 물을
것도 없이 뻔함을 이르는 말.

불문곡절(不問曲折)

어떻게 된 영문인지를 묻지 아니한
다는 말.

불문곡직(不問曲直)

옳고 그른 것을 묻지 아니한다는
말. 곡직불문(曲直不問)이라고도 함.

불문헌법(不文憲法)

성문화(成文化) 형식을 갖추지 않은
헌법을 이르는 말.

불벌기장(不伐己長)

자기의 장점을 자랑하지 말라는 뜻.
「北齊書 陸卬傳」,
不說人短 不伐己長

불변숙맥(不辨菽麥)

⇒숙맥불변(菽麥不辨) 참조.

불부요(不膚撓)

타인에게 칼로 찔리울망정 조금도
굴하거나 흔들리지 않음을 이르는
말.
「孟子 公孫丑章上」,
北宮黝之養勇也 不膚撓 不目逃 思以
一毫挫於人

불분동서(不分東西)

동서를 가리지 못할 만큼 어리석음
을 이르는 말.

불분불계(不憤不啓)

열정(熱情)이 없는 자에게는 진리가
열리지 않는다는 말.
「論語 述而」
子曰, 不憤不啓 不悱不發 舉一隅不
以三隅反 則不復也

불분상하(不分上下)

아래위를 가리지 못할 정도로 어리
석음을 이르는 말.

불분승부(不分勝負)

승부를 가리지 못함. 또는 누가 이
길지 승부를 예측할 수 없음을 이르
는 말.

불분조백(不分早白)

선·악과 우·열을 가리지 않거나,

가릴 수 없음을 이르는 말.

불분주야(不分晝夜)

밤낮을 가리지 않고 힘씀을 이름.

불상상하(不相上下)

쌍방간의 실력이 대등함을 이름.

불석신명(不惜神明)

불도(佛道)의 수업을 위해 스스로의 몸과 목숨을 아끼지 않고 힘을 다함을 이르는 말.

불설성부(不設城府)

흉금(胸襟)을 털어놓고 허물없이 접촉함.

「宋史 傳堯兪傳」,

堯兪厚重言寡 遇人不設城府 人自不忍欺

불성인사(不省人事)

정신을 잃고 의식을 모른다는 뜻.

불성인(不成人)

불구자를 이르는 말.

「禮記 禮器篇」,

禮也者 猶體也 體不備 君子謂之不成人

불세지공(不世之功)

세상에서 드물게 보는 큰공이란 뜻.

불세지웅(不世之雄)

세상에 드물게 나타난 몹시 뛰어난 영웅을 이르는 말.

불세출(不世出)

세상에 다시없을 만큼 훌륭함을 이르는 말.

「淮南子 泰族訓」,

夫欲治之主不世出

「史記 淮陰侯傳」,

功無二於天下 而略不世出者也

불속지객(不速之客)

초청하지 않은 손님을 일컫는 말.

「易經 需卦」,

上六 入于空 有不速之客來 敬之 終吉 雖不當位 未大失也

불승매거(不勝枚擧)

양이 많아서 일일이 다 말할 수 없다는 뜻.

불승배표(不勝桮杓)

술이 몹시 취하여 더 이상 마실 수 없다는 말.

「史記 項羽紀」,

沛公不勝桮杓

불식거취(不識去就)

떠나야 할지 머물러야 할지 망설임을 이르는 말.

「後漢書 王昌傳」,

或不識去就 强者負力 弱者惶惑 朕甚悼焉

불식시무(不識時務)

때에 따라 해야 할 시급한 일을 분간하지 못함.

「後漢書 張霸傳」,

鄧騭當朝貴盛 聞霸名行 欲與爲交 霸逡巡不答 衆人笑其 不識時務

불식지지(不食之地)

농사를 지을 수 없는 땅을 이르는 말.

「禮記 檀弓上篇」,

成子高曰 我死則擇 不食之地 而葬我焉

불실서류(不失黍絫)

조그마한 틀림도 없음을 이르는 말.

「後漢書 歷志」,

度長短者 不失毫釐 量多少者 不失圭
撮 權輕重者 不失黍絫

불실척촌(不失尺寸)

일상생활에서 조금도 법도에 어그러
지거나 어기거나 하지를 않는다는
말.

불실치수(不失錙銖)

조그마한 착오도 없음을 이르는 말.
「冊府元龜」,
唐陸贄貞元中 爲相 精於吏事 參酌裁
斷 不失錙銖

불심상관(不甚相關)

크게 상관할 일이 아니라는 말.

불약이동(不約而同)

사전 약속이 없는 사람과 우연의 일
치로 같이 행동함을 이르는 말.

불약이신(不約而信)

약속은 하지 않았어도 마음과 마음
이 서로 맺어있으면 신의를 지킬 수
있다는 말.
「呂覽 本味」,
不謀而親 不約而信

불언가지(不言可知)

말하지 않아도 안다는 뜻.

불언 실행(不言實行)

말로 나타내지 않고 잠자코 실행함
을 이르는 말.

불연지돌연하생(不煙之突煙何生)

아니 땐 굴뚝에 연기가 날 리 없다
는 뜻이니, 즉 근거 없는 말은 없다
는 말임.

불외입외(不畏入畏)

참다운 두려움을 모르면 그 두려움
속에 빠진다는 말.

「書經 周官」,
居寵思危 罔不惟畏 弗畏入畏

불요불굴(不撓不屈)

뜻이나 결심이 휘어지거나 굽히지
않음을 이르는 말.
「漢書 敍傳下」,
樂昌篤實而 不撓不屈 閔遘旣多 是以
廢黜也

불요불급(不要不急)

꼭 필요하거나 급하지 아니함을 이
르는 말.

불욕군명(不辱君命)

외국에 사신으로 가서 임금의 명을
욕되게 하지 않음. 즉, 사명을 훌륭
히 완수함을 뜻함.
「論語 子路篇」,
使于四方 不辱君命 可謂士矣

불우우제(不友于弟)

형이 아우를 사랑하지 않음을 뜻함.
「書經 康誥篇」,
于弟弗念天顯 乃弗克恭厥兄 兄亦不
念鞠子哀 大不友于弟

불우지환(不虞之患)

뜻밖에 생기는 근심 걱정을 이르는
말.

불원천리(不遠千里)

천리 길도 멀다 여기지 않음. 먼 곳
임에도 불구하고 찾아올 때 이르는
말.
⇒부급종사(負笈從師) 참조.

불원천 불우인(不怨天不尤人)

제 뜻이 시대와 사회에 맞지 않더라
도 하늘이나 다른 사람을 원망하지
않고, 늘 반성해 발전과 향상을 꾀한

다는 뜻.

⇒하학상달(下學上達)의 고사 참조.

불유여력(不遺餘力)

있는 힘을 남기지 않고 다 쓴다는 말.

불의지재(不意之財)

의롭지 못한 수단으로 얻은 재물을 이르는 말.

불익이비(不翼而飛)

있던 물건이 온데 간데 없다는 뜻.

불의지변(不意之變)

뜻하지 않은 변고를 이르는 말.

불인지심(不忍之心)

차마 할 수 없는 마음을 이르는 말.

불입호혈 부득호자(不入虎穴不得虎子)

호랑이 굴에 들어가지 않고는 호랑이 새끼를 못 잡는다는 뜻으로, 모험을 하지 않고는 큰 일을 할 수 없음을 비유하는 말.

「後漢書 班超傳」,

超曰 不入虎穴 不得虎子 當今之計 獨有因夜以火攻虜使 彼不知我多少 必大震怖

* 후한(後漢) 초기의 장군 반초(班超)는 〈한서(漢書)〉를 쓴 아버지 반표(班彪), 형 반고(班固), 누이동생 반소(班昭)와는 달리 무인(武人)으로 이름을 떨쳤다. 반초는 후한 2대 황제인 명제(明帝) 때 서쪽 오랑캐 나라인 선선국(鄯善國)에 사신으로 떠났다. 선선국왕은 반초의 일행 36명을 상객(上客)으로 후대했다. 그런데 어느 날, 후대(厚待)는 박대(薄待)로 돌변했다. 반초는 궁중에 무슨 일이 있음을 직감하고 즉

시 부하 장수를 시켜 진상을 알아보라고 했다. 이윽고 부하 장수는 놀라운 소식을 갖고 왔다. "지금 선선국에는 흉노국의 사신이 와 있습니다. 게다가 대동한 군사만 해도 100명이 넘는다고 합니다." 흉노는 옛부터 한족(漢族)이 만리장성(萬里長城)을 쌓아 침입을 막았을 정도로 영맹(獰猛)한 유목 민족이다. 반초는 즉시 일행을 불러 모은 다음 술을 나누며 말했다. "지금 이곳에는 흉노국의 사신이 100여 명의 군사를 이끌고 와 있다고 한다. 선선국왕은 우리를 다 죽이거나 흉노국의 사신에게 넘겨 줄 것이다. 그러면 그들에게 끌려가서 개죽음을 당할 텐데 어떻게 하면 좋겠나?" "가만히 앉아서 죽을 수야 없지 않습니까? 싸워야 합니다." 모두들 죽을 각오로 싸우자고 외쳤다. "좋다. 그럼 오늘 밤에 흉노들이 묵고 있는 숙소로 쳐들어가자. 호랑이 굴에 들어가지 않고는 호랑이 새끼를 못 잡는다는 말도 있지 않은가!" 그날 밤 반초 일행은 흉노의 숙소에 불을 지르고 닥치는 대로 죽였다. 이 일을 계기로 선선국이 굴복했음은 물론 인근 50여 오랑캐의 나라들도 한나라를 상국(上國)으로 섬기게 되었다.

불철주야(不撤晝夜)

밤낮을 가리지 아니함을 이르는 말.

불초(不肖)

어버이의 덕망을 이을 만한 자질이 없음. 즉, 못나고 어리석음 또는 그런 사람을 뜻하는 말.

「孟子 萬章篇」,

丹朱之不肖 舜之子亦不肖 舜之相堯
禹之相舜也 歷年多 施澤於民久

(堯임금의 아들) 丹朱는 불초하였
고, 舜임금의 아들 역시 불초하였다.
舜임금이 堯임금을 도운 것과 禹임금
이 舜임금을 도운 것은 해가 많이 지
났고 백성들이 恩澤을 베푼 것이 오
래 되었음이라.

불초지부(不肖之父)

어리석은 아버지를 이르는 말.
「孔子家語 七十二弟子篇」,
冉雍生於不肖之父

불초지주(不肖之主)

어리석은 임금을 이르는 말.
「論語 福虛篇」,
梁 惠王之呑蛭 不肖之主也 有不肖之
行 天不祐也

불출소료(不出所料)

예측을 벗어나지 못했다는 말.

불취동성(不娶同姓)

같은 성(姓)끼리는 혼인을 하지 않
는다는 말.

불치원장도후회(不治垣墻盜後悔)

주자 십회훈으로, 허물어진 담을 미
리 고치지 않으면 도적 맞은 후에 후
회한다는 말.

불치하문(不恥下問)

학문이나 지위가 자기보다 못한 사
람에게 묻는 것을 부끄럽게 여기지
않는다는 말.
「論語 公冶長篇」,
子貢問曰 孔文子何以 謂之文也 子曰
敏而好學 不恥下問 是以謂之文也

불친가족소후회(不親家族疎後悔)

주자 십회훈으로, 평소에 가족에게
친절하지 않으면 멀어진 뒤에 후회한
다는 말.

불통수화(不通水火)

⇒수화무교(水火無交) 참조.

불편부당(不偏不黨)

⇒무편무당(無偏無黨) 참조.

불폐풍우(不蔽風雨)

집이 헐어서 바람과 비를 가리지 못
함을 이르는 말.

불피탕화(不避湯火)

물불을 가리지 않는다는 뜻.
「尹文子」,
越王勾踐謀報吳 欲人勇 路逢怒蛙 軾
之 此乃數年 民無長幼 臨敵 雖湯火不
避

불피풍우(不避風雨)

바람과 비를 무릅쓰고 일함을 이름.

불필타구(不必他求)

반드시 다른데서 구할 필요가 없다
는 뜻.

불학무고(不虐無告)

힘이 약하고 외로운 사람은 학대해
서는 안 된다는 말.

불학무식(不學無識)

배운 바가 없어 아는 것이 없음을
이르는 말.

불합시의(不合時宜)

시대와 유행에 뒤떨어짐을 이르는
말.

불현치(不見齒)

이가 보이지 않게 방긋이 웃음을 뜻
함.

「禮記 檀弓上篇」,

高子皐之執親之喪也 泣血三年 未嘗
見齒 君子爲以難

불협화음(不協和音)

서로 조화를 이루지 못하는 음(소
리), 또는 서로 뜻이 맞지 않아 일어
나는 충돌을 이르는 말.

불혹(不惑)

유혹당하지 아니함, 또는 나이 40
대를 이르는 말. 불혹지년(不惑之年)
이라고도 함.

「論語 爲政 四」,

子曰 吾十有五而志于學 三十而立 四
十而不惑 五十而知天命 六十而耳順
七十而從心所欲不踰矩

孔子 가로되, "나는 15에 學에 뜻을
두고, 30에 서고, 40에 不惑하고,
50에 天命을 알고, 60에 耳順하고,
70에 하고 싶은 바를 쫓되 法度를
넘지 않았느니라."

* '立'은 基礎가 확립됨. '不惑'은 自信을
얻어서 남의 말에 惑하지 않고, 確信하
게 됨. '耳順'은 남의 의견에도 귀를 기
울여서 생활의 다양성을 認識하게 되
고, 남의 의견을 괴로움 없이 받아들임
을 의미한다.

불혹지년(不惑之年)

⇒불혹(不惑) 참조

불환인지불기지, 환부지인야(不患人之
不己知,患不知人也)

남이 나를 알아주지 않음을 근심하
지 말고, 내가 남을 알지 못하는 것
을 근심하라는 말.

불황계처(不遑啓處)

집에서 편히 있을 틈이 없음을 뜻

함.

「詩經 小雅 四牡篇」,

王事靡盬 不遑啓處

「左傳」,

夫婦男女 不遑啓處

불효부모사후회(不孝父母死後悔)

주자 십회훈으로, 부모에게 평소 효
도하지 않으면 돌아가신 뒤에 후회한
다는 말.

붕당집호(朋黨執虎)

붕당의 강한 힘은 사나운 범이라도
잡을 수 있다는 말.

붕우강습(朋友講習)

친구끼리 서로 모여 학문을 연마함
을 이르는 말.

「易經 兌卦 象傳」,

麗澤兌 君子以朋友講習

붕우유신(朋友有信)

오륜(五倫)의 하나로, 벗 사이의 도
리는 믿음에 있음을 이르는 말.

⇒포식난의(飽食暖衣)의 고사 및 삼강
오륜(三綱五倫) 참조.

붕우지도(朋友之道)

친구 사이에 지켜야 할 도리를 이르
는 말.

붕우책선(朋友責善)

벗끼리 서로 좋은 일을 권함을 이르
는 말.

붕정만리(鵬程萬里)

붕새가 날개 짓을 한 번 하면 만리
를 날아간다는 뜻에서 나온 말로, 범
인(凡人)은 생각지도 못하는 원대한
계획이나 사업을 도모함을 비유하는
말. 또는 앞길이 양양하다는 말. 도남

붕익(圖南鵬翼)이라고도 함.
「呂定의 登東嶽詩」,
鵬程九萬扶搖近 世界三千指顧低

비견계종(比肩繼踵)

어깨를 나란히 하고 발꿈치를 잇는
다는 뜻으로, 차례차례로 이어져서
끊이지 않음을 이르는 말. 비견수종
(比肩隨踵)이라고도 함.
「晏子春秋 雜下」,
臨淄三白閭 張袂成陰揮汗成雨 比肩
繼踵而在 何人無爲

비견수종(比肩隨踵)

⇒부견계종(比肩繼踵) 참조.

비궁지절(非躬之節)

제 몸을 돌보지 않고 임금에게 충성
을 다하는 도리를 이르는 말.

비금주수(飛禽走獸)

나는 새와 기는 짐승이라는 뜻으로,
온갖 새와 짐승을 이르는 말.
「易經 騫卦」,
六二 主臣騫騫 匪弓之故

비기윤신(肥己潤身)

제 몸만 살찌게 함, 즉 제 이익만
챙김을 이르는 말.

비기존인(卑己尊人)

자신을 낮추고 다른 사람을 존경한
다는 말.
「禮記 表記篇」,
卑己而尊人 小心而畏義

비기지욕(肥己之慾)

자기에게만 이롭게 하려는 욕심을
이르는 말.

비두출화(鼻頭出火)

코에서 불을 뿜는다는 뜻으로, 기세

가 몹시 성함을 이르는 말.

비례물시(非禮勿視)

예의가 아닌 것은 사욕이니, 사욕을
삼가라는 말.
⇒극기복례(克己復禮)의 고사 참조.

비례불리(非禮弗履)

군자는 예의에 벗어나는 일은 행하
지 않는다는 말.
「易經 大壯象」
雷在天上 大壯 君子以 非禮弗履

비룡재천(飛龍在天)

성인(聖人)이 임금의 자리에 있음을
비유하여 이르는 말.
「易經 乾」,
飛龍在天 利見大人
나는 용이 하늘에 있으니 大人을 보
기에 좋다.

비마경구(肥馬輕裘)

⇒경구비마(輕裘肥馬) 참조.

비명횡사(非命橫死)

뜻밖의 재앙으로 제 명대로 못 살고
죽음.

비몽사몽(非夢似夢)

꿈인지 생시인지 어렴풋한 상태를
이르는 말. 사몽비몽(似夢非夢)이라고
도 함.

비방지목(誹謗之木)

제요(帝堯) 때 정치의 잘잘못을 백
성들로 하여금 기록하게 하기 위해
교량 위에 세웠던 나무를 말함.
「宋史 孝文紀」,
古之治天下 朝有進善之旌 誹謗之木

비백불난(非帛不暖)

비단이 아니고는 몸이 따뜻하지 않

다는 뜻으로, 노인의 쇠약한 몸을 비유하여 이르는 말. 비육불포(非肉不飽)라고도 함.

비봉지문(蚍蓬之問)
법도에 어긋난 질문을 비유한 말.
「管子」,
無儀法程式 蚍搖而無所定 謂之蚍蓬之問 明主不聽也 無度之言 明主不許也

비부감수(蚍蜉憾樹)
왕개미처럼 작고 힘없는 자가 큰 나무를 움직이려 한다는 뜻으로, 초학자(初學者)가 대학자(大學者)를 비난함을 비유한 말.
「韓愈의 詩」,
蚍蜉撼大樹 可笑自不量

비부의자지원(蚍蜉蟻子之援)
왕개미와 잔개미들의 조력(助力)이란 뜻으로, 최소한의 원병을 비유하여 이르는 말.

비분강개(悲憤慷慨)
슬프고 분해서 마음이 북받침을 이르는 말. 유사한 말로 분기충천(憤氣衝天)이 있음.

비불외곡(臂不外曲)
팔이 안으로 굽는다는 뜻으로, 시비(是非)를 떠나 자기와 가까운 사람에게 정이 쏠리게 마련이라는 말.
「旬五志」,

비비개연(比比皆然)
어느 것이나 다 그러함.

비비유지(比比有之)
드물지 않고 많이 있음을 이름.

비사주석(飛砂走石)
바람이 몹시 부는 것을 형용하는 말.
「搜神記」,
武王時 雍州城南有大樹爲妖 以兵圍伐之 乃有神 飛砂走石 雷電霹靂 無令得近

비상지공(非常之功)
아주 큰공을 이르는 말.
⇒비상지인(非常之人)의 고사 참조.

비상지사(非常之事)
아주 큰 일을 이르는 말.
⇒비상지인(非常之人)의 고사 참조.

비상지인(非常之人)
특별히 뛰어난 사람 또는 다시없는 사람을 이르는 말. 비상지공(非常之功), 비상지사(非常之事)라고도 함.
「司馬相如의 喩巴蜀父老檄」,
기世必有 非常之人 然後有非常之事 有非常之事 然後立非常之功 夫非常者 固常人之所異也

비석지심(匪石之心)
흔들리지 않는 굳은 마음을 이르는 말.
「詩經 邶風 相舟篇」,
我心匪石 不可轉

비소가론(非所可論)
들어서 말할만한 것이 못 된다는 말.

비슬노안(婢膝奴顏)
남에게 아첨 떠는 모양을 이름.
「抱朴子 外篇 交際」,
余感俗士 以嶽峙獨立者 爲澀咨疏拙 以奴顏婢膝者爲曉解當世

비승비속(非僧非俗)
중도 아니고 속인도 아니라는 뜻으

로, 이것도 저것도 아닌 어중간한 것을 비유하여 이르는 말. 반승반속(半僧半俗)이라고도 함.

비시비호(匪兕匪虎)

어질고 착한 사람이 재앙으로 불행하여짐을 탄식하는 말.
「詩經 小雅 何草不黃篇」,
匪兕匪虎 率彼曠野

비아부화(飛蛾赴火)

여름 벌레가 날아서 불 속에 들어간다는 뜻으로, 멸망을 자초하거나 스스로 위험한 곳에 들어감을 비유하여 이르는 말.
「梁書 到漑傳」,
高祖賜連珠曰 如飛蛾之赴火 豈焚身之可郄

비양발호(飛揚跋扈)

무서운 새들이 날고 큰 고기가 뛴다는 말로, 신하들이 반란을 꾀함을 비유한 말.
「北史 齊神武紀」,
侯景專制河南十四年 常有飛揚跋扈之志

비옥가봉(比屋可封)

중국 요(堯)·순(舜) 시대에 사람이 모두 착하여 집집마다 모두 표창할 만하였다는 데서 유래한 말로, 나라에 현인(賢人)이 많음을 이르는 말.
「漢書」,
堯舜之世 比屋可封

비원사안(鼻元思案)

당장만 생각하는 얕은 생각, 또는 그 즉석에서 떠오른 생각을 이르는 말.

비위난정(脾胃難定)

비위가 뒤집혀 가라앉지 않는다는

뜻으로, 밉살스런 꼴을 보고 마음이 아니꼬움을 비유하여 이르는 말.

비육부생(髀肉復生)

⇒비육지탄(髀肉之嘆) 참조.

비육불포(非肉不飽)

⇒비백불난(非帛不暖) 참조.
* 고기가 아니면 배부르지 않다는 뜻에서 나온 말.

비육지탄(髀肉之嘆)

무사가 오랜 동안 전장에 나가지 않아 말 탈 기회가 없어 헛되이 세월만 보내다가 허벅지에 살이 찐다는 뜻에서 나온 말로, 세상에 나와 공명을 떨치지 못함을 한탄하는 말. 즉 재주나 수완 역량을 발휘할 기회가 없음을 한탄하는 말. 비육부생(髀肉復生)이라고도 함.
「三國蜀志」,
劉備自汝南奔荊州歸劉表　嘗於表坐起至厠　還慨然流涕表怪問之 備曰 常時身不離鞍 髀肉皆消 今不復騎 髀裏肉生日月如流 老將至 功業不建 是以悲耳
劉備가 曹操에게 쫓겨 汝南 등지로 전전하다가 荊州의 劉表에게 돌아가, 劉表가 술자리를 마련하여 함께 술을 마시다가, 劉備가 자리에서 일어나 화장실에 갔다가 돌아오며 눈물을 흘리니, 劉表가 이상히 여겨 물어보니, 劉備가 답하기를, "늘 몸이 말안장을 떠나지 않아 허벅지에 살이 없더니, 이젠 오랜 기간 말을 타지 않으니 허벅지에 살이 많이 쪘습니다. 세월은 덧없이 흘러 이렇게 늙었음에도 功業을 쌓지 못하였으니, 이것이 슬플 따름입니다."

비응주구(飛鷹走狗)

매를 날리고 개를 달린다는 뜻으로,

사냥을 함을 비유하여 이르는 말.

비이소사(匪夷所思)

보통 사람의 생각으로는 미치지 못한다는 말.

* 匪 = 非, 夷 = 常.

비이장목(飛耳長目)

⇒장목비이(長目飛耳) 참조.

비익연리(比翼連理)

⇒연리지(連理枝) 참조.

비익조(比翼鳥)

⇒연리지(連理枝) 참조.

비인부전(非人不傳)

덜 된 사람, 즉 인간답지 않은 사람에게는 도(道)를 전할 필요가 없다는 말.

비인행위(非人行爲)

사람답지 못한 행동을 뜻함.

비일비재(非一非再)

한두 번이 아님. 또는 하나 둘이 아님, 즉 수없이 많음을 이르는 말.

비자(婢子)

부인이 스스로를 낮추어 하는 말.
「禮記 曲禮 下篇」,
自世婦以下皆稱曰 婢子

비자상 유과자(飛者上有跨者)

나는 놈 위에 걸터앉는 놈이 있다는 뜻으로, ①비록 어려운 일이 있더라도 그보다 더 어려운 일이 또 있다는 뜻. ②잘난 사람이 있으면 보다 더 잘난 사람이 또 있다는 뜻. 지나치게 뽐내는 것을 경계하는 말.
「旬五志」,

비장즉답(轡長則踏)

⇒비장필천(轡長必踐) 참조.

비장필천(轡長必踐)

고삐가 길면 밟힌다는 말로, 옳지 못한 일을 계속하면 반드시 탄로가 난다는 뜻. 비장즉답(轡長則踏)이라고도 함.
「旬五志」,
轡長必踐 言濫則必敗
고삐가 길면 밟히고 말이 지나치면 실패하고야 만다.

비절참절(悲絶慘絶)

말할 수 없이 비참함. 참절비절(慘絶悲絶)이라고도 함.

비조(鼻祖)

태(胎) 안에서 사람의 코가 제일 먼저 생긴다는 데서 나온 말로, 사물의 시초(始初) 또는 시조(始祖)를 의미하는 말.
「揚雄의 反離騷」,
有周氏之嬋嫣兮 或鼻祖于汾隅
「揚子方言」,
鼻始也 獸之初生謂之鼻 梁益之閒謂鼻爲初 或謂之祖

비조불입(飛鳥不入)

새도 날지 못할 만큼 성이나 진지의 방비가 물샐 틈 없음을 나타내는 말.

비조즉석(非朝卽夕)

아침이 아니면 저녁이란 뜻으로, 곧 시기가 임박했음을 비유하여 이르는 말.

비주작야(俾晝作夜)

대낮에도 밤처럼 유연(遊宴)을 일삼아 정사(政事)를 살피지 않음을 이르

는 말.

「詩經 大雅蕩篇」,
式號式呼 俾晝作夜

비지지간(非知之艱)

배우기는 쉬워도 실천하기는 어려움
을 이르는 말.

「書經 說命中篇」,
說拜稽首曰 非知之艱 行之惟艱

비천야차(飛天夜叉)

하늘을 날아다닌다는 여자 선인(仙
人)과 모습이 추악하고 잔인하며 사
람을 괴롭힌다고 불교에 전하는 괴물
을 일컫는 말.

비추만속(飛芻輓粟)

꼴을 빨리 보내고 조를 실어 보냄.
즉, 식량을 급히 운송함.

「漢書 主父偃傳」,

비파자무 가자역무(琵琶者舞 枷者亦舞)

거문고 인 놈이 춤을 추니 칼을 쓴
자도 춤을 춘다는 말이니, 거문고와
형틀인 칼이 비슷한즉, 저는 할 만한
처지가 못 되는 데도 남들이 한다고
해서 덩달아 따라 한다는 뜻.

「東言考略」,
「旬五志」,

비폭징류(飛瀑澄流)

높은 데서 떨어지는 폭포와 맑게 흐
르는 시내.

비하정사(鼻下政事)

코밑에 닥친 일만 처리하는 정사란
뜻으로, 겨우 먹고 살아가는 일을 비
유하여 이르는 말.

비황등답(飛黃騰踏)

신마(神馬)와 같이 빨리 달린다는

뜻으로, 영달(榮達)이 매우 빠름을
비유하여 이르는 말.

비희교교(悲喜交交)

슬픈 일과 기쁜 일이 뒤섞임을 이르
는 말.

빈계사신(牝鷄司晨)

⇒빈계지신(牝鷄之晨) 참조.

빈계신명(牝鷄晨鳴)

⇒빈계지신(牝鷄之晨) 참조.

빈계지신(牝鷄之晨)

암탉이 울어 때를 알린다는 뜻으로,
음양(陰陽)의 이치가 바뀌어 집안이
망할 징조라고 함. 곧 아내가 남편의
권리를 빼앗음을 비유하거나, 내주장
(內主張)을 비꼬아 이르는 말. 빈계
사신(牝鷄司晨) 또는 빈계신명(牝鷄晨
鳴)이라고도 함.

「書經 牧誓篇」,

武王曰 古人有言曰 牝鷄無晨 牝鷄之
晨 惟家之索 今商王受 惟婦言是用 昏
棄厥肆祀 弗答 昏棄厥遺枉父母弟 不
迪 乃惟四方之多罪逋逃 是崇是長 是
信是使 是以爲大夫卿士 俾暴虐于百姓
以姦宄于商邑 今予發 惟恭行天之罰
"옛 사람이 말하기를, '암탉은 새벽
에 울지 않는 법이다. 암탉이 새벽
에 울면 집안이 망한다'고 했다. 그러나
오늘날 商王인 受는 부인의 말만 듣
고 있구나." 이에 어둠으로 그 제사
를 버리고 갚지 아니하며, 그 끼치신
王父母의 아우를 버려 道로 아니하
고, 四方에 罪가 많아 도망한 자를
높이고 기리며, 오히려 그들을 믿고
부려서 大夫와 卿士로 삼아, 백성들
에게 暴政을 일삼아 商나라 고을에

姦宄케 하였도다. 이제 나 發은 공경하여 하늘의 벌을 행하노라."

* 周 武王이 商나라(殷) 紂王이 妲己의 말만 듣다가 國政을 그르친 사실을 말한 대목임. 후에 妲己는 武王에 의해 죽음을 당함.

빈도골(貧到骨)

몹시 가난함을 이르는 말.
「杜甫의 呈吳郎詩」,
已訴徵求貧到骨 更思戎馬淚沾中

빈마지정(牝馬之貞)

암말의 유순한 덕이란 뜻으로, 유순한 덕에 의하여 힘든 일을 잘 참아서 성공함을 비유하는 말.
「易經 坤卦」,
坤 元亨 利牝馬之貞

빈모여황(牝牡驪黃)

겉에 나타난 모양.
「列子 說符」,
* 진(秦)의 목공(穆公)이 백락(伯樂)의 추천으로 말을 구하였을 때, 누런 암말을 구하였다고 보고하여 왔으므로 사람을 시켜서 그것을 가져오게 하니, 검은 숫말이어서, 穆公이 말의 몸빛·암수조차 분별할 수 없음을 꾸짖었던 바, 백락이 말을 고르는 데는 그 천기(天機)를 볼 것이지 형적(形迹)에 구애할 것이 아니라고 일러주었다는 故事.
* 빈모(牝牡)-짐승의 암컷과 수컷.

빈이무원(貧而無怨)

가난하면서도 그 가난을 탓하지 않고 안분지족(安分知足)함을 이르는 말.
「論語 憲問 十一」,
子曰 貧而無怨 難 富而無驕 易
공자 가로되, 가난하면서도 원망하

지 않기는 어렵고, 부유하면서도 교만하지 않기는 쉽다.

빈이불원(貧而不怨)

가난하지만 남을 원망하지 않는다는 말.

빈자다사(貧者多事)

가난한 자는 이런 저런 일이 많다는 뜻. 빈즉다사(貧則多事)라고도 함.

빈자소인(貧者小人)

가난하면 굽히는 일이 많아, 저절로 졸장부가 되기 쉽다는 말.

빈자일등 장자만등(貧者一燈長者萬燈)

부자의 만 등보다 가난한 자의 등불 하나가 낫다는 뜻으로, 이는 가난 속에서 보인 성의가 부귀한 사람들의 많은 보시(布施)보다도 더 가치가 있다는 것으로, 정성(精誠)의 소중함을 역설한 말이다.
「賢愚經 貧女難陀品」,
便行乞匂 以候微供 竟日不休 有得一錢 持詣油家 欲用買油 油家問曰 一錢買油 少無所逮 用作何等 難陀以所懷語之 油主憐愍 增倍與油 得已歡喜 足作一燈 担向精舍 奉上世尊 置於佛前 衆燈之中

빈즉다사(貧則多事)

⇒빈자다사(貧者多事) 참조.

빈지여귀(賓至如歸)

손님이 와서 자신의 집 같은 느낌이 들어 안심함을 뜻함.
「左前 襄公三十一年」,
賓至如歸 無寧菑患

빈천불능이(貧賤不能移)

아무리 빈천하여도 그 지조를 바꾸

지 않음을 이르는 말.
「孟子 滕文公下」,
富貴不能淫 貧賤不能移 威武不能屈
此之謂大丈夫

빈천지교(貧賤之交)

⇒빈천지교불가망(貧賤之交不可忘) 참
조.

빈천지교 불가망(貧賤之交不可忘)

빈천할 때 사귄 벗은 언제나 잊어서
는 안 된다는 말. 빈천지교(貧賤之交)
만으로도 쓰임.
⇒조강지처(糟糠之妻)의 고사 참조.

빈한소치(貧寒所致)

빈한하기 때문이라는 뜻.

빙공영사(憑公營私)

공적(公的)인 일을 이용하여 개인의
이익을 꾀함.

빙기옥골(氷飢玉骨)

얼음 같은 살결과 옥 같은 뼈대란
뜻으로, ①늦겨울에 흰 꽃이 피기 때
문에 매화(梅花)를 비유하거나, ②살
결이 맑고 깨끗하며 아름다운 미인
(美人)을 비유하여 이르는 말. 빙자
옥질(氷姿玉質)이라고도 함.
「竹坡詩話」,
氷飢玉骨淸無汗 水殿風來暗香滿 此
詩爲花蕊夫人作

빙노(憑怒)

몹시 성남을 이르는 말.
「左前 昭公五年」,
今君奮焉震電빙怒 虐執使臣

빙빙과거(氷氷過去)

어물어물하는 사이에 어느덧 세월을
다 보냈다거나, 진실되지 못하게 어

물어물 살아온 과거라는 뜻'으로 익
살스럽게 이르는 말.

빙설심(氷雪心)

결백한 마음을 비유한 말.
「古節婦吟」,
瑤池古氷雪 爲妾作心肝

빙설총명(氷雪聰明)

매우 총명함을 비유하여 이르는 말.

빙소와해(氷消瓦解)

얼음이 녹고 기와가 깨어진다는 뜻
으로, 자취도 없이 소멸함을 비유하
는 말.

빙심옥호(氷心玉壺)

얼음이나 옥 같이 깨끗하고 고운 마
음을 이르는 말.

빙인(氷人)

⇒월하빙인(月下氷人) 참조.

빙자옥질(氷姿玉質)

얼음같이 차고 옥같이 깨끗한 바탕
이란 뜻으로, 매화를 이르는 말. 빙기
옥골(氷飢玉骨)이라고도 함.

빙정옥결(氷貞玉潔)

아주 조금도 흠이 없는 절개와 마
음. 빙청옥결(氷淸玉潔)이라고도 함.

빙청옥결(氷淸玉潔)

⇒빙정옥결(氷貞玉潔) 참조.

빙청옥윤(氷淸玉潤)

훌륭한 장인과 사위를 이르는 말.
「晉書 衛玠傳」,
玠妻父樂廣 有海內重名 議者以爲婦
公氷淸 女婿王潤
* 진대(晉代)의 위개(衛玠)와 그의 장
인 악광(樂廣)은 그 인품이, 악광은 얼
음과 같이 맑고, 위개는 구슬과 같이

아름다워 세상 사람들이 그 옹서(翁婿)
를 탄상(歎賞)하였다 함.

빙탄불상병(氷炭不相竝)

얼음과 숯은 성질이 정반대여서 서로
화합하지 못하는 군자(君子)와 소인
(小人)에 비유하거나, 또는 그렇게 화
합할 수 없음을 뜻할 때 쓰는 말. 견
원지간(犬猿之間), 빙탄불상용(氷炭不相
容), 빙탄지간(氷炭之間)이라고도 함.
「楚辭 東方朔七諫傳」,
 氷炭不可以相竝兮 吾固知乎命之不長
哀獨苦死之無樂兮 措余年之未央
 얼음과 숯은 竝存할 수가 없으니 내
본래부터 목숨이 길지 못함을 알겠구
나. 홀로 외롭게 죽어 즐거움이 없음
을 슬퍼하며, 나의 여생이 아직 다하
지 않음을 슬퍼한다.

빙탄불상용(氷炭不相容)

⇒빙탄불상병(氷炭不相竝) 참조.

빙탄지간(氷炭之間)

⇒빙탄불상병(氷炭不相竝) 참조.

빙호옥감(氷壺玉鑑)

⇒빙호지심(氷壺之心) 참조.
「杜甫의 詩」,
 氷壺玉鑑懸淸秋

빙호지심(氷壺之心)

백옥(白玉)으로 만든 항아리에 얼음
한 조각을 넣은 것처럼 맑고 투명한
심경, 곧 지극히 청렴결백한 마음을
이르는 말. 빙호옥감(氷壺玉鑑)이라고
도 함.
「鮑昭의 詩」,
 淸如玉壺氷

빙호추월(氷壺秋月)

인품이 담백하고 공명함을 이름.

사

사개방방(駟介旁旁)

기병(騎兵)이 달리는 모양을 이름.
「詩經 秦風 駟介篇」,
淸人在彭 駟介旁旁

사계(四計)

하루의 계획은 아침에, 한 해의 계획은 봄에, 한평생의 계획은 부지런함에, 그리고 한 집안의 계획은 화목함에 있다는 사람의 네 가지 계획을 이르는 말.

사고무친(四顧無親)

의지할 곳이 하나도 없음. 혈혈단신(孑孑單身)과 같음. 유사한 말로 환과고독(鰥寡孤獨)이 있음.

사고팔고(四苦八苦)

인생의 생로병사(生老病死)의 사고(四苦)에 애별리고(愛別離苦), 원증회고(怨憎會苦), 구부득고(求不得苦), 오온성고(五蘊盛苦)의 네 가지를 더한 여덟 가지 고통에서 나온 말로, 이 세상의 온갖 고통을 이르는 말.

사공명생중달(死孔明生仲達)

⇒빙탄불상병(氷炭不相竝) 참조.

사공중곡(射空中鵠)

공중을 쏴도 알관만 맞힌다는 뜻으로, 멋모르고 한 일이 우연히 들어맞음을 비유하는 말.
「旬五志」,

사교(死交)

위기에 있을 때 생명을 바쳐서 구원해줄 수 있는 교우(交友)를 이름.
「北齊書 宋遊道傳」,
遊道與李裝 一面便定死交

사교다루(四郊多壘)

사방에 군루(軍壘)가 많다는 뜻이니, 곧 천하가 태평하지 못함을 이르는 말.
「禮記 曲禮上篇」,
四郊多壘 此卿大夫之辱也

사군이충(事君以忠)

⇒세속오계(世俗五戒) 참조.

사군자(四君子)

군자의 덕성을 갖춘 매화〔梅〕·난초〔蘭〕·국화〔菊〕·대나무〔竹〕를 이르거나, 그것을 소재로 하여 그린 묵화를 이르는 말.

사궁(四窮)

인간의 네 가지 불행한 처지로, 늙은 홀아비〔鰥〕·늙은 홀어미〔寡〕·부모 없는 어린 아이〔孤〕·자식 없는 늙은이〔獨〕를 이르는 말.

사귀신속(事貴神速)

일은 신속히 처리함이 중요하다는 말.

사근취원(捨近取遠)

가까운 것을 버리고 먼 것을 취함, 즉 일의 차례를 뒤바꿔 처리함을 이르는 말.

사기종인(舍己從人)

자기의 예전 행위를 버리고 타인의

선행을 본떠 따름을 이르는 말.
「書經 大禹謨篇」,
稽于衆 舍己從人

사기지은(四奇之恩)

카톨릭에서, 부활한 뒤의 무손상(無損傷)·광명(光明)·신속(迅速)·투철(透徹)의 네 가지 놀라운 은혜를 이르는 말.

사기충천(士氣衝天)

하늘을 찌를 듯이 사기가 높음을 이르는 말.

사기포서(使驥捕鼠)

천리를 달리는 준마로 쥐를 잡게 한다는 말로, 사람을 쓸 줄 모른다는 뜻.
「莊子 秋水篇」,
一日而馳千里 捕鼠不如狸狌 言殊技也

사농공상(士農工商)

백성의 네 계층을 이르는 말.
「管子 小匡篇」,
士農工商四民 國之石民也

사단취장(舍短取長)

단점을 버리고 장점을 취한다는 말.
「漢書 藝文志」,
觀此九家之言 舍短取長 則可以通萬方之略矣

사단칠정(四端七情)

사람의 본성 속에서 우러나는 네 가지 마음씨와, 일곱 가지 감정. 즉 인(仁)에서 우러나는 측은지심(惻隱之心), 의(義)에서 우러나는 수오지심(羞惡之心), 예(禮)에서 우러나는 사양지심(辭讓之心), 지(智)에서 우러나는 시비지심(是非之心)을 사단(四端)이라 하고, 喜·怒·哀·樂·愛·惡·欲 또는 喜·怒·憂·思·悲·驚·恐을 칠정(七情)이라 함.
「孟子 公孫丑章上篇」,
人之有是四端也 猶其有四體也

사달이이(辭達而已)

문장은 의사 소통이 중요하자 미사여구는 필요 없다는 뜻.
「論語 衛靈公篇」,
子曰 辭達而已矣

사대기서(四大奇書)

네 가지 진귀한 소설, 즉 수호지, 삼국지, 서상기, 서유기 등 네 가지 중국 소설을 이르는 말.

사랑양반(舍廊兩班)

①남의 남편을 그 부인 앞에서 높이어 일컫는 말. ②그 집의 남자 주인을 하인 앞에서 일컫는 말.

사롱중인(紗籠中人)

재상(宰相)의 지위에 오른 사람을 비유한 말.
「書言故事」,
唐李藩未仕時 有僧曰 公是紗籠中人 問其故 曰 凡宰相冥司 必立其像 以紗籠護之

사량침주(捨糧沈舟)

식량을 버리고 배를 침몰시킴. 곧, 승리를 하기 전에는 돌아오지 않겠다는 굳은 결의를 뜻하는 말.

사려분별(思慮分別)

여러 가지 일에 대한 생각과 사물을 제 분수대로 가림을 이르는 말.

사륜지국(四輪之國)

사방으로 왕래할 수 있는 나라를 이

르는 말.

「戰國策」,

趙僅存哉 然而四輪之國也

사리명백(事理明白)

사물의 도리·줄거리가 매우 확실함을 이르는 말.

「韓非子」

사리사욕(私利私慾)

자기의 이익만을 생각하고 행동하는 비열한 욕망.

「管子」,

사면수적(四面受敵)

사방으로 적의 공격을 받음을 이르는 말.

「豹韜山兵篇」,

深入諸侯之地 遇高山盤石 其上亭亭 無有草木 四面受敵 三軍恐懼 爲之奈何

사면초가(四面楚歌)

적에게 사면을 포위 당하여 고립 상태에 빠짐을 일컫는 말. 초가(楚歌)만으로도 쓰임.

「史記 項羽本紀」,

項王軍壁垓下 兵少食盡 漢軍及諸侯兵圍之數重 夜聞漢軍四面皆楚歌 項王乃大驚曰 漢皆已得楚乎 是何楚人之多也 項王則夜起 飮帳中 有美人名虞 常幸從 駿馬名騅 常騎之 於是項王乃悲歌忼慨 自爲詩曰 力拔山兮氣蓋世 時不利兮騅不逝 騅不逝兮可奈何 虞兮虞兮奈若何 歌數闋 美人和之 項王泣數行下 左右皆泣 莫能仰視

項羽의 군대가 垓下에서 병사도 줄고 식량도 떨어졌다. 韓信의 군대와 제후의 연합군에 겹겹이 포위되고 말았다. 밤이 되자 (어디선가 노랫소리가 들려오는데) 사방에서 楚나라의 노래가 들렸다. 項羽가 깜짝 놀라 가로되, "漢은 이미 楚나라를 모조리 점령했단 말인가? 어찌 楚人이 이렇게도 많단 말인가?" 項王은 밤중에 일어나서 장막 속에서 술을 마시기 시작했다. 비감에 싸인 항왕은 울먹이는 목소리로 애조 띤 노래를 부르고, 그 자리에서 즉흥시 한 수를 지어서 읊었다. 항왕에게는 한시도 떨어지지 않는 총애하는 虞라는 애인이 있었으며 항상 타고 다니는 추(騅)라는 애마가 있었다. "힘은 태산이라도 뽑고, 기백은 천하를 제압하네. 때를 잘못 만났구나, 騅여 너마저 걷지 않는구나. 騅여 네가 걷지 않으니, 어찌하랴, 어찌하랴. 虞여, 虞여 너를 어찌하랴, 어찌하랴." 항왕은 이 노래를 몇 번이고 불렀다. 虞姬도 따라서 불렀다. 항왕의 눈에서는 눈물이 흘러내렸다. 가까이 모시던 부하들도 모두 따라 우느라 고개를 드는 자가 없었다.

* 결국 항우는 오강(烏江)으로 달려가다. 8000여 강동 자제(子弟)들을 데리고 혼자 돌아가는 것이 부끄러워 스스로 목을 찔러 자결하고 만다(B.C. 202). 그의 나이 31세였다.

「吳志 胡綜傳」,

昔武王伐殷 殷民倒戈 高祖誅項 四面楚歌

사면춘풍(四面春風)

두루 춘풍이란 뜻으로, 누구에게나 웃는 얼굴로 좋도록 대하는 사람을 이르는 말. 사시춘풍(四時春風)이라고도 함.

「東言解」,

사모영자(紗帽纓子)

사모에 갓끈이란 뜻으로, 제 격에 어울리지 않음을 이르는 말.

사목지신(徙木之信)

나라를 다스리는 사람은 백성에 대한 약속을 어기지 아니함을 밝히는 일.

* 진(秦)나라 상앙(商殃)이 수도의 남문(南門)에 세워 둔 큰 나무를 북문까지 옮기는 자에게 상금을 준다는 약속을 하고, 그 약속을 지킴으로써 법령의 미더움을 조여 주었다는 고사에서 유래된 말.

사몽비몽(似夢非夢)

⇒비몽사몽(非夢似夢) 참조.

사무강(思無疆)

사고(思考)가 심오광대(深奧廣大)하여 끝이 없다는 뜻.

「詩經 魯頌駉篇」,
思無疆 思馬斯臧

사무사(思無邪)

사념(思念)이 발라 사악(邪惡)이 없음. 마음이 바름을 뜻하는 말.

「論語 爲政 二」,
子曰 詩三百 一言以蔽之 曰 思無邪
孔子 가로되, "詩經 三百篇의 내용을 한마디로 말하면 마음에 사악한 생각이 없다는 그것이다."

「詩經 魯頌 駉篇」,
駉駉牡馬 : 헌칠하고 살이 찐 숫말의 떼는
在坰之野 : 외딴 목장에서 풀을 뜯는데
薄言駉者 : 어떤 말 어떤 말이 있느냐 하면

有驈有騜 : 은총이와 그리고 적부루 말과
有驒有魚 : 정갱이 하얀 말에 두 눈이 흰 말
以車祛祛 : 수레를 메면 늠름하고 꿋꿋한 모습
思無邪 : 참말로 언제 보나
思馬斯徂 : 장한 말일세

* 경(駉)은 목마(牧馬)의 성황(盛況)을 노래한 것으로, 그것은 노(魯)의 군주(君主)에 대한 칭송(稱頌)이 됨. 思無邪는 '그릇됨이 없이'의 뜻. 思는 助字로 쓰임.

사문난적(斯文亂賊)

유교에서 그 교리에 어긋나는 언동을 하는 사람을 일컫는 말.

사문부산(使蚊負山)

모기가 산을 등에 진다는 말로, 능력이 미치지 못하는 자가 중책(重責)을 짊어진 것이나, 힘이 약하여 중임(重任)을 감당해 내지 못하는 것을 일컫는 말. 문부산(蚊負山)만으로도 쓰이며, 문예부산(蚊蚋負山), 문자부산(蚊子負山) 또는 사위불위(似爲不爲)라고도 함.

「莊子 秋水篇」,
且夫 知不知是非之竟 而猶欲觀於莊子之言 是猶使蚊負山 商蚷馳河也 必不勝任矣

(魏牟가 말을 이었다.) "또한 당신의 지혜란 옳고 그름의 한계조차도 알지 못할 정도인데도 장자의 말을 이해하려 하고 있으니, 그것은 마치 모기에게 산을 짊어지게 하고, 노래기로 하여금 황하를 건너게 하는 것이나 같아서 반드시 감당해 내지 못

할 것이오."

* 사람은 자연스럽게 자기 분수를 따라 살아야 한다. 자기 분수를 모르고 남의 흉내나 낸다면 '한단지보(邯鄲之步)'가 되고 만다는 것을 역설한 부분임.

사물(四勿)

유교(儒敎)에서 공자가 제자들에게 말하는 네 가지 금기(禁忌) 사항을 이르는 말. 즉 예가 아니면 보지 말고〔非禮勿視〕, 듣지 말고〔非禮勿聽〕, 말하지 말고〔非禮勿言〕, 행하지도 말라〔非禮勿動〕는 말.
⇒극기복례(克己復禮)의 고사 참조.

사반공배(事半功倍)

노력은 적어도 공은 크다는 말.

사배공소(事倍功少)

노력은 많아도 공은 적음을 이르는 말. 사반공배(事半功倍)의 반대 뜻.

사부지은(師父之恩)

스승과 부모님의 은혜를 뜻함.

사분오열(四分五裂)

이리저리 갈기갈기 찢겨져 어지러운 상태를 이르는 말.
「戰國策」,
張儀爲秦連橫 說魏王曰 云云 是所謂四分五裂之道也

사불급설(駟不及舌)

아무리 빠른 수레라도 혀 놀림에는 미치지 못한다는 뜻으로, 소문(所聞)이 삽시간에 퍼지는 것을 비유하는 말. 또는 한번 내뱉은 말은 주워 담지 못한다는 뜻.
「論語 顔淵 八」,
棘子成曰 君子質而已矣 何以文爲 子貢曰 惜乎夫子之說君子也 駟不及舌 文猶質也 質猶文也 虎豹之鞟猶犬羊之鞟

棘子成 가로되, "君子는 바탕을 세울 따름이니 文으로 꾸며서 무엇하오?" 子貢 가로되, "애석합니다. 그렇게 君子를 규정한 그대의 失言은 駟馬車도 혀를 좇지 못하리라. 文은 質과 같고, 質은 文과 같습니다. 털을 뽑은 虎豹의 皮鞟은 털 없는 犬羊의 皮鞟과 다름이 없습니다.
「說苑 說叢篇」,
口者關也 說者機也 出舌不當 駟馬不能追也

사불명목(死不瞑目)

한이 많아 죽어서도 눈을 감지 못한다는 말.

사불범정(邪不犯正)

바르지 못한 것은 바른 것을 감히 범하지 못함. 즉 정의가 이긴다는 뜻.

사불사고(事不師古)

고인(古人)의 교훈을 섬기지 않음을 이르는 말.
「書經 說命下篇」,
事不師古 以克永世 匪說攸聞

사불여의(事不如意)

일이 뜻대로 되지 않음을 이름.

사비위빈(仕非爲貧)

공무원은 덕(德)을 실행함에 있지, 가정이 가난하여 녹을 받는 데 있지 않다는 말.
「孟子 萬章下篇」,
孟子曰 仕非爲貧也 而有時乎爲貧 娶妻非爲養也 而有時乎爲養

사사건건(事事件件)

온갖 사건 또는 일마다의 뜻.

사사망념(邪思妄念)

좋지 못한 여러 가지 망령된 생각을 이르는 말.

사사여의(事事如意)

일마다 뜻대로 됨을 이르는 말.

사사오입(四捨五入)

넷 이하는 버리고, 다섯 이상은 반올림한다는 말.

사상누각(沙上樓閣)

모래 위에 세운 누각이라는 뜻으로, 기초가 약하여 오래가지 못함을 비유한 말.

사상마련(事上磨鍊)

개념 중에서가 아니고, 실제 일에 있어서 정신을 단련함.
「傳習錄」,

사상지도(事上之道)

윗사람을 섬기는 도리라는 뜻.

사색불변(辭色不變)

어려운 일을 당하여도, 태연자약하여 말이나 얼굴빛이 변하지 아니함을 이르는 말.

사색지국(四塞之國)

사방이 산하(山河)로 막혀있어 견고한 나라를 이르는 말.
「戰國策」,
齊南有太山 東有瑯琊 西有淸河 北有渤海 此所謂四塞之國也

사생결단(死生決斷)

생사를 돌보지 않고 끝장냄을 이름.

사생계활(死生契活)

생사를 같이 하기로 하고 동고동락(同苦同樂)하는 일을 이르는 말.

사생관두(死生關頭)

생사가 달린 위태한 고비라는 뜻. 생사관두(生死關頭)라고도 함.

사생동고(死生同苦)

죽고 삶을 같이 함. 또는, 어떤 어려움도 함께 한다는 말. 사지동고(死地同苦)라고도 함.

사생유명(死生有命)

사람의 생사는 다 천명에 달려 있으며 인력으로는 어찌할 수 없음을 이르는 말.

사생취의(捨生取義)

목숨을 바쳐서라도 의를 좇는다는 말. 살신성인(殺身成仁)이라고도 함.

사석위호(射石爲虎)

돌을 범인 줄 알고 쏘았더니 화살이 꽂혔다는 말로, 성심을 다하면 안 될 일도 이룰 수 있다는 뜻.

사세부득이(事勢不得已)

일의 형편이 그럴 수밖에 없다는 뜻. 세부득이(勢不得已)만으로도 쓰임.

사소취대(捨小取大)

작은 것을 버리고 큰 것을 취한다는 말.

사수역류(使水逆流)

자연의 도리에 어긋남을 이르는 말.
「管子」,
不明於決塞 而欲毆衆移民 猶使水逆流

사승습장(死僧習杖)

죽은 중 볼기 치기란 뜻으로, 전혀 항거할 힘이 없는 약한 사람에게 폭력을 가하는 것을 비유하여 이르는

말.

사시장춘(四時長春)

사시사철 늘 봄이라는 뜻.

사시춘풍(四時春風)

⇒사면춘풍(四面春風) 참조.

사신곡복(絲身穀服)

⇒곡복사신(穀服絲身) 참조.

사실무근(事實無根)

근거가 없는 일, 또는 사실과 전혀 다른 일을 이르는 말.

사심불구(蛇心佛口)

뱀처럼 음험한 마음을 가지고 있으면서, 입으로는 부처같이 착한 말만 하는 일, 또는 그런 사람을 이름.

사심탑지(死心搨地)

충심으로 기꺼이 복종함을 이름.

사십초말(四十初襪)

갓마흔에 첫 버선이란 뜻으로, ①나이 들어 늦게야 바라던 일을 처음으로 하게 되었음, ②오랫동안 기다리고 바라던 일이 성취됨을 비유하는 말.
「松南雜識」,
* 옛날에 어느 명현(名賢)의 부인이 있었는데, 그녀는 바느질 솜씨가 하도 없어서 나이 40이 되어서야 가까스로 버선 하나를 만들 수 있었다. 그런데 그녀가 그 나이에 그토록 온갖 정성을 다하여 만든 그 버선은 자루만하여 지극히 볼품이 없었다. 그러나 남편은 그녀가 버선을 짓게 된 것이 무척 대견스러웠던지 마치 자랑이라도 하듯 그것을 신고 제자들 앞에 당당히 나섰다. 이를 본 어느 제자가 이상히 여겨 그 까닭을 묻자, 그는 '갓 마흔에 내 마누라가 지은 첫 버선인데 내가 신어 주지 않으면

누가 신겠는가?'하고 대답했다고 한다.

사양지심(辭讓之心)

예(禮)에서 우러나는 사양할 줄을 아는 마음.
⇒측은지심(惻隱之心)의 고사 참조.

사어지천(射魚指天)

물고기를 하늘에서 구한다는 말로, 불가능한 일을 뜻함.
「呂氏春秋」,
非其人而欲有功　譬而欲夜之長也　射魚指天而欲發之當　舜禹猶苦困　而況俗主乎

사위불위(似爲不爲)

능력이 미치지 못하는 사람이 중책(重責)을 짊어지거나, 힘이 약하여 중임(重任)을 감당해 내지 못하는 것을 이르는 말. 문자부산(蚊子負山)이라고도 함.
「太平閑話滑稽傳」,
吾太守 似不能而 能者食也 似爲也不爲者 公事也
우리 사또는 능하지 못하면서 능한 것은 음식이요, 일을 부지런히 하여도 아무 것도 한 것이 없는 것이 바로 공사(公事)로다.
* 어떤 조관(朝官)이 바깥 고을 원(員)으로 부임하였다. 그는 위가 몹시 나빠서 음식을 먹지 못하게 되었으나 다과(茶菓)와 주병(酒餠)을 쉬지 않고 먹곤 하였다. 그는 또 성격이 몹시 부지런하나 매우 서툴러서 하루 종일 힘을 다해도 문서 같은 것 하나도 결재를 하지 못했다. 그래서 고을 사람들은 위와같이 그를 논평했다 함.

사위지기자사(士爲知己者死)

선비는 자기를 아는 사람을 위해서

는 목숨을 아끼지 않는다는 말.
「史記 豫讓傳」,
士爲知己者死 女爲悅己者容

사유삼장(史有三長)

역사를 기록하는 사람은 재(才)·학(學)·식(識)의 장점을 지녀야 한다는 말.
「論語 泰伯篇」,
曾子曰 士不可以不弘毅 任重而道遠 仁以爲己任 不亦重乎 死而後已 不亦遠乎

사이(四夷)

사방의 오랑캐, 즉 동이(東夷), 서융(西戎), 남만(南蠻), 북적(北狄)을 이르는 말.
「爾雅」,
九夷八狄七戎六蠻謂之四夷

사이밀성(事以密成)

사업은 은밀히 추진해야 성취된다는 말.
「韓非子 說難篇」,
事以密成 語以泄敗

사이비(似而非)

⇒사이비자(似而非者) 참조.

사이비자(似而非者)

겉으로 보기에는 비슷한 것 같으나 실제로는 아주 다른 가짜를 이르는 말. 사이비(似而非)만으로도 쓰임.
「孟子 盡心下篇」,
孔子曰 惡似而非者 惡莠恐其亂苗也 惡佞恐其亂義也 惡利口恐其亂信也 惡鄭聲恐其亂樂也 惡紫恐其亂朱也 惡鄉愿恐其亂德也
공자께서 말씀하시기를, "비슷하면서도 같지 않은 것을 나는 미워한다.

가라지를 미워하는 것은 그것이 곡식의 싹을 어지럽힐까봐 두려워서이고, 재주 있게 말을 둘러대는 자를 미워하는 것은 그 자가 義를 어지럽힐까 두려워서이고, 口辯만 좋은 자를 미워하는 것은 그 자가 信用을 어지럽힐까 두려워서이고, 淫亂한 鄭나라의 음악을 미워하는 것은 그것이 正樂을 어지럽힐까 두려워서이고, 자줏빛을 미워하는 것은 그것이 붉은 빛을 어지럽힐까 두려워서이며, 鄉愿을 미워하는 것은 그가 德을 어지럽힐까 두려워서이다."

* 향원(鄉愿) - 愿은 原과 같음. 善과 같은 故鄉에서 善人 취급을 받는 것.
「戰國策」,
夫物多相類而非也   幽莠之幼也似禾 驪牛之黃也似虎 白骨疑象 武夫類玉 此皆似之而非者也

사이후이(死而後已)

죽은 뒤에야 일을 그만둔다는 뜻으로, 곧 살아 있는 한 끝까지 노력함. 폐이후이(斃而後已)라고도 함.
⇒사유삼장(史有三長)의 고사 참조.

사인선사마(射人先射馬)

그 사람을 쏘아 잡으려거든 그가 타고 있는 말을 쏘라는 뜻으로, 그 목적을 이루고자 하면 그 일과 가장 관계가 깊은 사람이나 사물에 먼저 관계를 가지라는 말.
「前出塞, 杜甫」,

사인여천(事人如天)

천도교(天道教)에서, 한울님(하느님)을 공경하듯 사람도 늘 그와 같이 대하라는 말.

사자분신(獅子奮迅)

사자가 갈기를 세우고 세찬 기세로 떨쳐 일어나 돌진하듯이 사물에 대해서 맹렬한 기세로 힘을 다해 싸움을 비유하는 말.

사자심상빈(奢者心嘗貧)

사치하는 자는 늘 만족할 줄 모르기 때문에 마음이 허전하다는 말.

「譚子化書儉化篇」,

奢者富不足 儉者貧有餘 奢者心嘗貧 儉者心嘗富

사자후(獅子吼)

불타(佛陀)의 음향(音響)을 사자의 우는소리에 비유한 말. 사자가 소리쳐 울 때 작은 사자는 용기를 내고 기타 일체의 금수는 도망쳐 숨어버리는 것과 같이, 불타의 설법을 들을 때 보살(菩薩)은 정진(精進)하고 도(道)를 벗어난 악마들은 숨어버린다는 것. 오늘날에는 열변(熱辯)이나 웅변(雄辯)을 토한다는 의미로 주로 쓰임.

「維摩經 佛國品」,

爲護法城受持正法 能獅子吼名聞十方

「涅槃經」,

一切禽獸聞獅子吼 水性之屬潛沒深淵

사전지국(四戰之國)

지형상 사방 어느 곳에서나 적의 침입이 가능한 곳을 이르는 말.

「史記 燕世家」,

王召昌國君樂閒問之 對曰 趙四戰之國 其民習兵不可伐

사전여수(使錢如水)

돈을 아끼지 않고 물쓰듯한다는 뜻. 용전여수(用錢如水)라고도 함.

「鷄林玉露」,

軍無賞 士不往 軍無財 士不用 兵之法 使錢如使水

사절유택(四節遊宅)

예전에 귀족들이 네 계절에 따라 유흥을 즐기던 별장을 이르는 말.

「三國遺事 卷第十四節 遊宅」,

春 東野宅 夏 谷良宅 秋 仇知宅 冬 加伊宅

사정파의(事情罷議)

부부가 상호 협의에 이혼함을 이르는 말.

사제갈주생중달(死諸葛走生仲達)

죽은 공명(孔明)이 산 중달(仲達)을 달아나게 한 고사에서 나온 말로, 겁을 먹거나 먹게 함을 이르는 말. 사공명주생중달(死孔明走生仲達)이라고도 함.

「通鑑綱目」,

諸葛亮卒於軍 長史揚儀整軍而還 百姓奔告司馬懿 懿追之 姜維使儀若反旗鳴鼓將向懿 懿不敢逼 百姓爲之諺曰 死諸葛走生仲達 懿笑曰 吾能料生 不能料死故也

사제삼세(師弟三世)

스승과 제자와의 인연은, 전세·현세·내세의 삼세에 미친다는 뜻으로, 사제의 관계가 매우 깊고 밀접함을 이르는 말.

사조지별(四鳥之別)

모자(母子)간의 이별.

「孔子家語 顔回篇」,

對曰 回聞桓山之鳥 生四子焉 羽翼旣成 將分于四海 其母悲鳴而途之 哀聲有似於此 謂其往而不返也

* 중국 환산(桓山)의 새가 새끼를 네 마리 깠으나, 이 새끼들이 자라서 날아

걸 때 어미새가 슬퍼서 울며 보냈다는
고사.

사족(蛇足)

⇒화사첨족(畫蛇添足) 참조.

사주팔자(四柱八字)

생년월일을 나타내는 사주 간지의
여덟 글자. 곧 타고난 운수를 이름.

사중구생(死中求生)

⇒사중구활(死中求活) 참조.

사중구활(死中求活)

궁지에 빠졌을 때에 살길을 찾아
냄. 죽을 고비에서 살길을 찾아냄을
이르는 말. 사중구생(死中求生)이라고
도 함.

「後漢書」,
男子當死中求活 可坐窮乎

사중우어(沙中偶語)

신하들이 모래 언덕에 둘러앉아 역
적 모의를 한 데서 나온 말로, 신하
가 반란을 일으키려고 소근소근 하는
말을 뜻함.

「史記 留侯世家」,
上巳封大功臣二十餘人 其餘日夜爭功
不決 未得行封 上在洛陽南宮 從復道
望見諸將往往相與坐沙中語 上曰 此何
語 類侯曰 此謀反耳 上曰 天下屬安定
何故反乎 留侯曰 陛下起布衣 以此屬
取天下 今陛下爲天子 而所封皆蕭曹故
人所親愛 而所誅者皆生平所仇怨 今軍
吏計功 以天下不足徧封 此屬畏陛下不
能盡封 恐又見疑平生過失及誅 故卽相
聚謀反耳 上乃憂曰 爲之奈何 留侯曰
上平生所憎 群臣所共知 誰最甚者 上
曰 雍齒與我故 數嘗窘辱我 我欲殺之
爲其功多 故不忍 留侯曰 今急先封雍

齒以示群臣 群臣見雍齒封 則人人自堅
矣 於是上乃置酒封雍齒爲什方侯 而急
趣丞相御史定功行封 群臣罷酒 皆喜曰
雍齒尙爲侯 我屬無患矣

漢王은 이미 크게 공을 세운 신하
20여 명을 영주로 봉했다. 그 외의
것은 매일 공적을 논의했으나 서로
경쟁이 심하여 아직 封地를 결정지을
수가 없었다. 漢王 高祖가 洛陽의 南
宮에 머물던 어느 날, 이층 복도에서
내려다보니 장군들이 정원의 여기저
기 모래땅 위에 무리지어 앉아서 숙
덕거리고 있었다. 高祖는 유후 장량
에게 물었다. "저 자들은 무슨 숙덕
공론을 하고 있는가?" 장량이 말했
다. "폐하께서는 알지 못하십니까?
저것은 다름이 아니라 반란을 모의하
고 있는 중입니다." 고조는 다시 물
었다. "지금 천하는 안정되고 있다.
반란이라니, 무엇 때문인가?" 유후
장량은 말했다. "폐하께서는 일개 서
민에서 일어나시어 저 자들을 부려서
천하를 얻을 수 있었습니다. 지금 폐
하께서는 天子가 되셨습니다만, 영주
로서 봉해진 자는 소하·조삼 등 옛
날부터 폐하가 친애하던 자뿐이옵니
다. 한편 처형된 자는 모두 평소부터
폐하의 미움을 샀던 자들입니다. 지
금 저들의 공을 계산해 보건대 천하
를 다 주어도 오히려 모자랄 지경입
니다. 저 자들은 폐하께서 모두에게
영지를 봉할 수 없을 것을 염려하고,
또 평소의 과실을 밉게 보여서 처형
이나 당하지 않을까 두려워하고 있습
니다. 그래서 저렇게 모여서 반란을
모의하고 있는 중입니다." 고조는 걱
정스러워 말했다. "그러면 어떻게 하

면 되겠는가?" 장량이 이렇게 말했다. "폐하께서 평소에 못마땅하게 밉게 보고 또한 가신들이 누구나 알고 있는 자 중에서 가장 심한 자는 누구입니까?" 고조가 말했다. "雍齒는 나와 친한 사이였는데 종종 나를 괴롭히고 욕보이게 했다. 나는 그를 죽일까도 생각했지만 공적이 많아서 차마 죽일 수가 없었다." 장량이 말했다. "그러시다면 지금 곧 옹치를 영주로 봉하여 여러 신하들에게 보이도록 하십시오. 가신들은 옹치가 영주로 봉함을 받았다고 하면 제각기 안심할 것입니다." 그래서 고조는 주연을 베풀고 옹치를 什方侯로 봉했다. 십방은 成都 북쪽에 있는 땅이다. 그런 다음 승상과 어사를 독촉해서 논공행상을 조속히 진척하게 했다. 여러 신하들은 술자리를 파하고 모두 기뻐하면서 말했다. "옹치마저도 후로서 봉함을 받는 판에 우리들은 걱정할 것이 없다."

* 한(漢) 고조(高祖)가 공신 20여 명을 큰 벼슬을 주자, 벼슬을 받지 못한 다른 장수들이 사지(沙地)에 모여 모반(謀反)을 의논하였다는 고사.

사즉동혈(死則同穴)

부부가 죽어서 한 무덤에 묻힘을 이르는 말.

사지동고(死地同苦)

⇒사생동고(死生同苦) 참조.

사지무책(思之無策)

아무리 생각해도 별 방법이 없다는 뜻.

사직(社稷)

국가(나라)를 이르는 말.

「禮記 祭義篇」,
建國之神位 右社稷而左宗廟

사직지기(社稷之器)

국정의 임무를 맡길 만한 인물을 이르는 말.

사직지신(社稷之臣)

나라의 중신(重臣)을 이르는 말.
「論語 季氏」,
孔子曰 求 無乃爾是過與 夫顓臾 昔者先王以爲東蒙主 且在邦域之中矣 是社稷之臣也 何以伐爲

공자 가로되, "구(求)야, 너의 허물이 아니냐? 전유(顓臾)는 옛 선왕께서 동몽(東蒙)에 봉하여 동몽산의 제주(祭主)로 삼고 또한 우리 영토 안에 있는 사직(社稷)의 신하인데 어찌 쳐서 되겠느냐?"

사진의부진(辭盡意不盡)

말은 다 끝냈지만 진정한 뜻은 다하지 못하였다는 뜻.

사차불피(死且不避)

죽어도 피할 수 없음을 이르는 말.

사차불후(死且不朽)

몸은 죽어서 없어지지만 그의 명성(名聲)은 그대로 후세에 남는다는 말.

사출이율(師出以律)

군사를 이끌고 나아갈 때는 엄격한 군법이 필요함을 이르는 말.
「易經 師卦」,
初六 師出以律 否臧凶

사친이효(事親以孝)

⇒세속오계(世俗五戒) 참조.

사택망처(徙宅忘妻)

이사할 때 자기의 아내를 잊는다는 뜻으로, 무엇이든 잊기를 잘하는 사람을 이르는 말.

사통오달(四通五達)

길이 사방으로 막힘 없이 통하는 큰길을 이르는 말. 사통팔달(四通八達)이라고도 함.
「史記 酈食其傳」,
陳留天下之衝 四通五達之郊也

사통팔달(四通八達)

⇒사통오달(四通五達) 참조.
「子華子問黨篇」,
齊之爲國也 其塗所出 四通八達 遊士之所湊也

사필귀정(事必歸正)

만사는 반드시 바른 이치로 돌아감을 이르는 말.

사해동포(四海同胞)

세상사람이 모두 한 형제와 같다는 말.

사해파정(四海波靜)

온 천하가 태평함을 이르는 말.
「楊萬里의 文」,
六合塵淸 四海波靜

사해형제(四海兄弟)

천하의 뭇사람은 모두 형제라는 뜻.
「論語 顔淵篇」,
司馬牛憂曰 人皆有兄弟我獨亡 子夏曰 商聞之矣 死生有命 富貴在天 君子敬而無失 與人恭而有禮 四海之內 皆兄弟也 君子何患乎無兄弟也
司馬牛가 근심하여 가로되, "남들은 다 착한 형제를 두었거늘 유독 나만 혼자로다." 子夏 가로되, "내가 선생님께 들은즉, 生死는 命이 있고 富貴는 하늘에 달렸다 하니, 君子는 경건함을 잃지 아니하고 사람을 공경하여 예의가 있으면 四海同胞가 모두 형제인데, 君子가 어찌 兄弟없음을 근심하리요?"
* 司馬牛는 兄弟가 있으나, 그의 兄이 亂을 일으켜 宋公을 죽이려 했으므로, 도리어 兄이 죽을까봐 걱정한 것임.

사회부연(死灰復然)

사그라진 재에서 다시 불이 살아난다는 뜻으로, 세력을 잃은 사람이 다시 권력을 얻음을 이르는 말.
「史記 韓長孺傳」,
安國坐法抵罪 蒙獄吏田甲辱安國 安國曰 死灰獨不復然乎 甲曰 然卽溺之

사후약방문(死後藥方文)

상여 뒤에 약방문이란 뜻으로, 평소에 방비를 소홀히 하다가 실패한 뒤에 대책을 세우거나 후회해도 소용없다는 말. 망양보뢰(亡羊補牢) 또는 망우보뢰(亡牛補牢), 우후송산(牛後送傘) 사후청심환(死後淸心丸)이라고도 함. 유사어로 만시지탄(晩時之歎)
「旬五志」,

사후청심환(死後淸心丸)

⇒사후약방문(死後藥方文) 참조.

삭망고조(朔望高潮)

음력 초하룻날과 보름날을 이르는 말.

삭발위승(削髮爲僧)

머리를 깎고 중이 됨을 이르는 말. 낙발위승(落髮爲僧) 또는 삭발입도(削髮入道)라고도 함.

삭발입도(削髮入道)

⇒삭발위승(削髮爲僧) 참조.

삭주굴근(削株掘根)

화근(禍根)을 뽑아 없앤다는 말.

「戰國策」,

削株掘根 無與禍鄰 禍乃不存

삭탈관직(削奪官職)

죄를 지은 공직자의 관직과 품계를 빼앗고 관직 명부에서 빼버림을 이르는 말.

삭풍(朔風)

북풍(北風)을 이르는 말.

「夏侯湛의 雜詩」,

朔風動秋草 邊馬有歸心

산가야창(山歌野唱)

시골에서 불려지는 속가(俗歌)를 뜻함.

「姑蘇志風俗篇」,

山歌野唱 亦成音節 其俗可謂美矣

산계야목(山鷄夜鶩)

산꿩과 들오리란 뜻으로, 성미가 팔팔하여 다잡을 수 없는 사람을 비유하여 이르는 말.

산고수장(山高水長)

산은 언제까지나 높고, 물은 영원히 흐른다는 뜻으로, 인자(仁者)나 군자(君子)의 덕이 높고 오래도록 전해짐을 비유하여 이르는 말.

「范希文의 嚴先生祠堂記」,

歌曰 雲山蒼蒼 江水泱泱 先生之風 山高水長

산궁수진(山窮水盡)

막다른 길이나, 혹은 그러한 경우를 이르는 말. 산진수궁(山盡水窮)이라고도 함

산동출상 산서출장(山東出相山西出將)

지역에 따라 특징 있는 인물이 나온다는 말.

「漢書 趙充國辛慶忌傳贊」,

秦漢以來 山東出相山西出將

산란무통(散亂無統)

흩어지고 어지러워 갈피를 잡을 수 없음을 이르는 말.

산류천석(山溜穿石)

흐르는 물이 바위를 뚫는다는 뜻이니, 끊임없이 노력하면 무슨 일이든 이룰 수 있다는 말.

산림도판(山林屠販)

산림(山林)이나 시정(市井)에 숨어 있는 호걸(豪傑)을 이르는 말.

「歐陽修의 釋秘演詩集序」,

山林屠販 必有老死 而莫見者

산림지사(山林志士)

⇒산림처사(山林處士) 참조.

산림처사(山林處士)

산골에 파묻혀 글이나 읽고 지내는 사람을 이르는 말. 산림지사(山林志士)라고도 함.

「漢書 王吉傳贊」,

山林之士 往而不能反 朝廷之士 入而不能出 二者各有所短

산명곡응(山鳴谷應)

산이 울고 골짜기가 응함. 곧 메아리가 골짜기까지 진동함을 이르는 말.

산무유책(算無遺策)

꾀하는 일에 실수가 없다는 말.

「晉書 桓玄傳」,

義軍之事 自謂經略指授 算無遺策

산불염고(山不厭高)

산은 높을수록 좋듯이 덕(德)은 쌓

을수록 좋다는 말.
「魏武帝의 短歌行」,
山不厭高 水不壓深 周公吐哺 天下歸心

산붕해침(山崩海浸)

산이 무너지고 바닷물이 육지로 범람한다는 뜻으로, 천재지변을 이르는 말.

산수지군(山獸之君)

호랑이를 이르는 말.
「說文」,
虎 山水之君

산자수명(山紫水明)

산은 자줏빛으로 보이고 물은 깨끗하고 맑다는 뜻으로, 산수의 경치가 매우 아름다움을 이르는 말.

산저귀저(山底貴杵)

산밑에 절구공이가 귀하다는 뜻으로, 물건 따위가 그 생산지에서 도리어 더 귀하다는 말.

산전수전(山戰水戰)

산과 물에서 다 싸워 보았다는 뜻으로, 이 세상의 온갖 고생과 어려움을 다 겪어 경험이 많음을 이르는 말.

산정일장(山靜日長)

조용하고 한적한 산 속의 분위기.
「徐氏筆精」,
山靜似太古 日長如小年 餘花猶可醉 好鳥不防眠

산중역일(山中曆日)

산중에 한가히 있어서 자연을 즐기느라고 세월이 가는 줄을 모름.
「太上隱者의 答人詩」,
偶來松樹下 高枕石頭眠 山中無曆日 寒盡不知年

산중재상(山中宰相)

초야에 숨어있으나 국정(國政) 자순(諮詢)에 응하는 현사(賢士)라는 말.
「南史 陶弘景傳」,
武帝每有大事 無不諮詢 月中常有數信 時人謂爲 山中宰相

산지사방(散之四方)

여기저기 사방으로 흩어짐. 또는 그런 모양을 이르는 말.

산진수궁(山盡水窮)

⇒산궁수진(山窮水盡) 참조.

산진해미(山珍海味)

⇒산해진미(山海珍味) 참조.

산진해착(山珍海錯)

⇒산해진미(山海珍味) 참조.

산천초목(山川草木)

대자연을 이르는 말.

산해진미(山海珍味)

산과 바다의 산물을 다 갖추어 썩 잘 차린 진귀한 음식. 산진해미(山珍海味), 산진해착(山珍海錯), 또는 수륙진미(水陸珍味)라고도 함.

살기담성(殺氣膽盛)

살기가 있어 아무 것도 무서워하지 않는다는 말.

살기등등(殺氣騰騰)

살기가 잔뜩 나 있음을 이르는 말.

살기충천(殺氣衝天)

살기가 하늘을 찌를 듯이 가득함을 이르는 말.

살도비살(殺盜非殺)

도둑을 죽이는 것은 살인이 되지 않는다는 말.

「莊子 外篇 天運」

人有心而兵有順 殺盜非殺 人自爲種而
天下耳

살생유택(殺生有擇)

⇒세속오계(世俗五戒) 참조.

살신보국(殺身報國)

목숨을 바쳐 나라의 은혜에 보답함
을 이르는 말.

「三國遺事」,

太宗武烈王時人實際寺僧驟徒用 以益
他 我形似桑門而已 無一善可取 不如
徒軍 殺身以報國

살신성기(殺身成己)

⇒살신성인(殺身成仁) 참조.

「三國遺事 卷五 金現感虎」,

創寺於西川邊 韓虎願寺 常講梵綱經
以導虎之冥遊 亦報其殺身成己之恩

살신성인(殺身成仁)

옳은 일을 위하여 기꺼이 목숨을 바
침을 이르는 말. 사생취의(捨生取義),
살신성기(殺身成己)라고도 함.

「論語 衛靈公 八」,

子曰 志士仁人無求生以害仁 有殺身
以成仁

공자 가로되, "뜻이 있는 선비와 成
德한 사람은 살기 위하여 仁을 해치
는 일이 없고, 몸을 죽여 仁을 이룩
하는 일은 있다."

「戰國策」,

君子殺身以成仁 義之所在 身雖死無
憾悔

군자는 제 몸을 죽여서라도 인(仁)
을 이룬다. 의(義)가 있다면 비록 몸
은 죽는다 할지라도 후회는 없다.

살월인우화(殺越人于貨)

재물을 탐내어 살인함을 이르는 말.

「書經 康誥篇」,

凡自得罪 寇攘姦宄 殺越人于貨 愍不
畏死 罔弗憝

살지무석(殺之無惜)

죽여도 아깝지 않을 만큼 죄악이 아
주 중함을 이르는 말

삼간초가(三間草家)

몹시 작은 보잘것없는 집을 이르는
말. 초가삼간(草家三間)이라고도 함.

삼강오륜(三綱五倫)

삼강과 오륜, 즉 유교에서 말하는 사
람이 반드시 지켜야 할 도리(강령)를
이르는 말.

* 삼강(三綱) : 군위신강(君爲臣綱)·
부위자강(父爲子綱)·부위부강(夫爲婦
綱)

* 오륜(五倫) : 군신유의(君臣有義)·
부자유친(父子有親)·부부유별(夫婦有
別)·장유유서(長幼有序)·붕우유신(朋
友有信)

삼개성상(三個星霜)

삼 년간의 세월을 이르는 말.

삼고(三顧)

⇒삼고초려(三顧草廬) 참조.

삼고지례(三顧之禮)

⇒삼고초려(三顧草廬) 참조.

삼고지우(三顧知遇)

⇒삼고초려(三顧草廬) 참조.

삼고초려(三顧草廬)

촉(蜀) 나라의 유비(劉備)가 제갈공
명(諸葛孔明)을 세 번이나 방문하였다
는 고사(故事)에서 나온 말로, 인재를
맞아들이기 위해서, 귀한 몸을 굽혀가

며 비천(卑賤)한 자를 몇 번이고 찾아 간다는 뜻. 삼고(三顧)만으로도 쓰이고 삼고지례(三顧之禮), 삼고지우(三顧知遇), 초려삼고(草廬三顧)라고도 함.

「三國蜀志 諸葛亮傳」,

亮字孔明 瑯琊陽都人也 躬畊隴畝 每 自比於管仲樂毅 先主屯新野 徐庶謂先 主曰 諸葛孔明者臥龍也 將軍豈願見之 乎 先主曰 君與俱來 庶曰 此人可就見 不可屈致也 將軍宜枉駕顧之 由是先主 遂詣亮 凡三往乃見 建興五年 上疏(卽 前出師表)曰 臣本布衣 躬耕於南陽 先 帝不以臣卑鄙 猥自枉屈 三顧臣於草廬 之中

* 후한(後漢) 말엽 유비(劉備)가 관우 (關羽), 장비(張飛)와 의형제를 맺고 한 실(漢室) 부흥을 위해 군사를 일으켰으 나 늘 조조군(曹操軍)에게 고전을 하자, 유비는 은사(隱士)인 사마휘(司馬徽)에 게 군사를 천거해 달라고 청하자 그가 복룡(伏龍; 제갈량)을 추천하여 양양 (襄陽) 땅에 있는 제갈량의 초가집을 찾아갔다는 고사.

삼공육경(三公六卿)

조선시대 때의 영의정, 좌의정, 우 의정의 삼정승과 육조의 각 판서(지 금의 장관급)를 이르는 말.

삼권분립(三權分立)

나라의 통치권을 입법, 사법, 행정 의 셋으로 나눔을 이르는 말.

삼년구미 불위황모(三年狗尾不爲黃毛)

개꼬리 삼 년 두어도 황모 되지 않 는다는 말로, 바탕이 천한 것을 오래 두었다고 좋아지지 않는다는 뜻.

삼년부조(三年不弔)

삼 년의 상기(喪期)를 마칠 때까지

조상(弔喪)하지 않거나 못함. 삼상불 문(三喪不問)이라고도 함.

삼년불비(三年不飛)

⇒삼년불비(三年不蜚) 참조.

삼년불비(三年不蜚)

삼 년 동안이나 날지 않는다는 뜻으 로, 후일에 웅비(雄飛)할 기회를 기 다림을 이르는 말. 삼년불비(三年不 飛)라고도 하며, 삼년불비우불명(三年 不蜚(飛)又不鳴)의 준말.

삼년지상(三年之喪)

부모님이 돌아가셨을 때 삼 년간의 거상(居喪)을 이르는 말.

삼다(三多)

문장에 익숙해지는 세 가지 요건, 즉 다독(多讀;글을 많이 읽음), 다작 (多作;글을 많이 지어봄), 다상량(多 商量;많이 생각함)을 이르는 말.

「後山詩話」,

歐陽永叔謂爲文有三多 看多 做多 商 量多也

삼두육비(三頭六臂)

머리가 셋, 팔이 여섯이나 되어 세 사람 몫을 하는 괴물이란 뜻으로, 몹 시 힘이 센 사람을 비유하여 이르는 말.

삼라만상(森羅萬象)

우주 사이에 벌여 있는 온갖 사물의 현상을 이르는 말. 만휘군상(萬彙群 象)이라고도 함.

「法句經」,

森羅及萬象 一法之所印

삼락(三樂)

군자(君子)의 세 가지 즐거움, 즉

첫째 부모가 구존(俱存)하고 형제가
무고함이고, 둘째 하늘과 사람을 대
하여 부끄러움이 없음이고, 셋째 천
하의 영재(英材)를 얻어서 가르치는
것이 그것임. 인생삼락(人生三樂)이라
고도 함.

삼려대부(三閭大夫)

초나라의 관직 이름으로, 굴원이 이
직책에 있었음. 따라서 지금은 굴원
을 지칭함.
「史記 屈原傳」,
漁父見而問之曰 子非三閭大夫歟

삼령오신(三令五申)

몇 번이고 되풀이하여 경계함. 또는
온갖 정성으로 타이른다는 뜻.
「史記 孫子吳起列傳」,
孫子曰 約束之明而申令熟 將之罪也
三令五申而告之左也

삼매(三昧)

①불교에서 잡념을 버리고 한 가지
일에만 정신을 집중하는 일. ②다른
말 아래 쓰이어, 그 일에 열중하여
여념이 없음을 이르는 말. 삼매경(三
昧境)이라고도 함.
「智論」,
一切禪定攝心 皆名三昧 秦云正心行
處 是心從無始來

삼매경(三昧境)

⇒삼매(三昧) 참조.

삼문문사(三文文士)

제 삼류 문사를 얕잡아 이르는 말.

삼민주의(三民主義)

중국의 손문(孫文)이 주장한 민족주
의·민권주의·민생주의를 이름.

삼부지양(三釜之養)

박(薄)한 봉록(俸祿)으로 어버이를
봉양하는 즐거움을 이르는 말.
「莊子 寓言篇」,
曾子再仕而心再化 曰 吾及親仕 三釜
而心樂 後仕三千鍾不洎 吾心悲 弟子
問于仲尼曰 若參者 可謂無所縣其罪乎
曰 旣已縣矣 夫無所縣者 可以有哀乎
彼視三釜三千鍾 如觀鳥雀蚊虻相過乎
前也

曾子는 두 번 벼슬살이를 하였는데,
두번 모두 마음이 변하였다. 그가 말
하였다. "나는 부모님이 생존해 계실
적에는 벼슬하여 三釜의 녹을 받았으
나 마음이 즐거웠다. 뒤에는 벼슬하
여 三千鍾의 녹을 받았으나 부모님을
모실 수가 없어서 슬펐다." 孔子의
제자가 그 말을 듣고 孔子에게 물었
다. "曾子는 그의 녹에 의하여 마음
이 끌리지 않는 사람이라 말할 수 있
겠습니까?" 孔子가 대답했다. "이미
마음이 끌리고 있지 않으냐? 마음이
끌리는 데가 없는 사람이라면 슬픔이
있을 수가 있겠느냐? 그는 三釜나 三
千鍾의 녹을 보기를 마치 참새나 모
기가 그의 앞을 날아 지나가는 것을
보듯 할 것이다."
* 사람은 어떤 일이나 물건에도 마음이
끌리어 어지러워져서는 안 됨을 말한
부분.
* 六斗四升을 釜라 하고 六斛四斗를 鍾
이라 함.

삼불거(三不去)

칠거지악(七去之惡)이 있는 아내라
도 버리지 못하는 세 가지 경우, 즉
부모의 삼년상을 같이 치른 경우, 장

가들 때 가난하다가 뒤에 부유해진 경우, 돌아가 의지할 곳이 없는 경우를 이름.
「大戴禮 本命篇」,
有三不去 有所取無所歸不去 與更三年喪不去 前貧賤後富貴不去

삼불상(三不祥)

춘추 시대(春秋時代) 제(齊) 나라 경공(景公)이 사냥을 나갔다가 산에서 호랑이를, 연못가에서는 뱀을 본 후, 안자에게 불길한 징조가 아닌가를 묻자 '그것은 당연한 것이요, 나라 안에 따로 상서롭지 못한 것이 있으니, 첫째가 현인(賢人)을 알아보지 못함이요, 둘째가 현인을 알아보되 등용하지 않음이요, 셋째는 등용하되 제자리를 주지 않음이요.'라는 말에서 유래된 말.

삼불외(三不畏)

거상(居喪) 중에 있는 사람이 두려워하지 않는다는, 비·도둑·범의 세 가지를 이르는 말.

삼불행(三不幸)

맹자가 말한 세 가지 불행. 곧, 재산을 모으기에만 전념하는 일, 자기 처자만을 사랑하는 일, 부모에 대한 효도를 소홀히 하는 일.

삼불혹(三不惑)

혹하여 빠지지 말아야 할 세 가지, 즉 술·여색·재물을 이르는 말.
「後漢書」,
我有三不惑 酒色財也

삼불효(三不孝)

맹자가 말한 세 가지 불효. 곧, 부모를 불의(不義)에 빠지게 하는 일,

부모를 가난 속에 버려 두는 일, 자식이 없어 조상의 제사를 끊기게 하는 일.

삼불후(三不朽)

언제까지나 스러지지 않는 세 가지. 곧, 세워 놓은 덕(德), 이루어 놓은 공(功), 후세에 교훈이 될 만한 훌륭한 말.

삼사대부(三事大夫)

삼공(三公)을 이르는 말.
「詩經」,
三事大夫 莫肯夙夜

삼사미(三沙彌)

나이에 따라 사미를 셋으로 가린 것. 즉 7~13세의 구오사미(驅烏沙彌), 14~19세의 응법사미(應法沙彌), 20세 이상의 명자사미(名字沙彌)를 이르는 말.

삼삼양양(三三兩兩)

⇒삼삼오오(三三五五) 참조.
「晉樂錄嬌女詩」,
行不獨自去 三三兩兩俱

삼삼오오(三三五五)

두서너 또는 너더댓 사람이 떼지어 여기저기 흩어져 있거나 집이 흩어져 있는 모양. 삼삼양양(三三兩兩)이라고도 함.
「李白의 詩」,
岸上誰家遊冶郎 三三五五映垂楊

삼상불문(三喪不問)

⇒삼년부조(三年不弔) 참조.

삼상지탄(參商之歎)

삼성(參星)과 상성(商星)이 멀리 동서로 떨어져 있듯이, 두 사람이 멀리

헤어져 만나기 어려운 데 대한 한탄.

삼생유행(三生有幸)

일에 기이(奇異)한 인연이 있음을 이르는 말.
「李商隱의 題僧壁詩」,
若信貝多眞實語 三生同聽一樓鐘

삼생지양(三牲之養)

삼생(三牲)은 우(牛), 양(羊), 시(豕)를 이르는 데, 최선을 다해서 부모님을 봉양한다는 뜻.
「孝經 紀孝行章」,
雖日用 三牲之養 猶爲不孝也

삼성오신(三省吾身)

하루에 세 번씩 항상 자신을 반성하는 일.
「論語 學而 四」,
曾子曰 吾日三省吾身 爲人謀不忠乎 與朋友交而不信乎 傳不習乎
증자 가로되, "나는 날마다 세 가지 일에 대해 반성한다. 남을 위하여 하는 일에 충실을 다하였는가? 친구를 사귈 때 진실하였는가? 배운 바를 올바로 익혔는가?"

삼세지습지우팔십(三歲之習 至于八十)

세 살 버릇이 여든 간다는 말로, 어릴 적에 몸에 밴 버릇은 늙도록 고치기가 어렵다는 말. 삼세지 팔십지(三歲志八十至)라고도 함.
「耳談續纂」,
三歲之習 至于八十 言有眇時事 終爲惡習 老而不改
세 살 적 버릇이 여든까지 계속된다는 말은 어렸을 적에 익힌 일이 끝내 좋지 않은 버릇이 되어서 늙어서도 고쳐지지 않는다는 뜻이다.

삼세지 팔십지(三歲志八十至)

⇒삼세지습지우팔십(三歲之習至于八十) 참조.

삼손우(三損友)

해로운 친구 셋을 뜻함. 곧 편벽(便辟)된 사람, 선유(善柔)한 친구, 편녕(偏佞)한 친구가 그것임.

삼수갑산(三水甲山)

함경남도에 있는 삼수와 갑산이 지세가 험하고 교통이 불편하여 가기 어려운 곳이라는 뜻에서, 몹시 어려운 지경을 비유하여 이르는 말.

삼순구식(三旬九食)

삼십일 동안 아무 것도 못 먹었다는 뜻으로, 몹시 가난함을 이르는 말.
「陶潛의 擬古」,
東方有一士 被服常不完 三旬九遇食 十年著一冠 辛苦無此比 常有如容顔 我欲觀其人

삼시도하(三豕渡河)

기해도하(己亥渡河)를 삼시도하(三豕渡河)라고 읽었다는 말로, 글자를 오독(誤讀), 오용(誤用)함을 이르는 말.

삼십육계(三十六計)

⇒삼십륙책 주위상계(三十六策走爲上計) 참조.

삼십육계 주위상책(三十六計 走爲上策)

⇒삼십륙책 주위상계(三十六策走爲上計) 참조.

삼십육책주위상계(三十六策走爲上計)

도망을 가서 몸을 안전하게 하는 것을 제일 좋은 상책으로 한다는 뜻.

비겁한 자를 조롱하는 말. 삼십륙계주위상책(三十六計走爲上策)이라고도 하며, 줄여서 삼십륙계(三十六計)만으로도 쓰임.

「齊書 王敬則傳」,

敬則曰 檀公三十六策走爲上計 汝父子惟應急走耳

王敬則 가로되, "檀公의 36가지 꾀중에는 달아나는 것이 上策이라 했으니, 이제 너희 父子에게도 남은 것은 달아나는 길만이 있을 따름이다.

* 敬則 - 齊나라 建國功臣 王敬則.
* 檀公 - 前代인 宋의 名將 檀道濟.

삼익우(三益友)

매(梅), 죽(竹), 석(石)을 이르는 말.

「蘇軾의 贊文與可梅竹石」,

梅寒而秀 竹瘦而壽 石醜而文 是爲三益之友

삼인문수(三人文殊)

평범한 인간이라도 세 사람이 모여서 의논하며 지혜를 다스리는 문수보살과 같은 좋은 생각이 떠오른다는 것.

삼인성호(三人成虎)

⇒삼인언시유호(三人焉是有虎) 참조.

삼인언시유호(三人言市有虎)

한두 사람이 거리에 범이 왔다고 말하면 곧이듣지 않아도, 여러 사람까지 그렇게 말하면 곧이듣게 된다는 뜻. 삼인성호(三人成虎) 또는, 시호성삼인(市虎成三人)이라고도 함.

「戰國策」,

龐蔥謂魏王曰 今一人言市有虎 王信之乎 王曰 否 二人言市有虎 王信之乎 王曰 寡人疑之矣 三人言市有虎 王信之乎 王曰 寡人信之矣 龐蔥曰 夫市無虎明矣 然而三人言而成虎

龐蔥이 魏王에게 (太子와 함께 趙나라의 邯鄲으로 人質로 가게 되었을 때) 가로되, "지금 어떤 사람이 시장에 호랑이가 있다고 한다면 왕께서는 믿겠습니까?" 王이 가로되, "안 믿겠다.""두 사람이 말하면 믿겠습니까?" 王이 가로되, "寡人은 믿지 않고 의심하겠노라." "세 사람이 똑같이 말한다면 믿겠습니까?" 王이 가로되, "그것은 믿겠다." 龐蔥이 가로되, "무릇 시장에 호랑이가 없다는 것은 확실하지만, 세 사람씩이나 같은 말을 하면 호랑이가 있는 것이 되옵니다. (게다가 신이 떠난 뒤 신에 대해서 참언을 하는 자가 세 사람만이 아닐 것입니다. 전하 바라건대 그들의 헛된 말을 믿지 마십시오.)"

* 그러나 방총(龐蔥)이 한단으로 떠나자마자 위왕(魏王)에게 참언을 하는 자가 있어, 수년 후 볼모에서 풀려난 태자는 귀국했으나, 위왕에게 의심을 받은 방총은 끝내 귀국할 수 없었다 한다.

「同書」,

三人成虎 十夫揉椎 衆口所移 無翼而飛

삼인행필유아사(三人行必有我師)

삼인(三人)이 일을 행하는데 그 중 한 사람은 자기이고 다른 두 사람은 착한 자와 착하지 않은 자이므로 나는 착한 것은 본받고 착하지 않은 것은 본받지 않게 되니 두 사람이 모두 내 스승이라는 말로, 곧 살펴보면 자기가 본받을 만한 것은 어디라도 있다는 말.

「論語 述而 二十一」,

子曰 三人行必有我師焉 擇其善者而從之 其不善者而改之

孔子 가로되, "세 사람이 함께 길을 가면 거기에는 반드시 내 스승될 만한 사람이 있다. 그들의 착한 것은 골라서 좇을 것이요, 착하지 못한 점은 살펴서 스스로를 고쳐야 한다.

삼일우(三日雨)

삼일동안 계속 오는 비, 즉 흡족한 비를 이르는 말.

「蘇軾의 秋懷詩」,

海風東南來 吹盡三日雨

삼일천하(三日天下)

짧은 동안 정권을 잡았다가 곧 실패함을 이르는 말.

삼자정립(三者鼎立)

세 세력 따위가 마치 솥의 다리처럼 서로 마주 보며 늘어선 것.

삼종(三從)

⇒삼종지의(三從之義) 참조.

삼종의탁(三從依託)

⇒삼종지의(三從之義) 참조.

삼종지덕(三從之德)

⇒삼종지의(三從之義) 참조.

삼종지도(三從之道)

⇒삼종지의(三從之義) 참조

삼종지례(三從之禮)

⇒삼종지의(三從之義) 참조.

삼종지의(三從之義)

봉건 시대, 여자가 따라야 할 세 가지 도리, 즉 어려서는 아버지를 좇고, 시집가서는 남편을 좇고, 남편이 죽은 뒤에는 아들을 좇음을 이르는 말. 부인종인자(婦人從人者), 삼종의탁(三從依託), 삼종지덕(三從之德), 삼종지도(三從之道), 삼종지례(三從之禮)라고도 하며, 줄여서 삼종(三從)만으로도 쓰임.

「儀禮喪服篇」,

婦人有三從之義 無專用之道 故未嫁從父 旣嫁從夫 父死從子

삼지상공(三旨相公)

임금의 말이면 무조건 지당하다고 하는 재상. 지당대신을 이르는 말.

「宋史 王珪傳」,

珪自執政至 宰相凡十六年 無所建明率道諛將順 當時目爲 三旨相公 以其上殿進呈云取聖旨 上可否訖云領聖旨 退論稟事者云已得聖旨也

삼지지례(三枝之禮)

예의와 효도를 중히 여김을 비유하는 말.

「慈元抄」,

* 비둘기는 어미가 앉은 가지에서 세 가지 아래에 앉고, 까마귀는 새끼 때에 길러준 은혜에 보답하기 위해 어미의 입에 넣어준다는 고사.

삼척동자(三尺童子)

키가 석 자밖에 되지 않는 어린아이란 뜻으로, 철부지 어린아이를 이르는 말.

「胡銓의 上高宗卦事」,

夫三尺童子至無知也 指犬豕而使之拜則怫然怒 醜虜則 犬豕也

삼척염 식령감(三尺髥食令監)

나룻이 석 자라도 먹어야 샌님이란 뜻으로, 체면만 차리고 점잔을 빼다가는 배가 고파 아무 일도 못 한다는 말.

「洌上方言」,

삼척추수(三尺秋水)

삼척장검(三尺長劍)의 뜻.
「漢書 高帝紀」,
吾以布衣提三尺取天下

삼천지교(三遷之敎)

⇒맹모삼천지교(孟母三遷之敎) 참조.

삼추지사(三秋之思)

⇒일일삼추(一日三秋) 참조.

삼치의(三致意)

깊이 마음을 쓴다는 뜻.
「史記 屈原傳」,
其存君興國而欲反覆之 一篇之中三致
志焉

삼한갑족(三韓甲族)

대대로 문벌이 높은 집안.

삼한사온(三寒四溫)

겨울철에 삼일은 춥고 나흘은 따뜻
한 기후현상을 이르는 말.

삼함지계(三緘之誡)

세 번 입을 봉한다는 말이니, 즉 말
을 삼가야 한다는 뜻.
「孔子家語 觀周篇」,
孔子觀周 遂入太祖后稷之廟 右陛之
前 有金人焉 三緘其口 而銘其背曰 古
之愼言人也 戒之哉戒之哉 無多言 多
言多敗 無多事 多事多患

상가지구(喪家之狗)

상가 집 개, 즉 주인이 죽어 먹지도
못한 개란 뜻으로, 몹시 여위고 지칠
대로 지쳐 수척해진 사람을 비유한
말.
「孔子家語 入官篇」,
孔子適鄭 與弟子相失 獨立東門外 或
人謂子貢曰 東門外有一人焉 其長九尺
有六寸 河目隆顙 其頭似堯 其頸似皐
繇 其肩似子産 然自腰以下不及禹者三
寸 纍然如喪家之狗 子貢以告 孔子欣
然而歡曰 形狀未也 如喪家之狗 然乎
哉 然乎哉

孔子가 鄭나라에 가다 弟子들과 길
을 잃고, 東門 밖에서 그들을 기다리
고 있는데, 한 편에서는 (스승을 찾
고 있는) 子貢을 만나 말하기를, "東
門 밖에 어떤 사람이 있는데, 키는 9
尺 6寸이나 되며, 그 머리는 堯와 비
슷하고, 목은 皐繇와 비슷하고, 그
어깨는 子産과 비슷하지만, 그러나
허리 아래는 禹에 3寸이나 미치지 못
하고, 피로한 몰골은 喪家의 개와 같
았다." 子貢이 (孔子를 만나) 그 사
실을 告하니, 흔쾌히 웃으며 가로되,
"생김새를 말한 것은 틀렸지만, 喪家
의 개와 같다고 한 것은 꼭 들어맞는
구나, 꼭 들어맞아."

상감불원(商鑑不遠)

⇒은감불원(殷鑑不遠) 참조.

상견하만(相見何晚)

서로 늦게 알게 됨을 유감(遺憾)스
럽게 생각함을 이르는 말.
「史記 主父偃傳」,
書奏天子 天子召見三人 謂曰 公等皆
安在 何相見之晚也

상고주의(尙古主義)

옛 문물을 숭상하는 주의를 이름.

상국(相國)

재상(宰相), 승상(丞相)의 별칭.
「三餘偶筆」,
文帝二年 復置一丞相 是相國者 丞相
之更名 相國卽丞相也

상궁지조(傷弓之鳥)

⇒풍성학려(風聲鶴唳) 참조.
* 한 번 화살을 맞은 새는 굽은 나무만 봐도 놀란다는 뜻으로, 한 번 혼이 난 일로 인해 늘 경계하고 두려워함을 비유함.
「戰國策」,
傷弓之鳥聞弦響 烈而高飛
화살을 맞은 새는 현(樂器) 소리만 들어도 멀리 날아 도망간다.

상기횡추(霜氣橫秋)

서리 기운이 차가움을 이르는 말.
「孔稚圭의 北山移文」,
風情張日 霜氣橫秋

상덕부덕(上德不德)

덕이 높은 사람은 자신이 베푼 덕을 자랑하지 않는다는 뜻.
「老子 第三十八章」,
上德不德 是以有德 不德不失德 是以無德

상루하습(上漏下濕)

위에서는 비가 새고 아래에서는 습기가 차오른다는 말로 가난한 집을 일컫는 말.
「莊子 讓王篇」,
原憲居環堵之室 上漏下濕 匡坐而弦

상마실지수(相馬失之瘦)

말의 감정을 겉으로 알 수 없듯이 사람도 겉만 보고는 어질고 어리석음을 알 수 없다는 말.
「史記 滑稽傳」,
相馬失之瘦 相士失之貧

상마지교(桑麻之交)

전원에서 한가로이 지내는 사람끼리의 수수한 사귐을 이르는 말.

「杜甫의 詩」,
雖作尙書郎 不及村野人 蕩蕩桑麻交 公侯爲等倫

상명지통(喪明之痛)

아들의 죽음을 당한 슬픔을 이름.
「禮記 檀弓」,
子夏喪其子而喪其明
자하(子夏)가 그 아들을 잃고 심히 울어서 시력을 상실하였다.
* 자하(子夏)가 그의 아들을 잃고 장님이 되었다는 고사.

상묘(上墓)

성묘(省墓)와 같은 말.
「通典」,
開元二十年四月 制日 寒食上墓 禮經無文 近代相傳

상벌무장(賞罰無章)

상벌이 정당하지 않고 조리를 잃음.

상복대벽(詳覆大辟)

목을 베어 죽일 만한 중한 죄를 심판함을 이르는 말.

상봉지지(桑蓬之志)

고대(古代) 중국에서 남자를 낳으면 뽕나무 활과 쑥대 살로 천지 사방(天地四方)을 쏘아서 축복하였다는 데서 나온 말로, 남자가 큰 뜻을 품고 웅비(雄飛)하여 성공하려는 뜻.
「禮記 射義」,
男子生 桑弧六 以射天地四方 天地四方者 男子之所有事也

상봉하솔(上奉下率)

어른을 봉양하며 아랫사람을 거느린다는 뜻.

상부상조(相扶相助)

서로 돕는다는 뜻.

상분지도(嘗糞之徒)

지나치게 아첨하는 무리를 이름.
「書言」,
言人讒諂無恥 曰嘗糞之徒 唐郭弘霸
爲侍御史

상사불견(相思不見)

남녀가 서로 그리워하면서도 만나지
못함을 이르는 말.

상사불망(相思不忘)

사랑하는 남녀끼리 서로 생각하여
잊지 않음을 이르는 말.

상사상애(相思相愛)

남녀가 서로 사모하고 서로 사랑함.

상산구어(上山求魚)

⇒연목구어(緣木求魚) 참조.

상산사세(常山蛇勢)

우익과 좌익이 서로 연락하고 공
격·방어하는 진형(陣形). 또는 문장
의 전후가 대응하여 처음과 끝이 일
관됨을 이르는 말.
「孫子 九地篇」,
善用兵者 譬如率然 率然者常山之蛇
也 擊其首 則尾至 擊其尾 則首至 擊
其中 則首尾俱至
＊중국 오악(五嶽)의 하나인 상산에 사
는 솔연(率然)이라는 머리가 둘인 뱀은
목을 베면 꼬리가 돕고, 꼬리를 베면
목이 돕고, 몸통을 베면 목과 꼬리가
함께 도왔다는 고사에서 유래된 말.

상상안상(床上安床)

①한층 뛰어남. ②후인(後人)의 일
이 전인(前人)이 한 일과 다름이 없
음을 비방하는 말.
「續畵品」,

南齊毛稜善於布置 比其叔父惠秀則床
上安床

상서유피(相鼠有皮)

예절 모르는 사람을 미워하는 말.
「詩經 鄘風相鼠篇」,
相鼠有皮 人而無儀 人而無儀 不死何
爲

상선벌악(賞善罰惡)

착한 사람은 칭찬하고 악한 사람은
벌함.
「公羊傳序疏」,
春秋者 賞善罰惡之書

상선약수(上善若水)

최상의 선은 물과 같은 것이라는
말.

상승상부(相勝相負)

서로 이기고 진 회수가 같음을 나타
내는 말.

상시지계(嘗試之計)

남의 속을 떠보려 시험하는 계교를
이르는 말.

상아탑(象牙塔)

①속세를 떠나 조용히 예술을 사랑
하는 태도나, 현실 도피적인 학구 태
도를 가리키는 말. ②대학 또는 대학
의 연구실 따위를 달리 이르는 말.

상욕상투(相辱相鬪)

서로 욕설을 퍼부으며 맞붙어 싸움.

상우방풍(上雨旁風)

위에서는 비가 새고 옆에서는 바람
이 들어온다는 말로, 부서진 집을 가
리키는 말.
「韓愈의 南海神廟碑」,
上雨旁風 無所蓋障

상원견(上元犬)

대보름날의 개 신세란 말로, 명절이라서 잘 먹고 지내야 할 때에 좋은 음식을 아무 것도 해 먹지 못하고 보낼 때, 또는 굶어서 배가 고플 적에 쓰는 말.

「東國歲時記」,

是日不飼犬 飼之則多蠅而瘦故也 俗戲餓者比之上元犬

(개는 아침 저녁에만 먹이를 주고 낮에는 주지 않는다.) 그러나 그날(대보름날)은 온종일 먹이를 주지 않고 굶긴다. 대보름날 개에게 밥을 주면 개가 마를 뿐만 아니라 파리가 꼬여서 더러워진다고 믿기 때문이다. 그래서 속담에 사람이 밥을 굶을 때에 '개 보름 쇠듯'한다는 말은 바로 여기서 나온 말이다.

상의하달(上意下達)

윗사람의 뜻이나 명령을 아랫사람에게 전달함.

상재(上梓)

문서나 글을 책으로 출판함을 이르는 말.

「康熙字典」,

俗謂上文書於板曰梓

상재지탄(傷哉之歎)

가난을 탄식하는 말.

상재지향(桑梓之鄕)

여러 대의 조상의 무덤이 있는 고향.

「張衡의 南都賦」,

永世克孝 懷桑梓焉 眞人南巡 覩舊里焉

상저옥배(象箸玉杯)

사치가 싹틈을 비유하여 이르는 말.

「史記 宋微子世家」,

상전벽해(桑田碧海)

⇒창상지변(滄桑之變) 참조

상주부단(常住不斷)

항상 계속함. 또는 쉬지 않고 계속됨을 이르는 말.

상주좌와(常住坐臥)

항상. 평소에. 또는 앉거나 눕거나 하는 일상생활의 거동을 이르는 말.

상중지희(桑中之喜)

밀회(密會)하는 즐거움. 또는 남의 아내와 옳지 못한 접촉의 즐거움을 이르는 말.

「左傳 成公 二年」,

申叔跪曰 異哉夫子有三軍之懼 而有桑中之喜 宜將竊妻以逃者也

상즉불리(相卽不離)

일체(一體)가 되어 있어 뗄 수가 없음.

상치분신(象齒焚身)

코끼리가 상아를 가졌으므로 죽게 된다는 뜻으로, 재물이 많기 때문에 화를 입음을 비유하여 이르는 말.

상탁하부정(上濁下不淨)

윗물이 맑아야 아랫물이 맑다는 뜻으로, 윗사람이 정직하지 못하면 아랫사람도 그렇게 되기 마련이라는 말.

상토주무(桑土綢繆)

폭풍우나 폭우가 오기 전에 새가 뽕나무 뿌리를 캐서 집을 잘 꾸려 놓아 풍우(風雨)를 막는 것과 같이, 사람이 재난(災難)을 당하기 전에 미리 막음을 비유하는 말.

「詩經 幽風 鴟鴞篇」,

迨天之未陰雨 : 하늘 흐려 비오기 전
徹彼桑土 : 뽕 뿌리를 벗겨다가
綢繆牖戶 : 창과 문을 엮었거니
今女下民 : 사람들이 쳐다보며
或敢侮予 : 얕보다니 이 무슨 말?

상통하달(上通下達)

윗사람에게는 아랫사람의 뜻이, 아랫사람에게는 윗사람의 뜻이 잘 통하고 잘 전달됨을 이르는 말.

상투수단(常套手段)

같은 경우에 언제나 쓰는 같은 수단. 또는, 버릇이 되어 예사로 쓰는 수단.

상풍패속(傷風敗俗)

미풍양속(美風良俗)을 망가트림을 이르는 말.

상하탱석(上下撐石)

⇒하석상대(下石上臺) 참조.

상해지변(桑海之變)

⇒창상지변(滄桑之變) 참조.

상향(尙饗)

제문(祭文)의 끝에 사용하는 말로, 서기내향(庶幾來饗)의 뜻임.

「韓愈의 第十二郎文」,

嗚呼 言有窮而情不可終 汝其知也邪
其不知也邪 嗚呼哀哉 尙饗

상호봉시(桑弧蓬矢)

옛날 중국에서 남자가 태어나면, 뽕나무로 만든 활과 쑥잎으로 만든 화살로 사방을 쏘아 장차 웅비할 것을 빌었다는 데서 나온 말로, 남자가 뜻을 세움을 이르는 말.

「禮記 內則」,

상혼낙담(喪魂落膽)

⇒낙담상혼(落膽喪魂) 참조.

상호부조(相互扶助)

양쪽이 서로서로 도움을 이르는 말.

상화하목(上和下睦)

위에서는 온화롭고, 아래에서는 공경함. 즉 위아래가 서로 화목(和睦)함을 이르는 말.

상흉문족(傷胸捫足)

화살을 가슴에 맞고도 부하를 안심시키기 위해 발을 다친 것처럼 문지른다는 뜻.

「漢書 高帝紀顔主」,

捫 摸也 傷胸而捫足者 以安衆也

새신만명(賽神萬明)

굿하는 무당이란 뜻으로, 경망스럽게 행동하는 사람을 비유하는 말.

새옹득실(塞翁得失)

⇒새옹지마(塞翁之馬) 참조.

새옹지마(塞翁之馬)

인간의 길흉화복(吉凶禍福)은 변화무쌍하여 예측할 수 없음을 비유한 말. 새옹득실(塞翁得失) 또는 새옹화복(塞翁禍福)이라고도 함. 유사한 말로 전화위복(轉禍爲福)이 있음.

「淮南子 人間訓」,

夫禍福之轉相生 其變難見也 近塞上
之人有善術者 馬無故亡而入胡 人皆弔
之 其父曰 此何知乃不爲福乎 去數月
其馬將胡駿馬而歸 人皆賀之 其父曰
此何知乃不爲禍乎 家富良馬 其子好騎
墮而折其髀 人皆弔之 其父曰 此何知
乃不爲福乎 去一年胡人大入塞 丁壯者

引弦而戰 近塞之人死者十九 此獨以跛
之故 父子相保 故福之爲禍 禍之爲福
化不可極 深不可測也

무릇 禍와 福은 변화가 심해 예견하
기가 어렵다. 변방에 占術에 능한 자
가 살고 있었다. 어느 날 그의 말이
까닭도 없이 사라져 胡地로 가버렸
다. 사람들이 위로하매, 그 아비 가
로되, "어떻게 압니까. 그것이 福이
될지?" 몇 달이 지나니 그 말이 胡地
의 좋은 말을 데리고 돌아왔다. 사람
들이 축하하매 그 아비 가로되, "어
떻게 압니까, 그것이 禍가 될지?" 집
이 말로 부유해지고 그 아들은 말타
기를 좋아하여, 말을 타다가 떨어져
그만 다리가 부러지고 말았다. 사람
들이 위로하매 그 아비 가로되, "어
찌 압니까, 그것이 또 福이 될지?"
그후 1년쯤 지나 胡人들이 침입하여
壯丁들이 전쟁터에 끌려가 변방에 사
는 사람들 10명 중 9명은 죽었다.
이 늙은이의 아들 혼자 다리를 다쳐
무사했다. 그래서, 福이 禍가 되고
禍가 福이 되는 변화는 극심하여 예
측할 수가 없는 것이다.

새옹화복(塞翁禍福)

⇒새옹지마(塞翁之馬) 참조.

색려내임(色厲內荏)

겉으로는 위엄이 있으나 마음은 비
겁한 사람을 이르는 말.
「論語 陽貨篇」,
子曰 色厲而內荏 譬諸小人 其猶穿窬
之盜也與

색불근신병후회(色不謹愼病後悔)

주자 십회훈으로, 평소에 이성을 절
제하지 않으면 병든 뒤에 후회한다는

말.

색쇠애이(色衰愛弛)

안색과 용모가 쇠하여 총애가 희박
해짐을 이르는 말.
「韓非子 說難篇」,
彌子 色衰愛弛 得罪於君

색여사회(色如死灰)

죽은 사람처럼 혈색이 없음을 이름.
「莊子」,
目茫然無見 色若死灰

색여삭과(色如削瓜)

안색이 깎은 오이처럼 창백함을 이
르는 말.
「荀子」,
皐陶之狀 色如削瓜

색은행괴(索隱行怪)

궁벽스러운 것을 캐고 괴상스러운
짓을 함.

색즉시공(色卽是空)

불교 사상에서, 이 세상에 형태가
있는 것은 모두 인연으로 생기는 것
으로, 그 본질은 그 본질은 본래 허
무한 존재임을 이름.
「般若心經」,
色不異空 空不異色 色卽是空 空卽是
色

생경지폐(生梗之弊)

양자간에 생긴 불화로 말미암은 폐
단을 이르는 말.

생고기후(生枯起朽)

죽은 사람을 살린다는 뜻으로. 기사
회생(起死回生)과 같은 말.
「抱朴子」,
雖有生枯起朽之藥 猶謂不及和鵲之所

合也

생구불망(生口不網)

'산 사람 입에 거미줄치랴'의 뜻으로, 사람이 아무리 옹색해도 그럭저럭 먹고 살아갈 수 있다는 말.

생귀탈갑(生龜脫甲)

어버이와 자식, 형제 등 육친의 떨어질 수 없는 관계를 거북과 등딱지의 관계에 비유한 것.

생기발랄(生氣潑剌)

약동하는 모습이 활발하고 생생함.

생기사귀(生寄死歸)

사람이 이 세상에 사는 것은 잠깐 동안 머물러 있음에 지나지 않는 것이며 죽는 것은 본래의 곳으로 되돌아가는 것이라는 말.
「淮南子 精神訓」
生 寄也 死 歸也 何足以滑和
삶이란 잠깐 머물러 있는 것이고, 죽음이란 본래의 곳으로 돌아가는 것이다.

생령유한(生靈有限)

생명은 한(限)이 있다는 말.
「沈約의 與徐勉書」
開年以來 病增慮切 當由生靈有限

생로병사(生老病死)

불교에서 말하는 네 가지 고통. 곧, 나고, 늙고, 병들고 죽는 일.
「十八史略 卷七」
參政唐介爭論新法 不勝 疽發背卒 時人有生老病死苦之喩

생리사별(生離死別)

살아서도 떨어져 있다가 죽어서 아주 헤어짐.

생면대책(生面大責)

사실을 모르고 건성으로 관계도 없는 사람을 그릇 책망하는 일.

생면부지(生面不知)

전혀 알지 못하는 낯선 사람을 이르는 말. 팔면부지(八面不知)라고도 함.

생멸멸이(生滅滅已)

生도 滅도 존재하지 않음. 곧 생명의 모든 현상을 초월하여야 비로소 불과(佛果)를 얻을 수 있다는 말. 또는 죽은 뒤에야 진실된 즐거움을 얻을 수 있다는 말.
「涅槃經」
過去 佛日未出〈中略〉羅刹答言 誰當信汝 爲八字故 棄所愛身 我卽答言 捨不堅身 得金剛身 諸佛菩薩 能證是事 羅刹卽說 生滅滅已 寂滅爲樂

생멸유전(生滅流轉)

⇒염념생멸(念念生滅) 참조.

생무살인(生巫殺人)

'선무당이 사람 잡는다'는 뜻으로, 기술과 경험이 적은 사람이 젠체하다가 화(禍)를 만들어 냄을 비유하여 이르는 말.

생불여사(生不如死)

몹시 어려운 지경에 처해있기 때문에 삶이 죽느니만 못함을 이르는 말.

생사골육(生死骨肉)

죽은 사람을 살려서 그 백골에 살을 붙인다는 뜻으로, 은혜가 매우 깊음을 이르는 말.
「左傳 襄公 二十二年」
曰 吾見申叔夫子 所謂生死而骨肉也 知我者如夫子則可 不然請止 辭八人者

而後王安之

(위자빙이 집에 돌아오자 8명에게) 말하기를, "내가 신숙예(申叔豫)를 만나자 이른바 죽은 자를 살리고 뼈에 살을 묻게 한다는 것을 알았소. 나를 알아주는 자는 신숙예가 제일이다. 그렇지 아니하면 말하지 않았을 것이다."라고 하고서, 8명을 파면하니 그 후로는 왕이 안심했다.

생사관두(生死關頭)

⇒사생관두(死生關頭) 참조.

생사사대(生死事大)

인간의 생사는 제일 큰일로, 지금 사람으로서 존재하고 있을 때가 가장 큰일이라는 말.

생사애경(生事愛敬)

부모님이 살아 계실 동안에는 사랑과 공경으로 섬김이 효도임을 이름

생살여탈(生殺與奪)

살리고, 죽이고, 주고, 뺏고 한다는 뜻에서, 어떻게 하든지 마음내키는 대로 함.

생생세세(生生世世)

사람이 다시 태어나고 죽고 하면서 얻는 많은 세상. 영원 또는 몇 번이고 되살아난다는 뜻.

「佛本行經」,

生生世世 不墮惡道

생생유전(生生流轉)

만물이 끊이지 않고 변해 감을 이름. 꼬리를 물고 다른 상태로 옮아 변해 가서, 한없이 변화를 계속함.

생세지락(生世之樂)

세상에 나서 살아가는 재미를 이름.

생의활동(生意活動)

그림이 살아있는 것과 같이 교묘함을 예찬하는 말.

「圖繪寶鑑」,

吳道子畵人物有八面 生意活動

생이지지(生而知之)

가르침이 없이 스스로 깨달아 앎을 이르는 말.

「論語 季子篇」,

孔子曰 生而知之者上也 學而知之者次也 困而學之又其次也 困而不學 民斯爲下矣

생자필멸(生者必滅)

불교에서 이르는 말로, 생명이 있는 것은 반드시 죽을 때가 있음을 이르는 말.

「涅槃經」,

생전부귀사후문장(生前富貴死後文章)

살아서는 부귀를, 죽어서는 좋은 글을 후세에 남긴다는 뜻.

생지안행(生知安行)

태어나면서 도덕이 무엇인가에 통하여, 노력하지 않고 어렵지 않게 그것을 실행함. 성인(聖人)의 경지를 이르는 말.

「中庸 第二十章」,

或生而知之 或學而知之 或困而知之 及其知之一也 或安而行之 或利而行之 或勉强而行之 及其成功一也

생지위성(生之謂性)

태어난 그대로가 곧 본성이라는 말.

생탄활박(生呑活剝)

남의 작품을 송두리째 흉내냄을 이르는 말.

「大唐新語」,
好倫名士文章　乃爲詩曰　生情鏤月成
歌扇　出意裁雲作舞衣　照鏡自憐廻雪影
時來好取洛川歸　人謂之諺　曰　活剝王
昌

서간충비(鼠肝蟲臂)

쥐의 간과 벌레의 발이란 뜻으로,
하찮은 물건을 비유하여 이르는 말.
「莊子 太宗師篇」,
以汝爲鼠肝乎 以汝爲蟲臂乎

서과피지(西瓜皮舐)

수박 겉 핥기란 뜻으로, 속내용은
모르면서 외형만의 일을 함을 이르는
말. 같은 뜻의 말로는 주마간산(走馬
看山)이 있음.
「耳談續纂」,
西瓜皮舐不識內美　言　人不可以外貌
知也
수박 겉 핥듯이 내면의 아름다움을
알지 못한다는 것은, 사람들이 외모
만 가지고서 무엇을 판단하고 인지
(認知)할 수 없음을 말하는 것이다.

서기지망(庶幾之望)

거의 될 듯한 희망을 이르는 말.

서녀규천(庶女叫天)

천한 여자가 하늘에 원죄(冤罪)를
호소함을 이르는 말.
「淮南子 覽冥訓」,
庶女叫天　雷電下擊　景公臺隕　支體傷
折　海水大出

서동부언(胥動浮言)

일부러 거짓말을 퍼뜨려서 인심을
꼬드김을 이르는 말.

서리지탄(黍離之歎)

⇒맥수지탄(麥秀之歎) 참조.

* 나라가 멸망하여 궁전의 자리가 수수
밭이나 밀밭으로 변한 것을 보고 탄식
하는 일.
「詩經 黍稷」,
彼黍離離 : 궁터에는 메기장 고개
　　　　　숙이고
彼稷之苗 : 피도 자라 이제는
　　　　　밭이로구나.
行邁靡靡 : 가도가도 발걸음 하냥
　　　　　무겁고
中心搖搖 : 슬픔은 물결처럼
　　　　　출렁이도다.
知我者 : 내 마음 아실 이 계실
　　　　양이면
爲我心憂 : 근심 자못 깊어라
　　　　　하시리마는
不知我者 : 내 속 깊이 지니 뜻
　　　　　모르신다면
爲我何求 : 무엇으로 이러뇨
　　　　　의아하시리
悠悠蒼天 : 아득히 벋어가니 저
　　　　　하늘이여,
此何人哉 : 이는 누구의 탓임이러뇨

서방정토(西方淨土)

사바세계(이 세상)에서 서편으로 십
만 억의 불토(佛土)를 사이에 둔 저
편에 있다는 안락의 세계. 서방에 있
는 정토. 아미타불의 정토를 이름.

서불가진신(書不可盡信)

책에 기록된 것이라고 모두 믿을 만
한 것이 아니라는 뜻.

서불진언(書不盡言)

사람의 뜻은 문장으로 충분히 나타
낼 수 없다는 말.
「易經 繫辭上傳」,
書不盡言 言不盡意

서시봉심(西施捧心)

①같은 행위라도 그것을 행하는 사람의 성격·경우에 따라 효과가 다름. ②아무런 비판 없이 남의 흉내를 내어 세상 사람의 웃음거리가 됨. 서시빈목(西施矉目) 또는 서시효빈(西施效顰)이라고도 함.

「莊子 天運」,

故西施病心而矉其里 其里之醜人 見而美之 歸亦捧心而矉其里 其里之富人 見之 堅閉門而不出 貧人見之 挈妻子而去之走 彼知美矉 而不知矉之所以美

그러므로 아름다운 서시(西施)가 가슴이 아파서 그의 동리에서 얼굴을 찌푸리자, 그 동리의 못생긴 여자가 그것을 보고는 아름답게 생각하고 돌아와서는 자기도 역시 가슴에 두 손을 얹고서는 남이 보는 데서 얼굴을 찌푸렸습니다. 그 마을의 부자는 그를 보고서는 문을 굳게 닫아걸고 나가지 않았으며, 가난한 사람들은 그를 보고서 처자를 거느리고 다른 고장으로 달아났다고 합니다. 그는 아름다운 얼굴에 찌푸림이 있음만을 알았지 얼굴을 찌푸리는 게 아름다웠던 까닭은 알지 못하였던 것입니다.

서시빈목(西施矉目)

⇒서시봉심(西施捧心) 참조.

서시효빈(西施效顰)

⇒서시봉심(西施捧心) 참조.

서신지역(棲神地域)

묘소(墓所)를 이르는 말.

「書言故事」,

陳堯佐墓誌曰 有宋潁川先堯佐字希元 年八十二 不爲夭 官一品 不爲賤 卿相

納祿 不爲辱祖 可歸見父母樓神地域矣

서심화야(書心畵也)

글씨는 그 사람의 정신을 나타내므로 마음의 그림[心畵]이라고 한다는 말.

「揚子法言」,

言心聲也 書心畵也 聲畵形 君子小人見矣

서우기한(暑雨祁寒)

무더운 여름철 장마와 혹독한 겨울의 추위

서자서아자아(書自書我自我)

글은 글대로 나는 나대로, 곧 글을 읽되 마음은 딴 곳에 쓴다는 말.

서적함희(庶績咸熙)

정사(政事)가 잘 되어 중공(衆功)이 모두 퍼짐을 이르는 말.

「書經 堯典篇」,

允釐百工 庶績咸熙

* 百工 = 百官

서절구투(鼠竊狗偸)

쥐나 개처럼 살금살금 물건을 훔치는 좀도둑을 이르는 말.

「史記 叔孫通傳」,

此特群盜 鼠竊狗偸耳 何足置齒牙間哉

서제막급(噬臍莫及)

일이 지난 뒤에 후회해도 이미 소용이 없다는 말. 후회막급(後悔莫及)과 같은 뜻.

* 사람에게 붙잡히게 된 궁노루가 그 배의 향내 때문이라고 해서 배꼽을 물어뜯었다는 데서 온 말.

서제지환(噬臍之患)

그릇된 뒤에는 후회하여도 소용이 없음을 이름. 서제막급(噬臍莫及)이라고도 함.

「三國史記 卷七 新羅本記」,

新羅以爲 準勅 旣平已後 共相盟會 任存未降 不可以爲旣平 又且百濟 姦詐百端 反覆不恒 今雖共相盟會 於後 恐有 噬臍之患 奏請停盟

석계이등천(釋階而登天)

사다리를 버리고 하늘에 오르려 한다는 뜻이니, 결코 이룰 수 없는 행위를 비유하는 말.

「楚史 九章惜章」,

何不變此之志也 欲釋階而登天兮

석고대죄(席藁待罪)

죄를 지은 자가 거적에 엎드려 처벌을 기다림.

석과불식(碩果不食)

큰 과실은 다 먹지 않고 남긴다는 뜻으로, 자기의 욕심을 다 버리고 자손에게 복을 끼쳐 줌을 이르는 말. 또는 소인은 많고 군자는 몇 명 안됨을 비유하는 말.

「易經 剝掛」,

上九 碩果不食 君子得輿 小人剝廬

석권지세(席卷之勢)

자리를 말듯이 세차고 거침없이 세력을 펴는 모양.

석묵여금(惜墨如金)

먹을 금처럼 아낌, 곧 갈필(渴筆)로 그림을 그린다는 뜻.

「古今名畫記」,

李成作畫 惜墨如金

석불가난(席不可暖)

이리저리 바쁘게 돌아다녀서 자리가 더울 겨를이 없다는 뜻으로, 한 곳에 오래 앉아 있지 않음을 이르는 말.

석안유심(釋眼儒心)

석가의 눈과 공자의 마음이란 뜻으로, 매우 자비스럽고 인자함을 이름.

석전경우(石田耕牛)

자갈밭을 가는 소라는 뜻으로, 부지런하고 인내심이 강한 성격을 평하여 이르는 말.

석지실장(惜指失掌)

⇒교각살우(矯角殺牛) 참조.

* 손가락을 아끼려다 손 전체를 잃었다는 데서 나옴.

석파천경(石破天驚)

뜻밖의 일로 남을 놀라게 함을 이르는 말.

「李賀의 李憑箜篌引」,

李憑中國彈箜篌 崑山玉碎鳳皇叫 芙蓉泣露香蘭笑 十二門前融冷光 二十三絲動紫皇 女媧鍊石補天處 石破天驚逗秋雨 夢入坤山敎神嫗 老魚跳波瘦蛟舞 吳質不眠倚桂樹

석추호(析秋毫)

사리(事理)를 논함에 있어 아주 미미한 것까지 분석함을 이르는 말.

「史記 平準書」,

三人言利 事析秋毫矣

선건전곤(旋乾轉坤)

하늘과 땅을 뒤집는다는 뜻으로, ①나라의 폐풍(弊風)을 뿌리째 고치는 일. ②난리를 평정함.

「韓愈의 潮州謝上表」,

陛下卽位以來 躬德聽斷 旋乾轉坤 天戈所麾 莫不寧順

선견지명(先見之明)

일이 일어나기 전에 먼저 아는 밝은 지혜를 이르는 말.

⇒ 지독(舐犢)의 故事 참조.

선공무덕(善供無德)

부처에게 아무리 공양해도 소용이 없다는 뜻으로, 남을 위해 힘써도 별로 소득이 없음을 이르는 말.

선공후사(先公後私)

사사로운 일이나 이익보다 공사(公事)나 공익(公益)을 앞세움을 이르는 말.

선기영인(善氣迎人)

천진(天眞)한 사물을 대하듯 사람을 대한다는 말.

「管子 心術下篇」,

善氣迎人 親如弟兄 惡氣迎人 害於戈兵

선난후획(先難後獲)

처음에는 수고로웠지만 뒤에는 수획(收獲)이 많음을 말함.

「論語 擁也 二十二」,

樊遲問知 子曰 務民之義 敬鬼神而遠之 可謂知矣 問仁 曰 仁者先難而後獲 可謂仁矣

번지가 지혜에 관해서 물었다. 공자가, "인민에 대하여 도리를 다하고 신을 공경하여 더럽힘이 없다면 이를 지혜라고 말할 수 있다." 이번엔 번지가 인(仁)을 물었다. 공자가 말하기를, "어려움을 먼저 하고, 뒤에 공(功)을 얻으면 이를 인(仁)이라 말할 수 있다."

선남선녀(善男善女)

착하고 어진 사람들, 또는 불법(佛法)에 귀의한 사람들을 일컫는 말.

선례후학(先禮後學)

먼저 예의를 익히고 나서 학문을 배우라는 뜻으로, 예의가 으뜸이라는 말.

선린우호(善隣友好)

이웃 나라, 또는 이웃집과 사이좋게 지내어, 우정을 가지고 사귀는 일, 또는 외교상, 이웃 나라와 우호 관계를 맺는 일을 이르는 말.

선망건 후세수(先網巾後洗手)

망건 쓰고 세수한다는 뜻으로, 일의 순서가 뒤바뀌어 성과를 거두지 못함을 비유하는 말.

「旬五志」,

선망후실(先忘後失)

앞의 것은 잊고, 뒤의 것은 잃음, 곧 자주 잊음을 이르는 말.

선무세이불거(善無細而不擧)

아무리 사소한 것이라도 선행(善行)은 행해야 한다는 말.

「春秋繁露」,

善無細而不擧 惡無細而不去

선발제인(先發制人)

⇒선즉제인(先則制人) 참조.

선병자의(先病者醫)

먼저 병을 앓고 난 사람이 의사라는 뜻이니, 즉 무슨 일이든 경험자가 제일 잘 안다는 말.

선사여사(先事慮事)

사건이 나기 전에 그 일에 대한 처치(處置)를 생각해 두어야 화(禍)가 없다는 말.

「荀子 大略篇」,

先事慮事謂之捷 捷則事優成 先患慮
患謂之豫 豫則禍不生

선선악악(善善惡惡)

①선행과 악행을 잘 분별함.
「新書」,
齊桓公出游於野 見亡國故城郭氏之墟
問於野人曰 是爲何墟 野人曰 是爲郭
氏之墟 桓公曰 郭氏者 曷爲墟 野人曰
郭氏者 善善而惡惡 桓公曰 善善而惡
惡 人之善行也 其所以爲墟者何也
②직필(直筆)로 역사를 기록함.
「歐陽修의 王彦章畫像記」,
予於五代書 竊有善善惡惡之志

선성탈인(先聲奪人)

먼저 소문을 퍼뜨려 상대의 기세를
꺾음. 또는, 먼저 소리를 질러 상대
의 기세를 꺾음을 이르는 말.

선성후실(先聲後實)

우선 선전(宣傳)으로 사람을 놀라게
하고, 실적(實績)을 나타내는 것은
뒤로 미루는 것을 이르는 말.
「史記 淮陰侯傳」,
韓信曰 然則何由 光武君對曰 方今爲
將軍計 莫如案甲休兵 鎭趙撫其孤 百
里之內 牛酒日至 以饗士大夫醳兵 北
首燕路 而後遣辯士奉咫尺之書 暴其所
長於燕 燕必不敢不聽從 燕已從 使誼
言者東告齊 齊必從風而服 雖有智者
亦不知爲齊計矣 如是 則天下事皆可圖
也 兵固有先聲而後實者 此之謂也 韓
信曰 善
한신은 말했다. "그런 어떤 방법을
쓰는 것이 좋겠습니까?"
광무군은 답했다. "지금 이 마당에
있어서 장군을 위해 계략을 세워 본
다면, 오히려 갑옷을 벗고 싸움을 중

지하여 군사들을 쉬게 하며, 조나라
를 어루만져 그곳의 유족들을 위로하
고, 백리 사방에서 매일 고기와 술을
가지고 오게 하여 사대부를 잘 대접
하고 군사들을 취하게 한 후에 북쪽
의 연나라를 향해 출발시키는 것 만
한 방법이 없습니다. 그렇게 해놓은
뒤에 변사를 파견해서 연왕에게 서한
을 전하게 하여 이쪽이 연보다 우수
하다는 것을 밝힌다면 연나라는 반드
시 복종하지 않을 수 없을 것입니다.
연나라가 복종하고 나면 다시 설득력
이 뛰어난 변사를 동쪽 제나라에 보
내어 그런 내용을 알리면, 제나라도
아마 바람에 나부끼듯 복종할 것입니
다. 가령 어떤 지혜로운 자가 제나라
에 있다고 해도 제나라에 계략을 쓰
는 것이라고는 생각지 못할 것입니
다. 이렇게 된다면 천하의 큰 일을
모두 뜻대로 할 수 있을 것입니다.
'군사란 원래 다른 명목을 세워 먼저
선전하고, 알맹이는 뒤에 취한다'는
것은 이를 두고 말한 것입니다."
한신은 말했다. "대단히 좋습니다."

선수필승(先手必勝)

상대보다 먼저 공격하여 기선(機先)
을 제하면, 반드시 승리한다는 것.
일반적으로 먼저 공격하는 쪽. 거꾸
로 나중에 치는 것을 후수(後手)라
함.

선시선종(善始善終)

시작이 좋으면 끝도 좋다는 말.

선악개오사(善惡皆吾師)

선과 악이 모두 나의 스승이라는
말.

선양방벌(禪讓放伐)

중국에서 임금의 자리를 세습하지 않고 덕이 있는 이에게 물리는 것과 악정을 하는 제왕을 제위에서 몰아내어 토벌함을 이르는 말.

선언난어포백(善言煖於布帛)

남에게 좋은 말을 베푸는 것은 비단 옷을 입히는 것보다 더 따뜻하다는 말.

「荀子 榮辱篇」.

與人善言煖於布帛

선여인교(善與人交)

사람들과 교제를 잘 한다는 뜻.

「論語 公冶長篇」.

子曰 晏平仲善與人交 久而敬之

선외가작(選外佳作)

입선은 못 되었으나 썩 잘 된 작품을 이르는 말.

선우후락(先憂後樂)

근심할 일은 남보다 먼저 근심하고 즐길 일은 남보다 나중에 즐긴다는 뜻으로, 지사(志士)나 인인(仁人)의 마음가짐을 이르는 말.

「范仲淹의 岳陽樓記」.

先天下之憂而憂 後天下之樂而樂

다른 사람보다 먼저 천하의 근심을 걱정하고 다른 사람보다 나중에 천하의 즐거움을 즐긴다.

선유자익(善游者溺)

헤엄 잘 치는 사람이 물에 빠져 죽기 쉽다는 말이니, 무엇이든지 잘 하는 사람이 그 재주를 믿고 까불다가 화(禍)를 입는다는 뜻.

「淮南子 原道訓」.

夫善游者溺 善騎者墮 各以其所好 反自爲禍

선인녹야원(仙人鹿野苑)

석가모니가 설교하던 곳을 이르는 말.

「釋法顯佛國記」.

今現有僧 復順恒水 西行十二由延 到迦尸國 波羅捺城城東北十里許傳 仙人鹿野苑

선인선과(善因善果)

불교에서 선행을 하면 반드시 좋은 결과가 따르게 됨을 이르는 말. ⇔악인악과(惡因惡果)

선인탈인(先人奪人)

적을 앞지르려면 우선 적의 정신을 어지럽게 해야 한다는 말.

「左傳 文公七年」.

趙盾曰 先人有奪人之心 軍之善謀也訓卒厲兵 秣馬蓐食 潛師夜起 戊子敗秦師於令狐

선입관념(先入觀念)

마음속에 자리잡고 있는 생각을 이르는 말.

선입위주(先入爲主)

먼저 들은 말을 주장으로 삼음을 이르는 말.

「漢書 息夫躬傳」.

觀觀古戒反覆參考 無以先入之語爲主

선자옥질(仙姿玉質)

용모도 아름답고 재질도 뛰어난 미인을 형용하여 이르는 말.

「古今詩話」.

元載寵姬薛瑤英能詩書 善歌舞 仙姿玉質 肌香體輕 雖旋波·移光·飛燕·綠珠 不能過之

선재후례즉민리(先財後禮則民利)

군주가 나라를 다스림에 재화(財貨)를 앞세우고 예의를 뒤로하면, 백성도 그를 본받아 이(利)를 탐낸다는 뜻. 「禮記 坊記篇」.
先財而後禮則民利

선조와명(蟬噪蛙鳴)

매미가 떠들썩하게 울고, 개구리가 시끄럽게 욺. 곧 논의나 문장이 졸렬함. 시끄럽기만 할 뿐 아무짝에도 쓸모가 없음을 이르는 말.

선종외시(先從隗始)

사물을 시작하려면, 우선 말을 꺼낸 자부터 착수해야 한다는 것. 또 원대한 사업을 추진하려면, 먼저 가까운 일부터 시작하라는 것. 선주외시(先主隗始)라고도 함.

선주외시(先主隗始)

⇒선종외시(先從隗始) 참조.

선즉제인(先則制人)

남을 앞질러 일을 하면 남을 제압(制壓)할 수 있다는 말. 선발제인(先發制人)이라고도 함. ⇔ 후즉위인소제(後則爲人所制), 후즉제어인(後則制於人) 「史記 項羽本紀」.
秦二世元年七月 陳涉等起大澤中 其九月 會稽守通謂梁曰 江西皆反 此亦天亡秦之時也 吾聞先則制人 後則爲人所制 吾欲發兵 使公及桓楚將 是時桓楚亡在澤中 梁曰 桓楚亡 人莫知其處 獨籍知之耳 梁乃出誡籍 持劍居外待 梁復入 與守坐曰 請召籍使受命召桓楚 守曰 諾 梁召籍入 須臾 梁眴籍曰 可行矣 於是籍遂拔劍斬守頭
秦나라 2세 황제 호해 원년(BC209) 7월 陳勝 일당이 大沼澤地帶에서 秦

나라 타도의 기치를 들고 봉기했다. 그 해 9월에 項梁은 會稽의 郡守인 殷通의 요청으로 그를 만나게 되었다. 은통은 항량에게 이렇게 말했다. "반란은 현재 장강의 서북 일대에 퍼져 있소. 이는 秦나라의 천운이 다 되었음의 징조이며, 진나라가 곧 망할 것이오. 이 때 선수를 치면 남을 제압할 수 있고, 뒤쳐지면 남에게 제압당하는 것이라 듣고 있소. 나는 지금 군사를 일으킬 것이오. 귀공과 桓楚가 장수가 되어서 나의 군대를 지휘해 주었으면 하오." 이 때 환초는 소택지대에 도망쳐 있을 무렵이었다. 항량이 말하기를, "환초는 지금 도망쳐 숨어 있어서 그가 간 곳을 알 수가 없습니다. 그러나 다행히도 그가 있는 곳을 내 조카 항우가 알고 있습니다." 잠깐 시간을 얻어 밖으로 나온 항량은 조카 항우를 불러서 큰칼을 차고 밖에서 기다리고 있으라고 가만히 말했다. 그리고는 다시 자리로 돌아와 앉으면서 말했다. "제 조카 항우를 불러서 환초를 불러오게 하소서." 군수는 그렇게 하라고 승낙했다. 항량은 항우를 불러 들였다. 잠시 후에 그는 항우에게 '해치우라는' 눈짓을 했다. 항우는 칼을 뽑아 군수의 목을 베어버렸다.

선차노마(鮮車怒馬)

좋은 수레와 기세 좋은 말을 이름. 「後漢書 第五倫傳」.
蜀地肥饒 人吏富實 象史家貲多至千萬 皆鮮車怒馬 以財貨自達

선풍도골(仙風道骨)

선인의 풍모와 도사의 골격이란 뜻

으로, 남보다 뛰어난 고아한 풍채(風采)를 이르는 말.
「李白의 大鵬賦序」,
　余昔於江陵 見天台司馬子微 謂余 有仙風道骨 可與神遊八極之表

선행무철적(善行無轍迹)

진실한 선행은 님의 눈에 띠지 않는다는 뜻.
「老子 第二十七章」,
　善行無轍迹 善言無瑕讁 善計不籌策

선행후교(先行後敎)

선인(先人)의 행위를 들어 후학(後學)을 가르친다는 뜻.

선화후과(先花後果)

꽃이 먼저 피고 나중에 열매를 맺는다는 말로, 먼저 딸을 낳은 뒤에 아들을 낳는 것이 좋다는 말.

선후처치(善後處置)

후환이 없도록 그 사물을 다루는 방법을 정하는 것. 또는 뒤처리를 잘하는 방법을 이르는 말.

설권낭축(舌卷囊縮)

혀가 꼬부라지고 불알이 오그라진다는 뜻으로, 병세가 매우 위급함을 비유하여 가리키는 말.

설근미건(舌根未乾)

방금 말하고 시간이 채 지나지 않음을 비유하여 이르는 말.

설니홍조(雪泥鴻爪)

눈이 녹아 질퍽거리는 길에 난 큰 새의 발톱 자리란 말로, 인생의 자취가 흔적 없음을 비유하는 말.
「蘇軾 和子由詩」,
　人生到處知何似 應似飛鴻踏雪泥 泥

上偶然留指爪 鴻飛那復計東西

설망어검(舌芒於劍)

혀가 칼보다 날카롭다는 뜻으로, 논봉(論鋒)이 날카로움을 비유한 말.
「天祿閣外史」,
　一激之怒 炎于火 三寸之舌 芒于劍

설병지지(挈瓶之智)

손에 들 수 있는 작은 병에 담을 정도의 작은 슬기를 이르는 말.
「左傳 昭公 七年」,
　晋人來治杞田 季孫將以成與之 謝息爲孟孫守 不可 曰 人有言曰 雖有挈瓶之智 守不假器 禮也
　晋나라 사람이 와서 杞나라 땅을 돌려보내라고 했다. 그래서 계손은 성이란 곳의 땅을 양도하려고 했으나 맹희자(孟僖子)의 가신(家臣) 사식(謝息)이 맹손(孟孫)을 위하여 성 지방을 지키며 듣지 않으면서 말하기를, "사람들의 말에 비록 두레박에 찰 정도의 지혜만이라도 있다면 그 두레박을 지키면서 빌려주지 않는다."고 했는데 예의에 맞는 말입니다.

설부화용(雪膚花容)

눈처럼 흰 살결과 꽃처럼 고운 얼굴이란 뜻으로, 미인의 용모를 비유하여 이르는 말.

설분신원(雪憤伸冤)

　⇒신원설치(伸冤雪恥) 참조.

설상가상(雪上加霜)

눈 위에 서리가 내린다는 뜻으로, 불행이 엎친 데 덮친다는 말. ⇔금상첨화(錦上添花)

설선삼촌(舌先三寸)

마음에 없는 입에 발린 말을 이름.

설안(雪案)

손강의 고사에서 유래된 말로, 책상
(冊床)을 뜻하는 말.

「晉書」

孫康 少淸介 交遊不雜 家貧無油 嘗映
雪讀書 後官至御史大夫. 今人 以書案
爲雪案 由此也.

손강은 젊어서부터 맑고 꼿꼿하여 남
과 사귐에 있어 잡되지 않았고, 집이
가난하여 기름이 없어서 일찍이 눈에
비추어 책을 읽더니, 후에 벼슬이 어
사대부에 이르렀다. 지금 사람들이
책상을 설안이라 하는 것은 여기에서
유래했다.

설왕설래(說往說來)

무슨 일의 시비를 따지느라고 옥신
각신함. 언거언래(言去言來) 또는 언
왕설래(言往說來)라고도 함.

설월풍화(雪月風化)

춘하추동 사계절. 자연의 경치와 풍
정과 시를 읊은 풍아한 취미의 경지
를 이르는 말.

설저유부(舌底有斧)

혀 밑에 도끼가 들었다는 말이니,
말조심을 하라는 뜻.

설중사우(雪中四友)

겨울에도 즐길 수 있는 네 가지 꽃.
곧, 옥매(玉梅)·다매(茶梅)·납매
(臘梅)·수선(水仙).

설중송백(雪中松柏)

눈 속에서도 푸른 송백이란 뜻으로,
변하지 않는 굳은 절조를 비유하여
이르는 말.

「謝枋得의 詩」,
雪中松栢愈靑靑

설폐구폐(說弊救弊)

무엇이 폐단인지를 밝혀 그것을 바
로잡을 방법을 말함.

설풍년지조(雪豊年之兆)

겨울눈은 다음 해의 풍년의 징조라
는 말.

「毛傳」,
豊年之冬 必有積雪

섬섬약골(纖纖弱骨)

⇒섬섬약질(纖纖弱質) 참조.

섬섬약질(纖纖弱質)

가냘프고 여린 체질. 섬섬약골(纖纖
弱骨)이라고도 함.

섬섬옥수(纖纖玉手)

가냘프고 고운 여자의 손을 이름.

섭각담등(躡蹻擔簦)

먼길을 떠남. 또는 여행길에 오른다
는 뜻.
* 각(蹻)은 짚신, 등(簦)은 손잡이가 긴
우산으로, 둘 다 원행(遠行)의 도구임.

섭리음양(燮理陰陽)

천지의 음양을 잘 조화한다는 뜻으
로, 재상이 나라를 잘 다스림을 비유
하는 말.
⇒관불필비(官不必備)의 고사 참조.

섭취불사(攝取不捨)

부처가 중생을 구제하고, 버려 두지
않음. 아미타의 구제를 가리킴.

성경현전(聖經賢傳)

성현들이 지은 글이나 책을 이름.

성공무덕(聖供無德)

부처님께 공양을 하였으나 공덕(功
德)이 없었다는 뜻으로, 남을 위하여

노력만 하고 얻은 것이 없다는 말.

성년부중래(盛年不重來)

젊은 시절은 다시 오지 않는다는 뜻
이니, 시간을 아끼고 소중하게 여기
라는 말.

성동격서(聲東擊西)

동쪽을 칠 듯이 말하고 실제로는 서
쪽을 친다는 용병술(用兵術)에서 나
온 말로, 상대방을 기만하여 기묘하
게 공략함을 비유하는 말.
「酉陽雜俎」,

성동양진(聲東梁塵)

노래 잘 부르는 사람을 칭찬하는
말.
「文選의 注」,
李善曰 七略曰 漢興 魯人虞公善雅歌
發聲盡動梁上塵

성라기포(星羅碁布)

별같이 벌여 있고 바둑돌처럼 늘어
놓였다는 뜻으로, 물건들이 여기저기
많이 흩어져 있음을 이르는 말.

성루구하(聲淚俱下)

갑자기 울음을 터뜨림.

성명초감(聲名稍減)

명예가 예전보다 떨어짐을 뜻하는
말.
「冊府元龜」,
蘇瓌牧人時 稱良吏 及居相位 聲名稍
減

성비세려(誠非細慮)

걱정이 적지 않다는 말.

성불득탈(成佛得脫)

부처가 되어, 모든 번뇌나 생사와
같은 일체의 속박으로부터 벗어남을

이르는 말.

성색구려(聲色俱厲)

언어와 태도가 다 엄하다는 말.

성소하패소하(成簫何敗簫何)

한신(韓信)이 소하에게 천거되어 공
을 세웠다가 또 그에 의해서 죽은 고
사로, 성공과 실패가 같은 사람에 연
유됨을 이르는 말.
「洪邁容齋續筆」,
信爲大將軍 實簫何所薦 今死出其謨
也 故俚語 成簫何敗簫何也

성수불루(盛水不漏)

물을 채워도 새지 않는다는 뜻으로,
주의가 구석구석까지 미쳐 빈틈이 없
음을 이르는 말.

성시의외(誠是意外)

참으로 뜻밖의 일을 이르는 말.

성심소도(誠心所到)

정성을 다한 결과를 이르는 말.

성심성의(誠心誠意)

거짓 없는 진실함 마음. 진심. 상대
의 처지를 잘 생각해서, 자기의 욕심
이나 이익을 억누르고, 정직한 태도
로 접하는 마음을 이르는 말.

성어중형어외(誠於中形於外)

마음속에 성(誠)이 있으면 반드시
외형으로 나타난다는 뜻. 성중형외(誠
中形外)라고도 함.
「大學」,
小人閒居爲不善 無所不至 見君子 而
后厭然揜其不善 而著其善 人之視己
如見其肺肝 然則何益矣 此謂誠於中形
於外 故君子必愼其獨也
小人이 혼자 있을 때에 不善한 짓을

하되 이르지 못할 곳이 없이 하다가, 君子를 보고 나선 슬쩍 시치미를 떼고, 그 不善을 가리고 善을 드러내 보이려 하지만, 남이 자기를 알아봄이 마치 그 肺肝을 뚫어 보듯 한대서야 무슨 소용이 있겠는가? 이런 것을 일러 안에서 성실하면 밖으로 나타난다고 하나니, 그러므로 君子는 반드시 그 內奧한 곳을 조심한다.

성우적렬(聲偶摘裂)

문장을 지을 때, 사성(四聲)을 갖추고 대구(對句)를 나란히 하며 고인(古人)의 구절을 인용하는 등 기교(技巧)를 다한다는 말.

성유단수(性猶湍水)

사람의 본성은 세차게 흐르는 여울의 물이 동쪽으로 또는 서쪽으로 흐를 수 있듯이, 착하게도 되고 악하게도 됨을 이르는 말.
「孟子 告子上篇」,
告子曰 性猶湍水也 決諸東方 則東流 決諸西方 則西流 人性之無分於善不善也 猶水之無分於東西也

성음소모(聲音笑貌)

겉만 꾸민 모양을 비유하여 이르는 말.
「孟子 離婁章句上 十六」,
孟子曰 恭者不侮人 儉者不奪人 侮奪人之君 惟恐不順焉 惡得爲恭儉 恭儉 豈可以聲音笑貌爲哉
공손한 사람은 남을 업신여기지 아니하고 검소한 사람은 남의 것을 빼앗지 않는다. 남을 업신여겨 빼앗는 군주는 이렇게 하고서도 오직 남의 마음에 순(順)하지 않을까 두려워할 뿐이니, 이래서야 어찌 공손하고 검

소하다고 할 수 있으리오? 공손함과 검소함은 부드러운 말과 웃는 낯빛으로 되는 것이 아니다.

성의정심(誠意正心)

뜻을 성실히 하고 마음을 바르게 가진다는 뜻.
「大學」,
欲正其心者 先誠其意

성인군자(聖人君子)

성자와 인격자. 지식·인격이 함께 뛰어난 훌륭한 사람. 덕망도 있고 세상에 모범으로 우러름을 받는 인물을 이르는 말.
「論語 述而」,
聖人吾不得而見之矣 得見君子斯可矣

성인무양심(聖人無兩心)

성인의 마음은 한결같아서 다른 마음이 없다는 뜻.
「荀子」,
天下無二道 聖人無兩心

성인부잡(聖人不雜)

성인의 덕(德)은 순수하다는 뜻.
「揚子法言 問神篇」,
或曰 淮南·太史公者 其多知與 曷其雜也 曰 雜乎雜 人病以多知爲雜 聖人爲不雜

성인지미(成人之美)

남의 아름다운 점을 도와 더욱 빛나게 함.

성일아일(星一我一)

별 하나 나 하나란 뜻으로, 무슨 물건이든 상대적으로 생겨남을 비유하는 말.

성자신손(聖子神孫)

성인의 아들과 신의 손자, 곧 임금의 혈통(血統)을 일컫는 말.

「韓愈의 平淮西碑」,

聖子神孫 繼繼承承 於千萬年 敬戒不怠.

성자필쇠(盛者必衰)

세상은 덧없어 한 번 성한 자는 반드시 쇠할 때가 있다는 말.

「仁王經」,

盛者必衰 實者必虛

성죽흉중(成竹胸中)

대나무를 그리려 할 때, 먼저 완전한 대나무의 모양을 머릿속에 떠올린 다음에 붓을 댄다는 데서, 미리 마음에 계획을 가짐. 또 확실히 성취할 가능성이 있음의 비유하는 말.

성중형외(誠中形外)

⇒성어중형어외(誠於中形於外) 참조.

성즉군왕　패즉역적(成則君王　敗則逆賊)

성공하면 왕이 되고 패하면 역적이 된다는 뜻.

성하지맹(城下之盟)

적군이 성 밑까지 쳐들어와서 항복하고 체결하는 맹약(盟約)으로, 즉 대단히 굴욕적(屈辱的)인 강화(講和)나 항복(降伏)을 의미함.

「左傳 桓公 十二年」,

楚伐絞 軍其南門 莫敖屈瑕曰 絞小而輕 輕則寡謀 請無扞釆樵者以誘之 從之 絞人獲三十人 明日絞人爭出 驅楚役徒于山中 楚人坐其北門 而覆諸山下大敗之 爲城下之盟而還 伐絞之役 楚師分涉於彭 羅人欲伐之 使伯嘉諜之三巡數之

楚나라가 교(絞)를 정벌하여 교의 남문에 주둔하니 楚나라 막오(莫敖) 벼슬에 있는 굴하(屈瑕)가 말하기를, "교는 작은 나라로서 경솔합니다. 경솔하면 꾀가 적습니다. 청컨대 나무꾼을 지키지 말고서 유혹하게 하십시오."라고 하여 그 의견을 따랐다. 그래서 교나라 사람들은 초나라의 나무꾼 30명을 잡아갔다. 다음날에 교나라 사람들은 다투어 나아와 초나라의 나무꾼을 산 속에서 쫓아 다녔다. 그때 초나라 군대는 교나라의 북문을 지키면서 그들의 퇴로를 끊어 교나라의 군대를 산기슭에 매복해 둔 복병으로써 동맹을 맺고 돌아왔다. 초나라가 교나라를 정벌하는 싸움에서 초나라 군대는 분산해서 팽수(彭水)를 건넜는데 나(羅)나라 사람들이 이를 정벌하려고 백가(伯嘉)로 하여금 초나라 군대를 엿보게 하니, 백가는 초나라의 진지를 세 번이나 살펴보았다.

「左傳 宣公 十五年」,

夏五月 楚師將去宋 申犀稽首於王之馬前曰 毋畏知死 而不敢廢王命 王棄言焉 王不能答 申叔時僕 曰 築室反耕者 宋必聽命 從之 宋人懼 使華元夜入楚師 登子反之牀起之曰 寡君使元以病告曰 敝邑易子而食 析骸以爨 雖然 城下之盟 有以國斃 不能從也 去我三十里 唯命是聽 子反懼 與之盟 而告王退三十里 宋及楚平 華元爲質 盟曰 我無爾詐 爾無我虞

여름 5월에 초나라 군대가 장차 송나라를 떠나려고 하였다. 그러자 신서(申犀)는 장왕(莊王)의 말[馬] 앞에 머리를 조아리고, "저희 아버지 무외(毋畏)는 죽을 줄을 알면서도 감히 왕명을 어기지 못했습니다. 그런데 임금께서는 약속을 저버리려 하십니까?"라고 하였으므로, 장왕은 대답할 수가 없었다. 이때 신숙시(申叔時)는 장왕의 마부 노릇을 하고 있다가, "송나라의 교외(郊外)에 집을 짓고 그 곳으로 되돌아가 밭을 갈면서 지구전(持久戰)을 꾀한다면 송나라는 틀림없이 초나라의 명령을 들을 것입니다."라고 했기 때문에, 그의 말을 따랐다. 송나라 사람들은 두려워하여 화원(華元)에게 명하여 밤중에 몰래 초나라의 진중(陣中)에 숨어들게 하였다. 화원은 초나라 장수인 사마(司馬) 자반(子反·公子側)의 침상(寢牀)에 올라가서 그를 일으키고, "저희 임금께서 저를 사자로 보내어 송나라의 괴로운 상태를 호소하게 하셨습니다. '저희 나라는 (식량이 떨어져서)자식들을 서로 바꾸어 먹고 (땔감도 없어서) 죽은 사람의 뼈를 쪼개서 불을 피웁니다. 비록 그렇지만 성 아래에서의 맹세는 나라가 망한다 할지라도, (그 명령)은 따를 수가 없습니다. 30리만 물러나 주신다면 오직 명령하시는 대로 듣겠습니다.'라고 하셨습니다."라고 하였기 때문에 자반은 두려워하여 그와 냉약하고, 화원은 초나라에 인질이 되었다. 그때의 맹약에는, '우리 초나라는 너희 송나라를 속이지 않을 것이니, 너희 송나라도 우리 초나라를 속이지 말라.'고 하였다.

성행전정(星行電征)

유성(流星)처럼 몹시 급히 감을 비유한 말.
「風俗通十反篇」,

星行電征 數日歸

성현군자(聖賢君子)

성현과 군자, 즉 학식과 덕망이 뛰어난 사람을 이르는 말.

성호사서(城狐社鼠)

성안에 사는 여우와 사직에 사는 쥐란 뜻으로, 임금 옆에 있는 간사한 신하를 비유하는 말.
「韓非子 外儲說右上傳二」,

桓公問管仲曰 治國最奚患 對曰 最憂社鼠矣 公曰 何患社鼠哉 對曰 君亦見夫爲社者乎 樹木而塗之 鼠穿其間 堀穴託其中 燻之則恐焚木 灌之則恐塗之 此社鼠之所以不得也 今人君之左右 出則爲勢重 而收利於民 入則比周而蔽惡於君 內閒主之情 以告外 外內爲重 諸臣百吏以爲富 吏不誅則亂法 誅之則君不安 據而有之 此亦國之社鼠也

桓公이 管仲에게 묻기를, "나라를 다스리는 데 있어 가장 걱정해야 할 것은 무엇인가?"라고 했을 때 관중은 이렇게 대답했습니다. "사직에 들끓고 있는 쥐새끼입니다." 환공이 또 물었습니다. "쥐가 걱정거리라니 무슨 뜻인가?" "군주께서는 집 짓는 광경을 보신 적이 있다면 아실 수 있을 것입니다. 먼저 목재를 세우고 흙을 바르는데, 쥐새끼는 거기에다 구멍을 뚫고 살게 됩니다. 그런데 쥐를 쫓아내려면 불을 지르는 것이 가장 좋은 방법이지만, 목재에 불이 옮겨 붙을 염려가 있고, 물을 붓자니 벽이 무너질 염려가 있습니다. 이것이 곧 사직에 들끓는 쥐새끼를 잡지 못하는 까닭입니다. 지금 군주의 좌우 신하들은 궁 밖에서는 세도를 부리며 백성들로부터 이익을 거두어들이고, 또한 궁 안에서는 서로 당파를 만드는 악행으로 군주의 이목을 가리며, 군주의 실정을 살펴 밖에 알리는 등 안팎의 일을 멋대로 조정하기 때문에, 신하들은 모두 그러한 근신들이 매우 유력한 것으로 알고 있습니다. 그들을 벌하지 않으면 곧 군주의 지위가 평안할 수 없는데도, 그들은 군주의 신임을 받고 있는 것을 이용하여 그 몸의 방패로 삼아 편안하게 나날을 보내고 있습니다. 그 근신들이 곧 사직의 쥐새끼인 것입니다.

「晏子 春秋問上」,

景公問曰 治國何患 晏子對曰 患夫社鼠 燻之則恐燒其木 灌之則恐敗其塗 此鼠所以不可得殺者 以社故也 夫國亦有焉 人主左右是也

「說苑 善說篇」,

孟嘗君客曰 狐者人之所恐也 鼠者人之所燻也 臣未嘗見稷狐見攻 社鼠見燻也 何則所託者然也

성화요원(星火燎原)

작은 일이라도 못 보고 놓치면, 나중에 큰 일이 된다는 비유.

성황성공(誠惶誠恐)

두렵고 황송함. 신하가 임금께 바치는 글에 쓰는 말.

「韓愈의 潮州刺史謝上表」,

臣某誠惶誠恐 頓首頓首

세구구하(洗垢求瑕)

때를 씻어냄. 즉 구폐(舊弊)를 씻어 버린다는 뜻.

「貞觀政要」,

所好則鑽皮出其毛羽 所惡則洗垢求其瘢痕

세구색반(洗垢索瘢)

때를 씻고 헌 데를 찾는다는 뜻으로, 타인의 허물을 헐뜯음을 이름.

세구연심(歲久年深)

오랜 세월, 또는 세월이 오램. 연구세심(年久歲深) 또는 연구월심(年久月心)이라고도 함.

세궁역진(勢窮力盡)

기세가 꺾이고 힘이 다 빠짐을 뜻함.

세답족백(洗踏足白)

상전의 빨래에 종의 발꿈치가 희어진다는 말로, 남의 일을 해주면 그만한 소득이 있다는 뜻.

세도인심(世道人心)

세상의 도의와 사람의 마음을 이르는 말.

세독충정(世篤忠貞)

대대로 충정을 독실히 행함을 이르는 말.

「書經 君牙篇」,

王若曰 嗚呼君牙 惟乃祖乃父 世篤忠貞 服勞王家 厥有成積 紀于太帝

세란식충신(世亂識忠臣)

세상이 어지러워야 비로소 충신 여부를 알 수 있다는 말.

「唐書 崔圓傳」,

崔圓字有裕 貝州武城人 云云 初聞難刺國忠意 乃治城浚隍 列館宇 儲什具 帝次河池 圓疏具 陳蜀土腴穀羨儲供易辦 帝省書泣下曰 世亂識忠臣 卽日拜中書侍郎

세력백중(勢力伯仲)

두 세력이 서로 엇비슷하여 우열을

가리기 힘듦을 이르는 말.

세마(細馬)

훌륭한 말을 이르는 말.

「北史」.

細馬合數萬匹

세무십년과(勢無十年過)

⇒권불십년(權不十年) 참조.

* 권세는 십 년 가지 않는다는 뜻으로, 한 번 성한 것은 반드시 쇠퇴함.

세부득이(勢不得已)

⇒사세부득이(事勢不得已) 참조.

세불양립(勢不兩立)

비슷한 두 세력이 공존할 수 없다는 뜻으로, 자웅을 겨루는 두 세력 사이에 화친이 있을 수 없음을 이르는 말.

「史記 孟嘗君傳」.

無不欲彊齊而弱秦 此雄雌之國也 勢不兩立

세사난측(世事難測)

세상사란 변천이 심해 미리 헤아릴 수 없다는 말.

세세상전(世世相傳)

대를 이어 전하여 옴, 또는 전한다는 말.

세세생생(世世生生)

불교에서, 몇 번이든지 다시 환생하는 일, 또는 그 때를 이르는 말.

세세손손(世世孫孫)

⇒대대손손(代代孫孫) 참조.

세세연년(歲歲年年)

'매년(每年)'의 의미를 힘주어 하는 말.

세소고연(勢所固然)

일의 형세가 그렇게 될 수밖에 없다는 말.

세속오계(世俗五戒)

신라 26대 진평왕(眞平王) 때 원광법사(圓光法師)가 지은 화랑(花郎)의 다섯 가지 계율. 곧 사군이충(事君以忠;임금을 충성으로 섬김), 사친이효(事親以孝;부모를 효로써 섬김), 교우이신(交友以信;벗을 믿음으로 사귐), 임전무퇴(臨戰無退;싸움에 임하여 물러나지 말 것), 살생유택(殺生有擇;살생은 때와 장소를 가릴 것)을 이르는 말.

세속지인(世俗之人)

세상 풍속에 따라 살아가는 사람을 이르는 말.

세여파죽(勢如破竹)

⇒파죽지세(破竹之勢) 참조.

세월부대인(歲月不待人)

세월은 한 번 가면 다시 오지 않으니 아끼라고 경계하는 말.

「陶潛의 雜詩」.

盛年不重來 一日難再晨 及時當勉勵 歲月不待人

세월여류(歲月如流)

세월이 물과 같이 흘러간다는 뜻으로, 세월이 빠름을 비유하거나, 또는 한번 흘러간 세월은 다시 오지 않음을 비유하여 이르는 말.

세전노비(世傳奴婢)

한 집안에 대를 이어 내려오는 종을 이르는 말.

세전지물(世傳之物)

대대로 전하여 내려오는 물건을 이르는 말.

세전지보(世傳之寶)

대대로 전하여 내려오는 보물을 이르는 말.

세제기미(世濟其美)

후세 사람이 전대 사람의 아름다움을 본받아 이룸을 뜻함.
「左傳 文公十八年」,
世濟其美 不隕其名

세태염량(世態炎凉)

세태(世態)의 성쇠(盛衰)를 이름.
「故事成語考」,
可厭者世態炎凉

세한고절(歲寒孤節)

겨울철에도 홀로 푸른 대나무를 이르는 말.

세한삼우(歲寒三友)

①겨울철 추위에 강한 세 관상수를 이르는 말로, 흔히 지조 높은 선비에 비유됨. 곧 소나무, 대나무, 매화나무를 일컫는 말. ②퇴폐한 세상에서 벗으로 삼을 세 가지 것. 곧 산수(山水)·송죽(松竹)·금주(琴酒)를 이르는 말. ③동양의 화제(畫題)가 되는 매(梅)·죽(竹)·수선(水仙)의 세 가지를 이르는 말.
「月令廣義」,
松竹梅歲寒三友
「陔餘叢考 卷四十三 歲寒三友條」,
元次山丐論云 古人鄕無君子則與山水爲友 里無君子則以松竹爲友 坐無君子則以琴酒爲友

세한지송백(歲寒知松柏)

추운 겨울에도 소나무나 떡갈나무의

잎이 초록빛으로 있다는데서, 사람이 역경에 처해도 어려움과 고생을 견디고 이겨내어 생각을 바꾸지 않음을 비유하는 말.
「論語 子罕篇」,
歲寒然後知松栢之後凋也

소강삼합(小康三合)

얼마 안 되는 재산의 비유. 남자는 조금이라도 재산이 있으면, 일 많은 데릴사위로 가지 않고, 제힘으로 살아야 한다는 뜻.

소굴필유대신(小屈必有大伸)

조금 몸을 굽히면 후에 반드시 크게 펼 날이 온다는 뜻.
「宋書」,
孝武以張岱爲新安王子鸞別賀謂之曰無謂小屈 終當大伸

소극침주(小隙沈舟)

조그만 틈으로 물이 새어들어 배가 가라앉는다는 뜻으로, 작은 일을 게을리 하면 큰 재앙이 닥치게 됨을 비유하는 말.

소기청자(素氣淸泚)

맑은 가을 기운을 이르는 말.
「宋史 夏侯嘉正傳」,
秋之爲神 素氣淸泚 蕭蕭脩脩 群籟四起

소년등과(少年登科)

어린 나이에 과거에 급제함을 이르는 말.

소년이로학란성(少年易老學難成)

소년은 늙기 쉬우나 학문을 이루기는 어렵다는 말.
「勸學文」,
少年易老學難成　一寸光陰不可輕　未

覺池塘春草夢 階前梧葉已秋聲

소노다소(少怒多笑)

건강 십계명으로, 화를 적게 내고 많이 웃으라는 말.

소당다과(少糖多果)

건강 십계명으로, 단 것을 적게 먹고 과일을 많이 먹으라는 말.

소리장도(笑裏藏刀)

웃음 속에 칼을 감춘다는 뜻으로, 말은 좋게 하지만 속으로는 해칠 뜻을 가짐을 비유하는 말. 구밀복검(口蜜腹劍), 소중도(笑中刀), 소중유도(笑中有刀), 소중지도(笑中之刀)라고도 함.
「舊唐書 李義府傳」,
義府 貌柔恭 與人言嬉怡微笑 而陰賊褊忌著于心 凡忤意者皆中傷之 時號義府笑中刀 又以柔而害物 號曰 人猫

소림일지(巢林一枝)

새가 둥지를 만들 때 쓰는 것은 숲 속의 다만 하나의 가지에 지나지 않는다는 데서, 작은 집에 살면서 만족함을 비유하는 말. 또는 오막살이의 뜻.
「宋史 李沆傳」,
家人勸治居第 未嘗答 弟維因語次及之 沆曰 人生暮不可保 又豈能久居 巢一枝 聊自足耳 安事豊屋哉

소면(素面)

화장을 하지 않은 얼굴을 이름.
「韋應物의 送宮人入道詩」,
辭天素面立天墀

소면야차(笑面夜叉)

⇒소면호(笑面虎) 참조.

소면호(笑面虎)

겉으로는 웃지만 속으로는 딴 마음을 가진 사람을 이르는 말. 소면야차(笑面夜叉)라고도 함.
「老學菴筆記」,
蔡元度對客善笑 雖見所憎者 亦親厚無閒 人莫能測 謂之笑面夜叉

소문만복래(笑門萬福來)

웃음이 있는 집안에는 온갖 복이 깃든다는 뜻.

소미지급(燒眉之急)

눈썹이 타면 급히 끄지 않을 수 없다는 뜻으로, 방치(放置)할 수 없는 다급한 일을 비유하는 말. 초미지급(焦眉之急)이라고도 함.
「五燈會元」,
僧問蔣山佛慧如何是急切一句 慧曰 火燒眉毛
중들이 蔣山의 佛慧禪師에게 '가장 급박함'을 말하는 글귀가 무엇인가를 물었다. 佛慧禪師 가로되, "눈썹이 불에 타는 것이다."

소번다면(少煩多眠)

건강 십계명으로, 근심은 적게 하고 잠을 많이 자라는 말.

소변해의(小辯害義)

조그마한 말재주는 오히려 의리를 해친다는 말.
「孔子家語」,
小辯害義 小言破道

소보유현(所寶惟賢)

현인(賢人)을 존숭(尊崇)함을 이르는 말.
「書經 旅獒篇」,
所寶惟賢 則邇人安

소불간친(疏不間親)

친분이 먼 사람이 친분이 가까운 사

람들을 이간하지 못한다는 말.

소불개의(少不介意)

조금도 마음에 두지 아니함. 조금도 꺼리지 아니함. 소불개회(少不介懷)라고도 함.

소불개회(少不介懷)

⇒소불개의(少不介意) 참조.

소불근학노후회(少不勤學老後悔)

주자 십회훈으로, 젊을 때 부지런히 배우지 않으면 늙어서 후회한다는 말.

소불여의(少不如意)

조금도 뜻과 같지 않음. 또는 조금도 뜻대로 되지 않는다는 뜻.

소불인난대모(小不忍亂大謨)

작은 일을 참지 못하면 큰 일을 그르친다는 말.

소소식방세시(小小食放細矢)

적게 먹고 가는 똥 누라는 말로, 큰 이익을 탐하지 말고 절약해 쓰라는 뜻.

소소응감(昭昭應感)

분명히 마음에 응하여 느낀다는 말.

소수지어(小水之漁)

얼마 안 되는 작은 물 속에 사는 물고기의 뜻으로, 죽음이 눈앞에 닥쳤음을 비유하는 말.

소식다작(少食多嚼)

건강 십계명으로, 음식은 적게 먹되 많이 씹어서 먹으라는 말.

소심근신(小心謹愼)

조심성이 깊음을 이르는 말.
「漢書 霍光傳」,
二十餘年 小心謹愼 未嘗有過

소심익익(小心翼翼)

세심하고 조심성이 많다는 뜻에서, 마음이 작고 약하여 작은 일에도 겁을 내는 모양을 이르는 말.
「詩經 大雅 大明」,
維此文士 小心翼翼

소양지차(霄壤之差)

⇒천양지차(天壤之差) 참조.

소양지판(霄壤之判)

⇒천양지차(天壤之差) 참조.

소언다행(少言多行)

건강 십계명으로, 말은 적게 하고 많이 행동하라는 말.

소염다초(少鹽多醋)

건강 십계명으로, 소금은 적게 먹고 식초를 많이 먹으라는 말.

소욕다시(少慾多施)

건강 십계명으로, 욕심은 적게 하고 베풂을 많이 하라는 말.

소육다채(少肉多菜)

건강 십계명으로, 고기는 적게 먹고 채소를 많이 먹으라는 말.

소의간식(宵衣旰食)

날이 밝기 전에 옷을 입고, 해가 진 후에 식사를 한다는 말로, 임금이 정사(政事)에 힘씀을 뜻함.
「唐書 劉蕡傳」,
朕顧唯昧道 祗荷丕構 奉若謨訓 不敢台荒 任賢惕厲 宵衣旰食 詎追三五之遐軌 庶紹祖宗之鴻緒

소의다욕(少衣多浴)

건강 십계명으로, 옷은 적게 입고 목욕을 자주 하라는 말.

소인묵객(騷人墨客)

시문(詩文)·서화(書畫)를 일삼는 사람을 이르는 말.

「宣和畫譜」.

소인야부(宵人野夫)

상스러운 시골뜨기를 이르는 말.

「三國遺事 卷二 駕洛國記」.

其位與名 皆是宵人野夫之號 頓非簪履職位之稱

소인지용(小人之勇)

⇒필부지용(匹夫之勇) 참조.

「荀子」.

輕死而暴 是小人之勇也

소인한거(小人閑居)

소인은 한가하면 쓸 만한 일을 못한다. 소인은 남이 보지 않는 것을 기화로 자칫하면 못된 짓을 한다는 뜻. 소인은 덕이 없는 사람, 품성이 비열한 사람을 이르는 말.

소인혁면(小人革面)

명군(明君)이 있으면 소인(小人)들은 외면(外面)만이라도 고쳐 악행(惡行)을 저지르지 않는다는 말.

「易經 革卦」.

上六 君子豹變 小人革面

「象傳」.

小人革面 順以從君也

소장기예(少壯氣銳)

나이 젊고 건강하여 기세가 날카로운 것. 소장은 흔히 20~30세의 왕성한 지식욕과 행동력을 갖춘 사람을 이름.

소장불노력 노대도상비(少壯不努力 老大徒傷悲)

젊을 때 노력하지 않으면 늙어서 상심하고 슬퍼한다는 말.

소주도병(燒酒陶瓶)

밖은 어두워도 속은 맑다는 뜻.

「李民樹譯解 大東小學」.

* 농암(聾岩) 이현보(李賢輔)가 어떤 일로 연산군에게 미움을 받아 귀양을 갔는데, 연산군은 또 다시 이현보가 전에 했던 말까지 트집을 잡아 재차 중벌을 내려 감옥에 가두었다. 그러나 이현보는 끝까지 자기의 뜻을 꺾지 않았다는 고사에서 비롯된 말.

소중도(笑中刀)

⇒소리장도(笑裏藏刀) 참조.

소중유도(笑中有刀)

⇒소리장도(笑裏藏刀) 참조.

소중지도(笑中之刀)

⇒소리장도(笑裏藏刀) 참조.

소장지변(蕭牆之變)

⇒자중지란(自中之亂) 참조.

소지무여(掃地無餘)

깨끗하게 쓸어낸 듯이 아무 것도 없다는 뜻.

소진장의(蘇秦張儀)

소진(蘇秦)과 장의(張儀)가 중국 전국 시대의 변설가(辯說家)인 데서 나온 말로, 구변(口辯)이 썩 좋은 사람을 비유하여 이르는 말.

소지천만(笑止千萬)

매우 가엾음을 이름. 또는 너무도 턱없어서 웃을 수밖에 없음을 이름.

소차다보(少車多步)

건강 십계명으로, 차를 적게 타고 많이 걸으라는 말.

소탐대실(小貪大失)

⇒교각살우(矯角殺牛) 참조.

* 작은 것을 탐하다가 큰 것을 잃어버리다는 뜻.

「北齊劉書 新論 貪愛篇」,

　秦欲伐蜀 路嶮不通 乃斲石爲牛 多以金置牛後 號牛糞之 蜀候使五郵力士塹山眞谷以迎石牛 秦人帥師隨後 滅其國以貪大利 失其大利也

소통증명(疏通證明)

조리가 바르고 분명하다는 말.

「漢書 儒林傳」,

　諸儒以此耀之 同門梁邱賀 疏通證明之曰 田生絶於施讎手中 時喜歸東海安得此事

소풍농월(嘯風弄月)

휘파람을 불고 달을 희롱한다는 뜻으로, 자연풍경을 사랑하고 감상함을 이르는 말.

소향무적(所向無敵)

어디를 가든지 대적할 만한 사람이 없음을 이르는 말. 소향무전(所向無前)이라고도 함.

「諸葛亮의 心書」,

　因天之時 就地之勢 依人之利 則所向無敵 所擊者萬全矣

소향무전(所向無前)

⇒소향무적(所向無敵) 참조.

「後漢書 今彭傳」,

　彭復悉軍順風竝進 所向無前

소혼단장(消魂斷腸)

넋이 나가고 애가 끊어지듯 몹시 슬퍼함을 이르는 말.

소황내제(素皇內帝)

크고 아름다운 덕(德)을 갖춘 군주(君主)를 이르는 말.

「鷄冠子」,

　此素皇內帝之法

소획불여소망(所獲不如所亡)

손실이 소득보다 많음을 이르는 말.

「左傳」,

　楚子重伐吳 旣歸而吳來伐 君子謂 所獲不如所亡

속담평화(俗談平話)

속된 이야기와 일상적인 이야기. 즉, 세상 이야기를 이르는 말.

속등자이전(速登者易顚)

빨리 오르려 하면 엎어지기 쉽다는 뜻으로, 너무 재주를 피우는 자는 화를 입기 쉽다는 말.

「唐書 高智周傳」,

　吾聞速登者易顚 徐進者少惠 天道也

속불가의(俗不可醫)

속된 사람은 제도(濟度)가 불가능하다는 말.

「蘇軾의 綠筠軒詩」,

　無肉令人瘦 無竹令人俗 人瘦尙可肥 士俗不可醫

속성속패(速成速敗)

급히 서둘러 이룬 것은 급히 결단난다는 뜻.

속수무책(束手無策)

손을 묶인 것처럼 어쩔 도리가 없이 꼼짝 못함. 또는 어찌할 방법이 없음을 이르는 말.

속유부달시의(俗儒不達時宜)

속된 선비는 시대 상황에 어둡다는 말.

「漢書 元帝紀」,
且俗儒不達時宜 好是古非今 使人眩
於名實 不知所守 何足委任

속전속결(速戰速決)

⇒속전즉결(速戰卽決) 참조.

속전즉결(速戰卽決)

적의 주력(主力)을 개전과 함께 격
파하여, 전승을 결정지음. 투쟁·논
쟁 따위를 단시간에 결말지음을 이
름. 속전속결(速戰速決)이라고도 함.

속지고각(束之高閣)

무용지물(無用之物)을 한쪽에 치워
놓아 두고 쓰지 아니한다는 말.
「晉書 庾翼傳」,
杜父殷浩並才冠當世 翼弗之重 語人
曰 此輩宜達之高閣

손강영설(孫康映雪)

⇒형설지공(螢雪之功) 참조.

손자삼우(損者三友)

교제하여 손해가 되는 세 종류의 친
구. 곧, 무슨 일에나 안이한 길을 취
하는 사람, 남에게 아첨하는 사람, 입
에 발린 말뿐으로 성의가 없는 사람.
⇒익자삼우(益者三友)의 고사 참조.

솔구이발(率口而發)

앞뒤를 가리지 않고 되는대로 지껄
임을 이르는 말.

솔선궁행(率先窮行)

남의 앞에 서서 모범을 보임. 솔선
수범(率先垂範)이라고도 함.
「史記 縫侯世家」,
丞相吾所重 其率先之

솔선수범(率先垂範)

⇒솔선궁행(率先窮行) 참조.

송고영신(送故迎新)

전임자를 보내고 신임자를 맞이한다
는 말.
「漢書 王嘉傳」,
孝文時 吏或居官數月 而送故迎新 交
錯道路

송구영신(送舊迎新)

묵은해를 보내고 새해를 맞이한다는
말.

송교지수(松喬之壽)

소나무처럼 인품이 뛰어나고 또한
장수(長壽)함을 이르는 말.
「漢書 王吉傳」,
心有堯舜之志 則體有松喬之壽

송백지무(松柏之茂)

송백이 항상 푸른 것처럼 오래도록
영화를 누림을 비유한 말.
「鄭箋」,
知松柏之枝葉常茂盛 靑靑相承 無衰
落也

송백지조(松柏之操)

엄동(嚴冬)에도 시들지 않는 송백
(松柏)과도 같이 절조(節操)가 굳음
을 이르는 말.
「南史」,
與松柏比操
소나무, 잣나무와 함께 지조가 굳음
을 비유한다.

송백지질(松柏之質)

서리를 겪어도 시들지 않는 송백(松
柏)과도 같이, 강인한 체질을 이르는
말. ⇔포류지자(蒲柳之資)
⇒포류지자(蒲柳之姿)의 故事 참조.

송양지인(宋襄之仁)

춘추(春秋) 때 송(宋)나라 양공(襄
公)이 적을 불쌍히 여겨 공자목이(公
子目夷)의 진언(進言)을 듣지 않아
도리어 초(楚)나라에 패배(敗北) 당
하여 세상의 조소를 받은 고사(故事)
에서 유래된 말로, 전하여 소용없는
동정(同情)이나 무익한 정(情)을 비
유하는 말.
「左傳 僖公 二十二年」,
　冬十一月己巳朔　宋公及楚人戰于泓
宋人旣成列　楚人未旣濟　司馬曰　彼衆
我寡　及其未旣濟也請擊之　公曰　不可
旣濟而未成列　又以告　公曰　未可　旣陳
而後擊之　宋師敗績　公傷股　門官殲焉
國人皆咎公　公曰　君子不重傷　不禽二
毛　古之爲軍也　不以阻隘也　寡人雖亡
國之餘　不鼓不成列　子魚曰　君未知戰
就敵之人　隘而不列　天贊我也　且今之
勍者　皆吾敵也　雖及胡耉　獲則取之　何
有於二毛　明恥敎戰　求殺敵也　傷未及
死　如何勿重　若愛重傷　則如勿傷　愛其
二毛　則如服焉　三軍以利用也　金鼓以
聲氣也　利而用之　阻隘可也　聲盛致志
鼓儳可也
　(楚나라 사람이 鄭나라 사람을 쳐서
송나라를 구하려고 하자 大司馬가
힘써 諫하기를, "하늘이 商나라를 버
린 지 이미 오래입니다. 주군께서 이
를 일으키려 해도 용서하지 않을 것
입니다."고 했으나 말을 듣지 않았
다.) 겨울 11월 己巳朔에 宋公이 楚
나라 사람과 泓水에서 싸웠다. 송나
라 군대는 이미 정렬했으나, 초나라
사람은 아직도 물을 건너지 못했다.
司馬가 말하기를, "저들은 수가 많고
우리는 수가 적으니, 초나라 사람이
모두 건너기 전에 이를 치십시오."라
고 했는데 공이 말하기를, "안 된다."
고 했다. 초나라 군대가 모두 물을
건너고 아직도 정렬하지 않았을 때
또 공에게 말했으나, 공은 듣지 않고
陣을 이룬 뒤에야 이를 쳤다. 송나라
군대가 크게 패해서 송공이 다리를
다치고 門官[시종]이 모두 죽었다.
나라 사람들이 모두 송공을 탓했는
데, 공이 말하기를, "군자는 이미 상
처를 입은 자를 다시 다치지 않으며,
머리가 반백인 자를 사로잡지 않는
다. 옛날의 싸움에서는 地勢의 험한
것을 이용해서 승리를 구하려 하지
않았다. 과인이 비록 망한 나라의 후
예라 하지만(송은 상왕조의 후손임),
아직 정렬도 하지 않은 적을 치려고
북을 울리지는 않는다."고 했다. 子
魚가 말하기를, "주군께서는 戰法을
아직도 모르고 계십니다. 強敵이 발
붙일 데가 없어서 정렬하지 못하는
것은 하늘이 우리를 돕는 것입니다.
(이 때를 타서 북을 울린다면 또한
좋은 방법이 아니겠습니까? 그처럼
해도 오히려 이기지 못할까 두렵습니
다.) 지금 싸움에서 대항하는 자는
모두 우리의 적입니다. 비록 8,90세
된 늙은 자라도 이를 사로잡을 수 있
다면 용서할 수 없을 것인데, 하물며
반백인 자야 말해 무엇합니까? 군령
을 밝히고 싸움을 가르치는 것은 적
을 죽이기를 바라는 것입니다. 몸을
다쳤어도 죽지 않았다면, 어찌 이를
다시 죽이지 않겠습니까? 만약 차마
다치지 못하겠다면 처음부터 다치지
않는 편이 낫고, 그 머리털이 반백인
것을 차마 하지 못하겠다면 적에게
항복하는 편이 낫습니다. 三軍은 利

를 위해서 움직이는 것이며, 징과 북은 사기를 북돋우는 것입니다. 利가 되는 것을 안다면 地勢의 험한 것을 이용할 것이며, 북을 울려 士氣를 振作할 수 있었다면 아직도 정렬하지 않은 적을 쳐도 좋은 것입니다."고 했다.

송왕영래(送往迎來)

가는 것(사람)을 전송하고 오는 것(사람)을 맞아들인다는 말.
「龜錯의 論貴粟」,
送往迎來 弔死問疾 養孤長幼 在其中

송죽지절(松竹之節)

소나무와 대나무와 같이 굳고 곧은 절개를 이르는 말.
「南史 張沖傳」,
忠貫昊天 操逾松竹

쇄골분신(碎骨粉身)

⇒분골쇄신(粉骨碎身) 참조.

쇄소응대(灑掃應對)

쓸기, 닦기도 하고 윗사람의 부름에 응답한다는 뜻으로, 연소자가 하는 일을 이르는 말. 쇄소응대(洒掃應對)라고도 함.
「論語 子張十二」,
子游曰 子夏之門人小子 當灑掃應對 進退 則可矣 抑末也 本之則無 如之何 子夏聞之曰 噫 言游過矣 君子之道 孰 先傳焉 孰後倦焉 譬諸草木 區以別矣 君子之道 焉可誣也 有始有卒者 其惟 聖人乎
자유 가로되, "자하의 문인 소자는 물 뿌려 소제함과 웃어른의 부름에 응대함과 기거진퇴에 탓할 것이 없으나, 대저 예(禮)의 말(末)이라 근본

할 만함이 없으니 어떠리오?" 자하가 듣고 말하기를, "자유의 잘못이여, 군자의 도는 어느 것을 선(先)이라 하여 중(重)히 전하며, 어느 것을 뒤로 미루어 게을리 하리오? 비유컨대, 초목을 구분하여 분별함이니, 군자의 도를 어찌 속이겠는가? 시종본말을 겸유(兼有)함은 오직 성인(聖人)인 저!"

쇄쇄낙락(洒洒落落)

성격이나 태도·언동 따위가 소탈하여 사물에 집착하지 않음을 이르는 말.

쇄수회진(碎首灰塵)

머리를 부서뜨려 재와 티끌을 만든다는 뜻으로, 온갖 정성과 노력을 가한다는 말.
「三國史記 卷七 新羅本記」,
碎首灰塵何能仰酬玆造

수가은사(隨駕隱士)

산 속에 은거하면서 벼슬에 뜻을 둔 자를 조롱하는 말.
「世說 輕詆下篇」,
盧藏用初隱終南少室二山 時有意當世 人目爲隨駕隱士

수각황망(手脚慌忙)

급작스러운 일에 놀라 몸둘 바를 모른다는 말.

수간두옥(數間斗屋)

두서너 칸밖에 안 되는 아주 작은 집을 이르는 말.

수간모옥(數間茅屋)

두서너 칸밖에 안 되는 아주 작은 떳집을 이르는 말.

수간초옥(數間草屋)

두서너 칸밖에 안 되는 아주 작은 초가(草家)를 이르는 말.

수격즉한(水激則旱)

물은 다른 물건에 부딪히면 그 흐름이 빨라진다는 뜻.
「史記 賈生傳」,
水激則旱兮 矢激則遠

수경(水鏡)

다른 사람의 거울이 될 만한 사람을 이르는 말.
「世說 賞譽上篇」,
命子弟造之曰 此人人之水鏡也 見之若披雲霧覩靑天

수관어대(水寬魚大)

물이 넓으면 큰고기가 산다는 뜻으로, 큰 사회에서 위대한 인물이 난다는 말의 비유임.

수광자어대(水廣者魚大)

물이 많고 깊으면 큰 고기가 산다는 뜻.
「淮南子」,
水廣者魚大 山高者木修

수광즉어유(水廣則魚游)

물이 넓으면 고기가 모여 논다는 뜻으로, 사람도 덕(德)이 있으면 자연 남들이 따름을 비유하는 말.

수걸식 염배알(雖乞食厭拜謁)

빌어먹을 망정 절하기는 싫어한다는 뜻으로, 아무리 곤궁해도 자존심을 굽히기는 싫어함을 비유하여 이르는 말.
「靑莊館全書」,

수구여병(守口如瓶)

병에 마개를 꼭 막듯이 입을 다문다는 뜻으로, 말을 대단히 삼감을 이름.
⇒방의여성(防意如城)의 고사 참조.

수구초심(首丘初心)

⇒호사수구(狐死首丘) 참조.
* 여우가 죽을 때는 제가 태어난 곳을 향해 머리를 둔다는 뜻에서 유래된 말.

수궁즉설(獸窮則齧)

궁지에 몰린 쥐는 고양이를 문다는 뜻으로, 약자라도 궁지에 빠지면 결사적으로 강적에게 대항함을 비유하여 이르는 말. 궁서설리(窮鼠齧狸) 또는 궁서설묘(窮鼠齧猫), 조궁즉탁(鳥窮則啄)이라고도 함.
「韓詩外傳 卷二」,
顔淵曰 獸窮則齧 鳥窮則啄 人窮則詐 自古及今 窮其下能不危者 未之有也

수기응변(隨機應辯)

⇒임기응변(臨機應變) 참조.

수기이경(脩己以敬)

군자는 자기수양에 힘쓰며, 사람을 대함에 있어서도 존경하는 마음을 잊지 않는다는 말.

수덕무자(樹德務滋)

항상 덕(德)을 쌓아야 한다는 말.
「詩經 泰誓 下篇」,
樹德務滋 除惡務本

수도거성(水到渠成)

물이 흐르면 자연히 도랑이 생긴다는 뜻으로, ①학문을 깊이 닦으면 자연히 도(道)가 이루어짐. ②일이 저절로 되어 나감을 비유하는 말.
「朱子文集」,
答路德章曰所喩 水到渠成之說 意思

畢竟在渠上未放 水東流時 已先作屈曲
整備了矣
「范成大 詩」,
學問根深方蒂固 功名水倒自渠成

수도동귀(殊塗同歸)

처음에 가는 길은 서로 달라도 끝에
가서는 한 곳에 다다른다는 뜻으로,
처음은 다르고 종말은 같음을 이름.

수도어행(水到魚行)

물이 이르면 고기가 그물로 간다는
뜻으로, 매사는 때가 되면 이루어진
다는 말.
「餘冬序錄」,
輒自解云 水到渠成 不須預慮 愚謂
水到魚行 水到渠成 其意同也 皆事任
自然 時至輒濟之意

수두색이(垂頭塞耳)

사람에게 아첨함을 이르는 말.
「後漢書 殤帝紀」,
刺史垂頭塞耳 阿私下比

수득수실(誰得誰失)

누가 이익을 보고 누가 손해를 보는
지 분명하지 않음을 이르는 말.

수라장(修羅場)

(佛)阿修羅率이 帝釋天과 싸운 마
당, 또는 모진 싸움으로 비참하게 된
곳을 이르는 말.

수렴지정(垂簾之政)

⇒수렴청정(垂簾聽政) 참조.

수렴청정(垂簾聽政)

지난 날 임금이 어린 나이로 즉위하
였을 때 왕대비(王大妃)나 대왕 대비
가 어린 임금을 대신하여 정사(政事)
를 돌보던 일을 이르는 말. 수렴지정
(垂簾之政)이라고 도 함.
「漢書」,
太后垂簾聽政

수류운공(水流雲空)

흐르는 물과 뜬구름이란 뜻으로, 지
난 일이 흔적 없고 허무함을 비유해
이르는 말.

수륙진미(水陸珍味)

⇒산해진미(山海珍味) 참조.

수릉여자(壽陵餘子)

남의 뛰어난 것에 홀려 자기의 뛰어
난 점을 버리는 어리석은 사람을 이
르는 말.
「莊子 外篇 秋水」,
未得國能 壽陵餘子

수망각란(手忙脚亂)

손발을 바쁘게 움직인다는 뜻으로,
몹시 바쁨을 일컫는 말.
「朱子文集」,
答蔡季通書 某過伯諫 見收公濟書 大
段水忙脚亂也

수명장수(壽命長壽)

목숨이 길어 오래 삶을 이르는 말.

수명지군(受命之君)

천명(天命)을 받아 제위(帝位)에 오
른 임금을 이르는 말.
「史記 周紀」,
西伯蓋受命之君

수무부모(誰無父母)

세상 사람은 누구나 부모가 있다는 말.
「詩經 小雅 沔水篇」,
嗟我兄弟 邦人諸友 莫肯念亂 誰無父
母

수무부부(誰無夫婦)

누구나 부부가 있다는 말.
「李華의 弔古戰場文」,
誰無兄弟 如足如手 誰無夫婦 如賓如
友 生也何恩

수무분전(手無分錢)

가진 돈이 한푼도 없음을 이름.

수무석권(手無釋卷)

⇒수불석권(手不釋卷) 참조.

수무족도(手舞足蹈)

너무 좋아서 어찌할 바를 몰라 날뛰
거나 춤을 춘다는 말.
「孟子 離婁 上」,
樂可已則不知足之蹈之

수무형제(誰無兄弟)

누구나 형제가 있음.
⇒수무부부(誰無夫婦)의 고사 참조.

수문수답(隨問隨答)

묻는 대로 거침없이 대답한다는 말.

수미상위(首尾相衛)

전후 좌우가 서로 응함을 이름.
「晉書 溫恭傳」,
僕與仁公 當如常山之蛇 首尾相衛

수미상응(首尾相應)

처음과 끝이 서로 응함, 또는 서로
응하여 어울림을 이르는 말.
⇒수미상위(首尾相衛)의 고사 참조.

수미상접(首尾相接)

서로 이어서 끊이지 않음을 이르는
말.

수미일관(首尾一貫)

사물을 행함에 있어, 처음부터 끝까
지 방침이나 태도가 일관되어 있음을
이르는 말.

수발황락(鬚髮黃落)

늙어서 쇠약함을 이르는 말.

수방취원(隨方就圓)

다방면에 재주가 많아 무엇이든 잘
함을 이르는 말.
「齊書 沈憲傳」,
補烏程令 太守褚淵 嘆之曰 此人方員
可施

수복강녕(壽福康寧)

오래 살고 행복하며 건강하고 평안
함을 뜻함.

수부중불원(雖不中不遠)

추측이 적중되었음을 뜻함.
「大學」,
心誠求之 雖不中不遠矣

수불석권(手不釋卷)

손에서 책을 놓지 않는다는 뜻이니,
쉬지 않고 글을 읽거나 공부함을 이
르는 말. 유사한 말로 수무석권(手無
釋卷), 위편삼절(韋編三絶)이 있음.
「華陽博議」,
司馬光童穉不釋卷 裴暐亂離不釋卷

수비남산(壽比南山)

수명이 길다는 뜻.

수사지적(需事之賊)

일에 대해서 의심을 품고 머뭇거리
면 시기도 잃고 사업에 성공을 기할
수 없다는 뜻.
「左傳 哀公 六年」,
乃救陳師于城父　齊陳乞僞事高國者
每朝必驂乘焉 所從必言諸大夫曰 彼皆
偃蹇 將棄子之命皆曰 高國得君 必偪
我 盍去諸 固將謀子 子早圖之 圖之莫
如盡滅之 需事之下

이에 진(陳)나라를 쳤으니 다시 옛 날의 원한을 갚기 위한 것이었다. 초(楚)나라 소왕(昭王)이 말하기를, "우리 선군께서 진나라와 맹약을 하셨으니 구하지 않을 수 없다." 하고서 이에 진나라 군사를 성보(城父)로 가서 구하려고 하였다. 제(齊)나라의 진걸(陳乞)이 명을 받아 도(荼)를 세운 고장(高張)과 국하(國夏)를 살해하려는 목적으로 우선 거짓으로 이들을 섬겨 그 도당이 되었다. 매일 조회에 나올 때면 꼭 그들의 수레에 함께 편승하여 기회를 따라 반드시 여러 대부들을 비방하여 말하기를, "그들은 모두 교만하니 아마 장차 두 분들의 명령을 듣지 않을 것입니다. 그들이 모두 말하기를, '고장과 국하 두 사람이 모두 임금의 마음을 얻고 있어 반드시 우리를 핍박하리니 왜 그들을 이산시키지 않는가?'라고 합니다. 저들이 반드시 두 분들을 도모할 것이니 두 분께서는 일찍이 그들을 도모하시되 도모하신다면 남김없이 소멸하는 것만 같지 못하며, 유예하여 늦추는 것은 아주 하등의 계책입니다."라고 하였다.

수사지주(隨絲蜘蛛)

줄 따르는 거미란 말로, 서로 헤어져서는 살지 못하고 늘 같이 따라 다니는 사람을 일컬음.

「旬五志」,

隨絲蜘蛛 言應隨之人 自不相離

줄 따르는 거미란 말은 응하여 따라가는 사람은 자연히 서로 떨어질 수 없다는 뜻이다.

수산복해(壽山福海)

수명장수와 많은 복을 축하하는 말.

「劉誠意集」,

壽山福海歌가 있음.

수삽의조(羞澁疑阻)

마음에 부끄러워 주저주저함. 또는 부끄러움으로 주저하여 단행하지 못함을 이르는 말.

수서양단(首鼠兩端)

두 길마 보기. 즉 쥐의 성질은 의심(疑心)이 많아 구멍에서 목을 내어 엿보며 나갈까 말까 망설인다는 데서 나온 말로, 양다리를 걸치고 정세를 살피고 있는 상태, 또는 결정을 짓지 못하는 애매한 상황을 일컫는 말. 수시양단(首施兩端) 또는 좌고우면(左顧右眄), 좌고우시(左顧右視), 좌우고면(左右顧眄)라고도 함.

「史記 魏其武安侯列傳」,

武安已罷朝 出止車門 召韓御史大夫載 怒曰 與長孺共一老禿翁 何爲首鼠兩端 韓御史良久謂丞相曰 君何不自喜夫魏其毁君 君當免冠解印綬歸 曰 臣以肺腑幸得待罪 固非其任 魏其言皆是如此 上必多君有讓 不廢君 魏其必內愧 杜門齰舌自殺 今人毁君 君亦毁人 譬如賈豎女子爭言 何其無大體也 武安謝罪曰 爭時急 不知出此

武安侯는 궁전에서 퇴출하여 止車門을 나서자 어사대부를 불러 수레에 태운 다음 화를 내면서 말했다. "長孺와 더불어 나이 먹은 대머리 늙은이(魏其侯)를 해치울 생각이었는데 어째서 쥐구멍에서 대가리를 내민 쥐처럼 양쪽의 기미만 살피는 거요?" 어사대부 韓安國은 잠시 침묵하고 생각하다가 승상에게 이렇게 말했다.

"승상께서는 어째서 자중하지 않으십니까? 대체로 위기후가 승상을 비난했을 때 승상께서는 마땅히 관을 벗고 인수를 끌러서 폐하에게 바치며 '신은 황실의 외척인 까닭으로 요행히 중책을 맡고 있습니다. 위기후가 하는 말은 모두가 옳은 말입니다.'라고 했어야 했던 겁니다. 그렇게 한다면 폐하께서는 승상께 겸양하는 마음이 있다고 가상히 여기실 것이고, 승상을 해임하는 일 같은 것은 하지 않으실 겁니다. 한편 위기후는 심히 부끄럽게 생각하고 문을 닫아걸고 들어앉아서 혀를 깨물고라도 자결했을 겁니다. 그런데 남이 승상을 헐뜯자 승상도 남을 헐뜯었습니다. 마치 장사치나 아녀자가 말다툼하는 것 같았습니다. 그렇게 분별없는 일이 있을까요?" 무안후는 자기의 무례했음을 사과하고 말했다. "서로 다투고 있을 때 조급한 나머지 미처 그런 꾀를 쓸 여유가 없었소."

* 長孺는 韓安國의 字임.

수석침류(漱石枕流)

물로 양치질하고 돌로 베개를 삼는다고 해야 할 것을, 돌로 양치질하고 흐르는 물로 베개를 삼는다고 하고서도 잘못이 아니라고 한 고사에서 나온 말로, 대단히 억지가 세거나 지기 싫어하는 마음이 강함을 비유한 말. 침류수석(枕流漱石)이라고도 함.

「晋書 孫楚傳」,

孫楚字子荊 才藻卓越 少時欲隱居 謂王濟曰 當云欲枕石漱流 誤云漱石枕流 濟曰 流非可枕 石非可漱 楚曰 所以枕流 欲洗其耳 所以漱石 欲礪其齒

孫楚의 字는 子荊으로 재주가 뛰어났다. 젊어서 隱居하기로 작정하고 王濟에게 이르되, '돌을 베고 흐르는 물로 양치질을 한다'는 말을 '돌로 양치질을 하고 흐르는 물을 베고 눕는다'고 잘못 말했다. 王濟 가로되, "흐르는 물은 벨 수가 없으며, 돌로는 양치질을 할 수가 없다." 孫楚 가로되, "흐르는 물을 베개한다는 것은 (옛날에 許由처럼)귀를 씻으려 했던 것이고, 돌로 양치질을 한다는 것은 이를 닦으려 하는 것일세."

수설불통(水泄不通)

경비가 몹시 엄중하여 비밀이 새어나가 못한다는 말.

수세지재(需世之才)

세상에 소용되어 등용될 만한 인재를 이르는 말.

수수방관(袖手傍觀)

팔짱을 끼고 그냥 보고만 있다는 뜻으로, 마땅히 해야 할 일을 무관심하게 바라보거나 내버려둠을 이름.

수수방원기(水隨方圓器)

백성의 선악(善惡)은 군주의 선악에 따름을 비유한 말.

「韓非子 外儲說篇」,

孔子曰 爲人君者 猶盂也 民猶水也 盂方水方 盂圜水圜

수시양단(首施兩端)

⇒수서양단(首鼠兩端) 참조.

수신제가(修身齊家)

몸과 마음을 닦고 집안을 다스리는 일을 말함.

「大學」,

欲齊其家者 先修其身

수야병촉(守夜秉燭)

밤새도록 촛불을 잡고 놓지 않는다
는 뜻으로, 학문에 몰두함을 이름.

수양산음　강동팔십리(首陽山陰江東八十里)

한 사람만 잘 되면 한 집안이나 친
척·친구들이 그의 덕을 입는다는 말.

수어지교(水魚之交)

⇒관포지교(管鮑之交) 참조.

* 물고기가 물을 얻어야 살 수 있는 것
과 같이 부부(夫婦)나 군신(君臣)의 관
계처럼 끊으려야 끊을 수 없는 친밀한
사이를 뜻한다. 오늘날에는 변치 않는
깊은 우정의 관계에 더 많이 쓰이고 있
음.

「三國蜀志 諸葛亮傳」,

先主與諸葛亮計事善之 情好日密 關
羽張飛等不悅 先主曰 孤之有孔明 猶
魚之有水 願勿復言

先主(유비)께서는 孔明과 함께 일을
도모하여 잘 처리하여, 정분이 두터
워져 침식을 같이할 정도였다. 그러
던 중 關羽와 張飛 등이 불평하자,
先主께서는 이렇게 말씀하셨다. "내
가 孔明을 만난 것은 물고기가 물을
만난 것과 같으니 두 번 다시 말하지
말라."

「烈女傳」,

桓公曰　甯戚擊牛角而商歌 桓公異之
使管仲迎之 甯戚稱曰 浩浩乎白水 管
仲不知所謂 不朝五日而有憂色 其妾婧
進曰 敢問國家之事耶 君之謀也 管仲
曰 公使我迎甯戚 甯戚曰 浩浩乎白水
吾不知其所謂 是故憂之 其妾笑曰 人
也語君矣 君不知識矣 古有白水之詩
詩不云乎 浩浩白水 儵儵之魚 君來召
我 我將安居 國家未定 從我焉如此 甯
戚之欲得仕國家也

「管子小問篇」,

桓公使管仲求甯戚 甯戚應之曰 浩浩
乎 育育乎 管仲不知 至中食而慮之 婢
子曰 詩有之 浩浩者水 育育者魚 未有
室家 而安召我居 甯子其欲室乎

수어지우(水魚之友)

⇒관포지교(管鮑之交) 참조.

수어혼수(數魚混水)

⇒일어탁수(一魚濁水) 참조.

수여쾌오(羞與噲伍)

범용(凡庸)한 사람들과 같은 자리에
서기를 달가워하지 않는다는 말.

* 한대(漢代)의 한신(韓信)이 번쾌(樊
噲)와 더불어 같은 행오(行伍)에 섬을
부끄러이 여겨 한 말.

수염여극(鬚髥如戟)

수염이 매우 꺼칠꺼칠한 남자란 뜻
으로, 용모가 당당한 남자를 이름.

수오지심(羞惡之心)

사단(四端)의 하나로, 자기의 잘못
을 부끄러워할 줄 알고 남의 착하지
못함을 미워하는 마음을 이르는 말.
⇒측은지심(惻隱之心)의 고사 참조.

수외혜중(秀外惠中)

용모도 매우 아름답고 총명함을 이
름. 수외혜중(秀外慧中)이라고도 함.

수욕정이 풍부지(樹欲靜而風不止)

부모님께 효도를 하고 싶지만 돌아
가셨기 때문에 봉양할 수 없음을 탄
식할 때 쓰는 말.

수용산출(水湧山出)

물이 샘솟듯이 나오고 산이 솟구친

다는 뜻으로, 시문을 짓는 데 재주가 비상함을 비유하여 이르는 말.

수우적강남(隨友適江南)

친구 따라 강남 간다는 뜻으로, 친구를 좋아하면 먼 곳이라도 따라감을 비유하는 말.

수원수구(誰怨誰咎)

'누구를 원망하고 탓하랴'의 뜻으로, 남을 원망하거나 책망할 것이 없다는 말. 수원숙우(誰怨孰尤)라고도 함.

수원숙우(誰怨孰尤)

⇒수원수구(誰怨誰咎) 참조.

수월폐화(羞月閉花)

⇒수화폐월(羞花閉月) 참조.

수유후곤(垂裕後昆)

좋은 법도를 후손에게 남긴다는 말.
「書經 仲虺之誥篇」,
以義制事 以禮制心 垂裕後見

수의야행(繡衣夜行)

⇒의수 야행(衣繡夜行) 참조.

수인사(修人事)

사람이 지켜야 할 일상의 예절을 이르는 말.

수인사대천명(修人事待天命)

사람으로서 할 수 있는 데까지 최선을 다하고 그 결과는 하늘이 하는 데에 맡긴다는 말.

수적석천(水滴石穿)

⇒토적성산(土積成山) 참조.
「鶴林玉露」,
一錢斬吏 一踐何足道 乃杖我〈中略〉
乘崖援筆 判曰 一日一錢則千日千錢
繩鋸木斷 水滴石穿也
* 북송(北宋) 때 숭양 현령(崇陽縣令)

에 장괴애(張乖崖)라는 사람이 있었다. 어느 날 그는 관아를 돌아보다가 창고에서 황급히 뛰어나오는 한 구실아치를 발견했다. 당장 잡아서 조사해 보니 상투 속에서 한 푼 짜리 엽전 한 닢이 나왔다. 엄하게 추궁하자 창고에서 훔친 것이라고 한다. 즉시 형리(刑吏)에게 명하여 곤장을 치라고 했다. 그러자 그 구실아치는 장괴애를 노려보며 이렇게 말했다. "이것은 너무 하지 않습니까? 사또, 그까짓 엽전 한 푼 훔친 게 뭐 그리 큰 죄라고." 이 말을 듣자 장괴애는 화가 머리끝까지 치밀었다. "네 이놈! 티끌 모아 태산이란 말도 못 들었느냐? 하루 한 푼이라도 천 날이면 천 푼이요, 물방울도 끊임없이 떨어지면 돌에 구멍을 뚫는다고 했다." 장괴애는 말을 마치자마자 층계 아래 있는 죄인 곁으로 다가가 칼을 빼어 목을 치고 말았다.
* 구실아치 - 각 관아에서 벼슬아치 밑에서 일을 보던 사람. 衙前. 吏屬. 胥吏. 小吏. 下典.

수적성천(水積成川)

⇒토적성산(土積成山) 참조.

수적천석(水滴穿石)

⇒토적성산(土積成山) 참조.

수적촌루(銖積寸累)

아주 적은 것도 쌓이면 많아진다는 뜻. 티끌 모아 태산과 같은 뜻.

수전로(守錢虜)

돈을 지나치게 모을 줄만 알고 쓸 줄 모르는 사람, 곧 구두쇠를 이르는 말.
「後漢書 馬援傳」,
馬援有牛馬羊數千頭 穀數萬斛 歎曰
殖貨財 貴能施販 否則守錢虜耳

수제조적(獸蹄鳥跡)

세상이 어지러워 새나 짐승의 발자취가 천하에 가득하다는 말.

「孟子 滕文公章句上 四」,

當堯之時 天下猶未平 洪水橫流氾濫
於天下 草木暢茂 禽獸繁殖 五穀不登
禽獸偪人 獸蹄鳥跡之道交於中國 堯獨
憂之擧舜而敷治焉 舜使益掌火 益烈山
澤而焚之 禽獸逃匿 禹疏九河 淪濟漯
而注諸海 決汝漢 排淮泗而注之江 然
後中國可得而食也 當是時也 禹八年於
外 三過其門而不入 雖欲耕得乎

요(堯) 임금 때에는 천하가 아직 안
정되지 않았다. 큰물이 아무 데나 흘
러서 온 천하에 범람하고 초목이 무
성하여 새와 짐승이 번식하고 5곡은
여물지를 않았다. 그리고 새와 짐승
이 사람에게 달려들어 해를 입히고
짐승의 발굽과 새의 발자국이 지나간
길이 나라 안 여기저기 얽혀 있었다.
요(堯) 임금이 그것을 혼자서 근심하
다가 순(舜) 임금을 등용하여 널리
다스리게 했다. 순(舜) 임금은 익
(益)으로 하여금 불을 맡아보게 했
다. 익(益)이 산과 늪지대에 불을 질
러서 태우니 새와 짐승이 도망쳐 숨
어 버렸다. 우(禹)가 아홉 강물 막힌
데를 뚫어 제수(濟水)와 탑수(漯水)
를 통하게 해서 그 물을 바다로 뽑고
여수(汝水)와 한수(漢水)를 터서 회
수(淮水)와 사수(泗水)로 통하는 물
길을 열어 그 물을 양자강으로 뽑아
냈다. 그렇게 한 후에 나라 안은 먹
고 살 수 있게 되었다. 그 당시 우
(禹)는 8년 동안이나 외지에서 살았
으며 세 차례나 자기 집 문앞을 지나
가면서도 들어가지 않았다. 하물며
그가 농사를 지으려고 했더라도 지을
수가 있었겠는가?

수족이처(手足異處)

⇒두족이처(頭足異處) 참조.

수족지애(手足之愛)

형제를 손과 발에 비유한 말로, 곧
형제간의 우애를 이르는 말.

「禮記」,

骨肉之恩 手足之愛

「後漢書 袁譚傳」,

兄弟者左右手也

수죄구발(數罪俱發)

한 사람이 저지른 여러 가지 죄과가
한꺼번에 드러남을 이르는 말.

수주대토(守株待兎)

⇒각주구검(刻舟求劍) 참조.

* 융통성이 없는 어리석은 행위를 일컫
는 말. 유사한 뜻.

「韓非子 五蠹篇」,

宋人有耕田者 田中有株 兎走 觸走折
頸以死 因釋其耒而守柱 冀復得兎 兎
不可得 而身爲宋國笑 今欲以先王之政
治當世之民 皆守株之類也

송나라에 밭을 갈던 한 농부가, 토
끼 한 마리가 달려가다 나무 그루터
기에 걸려 넘어져 목이 부러져 죽는
것을 보더니만, 그 다음부터는 아예
쟁기를 놓고 나무 그루터기에 숨어
토끼가 오기만을 기다렸으나, 다시는
토끼가 오지를 않아 잡지도 못하고,
宋나라 사람들의 웃음거리만 되었다.
오늘날, 先王이 당시의 백성을 다스
린 것을 이 宋나라 사람이 나무 그루
터기를 지켰던 것과 같다고 했다.

「梁武帝의 圍棊賦」,

或龍化而超絶 或神變而獨悟 勿膠株

以調瑟專守株而待兎

수즉다욕(壽則多辱)

　오래 살면 욕됨이 많다는 말로, 오래 살수록 망신스러운 일을 많이 겪게 된다는 말.
『莊子 天地篇』,
　堯觀乎華 華封人曰 嘻聖人請祝聖人 使聖人壽 堯曰辭 使聖人富 堯曰辭 使聖人多男子 堯曰辭 封人曰 壽富多男子人之所欲也 汝獨不欲何邪 堯曰多男子則多懼 富則多事 壽則多辱 是三者非所以養德也 故辭 封人曰始也我以汝爲聖人邪 今然君子也 天生萬民必授之職 多男子而授之職則何懼之有 富而使人分之則何事之有 夫聖人鶉居而鷇食 鳥行而無彰 天下有道則與物皆昌 天下無道則修德就閒 千歲厭世去而上僊 乘彼白雲至於帝鄉 三患莫至身常無殃 則何辱之有 封人去之 堯隨之曰請問 封人曰退已

　요(堯)임금이 화(華) 땅에 놀러갔었는데, 화 땅의 경계지기(封人)가 말하였다. "아아, 성인이시여, 청컨대 성인을 위하여 빌어 성인으로 하여금 오래 살도록 하게 해 주십시오."
　요임금이 말하였다. "사양하겠소."
　"성인이 부자가 되도록 빌게 해 주십시오."
　"사양하겠소."
　"성인으로 하여금 많은 아들을 낳도록 빌게 해 주십시오."
　"사양하겠소."
　그러자 경계지기가 말하였다. "오래 살고 부자가 되고 아들을 낳는 것은 사람들이 바라는 바입니다. 당신께서 홀로 바라지 않으시니 어찌 된 일입니까?"

　요임금이 말하였다. "아들이 많으면 근심이 많아지고, 부자가 되면 일이 많아지고, 오래 살면 욕된 일이 많아지오. 이 세 가지 것들은 德을 기를 수 있는 것들이 못 되기에 사양한 것이오."
　경계지기가 말하였다. "처음에 나는 당신을 성인이라고 생각했습니다. 지금 보니 군자 정도이시군요. 하늘은 萬民을 낳으시고 반드시 그들에게 職分을 줍니다. 아들이 많다 하더라도 그에게 직분이 주어지는데 무슨 근심이 있겠습니까? 부자가 된다 하더라도 사람들로 하여금 나누어 갖도록 한다면 무슨 일이 있겠습니까? 성인이란 메추리처럼 일정한 거처도 없고, 병아리처럼 부실하게 먹으면서도 새처럼 날아다니며 행적도 남기지 않습니다. 천하에 올바른 道가 행해지면 모두와 함께 번창하지만, 천하에 道가 행해지지 않을 때에는 德이나 닦으면서 한가히 지냅니다. 천 년이나 세상을 피해 살다가 세상을 떠나 神仙 세상으로 올라갑니다. 하늘의 흰 구름을 타고서 하느님 계신 고장으로 가는 거지요. 앞의 세 가지가 患難으로서 닥쳐 올 수가 없으며 몸에 언제나 災殃이 없습니다. 그런데 무슨 욕된 일이 있겠습니까?"
　그리고는 경계지기가 떠나가자 요임금이 뒤쫓아가면서 말했다. "가르침을 바랍니다."
　경계지기는, "물러가시오."하고 대답할 뿐이었다.
＊ 얼른 보면 오래 살고 부자가 되고 많은 아들을 갖는다는 일반 사람들의 욕망을 부정하는 요임금의 태도가 성인에

가까운 듯하다. 그러나 요임금의 그러한 태도는 자연스럽지 못하기 때문에 성인이라 할 수 없다는 것이다.

* 봉인(封人: 경계지기) - 국경을 수비하는 관리. 평시에는 한직(閒職)이므로 세상을 피해 살고자 하는 사람들이 이것을 이용하는 경우가 많았던 것 같다.

수지오지자웅(誰知烏之雌雄)

까마귀의 암수는 비슷하여 구별하기 어렵다는 뜻으로, 비슷하여 분간이 잘 안 됨을 비유하여 이르는 말.

「詩經 小雅 正月」,

謂山蓋卑 아무리 산이 낮다 하여도,

爲岡爲陵 뫼와 능이 있거니,

民之訛言 사람들의 거짓 소문,

寧莫之懲 왜 막으려 하지 않나.

召彼故老 옛 노인들도 불러오고,

訊之占夢 해몽점을 물어보니,

具曰予聖 모두가 말하기를 제가
　　　　　성인입네 하니,

誰知烏之雌雄 까마귀 암컷 수컷 뉘
　　　　　알아 내리.

* 나라의 정치가 세도가에 의하여 어지러워짐을 풍자한 노래.

수지청즉무어(水至淸則無魚)

⇒수청무대어(水淸無大魚) 참조.

수질승 가하증(雖疾僧袈何憎)

'중이 밉기로 가사까지 미우랴'의 뜻으로, 한 사람 때문에 노한 분노를 다른 사람에게 옮김이 불가하다는 말.

「靑莊館全書」,

수차매목(手遮妹目)

손으로 시누이의 눈을 가린다는 뜻으로, 부정을 저지르고 탄로나지 않도록 잔꾀를 부림을 비유하는 말. 이

겸차안(以鎌遮眼)이라고도 함.

「醒睡稗說」,

옛날에 한 여자가 남편이 출타한 사이에 간부와 동침하다가 날이 새는 것도 몰랐다. 그런데 시누이가 마당을 쓸고 있으니 간부가 나갈 수가 없었다. 그래서 여자가 살금살금 시누이 뒤로 다가가서 두 손으로 눈을 가리고, '누군지 알아맞혀 보라'고 수작을 걸었다. 그 틈에 간부는 줄행랑을 쳤다는 이야기.

수천방불(水天髣髴)

멀리 바다와 하늘이 이어져 구분할 수 없다는 말.

수청무대어(水淸無大魚)

물이 아주 맑으면 고기가 살 수 없음과 같이, 사람이 너무 고지식하고 명찰(明察)하면 남이 꺼려하여 벗이 없음을 비유한 말. 수지청즉무어(水至淸則無魚) 또는 수청무어(水淸無魚)라고도 함.

「後漢書 班超傳」,

任尙代爲都護 請敎 超曰 君性嚴急 水淸無大魚 宜蕩佚簡易

(후한 시대 초엽 반초(班超)라는 무장(武將)이 있었다. 반초는 2대 황제인 명제(明帝) 때 끊임없는 활약 끝에 한(漢)나라의 위세를 크게 떨쳤다. 반초는 그 공으로 4대 화제(和帝) 때 서역 도호부(西域都護府)의 도호(都護)가 되어 정원후(定遠侯)에 봉해졌다. 도호의 직책은 한나라의 도읍 낙양에 왕자를 인질로 보내어 복속을 맹세한 서역 50여 나라를 감독·사찰하여 이반(離叛)을 방지하는 것이었다. 반초가 대과(大過) 없이

소임을 다하고 귀국하자) 후임 도호로 임명된 임상(任尙)이 서역을 다스리는 데 유의할 점을 물었을 때, 반초는 이렇게 대답했다. "자네 성격이 너무 결백하고 조급한 것 같아 그게 걱정이네. 원래 물이 맑으면 큰 물고기가 살지 않는 법이야. 마찬가지로 정치도 너무 엄하게 서두르면 아무도 따라오지 않네. 그러니 사소한 일은 덮어두고 대범하게 다스리도록 하게나."

* 임상은 반초의 말이 너무도 평범하다고 생각하여, 조언을 무시한 채 소신대로 다스리다가 결국 실패하게 된다. 그 결과 서역 50여 나라는 모두 한나라를 이반하게 되고 따라서 서역 도호부도 폐지되었다.

수청무어(水淸無魚)

⇒수청무대어(水淸無大魚) 참조.

수하석상(樹下石上)

나무 아래와 돌의 위라는 뜻에서, 산이나 들 길바닥 따위에 머물러 잔다는 뜻으로 출가한 몸. 또 불교에서의 수행을 이르는 말.

수학무조(修學務早)

학문은 기억력이 왕성한 청소년 시절에 해야 한다는 말.
「抱朴子」,
蓋少則志一而難忘　長則神放而易失
故修學務早

수화무교(水火無交)

⇒수화불통(水火不通) 참조.

수화불통(水火不通)

물과 불이 어울리지 않는 것처럼 친교(親交)가 이루어질 수 없음을 이르는 말. 불통수화(不通水火) 또는 수화무교(水火無交)라고도 함.
「漢書 孫寶傳」,
杜門不通水火

수화상극(水火相克)

물과 불은 서로 용납하지 않는다는 뜻으로, 서로 어울릴 수 없는 속성 때문에 원수같이 대함을 비유하여 이르는 말.

수화지재(隋和之材)

천하의 귀중한 보배란 뜻으로, 뛰어난 인재(人材)를 비유하는 말.
「司馬遷위 書」,
雖林懷隋和行若由夷 終不可以爲榮
* 由夷는 許由와 伯夷를 가리킴.
* 수(隋)는 수후(隋侯)의 구슬(珠), 화(和)는 화씨(和氏)의 구슬(璧)에서 나온 고사.

수화폐월(羞花閉月)

꽃도 부끄러워하고 달도 숨어 버렸다는 뜻으로, 미인의 모습이 곱고 아름다움을 비유하여 이르는 말. 수월폐화(羞月閉花)라고도 함.

수희지루(隨喜之淚)

기쁨에 넘친 눈물을 이르는 말.
「法華經 隨喜功德品」,
世尊說是法 我等皆隨喜

숙독완미(熟讀玩味)

익숙하도록 읽어 뜻을 깊이 음미함을 이르는 말.

숙려단행(熟慮斷行)

충분히 생각한 끝에, 과감하게 실행함을 이르는 말.

숙록비(熟鹿皮)

부드럽게 익힌 사슴의 가죽이란 뜻
으로, 성질이 유순한 사람을 비유하
여 이르는 말.

숙록비대전(熟鹿皮大典)

숙록비는 어느 쪽이나 잡아당기는
대로 늘어나기 때문에 일정한 표준이
없다는 데서 법을 다루는 사람이 원
칙대로 공평하게 처리하지 않고 제멋
대로 다룬다는 뜻.

숙맥(菽麥)

⇒숙맥불변(菽麥不辨) 참조.

숙맥불변(菽麥不辨)

콩인지 보리인지 분간할 줄 모른다
는 뜻으로, 매우 어리석은 사람을 비
유하는 말. 불변숙맥(不辨菽麥)이라고
도 하고, 숙맥(菽麥)만으로도 쓰임.
「左傳」,
固子有兄弟而無慧 不能辨菽麥

숙불환생(熟不還生)

익힌 음식은 날것으로 되돌아갈 수
없다는 뜻으로, 이왕 마련한 음식이
니 먹어 치우자고 할 때, 하는 말.

숙수지공(菽水之供)

가난한 중에도 부모를 잘 섬긴다는
말.

숙수지환(菽水之歡)

콩죽과 물로써 연명하는 빈한한 처
지에서 부모님께 효도함을 이름. 철
숙음수(啜菽飲水)라고도 함.
「禮記 檀弓 下」,
子路曰 傷哉貧也 生無以爲養 死無以
爲禮也 孔子曰 啜菽飲水 盡其歡 斯之
謂孝 斂首足形 還葬而無槨稱其財 斯
之謂禮
子路가 말하기를, "가슴이 아프다

집이 가난함이여, 어버이 살아 계셨
을 때는 봉양할 것이 없었고, 세상을
떠나셨을 때는 예법을 갖출 수 없었
다." 孔子가 위로하면서 말하기를,
"콩죽을 먹고 물을 마시게 해도 그의
마음을 기쁘게 함을 극진히 한다면
이것을 효도라고 한다. 또 겨우 그
머리와 발을 염(斂)하고 빨리 장례를
치르며, 곽(槨)도 쓰지 못하더라도
그 예식이 재산에 걸맞는다면 이것을
예법이라고 하는 것이다."고 했다.
* 이 節은 아들의 어버이를 위한 효도
는 자기 집의 형세에 따라 알맞게 하면
그만이라는 것을 말한 것이다. 즉, 마음
을 기쁘게 하는 것이 효도의 근본이고,
정성을 다하는 것이 예의 근본이란 것
을 말한 대목임.

숙습난당(熟習難當)

무슨 일에나 익숙해서 몸에 밴 사람
에게는 당해 내지 못한다는 뜻.

숙습난방(熟習難防)

몸에 밴 습관은 고치기 어렵다는
말.

숙시숙비(熟是熟非)

누가 옳고 그른지가 분명치 않음을
이르는 말.

숙야(夙夜)

⇒숙흥야매(夙興夜寐) 참조.

숙야비해(夙夜非懈)

밤낮을 가리지 않고 부지런하여 조
금도 게으름이 없음을 이르는 말.

숙야재공(夙夜在公)

관리가 이른 아침부터 밤늦게까지
근무함을 이르는 말.
「詩經 魯頌有駜篇」,

有駜有駜 駜彼乘黃 夙夜在公 在公明
明

숙인군자(淑人君子)

착한 군자를 이르는 말.
「詩經」,
淑人君子 其儀一兮

숙일수음 급일하류(宿一樹陰汲一河流)

사소한 인연을 뜻함.
「說法明眼論」,
宿一樹陰 汲一河流 一夜同宿 一日夫
妻 皆是先世結緣

숙집개발(宿執開發)

전세(前世)에 이어진 인연이, 현세
(現世)에 나타나 열매맺음을 이르는
말.

숙호충본(宿虎衝本)

⇒숙호충비(宿虎衝鼻) 참조.

숙호충비(宿虎衝鼻)

자는 범 코침 주기란 말로, 가만
히 두면 무사할 것을 공연히 잘못
건드려서 일을 저질러 화를 초래
한다는 말. 숙호충본(宿虎衝本)이라
고도 함.
「旬五志」,
宿虎衝本 言誤觸而取患
자는 범에게 코침을 준다는 말은 잘
못 건드려서 화를 초래한다는 뜻이다.
「耳談續纂」,
虎之方睡 莫觸其鼻 言不可挑禍也
호랑이가 잠자고 있을 때 그 코를
건드리지 말라는 것은 공연히 화를
자초하지 말라는 말이다.

숙흥숙매(夙興夙寐)

⇒숙흥야매(夙興夜寐) 참조.

숙흥야매(夙興夜寐)

아침에 일찍 일어나고 밤에 늦게 잔
다는 뜻으로, 근면하게 생활함을 이
르는 말. 숙흥숙매(夙興夙寐), 숙흥야
침(夙興夜寢)이라고도 하고, 숙야(夙
夜)만으로도 쓰임.
「詩經 小雅 小宛篇」,
夙興夜寐 無忝爾所生

숙흥야침(夙興夜寢)

⇒숙흥야매(夙興夜寐) 참조.

순갈즉치한(脣竭則齒寒)

⇒순망치한(脣亡齒寒)과 같은 말.

순갱노회(蓴羹鱸膾)

고향의 맛·고향에 대한 그리운 마
음을 누르기 어려움을 비유하는 말.
「晉書 張翰傳」,
* 蓴은 식용 물풀, 羹은 국, 鱸는 농어,
膾는 생선회.

순결무구(純潔無垢)

마음과 몸가짐이 아주 깨끗하여 조
금도 더러운 티가 없음을 이르는 말.

순망치한(脣亡齒寒)

입술이 없으면 이가 시리다는 뜻으
로, 서로 이해관계가 밀접하여 가까운
두 사람 중에서 한 사람이 망하면 다
른 한 사람도 그 영향을 받게 됨을 비
유한 말. 거지양륜(車之兩輪) 또는 순갈
즉치한(脣竭則齒寒), 순치지국(脣齒之
國), 조지양익(鳥之兩翼)이라고도 함.
「左傳 僖公五年」,
晉侯復假道於虞以伐虢 宮之奇諫曰
虢虞之表也 虢亡虞必從之 諺所謂輔車
相依 脣亡齒寒者 其虞虢之謂也
晉의 獻公이 虢(괵)을 치기 위해 虞
나라의 길을 빌리고자 할 때, 宮之奇

라는 신하가 (우공에게) 諫言하기를, "虢은 虞와 일치하므로 虢이 망하면 虞도 망할 것입니다. 옛말에 이르기를, '덧방나무와 수레는 서로 의지하고, 입술이 없으면 이가 시리다'고 한 것은 바로 虞와 虢을 두고 한 말입니다.

순모첨동(詢謀僉同)

여러 사람의 의견이 일치함을 이르는 말.

순식지간(瞬息之間)

눈 한 번 깜박일 사이라는 말로, 매우 짧은 동안을 이르는 말.

「杜詩」,

得失瞬息之間

순응병진(順應竝進)

순순히 응하여 따라 나아감을 이르는 말.

순이안지(順而安之)

편안함을 얻는 것은 순순히 도를 따르는데 있다는 말.

「忠經 守宰」

人莫不欲安 順而安之 莫不欲富 君子教而富之

순일무잡(純一無雜)

전연 섞인 것이 없음. 또는 꾸밈이나 간사스러운 생각이 없는 상태를 이르는 말.

순진무구(純眞無垢)

마음이 순박하고 깨끗하며 꾸밈이 없음을 이르는 말.

순차무사(順且無事)

일이 순조롭게 잘 되어 아무 탈이 없음을 이르는 말.

순천자존(順天者存)

천리(天理)에 따르는 자만이 오래 존재한다는 말.

「孟子 離婁上」,

順天者存 逆天者亡

순치보거(脣齒輔車)

⇒보거상의(補車相依) 참조.

순치상의(脣齒相依)

⇒보거상의(補車相依) 참조.

순치지국(脣齒之國)

⇒순망치한(脣亡齒寒) 참조.

순치지세(盾齒之勢)

⇒보거상의(補車相依) 참조.
⇒순망치한(脣亡齒寒)의 고사 참조.

순풍만범(順風滿帆)

돛이 뒤에서 부는 바람을 받아서, 배가 잘 달리는 모양을 이르는 말.

순풍미속(淳風美俗)

인정이 두텁고 아름다운 풍속을 이르는 말.

순풍이호(順風而呼)

바람이 부는 방향으로 소리지른다는 뜻으로, 좋은 기회를 타서 일을 행하면 성사(成事)하기 쉬움을 이름.

「荀子 勸學篇」,

順風而呼 聲非加疾也 而聞者彰

술자지능(述者之能)

①문장의 우열은 그 지은이의 능력에 달렸다는 말. ② 일의 잘잘못은 그 사람의 수단에 달렸다는 뜻.

숭덕변혹(崇德辨惑)

덕을 숭상하게 하고 미혹됨을 분별한다는 말.

숭악강신(嵩嶽降神)

⇒농장지경(弄璋之慶) 참조.
「范傳正의 翰林學士李公新墓碑」,
銘曰 嵩嶽降神 是生輔臣

슬갑도적(膝甲盜賊)

남의 시문(詩文)의 글귀를 따다가
고쳐서 글을 짓는 사람을 이르는 말.

슬양소배(膝癢搔背)

무릎이 가려운데 등을 긁는다는 뜻
으로, 이론 따위가 도리에 맞지 않음
을 비유하여 이르는 말.

슬처곤중(蝨處褌中)

이〔蝨〕가 속곳 속에 숨어 있다는 뜻
으로, 식견(識見)이 좁고 일시의 안
일을 탐하는 사람을 비유하여 이르는
말.
「晉書 阮籍傳」,
群虱之處褌中 逃乎深縫 匿乎壞絮 自
以爲吉兆也

슬처두이흑(虱處頭而黑)

흰 이가 머리카락 속에 있으면 검어
진다는 뜻으로, 사람도 사귐에 따라
변한다는 말.
「文選」,
虱處頭而黑 麝食相而香

습숙견문(習孰見聞)

늘 보고 듣고 하여 익히 안다는 말.

습여성성(習與性成)

어떤 습관이 몸에 젖어 아주 천성적
인 것처럼 되어 버림. 습관은 제2의
천성이라는 뜻.

승관발재(昇官發財)

지위나 벼슬이 높을수록 재물도 그
만큼 더 는다는 뜻.

승당입실(升堂入室)

마루에 올라 방으로 들어온다는 뜻
으로, ①모든 일은 순서가 있음을 이
르는 말. ②학문이 점점 깊어짐을 비
유하여 이르는 말.
「論語 先進」,
子曰 由之瑟 奚爲於丘之門 門人不敬
子路子曰 由也升堂矣 未入於室也

승두세서(蠅頭細書)

파리의 머리만큼 작고 가는 글자를
이르는 말.
「南史 齊衡陽王鈞傳」,
鈞常手自細書 寫五經 部爲一卷 置於
巾箱中 以備遺忘 侍讀衛玠問曰 殿下
家自有墳索 何須蠅頭細書別藏巾箱中

승란불상(乘亂不祥)

자기의 목적달성을 위해 남의 불행
이나 혼란을 틈타서 일을 꾀하는 것
은 상서롭지 못하다는 말.

승병사수(勝兵似水)

물은 조용하고 부드럽지만 태산을
무너뜨리는 잠재력이 있는 것처럼,
필승의 군대는 물과 같은 저력을 가
지고 있다는 말.
「雜書 尉繚子」
勝兵似水 夫水至柔弱者也 怨所觸 丘
陵必爲之崩 無異也

승부병가상사(勝負兵家常事)

승부는 전쟁에서 항상 있는 일이라
는 뜻.

승상접하(承上接下)

윗사람을 받들고 아랫사람을 거느려
서 그 사이를 잘 주선한다는 말.

승승장구(乘勝長驅)

싸움에 이긴 여세를 타고 계속 몰아 침을 이르는 말.

「後漢書 光武記」,

乘勝輕進

승안접사(承顔接辭)

안색을 살피고 비위를 맞추며 상대 방의 말에 응수함을 이르는 말.

「漢書 雋不疑傳」,

不疑 勃海人也 暴勝之爲直指 使者索 聞不疑賢 諸與相見 不疑曰 竊伏海瀕 聞暴公子威名舊矣 今乃承顔接辭

승추척보(繩趨尺步)

거동에 법도가 있음을 이르는 말.

승풍파랑(乘風破浪)

바람을 타고 만 리의 거센 물결을 헤쳐 간다는 뜻으로, 원대한 뜻이 있 음을 이르는 말.

승흥이래(乘興而來)

흥이 나서 왔다가 흥이 다하여 물러 간다는 뜻으로, 마음이 외물(外物)의 속박에서 벗어날 때 진실한 쾌락을 맛볼 수 있다는 말.

「世說新語任誕」,

便夜乘小船詣之 經宿方至 造門前而 反 人問其故 徽之曰 本乘興而來 興盡 而反何必見安道

시가내이(試可乃已)

먼저 능불능(能不能)을 시험하고 취 사(取捨)한다는 말

시각대변(時刻待變)

오로지 임종을 기다리고 있는 시각 이라는 뜻으로, 병세가 퍽 급하고 위 중하게 된 상태를 이르는 말.

시교수축(豕交獸畜)

사람 대우를 예(禮)로써 하지 않음 을 비유하는 말.

「孟子 盡心章句上 三十七」,

孟子曰 食而弗愛豕交之也 愛而不敬 獸畜之也 恭敬者幣之未將者也 恭敬而 無實君子不可虛拘

맹자 가로되, "밥을 주면서 사랑하 지 않으면 돼지로 여기고 사귀는 것 이요, 사랑하면서 공경하지 않으면 짐승으로 여기고 기르는 것이다. 공 경이라는 것은 폐백(幣帛)을 바치지 않았을 때부터 갖는 마음이니, 겉으 로 공경하면서 그 실상이 없으면 군 자는 헛되이 머물러 있을 수 없는 것 이다."

시금석(試金石)

금의 진가를 알아보는 돌이란 뜻이 니, 곧 어떤 가치나 실력을 알아보는 기회나 사물을 이르는 말.

시기상조(時機尙早)

아직 시기가 이르다는 말.

시덕자창(恃德者昌)

덕에 의지하는 사람은 더욱 번영한 다는 말.

「史記 商君傳」,

恃德者昌 恃力者亡

시도지교(市道之交)

이익이 있고 없음에 따라 이합집산 (離合集散)하는 시정(市井) 장사꾼들 의 교제를 뜻하는 말.

「史記 廉頗傳」,

天下以道交 君有勢我則從君 君無勢 則去

시랑당로(豺狼當路)

승냥이와 이리 같은 악인이 중요한

지위를 차지하고 마음대로 권리를 부림을 이르는 말.

「後漢書 張綱傳」,

孝順帝時 遣使者八人 分行州郡 張網獨埋車輪於洛湯都亭曰 豺狼當路 安問狐狸 遂入朝劾奏大將軍梁冀兄弟不法

시례지훈(詩禮之訓)

백어(伯魚아)가 아버지인 공자(孔子)로부터 시(詩)와 예(禮)를 배워야 하는 까닭을 듣고 당장 배웠다는 고사에서 나온 말로, 아들이 아버지에게 배운 교훈을 이르는 말.

「論語 季氏」,

曰學禮乎 對曰 未也 不學禮 無以立 鯉退而學禮 聞斯二者 陳亢退而喜曰 問一得三 聞詩禮 又聞君子之遠其子也

시문서화(詩文書畵)

시와 글과 글씨와 그림을 통칭하여 이르는 말.

시민여상(視民如傷)

백성 보기를 아픔 같이 함. 즉, 임금이 백성을 지극히 애무(愛撫)함을 이르는 말.

「孟子 離婁 下」,

文王視民如傷

시민여자(視民如子)

임금이 백성을 지극히 사랑함을 이르는 말.

「新書」,

鄒穆公 親賢以定國 視民如子

시불가실(時不可失)

절호의 기회를 놓치지 말라는 뜻.

시비곡직(是非曲直)

일의 옳고 그름을 이르는 말.

시비선악(是非善惡)

옳고 그름 및 선함과 악함을 이르는 말.

시비지단(是非之端)

시비가 일어난 실마리를 이르는 말.

시비지심(是非之心)

사단(四端)의 하나로, 옳고 그른 것을 가릴 줄 아는 마음을 이르는 말. ⇒측은지심(惻隱之心)의 고사 참조.

시비총중(是非叢中)

'시비로 말썽이 많은 가운데'의 뜻.

시비파류(是非頗謬)

일의 선악 판단에 오류가 큼을 뜻함.

「漢書 司馬遷傳贊」,

又是非頗謬於聖人

시사약귀(視死若歸)

죽음을 마치 집에 돌아가는 것처럼 대수롭지 않게 여김.

「韓非子」,

三軍旣成陣 使士視死若歸

시사여생(視死如生)

죽음을 두려워하지 않는다는 말.

「莊子」,

自刃交於前 視死如生者 烈士之勇也

시산혈하(屍山血河)

시체가 산을 이루고 피가 강을 이뤘다는 뜻으로 많은 사람이 죽음을 이르는 말.

시수지전(時羞之奠)

제 철의 제수(祭需)로 제사지냄을 뜻함.

「韓愈의 祭十二郞文」,

乃能銜哀致誠 使建中遠具時羞之奠告

汝十二郎之靈

시시각각(時時刻刻)

시간마다. 때때로. 경경각각(頃頃刻刻)이라고도 함.

시시비비(是是非非)

공평무사하게 옳고 그름을 판단하는 일.

「荀子 修身」,
是是非非謂之知 非是是非非謂之愚

옳은 것을 옳다 하는 것, 그것은 바로 아는 것이요, 옳은 것을 그르다 하고 그른 것을 옳다 함은 어리석음이니라.

시심(豕心)

부끄러움도 모르고 음식을 탐낸다는 말.

「左傳 昭公二十八年」,
實有豕心

시야비야(是耶非耶)

옳고 그름을 따짐. 또는 시비(是非)가 분명치 않음을 이르는 말. 왈시왈비(曰是曰非)라고도 함.

「史記 伯夷傳」,
所謂天道是耶非耶

시약초월(視若楚越)

서로 멀리하고 돌아보지 않는다는 말.

시어다골(鰣魚多骨)

맛 좋은 준치에는 가시가 많은 것처럼, 좋은 일에는 방해가 낀다는 말.

시오지심(猜惡之心)

샘을 내고 미워하는 마음을 이름.

시옹지정(時雍之政)

세상을 화평하게 잘 다스린다는 말.

「漢書 功臣表」,
昔唐以萬國 致時雍之政

시용승수환이두수(始用升授還以斗受)

되로 주고 말로 받는다는 뜻.

시우지화(時雨之化)

은혜가 온 세상에 두루 미침을 뜻함.

「孟子 盡心章句 上」,
君子之所以教者五 有如時雨之化者

시월지간(時月之間)

2·3개월간이라는 뜻.

「後漢書」,
陳藩等相謂曰 時月之間 不見黃生 鄙吝之萌 復存乎心矣

＊ 黃生 - 黃憲을 가리킴

시위소찬(尸位素餐)

직책을 다하지 못하면서 한갓 자리를 차지하고 녹만 받아먹음을 이르는 말.

「漢書 朱雲傳」,
雲曰 今朝廷大臣 上不能匡主 下亡以益民 皆尸位素餐

시유별재(詩有別才)

시재(詩才)는 학문의 깊고 얕음에 관계없는 별개의 것이라는 뜻.

「滄浪詩話」,
詩有別才 非關書也 詩有別趣 非關理也 然非多讀書多窮理 則不能極其至

시유사불(詩有四不)

시를 짓는 데 삼가야 할 네 가지 요소.

「詩式」,
氣高而不怒 怒則失於風流 力勁而不露 露則傷於斤斧 情多而不暗 暗則蹶於拙 鈍 才瞻而不疎 疎則損於筋脈

시이불견(視而不見)

시선이 물건 쪽으로 향하였을 뿐 마음은 다른 데 있어서 보이지 않음. 또는 보고 있으나 알지 못함을 이르는 말.
⇒청이불문(聽而不聞)의 고사 참조.

시이사왕(時移事往)

세월이 지나고 사물이 바뀜을 이르는 말.

시이세환(時移世換)

세월이 흘러 세상이 바뀜을 이르는 말.
「雜書 剪燈新話」,
湖山如故 風景不殊 但時移世換

시재시재(時哉時哉)

좋은 때를 만나 기뻐하여 감탄하는 말. 시호시호(時乎時乎)라고도 함.

시재현상 불가불발(矢在弦上不可不發)

일을 착수하면 도중에서 중지하지 않는다는 뜻.
「太平御覽卷吳百九十七」,
太祖平鄴 謂陳林曰 君昔作檄文但可罪狀孤而已 惡止其身 何乃上及父祖邪 琳謝罪曰 矢在弦上 不可發曹公愛期才而不責之

시정지도(市井之徒)

일반 대중, 시민, 또는 불량배를 이르는 말.
「舊唐書 李密傳」,
樊噲市井徒 蕭何刀筆吏 一朝時運會千古傳名謚

시정지신(市井之臣)

일반 서민을 일컫는 말.
⇒초망지신(草莽之臣)의 고사 참조.

시정지인(市井之人)

시중(市中)의 속인(俗人)을 이름.
「史記 刺客前」,
政 市井之人

시종여일(始終如一)

처음부터 끝까지 변함없이 한결같음. 시종일관(始終一貫), 종시일관(終始一貫)이라고도 함.

시종일관(始終一貫)

⇒시종여일(始終如一) 참조.

시주걸립(施主乞粒)

중이 시주의 겉곡식이나 돈을 얻으려고 그 집 문 앞에서 하는 걸립을 이르는 말.

시호성삼인(市虎成三人)

⇒삼인언시유호(三人焉是有虎) 참조.

시호시호(時乎時乎)

⇒시재시재(時哉時哉)의 고사 참조.

식불감미(食不甘味)

근심 걱정이 많아서 음식을 먹어도 맛이 없다는 말.

식불이미(食不二味)

일상적인 식사 때 반찬을 두 가지 이상 놓지 않음, 즉 검약(儉約)한다는 말.
「左傳」,
昔闔廬食不二味 居不重席

식색성야(食色性也)

식욕과 성욕은 사람의 본성이라는 말.

식소사번(食少事煩)

먹을 것(생기는 소득)은 적고 할 일은 많음을 이르는 말.

식송망정(植松望亭)

솔 심어 정자란 뜻으로, 작은 일을 하여도 큰 일을 바라보고 한다는 말.

식시무자 재호준걸(識時務者在乎俊傑)

시대의 흐름과 시대의 시급함을 아는 사람이 재능과 인격의 소유자라는 말로, 곧 어리석은 사람은 시대의 흐름에 어둡다는 뜻.

「三國志 蜀書」,

于襄陽記日 劉備以世事 訪司馬德操 德操日 儒生俗士 豈識時務 識時務者 在乎俊傑

식언(食言)

한번 뱉은 말을 먹는다, 또는 음식이 입안에서 없어지는 것과 같다는 뜻으로, 약속한 말을 지키지 않는다는 말.

「書經 湯誓篇」,

爾尙輔予一人 致天之罰 予其大賚汝 爾無不信 朕不食言 爾不從誓言 予則 孥戮汝 罔有攸赦

너희 모두 나 한 사람을 도와 하늘의 벌을 극진히 하라. 내 너희에게 보답을 크게 주리라. 너희는 믿지 아니하지 말아라. 너희 誓言을 좇지 아니하면, 내 너희 妻子까지 죽여 영사할 바를 두지 아니하리라.

* 湯誓 - 湯王이 군사를 일으켜 夏의 桀主를 치는데 있어 그 취지를 많은 사람들에게 선언한 내용임.

「左傳 哀公 二十五年」,

六月 公至自越 季康子孟武伯 逆於五梧 郭重僕 見二子日 惡言多矣 君請盡之 公宴於五梧 武伯爲祝 惡郭重日 何肥也 季孫日 請飮彘也 以魯國之密邇 仇讎 臣是以不獲從君 克免於大行 又

請重也肥 公日 是食言多矣 能無肥乎 飮酒不樂 公與大夫始有惡

六月에 애공(哀公)이 월(越)나라로부터 돌아오자 季康子와 孟武伯이 오오(五梧)에 나와서 영접하였다. 애공의 수레를 郭重이 시종하였는데 그는 季씨와 孟씨 두 사람을 먼저 만나고 나서 哀公을 뵙고 말하기를, "저 季씨와 孟씨 두 사람들의 비방하는 말이 많으니, 임금께서는 자세히 관찰하셨다가 대처하는 도리를 다하시기 바라나이다."라고 했다. 이윽고 魯나라의 哀公이 五梧에서 연회를 베풀었다. 孟武伯이 哀公에게 축수(祝壽)하는 술잔을 올리고 郭重을 보고 미워하며 빈정대기를, "당신은 어찌 그리 살이 쪘소."하였다. 이 때 季康子가 말하기를, "청컨대 孟武伯에게 벌주를 내리소서. 우리 노나라가 원수의 나라들과 밀접하여 있기 때문에 임금께서 수종하지 못하고 능히 먼 도로에 왕래하는 것을 면하였거늘, 저 郭重을 보고 살쪘다고 하니 그게 말이나 됩니까?"라고 하였다. 이에 哀公이 말하기를, "그는 食言이 많으니 어찌 살이 찌지 않겠는가?" 이와 같이 말이 서로 거슬렸으므로 술을 마셔도 즐겁지 아니하였다. 그 후로 哀公과 大夫들 사이에는 불화가 일기 시작했다.

「左傳 僖公 十五年」,

公日 獲晋侯 以厚歸也 旣而喪歸 焉用之 大夫其何有言 且晋人感憂以重我 天地以要我 不圖晋憂 重其怒也 我食吾言 背天地也 重怒難任 背天不祥 必歸晋君

(秦나라 대부들이 晋나라 혜공을 데

리고 서울로 들어오자고 하니) 穆公
이 말하기를, "晉나라 혜공을 생포하
여 온 것은 그것을 공로로 돌리기 위
함이었는데, 만약 그렇게 되면 부인
이 자살하게 되어 결국 장례를 위하
여 데리고 돌아온 격이 되니, 어찌
그렇게 할 수가 있겠는가? 대부들도
아무런 이득이 없을 것이오. 게다가
晉나라 사람들은 혜공에 대해 크게
걱정하여 그 중임을 나에게 맡겨 하
늘과 땅도 그 약속의 실천을 기다리
고 있소. 그러니 晉나라 사람들의 걱
정을 생각하지 않는다면 그들의 화를
더욱 크게 하는 것이오. 내가 약속을
지키지 않는다면 천지를 배반하는 것
이 되오. 晉나라의 노여움을 크게 하
면 晉나라는 적대한 수가 없어 앞으
로 담당할 수가 없게 되며, 천지를
배반하는 것은 상서롭지 못한 것이
오. 그러니 할 수 없이 晉나라 임금
을 돌려보내도록 합시다."
「孔傳」,
食盡其言 僞不實
「孔疏」,
釋詁云 食 僞也 孫炎曰 食 言之僞也
然則言而不行 如食之消盡 故謂僞言爲
食言
「揚子法言」,
或問信 曰不食其言

식우지기(食牛之氣)

①소라도 삼킬 만한 기개. ②나이는
어리나 큰 기개를 갖고 있음을 이르
는 말. 탄우지기(呑牛之氣)라고도 함.
「尸子」,
虎豹之子 雖未成文 已有食牛之氣
「杜甫의 詩」,
小兒五歲氣呑牛

식육부귀(食肉富貴)

맛있는 고기만 먹어 가면서 누리는
부귀를 이르는 말.

식음전폐(食飮全廢)

음식을 전혀 먹지 아니함을 이름.

식자순군(食子狗君)

자기 자식을 삶아서 그 고기를 임금
께 바친다는 뜻으로, 상관에게 아부
하는 못된 행위를 이름.
「蘇轍의 乞誅竄呂惠卿狀」,
食子狗君也 而推其忍則可以弑君

식자우환(識字憂患)

⇒인생식자우환시(人生識字憂患始) 참
조.

식재연명(息災延命)

재난을 제거하고 목숨을 연장한다는
말.

식전방장(食前方丈)

식사를 할 자리 앞에 일장(一丈) 사
방 넓이에 여러 가지 음식을 가득 벌
여놓는다는 말로, 극히 호사스런 식
사를 뜻함.
「孟子 盡心章句下 三十四」,
孟子曰 說大人則藐之 勿視其巍巍然
堂高數仞 榱題數尺 我得之弗爲也 食
前方丈 侍妾數百人 我得志弗爲也 般
樂飮酒 驅騁田獵 後車千乘 我得之弗
爲也 在彼者 皆我所弗爲也 在我者 皆
古之制也 吾何畏彼哉
孟子 가로되, "大人을 설득할 때에
는 그를 가벼이 여기고, 그의 으리으
리한 위세에 눈을 팔지 말아야 한다.
나는 뜻을 얻어 출세하더라도, 집의
높이가 여러 길이 되고 서까래 머리
가 여러 자가 되는 집을 짓고 살지는

않는다. 나는 뜻을 얻어 출세하더라도, 음식을 사방 열 자나 되는 상에 놓고 시중드는 미녀를 수백 명씩 두는 짓을 하지 않는다. 또 나는 뜻을 얻어 출세하더라도, 크게 즐기며 술 마시고 車馬가 수천이나 되는 따위의 짓은 하지 않는다. 그에게 있는 것은 다 내가 하지 않는 것들이고, 나에게 있는 것은 다 옛 성현의 법도인데, 내가 무엇 때문에 그를 두려워하겠는가?"

「韓詩外傳」,

北郭先生妻曰 結駟列騎 所安不過容膝 食方丈於前 所甘 不過一肉

식지동(食指動)

식지가 움직인다 함이니, 음식이나 사물에 대한 욕심이 간절할 때 저절로 움직인다는 말로, 구미가 동하거나 야심을 품는다는 뜻으로 쓰임.

「左傳 宣公 四年」,

楚人獻黿鄭靈公 公子宋與子家將見 子公之食指動 以示子家 曰 他日我如此必嘗異味 及入 宰夫將解黿 相視而笑 公問之 子家以告 及食大夫黿 召子公而弗與也 子公怒 染指於鼎嘗之而出

楚나라 사람이 자라를 鄭나라 靈公에게 바쳤다. 그 때 公子宋과 公子家가 그것을 보고, 公子宋의 食指가 움직여서, 公子家에게 보이며 말하기를, "과거의 경험으로 보면 식지가 이렇게 움직일 때마다 반드시 맛있는 음식을 먹게 되더군."하며, 宮으로 들어가니, 요리사가 큰 자라를 요리하고 있었으므로, 두 사람은 마주 보며 웃었다. 靈公이 그 이유를 묻자, 公子家가 사실대로 고하였다. 막상 大夫들과 요리를 먹게 되었을 때, 公

子宋에게는 요리를 주지 않았다. 公子宋은 화가 나서, 솥으로 달려가 그 속의 고기를 건져 먹었다.

* 子公은 公子宋을 가리킴. 이 일로 靈公은 불손한 公子宋을 제거할 계획을 꾸몄다. 그러나 公子宋도 이런 사실을 알고, 도리어 靈公을 살해하게 됨.

신겸노복(身兼奴僕)

집안이 가난하여 몸소 종이 하는 일을 한다는 말.

신급돈어(信及豚魚)

믿음이 돼지나 물고기에게 미쳤다는 뜻으로, 신의(信義)가 지극함을 비유한 말.

「易經 中孚卦上傳」,

豚魚吉 信及豚魚也

신기누설(神機漏泄)

비밀에 속한 일을 누설함을 이르는 말.

신기독야(愼其獨也)

혼자 있음을 삼간다는 뜻으로, 자기 양심을 속이지 않는다는 말.

신기묘산(神機妙算)

신이 행하는 뛰어난 계략. 범인은 짐작도 하지 못하는 훌륭한 계략을 이르는 말.

신노심불노(身老心不老)

몸은 늙었지만 마음만은 젊다는 뜻.

신도불식(申屠不食)

옛날에 신도반(申屠蟠)이란 사람이 부모가 돌아가시자 10년 동안 고기를 한 번 먹지 않고, 제사 때마다 사흘씩 굶어 부모님 돌아가심을 슬퍼했다는 데서 유래된 고사로, 부모님에 대한 효심을 이르는 말.

신량등화(新凉燈火)
서늘한 초가을에는 등불 아래서 글 읽기가 좋다는 뜻.
「朱松의 寄陳留元詩」,
新凉宜燈火 永夜勘書軹

신뢰풍렬(迅雷風烈)
격렬한 우레 소리와 사나운 바람을 이르는 말.
「論語 鄕黨」,
迅雷風烈必變

신사후명부(神祀後鳴缶)
당제사를 지낸 다음 뒷북치기란 뜻으로, 일이 끝난 다음에 다시 쓸데없는 일을 되풀이하는 것을 비유하는 말.
「旬五志」,

신상필벌(信賞必罰)
공이 있는 사람에게는 상을, 죄가 있는 사람에게는 반드시 벌을 줌. 즉, 상벌을 규정대로 무사 엄정하게 하는 일을 이르는 말.
「後漢書 宣帝紀贊」,
孝宣之治 信賞必罰

신색자약(神色自若)
큰 일을 당해도 냉정하여, 안색이 평소와 변하지 않는 것. 또 그 모양. 곧 침착한 모양.
「晉書 王戎傳」,

신선중인(神仙中人)
인품(人品)이 고상한 사람을 이름.
「晉書」,
王右軍見杜宏治歎曰 此神仙中人

신설(伸雪)
⇒신원설치(伸寃雪恥) 참조.

신성낙낙(晨星落落)
가까운 벗들이 점점 적어짐을 이르는 말.
「劉禹錫의 送張盥赴擧詩序」,
向所謂同年友 當其盛時〈中略〉今來落落 如晨星之相望

신수지로(薪水之勞)
땔나무를 하고 먹을 물을 긷는다는 뜻으로, 몸소 근근히 생계를 이어가는 수고를 이르는 말.
「陶潛의 文」,
每役薪水之勞

신시호신지부(愼是護身之符)
모든 일에 삼가는 일(근신함)은 자기 몸을 보호하는 부적과 같다는 말.

신신당부(申申當付)
몇 번이고 연거푸 간절히 하는 부탁을 이르는 말. 신신부탁(申申付託)이라고도 함.

신신부탁(申申付託)
⇒신신당부(申申當付) 참조.

신심여수(臣心如水)
신하의 마음이 청렴결백함을 비유하여 나타내는 말.
「漢書 鄭崇傳」,
上責曰 君門如市人 何以欲禁切主 上對曰 臣門如市 臣心如水 願得考覆 上怒 下崇獄 竊治 竟死獄中

신심직행(信心直行)
바른 이치를 따라 거리낌없이 곧 행함.

신언불미 미언불신(信言不美美言不信)
진실된 말은 꾸밀 필요가 없고, 꾸

민 말은 믿음성이 없다는 말.
「老子 第八十一章」,
信言不美 美言不信

신언서판(身言書判)

당나라 때 관리를 뽑는 시험에서 인
물의 평가 기준으로 삼았던 것에서
나온 말로, 사람이 갖추어야 할 네
가지 조건으로, 신수·말씨·문필·
판단력을 이르는 말.
「唐書 選擧志」,
凡擇人之法有四　一曰信　言體貌豊偉
二曰言　言言辭辯正　三曰書　言楷法遒
美　四曰判　言文理優長　四事皆可取

신운표묘(神韻縹渺)

예술 작품 따위에서 불가사의한 기
운이 어렴풋이 터짐. 또는 예술 작품
의 뛰어난 정취를 이르는 말.

신원설치(伸寃雪恥)

뒤집어쓴 억울함을 밝혀 원통함과
부끄러움을 씻어 버림. 줄여서 신설
(伸雪)만으로도 쓰이고, 설분신원(雪
憤伸寃)이라고도 함.

신외무물(身外無物)

몸 이외에는 아무 것도 없다는 뜻으
로, 몸이 다른 무엇보다도 가장 귀중
하다는 말.

신이호고(信而好古)

옛 성현의 가르침을 믿고 고인(古人)
이 밟은 길을 존경하며 따른다는 말.

신인공노(神人共怒)

⇒천인 공노(天人共怒) 참조.

신재인재(臣哉隣哉)

모든 일을 가까운 신하에게 의뢰한
다는 말.

「書經 益稷篇」,
帝曰 吁 臣哉隣哉 隣哉臣哉 禹曰 兪

신정불여구정(新情不如舊情)

새로운 정은 옛정만 못하다는 말.
곧 친구도 옛친구가 낫다는 말.

신종여시(愼終如始)

어떤 일을 할 때 처음부터 끝까지
신중을 기한다는 말. 신종우시(愼終于
始)라고도 함.
「老子 第六十四章」,
民之從事　常於幾成而敗之　愼終如始
則無敗事

신종우시(愼終于始)

⇒신종여시(愼終如始)와 같은 말.

신종추원(愼終追遠)

부모님이 돌아가셨을 때는 슬픔을
다하고, 제사 때는 공경을 다한다는
뜻.
「論語 學而」,
曾子曰 愼終追遠 民德其厚矣

신지무의(信之無疑)

꼭 믿어 의심하지 않는다는 말.

신진기예(新進氣銳)

그 분야에 새롭게 나타났지만, 그
활동이 눈부시고 날카로움. 또 그런
사람을 이르는 말.

신진대사(新陳代謝)

낡은 것이 점점 없어지고, 새것으로
바뀜을 이르는 말.

신진화멸(薪盡火滅)

나무가 다 타서 없어지고 불이 꺼졌
다는 뜻으로, 사람의 죽음을 이름.
「法華經 序品」,
頌佛此夜滅　度如薪盡火滅　分布諸舍

利 而起無量塔

신체발부(身體髮膚)

머리끝부터 발끝까지, 즉 몸 전체를 이르는 말.
「孝經 開宗明義」,
身體髮膚 受之父母 不敢毁傷 孝之始也 立身行道 揚名於後世 以顯父母 孝之終也

신출귀몰(神出鬼沒)

출몰(出沒)이 자유자재(自由自在)하여 귀신같다는 말.
「唐의 戲場의 語」,
兩頭三面 神出鬼沒
「黃石公의 兵略」,
神出而鬼行

신친당지(身親當之)

남에게 맡기지 않고 몸소 일을 맡음을 이르는 말.

신토불이(身土不二)

몸과 태어난 땅이 하나란 뜻으로, 같은 땅에서 산출된 것이라야 체질에 잘 맞는다는 말.
「東醫寶鑑 藥食同源論」,

신후명(身後名)

죽은 뒤의 명예를 이르는 말.
「晉書」,
張翰任心自適不求當世 或謂之曰 卿乃縱適一時 獨不爲身後名耶 翰曰 使我有身後名 不如卽時一杯酒

신후지계(身後之計)

죽은 뒤의 일에 대한 계획이란 뜻.

신후지지(身後之地)

살아 있을 동안에 미리 골라서 정하여 두는 산소 자리를 이르는 말.

실각장군방(失卻張君房)

자기가 신뢰하는 사람을 잃었음을 비유한 말.
「湘山野錄」,
世上何人號最閑 司諫拂衣歸華山錢曰世上何人號最忙 紫微失卻張君房

실득물휼(失得勿恤)

보잘 것 없는 득실(得失) 때문에 마음을 상하지 말라는 말.

실부득부동(失斧得斧同)

잃은 도끼나 얻은 도끼나 일반이란 뜻으로, 낡은 헌 것에 비해 나을 것도 못할 것도 없다는 말.
「東言解」,

실사구시(實事求是)

사실을 토대로 하여 진리를 탐구함, 또는 그런 사람을 이르는 말.
「漢書 河間獻王德傳」,
修學好古 實事求是
학문을 닦아 예를 좋아하고, 일을 참되게 하여 진리를 구한다.

실어공중(失於空中)

재물 등을 허망하게 써버림을 이르는 말.

실질강건(實質剛健)

꾸밈이 없이 성실하고, 굳세고 씩씩하다는 말.

실천궁행(實踐躬行)

아는 바를 행동으로 몸소 실천함을 이르는 말.

심광체반(心廣體胖)

①마음이 넓고 너그러우면 몸도 편안함. ②마음에 부끄러운 일이 없으면 외형도 화색이 좋다.

「大學」,
富潤屋德潤身 心廣體胖 故郡子·必誠
其意

심근고저(深根固柢)

⇒심근고체(心根固滯) 참조.

심근고체(深根固蔕)

뿌리가 땅속 깊이 뻗어 움직이지 않
는다는 뜻으로, 기초와 근본 바탕이
매우 건실함을 비유하는 말. 심근고
저(深根固柢)라고도 함.
「老子 第五十九章」,
有國之母 可以長久 是謂深根固蔕 長
生久視之道

심기이탁인(審己以度人)

자기를 먼저 돌아본 후 남을 헤아린
다는 말.
「曹丕의 論文」,
蓋君子 審己而度人 故能免於斯累 而
作論文

심기일전(心機一轉)

어떠한 동기에 의하여 지금까지 품
었던 생각과 마음의 자세를 완전히
바꾼다는 뜻.

심두멸각(心頭滅却)

마음이 무념무상의 경지에 이르면,
불도 뜨겁지 않다는 뜻에서, 어떠한
곤란, 고난을 당하더라도 그것을 초
월하면 느껴지지 않는다는 말.

심려천게(深厲淺揭)

내를 건널 때 물이 깊으면 옷을 허
리까지 걷어올리고 얕으면 무릎까지
내린다는 뜻으로, 상황에 따라 행동
함을 비유하는 말.

심만의족(心滿意足)

마음에 흡족하다는 뜻.

심모원려(深謀遠慮)

앞으로 올 일을 헤아려 계획을 세운
다는 말.
「賈誼의 過秦論」,
深謨遠慮 行軍用兵之道 非及鄕時之
士也

심목혼현(心目昏眩)

눈과 마음이 어둡고 흩어져 걷잡기
어려운 모양을 이르는 말.

심복(心腹)

⇒심복지우(心腹之友) 참조.

심복수사(心腹輸寫)

마음에 생각하는 것을 모두 털어놓
는다는 말.
「漢書 趙廣漢傳」,

심복지우(心腹之友)

마음놓고 믿을 수 있는 부하. 마음
으로 무조건 복종하는 사람을 이르는
말. 심복지인(心腹之人)이라고도 하며,
줄여서 심복(心腹)만으로도 쓰임.
「唐書」,
杜審言 李嶠 崔融 蘇味道 友善 世號
心腹四友

심복지인(心腹之人)

⇒심복지우(心腹之友) 참조.

심복지질(心腹之疾)

①쉽게 다스리기 어려운 병. ②없애
기 어려운 근심 또는 적을 이르는
말. 심복지환(心腹之患)이라고도 함.
「左傳 哀公十一年」,
越在我 心腹之疾也

심복지환(心腹之患)

⇒심복지질(心腹之疾) 참조.

심사묵고(深思默考)
　⇒심사숙고(深思熟考) 참조.

심사묵상(沈思默想)
　조용히 깊이 생각함을 이르는 말.

심사숙고(深思熟考)
　깊이 생각함. 또는 그 생각. 심사묵고(深思默考) 또는, 심사숙려(深思熟慮)라고도 함.

심사숙려(深思熟慮)
　⇒심사숙고(深思熟考) 참조.

심산궁곡(深山窮谷)
　⇒심산유곡(深山幽谷) 참조.

심산유곡(深山幽谷)
　깊은 산 속의 으슥한 골짜기를 이름. 심산궁곡(深山窮谷)이라고도 함.
　「烈子 黃帝篇」,
　寢吾庭者 不願深山幽谷

심상일양(尋常一樣)
　보통과 특히 다름이 없음. 또는 극히 당연함을 이르는 말.
　「康熙字典」,
　俗謂庸常爲尋常

심생도야(心生道也)
　마음은 온갖 만물을 살리는 천지자연의 도(道)라는 말.

심성구지(心誠求之)
　마음과 정성을 다하여 구한다는 말.
　「書經 康誥篇」,
　如保赤子 心誠求之 雖不中不遠矣

심심산천(深深山川)
　깊고 그윽한 산천을 이르는 말.

심심상인(心心相印)
　⇒이심전심(以心傳心) 참조.

심심장지(深深藏之)
　소중한 물건을 깊이 간직하거나 깊이 감추어 둔다는 말.
　「史記 老子傳」,
　老子曰 吾聞之良賈深藏若虛 君子盛德 容貌若愚

심여요정(心如搖旌)
　마음이 동요하여 안정되지 않음을 이르는 말.
　「史記 蘇秦傳」,
　心搖搖如懸旌而無所終薄

심연박빙(深淵薄氷)
　⇒누란지위(累卵之危) 참조.

심열성복(心悅誠服)
　즐거운 마음으로 성심을 다하여 순종한다는 말.

심장멱구(尋章覓句)
　⇒심장적구(尋章摘句) 참조.

심장적구(尋章摘句)
　옛사람의 지은 글귀를 여기저기서 따옴. 심장멱구(尋章覓句)라고도 함.

심정자언과(心定者言寡)
　마음이 안정된 사람은 말이 적다는 말.

심정필정(心正筆正)
　마음이 바른 사람은 필법(筆法)도 바름을 이르는 말.
　「柳公權의 書法正傳」,
　唐穆宗問柳公權筆法 對曰 用筆在心 心正則筆正

심조자득(深造自得)
　학문의 깊은 뜻을 밝히고 스스로 깊이 이해함.
　「孟子 離婁章句下 十四」,
　孟子曰 君子 深造之以道 欲其自得之也 自得之則居之安 居之安則資之深

資之深則取之左右 逢其原 故 君子 欲
其自得之也

맹자 가로되, "군자가 도(道)에 깊
이 탐구해 들어가는 데 있어서 올바
른 방법을 가지고서 한다는 것은 그
자신이 스스로 그것을 체득하고자 해
서이다. 그것을 스스로가 체득하게
된다면 곧 거기에 거처하는 것이 안
정되어진다. 거기에 거처하는 것이
안정되어지면 곧 거기서 취하는 일에
깊이가 있게 된다. 거기서 취하는 일
에 깊이가 있게 되면 곧 그 비근한
데에서 취하고서 그 근원을 파악하게
된다. 그러므로 군자는 그 자신이 스
스로 체득하고자 하는 것이다.

* 학문하는 데 있어서 오직 깊은 조예
(造詣)를 쌓는 것만이 자기 자신에게
가장 기본적인 문제가 되는 것을 역설
한 부분임.

심중은후(深中隱厚)
　연민(憐憫)의 정이 깊고 돈후함을
이르는 말.
　「史記 韓長孺傳贊」,
　余與壺遂定律曆 觀韓長孺之義 壺遂
之深中隱厚

십고일장(十瞽一杖)
　열 소경에 한 막대란 뜻으로, 여러
곳에 다 같이 긴요하게 쓰이는 사물
을 비유하는 말. 십맹일장(十盲一杖)
이라고도 함.
　「旬五志」,

십년감수(十年減壽)
　목숨이 십 년이나 단축되었다는 뜻
으로, 대단한 공포나 위험 등 죽을
고비를 겪은 뒤에 하는 말.

십년공부(十年工夫)

오랜 세월을 두고 쌓은 공을 이름.

십년일득(十年一得)
　수재나 한재를 입기 쉬운 논에서 간
혹 농사가 잘 됨을 이르는 말.

십년일일(十年一日)
　오랜 세월 동안 계속 같은 상태에
있음. 언제까지나 진보나 변화가 없
음을 이름.

십년지계(十年之計)
　먼 앞날을 위한 계획을 이르는 말.

십년지기(十年知己)
　오래 전부터 사귀어 온 친한 친구를
이르는 말.

십맹일장(十盲一杖)
　⇒십고일장(十瞽一杖) 참조.

십목소시(十目所視)
　여러 사람이 보고 있다는 뜻이니, 곧
세상 사람은 속일 수 없음을 이름.

십벌지목(十伐之木)
　⇒십작목무부전(十斫木無不顚) 참조.

십사일생(十死一生)
　도저히 살 가망이 없음. 또는 그럼
상태에서 간신히 구제됨. 구사일생(九
死一生)을 더욱 강조한 말.
　「漢書 外戚傳」,
　婦人免乳大故 十死一生

십상팔구(十常八九)
　⇒십중팔구(十中八九) 참조.

십생구사(十生九死)
　⇒구사일생(九死一生) 참조.

십시일반(十匙一飯)
　열 사람이 한 술씩 보태면 한 사람
몫의 밥이 된다는 말로, 여럿이 조금
씩 힘을 보태면 한 사람 돕기는 쉽다

는 뜻. 즉 작은 도움도 여럿이 함께 하면 큰 도움이 됨을 이르는 말.

십실구공(十室九空)

열 집 가운데 아홉 집이 비었다는 뜻으로, 전쟁이나 질병(疾病)·천재(天災) 따위로 많은 사람이 죽었거나 흩어져버린 상태를 이르는 말.

십실지읍(十室之邑)

인가가 얼마 없는 작고 협소한 마을을 이르는 말.

「論語 公冶長篇」,

子曰 十室之邑 必有忠信如丘者焉 不如丘之好學也

십양구목(十羊九牧)

열 마리 양에 목동이 아홉이라는 뜻으로, 백성에 비해 관리의 수가 너무 많음을 비유하여 이르는 말.

십인십색(十人十色)

인간은 한 사람 한 사람 사람마다 즐기는 것과 생각이나 성격이 다름을 이르는 말.

십일지국(十日之菊)

국화는 9월 9일이 절정이므로 이미 때가 지났다는 말.

「鄭谷의 十日菊」,

節去蜂愁蝶不知 曉庭還折有殘枝 自緣今日人心別 未必秋香一夜衰

십작목무부전(十斫木無不顚)

열 번 찍어 안 넘어가는 나무 없다는 뜻으로, ①아무리 굳은 사람이라도 여러 사람으로부터 같은 거짓말을 들으면 곧이 듣게 됨. ②무슨 일이든지 꾸준히 노력하면 성공함. 십벌지목(十伐之木)이라고도 함.

「旬五志」,

십장생(十長生)

장생 불사(長生不死)한다는 열 가지의 사물. 곧 해, 산, 물, 돌, 구름, 소나무, 불로초(不老草), 거북, 학(鶴), 사슴 등을 가리키는 말.

십전구도(十顚九倒)

많은 실패와 어려움을 당함을 뜻하는 말.

십중팔구(十中八九)

열 가운데 여덟이나 아홉이 그러하다는 뜻으로, 거의 예외 없이 그러할 것이라는 추측을 나타내는 말. 십상팔구(十常八九)라고도 함.

「通俗篇」,

漢 書朱博傳 平處輕重 十中八九 三國志周宣傳 宣之敍夢 十中八九 世以比建平之相矣

십지부동(十指不動)

열 손가락을 꼼짝하지 않는다는 뜻으로, 게을러서 아무 일도 하지 않음을 이르는 말.

십풍오우(十風五雨)

열흘에 한 번씩 바람이 불고, 5일에 한 번씩 비가 온다는 말로, 기후가 화순(和順)함을 뜻함.

「陸游의 村居初夏詩」,

斗酒隻雞人笑樂 十風五雨 歲豊穰

쌍관제하(雙管齊下)

두 자루의 붓을 한꺼번에 움직인다는 뜻으로, 글씨나 그림을 빨리 잘 쓰고 그린다는 말.

쌍숙쌍비(雙宿雙飛)

함께 잠을 자고 함께 난다는 뜻으로, 부부(夫婦)를 비유하여 이르는 말.

아

아가사창(我歌査唱)

내가 부를 노래를 사돈이 부른다는 뜻으로, 나에게 책망을 들어야 할 사람이 도리어 나를 책망한다는 말.

아궁불열(我窮不閱)

자기가 몹시 궁상스러워 남을 돌보지 못함을 이르는 말.

「禮記 表記篇」,

我今不閱 皇恤我後 終身之仁也

아도입타초역난(我刀入他鞘亦難)

내 칼도 남의 칼집에 들면 찾기 어렵다는 뜻으로, 자기의 물건이라도 남의 수중에 들어가면 찾기 어려움을 비유하는 말.

아동경태수성(我同庚太守成)

내 동갑에 원(태수)으로 나아간다는 뜻으로, 남만 못한 자기 자신을 한탄함을 비유하는 말.

「靑莊館全書」,

아동지언의납이문(兒童之言宜納耳門)

어린아이의 말에도 진리가 있으니, 누구의 말이든 신중히 귀담아 들으라는 말.

아몽(阿蒙)

학문의 소양(素養)이 보잘것없는 사람. 오하아몽(吳下阿蒙)이라고도 함.

⇒괄목상대(刮目相對)의 故事 참조.

아미(蛾眉)

누에나비의 눈썹은 가늘고 길게 고부라져서 아름답다는 말로, ①고운 눈썹을 비유하거나, ②미인(美人)을 비유하는 말. 진수아미(蠑首蛾眉)라고도 함.

「詩經 衛風 碩人篇」,

手如柔荑 : 손은 고와 부드러운 띠싹 같고

膚如凝脂 : 살결은 윤이 흘러 엉긴 기름

領如蝤蠐 : 목은 나무좀

齒如瓠犀 : 이는 박 씨

蠑首蛾眉 : 매미 이마에 난 나방이 눈썹

巧笑倩兮 : 웃으면 보조개

美目盼兮 : 예쁜 그 눈매

* 莊公의 夫人인 莊姜의 아름다움을 기린 노래. 莊姜은 아름답고 어질었으나, 남편 莊公에게 외면당한 채 아들도 없이 쓸쓸히 지냈으므로 衛의 백성들이 이를 동정하여 쓴 것이 이 시라 한다.

「白居易의 王昭君 - 其二」,

漢使却廻憑寄語 : 漢나라로 돌아가는 사신에게 부탁하노라

黃金何日贖蛾眉 : 황금으로 미인을 다시 사갈 날은 언제일까요

君王若問妾顏色 : 임금께서 저의 얼굴이 어떠냐 물으셔도

莫道不如宮裏時 : 漢나라 대궐에 있을 때만 못하다 말하지 마세요

* 오랑캐에게 팔려 온 여인의 애달픈 심정이 잘 나타났다. 어서 나를 漢나라로 되돌아 가게 부탁하고, 아울러 오늘의 내가 초췌한 몰골로 쇠퇴했다는 말

을 하지 말라고 애정하게 부탁하고 있
다. 白樂天은 이 시를 17세에 지었다고
한다.

아방궁(阿房宮)

진시황(秦始皇)이 세운 궁전(宮殿)
이란 뜻에서 나온 말로, 화려하고 으
리으리하게 꾸민 집을 비유하여 이르
는 말.

「史記 秦始皇本紀」,

四月 二世還至咸陽 曰 先帝爲咸陽宮
庭小 故營阿房宮 爲室堂 未就 會上崩
罷其作者 復土酈山 酈山事大畢 今釋
阿房宮不就 則是章先帝事過也 復作阿
房宮 外撫四夷 如始皇計 盡徵其材士
五萬人 爲屯衛咸陽 令敎射 狗馬禽獸
當食者多 度不足 下調郡縣 轉輸菽粟
芻藁 皆令自齎糧食 咸陽三百里內不得
食其穀 用法益刻深

이 해 4월 순행을 마치고 서울인 함
양으로 돌아온 2세 호해 황제는, "先
帝께서는 한양에 있는 궁궐이 협소하
여 阿房宮의 건축에 착수하셨소. 그
런데 아직 준공을 보기 전에 붕어하
셨으니, 짐은 이 공사를 일시 중지하
고 역산의 왕릉부터 완공시켰소. 이
제 역산의 왕릉이 완성되었으니 阿房
宮의 건축을 중지한 그대로 방치해
둔다면 이것은 선제께서 하신 일을
비판하는 일이 될 것이오." 이렇게
말하고 阿房宮 공사를 다시 시작했
다. 한편으로는 변경의 오랑캐를 토
벌하는 일에도 시황제의 정책을 그대
로 답습하기로 했다. 그래서 전국에
서 날래고 힘센 장정 5만 명을 징집
하여 함양에 주둔시키며 활쏘기를 가
르치게 했다. 군마와 가축의 사료를
확보하기 위해 각 군, 현에서 조,

콩, 飼草 따위를 징발하여 함양으로
수송하도록 명했다. 게다가 이 수송
을 위해 징발된 장정들에게 식량을
스스로 부담하게 했다. 그 결과 함양
주위 삼백 리 이내에서는 곡식을 얻
을 수 없는 심한 식량난에 빠지게 되
었다.

아복기포불찰노기(我腹旣飽不察奴飢)

모든 일을 자기 중심으로 판단하기
때문에 남의 사정을 생각하지 못함을
이르는 말.

아부뇌동(阿附雷同)

⇒군자화이부동(君子和而不同) 참조.

아비규환(阿鼻叫喚)

아비 지옥과 규환 지옥을 함께 이르
는 말로, 지옥의 심한 고통을 못 참
아 울부짖는 소리, 또는 그 참상을
형용하는 말.

아비지옥(阿鼻地獄)

⇒무간지옥(無間地獄) 참조.

「法華經」,

下至阿鼻地獄

「樓炭經」,

十八地獄外 更有阿鼻地獄 造五逆入
入此獄中

* 관물삼매경(觀物三昧經)에 아(阿)는
무(無), 비(鼻)는 구(救)라 하여 무구
(無救)란 뜻으로, 한 번 이 지옥에 떨어
지면 다시는 구원받을 수 없다는 말.

아사선상(餓死線上)

⇒아사지경(餓死之境) 참조.

아사지경(餓死之境)

오랫동안 굶어서 죽게 된 지경을 이
름. 아사선상(餓死線上)이라고도 함.

아성(牙城)

①성곽의 중심부. 본성(本城). 아(牙)는 아기(牙旗)로 대장이 있는 곳에 세움. ②큰 조직이나 단체 등의 중심이 되는 곳을 비유하여 이르는 말.

「唐書 李愬傳」,

愬入駐元濟外宅 元濟聞號令 始驚曰 何常侍得至此 率左右登牙城

아성(亞聖)

도덕(道德)이 성인(聖人) 다음 가는 대현인(大賢人)을 일컫는 말. 곧 맹자(孟子)와 안자(顏子)를 말함.

「趙岐의 孟子題辭」,

孟子를 評하여 云 命世亞聖之大才者

「朱熹의 孟子序說」

程子曰 顏子去聖人只毫髮間 孟子大賢 亞聖之次也

* 여기서 亞聖은 안자(顏子)를 가리킴.

아수라(阿修羅)

악마신(惡魔神)의 이름. 수라(修羅)라고도 함. 힘이 세어서 범천제석(梵天帝釋)과 권력을 다투어 싸웠다고 함.

「釋氏要覽」,

阿修羅王 此云無善神

아연대소(啞然大笑)

큰 소리를 내며 웃음을 이르는 말.

「列子 周穆王篇」,

同行者 啞然大笑曰 云云

아연실색(啞然失色)

뜻밖의 일에 놀라 얼굴색이 변함을 이르는 말.

아유구용(阿諛苟容)

남의 환심을 사기 위해 알랑거리며 구차스럽게 행동함을 이르는 말.

「史記 平準書」,

自是之後 有腹誹之法 以此而公卿大夫多阿諛取容矣

아유추종(阿諛追從)

남에게 알랑거리어 따름을 이름.

아작무성(鴉雀無聲)

아무 소리도 없이 괴괴함을 이름.

아전인수(我田引水)

제 논에 물대기란 뜻으로, 자기에게 이로운 대로만 하는 이기적인 행동을 비유하는 말.

아전즉극(我戰則克)

도(道)를 아는 사람이 싸움에서 승리한다는 말.

「禮記 禮器篇」,

孔子曰 我戰則克 祭則受福 蓋得其道矣

아치고절(雅致高節)

우아한 풍취와 고고한 절개란 뜻으로, 매화를 이르는 말.

아환선빈(鵝鬟蟬鬢)

여자의 머리털이 검고 아름다움을 이르는 말.

악구잡언(惡口雜言)

⇒매리잡언(罵詈雜言) 참조.

악목불음(惡木不蔭)

나쁜 나무는 그늘도 없다는 뜻이니, 좋지 못한 사람에게는 아무 것도 바랄 것이 없음을 이르는 말.

악방봉뢰(惡傍逢雷)

죄 지은 놈 옆에 있다가 벼락 맞는다는 뜻으로, 나쁜 짓을 한 사람과 함께 있다가 죄 없는 사람까지 벌을 받거나 누명을 쓰게 된다는 말.

악부파가(惡婦破家)

악처는 남편의 일생을 망칠 뿐 아니라, 가정의 평화를 파괴하고 자손에까지 나쁜 영향을 미친다는 말.
「通俗編」

악사천리(惡事千里)

나쁜 일은 그 소문이 멀리까지도 금방 알려진다는 뜻.
「傳燈錄」,
僧問紹宗 如何是西來意 紹宗曰 好事不出門 惡事行千里

악악지우(諤諤之友)

도리(道理)를 밝혀 간(諫)하는 벗을 이르는 말.
「漢書 牧乘傳」,
夫無諤諤之婦 士無諤諤之友 其亡可立而待

악안상대(惡顔相對)

서로 좋지 않은 얼굴로 상대함을 이르는 말.

악언상가(惡言相加)

좋지 않은 말로 서로 꾸짖음을 이르는 말.

악월담풍(握月擔風)

풍월(風月)을 몹시 사랑함을 이르는 말.
「春宴錄」,
虞松方春言 握月擔風 且留後日 呑花臥酒 不可過時

악역무도(惡逆無道)

비길 데 없이 악독하고 도리에 크게 어긋남을 이르는 말.

악의악식(惡衣惡食)

좋지 못한 옷을 입고 맛없는 음식을 먹음, 또는 그런 옷과 음식. 조의조식(粗衣粗食)이라고도 함. ⇔호의호식(好衣好食).

악인악과(惡因惡果)

불교에서 나쁜 짓을 하면 반드시 나쁜 결과가 따르게 됨을 이르는 말. ⇔선인선과(善因善果)

악전고투(惡戰苦鬪)

①불리한 상황에서 우세한 적을 상대로 죽을힘을 다하여 싸움. ②어려운 상황에서 고통을 이겨내며 모질게 노력함.

악착(齷齪)

①도량이 좁고 악지스러움. ②잔인하고 끔찍스러움. ③아득바득하는 것이 몹시 이악하다는 말.
「短歌行」,
小人自齷齪 安知曠土懷
小人은 악착하니 어찌 거대한 曠野를 품으리요

악치연청(嶽峙淵淸)

산악처럼 우뚝하고 연못의 물같이 맑다는 뜻으로, 인격이 고상함을 이르는 말.
「劉峻世說注」,
李氏家傳曰 膺 嶽峙淵淸 峻貌貴華

안가낙업(安家樂業)

⇒안거낙업(安居樂業) 참조.

안감생심(安敢生心)

⇒언감생심(焉敢生心) 참조.

안거낙업(安居樂業)

현재의 생활에 만족하면서 즐겁게 일함. 안가낙업(安家樂業)이라고도 함.

안거위사(安居危思)

⇒거안사위(居安思危) 참조.

안거포륜(安居浦輪)

노인을 위로하고 끔찍이 대접함을 이르는 말.
「晉書 輿服志」

안검상시(按劍相視)

칼자루를 잡고 서로 노려본다는 뜻으로, 서로 원수처럼 대함을 이름.

안고수비(眼高手卑)

이상은 높으나 재주가 없어 따르지 못함을 이르는 말. 안고수저(眼高手低)라고도 함.

안고수저(眼高手底)

⇒안고수비(眼高手卑) 참조.

안공일세(眼空一世)

눈에 보이는 게 없다는 뜻으로, 교만을 부려 세상 사람들을 업신여김을 뜻하는 말.

안광철지배(眼光徹紙背)

눈빛이 종이 뒤를 꿰뚫는다는 뜻이니, 내용의 이해를 위한 철저하고 깊이 있는 독서를 이름. 정독(精讀).

안도색준(按圖索駿)

그림을 보고 말을 고르면 명마를 얻을 수 없다는 말로, 진(眞)을 잃었다는 뜻.
「藝林伐山 卷七」,
伯樂相馬經有𩦸𩦸跌白之語 其子執馬經以求馬 見大蟾蜍出 其父謂曰 得一馬 略相同也 所謂按圖索驥也

안도심경(眼跳心驚)

몹시 놀라 눈을 번뜩이며 마음이 들떠 허둥대는 모습.

안락세계(安樂世界)

부처님이 사는 안락한 세계, 극락정토(極樂淨土)를 이르는 말.
「法華經」,
若如來滅後 後五百歲中 若有女人聞此經典 如說修行 於此命終 卽往安樂世界 阿彌陀佛

안마지로(鞍馬之勞)

먼길을 달려가는 수고로움을 이름.

안면박대(顔面薄待)

평소에 아는 사람을 면전에서 푸대접함을 이르는 말.

안면부지(顔面不知)

만난 일이 없어 얼굴을 모름. 또는 모르는 사람을 이르는 말.

안명수쾌(眼明手快)

눈썰미가 있고 하는 일이 시원시원함을 이름.

안목소견(眼目所見)

⇒안목소시(眼目所視) 참조.

안목소시(眼目所視)

여러 사람들이 집중하여 보고 있는 터. 안목소견(眼目所見)이라고도 함.

안민지술 재어풍재(安民之術在於豊財)

백성을 편안하게 하는 방법은 재물을 풍족하게 함에 있다는 뜻.
「三國志」

안백(雁帛)

⇒안서(雁書) 참조.

안분지족(安分知足)

제 분수를 지켜 만족할 줄을 안다는 말. 지족안분(知足安分)이라고도 함.

안불망위(安不忘危)

편안할 때일지라도 마음을 놓지 않

고 늘 스스로를 경계함을 이르는 말.

안불사난패후회(安不思難敗後悔)

주자 십회훈으로, 편안할 때 어려움을 염려하지 않으면 실패 뒤에 후회한다는 말.

안비막개(眼鼻莫開)

눈코 뜰 사이가 없다는 뜻으로, 매우 분주할 때 비유하여 이르는 말.

안빈낙도(安貧樂道)

⇒곡굉지락(曲肱之樂) 참조.

* 곤궁한 중에도 편안한 마음으로 도를 즐기거나 살아감.

「後漢書 蔡邕傳」,
安貧樂賤 與世無營

안서(雁書)

철 따라 이동하는 기러기가 먼 곳에 소식을 전한다는 말로, 편지 또는 소식을 이르는 말. 안백(雁帛) 또는 안신(雁信), 안찰(雁札)이라고도 함.

「漢書 蘇武傳」,
教使者謂單于 言天子射上林中得雁 足有係帛 書武等在某澤中

특사는 선우(單于)를 만나 따지듯이 말했다. "내가 이곳에 오기 전에 황제께서 사냥을 하시다가 활로 기러기 한 마리를 잡았는데, 그 기러기 발목에는 헝겊이 감겨 있었소. 그래서 풀어보니 소무(蘇武)는 어느 연못 근처에 있다고 적혀 있었소.

* 한(漢)나라 소제(昭帝)가 19년 전 선제(先帝)인 무제(武帝) 때 포로 교환차 사절단을 이끌고 흉노(匈奴)의 땅에 들어갔다가 억류당한 소무(蘇武)의 귀환을 위해 특사를 파견하여 구출한 고사.

* 선우(單于) - 흉노의 우두머리.

안신입명(安身立命)

신념(信念)에 안주(安住)하여 신명(身命)의 안위(安危)를 조금도 걱정하지 않음. 안심입명(安心立命)이라고도 함.

「水滸傳 第一回」,
那里是用人去處 足可安身立命

안심입명(安心立命)

⇒안신입명(安身立命) 참조.

안여반석(安如磐(盤)石)

⇒안우반석(安于盤石) 참조.

안여태산(安如泰山)

⇒안우반석(安于盤石) 참조.

안온무사(安穩無事)

조용하고 편안하게 아무 일 없이 지냄을 이름.

「三國志 魏志 董卓傳」,
海內安穩 無故移都 恐百姓驚動

안우반석(安于盤石)

견고한 토대 위에서 안정함. 즉, 편안하기가 태산과 같음을 이르는 말. 안여태산(安如泰山) 또는 안여반석(安如盤石)이라고도 함.

「荀子 富國篇」,
國安于盤石 壽於旗翼

나라가 盤石 위에 놓인 것처럼 편안하니, 별보다도 壽命이 오래리라.

* 旗翼은 별의 이름임.

안이불망위(安而不忘危)

태평 시대에도 난시를 생각하여 경계를 게을리 하지 않음을 이르는 말.

「易經 繫辭下」,
君子安而不忘危 存而不忘亡 治而不忘亂 是以身安而國家可保也

안전막동(眼前莫同)

잘 생기지 못한 아이라도 늘 가까이 있으면 저절로 정이 붙는다는 뜻.

안중무인(眼中無人)

⇒방약무인(傍若無人) 참조.

안중정(眼中釘)

⇒안중지정(眼中之釘) 참조.

안중지인(眼中之人)

①의중에 있는 또는 친애하는 사람. ②희망을 걸고 있는 사람. 줄여서 안중인(眼中人)이라고도 고, 의중지인(意中之人)이라고도 함.

「杜甫 短歌行贈王郎司直」,

王郎酒酣拔劍斫地歌 莫哀 我能拔爾 抑塞磊落之奇才 豫章飜風白日動 鯨魚 跋浪滄溟開 且脫劍佩休徘徊 西得諸侯 棹錦水 欲向何門跂珠履 仲宣樓頭春已 深 靑眼高歌望吾子 眼中之人吾老矣

王郎은 술에 취해 칼을 빼어 땅을 치며 노래했다.

"슬퍼하지 말아라. 나는 너의 막히고 거센 기이한 재주 빼어 주리라. 豫章이 바람에 펄럭이면 한낮 해가 움직이고, 고래가 물결을 치면 큰 바다가 갈라진다. 우선 너의 찬 칼을 내리고 부디 주저하지 말아라. 너는 錦水를 배로 건너 서쪽의 제후를 만났거니, 또 누구 찾으려 그 발길 내딛는가. 仲宣의 다락 위에는 봄이 이미 깊었거니, 靑眼의 높은 노래로 나는 그대 바라건만····"

그대 눈에 드는 사람, 나는 이미 늙었노라.

* 王郎이 杜甫를 쓰려 할 때, 杜甫는 늙음을 핑계하여 그의 청을 거절한 노래로, 杜甫의 歌行으로서 가장 짧고 표현은 굴절이 많은 작품임.

「何遜의 詩」,

不見眼中人 空想南山寺

「李白 大堤曲」,

佳期大堤下 淚向南雲滿 不見眼中人 天長音信斷

안중지정(眼中之釘)

눈에 박인 못이란 말로, 몹시 싫어하거나 항상 눈에 거슬리는 사람을 비유하는 말. 줄여서 안중정(眼中釘)이라고도 함.

「新五代史 趙在禮傳」,

* 조재례(趙在禮)라는 악명 높은 탐관오리(貪官汚吏)가 있었다. 그는 당나라 말, 혼란기에 하북 절도사(河北節度使) 유인공(劉仁恭)의 수하 무장이었으나 토색(討索)질한 재물을 고관 대작들에게 상납, 출세가도에 오른 뒤에 후량(後梁)·후당(後唐)·후진(後晉)의 세 왕조에 걸쳐 각지의 절도사를 역임했다. 송주(宋州)에서도 백성들로부터 한껏 착취한 조재례가 영흥(永興) 절도사로 영전, 전임하게 되자 송주의 백성들은 춤을 추며 기뻐했다. "그 놈이 또 나가게 되었다니 이젠 살았다. 마치 눈에 박인 못이 빠진 것 같군." 이 말이 전해지자 화가 난 조재례는 보복을 하기 위해 1년만 더 유임시켜 줄 것을 조정에 청원했다. 청원이 수용되자 그는 즉시 '못 빼기 돈(발정전(拔釘錢)'이라며 1000풍씩 납부하라는 엄명을 내렸다. 미납자는 가차없이 투옥하거나 태형에 처했다. 이처럼 악랄한 수법으로 착취한 돈이 100만 관(貫)이 넘었다고 한다.

안찰(安札)

⇒안서(雁書) 참조.

안택생로(安宅生路)

⇒안택정로(安宅正路) 참조.

안택정로(安宅正路)

마음놓고 있을 곳과 사람이 지켜야 할 바른 길. 인의(仁義)의 비유. 안택생로(安宅生路)라고도 함.
⇒자포자기(自暴自棄)의 고사 참조.

안토중천(安土重遷)

고향에서 눌러 살기를 바라고, 다른 고장으로 떠나기를 꺼려함을 이름.

안투지배(眼透紙背)

눈빛이 종이 뒤까지 꿰뚫었다는 뜻으로, 책을 읽고 이해하는 힘이 매우 날카로움을 이르는 말.

안하무인(眼下無人)

⇒방약무인(傍若無人) 참조.

안행피영(雁行避影)

기러기는 앞서가는 기러기의 그림자를 범하지 않는다는 뜻으로, 사제(師弟)간의 도리를 비유하는 말.

암거천관(巖居川觀)

바위굴에 살면서 흐르는 시내를 바라본다는 말로, 은거 생활의 즐거움을 뜻함.
「史記 蔡澤傳」,
蔡澤謂應侯曰 君何不歸相印讓賢者退而巖居川觀

암암리(暗暗裏)

'남이 모르는 가운데'의 뜻.

암약(暗躍)

⇒암중비약(暗中飛躍) 참조.

암어자견(闇於自見)

자기 관찰(自己觀察)에 어둠을 이르는 말.
「曹丕의 論文」,
又患闇於自見 爲己爲賢

암운저미(暗雲低迷)

금방이라도 비가 올 듯한 검은 구름이 낮게 드리움. 곧 위험한 일이나 중대 사건과 같은 좋지 않은 일이 일어날 것 같은 불안한 정세를 이름.

암중모색(暗中摸索)

어둠 속에서 손으로 더듬어 찾는다는 말로, 확실하게 알고 있지 못한 것을 상상(想像)이나, 어림짐작으로 뜻을 이루려함을 이르는 말.
「隋唐佳話」,
許敬宗性輕傲 見人多忘之 或謂其不聰 曰 卿自難識 若遇何(遜)劉(孝綽)沈(約)謝(眺) 暗中摸索著亦可識
許敬宗은 성질이 輕妄스러워 남을 보고도 바로 잊어버리곤 했다. 사람들이 聰明치 못함을 비웃었다. 그러자 그가 말하기를, "卿과 같은 평범한 사람은 기억할 필요가 없지. 만일, 何遜, 劉孝綽, 沈約, 謝眺(자기가 좋아하던 당대의 문장가들)와 같은 사람이라면, 暗中摸索을 해도 알 수가 있네."
* 敬宗은 唐太宗의 十八學士의 하나로 건망증이 심했다 한다.

암중비약(暗中飛躍)

남의 눈을 피하여 몰래 활동함을 뜻함. 줄여서 암약(暗躍)만으로도 쓰임.

암혈지사(巖穴之士)

속세를 떠나 산 속 깊이 숨어사는 선비를 이르는 말.
「史記 伯夷傳」,
巖穴之士 趨舍有時

압권(壓卷)

글이나 서책 중에서 가장 뛰어난 것

이나 잘 지은 대목을 이르던 말이었으나, 오늘날에는 이것이 변하여 가장 뛰어난 부분이나 또는 그런 물건을 가리키는 말.
「未詳」.
* 옛날에 과거(科擧) 시험을 치른 뒤 채점하여 이름을 발표할 때 급제(及第)한 사람의 답안을 끄집어내어 다른 사람들의 답안지 위에 올려놓던 관습에서 나온 말.

압축소잔(壓縮銷殘)
눌러서 부서지고 삭아서 없어진다는 뜻.

앙급지어(殃及池魚)
초국(楚國)의 성문(城門)에 불이 붙어, 성 밖에 있는 연못물로 이 불을 끄게 되었는데, 못물이 모두 없어져 그 속에 있던 고기들이 모두 말라죽었다는 데서 나온 말로, 이유 없이 엉뚱하게 화(禍)를 당함을 비유하는 말. 지어지앙(池魚之殃)이라고도 함.
「東魏의 杜弼檄梁文」.
楚國亡猿 禍延林木 城門失火 殃及池魚
초나라에 (宮에서 기르던) 원숭이 한 마리가 도망을 쳤다. 그래서 그 재앙이 숲에까지 이르렀다(원숭이가 도망쳐 들어간 숲의 나무를 모두 잘라 버렸다). 그리고 城門에 불이 나자 그 재앙이 연못에까지 미쳤다(불을 끄느라 연못의 물을 다 퍼 버렸다).
「太平廣記水族四」.
城門失火 禍及池魚 舊說池仲魚 人姓字也 居宋城門 失火 延及其家 仲魚燒死 又云 宋城失火 門人汲取池中水以

沃灌之 池中空渴 魚悉露死 喩惡之滋 竝傷良謹也

앙망불급(仰望不及)
우러러 바라보기만 할 뿐 미치지 못한다는 뜻.

앙불괴천(仰不愧天)
하늘에 대하여 조금도 부끄러움이 없다는 뜻으로, 조금도 부정(不正)함이 없음을 이르는 말.
⇒군자삼락(君子三樂)의 故事 참조.

앙사부모(仰事父母)
위로 부모를 섬김. 또는, 부모를 우러러 모심을 이르는 말.

앙사부육(仰事俯育)
어버이를 섬기고 아내와 자식을 보살핀다는 말로, 앙사부축(仰事俯畜)에서 나온 말.

앙사부축(仰事俯畜)
위로는 부모님을 봉양하고 아래로는 처자를 먹여 살림. 앙사부육(仰事俯育)이라고도 함.
「孟子 梁惠王章句上 七」.
是故 明君 制民之産 必使仰足以事父母 俯足以畜妻子 樂歲 終身飽 凶年 免於死亡 然後 驅而之善故 民之從之也輕
그러므로 옛 명군(明君)이 백성의 산업을 제정함에 있어서는, 반드시 위로는 넉넉히 부모를 섬길 수 있고 아래로는 넉넉히 처자를 먹여 살릴 수 있어서, 풍년이 들면 일생을 배불리 먹을 수 있고 흉년이 들더라도 죽음으로부터 면할 수 있도록 하여 줍니다.

앙앙불락(怏怏不樂)
항상 마음에 차지 않아 불쾌함을 이르는 말.

앙앙지심(怏怏之心)

흡족하게 여기지 않는 마음을 이르는 말.
「史記 淮陰侯傳」,
由此日怨望 居常怏怏

앙천대소(仰天大笑)

하늘을 쳐다보고 크게 웃음을 이르는 말.
「史記 骨稽傳」,
淳于髡仰天大笑 冠纓索絶

앙천부지(仰天俯地)

하늘을 우러르고 땅을 굽어본다는 뜻.

앙천불괴(仰天不愧)

하늘을 우러러 한 점 부끄러움이 없음을 이르는 말.

앙천이타(仰天而唾)

다른 사람을 해치려다가 오히려 자기가 해를 당함을 비유한 말.
「四十二章經」,
惡人欲害賢者 仰天而唾 唾不汚天 還汚己面

애걸복걸(哀乞伏乞)

애처롭게 사정하여 굽실거리며 빌고 또 빈다는 말.

애다즉증지(愛多則憎至)

⇒은심원생(恩甚怨生) 참조.

애린여기(愛隣如己)

이웃 아끼기를 자기 몸을 아끼듯 한다는 말.

애매모호(曖昧模糊)

확실하지 못하고 희미함을 뜻함.

애별리고(愛別離苦)

불교에서 팔고(八苦)의 하나로, 부모·형제·처자·애인 등과 생별(生別) 또는 사별(死別)하는 고통을 이르는 말.
「五王經」,
謂室家內外兄弟妻子 共相戀慕 一朝破亡 爲人抄劫 各自分張 父東子西 乃至爲人 奴婢等苦也

애애절절(哀哀切切)

몹시 애절한 모양을 이르는 말.

애이불비(哀而不悲)

속으로는 슬프나 겉으로 나타내지 않음. 애이불상(哀而不傷)이라고도 함.

애이불상(哀而不傷)

⇒애이불비(哀而不悲) 참조.
「論語」,
子曰 關雎樂而不淫 哀而不傷

애인여기(愛人如己)

남을 사랑하기를 제 몸 사랑하듯 하라는 말.

애인이목(礙人耳目)

다른 사람의 이목을 꺼림. 또는 남의 눈에 띄는 것을 피함.

애인자인항애지(愛人者人恒愛之)

남을 사랑하는 자는 남으로부터 사랑을 받는다는 말.

애인자즉인애지(愛人者則人愛之)

내가 남을 사랑하면 남도 나를 사랑한다는 말.
「孔子家語」,
愛人者則人愛之 惡人者則人惡之

애자교지이의방(愛子敎之以義方)

자식을 사랑한다면 그에게 의로운 길을 가르치라는 말.

애자지원(睚眦之怨)

한 번 슬쩍 흘겨보는 정도의 원망이란 뜻으로, 남에게 눈흘김을 받을 정도의 조그만 원한을 뜻함.

「史記 范雎傳」,

一飯之德必償 睚眦之怨必報

애좌애우(挨左挨右)

서로 위하는 마음으로 양보하여 피한다는 말.

애지중지(愛之重之)

매우 사랑하고 소중히 여김을 이르는 말.

애친경장(愛親敬長)

어버이를 사랑하고 어른을 공경한다는 말.

애타주의(愛他主義)

남을 사랑하는 주의.

야가무식도(冶家無食刀)

대장간에 식칼이 없다는 뜻으로, 마땅히 있어야 할 곳에 도리어 그 물건이 없을 때 이르는 말.

「東言解」,

야단법석(野壇法席)

불교에서 야외에서 베푸는 강좌를 이르는 말.

야단법석(惹壇法席)

많은 사람이 한데 모여 다투고 떠들며 소란을 피우는 일. 야단법석(野壇法席)에서 나온 말.

야랑자대(夜郎自大)

한 나라 때 서남이(西南夷)에 야랑국(夜郎國)이 있었는데, 강한 세력이 있다하여 오만을 부린 데서 나온 말로, 평범하고 어리석은 무리 중에서 세상물정을 모르고 자기만이 세력이 있다고 잘난 체하거나 뽐냄을 비유하여 이르는 말.

「史記 西南夷列傳」,

滇王言漢使者曰 漢我孰大與 乃夜郎侯然 以道之通故 各各自以爲一州之主漢知廣大也

야무유현(野無遺賢)

현인(賢人)이 다 등용되어서 민간에 숨은 인재가 없음을 이르는 말.

「書經 虞書 大禹謨」,

帝曰 兪 允若玆 嘉言罔攸伏 野無遺賢 萬邦咸寧 稽于衆 舍己從人 不虐無告 不廢困窮 惟帝時克

제(帝)께서 이르시되, "그러하다. 진실로 이같이 하면 아름다운 말씀이 엎드릴 바 없으며, 들에 끼친 어진 이 없어 만방이 다 편안하리니, 무리에 상고하여 몸을 놓고 남을 좋으며, 무고한 이를 학대하지 아니하며, 곤궁한 일을 버리지 아니함은 오직 帝라야 이에 능히 하시더니라."

야무청초(野無靑草)

가뭄으로 들에 풀이 다 말라죽고 없다는 데서 나온 말로, 흉년으로 기근(饑饉)이 극심한 것을 비유하여 이르는 말.

「左傳 僖公 二十六年」,

齊侯曰 室如縣磬 野無靑草 何恃而不恐

또 효공(孝公)이 말하기를, "귀국백성들의 집은 경쇠를 매단 것 같이 텅텅 비어 있고 들판에는 푸른 풀도 보이지 않는데 어째서 두려워하지 않는가?"

야반무례(夜半無禮)

어두운 밤중에는 예의를 갖출 수가 없음을 이르는 말. 야심무례(夜深無禮)라고도 함.

야불답백(夜不踏白)

밤길을 갈 때에 바닥이 희게 보이는 것은 물이니 밟지 말고 비켜 가라는 말.

야불폐문(夜不閉門)

밤에 대문을 닫지 아니한다는 뜻으로, 세상이 태평하고 인심이 좋음을 이르는 말.

야심만만(野心滿滿)

야심이 가득 차 있음을 이르는 말.

야심무례(夜深無禮)

⇒야반무례(夜半無禮) 참조.

야우대상(夜雨對牀)

밤비 소리를 들으면서 침대를 나란히 놓고 누워 있다는 뜻으로. 친구의 사이가 좋음을 나타낸 말.
「蘇軾 示子由詩」

야이계일(夜以繼日)

밤낮으로 쉬지 않고 힘씀. 야이계주(夜以繼晝)라고도 함.

야이계주(夜以繼晝)

⇒야이계일(夜以繼日) 참조.

야인무력일(野人無曆日)

시골에 묻혀 살면서 세월 가는 줄 모름을 이르는 말.

야학재계군(野鶴在鷄群)

무리 중에서 특출하게 뛰어난 존재를 가리키는 말.
「晉書 嵇紹傳」,
嵇紹始入洛 或謂王戎曰 昨於稠人中

始見嵇紹 昂昂然如野鶴在鷄群

야행주복(夜行晝伏)

낮에는 숨고 밤에만 걷는다는 뜻으로, 남의 눈을 피함을 이르는 말.

약관(弱冠)

나이가 20세에 이른 남자를 이름.
「禮記 曲禮 上」,
人生十年曰幼學 二十年弱冠 三十曰壯有室 四十曰強而仕 五十曰艾服官政 六十曰耆指使 七十曰老而傳 八十九十曰耄 七年曰悼 悼與耄 雖有罪 不加刑焉 百年曰期頤
사람이 태어나서 10살이 되면 幼라고 하며, 이 때는 배워야 한다. 20살이 되면 弱이라 하고, 이 때에 冠禮한다. 30살이 되면 壯이라 하고, 이 때에는 아내를 둔다. 40살이 되면 強이라 하고, 이 때에는 벼슬을 해야 한다. 50세가 되면 艾라고 하며 官政을 복무해야 한다. 60세가 되면 耆라하고 이 때에는 일을 지시하며 사람을 부려야 한다. 70세가 되면 老라하고, 家督을 자식에게 전해야 한다. 80, 90세를 모(耄)라고 하고, 이 때는 神氣가 쇠모한다. 70세를 悼라고 하는데 사람들이 애처롭게 여기며, 悼와 耄는 죄가 있어도 형벌을 가하지 않는다. 100세를 期라 하고, 이 때가 되면 부양된(扶養)다.

약금한선(若噤寒蟬)

추위 속의 매미가 울지 않듯, 감히 자기 의견을 말하지 않고 몸사림을 비유하는 말.
「後漢書 杜密傳」,
劉勝爲大夫之位 上禮於賓 知薦善 聞惡則無言 隱情惜己 自同寒蟬 而若罪

人也

약기폐사(若棄敝蹝)

짚신을 버리는 것과 같다는 말로, 추호도 아깝지 않음을 이르는 말.
「孟子 盡心章句 上」,
舜視棄天下 若棄敝蹝也

약롱중물(藥籠中物)

약상자 속의 약. 자기의 수중에 있어서 필요할 때 언제든지 쓸 수 있는 물건. 또는 부하를 삼아서 자기편이 된 사람. 또는 필요한 인물의 비유. 약롱지물(藥籠之物)이라고도 함.
「唐書」,
仁傑笑曰 吾藥籠中物 何可一日無也

약롱지물(藥籠之物)

⇒약롱중물(藥籠中物) 참조.

약마복중(弱馬卜重)

약한 말에 짐바리를 무겁게 싣는다는 뜻으로, 맡은 일에 비해서 그의 재주와 힘이 너무 부족함을 비유하는 말.

약방감초(藥房甘草)

무슨 일에나 빠짐없이 늘 참석함을 이르는 말. 또는 반드시 끼어야 하는 사물을 이르는 말.

약석지언(藥石之言)

약이 되는 말이란 뜻으로, 남의 잘못을 훈계하여 그것을 바로잡는 데 도움이 되는 말.
「左傳 襄公二十三年」,
臧孫曰 季孫之愛我也 疾疢也 孟孫之惡我 藥石也 美疢不如惡石 夫石猶生我 疢之美 其毒滋多 孟孫死 吾亡無日矣
장손이 대답하기를, "季孫씨가 나를

사랑하는 것은 질병과 같고, 孟孫씨가 나를 미워하는 것은 약과 같다. 아름다운 병은 나쁜 약만 같지 못하다. 대저 약은 오히려 나를 살리지만, 심한 병은 그 해로움이 더 크다. 孟孫씨가 죽었으니 내가 망할 날도 멀지 않았다.
「唐書」,
高季輔上封事 帝報鍾乳一劑曰 卿進藥石之言 故以藥石報之
「白居易의 詩」,
分定金蘭契 言通藥石規

약섭대수(若涉大水)

큰 내를 건넘과 같이 매우 위태롭다는 말. 약섭연수(若涉淵水)라고도 함.
「書經 微子篇」,
今殷其淪喪 若涉大水 其無津涯 殷遂喪

약섭연수(若涉淵水)

⇒약섭대수(若涉大水) 참조.
「書經 大誥篇」,
予惟小子 若涉淵水 予惟往求朕攸濟

약섭춘빙(若涉春氷)

엷은 어름을 밟고 건너는 것처럼 대단히 위험하다는 말.
「書經 君牙篇」,
心之憂危 若踏虎尾 涉于春氷

약시약시(若是若是)

⇒여차여차(如此如此) 참조.

약육강식(弱肉强食)

약한 자가 강한 자에게 먹힘을 이르는 말.
「韓愈의 送浮屠文暢序」,
夫鳥俛而啄 仰而四顧 夫獸深居而簡出 懼物之爲己害也 猶且不免焉 弱之

肉 强之食

약자선수(弱者先手)

장기나 바둑을 둘 때 수가 약한 사람이 먼저 둔다는 말.

약차약차(若此若此)

⇒여차여차(如此如此) 참조.

양가독자(兩家獨子)

친가(親家)와 양가(養家) 두 집 사이에 외아들을 이르는 말.

양가호구(養家糊口)

입에 풀칠할 정도로 식구들을 겨우 먹여 살린다는 말.

양각서주(兩脚書廚)

박식(博識)하기는 하지만, 실용(實用)할 줄 모르는 자를 비꼬아서 하는 말.

「陔餘叢考 卷四十三」,

齊郎邪學極博而讀易不解文義 王儉曰 陸公書廚也 今人謂讀書多而不能用者 爲兩脚書廚本此

양고심장(良賈深藏)

장사를 하는 상인은 좋은 상품을 가게에 내어놓지 않고 깊이 숨겨 둔다는 뜻으로, 현인(賢人)은 그 재능을 숨기고 남 앞에 나타내지 않음을 비유하여 이르는 말.

「史記 老莊申韓傳」,

老子曰 吾聞之 良賈深藏若虛 君子盛德容貌若愚

양과분비(兩寡分悲)

두 사람의 과부가 슬픔을 서로 나눈다는 뜻으로, 같은 처지에 있는 사람끼리 서로 동정함을 이르는 말.

양구수조(羊裘垂釣)

양피 옷을 입고 고기를 낚는다는 말이니, 은자(隱者)의 모습을 이르는 말.

「漢書 嚴光傳」,

嚴光字子陵 少與光武同遊大學 及帝卽位 光陰身不見 帝令物色訪之 後齊國言有一男子 披羊裘釣澤中 帝疑光 備禮聘之

嚴光의 字는 子陵으로, 어려서 光武와 함께 大學을 공부하며 지냈다. 그러다가 光武가 卽位하자 嚴光은 몸을 숨겨 나타나지 않았다. 光武가 사람을 시켜 찾아보니, 後齊에서 '한 남자가 양피 옷을 입고 연못에서 낚시만으로 생활을 한다'는 말이 있어, 光武가 이상히 여겨 찾아가 禮를 갖추어 招聘하게 되었다.

양궁거시(揚弓擧矢)

활과 화살을 높이 쳐든다는 뜻으로, 전쟁에 이겼음을 비유하는 말.

양금미옥(良金美玉)

좋은 금과 아름다운 구슬이란 뜻으로, 빼어난 문장을 이르는 말. 양옥미금(良玉美金)이라고도 함.

「宋史 黃洽前」,

上曰 卿如良金美玉 渾厚無瑕 天其以卿爲朕弼耶

양금상목서(良禽相木棲)

⇒양금택목(良禽擇木) 참조.

양금신족(量衾伸足)

이불깃 봐 가며 발 편다는 뜻으로, 무슨 일에나 그 결과를 헤아리면서 힘이 허락하는 한도 내에서 행하라는 말.

「旬五志」,

양금택목(良禽擇木)

현명한 새는 좋은 나무를 가려서 둥지를 튼다는 말로, 현명한 사람은 자기 재능을 키워 줄 훌륭한 사람을 가려서 섬기는 것을 비유하는 말. 양금상목서(良禽相木棲)라고도 함.

「左傳 哀公十一年」,

鳥則擇木 木豈能擇鳥

새가 나무를 가려서 택하는 것이지, 어찌 나무가 새를 선택하리오?

* 춘추 시대, 유가의 비조인 공자가 치국(治國)의 도(道)를 유세하기 위해 위(衛)나라에 갔을 때의 일이다. 어느 날 공문자(孔文子)가 대숙질(大叔疾)을 공격하기 위해 공자에게 상의하자 공자는 이렇게 대답했다. "제사 지내는 일에 대해선 배운 일이 있습니다만, 전쟁에 대해선 아는 것이 없습니다." 그 자리를 물러 나온 공자는 제자에게 서둘러 수레에 말을 매라고 일렀다. 제자가 그 까닭을 묻자, 공자는 한시라도 바삐 위나라를 떠나야겠다며 이렇게 대답했다. "현명한 새는 좋은 나무를 가려서 둥지를 튼다고 했다. 마찬가지로 신하가 되려면 마땅히 훌륭한 군주를 가려서 섬겨야 하느니라." 이 말을 전해들은 공문자는 황급히 객사로 달려와 공자의 귀국을 만류했다. "나는 결코 다른 뜻이 있어서 물은 것이 아니오. 다만 위나라의 대사에 대해 물어 보고 싶었을 뿐이니 언짢게 생각말고 좀더 머물도록 하시오." 공자는 기분이 풀리어 위나라에 머물려고 했으나 때마침 노(魯)나라에서 사람이 찾아와서 귀국을 간청했다. 그래서 고국을 떠난 지 오래인 공자는 노구(老軀)에 스미는 고향 생각에 사로잡혀 서둘러 노나라로 돌아갔다.

양두구육(羊頭狗肉)

⇒현우수매마육(懸牛首賣馬肉) 참조.

양봉연비(兩鳳連飛)

두 마리 봉황이 날개를 나란히 하고 날아가는 것처럼, 형제가 같이 출세함을 말함.

「北史 崔瞻傳」,

愻弟仲文 有文學 天保初 愻爲侍中 仲文爲銀 靑光祿大夫 同日受拜 時云 兩鳳連飛

양상군자(梁上君子)

도둑이 들보 위에 숨어 있는 것을 비꼬아 한 말로, 도둑을 칭하는 말.

「後漢書 陳寔傳」,

陳寔字仲弓 少作縣吏 爲都亭刺佐 有志好學 坐立誦讀 縣令奇之 聽受業太學 後除太丘長 修德淸靜 百姓以安 時歲荒 有盜夜入其室 止於梁上 寔陰見之 呼子孫正色訓之曰 夫人不可不自勉 不善之人 未必本惡 習以性成遂至於此 梁上君子是矣 盜大驚 自投於地稽顙歸罪 寔曰 視君狀貌 不似惡人 當由貧困 令遺絹工匹 自是一縣無復盜竊

陳寔의 字는 仲弓으로, 젊어서 縣吏가 되어도 늘 학문을 좋아하여 앉아서 책만 읽어, 縣令이 奇異하게 여기었다. 太學을 공부하더니, 후에 太丘縣의 長으로 부임해, 德을 닦음이 淸淨하여 백성들이 편안해졌다. 그러던 어느 날, 백성들이 흉작으로 고생을 겪을 때, 도둑이 방으로 들어와 들보 위에 엎드렸다. 陳寔은 보고도 모르는 체하고, 子孫들을 불러 정색하고 야단을 치며 말했다. "무릇 사람은 스스로 노력하지 않으면 안 된다. 나쁜 사람도 반드시 本性이 그랬던 것은 아니다. 행실이 습관이 되어 本性

이 나쁜 짓을 하게 되는 거란다. 지금 들보 위에 있는 君子도 그러하다." 도둑이 놀라서 방바닥에 내려와 머리를 조아리고 사죄했다. 陳寔 가로되, "자네의 모습을 보니 惡人같지는 않구만. 가난 때문에 그랬겠지." 그리고 비단을 주고 돌려보냈다. 이로부터 그 마을에는 다시 도둑질하는 자가 없었다.

양상도회(梁上塗灰)

들보 위에 회를 바른다는 뜻으로, 아름답지 못한 여자가 얼굴에 분을 많이 바른 것을 비웃는 말.

양생송사(養生送死)

윗사람에 대하여 생전에는 잘 모시고 사후에는 정중히 장례하는 것.

「孟子 離婁章句下 十三」,

孟子曰 養生者不足以當大事 惟送死可以當大事

맹자 가로되, "살아 있을 때에 봉양하는 것이 큰 일이라고 할 것이 못되고, 다만 돌아갔을 때 장송하는 것만이 큰 일이라고 할 수 있다.

양송견정자(養松見亭子)

솔 심어 정자란 뜻으로, 원대한 계획을 비유하여 이르는 말.

양수집병(兩手執餠)

두 손에 떡 쥐기란 말로, 두 가지 일 중에 어느 것을 먼저 해야 할 지 취사선택할 수 없음을 뜻하는 말.

양심(良心)

고유(固有)의 선심(善心).

「孟子 告子上篇」,

孟子曰 牛山之木 嘗美矣 以其郊於大國也 斧斤伐之 可以爲美乎 是其日夜之所息 雨露之所潤 非無萌蘗之生焉 牛羊又從而牧之 是以 若彼濯濯也 人見其濯濯也 以爲未嘗有材焉 此豈山之性也哉 雖存乎人者 豈無仁義之心哉 其所以放其良心者 亦猶斧斤之於木也 旦旦而伐之 可以爲美乎 其日夜之所息 平旦之氣 其好惡與人相近也者幾希 則其旦晝之所爲 有梏亡之矣 梏之反覆 則其夜氣不足以存 夜氣不足以存 則其違禽獸不遠矣 人見其禽獸也 而以爲未嘗有才焉者 是豈人之情也哉 故苟得其養 無物不長 苟失其養 無物不消 孔子曰「操則存 舍則亡 出入無時 莫知其鄕 惟其心之謂與」

孟子 가로되, "牛山의 나무들은 일찌기 아름다웠다. 그러나 大國에 가까이 있어 濫伐되고 말았으니 아름다울 수가 있으랴! 밤낮 자라나고 雨露가 내려주어 싹이 돋는 일이 있기는 하였으나, 또 牛羊을 몰고 가서 마구 먹였으니 저렇게 벌거숭이산이 되고 말았노라. 사람들이 벌거숭이산을 보고 저기에는 본래 나무가 없었다고 하니, 이것이 어찌 산의 본성이겠는가? 이와 마찬가지로, 사람의 본성인들 어찌 良心이란 것이 없을소냐? 사람이 良心을 잃어버리는 일도 도끼로 나무를 날마다 찍어내는 일과 흡사한 것이니, 아름다울 수가 있으랴! 밤낮 良心이 자라나고 맑은 기운이 감돌지만 마음 쓰는 것이 남과 같지 못한 것은 또한 낮에 저지르는 소행이 良心을 속박하여 기능을 잃게 하는 것이니, 이런 일이 반복되면 夜氣가 보존되지 못하고, 夜氣가 보존되지 못하면 禽獸에 가까워진다. 사람이 禽獸와 같은 이를 보고 저 사람은 본래

才性이 없는 이라고 여기니, 이것이 어찌 사람의 性情이겠는가? 그러므로 잘 養하면 크지 않는 物이 없고, 養하지 않으면 消滅되지 않는 物이 없느니라. 그래서 孔子께서 이렇게 말을 하였다.「잡으면 存하고 놓으면 亡한다. 때 없이 드나들고 하여 제 고장을 모른다는 것은 바로 마음을 두고 한 말이다.」

양약고구(良藥苦口)

⇒양약고어구이어병(良藥苦於口利於病) 참조.

양약고어구이어병(良藥苦於口利於病)

효과가 좋은 약은 먹을 때 입에 쓰고, 타인의 좋은 충고는 들을 때 귀에 거슬린다는 뜻으로 쓰이는 말. 양약고구(良藥苦口)만으로도 쓰이고, 간언역어이(諫言逆於耳), 금언역어이(金言逆於耳), 충언역어이(忠言逆於耳)와 같이 쓰임.

「孔子家語」,

孔子曰 良藥苦於口而利於病 忠言逆於耳而利於行

孔子가로되, "좋은 약은 입에는 쓰지만 병에 이롭고, 충고하는 말은 귀에는 거슬리나 행실에는 이롭다."

양양자득(揚揚自得)

자신의 뜻을 이루어 뽐내는 모양을 이르는 말.

양옥미금(良玉美金)

⇒양금미옥(良金美玉) 참조.

양옥부조(良玉不彫)

미옥(美玉)은 인공을 가하지 않아도 자연적으로 아름답게 되어 있음을 이르는 말.

「揚子 法言寡見篇」,

或曰 良玉不彫 美言不文何爲也 曰 玉不彫璵璠不作器 言不文典謨不作經

양인지검(兩刃之劍)

쓰기에 따라 이롭게도 되고 해롭게도 되는 것을 이르는 말.

양자력(量自力)

자신의 능력은 자신만이 안다는 뜻. 또는 어떤 일을 마음이 곧고 충실하게 탐구한다는 뜻.

양자식 지친력(養子息知親力)

자식을 길러 보아야 어버이의 수고를 안다는 뜻으로, 체험해 보아야 모든 것을 안다는 말.

「靑莊館全書」,

양자택일(兩者擇一)

둘 중에 하나를 택함을 이르는 말.

양장소경(洋腸小徑)

양의 창자처럼 구불구불 휘고 좁은 길. 대학 입시나 입사 시험의 난관을 비유하는 말.

양조구비(兩造具備)

재판을 할 때는 원고와 피고, 즉 쌍방의 말을 충분히 들어서 행하여야 함을 이르는 말.

양지양능(良知良能)

신이 정한 원본적 법칙에 의하여 선(善)·악(惡)·정(正)·사(邪)를 판단할 수 있는 능력. 즉, 선천적으로 타고난 지혜와 능력을 이르는 말.

「孟子 盡心章句上 十五」,

孟子曰 人之所不學而能者 其良能也 所不慮而知者 其良知也 孩提之重 無不知愛其親者 及其長也 無不知敬其兄 親

親 仁也 敬長 義也 無他 達之天下也

맹자 가로되, "사람이 배우지 않고
서도 能한 것은 良能이요, 생각하지
않고서도 아는 것은 良知다. 어린
아기도 그 어버이를 사랑할 줄 모르
는 이가 없고, 자라서는 그 형을 공
경할 줄 모르는 이가 없다. 어버이를
친하는 것은 仁이요, 어른을 공경하
는 것은 義다. 이것은 다름 아니라
온 세상 사람들에게 공통된 것이다."

양질호피(羊質虎皮)

외면은 화려하지만 내용이 빈약함을
경멸하는 말.

「素書」,

羊質虎皮者柔

양처현모주의(良妻賢母主義)

좋은 아내와 어진 어머니가 될 것을
목표로 하는 주의.

양포지구(楊布之狗)

겉모습이 변한 것을 보고 속까지 변
했다고 판단하는 사람을 이름. 또는
밖으로 나타난 것만을 보고 그 내용
을 단정할 수 없음을 비유하는 말.

「韓非子 說林篇」,

楊朱之弟楊布 衣素衣而出 天雨解素
衣 衣緇衣而反 其狗不知而吠之 楊布
怒將擊之 楊朱曰 子毋擊 子亦猶是 曩
者使女狗白而往 黑而來 子豈能毋怪哉

楊朱의 동생 楊布가 흰옷을 입고 외
출을 하였는데, 하늘에서 비가 내려
흰옷을 벗고 검은 옷을 입고 돌아왔
다. 그러자 집에서 기르는 개가 분간
하지 못하고 짖으니, 楊布는 화가 나
서 개를 때리려 했다. 그러자 楊朱가
이것을 보고 가로되, "너는 개를 때
리지 말아라. 너 역시 이와 같을 것

이야. 먼저 너의 개가 흰옷을 입고
가고서 검은 옷을 입고 돌아오면, 너
역시 어찌 능히 괴상하게 생각지 않
을 수 있겠는가?"

양호상투(兩虎相鬪)

두 마리의 호랑이가 서로 으르렁댐을
이르는 말이니, 두 영웅 또는 두 나라
가 서로 싸우는 것을 비유하는 말.

「史記 張儀傳」,

秦惠王曰 今韓魏相功 救之便 勿救便
陳軫對曰 亦嘗有以卞莊子刺虎聞於王
者乎 莊子欲刺虎 館豎子止之曰 兩虎
方且食牛 食甘必爭 爭則必鬪 鬪則大
者傷 小者死 從傷而刺之 一擧必有雙
虎之名 莊子以爲然 有頃 兩虎果鬪 大
者傷 小者死 莊子從傷者而刺之 一擧
果有雙虎之功 今韓魏相功 是必大國傷
小國亡 從傷而伐之 一擧必有兩實 此
猶莊子刺虎之類也

「史記 廉頗藺相如列傳」,

藺相如固止之 曰 公之視廉將軍孰與
秦王 曰 不若也 相與曰 夫以秦王之威
而相如廷叱之 辱其君臣 相如雖駑 獨
畏廉將軍哉 顧吾念之 强秦之所以不敢
加兵於趙者 徒以吾兩人在也 今兩虎共
鬪 其勢不俱生 吾所以爲此者 以先國
家之急而後私讐也 廉頗聞之 肉袒負荊
因賓客至藺相如門謝罪 曰 鄙賤之人
不知將軍寬之至此也 卒相如驩 爲刎頸
之交

인상여는 굳이 말리면서 말했다.
"그대들은 염장군과 진왕을 비교해서
어느 쪽이 더 두렵다고 생각하나?"
"그야 진왕에게는 당할 수 없습니다."
상여가 다시 말했다. "대체로 진왕의
위력 앞에서도 상여는 꿈쩍 않고 궁
정 안에서 그들을 꾸짖고 그 군신들

에게 수모를 주었다. 인상여가 아무리 노둔하다고 해도 고작 염장군쯤을 어찌 겁내겠는가? 나는 다만 저 강대한 진나라가 우리 조나라에 군사를 가해 오지 않는 것은 지금 염장군과 내가 있기 때문이라고 생각한다. 두 마리 호랑이가 서로 싸운다면 아무래도 두 쪽이 다 쓰러지게 마련이다. 내가 이렇게 하는 이유는 국가의 위급이 먼저라 생각하고 사사로운 원한 같은 것은 뒤로 돌리기 때문이다."

인상여가 했다는 이 말을 들은 염파는 웃옷을 벗고 가시나무 회초리를 등에 지고 인상여의 빈객을 중간에 넣어 인상여를 찾아왔다. 그리고 죄를 빌면서 말했다. "미련한 이 자는 장군의 관대한 생각이 그렇게까지 넓으신 줄은 차마 몰랐습니다." 드디어 두 사람은 서로의 우정을 되찾고 목을 쳐도 후회하지 않을 정도로 생사를 같이하는 우정을 맺었다.

양호우환(養虎憂患)

⇒양호유환(養虎遺患) 참조.

양호유환(養虎遺患)

스스로 만들어서 화(禍)를 당하는 것을 이르는 말. 양호우환(養虎憂患) 또는, 양호후환(養虎後患)이라고도 함.
「史記 項羽本紀」,
項王已約 乃引兵解而東歸 漢欲西歸 張良陳平說曰 漢有天下太牛 而諸侯皆附之 楚兵罷食盡 比天亡楚之時也 不如因基機而逐取之 今釋弗擊 此所謂養虎自遺患也 漢王聽之

이 협정(漢王 유방이 項王 항우와 협상하고, 천하를 양분하여 鴻溝에서 서쪽은 漢나라의 영토로 하고 동쪽은 楚나라 영토로 책정한 일)을 맺은 후 項王은 즉시 전투 태세를 풀고 군사를 이끌어 동쪽으로 귀국 길에 올랐다. 漢王도 서쪽으로 귀국하려고 하자 張良과 陳平이 이렇게 진언했다. "우리 한나라는 천하의 절반을 차지했을 뿐 아니라 제후들도 모두 우리 편에 협력하고 있습니다. 그런데 지금 楚나라는 병력이 피폐해 있고 식량도 바닥이 나 있습니다. 이것은 하늘이 楚나라를 버린 것이라고 보아야 하겠습니다. 이 때야말로 楚나라를 공격해서 멸망시킬 아주 좋은 기회입니다. 이 기회를 놓치게 된다면 그야말로 호랑이를 길러서 스스로 후일의 화근을 남기게 되는 것입니다." 한왕은 이 진언을 받아들이기로 했다.

양호후환(養虎後患)

⇒양호유환(養虎遺患) 참조.

어궤조산(魚潰鳥散)

물고기 떼 같이 헤어지고 새 떼처럼 흩어진다는 말.
「南史」,
鳥散魚潰

어동육서(魚東肉西)

제사 음식을 진설할 때에 어찬(魚饌)은 동쪽에 육찬(肉饌)은 서쪽에 놓음을 이르는 말.

어두귀면지졸(魚頭鬼面之卒)

지지리 못난 사람들을 이르는 말.

어두봉미(魚頭鳳尾)

⇒어두육미(魚頭肉尾) 참조.

어두육미(魚頭肉尾)

물고기는 머리 쪽이 맛이 있고 짐승의 고기는 꼬리 쪽이 맛이 있다는 말. 어두봉미(魚頭鳳尾)라고도 함.

어로불변(魚魯不辨)

어자(魚字)와 로자(魯字)를 구별하지 못한다는 말이니, 어리석거나 무식한 자를 이르는 말. 유사한 말로 목불식정(目不識丁)이 있음.

어룡장화(魚龍將化)

물고기가 장차 용이 된다는 뜻으로, 입신출세를 비유하여 이르는 말.

어망홍리(魚網鴻離)

고기를 잡으려고 그물을 쳤는데 기러기가 걸렸다는 뜻으로, 구하던 것은 얻지 못했지만 도리어 다른 것을 얻었다는 말.
「詩經 邶風 新臺篇」,
魚網之設 : 고기 그물 쳐 놨더니
鴻則離之 : 기러기가 걸렸다나?
燕婉之求 : 반달인가 하였더니
得此戚施 : 꼽추 병신이 걸리었네
* 新臺란 美人을 구하려다가 醜女를 얻었다는 遊戲性이 강한 詩임. 燕婉은 美人, 戚施는 醜惡한 사람임.

어목연석(魚目燕石)

물고기의 눈과 중국의 연산(燕山)에서 나는 돌. 두 가지가 다 옥 같은데, 옥이 아니라는 데서, 비슷하면서 아닌 것. 가짜와 진짜를 구별하기 어려움의 비유.
「韓詩外傳」,
白骨類象 魚目似珠

어목혼주(魚目混珠)

물고기의 눈알과 구슬이 섞였다는 뜻으로, 가짜와 진짜가 뒤섞임을 비유하여 이르는 말.

어변성룡(魚變成龍)

물고기가 변하여 용이 되었다는 뜻으로, 아주 곤궁하던 사람이 부귀하게 됨을 비유하여 이르는 말.

어부지리(漁父之利)

어부지리(漁夫之利)라고도 함.
⇒휼방지쟁(鷸蚌之爭) 참조.

어불성설(語不成說)

말이 조금도 이치에 맞지 아니함을 이르는 말.

어불택발(語不擇發)

말을 삼가지 않고 함부로 함을 이르는 말.

어사지간(於斯之間)

어느덧. 어느 사이.

어수지친(魚水之親)

⇒관포지교(管鮑之交) 참조.

어어아아(魚魚雅雅)

위의(威儀)가 정돈되고 엄숙함을 이르는 말.

어언무미(語言無味)

독서하지 않은 사람의 말은 흥미가 없다는 뜻.
「黃庭堅의 文」,
人不讀書 則塵俗生其間 照鏡 則面目可憎 對人 則語言無味

어언박과(語言薄過)

그리 대단하지 않은 실언(失言)을 이르는 말.

어유부중(魚遊釜中)

솥 속에서 고기가 논다는 뜻으로, 죽음이 임박하거나, 살아있어도 남은 생명이 짧음을 비유하여 이르는 말. 부중어(釜中魚)라고도 함.
「資治通鑑 漢紀」,

若魚遊釜中 知其不可久
물고기가 솥 속에서 놀고 있다면 그
생명이 오래 가지 못함을 알겠다.

어인여마(御人如馬)

사람을 말[馬] 부리듯 한다는 말.
「魏書 神武帝紀」,
御惡人 亦如此馬矣

어장화룡(魚將化龍)

물고기가 장차 용이 되려한다는 뜻
으로, 재능이 없는 자가 출세하려함
을 비유하는 말.
「雜書 北夢」
魚將化龍 雷爲燒尾 近日老鼠 亦有燒
尾之事

어차어피(於此於彼)

이렇게 하든지 저렇게 하든지. 어차
피.

어현유감이(魚懸由甘餌)

물고기가 맛난 먹이를 먹으려다 낚
시에 걸리듯, 사람도 이익을 추구하
다 생명을 잃음을 비유하는 말.
「晉書 段灼傳」,
臣聞魚懸由於甘餌 勇夫死於重報

억강부약(抑强扶弱)

강한 자를 누르고 약한 자를 도와준
다는 말.
「後漢書」,
耿純爲東陽太守 抑强扶弱
「三國魏志」,
司馬芝爲河南尹 抑强扶弱

억만지심(億萬之心)

수많은 백성들의 마음이 서로 달라
한 사람도 나라를 위하는 마음이 없
음을 뜻함.
「書經 泰誓上篇」,

受有臣億萬 惟億萬心 予有臣三千 惟
一心

억조창생(億兆蒼生)

수많은 백성. 온 세상 사람이란 뜻
으로, 만호중생(萬戶衆生)이라고도 함.

억천만겁(億千萬劫)

끝없는 시간이나 세월을 이르는 말.

억취소악(憶吹簫樂)

제가 보아서 아는 대로 미루어 생각
함을 이르는 말.

억측(億測)

이유나 근거도 없이 하는 추측.
「後漢書 李通傳論」,
夫天道性命 聖人難言之 況乃億測微
隱 猖狂無妄之福 汗滅親宗 以軹一切
之功哉

억하심장(抑何心腸)

대체 무슨 심정으로 그리 하는지 그
마음을 알 수 없다는 뜻. 억하심정(抑
何心情)이라고도 함.

억하심정(抑何心情)

⇒억하심장(抑何心腸) 참조.

언감가 장불감(言甘家醬不甘)

말 많은 집에 장맛이 쓰다는 뜻으
로, ①말 많은 곳에는 실속이 없음.
②가정에 말이 많으면 살림이 잘 안
된다는 뜻.
「旬五志」,

언감생심(焉敢生心)

감히 마음도 먹지 못함. 안감생심(安
敢生心)이라고도 함.

언거언래(言去言來)

⇒설왕설래(說往說來) 참조.

언과기실(言過其實)

말만 크게 내 놓고 실행이 부족함을 이르는 말.

「三國志 蜀志 馬良傳」,

先主謂諸葛亮曰 馬謖言過其實 不可大用

언근지원(言近旨遠)

말은 비슷하나 담긴 뜻은 심원하다는 말.

「孟子 盡心章句 下」,

言近而旨遠者 善言也 守約而施博者善道也

언무이가(言無二價)

물건값을 할인하지 않는다는 말.

언문일치(言文一致)

말과 글의 일치. 실제 회화에 쓰는 말로써 문장을 짓는 것.

언문풍월(諺文風月)

①한글로 지은 풍월(風月). ②격식을 갖추지 아니한 풍월(風月). 또는 사물을 이르는 말.

언부진의(言不盡意)

어떤 심정을 말로써는 충분히 나타내지 못함을 이르는 말.

언비천리(言飛千里)

⇒무족지언　비우천리(無足之言飛于千里) 참조.

언사불공(言辭不恭)

말투가 공손치 않음을 이르는 말.

언서지망(偃鼠之望)

시궁쥐의 바람이란 뜻으로, 사소한 소망을 이르는 말.

언서혼(鼴鼠婚)

두더지 혼인이란 뜻으로, ①분에 넘치는 엉뚱한 바람을 비유하는 말. ②남에게 알리지 않고 집안 식구끼리 살짝 치르는 혼인.

「旬五志」,

언소자약(言笑自若)

놀라거나 근심이 있어도 평시의 태도를 잃지 않음. 담소자약(談笑自若)이라고도 함.

언신지문(言身之文)

말은 그 사람의 문장과 같다는 뜻이니, 곧 말이란 그 사람의 가치를 나타낸다는 말.

「左傳 僖公二十四年」,

其母曰 亦使知之若何 對曰 言身之文也

언어도단(言語道斷)

①한 말로, 또는 언어로는 표현할 수 없음을 이르는 말. ②너무도 어이가 없어서 말문이 막힐 때 이르는 말.

「瓔珞經」,

言語道斷 心行所滅

언언사사(言言事事)

모든 말과 모든 일을 이르는 말.

언왕설래(言往說來)

⇒설왕설래(說往說來) 참조.

언외지의(言外之意)

말에 담긴 뜻 외에 숨어 있는 다른 뜻을 이르는 말.

언유소화(言有召禍)

말 때문에 화를 초래하는 경우가 많다는 말.

「荀子 勸學篇」,

言有召禍也 行有召辱也 君子其愼所
立乎

말은 화를 부를 수 있고 행동은 욕
됨을 부를 수 있으므로 군자는 늘 행
동을 삼가느니라.

언정이순(言正理順)

말이나 이치가 바르고 옳음을 이르
는 말.

언족이식비(言足以飾非)

교묘한 말이 자기의 나쁜 점을 돌려
꾸미기에 넉넉하다는 말.

「史記 殷紀」,

智足以拒諫 言足以飾非

언중유골(言中有骨)

⇒언중유언(言中有言) 참조.

언중유언(言中有言)

예사로운 말속에 또 다른 의미심상
한 말이 들어 있음을 이르는 말. 언
중유골(言中有骨)이라고도 함.

언즉시야(言則是也)

말한 것이 사리에 맞음을 이름.

언지무익(言之無益)

실패한 뒤에는 이를 말하여도 유익
함이 없다는 말.

언직논정(言直論正)

말이 곧고 주장(논리)이 바름을 이르
는 말.

언청계용(言聽計用)

남을 깊이 믿어 그의 말대로 함을
이르는 말.

언충신행독경(言忠信行篤敬)

말은 성실하고 진실해야 하며, 행실
은 돈독하게 신중히 해야 한다는 뜻.

언타사 식냉죽(言他事食冷粥)

남의 말 하기는 식은 죽 먹기란 뜻
으로, 남의 흉을 보기는 지극히 용이
함을 비유하여 이르는 말.

언필신 행필과(言必信 行必果)

말에는 반드시 신용이 있어야 하고,
행동에는 반드시 끝맺음이 있어야 한
다는 말.

「論語 子路」

言必信 行必果 硜硜然小人哉

언필칭요순(言必稱堯舜)

①항상 성현의 말만 들추어 고고한
체함. ②매사에 같은 말만 되풀이함
을 이르는 말.

언행상반(言行相反)

말과 행실이 서로 같지 않음을 이르
는 말.

「荀子」,

言用賢者口也 郤賢者行也 口行相反
而欲賢者之至不肖者之退也 不亦難乎

언행일치(言行一致)

말과 행함이 같다는 말. 지행일치
(知行一致)와 유사한 말.

엄동설한(嚴冬雪寒)

눈이 오고 몹시 추운 겨울을 이름.

엄목포작(掩目捕雀)

모든 일은 성실해야 성취할 수 있다
는 말.

「後漢書 何進傳」,

陳琳曰 諺有掩目捕雀 微物尚不可欺
以得志 況國家大事乎

엄유사해(奄有四海)

온 천하를 통일함을 이르는 말.

「書經 大禹謨篇」,

益曰 都 帝德廣運 乃聖乃神 乃武乃文 皇天眷命 奄有四海 爲天下君

엄이도령(掩耳盜鈴)

⇒엄이도종(掩耳盜鐘) 참조.

엄이도종(掩耳盜鐘)

귀를 막고 방울을 훔친다는 말로, 어리석은 행동 또는 궁여지책으로 생각해 낸 꾀를 이르는 말. 엄이도령(掩耳盜鈴)이라고도 함.
「呂氏春秋」,
范氏亡 有得其鐘者 欲負而走 則大鐘不可負 以椎毀之 鐘鏗然有音恐人聞之而奪己 遽掩其耳 惡聞其過 亦猶此也
范氏가 망하자, 그 집 종을 훔친 자가 있었다. 지고 가려 했으나 너무 무거워 종을 망치로 내려치자 요란한 소리가 났고, 그 도둑은 다른 사람이 그 소리를 듣고 자기가 훔친 것을 빼앗을지도 모른다는 생각이 들어, 재빨리 귀를 막았다는 이야기이다.
* 范氏 - 晋의 六卿 중 한 사람.

여가탈입(閭家奪入)

권세 있는 사람이 함부로 여염집에 들어감을 이르는 말.

여개방차(餘皆倣此)

다른 나머지도 이와 다름없다는 말.

여고금슬(如鼓琴瑟)

⇒금슬상화(琴瑟相和) 참조.

여공불급(如恐不及)

시키는 대로 실행하지 못할까 두려워하면서 마음을 졸인다는 말.

여단수족(如斷手足)

수족을 잘린 것과 같다는 뜻으로, 요긴한 것이 없어져 아쉽다는 말. 또

는 의지할 곳이 없음을 뜻하기도 함.

여도담군(餘桃啗君)

⇒여도지죄(餘桃之罪) 참조.

여도득선(如渡得船)

강을 건너려 할 때 나루터에서 탈 수 있다는 뜻으로, 필요한 것이나 상황이 바라는 대로 됨. 또 부처의 자비를 입음을 이르는 말.

여도지죄(餘桃之罪)

먹다 남은 복숭아를 먹인 죄라는 뜻인데, 애정과 증오의 변화가 심함을 비유한 말. 여도담군(餘桃啗君)이라고도 함.

여득천금(如得千金)

천금을 얻은 것과 같이 흡족함을 이르는 말.

여랑여호(如狼如虎)

군사가 용맹함을 이르는 말.
「尉繚子 武議篇」,
一人之兵 如狼如虎 如風如雨 如雷如霆 震震冥冥 天下皆驚

여력과인(膂力過人)

완력이 남보다 뛰어남을 이르는 말.

여리박빙(如履薄氷)

⇒누란지위(累卵之危) 참조.
* 살얼음판을 걷는 것처럼 매우 위태롭고 불안한 상태를 일컬음.
「詩經 小雅 節南山之什 小旻篇」,
不敢暴虎 : 맨손으로 호랑이 잡지
　　　　　못하며
不敢馮河 : 걸어서는 황하를 건널
　　　　　줄을
人知其一 : 그것쯤은 모두 다 알고
　　　　　있건만

莫知其他 : 도리어 다른 일은
　　　　　모르는구나
戰戰兢兢 : 두려이 여기며 경계하라
如臨深淵 : 깊은 연못 물 임한 듯
如履薄氷 : 엷은 얼음 밟는 듯!
* 小旻篇은 어지러운 政局을 비판한 노래임.

여명견폐(驢鳴犬吠)

당나귀의 울음과 개의 짖음이란 뜻으로, 문젯거리도 되지 못하는 변변치 않은 문장을 비유하여 이르는 말.
「世說新語」,
餘若驢鳴犬吠耳
「朝野僉載 卷六」,
南人問信曰 北方文士如何 信曰 韓陵山於〈中略〉自余驢鳴犬吠耳聒也

여무가론(餘無可論)

대강은 작정되었으므로 나머지는 의논할 여지가 없음을 이르는 말.

여무소부도(慮無所不到)

생각을 미치지 않는 데가 없이 자상하게 함을 이르는 말.

여무족관(餘無足觀)

그 나머지는 볼 만한 가치가 없다는 말.

여민동락(與民同樂)

왕이 백성과 더불어 낙을 같이 나눔. 여민해락(與民偕樂)이라고도 함.
「孟子 梁惠王章句 下一」,
此無他 與民同樂也 今王與百姓同樂 則王矣
이렇게 되는 것은 별다른 데 이유가 있는 것이 아닙니다. 백성들과 함께 즐거움을 같이하기 때문입니다. 이제 王께서 백성들과 함께 즐거움을 같이

하신다면 정말 참다운 王노릇을 할 수 있을 것입니다.
* 孟子가 齊의 신하 莊暴에게 한 말.

여민해락(與民偕樂)

⇒여민동락(與民同樂) 참조.

여반장(如反掌)

손바닥을 뒤집는 것처럼 매우 쉽다는 뜻. 이여반장(易如反掌)이라고도 함.

여발통치(如拔痛齒)

앓던 이가 빠진 것 같다는 뜻으로, 괴롭던 것이 없어져 시원하다는 말.

여범인동(與凡人同)

보통 사람과 같이 한다는 말.

여불세의(如不洗衣)

⇒여비한의(如匪澣衣) 참조

여비사지(如臂使指)

만사여의(萬事如意)와 같은 뜻으로, 뜻대로 되지 않음이 없다는 말.
「漢書 賈誼傳」,
令海內之勢 如身之使臂 臂之使指 莫不制從

여비한의(如匪澣衣)

마음이 깨끗하지 못함을 비유한 말. 여불세의(如不洗衣)라고도 함.
「詩經 抄柏舟」,
日居月諸 明迭而微 心之憂矣 如匪澣衣 靜言思之 不能奮飛

여사풍경(餘事風景)

필요가 없어서 생각지도 않은 일을 이르는 말.

여성제창(勵聲提唱)

힘껏 부르짖어 주장함을 이르는 말.

여세무섭(與世無涉)

세상과 상관함이 없다는 말.

여세부앙(與世俯仰)

⇒여세추이(與世推移) 참조.

「宋史 米芾傳」,

芾爲文奇峭 特妙于翰墨 因不能與世俯仰

여세추이(與世推移)

세상과 더불어 변한다는 말. 여세 부앙(與世俯仰) 또는 여세침부(與世沈浮)라고도 함.

「楚史 漁父篇」,

聖人者不凝滯於物 而與世推移

여세침부(與世沈浮)

⇒여세추이(與世推移) 참조.

「史記 游俠傳」,

豈若卑論儕俗與世沈浮而取榮名哉

여수동죄(與受同罪)

장물을 주는 것과 받는 것은 둘 다 죄가 같다는 말.

여시여시(如是如是)

⇒여차여차(如此如此) 참조.

여실일비(如失一臂)

한쪽 팔을 잃었다는 뜻으로, 가장 믿고 힘이 되는 사람을 잃음을 비유하는 말.

「唐書 薛收傳」,

帝幸東都 留元超 輔太子監國 手敕曰 朕留卿 若失一臂

여실좌우수(如失左右手)

좌우 손을 잃은 듯, 믿던 사람을 잃고 경황없어함을 이르는 말.

여액미진(餘厄未盡)

남은 재액(災厄)이 아직 다하지 않았다는 말.

여어실수(如魚失水)

물고기가 물을 잃었다는 말로, 곤궁한 사람이 의탁할 곳이 없음을 비유하는 말.

「莊子 庚桑楚篇」,

呑舟之魚 碭而失水 則蟻能苦之 故鳥獸不厭高 魚鼈不厭深

여야용음(女冶容淫)

여자가 요염하게 모양을 내는 것은 음란한 길에 빠지게 된다는 말.

「蔡邕 釋誨」,

女冶容而淫 士背道而辜 人毁其滿 神疾其邪

여용가고(餘勇可賈)

남이 따를 수 없는 용기를 가졌다는 뜻.

「左傳 成公二年」,

齊高固入晉師 桀石以投入 擒之而乘其車 繫桑本焉 以狥齊壘 欲男者賈余餘勇

여운요요(餘韻嫋嫋)

악곡의 연주가 끝난 뒤에까지, 그 울림이 오래 남아 있음. 또는 그 소리가 끊어지지 않고 이어지는 것을 이르는 말.

여유작작(餘裕綽綽)

쓰고 남을 만큼 아주 넉넉함. 작유여지(綽有餘地) 또는, 작작유여(綽綽有餘)라고도 함.

여의수질(如蟻輸垤)

개미 금탑 모으듯 한다는 뜻으로, 개미처럼 부지런히 일해서 공을 쌓거나 재산을 조금씩 늘려 나감을 비유하는 말.

「旬五志」.

여입지란지실(如入芝蘭之室)

선량한 사람과 교우(交友)하면 모르는 사이에 감화하여 선량하게 됨을 이르는 말. ⇔여입포어지사(如入鮑魚之肆)

「孔子家語 六本篇」.

與善人居 如入芝蘭之室 久而不聞其香 卽與之化矣 與不善人居 如入鮑魚之肆 久而不聞其臭 亦與之化矣 是以君子謹其所與處

善한 자와 더불어 살면 지초와 난초가 있는 방에 거처하는 것과 같아 오래 지나면 그 향기를 맡지 못해도 꽃처럼 향기롭게 변하고, 惡한 자와 더불어 살게 되면 魚市場에 들어간 것과 같이 오래 지나면 그 악취를 맡지 못해도 또한 물고기처럼 악취가 풍기게 변하는 것이다. 그래서 君子는 그 거처하는 장소를 삼가는 것이다.

여입포어지사(如入鮑魚之肆)

악한 사람과 교우(交友)하면 모르는 사이에 영향을 받아 악하게 됨을 이르는 말. ⇔여입지란지실(如入芝蘭之室) ⇒여입지란지실(如入芝蘭之室)의 故事 참조.

여장절각(汝墻折角)

자기의 허물을 남에게 넘기려고 하는 것을 비유하는 말.

여조과목(如鳥過目)

새가 눈앞을 지나가는 것처럼, 빨리 지나치는 것을 비유하는 말. 홀여조과목(忽如鳥過目)이라고도 함.

「張協의 詩」.

人生苦海內 忽如鳥過目

여족여수(如足如手)

형제간의 정의(情誼)가 두터움을 손발에 비유한 말.

「李華의 弔古戰場文」.

蒼蒼烝民 誰無父母 提携捧負 畏其不壽 誰無兄弟 如足如手

여좌침석(如坐針席)

바늘방석에 앉은 것과 같이 마음이 몹시 불안함을 이르는 말.

여중장부(女中丈夫)

남자에 못지 않은 여자라는 뜻.

「吳越春秋 王僚使公子傳」.

女子歎曰 妾獨與母居三十年 不領從適 何宜饋飯而與丈夫 越虧禮儀 妾不忍也

여진여퇴(旅進旅退)

일정한 주견이 없이 남이 하는 대로 덩달아 행동함을 이르는 말.

여차여차(如此如此)

이러이러하다. 약시약시(若是若是), 약차약차(若此若此) 또는, 여시여시(如是如是)라고도 함.

여출일구(如出一口)

⇒이구동음(異口同音) 참조.

여측이심(如厠二心)

뒷간에 갈 적 마음 다르고 올 적 마음 다르다란 뜻으로, 처음에는 다급하게 굴다가 볼일이 끝나면 마음이 싹 달라진다는 말.

여풍과이(如風過耳)

조금도 관심이 없음을 비유하는 말.

「吳越春秋」.

富貴之于我 如秋風之過耳

여필종부(女必從夫)

아내는 반드시 남편을 따라야 한다는 말. 유사한 말로, 부창부수(夫唱婦隨)가 있음.

여합부절(如合符節)

부절이 서로 꼭 맞듯이 사물이 꼭 들어맞는다는 말.

여형약제(如兄若弟)

친분이 형제와 같음을 이르는 말.

여호모피(與狐謀皮)

여우하고 값진 모피를 얻을 의논을 한다는 뜻으로, 이해가 서로 반대되는 사람하고 의논하면 결코 이루어지지 않음을 비유하여 이르는 말.

역려건곤(逆旅乾坤)

마치 여관과 같은 세상이라는 말.
⇒부생약몽(浮生若夢)의 고사 참조.

역려과객(逆旅過客)

①지나가는 손과 같이 관계가 없는 사람. ②세상은 여관과 같고 인생은 나그네와 같다는 뜻.
⇒부생약몽(浮生若夢)의 고사 참조.

역린(逆鱗)

용(龍)의 가슴에 거꾸로 붙어 있는 비늘이 있으며 이것을 사람이 건드리면 화를 내어 사람을 죽인다 하여, 인군(人君)의 노여움을 이르는 말.
「韓非子 說難篇」,
夫龍之爲蟲也 柔可狎而騎也 然其喉下有逆鱗徑尺 若人有嬰之者 必殺人 人主亦有逆鱗 說者能無嬰人主之逆鱗 則幾矣
무릇 龍은 순한 짐승으로, 길들이면 타고 다닐 수 있을 정도이나, 그 턱 밑에 한 자쯤 되는 逆鱗이 있다. 만일 이것을 건드리는 자가 있으면 반드시 그 사람을 죽이고 만다. 君主에게도 逆鱗이 있어 마찬가지이다.

역마농금(櫪馬籠禽)

마구간에 매인 말과 새장에 든 새. 속박되어 자유롭지 않은 몸의 비유.
* 櫪은 말구유. 또는 마구간에 깔아 놓은 널빤지.

역마직성(驛馬直星)

늘 분주하게 여행하는 사람의 별칭(別稱)

역발산기개세(力拔山氣蓋世)

힘이 산이라도 뽑아 던질 만하고, 기(氣)는 세상을 덮을 만큼 웅대함. 발산개세(拔山蓋世)만으로도 쓰임.
「史記 項羽紀」,
項王軍壁垓下 兵少食盡 〈中略〉 自爲詩曰 力拔山氣蓋世 時不利兮騅不逝 騅不逝兮可奈何

역성혁명(易姓革命)

왕조가 바뀜을 이르는 말.

역예우미(逆曳牛尾)

소의 꼬리를 당겨 뒤로 걷게 한다는 말로, 힘이 셈을 비유하는 말.
「三國魏志 許褚傳」,
一手逆曳牛尾行百餘步 賊衆驚 遂不敢取牛而走

역의병식(易衣竝食)

한 벌의 옷을 서로 바꿔 입고, 이삼일에 한 번 식사함. 곧, 매우 빈곤함을 뜻함.
「禮記 儒行篇」,
易衣而出 竝日而食

역이지언(逆耳之言)

귀에 거슬리는 말, 곧 충고(忠告)의 말을 이르는 말.
⇒양약고어구이어병(良藥苦於口利於病)의 고사 참조.

역자교지(易子教之)

서로 자식을 바꾸어 가르친다는 말로, 부모 자식지간에는 잘못을 꾸짖기가 어려움을 이르는 말. 역자이교(易子而教)라고도 함.
「孟子 離婁 上」,
夫子未出於正也 則是父子相夷也 父子相夷 則惡矣 古者易子而教之

역자이교(易子而教)

⇒ 역자교지(易子教之) 참조.

역전분투(力戰奮鬪)

힘을 다해 싸움을 이르는 말.

역지개연(易地皆然)

사람의 처지를 바꾸어 놓으면 그 처지에 동화된다는 뜻.
「孟子 離婁 下」,
禹稷顔子易地則皆然

역지사지(易地思之)

서로 처지를 바꾸어 생각함을 이르는 말.

역천범순(逆天犯順)

하늘의 도리를 거스르고 순리를 어긴다는 말로, 스스로 멸망의 길을 걸음을 비유함.
「周書」,

역천자망(逆天者亡)

천륜을 어기면 망한다는 말.
⇒순천자존(順天者存)의 고사 참조.

역취순수(逆取順守)

일을 해내는 데 도리를 벗어난 부정한 방법을 썼더라도 사후에는 도리에 맞는 방법으로 이것을 지킴을 이름.
「史記 陸賈傳」,
湯武逆取而順守之

연계노해(連鷄魯蟹)

충남(忠南) 연산(連山)의 닭과 노성(魯城)의 게란 뜻으로, 맛이 매우 좋음을 비유하여 이르는 말.

연계불구지어서(連鷄不俱止於棲)

끈에 매인 닭은 한 홰에 오를 수 없다는 뜻으로, 군웅(群雄)은 서로 병립(竝立)할 수 없음을 비유한 말.
「戰國策」,

연공서열(年功序列)

나이나 근속 연수가 느는 데 따라 지위가 올라가는 것. 또는, 그 체계를 이르는 말.

연구세심(年久歲深)

⇒세구연심(歲久年深) 참조.

연구월심(年久月深)

⇒세구연심(歲久年深) 참조.

연년세세(年年歲歲)

해마다.

연년익수(延年益壽)

수명 장수를 이르는 말.
「漢書 李尋傳」,
宜急改元易號 酒得延年益壽 皇子生 災異息矣

연덕구존(年德俱尊)

나이도 많고 덕도 높다는 말.
「後周書 寇携傳」,
常親執其手曰 公年德俱尊 所欽尙

연도일할(鉛刀一割)

무딘 칼로 물건을 자른다는 뜻으로, ①자기의 미력(微力)함을 겸손하게 이르는 말. ②두 번 다시 쓰지 못함을 이르는 말.

「後漢書 班超傳」,

況臣奉大漢之威 而無鉛刀一割之用乎

연두월미(年頭月尾)

일 년의 첫날부터 그 해의 끝날. 곧 일년 내내를 이르는 말.

「唐書 楊現傳」,

不質大義 乃取年頭月尾 孤經絶句

연리(連理)

⇒연리지(連理枝) 참조.

연리지(連理枝)

서로 다른 나뭇가지가 맞닿아서 결이 통한다는 말로, 부부간의 깊은 애정을 말함. 연리(連理)만으로도 쓰며 비익연리(比翼連理) 또는, 비익조(比翼鳥), 연리지계(連理之契)라고도 함.

「後漢書 孝安帝紀」,

元初三年 東平陸上言木連理

〈注〉東平陸 縣名 古厥國也 屬東平國 今袞州平陸縣也.

「同書 蔡邕篇」,

邕性篤孝 母常滯病三年 邕自非寒暑節變 未嘗解襟帶 不寢장者十旬 母卒 廬于家側 動靜以禮 有兎馴擾 其室傍又木生連理 遠近奇之 多往觀焉

「孝經 援神契」,

德至草木 則木連理

「孟郊의 詩」,

昔爲連理枝 今爲斷絃聲

「白居易」,

在天願作比翼鳥   在地願爲連理枝

연리지계(連理之契)

⇒연리지(連理枝) 참조.

연마장양(鍊磨長養)

오랜 세월에 걸쳐 갈고 닦아서 기른다는 말.

연명식재(延命息災)

무사히 오래 삶. 재앙이 없이 목숨을 연장한다 는 말.

연모지정(戀慕之情)

몹시 사모하여 그리워하는 정을 이르는 말.

연목구어(緣木求魚)

나무에 올라가서 물고기를 잡으려 한다는 뜻으로, 불가능한 일을 무리하게 하려는 것을 이르는 말. 상산구어(上山求魚) 또는, 지천석어(指天射魚)라고도 함. 유사한 말로 당랑거철(螳螂拒轍), 정중구화(井中救火) 등이 있음.

「孟子 梁惠王章句 上七」,

然則王之所大欲 可知已 欲僻土地 朝秦楚 莅中國而撫四夷也 以若所爲 求若所欲 猶緣木而求魚也

그렇다면 王께서 크게 소망하시는 바를 알 수 있겠습니다. 영토를 확장하고 秦·楚같은 큰 나라를 절하러 오게 하여, 中國에 군림하고 사방의 야만국을 어루만지고 싶으신 것입니다. 그러나 (전쟁이나 일삼는) 그와 같은 방법을 가지고 그와 같은 큰 소망을 이루시려는 것은 마치 나무에 올라가 물고기를 잡자는 것과 같습니다.

* 齊의 宣王이 孟子에게 가서 齊의 桓公과 晉의 文公의 사적에 관한 얘기를 듣는 대목으로, 그 主眼은 王道政治를 說하는 데 있음.

연목토이(鳶目兔耳)

솔개의 눈처럼 밝은 눈과 토끼의 귀
처럼 밝은 귀라는 뜻.

연미지액(燃眉之厄)

급하게 닥치는 액화(厄禍) 또는 절
박한 재액(災厄)을 비유하는 말. 초
미지액(焦眉之厄)이라고도 함.

연보(蓮步)

미인(美人)의 걸음걸이를 이름.
「孔平仲의 觀舞詩」,
雲鬢應節低 蓮步隨歌轉

연부역강(年富力强)

나이가 젊고 혈기가 왕성함을 이르
는 말.

연비어약(鳶飛魚躍)

자연스럽게 하늘에 솔개가 날고 물
속에 고기가 뛰노는 것과 같은 천지
조화(天地造化)의 작용이 오묘(奧妙)
함을 이르는 말.
「詩經 大雅 文王之什 旱麓篇」,
鳶飛戾天 : 솔개는 하늘을 날아가고
魚躍于淵 : 고기는 연못에 뛰노네
豈弟君子 : 즐겁고 편안한 우리 님은
遐不作人 : 모든 백성 덕으로
　　　　　교화하시네
* 旱麓은 君王을 축복하는 노래임.

연석보천(鍊石補天)

돌을 다루어 무너진 하늘을 수리하
였다는 뜻으로, 큰 공적을 세움을 이
르는 말.
「史記 補三皇本記」,
* 옛적 공공씨(共工氏)와 축융씨(祝融
氏)가 싸울 때 불주산(不周山)을 잡아
서 천주(天柱)가 부러지고 땅이 갈라졌
으므로 여왜씨(女媧氏)가 오색(五色)의
돌을 불리어서 하늘을 수리하고, 자라

다리를 잘라 사극(四極)을 세웠다는 고
사.

연소기예(年少氣銳)

나이가 젊고 기운이 활달함을 이르
는 말.

연안대비(燕雁代飛)

제비가 올 때 기러기는 떠나듯이,
사람이 좀처럼 만나기 어려운 것을
비유하는 말.
「淮南子 地形訓의 注」,
燕春分來 雁春分去 北詣漢中也 燕秋
分而北 雁秋分而南 詣彭蠡也 故曰代
飛

연운만리(烟雲萬里)

길이 몹시 먼 것을 비유한 말.
「三國遺事 卷四」,
豈離心首 加以烟雲萬里 海陸千重

연익지모(燕翼之謀)

자손들로 하여금 편안히 잘 살게 하
기 위한 계책.
「詩經 大雅 文王之什 文王有聲篇」,
豊水有芑 : 풍수에는 여기저기 시화
　　　　　(芑) 자라니
武王豈不仕 : 무왕께서 어이 큰 일
　　　　　아니 하시리
詒厥孫謀 : 자손에게 좋은 계책 남기
　　　　　시어
以燕翼子 : 길이길이 후대를 편히 하
　　　　　시다
武王蒸哉 : 아, 칭송할지니 무왕이시여
* 문왕유성편(文王有聲)은 文王이 周의
기초를 잡고, 武王이 이를 계승한 일을
칭송한 詩임.

연작불생봉(燕雀不生鳳)

미련한 부모는 현명한 자식을 낳을

수 없음을 비유하는 말.
「周易 參同契」,
燕雀不生鳳 狐冕不乳馬

연작안지홍곡지지(燕雀安知鴻鵠之志)

제비나 참새 같은 작은 새가 어찌 기러기나 고니 같은 큰 새의 마음을 알 리가 없듯이, 소인은 영웅의 뜻을 알 수가 없다는 말.
「史記 陳涉世家」,
陳涉少時嘗與人傭耕 輟耕之壟上 悵恨久之 曰 苟富貴無相忘 傭者笑而應曰 若爲傭耕 何富貴也 陳涉太息曰 嗟呼燕雀安知鴻鵠之志哉
「晋書」,
王濬恢廓有大志 嘗起宅 開前路 廣四十步 或謂之曰 何太過 曰 吾欲使容長戟幡旗 衆咸笑之 濬曰 陳勝有言燕雀安知鴻鵠之志

연전연승(連戰連勝)

⇒백전백승(百戰百勝) 참조.

연지비익(連枝比翼)

연지(連枝)는 서로 다른 나뭇가지가 맞붙어 하나가 된 나무를 뜻하고, 비익(比翼)은 눈 하나와 날개 하나를 가지고 있어, 반드시 두 마리가 짝을 이루어야 날 수 있는 새를 뜻하니 이 말은 화목한 부부 혹은 남녀가 정을 통함을 비유하는 말.

연지삽말(軟地挿抹)

무른 땅에 말뚝 박기란 뜻으로, 매우 일하기 쉬움을 일컫는 말.

연편누독(連篇累牘)

①쓸데없이 길게 늘여 쓴 문장. ②시문(詩文)이 여러 편이 쌓여 있음.
「隋書 李諤傳」,

競一韻之奇 爭一字之巧 連篇累牘 不出月露之形 積案盈箱 唯是風雲之狀

연포지목(連抱之木)

한 아름이 넘는 큰 나무를 이름.

연하고질(烟霞痼疾)

⇒천석고맹(泉石膏盲) 참조.

연하일휘(烟霞日輝)

아름다운 자연경치를 이르는 말.

연하지벽(煙霞之癖)

⇒천석고맹(泉石膏盲) 참조.

연함호두(燕頷虎頭)

제비 턱에 호랑이 머리란 뜻으로, 귀인(貴人)의 인상(人相)을 비유하여 이르는 말
「後漢書 班超傳」,
超起自書生　投筆有封侯萬里外之志 有相者 謂曰 生燕頷虎頭 飛而食肉 萬里侯相也

연홍지탄(燕鴻之歎)

길이 어긋나서 서로 만나지 못하는 탄식을 이르는 말.

연화세계(蓮花世界)

극락세계를 이르는 말.
「崔融賀의 千葉瑞蓮表」,
按華嚴經云 蓮花世界 是盧舍那 佛成道之國

열녀불경이부(烈女不更二夫)

열녀는 두 남편을 섬기지 않는다는 뜻.

열력풍상(閱歷風霜)

오랜 세월을 두고 허다한 고생을 겪음을 이르는 말.

열사순명(烈士殉名)

열사는 의(義)를 위하여 목숨을 바친다는 말.
「賈誼의服鳥賦」,
小知自私兮 賤彼貴我 通人大觀兮 物無不可 貪夫狥財兮 烈士殉名 夸者死權兮 品庶憑生

염념불망(念念不忘)

언제나 생각하여 잊지 못함. 염념재자(念念在玆) 또는, 염자재자(念玆在玆)라고도 함.

염념생멸(念念生滅)

불교에서 이르는, 우주 일체의 사물이 시시각각으로 나고 죽고 하여 그치지 않는 일. 생멸유전(生滅流轉)이라고도 함.

염량세태(炎涼世態)

세력이 있을 때는 붙좇고 세력이 없어지면 푸대접하는 세속의 인심을 이르는 말.

염력철암(念力徹岩)

오로지 진심으로 힘쓰면 불가능한 일이 없음을 비유하여 이르는 말.

염리예토(厭離穢土)

사바세계의 고통을 싫어하여 속세를 떠남을 이르는 말.
「往生要集」,
總有十門 分爲三卷 一厭離穢土 二欣求淨土

염부지괴(恬不知怪)

평범히 보아 넘겨 이상히 여기지 아니함을 이르는 말.

염부한기(炎附寒棄)

권세가 있을 때는 잘 따르다가 권세가 없으면 버리고 돌아보지 않음을 이르는 말.

염불삼매(念佛三昧)

마음을 가라앉히고 염불에만 힘씀. 또 그럼으로써 마음의 통일, 평온함을 실현한 상태.

염불왕생(念佛往生)

신심(信心)을 가지고 염불을 외면, 악업을 쌓은 사람도 극락에서 다시 태어날 수 있다는 말.

염불위괴(恬不爲愧)

올바르지 못한 짓을 하고도 조금도 부끄러워하지 않음을 이르는 말.

염불중생(念佛衆生)

오로지 염불을 외어, 정토(淨土)에 다시 태어나기를 바라는 사람들을 이르는 말.

염슬단좌(斂膝端坐)

옷을 바르게 하고 단정히 앉음.

염출다문(念出多門)

명령계통이 문란하여 이곳 저곳에서 명령이 나옴을 이르는 말.

염치불고(廉恥不顧)

⇒불고염치(不顧廉恥) 참조.

염화미소(拈華微笑)

⇒이심전심(以心傳心) 참조.
* 석가모니(釋迦牟尼)가 연꽃을 따서 제자들에게 어떤 뜻을 암시하였으나 아무도 모르고 다만 가섭(伽葉)만이 그 뜻을 알아 미소지었다는 고사.

염화시중(拈華示衆)

⇒이심전심(以心傳心) 참조.

영고성쇠(榮枯盛衰)

번성함과 쇠퇴함. 또는 그러한 현상

이 뒤바뀌는 일을 이르는 말.

영과이후진(盈科而後進)

물이 흐를 때 조금이라도 오목한 곳이 있으면 우선 구 곳을 채우고 흐르듯이, 학문도 서서히 처음부터 닦아야 한다는 말.

「孟子 離婁 下」,

原泉混混 不舍晝夜 盈科而後進 放乎四海

영구불변(永久不變)

영원히 변하지 않는다는 말.

영기동인(英氣動人)

뛰어난 기상(氣象)이 사람을 깜짝 놀라게 함.

「舊唐書 穆寧等傳論」,

竇容州之敢決如鷙鳥逐雀 英氣動人

영만지구(盈滿之咎)

사물이 만족할 만큼 충분할 때일수록 재앙을 만나기 쉬움을 이름. 영만지재(榮滿之災)라고도 함.

「後漢書 方術傳」,

吾門戶殖財日久 盈滿之咎 道家所忌

영만지재(榮滿之災)

⇒영만지구(盈滿之咎) 참조.

영불허행(令不虛行)

법령은 항상 진실하지 않으면 실행할 수가 없다는 뜻.

영서연설(郢書燕說)

⇒견강부회(牽强附會) 참조.

「管子」,

國不虛重 兵不虛勝 民不虛用 令不虛行

영설독서(映雪讀書)

집이 가난하여 눈〔雪〕 빛으로 글을

읽었다는 고사.

⇒형창설안(螢窓雪案)의 고사 참조.

영세무궁(永世無窮)

⇒영원무궁(永遠無窮) 참조.

영세불망(永世不忘)

⇒만세불망(萬世不忘) 참조.

영시불훤(永矢弗諼)

언제까지나 맹세코 잊지 않는다는 말.

「詩經 衛風 考槃篇」,

考槃在澗 碩人之寬獨 寐寤言 永矢弗諼

영요영화(榮耀榮華)

권력이나 부를 얻어서 번성함. 사치를 다함. 호화롭고 화려함. 또는 제멋대로의 상태를 이르는 말.

영웅기인(英雄忌人)

영웅은 뛰어난 다른 사람을 꺼려한다는 말.

「三國志」,

孫策曰 劉豫州英雄忌人

영웅미사심(英雄未死心)

영웅은 뜻을 이루지 못하고 중도에 죽어도 그 마음만은 변치 않는다는 뜻.

「馬子才의 岳王墓詩」,

落盡青松百草深 鷓鴣斜日叫寒林 可憐一片西湖土 埋郤英雄未死心

영원무궁(永遠無窮)

다함이 없이 오래고 오램. 영세무궁(永世無窮)이라고도 함.

영위계구 무위우후(寧爲鷄口無爲牛後)

⇒영위계구물위우후(寧爲鷄口勿爲牛後) 참조.

영위계구 물위우후(寧爲鷄口勿爲牛後)

닭의 부리가 될지언정 쇠꼬리는 되지 말라는 뜻. 즉 큰 집단의 말석보다는 작은 집단의 우두머리가 되라는 뜻. 계구우후(鷄口牛後)만으로도 쓰이며 계두우미(鷄頭牛尾), 영위계구 무위우후(寧爲鷄口無爲牛後)라고도 함.

「史記 蘇秦傳」,

鄙諺曰 寧爲鷄口 勿爲牛後 今西面交臂而臣事秦 何異於牛後乎

* 전국 시대 중엽, 동주(東周)의 도읍 낙양(洛陽)에 소진이란 종횡가가 있었다. 그는 합종책(合縱策)으로 입신할 뜻을 품고, 당시 최강국인 진(秦)나라의 동진(東進) 정책에 전전긍긍하고 있는 한(韓)·위(魏)·조(趙)·연(燕)·제(齊)·초(楚)의 6국을 순방하던 중 한나라 선혜왕(宣惠王)을 알현하고 이렇게 말했다. "전하, 한나라는 지세가 견고한 데다 군사도 강병으로 알려져 있습니다. 그런데도 싸우지 아니하고 진나라를 섬긴다면 천하의 웃음거리가 될 것입니다. 게다가 진나라는 한 치의 땅도 남겨놓지 않고 계속 국토의 할양을 요구할 것입니다. 하오니 전하, 차제에 6국이 남북, 즉 세로로 손을 잡는 합종책으로 진나라의 동진책을 막고 국토를 보전하시오서. 차라리 닭의 부리가 될지언정 쇠꼬리는 되지 말라는 옛말도 있지 않사옵니까?" 선혜왕은 소진의 합종책에 전적으로 찬동했다. 이런 식으로 6국의 군왕을 설득하는 데 성공한 소진은 마침내 여섯 나라의 재상을 겸임하는 대정치가가 되었다.

영이불괴(怜而不怪)

마음이 아주 편안하여 아무런 생각도 없고 의심하는 바도 없다는 뜻.

영이불일(盈而不溢)

물이 차도 넘치지 않는 것이 천도(天道)인 것처럼, 사람 역시 공이 있더라도 자랑하지 말라는 말.

「國語 越語下」

天道盈而不溢 盛而不驕 勞而不矜其功

영인부아 무아부인(寧人負我 無我負人)

다른 사람은 나의 은혜를 잊어버리더라도, 나는 다른 사람의 은혜를 잊어서는 안 된다는 말.

영인이해(迎刃而解)

⇒파죽지세(破竹之勢) 참조.

영자팔법(永字八法)

'영(永)'자 한 자를 가지고 배울 수 있는 8가지 운필법을 이르는 말.

영적무단(影迹無端)

아무런 흔적도 없음을 이르는 말.

「宋書 謝靈運傳」,

今影迹無端 假謗空設 終古之酷 未之或有

영정고고(零丁孤苦)

가난해 지거나 세력이 꺾이었는데 도와주는 사람도 없어 혼자서 괴로움을 당한 어려운 처지를 이르는 말.

「李密의 陳情表」,

零丁孤苦至於成立

영존(令尊)

⇒춘부장(春府丈) 참조.

영출다문(令出多門)

명령 나오는 문이 많다는 뜻으로, 한 가지 일에 여러 곳에서 명령이 나와 질서가 문란하다는 말.

영해향진(影駭響震)

⇒풍성학려(風聲鶴唳) 참조.

「班固의 答賓戱」,

使見之者影駭 聞之者響震

* 그림자만 봐도 놀라고, 소리만 들어도 놀란다는 말.

예미도중(曳尾塗中)

옛날에는 거북 껍질을 구워서 점(占)을 쳤으므로 신귀(神龜)는 죽어서 귀하게 여겨졌지만, 죽어서 귀하게 여겨지는 것보다 차라리 살아서 그 꼬리를 흙탕 속에 묻고 사는 것이 마음이 편안하여 즐겁다는 말로, 사람도 벼슬을 하여 얽매이는 것보다는 오히려 빈천(貧賤)하므로 고향에 있어 몸이 편안함을 꾀하는 것이 좋다는 말.

「莊子 秋水篇」,

莊子釣於濮水 楚王使大夫二人往先焉 曰 願以竟內累矣 莊子持竿不顧曰 吾聞 楚有神龜 死已三千歲矣 王巾笥而藏之 廟堂之上 此龜者寧其死爲留骨而貴乎 寧其生而曳尾於塗中乎 二大夫曰 寧生而曳尾塗中 莊子曰 往矣 吾將曳尾於塗中

莊子가 濮水에서 낚시질을 하는데, 楚王이 두 대신을 시켜 莊子를 불러오게 하였다. 가로되, "원컨대 先生께 정치를 맡기고 싶소." 莊子는 돌아보지도 않고 낚싯대를 쥔 채로 말했다. "듣건대, 楚나라엔 神龜란 3천 년 묵은 거북을 王이 상자에 넣어 廟堂에 간직했다 하는데, 그 거북이 죽어 뼈가 되어 (상자 속에서) 소중하게 여김을 받는 존재가 되기를 원했겠소? 아니면 살아서 꼬리를 진흙 속에 끌고 다니기를 원하였겠소?" 두 대신이 가로되, "물론 살아서 꼬리를 진흙 속에 끌고 다니기를 원했겠죠." 莊子 가로되, "그렇다면 돌아가시오. 나는 진흙 속에 꼬리를 끌고 다니겠소."

* 無爲함으로써 자연에 융화되어 天壽를 지키려는 莊子의 인생관이 잘 나타난 귀절이다. 높은 벼슬과 사회적인 속박을 벗어나 자연에서의 생명의 자유를 추구하려는 것임을 알 수 있다.

예상왕래(禮尙往來)

예절은 서로 왕래하며 교제함을 귀하게 여긴다는 뜻.

「禮記 曲禮 上」,

禮尙往來 往而不來 非禮也 來而不往 亦非禮也

예소증아선포지회(豫所憎兒先抱之懷)

미워하는 아이를 먼저 안아 품는다는 말. 미운 아이 떡 하나 더 주라는 속담과 같은 뜻.

예승즉리(禮勝則離)

예의가 지나치면 도리어 사이가 멀어진다는 말.

「禮記 樂記篇」,

樂者爲同 禮者爲異 同則相親 異則相敬 樂勝則流 禮勝則離

예실즉혼(禮失則昏)

사람이 예의를 잃으면 혼란에 빠진다는 뜻.

「史記 孔子世家」,

禮失則昏 名失則愆 失志爲昏 失言爲愆

예우각행(曳牛却行)

소를 뒤로 끌어당긴다는 뜻으로, 힘이 몹시 셈을 뜻하는 말.

「魏書 伊馣傳」,
伊馣代人也 少而勇健 走及奔馬 善射
多力 曳牛郤行

예의범절(禮儀凡節)

일상 생활의 모든 예의와 절차를 이
르는 말.

예의염치(禮義廉恥)

예절과 의리와 염치와 부끄러워하는
태도를 이르는 말.

예주불설(醴酒不設)

스승을 섬기는 마음이 점점 사라진
다는 말.
「漢書 楚元王傳」,
元王每置酒 常爲穆生設醴 及王戊卽
位常設 後忘設焉 穆生退曰 可以逝矣
醴酒不設 王之意怠

예착불상용(枘鑿不相容)

네 모난 축꽂이를 둥근 구멍에 끼우
면 맞지 않는다는 뜻으로, 본질적으로
서로 다른 사람의 의견은 화합할 수
없음을 비유하는 말. 방예원착(方枘圓
鑿) 또는, 방저원개(方底圓蓋)라고도 함.
「楚辭」,
圓枘而方鑿兮 吾固知其鉏鋙而難入

오가기린(吾家麒麟)

부모가 자기 아들의 준수함을 이르
는 말.오가용문(吾家龍文)이라고도 함.
「晉書 顧和傳」,
總角使有淸操 族叔榮雅重之曰 此吾
家麒麟 與吾宗者 必此子也

오가용문(吾家龍文)

⇒오가기린(吾家麒麟) 참조.

오가작통(五家作統)

다섯 가구를 한 단위로 하여 서로

감시하게 하던 조선시대의 연대 책임
제도를 이르는 말.

오경소지(五經掃地)

성인의 가르침을 해함을 탄식한 말.
「唐書 祝欽明傳」,
帝與群臣宴 欽明自言能八風舞 帝許
之 欽明體肥醜 據地搖頭睆目 帝大笑
盧藏用歎曰 是擧五經掃地矣

오곡백과(五穀百果)

쌀, 보리, 콩, 조, 기장 등 다섯 가
지 곡식과 온갖 과실을 이르는 말.

오곡불승(五穀不升)

오곡을 추수하지 못했다는 말로, 흉
년을 뜻함.
「穀梁傳」,
五穀不登謂之大侵

오동단각(梧桐斷角)

오동나무가 뿔을 부러뜨린다는 뜻으
로, 부드러운 것이 강한 것을 이김을
비유하는 말.

오류선생(五柳先生)

진 나라의 도연명을 일컫는 말.
「晉書 隱逸傳」,
陶潛字元亮 少懷高尙 嘗著五柳先生
傳 以自況

오리무중(五里霧中)

먼 곳까지 낀 안개 속에서 길을 찾
기 어려움과 같이, 어떤 사물의 행방
이나 사태의 추이를 알 길이 없음을
비유하는 말. 유사한 말로, 함흥차사
(咸興差使)가 있음.
「後漢書 張楷傳」,
張楷字公超 性好道術 能作五里霧 時
關西人裴優 亦能作三里霧
(후한 순제(順帝) 때의) 공초라는

자를 지닌 선비 장해(張楷)는 (학문뿐 아니라) 도술에 능하여 오리무(五里霧)를 만들었다. 이 때 관서인으로 장우(張優)는 삼리무(三里霧)를 만들었다.

오만무도(傲慢無道)

태도나 행동이 건방지고 버릇이 없음을 이르는 말. 오만무례(傲慢無禮)라고도 함.

오만무례(傲慢無禮)

⇒오만무도(傲慢無道) 참조.

오만불손(傲慢不遜)

오만하여 겸손한 데가 없음을 이르는 말.

오매구지(寤寐求之)

자나깨나 찾음을 이르는 말.
⇒전전반측(輾轉反側)의 고사 참조.

오맹문서(吳猛蚊噬)

옛날에 오맹이라는 사람이 부모 곁에 있을 때, 모기가 자기를 물어도 그 모기를 쫓지 않았다 한다. 모기를 쫓으면 그 모기가 부모를 물까봐 그랬다는 데서 유래된 말로, 부모님에 대한 지극한 효심을 뜻하는 말이다.

오매불망(寤寐不忘)

⇒오매사복(寤寐思服) 참조.

오매사복(寤寐思服)

자나깨나 잊지 못함. 오매불망(寤寐不忘)이라고도 함.
⇒전전반측(輾轉反側)의 고사(故事) 참조.

오면혹형(烏面鵠形)

까마귀와 같은 얼굴, 따오기와 같은 모습으로, 기아(饑餓)에 굶주린 사람의 모습을 이르는 말.
「南史侯景傳」,
時江南大饑 江楊彌甚 百姓流亡 死者塗地 其絶粒久者 烏面鵠形

오문표수(吾門標秀)

자기 집의 걸출(傑出)한 자식을 이르는 말.
「晉書」,
此兒非惟吾門之標秀 乃佐時之良器也

오물(汚物)

⇒오예지물(汚穢之物) 참조.

오밀조밀(奧密稠密)

①솜씨가 교묘하고 세밀한 모양. ②마음씨가 자상하고 세밀한 모양을 이르는 말.

오방지민(五方之民)

중국을 위시한 사방의 백성〔四夷〕을 이르는 말.
「大戴禮 千乘篇」,
東辟之民曰夷 云云 南辟之民曰蠻 西辟之民曰戎 北辟之民曰狄 及中國之民曰五方之民

오불가장(傲不可長)

스스로 교만하여 남을 깔보는 일은 억제해야 한다는 말.
「禮記 曲禮上 第一」,
曲禮曰 毋不敬 儼若思 安定辭 安民哉 傲不可長 欲不可縱 志不可滿 樂不可極
곡례(曲禮)에 이르기를, (사람이 몸을 수양하는 데는) 언제나 공경하지 않음이 없어야 한다. 용모는 언제나 도의를 생각하는 것처럼 엄숙해야 하고 언어는 부드럽고 명확해야 한다. 이렇게 하면 몸에 덕이 저절로 쌓아져 백성을 다스려서 편안하게 할 수 있을 것이다. 오만한 마음이 자라나게 해서는 안 되고, 욕심을 마음대로 하려고 해서도 안 되며, 뜻을 만족시키려 해서도 안 되고, 즐거움을 다하려 해서도 안 된다.

오불관언(吾不關焉)

나는 그 일에 전혀 상관하지 않겠다는 말.

오불취(五不娶)

아내로 삼아서는 안 되는 5가지의 경우, 즉 도적(盜賊) 집안의 자녀, 음란(淫亂)한 집안의 자녀, 대대로 형(刑)을 받은 집안의 자녀, 대대로 나쁜 병이 있는 집안의 자녀, 아버지가 없는 집의 장녀(長女)를 이름. 오불취(五不取)라고도 함.

「大戴禮 本名篇」,

女有五不取 逆家子不取 亂家子不取 世有刑人不取 世有惡疾不取 喪父長子不取

오비삼척(吾鼻三尺)

내 코가 석 자란 뜻으로, 내 사정이 급박하여 남의 사정을 돌볼 여유가 없다는 말.

「旬五志」,

오비이락(烏飛梨落)

까마귀 날자 배 떨어진다는 말로, 아무 관계도 없이 한 일이 공교롭게도 동시에 일어나 다른 일과 관련이 있는 것처럼 혐의를 받게 됨을 이르는 말.

「旬五志」,

烏飛梨落 言跡涉嫌疑

까마귀 날자 배 떨어진다는 것은 무

슨 연관이라도 있는 것처럼 혐의를 받는 것을 뜻한다.

「耳談續纂」,

烏之乎飛 有隕其梨 言事態巧湊 不得以逃其責

까마귀가 나는 데 배가 떨어진다는 것은 일이 공교롭게도 불길하게 전개되어 부득이 책임을 피할 수 없게 되었음을 뜻한다.

오비일색(烏飛一色)

날고있는 까마귀 색깔이 같다는 말로, 피차 똑같음을 비유한 말.

오비토주(烏飛兎走)

⇒오토총총(烏免忽忽) 참조.

오상고절(傲霜孤節)

서릿발 추운 날씨를 견디고 꽃을 피우는 국화를 이르는 말.

오색무주(五色無主)

무섭고 두렵고 송구스러워 얼굴빛이 붉으락푸르락 자주 변함을 이름.

「淮南子 精神訓」,

禹南省方濟于江 黃龍負주 舟中之人五色無主 禹乃熙笑

오색상림(五色霜林)

아름답게 물든 단풍숲을 이르는 말.

오서지기(鼫鼠之技)

날다람쥐의 재주란 뜻으로, 재주는 많으나 쓸모가 없음을 비유하는 말.

오손공주(烏孫公主)

전한(前漢) 때 오손족과 한무제와의 고사로서, 정략 결혼의 희생양이 된 슬픈 운명의 여인을 비유하는 말.

오수부동격(五獸不動格)

서로 제 세력 범위에서 분수를 지킴

을 뜻하는 말.

* 오수 – 코끼리(象), 범(虎), 개(犬), 고양이(猫), 말(馬).

오습거하(惡濕居下)

습한 것을 싫어하면서도 낮은 지대에 산다는 뜻으로, 악평(惡評)을 싫어하면서도 못된 짓을 함을 비유하는 말.

「孟子 公孫丑章句上 四」,

孟子曰 仁則榮 不仁則辱 今惡辱而居不仁 是猶惡濕而居下也 如惡之 莫如貴德而尊士 賢者在位 能者在職 國家閒暇 及是時 明基政刑 雖大國 必畏之矣 詩云 迨天之未陰雨 徹彼桑土 綢繆유(片+戶밑에甫)戶 今此下民 或敢侮予 孔子曰 爲此詩者知其道乎 能治其國家 誰敢侮之 今國家閒暇 及是時 般樂怠敖 是自求禍也 禍福 無不自己求之者 詩云 永言配命 自求多福 太甲曰 天作孽 猶可違 自作孽 不可活 此之謂也

맹자 가로되, "임금이 인정(仁政)을 베풀면 그 나라가 번영하고, 인정을 베풀지 않으면 욕을 본다. 이제 욕보는 것은 싫어하면서 인정을 베풀지 않고 있는 것은, 이것은 마치 습(濕)한 것을 싫어하면서 낮은 곳에 있는 것과 같다. 만일 욕보는 것이 싫다면 덕(德)을 귀중하게 여기고 인재를 존중하는 것보다 더 좋은 길은 없다. 현자(賢者)가 벼슬자리에 앉고, 유능한 인재가 직분을 맡아서 나라 일이 외환이 없이 평온 무사하면 그 때에 이르러서 나라의 정교(政敎)와 형벌을 강명(講明)하면, 대국(大國)이라 할지라도 반드시 그 나라를 두려워할 것이다. 시(詩)에, '하늘이 장마비를 내리기 전에/뽕나무 뿌리를 캐어 가지고/창문을 단단히 얽어매어 대비하면/이제 아래 있는 사람들이/누가 감히 나를 업신여기리.'라고 하였는데, 공자께서도 '이 시를 지은이는 道理를 알고 있는 사람일 것이다. 제 나라를 잘 다스릴 줄 안다면야 누가 감히 그를 업신여기겠는가?'라고 말씀하셨다. 이제 나라가 敵國 外患이 없이 평온 무사하면 그 때에 이르러서 먹자주의 노름판으로 태만하게 향락만 일삼으니, 이것은 스스로 禍를 부르는 것이다. 禍니 福이니 하는 것이 스스로 불러들이지 않는 것이 없다. 詩에도, '天命의 道理에 길이 짝맞추어 / 스스로 많은 복을 불러들인다.'라고 하였으며, 太甲에도 '하늘이 내리는 災禍는 그래도 피할 수가 있지만, 스스로 불러들인 災禍로부터는 도망할 길도 없다.'고 하였는데, 모두 이 점을 두고 한 말들이다.

오십보백보(五十步百步)

⇒이오십보 소백보(以五十步笑百步) 참조.

오예물(汚穢物)

⇒오예지물(汚穢之物) 참조.

오예지물(汚穢之物)

지저분하고 더러운 물건을 이르는 말. 오예물(汚穢物) 또는, 오물(汚物) 만으로도 쓰임.

오우천월(吳牛喘月)

쓸데없는 걱정으로 괴로워하는 비유. 또 몹시 무서워하여 두려워하는 모양.

「世說新書」

* 중국 남방 지방은 몹시 더워서 물소가 햇볕을 두려워한 나머지, 달을 해로

잘못 보고 헐떡인다는 뜻.

오월동주(吳越同舟)

이해 관계(利害關係)를 같이 하는 사람은 서로 아는 사이거나 모르는 사이거나 간에 같은 처지에 놓이면 자연히 서로 돕게 됨을 비유한 말. 동주상구(同舟相救) 또는, 동주제강(同舟濟江), 오월지쟁(吳越之爭)이라고도 함.
「孫子 九地篇」,
　吳人與越人相惡也 當其同舟濟而遇風 其相救也如左右手
　吳나라 사람과 越나라 사람은 서로 미워한다. 그러나 그들이 같은 배를 타고 가다가 바람을 만나게 되면 서로 돕기를 左右의 손이 협력하듯 한다.
「戰國策」,
　胡與越人言語不相知 志意不相通 同舟而陵波 至其相救助如一也 今山東之相與也 如同舟而濟 秦之兵至 不能相救助如一 智亦不如胡越之人矣

오월지쟁(吳越之爭)

⇒오월동주(吳越同舟) 참조.

오유반포지효(烏有反哺之孝)

⇒반포지효(反哺之孝) 참조.

오자낙서(誤字落書)

글씨를 그릇 쓰거나 빠뜨리고 씀을 이르는 말.

오자부장(敖者不長)

오만한 자는 망한다는 말.
「老子 第二十五章」,
　自敖者不長

오조사정(烏鳥私情)

까마귀가 새끼 때 어미가 길러 준 은혜를 갚는 애정이란 뜻으로, 자식이 부모에게 효도를 다하려는 마음을 비유하여 이르는 말.
⇒결초보은(結草報恩)의 고사 참조..

오지자웅(烏之雌雄)

까마귀의 암컷과 수컷을 구별하기 곤란한 것과 같이, 일의 시비선악(是非善惡)을 구별하기 곤란함을 이름.

오토총총(烏免忽忽)

까마귀는 태양, 토끼는 달, 총총은 급하고 바쁜 모양. 세월의 흐름이 빠름을 비유하여 이르는 말. 오비토주(烏飛免走), 토주오비(免走烏飛)라고도 함.

오풍십우(五風十雨)

닷새에 한 번씩 바람이 불고, 열흘 만에 한 번씩 비가 오는 풍년이 들 순조로운 기후. 곧 세상이 평온 무사함을 이름.
「王充 論衡」,
　太平之世 五日一風 十日一雨 風不鳴枝 雨不破塊

오하아몽(吳下阿蒙)

오(吳)나라 시절의 아몽(阿蒙)이라는 말로, 학문의 소양(素養)도 보잘 것없는 인물이라는 뜻. 아몽(阿蒙)만으로도 쓰임.⇒괄목상대(刮目相對).
⇒괄목상대(刮目相對)의 고사 참조.

오합지졸(烏合之卒)

⇒오합지중(烏合之衆) 참조.

오합지중(烏合之衆)

까마귀 떼와 같이 문란하게 모여 있는 군중, 또는 그러한 군대를 이르는 말. 오합지졸(烏合之卒)이라고도 함.
「後漢書 邳彤傳」,
　卜者王郎集烏合之衆 震燕趙之北

오획지력(烏獲之力)

힘이 센 사람을 이르는 말.

「史記 秦紀」,

武王有力好戲 力士任鄙烏獲孟說 皆
至大官

* 烏獲은 예전 壯士였음.

옥곤금우(玉昆金友)

형제들의 미풍양속을 금옥(金玉)에
비유하여 칭찬하는 말.

「南史 王銓傳」,

銓字公衡 美風儀 善占吐 雖學業不及
弟錫而孝行齊焉 時人以爲銓錫二王 可
謂玉昆金友

옥골선풍(玉骨仙風)

살빛이 희고 고결하여 신선과 같은
풍채를 이르는 말.

옥량낙월(屋梁落月)

친구를 생각함이 간절함을 뜻하는
말.

「杜甫의 夢李白」,

死別已吞聲 生別常惻惻〈中略〉何以
有羽翼 落月滿屋梁 猶疑照顔色 水深
波浪闊 無使蛟龍得

옥불탁불성기(玉不琢不成器)

옥(玉)의 바탕은 본시 아름답지만
다듬지 않으면 쓰지 못한다는 말로,
사람도 배움을 열심히 닦지 않으면
도(道)를 깨우치지 못한다는 뜻.

「禮記 學記篇」,

玉不琢不成器 人不學不知道 是故古
之王者 建國君民 敎學爲先 兌命曰 念
終始典于學 其此之謂乎

玉은 갈지 않으면 훌륭한 그릇을 이
루지 못하고, 사람은 배우지 아니하
면 道를 모르는 법이다. 그래서 옛날

의 王들은 나라를 세우고 백성 위에
君臨할 때 敎育을 最優先으로 삼았
다. 태명에 이르기를 '처음과 끝을 생
각하고 언제나 배움에 힘쓴다.'고 했
으니 이를 두고 말함일 것이다.

옥상가옥(屋上架屋)

지붕 위에 거듭 지붕을 씌운다는 뜻
이니, 일이 무익하게 중복됨을 이르
는 말. 옥상옥(屋上屋)만으로도 쓰임.

「顔氏家訓」,

옥상옥(屋上屋)

⇒옥상가옥(屋上架屋) 참조.

옥석구분(玉石俱焚)

⇒옥석혼효(玉石混淆) 참조.

* 옥(玉)과 돌이 함께 탄다는 말로, 선
악(善惡)·현우(賢愚)·양부(良否)의　구
별 없이 함께 멸망함을 비유함.

「書經 胤征篇」,

火炎崑岡 玉石俱焚 天吏逸德 烈于猛
火 殲厥渠魁 脅從罔治 舊染汙俗 咸與
惟新 嗚呼 威克厥愛允濟 愛克厥威允
罔功 其爾衆士 懋戒哉

불이 崑岡에 타면 玉과 돌이 다 타
나니, 天吏의 逸한 德은 猛火보다 심
하니 그 큰 魁首는 죽이고, 협박하여
좋은 이는 다스리지 말아, 예전에 물
들어 더러운 풍속을 다 더불어 새롭
게 하리라. 嗚呼라, 위엄이 그 사랑
을 이기면 진실로 일을 이루고, 사랑
이 그 위엄을 이기면 진실로 功이 없
으리니, 너희 衆士는 힘써 경계할지
어다.

* 夏王 仲康 때 '羲和'라는 자가 있었다.
그는 諸侯였으나 행동이 바르지 못하여
그 영토내의 人民이 歸服하지 않았다.
그는 公職을 내버려 둔 채 책임을 다하

지 않았다. 王인 仲康은 太康의 아우였으며, 太康을 廢한 후 天子가 되었던 것이다. 仲康은 형과 달리 天子의 지위를 보전할 만한 충분한 힘이 있는 사람이어서 人民들이 곧 歸服하였다. 이 仲康이 胤侯라는 사람에게 명하여 義和를 치게 하였다. 胤侯가 왕의 명을 받아 군대를 거느리고 출발할 때 많은 군대 앞에서 선서하여 전쟁을 일으킨 趣旨를 말한 대목이다.

옥석동가(玉石同架)

⇒옥석혼효(玉石混淆) 참조.

옥석동궤(玉石同匱)

⇒옥석혼효(玉石混淆) 참조.
「東方朔 七諫」,

옥석동쇄(玉石同碎)

⇒옥석혼효(玉石混淆) 참조.

옥석혼교(玉石混交)

⇒옥석혼효(玉石混淆) 참조.

옥석혼효(玉石混淆)

착한 자나 악한 자나 구별 없이 섞여 있어 분간할 수 없을 때를 비유하는 말. 옥석동가(玉石同架) 또는, 옥석동궤(玉石同匱), 옥석동쇄(玉石同碎), 옥석혼교(玉石混交)라고도 함.
「抱朴子」,
眞僞顚倒 玉石混淆 同廣樂於桑同 鈞龍章於卉服
참됨과 거짓이 반대가 되고 옥과 돌이 뒤섞인다는 것으로 아악도 속악과 같이 보고 아름다운 옷이나 누더기 옷을 똑같은 것으로 생각하고 있다.

옥야천리(沃野千里)

기름진 들이 넓음을 이르는 말.
「戰國策」,

沃野千里

옥여칠성(屋如七星)

지붕 뚫린 구멍이 북두칠성과 같다는 뜻으로, 가난한 집을 형용하는 말.
「雲仙雜記」,
鄭廣文 屋室破漏 從下望之竅如七星

옥오지애(屋烏之愛)

사랑하는 사람의 집 위에 까마귀까지 귀엽다는 말로, 상대방에 대한 지극한 애정을 이르는 말.
「尙書大傳」,
武王登夏臺以臨殷民 周公曰 愛其人者 愛其屋上之烏 憎其人者 憎其儲胥

옥의옥식(玉衣玉食)

⇒호의호식(好衣好食) 참조.

옥치무당(玉卮無當)

쓸데없는 보배. 귀한 옥으로 만든 잔이라도 밑이 없으면 쓸데없다는 뜻.
「韓非子 外儲說」,
當谿公見韓昭侯曰 爲人主而漏泄其群臣之語 譬猶玉卮之無當

옥하가옥(屋下架屋)

독창성 없이 전인(前人)의 것을 모방만 함을 경멸(輕蔑)하는 말.
「世說」,
庾仲初作揚都賦 人人競寫 都下爲之紙貴 謝太傅云 不得爾 此是屋下架屋耳
東晉의 庾仲初가 (수도 建康의 아름다움을 읊은) 揚都賦란 시를 짓자, 사람들마다 서로 다투어 베끼니 장안의 종이 값이 오를 정도였다. 그러나 (이와 같은 경박한 풍조에 대해) 太傅 謝安石은 이렇게 나무랐다. "뭐

야! 저 시는 마치 지붕 밑에 또 지붕
을 만든 것 같구나."

「顔氏家訓序致篇」,

魏晉已來所著諸子 理重事複 猶屋下
架屋床上施床耳

魏晉 이래로 씌어진 모든 책들은 이
른바 내용이 중복되어 그야말로 지붕
밑에 지붕을 만들고, 평상 위에 평상
을 만든 것과도 같다.

옥하사담(屋下私談)

쓸데없는 사사로운 이야기. 부질없
는 공론(空論)을 이르는 말.

온고지신(溫故之新)

옛것을 익혀 그것으로 미루어 새로
운 도리를 알아냄.

「論語 爲政 十一」,

子曰 溫故而知新 可以爲師矣

孔子 가로되, "옛것을 되새겨 새것
을 살필 줄 알면 능히 남의 스승이
됨직 하나니라."

「中庸 第二十七章」,

大哉 聖人之道 洋洋乎發育萬物 優優
大哉 禮儀三百 威儀三千 待其人而後
行 故曰 苟不至德 至道不凝焉 故君子
尊德性而道問學 致廣大而盡精微 極高
明而道中庸 溫故而知新 敦厚而崇禮
是故 居上不驕 爲下不倍 國有道 其言
足以興 國無道 其默足以容 詩曰 旣明
且哲 以保其身 其此之謂與

위대하다, 聖人의 道여! 양양히 萬
物을 發育케 하여 높고 크기 하늘에
極했도다. 優優히 크기도 하다, 禮儀
삼백과 威儀 삼천이구나! 그 사람을
기다린 뒤에야 道는 행해지는 법, 그
러기에 "진실로 德이 아니면 至道는
이룩되지 않는다."고 했다. 때문에
君子는 德性을 높이며 問學을 길삼을
것이니 廣大함에 이르되 精微함을 다
하고, 옛것을 익혀 새 것을 알며 敦
厚히 하여 써 禮를 尊崇할 것이다.
그러므로 윗자리에 있어 교만하지 아
니하고, 아랫사람이 되어 배반하지
않아, 나라에 道 있을 땐 그 언론이
起用받기에 足하고, 나라에 道 없을
때엔 그 침묵이 용납되기에 足하나
니, 詩에 '이미 밝고 예지로와 이로써
그 몸 보존하는 도다.'라고 한 것은
바로 이를 두고 한 말이다.

온고지정(溫故之情)

옛 것을 살피고 생각하는 마음을 이
르는 말.

온언순사(溫言順辭)

따뜻하고 부드러운 말씨를 이름.

온유돈후(溫柔敦厚)

성정이 부드럽고 온화하며 인정이
많고 성실한 인품. 또는 시를 짓는
데 기묘하기 보다, 마음에서 우러난
정취가 있음을 이르는 말.

「禮記 經解」,

溫柔敦厚 詩教也

온윤이택(溫潤而澤)

온순하고 인자함을 이르는 말.

「禮記 聘義」,

孔子曰 昔者君子 比德于玉焉 溫潤而
澤 仁也

온의미반(溫衣美飯)

따뜻한 옷을 입고 맛있는 음식을 먹
는다는 말.

「後漢書 和熹鄧皇后紀」,

今末世貴戚 食祿之家 溫衣美飯 乘堅
驅良

온청정성(溫淸定省)

⇒혼정신성(昏定晨省) 참조.

온후독실(溫厚篤實)

성격이 온화하고 성실함. 인품이 따뜻하고 성실함이 넘침을 이르는 말.

옹리혜계(甕裏醯雞)

옹기 속의 작은 하루살이란 뜻으로, 소견이 매우 좁음을 이르는 말.
「莊子 田子方」.

孔子見老聃 老聃新沐 方將被髮而乾 慹然似非人 孔子便而待之 少焉 見曰 丘也眩與 向者先生形體掘若槁木 似遺物離人而立於獨也 老聃曰 吾游於物之初 孔子曰 何謂邪 曰 心困焉而不能知 口辟焉而不能言 嘗爲女議乎其將 至陰肅肅 至陽赫赫 肅肅出乎天 赫赫發乎地 兩者交通成和而物生焉 或爲之紀而莫見其形 消息滿虛 一晦一明 日改月化 日有所爲 而莫見其功 生有所乎萌 死有所乎歸 始終相反乎無端 而莫知乎其所窮 非是也 且孰爲之宗 孔子曰 請問遊是 老聃曰 夫得是 至美至樂也 得至美而遊乎至樂 謂之至人 孔子曰 願聞其方 曰 草食之獸不疾易藪 水生之蟲不疾易水 行小變而不失其大常也 喜怒哀樂不入於胸次 夫天下也者 萬物之所一也 得其所一而同焉 則四支百體 將爲塵垢 而死生終始 將爲晝夜而莫之能滑 而況得喪禍之所介乎 棄隷者若棄泥塗 知身貴於隷也 貴在於我而不失於變 且萬化而未始有極也 夫孰足以患心 已爲道者解乎此 孔子曰 夫子德配天地 而猶假至言以修心 古之君子 孰能脫焉 老聃曰 不然 夫水之於汋也 無爲而才自然矣 至人之於德也 不修而物不能離焉 若天之自高 地之自厚 日月之自明 夫何修焉 孔子出 以告顏回 曰 丘之於道也其猶醯雞與 微夫子之發吾覆也 吾不知天地之大全也

공자(孔子)가 노자(老子)를 만나러 가니, 노자는 머리를 감고 나서 막 머리를 풀어 흩뜨린 채 말리고 있었는데, 꿈쩍도 않고 있는 것이 사람 같지 않았다.

공자는 비켜서서 기다리다가 조금 뒤에 만나 얘기하였다. "제가 눈이 어두워진 것일까요? 그 본 것이 정말 그러한 것일까요? 조금 전의 선생님의 형체는 뻣뻣한 게 마른나무 같았으며, 밖의 물건은 잊고 사람들을 떠나 홀로 우뚝 서 있는 것 같았습니다."

노자가 말하였다. "나는 만물이 생겨나던 처음 경지에 노닐고 있었습니다."

공자는 말하였다. "무슨 뜻의 말씀이신지요?"

노자가 말하였다. "마음이 곤(困)하여지기만 하지 알 수는 없고, 입이 닫혀져 말로 표현할 수 없는 일이지만, 시험삼아 당신을 위하여 그 대략을 논하여 보겠습니다. 지극한 음기(陰氣)는 고요하고 지극한 양기(陽氣)는 동적(動的)인 것입니다. 고요함은 하늘로부터 나오고, 움직임은 땅으로부터 나오며, 이 두 가지 기운이 서로 통하여 조화를 이룸으로써 물건이 생겨나는 것입니다. 어느 누군가가 그 법도를 다스리고 있는지 모르지만 그 형체는 본 일이 없습니다. 만물은 없어지고 생겨나고 하며 가득 찼다 비었다 하기도 하며, 한 번 어두워졌다가는 한 번 밝아집니다. 날로 바뀌고 달로 변화하여, 하

루도 쉬지 않고 이 현상이 지속되지
만 그 조화의 공(功)은 드러나지 않
습니다. 만물의 발생은 싹이 튼 곳이
있으며, 죽음은 귀결되는 곳이 있습
니다. 사물의 시작과 끝은 서로 끝없
이 반복되어 그 끝장이 나는 곳을 알
수가 없습니다. 그러나 이것이 아니
라면 또 그 누가 만물의 근원이 될
수가 있겠습니까?"

공자가 말하였다. "그러한 경지에
노닌다는 말씀의 뜻을 여쭙고자 합니
다."

노자가 말하였다. "그런 경지로 들
어가면 지극히 아름답고 지극히 즐겁
습니다. 지극한 아름다움을 얻고서
지극한 즐거움에 노니는 이를 지인
(至人)이라 부릅니다."

공자가 말하였다. "그 방법에 대하
여 여쭙고자 합니다."

노자가 말하였다. "풀을 먹는 짐승
들은 그의 풀밭이 바뀌는 것을 싫어
하지 않으며, 물에 사는 벌레들은 물
이 바뀌는 것을 싫어하지 않습니다.
생활상의 조그만 변화가 일어났을 뿐
이지 그의 큰 법도를 잃는 것은 아니
기 때문입니다. 그래서 기쁨이나 노
여움, 슬픔, 즐거움 같은 감정이 가
슴속에 스며들지 않는 것입니다. 천
하라는 곳은 만물이 한결같이 존재하
는 장소입니다. 자기가 거기에 일체
가 되어 동화될 수만 있다면 자기의
사지(四肢)나 육체는 먼지나 때와 같
은 것이 될 것이며, 죽음과 삶이나
시작과 끝을 밤이나 낮과 같은 것으
로 여기게 될 것입니다. 그런데 하물
며 세상의 득실(得失)이나 화복(禍
福) 같은 잔일들이야 어떠하겠습니

까? 노예를 버리는 자가 진흙처럼 버
릴 수 있는 것은 자신의 몸이 노예보
다 귀하다는 것을 알고 있기 때문입
니다. 그런데 가장 귀한 도(道)는 나
에게 있으며, 변화에 의하여 잃게 되
지 않으며, 또한 만물을 변화하게 하
여 영원무궁하게 하는 것입니다. 무
엇이 내 마음에 걱정을 끼칠 수가 있
겠습니까? 이미 도(道)를 터득한 사
람이라면 이것을 이해할 수가 있을
것입니다."

공자가 말하였다. "선생님께서는 덕
(德)이 하늘과 땅의 짝이 될 만한데
도 지극한 말씀을 빌어서 마음을 닦
고 계십니다. 옛날의 군자라 하더라
도 누가 이보다 뛰어날 수가 있겠습
니까?"

노자가 말하였다. "그렇지 않습니다.
물이 맑은 것은 무위(無爲)하지만 그
성격이 자연히 그렇게 만드는 것입니
다. 지인(至人)이 덕(德)을 지니고
있는 것도 의식적으로 덕(德)을 닦지
않아도 만물들이 떨어질 수 없이 화
합되기 때문입니다. 하늘은 스스로
높고 땅은 스스로 두꺼우며 해와 달
은 스스로 밝은데 그것들이 무슨 덕
(德)을 닦는 게 있습니까?"

공자가 물러 나와 안회(顔回)에게
말하였다. "내가 지닌 도(道)라는 것
은 독 안의 바구미와 같은 것이다.
선생님께서 나의 몽매(夢昧)함을 열
어주지 않았다면 나는 하늘과 땅의
위대하고 완전함을 알지 못하였을 것
이다."

* 혜계(醯雞) - 지게미나 곡식 독 안에
생기는 작은 벌레인 바구미.

옹산화병(甕算畵餠)

독장수 셈과 그림의 떡이란 뜻으로, 실속이 없음을 가리키는 말.

옹용조처(雍容措處)

화락하고 조용하게 일을 처리한다는 말.

옹유승추(甕牖繩樞)

깨진 항아리의 주둥이로 창을 하고 새끼로 문을 단다는 뜻으로, 가난한 집을 비유하여 이르는 말. 봉호옹유(蓬戶甕牖)라고도 함.

「禮記 儒行」,
篳門圭窬 蓬戶甕牖

옹중착별(甕中捉鼈)

항아리 속에 있는 자라를 잡았다는 뜻으로, 명확히 파악할 수가 있음을 비유하여 이르는 말.

「元曲 李達負荊」
管教他甕中捉鼈 手到拿來

옹혜소문(擁彗掃門)

사람을 삼가 조심스럽게 맞이한다는 말.

「故事成語考」,
擁彗掃門 迎逆之敬

와각상쟁(蝸角相爭)

⇒와각지쟁(蝸角之爭) 참조.

와각지세(蝸角之勢)

⇒와각지쟁(蝸角之爭) 참조.

와각지쟁(蝸角之爭)

달팽이의 뿔 위에서 벌이는 것과 같은 두 나라의 전쟁이란 뜻으로, 다투어 얻으려고 하는 바가 극히 적거나 보잘것없는 싸움을 비유하는 말. 만촉지쟁(蠻觸之爭), 와각상쟁(蝸角相爭), 와각지세(蝸角之勢), 와우각상지쟁(蝸牛角上之爭)이라고도 함.

「莊子 則陽篇」,

魏瑩與田侯牟約 田侯牟背之 魏瑩怒 將使人刺之 犀首聞而恥之 曰 君爲萬乘之君也 而以匹夫從讎 衍請受甲二十萬 爲君攻之 擄其人民 係其牛馬 使其君內熱發於背 然後拔其國 忌也出走 然後佚其背 折其脊 季子聞而恥之 曰 築十仞之星 城者旣十仞矣 則又壞之 此胥靡之所苦也 今兵不起七年矣 且王之基也 衍亂人 不可聽也 華子聞而醜之 曰 善言伐齊者 亂人也 善言勿伐者 亦亂人也 謂伐之與不伐亂人也者 又亂人也 君曰 然則若何 曰 君求其道而已矣 惠子聞之 而見戴晋人 戴晋人 曰 有所謂蝸者 君知之乎 曰 然 有國於蝸之左角者 曰觸氏 有國於蝸之右角者 曰蠻氏 時相與爭地而戰 伏尸數萬 逐北旬有五日而後反 君曰 噫 其虛言與 曰 臣請爲君實之 君以意在四方上下有窮乎 君曰 無窮 曰 知遊心於無窮 而反在通達之國 若存若亡乎 君曰 然 曰 通達之中有魏 於魏中有梁 於梁中有王 王與蠻氏有辯乎 君曰 無辯 客出 而君惝然若有亡也 客出 惠子見 君曰 客大人也 聖人不足以當之 惠子曰 夫吹筦也 猶有嗃也 吹劍首者 吷而已矣 堯舜 人之所譽也 道堯舜於戴晋人之前 譬猶一吷也

魏나라 惠王 瑩이 齊나라 威王 牟와 맹약을 맺었는데, 제의 위왕이 그 맹약을 배반하였다. 위의 혜왕은 화가 나서 사람을 시켜 그를 찔러 죽이려 하였다. 魏나라 犀首가 그 이야기를 듣고서 부끄럽게 여기면서 말하였다. "임금님은 萬乘의 君王이신 데도 한 남자를 시켜 원수를 갚으려 하고 계십니다. 제게 20萬의 군사를 내려 주시어 임금님을 위하여 齊나라를 공격하게 해 주십시오. 그러면 齊나라의 국민들을 사로잡고 齊나라 소와 말들을 끌어옴으로써 齊나라 임금으로 하여금 속이 타서 등창이 타게 만들겠습니다. 그런 뒤에 그 나라를 빼앗아 버리겠습니다. 齊나라 장수 田忌를 도망치게 만들고서 그의 등을 쳐서 척추를 부러뜨려 버리겠습니다."

魏나라의 季子는 이 얘기를 듣고서 부끄럽게 여기며 말했다. "열 길 높이의 城을 쌓았을 때, 그 열 길 높이의 城을 다시 허물어 버린다면 이것을 쌓은 일꾼들이 고생만 한 결과가 됩니다. 지금 전쟁이 일어나지 않은 지 7년이 되었는데, 이것은 정치의 기반입니다. 公孫衍은 혼란을 일으키는 사람이니 그의 말을 따라서는 안 됩니다."

魏나라 華子가 다시 이 얘기를 듣고서 창피하게 생각하며 말했다. "齊나라를 정벌하자는 얘기를 버젓이 하는 자는 혼란을 일삼는 사람입니다. 齊나라를 정벌하지 말자고 번드레하게 말하는 자도 역시 혼란을 일삼는 자입니다. 齊나라를 정벌하자는 얘기를 번드레하게 하는 자와 齊나라를 정벌하지 말라는 자가 혼란을 일삼는 사람이라고 말하는 자도 역시 혼란을 일삼는 자입니다."

魏의 惠王이 말했다. "그렇다면 어떻게 하면 좋겠소?"

"임금님께서는 올바른 道만 추구하면 되겠습니다."

惠子가 그 얘기를 듣고서 戴晋人을 惠王에게 소개하였다. 戴晋人이 임금에게 말하였다. "이른바 달팽이라는 것을 임금님께서는 아십니까?"

"알고 있소."

"달팽이의 왼편 뿔에 한 나라가 있었는데 觸氏라 불렀습니다. 달팽이의 오른편 뿔에도 한 나라가 있었는데 蠻氏라 불렀습니다. 그런데 마침 이 두 나라가 땅을 서로 빼앗으려고 전쟁을 벌였습니다. 넘어진 시체가 수만이나 되었고, 패배하여 도망치는 자들을 추격하여 15일만에야 되돌아 왔습니다."

임금이 말하였다. "아아, 그건 엉터리 이야기겠지요?"

"저는 임금님께서 사실을 받아들이기 바랍니다. 임금님께서는 4방과 하늘과 땅을 생각할 때 한계가 있다고 여기십니까?"

"한계가 없소."

"마음을 한계가 없는 경지에 노닐게 할 줄을 안다면 돌이켜 이 세상 나라를 생각해 볼 때, 있는지 없는지도 모를 존재가 되지 않겠습니까?"

"그렇겠군요."

"이 세상 가운데 魏나라가 있고, 魏나라 가운데 또 梁나라가 있으며, 梁나라 가운데 임금님이 있는 것이지요. 임금님께선 蠻氏와 다를 바가 있겠습니까?"

"다를 게 없겠지요."

戴晋人이 나가자 임금은 멍청히 자신도 잊은 듯하였다. 戴晋人이 나간 뒤 惠子가 들어와 뵙자 임금이 말하였다. "그 손님은 위대한 사람이었소. 聖人이라도 그만은 못할 것이오."

惠子가 말하였다. "피리를 불면 '삐' 하는 소리가 나지만 칼자루 끝 구멍

올 불면 '퓨'하는 소리가 날 따름입니다. 堯임금과 舜임금은 사람들이 기리는 분들입니다. 그러나 堯·舜을 戴晋人에다 비유한다면 마치 '퓨'하는 소리에 불과한 존재가 될 것입니다."

* 나라를 다스림에 있어 개인 감정에 의하여 일을 처리해서는 안 됨은 물론, 어떤 좋은 일이라도 인위적인 의식으로 행하는 일은 결국 올바른 정치가 되지 못한다. 맑고 텅빈 마음으로 나라를 초월하여 정치를 하여야 함을 역설한 부분임.

* 梁惠王은 齊의 威王과 서로 침략하지 않기로 약속을 하였는데, 威王이 배반했으므로, 화가 나서 은밀히 刺客을 보내어 威王을 암살하려 할 때, 宰相 惠子가 사람을 보내서 梁惠王을 설득한 이야기.

「白居易의 對酒 - 其二」,
蝸牛角上爭何事 : 달팽이의 뿔
　　　　　위에서 싸운들 무엇하리
石火光中寄此身 : 부싯돌 번쩍 하듯
　　　　　刹那에 사는 몸
隨富隨貧且歡樂 : 부귀빈천　주어진
　　　　　대로 즐겁거늘
不開口笑是癡人 : 입 벌려 웃지 않는
　　　　　자는 바보다

* 莊子 귀절을 인용하여 쓴, 술에 취해 속세를 잊고 사는 飄逸自適의 노래.

와룡봉추(臥龍鳳雛)

⇒복룡봉추(伏龍鳳雛) 참조.
* 아직 때를 못 만나 누워 있는 용과 봉황의 병아리란 뜻에서 나온 말.

와명선조(蛙鳴蟬噪)

개구리와 매미가 시끄럽게 울어댄다는 뜻으로, ①시끄럽게 떠드는 것이나 ②서투른 문장이나 쓸데없는 의논을 조롱하여 쓰는 말.
「蘇軾의 詩」,
蛙鳴靑草泊 蟬噪垂楊浦
「韓愈의 平淮西碑諸欣評」,
段文昌以騈四儷六 蛙鳴蟬噪之音 易鈞天之奏 直不知人間有羞恥事

와병인사절(臥病人事絕)

병들어 누워있으면 찾아오는 사람이 없다는 뜻이니, 곧 벼슬자리에 있던 사람이 물러나면 찾아오는 사람이 없음을 비유하여 이르는 말.

와부뇌명(瓦釜雷鳴)

질그릇 솥이 우뢰와 같은 소리를 낸다는 뜻으로, ①배우지 못한 사람이 아는 척하고 과장하거나, ②현자(賢者)가 때를 잃고 우자(愚者)가 높은 자리에서 중용(重用)됨을 비유하는 말.
「屈原의 卜居」,
黃鐘毁棄 瓦釜雷鳴 讒人高張 賢士無名

와석종신(臥席終身)

제 명에 죽음을 이르는 말.

와신상담(臥薪嘗膽)

풀섶에 누워 쓸개를 맛본다는 말로, 원수를 갚기 위하여 고난을 참고 견디며 심신을 단련함을 비유하는 말. 절치부심(切齒腐心), 절치액완(切齒扼腕) 또는, 칠신탄탄(漆身吞炭), 회계지치(會稽之恥)라고도 함.
「吳越春秋」,
越勾踐臥薪嘗膽欲報吳
越王 勾踐은 臥薪嘗膽하며 吳나라에 복수심을 자극했다.
「十八史略」,
夫差志復讎 朝夕臥薪中 出入使人呼曰 夫差而忘越人之殺而父邪

夫差는 아버지의 원한을 풀어야 한다는 결의로 조석으로 풀섶에 누워 복수심을 불태웠다. 그리고 자기 방에 출입하는 자에게는 아버지의 유명을 소리쳐 말하게 했다. "부차여, 네 아비를 죽인 자는 越王 勾踐이란 것을 잊어서는 안 된다."라고.

* 夫差 - 吳王 闔閭의 太子. 吳王 闔閭는 越王 勾踐과 樵李의 싸움에서 대패하고 죽게 되었다. 임종 때 그는 복수를 하여 자신의 분함을 풀어 달라고 태자인 부차에게 遺命을 했다. 뒤에 夫差에 의해 越軍은 대패하고, 勾踐은 會稽山에서 吳王의 신하가 된다는 조건으로 항복했다.

「史記 越世家」,

吳旣赦越 越王勾踐反國 乃苦身焦思置膽於坐 坐臥卽仰膽 飮食亦嘗膽也 曰女忘會稽之恥邪

吳王(夫差)은 越王(勾踐)을 용서하고, 越王 勾踐은 고국으로 돌아갈 수도 있었으나, (전에 夫差가 풀섶에 누워 亡父의 유한을 되새기듯) 쓸개를 매달아 놓고 앉아 기거할 때나 음식을 먹을 때나 항상 쓴맛을 느끼며 가로되, "너는 會稽의 치욕을 잊었는가?"하고 복수심을 불태웠다.

와우각상(蝸牛角上)

세상이 좁음을 일컫는 말.
⇒와각지쟁(蝸角之爭)의 고사 참조.

와우각상지쟁(蝸牛角上之爭)

⇒와각지쟁(蝸角之爭) 참조.

와유강산(臥遊江山)

산수의 그림을 보며 즐긴다는 말.
「宋書 宗炳傳」,

歎曰 名山恐難徧覩 惟當澄懷觀道 臥以遊之

와치천하(臥治天下)

⇒와치회양(臥治淮陽) 참조.

와치회양(臥治淮陽)

정치를 간략히 하여 백성을 잘 다스리고 안락하게 함. 와치천하(臥治天下)라고도 함.
「史記 汲黯傳」,

召拜淮陽太守 黯伏謝不受印 上(武帝)曰 君薄淮陽邪 顧淮陽吏民不相得 吾徒得君之重臥而治之

와해(瓦解)

⇒토붕와해(土崩瓦解) 참조.

와해빙소(瓦解氷消)

기와가 깨어져 흩어지고 얼음이 녹아 없어졌다는 뜻으로, 사물이 산산이 흩어지고 사라짐을 비유하는 말.

와해토붕(瓦解土崩)

⇒토붕와해(土崩瓦解) 참조.

완구지계(完久之計)

완전하여 오래 견딜만한 계교를 이르는 말.

완물상지(玩物喪志)

쓸데없는 물건을 가지고 노는 데 정신이 팔려 소중한 자기의 본심을 잃는다는 말로, 물질에 집착하면 마음이 가난해지고 중요한 본성을 잃어버린다는 뜻.
「書經 旅獒」,

玩人喪德 玩物喪志 志以寧道 言以接道 作無益害有益 功成乎

완미고루(頑迷固陋)

완고하여 사물을 바로 판단하지 못한다는 말.

완벽(完璧)

본래는 구슬을 완전하게 한다는 뜻이었으나, 현재는 흠잡을 데 없이 완전하다는 뜻으로 쓰이는 말.

「史記 廉頗藺相如列傳」,

於是王召見 問藺相如曰 秦王以十五城請易寡人之璧 可予不 相如曰 秦强而趙弱 不可不許 王曰 取吾璧 不予我城 奈何 相如曰 秦以城求璧而趙不許 曲在趙 趙予璧而秦不如趙城 曲在秦 均之二策 寧許以負秦曲 王曰 誰可使者 相如曰 王必無人 臣願奉璧往使城入趙而璧留秦 城不入 臣請完璧歸趙 趙王於是遂遣相如 奉璧西入秦

왕은 곧 인상여를 불러 물었다. "秦왕은 진나라의 15개 성읍과 과인의 벽옥을 교환하자고 청해 왔다. 보내주어야 할 것인가, 보내주지 말아야 할 것인가?" 인상여가 대답하였다. "진나라는 강하고 趙나라는 약합니다. 응하지 않을 수 없을 것입니다." 왕이 또 물었다. "진나라가 우리 벽옥만 빼앗고 성읍을 주지 않는다면 어떻게 할 것인가?" 상여가 대답했다. "진나라가 성읍을 준다는 조건으로 벽옥을 달라고 하는데 조나라가 듣지 않는다면 잘못은 조나라에 있습니다. 조나라가 벽옥을 주었는데도 진나라가 성읍을 주지 않는다면 그 책임은 진나라에 있습니다. 이 두 가지 策을 비교해 보면 그 청을 들어주고 진나라에게 책임을 지우는 것이 나을 것으로 생각됩니다." 왕은 다시 말했다. "대왕께서 달리 보낼 만한 사람이 없다면, 臣을 벽옥을 받들고 갈 사신으로 진나라에 보내주시기 바랍니다. 성읍이 조나라에 들어오게 되면 벽옥은 진나라에 두고 올 것이고, 성읍이 조나라에 들어오지 않는다면 벽옥은 그대로 온전히 지켜서 조나라로 되가져오도록 하겠습니다." 조왕은 마침내 상여로 하여금 벽옥을 받들고 서쪽인 진나라로 가게 하였다.

완완장사(蜿蜒長蛇)

구불구불 길게 이어진 모양을 이르는 말.

「楚辭」

* 완완은 용이나 뱀이 가는 모양.

완월장취(玩月長醉)

달을 벗삼고 늘 취함. 또는 달을 즐기며 늘 술을 벗삼음을 이르는 말.

완인상덕(玩人喪德)

소인과 어울려 놀면 자신의 덕을 상실한다는 말.

⇒완물상지(玩物喪志)의 고사 참조.

완전무결(完全無缺)

완전하여 흠잡을 데가 없음을 이르는 말.

완호지물(玩好之物)

신기하고 보기 좋은 물건을 이름.

왈가왈부(曰可曰否)

어떤 일에 대하여 좋다거니 좋지 않다거니 말함을 이르는 말.

왈시왈비(曰是曰非)

⇒시야비야(是耶非耶) 참조.

왈형왈제(曰兄曰弟)

서로 형이니 동생이니 하고 부름을 이르는 말.

왕고래금(往古來今)

⇒고왕금래(古往今來) 참조.

왕공대인(王公大人)

지위가 높은 사람을 일컫는 말.

「史記 老子傳」,

自王公大人 不能器之

왕도낙토(王道樂土)

왕도를 기본으로 다스리는 즐겁고 평화를 다스리는 땅을 이르는 말.

왕래부절(往來不絶)

오고 감이 그치지 않음을 이름.

왕사미감(王事靡監)

나라의 일은 공적(公的)으로 꾀해야 지 사적으로(함부로) 해서는 안 된다는 말.

「詩經 小雅」

王事靡監 不遑將父

왕상이어(王祥鯉魚)

겨울에 잉어를 잡수시고 싶다는 어머니의 소원 때문에 알몸으로 꽁꽁 언 강을 녹여 잉어를 잡아다가 어머님을 봉양했다는 '왕상'의 고사로, 부모님에 대한 지극한 효심을 이르는 말이다.

왕이불래자연야(往而不來者年也)

한 번 간 세월은 다시 돌아오지 않는다는 말로, 시간을 아끼라는 뜻.

「孔子家語」,

往而不來者年也 不可再見者親也

왕좌재(王佐才)

임금을 도울 수 있는 재능, 또는 그런 재주를 가진 큰 인물. 왕좌지재(王佐之才)라고도 함.

「漢書 董仲舒」,

劉向稱董仲舒 有王佐之才 雖伊呂亡 以加 管晏之屬 伯者之佐 殆不及也

왕좌지재(王佐之才)

⇒왕좌재(王佐才) 참조.

왕척직심(枉尺直尋)

작은 욕을 돌아보지 아니하고 큰 일을 이룸. 즉 소(小)를 희생하고 대(大)를 살린다는 뜻.

「孟子 滕文公 下」,

枉尺直尋 宣若可爲也

왕후장상(王侯將相)

제왕·제후·장수·재상의 통칭으로, 곧 백성들의 지배층을 이름.

왕후장상 영유종호(王侯將相寧有種乎)

왕과 제후, 장수와 재상의 씨가 따로 없다는 뜻으로, 누구나 노력하면 높은 자리에 올라 부귀 영화를 누릴 수 있다는 말.

「史記 陳涉世家」,

且壯士不死卽已 死卽擧大名耳 王侯將相寧有種乎 徒屬皆曰 敬受命 乃詐稱公子扶蘇項燕 從民欲也

왜인관장(矮人觀場)

⇒왜자간희(矮子看戲) 참조.

왜자간희(矮者看戲)

키가 작은 사람이 구경할 때, 남에게 가로막혀 보이지 않으므로, 앞사람의 비평을 맹종한다는 뜻에서 나온 말로, 사물을 판단하는 식견이 없는 것을 비유하는 말. 왜인관장(矮人觀場)이라고도 함.

「朱子語類」,

如矮子看戲相似 見人道好 他也道好

외강내유(外剛內柔)

⇒내유외강(內柔外剛) 참조.

외국차관(外國借款)

외국에서 빌려온 돈을 이르는 말.

외빈내부(外貧內富)

겉으로 보기에는 가난한 듯하나 실상은 부자임을 이르는 말.

외성인지언(畏聖人之言)

성인의 말씀을 두려워하고 존중하라는 말.

외수외미(畏首畏尾)

매우 두려워함. 두려워서 위축됨.

외유내강(外柔內剛)

겉으로 보기에는 부드럽고 순한 듯하나 속은 꿋꿋하고 곧음을 이르는 말. ⇔외강내유(外剛內柔)

「易經」,

외인지다언(畏人之多言)

세상 사람의 비방을 두려워함을 이르는 말.

「詩經 鄭風 將仲子篇」,

畏人之多言 仲可懷也 人之多言 亦可畏也

외제학문(外題學問)

책의 이름만은 많이 알고 있으나, 내용에 대해서는 아무 것도 모른다는 말.

외첨내소(外諂內疎)

겉으로는 아첨하지만 속으로는 멀리함을 이르는 말. 외친내소(外親內疎)라고도 함.

외친내소(外親內疏)

⇒외첨내소(外諂內疎) 참조.

외허내실(外虛內實)

겉보기로는 보잘것없으나 속으론 충실함을 이르는 말.

외호불폐(外戶不閉)

문을 열어놓고 지낸다는 뜻으로, 천하가 대평함을 이르는 말.

「禮記 禮運篇」,

是故謀閉而不興盜竊亂 賊而不作 故外戶而不閉 是謂大同

요개부득(撓改不得)

도무지 고칠 도리가 없음을 이름.

요동시(遼東豕)

⇒요동지시(遼東之豕) 참조.

요동지시(遼東之豕)

요동에서 머리가 하얀 돼지가 태어났으므로 진기하게 여겼으나, 다른 고장에서는 조금도 진기한 일이 아니었다는 옛일에서, 견문이 좁아서 세상의 흔한 일도 모르고 혼자서 뽐냄을 말함. 줄여서 요동시(遼東豕)라고도 함.

「後漢書」

요두전목(搖頭顚目)

머리를 흔들고 눈을 굴려서 몸을 움직인다는 뜻으로, 침착하지 못한 행동을 이르는 말.

요령부득(要領不得)

어떤 일이나 사물의 요긴한 큰 줄기를 잡을 수 없음을 이르는 말.

「史記 大宛傳」,

騫從月氏至大夏　竟不能得月氏要領留歲餘還

장견은 대월씨국으로부터 대하국에 이르렀지만, 결국 대월씨국 왕의 요령을 얻을 수가 없었다. 그래서 1년 이상 머무른 뒤에 돌아왔다.

요림경수(瑤林瓊樹)

인품이 고상하고 보통 사람보다 뛰어난 사람을 이르는 말.
「晉書 王戎傳」.

요미걸련(搖尾乞憐)

개가 꼬리를 치며 알찐거린다는 뜻으로, 마음이 비겁하여 남에게 아첨 떪을 이르는 말.

요불승덕(妖不勝德)

어떤 요괴(妖怪)라도 덕은 이겨낼 수 없다는 말.

요산요수(樂山樂水)

어진 사람은 물을 좋아하고, 知者는 물을 즐긴다는 뜻.
⇒인자요산(仁者樂山) 참조.

요언불번(要言不煩)

긴요한 말은 긴 이야기를 듣지 않아도 알 수 있다는 말.
「管輅別傳」.
輅爲何晏所請 鄧颺共坐言 君善易 而語不初及易中辭義 何故 輅曰 夫善易者不論易也 晏含笑讀之曰 可謂要言不煩

요요정정(夭夭貞靜)

나이가 젊고 아름다우며 마음이 바르고 침착함을 이르는 말.

요용소치(要用所致)

필요가 있어서 한 일이란 뜻임.

요원지화(燎原之火)

악념(惡念)이 세차게 자라므로 가까이 해서는 아니 됨을 일컫던 뜻인데, 지금은 하는 일이 번창함을 이르는 말로 쓰임.
「左傳 隱公 六年」.
商書曰 惡之易也 如火之燎于原 不可

嚮邇
商書 가로되, "惡은 너무 쉽게 번지나니, 벌판에 불이 붙는 것 같아서 가까이 다가설 수도 없는 것이다."
* 商書 - 書經의 편명

요절복통(腰折腹痛)

너무 우스워서 허리가 꺾이고 배가 아플 지경을 이르는 말.

요조숙녀(窈窕淑女)

얌전하고 착한 여자를 이르는 말.
⇒전전반측(輾轉反側)의 고사 참조.

요지부동(搖之不動)

흔들어도 꿈쩍하지 않음을 이름.

요천지마(嚙轉之馬)

안장을 물어뜯는 말이란 뜻으로, 친족을 해치는 것은 제 몸을 해치는 것과 같다는 뜻.
「旬五志」.

요해견고(要害堅固)

지세가 험하고 방비가 단단하여, 쳐도 쉽게 무너지지 않는다는 말.

욕가식 내강죽(欲加食乃糠粥)

늘 좋은 음식을 배불리 먹으면 나중에는 빈곤해져서 조식(粗食)인 죽을 먹게 된다는 말.

욕거순풍(欲去順風)

가고 싶을 때 순풍이 분다는 뜻으로, 어떤 일을 하려고 할 때 마침 조건이 맞추어짐을 비유하는 말.

욕곡봉타(欲哭逢打)

울려는 아이 뺨치기란 뜻으로, 성난 사람을 더 건드려서 화를 돋우거나 어떤 핑계거리를 만들어 줌을 비유하는 말.

욕교반졸(欲巧反拙)

잘 하려고 하다가 도리어 망쳐놓음을 비유하는 말.

욕구불만(欲求不滿)

욕구를 채우지 못하여 가지는 불만.

욕급부형(辱及父兄)

자제(子弟)의 잘못이 부형에게까지 욕되게 함.

욕기지락(浴沂之樂)

명리(名利)를 잊고 청유자적(淸遊自適)하는 즐거움을 이르는 말.

『論語 先進二十五』.

子路 曾晳 冉有 公西華侍坐 子曰 以吾一日長乎爾 母吾以也 居則曰不吾知也 如或知爾 則何以哉 子路率爾對曰 千乘之國 攝乎大國之間 加之以師旅 因之以饑饉 由也爲之 比及三年 可使有勇 且知方也 夫子哂之 求爾何如 對曰 方六十 如五六十 求也爲之 比及三年 可使足民 如其禮樂 以俟君子 赤爾何如 對曰 非曰能之 願學焉 宗廟之事 如會同 端章甫 願爲小相焉 點爾何如 鼓瑟希 鏗爾舍瑟而作 對曰 異乎三子者之撰 子曰 何傷乎 亦各言其志也 曰 莫春者 春服旣成 冠者五六十人 童子六七十人 浴乎沂 風乎舞雩 詠而歸 夫子喟然歎曰 吾與點也 三子者出 曾晳後 曾晳曰 夫三子者之言何如 子曰 亦各言其志也已矣 曰 夫子何哂由也 曰 爲國以禮 其言不讓 是故哂之 唯求則非邦也與 安見方六七十 如五六十 而非邦也者 唯赤則非邦也餘 宗廟會同 非諸侯而何 赤也爲之小 孰能爲之大

자로와 증석과 염유와 공서화가 공자를 모시고 있었다. 공자 가로되,

"내가 너희들보다 몇 해 연장이라 하여 주저하지 말라. 너희들은 평소에 남이 알아주지 않음을 탓하더니, 만약 남이 너희들을 알아 써 준다면 무엇을 하려 하느냐?" 자로가 얼른 대답하여, "천승(千乘)의 나라가 대국(大國) 사이에 끼어 전쟁의 화를 입고, 기근에 시달림이 있어도 제가 이들을 다스린다면 3년 안팎에 백성은 용기를 얻게 하며 또 도의를 알게 하리다." 공자 듣고 빙그레 웃었다. 그리고 구(求)의 뜻을 물었다. 염유 가로되, "사방 6,7십리 또는 5,6십리의 나라를 제가 다스린다면 3년 안팎에 백성으로 하여금 의식에 부족함이 없게 하리다. 다만 예악(禮樂)의 진흥은 군자의 힘을 빌리오리다." 공자 가로되, "공서화, 너는 어떠하냐?" 공서화 가로되, "능(能)하기 위해서가 아니라 배우기를 원하나이다. 종묘의 일이나 혹은 제후 회동시에는 검고 단정한 예복과 의관을 쓰고 군주의 예식을 돕는 소상(小相)이 되오리다." 공자 가로되, "증석, 너의 생각은 어떠한가?" 거문고를 뜸뜸이 뜯더니 던지고 일어서서 대답하기를, "세 사람의 생각과는 다르오이다." 공자 가로되, "무관하다. 모두들 저의 희망을 말할 따름이다." 증석 가로되, "늦은 봄 봄옷이 되거든 어른 5,6인과 동자(童子) 6,7인을 이끌어 기수(沂水)에서 목욕하고 무우(舞雩)에 소풍 나갔다가, 시를 읊으며 돌아오리다." 공자가 서러운 득 탄식하시며, "나도 증석의 뜻에 찬성한다." 세 사람이 나가고 증석이 뒤에 남아 말하기를, "저 3사람의 말이 어떠하옵니

까?" 공자 가로되, "각기 제 뜻을 이야기했을 뿐이니라." 증석 가로되, "왜 유(由)를 웃었나이까?" 공자 가로되, "나라를 다스림은 예(禮)로써 해야 하거늘 그 말이 겸손치 아니한 고로 웃었노라." 증석 가로되, "염유가 말한 것은 나라를 다스리는 일이 아니 오이까?" 공자 가로되, "사방 6,70리 또는 5,60리 되고 나라 아님이 있으랴?" 증석 가로되, "공서화는 나라를 말함이 아니 오이까?" 공자 가로되, "종묘의 제사와 제후 회동이, 어찌 군주가 하는 일이 아니랴? 공서화가 소상이라면 누가 대상이 되겠는가?"

욕량타인 선수자량(欲量他人 先須自量)
남을 비판하려거든 모름지기 먼저 자신부터 비판하라는 말.

욕멸적이주설중(欲滅迹而走雪中)
발자취를 없애려고 하면서 오히려 눈 가운데로 다린다는 뜻으로, 목적과는 상반된 행동을 비유하는 말.
「淮南子」,

욕사무지(欲死無地)
죽으려고 해도 죽을 만한 땅이 없다는 뜻으로, 매우 분하고 원통함을 이르는 말.

욕속부달(欲速不達)
일을 속히 하려다가 도리어 이루지 못함을 이름.
「論語」,

욕속지심(欲速之心)
바라는 것이 속히 되기를 바라는 마음을 뜻함.

욕식기육(欲食其肉)
그 사람의 고기를 먹고 싶다는 뜻으로, 아주 분하고 원통함을 이름.

욕언미토(欲言未吐)
하고 싶은 말을 아직 다 하지 못했다는 뜻으로, 감정의 골이 깊음을 이르는 말.

욕토미토(欲吐未吐)
말을 할 듯 할 듯하면서 하지 않음을 이름.

용가봉생(龍歌鳳笙)
맑은 노래와 아름다운 풍류를 가리키는 말.

용가용 경가경(用可用 敬可敬)
⇒용용지지(庸庸祗祗) 참조.

용감무쌍(勇敢無雙)
용감하기 짝이 없음을 이르는 말.

용구봉추(龍駒鳳雛)
⇒복룡봉추(伏龍鳳雛) 참조.

용동봉경(龍瞳鳳頸)
용과 같은 눈동자와 봉황과 같은 목이란 뜻으로, 매우 잘 생긴 귀골(貴骨)을 말함.

용두사미(龍頭蛇尾)
용의 머리와 뱀의 꼬리라는 뜻이니, 시작은 힘차게 보이지만 결말은 보잘것없음을 비유하는 말.
「五燈會元」,
雪峯存擧風幡語曰 大小祖師龍頭蛇尾
「傳燈錄」,
可惜龍頭翻成蛇尾

용두익수(龍頭鷁首)
귀인(貴人)이 타는 배를 이르는 말.

* 두 척(隻)이 한 쌍(雙)을 이루는데, 한 척은 선수(船首)에 용두(龍頭) 모양, 다른 한 척은 익새의 머리 노양을 조각하였다 함.

용모괴위(容貌魁偉)

얼굴과 몸매가 뛰어나게 크고 씩씩하고 훌륭함을 이르는 말.

용무지지(用武之地)

무력(武力)을 쓸 만한 곳이라는 말.

용문점액(龍門點額)

⇒점액(點額) 참조.
⇔등룡문(登龍門)
「白居易의 醉別程秀才」,
五度龍門點液廻 郤緣多藝復多才

용미봉탕(龍味鳳湯)

맛이 좋은 고급음식을 가리키는 말.

용반봉일(龍蟠鳳逸)

비범한 재주를 갖고 있으면서도 그 뜻을 이루지 못하는 것을 비유하여 이르는 말.

용반호거(龍盤虎踞)

⇒호거용반(虎踞龍盤) 참조.

용봉지자(龍鳳之姿)

모습이 보통 사람보다 뛰어남을 이르는 말.
「唐書 太宗紀」,
太宗生四歲 有書生 見之曰 龍鳳之姿 天日之表 其年幾冠 必能濟世安民

용비봉무(龍飛鳳舞)

용이 날고 봉황이 춤춘다는 뜻으로, 산세의 생김새가 영묘함을 나타내는 말.
「蘇軾의 表忠觀碑」,
天目之山 茗水出焉 龍飛鳳舞 萃于臨安

용사비등(龍蛇飛騰)

살아 움직이는 듯이 매우 활기 있게 잘 쓴 필력을 이르는 말.

용사행장(用舍行藏)

쓰임을 받으면 세상에 나와서 자기의 도(道)를 행하고, 버림을 받으면 물러가서 은퇴함이란 뜻이 오늘날에 변하여, 출처(出處)·진퇴(進退)를 때맞추어 적절히 함이란 뜻으로 더 많이 쓰임.
「論語 述而」
子謂顏淵曰 用之則行 舍之則藏 惟我與爾有是夫 子路曰 子行三軍 則誰與 子曰 憑河 死而無悔者 吾不與也必也 臨事而懼 好謀而成者也
공자가 안연(顏淵)에게 말하기를, "등용되면 나가 행하고 버려지면 숨는다.'고 한 말은 오직 나와 너만이 할 수 있으리라."라고 말하였다. 자로가 말하기를, "선생님께서 삼군(三軍)을 거느린다면 누구와 함께 행하시겠습니까?"라고 하였다. 공자 가로되, "暴虎憑河하여 죽어도 뉘우침이 없는 자와 함께 행하지 아니하리라. 일을 함에 두려워하며 미리 꾀하여 이루기를 좋아하는 사람과 함께 행하리라."라고 하였다.

용양호진(龍驤虎振)

용처럼 솟아오르고 기린처럼 휘두른다는 뜻으로, 무인(武人)의 위세(威勢)가 당당함을 비유하여 이르는 말.
「晉書 段灼傳」,
鄧艾受命忘身 龍驤虎振 前無堅敵

용양호박(龍攘虎搏)

용과 호랑이가 싸우는 모양을 이르
는 말.

용양호시(龍驤虎視)

용이 솟아오르고 호랑이가 노려본다
는 뜻으로, 뜻이 원대함을 비유하여
이르는 말.
「三國志 諸葛亮傳」,
亮之素志 進欲龍驤虎視苞括四海

용왕매진(勇往邁進)

거리낌 없이 용감하게 나아감. 용왕
직전(勇往直前)이라고도 함.

용용지지(庸庸祗祗)

쓸만한 것은 쓰고 공경할 만한 것은
공경하라는 말. 용가용 경가경(用可用
敬可敬)이라고도 함.

용의대패(龍儀帶佩)

큰칼을 허리에 참, 또는 그 모습,
옷차림과 행동을 이르는 말.

용의주도(用意周到)

마음의 준비가 두루 미쳐 빈틈이 없
음을 이름.

용인자요(庸人自擾)

천하는 원래가 무사한 것인데 어리
석은 사람들이 세상을 어지럽히기 때
문에 자연히 세상이 어지럽게 된다는
뜻.
「唐書 陸象先傳」,

용자단려(容姿端麗)

얼굴모습과 몸매가 가지런하여 아름
다운 것. 흔히 여성을 가리킴.
「後漢書 虞延傳」

용장수하무약병(勇將手下無弱兵)

용감한 장수 밑에는 약한 군사가 없
다는 말.

용전여수(用錢如水)

⇒사전여수(使錢如水) 참조.
「梅堯臣의 詩」,
用錢如水贈舞兒

용전호쟁(龍戰虎爭)

제후(諸侯)가 서로 싸움을 이름.
「班固의 答賓戲」,
七雄虎鬪 分裂諸夏 龍戰而虎爭

용중교교(庸中佼佼)

평범한 사람들 가운데 조금 우수한
사람을 이르는 말.
「後漢書 劉盆子傳」,

용지불갈(用之不竭)

아무리 써도 없어지지 않는다는 말.
「蘇東坡 赤壁賦」,
取之無禁 用之不竭 是造物者之無盡
藏也
그 누구도 취(取)하는 것을 금(禁)
할 자가 없으며, 아무리 써도 없어지
지 않는다. 이야말로 만물을 창조한
자의 다함이 없는 창고라 하겠다.

용지하처(用之何處)

아무 데도 쓸 만한 곳이 없다는 말.

용퇴고답(勇退高踏)

관직을 그만두고 속세를 떠나서 생
활함을 이름.

용필침웅(用筆沈雄)

그림이나 글씨의 운필(運筆)이 침착
하고 박력이 있음을 이르는 말.

용행호보(龍行虎步)

용처럼 가고, 범처럼 걷는다는 말이
니, 위풍당당한 행동을 이르는 말.
「南史 宋武帝紀」,
高祖 龍行虎步 視瞻不凡

용호상박(龍虎相撲)

용과 호랑이가 서로 싸운다는 뜻으로, 두 강자의 격렬한 싸움을 비유하는 말.

용호지자(龍虎之姿)

영웅의 자질을 이르는 말.
「與尙書諸郞書」,
以龍虎之姿 曹風雲之會

우개지륜(羽蓋芝輪)

푸른 깃털로 뚜껑을 장식한, 귀인이 타는 수레.
「峒隱集」,
曾因栗谷聞鏡浦居人言 有月夜笙簫聲 香哉雲間異哉 詩曰 四仙遺跡海中 山 羽蓋芝輪去不還 湖上至今明月夜 玉簫 聲在白雲間
「列子 湯問篇」,
北山愚公者 年且九十 面山而居 懲山 北之塞 出入之迂也
* 太行山과 王屋山은 사방 七百里, 높이 一萬길이나 되며, 원래는 冀州의 남쪽, 河陽의 북쪽에 있었다. 北山의 愚公이란 사람은 나이 九十으로, 산이 북쪽을 막아 왕래가 불편하므로 집안 식구들을 불러 놓고 산을 깎아 평지로 만들자고 했다. 모두가 어리석은 짓이라고 비웃었으나, 子子孫孫이 하면 된다고 생각하였다. 天帝는 愚公의 진심에 감탄하여, 두 아들에게 命하여 산을 옮겨 주어, 그 후부터는 野山도 보이지 않게 되었다.

우공이산(愚公移山)

⇒토적성산(土積成山) 참조.
* 옛날 중국 우공이라는 사람의 고사로, 꾸준히 노력하면 아무리 어려운 일이라도 반드시 해낼 수 있다는 말.

우국지사(憂國之士)

나라의 일을 근심하고 염려하는 사람을 이름.

우국지심(憂國之心)

나라 일을 근심하고 염려하는 마음을 이름.

우기동조(牛驥同皁)

걸음이 느린 소와 천리마가 마판(馬板)을 같이 한다는 뜻으로, 어진 사람과 어리석은 사람이 같은 대우를 받는 것을 비유하는 말.
「史記 鄒陽傳」,
使不羈之士與牛驥同皁

우기청호(雨奇晴好)

비가 올 때에 경치가 매우 훌륭하고, 갠 날에도 경치가 좋음. 날씨에 따라 풍경이 변하는 모양을 이르는 말. 청호우기(晴好雨奇)라고도 함.
「蘇軾의 詩」,
水光瀲灩晴方好 山色空濛雨亦奇

우답불파(牛踏不破)

소가 밟아도 부서지지 않는다는 뜻으로, 물건이 굳고 튼튼함을 비유하는 말. 우수불함(牛邃不陷)이라고도 함.

우도할계(牛刀割鷄)

소 잡는 칼로 닭을 잡는다는 말로, 小事를 처리하는데 大器로 처리함을 비유하는 말.
「論語 陽貨 四」,
子之武城 聞弦歌之聲 夫子莞爾而笑 曰 割鷄焉用牛刀 子游對曰 昔者偃也 聞諸夫子 曰君子學道則愛人 小人學道 則易使也 子曰 二三子也 偃之言是也 前言戲之耳

孔子가 武城에 가서 弦歌의 소리를 들으시고 마음이 기뻐 빙긋이 웃으며 가로되, "닭을 요리하매 어찌 牛刀를 쓰리요?" 子游가 이상히 여겨, "옛날엔 '君子는 道를 배우면 사람을 사랑하고, 小人이 道를 배우면 부리기 쉽다'하시더니 이젠 어떤 까닭입니까?" 孔子 가로되, "弟子들아, 偃의 말이 옳다. 이제 내가 한 말은 농담에 불과하다."

우두마두(牛頭馬頭)

머리가 소나 말의 모양을 하고, 몸은 사람이라는 지옥의 옥졸(獄卒)을 이르는 말.

우로풍상(雨露風霜)

온갖 경험을 비유하여 이르는 말.

우맹의관(優孟衣冠)

옛날 초(楚)나라의 배우 우맹(優孟)이 죽은 손숙오(孫叔敖)의 의관을 차리고 손숙오의 아들의 곤궁을 구해 냈다는 옛일로 다른 사람의 흉내를 내는 것을 비유하거나, 겉은 비슷하나 내용이 다름을 이르는 말.
「史記 滑稽傳」,
優孟卽爲孫叔敖衣冠 抵掌談語 歲餘 像孫叔敖 楚王及左右 不能別也

우문우답(愚問愚答)

어리석은 질문에 어리석은 대답이라는 말.

우문좌무(右文左武)

문무를 겸비하고 천하를 다스림을 이름.

우문현답(愚問賢答)

어리석은 질문에 어진 대답이라는 뜻.

우방수방(盂方水方)

사발이 모난 것이면 거기에 담은 물의 모양도 방형(方形)이 된다는 뜻으로, 백성의 선악은 임금의 선악을 따라 결정됨을 비유하는 말.
「韓非子 外儲說 左上」,
孔子曰 爲人君者猶盂也 民猶水也 盂方水方 盂圓水圓

우사생풍(遇事生風)

①어떤 일을 만나면 곧 이에 응함. 또는 ②서로의 사이가 나빠짐. 불화(不和)가 됨을 이름.

우사풍편(雨絲風片)

가랑비가 내리고 바람이 솔솔 붊을 이르는 말.

우수마발(牛溲馬勃)

쇠오줌과 말똥이란 뜻으로, 가치 없고 천한 물건을 비유하여 이르는 말.
「韓愈 進學解」,
牛溲馬勃 敗鼓之皮 俱收並蓄 待用無遺者 醫師之良也

우수불함(牛遂不陷)

⇒우답불파(牛踏不破) 참조.

우수사려(憂愁思慮)

근심과 걱정을 이르는 말.

우순풍조(雨順風調)

바람 불고 비오는 것이 때와 분량에 알맞게 순조로움을 이르는 말.

우승열패(優勝劣敗)

①나은 자는 이기고 못한 자는 짐. 또는, ②적자생존(適者生存)을 이르는 말.

우심은은(憂心殷殷)

근심을 품는다는 말.

「詩經 邶風北門」,

出自北門 憂心殷殷

우심초초(憂心悄悄)

근심이 있음을 이르는 말.

「詩經 邶風栢舟」,

憂心悄悄 慍于群小

우심혁혁(憂心奕奕)

마음에 근심이 있다는 말.

「詩經 小雅頍弁」,

未見君子 憂心奕奕 旣見君子 庶幾悅
懌

우양하택언(牛羊何擇焉)

경중(輕重)을 분간하기 어려움을 이
르는 말.

「孟子 梁惠王章句上 七」,

齊宣王問曰 齊桓晉文之事 可得聞乎
孟子對曰 仲尼之徒無道桓文之事者 是
以後世無傳焉 臣未之聞也 無以則王乎
曰 德何如則可以王矣 曰 保民而王莫
之能禦也 曰 若寡人者 可以保民乎哉
曰 可 曰 何由知吾可也 曰 臣聞之胡
齕 曰 王坐於堂上 有牽牛而過堂下者
王見之 曰 牛何之 對曰 將以釁鍾 王
曰 舍之 吾不忍其觳觫若無罪而就死地
對曰 然則廢釁鍾與 曰 何可廢也 以羊
易之 不識 有諸 曰 有之 曰 是心民以
王矣 百姓皆以王爲愛也 臣固知王之不
忍也 王曰 然 誠有百姓者 齊國雖褊小
吾何愛一牛 卽不忍其觳觫若無罪而就
死地 故以羊易之也 曰 王無異於百姓
之以王爲愛也 以小易大 彼惡知之 王
若隱其無罪而就死地則牛羊何擇焉 王
笑曰 是誠何心哉 我非愛其財而易之以
羊也 宜乎百姓之謂我愛也 曰 無傷也
是乃仁術也 見牛未見羊也 君子之於禽
獸也 見其生 不忍見其死 聞其聲 不忍

食其肉 是以君子遠庖廚也

제(齊)나라 선왕(宣王) 가로되, "齊
桓公과 文公의 사적에 관하여 말씀을
들려주시겠습니까?"

孟子 대답하여 가로되, "仲尼의 門
徒들 중에는 桓公과 文公의 사적에
관하여 말을 한 사람이 없었습니다.
그래서 후세에 傳述되지 않았습니다.
저도 그에 관하여는 아직 들어 본 일
이 없습니다. 제게 꼭 무슨 이야기든
지 듣지 않고는 그만둘 수 없으시다
면 王道에 관해 말씀드리겠습니다."

"도대체 어떠한 德이 있어야 王者가
될 수 있습니까?"

"人民을 애호 보전하고서 王노릇 한
다면 아무도 그것을 못하게 막아낼
수 없습니다."

"寡人 같은 사람도 人民을 애호 보
전할 수 있겠습니까?"

"하실 수 있습니다."

"무엇을 보고 내가 할 수 있다는 것
을 아십니까?"

"제가 호흘(胡齕)에게서 이런 이야
기를 들은 바가 있습니다. 王께서 堂
上에 앉아 계실 적에 소를 끌고 堂下
를 지나가는 자가 있었습니다. 王께
서 이것을 보시고, '소는 어디로 끌려
가는 것인고?' 하니, 소 끌고 가는
자가 대답해 아뢰기를, '흔종(釁鍾)
하는 데 쓰려고 합니다.' '그만 두어
라. 나는 그 소가 부들부들 떨면서
죄도 없이 死地에 나가는 정상을 차
마 볼 수가 없노라.' '그러면 흔종하
는 것을 그만두오리까?' '어떻게 그만
둘 수 있겠는가? 羊하고 바꾸려무
나.'라고 말씀하신 일이 있었다는 이
야기입니다. 잘 모르겠습니다만 과연

그러한 일이 있으셨습니까?"

"그런 일이 있었습니다."

"그러한 마음이면 넉넉히 王노릇하실 수 있습니다. 백성들은 다 王께서 물건에 인색하셔서 그런 것이라고 합니다만 저는 진실로 王께서 그 정상을 차마 볼 수 없어서 그러신 줄을 알고 있습니다."

王 가로되, "참으로 그렇습니다. 정말 그처럼 말하는 백성들도 있습니다만 齊나라가 비록 작다 하더라도 내 어찌 한 마리의 소를 아끼겠습니까? 그저 그 소가 부들부들 떨면서 죄도 없이 死地에 나가는 것을 차마 볼 수 없어서 羊과 바꾸라고 한 것입니다."

"王께서는 백성들이 王께서 물건에 인색하신 것이라고 하는 것을 괴이하게 생각하지 마십시오. 작은 것을 가지고 큰 것과 바꾸셨으니 그들이야 王의 참뜻을 어찌 알겠습니까? 王께서 만약에 죄도 없이 死地에 나가는 것을 측은히 여기셨다면 소와 羊에 어찌 구별이 있겠습니까?"

王이 웃으면서, "그것 참 무슨 마음에서였던가? 나는 재물이 아까워서 소를 羊과 바꾸도록 한 것이 아닙니다. 그러나 백성들이 나를 보고 인색하다고 생각하는 것도 무리가 아니군요."

"(王께서는 그러나) 悲觀하실 것은 없습니다. 그것이야말로 바로 仁術입니다. 소는 눈으로 보시고 羊은 미처 못 보신 때문입니다. 君子가 禽獸를 대함에 있어서는 그 산 모습을 보고는 그 죽어가는 꼴을 차마 보지 못하고, 그 비명을 듣고는 그 고기를 차마 먹지 못하는 것입니다. 그런 까닭으로 君子는 푸줏간을 멀리하는 것입니다."

우언(迂言)

사리에 어두운 말을 이르는 말.
「呂覽 先己篇」,
孔子見魯哀公 哀公曰 有語寡人曰 爲國家者 爲之堂上而已矣 寡人以爲迂言

우여곡절(迂餘曲折)

뒤얽힌 복잡한 사정을 이르는 말.

우왕좌왕(右往左往)

이리 저리로 왔다 갔다 갈팡질팡함을 이름.

우유도일(優游度日)

하는 일없이 한가롭게 세월을 보낸다는 말.

우유무사(優游無事)

여유가 있어 태평스러움을 이름.

우유부단(優柔不斷)

줏대 없이 어물거리기만 하고 딱 잘라 결단을 내리지 못함을 이르는 말.
「漢書 元帝紀」,
牽制文義 優柔不斷

우유불박(優游不迫)

초조하지 않고 담담한 것. 사물에 구애되지 않는 것. 우유염담(優游恬淡)이라고도 함.

우유염담(優游恬淡)

⇒우유불박(優游不迫) 참조.

우음마식(牛飮馬食)

소가 물을 마시고 말이 풀을 먹듯이, 음식을 많이 먹고 마시는 것을 비유하는 말. 폭음폭식(暴飮暴食)이라고도 함.

우이독경(牛耳讀經)

쇠귀에 경 읽기란 뜻으로, 아무리 가르쳐 주고 일러주어도 알아듣지 못하는 일자무식(一字無識)을 이르는 말. 대우탄금(對牛彈琴) 또는, 우이송경(牛耳誦經), 우이탄금(牛耳彈琴)이라고도 함.
「弘明集理惑論」,
昔公明儀對牛彈琴 弄淸角之操 牛食如故非牛不聞 不合耳也 轉爲蚊虻之鳴 乳犢之聲 乃掉尾躑蹄 奮耳而聽 合意故也

우이송경(牛耳誦經)

⇒우이독경(牛耳讀經) 참조.

우이탄금(牛耳彈琴)

⇒우이독경(牛耳讀經) 참조

우이효지(尤而效之)

자신도 잘못을 저지르면서 남의 잘못을 나무람을 뜻함.
「左傳 僖公」,
尤而效之 罪又甚焉

우자일득(愚者一得)

어리석은 사람도 때에 따라 좋은 考案을 냄을 이르는 말. 천려일득(千慮一得)이라고도 함. 다언혹중(多言或中)과 유사한 말. ⇔천려일실(千慮一失) 또는, 지자일실(智者一失).
「晏子春秋 雜上」,
景公使史致千金 晏子再拜辭 景公曰 昔吾先君桓公以書社五月封管仲 不辭而受 子辭之何也 晏子曰 嬰聞之 聖人千慮必有一失 愚人千慮必有一得 意者管仲之失而嬰之得耶
「史記 淮陰侯列傳」,
光武君曰 臣聞智者千慮必有一失 愚者千慮必有一得 故曰 狂夫之言 聖人擇焉 顧恐臣計未必足用 願效愚忠

光武君 가로되, "臣이 듣자 하니, 지혜로운 사람이 천 번 생각을 하여도 반드시 한 번은 잃는 것이 있고, 어리석은 사람이 천 번 생각을 하면 반드시 한 번은 얻는 것이 있다고 했습니다. 그러므로 말하기를, '미친 사람의 말도 聖人이 택한다'고 했습니다. 생각건대 내 꾀가 반드시 쓸 수 있는 것은 못 되겠지만 다만 어리석은 충성을 다할 뿐입니다."
* 淮陰侯 韓信이 조나라를 쳐 光武君 李左車를 生捕하여, 손수 그를 풀어 상좌에 앉히고 스승으로 받들었다. 李左車가 굳이 사양하는 것도 불구하고 諮問을 求했을 때 답한 말임.

우재유재(優哉游哉)

언행(言行)이 여유있고 침착함을 이름.
「詩經 小雅 采菽」,
優哉游哉 亦是戾矣

우행순추(禹行舜趨)

겉으로만 우(禹)와 순(舜) 같은 성인의 흉내를 내고 학식과 인격이 없는 것을 이르는 말.
「旬子」,
禹行而舜趨 是子張氏之賤儒也

우화등선(羽化登仙)

날개가 돋쳐 신선이 되어 하늘로 올라감. 아름다운 경치 속에서 신선이 된 듯한 느낌을 지님.
「赤壁賦」,
浩浩乎如憑虛御風 而不知其所止 飄飄乎如遺世獨立 羽化而登仙
하도 넓고 넓어서 허공을 타고 바람

을 탄 것만 같아, 그치는 데를 알지
못하겠으며, 바람에 휘날려 속세(俗
世)를 잊고, 자유로운 입장이 되어,
날개가 돋쳐서 신선이 하늘로 오르는
것 같았다.

우환질고(憂患疾苦)

근심과 걱정 및 질병과 고생을 이르
는 말.

우후송산(雨後送傘)

비 온 뒤에 우산을 보낸다는 뜻이
니, 사후약방문(死後藥方文)과 같은
말.

우후죽순(雨後竹筍)

비가 온 뒤에 죽순이 돋아나듯, 어
떤 일이 일시에 많이 일어남을 비유
하는 말.

우후투추(牛後投芻)

소 궁둥이에 꼴 던지기란 뜻으로,
아주 어리석은 사람에게는 가르쳐도
소용이 없음을 비유하는 말.
「旬五志」,

욱일승천(旭日昇天)

아침해가 떠오른다는 뜻으로, 왕성
한 기세나 세력을 비유하여 이름.

운개견일(雲開見日)

지금까지 꽉 막혔던 것이 갑자기 열
림을 이름.
「後漢書 袁紹傳」,
趙大僕衕命來征 若雲開見日 何喜如
之

운권천청(雲捲天晴)

구름이 걷히고 하늘이 맑게 갰다는
뜻으로, 병이나 근심이 씻은 듯이 없
어짐을 비유하여 이르는 말.

운니지차(雲泥之差)

⇒천양지차(天壤之差) 참조.
「後漢書」,
雖乘雲行泥棲宿不同 每有西風 何嘗
不歎

운도시래(運到時來)

운수와 시기가 한 때에 옴을 이름.

운룡풍호(雲龍風虎)

⇒운종룡 풍종호(雲從龍風從虎) 참조.

운부천부(運否天賦)

운부는 호운(好運)과 비운(悲運),
운의 길흉. 운이 좋고 나쁘고는 모두
가 하늘의 뜻이라, 운을 하늘에 맡김
을 이름.

운빈화용(雲鬢花容)

탐스러운 귀밑머리와 아름답게 생긴
여자를 이르는 말.

운산무소(雲散霧消)

⇒운소무산(雲消霧散) 참조.

운소무산(雲消霧散)

구름처럼 사라지고 안개처럼 흩어졌
다는 뜻으로, 자취 없이 사라짐을 비
유하여 이르는 말. 운산무소(雲散霧消)
라고도 함.

운수지회(雲樹之懷)

벗을 그리는 회포를 이르는 말.

운심월성(雲心月性)

구름 같은 마음과 달 같은 성품, 즉
맑고 깨끗하여 욕심이 없는 마음을
이르는 말.
「唐詩」,
野客雲作心 高僧月爲性

운연과안(雲煙過眼)

①즐거운 일에 마음을 두지 않음을 비유하는 말. 또는 ②사물에 깊은 마음을 두지 않음을 비유하는 말.

「蘇軾 寶繪堂記」,

自是不復好 見可喜者 雖時復蓄之 然爲人取去 亦不復惜也 譬之烟雲之過眼百鳥之感耳 豈不欣然接之 去而不復念也

운연변태(雲煙變態)

구름과 안개가 천 번 변하고 만 번 변하여 운치를 이룸을 이르는 말.

운예지망(雲霓之望)

가뭄에 구름과 무지개를 바란다는 뜻으로, 무엇을 간절히 바라는 경우에 쓰는 말.

「孟子 梁惠王」,

民望之 若大旱之望雲霓也

운우지정(雲雨之情)

남녀간에 육체적으로 어울리는 사랑.

「宋玉의 神女賦」,

婦曰 妾巫山之女 朝爲行雲 暮爲行雨朝朝暮暮 陽臺之下

〈운우지정을 나누는 시〉

* 임제가 평안 기생 '찬비(寒雨)'에게 준 시

北天이 맑다커늘 우장 없이 길을 나니
산에는 눈이 오고 들에는 찬비로다
오늘은 찬비 맞았으니 얼어 잘까 하노라.

* 위시에 화답한 '찬비'의 시

어이 얼어 자리 무슨 일 얼어 자리
鴛鴦枕 翡翠衾을 어디 두고 얼어 자리
오늘은 찬비 맞았으니 녹아 잘까 하노라

운종룡 풍종호(雲從龍風從虎)

용은 구름을 좇고 범은 바람을 따른다는 뜻으로, 심지(心志)와 기질이 서로 맞는 사이의 사람을 이르는 말. 또는 성주(聖主)가 현신(賢臣)을 얻음을 이르는 말. 운룡풍호(雲龍風虎)라고도 함.

「易經 文言」,

九五曰 飛龍在天 利見大人 何謂也 子曰 同聲相應 同氣相求 水流濕 火就燥雲從龍 風從虎 聖人作而萬物覩 本乎天者親上 本乎地者親下 則各從其類也

운주유악(運籌帷幄)

궁중(宮中) 또는 장막 속에서 여러 모로 방책을 꾸밈을 이르는 말.

「史記 高帝紀」,

夫運籌于帷幄之中 決勝千里之外 吾不如子房也

운증용변(雲蒸龍變)

떼지어 끓어오르는 구름을 타고 용이 기괴하게 움직인다는 데서, 영웅이 때를 만나 세상에 나가 크게 활약함의 비유.

「史記 彭越傳」,

得尺寸之柄 雲蒸龍變

운지장상(運之掌上)

일이 하기 쉬움을 비유한 말.

「孟子 公孫丑章 上」,

以不忍人之心 行不忍人之政 治天下可運之掌上

운집무산(雲集霧散)

구름처럼 모이고 안개처럼 흩어진다는 뜻으로, 별안간 많은 것이 모이고 흩어짐을 비유하여 이르는 말.

「班固의 西都賦」,

朝發河海 夕宿江漢 沈浮往來 雲集霧散

운합무집(雲合霧集)

구름처럼 합하고 안개처럼 모인다는 뜻으로, 어느 때든지 많이 모임을 형용하는 말.

「史記 淮陰侯傳」,

天下之士 雲合霧集 魚鱗襍遝 熛至風起

울울창창(鬱鬱蒼蒼)

나무가 빽빽하고 푸르게 우거진 모양. 줄여서 울창(鬱蒼)만으로도 쓰임.

「列子 力命篇」,

齊景公游於牛山 北臨其國城而流涕曰 美哉國乎 鬱鬱芊芊

울창(鬱蒼)

⇒울울창창(鬱鬱蒼蒼) 참조.

웅문거벽(雄文巨擘)

웅문에 뛰어난 사람을 이르는 말.

웅사건필(雄辭健筆)

말도 잘하고 글씨도 잘 씀을 이름.

웅재대략(雄材大略)

영웅의 뛰어난 지력(知力)과 큰 계략(計略).

「漢書 武帝紀」,

如武帝之雄材大略　不改文景之恭儉 以濟斯民 雖詩書所稱 何有何焉

웅주거목(雄州巨牧)

땅이 넓고 산물(産物)이 많은 고을과 그 고을의 원을 이르는 말.

웅주거읍(雄州巨邑)

지역이 넓고 산물(産物)이 많은 고을을 이름.

웅창자화(雄唱雌和)

새의 암컷과 수컷이 의좋게 서로 지저귄다는 뜻으로, 서로 손이 맞음을 비유하는 말.

원교근공(遠交近攻)

먼 나라와 친교를 맺고 이웃 나라를 친다는 말.

「史記 范雎傳」,

不如遠交而近攻 得寸則王之寸也 得尺亦王之尺也

遠交近攻의 策이 제일입니다. 한 치의 땅을 얻으면 王의 寸土이고, 한 자의 땅을 얻으면 그것 또한 王의 한 자의 땅입니다.

* 魏의 책사(策士) 범저(范雎)는 敵과 內通하고 있다는 참언으로 목숨을 잃을 뻔하였으므로, 秦의 王稽를 따라 咸陽으로 들어가, 遠交近攻의 策을 諫하여 秦의 客卿이 되고, 다시 宰相에 임명된 다음 應侯로 封해져 군사 관계의 일을 도맡게 되었다. 그후 遠交近攻의 策略은 秦의 國是로서 天下를 統一하는 데 役割을 다하게 되었다.

원구기기(遠求騏驥)

어진 사람이 가까이 있는 것을 알지 못하고 멀리서 찾으려 한다는 말.

*기기(騏驥)-천리마로 어진사람을 비유한 말.

원룡고와(元龍高臥)

원룡은 후한(後漢) 때 사람 진등(陳登)의 자(字). 친구 허범(許氾)이 진등을 찾아가자 진등은 그를 깔보아 자신은 높고 큰 침상에 누워서 자고 허범은 그 아래 작은 침상에서 자게 했다는 옛일로 손님을 업신여김을 이름.

「魏志 陳登傳」

원막치지(遠莫致之)

먼 곳에 있어서 올 수가 없음을 이르는 말.

원목경침(圓木警枕)

중국 북송의 사마광(司馬光)이 통나무로 목침을 만들어, 이것을 베고 잠이 들면 머리가 미끄러져 눈을 뜨게 하여 공부했다는 고사로, 고학(苦學)함을 이르는 말.
「范太史集」,
司馬溫公以圓木爲警枕 覺則起讀書

원비지세(猿臂之勢)

형세가 좋을 때는 진격하고 나쁠 때는 후퇴한다는 말로, 군사를 자유롭게 지휘함을 이름.
「舊唐書 李光弼傳」,
光弼曰 夫兩軍相寇 貴進尺寸之間今委五百里而不顧 是張賊勢也 若移軍河陽北 阻澤路三城以抗 勝則擒之 敗則自守 表裏相應 使賊不得西侵 此則猿臂之勢也

원산대(遠山黛)

⇒원산지미(遠山之眉) 참조.
「趙飛燕外傳」,
飛燕妹合德爲卷髮 號新興髻 爲薄眉號遠山黛 施小朱號慵來粧

원산지미(遠山之眉)

파랗게 그린 먼 산 같은 눈썹. 미인의 눈썹의 형용하는 말. 원산대(遠山黛)라고도 함.

원수근화(遠水近火)

먼데 있는 물은 가까운 데의 불을 끄는 데는 쓸모가 없다는 데서, 무슨 일이든 멀리 있는 것은 급할 때에 소용이 없음을 비유하여 이르는 말.
「韓非子 說林」,

失火而取水於海 海水雖多 火必不滅矣 遠水不救近火也 今晉與荊雖强而齊近 魯患其不救乎

원앙지계(鴛鴦之契)

원앙새는 언제나 암수가 함께 있다는 데서 부부의 사이가 좋음을 이름.

원일견지(願一見之)

한 번 만나기를 바란다는 말.

원입골수(怨入骨髓)

원한이 마음 속 깊이 맺혀 잊을 수 없음을 이르는 말. 원철골수(怨徹骨髓)라고도 함.
「史記 秦記」,
繆公之怨此三人 入於骨髓
「漢書 吳王傳」,
或不洗沐十餘年 怨入骨髓

원전매매(原田每每)

황무지에 풀이 무성하듯 군인이 무척 많음을 이르는 말.
「左傳 僖公篇」,
晉侯(文公)聽輿人之誦 曰 原田每每舍其舊 而新是謀

원전활탈(圓轉滑脫)

말이나 일의 처리가 모나지 않고 거리끼지 않음을 이르는 말.

원정정죄(原情定罪)

사실을 밝힌 연후에 형벌을 정한다는 말.
「漢書 王嘉傳」,
聖王斷獄 必先原心定罪 探意立情 故死者不抱恨而入地 生者不銜怨而受罪

원정흑의(圓頂黑衣)

정수리를 둥글리고, 검은 옷을 입음. 곧 중의 아름다운 모습을 이름.

원족근린(遠族近隣)

멀리 사는 일가와 가까이 있는 이웃이란 뜻으로, 멀리 있는 일가가 가까이 사는 이웃만 못하다는 말.
「旬五志」.

원종공신(元從功臣)

창업 때부터 따라다니며 큰공을 세운 신하를 이르는 말.

원증회고(怨憎會苦)

원한 때문에 미워하는 사람을 만나는 괴로움을 뜻하는 말로, 불교의 팔고(八苦)의 하나.
「法華經」.
愛別離苦 怨憎會苦

원천우인(怨天尤人)

하늘을 원망하고 사람을 탓함을 이름.

원철골수(怨徹骨髓)

⇒원입골수(怨入骨髓) 참조.

원친평등(怨親平等)

자기에게 해를 끼치는 자와, 자기에게 사랑을 보이는 자를 차별하지 않음을 이름.

원하지구(轅下之駒)

'轅'은 소나 말이 끄는 수레의 앞쪽으로 길게 내민 두 개의 막대기로, 마소가 그 사이에 메이어 수레를 끌기 위한 것. '駒'는 아직 힘이 없는 두 살 된 말. 멍에채에 매인 말이라는 뜻에서, 남의 속박을 받아서 스스로는 자유를 얻지 못함을 이름. 또 도저히 그 임무를 다할 힘이 없음의 비유.
「史記 魏其武安侯傳」.

원형이정(元亨利貞)

①역학상(易學上), 건(乾) 곧 하늘이 갖추고 있는 네 가지 덕(德). 원(元)은 만물의 처음, 봄에 딸리어 인(仁)이라 하고, 형(亨)은 만물이 자라는 것〔長〕, 여름에 딸리어 예(禮)라 하고, 이(利)만물의 생(生)을 이루는 수(遂), 가을에 딸리어 의(義)라 하고, 정(貞)은 만물(萬物)의 완성(完成), 겨울에 딸리어 지(智)라 함. ②사물의 금본 도리를 이르는 말.
「易經 乾卦」.
乾元亨利貞

원화소복(遠禍召福)

화를 멀리하고 복을 불러들인다는 말.

월광독서(月光讀書)

달빛을 이용하여 책을 읽는다는 뜻.
「齊書 江泌傳」.
泌少貧 晝斫屧 夜讀書 隨月光握卷升屋

월궁항아(月宮姮娥)

미인(美人)을 비유하여 이르는 말.

월단평(月旦評)

인물에 대한 평(評)을 이르는 말. 월조평(月朝評)이라고도 함.
* 후한(後漢)의 허소(許邵)가 매월 삭(朔)에 품제를 정하여 향당의 인물을 품평(品評)한 데서 나온 말.

월만즉식(月滿則食)

달도 차면 기운다는 뜻이니, 권세나 부귀영화도 끝이 있다는 말. 월만즉휴(月滿則虧)라고도 함.

월만즉휴(月滿則虧)

⇒월만즉식(月滿則食)과 같은 뜻.

월명성희(月明星稀)

달이 밝게 빛나면 별이 희미해진다는 뜻으로, 한 영웅이 나타나면 군웅(群雄)의 존재가 희미해짐을 비유하는 말.

월반지사(越畔之思)

자기 직책을 준수하고 남의 직권을 침범하지 아니하는 마음씨를 이름.

월백풍청(月白風淸)

달이 밝고 바람이 시원하다는 말. 가을밤 경치를 이르는 말.
「蘇軾의 後赤壁賦」,
已而歎曰 有客無酒 有酒無肴 月白風淸 如此良夜何

월시진척(越視秦瘠)

남의 환난을 돌아보지 아니함을 가리키는 말.

월조대포(越俎代庖)

조(俎)는 제사 때 희생(犧牲)을 담는 제기(祭器), 포(庖)는 요리하는 사람을 말하는데, 제례(祭禮)를 관장하는 사람이 제기 담당자의 직분을 관여한 데서 유래된 말로, 곧 자기 직분을 넘어 남의 권한을 침범하여 간섭함을 이르는 말.
「莊子 逍遙遊」,
庖人雖不治庖 尸祝不越樽俎而伐之矣

월조소남지(越鳥巢南枝)

남쪽에서 온 새는 언제나 고향이 가까운 나무 가지에 앉는다는 뜻으로, 언제나 고향을 잊지 않음을 이르는 말.
「古詩」,
胡馬依北風 越鳥巢南枝

월조지혐(越俎之嫌)

스스로의 직분을 넘어 남의 일을 간섭하는 혐의를 이르는 말.

월조평(月朝評)

⇒월단평(月旦評) 참조.

월지적구(刖趾適屨)

발꿈치를 잘라 신에 맞춘다는 말로, ①본말(本末), 주객(主客)을 뒤집음. 또는 ②좋게 하려다 오히려 나쁘게 됨을 이르는 말.
「魏志 明帝紀 注」,

월진승선(越津乘船)

나루를 건너고 나서 배를 탄다는 뜻으로, 쓸모 없는 일을 한다는 뜻.
「旬五志」,

월하빙인(月下氷人)

월하인(月下人)과 빙상인(氷上人)의 준말로, 혼인을 맺어주는 중매인을 이르는 말. 빙인(氷人)만으로도 쓰임.
「續幽怪錄」,
唐韋固 少未娶 〈中略〉 與冰下人語 爲陽語陰 媒介事也 君當爲人作媒 冰泮而婚成
* 唐나라 때 韋固라는 청년이 여행을 다니던 중 宋城이란 곳에 當到했을 때, 月下의 老人을 만나, 그의 예언대로 郡의 太守의 딸과 결혼을 하게 되었다는 故事에서 나온 말.

월한강청(月寒江淸)

달빛은 차고 강물은 맑게 조용히 흐르는 겨울철의 달빛과 강물이 이루는 맑고 찬 정경을 이름.

위고금다(位高金多)

지위도 높고 재산도 많음을 이름.

위고포피(韋袴布皮)

가죽으로 지은 바지와 베로 만든 옷

이란 뜻으로, 가난한 사람을 형용하
는 말.

「後漢書 祭遵傳」,

遵爲人廉約 克己奉公 賞賜盡與士卒
家無私材 身衣韋袴布衣 夫人嘗不加緣
帝以是重焉

위고필인구릉(爲高必因丘陵)

자연의 형세(形勢)를 잘 이용하면
작은 노력으로 큰공을 이룰 수 있다
는 말.

「禮記 禮器篇」,

故昔先王之制禮也 因其財物而致其義
焉爾 故作大事必順天時 爲朝夕必放於
日月 爲高必因丘陵

위국충절(爲國忠節)

나라를 위한 충성과 절개를 이름.

위귀소소(爲鬼所笑)

가난한 신이 비웃는다는 뜻으로, 가
난을 면치 못함을 이르는 말.

「南史 劉粹傳」,

見一鬼在傍 撫掌大笑 伯龍歎曰 貧窮
固有命 乃復爲鬼所笑也 遂止

위급존망(危急存亡)

위험과 난관이 눈앞에 닥치어, 이대
로 연명할 수 있을까, 아니면 망해
없어지느냐 하는 중요한 시기. 즉,
나라의 존망이 달린 위급한 고비를
이르는 말.

「諸葛亮 出師表」,

今天下三分 益州疲弊 此誠危急存亡
之秋

위기일발(危機一髮)

조금도 여유가 없이 닥친 매우 위급한
순간. 위여일발(危如一髮)이라고도 함.

위랑위호(爲狼爲虎)

인심이 사나움을 비유하여 이르는
말.

「史記 韓安國傳」,

語曰 雖有親父 安知不爲虎 雖有親兄
安知不爲狼

위려마도(爲礪磨刀)

숫돌을 위해 칼을 간다는 뜻으로,
주객이 전도됨을 비유하는 말. 주객
전도(主客顚倒)라고도 함.

위미부진(萎靡不振)

쇠하고 약해져서 떨치지 못한다는
말.

위미침체(萎靡沈滯)

인심과 문화, 사회에 새로운 것, 확
실한 것을 찾는 활기가 없어, 진보·
발전하는 움직임이 보이지 않음을 이
르는 말.

위방불입(危邦不入)

위험한 곳에는 가지 않는다는 뜻.

위부불인(爲富不仁)

사람들이 재산을 모으게 되면, 불쌍
한 이웃을 돌보지 않는다는 뜻.

「孟子 滕文公」,

陽虎曰 爲富不仁矣 爲仁不富矣

위불기교(位不期驕)

높은 지위에 오르면 자연히 교만한
마음이 생긴다는 뜻.

「書經 周官篇」,

位不期驕 祿不期侈 恭儉惟德 無載爾
僞

위선최락(爲善最樂)

착한 일을 하는 것은 이생의 최고
즐거움이라는 뜻.

「後漢書 東平憲王傳」,

日者問王處家何等最樂 王言爲善最樂

위수강운(渭樹江雲)

⇒모운춘수(暮雲春樹) 참조.

위애자 위모미(蝟愛子蝟毛美)

고슴도치도 제 새끼 털이 좋다 한다는 뜻으로, 자기 자식의 나쁜 점을 알지 못하고 도리어 자랑함을 비유하여 이르는 말.

위여누란(危如累卵)

⇒누란지위(累卵之危) 참조.

「司馬相如의 喩巴蜀檄」,

去累卵之危 就永安之計 豈不美與

위여일발(危如一髮)

⇒위기일발(危機一髮) 참조.

위여조로(危如朝露)

해가 뜨면 사라지는 이슬과 같다는 말로, 위기가 임박했음을 이름.

「史記 商君傳」,

君危若朝露 尙將欲延年益壽乎

위위구조(圍魏救趙)

적의 포위망에 갇힌 아군을 구원할 때 직접 방법이 아닌 간접적인 구조책을 이르는 말.

「史記 孫子吳起列傳」,

彼必釋趙而自救 我一擧解趙之圍 收弊魏

위이불맹(威而不猛)

위엄은 있으나 결코 난폭하지 않다는 뜻.

「論語 述而」,

子溫而厲 威而不猛 恭而安

위장자절지(爲長者折枝)

아주 하기 쉬운 일을 비유하는 말.

「孟子 梁惠王章 上」,

爲長者折枝 語人曰 我不能 是不爲也 非不能也

위편삼절(韋編三絶)

⇒수불석권(手不釋卷) 참조.

* 옛날 서적은 대쪽에 글을 써 이것을 엮은 것이므로 독서가 잦으면 이것이 끊어짐. 이 가죽으로 엮은 것이 세 번 끊어졌다 함이니, 독서나 학문에 힘씀을 이름.

「史記 孔子世家」,

孔子晩而喜易云云 讀易韋編三絶

「抱朴子 內篇 祛惑」,

昔有古强者 自言孔子勸我讀易 云 此良書也 丘竊好之 韋編三絶鐵撾三折 今乃大悟

위풍당당(威風堂堂)

위엄이 있어서 그 모습이 훌륭함. 기세가 크게 성함을 이르는 말.

위현지패(韋弦之佩)

자기의 성질을 고치는 경계의 표지로 삼음.

「韓非子 觀行」,

* 서문표(西門豹)의 성질은 급하였으므로 부드러운 가죽을 차고 다니며 부드러운 성질을 기르는 경계의 표지로 삼았으며, 동안우(董安于)의 성질은 느렸으므로 활시위를 차고 다니며 급한 성질을 기르는 경계의 표지로 삼았다는 데서 나온 말.

유교무류(有敎無類)

가르침에는 지위나 여건의 구별이 없다는 말.

유구무언(有口無言)

입이 있어도 할 말이 없다는 뜻으로, 변명할 여지가 없음을 이르는 말.

유구불언(有口不言)

할 말이 있으되 사정이 거북하거나 따분하여 말을 하지 않음을 이름.

유금초토(流金蕉土)

쇠가 녹아 흐르고 흙이 그을림. 가뭄이 계속되어 더위가 심함을 형용하는 말.

「莊子 逍遙游」,

大旱 金石流 土山焦 而不熱

큰 가뭄에 쇠와 돌이 녹아 흐르고, 흙과 산이 탄다 해도 뜨거움을 느끼지 않소.

유기무괴(有基無壞)

바탕이 튼튼하면 무슨 일이든 실패하지 않는다는 말.

유녀여운(有女如雲)

여자가 구름처럼 많이 모임을 비유한 말.

「詩經 鄭風 出其東門」,

出其東門 有女如雲 雖則如雲 匪我思存 縞衣綦巾 聊樂我員

유녀회춘(有女懷春)

여자가 봄을 맞이하여 춘정(春情)을 품음을 이르는 말.

「詩經」,

白茅包之 有女懷春 吉士誘之

유능제강(柔能制剛)

부드러움이 도리어 굳셈을 이김, 즉 약한 사람이 강한 사람을 꺾었을 때를 이르는 말.

「三略」,

軍識曰 柔能制剛 弱能制强 柔者德也 剛者賊也 弱者人之所助 强者人之所攻

유단대적(油斷大敵)

무슨 일이나 주의를 게을리 하면 실패의 근본이 되므로, 큰 적으로서 경계해야 한다는 것. 아무리 작은 일이라도 결코 마음을 늦추지 말고 대처해야 한다는 뜻.

「可笑記」,

유두분면(油頭粉面)

기름을 바른 머리와 분을 바른 얼굴이란 뜻이니, 즉 화장한 여자를 이르는 말.

유래지풍(由來之風)

오랜 옛적부터 전해 내려오는 풍속을 이름.

유련황망(流連荒亡)

유흥에 빠져서 다른 일을 돌보지 않음을 말함.

「孟子 梁惠王章句下 四」,

一遊一豫爲諸侯度 今也不然師行而糧食 飢者弗食 勞者弗食 睊睊胥讒 民乃作慝 方命虐民 飮食若流 流連荒亡 爲諸侯憂 從流下而忘反 謂之流 從流上而忘反 謂之連 從獸無厭 謂之荒 樂酒無厭 謂之亡 先王無流連之樂 荒亡之行 惟君所行也 景公說 大戒於國 出舍於郊 於是 始興發補不足 召大師曰 爲我作君臣相說之樂 蓋微招角招是也 其詩曰 畜君何尤 畜君子好君也

옛적에는 이와 같이 한 번 놀고 한 번 즐기는 것이 다 제후들의 본보기가 되었던 것입니다. 그러나 지금은 그렇지가 않습니다. 임금이 행차하면 수많은 수행원들이 따라가서 인민들이 먹을 양식을 징발하여, 굶주리는 사람들이 먹지도 못하고 노동하는 사람들이 쉬지도 못합니다. 게다가 임금의 수행원들은 눈흘기며 질시하여 서로를 헐뜯거나 하면서 민심에 악영향을 끼치고 있으니, 인민들은 이리하여 나쁜 짓을 저지르게 됩니다. 그런데 임금은 先王의 교훈을 버리고 인민을 학대하며 음식을 물같이 낭비합니다. 流하며 連하며 荒하며 亡하여 제후들의 걱정거리로 되었습니다. 물 흐름을 따라 뱃놀이하며 흘러 내려가서 돌아올 줄 모르는 것을 流라 하고, 산 높음을 따라 산놀이를 하며 연속 올라가서 돌아올 줄 모르는 것을 連이라고 합니다. 짐승 사냥에 넋을 잃어 세월 가는 줄 모르는 것을 荒이라 하고, 술을 즐기며 싫증나는 줄 모르는 것을 亡이라고 합니다. 先王들은 流連하는 놀이와 荒亡하는 행동이 없었습니다. (先王들을 따르시는 지금의 弊風을 따르시든) 오직 왕께서 행동하시기에 달렸습니다. 景公이 晏子의 이 말을 기뻐하셔서 전국에 널리 訓令을 내리시고 대궐에서 나와 몸소 들 밖 민가에 머무르시면서 민생을 살피셨습니다. 그리하여 여기에서 비로소 나라 창고를 열어 인민들의 곤궁을 덜어주었습니다. 그리고서는 大師를 불러, "그대는 나를 위하여 君臣이 서로 기뻐하는 음악을 들려주오."하시니, 치소(徵招)와 각소(角招)가 곧 그 음악입니다. 그 가사는 이렇습니다. '임금의 욕심을 간하여 막는다고, 그것을 어찌 허물하리요.' 임금의 욕심을 간하고 막는다는 것은 임금을 좋아하는 것입니다.
* '流'는 배로 흐름을 거슬러 올라가는 일. '連'은 흐름을 따라 내려가는 것. '流連'은 유흥의 즐거움에 빠져 집에 돌아갈 것을 잃는 것. '荒'은 귀중한 시간을

거칠게 보내고, '亡'은 정치를 게을리 하는 뜻으로, 사냥이랑 음주의 즐거움에 빠지는 것.

유리개걸(流離丐乞)
정처 없이 떠돌아다니면서 빌어먹음을 이름.

유리표박(流離漂泊)
정처 없이 이곳저곳으로 떠돌아다님을 이름.

유만부동(類萬不同)
①많은 것이 있으나 모두가 서로 같지 않음. 또는 ②정도를 벗어남. 또는 ③분수에 맞지 않음을 이르는 말

유명무실(有名無實)
이름뿐이고 실상이 없음을 이르는 말. 명존실무(名存實無), 허명무실(虛名無實)이라고도 함.
「漢書 黃霸傳」,
澆淳散樸 竝行僞貌 有名無實

유명시청(惟命是聽)
어떤 일이든 분부에 따르겠다는 뜻.
「左傳 成公二年」,
賓媚人致晉師曰 若其不幸 敢不惟命是聽

유방백세(流芳百世)
명성을 후세에 길이 남기는 것을 이르는 말. ⇔유취만년(遺臭萬年)
「晉書 桓溫傳」,
旣不能流芳後世 不足復遺臭萬載耶

유방후세(流芳後世)
⇒유방백세(流芳百世)와 같은 말.

유불여무(有不如無)
있어도 없는 것만 못하다는 말.

유비무환(有備無患)

준비하는 대책이 있으면 근심 걱정이 없음. 주무유호(綢繆牖戶)라고도 함.

유사입검(由奢入儉)
사치를 떠나 검소하게 살고자 힘씀을 이름.

유사지추(有事之秋)
나라나 개인에게 다급한 일이 생겼을 때를 이르는 말.

유상곡수(流觴曲水)
⇒곡수유상(曲水流觴) 참조.

유상무상(有象無象)
천지간(天地間)에 있는 모든 물체. 삼라만상(森羅萬象)을 이르는 말.

유생자필유사(有生者必有死)
살아있는 것은 언젠가는 꼭 죽는다는 말.
「揚子法言」,
有生者 必有死 有始者 必有終 自然之道也

유수불부(流水不腐)
흐르는 물은 썩지 않음과 같이, 계속 활동하는 사람은 침퇴하지 않음을 비유하는 말.
「呂氏春秋」,
流水不腐 戶樞不螻

유수존언(有數存焉)
어떠한 일이든지 운수가 있어야 됨을 이름.
「莊子 天道」,
得之于手 應之于心 口不能言 有數存焉于其間

유시무종(有始無終)
시작만 하여 놓고 끝을 맺지 못함.

또는 지조가 굳지 못함을 뜻함.
「晉書 劉聰載記」,
小人有始無終 不能如貫高之流也

유시유종(有始有終)
시작할 때부터 끝을 맺을 때까지 변함이 없음. 또는 모든 일에는 반드시 처음과 끝이 있다는 말.
⇒유생자필유사(有生者必有死)의 고사 참조.

유식지민(遊食之民)
아무 하는 일없이 놀고먹는 백성을 이름.

유심고조(有心故造)
남의 다리를 잡아당기거나, 쓰러뜨리려고 음모를 꾀하고 일부러 일을 벌이는 것을 이름.

유아독존(唯我獨尊)
①세상에서 자기만이 잘났다고 뽐내는 일. ②생사간에 독립하는 인생의 존귀함을 설파한 석가의 말.
「大莊嚴經轉法輪品」,
初生時於十方 各行七步 擧手唱曰 天上天下 唯我獨存

유아이사(由我而死)
나로 말미암아 죽음, 즉 자기 때문에 남에게 해를 입혔을 때 이르는 말.

유아지탄(由我之歎)
자기 때문에 남에게 해가 미치게 된 것을 탄식하는 말.

유암화명(柳暗花明)
아름다운 봄 경치나, 발전의 여지가 있는 희망적인 경우를 이르는 말.
「陸游의 詩」,

山重水複疑無路 柳暗花明又一村

유야무야(有耶無耶)

있는지 없는지 흐리멍덩한 모양(상
태)를 이름.

유어유수(猶魚有水)

⇒관포지교(管鮑之交) 참조.

유언비어(流言蜚語)

①아무 근거 없이 널리 퍼진 뜬소
문. ②소란을 목적으로, 또는 남을
모략하려고 세상에 퍼뜨린 낭설. 부
언낭설(浮言浪說) 또는, 유언유설(流
言流說)이라고도 함.
「史記 魏其武安候列傳」,
乃蜚語爲惡言於上聞也
「禮記 儒行」,
久相見聞流言而信也
「荀子 致士篇」,
流言流說 流事流謀

유언실행(有言實行)

말한 것은 반드시 실행하는 것. 또
는 각별히 말을 내세우고 일을 행하
는 것도 가리킴.

유언유설(流言流說)

⇒유언비어(流言蜚語) 참조.

유연소지(猶然笑之)

소인배들의 일 따위에는 아랑곳하지
않는 태도를 이르는 말.

유용지용(有用之用)

무용지용(無用之用)에 대가 되는 말
로, 분명히 세상에 소용이 되는 것을
이르는 말.
⇒무용지용(無用之用)의 고사 참조.

유월비상(六月飛霜)

억울한 일을 당한 사람이 있으면 오

뉴월의 더운 날씨에도 서리가 내린다
는 뜻.
「初學記」,
* 연(燕)나라의 추연(鄒衍)이란 충신이
간신배의 모함을 받고 감옥에 갇히어,
하늘을 우러러 울부짖자 여름인데도 갑
자기 서리가 내렸다는 일.

유위변전(有爲變轉)

불교의 가르침으로 이 세상의 현상
은 모두 그대로 있지 않고 인연(因
緣)에 의하여 옮기어 변해 가는 것이
라는 것. 덧없음을 이름. 유위천변(有
爲天變)이라고도 함.
「傳燈錄」,
汝若入此門 可與諸佛同矣 一切善惡
有爲無爲 皆如夢幻

유위천변(有爲天變)

⇒유위변전(有爲變轉) 참조.

유유낙낙(唯唯諾諾)

일의 선악이나 시비에 거리끼거나
조금도 거스르지 않고 남의 의견에
따름. 곧 "예, 예"하고 남의 말에 맹
종함을 이름.
「史記 趙世家」,
簡子有臣曰周舍 好直諫 舍死 簡子每
聽朝不悅曰 徒聞唯唯不聞周舍之諤諤

유유상종(類類相從)

같은 무리끼리 오가며 서로 친하게
사귐을 이르는 말. 물각종기류(物各從
其類) 또는, 이유취(以類聚)라고도 함.

유유완완(悠悠緩緩)

걱정이 없어서 느긋한 모양을 이르
는 말.
「淮南子」

유유자적(悠悠自適)

속세를 떠나 아무 것에도 속박되지 않고 제멋대로 편안히 살아감을 이르는 말.
「詩經 小雅 車攻」,
悠悠旆旌

유유지설(謬悠之說)

황당무계한 말이라는 뜻.
「莊子 天下」,
以謬悠之說 荒唐之言 無端崖之辭 時恣縱而不儻

유유자적(悠悠自適)

겨울철에 미나리를 먹고 싶다는 어머니 말씀에, 일구월심 애쓰다가 하늘의 도움으로 미나리를 구해 어머니를 봉양했다는 '유은'의 고사로, 부모님에 대한 극진한 효심을 이르는 말.

유의막수(有意莫遂)

마음에는 간절하여도 뜻대로 되지 아니함. 유의미수(有意未遂)라고도 함.

유의미수(有意未遂)

⇒유의막수(有意莫遂) 참조.

유이(柔荑)

부드러운 삘기란 뜻으로, 희고 아름다운 여인의 손을 비유하는 말.
「詩經 衛風 碩人篇」,
手如柔荑 : 손은 고와 부드러운 띠싹 같고,
膚如凝脂 : 살결은 윤이 흘러 엉기인 기름.
領如蝤蠐 : 목은 나무좀.
齒如瓠犀 : 이는 박씨.
螓首蛾眉 : 매미 이마에 나방이 눈썹.
巧笑倩兮 : 웃으면 보조개,
美目盼兮 : 예쁜 그 눈매.
* 장공(莊公)의 부인 장첩(莊妾)의 아

름다움을 기린 노래. 장첩은 아름답고 어질었으나, 남편 장공에겐 외면당한 채 아들도 없이 쓸쓸히 지냈다. 위(衛)의 백성들이 이를 동정하여 쓴 것이 이 시라 한다.

유일무이(唯一無二)

오직 하나뿐이고 둘도 없다는 말.

유장찬혈(窬牆鑽穴)

⇒유장천혈(窬牆穿穴) 참조.

유장천혈(窬牆穿穴)

담에 구멍을 뚫는다는 뜻으로, 남의 집 여자에 탐을 내어 몰래 들어감을 비유하여 이르는 말. 유장찬혈(窬牆鑽穴)이라고도 함.

유전면목(有覥面目)

무안한 빛이 얼굴에 나타남을 이르는 말.

유전유후(由前由後)

앞뒤가 같음을 이르는 말.

유종지미(有終之美)

시작한 일을 끝까지 잘하여 끝맺음이 좋음.
「易經 謙卦」,
謙亨君子有終 吉

유주지탄(遺珠之歎)

마땅히 등용되어야 할 사람이 빠져서 한탄함을 이르는 말.

유지군자(有志君子)

좋은 일에 깊은 뜻이 있는 점잖은 사람을 이름.

유지방침(維持方針)

버티어 처리 나갈 방도와 계획을 이르는 말.

유지자사경성(有志者事竟成)

무슨 일이든 뜻을 세운 사람은 반드시 그 일을 이룬다는 뜻.

유지지사(有志之士)

세상일에 뜻이 있는 사람을 이름.

유지첨엽(有枝添葉)

가지에 잎을 더함. 이야기에 꼬리와 지느러미를 달아서 일부러 과장하는 것.

유진무퇴(有進無退)

앞으로 나아가기만 하고 뒤로 물러나지 않음.

유처취처(有妻娶妻)

아내가 있는 사람이 또 아내를 얻음을 이름.

유출유괴(愈出愈怪)

점점 더 괴상하여진다는 말. 유출유기(愈出愈奇)라고도 함.

유출유기(愈出愈奇)

⇒유출유괴(愈出愈怪) 참조

유취만년(遺臭萬年)

나쁜 이름을 후세에 오래 남김을 이르는 말.
⇒유방백세(流芳百世)의 고사 참조.

유취미간(乳臭未干)

젖내가 가시지 않은 젊은이를 비웃는 말. 곧 나이가 젊고 경험이 부족한 미숙자를 비유하는 말.
「史記 高祖紀」,
漢王以韓信擊魏王豹 問酈食其 魏大將誰 對曰柏直 漢王曰 是口尚乳臭 安當吾韓信

유태화용(柳態花容)

미인의 자태를 이르는 말.

유풍여속(遺風餘俗)

옛부터 전해 오는 풍속을 이름.

유하면목(有何面目)

면목이 없다는 뜻.
「史記 孟嘗君傳」,
客見文一日廢 皆背文而去 今賴先生復得其位 客亦有何面目見文乎

유한공자(游閑公子)

의식주에 걱정 없어 한가롭게 지내는 부유층의 자녀를 이르는 말.
「史記 貨殖傳」,
游閑公子 飾冠劍連車騎 亦爲富貴容

유한정정(幽閑靜貞)

부녀자의 인품이 매우 점잖음을 이르는 말.

유항화가(柳巷花街)

사창에는 버드나무를 심고 거리에는 꽃도 피어 있다는 말로, 유곽을 가리킴.

유해무익(有害無益)

해는 있으되 이익은 없음을 이름.

유혈성천(流血成川)

전쟁에서 사상자가 많음을 비유하는 말.
「戰國策」,
屠四十餘萬之衆 流血成川 沸聲如雷

유형무적(有形無跡)

형태는 있으나 증거가 드러나지 않음을 이름.

유형무형(有形無形)

①형태가 있는 것과 없는 것. 또는 ②형체의 있고 없음이 분명치 아니함을 이름.

유희삼매(游戲三昧)

정신없이 노는 데만 몰두함을 이르는 말.

「傳燈錄」,

南泉控大寂之室 頓然忘筌得游戲三昧

육근청정(六根淸淨)

육근은 사람을 미혹(迷惑)하게 하는 여섯 가지의 근원. 곧, 몸·귀·코·혀·몸·뜻을 말함. 육근의 집착을 끊고 맑아지는 일. 또는 영산(靈山)에 올라가 한행(寒行)하는 자가 외는 말. '한행'은 소한·대한의 추위 속을 견디어 나가는 고행(苦行).

「圓覺經」,

육대반낭(肉袋飯囊)

이렇다 할 재주가 없이 먹기만 잘하는 사람을 가리키는 말.

육도풍월(肉跳風月)

글자의 뜻을 잘못 써서 보기 어렵고 가치 없는 시를 가리키는 말.

육두문자(肉頭文字)

육담(음담)으로 된 말. 즉, 상스러운 말을 이름.

육력동심(戮力同心)

서로 힘과 마음을 모아 일을 함. 동심협력(同心協力) 또는, 육력협심(戮力協心)이라고도 함.

「墨子 尙賢中」,

聿求元聖 與之戮力同心治天下 則可比聖玉 尙賢使能爲政 言不失也

육력협심(戮力協心)

⇒육력동심(戮力同心) 참조.

육부출충(肉腐出蟲)

근본이 잘못 되면 많은 폐단이 생김을 뜻함.

「荀子 勸學篇」,

肉腐出蟲 魚枯生蠹

육산주지(肉山酒池)

⇒주지육림(酒池肉林) 참조.

육산포림(肉山脯林)

⇒주지육림(酒池肉林) 참조.

육식처대(肉食妻帶)

중이 고기를 먹고 아내를 가지는 일.

육지행선(陸地行船)

뭍으로 배를 몰려한다는 뜻이니, 되지도 않을 일을 억지로 행하려 함을 비유하여 이르는 말.

육척지고(六尺之孤)

15세 정도의 부모 없는 아이를 이르는 말.

「論語 泰伯」,

曾子曰 可以託六尺之孤 可以寄百里之命 臨大節而不可奪也

육탈골립(肉脫骨立)

몸이 몹시 여위어 뼈만 남도록 마름을 이름.

윤문윤무(允文允武)

문무(文武)의 덕(德)을 갖춘 임금(지도자)을 이르는 말.

「詩經 魯頌泮水」,

允文允武 照格烈祖

윤언여한(綸言如汗)

군주의 말이 한 번 떨어지면 취소하기 어려움이 마치 땀이 다시 몸 속으로 들어갈 수 없음과 같다는 뜻.

윤회전생(輪廻轉生)

불교에서 하는 말로, 중생이 사집

(邪執)・유견(謬見)・번뇌・업(業)
등으로 인하여 삼계육도(三界六道)에
죽어서는 다시 태어나고, 또다시 죽
으며 생사를 끝없이 반복함을 이름.

융통무애(融通無碍)

거침없이 통하여 막지 않는다는
뜻에서, 사고(思考)나 행동이 자유롭
고 활달함을 이름.

은감불원(殷鑑不遠)

殷나라 사람으로서 명심할 일은 가
까운 前代 夏나라가 망한 원인을 알
아야 한다는 뜻에서 나온 말로, 남의
실패를 나의 거울로 삼음을 비유하는
말. 복차지계(覆車之戒), 복철지계
(覆轍之戒), 부답복철(不踏覆轍), 상
감불원(商鑑不遠), 전답복철(前踏覆
轍), 전차가감(前車可鑑), 전차복후
차계(前車覆後車戒), 전차지복철 후
차지계(前車之覆轍後車之戒)라고도
함.
「詩經 大雅 蕩之什 蕩」,
文王曰咨 : 일찌기 文王께서
　　　　　　말씀하시되
咨女殷商 : 아, 어지러운 殷나라여!
人亦有言 : 세상에 널리 도는 말이
　　　　　　있거니
顚沛之揭 : 쓰러진 나무뿌리 드러날
　　　　　　적엔
枝葉未有害 : 가지 잎이야 우선은
　　　　　　아니 傷해도
本實先撥 : 뿌리는 먼저 죽어 있다고
殷鑑不遠 : 殷의 거울 가까운 데
　　　　　　있었던 것을
在夏后之世 : 夏의 망국 비쳐 볼 줄
　　　　　　잊었도다.
위의 책 殷의 紂王을 개탄하는 文王의

말에 假託하여, 周가 亡하게 된 世態를
풍자한 노래임.

은근무례(慇懃無禮)

공손이 지나쳐서 도리어 무례가 됨.
또 겉으로는 공손하나, 속으로는 대
단히 거만하고 건방져서 뻔뻔스러움
을 이르는 말.

은근미롱(慇懃尾籠)

지나치게 겸손하고 정중하여, 도리
어 무례하게 됨. 또는 겉과 속이 다
름을 이르는 말.

은기옹폐지인(隱忌壅蔽之人)

남의 좋은 점을 시기하여 그것을 감
추고 드러내지 않는 사람을 이르는
말.
「荀子」,

은린옥척(銀鱗玉尺)

싱싱하고 매끈하게 생긴 물고기를
이르는 말.

은반위수(恩反爲讐)

은혜가 오히려 원수가 됨을 이름.

은수분명(恩讐分明)

은혜를 준 자에게는 반드시 은혜로,
원한을 품게 한 자에게는 원한으로
갚음을 이름.
「呂氏童蒙訓」,
恩讐分明 此四字非有道者之言也

은심원생(恩甚怨生)

사람에게 은혜를 베푸는 것이 도
(度)를 넘으면 오히려 원망(怨望)을
받는다는 말. 애다즉증지(愛多則憎至)
라고도 함.
「亢倉子」,
恩甚則怨生 愛多則憎至

은혜가 너무 지나치면 원망이 생겨
나고, 사랑이 지나치면 증오가 생긴
다.

은위병행(恩威竝行)

은혜와 위험을 아울러 행한다는 말.

은인자중(隱忍自重)

괴로움을 감추어 참고 몸가짐을 조
심한다는 말.

은중태산(恩重泰山)

은혜가 태산 같다는 말.

은혼식(銀婚式)

부부가 결혼한 지 25년이 되는 해에
행하는 축하식.

음담패설(淫談悖說)

음탕하고 상스러운 이야기를 이름.

음덕양보(陰德陽報)

남 몰래 덕을 닦는 사람은 비록 사
람들이 몰라준다 하더라도 하늘이 알
아주어 겉으로 나타날 만한 복을 받
음을 이르는 말.
「淮南子 人間訓」,
有陰德者必有陽報 有隱行者必有昭名
남몰래 德行을 베푸는 자는 하늘이
福을 줄 것이요, 남몰래 실천에 옮기는
자는 하늘의 부름을 받을 것이니라.

음마투전(飲馬投錢)

말에게 물을 먹일 때 물값을 먼저
물에 던진다는 뜻으로, 결백(潔白)한
행실(行實)을 이르는 말.
「三輔決錄」,
安陵項仲山 飲馬渭水 先投三錢

음사염곡(淫辭艶曲)

음탕한 말과 노래〔戀歌〕를 이름.

음신불통(音信不通)

소식이 전연 없음. 또는 연락이 전
연 없음을 이르는 말.

음약자처(飮藥自處)

독약을 먹고 자결함을 이르는 말.

음우지비(陰雨之備)

위험하거나 곤란한 일이 생기기전에
미리 대비함을 이르는 말.

음유해물(陰柔害物)

겉으로는 유순하지만 속으로는 남을
해치려 하는 간사한 사람을 이름.
「唐書 李義甫傳」,
李義甫爲中書 容貌溫恭 與人語 必微
笑而心狡險忌刻 人謂笑裡有刀 又以陰
柔害物 謂之李猫

음지전양(陰地轉陽)

세상일이란 돌고 돌아서 번복이 많
다는 뜻. 음지전 양지변(陰地轉陽地變)
에서 나온 말.
「洌上方言」,
陰地轉陽地變 言世事循環也 陰地之
寒 轉成陽地之暖也
음지가 양지로 변하듯 세상이 변한
다는 것은 세상일은 돌고 돌아 언젠
가는 차가운 음지가 따뜻한 양지로
변한다는 말이다.

음지전 양지변(陰地轉陽地變)

⇒음지전양(陰地轉陽) 참조.

음토낭랑(音吐朗朗)

음성이 풍부해서 상쾌한 모양. 시나
문장을 소리내어 읽음을 이름.

음풍농월(吟風弄月)

맑은 바람과 밝은 달을 대하며 시를
짓고 즐기는 풍류적인 삶의 멋을 이르
는 말. 음풍영월(吟風咏月)이라고도 함.

음풍영월(吟風咏月)

⇒음풍농월(吟風弄月) 참조.

음하만복(飮河滿腹)

제 분수에 넉넉함을 알아야 함을 비유하는 말.

음하지원(飮河之願)

바라는 바가 사소함을 뜻하는 말.

음회세위(飮灰洗胃)

재로써 속을 씻어낸다는 뜻으로, 악한 마음을 고쳐 착하게 함을 이름.

「南史 荀伯玉傳」,

若許某自新 必吞刀刮腸 飮灰洗胃

읍견군폐(邑犬群吠)

마을의 많은 개들이 짖는다는 뜻으로, 소인배들이 남을 비방함을 비유하는 말.

「屈原의 懷沙賦」,

邑犬群吠兮 吠所怪也 誹駿疑桀兮 固庸熊也

읍수행하(泣數行下)

눈물을 많이 흘림을 뜻함.

「史記 項羽紀」,

項王泣數行下

읍장(泣杖)

한(漢) 나라 한백유(韓伯兪)가 잘못을 저지르고 어머니에게 매를 맞는데, 어머니의 기력이 예전보다 약해졌음을 알고 울었다는 고사로 효심을 이르는 말.

「說苑」,

읍참마속(泣斬馬謖)

울면서 마속을 벤다는 말로, 법의 공정성이나 큰 목적을 위해, 사사로운 정이나 가까운 사람을 버리는 것을 비유하는 말.

「三國蜀志 諸葛亮傳」,

* 삼국 시대 초엽인 촉(蜀)나라 건흥(建興) 5년 3월. 제갈량(諸葛亮)은 대군을 이끌고 성도(成都)를 출발했다. 곧 한중(漢中)을 석권하고 기산(祁山)으로 진출하여 위(魏)나라 군사를 크게 무찔렀다.

그러자 조조(曹操)가 급파한 위나라의 명장 사마의(司馬懿: 자는 仲達)는 20만 대군으로 기산의 산야에 부채꼴의 진을 치고 제갈량의 침공군과 대치했다. 이 진을 깰 제갈량의 계책은 이미 서 있었다. 그러나 상대가 지략이 뛰어난 사마의인만큼 군량의 수송로의 가정(街亭)을 수비하는 것이 문제였다. 만약 가정을 잃으면 중원(中原) 진출의 웅대한 계획은 물거품이 되고 만다. 그런데 그 중책을 맡길 만한 장수가 없어 제갈량은 고민했다.

그때 마속(馬謖)이 그 중책을 자원하고 나섰다. 그는 제갈량과 문경지교(刎頸之交)를 맺은 명참모 마량(馬良)의 동생으로, 평소 제갈량이 아끼는 재기 발랄한 장수였다. 그러나 노회(老獪)한 사마의와 대결하기에는 아직 어리다. 제갈량이 주저하자 마속은 거듭 간청했다.

"다년간 병략(兵略)을 익혔는데 어찌 가정 하나 지켜내지 못하겠습니까? 만약 패하면, 저는 물론 일가 권속(一家眷屬)까지 참형을 당해도 결코 원망하지 않겠습니다."

"좋다. 그러나 군율(軍律)에는 두 말이 없다는 것을 명심하라."

서둘러 가정에 도착한 마속은 지형부터 살펴보았다. 삼면이 절벽을 이룬 산이 있었다. 제갈량의 명령은 그 산기슭의 도로를 사수하라는 것이었으나 마속

온 적을 유인해서 역공할 생각으로 산 위에 진을 쳤다. 그러나 위나라 군사는 산기슭을 포위한 채 위로 올라오지 않았다. 식수가 끊겼다. 마속은 전병력으로 포위망을 돌파하려 했으나 용장인 장합(張郃)에게 참패하고 말았다.

전군을 한중으로 후퇴시킨 제갈량은 마속에게 중책을 맡겼던 것을 크게 후회했다. 군율을 어긴 그를 참형에 처하지 않을 수 없었기 때문이다. 이듬해 5월. 마속이 처형되는 날이 왔다. 때마침 성도에서 연락관으로 와 있던 장완(張琬)은 마속 같은 유능한 장수를 잃는 것은 나라의 손실이라고 설득했으나 제갈량은 듣지 않았다.

"마속은 정말 아까운 장수요. 하지만 사사로운 정에 끌리어 군율을 저버리는 것은 마속이 지은 죄보다 더 큰 죄가 되오. 아끼는 사람일수록 가차없이 처단하여 대의(大義)를 바로잡지 않으면 나라의 기강은 무너지는 법이오."

마속이 형장으로 끌려가자 제갈량은 소맷자락으로 얼굴을 가리고 마룻바닥에 엎드려 울었다고 한다.

응장성식(應粧盛飾)

얼굴과 옷을 아름답게 단장하고 차림을 이름.

응접불가(應接不暇)

일일이 인사를 할 사이가 없다는 말로, 생각할 여유가 없을 만큼 몹시 바쁜 상황을 이르는 말. 응접무가(應接無暇)라고도 함.

「世說言語 中篇」,

王子敬云 從山陰道上行 山川自相映發 使人應接不暇 若秋冬之際 尤難爲懷

王子敬이 이르되, "山陰을 따라 올라가는데 (참으로 희한하다.) 치솟은 산과 흐르는 계곡의 물이 서로 비치어 계속하여 나타나는데 사람을 시켜 응접할 겨를도 없을 정도이다. 가을과 겨울이라면 모든 근심을 잊게 된다."
* 王子敬 - 晋나라 사람으로 風雅 취미와 그 글씨로 유명함.

응천순인(應天順人)

천의(天意)에 응하고 민의(民意)에 순종함을 이르는 말.
「易經 革卦象傳」,
天地革 而四時成 湯武應天 順乎天而應乎人 革之時大矣哉

의가반낭(衣架飯囊)

⇒주낭반대(酒囊飯袋) 참조.

의각지세(犄角之勢)

양쪽에서 잡아당겨 찢으려는 것 같은 양면작전태세를 이르는 말.

의관장세(依官杖勢)

관리가 직권을 남용하여 민폐를 끼침. 또는 세도를 부림을 이름.

의결구천(衣結屨穿)

옷은 해져서 꿰매고 신은 떨어져서 구멍이 뚫어졌다는 뜻으로, 몹시 가난한 모양을 비유하여 이르는 말.

의관열파(衣冠裂破)

서로 다툴 때에 의관이 찢어지고 부서짐. 또는 점잖음을 버리고 서로 다투는 일을 이르는 말.

의금야행(衣錦夜行)

⇒의수야행(衣繡夜行) 참조.

의금주행(衣錦畫行)

⇒금의환향(錦衣還鄕) 참조.
「三國魏志」,

太祖謂旣曰 還君本州 可謂衣錦晝行矣

의금지영(衣錦之榮)

⇒금의환향(錦衣還鄕) 참조.

의금환향(衣錦還鄕)

⇒금의환향(錦衣還鄕) 참조.

의기남아(義氣男兒)

의기가 있는 남자. 의기남아(意氣男兒)라고도 함.

의기상투(意氣相投)

⇒의기투합(意氣投合) 참조.

의기소침(意氣銷沈)

의기가 쇠하여 사그라짐. ⇔의기양양(意氣揚揚)

의기실가(宜其室家)

온 가족이 화목함을 뜻함.
「詩經 抄」,
桃之夭夭 灼灼其華 之子于歸 宜其室家

의기양양(意氣揚揚)

일이 뜻한 바대로 이루어져 으쓱거림을 이름.
「史記 管晏列傳」,
晏子爲齊相出 其御之妻從門間而闚其夫 其夫爲相御 擁大蓋策駟馬 意氣揚揚 心自得也 旣而歸 其妻請去 夫問其故 妻曰 晏子長不滿六尺 身相齊國 名顯諸侯 今子妾觀其出 志念深矣 常有以自下者 今子長八尺 乃爲人僕御 然子之意自以爲足 妾是以求去也 其後夫子抑損 晏子怪而問之 御以實對 晏子薦以爲大夫

晏子가 齊나라의 재상으로 있을 때의 일이다. 어느 날 외출할 때, 그의

마차를 부리는 자의 아내가 문틈으로 남편의 모습을 엿보았다. 남편은 재상의 마부였으므로, 커다란 일산을 받쳐들고 사두마차에 채찍질을 하면서 의기양양 뽐내고 있었다. 얼마 뒤에 일을 마치고 집에 돌아오자 그의 아내가 이혼하기를 청해 왔다. 남편이 그 이유를 물은즉, 아내는 이렇게 말했다.

"晏子님은 신장이 6척도 못 되는 키 작은 분이지만 그 신분은 齊나라 재상으로서 제후들 중에
널리 이름을 날리고 있습니다. 조금 전에 妾이 외출하시는 장면을 보니, 사려 깊은 듯한 모습에
겸손하며 뽐내지 않으셨습니다. 그런데 당신은 키가 8척이나 되는 큰 사내로 남의 마부 노릇을
하고 있습니다. 그러면서도 장한 듯 만족하게 여기고 있으니 함께 살 수가 없습니다."

그 후부터 마부는 겸손한 태도를 취했다. 晏子가 이상히 여기고 그 이유를 물었다. 마부는 사실대로 이야기했다. 이에 晏子는 그를 추천하여 大夫로 올려 주었다.

의기자여(意氣自如)

조금도 두려워하지 않고 태연자약함을 뜻함.
「史記 李將軍傳」,
吏士皆無人色 而廣意氣自如 益治軍事

의기저상(意氣沮喪)

의기가 꺾여 사그라짐을 이르는 말.

의기지용(意氣之勇)

의기에 불타 일어나는 용맹을 이르

는 말.

의기충천(意氣衝天)

득의(得意)한 마음이 하늘을 찌를 듯함을 이르는 말.

의기투합(意氣投合)

마음이 서로 맞음. 의기상투(意氣相投)라고도 함.

의기헌앙(意氣軒昂)

득의한 마음이 당당하여 너그럽고 인색하지 않음을 이르는 말.

의도필수(意到筆隨)

시가나 문장을 뜻대로 잘 짓는다는 뜻.

「春渚紀聞」,
東坡曰 吾生平作文 意之所到 則筆力曲折隨之 無不盡意

의돈지부(猗頓之富)

⇒도주의돈지부(陶朱猗頓之富) 참조.

의려지망(倚閭之望)

⇒의문지망(倚門之望) 참조.

의론백출(議論百出)

여러 가지 많은 의견이 나옴을 이르는 말.

의리당연(義理當然)

사람으로서 지켜야 하는 도리에 당연함. ⇔의리부동(義理不同)

의리부동(義理不同)

의리에 어그러짐. ⇔의리당연(義理當然)

의마심원(意馬心猿)

마음이 정욕(情慾)에 이끌림은 억제하기 어렵다는 것을, 말이나 원숭이에 비긴 말. 심원의마(心猿意馬)라고도

도 함.
「趙州錄遺表」,
心猿罷跳 意馬休馳

의마칠지(倚馬七紙)

말 앞에서 7장의 종이에 글을 지었다는 뜻으로, 문장력이 뛰어남을 비유한 말.
「世說文學 下篇」,
喚袁倚馬前令作 手不輟筆 俄得七紙殊可觀

의모물성(疑謀勿成)

의심스러운 꾀는 실천에 옮기지 말라는 말.

의문자수(倚門藉手)

남의 집 문전에서 걸식을 하여 간신히 끼니를 이어 나가는 상태를 이르는 말.
「三國遺事 卷五 貧女養母」,
芬皇寺之東里有女 年二十左右抱盲母相號而哭 問洞里 曰此女家貧 乞啜而反哺有年矣 適歲荒倚門難以藉手 贖貸他家 得穀三千石
분황사 동쪽 마을에 여자 나이는 스물 안팎인데 눈먼 어머니를 안고 울고 있기에 마을 사람에게 그 연고를 물으니, 이 여자는 집이 가난하여 밥을 얻어서 어머니에 공양하기가 여러 해로 마침 흉년이라 남의 문전에 손을 벌리기가 어렵게 되어 남의 집에 몸을 팔아 곡식 삼백 석을 얻고 (주인집에서 일을 하다가 해가 지면 쌀을 가지고 와서 밥을 지어 봉양하고 같이 자다가 새벽이 되면 주인집에 가서 일을 한다고 합니다).

의문의려(倚門倚閭)

⇒의문지망(倚門之望) 참조.

의문이망(倚門而望)

⇒의문지망(倚門之望) 참조.

의문지망(倚門之望)

어머니가 자식 돌아오기를 문에 기대어 기다린다는 말로, 자식을 생각하는 어머니의 마음을 이르는 말. 의려지망(倚閭之望), 의문의려(倚門倚閭), 의문이망(倚門而望)라고도 함.
「戰國齊策」,
王孫賈之母謂賈曰 汝朝出而晚來 吾則倚門而望 暮出而不還 吾則倚閭而望

의미심장(意味深長)

말이나 글의 뜻이 매우 깊음을 이르는 말.
「論語 序說」,
程子曰 頤自十七八讀論語 當時已曉文義 讀之愈久 但覺意味深長

의불중백(衣不重帛)

비단옷을 겹쳐서 입지 않는다는 뜻으로, 절약하고 간소한 모양을 비유하여 이르는 말.
「尹文子大道上篇」,
昔晉國苦奢 文公以儉矯之乃 衣不重帛

의사무공(疑事無功)

의심을 품고 일을 하면 성공을 하지 못한다는 말.
「戰國策 趙策」,
疑事無功 疑行無名

의사부도처(意思不到處)

생각이 미치지 못한 곳. 또는 상상 밖이라는 말.

의상지치(衣裳之治)

구태여 법을 정할 필요 없이 인덕(仁德)으로 나라를 다스려 백성을 교화시키는 일을 이름.

의수야행(衣繡夜行)

비단옷을 입고 밤길을 간다는 뜻으로, 아무 보람없는 행동을 비유하는 말. 금의야행(錦衣夜行), 수의야행(繡衣夜行) 또는, 의금야행(衣錦夜行)이라고도 함.
「史記 項羽本紀」,
沛公至軍 立誅殺曹無傷 居數日 項羽引兵西屠咸陽 殺秦降王子嬰 燒秦宮室 火三月不滅 收其貨寶婦女而東 人或說項王曰 關中阻山河四塞 地肥饒 可都以霸 項王見秦宮室皆以燒殘破 又心懷思欲東歸 曰 富貴不歸故鄉 如衣繡夜行 誰知之者 說者曰 人言 楚人沐猴而冠耳 果然 項王聞之 烹說者

패공은 패상의 군영에 도착하자마자 조무상을 잡아 주살했다. 그로부터 며칠 후, 항우는 군사를 이끌고 함양에 입성하여 도륙(屠戮)을 내는 대학살을 감행했다. 항복한 진나라 3세 황제 자영을 죽이고 궁궐에 불을 질렀다. 그 불은 3달 동안이나 꺼지지 않고 계속해 탔다. 항우는 진나라 재보와 여자들을 약탈해서 동쪽으로 회군하기로 했다. 이를 본 어떤 사람이 항우에게 진언했다. "관중은 사방이 물과 산으로 에워싸인 요충지이며, 또한 비옥하고 풍요로운 땅입니다. 이곳을 도읍으로 정하고 천하의 제후를 호령하기에는 다시없는 곳입니다. 그런데 왜 돌아가시려 합니까?" 그러나 항우는 이미 궁전에 불을 질러 재만 남았고, 또 동쪽 고향이 그리워서 동쪽으로 돌아갈 생각이 간절했다. 그는 대답했다. "사람은 아무리 부귀를 쌓았다 하더라도 고향에 돌아가지 않으면 비단옷을 입고 밤길을 걷는 것과 같은 것이오. 알아줄 사람이 누가 있느냐 말이오." 이 말을 들은 어느 설자(說者)가 중얼거렸다. "초나라 녀석들은 원숭이가 갓을 쓴 꼴이라더니 과연 그 말이 맞군." 항우는 이 말을 듣고 크게 노하여 그 설자를 가마솥에 넣고 부형(釜刑)에 처해 버렸다.

의식족이지예절(衣食足而知禮節)

입고 먹을 것이 넉넉해야 예절을 차린다는 말.

의심생암귀(疑心生暗鬼)

⇒배중사영(杯中蛇影) 참조.
* 자기 마음속에 의아한 것이 있으면, 그 마음에서 여러 가지 무서운 생각이 솟아 나옴을 뜻하는 말로, 잘못된 先入觀으로 인해 忠告한 사람을 도리어 의심함을 이름.
「列子 說符篇」,
諺曰 疑心生暗鬼
속담에 의심하는 마음이 있으면 없던 귀신도 나온다고 했다.

의외지변(意外之變)

뜻밖에 일어난 변고를 이름.

의외지사(意外之事)

뜻밖에 일어난 일을 이름.

의자궐지(疑者闕之)

의심스러운 일은 억지로 자세히 캘 필요가 없다는 말.

의중지인(意中之人)

⇒안중지인(眼中之人) 참조.

의중지인(意重之人)

의리가 두텁고 말과 행동이 의젓한 사람을 이르는 말.

의지박약(意志薄弱)

하고자 하는 마음이 약하여 참지 못함을 이름.

이간골육(離間骨肉)

부모 형제간을 이간질함을 이름.
「五代史 王思同傳」,
朝廷信用姦人 離間骨肉 我實何罪

이겸차안(以鎌遮眼)

낫으로 눈 가리기란 뜻으로, 어리석은 방법으로 잘못을 숨기려 함을 비유하는 말. 수차매목(手遮妹目)이라고도 함.

이고고약(二股膏藥)

가랑이 안쪽에 붙인 고약처럼 오른쪽에 붙였다 왼쪽에 붙였다 하여, 태도가 일정하지 않음을 이르는 말.

이고위감(以古爲鑑)

옛것을 거울로 삼는다는 뜻.
「貞觀政要」,
唐太宗曰 以古爲鑑 可以知興替 以人爲鑑 可以明得失

이곡동공(異曲同工)

⇒동공이곡(同工異曲) 참조.

이구동성(異口同聲)

⇒이구동음(異口同音) 참조.

이구동음(異口同音)

①여러 사람이 소리를 같이 하여 말함. ②여러 사람의 주장이 일치하여 다같이 찬성의 소리를 울림. 여출일구(如出一口) 또는, 이구동성(異口同聲)이라고도 함.
「宋書 庾炳之傳」,

異口同音 便是彰著

이군삭거(離群索居)

동료간에서 떨어져 홀로 쓸쓸하게
지냄을 이름.
「禮記 檀弓」,
子夏曰 吾離群而索居 亦已久矣

이극구당(履屐俱當)

재주가 많아 무슨 일이든 당하면 다
할 수 있음을 이르는 말.

이단사설(異端邪說)

바르지 않은 가르침이나 논설을 이
름.

이덕보원(以德報怨)

원한이 있는 사람에게 보복 대신 은
혜를 베푼다는 뜻.

이덕복인(以德服人)

덕을 베풀어 타인을 스스로 복종하
게 한다는 말.

이독공독(以毒攻毒)

⇒이독제독(以毒制毒) 참조.

이독제독(以毒制毒)

악을 누르는데 다른 악을 이용하는
것에 비유. 독을 빼기 위해 다른 독
을 사용하는 것. 악인을 치는 데는
다른 악인을 이용한다는 말. 이독공독
(以毒攻毒)이라고도 함.

이란격석(以卵擊石)

⇒이란투석(以卵投石) 참조.

이란투석(以卵投石)

달걀로 돌을 친다는 뜻으로, 턱없이
약한 것으로 엄청나게 강한 것을 당
해내려는 어리석음을 비유하여 이르
는 말. 이란격석(以卵擊石)이라고도
함.

「墨子 貴義篇」,
以卵投石也 盡天下之卵 其石猶是也

이령화정(以零化整)

적과 싸울 때, 흩어져 종적을 감추
었다가 다시 모여 세력을 형성하는
전법을 이름.

이로동귀(異路同歸)

①가는 길은 다르나 닿는 곳은 같
음. 또는, ②방법은 다르지만 귀착하
는 결과는 같음을 이름.
「淮南子 本經訓」,
五帝三王 殊事而同指 異路而同歸

이로정연(理路整然)

사물의 도리나 이야기의 줄거리 따
위가 질서가 있어 가지런함을 이름.

이루지명(離婁之明)

눈이 밝음을 가리키는 말.
「孟子 離婁章句 上」,
離婁之明 公輪子之巧

이매망량(魑魅魍魎)

①도깨비. 또는, ②귀신을 이르는
말.
「淮南子」,

이면부지(裏面不知)

경위 없이 굶음. 또는 그런 사람을
이르는 말.

이모상마(以毛相馬)

털빛만 보고 말을 고른다는 뜻이니,
곧 겉만 보고 서툴게 판단함을 이르
는 말.

이모취인(以貌取人)

사람을 취할 때 인덕(仁德)은 고려
하지 않고 외모만을 중시한다는 말.
「史記 弟子傳」,

孔子曰 吾以言取人 失之宰予 以貌取
人 失之子羽

이목번다(耳目繁多)

보고 듣는 사람이 많음을 이름.

이목지욕(耳目之欲)

귀로 듣고 눈으로 보는 것으로 말미
암아 생기는 욕심. 또는 여러 가지
종류의 욕심을 이름.

이문목견(耳聞目見)

귀로 듣고 눈으로 봄, 곧 실제로 경
험한다는 말. 이문목람(耳聞目覽)이라
고도 함.
「說苑 政理篇」,
耳聞之不如目見之 目見之不如足踐之

이문목람(耳聞目覽)

⇒이문목견(耳聞目見) 참조.

이문불여목견(耳聞不如目見)

⇒백문불여일견(百聞不如一見) 참조.

이민위천(以民爲天)

백성을 하늘처럼 소중히 여긴다는
말.

이법종사(以法從事)

법대로 처리한다는 뜻.

이불가독식(利不可獨食)

이익은 혼자 차지해서는 안 된다는
말.

이불가양(利不可兩)

두 가지 이익을 동시에 얻을 수 없
음. 즉, 두 가지 충성은 겸할 수 없
음을 이름.

이상동몽(異床同夢)

서로 다른 처지에서 같은 뜻을 가진
다는 말.

이상지계(履霜之戒)

서리가 내리는 계절이 되면 머지않
아 얼음이 얼므로, 조짐을 보아 미리
재앙에 대비하라는 경계.

이생방편(利生方便)

부처가 묘한 방법으로, 중생에게 이
익을 줌. 또는 그 방법을 이르는 말.

이석투수(以石投水)

몹시 하기 쉬운 일을 비유한 말.
「李康의 運命論」,
說以游于群雄 其言也如以水投石 莫
之受也 及其遭漢祖也 其言也如以石投
水 莫之逆也

이성지합(二姓之合)

남녀의 결혼을 이르는 말.

이소고연(理所固然)

이치에 당연하다는 말.

이소당연(理所當然)

이치가 응당 그러한 일을 이름.

이소성대(以小成大)

⇒토적성산(土積成山) 참조.

이소역대(以小逆大)

작은 것이 큰 것을 거역함을 이름.

이순(耳順)

남자 나이 60을 이르는 말.
⇒불혹(不惑)의 고사 참조.

이식위천(以食爲天)

먹는 것으로 하늘을 삼는다는 뜻이
니, 먹는 것이 사람에게는 가장 중요
함을 이르는 말.

이신벌군(以臣伐君)

신하가 임금을 침을 이르는 말.

이신순리(以身殉利)

이익을 위하여 목숨을 버린다는 말.
「莊子 駢拇篇」,
小人則以身殉利 士則以身殉名 大夫
則以身殉家 聖人則以身殉天下

이신양성(頤神養性)

마음을 가다듬어 정신을 수양한다는
말.

이실고지(以實告之)

⇒이실직고(以實直告) 참조.

이실직고(以實直告)

사실 그대로 고한다는 말. 이실고지
(以實告之)라고도 함.

이심전심(以心傳心)

釋迦世尊이 迦葉尊子에게 靈山集會
에서 佛敎의 眞理를 傳한 데서 나온
말로, 말로써 다하지 못할 이법(理
法)을 마음으로 상대방의 마음에 전
함을 이르는 말. 교외별전(敎外別傳),
불립문자(不立文字), 심심상인(心心相
印), 염화미소(拈華微笑), 염화시중(拈
華示衆)이라고도 함.
「傳燈錄」,
佛滅後付於法迦葉 以心傳心
부처님이 가신 뒤 法을 가섭(迦葉)
에게 붙였는데 마음으로써 마음에 전
했다.

이악치심(以樂治心)

아름다운 음악으로 번잡한 마음을
달랜다는 말.

이양역우(以羊易牛)

작은 것을 가지고 큰 것에 대용(代
用)함을 이르는 말.
「孟子 梁惠王」,
王曰何可廢也 以羊易牛 不識有諸

이언취인(以言取人)

언론만을 듣고 사람을 어질다고 판
단하여 취함을 이르는 말.
「史記 仲尼弟子傳」,
以言取人 失之宰予 以貌取人 失之子
羽

이여반장(以如反掌)

⇒여반장(如反掌) 참조.

이여지교(爾汝之交)

서로 '너'라고 부르는 친밀한 교제.
'爾汝'는 상대를 가볍게 여기거나 친
해서 존댓말을 쓰지 않음을 말함.

이역부득(移易不得)

변통할 도리가 없음을 이르는 말.

이연지사(已然之事)

이미 그렇게 된 일이라는 뜻.

이열치열(以熱治熱)

열로써 열을 다스린다는 뜻이니, 힘
에는 힘으로 상대함을 뜻함.

이오십보소백보(以五十步笑百步)

오십 보 도망친 사람이 백 보 도망
친 사람을 비웃는다는 말로, 정도의
차이는 있으나 본질적으로는 마찬가
지라는 뜻. 대동소이(大同小異) 또는
오십보백보(五十步百步)라고도 함.
「孟子 梁惠王章句 上三」,
梁惠王曰 寡人之於國也 盡心焉耳矣
河內凶則移其民於河東 移其粟於河內
河東凶亦然 察隣國之政 無如寡人之用
心者 隣國之民不如少 寡人之民不如多
何也 孟子對曰 王好戰 請以戰喩 塡然
鼓之 兵刃旣接 棄甲曳兵而走 或百步而
後止 或五十步而後止 以五十步笑百步
則何如 曰不可 直不百步耳 是亦走也

梁惠王 가로되, "寡人은 나라를 다스리는데 온 마음을 다 쏟고 있습니다. 河內 지방에 흉년이 들면 그곳의 백성들을 河東 지방으로 옮기고, 河東 지방의 곡식을 河內 지방으로 옮깁니다. 河東 지방에 흉년이 들어도 역시 그와 같이 합니다. 그런데 이웃나라의 정치를 살펴보면 寡人이 마음 쓰는 것만큼 하는 사람이 없는데, 이웃 나라의 백성이 더 줄지 않고 우리 나라의 백성이 더 늘지 않는 것은 무슨 까닭입니까?" 孟子 가로되, "王께서는 전쟁을 좋아하시니 전쟁에 비유하여 설명하겠습니다. 둥둥 북소리를 울려 白兵戰이 벌어졌을 때 갑옷을 내던지고 창칼을 질질 끌면서 달아나는데, 어떤 놈은 百步를 달아나서 멈추고, 어떤 놈은 五十步를 달아나서 멈추었습니다. 이 때 五十步 달아난 놈이 百步달아난 놈을 비웃는다면 어떠하겠습니까?" (梁惠王) 가로되, "그야 안 될 말이지요. 다만 百步가 아닐 뿐이지, 그것도 역시 달아난 것입니다."

이오전오(以誤傳誤)

헛소문이 꼬리를 물고 번져나감을 이름.

이왕지사(已往之事)

이미 지나간 일을 이르는 말.

이용후생(利用厚生)

사람들이 쓰는 기계·기구·도구를 편리하게 만들고, 살림이 넉넉하여 즐거움이 되게 하는 것.
「經書大禹謨篇」,
禹曰 於帝念哉 德惟善政 政在養民
水火金木土穀惟修 正德利用厚生惟和

이원제자(梨園弟子)

연극배우. 당나라 환종(幻宗)황제는 음악을 사랑하고 정통하여, 궁중 뜰에 음악 교습소를 마련하고 가르쳤다. 그 뜰에 나무 동산이 있어 후세에 연극계를 이원라 했으며, 그 출신을 이르는 말.

이유취(以類聚)

⇒유유상종(類類相從) 참조.
「易經 繫辭上傳」,
方以類聚 物以群分

이육위아호(以肉委餓虎)

아무 가치없는 개죽음을 비유한 말.
「史記 張耳陳餘傳」,
今必俱死如以肉委餓虎何益

이율배반(二律背反)

동등한 타당성을 가지고 주장되는 두 명제(命題)가 서로 모순(矛盾)·대립(對立)되어 양립(兩立)하지 않는 일. 곧 정립(定立)과 반립(反立)이 동등한 권리로서 주장됨.

이의제사(以義制事)

의(義)를 근본으로 하여 모든 일을 행함.
「書經」,
以義制事 以禮制心 垂裕後昆

이이제이(以夷制夷)

다른 나라의 야만인의 힘으로 또 다른 나라의 야만인을 누름. 남의 힘을 빌려서 자기의 이익을 꾀함. 곧, 적(敵)을 이용하여 적을 침. 夷는 옛날 중국에서 동방의 미개인을 일컫던 말.

이인삼각(二人三脚)

두 사람이 일치 협력하여, 일을 성취시키거나, 공동으로 생활함의 비유. 또 두 사람이 나란히 어깨를 걸고 서로 이웃한 발목을 끈으로 매어 세 다리로 달리는 경주.

이인위감(以人爲鑑)

남의 득실(得失)을 거울삼아 자신을 경계함. 이인위경(以人爲鏡)이라고도 함.

「唐書 魏徵傳」,

太宗臨朝歎曰 以銅爲鑑 可正衣冠 以古爲鑑 可知興替 以人爲鑑 可明得失

이인위경(以人爲鏡)

⇒이인위감(以人爲鑑) 참조.

이인투어(以蚓投魚)

보잘것없는 것도 때로는 쓸모가 있다는 말.

「隋書 薛道衡傳」,

道衡和之 南北稱美 魏收曰 傳緯所謂 以蚓投魚耳

이일경백(以一警百)

사소한 일을 거울삼아 큰 일을 경계한다는 말.

「漢書 尹翁歸傳」,

其收取人心也 以一警百 吏民皆服 恐懼改行

이일지만(以一之萬)

한 가지 이치로 만 가지 이치를 미루어 안다는 말.

「荀子 非相篇」,

君子故曰 以近知遠 以一知萬 以微知明 此之謂也

이자선일(二者選一)

두 개의 사항 중, 어느 한 쪽을 택하여 취하는 것. 또 선택해야 할 일을 이름.

이장격단(以長擊短)

내 장점으로 남의 단점을 친다는 말.

「史記 淮陰侯傳」,

善用兵者 不以短擊長 而以長擊短

이장보단(以長補短)

남의 장점을 보고서 나의 단점을 고치는 것을 이르는 말.

「說苑」,

以人之長補己短 以人之厚補己薄

남의 장점을 보고 나의 단점을 고치며, 남의 厚待함을 보면 나의 薄待한 점을 고치나니라.

이정화령(以整化零)

적을 공격한 후에 종적을 감추는 전술법을 이르는 말.

이제면명(耳提面命)

남의 귀를 끌어 당겨서 알아듣게 직접 가르침. 친절하게 가르침을 형용하는 말.

「詩經 大雅 蕩之什 抑」,

於乎小子 : 아, 젊은이, 그대는 아직

未知藏否 : 좋고 나쁨 가리는 철도 없도다.

匪手攜之 : 손으로 끌어당길 뿐 아니라

言示之事 : 사실을 들어서 이를 밝히고

匪面命之 : 마주 대해 가르쳐 줄 따름 아니라

言提其耳 : 귀라도 잡아당겨 들려 주고파라.

借曰未知 : 가령 아직 사리를 모른다 해도

亦旣抱子 : 이미 아들 안고 있는 나이 아닌가.

民之靡盈 : 백성이 불만을 품고 있는

줄
誰夙知而莫成 : 일찍만 깨달으면
되리라마는.
* 주실(周室)의 부로(父老)가 젊은 왕
을 경계한 시.

이종빙상립(吏從氷上立)
법을 맡은 관리는 얼음 위에 서 있
는 청렴한 사람과 같음을 이르는 말.
「故事成語考」,
吏從氷上立 人在鏡中行 頌廬奐折獄
之情

이주탄작(以珠彈雀)
구슬로 참새를 잡음, 즉 얻는 것보
다 잃는 것이 더 많음을 이르는 말.

이중인격(二重人格)
앞뒤가 서로 모순되는 행동을 하는
병적인 인격을 이르는 말.

이중지련(泥中之蓮)
나쁜 환경에 있어도 그것에 물들지
않는, 훌륭한 삶의 비유. 오탁(汚濁)
속에서 더럽히지 않고, 청정(淸淨)을
유지하고 있는 것의 비유.
「維摩經」,
高原陸地不生蓮 早澍淤泥乃生蓮花

이지기사(頤指氣使)
말 대신 은근히 뜻만 보여 사람으로
하여금 알게 함. 곧 사람을 마음대로
부림을 이름.

이지측해(以指測海)
손가락으로 바다 깊이를 잰다는 뜻
으로, 어리석은 짓을 비유하는 말.
「抱朴子」,
所謂以指測海 指極而云水盡者也

이차이피(以此以彼)

'이렇게 하든지 저렇게 하든지'의
뜻.

이체동종(異體同種)
모양은 다르나 근본이 같은 물건을
이르는 말.

이체동심(異體同心)
몸은 다르지만 마음은 같다는 뜻.

이팔청춘(二八靑春)
16세 전후의 젊은이를 이르는 말.

이하백도(二河白道)
서방(西方)의 극락정토(極樂淨土)에
이르는 길의 도중에 불의 강과 물의
강 사이에 있는 폭 10~12cm의 하얀
길. 중생의 탐욕을 물의 강에, 노하
고 성내는 마음을 불의 강에 비유하
여, 중생이 그 사이에 끼인 번뇌에서
생기는 청정(淸淨)한 왕생(往生)을
바라는 마음을 백도(白道)에 비유한
것. 범부(凡夫)도 석가의 권유와 아
미타불의 부름을 믿고 염불하면, 서
방정토에 왕생할 수 있다고 함.

이하부정관(李下不整冠)
⇒과전불납리(瓜田不納履) 참조.

이하조리(以蝦釣鯉)
적은 밑천을 들여 큰 이익을 얻는다
는 말.

이합집산(離合集散)
흩어졌다 모였다함을 이르는 말.

이향이객(異鄕異客)
여행중에 있는 몸을 이르는 말.
「王維의 九月九日憶山中兄弟詩」,
獨在異鄕爲異客 每逢佳節倍思親

이해득실(利害得失)
이익과 손해와 얻음과 잃음을 이름.

「觀經疏散善義」

이해불계(利害不計)

이해관계를 계고하지 않는다는 말.

이해상반(利害相半)

이해관계가 서로 반반이라는 뜻.

이현령비현령(耳懸鈴鼻懸鈴)

귀에 걸면 귀걸이 코에 걸면 코걸이란 뜻으로, 보는 사람의 관점에 따라 이렇게도 저렇게도 해석될 수 있음을 비유하는 말.

이혈세혈(以血洗血)

피로써 피를 닦으면 더욱 더러워지듯, 악(惡)을 다스리려다 더 악을 범함을 이르는 말.
「唐書 源休傳」,
可汗使謂休曰 汝國已殺突董等 吾又殺汝 猶以血洗血 汚益甚爾

이형지형(以刑止刑)

벌로써 차후의 범죄를 막는다는 말.

이호위리(以狐爲狸)

사람이 아주 무식함을 이르는 말.
「意林」,
新論人有 以狐爲狸 以瑟爲箜篌 者 此非徒不知瑟狐 又不知狸與箜篌

이화구화(以火救火)

폐해를 구해준다는 것이 도리어 폐해를 조장한다는 말.
「莊子 人間世」,
以火救火 以水救水 名之曰益多 順治無窮

익복구후(翼覆嘔煦)

날개로 덮어주고 입김을 불어 따뜻하게 해 준다는 뜻으로, 남을 어루만져 사랑함을 이르는 말.

익자삼우(益者三友)

3가지 좋은 벗, 즉 정직한 사람과 성실한 사람 그리고 박학(博學)한 벗을 이르는 말.
「論語 季子」,
孔子曰 益者三友 損者三友 友直友諒 友多聞 益矣 友便辟友善柔友便佞 損矣

공자 가로되, "도움이 되는 벗이 셋, 해로운 벗이 셋 있다. 정직한 벗, 성실한 벗, 박학(博學)한 벗은 도움이 되며, 편벽(便辟)한 벗, 면유불실(面柔不實)한 벗, 편녕(便佞)한 벗은 해롭다."

인과발무(因果撥無)

인과의 원리와 법칙을 부정하는 그릇된 생각. 발무는 떨어버리고 돌아보지 않는다는 뜻.

인과응보(因果應報)

사람이 짓는 선악의 인업(因業)에 의하여 과보가 있음을 이르는 말.

인과자책(引過自責)

자신의 잘못을 스스로 꾸짖음을 이르는 말.

인걸지령(人傑地靈)

위대한 인물이 나면 그곳의 이름도 난다는 말.

인구회자(人口膾炙)

널리 세상 사람의 이야깃거리가 된다는 말.

인금구망(人琴俱亡)

사람의 죽음을 몹시 슬퍼함.
「晉書 王徽之傳」,
歠曰 嗚呼子敬 人琴俱亡 因頓絶 月

餘亦卒
* 진(晉)나라의 왕헌지(王獻之)가 죽은
뒤, 그가 애용하던 거문고도 가락이 맞
지 않았다 함.

인급계생(人急計生)
　다급하면 무슨 방법이 생긴다는 뜻.

인망위진(認妄爲眞)
　거짓을 참으로 안다는 말.
「圓覺經」,
認妄爲眞 雖眞亦妄

인기아취(人棄我取)
　남이 버린 것을 내가 취한다는 뜻으
로, 남보다 식견이 뛰어남을 이름.

인내천(人乃天)
　사람이 곧 하늘이란 뜻으로, 동학
(東學)의 교리임. 인즉천(人卽天)이라
고도 함.

인도주의(人道主義)
　모든 것을 초월하여 인류 전체의 행
복을 추구하려는 이념.

인면수심(人面獸心)
　사람의 얼굴을 하였으나 짐승과 다
름이 없는 자, 곧 사람답지 않은 사
람을 이르는 말.
「史記 匈奴傳」,
夷狄之人被髮左袵 人面獸心
「列子 黃帝篇」,
人未必無獸心 夏桀殷紂魯桓楚穆 狀
貌七竅皆同于人而有禽獸之心

인류공영(人類共榮)
　모든 인류가 함께 잘 삶을 이름.

인류공존(人類共存)
　모든 인류가 함께 생존하는 것을 이
름.

인면도화(人面桃花)
　옛님을 몹시 기다리는 마음을 이르
는 말.

인면수심(人面獸心)
　얼굴은 사람인데 마음은 짐승과 같다
는 뜻이니, 흉포하고 잔인한 사람을
비유하여 이르는 말.

인명재천(人命在天)
　사람의 운명은 하늘의 뜻에 달렸다
는 말.

인모난측(人謀難測)
　사람 마음의 간사함은 측량하기 어
렵다는 말.

인무원려 필유근우(人無遠慮 必有近憂)
　먼 앞날을 생각하지 않으면, 가까운
날에 근심이 생긴다는 말.

인미언경(人微言輕)
　사람의 신분이 미천하면 그 말조차
힘이 없다는 말.

인불학부지도(人不學不知道)
　사람으로서 배우지 않으면 도를 알
지 못한다는 말.

인비목석(人非木石)
　사람은 누구나 감정을 가지고 있다
는 말.

인사불성(人事不省)
　①정신을 잃어 의식이 없음. ②사람
으로서 지켜야 할 예절을 모름.

인사유명(人死留名)
　사람은 죽어서 이름을 남긴다는 뜻.

인산인해(人山人海)
　헤아릴 수 없이 사람이 많이 모인
상태를 비유한 말.

인생무상(人生無常)

인간의 삶이 덧없음을 이르는 말.

인생삼락(人生三樂)

⇒삼락(三樂) 참조.

인생식자우환시(人生識字憂患始)

인생은 학식이 있게 되면 도리어 근심이 느나니, 차라리 아무 것도 모르는 것이 편하다는 뜻. 식자우환(識字憂患)이라고도 함.

「蘇軾의 詩」,

人生識字憂患始　姓名粗記可以休
何用草書誇神速　開卷惝怳令人愁

인생여몽(人生如夢)

인생은 꿈과 덧없다는 말.

인생여조로(人生如朝露)

삶의 덧없음을 비유하는 말. 인생조로(人生朝露)만으로도 쓰이고 인생초로(人生草露)라고도 함.

「漢書 蘇武傳」,

單于聞陵與子卿素厚 故使陵來說足下 虛心欲相待 終不得歸漢 空自苦亡人之地 信義安所見乎 〈중략〉 來時大夫人已不幸 陵送葬至陽陵 子卿婦年少 聞已更嫁矣 獨有女弟二人 兩女一男 今復十餘年 存亡不可知 人生如朝露 何久自苦如此

* 전한 무제(武帝) 때 중랑장(中郞將) 소무(蘇武)가 포로 교환차 사절단을 이끌고 흉노(匈奴)의 땅에 들어갔다가 잡히고 말았다. 흉노의 우두리인 선우(單于)에게 끝내 항복하지 않자 북해(北海) 변으로 추방되어 들쥐와 풀뿌리로 연명하며 살게 된다. 이 때 고국의 친구인 이릉(李陵) 장군이 찾아와 귀국하자고 설득하는 고사.

인생재근(人生在勤)

사람의 근본은 근면함에 있다는 말.

「言行錄」,

蘇頌嘗曰 人生在勤 勤則不匱 戶樞不蠹 流水不腐 此其理也

인생조로(人生朝露)

⇒인생여조로(人生如朝露) 참조.

인생초로(人生草露)

⇒인생여조로(人生如朝露) 참조.

인생칠십고래희(人生七十古來稀)

사람은 70을 넘기기가 예로부터 드물다는 뜻.

⇒고희(古稀) 참조.

인성본선(人性本善)

인간은 태어날 때부터 착하다는 말.

인순고식(因循姑息)

낡은 습관과 폐단을 버리지 못하고 눈앞의 안일만을 취한다는 말.

「史記」,

인승비근(引繩批根)

자기 반대자에게 앙갚음함을 이름.

「史記 魏其武安傳」,

魏其侯失勢 亦欲倚灌夫 引繩批根生 平慕之後棄之者

인심난측(人心難測)

사람의 마음은 헤아리기가 어렵다는 말.

「史記 淮陰侯傳」,

常山君咸安君 二人相與 天下至驩也 然而卒相离者 患生於多欲 而人心難測也

인심불고(人心不古)

인심이 옛날처럼 충후(忠厚)하지 못하고 각박함을 이르는 말.

인심여면(人心如面)

사람의 마음이 같지 않음은 그 얼굴이 각각 다름과 같다는 말.

「春秋左氏傳」,

子産曰 人心之不同如其面焉

인심흉흉(人心恟恟)

인정이 메말라 사회가 어지러움을 이름.

인위도태(人爲淘汰)

생물의 품종 개량에 있어서, 형상이나 성질의 변이성 중에서, 인간에게 이로운 유전형을 골라 그 형질을 일정한 방향으로 변화시킴을 이름.

인의예지(仁義禮智)

사람이 갖추어야 할 네 가지 덕목을 이름.

「孟子 公孫丑上」,

惻隱之心 人之端也 羞惡之心 義之端也 辭讓之心 禮之端也 是非之心 智之端也

인인성사(因人成事)

남에게 의뢰하여 일을 이룸을 뜻함.

「史記 平原君傳」,

毛遂招十九人曰 公等錄錄 所謂因人成事者也

인일시지분 면백일지우(忍一時之忿 免百日之憂)

한 순간의 화를 참으면 백일의 근심을 면할 수 있다는 말.

인자무적(仁者無敵)

어진 사람은 모든 사람을 사랑하므로 천하에 적이 없다는 말.

「孟子 梁惠王章句上 五」,

梁惠王曰 晉國天下莫強焉 叟之所知也 及寡人之身 東敗於齊 長子死焉 西喪之於秦七百里 南辱於楚 寡人恥之 願比死者 一酒之 如之何則可 孟子對曰 地方百里而可以王 王如施仁政於民 省刑罰 薄稅斂 深耕易耨 壯者以暇日 修其孝悌忠信 入以事其父兄 出以事其長上 可使制梃 以撻秦楚之堅甲利兵矣 彼奪其民時 使不得耕耨 以養其父母 父母凍餓 兄弟妻子離散 彼陷溺其民 王往而征之 夫誰與王敵 故曰 仁者無敵 王請勿疑

梁惠王 가로되, "우리 晉나라가 천하에 최대 강국이었던 것은 노인장께서도 잘 아시는 바입니다. 그러던 것이 寡人의 대에 와서는 東으로는 齊나라와의 전쟁에서 지고, 큰아들이 그 전쟁에서 죽었습니다. 그리고 西로는 秦나라에게 땅을 七百里나 빼앗기고, 南으로는 楚나라에게 욕을 보았습니다. 寡人은 이것을 부끄럽게 생각합니다. 죽은 사람을 위해서라도 한 번 雪辱하고 싶습니다. 어떻게 하면 좋겠습니까?" 孟子가 대답하여 가로되, "땅은 百里만 되면 왕 노릇을 할 수 있는 것입니다. 王께서 만일 人民들에게 仁政을 베풀어 형벌을 되도록 없애고, 稅金을 輕減하여 주시면, 人民들은 깊이 밭 갈고 잘 가꾸어 김매고, 壯丁들은 일없는 날을 이용해서 孝·悌·忠·信을 배워, 집안에서는 父兄을 섬기고 나가서는 웃어른을 섬기게 될 것입니다. 그렇게만 되면 몽둥이를 들고서도 능히 秦나라와 楚나라의 견고한 갑옷과 예리한 병기를 쳐부술 수 있습니다. 그네들은 자기 나라 人民들의 農耕 시기를 빼앗아, 밭갈고 김매어 父母를 奉養할 수

없도록 만들어 주고 있습니다. 그래서 父母는 추위에 얼고 굶주리며, 兄弟와 妻子는 뿔뿔이 흩어져 버립니다. 그네들이 제 나라 人民을 곤경에 빠뜨리고 있는데 王께서 가서서 정벌하신다면 대체 누가 王께 對適하겠습니까? 그러므로 '어진 자에게는 敵이 없다'는 것입니다. 王께서는 이 점을 의심하지 마십시오."

인자요산(仁者樂山)

어진 사람은, 모든 일을 의리에 따라서 행하기 때문에 행동의 신중함이 태산(泰山) 같으므로, 산을 즐긴다는 말.

「論語 雍也 二十一」,

子曰 知者樂水 仁者樂山 知者動 仁者靜 知者樂 仁者壽

孔子 가로되, "知者는 물을 좋아하고 仁者는 山을 좋아한다. 知者는 움직이고 仁者는 조용하다. 知者는 즐겁게 살고 仁者는 長壽한다."

인자지용(仁者之勇)

의(義)를 위해 나서는 어진 사람의 용기를 이름.

「新序」,

人曰 不占可謂 仁者之勇也

* 不占 : 人名

인적미답(人跡未踏)

지금까지 아무도 발을 들여놓아 밟은 적이 없음을 이르는 말.

인정승천(人定勝天)

꾸준히 노력하면 아무리 어려운 일이라도 극복할 수 있음을 이르는 말.

인중기기(人中騏驥)

출중하게 잘난 사람을 이르는 말.

「南史 徐勉傳」,

勉字修仁 幼孤貧 及長好學 宋人孝嗣 見之 歎曰 此所謂人中騏驥 必能致千里

인중승천(人衆勝天)

무리가 많으면 무슨 일이라도 해낼 수 있다는 말.

인즉천(人卽天)

⇒인내천(人乃天) 참조.

인지상정(人之常情)

사람이라면 누구나 가지는 보통의 마음, 또는 생각을 이르는 말.

인지생소(人地生疏)

낯선 타향 땅을 이르는 말.

인지위덕(忍之爲德)

참는 것이 덕이 된다는 말.

인지일자중묘지문(忍之一字衆妙之門)

'忍'이란 글자는 온갖 일을 성공할 수 있는 묘책의 문과 같다는 말.

인지정로(人之正路)

사람이 마땅히 가야할 바른 길을 이름.

인추자자(引錐自刺)

공부를 하다가 잠이 오면 송곳으로 자기 몸을 찔러 잠을 깨게 한다는 말.

「戰國策」,

蘇秦讀書欲睡 引錐自刺其股

인패위공(因敗爲功)

⇒전패위공(轉敗爲功) 참조.

인해전술(人海戰術)

다수의 병력을 동원해서, 손해를 각오하고, 수의 힘으로 적을 무찌르려는 전술. 곧 다수의 인간을 투입해서 상대를 대처함을 이르는 말.

인화위복(因禍爲福)

⇒전패위공(轉敗爲功) 참조.

일가권속(一家眷屬)

⇒일가권족(一家眷族) 참조.

일가권족(一家眷族)

가족과 친척. 친족. 일가권속(一家眷屬)이라고도 함.

일가단란(一家團欒)

한집안의 식구가 화목하게 지냄을 이름.

「傳燈錄」,

有男不婚 有女不嫁 大家團欒頭 共說無生話

일각삼추(一刻三秋)

⇒일각여삼추(一刻如三秋) 참조.

일각여삼추(一刻如三秋)

짧은 시간이 삼 년같이 느껴진다는 뜻으로, 애타게 기다리는 마음이 간절함을 이르는 말. 일각삼추(一刻三秋)만으로도 쓰임.

「詩經」,

일각천금(一刻千金)

⇒일각치천금(一刻值千金) 참조.

일각치천금(一刻值千金)

극히 짧은 시간도 千金의 값어치가 있다는 뜻이니, 시간의 소중함을 이르는 말. 일각천금(一刻千金)만으로도 쓰임.

「蘇軾의 春夜」,

春宵一刻值千金 : 봄밤의 한 때는
　　　　　　千金의 값어치
花有淸香月有陰 : 꽃에는 향기
　　　　　　달에는 그늘
歌管樓臺人寂寂 : 노래 부르고 피리
　　　　불던 樓閣 조용하기만 하고

鞦韆院落夜沈沈 : 그네 있는 뜰엔
　　　　　　밤만 깊어 가누나

일간두옥(一間斗屋)

규모가 작은 한 간 집을 이르는 말.

일간풍월(一竿風月)

유유자적한 인생을 보냄의 비유. 한 개의 낚싯대를 벗하여 낚시를 하여, 속된 일을 잊고 자연 풍물을 즐기는 것.

「陸游 感舊」,

回頭壯遊眞昨夢 一竿風月老南湖

일거무소식(一去無消息)

한 번 간 뒤로는 아무런 소식이 없다는 말.

일거수일투족(一擧手一投足)

본래는 아주 쉽게 할 수 있는 일, 또는 약간의 수고만으로 할 수 있는 일이라는 뜻이었으나, 지금은 하나하나의 모든 행위와 동작을 이르는 말로 쓰임.

「韓愈의 應科目時與人書」,

然其窮涸不能自致乎水 爲獺之笑者 蓋十八九矣 如有力者哀 其窮而運轉之 蓋一擧手一投足之勞也

일거양득(一擧兩得)

한 가지 일을 함으로써 두 가지 이상의 이득을 얻을 때 하는 말. 일거양획(一擧兩獲) 또는, 일석이조(一石二鳥), 일전쌍조(一箭雙鳥)라고도 함.

「戰國策 秦策」,

진(秦)나라 혜문왕(惠文王) 때의 일이다. 중신 사마조(司馬錯)는 어전에서 중원(中原)으로의 진출이야말로 조명 시리(朝名市利)에 부합하는 패업(覇業)이라며 중원으로의 출병을 주장하는 재상 장의(張儀)와는 달리 혜문왕에게 이렇게 진언했다. "신이 듣기로는 부국을 원하는 군주는 먼저 국토를 넓히는 데 힘써야 하고, 강병을 원하는 군주는 먼저 백성의 부(富)에 힘써야 하며, 패자(覇者)가 되기를 원하는 군주는 먼저 덕을 쌓는 데 힘써야 한다고 하옵니다. 이 세 가지 요건이 갖춰지면 패업은 자연히 이루어지는 법이옵니다. 하오나, 지금 진나라는 국토도 협소하고 백성들은 빈곤하옵니다. 그래서 이 두 가지 문제를 한꺼번에 해결하려면 먼저 막강한 진나라의 군사로 촉(蜀) 땅의 오랑캐를 정벌하는 길밖에 달리 좋은 방법이 없는 줄로 아옵니다. 그러면 국토는 넓어지고 백성들의 재물은 쌓일 것이옵니다. 이야말로 一擧兩得이 아니고 무엇이오니까? 그러나 지금 천하를 호령하기 위해 천하의 종실(宗室)인 주(周)나라와 동맹을 맺고 있는 한(漢)나라를 침범하면, 한나라는 제(齊)나라와 조(趙)나라를 통해서 초(楚)나라와 위(魏)나라에 구원을 철할 게 분명하오며, 더욱이 주나라의 구정(九鼎)은 초나라로 옮겨질 것이옵니다. 그 때는 진나라가 공연히 천자를 위협한다는 악명(惡名)만 얻을 뿐이옵니다." 혜문왕은 사마조의 진언에 따라 촉 땅의 오랑캐를 정벌하고 국토를 넓혔다.

「齊書 束晳傳」,

一擧兩得 外實內寬

「類書纂要」,

爲學看文字 虛心靜看 卽涵養究索之功 一擧兩得

일거양획(一擧兩獲)

　⇒일거양득(一擧兩得) 참조.

일거월저(日居月諸)

　쉬지 않고 흐르는 세월을 이름.

일계반급(一階半級)

　아주 낮은 벼슬을 이르는 말.

　「北史 序傳」,

　仲擧曰 吾少無宦情 豈以垂老之年求一階半級

일고경국(一顧傾國)

　절세미인(絶世美人)을 일컫는 말.

　「漢書 外戚傳」,

　李延平歌曰 北方有佳人 絶世而獨立 一顧傾人城 再顧傾人國

일고작기(一鼓作氣)

　마음이 내킬 때 일에 손을 대어 단숨에 이룩함.

일구교정(一口咬定)

　한마디로 딱 잘라 말함을 이름.

일구난설(一口難說)

　한 말로 다 설명하기 어렵다는 말.

일구양설(一口兩舌)

　같은 입으로 두 가지 말을 한다는 말.

일구월심(日久月深)

　날이 오래고 달이 깊어진다는 뜻으로, 세월이 오래 될수록 자꾸만 더해짐을 나타내는 말.

일구이언(一口二言)

　한 입으로 서로 다른 말을 함. 즉 한 사람이 일에 대해 이랬다 저랬다 상반되게 하는 말. 유사한 말로 자가당착(自家撞着)이 있음.

일국삼공(一國三公)

한 나라에 권력자가 셋이라는 뜻이니, 곧 질서가 서있지 않음을 이름.

일궤십기(一饋十起)

한 번 밥을 먹는데 열 번 일어난다는 말.

「淮南子 氾論訓」,

禹之時以五音聽治 一饋而十起 一沐而三捉髮

* 夏나라 禹王이 賢士를 맞아 政事에 열중했다는 고사에서 나온 말.

일궤지공(一簣之功)

끝마무리에 쓰는 한 삼태기의 흙을 나르는 수고란 뜻으로, 일이 막 완성될 단계의 마지막 노고를 이르는 말.

「書經」,

일규불통(一窺不通)

사리에 어두운 사람은 한 가지도 이해를 못한다는 말.

일기가성(一氣呵成)

시나 문장을 단숨에 써냄. 또는 어떤 일을 단숨에 해냄을 이름.

「淸高宗文」,

일기당천(一騎當千)

한 기병이 천 명의 적을 당해 낼 수 있다는 뜻으로, 무예가 썩 뛰어남을 비유하는 말. 일인당천(一人當千)이라고도 함.

「北史 唐邕傳」,

強幹一人當千

일기일회(一期一會)

일생에 한 번 만나는 것. 또 일생에 한 번뿐인 것을 이르는 말.

일난풍화(日暖風和)

따뜻하고 화창한 봄날씨를 이름.

일년지계막여수곡(一年之計莫如樹穀)

일 년의 계획수립은 곡식을 심는 것이 제일이라는 뜻.

일년지계재우춘(一年之計在于春)

한 해의 계획은 첫 봄에 세워야 한다는 말.

일념귀명(一念歸命)

오직 아미타불의 말씀에 몸을 맡긴다는 말.

일념발기(一念發起)

지금까지의 마음을 고쳐, 부처님을 믿으려 한다 함이니, 곧 뉘우치고 마음을 고쳐먹어 열심히 임함.

일념불생(一念不生)

모든 생각을 초월한 경지를 이름.

일념불퇴(一念不退)

결심이 굳어 흔들리지 않음을 이름.

일념삼천(一念三千)

한 생각 속에 삼천의 법계가 갖춰있다는 뜻으로, 사람의 마음이 곧 우주라는 말.

일념통천(一念通天)

마음만 한결같이 먹으면 무슨 일이든 이룰 수 있다는 말.

일념화생(一念化生)

집념으로 다시 태어남. 즉, 생각하기에 따라, 아귀도 되고 부처도 된다는 말.

일단사일표음(一簞食一瓢飮)

⇒단사표음(簞食瓢飮) 참조.

일당백(一當百)

몹시 용맹스런 사람, 또는 그 용기

를 이르는 말.

일대해모(一代楷模)

일세(一世)의 모범이 됨을 이르는 말.

「舊唐書 李靖傳」,

太宗曰 朕今非直成公雅志 欲以公爲 一代楷模 乃下優詔 加授特進

일도양단(一刀兩斷)

한 칼에 둘로 나누듯이, 일이나 행동을 결단력 있게 처리하는 모양을 이르는 말.

「朱子語錄」,

克己者 是從根源上一刀兩斷 便斬絶 了

又云, 聖人發憤便忘食 樂便忘憂 直 是一刀兩斷 千了百當

일득일실(一得一失)

한 쪽에서 좋은 일이 있으면, 다른 쪽에서는 나쁜 일이 있음. 또 한쪽에서 이익이 있는 동시에 다른 쪽에는 손실이 있음. 일리일해(一利一害)라고 도 함.

「無門關」

일락서산(日落西山)

해가 서산에 짐을 이르는 말.

일람불망(一覽不忘)

한 번 보면 잊지 않는다는 말.

「釋氏通鑑」,

僧一行 凡經籍一覽 畢世不忘

일련탁생(一蓮托生)

죽은 뒤에 극락정토에서 같은 연꽃 위에 다시 태어남. 곧 사물의 선악이나 결과의 선악에 관계없이 행동이나 운명을 함께 함.

「觀無量壽經」,

일로영일(一勞永逸)

한 때 고생한 후 오랫동안 편안함을 누림을 이름.

「齊民要術」,

種者一勞永逸 楡欲後復生 不煩耕種 所謂一勞永逸

일로평안(一路平安)

여행을 떠나는 사람에게 여행 중 평안 무사하기를 비는 말.

「紅樓夢」,

일리일해(一利一害)

⇒일득일실(一得一失) 참조.

일립만배(一粒萬倍)

한 톨의 벼를 뿌리면 일만 톨의 쌀이 됨. 얼마 안 되는 것이 불어나서 많은 것이 됨. 또 적은 것이라도 소홀히 해서는 안 된다는 경계.

「報恩經」,

일마불피양안(一馬不被兩鞍)

한 마리의 말 등에 두 개의 안장을 얹지 못한다는 뜻으로, 한 여자가 두 남자를 섬길 수 없음을 비유하는 말.

「元史 列女傳」,

衣氏語同居王媼曰 吾聞一馬不被兩鞍 吾夫飢死 與之同棺共穴可也 遂自剄

일망무애(一望無涯)

⇒일망무제(一望無際) 참조.

일망무제(一望無際)

한 눈에 바라볼 수 없도록 아득히 멀고 넓어서 끝이 없음을 이름. 일망무애(一望無涯)라고도 함.

일망천리(一望千里)

한 눈으로 천리 밖 먼데까지 바라볼 수 있을 만큼 전망이 좋음을 이름.

일망타진(一網打盡)

그물을 가지고 고기를 잡듯이, 어떤 무리나 범인을 한꺼번에 모조리 다 잡음을 이르는 말.
「宋史 江休復傳」,
坐預進奏阮祠神落職 同坐者皆有名士 言者喜曰 吾一網打盡矣

일맥상통(一脈相通)

처지·성질·생각 등이 어떤 면에서 한가지로 서로 통함을 이르는 말.

일면여구(一面如舊)

처음 만나 사귀었으나 오래 사귄 것처럼 친밀함을 이르는 말.
「晉書 張華傳」,
陸機兄弟志氣高爽 自以吳之名家 初入洛 不推中國人士 見華一面如舊 欽華德範 如師資之禮焉

일명경인(一鳴驚人)

한마디 말로 뭇사람을 놀라게 함. 또는, 사람들을 놀라게 할 만한 일을 함.
「史記 滑稽傳」,
國中有大鳥 止王之庭 三年不飛 又不鳴 王知此鳥何也 王曰 此鳥不飛則已 一飛沖天 不鳴則已 一鳴驚人

일모도궁(日暮途窮)

⇒일모도원(日暮途遠) 참조.

일모도원(日暮途遠)

날은 저물었는데 갈 길은 멀다는 뜻으로, 나이는 늙었지만 해야 할 일은 대단히 많은 것을 비유하는 말. 일모도궁(日暮途窮)이라고도 함.
「史記 伍子胥傳」,
始伍員與申包胥爲交 員之亡也 謂包胥曰 我必覆楚 包胥曰 我必存之 及吾兵入郢 伍子胥求昭王 旣不得 乃掘楚平王墓 出其尸 鞭之三百 然後已 申包胥亡於山中 使人謂子胥曰 子之報讐 其以甚乎 吾聞之 人衆者勝天 天定亦能破人 今子故平王之臣 親北面而事之 今至於戮死人 此豈其無天道之極乎 伍子胥曰 爲我謝申包胥曰 吾日暮途遠 吾故倒行而逆施之

이전에 伍子胥가 楚나라에 있을 때 申包胥와 친하게 지내는 사이였다. 오자서가 망명할 때 신포서가 자기 결심을 말한 적이 있었다. "나는 기어코 초나라를 뒤엎고 말 것이다." 이 말을 들은 신포서는 이렇게 대답했다. "나는 반드시 초나라를 지킬 것이다." 吳나라 군사가 楚나라 서울인 郢(영)에 입성하자, 오자서는 초나라 召王을 찾았으나 찾을 수가 없었다. 그래서 대신 초나라 평왕의 묘를 파서 그 시체를 꺼내 매질하기를 삼백 번, 그제야 겨우 손을 놓았다. 신포서는 산중으로 도망쳐 인편에 오자서에게 말을 전하게 했다. "너의 복수는 너무 잔인하구나. 나는 '사람이란 운이 강할 때에는 天理를 이길 수 있으나, 天理가 안정하면 반드시 사람을 파멸시킬 수 있다.'고 듣고 있다. 이전에 너는 平王의 신하로서 평왕을 군주로 받들어 섬겼다. 그런데 지금 죽은 자에게까지 수모를 주는 이런 짓은 천벌을 받지 않고는 벗어나지 못할 것이다." 伍子胥는 이 말을 전하는 사람에게 이렇게 전하게 했다. "나 대신 신포서에게 사과 말씀을 전해 주시오. '나는 해는 저물고 갈 길은 아직 멀다는 심정이다. (목표로 한 昭王은 찾을 수 없고 내 명이 붙어있는 동안에 복수하지 못하는 것이 한스럽다.) 그래서 나는 상도를 벗어난 역행을 할 뿐이다.'라고."
「唐書 白居易傳」,
日暮途遠 吾生已蹉跎

일모불발(一毛不拔)
털 한 가닥도 뽑지 않는다는 뜻이니, 몹시 인색함을 이르는 말.

일목십행(一目十行)
단 한 번에 열 줄을 읽는다는 말로, 독서력(讀書力)이 뛰어남을 이름.

일목요연(一目瞭然)
첫눈에도 똑똑하게 알 수 있음. 즉 한 번 보아 환히 알 수 있을 만큼 분명함을 이름.

일목장군(一目將軍)
'애꾸눈이'를 조롱하여 이르는 말.

일목파천(一木破天)
어떤 일을 추진함에 때를 만나지 못함을 이름.
「太平廣記」,
吳猛遊江左 會王敦作亂 曰 孤夢將一木上破其天

일무가관(一無可觀)
하나도 볼 만한 것이 없음을 이름.

일무가론(一無可論)
논할 일이 전혀 없다는 말.

일무소식(一無消息)
소식이 전혀 없음을 이름.

일무지궁(一畝之宮)
아주 작은 집, 즉 가난한 사람의 집을 이르는 말.
「禮記 儒行篇」,
一畝之宮 環堵之室

일무차착(一無差錯)
일을 처리함에 있어 조금도 잘못이나 실수가 없음을 이르는 말.

일문반전(一文半錢)
액수가 얼마 안 되는 적은 돈을 이르는 말.

일문불통(一文不通)
글자를 한 자도 몰라, 읽고 쓰지를 못한다는 말.

일문충의(一門忠義)
한 가족 모두가 충성을 다함을 이름.
「後漢書 張酺傳」,
酺歡息曰 豈有一門忠義 而爵賞不及乎

일미도당(一味徒黨)
같은 목적을 위해서 떼를 지은 무리를 이름.

일미동심(一味同心)
힘을 합하여 마음을 하나로 한다는 말.

일미일악(溢美溢惡)
지나치게 칭찬하거나 꾸짖음을 이르는 말.
「莊子 人間世」,
夫傳兩喜兩怒之言 天下之難者也 夫兩喜必多溢美之言 兩怒必多溢惡之言

일미지언(溢美之言)
지나치게 칭찬하는 말을 이름.
⇒일미일악(溢美溢惡)의 고사 참조.

일박서산(日薄西山)
해가 서산에 가까워졌다는 말로, 세력이 이미 기울었거나 죽을 때가 가까워졌음을 비유하는 말.
⇒결초보은(結草報恩)의 고사 참조.

일반지덕(一飯之德)

한술 밥을 베푸는 정도의 덕이라는 뜻으로, 아주 작은 은덕을 이름.

일반지보(一飯之報)

한 번 밥을 얻어먹은 은혜에 대한 보답이라는 뜻으로, 아주 작은 은혜에 대한 보답을 이름.

일발관이조(一發貫二鵰)

한 발의 총알로 두 마리의 수리를 잡는다는 뜻으로, 사격술이 능함을 이르는 말.

「唐詩 叛臣傳」,

高駢字千里 有二鵰並飛 駢曰 我且貴 當中之 一發貫二鵰焉 衆大驚

일발인천균(一髮引千鈞)

한 가닥의 머리칼로 천 근의 무게를 끌어당긴다는 뜻이니, 극히 무모한 행동을 이르는 말.

「韓愈의 與孟尙書」,

漢氏汜來 群儒區區修補 百孔千瘡 隨 亂隨失 其危如一髮引千鈞

일벌백계(一罰百戒)

여러 사람에게 경각심을 불러일으키게 하기 위하여 무서운 벌로 다스리는 일을 이름.

일벽만경(一碧萬頃)

넓고도 푸른 바다 경치를 이름.

「范仲淹의 岳陽樓記」,

春和景明 波瀾不驚 上下天光 一碧萬 頃

일별삼춘(一別三春)

헤어진 지 오래됨을 이르는 말.

「杜甫의 贈王侍郎詩」,

一別星橋夜 三移斗柄春

일보불양(一步不讓)

남에게 조금도 양보하지 아니함을 이름.

일부종사(一夫從事)

한 남편만 섬김을 이름.

일부종신(一夫終身)

한 남편만을 섬기어 남편이 죽은 뒤에도 개가하지 아니하고 혼자서 일생을 마침을 이름.

일불가급(日不暇給)

할 일이 많아 시일이 부족하다는 뜻.

「漢書 高帝紀贊」,

雖日不暇給 規摹弘遠矣

일비지력(一臂之力)

한 팔의 힘이란 뜻으로, 아주 조그마한 힘. 남을 도울 때 주로 겸손의 의미로 사용함.

일빈일소(一嚬一笑)

얼굴을 찡그리기도 하고 웃기도 함. 무엇인가를 기대하여 윗사람의 기분을 살핌을 이름.

「韓非子 內儲說上」

일사무성(一事無成)

일을 한 가지도 이룬 것이 없다는 뜻.

「白居易의 除夜寄元微之詩」,

鬢毛不覺白毿毿 一事無成百不堪

일사불란(一絲不亂)

질서가 바로 잡혀 조금도 어지러움이 없음을 이르는 말.

일사오리(一死五利)

하나가 죽어서 다섯 가지가 이롭다는 말로, 대(大)를 위해 소(小)를 희생한다는 뜻.

「三國遺事 卷五 金現感虎」,

郞君無有此言 今妾之壽夭 盖天命也
亦吾願也 郞君之慶也 予族之福也 國
人之喜也 一死而五利備 其可違乎 但
爲妾創寺 講眞詮 資勝報 則郞君之惠
莫大焉

낭군께서는 그런 말씀을 하지 마소
서. 지금 저의 수명은 천명(天命)이
요, 또한 나의 소원이며, 낭군에게는
경사이고, 우리 일족에겐 복이 되고,
나라에는 즐거운 일이니, 이렇게 하
나가 죽어 다섯 가지 이로움을 얻을
수가 있습니다. 그러니 어찌 어길 수
가 있습니까? 다만 저를 위하여 절을
세우고 진전(眞詮)을 강(講)하여 좋
은 업보를 도와주신다면 낭군의 은혜
가 막중하겠습니다.

일사이수(一蛇二首)

조정에 두 명의 권력자가 있음을 비
유하는 말.

「元史 姚天福傳」,

侍御史臺置二大夫 鋼紀無統 天福言
於世祖曰 古稱一蛇九尾 首動尾隨 一
蛇二首 不能寸進今臺鋼不張 有一蛇二
首之患

일사일호(一絲一毫)

아주 조금이라는 뜻.

일사지악악(一士之諤諤)

올곧은 한 사람이 옳은 것은 옳고
틀린 것은 틀렸음을 밝혀 기개 있게
나서는 선비를 이르는 말.

일사천리(一瀉千里)

물이 쏜살같이 千里를 흘러간다는
뜻으로, 文勢따위가 기운차거나 사물
의 형세가 거침없이 매우 빠르게 진

행됨을 비유하는 말.

「福惠全書 卷二十九」,

星馳華隰 儼然峽裡輕舟 片刻一瀉而
千里

일살다생(一殺多生)

한 사람을 죽임으로 해서, 많은 사
람을 살림을 이름. 즉 여러 사람을
위해 한 사람을 희생시킴을 이름.

일상다반(日常茶飯)

날마다의 식사라는 말로, 곧 늘 있
는 극히 흔한 일을 이르는 말.

일상좌와(日常坐臥)

날마다 하는 생활을 이름.

일석이조(一石二鳥)

⇒일거양득(一擧兩得) 참조.

일세일대(一世一代)

사람의 일생. 한 생애. 곧, 한 평생
을 이름.

일세풍미(一世風靡)

어느 시대의 사람들을 어느 일에 쏠
리게 하는 것. 풍미는 풀이 바람에
옆으로 나부끼듯이 복종하는 것을 이
름.

「春秋左氏傳」,

일수백확(一樹百穫)

인재 한 사람을 길러냄이 사회에는
막대한 이익을 준다는 뜻으로, 인재
를 양성하는 보람을 이르는 말.

「管子」,

一年之計 莫如樹穀 十年之計 莫如樹
木 百年之計 莫如樹人 一樹一穫者穀
也 一樹十穫者木也 一樹百穫者人也

一年의 계획으론 穀食을 심는 것이
제일이요, 十年의 계획으론 나무를

심는 것이 제일이요, 百年의 계획으
론 사람을 가르치는 것이 제일이라.
하나를 심어 하나를 거두는 것은 穀
食이요, 하나를 심어 열을 거두는 것
은 나무요, 하나를 심어 백을 거두는
것은 사람이라.

일숙일반(一宿一飯)

여행길에 하룻밤 숙박하여 한끼 식
사를 대접받는 것으로 신세를 짐.
곧, 조그마한 은덕을 입음의 비유하
여 이르는 말.

일시동인(一視同仁)

어떤 계급, 처지의 사람도 차별하지
않고, 평등하게 사랑한다는 말.
「韓愈 原人」,
天者日月星辰之主也 地者草木山川之
主也 人者夷离獸之主也 主而暴之 不
得其主之道矣 是故聖人一視而同仁 篤
近而擧遠

일시웅아(一時雄兒)

일대(一代)의 영웅이라는 뜻.
「三國魏志 鄧艾傳」,
姜自一時雄兒也 與某相值故窮耳

일시일비(一是一非)

하나가 옳다고 하면 하나는 그르다
고 함을 이르는 말.
「淮南子」,
至是之是無非 至非之非無是 此眞是
非也 若夫是於此 而非於彼 非於此 而
是於彼者 此之謂一是一非也

일식만전(一食萬錢)

한 번 식사에 많은 돈을 들인다는
뜻으로, 사치스러움을 이르는 말.
「晉書 任愷傳」,
愷旣失職 乃縱酒酖樂 初何劭以公子

奢奓 愷乃踰之 一食萬錢 猶云無可下
著處

일신기원(一新紀元)

세상이 새롭게 바뀐 최초의 해. 하
나의 새로운 시대를 이르는 말.

일신이역(一身二役)

한 사람이 두 가지 일을 맡아 함을
이르는 말.

일신일일(日愼一日)

날이 갈수록 더욱 근신한다는 말.
「淮南子 主術訓」,
然而戰戰慄慄 日愼一日 由此觀之 則
聖人之心小矣

일심동체(一心同體)

여러 사람이 한 사람처럼 뜻을 합하
여 굳게 결합하는 일을 이름.

일심만능(一心萬能)

무슨 일이든 한마음이 되어 하게 되
면 안될 일이 없음을 이르는 말.

일심불란(一心不亂)

마음에 흐트러짐이 없이 오로지 한
가지 일에만 마음을 기울임을 이름.
「阿彌陀經」,
執持名號 一心不亂

일심전력(一心專力)

온 마음을 기울이고 온 힘을 다 쏟
음을 이름.

일악지언(溢惡之言)

지나치게 헐뜯는 말을 이름.
⇒일미지언(溢美之言)의 고사 참조.

일안고공(一雁高空)

기러기는 떼지어 나는데, 무리에서
빠져 나온 한 마리 기러기가 높고 맑
은 가을 하늘을 높이 날아가는 모양.

고독한 마음과 고고한 경지를 이름.

일양내복(一陽來復)

겨울이 가고 봄이 옴. 나쁜 일이나 괴로운 일이 계속되다가 간신히 행운이 옴. 음력 5월부터는 음기가 생기기 시작하면, 반대로 양기가 사라짐. 음기가 쇠하기 시작하면 반대로 양기가 생겨 11월이 되면 양기가 회복되므로, 음력 11월을 가리키고, 또 마침 동지 무렵에 해당함.

「易經」,

陽復生於下也 剝盡則爲純坤十月之卦 而陽氣已生於下矣 積之踰月 然後一陽 趾體 始成而來復 故十有一月 其卦爲 復 以其陽旣往而復反 故有亨道 又自 五月姤卦一陰始生 至此七爻而一陽來 復 乃天運之自然

일어탁수(一漁濁水)

미꾸라지 한 마리가 온 물을 흐린다는 뜻으로, 한 사람의 잘못으로 여러 사람이 그 피해를 입게 됨을 비유하는 말. 수어혼수(數魚混水)라고도 함.
「旬五志」,

일언가파(一言可破)

여러 말을 하지 않고, 한마디로 잘라 말해도 능히 판단해 낸다는 말.

일언거사(一言居士)

말참견을 썩 좋아하여, 무슨 일이든지 한마디씩 참견하지 않으면 마음이 놓이지 않는 사람을 이르는 말.

일언난진(一言難盡)

한 마디의 말로서는 다 형용할 수 없다는 말.

일언반구(一言半句)

⇒일언반사(一言半辭) 참조.

일언반사(一言半辭)

단 한 마디의 말. 일언반구(一言半句)라고도 함.
「史記 信陵君傳」,
公子(信陵君)曰 侯生曾無一言半辭送 我 豈有所失哉

일언이폐지(一言以蔽之)

한 마디의 말로 능히 그 뜻을 다함. 즉, 한마디로 말하자면.
⇒사무사(思無邪)의 고사 참조.

일언일행(一言一行)

하나 하나의 말과 행동, 즉 사소한 언행을 이름.

일언정천하정(一言正天下定)

왕의 말 한마디가 바르면 천하가 태평하다는 말.
「申子」,
一言正天下定 一言倚天下靡

일언지하(一言之下)

한마디로 딱 잘라서 말함. 두 말할 나위 없다는 말.

일역부족(日亦不足)

종일토록 해도 다하지 못한다는 뜻.
「詩經 小雅 天保」,
降爾遐福 維日不足

일연불양교(一淵不兩蛟)

한 연못에 두 마리의 교룡(蛟龍)이 살 수 없다는 말로, 세력이 같은 사람이 한 곳에 살 수 없다는 뜻.
「文子」,
一淵不兩蛟 一雌不兩雄

일엽낙지천하추(一葉落知天下秋)

하나의 낙엽을 보고 가을이 옴을 안다는 뜻이니, 곧 사소한 한 가지 일로써 큰 일을 미루어 짐작할 수 있음을 이르는 말. 줄여서 일엽지추(一葉知秋)라고도 함. 일이관지(一以貫之)와 유사한 말.

「文錄에 唐人의 詩를 실어」,

曰 山僧不解數甲子 一葉落知天下秋

가로되, "깊은 산 속의 스님은 해의 바뀜을 알지 못하지만 나뭇잎이 떨어지는 것을 보면 가을이 깊은 것을 알 수 있다."

「淮南子 說山訓」,

以小明大 見一葉落 而知歲之將暮 覩瓶中之冰 而知天下之寒

작은 것을 가지고 큰 것을 밝히는 것이다. (오동)나무 잎이 떨어지는 것을 보고 가을이 깊어져 해가 저물어 감을 알고, 독 안의 물이 얼어 있는 것을 보면 온 세상이 추워진 것을 알 수 있다.

일엽지추(一葉之秋)

⇒일엽낙지천하추(一葉落知天下秋) 참조.

일엽편주(一葉片舟)

조그마한 조각배를 이름.

일오재오(一誤再誤)

잘못을 거듭 저지른다는 뜻.

일용범백(日用凡百)

날마다 사용하는 모든 것을 이름.

일용일저(一龍一豬)

사람이 어릴 때는 차이가 없으나, 성장 과정의 근태(勤怠)에 따라 용이나 돼지가 되듯 큰 차이가 난다는 말.

「韓愈의 符讀書城南詩」,

兩家各生子 提孩巧相如 少長聚嬉戱 不殊同隊魚 云云 三十骨骼成 乃一龍

一豬

일우명지(一牛鳴地)

한 마리의 소 울음소리가 들릴 만큼 가까운 지역(거리)을 이르는 말.

「五車瑞韻」,

佛書云 以一牛鳴地 爲去五里

일월기제(日月其除)

세월이 빠름을 뜻하는 말.

「詩經 唐書風蟋蟀」,

蟋蟀在堂 歲聿其莫 今我不樂 日月其除

일월무사조(日月無私照)

은혜를 베푸는데 차별이 없다는 뜻.

「禮記 孔子閒居」,

天無私覆 地無私載 日月無私照

일월삼주(日月三舟)

정지하고 있는 배와 남쪽과 북쪽으로 가는 배가 각각 달을 볼 때에 자기와 같이 머물러 있거나 같이 움직이고 있는 것처럼 착각하듯이, 사람이 부처를 보는 마음도 제마다 다름을 이르는 말.

일월서의 세불아여(日月逝矣歲不我與)

세월이 빠름을 이르는 말.

「論語 陽貨」,

日 不可 日月逝矣 歲不我與 孔子曰 諾 吾將仕矣

일월유매(日月逾邁)

나이를 먹어 점점 늙어짐을 이름.

「書經 秦誓」,

我心之憂 日月逾邁 若弗云來

일의대수(一衣帶水)

지리적 여건이 서로 가까움을 이르는 말.

일의직도(一意直到)

마음먹은 것, 생각한 것을 속임 없이 그대로 나타냄을 이름.

일이관지(一以貫之)

하나의 이치로써 모든 것을 관철한다는 말. 일엽낙지천하추(一葉落知天下秋)와 유사한 말.

「論語 衛靈公篇」,

子曰 賜也 女以予爲多學而識之者與 對曰 然 非與 曰 非也 予一以貫之

孔子 가로되, "賜야, 너는 내가 많이 배워서 그것을 모두 기억하는 사람이라고 생각하느냐?" 賜가 대답하기를, "그렇습니다. 그렇지 않습니까?" 孔子 가로되, "아니야. 나는 하나를 가지고 모든 것을 관철하고 있는 것이다."

일인당천(一人當千)

⇒일기당천(一騎堂千) 참조.

일인전허십인전실(一人傳虛十人傳實)

한 사람의 거짓말이 열 사람을 거치다보면 진실처럼 된다함이니, 말의 신중성을 강조하는 말.

일일난재신(一日難再晨)

하루 동안에 아침은 다시 오지 않는다는 말로, 세월은 빨리 흘러 다시 오지 않음을 이르는 말.

「陶淵明의 雜詩2」,

人生無根蔕 : 인생에 뿌리 없으니
飄如陌上塵 : 표연하여 길 위의 티끌
　　　　　같도다.
分散逐風轉 : 흩어져 바람을 따라
　　　　　전전하니
此已非常身 : 이 인생이 이미 불변이
　　　　　아니어라.

落地爲兄弟 : 땅에 떨어져 형제가
　　　　　됨은
何必骨肉親 : 어찌 반드시 골육의
　　　　　친척뿐이리요.
得歡當作樂 : 기쁨을 얻으면 마땅히
　　　　　즐거워하고
斗酒聚比隣 : 술이 있으면 가까운
　　　　　이웃을 모으라.
盛年不重來 : 성년은 거듭 오지 않고
一日難再晨 : 하루에 두 번 새벽
　　　　　되기 어려우니라.
及時當勉勵 : 때를 당해 마땅히
　　　　　면려할지니
歲月不待人 : 세월은 사람을
　　　　　기다리지 않는다.

일일부독서구중생형극(一日不讀書口中生荊棘)

하루라도 책을 읽지 않으면 입안에 가시가 돋친다는 말.

일일부작백일불식(一日不作百日不食)

농부가 하루를 쉬면 백일 먹을 식량을 수확하지 못한다는 말.

일일삼추(一日三秋)

하루가 삼 년 같다는 뜻이니, 그리워하여 몹시 애태우며 기다림을 이르는 말. 삼추지사(三秋之思), 일일여삼추(一日如三秋)라고도 함.

「詩經 王風 采葛篇」,

彼采葛兮 : 칡 뜯으러 갈거나
一日不見 : 하루를 못 만나도
如三月兮 : 석달이 지난 듯
彼采蕭兮 : 사철쑥을 캘거나
一日不見 : 하루를 못 만나도
如三秋兮 : 세 해 가을 지난 듯
彼采艾兮 : 약쑥이나 캘거나
一日不見 : 하루를 못 만나도

如三歲兮 : 삼 년이나 지난 듯

일일여삼추(一日如三秋)

⇒일일삼추(一日三秋) 참조.

일일지구부지외호(一日之狗不知畏虎)

상대방의 힘을 모르면서 약한 사람
이 함부로 덤벼드는 것을 비유하여
이르는 말.

일일지아(一日之雅)

잠시동안의 교우(交友)를 뜻함.
「漢書 谷永傳」,
無一日之雅 左右之介

일일지장(一日之長)

하루 먼저 태어나서 나이가 조금 위
가 된다는 뜻으로, 조금 나음을 이르
는 말.
「論語 先進」,
以吾一日長乎爾母吾以也
「唐書 王珪傳」,
臣于數子有一日之長

일일천추(一日千秋)

하루만 안 만나도 천 년이나 안 만
난 것 같듯이, 사랑하는 사람끼리의
사모하는 마음이 간절함을 이름. 뜻
대로 만날 수 없는 초조함을 나타내
는 말. 또 만날 날이 기다려져 못 견
디는 심정을 이름.

일자무식(一字無識)

아주 무식함을 이르는 말.

일자반급(一資半級)

낮은 벼슬자리를 뜻하는 말.
「柳氏家訓」,
急於名宦 匿近權要 一資半級 雖或得
之 衆怒群猜 鮮有存者

일자백금(一字百金)

⇒일자천금(一字千金) 참조.

일자상전(一子相傳)

학문이나 기예 따위의 깊은 뜻을 자
기의 자녀 중 한 사람에게만 전하고,
다른 사람에게는 비밀로 한다는 말.

일자천금(一字千金)

한 글자만으로도 千金의 가치가 있
는 훌륭한 문장이라는 뜻. 일자백금
(一字百金)이라고도 함.
「史記 呂不韋列傳」,
是時諸侯多辯士 如荀卿之徒 著書布
天下 呂不韋乃使其客人人着所聞 集論
以爲八覽·六論·十二紀 二十餘萬言 以
爲備天地萬物·古今之事 號曰呂氏春秋
布咸陽市門 懸千金其上 延諸侯游士·
賓客 有能增損一字者予千金
당시 제후들은 辯士들을 많이 거느
리고 있었다. (변사란 변론으로 외교
를 담당하는 전문가이다.) 荀卿 같은
자는 책을 저술하여 천하에 널리 폈
다. 여불위는 자기 식객들에게 각자
견문한 것을 쓰쓰게 하여 이것을 편
집하여 〈八覽〉, 〈六論〉, 〈十二紀〉를
지었다. 모두 20여만 자로 된 책을
만들었는데 그 내용은 天地, 萬物,
古今의 일들을 모두 망라하고 있다.
그 제목을 〈呂氏春秋〉라 했다. 여불
위는 이것을 서울 함양의 번화가인
거리의 정문에 진열하여 두고 거기에
천금이나 되는 막대한 상금을 걸고
열국의 游士와 빈객을 유치하여 글자
한 자라도 더하거나 깎을 수 있는 자
에게는 그 천금을 준다고 했다.
* 荀卿 - 성악설을 주장한 荀子를 이르
는 말.

일잔다시(一盞茶時)

차 한 잔 마실 동안의 잠깐 동안을
뜻함.
「水滸傳」,
一盞茶時 方纔爬將起來

일장월취(日將月就)

⇒일취월장(日就月將) 참조

일장일단(一長一短)

장점도 있고 단점도 있음을 이름.

일장일이(一張一弛)

활의 줄을 켕겼다 늦추었다 함. 곧
어느 때는 엄격하게, 어느 때는 관대
하게 함을 이름.
「禮記 雜記」,
張而不弛 文武弗能也 弛而不張 文武
弗爲也 一張一弛 文武之道也

일장춘몽(一場春夢)

⇒한단지몽(邯鄲之夢) 참조.
「侯鯖錄」,
東坡行歌田間 餂婦曰 乃翰昔日富貴
一場春夢 坡然之 人呼此嫗曰春夢婆

일장풍파(一場風波)

한바탕의 심한 야단이나 싸움을 이
름.

일장훈시(一場訓示)

한바탕의 훈화와 지시를 이름.

일재지수(逸材之獸)

짐승 중에서 몹시 사나운 동물을 이
르는 말.
「司馬相如의 上諫獵書」,
今陛下好陵阻險 射猛獸 率然遇逸材
之獸 駭不測之地

일전쌍조(一箭雙鳥)

⇒일거양득(一擧兩得) 참조.

일조부귀(一朝富貴)

가난한 사람이 갑자기 부귀를 누리
게 됨을 이르는 말.
「蘇軾의 詩」,
文章自足欺盲聲 雖使一朝富貴而發紅

일조일석(一朝一夕)

하루 아침이나 하루 저녁이란 뜻으
로, 아주 짧은 시일을 이르는 말.
「易經 文言」,
臣弑其君 子弑其父 非一朝一夕之故
其所由來者漸矣

일조지분(一朝之忿)

일시적 감정으로 일어난 도의에 벗
어난 분노(忿怒)를 이름.
「論語 顏淵」,
一朝之忿 忘其身 以及其親 非惑與

일족낭당(一族郞黨)

같은 혈통, 동족인 자와 그 부하라
는 말. 낭당은 주인과 혈연 관계가
없는 자를 이름.

일종일병(一種一瓶)

한 가지 안주와 한 병의 술, 곧 안
주와 술을 가지고 와서 벌이는 술잔
치를 이름.

일죽일반(一粥一飯)

낭비를 삼가고 절약함을 이르는 말.

일즙일채(一汁一菜)

밥상의 반찬이 마실 것과 푸성귀 하
나뿐임. 또 그와 같은 대단히 검소한
식사를 비유하는 말.

일지반전(一紙半錢)

종이 한 장과 돈 오리(五厘). 얼마
안 됨의 비유. 또 불교에서 얼마 안
되는 보시를 이름.

일지반해(一知半解)

대강만 알고 충분히 알지 못함. 지식이 천박하여 이치에 맞지 않음을 이름.
「滄浪詩話」,

일진광풍(一陣狂風)

한바탕 부는 사납고 거센 바람을 이름.

일진법계(一眞法界)

오직 하나인 참된 세계. 절대 무차별의 우주의 실상을 이름.

일진월보(日進月步)

⇒일취월장(日就月將) 참조.

일진일퇴(一進一退)

한 번 나아갔다 한 번 물러섰다 하거나, 좋아졌다 나빠졌다 함을 이름.
「管子」,
今兵一進一退者權也

일진청풍(一陣淸風)

한바탕 부는 시원한 바람을 이름.

일진흑운(一陣黑雲)

한바탕 이는 먹구름을 이름.

일창삼탄(一唱三嘆)

중국 종묘의 제사에서 아악을 연주할 때, 한 사람이 발성하고 세 사람이 따라 부름. 또 한 번 읽고 세 번 감탄하는 것으로, 시문의 훌륭함을 칭찬하는 말.

일척도건곤(一擲賭乾坤)

⇒건곤일척(乾坤一擲) 참조.

일척지면(一尺之面)

긴 얼굴을 이르는 말.
「五代史 晉臣傳」,
桑維翰子國僑 爲人醜怪 身短而面長 常臨鑑自奇曰 七尺之身 不如一尺之面

일척천금(一擲千金)

큰돈을 아낌없이 한 번 던진다는 말로, 곧 대단한 결심으로 일을 추진함을 비유하는 말.
「吳象之의 少年行」,
承恩借獵小平津 使氣常遊中貴人 一擲千金渾是膽 家無四壁不知貧

일체유심조(一切唯心造)

모든 것은 다 마음먹기에 달렸다는 말.

일촉즉발(一觸卽發)

조금만 닿아도 곧 폭발한다는 뜻으로, 금방이라도 일이 크게 터질 듯한 아슬아슬한 긴장 상태를 이르는 말.

일촌간장(一寸肝腸)

한 도막의 간과 창자란 뜻으로, 애달프거나 애가 탈 때의 마음을 형용하여 이르는 말.

일촌광음(一寸光陰)

매우 짧은 시간을 이르는 말.
⇒소년이로학난성(少年易老學難成)의 고사 참조.

일취월장(日就月將)

날이 가고 달이 갈수록 발전하거나 진보함을 이르는 말. 즉 나날이 발전해 감을 이르는 말. **일장월취(日將月就)** 또는, 일진월보(日進月步)라고도 함.
「詩經 周頌 閔予小子之什 敬之」,
敬之敬之 : 모든 일 삼가고
　　　　　　삼가시리니
天維顯思 : 하늘은 진실로
　　　　　　밝으오시고
命不易哉 : 그 명(命)은 지녀 가기
　　　　　　어려우이다

無曰高高在上 : 높고 높은 먼 저기
　　　　　　　있다 마소서
陟降厥士 : 일마다 때마다
　　　　　내려오시어
日監在茲 : 나날이 살펴보고
　　　　　계시니이다
維予小子 : 나이와 덕 아울러
　　　　　모자라는 나
不聰敬止 : 그 어찌 마음 깊이 아니
　　　　　삼가리
日就月將 : 나날이 이루고 다달이
　　　　　나아가
學有緝熙于光明 : 덕의 그 빛 세상에
　　　　　　　　차게 하리라
佛時仔肩 : 경(卿)들은 충성으로
　　　　　나를 도와서
示我顯德行 : 밝은 떡 어진 행실
　　　　　보이어 달라

일취지몽(一炊之夢)

⇒한단지몽(邯鄲之夢) 참조.
* 당대(唐代) 노생(盧生)이 한단(邯鄲) 땅의 주막집에서 여옹(呂翁)이란 선인(仙人)의 베개를 얻어 베고 한잠 자는 동안에 50년 동안의 영화를 꿈꾸었으나 깨고 보니 짓고 있던 밥이 아직 익지 않은 짧은 시간이었으므로 인생의 허무를 깨달았다 함.

일치협력(一致協力)

어느 공통의 목적을 달성하기 위해, 조직이나 그룹, 동지가 서로 힘을 합쳐서 노력하는 것. 일치 단결하여 분투하는 것을 이름.

일파만파(一波萬波)

한 사건이 그 사건에서 그치지 않고 잇달아 많은 사건으로 번지는 것을 비유하는 말.

「冷齋夜話」,
華亭船子和尙有偈曰 千尺絲綸直下垂 一波纔動萬波隨 夜靜水寒魚不食 滿船空載月明歸

일패도지(壹敗塗地)

한 번 패하여 肝과 腦가 땅에 뒹군다는 뜻으로, 대패(大敗)하여 다시 일어날 수 없게 됨. 일패도지(一敗塗地)라고도 함.

「史記 高祖本紀」,
劉季乃書帛射城上 謂沛父老曰 天下苦秦久矣 今父老雖爲沛令守 諸侯並起 今屠沛 沛今共誅令 擇子弟可立者立之 以應諸侯則家室完 不然 父子俱屠 無爲也 沛父老率子弟 共殺沛令 開城門 迎劉季 欲以爲沛令 劉季曰 天下方擾 諸侯並起 今置將不善 壹敗塗地 吾非敢自愛 恐能薄 不能完父兄子弟 此大事 願更相推擇可者

劉邦은 명주에 縣 내의 장로들에게 호소하는 글을 써서 이를 화살에 묶어 성 안으로 쏘았다.
"천하는 오랫동안 진나라의 학정에 시달려 왔습니다. 지금 여러 장로들께서 현령과의 의리를 지켜서 성문의 수비를 공고히 하고 있다고 해도 각 나라의 제후들이 봉기한 이 때에 패현의 운명은 결정된 바나 다름이 없습니다. 패현의 운명을 구하는 길은 현령을 주살하고 젊은이들 중에서 유능한 자를 가려 뽑아서 그로 하여금 제후들과 호응하게 한다면 여러분의 가정은 무사안일할 것입니다. 이를 반대한다면 여러분의 가족은 몰살당하게 될 것입니다."
沛의 長老들은 이 말을 따라 子弟들을 거느리고 百姓들과 함께 沛의 縣

슈을 죽이고 城門을 열고 劉邦을 맞아들여 縣令으로 추대하려 했다. 이때 劉邦이 (사양하며) 가로되, "天下가 소란한 중에 제후들이 여기저기서 일어나고 있다. 이 때에 그럴 만한 인물을 가려 장수로 삼지 않는다면 여지없이 패하고 말 것이다. 나는 내 몸의 안전을 생각해서 이런 말을 하는 것은 아니다. 내 재주가 모자라 여러분의 父兄들과 子弟들의 生命을 보존해 줄 수 없을 것을 두려워하기 때문이다. 이것은 重大한 일이니 원컨대 좋은 사람을 선택해 주었으면 하노라."

일편단심(一片丹心)

한 조각의 붉은 마음이란 뜻으로, 진정에서 우러나는 충성된 마음을 이르는 말.

일폭십한(一暴十寒)

부지런히 일하는 것은 며칠 안 되고 게으름을 피우는 날이 많음. 또 한쪽에서 노력해도 한쪽에서 망침을 비유하는 말.

「孟子 告子章句上 九」,

孟子曰 無或乎王之不智也 雖有天下易生之物也 一日暴之 十寒之 未有能生者也 吾見 亦罕矣 吾退而寒之者至矣 吾如有朋焉 何哉 今夫奕之爲數 小數也.不專心致志則不得也 奕秋 通國之善奕者也 使奕秋 誨二人奕 其一人 專心致志 惟奕秋之爲聽 一人 雖聽之 一心 以爲有鴻鵠 將至 思援弓繳而射之 雖與之俱學 弗若之矣 爲是其智弗若與 曰非然也

맹자 가로되, "왕이 지혜롭지 않은 것을 이상하게 여길 것 없다. 비록 천하에서 가장 쉬이 生長하는 물건이 있다 하더라도, 하루 동안만 햇볕을 쪼이고, 열흘 동안 차게 하면 잘 生長해낼 물건이 없다. 내가 왕을 만나 보는 기회도 역시 드문데다, 내가 물러 나온 뒤에 차게 하는 자가 오니, 나 혼자서 (王道政治에 대한 올바른 자혜를) 싹트도록 해 준들 무엇이 되겠는가. 이제 저 바둑두는 기술이라는 것은 대단치 않은 기술이지만 전심해서 바둑에만 뜻을 다하지 않으면 터득할 수 없다. 혁추(奕秋)는 온 나라들을 통털은 바둑의 명수이다. 만일 혁추를 시켜서 두 사람에게 바둑을 가르친다고 하자. 그 중의 한 사람은 전심해서 바둑에만 뜻을 다하여 오직 혁추의 말만을 듣는데, 한 사람은 그의 말을 듣는다고 하지만 마음 한 구석에서는 '기러기와 따오기가 날아온다면'하고 생각하여 주살 맨 활을 당겨 그것을 쏘아 마칠 궁리나 한다면 이 사람은 앞의 사람과 같이 배운다고는 하지만 그 사람만 할 수 없다. 그것은 그의 지혜가 같지 않기 때문인가. 그렇지는 않은 것이다.

일필계상(一筆啓上)

한 통의 편지에서 아뢴다는 뜻으로, 남성이 편지의 첫머리에 쓰는 관용구를 이름.

일필구지(一筆句之)

붓으로 선을 죽 그어 글자를 지워버린다는 말.

「正字通」,

俗謂除去曰勾 宋范仲淹選監司 取班簿 視不才者 一筆句之

일필난기(一筆難記)

내용이 복잡하거나 길어서 간단히 적기가 어렵다는 말.

일필휘지(一筆揮之)

한숨에 힘차게 글씨를 써 내림을 이름.

일향만강(一向萬康)

한결같이 아주 평안함. 윗사람의 안부를 묻는 편지에 씀.

일허일실(一虛一實)

사물이 나타나기도 하고 숨기도 하여, 변화하여 실체를 잘 모름을 이름.

일허일영(一虛一盈)

변화가 무상함을 뜻함.
「晉書 皇甫謐傳」,
君無常籍 臣無定名 損義放誠 一虛一盈

일호지액(一狐之腋)

여우의 겨드랑이 밑의 희고 고운 모피라는 말로, 아주 진기한 물건을 비유하는 말.
「史記 趙世家」,
千羊之皮 不如一狐之腋

일확천금(一攫千金)

힘들이지 않고 단번에 많은 재물을 얻음을 이르는 말.

일희일우(一喜一憂)

상황의 변화에 따라 기뻐했다가 근심했다가 진정하지 못함을 이름.
「道德指歸論」,
一喜一憂 魂魄浮游

임갈굴정(臨渴掘井)

목이 말라서야 우물을 판다는 뜻으로, 미리 준비해 두지 않고 일을 당해서야 허둥지둥함을 이르는 말.

임기응변(臨機應變)

그때 그때의 기회에 따라 적당하게 처리 또는 처신함을 이르는 말. 수기응변(隨機應辯)이라고도 함.
「晋書 孫楚傳」,
廟算之勝 應變無窮
「唐書 李勣傳」,
其用兵籌算 料敵應變 皆契事機
「南史 梁宗室傳」,
明謀略不出號令 莫行 諸將每諮事 輒怒日 吾自臨機制變 勿多言

임난주병(臨難鑄兵)

난리가 일어난 후에 무기를 제조한다는 말로, 때가 이미 늦었음을 이르는 말.
「晏子春秋」,
愚者多悔 不肖者自賢 溺者不問墜 迷者不問路 溺而後問墜 迷而後問路 譬之猶臨難而遽鑄兵

임농탈경(臨農奪耕)

농사지을 시기에 이르러 경작자를 바꾼다는 뜻으로, 이미 다 마련된 것을 빼앗음을 비유하여 이르는 말.

임대책중(任大責重)

임무와 책임이 크고 무거움을 이르는 말.

임사누단(臨事屢斷)

일을 당하여 결단을 잘 내림을 이름.
「禮記」,
臨事屢斷 勇也

임상불소(臨喪不笑)

상중(喪中)에는 함부로 웃지 말라는 말.

임심이박(臨深履薄)

⇒누란지위(累卵之危) 참조.

* 깊은 못가에 서고 살얼음을 밟음.

임심조서(林深鳥棲)

수풀이 무성해야 새들이 깃들인다 함이니, 사람이 인(仁)을 쌓으면 만물이 저절로 귀의한다는 것을 비유하는 말.

임연선어(臨淵羨魚)

못 속의 물고기를 보고서 잡고 싶은 생각이 간절하다는 뜻으로, ①쓸데없이 남의 행복을 부러워하거나, ②헛된 욕망이나 희망을 품음을 비유하는 말.

「董仲舒의 天人策」,

古人有言曰 臨淵羨魚 不如退而結網 今臨政而願治 七十餘歲矣 不如退而更化

임재무구득(臨財毋苟得)

재물에 임하면 구차하게 얻으려 하지 말라는 뜻.

임전무퇴(臨戰無退)

⇒세속오계(世俗五戒) 참조.

임중다질풍(林中多疾風)

어떤 일이든 일어나는 원인이 있음을 뜻함.

「鹽鐵論國病篇」,

愕愕者福也 諓諓者賤也 林中多疾風 富貴多諛言 萬里之朝 日聞唯唯 而後聞諸生之愕愕

임중도원(任重道遠)

무거운 짐을 지고 먼길을 간다는 뜻으로, 중책을 맡아 원대(遠大)한 일을 함을 비유하는 말.

「論語 泰伯」,

士不可以不弘毅 任重而道遠 仁以爲己任 不亦重乎 死而後已 不亦遠乎

임진역장(臨陣易將)

개전(開戰)할 때 장수를 바꾼다는 뜻으로, 어떤 일에 닥쳐 숙달한 사람을 버리고 서투른 사람으로 바꾸어 씀을 비유하여 이르는 말.

입기국자종기속(入其國者從其俗)

어느 나라에 들어가면 그 나라의 풍속을 따라야함을 이르는 말.

입립신고(粒粒辛苦)

곡식 한 알 한 알에 농부에 고생이 숨어 있다는 뜻으로, 꾸준히 고생하여 노력함을 비유하여 이르는 말

「李紳의 憫農」,

鋤禾日當午 汗滴禾下土 誰知盤中飱 粒粒皆辛苦

입막지빈(入幕之賓)

특별히 친한 친구(손님)를 말함.

「世說雅量篇」,

宣武取筆欲除 郗不覺竊從帳 中興宣武言 謝含笑曰 郗生可謂入幕賓也

입신양명(立身揚名)

출세하여 세상에 이름을 드날림을 이름.

입신출세(立身出世)

입신하여 사회적으로 높은 지위에 오르거나 유명해짐을 이르는 말.

입신행도(立身行道)

출세하여 도(道)를 행한다는 말.

「孝經 開宗明誼章」,

立身行道 揚名於後世 以顯父母 孝之終也

입애유친(立愛惟親)

사랑하는 길은 먼저 친밀한 데서부
터 시작하여 소원한 데로 미친다는
말.
「書經 伊訓」,
立愛惟親 立敬惟長 始于家邦 終于四
海

입이불번(入耳不煩)

귀로 듣기에 좋다는 뜻이니, 곧 아
첨하는 말을 이름.
「韓愈의 送李愿歸盤谷序」,
才俊滿前 道古今而譽盛德 入耳不煩

입이착심(入耳著心)

귀로 들은 바를 늘 마음속에 간직하
여 잊지 않는다는 말.
「荀子 勸學篇」,
君子之學也入乎耳著乎心 云云 小人
之學也入乎耳出乎口

입이출구(入耳出口)

귀로 듣고 입으로 내보냄, 곧 말을
금방 옮김을 이르는 말.

입장중(入掌中)

상대편의 사정을 명백하게 알고 있
다는 말.
「通鑑綱目」,
裕曰 兵已過險 士有必死之志 餘糧棲
畝 人無匱乏之憂 虜已入吾掌中矣

입추지지(立錐之地)

⇒치추지지(置錐之地) 참조.

입향순속(入鄕循俗)

다른 지방에 들어가서는 그 지방의
풍속을 따르라는 말.

자

자가당착(自家撞着)
⇒모순(矛盾) 참조.
「禪林類聚看經門」,
南堂靜云 須彌山高不見嶺 大海水深
不見底 簸土揚塵無處尋 回頭撞著自家
底

자강불식(自彊不息)
스스로 쉬지 않고 줄곧 힘씀. 자강
불식(自强不息)이라고도 함.
「易經 乾卦象傳」,
天行健 君子以自彊不息

자객간인(刺客奸人)
마음씨가 매우 모질고 악한 사람.

자격지심(自激之心)
자기가 해 놓고 그 일에 대해 스스
로 미흡하게 여기는 마음을 이름.

자견자불명(自見者不明)
자기 자신의 결점은 스스로 분명하
게 볼 수 없다는 말.
「老子 第二十四章」,
自見者不明 自是者不彰 身代者無功
自矜者不長

자고능용(慈故能勇)
자애심이 두터워 자연히 용기가 생
긴다는 뜻.
「老子 第六十七章」,
慈故能勇 儉故能廣

자고이래(自古以來)
예로부터 지금까지.

자고자대(自高自大)
교만하여 스스로 잘난 체함을 이르
는 말.

자곡지심(自曲之心)
허물이 있는 사람이 스스로 고깝게
여기는 마음을 이름.

자골지한(刺骨之恨)
뼛속에 사무친 깊은 원한을 이름.
「楓窓小牘」,
及魏公卒 當公至不往弔 且欲甘心於
仇 或謂仇 須面詣謝 仇曰 刺骨之恨
豈送面可消

자과부지(自過不知)
제 허물은 제가 모름을 이름.

자과자존(自誇自尊)
자기를 스스로 높이고 자랑함을 이
름.

자괴지심(自愧之心)
스스로 부끄러워하는 마음을 이름.

자구지단(藉口之端)
핑계 삼을 만한 일거리를 이름.

자굴지심(自屈之心)
남에게 스스로 굽히는 마음을 이름.

자귀물론(自歸勿論)
오래 되었거나 대수롭지 않은 일은
저절로 흐지부지된다는 말.

자금이후(自今以後)
이제부터 이후.
「後漢書 劉盆子傳」,
請自今已後 不敢復放縱

자급자족(自給自足)

자기가 필요한 물건을 자기가 만들어 충당함을 이름.

자기모순(自己矛盾)

자기의 논리나 실천의 내부에서 몇 개의 사항이 상호 대립하는 것. 자기 자신이 사리가 맞지 않는 것을 이름.
⇒모순(矛盾) 참조.

자기세력(藉其勢力)

딴 세력을 빌어서 의지함을 이름.

자당조기(自堂徂基)

제사 때 모든 일에 정성을 다한다는 뜻.
「詩經周頌絲衣」,
絲衣其紑 載升俅俅 自堂徂其

자두연기(煮豆燃其)

형제나 또는 한 패끼리 싸움을 비유한 말. 자두연두기(煮豆燃豆其)라고도 함.
「世說文學篇」,
魏文帝嘗令東阿王七步中作詩 不成行法 卽應聲爲詩曰 煮豆持作羹 漉鼓以爲汁 其在釜底然 豆在釜中泣 本是同根生 相煎何太急 帝深有慙色
* 위나라에 조비와 조식 두 형제가 살았다. 형인 조비가 왕이 된 후 두 형제는 몹시 사이가 좋지 않았다. 하루는 형인 조비가 동생 조식에게 일곱 발자국을 걷는 사이에 시 한 수를 짓지 못하면 중벌을 내리겠다고 하였다. 이 때 동생이 지은 시가 곧 '자두연기'이다. 내용은 "콩깍지는 가마솥 밑에서 타고, 같은 뿌리에서 태어난 콩은 뜨거움을 견디지 못하고 가마솥 안에서 운다."

자두연두기(煮豆燃豆其)

⇒자두연기(煮豆燃其) 참조.

자득지묘(自得之妙)

스스로 깨달아 알아 낸 묘리(妙理)를 이름.

자량처지(自量處之)

스스로 알아서 처리함을 이르는 말.

자력갱생(自力更生)

쇠약해진 생활환경을 스스로의 힘으로써 회복함을 이르는 말.

자력회향(自力回向)

자기가 수득한 공덕의 힘으로 좋은 운명을 얻으려 한다는 말.

자로부미(子路負米)

공자의 제자 자로가 집이 가난하여 매일 쌀을 등짐으로 운반해주고 받은 품삯으로 부모님을 봉양했다는 말로, 지극한 효심을 뜻함.
「孔子家語 致思篇」,
願欲食藜藿爲親負米 不可得也 子曰 由也事親可謂生事盡力死事盡思者也

자린고비(玼吝考妣)

아주 다라울 정도로 인색하고 비정한 사람을 꼬집어 이르는 말.

자막집중(子莫集中)

중국 춘추전국시대에 자막이라는 사람이 '중용(中庸)'만을 지켰다는 데서 유래된 말로, 임기응변이나 융통성이 없음을 이르는 말.

자만난도(滋蔓難圖)

시일이 감에 따라 악한 일이 점점 만연하여 제어할 수 없는 지경에 이름을 뜻함.
「左傳 隱公 元年」,
無使滋蔓 蔓難圖也 蔓草猶不可除 況

君寵弟乎

자모유패자(慈母有敗子)

자애가 지나친 어머니 슬하에는 반드시 버릇없는 자식이 있다는 말.
「史記 李斯傳」,
慈母有敗子 嚴家無格虜

자묵객경(子墨客卿)

먹〔墨〕의 이명(異名).
「揚雄의 長楊賦」,
聊因筆墨之成文章 故籍翰林以爲主人 子墨客卿以爲諷

자문자답(自問自答)

스스로 묻고 스스로 대답함을 이름.

자변첩질(資辯捷疾)

천성이 능변(能辯)하고 행동이 민첩함을 이름.

자복웅비(雌伏雄飛)

암컷이 수컷을 따르고 복종하는 것. 곧 사람을 붙좇거나 세상에서 물러가 숨는다는 뜻. 또는, 씩씩하게 날아올라 힘차게 활약한다는 뜻.

자부작족(自斧斫足)

⇒지부작족(知斧斫足) 참조.

자상달하(自上達下)

위로부터 아래에까지 미친다는 말.
⇔자하달상(自下達上)

자상모순(自相矛盾)

⇒모순(矛盾) 참조.

자성일가(自成一家)

스스로의 능력으로 한 대가(大家)를 이룸.

자수삭발(自手削髮)

제 손으로 자기의 머리를 깎는다는 뜻으로, 제 스스로의 힘으로 어려운 일을 감당해 냄을 비유하여 이르는 말.

자수성가(自手成家)

물려받은 재산이 없는 사람이 자기의 힘으로 한 살림을 이룩함을 이르는 말.

자숙자계(自肅自戒)

몸소 삼가고 경계함을 이르는 말.

자승자박(自繩自縛)

제 포승으로 제 몸을 옭아 묶는다는 뜻으로, ①제 마음씨나 언행으로 말미암아 스스로 얽혀들어 가거나, ②번뇌로 자기 자신을 스스로 괴롭힘을 비유하는 말. 자업자득(自業自得) 또는, 자업자박(自業自縛)이라고도 함.
「後漢書」,

자승지벽(自勝之癖)

제 스스로가 남보다 낫다고 여기는 버릇을 이르는 말.

자시지벽(自是之癖)

①제 뜻이 항상 옳은 줄로만 믿는 버릇. ②편벽된 소견을 고집부리는 버릇을 이름.

자업자득(自業自得)

⇒자승자박(自繩自縛) 참조.

자업자박(自業自縛)

⇒자승자박(自繩自縛) 참조.

자연오도(自然悟道)

다른 가르침에 따르지 않고, 스스로 미혹을 열어 진리를 깨달음.

자연도태(自然淘汰)

자연환경에 따라 저절로 소멸함을 이르는 말.

자염녹안(紫髥綠眼)

자주색 수염과 녹색의 눈이란 뜻으로, 오랑캐 인종을 이르는 말.
「岑參의 胡笳歌」,
君不聞胡笳聲最悲 紫髥綠眼胡人吹

자용즉소(自用則小)

자기 생각만으로 무든 일을 행하는 자는 큰 일을 성취할 수 없음을 이르는 말.
「書經」
好問則裕 自用則小

자유분방(自由奔放)

제멋대로 임을 이르는 말.

자유삼매(自由三昧)

마음껏 제멋대로 행동하는 모양을 이름.

자유자재(自由自在)

마음대로. 생각대로.

자유재량(自由裁量)

①자기 스스로가 옳다고 믿는 바에 따라서 일을 결단함. ②국가 기관이 자기의 판단에 따라서 적당한 처리를 할 수 있는 행위 또는 그 자유를 이름.

자유지정(自由之情)

사단(四端) 즉, 사람의 본성에서 우러나는 네 가지 마음씨인 인(仁)·의(義)·예(禮)·지(智) 따위에 근원을 둔, 타고 난 정을 이름.

자유활달(自由濶達)

마음이 넓고 자유로워 사물에 구애되지 않는 모양. 남의 언동을 받아들이려 하는 마음의 준비가 있어, 인간성이 크고, 의지할 만한 모양을 이름.

름.

자위부은(子爲父隱)

아비는 자식을, 자식은 아비를 위해 나쁜 일을 숨긴다는 뜻이니, 곧 부자간(父子間)의 정을 이르는 말.
「論語 子路」,
父爲子隱 子爲父隱 直在其中矣

자은무명(自隱無名)

스스로 은거하여 이름이 세상에 알려지지 않음을 이르는 말.
「史記 老子傳」,
老子修道德 其學以自隱無名爲務

자의불신인(自疑不信人)

자기 자신을 의심하는 사람은 남을 믿지 않는다는 말.
「素書」,
自疑不信人 自信不疑人

자자손손(子子孫孫)

⇒대대손손(代代孫孫) 참조.
「書經 酒誥篇」,
己若玆監 惟曰欲至于萬年惟王 子子孫孫 永保民

자자주옥(字字珠玉)

글자마다 구슬이라는 뜻으로, 필법(筆法)이 뛰어남을 이르는 말.

자작얼불가환(自作孼不可逭)

자기가 저지른 재난은 피하려 하여도 피하지 못함. 또는 스스로 저지른 일로 생긴 재앙. 자작지얼(自作之孼), 자취기화(自取其禍), 자취지화(自取之禍)라고도 함.
「書經 商書 太甲 上」,
王拜手稽首曰 予小子不明于德 自底不類 欲敗度 縱敗禮 以速戾于厥躬 天作孼猶可違 自作

孽不可逭 旣往 背師保之訓 弗克于厥
初 尙賴匡救之德 圖惟厥終

왕이 손에 절하고 머리를 조아리며
이르시되, "나 소자(小子)는 덕(德)
에 밝지 못하여 스스로 불초(不肖)에
이르러 욕(欲)으로 법도(法度)를 패
(敗)하며, 방탕(放蕩)으로 예(禮)를
패하여, 이로써 허물을 몸에 부르니,
하늘이 지으신 재앙은 오히려 가히
피하려니와, 스스로 지은 재앙은 가
히 도망하지 못하나니, 기왕에 사보
(師保)의 훈계(訓戒)를 등져 그 처음
에 능치 못하나, 거의 광구(匡救)한
덕을 힘입어 그 마침을 도모하노이
다."

자작일촌(自作一村)
한 집안끼리 또는 뜻을 같이 하는
사람끼리 한 마을을 이룸.

자작자급(自作自給)
①손수 제 힘으로 지어서 모자람 없
이 지냄. ②제 나라 제 고장에서 나
는 물건만으로 살아감.

자작자연(自作自演)
자기가 지은 각본을 연출하거나 거
기에 출연함.

자작자음(自酌自飮)
손수 술을 따라 마심을 이르는 말.

자작자필(自作自筆)
자기가 글을 지어 자기 손으로 씀을
이름. 작지서지(作之書之)라고도 함.

자작자활(自作自活)
자작하여 제 힘으로 살아감을 이르
는 말.

자작지얼(自作之孽)

⇒자작얼불가환(自作孽不可逭) 참조.

자장격지(自將擊之)
①몸소 군사를 거느리고 싸움. ②무
슨 일을 남에게 시키지 않고 손수 함
을 가리키는 말.

자전일섬(紫電一閃)
잘 간 긴칼을 한 번 휘두를 적에 일
어나는 날카로운 빛, 곧 사태가 몹시
급함을 이름.

자전지계(自全之計)
자신의 안전을 도모하는 꾀를 이르
는 말.

자존자대(自存自大)
스스로를 높고 크게 여김을 이름

자존자만(自存自慢)
스스로 자기를 높여 잘난 체하며 뽐
냄을 이름.

자존자율(自存自律)
스스로의 힘으로 존재하고, 스스로
를 다스린다는 말.

자주독립(自主獨立)
남의 간섭을 받거나 의지하지 않고
제힘으로 일을 처리함을 이름.

자중지란(自中之亂)
자기네 한 동아리 안에서 일어나는
싸움질. 소장지변(蕭牆之變)이라고도
함.

자지자불원인(自知者不怨人)
자기 자신을 아는 자는 다른 사람을
원망하지 않는다는 말.
「荀子 榮辱篇」,
自知者不怨人 知命者不怨天 怨人者
窮 怨天者無志

자찬(自讚)

⇒자화자찬(自畫自讚) 참조.

자창자화(自唱自和)

①자기가 노래를 부르고 스스로 화답함. ②남을 위하여 자기가 마련한 것을 자기가 이용함을 비유하여 이르는 말. 자탄자가(自彈自歌)라고도 함.

자천배타(自賤拜他)

제 것은 업신여기고 남의 것은 받든다는 말.

자초지신(刺草之臣)

서민(庶民)이 임금을 대할 때 자신을 낮춰 일컫는 말.
「儀禮士相見禮」,
庶人則曰 刺草之臣

자초지종(自初至終)

처음부터 끝까지의 일을 이르는 말.

자취기화(自取其禍)

⇒자작얼불가환(自作孽不可逭) 참조.

자취부귀(自取富貴)

스스로 노력하여 부귀를 누린다는 말.
「事文類聚別集」,
北齊高昂曰 男兒當橫行天下 自取富貴 誰能端坐讀書 作老博士也

자취지화(自取之禍)

⇒자작얼불가환(自作孽不可逭) 참조.

자칭천자(自稱天子)

제 스스로 임금이라 한다는 뜻으로, 스스로 잘난 체하며 제 칭찬만 하는 사람을 비웃는 말.

자타공인(自他共認)

잘잘못을 가리지 않고 내남없이 모두가 인정함.

자탄자가(自彈自歌)

⇒자창자화(自唱自畫) 참조.

자포자기(自暴自棄)

마음에 불만이 있어 자기 자신을 스스로 버려서 돌아보지 않음을 이르는 말.
「孟子 離婁章句上 十」,
孟子曰 自暴者 不可與有言也 自棄者下可與有爲也 言非禮義 謂之自暴也 吾身不能居仁由義 謂之自棄也 仁人之安宅也 義人之正路也 曠安宅而弗居 舍正路而不由 哀哉
孟子 가로되, "自暴者와는 함께 이야기할 것이 못 된다. 自棄者와는 함께 일할 것이 못 된다. 입을 벌리면 禮와 義를 비방하는데, 이것을 自暴라 한다. 또 내 몸은 仁에 살지 못하고 義에 따를 수 없다고 하는데, 이를 自棄라 한다. 仁은 사람이 便安히 쉴 수 있는 집이요, 義는 사람이 올바르게 걸어가는 길이다. 便安한 집을 텅 비워놓고 살지 않으며, 올바른 길을 따라가지 않으니, 참으로 슬프구나."

자하거행(自下擧行)

전례에 따라서 윗사람의 결재나 승낙 없이 스스로 해 나감을 이름. 자하(自下)만으로도 쓰임.

자하달상(自下達上)

일의 영향이 아래로부터 위까지 미친다는 말. ⇔자상달하(自上達下)

자한사보(子罕辭寶)

송나라 대부(大夫) 자한이 어느 날 아첨배가 보옥(寶玉)을 가져와 바치

려 하였으나 받지 않고 물렸다는 고
사로, 관료의 청렴이나 선비다운 결
백을 이르는 말.
「左傳 襄公」,
子罕曰 我以不貪爲寶 爾以玉爲寶 若
以與我 皆喪寶也 不若人有其寶

자행자지(自行自止)

제 마음대로 하고 싶으면 하고 말고
싶으면 만다는 뜻.

자화자찬(自畵自讚)

자기가 그린 그림을 자기가 칭찬한
다는 뜻으로, 자기가 한 일을 자기
스스로 칭찬함을 이르는 말. 자찬(自
讚)만으로도 쓰임.

작법자폐(作法自斃)

자기가 만든 법에 자기가 해를 입음
을 이름.
「史記 商君傳」,

작비금시(昨非今是)

전에는 그르다고 여겨지던 것이 지
금은 옳게 여겨짐을 이르는 말.
「陶潛 歸去來辭」,

작사도방삼년불성(作舍道傍三年不成)

길가에 집을 짓는 사람이 행인들이
제각기 다른 의견을 내놓는 바람에 3
년이 지나도 집을 짓지 못했다는 뜻
으로, 어떤 일을 할 때 여러 사람의
구구한 의견에 일일이 귀를 기울이면
결국 일을 이루지 못함을 비유하는
말.
「後漢書 曹褒傳」,
帝曰 諺言作舍道傍 三年不成 會禮之
家

작수성례(酌水成禮)

가난한 집안의 혼인 예식을 이름.

작심삼일(作心三日)

결심한 바가 오래가지 못함을 이르
는 말.

작애분통(灼艾分痛)

고통을 함께 나눔을 이르는 말.
「宋史 太祖紀」,
帝性孝友 太宗嘗病亟 帝任視之 親爲
灼艾 太宗覺痛 帝亦取艾自灸

작유여지(綽有餘地)

⇒여유작작(餘裕綽綽) 참조.

작작유여(綽綽有餘)

⇒여유작작(餘裕綽綽) 참조.
「詩經 小雅 角弓」,
此令兄弟 綽綽有裕 不令兄弟 交相爲
瘉

작지불이(作之不已)

어떤 일을 끊임없이 힘을 다하여
함.

작지서지(作之書之)

⇒자작자필(自作自筆) 참조.

작취미성(昨醉未醒)

어제 마신 술이 아직 깨지 아니했다
는 말.

작학관보(雀學鸛步)

참새가 황새걸음 배우기란 뜻으로,
자기의 역량은 생각지도 않고 무리하
게 남을 모방하려 한다는 뜻.
「東言解」,

잔고잉복(殘膏賸馥)

후세에까지 남은 옛사람의 유풍(遺
風)과 여향(餘香)을 이르는 말.
「杜甫의 文」,
殘膏賸馥 沾丐後人多矣

잔념무념(殘念無念)

 마음이 뒤에 남거나, 만족하지 않는 상태에 있어 분한 것을 이름. '무념'은 불교어.

잔두지련(棧豆之戀)

 사소한 이익을 단념하지 못함을 가리키는 말.

잔배냉적(殘杯冷炙)

 마시다 남은 술과 식은 고기, 즉 보잘것없는 음식 또는 귀인(貴人)이나 권력자 등으로부터 받은 치욕을 이르는 말. 잔배냉효(殘杯冷肴)라고도 함.
「顏氏家訓」,
 人不可見役勳貴 處之下座 取殘杯冷炙之辱
 마시다 남은 술과 식은 고기를 먹는 모욕을 당했다.

잔배냉효(殘杯冷肴)

 ⇒잔배냉적(殘杯冷炙) 참조.

잔산잉수(殘山剩水)

 패망한 나라의 산천을 이르는 말. 즉, 산수(山水)의 경치가 보잘것없음.
「范成大의 詩」,
 殘山剩水一人心

잔산잉수(殘山賸水)

 국토가 분열되었음을 비유하는 말.

잔월효성(殘月曉星)

 지는 달과 새벽 별을 이르는 말.

잔인무도(殘忍無道)

 인정이 없고 도리를 벗어남을 이름. 잔혹비도(殘酷非道)라고도 함.

잔인박행(殘忍薄行)

 잔인하고도 야박한 행위를 이름.

잔인해물(殘忍害物)

 사람과 물건을 해침을 이르는 말.

잔편단간(殘編短簡)

 끊어져 동강이 난 글이나 조각조각 흩어져서 온전하지 못하게 된 책을 이르는 말.

잔학무도(殘虐無道)

 잔악하고 포악함이 도리를 벗어나 무지함을 이르는 말.

잔혹비도(殘酷非道)

 ⇒잔인무도(殘忍無道) 참조.

잠덕유광(潛德幽光)

 세상에 알려지지 않은 유덕자(有德者)의 숨은 빛을 이르는 말.

잠리직위(簪履職位)

 귀인(貴人)의 직위를 이르는 말.

잠불리측(暫不離側)

 잠시도 곁에서 떠나지 아니함.

잠사우모(蠶絲牛毛)

 일의 가닥이 자차분하고도 어수선함을 비유하여 이르는 말.

잠소암삭(潛銷暗鑠)

 알지 못하는 사이에 쇠가 녹듯이 슬그머니 줄어 없어짐을 이르는 말.

잠영세족(簪纓世族)

 대대로 높은 벼슬을 지내온 겨레붙이를 이름.

잡거구금(雜居拘禁)

 두 사람 이상의 재감가(在監者)를 한데 잡거시키는 구금을 이르는 말.

잡시방약(雜施方藥)

병을 고치려고 온갖 약을 다 써 본
다는 말.

장가지년(杖家之年)

나이 50세를 이르는 말.

「禮記 王制篇」,

五十杖於家 六十杖於鄕 七十杖於國
八十杖於朝

장강대필(長杠大筆)

길고 힘있는 문장을 비유하여 이르
는 말.

장강천참(長江天塹)

긴 강과 자연이 생긴 구덩이란 뜻으
로, 천연의 요새(要塞)를 비유하여
이르는 말.

「南史 恩倖孔範傳」,

隋師將濟江 群官請爲備防 後主未決
範奏曰 長江天塹 古來限隔 虜軍豈能
飛度

장관이대(張冠李戴)

장가의 관을 이가가 쓴다는 뜻으로,
이름과 실상이 일치하지 아니함을 이
르는 말.

장경오훼(長頸烏喙)

목이 길고 입이 뾰족한 인상(人相).
이런 인상을 가진 사람은 끈기 있고
괴로움을 함께 할 수는 있으나, 시기
심이 강해서 안락은 함께 할 수 없는
상태를 이르는 말.

「吳越春秋」,

苑蠡爲書 遺文種曰 越王爲人 長頸烏
喙 鷹視狼步 可以共患難 而不可共處
樂

＊ 월왕(越王) 구천(勾踐)의 인상으로,
참을성이 많고 고생을 같이 할 수 있으
나, 잔인하고 욕심이 많으며 남을 의심

하는 마음이 강하여 안락(安樂)을 같이
할 수 없는 성질이 있다고 함.

장계취계(將計就計)

상대편의 계략을 미리 알아채고 그
것을 이용하는 계략을 이르는 말.

장교미인(長姣美人)

키가 크고 아름다운 여자를 이르는
말.

「史記 蘇秦傳」,

前有樓閣軒轅 後有長姣美人

장구지계(長久之計)

사업이 오래 계속될 수 있도록 도모
하는 계획을 이름. 장구지책(長久之
策)이라고도 함.

장구지책(長久之策)

⇒장구지계(長久之計) 참조.

장군출 용마출(將軍出龍馬出)

장군 나자 용마 난다는 뜻으로, 훌
륭한 사람이 있으면 따라서 그를 보
좌하는 사람도 있다는 뜻.

「東言解」,

장년삼노(長年三老)

뱃사공을 이르는 말.

「書言故事注」,

蔡夢弼曰 峽中以舟師爲長年 施工爲
三老 陸放翁入峽記 長年三老 謂梢工
也

장두노미(藏頭露尾)

머리를 감추고 숨은 줄로 알지만,
꼬리가 나와있는 상태를 이르는 말.

「元曲選 桃花女」,

장두상련(腸肚相連)

창자가 서로 잇닿아 있다는 뜻으로,
배짱이 서로 잘 맞음을 이르는 말.

장두은미(臟頭隱尾)

머리를 감추고 꼬리를 숨긴다는 뜻
으로, 일의 전말을 똑똑히 밝히지 아
니함을 이르는 말.

장락미앙(長樂未央)

즐거움이 그치지 않는다는 뜻.

장림심처(長林深處)

우거진 숲의 깊숙한 곳.

장립대령(長立待令)

오래 서서 분부를 기다린다는 뜻으
로, 권문세가에 날마다 문안을 드리
며 이권을 가리는 사람을 조롱하여
이르는 말.

장막여신(杖莫如信)

의지할만한 것은 신의(信義)만한 것
이 없다는 뜻으로, 신의의 중요성을
강조하는 말.

장명부귀(長命富貴)

수명이 길고 재산이 많으며 지위가
높음을 이르는 말.
「唐書 姚崇傳」,
求長命得長命 求富貴得富貴

장목비이(長目飛耳)

옛일이나 먼 곳의 일을 앉은 채로
보고들을 수 있는 눈이나 귀의 뜻으
로, 곧 서적을 이름. 또 사물을 날카
롭게 관찰하고 널리 정보를 모아, 잘
알고 있음. 비이장목(飛耳長目)이라고
도 함.
「管子 九守」,
一曰長目 二曰飛耳 三曰樹明 明知天
里之外

장문유장(將門有將)

장군 집안에서 장군이 난다는 말.

「史記 孟嘗君傳」,
君用事相齊 門下不見一賢者 又聞 將
門必有將 相門必有相

장백지조(將伯之助)

타인의 도움을 얻음을 이름.
「詩經 小雅 節南山之什 正月篇」,
終其永懷 : 앞으로 되어갈 일 생각해
　　　　　보면
又窘陰雨 : 장마비 진창길에 고생을
　　　　　하리
其車旣載 : 짐을 가득 수레에 실어
　　　　　놓고서
乃棄爾輔 : 그 수레의 덧방나무 빼어
　　　　　버리니
載輪爾載 : 그 짐이 떨어져 땅에
　　　　　구를 때
將伯助予 : 누구 청해 도와 달라
　　　　　청을 할 건가

장벽무의(牆壁無依)

의지할 곳이 없음을 이르는 말.

장보천리(章甫薦履)

장보의 관(冠)이 발밑에 있다는 뜻
으로, 위아래가 거꾸로 되었음을 이
르는 말.
「賈誼의 弔屈原賦」,
章甫薦履兮 漸不可久

장부일언 중천금(丈夫一言重千金)

장부가 한 말은 천금의 무게가 있다
는 말이니, 곧 약속을 이행하지 않을
때 나무라는 말.

장비군령(張飛軍令)

옛날 중국 촉한의 장수 장비의 성미
가 몹시 급했다는 데서, 갑자기 내리
는 명령 또는 졸지에 다급하게 서두
름을 이르는 말.

장삼이사(張三李四)

⇒갑남을녀(甲男乙女) 참조.

「朱子語錄」,

易惟說這箇道理如此 何曾有甚張三李四

* 장씨의 셋째 아들, 이씨의 넷째 아들이란 뜻에서 나온 말.

장상전장(掌狀煎醬)

손바닥에 장을 지진다는 뜻으로, 무엇을 장담할 때나 강력하게 부인할 때 스스로 맹세하여 쓰는 말.

「東言解」,

장상지재(將相之材)

장수나 재상이 될 만한 인재를 이르는 말.

장생불사(長生不死)

죽지 않고 오래 삶을 이르는 말.

장석운근(匠石運斤)

장석이란 명장이 자귀를 들고 물건을 새긴다는 뜻으로, 기술이 입신의 경지에 이를 만큼 뛰어남.

「莊子 徐無鬼篇」,

郢人堊漫其鼻端 若蠅翼 使匠石斲之 匠石運斤成風

장설삼촌(長舌三寸)

앞에서는 알랑거리면서, 그 사람이 없는 데서는 혀를 내밀고 비웃음을 이르는 말.

장수선무(長袖善舞)

소매가 길면 춤추기가 편하다는 뜻으로, 일하기 좋은 환경에 있으면 일을 이루기가 수월하다는 말. 다전선고(多錢善賈)와 함께 쓰이는 말.

「韓非子 五蠹傳」,

長袖善舞 多錢善賈 此言資之易爲工也 故治强易爲謀 弱亂難爲計

장승계일(長繩繫日)

긴 줄로 해를 맨다는 뜻으로, 할 수 없는 의논을 비유하여 이르는 말.

장신수구(長身瘦軀)

키가 크고 마른 몸, 또는 호리호리한 몸매를 이르는 말.

장야지음(長夜之飮)

날이 밝았는데도 창을 가리고 불을 켜놓은 채 술을 마신다는 말.

「韓非子 說林篇」,

紂爲長夜之飮 懼以失日 問其左右盡不知也

장언대어(壯言大語)

의기양양해서 큰소리침을 이르는 말. 대언장어(大言壯語)라고도 함.

장와불기(長臥不起)

오래도록 앓아 누워 채 일어나지 못하고 있음을 이르는 말.

장우단탄(長吁短歎)

긴 한숨과 짧은 탄식이라는 뜻.

장원지계(長遠之計)

먼 장래의 계책을 이르는 말.

장유유서(長幼有序)

오륜(五倫)의 하나로, 연장자와 연소자 사이에는 지켜야 할 차례가 있음을 이르는 말.

⇒포식난의(飽食暖衣)의 고사 및 삼강오륜(三綱五倫) 참조.

장유지서(長幼之序)

어른과 아이의 사회적 지위나 순서를 이름.

장읍불배(長揖不拜)

길게 읍(揖)만 하고 절은 하지 않음을 이름.
「史記」,
長揖不拜

장이불밀(壯而不密)

웅장하나 세밀하지 못함을 이름.
「曹丕의 論文」,
琳瑀之章表 書記 今之雋也 應瑒和而不壯 劉楨壯而不密 孔融體氣高妙 有過人者 然不能持論 理不勝詞

장자삼대(長者三代)

아버지가 고생해서 재산을 만들고, 그것을 보고 자란 아들 2대는 그것을 잘 지키지만, 3대인 손자는 생활이 사치하여 마침내 할아버지와 아버지가 이룩한 가산을 탕진하는 예가 많다는 데서, 삼대를 가기가 어려움을 이름.

장자풍도(長者風度)

덕망이 있는 노성(老成)한 사람의 풍채와 태도를 이르는 말.

장장추야(長長秋夜)

길고 긴 가을밤을 이르는 말.

장장하일(長長夏日)

길고 긴 여름 해(날)를 이르는 말.

장정곡포(長汀曲浦)

긴 물가와 구불구불한 바닷가란 뜻으로, 해안이 구불구불하여 멀리까지 계속되는 것을 이름.

장족진보(長足進步)

아주 빠르게 이루어지는 진보를 이름.

장주지몽(莊周之夢)

장자(莊子)가 꿈에서 나비가 되었는데, 깬 후에도 장자가 나비가 되었는지 나비가 장자가 되었는지 분간하지 못했다는 말로, 물아일체(物我一體)의 경지를 이르는 말. 몽위호접(夢爲胡蝶) 또는, 호접지몽(胡蝶之夢)이라고도 함.
「莊子 齊物論篇」,
昔者莊周 夢爲胡蝶 栩栩然胡蝶也 自喩適志與 不知周也 俄然覺 則遽遽然周也 不知周之夢爲胡蝶與 胡蝶之夢爲周與 周與胡蝶則必有分矣 此之謂物化
옛날에 莊周가 꿈에 나비가 되었다. 그는 나비가 되어 펄펄 날아 다녔다. 자기 자신은 유쾌하게 느꼈지만 자기가 莊周임은 알지 못하였다. 갑자기 꿈을 깨니 엄연히 자신은 莊周였다. 그러니 莊周가 꿈에 나비가 되었던 것인지, 나비가 꿈에 莊周가 되어 있는 것인지 알 수가 없었다. 莊周와 나비에는 반드시 분별이 있을 것이다. 이러한 것을 莊周라 부른다.
* 상대적인 개념이 없어짐으로써 완전히 자유스러워진 세계, 이것이 莊子가 생각하는 理想鄕인 것이다. 그리고 '모든 사물이 齊一'하게 여겨질 때, 비로소 우리는 자연에 완전히 융화될 수 있음을 말하고 있다.

장중득실(場中得失)

모든 일이 뜻대로 되지 않음을 이르는 말.

장중보옥(掌中寶玉)

손안에 든 보배로운 옥이란 뜻으로, 가장 사랑스럽고 소중한 것을 이르는 말.

장중지주(掌中之珠)

손에 쥐고 있는 구슬로, 자기가 가진 것 중에서 가장 소중한 것. 가장 사랑하는 아내의 비유, 또는 타인의 아들을 비유하는 말.

「杜甫의 寄漢王詩」,
掌中探見一珠新

장지괴야어극(牆之壞也於隙)

작은 일이라고 소홀히 하다 큰 일을 당함. 즉, 호미로 막을 일을 가래로 막는다는 뜻.

「淮南子」,
牆之壞也於隙

장지수지(杖之囚之)

지난날, 죄를 다스릴 때 곤장을 때려서 옥에 가두던 일을 이르는 말.

장진지망(長進之望)

장차 잘 되어갈 희망을 이르는 말.

장취불성(長醉不醒)

술을 늘 마셔서 깨지 않음을 이름.
⇒종정옥백(鐘鼎玉帛)의 고사 참조.

장침대금(長枕大衾)

긴 베개와 큰 이불이란 뜻으로, 함께 누워 잘 수 있는 친밀한 친구와의 교분을 비유한 말.

「唐書」,
玄宗爲長枕大衾 與諸王同寢

장풍파랑(長風破浪)

먼 곳까지 불고 가는 대풍(大風)을 타고 끝없는 바다 저 쪽으로 배를 달리게 한다는 뜻으로, 대업(大業)을 이룸을 비유하여 이르는 말.

「李白 行路難」,
金樽淸酒斗十千　玉盤珍羞値萬錢
停杯投筯不能食　拔劍四顧心茫然
欲渡黃河冰塞川　將登太行雪暗天
閑來垂釣碧溪上　忽復乘舟夢日邊
行路難行路難　多岐路今安在
長風破浪會有時　直挂雲帆濟滄海

재가무일(在家無日)

너무 바빠서 집에 있을 틈이 없음을 이르는 말.

재계목욕(齋戒沐浴)

⇒목욕재계(沐浴齋戒) 참조.

「孟子 離婁章句下 二十五」,
孟子曰 西子蒙不潔則人皆掩鼻而過之 雖有惡人 齋戒沐浴則可以祀上帝

맹자 가로되, "西子라도 더러운 것을 얼굴에 바르고 있으면 사람들이 다 코를 가리고 지나갈 것이요, 추악한 사람이 있다 하더라도 목욕 재계하면 상제라도 제사할 수 있을 것이다."

재귀일거(載鬼一車)

괴상한 것이 몹시 많음을 이름.

「易經 睽卦」,
上九 睽孤 見豕負塗 載鬼一車

재기환발(才氣煥發)

머리가 잘 돌아 날카롭고, 재능이 빛남. 또는 재주와 슬기가 불 일어나듯이 나타남을 이름.

「史記 項羽本紀」,

재다명태(財多命殆)

재화(財貨)가 많으면 목숨이 위태롭다는 말.

「後漢書 馮衍傳」
位尊身危 財多命殆

재대난용(材大難用)

재목이 너무 커서 쓰이기 곤란하다는 말로, 재사(才士)가 불우한 처지에 있음을 비유한 말.

「杜甫의 古柏行」,
志士幽人莫怨嗟 古來材大難爲用

재봉춘(再逢春)
다시 행복을 만났다는 뜻.

재삼사지(再三思之)
이리저리 여러 번 되풀이하여 생각함을 이름.

재삼재사(再三再四)
'서너 번' 또는 '여러 번'의 뜻임.
「史記 項羽本紀」,

재색겸비(才色兼備)
여성이 뛰어난 재능과 미모를 타고남을 이름.
「後漢書」,

재승덕박(才勝德薄)
재주는 많으나 덕이 부족함. 재승박덕(才勝薄德)이라고도 함.

재승박덕(才勝薄德)
⇒재승덕박(才勝德薄) 참조.

재자가인(才子佳人)
재주 있는 젊은 남자와 아름다운 여자를 이름.

재자다병(才子多病)
재능이 있는 사람은, 병이 잦다는 말.
「雪中梅 序」,

재학겸유(才學兼有)
재주와 학식을 아울러 갖추었다는 말.

쟁어자유(爭魚者濡)
어부가 물고기를 잡을 때 옷을 적시며 고생하듯, 이익을 얻으려고 다투는 사람은 언제나 고생을 면치 못한다는 말.
「列子 說符篇」,
爭魚者濡 爭獸者趨 非樂之也

쟁장경단(爭長競短)
장단점을 가지고 서로 다툼을 이르는 말.
「宋文鑑」,
黃庭堅書寄祝有道曰 人家兄弟 無不義者 蓋因娶婦入門 異姓相聚 爭長競短

저구지교(杵臼之交)
귀천을 가리지 않고 사귐을 이르는 말.
「後漢書 吳祐傳」,
公孫穆來遊大學 無資糧 乃變服客傭爲祐賃春 祐與語大驚 遂共定交于杵臼之間

저돌맹진(猪突猛進)
하나의 목표를 향하여 앞 뒤 가리지 않고 맹렬한 기세로 거침없이 곧장 나아감을 이름.

저돌희용(猪突豨勇)
앞 뒤 가리지 않고 나아가는 용기. 또 그와 같이 행동하는 용감한 사람을 이르는 말.
「漢書」,
匈奴侵寇甚 莽大募天下囚徒人奴 名曰猪突豨勇

저두평신(低頭平身)
머리를 숙이고 몸을 움츠리고 사과함. 또는 몹시 황송해 하는 모습을 이르는 말.

저사(抵死)
⇒저사위한(抵死爲限) 참조.

저사위한(抵死爲限)

죽기를 작정하고 굳세게 저항함을
이르는 말. 저사(抵死)만으로도 쓰임.

저양촉번(羝羊觸藩)

⇒진퇴유곡(進退維谷) 참조.
「易經 大壯卦」,
上六 羝羊觸藩 不能退 不能遂
* 수양(牡羊)이 울타리를 받다가 뿔이
걸려 꼼짝 못하게 됐다는 데서 나온
말.

저장이담(抵掌而談)

손뼉을 치며 재미있게 이야기하는
것을 이름.
「戰國趙策」,
蘇秦見說趙王華屋之下 抵掌而談 趙
王大悅 卦爲武安君

저축공허(杼軸空虛)

나라가 몹시 빈한함을 비유하는 말.
「詩經 小雅 大東」,
小東大東 杼軸其空

적고병간(積苦兵間)

여러 해를 전쟁터에서 싸움을 이르
는 말.

적공지탑불휴(積功之塔不隳)

'공든 탑이 무너지랴'의 뜻으로, 공
을 들여서 이룬 일은 쉽사리 없어지
지 않는다는 뜻.
「旬五志」,

적광정토(寂光淨土)

부처가 사는 곳. 중생이 해탈해서
구극의 깨달음에 이른 경지를 이르는
말.
「淨名經疏」,
* 寂은 진리의 적정(寂靜). 光은 진지

(眞知)의 광조(光照).

적구독설(赤口毒舌)

남을 몹시 비난하고 저주하는 일이
나 말을 이름.

적구지병(適口之餠)

입에 맞는 떡이란 뜻으로, 제 마음
에 꼭 드는 사물을 비유하여 이르는
말.

적국외환(敵國外患)

외국에 있으면서 자기 나라에 해를
끼치는 사람을 이르는 말.
「孟子 盡心章句上」,
入則無法家拂士 出則無敵國外患者

적덕누인(積德累仁)

덕을 쌓고 어진 일을 많이 함을 이
름.

적막강산(寂寞江山)

돌보아 줄 사람이 없어 고요하고 쓸
쓸함을 비유하여 이르는 말.

적멸위락(寂滅爲樂)

번뇌의 경지를 벗어나, 열반의 경지
에 이르러 비로소 참된 안락을 얻을
수 있다는 말.
「涅槃經」,

적반하장(賊反荷杖)

도둑질한 놈이 도리어 매를 들고 주
인에게 달려든다는 말이니, 죄를 범
한 사람이 도리어 기세 당당하게 남
을 치죄(治罪)하려 함을 이르는 말.
유사한 말로 주객전도(主客顚倒)가 있
음.
「旬五志」,
賊反荷杖 以比理屈者反自陵轢
도둑이 도리어 몽둥이를 든다는 말

은 잘못한 자가 오히려 성내고 덤비는 것을 빗댄 것이다.

적본주의(敵本主義)

목적은 다른 곳에 있는 것처럼 꾸미고 실상은 그 하고자 하는 목적으로 나아가는 일을 이름.

적빈여세(赤貧如洗)

씻은 듯이 가난함을 이르는 말.

적선지가　필유여경(積善之家　必有餘慶)

적선을 많이 하는 집에는 반드시 자자손손 경복(慶福)이 깃든다는 말. 「易經 文言傳」

積善之家 必有餘慶 積不善之家 必有餘殃

적설소성(赤舌燒城)

소인들이 군자를 참해(讒害)하는 혓바닥은 붉기가 불같아서 성곽도 태워버릴 만하다는 뜻으로, 참언(讒言)의 무서움을 비유하여 이르는 말. 「陳本禮 闡秘」,

적소성다(積少成多)

⇒토적성산(土積成山) 참조. 「董仲舒의 對策」,

積少成多 積小致鉅

적소성대(積小成大)

⇒토적성산(土積成山) 참조.

적수가열(炙手可熱)

권세가 당당함을 이르는 말. 「杜甫의 麗人詩」,

炙手可熱勢絶倫 愼莫近前丞相嗔

적수공권(赤手空拳)

맨손과 맨주먹이란 뜻으로. 아무 것도 가진 것이 없음을 이르는 말. 도

수공권(徒手空拳)이라고도 함.

적수단신(赤手單身)

맨손과 홀몸이란 뜻으로, 가진 것도 없고, 의지할 일가붙이도 없는 외로운 신세를 이르는 말.

적수기가(赤手起家)

⇒적수성가(赤手成家) 참조.

적수성가(赤手成家)

매우 가난한 집안에서 태어나 맨손으로 살림을 이룸. 적수기가(赤手起家)라고도 함.

적수성연(積水成淵)

⇒토적성산(土積成山) 참조.

적수성천(積水成川)

⇒토적성산(土積成山) 참조.

적승계족(赤繩繫足)

붉은 끈으로 발을 묶는 다는 뜻으로, 혼인이 정해짐을 이르는 말.
＊ 당(唐)나라의 위고(韋固)가 송성(宋城)에서 이인(異人)을 만나 이인의 주머니 속에 있는 적승(赤繩)에 대하여 물은즉, 그 줄로 남녀의 발을 서로 묶으면 원수의 사이라도 헤어질 수 없게 된다고 한 이야기에서 나온 말.

적시재상(赤屍在牀)

집안이 가난하여 장사를 지낼 수가 없음을 가리키는 말.

적시적지(適時適地)

⇒조명시리(朝名市利) 참조.

적신지탄(積薪之嘆)

오래도록 남 밑에만 눌려서 채용되지 못한 한탄.

적실인심(積失人心)

번번이 인심을 잃음을 이르는 말.

적약무인(寂若無人)

아무도 없는 것처럼 조용함을 이르
는 말.
「世說 德行篇」,
傳茂遠泊然靜處 不妄交遊 袁司徒每
經其戶 輒歎曰 經其戶寂若無人

적여구산(積如邱山)

어떤 사물이 산과 같이 많이 쌓여있
음을 이름.

적연부동(寂然不動)

마음이 안정되어 어떤 사물에도 동
요되지 않는다는 뜻.
「易經 繫辭傳」,
易无思也 无爲也 寂然不動 感而遂通
天下之故

적우침선(積羽沈船)

가벼운 새의 깃이라도 많이 쌓이면
배를 가라앉게 한다는 뜻으로, 힘을
합하여 단결하면 큰 힘이 됨을 비유
하는 말. 군경절축(群輕折軸) 또는, 적
우침주(積羽沈舟)이라고도 함.
「史記 張儀傳」,
積羽沈船 群輕折軸
깃털도 많이 쌓이면 배를 가라앉힐
수 있고, 아무리 가벼운 것이라도 많
이 모이면 군축(軍軸)이라도 꺾을 수
있다.

적우침주(積羽沈舟)

⇒적우침선(積羽沈船) 참조.

적의사자(赤衣使者)

빨간 잠자리를 이르는 말.
「古今注」,
蜻蜓 一名赤衣使者 亦名赤弁丈

적이능산(積而能散)

재화(財貨)를 모아 유익하게 사용함
을 이름.
「禮記 曲禮篇」,
愛而知其惡 憎而知其善 積而能散 安
安而能遷

적자생존(適者生存)

생존경쟁의 결과는 주어진 환경에
적응할 수 있는 것만이 살아 남는다
는 말.

적자지심(赤子之心)

갓난아이처럼 허위가 없는 마음. 세
상 죄악에 더럽혀지지 아니한 깨끗한
마음을 이름.
「孟子 離婁篇」,
大人者不失其赤子之心者也

적재적소(適材適所)

적당한 인재를 적당한 자리에 씀을
이름.

적적연(適適然)

크게 놀라 정신을 잃은 모양을 이
름.
「莊子 秋水篇」,
適適然驚 規規然自失也

적토성산(積土成山)

⇒토적성산(土積成山) 참조.

적훼소골(積毀銷骨)

⇒중구삭금(衆口鑠金) 참조.

전가지보(傳家之寶)

조상 대대로 전해오는 보물을 이르
는 말.

전가통신(錢可通神)

강직하기로 유명했던 당나라 장연상
이라는 대신이 큰 사건을 맡아 처리

하게 되었다. 많은 교관과 연루된 사
건이었다. 주변에서 만류했으나 강직
하게 밀고 나갔다. 그러던 어느 날
10만 관의 뇌물을 받고 직원이 묻자,
'10만 관의 뇌물은 신과 통하고도 남
음이 있다.'고 한 데서 유래된 말.

전감소연(前鑑昭然)

거울을 보는 것과 같이 앞의 밀이
환하게 밝다는 말.

전고미문(前古未聞)

⇒전대미문(前代未聞) 참조.

전거후공(前倨後恭)

앞에서는 거만하고 뒤에 가서는 돌
변하여 태도가 공손함을 이르는 말.
「史記 蘇秦列傳」,
笑而謂其嫂曰 何以前倨後恭乎 嫂委
蛇浦服 以面掩地而謝曰 季子之位高金
多也

전광석화(電光石火)

번개와 부싯돌의 불꽃이란 뜻으로,
극히 짧은 시간이나 매우 신속한 동
작을 비유하는 말.
「淮南子」,

전답복철(前踏覆轍)

⇒은감불원(殷鑑不遠) 참조.
「後漢書 竇武傳」,
今慮前事之失 復循覆車之帆 伸恐二
世之難必復及

전대미문(前代未聞)

이제까지 들은 적이 없다는 말. 전
고미문(前古未聞)이라고도 함. 유사한
말로 전무후무(前無後無)가 있음.

전도양양(前途洋洋)

앞길이 넓고 밝아 발전성이 큼을 이

르는 말.

전도요원(前途遼遠)

①앞으로 갈 길이 아득히 멂. ②
목적하는 데 이르기에는 아직도 멀
음.

전도다난(前途多難)

앞길이나 앞날에 많은 어려움이나
재난이 있다는 말.

전도양양(前途洋洋)

앞길이나 앞날이 크게 열리어 희망
을 가질 수 있음을 이르는 말.

전도요원(前途遙遠)

목적지까지 이르기에는 아직도 길이
멂. 또는 앞으로의 시간이 이어져 긴
상태를 이름.

전래지물(傳來之物)

예로부터 전하여 내려오는 물건을
이름.

전래지풍(傳來之風)

예로부터 전하여 내려오는 풍습을
이름.

전무후무(前無後無)

과거에도 앞으로도 없을 정도로 뛰
어남을 이름. 공전절후(空前絶後)라고
도 함. 유사한 말로 전대미문(前代未
聞), 전인미답(前人未踏)이 있음.

전문불여친견(傳聞不如親見)

전해 듣는 말은 믿지 못할 것이 있
으므로 친히 보는 것이 낫다는 말.
「後漢書 馬援傳」,
傳聞不如親見 視影不如察形

전문하가진신(傳聞何可盡信)

전해 듣는 말은 사실과 다를 때가
많아 믿기 어렵다는 말.

「歐陽修의 春秋論」,
然則所傳者皆不可信乎 曰傳聞何可盡信

전발역서(翦髮易書)

자식의 학비를 위해 어머니가 머리를 잘라 팔았다는 고사.
「元史 陳祐傳」,
祐少好學 家貧 母張氏嘗 翦髮易書使讀之 長遂博通經史

전방지총(專房之寵)

여자가 임금의 총애를 독차지함을 이르는 말.
「晉書 胡貴嬪傳」,
胡貴嬪名芳 最蒙愛幸 殆有專房之寵焉

전복불파(顚僕不破)

이유가 정당하여 움직이지 못함을 이르는 말.

전본분토(錢本糞土)

돈은 원래 똥이나 흙처럼 천하다는 말.
「晉書 殷浩傳」,
官本臭腐 故將得官而夢尸 錢本糞土 故將得錢而夢穢

전부야인(田夫野人)

농부와 시골 사람처럼 촌스럽고 품위가 없는 사람. 곧 교양이 없는 사람을 가리킴.

전부지공(田父之功)

⇒휼방지쟁(鷸蚌之爭) 참조.
* 전국 시대 제(齊)나라 왕에게 중용(重用)된 순우곤(淳于髡)은 원래 해학(諧謔)과 변론의 재능이 뛰어난 세객(說客)이었다. 제나라 왕이 위(魏)나라를 치려고 하자 순우곤은 이렇게 진언

했다. "한자로(韓子盧)라는 매우 발빠른 명견(名犬)이 동곽준(東郭逡)이라는 썩 재빠른 토끼를 뒤쫓았사옵니다. 그들은 수십 리에 이르는 산기슭을 세 바퀴나 돈 다음 가파른 산꼭대기까지 다섯 번이나 올라갔다 내려오는 바람에 개도 토끼도 지쳐 쓰러져 죽고 말았나이다. 이 때 그것을 발견한 전부(田父)는 힘들이지 않고 횡재(田父之功)를 하였나이다. 지금 제나라와 위나라는 오랫동안 대치하는 바람에 군사도 백성도 지치고 쇠약하여 사기가 많이 아니온데 서쪽의 진(秦)나라나 남쪽의 초(楚)나라가 이를 기회로 田父之功을 거두려 하지 않을지 그게 걱정이옵니다." 이 말을 듣자 왕은 위나라를 칠 생각을 깨끗이 버리고 오로지 부국 강병(富國强兵)에 힘썼다.

전불고견(全不顧見)

전혀 돌보아 주지 아니함을 이름.

전사불망 후사지사(前事不忘後事之師)

전에 겪었던 일을 잊지 않으면 훗날에 도움이 된다는 말.
「史記 始皇紀」,
野諺曰 前事之不忘 後事之師也 是以君子爲國 觀之上古 驗之當世

전승이 수승난(戰勝易守勝難)

싸움에서 승리하기는 쉬우나 그 승리를 지속하기는 어렵다는 뜻.
「吳子圖國篇」,
戰勝易 守勝難 故曰 天下戰國 五勝者禍

전심치지(專心致志)

딴 생각 없이 오로지 한가지 일에만 마음을 쓴다는 말.

전심전력(全心全力)

온갖 마음과 온갖 힘이란 뜻.

전심전력(專心專力)

마음과 힘을 오로지 한가지 일에만 쏟음을 이르는 말.

전아지사(典雅之辭)

화려하고도 아담한 말[言]을 이름.

「魏書 胡叟傳」,

披讀群籍 再閱於目 皆誦於口 好屬文 旣善爲典雅之辭 又工爲鄙俗之句

전원장무(田園將蕪)

고향이 황폐하여 감을 이르는 말.

「晉書」,

乃賦歸去來辭曰 歸去來兮 田園將蕪 胡不歸

전인미답(前人未踏)

①이제까지 아무도 가보지 않음. ② 이제까지 아무도 해 보지 못함을 이르는 말. 전인미도(前人未到)라고도 함.

전인미도(前人未到)

⇒전인미답(前人未踏) 참조.

전일회천(轉日回天)

해를 굴리고 하늘을 돌린다는 뜻으로, 임금의 마음을 돌아서게 함.

전임책성(專任責成)

어떤 일을 오로지 남에게 맡겨서 책임지게 함을 이르는 말.

전전걸식(轉轉乞食)

정처 없이 이리저리 돌아다니면서 빌어먹음을 이르는 말.

전전공공(戰戰恐恐)

⇒전전긍긍(戰戰兢兢) 참조.

전전긍긍(戰戰兢兢)

두려워서 매우 조심하고 불안해 함. 전전공공(戰戰恐恐)이라고도 함.

⇒여리박빙(如履薄氷)의 고사 참조.

전전반측(輾轉反側)

이리 뒤척 저리 뒤척 하여 잠을 이루지 못함을 이름. 전전불매(輾轉不寐)라고도 함. 유사한 말로 좌불안석 (坐不安席)이 있음.

「詩經 周南 關雎篇」,

關關雎鳩 : 사이좋게 우는 저
　　　　　　징경이,
在河之洲 : 하수(河水) 가에 있네.
窈窕淑女 : 곱고 고운 아가씨는,
君子好逑 : 임의 좋은 짝이로세.

參差荇菜 : 올망졸망 조아기풀,
左右流之 : 이리저리 뒤적이네.
窈窕淑女 : 곱고 고운 아가씨를,
寤寐求之 : 자나깨나 찾고 있네.

求之不得 : 찾아도 만나지 못하니,
寤寐思服 : 자나깨나 그리네.
悠哉悠哉 : 아! 아득도 해라.
輾轉反側 : 잠못 들어 뒤척이네.

參差荇菜 : 올망졸망 조아기풀,
左右采之 : 이리저리 캐고 있네.
窈窕淑女 : 곱고 고운 아가씨를,
琴瑟友之 : 거문고로 사귀노라.

參差荇菜 : 올망졸망 조아기풀,
左右芼之 : 이리저리 삶고 있네.
窈窕淑女 : 곱고 고운 아가씨,
鐘鼓樂之 : 북치면서 즐기노라.

* 어여쁜 처녀를 짝사랑하는 노래임.

전전불매(輾轉不寐)

⇒전전반측(輾轉反側) 참조.

전전율률(戰戰慄慄)

몹시 두려워서 떠는 것을 뜻함.

「淮南子 人間訓」,

日 戰戰慄慄 日愼一日 人莫躓於山 躓於垤

전정만리(前程萬里)

앞날이 매우 유망함을 이르는 말.

「南楚新聞」,

魏公崔相鉉之子也 爲童兒時 隨父訪 韓滉 指架上鷹命詠之 遂命賤筆 略無 佇思 滉歎曰 此兒可謂前程萬里也

전조단발(剪爪斷髮)

손톱을 깎고 머리를 자른다는 뜻으로, 은(殷) 나라 탕왕(湯王)이 7년간 가문이 들자, 위와 같이 자기를 희생하여 기우제를 지냈다는 고사로, 본받을 만한 통치자의 태도나 정신을 비유하는 말.

전지전능(全知全能)

완전 무결한 지능. 무엇이든지 이해하고 모든 일을 행할 수 있는 신(神)의 능력을 이름.

전지전청(轉之轉請)

여러 사람을 통하여 간접적으로 청함을 이름.

전차가감(前車可鑑)

⇒은감불원(殷鑑不遠)참조.

전차복후차계(前車覆後車戒)

⇒은감불원(殷鑑不遠)참조.

「漢書 賈誼傳」,

前車覆後車戒 秦世所以函絶者 其轍 迹可見 然而不避 是後車又將覆也

속담에 앞 수레의 엎어진 바퀴자국은 뒷수레를 위한 교훈이란 말이 있사옵니다. 전 왕조인 진(秦)나라가 일찍 멸망한 까닭은 잘 알려진 일이온데, 만약 진나라가 범한 과오를 피하지 않는다면 그 전철(前轍)을 밟게 될 뿐이옵니다.

* 전한 5대 황제인 문제(文帝) 때 가의(賈誼)라는 명신이 상주한 글. 문제는 이후 국정쇄신(國政刷新)에 힘써 마침내 태평성대(太平聖代)를 이룩했다고 한다.

「說苑 善說篇」,

公孫不仁曰 周書曰 前車覆後車戒 蓋 言其危

(전국 시대 위(魏)나라 문후(文侯)가 어느 날 중신들을 불러 주연을 베풀었다. 취흥(醉興)이 도도한 문후가 말했다. "술맛을 보지 않고 그냥 마시는 사람에게는 벌주를 한 잔 안기는 것이 어떻겠소?" 모두들 찬동했다. 그런데 문후가 맨 먼저 구 규약을 어겼다. 그러자 주연을 주관하는 관리인 공손불인(公孫不仁)이 술을 가득 채운 큰잔을 문후에게 바쳤다. 문후가 계속 그 잔을 받지 않자) 공손불인은 이렇게 말했다. "전차복철은 후차지계란 속담이 주서에 있사온데, 지금 전하께서 8규약을 만들어 놓으시고 지키지 않는 전례를 남기신다면 누가 지키려 하겠나이까?" (문후는 곧 수긍하고 그 잔을 받아 마셨다. 그리고 그 후 공손불인을 중용했다고 한다.)

「荀子 成相篇」,

前車已覆後車未知 更何覺時

「韓詩外傳」,

前車覆而後車不誡 是以後車覆也 故
夏之所以亡者 而殷爲之 殷之所以亡者
而周爲之

전차지복철　후차지계(前車之覆轍後車之戒)

⇒은감불원(殷鑑不遠) 참조.

전차후옹(前遮後擁)

많은 사람이 앞뒤를 옹위하여 따름
을 이름.

전첨후고(前瞻後顧)

앞을 쳐다보고 뒤를 돌아본다는 뜻
으로, 어떤 일을 당하여 용기를 내어
결단하지 못하고, 두리번거리기만 함
을 이르는 말.

전패위공(轉敗爲功)

실패한 것을 거울삼아 공(功)을 이
루는 계기(契機)로 삼음. 인패위공(因
敗爲功), 인화위복(因禍爲福), 전화위복
(轉禍爲福) 또는, 제자패소(齊紫敗素)
라고도 함. 유사한 말로 새옹지마(塞
翁之馬)가 있음.

「史記 管晏列傳」,

管仲旣任政相齊　以區區之齊在海濱
通貨積財 富國强兵 與俗同好惡 故其
稱曰 倉廩實而知禮節 衣食足而知榮辱
上服度則六親固 四維不張 國乃滅亡
下令如流水之原 令順民心 故論卑而易
行 俗之所欲 因而予之 俗之所否 因而
去之 其爲政也 善因禍而爲福 轉敗而
爲功 貴輕重 愼權衡

管仲이 齊나라 재상이 되어 국정을
담당하게 되자, 변변치 못한 齊나라
였지만 바다를 낀 이로움을 이용하여
물자를 유통시키고, 財貨를 축적하여
나라를 富하게 하고, 병력을 강화시
켜서 백성들이 苦樂을 같이하는 공평
함이 있게 했다. 그러므로 그는 (자
신의 저서인 〈管子 牧民篇〉에서) 말하
기를, "백성이란 창고에 양식이 차
있어야만 예절을 알 수가 있고, 衣食
이 충분하여야 염치를 알 수 있는 것
이다. 위에 있는 자가 절도를 지키면
一家는 화목하고, 정치에 支柱가 확
고하게 서 있지 않으면 나라는 망하
고 마는 곳이다. 政令이란 흐르는 물
의 원류처럼 民心을 따라야 한다."고
했다. 管仲은 정령의 내용을 알기 쉽
게 하여 실행하기 쉽게 만들었다. 일
반 백성들이 바라는 것은 그대로 하
고, 백성들이 싫어하는 것은 없애 주
었다. 그가 하는 정치는 화를 복으로
만들고, 실패를 성공으로 만들고, 사
물의 경중을 뚜렷하게 밝히고, 지나
치거나 부족함이 없도록 세심한 배려
를 했다.

* 服 – 정치를 하는 방법. 六親 – 부모·
형제·처자, 즉 가족.
* 四維 – 네 개의 큰 기둥. 국가 질서를
이루는 네 개의 정신적인 支柱.〈管子〉
에 의하면 禮·義·廉·恥의 네 개를 말함.

전필승 공필취(戰必勝攻必取)

싸우면 반드시 이기고 공격하면 반
드시 빼앗는다는 뜻으로, 언제나 일
이 계획대로 이루어진다는 말.

「史記 高祖紀」,

連百萬之軍 戰必勝 攻必取 吾不如韓
信

전화위복(轉禍爲福)

⇒전패위공(轉敗爲功) 참조.

「後漢書」,

聖人 轉禍爲福 因敗爲功

전후곡절(前後曲折)

어떤 일의 처음부터 끝까지의 자세한 사연을 이르는 말.

전후불각(前後不覺)

앞뒤를 구별할 수 없을 정도로 정체(正體)를 잃은 상태. 정상적으로 판단할 수 없게 되는 상태를 이르는 말.

절고진락(折槁振落)

고목(枯木)을 자른 후에 낙엽을 떤다는 뜻으로, 매우 쉬운 일을 이르는 말.
「淮南子」,
劉項興義兵 隨而定 若折槁振落

절골지통(折骨之痛)

견디기 어려운 고통을 이름.

절대가인(絶代佳人)

비할 데 없이 아름다운 미인. 절세가인(絶世佳人) 또는, 절세미인(絶世美人)이라고도 함.

절몽도(切夢刀)

깊은 밤에 부는 바람을 비유한 말.
「施肩吾의 閨情詩」,
三更風作切夢刀 萬種愁成係腸線

절세가인(絶世佳人)

⇒ 절대가인(絶代佳人) 참조.

절세독립(絶世獨立)

세상에서 가장 뛰어나다는 말로, 절세미인을 이르는 말.
「漢書 外戚傳」,
李延年歌曰 北方有佳人 絶世而獨立
一顧傾人城 再顧傾人國

절세미인(絶世美人)

⇒ 절대가인(絶代佳人) 참조.

절인지력(絶人之力)

남보다 뛰어난 힘을 이르는 말.

절인지용(絶人之勇)

남이 따를 수 없을 만큼 뛰어난 용맹을 이름.

절장보단(絶長補短)

긴 곳을 잘라 짧은 데를 보충한다는 뜻으로, 장점으로 단점을 보완함을 이르는 말.
「孟子 滕文公章句上 一」,
滕文公 爲世子 將之楚 過宋而見孟子 孟子 道性善 言必稱堯舜 世子 自楚反 復見孟子 孟子曰 世子 疑吾言乎 夫道 一而已矣 成覵 謂齊景公曰 彼丈夫也 我丈夫也 吾何畏彼哉 顔淵曰 舜何人也 予何人也 有爲者 亦若是 公明儀曰 文王 我師也 周公 豈欺我哉 今滕絶長 補短 將五十里也

滕文公이 世子로 있을 때 楚나라로 가는 길에 宋나라에 들러서 孟子를 만났다. 孟子는 사람의 本性이 善함을 말해 주되 말끝마다 堯舜을 들어서 이야기하였다. 世子가 楚나라에서 돌아오는 길에 또 孟子를 만났는데, 孟子 가로되, "世子께서는 내 말을 의심하십니까? 대개 道는 하나뿐입니다. 成覵은 齊 景公에게, '저 사람도 장부이고 나도 장부인데 어찌 저 사람을 두려워하겠습니까?'하고 말하였습니다. 顔淵은, '舜임금은 어떤 사람이고, 나는 어떤 사람인가? 善한 일을 하는 이는 또한 이와 같을 것이다'하고 말하였습니다. 公明儀는, '文王은 내 스승이라고 한 周公이 어찌 나를 속이리오?'하고 말하였습니다. 그러니 이제 滕나라는 絶長補短하면 거의 五十里가 되니 그래도 좋은 나라로 만들 수가 있습니다. 書經에 보면, '만약에 藥이 毒하여 눈을 캄캄하게 하고 어지럽게 하지 않는다면 그 병은 낫지 않는다'고 하였습니다."

「史記 楚世家」,

西周之地 絶長補短 不過百里

절지지이(折枝之易)

나뭇가지를 꺾는 것처럼 쉬운 일을 이르는 말.

「歐陽修의 文」,

白刃之威 有所不避 折枝之易 有所不爲

절차탁마(切磋琢磨)

학문이나 인격수양에 부단(不斷)히 정진(精進)함을 비유하는 말. 탁마(琢磨)만으로도 쓰임.

「詩經 衛風 淇奧篇」,

瞻彼淇奧 : 기수(淇水)라 저 물굽이
綠竹猗猗 : 푸른 대 우거졌네
有匪君子 : 어여쁘다 우리 님은
如切如磋 : 뼈와 상아 다듬은 듯
如琢如磨 : 구슬과 돌 갈고 간 듯
瑟兮僴兮 : 엄하고 너그럽고
赫兮咺兮 : 환하고 의젓한 분
有匪君子 : 어여쁘신 우리 님을
終不可諼兮 : 끝내 잊지 못하겠네
* 이 글은 衛武公을 讚美한 노래로, 그는 周室東遷에 功이 있었고, 늙도록 나라를 다스렸다.

절처봉생(絶處逢生)

극도로 궁박(窮迫)한 데서 살길을 얻음을 이름.

절체절명(絶體絶命)

아무리 하여도 별다른 도리가 없는 궁박한 경우를 이르는 말.

절치부심(切齒腐心)

⇒와신상담(臥薪嘗膽) 참조.

유사 한말로 분기충천(憤氣衝天)이 있다.

* 이(齒)를 갈고 마음을 썩인다는 데서 나온 말로, 몹시 분해함을 이름.

「史記 刺客列傳」,

樊於期偏袒扼腕而進曰 此臣之日夜切齒腐心也 乃今得聞教 遂自剄 太子聞之 馳往 伏屍而哭 極哀 旣已不可奈何 乃遂盛樊於期首函封之

번어기는 소매를 걷고 가슴을 쓸면서 앞으로 나오며 말했다. "이 일이야말로 내가 밤낮으로 이를 갈고 마음을 썩인 일입니다. 지금 비로소 가르침을 받을 수 있었습니다." 그리고 그는 스스로 목을 찔러 자살했다. 이 말을 들은 태자 단은 말을 타고 달려와서 그의 시신에 엎드려 크게 소리내어 울면서 슬퍼했다. 지금 와서는 어쩔 수도 없는 일이라 번어기의 목을 상자에 넣고 봉했다.

절치액완(切齒扼腕)

⇒와신상담(臥薪嘗膽) 참조.

절침불휴종필절우(竊針不休終必竊牛)

바늘 도둑이 소도둑 된다는 뜻으로, 사소한 것이라도 나쁜 일을 계속하면 나중에는 큰 일을 저지르게 된다는 말.

「耳談續纂」,

절학무우(絶學無憂)

사람은 아는 것 때문에 번민이 생긴다는 말. 즉, 아는 것이 병이라는 말.

절함간언(折檻諫言)

신하가 임금을 충고함. 즉 손위 사
람에게 충고하는 것을 이르는 말.
「漢書」,
* 한나라 효성(孝成) 임금의 신하 주운
(朱雲)이 난간에 매달려 간하여 난간이
부러졌다는 고사.

절해고도(絶海孤島)

아주 멀리 떨어져 있는 바다 가운데
외떨어진 섬을 이르는 말.

절현(絶絃)

⇒백아절현(伯牙絶絃) 참조.

점괴여천(苫塊餘喘)

어버이를 따라 죽지 못하고 살아 있
어, 거적자리를 깔고 흙덩이 베개를
베는 목숨이라는 뜻으로, 어버이의
상(喪)을 막 벗은 사람이 죄스럽고
경황없음을 남에게 대하여 이르는
말.

점불가장(漸不可長)

모든 일에 있어서 폐단이 더하기 전
에 미리 막아야 한다는 뜻.

점색자(占色者)

관상쟁이를 이르는 말.
「因話錄」,
王蒙一日詣慈恩僧寺　占色者忘其名
蒙問早晚得官　僧曰　觀君之色　殊未見
喜兆　此後若干年當得一邊上御史

점액(點額)

고기가 용문(龍門)을 올라가면 용이
되지만, 급류 때문에 올라가지 못하
고 애쓰는 동안에 이마만 점상(點傷)
하고 되돌아온다는 뜻으로, 선비가
과거에 응시하였다가 낙제함을 비유
하여 이르는 말. 용문점액(龍門點額)
이라고도 함. ⇔등룡문(登龍門)

「水經」,
鱣鯉出鞏穴　三月上渡龍門　得渡爲龍
否則點額而還
「李白의 詩」,
點額不成龍

점입가경(漸入佳境)

점점 재미있는 경지로 들어감. 또는
상대방이 점점 심하게 굴 때 비아냥
거리는 말.

점적천석(點滴穿石)

⇒토적성산(土積成山) 참조.
「杜牧의 夜雨」,

점피대골(黏皮帶骨)

시가(詩歌) 따위가 천박하여 여운이
없음을 형용하는 말.
「李東陽 文」,

접대등절(接待等節)

손님을 접대하는 여러 가지 예절을
이름.

정경대원(正經大原)

옳고 바른 길과 큰 원칙을 이름.

정구지역(井臼之役)

우물물을 긷는 일과 절구질하는 일
이란 뜻으로, 살림살이에 관한 일을
이름.

정귀유항(政貴有恒)

정치에는 언제나 인의(仁義)가 앞서
야 한다는 말.
「書經 畢命篇」,
政貴有恒　辭尙體要　不惟好異　商俗靡
靡　利口惟賢　餘風未殄　公其念哉

정금단좌(正襟端坐)

옷매무새를 바로 하고 단정히 앉음
을 이름.

정금미옥(正金美玉)

⇒정금양옥(正金良玉) 참조.

정금양옥(精金良玉)

인품이 순수하고 온화함을 비유하는
말. 정금미옥(正金美玉)이라고도 함.
「名臣言行錄 外集」,
游酢曰 明道先生 資稟旣異 而充養有
道 純粹如精金 溫潤如良玉 寬而有制
和而不流 忠誠貫於金石 日月通於神明
視其色 其接物也 如陽春之溫 聽其言
其入人也 如時雨之潤

정기(正氣)

⇒호연지기(浩然之氣) 참조.

정녀불갱이부(貞女不更二夫)

정조가 굳은 여자는 두 남편을 맞지
아니 한다는 말.
「史記 田單傳」
忠臣不事二君 貞女不更二夫

정대고명(正大高明)

현인(賢人)의 마음을 이르는 말.
「論語 先進」,
言子路之學 已造乎正大高明之域 特
未深入精微之奧耳 未可以一事之失而
遽忽之也

정대지기(正大之氣)

⇒호연지기(浩然之氣) 참조.

정려각근(精勵恪勤)

삼가 게으르지 않고 일에 힘씀을 이
름.

정력절륜(精力絶倫)

정력이 지칠 줄을 모를 만큼 남보다
셈을 이름.

정례겸도(情禮兼到)

인정과 예의가 두루 미침을 이름.
「袁宏의 三國名臣贊」,
敬愛旣同 情禮兼到

정문금추(頂門金椎)

쇠망치로 정수리를 친다는 뜻으로,
크게 경성(警醒)시킴을 이르는 말.
정문일침(頂門一鍼, 頂門一針) 정상일침
(頂上一針)이라고도 함.
「黃庭堅의 詩」,
頂門須更下金椎

정문일침(頂門一針·鍼)

⇒ 정문금추(頂門金錐) 참조.

정문입설(程門立雪)

제자가 스승을 존경하여 찬양하는
말.
「名臣言行錄」,
游酢楊時來見伊川 一日先生坐而暝目
二子立侍不敢去 久之 先生乃顧曰 二
子猶在此乎 日暮矣 姑就舍 二子者退
則門外雪深尺餘矣 其嚴厲如此
* 유초(游酢)와 양시(楊時)가 정이천
(程伊川)을 처음 찾아갔을 때 이천(伊
川)은 눈을 감고 명상에 잠겨 있었기
때문에 두 사람은 서서 기다리다가 이
천(伊川)이 이들에게 물러가라고 명하
였을 때에는 문 밖에 눈이 한 자나 쌓
여 있었다 함.
* 정이천(程伊川) - 북송(北宋)의 대학
자. 본명은 이(頤). 이천백(伊川伯)을
봉한 까닭에 이천 선생(伊川先生)이라
부름.(1133~1107)

정사원서(情絲怨緒)

애정과 원한이 엉켜있다는 말.
「王家英의 寒螿詩」,
情絲怨緒有餘凄

정상일침(頂上一針)

⇒ 정문금추(頂門金錐) 참조.

정상작량(情狀酌量)

형사 재판에서 재판관이 판결을 내릴 때, 범죄의 사정에 불쌍히 여길 점을 짐작하여 형벌을 경감함을 이름.

정서이견(情恕理遣)

잘못이 있으면 온정을 베풀고 이치에 따라 용서함을 이름.
「晉書 衛玠傳」,
玠嘗以人有不及 可以情恕 非意相干 可以理遣 故終身不見喜慍之容

정서전면(情緖纏綿)

마음이 깊게 얽히고 감겨 떨어지기 어려움. 곧 헤어지기 어려운 남녀의 정을 이름.

정설불식(井渫不食)

우물은 깨끗한데도 사람들이 마시지 않는다는 뜻으로, 재능 있는 사람이 쓰이지 않음을 비유하는 말.
「易經 井卦」,
九三 井渫不食 爲我心惻 可用汲 王明並受其福 象曰 井渫不食 行惻也 求王明 受福也
우물을 깨끗이 하여서 맑은 물이 고였건만 먹지 못하니 내 마음 슬프다. 이 물을 퍼 올리라. 왕이 현명하여 인재를 등용한다면 함께 복을 받을 것이다.

정성(定省)

⇒ 정성온청(定省溫淸) 참조.

정성온청(定省溫淸)

⇒혼정신성(昏定晨省) 참조.

정송오죽(正松五竹)

소나무는 정월에, 대나무는 5월에 옮겨 심어야 잘 산다는 말.

정송오죽(淨松汚竹)

깨끗한 땅에는 소나무를 심고, 지저분한 땅에는 대나무를 심는다는 말.

정신일도하사불성(精神一到何事不成)

정신을 집중시켜 일을 하면 불가능한 것이 없다는 말. 중석몰족(中石沒鏃)이라고도 함.
「朱熹 文」,
陽氣發處 金石亦透 精神一到何事不成

정신태주(精神太遒)

정신이 강하고 굳셈을 이름.
「北史 崔悛傳」,
悛有文學 偉風貌 過言辭 端嶷如神 以簡貴自處 齊神武言 崔悛應作令 僕 恨其精神太遒

정신통일(精神統一)

무슨 목적을 이루려 할 때, 마음의 작용을 하나로 집중시키는 것.
「莊子 刻意」,
故曰 純粹而不雜 精一而不變 淡而無爲 動而以天行 此養神之道也
그러므로 '순수히 잡된 것이 섞이지 않고, 고요하고 한결같아 변하지 않으며, 담담히 무위하고, 움직이면 자연의 운행을 따른다'고 말했던 것이다. 이것이 精神을 保養하는 道인 것이다.

정심성의(正心誠意)

마음을 바르게 가다듬고 뜻을 정성스럽게 함을 이르는 말.

정여포로(政如蒲盧)

갈대가 쑥쑥 잘 자라듯이, 정치는

벌(나나니)처럼 부지런히 해야 그 효
과가 빨리 나타남을 비유하여 이르는
뜻.
「中庸」,
人道敏政 地道敏樹 夫政者 蒲盧也

정와(井蛙)

⇒좌정관천(坐井觀天) 참조.
「莊子 秋水篇」,
北海若曰 井蛙不可以語於海者 拘於
虛也
북해의 신(神) 약(若)이 말했다 "우
물 안의 개구리에게 바다에 대하여
이야기해도 알지 못하는 것은 공간의
구속을 받고 있기 때문이다."

정외지언(情外之言)

인정에 벗어나는 말을 이름.

정위전해(精衛塡海)

정위라는 새가 서산(西山)의 목석
(木石)을 물어다가 동해를 메우려고
했던 고사로, 불가능한 일을 하려고
헛수고함을 비유하는 말.
「北海經北山經」,
發鳩之山 有鳥焉 其狀如鳥 文首白喙
赤足 名曰精衛 其鳴自詨 是炎帝之少
女 女名曰娃 遊于東海 溺而不返 故爲
精衛 常銜西山之木石 以埋于東海

정위지음(鄭衛之音)

⇒망국지음(亡國之音) 참조.

정유속혁(政由俗革)

정치는 시대의 습속(習俗)에 따라
적절하게 고쳐야함을 이르는 말.

정의투합(情意投合)

양자 사이에, 서로 생각이나 감정이
통하여 일치함을 이름.

정이사지(靜而俟之)

가만히 기다리고 있음을 이름.

정자정야(政者正也)

정치하는 자의 바른 뜻은 천하를 바
르게 함이라는 뜻.
「論語 顔淵」,
季康子問政於孔子 孔子對曰 政者正
也 子帥以正 孰敢不正

정재양민(政在養民)

정치의 목적은 백성을 잘 양육하는
데 있다는 말.

정저와(井底蛙)

⇒좌정관천(坐井觀天) 참조.

정저지와(井底之蛙)

⇒좌정관천(坐井觀天) 참조.

정정당당(正正堂堂)

태도나 수단이 공정하고 떳떳함. 또
는 바르고 정연(整然)하여 기세가 당
당한 모양을 이름.
「孫子 軍爭篇」,
無邀正正之旗 勿擊堂堂之陣 此治變
者也

정정방방(正正方方)

조리가 발라서 조금도 어지럽지 않
음을 이름.

정정백백(正正百百)

썩 바르고 깨끗함을 이름.

정족지세(鼎足之勢)

솥발처럼 셋이 맞서서 대립한 형세
를 이름.

정중관천(井中觀天)

⇒좌정관천(坐井觀天) 참조.

정중구화(井中求火)

⇒연목구어(緣木求魚) 참조.
* 우물에서 불을 구함. 즉, 사리에 맞지 않는 짓을 비유함.

정중시성(井中視星)

우물 속에서 하늘을 보면 별이 몇 개밖에 보이지 않으니, 곧 사심(私心)에 치우치면 생각도 편견에 치우친다는 말.
「尸子廣澤篇」,
因井中視星 所視不過數星 自丘上以視 則見其始多出云云 私心 井中也 公心 丘上也

정중지와(井中之蛙)

⇒좌정관천(坐井觀天) 참조.

정진정명(正眞正銘)

속임수나 거짓이 전연 없는 진짜 진실임. 순수하여 불순물이 없는 상태를 이름.
「菩薩本行經」,
無上正眞之道

정출다문(政出多門)

문외한(門外漢)으로서 정치에 대하여 아는 체하는 사람이 많음을 이르는 말.

정토회향(淨土回向)

젊어서는 다른 일을 하다가 늙은 뒤에 염불을 하는 일을 이름.

정표문려(旌表門閭)

효자(孝子)나 절부(節婦)가 있으면 그의 거주지에 정문(旌門)을 세워 표창한다는 말.
「書經 蔡傳」,
表異善人曰居里 如後世旌表門閭之類

제갈동지(諸葛同知)

나잇살이나 먹고 텃수도 넉넉한데, 언행이 건방지고 지체가 낮은 사람을 농으로 이르는 말.

제궤의혈(隄潰蟻穴)

튼튼한 제방도 개미구멍 때문에 무너진다는 뜻으로, 아무리 작은 일이라도 신중해야 함을 이르는 말.
「揚雄의 幽州牧箴」,
隄潰蟻穴 器漏鍼芒

제도중생(濟度衆生)

⇒중생제도(衆生濟度) 참조.

제동야인(齊東野人)

의(義)를 분별하지 않는 시골 사람 또는 야만인을 이름. 사람을 업신여겨 하는 말.
「孟子 萬章章句上 四」
咸丘夢問曰 語云 ‘盛德之士 君不得而臣 父不得而子 舜南面而立 堯帥諸侯 北面而朝之 瞽瞍亦北面而朝之 舜見瞽瞍 其容有蹙 孔子曰 於斯世也 天下殆哉岌岌乎’ 不識 此語誠然乎哉 孟子曰 否 此非君子之言 齊東野人之語也 堯老而舜 攝也 堯典 曰 ‘二十有八載 放勳 乃徂落 百姓 如喪考妣三年 四海 退密八音’ 孔子曰 天無二日 民無二王 舜旣爲天子矣 又帥天下諸侯 以爲堯三年喪 是二天子矣

함구몽이 물었다. "전해오는 말에는, ‘德이 성대한 인물은 임금도 그를 신하로 할 수 없고, 아비도 그를 아들로 삼을 수 없다. 舜이 南面하여 서자, 堯는 제후들을 거느리고 북면하여 그에게 신하로서 절〔朝〕하였고, 고수(瞽瞍) 역시 北面하여 그에게 신하로서 절하였다. 그런데 舜이 瞽瞍를 보자 그 얼굴에 불안한 기색이 돌았었다. 공자께서도, '그 때에 있어서는 온 천하가 위태로웠다. 위태위태하여 편안치 않았도다.'고 말씀하셨다.'라고 하옵는데, 모르긴 합니다만 이 말이 정말 그렇습니까?" 맹자가 가로되, "그렇지 않다. 이것은 君子의 말은 아니고 齊 나라 동쪽 야인의 말이다. 대저 堯 임금이 늙어서 舜의 攝政이 된 것이다. 堯典에도, '(舜이 攝政한 지)28년째에 放勳(堯임금)이 세상을 떠나셨다. 백성들은 부모를 잃은 것같이 슬퍼하였으며, 3년 동안 온 천하 구석구석까지 八音의 악기소리가 잠잠히 멎었다.'고 하였고, 공자께서도, '하늘엔 두 해가 없고 인민에겐 두 임금이 없다.'고 말씀하셨다. 舜이 이미 天子가 되었는데 또 그가 천하의 제후들을 거느리고 堯 임금의 3년 상을 치른다면 그것은 천자가 있는 것이다.……"

* 중국 제(齊)나라의 동쪽에 사는 사람은 어리석어서 그 언동은 믿을 것이 못 된다 하여 나온 말.

제법실상(諸法實相)
이 세상에 존재하는 모든 사물의, 있는 그대로의 진실된 모습을 이름.

제병연명(除病延命)
병마를 물리치고 목숨을 이어간다는 말.

제설분분(諸設紛紛)
여러 가지 의견이 뒤섞여 혼란한 상태를 이름.

제성통공(諸聖通功)
여러 성인의 공로가 상통함을 이르는 말.

제세안민(濟世安民)
세상을 구제하여 백성을 편안하게 함을 이름.

제세지(濟世志)
바른 정치를 통하여 백성을 구하려는 뜻을 이르는 말.
「後漢書 盧植傳」,
性剛毅有大節 常懷濟世志

제세지재(濟世之才)
세상을 구제할 만한 뛰어난 재주와 역량. 제시재(濟時才)라고도 함.

제시재(濟時才)
⇒제세지재(濟世之才) 참조.

제월광풍(霽月光風)
사람의 도량이 넓고 시원함을 이름.

제이면명(提耳面命)
귀를 끌어당겨 명령을 내린다는 뜻으로, 사리(事理)를 깨닫도록 간곡히 타이른다는 말.
「詩經 大雅 抑」,
匪手携之 言示之事 匪面命之 言提其耳

제인확금(齊人攫金)
제(齊) 나라에 몹시 황금을 좋아하던 사람이 있었는데, 어느 날 저자거리에 나갔다가 황금을 파는 곳을 발견하고는 훔쳐 달아나다가 관리에게 잡혔다. 관리가, "이렇게 많은 사람이 보는 데 왜 금을 훔쳤는가?"라고 물으니, 그가 대답하기를, "내가 금을 훔칠 때는 금만 보였지 사람은 보이지 않았다."는 고사에서 나온 말로, 재물에만 눈이 어두워 나쁜 짓하는 사람을 비유하는 말.

「列子」,

제자백가(諸子百家)

춘추 시대(春秋時代)의 많은 학자
(學者)·학파(學派). 또는 그 학자들
의 저서를 이르는 말.
「漢書 藝文志」,
諸子百六十九家 言百家舉成數也

제자패소(齊紫敗素)

⇒전패위공(戰敗爲功) 참조.
「史記 蘇秦傳」,
智者舉事 因禍爲福 因敗爲功 齊紫敗
素也 而賈十倍
* 거칠고 나쁜 물건이라도 자줏빛 물만
들이면 값은 열곱으로 뛴다는 데서나온
말.

제제다사(濟濟多事)

⇒다사제제(多事濟濟) 참조.
「詩經 大雅 文王」,
濟濟多事 文王以寧

제제창창(濟濟蹌蹌)

몸가짐이 위엄 있고 위풍을 떨치며
질서가 고름을 이르는 말.

제포연련(綈袍戀戀)

옛 친구를 그리워하는 정이 간절하
거나 우정이 깊음을 이르는 말.
「史記 范睢傳」,
然公之所以得無死者 以綈袍戀戀有故
人之意 乃謝罷
* 제포(綈袍)는 두꺼운 명주로 만든 솜
옷. 진나라 재상 범수(范睢)가 가난할
때 친구가 준 솜옷을 고맙게 여겨 그
친구를 잊지 않았다는 고사.

제풍년불사(祭豊年不奢)

풍년이라 하여 제사를 너무 호사스
럽게 지내서는 안 된다는 말.

「禮記 王制篇」,
祭豊年不奢 凶年不儉

제하단전(臍下丹田)

사물에 동하지 않음. 또는 침착하게
배짱을 가짐을 이르는 말.

제하분주(濟河焚舟)

⇒파부침선(破釜沈船) 참조.
「左傳 文公」,
秦伯伐晉 渡河焚舟 取王官 反郊

제행무상(諸行無常)

우주 만물은 항상 유전(流轉)하여
잠시도 한 모양으로 머물러 있지 않
는다는 뜻으로, 인생의 덧없음을 이
르는 말.
「傳燈錄」,
爾時世尊至拘尸那城 告諸大衆 吾今
背痛 欲入涅槃 卽往熙連河側娑羅雙樹
下 右脅累足 泊然宴寂 復起棺爲母說
法 竝說無常偈 曰 諸行無常 是生滅法
生滅滅已 寂滅爲樂

조강불염(糟糠不厭)

술재강이나 쌀겨 같은 변변치 않은
음식도 배불리 먹지 못한다는 뜻으
로, 몹시 가난함을 비유하여 이르는
말. 조강불포(糟糠不飽)라고도 함.
「史記 伯夷傳」,
回也屢空 粗糠不厭

조강불포(糟糠不飽)

⇒조강불염(糟糠不厭) 참조.
「韓非子」,
糟糠不飽者 不務粱脠肉 褐不完者 不
待文繡

조강지부(糟糠之婦)

⇒조강지처(糟糠之妻) 참조.

조강지처(糟糠之妻)

지게미와 겨를 먹으며 살아 온 아내
란 뜻으로, 곤궁할 때부터 간고(艱
苦)를 같이 해 온 본처(本妻)를 뜻하
는 말. 조강지부(糟糠之婦)라고도 함.
「後漢書 宋弘傳」,
建武二年 爲大司空 時帝姉湖陽公主
新寡 帝與共論朝臣 微觀其意 主曰 宋
公威容德器 群臣莫及 帝曰 方且圖之
後弘被引見 帝令主坐屛風後 因謂弘曰
諺言貴易交富易妻 人情乎 弘曰 臣聞
貧賤之交不可忘 糟糠之妻不下堂 帝顧
謂主曰 事不諧矣
(後漢의 光武帝가)建武 二年 대사공
이 되었을 때, 光武帝의 누님인 湖陽
公主가 寡婦가 되어, 朝廷의 신하들
과 의논하여 (시집을 보내려고) 그녀
의 의향을 슬쩍 떠보았다. 公主가
로되, "宋弘같은 威容과 德器면 되지
만 그 외는 별로 마음이 없습니다"
光武帝 가로되, "힘써 보지요." 그 뒤
宋弘을 불러들여, 公主를 병풍 뒤에
숨겨 두고 (엿듣게 하여), 宋弘에게
일러 가로되, "속담에 이르기를 지위
가 높아지면 친구를 쉬 바꾸고, 부자
가 되면 아내를 쉬 바꾼다고 하는데
그것을 人情이라고 하리까?" 宋弘 가
로되, "臣이 듣건대, 가난하고 천했
을 때의 친구는 잊어서는 안 되고,
지게미와 쌀겨를 먹으며 고생을 함께
하던 아내는 집에서 내보내지 않는다
고 하였습니다." 光武帝가 (宋弘이
돌아가자) 조용히 누이를 돌아보며
말하기를, "일이 틀린 것 같습니다."

조개모락(朝開暮落)

아침에 핀 꽃이 저녁에는 이미 꽃잎

을 흩뜨린다는 뜻에서, 사람의 목숨
이 덧없음을 비유하는 말. 조영모락
(朝榮暮落)이라고도 함. 또는 무궁화
의 별칭이기도 함.
「吳彦華의 花史」,
木槿一名朝開暮落花

조개모변(朝改暮變)

⇒조령모개(朝令暮改) 참조.

조걸위학(助桀爲虐)

못된 무리와 서로 한 패가 되어 악
한 일을 행함.
「史記 田單傳」,
王蠋曰 國旣破亡 吾不能存 今又劫之
以兵 爲君將 是助桀爲虐也
* 桀 － 夏나라 桀王.

조고여생(早孤餘生)

어려서 부모를 잃고 자란 사람을 이
르는 말.

조과지도(調過之道)

가업(家業)으로 살아가는 길을 강구
함을 이름.

조궁즉탁(鳥窮則啄)

⇒수궁즉설(獸窮則齧) 참조.
「荀子 哀公篇」,
鳥窮則啄 獸窮則攫

조권비이지환(鳥倦飛而知還)

새는 날아다니다가 지치면 돌아갈
줄을 안다는 말로, 사람의 출처진퇴
(出處進退)가 자연스러움을 비유하는
말.
「陶潛의 歸去來辭」,
雲無心而出岫 鳥倦飛而知還

조기자복야(鳥起者伏也)

평행으로 날던 새가 갑자기 높이 날

면 그 밑에 복병(伏兵)이 있다는 말.
「孫子 行軍篇」,
鳥起者伏也 獸駭者覆也

조다담반(粗茶淡飯)

몹시 가난한 살림을 이르는 말.
「楊萬里의 詩」,
粗茶淡飯終殘年

조동모서(朝東暮西)

정착된 주소가 없이 여기 저기 옮아
다님을 이름.

조동율서(棗東栗西)

제물을 놓을 때에 대추는 동쪽으로
밤은 서쪽으로 놓는다는 말.

조득모실(朝得暮失)

아침에 얻어 저녁에 잃음, 즉 얻은
지 얼마 안 되어서 곧 잃어버림.

조령모개(朝令暮改)

개혁하는 일이 극히 빈번(頻繁)함을
이르는 말. 조개모변(朝改暮變), 조변
석개(早變夕改) 또는, 조석변개(朝夕變
改)라고도 함. 비슷한 뜻의 말로 고려
공사 삼일(高麗公事三日)이 있음.
「鼂錯의 論貴粟」,
急政暴虐 賦斂不時 朝令而暮改
정치는 날로 포악해져, 조세와 부역
은 일정한 시기도 없이 아침에 명령
이 내려오면 저녁에 또 다시 다른 명
령으로 고쳐져 내려온다.

조령이모당구(朝令而暮當具)

아침에 명령하여 저녁에 모두 구비
시킴, 즉 급히 서두른다는 뜻.

조로인생(朝露人生)

인생의 덧없음을 이르는 말.

조로지위(朝露之危)

태양이 솟으면 사라지는 이슬처럼
위태로움, 즉 몹시 위태롭거나 덧없
는 인생을 비유하는 말.
「史記 商君列傳」,
君危若朝露 尙將欲延年益壽乎

조마거동(調馬擧動)

조마거동. 또는 임금의 거동 때를
위하여 그 절차대로 미리 용마(用馬)
를 연습시키는 것을 이름.

조망절가(眺望絶佳)

전망이 기가 막히게 좋음을 비유하
는 말.

조명시리(朝名市利)

명예를 다투는 것은 조정에서, 이득
을 다투는 것은 시장에서라는 뜻으
로, 무슨 일이든 그 적합한 장소에서
다투어야 함을 이르는 말. 적시적지
(適時適地)라고도 함.
「戰國策 秦策」,
張儀曰 臣聞爭名者 於朝 爭利者 於
市 今三川周室天下之市朝也

조모인(朝暮人)

죽음이 임박한 사람을 이르는 말.
「漢書 楊惲傳」,
大僕定有死罪數事 朝暮人也

조문도석사가의(朝聞道夕死可矣)

아침에 사람으로서의 도리를 듣고
알게 된다면, 그 저녁에 죽는다 하여
도 조금도 후회하지 않는다는 뜻으
로, 도(道)를 알지 아니하면 안 된다
는 사실을 강조하여 비유하는 말. 조
문석사(朝聞夕死)만으로도 쓰임.
「論語 里仁 八」,
子曰 朝聞道夕死可矣
공자 가로되, "아침에 도를 깨달으

면 저녁에 죽어도 좋으리라."

조문석사(朝聞夕死)

⇒조문도석사가의(朝聞道夕死可矣) 참조.

조반석죽(朝飯夕粥)

아침에는 밥을 먹고 저녁에는 죽을 먹는다는 뜻으로, 몹시 군색한 생활을 비유하여 이르는 말.

조발모지(朝發暮至)

아침에 출발하여 저녁에 도착한다는 말. 조발석지(朝發夕至)라고도 함.

조발석지(朝發夕至)

⇒조발모지(朝發暮至) 참조.

조변석개(早變夕改)

⇒조령모개(朝令暮改) 참조.

조불급석(朝不及夕)

⇒조불모석(朝不謀夕) 참조.
「左傳」,
朝不及夕 又何以待君

조불려석(朝不慮夕)

⇒조불모석(朝不謀夕) 참조.
＊ 형세가 급하고 딱하여 아침에 저녁 일을 헤아리지 못한다는 뜻으로, 당장을 걱정할 뿐 앞일을 헤아릴 겨를이 없음을 이르는 말.

조불모석(朝不謀夕)

아침에는 저녁 일을 생각할 여유가 없다는 뜻으로, 일이 급박하여 다른 것을 생각할 틈이 없음을 비유하는 말. 조불급석(朝不及夕) 또는, 조불려석(朝不慮夕)이라고도 함.
「李密 陳情表」,
人命危機朝不謀夕
사람의 목숨이 위태로워 다른 일은

생각할 틈이 없습니다.

조불식석불식(朝不食夕不食)

아침도 안 먹고 저녁도 안 먹었다는 뜻으로, 생활이 구차하여 끼니를 항상 굶음을 비유하여 이르는 말.

조삼모사(朝三暮四)

얕은 꾀를 써서 남을 속여 우롱함을 이름.
「列子 黃帝篇」,
宋有狙公者 愛狙養之 成群 能解狙之意 狙亦得公之心 將限其食 先誑之曰 與若茅 朝三而暮四足乎 衆狙皆起而怒 俄而曰 與若茅 朝四而暮三足乎 衆狙皆伏而喜 物之以能鄙相籠 皆猶此也 聖人以智籠群愚 亦猶狙公之以智籠衆狙也 名實不虧 使其喜怒哉
宋나라에 狙公이라는 者가 살았는데 원숭이를 매우 좋아하여 그것들을 길러 여러 마리가 되었다. 狙公은 원숭이의 마음을 잘 알고 원숭이들도 公의 마음을 잘 알게 되었다. (원숭이가 늘어나니) 식량을 제한하게 되었는데, 원숭이들의 기분이 傷할까봐 먼저 물어 가로되, "너희들에게 도토리를 아침에는 세 개, 저녁에는 네 개씩 주려고 하는데 어떠냐?" 그러자 원숭이들이 모두 일어나 화를 냈다. 公은 내심으로 잘 되었다고 생각하며 다시 가로되, "아침에 네 개, 저녁에 세 개를 주면 되겠느냐?" 그제서야 원숭이들은 좋아했다.
「莊子 齊物論篇」,
勞神明爲一 而不知其同也 謂之朝三 何謂朝三 曰 狙公賦芋 曰 朝三而暮四 衆狙皆怒 曰 然則朝四而暮三 衆狙皆悅 名實未虧 而喜怒爲用 亦因是也 是

以聖人和之以是非 而休乎天鈞 是之謂
兩行

정신과 마음을 통일하려고 수고를
하면서도 모든 것이 같음을 알지 못
하는 것을 '朝三'이라고 말한다. 무엇
을 '朝三'이라고 하는가? 옛날에 원숭
이를 기르던 사람이 원숭이들에게 도
토리를 주려고 '아침에 세 개 저녁에
네 개(朝三募四) 주겠다'고 제의하자
원숭이들은 모두 성을 내었다. 다시
'그러면 아침에 네 개 저녁에 세 개
주겠다'고 제의하자 원숭이들은 모두
기뻐하였다. 名分이나 事實에 있어
달라진 게 없는데도 기뻐하고 성내는
반응을 보인 것도 역시 이 때문이다.
그래서 聖人은 모든 시비를 조화시켜
균형된 자연에 몸을 쉬는데, 이것을
일컬어 '兩行'이라 말한다.

* 天鈞 – 균형이 잘 잡힌 자연, 兩行 –
밖의 만물과 자기의 양쪽이 모두 아무
런 압력이나 충동 없이 원만하게 어울
리어 존재해 간다는 뜻
* 만물은 본질적으로 모두 같다. 사람은
外物에 구애됨이 없이 자연과의 調和
속에서 잘 어울려 살아야 함을 강조한
귀절.

조상부모(早喪父母)

⇒ 조실부모(早失父母) 참조.

조상육(俎上肉)

⇒조상지육(俎上之肉) 참조.

조상육 불외도(俎上肉不畏刀)

도마에 오른 고기 칼 무서워할까란
뜻으로, 일이 궁지에 몰리면 두려워
하거나 도피하려 들지 않는다는 뜻.
「旬五志」,

조상지육(俎上之肉)

도마에 오른 고기란 뜻으로, ①저항
할 수 없는 무력한 존재, ②궁지에
몰려 위기를 모면할 길이 없는 경우,
③운명을 남에게 지배당하고 있음을
비유하는 말. 조상육(俎上肉) 또는 궤
상육(机上肉)이라고도 함.
「史記」,
「晉書 孔坦傳」,
今猶俎上肉 任人膾截耳

조생모사(朝生暮死)

생명이 몹시 짧음을 뜻함.
「爾雅注」,
叢生糞土中 朝生暮死

조석변개(朝夕變改)

⇒조령모개(朝令暮改) 참조.

조수불급(措手不及)

일이 매우 촉급하여 손댈 틈이 없음
을 이름.

조승모문(朝蠅暮蚊)

아침에는 파리가 저녁에는 모기가
시끄럽게 군다는 뜻으로, 보잘것없는
소인배가 횡행함을 비유하는 말.
「韓愈의 詩」,
朝蠅不須驅 暮蚊不可拍

조실부모(早失父母)

어려서 부모를 잃음을 뜻함. 조상부
모(早喪父母)라고도 함.

조심누골(彫心鏤骨)

마음에 파 넣고 뼈에 새긴다는 뜻으
로, 몹시 고생함. 또는 애를 써서 시
문 따위를 지어냄을 이르는 말.

조아지사(爪牙之士)

발톱이나 이빨은 짐승의 몸을 보호
하는 것이므로, 국가를 보필하는 신

하를 비유하는 말.

「詩經 小雅 鴻雁之什 祈父篇」,

祈父 : 기부(祈父)여

予王之爪牙 : 이 몸은 상감의
　　　　　　호위이거늘

胡轉予于恤 : 이리도 근심스런 땅에
　　　　　　옮기어

靡所止居 : 어찌해 제대로 못 살게
　　　　　하는가

祈父 : 기부(祈父)여

予王之爪士 : 이 몸은 상감의
　　　　　　호위이거늘

胡轉予于恤 : 이리도 근심스런 땅에
　　　　　　옮기어

靡所底止 : 어찌해 제대로 못 쉬게
　　　　　하는가

祈父 : 기부(祈父)여

亶不聰 : 알 수 없어라

胡轉予于恤 : 이리도 근심스런 땅에
　　　　　　옮기어

有母之尸饔 : 어찌해 어머니로
　　　　　　밥짓게 하는가

* 오랫 동안 外地에 있던 병사가 불평
하는 시임.

* 祈父 - 司馬. 職責은 封祈(王都近邊)
의 兵甲을 관장함. '父'는 남자의 美稱.

「國語」,

謀臣與爪牙之士 不可不養而擇

조언지형(造言之刑)

거짓말을 꾸며서 뭇 사람을 유혹,
자기의 명리(名利)를 꾀하는 자를 벌
하는 형벌을 이름.

「周禮地官」,

以鄕八刑糾萬民 一曰 不孝之刑 二曰
不睦之刑 〈中略〉 七曰 造言之刑 八曰

亂民之刑

조여청사모여설(朝如靑絲暮如雪)

인생무상을 이르는 말.

조영모락(朝榮暮落)

⇒조개모락(朝開暮落) 참조.

조예(造詣)

①남의 집에 방문함. ②학문이나 기
예(技藝)가 깊은 데까지 도달함.

「晉書 陶潛傳」,

或要之共至酒坐 雖不識主人 亦欣然
無忤 酣醉便反 未嘗有所造詣

「唐書 崔咸傳」,

咸造詣巇遠 間游終南山 乘月吟嘯

조왕모귀(朝往暮歸)

아침에 갔다가 저녁에 돌아옴을 이
름.

조운모우(朝雲暮雨)

⇒무산지몽(巫山之夢) 참조.

조율이시(棗栗梨柿)

제사에 쓰는 대추·밤·배·감 따위
를 이르는 말.

조의조식(粗衣粗食)

⇒악의악식(惡衣惡食) 참조.

조이불강(釣而不綱)

한 자루의 낚싯대로 낚시는 해도 주
낙[延繩]은 하지 않는다는 뜻으로,
생물의 씨를 말리는 무자비한 짓은
하지 않음을 이르는 말.

「論語 述而 二十六」,

子 釣而不綱 弋不射宿

공자(孔子)는 낚싯대로 고기를 낚되
그물질은 하지 아니하며, 나는 새는
쏘되 자는 새는 쏘지 아니하였다.

조인광좌(稠人廣座)

많은 사람이 빽빽하게 모인, 넓은
자리를 이름.

조인광중(稠人廣衆)

많은 사람을 이르는 말. 주인광중(稠
人廣衆)이라고도 함.

「史記 武安侯傳」,

在己左者 愈貧賤 尤益禮敬興鈞 稠人
廣衆薦寵下輩

조장(助長)

빨리 성사시키려다가 오히려 해(害)
를 가져오는 것을 이르는 말.

「孟子 公孫丑上篇」,

必有事焉而勿正 心勿正 勿助長也 無
若宋人然 宋人有閔其苗之不長而揠之
者 芒芒然歸 謂其人曰 今日病矣 予助
苗長矣 其子趨而往視之 苗則槁矣 天
下之不助苗長者寡矣 以爲無益而舍之
者 不耘苗者也 助之長者 揠苗者也 非
徒無益 而又害之

사람이 氣를 기르는 데는 반드시 義
를 행하는 데 두되 갑자기 이루어지
기를 豫期하지 말라. 마음으로는 잊
지 말고, 그렇다고 무리하게 기르려
하지 말게. 宋나라 사람이 한 것 같
이 그렇게 하는 일이 없도록 하게.
宋나라의 어떤 사람은 벼 싹이 잘 자
라지 않는 것을 안타까이 여겨 싹을
뽑아 올려놓고 피곤한 모양으로 집에
돌아가 집안 사람들에게 이렇게 말했
다. "오늘은 지쳤다. 나는 곡식 싹이
자라는 것을 도와주고 왔다." 이 말
을 들은 그 아들이 뛰어가서 보았더
니 싹은 말라 버렸더라네. 세상에는
싹 자라는 것을 도와서 뽑아 올리지
않는 사람이 적네. 대개 無益하다고
생각하여 버려두는 사람은 김매지 않

은 者요, 무리하게 자라게 하는 사람
은 싹을 뽑아 올리는 者니, 이것은
비단 無益할 뿐만 아니라 害치는 것
일세.

조장출식(蚤腸出食)

벼룩의 간 내어 먹기란 뜻으로, 극
히 적은 이익을 당치 않게 갉아먹음
을 비유하여 이르는 말.

「東言解」,

조제남조(粗製濫造)

품질이 거친 물건을 함부로 많이 만
듦을 이르는 말.

조제모염(朝霽暮鹽)

아침밥에는 냉이, 저녁밥에는 소금
을 반찬으로 먹는다는 말로, 즉 가난
한 생활을 이르는 말.

「韓愈의 送窮文」,

文學四年 朝霽暮鹽

조족지혈(鳥足之血)

⇒구우일모(九牛一毛) 참조.

* 새 발의 피라는 뜻으로, 필요한 양에
비해 극히 적은 분량이나 보잘것없는
존재.

조종우해(朝宗于海)

모든 물은 바다로 흐른다는 뜻.

「詩經 小雅 沔水篇」,

沔彼流水 朝宗于海

조지양익(鳥之兩翼)

⇒순망치한(脣亡齒寒) 참조.

조지장사기명야애(鳥之將死其鳴也哀)

새가 죽음에 임해서 우는소리는 몹
시 애처롭다는 말.

「論語 泰伯」,

曾子曰 鳥之將死其鳴也哀 人之將死

其言也善

조지지사(蚤知之士)

선견지명(先見之明)이 있는 사람. 또는 시기(時機)를 보는 데에 민감한 사람을 이르는 말.
「戰國策」,
蚤知之士 名成而不毁 故稱後世

조진궁장(鳥盡弓藏)

새를 다 잡은 뒤에는 활을 잘 간직해 둔다는 뜻으로, 천하가 정해진 뒤에는 공신이 버림을 받음을 이름.

조진모초(朝秦暮楚)

정처 없는 떠돌이 생활을 뜻함.
「晁補之의 北渚亭賦」,
托生理于四方 固朝秦而暮楚

조체모개(朝遞暮改)

아침에 바꾸고 저녁에 간다는 뜻으로, 관원(官員)의 갈림이 매우 잦음을 비유하는 말.

조출모귀(朝出暮歸)

아침 일찍 나갔다가 저녁 늦게 돌아온다는 뜻으로, ①늘 집에 있을 여가가 없음 ②사물이 늘 바뀌어서 정함이 없음을 비유하는 말. 조출모입(朝出暮入)이라고도 함.

조출모입(朝出暮入)

⇒조출모귀(朝出暮歸) 참조.

조충소기(雕蟲小技)

⇒조충전각(雕蟲篆刻) 참조.
「北史 崔渾傳」,
嘗謂魏收曰 雕蟲小技 我不如卿 國典朝章 卿不如我

조충전각(雕蟲篆刻)

벌레의 모양이나 전서(篆書)를 새긴 모양이란 뜻으로, 용렬·졸망한 소인(小人)으로 그저 옛사람의 글귀나 본떠 지을 뿐인 보잘것없는 재주를 이르는 말. 조충소기(雕蟲小技)라고도 함.
「揚子法言 吾子篇」,
或問吾子少而好賦 曰 然 童子雕蟲篆刻 俄而白 壯夫不爲也

조취모산(朝聚暮散)

아침에 모였다가 저녁에 헤어진다는 뜻으로, 모이고 헤어짐이 덧없음을 비유하는 말.

조침도사(葅枕圖史)

책을 베개로 삼는다는 말로, 독서에 탐닉함을 이르는 말.
「唐書 李揆傳」,
揆病取士 不考實 徒露搜索 禁所挾而迂學陋生 葅枕圖史

조침안기(蚤寢晏起)

일찍 자고 늦게 일어남을 이름.

조탁복박(雕琢復朴)

허식(虛飾)을 버리고 본래의 소박함으로 돌아감을 이름.

조혁휘비(鳥革翬飛)

새나 꿩이 나는 모습처럼 집의 구조가 훌륭함을 비유하는 말.
「詩經 小雅」,
如鳥斯革 如翬斯飛

조화무궁(造化無窮)

대자연의 만물이 생성소멸(生成消滅)하는 변화가 무쌍함을 이르는 말.

족과평생(足過平生)

한평생을 편안히 지낼 만큼 살림이 넉넉함을 이르는 말.

족반거상(足反居上)

발이 위에 있다는 뜻으로, 사물이 거꾸로 됨을 이르는 말.

족불리지(足不履地)

발이 땅에 닿지 않을 만큼 급히 달아남을 이르는 말.

족족유여(足足有餘)

매우 넉넉하여 남음이 있음을 이름.

족차족의(足且足矣)

흡족하여 아주 능준함.

족탈불급(足脫不及)

맨발로 뛰어도 따라가지 못한다는 뜻으로, 능력이나 역량, 재질 따위가 뒤떨어짐을 이르는 말.

존망지추(存亡之秋)

존재하느냐 멸망하느냐의 매우 위급한 때를 이르는 말.

존양지의(存羊之義)

구례(舊禮)나 허례(虛禮)를 짐짓 버리지 않고 그냥 둠을 이르는 말.

존이불론(存而不論)

이러니저러니 더 따지지 않고 그대로 버려 둔다는 말.

졸난변통(猝難變通)

뜻밖에 일을 당하여 조처할 도리가 없음을 이르는 말.

졸지풍파(猝地風波)

갑작스럽게 일어나는 풍파, 즉 뜻밖에 생기는 어려움을 이르는 말.

종간여류(從諫如流)

물이 낮은 곳으로 흐르듯 간언(諫言)을 따른다는 말.
「雜書 爭臣論」

天下有不償賞 從諫如流

종결주견(踵決肘見)

몹시 가난하여 옷과 신이 모두 해짐을 이름.

종과득과(種瓜得瓜)

⇒종두득두(種豆得豆) 참조.

종남첩경(終南捷徑)

쉽게 관리가 되는 길을 이름.
「唐書 盧藏用傳」,
　將還山藏用指終　南曰　此中大有嘉處 承禎徐曰　以僕視之　仕官之捷徑耳　藏 用慙
* 당대(唐代) 노장용(盧藏用)이 전시(殿試)에 낙제(落第)한 뒤, 궁성(宮城)에 가까운 종남산(終南山)에 은거하매 그 소문이 임금 귀에 들어가 등용되었다는 고사.

종다수결(從多數決)

다수의견에 따라 결정한다는 말.

종두득두(種豆得豆)

콩 심은 데 콩 난다는 뜻으로, 원인에 따라 결과가 생긴다는 말. 종과득과(種瓜得瓜)라고도 함.

종두지미(從頭至尾)

처음부터 끝까지라는 뜻.
「明楊忠愍公集」,
　把這手卷 從頭至尾 念一遍 合家聽着

종명누진(鐘鳴漏盡)

때를 알리는 종이 울리고 물시계의 물이 다했다는 뜻으로, 늙어서 목숨이 얼마 남지 않았음을 비유하여 이르는 말.

종명정식(鐘鳴鼎食)

⇒종정옥백(鐘鼎玉帛) 참조.

* 종을 치고 음식을 차려서 먹는다는 뜻에서 나온 말.

종무소식(終無消息)

끝내 아무 소식이 없음을 이르는 말.

종사증화(踵事增華)

앞사람의 행위를 좇아 억지로 꾸며 맞춤을 이르는 말.

종선여류(從善如流)

바른 것, 곧 선(善)을 따르는 태도가 물 흐르듯 서슴없다는 말.
「春秋左氏傳」,
初從知・范・韓 君子曰 從善如流 宜也

종수일별(終須一別)

그 곳에서 작별하나 멀리 가서 보내나 섭섭하기는 마찬가지라는 말.

종시여일(終始如一)

⇒시종여일(始終如一) 참조.
「荀子」,
慎終如始 終始如一

종식지간(終食之間)

식사하는 동안이란 뜻으로, 얼마 안 되는 짧은 시간을 이르는 말.
「論語 里仁 五」,
子曰 富與貴 是人之所欲也 不以其道得之 不處也 貧與賤 是人之所惡也 不以其道得之 不去也 君子去仁 惡乎成名 君子無終食之間違仁 造次必於是 顚沛必於是
공자 가로되, "부(富)와 귀(貴)는 사람마다 원하나 부정으로 얻은 부귀를 탐하지 아니하며, 빈천(貧賤)은 사람마다 싫어하나 도의적인 빈천이면 기피하지 아니할 지이라. 군자(君子)가 인간애를 잃고 어찌 군자의 명예를 지키리오. 군자는 식사중인들 인(仁)을 어김이 없으니 혼란시에도 인을 잊지 아니하고 환난(患難)에도 인을 생각하느니라.

종신지계(終身之計)

한평생을 지낼 계책. 곧, 인재양성을 이르는 말.

종신지질(終身之疾)

죽을 때까지 고칠 수 없는 고질(痼疾)을 이름.

종심(從心)

⇒종심소욕(從心所欲) 참조.

종심소욕(從心所欲)

①마음에 하고 싶은 대로 함. ②남자 나이 70을 이르는 말. 종심(從心)만으로도 쓰임.
⇒불혹(不惑)의 고사 참조.

종이부시(終而復始)

어떤 일을 끝내는 즉시로 다음 일을 잇달아 시작함을 이름.

종일지역(終日之役)

종일 쉬지 않고 애쓰는 수고를 이름.

종자이후(從玆以後)

지금 이후라는 뜻.

종정옥백(鐘鼎玉帛)

식전에 음악이 연주되고, 식당에는 산해진미(山海珍味)가 차려 있고, 술을 나눈 뒤에는 구슬과 비단의 선물이 나오는 호화로운 잔치를 이름. 종명종식(鐘鳴鼎食)이라고도 함.
「李白 將進酒」,
鐘鼎玉帛不足貴 但願長醉不願醒

종을 울려 사람을 모으고 솥을 죽 걸어서 많은 사람을 먹이며 옥, 비단을 선물로 주는 대가의 잔치는 귀할 것이 못 된다. 다만 장취(長醉)를 원했고, 취했거든 깨지 않기를 바라노라.

종천지통(終天之痛)

세상에서는 다시없을 만한 극도의 슬픔을 이름.

종형제(從兄弟)

사촌형제를 이르는 말.

종호귀산(縱虎歸山)

호랑이를 풀어놓으면 산으로 간다는 말이니, 곧 적을 놓아주면 화근의 여지가 있음을 이르는 말.

「三國演義」,

程昱曰 昔劉備予牧州時 請以某殺之 丞相聽乎 今日與兵之 此放龍入海 從虎歸山乎

종횡무애(縱橫無礙)

행동에 아무런 거치적거림이 없이 자유자재임.

종횡무진(縱橫無盡)

자유자재롭고 제한이 없음을 이름.

좌견천리(坐見千里)

앉아서 천 리를 본다는 뜻으로, 멀리 앞을 내다보거나 먼 곳에서 일어난 일 따위를 잘 헤아림을 이름.

좌고우면(左顧右眄)

⇒수서양단(首鼠兩端) 참조.

좌고우시(左顧右視)

⇒수서양단(首鼠兩端) 참조.

좌관성패(坐觀成敗)

가만히 앉아서 성패를 관망함을 이름.

「史記 任安傳」,

見兵事起 欲坐觀成敗 見勝者欲從合之

좌불수당(坐不垂堂)

마루 끝에 앉는 것은 위험하니 앉지 않는다는 뜻으로, 위험한 일에 가까이 하지 않음을 이르는 말.

「史記 袁盎傳」,

千金之子不垂堂 百金之子不騎衡

「司馬相如의 諫獵疏」,

鄙諺云 家纍千金 坐不垂堂

좌불안석(坐不安席)

불안하거나 걱정스러워 한 군데에 오래 앉아 있지 못함을 이르는 말.

좌사우고(左思右考)

이리 저리 생각함을 이르는 말.

좌석미난(座席未煖)

앉은 자리가 따뜻해질 겨를이 없다는 뜻으로, 이사를 자주 다니거나 일이 몹시 바쁜 형편임을 이르는 말.

좌수어인지공(坐收漁人之功)

⇒휼방지쟁(鷸蚌之爭)

좌수우봉(左手右捧)

왼손으로 주고 오른손으로 받는다는 뜻으로, 당장 그 자리에서 주고받음. 즉, 서로 맞바꿈을 이르는 말.

좌수우응(左手右應)

술잔 따위를 이쪽저쪽으로 부산하게 주고받음을 이르는 말.

좌식산공(坐食山空)

아무리 산더미같이 많은 재산도 벌지 않고 놀고먹기만 하면 끝내는 다 없어진다는 말.

좌우고면(左右顧眄)

⇒좌고우면(左顧右眄) 참조.

좌우구의(左右具宜)

모든 일에 능통함을 이름.
「韓愈의 進學解」,
長通於方 左右具宜

좌우명(座右銘)

좌우(座右)에 써 놓고 항상 수양의
재료로 삼는 성현(聖賢)들의 말이나
글 귀절을 이름.
「童子間」,
座右奈何 文選吳質答東阿王書云 塡
簫激於華屋 靈鼓動於座右 按 兼明親
王作座右銘 釆此字也 其序曰 東漢崔
子玉作座右銘 大唐白樂天述其不盡者
作續座右銘 本朝愚叟元兼光拾其遺云
座右銘 按 元兼光者轉換 源兼明名也
猶文公換朱憙稱鄒衍 見注 參同契又吳
興藝文補有宋宗伯仁書座右座左五言
律 然左兼明之後 則宋座右銘是權輿倻

좌우협공(左右挾攻)

좌우에서 공격함을 이르는 말.

좌의우유(左宜右有)

사람이 재덕(才德)을 겸비함을 이르
는 말.
「詩經 小雅 裳裳者華篇」,
左之左之 君子宜之 右之右之 君子有
之 維其有之 是以似之

좌이대사(坐而待死)

앉아서 죽을 때만 기다림, 즉 아무
런 희망이 없음을 이르는 말.

좌정관천(坐井觀天)

우물에 앉아 하늘을 내다보면 조그
맣게 보인다는 뜻으로, 식견(識見)이

매우 좁음을 이르는 말. 정와(井蛙)라
고도 함. 그 외에도 관중규천(管中窺
天), 정저와(井底蛙), 정저지와(井底之
蛙), 정중관천(井中觀天), 정중지와(井
中之蛙)라고도 함.
「韓愈의 原道」,
老子之小仁義非毁之也 其見者小也
坐井而觀天曰天小者非天小也 彼以煦
煦爲仁 孑孑爲義 其小之也則宜

좌지불천(坐之不遷)

어떤 자리에 눌러앉아 다른 데로 옮
기지 아니함을 이름.

좌지우지(左之右之)

①제 마음대로 휘두르거나 처리함.
또는 ②남을 마음대로 지휘함을 이
름.

좌차우란(左遮右攔)

온 힘을 기울여 이리저리 막아냄을
이름.

좌충우돌(左衝右突)

이리저리 닥치는 대로 치고 받음을
이르는 말.

좌포우혜(左脯右醯)

제상을 차릴 때, 왼쪽에 포, 오른쪽
에 식혜를 차림을 이르는 말.

죄불용사(罪不容死)

범죄가 매우 중대하여 사형을 당해
도 오히려 부족하다는 말.
「孟子 離婁 上」,
此所謂率土地而食人肉 罪不容於死

죄상첨죄(罪上添罪)

이미 죄를 저지른 사람이 또다시 죄
를 지음을 이르는 말.

죄악관영(罪惡貫盈)

죄악으로 가득함. 즉, 죄악이 극함을 이름.

죄의유경(罪疑惟輕)

죄상이 분명하지 않아 경중을 판단하기 어려울 때는 경(輕)하게 처분함을 이르는 말.

「書經 大禹謨」,

罪疑惟輕 功疑惟重 與其殺不辜 寧失不輕

죄중벌경(罪重罰輕)

죄가 무거운 데 대하여 형벌이 가벼움을 이름.

죄중우범(罪中又犯)

형기 동안에 거듭 죄를 저지름을 이름.

죄지경중(罪之輕重)

범죄 사실의 가벼움과 무거움을 이름.

주객일체(主客一體)

나와 나 이외의 대상이 하나가 됨을 이름.

주객일치(主客一致)

주체와 객체, 또는 주관과 객관이 하나가 됨을 이르는 말.

주객전도(主客顚倒)

주되는 것과 부차적인 것이 뒤바뀌었다는 뜻으로, 사물의 선후(先後)·완급(緩急)·경중(輕重)이 바뀜을 이르는 말. 객반위주(客反爲主)라고도 함. 유사한 말로 적반하장(賊反荷杖)이 있다.

주객지세(主客之勢)

종속적인 위치에 있는 사람이 주도적인 위치에 있는 사람을 당해내지 못하는 형세를 이름.

주객지의(主客之誼)

주인과 손님 사이의 정의(情誼)를 이름.

주경야독(晝耕夜讀)

⇒주경야송(晝耕夜誦) 참조.

주경야송(晝耕夜誦)

낮에는 일을 하고 밤에는 공부를 함. 즉 어려운 여건 속에서도 꿋꿋이 학문에 열중함을 비유하는 말. 주경야독(晝耕夜讀)이라고도 함. 유사한 말로 형설지공(螢雪之功)이 있음.

「魏書 崔光傳」,

家貧好學 晝耕夜誦 傭書以養父母

주궁휼빈(賙窮恤貧)

매우 가난한 사람을 구원함을 이름.

주낭반대(酒囊飯袋)

술주머니와 밥자루란 뜻으로, 무지(無知) 무능(無能)하여 오직 마시고 먹기만 하는 자를 이르는 말. 의가반낭(衣架飯囊) 또는 주대반낭(酒袋飯囊)이라고도 함.

「荊湘近事」,

馬氏奢僭 諸王子僕從烜赫 文武之道 未嘗留意 時謂之酒囊飯袋

* 馬氏 – 唐末에 湖南에 근거하여 楚王이라 일컫던 馬殷을 이름.

주대반낭(酒袋飯囊)

⇒주낭반대(酒囊飯袋) 참조.

주량회갑(舟梁回甲)

혼인한 지 61년째인 날. 회혼(回婚)이라고도 함.

주룡시호(酒龍詩虎)

시(詩)와 술을 좋아하는 사람을 비

유한 말.

「宋濂의 詩」,

酒龍詩虎重聯袂 定在飄香桂樹林

주마가편(走馬加鞭)

달리는 말에 채찍질이란 뜻으로, 잘 되어 가는 일에 더욱 더 힘을 내게 북돋워 줌을 이르는 말.

「旬五志」,

走馬加鞭 言因其勢而加之力

달리는 말에 채찍질을 가한다는 것은 그 힘으로 인해 더욱 더 노력을 가하도록 하는 것을 말한다.

주마간산(走馬看山)

말을 타고 달리면서 산을 바라본다는 뜻으로, 사물을 자세히 살피지 아니하고 대충 훑어봄을 이르는 말. 주마간화(走馬看花)라고도 하며 같은 뜻의 말로는 서과피지(西瓜皮舐)가 있음.

주마간화(走馬看花)

⇒주마간산(走馬看山) 참조.

주마등(走馬燈)

돌리는 대로 그림의 장면이 다르게 보이는 등이란 뜻으로, 사물이 빨리 변하는 것을 비유하여 이르는 말.

「荊楚歲時記」,

正月上日作燈市　採松葉結柵于通衢 下綴華燈　燈有諸品　其懸紙人馬於中 以火運之曰走馬燈

주무유호(綢繆牖戶)

비가 오기 전에 문단속을 튼튼히 한다는 뜻으로, 유비무환(有備無患)과 같은 뜻.

「詩經」,

迨天下未陰雨 徹彼桑土 綢繆牖戶 今

此下民 或敢侮予

주백약지장(酒百藥之長)

술은 인심을 베풀 수 있으므로 온갖 약중의 으뜸이라는 말. 줄여서 백약지장(白藥之長)만으로도 쓰임.

「漢書 食貨志」,

夫鹽 食肴之長 酒 百藥之長 嘉會之 好 鐵 田農之本

주복야행(晝伏夜行)

낮에는 숨어서 지내다가 밤에 길을 간다는 말.

주불쌍배(酒不雙杯)

술을 마실 때 잔의 수효가 짝수가 됨을 피하는 일을 이름.

주사야몽(晝思夜夢)

낮에도 생각하고 꿈에 본다는 뜻으로, 밤낮으로 생각함. 주사야탁(晝思夜度)이라고도 함.

주사야탁(晝思夜度)

⇒주사야몽(晝思夜夢) 참조.

주사청루(酒肆靑樓)

술집과 기생집. 또는 매음굴의 총칭. 청루주사(靑樓酒肆) 또는 홍등가(紅燈街)라고도 함.

주상야몽(晝想夜夢)

낮에 생각했던 바가 그 밤에 꿈으로 나타남을 이르는 말.

「列子 周穆王篇」,

晝想夜夢

주색잡기(酒色雜技)

술과 여색과 노름 등을 이르는 말.

주색재기(酒色財技)

술, 여색, 물욕(物慾), 혈기(血氣) 등을 이르는 말.

주석신(柱石臣)

⇒주석지신(柱石之臣) 참조.

주석지신(柱石之臣)

나라에 없어서는 아니 될 가장 중요한 신하. 주석신(柱石臣)만으로도 쓰임.

주수지기(朱壽之器)

관(棺)을 이르는 말.
「後漢書 梁商傳」,
賜以東園朱壽之器

주순호치(朱脣皓齒)

⇒단순호치(丹脣皓齒) 참조.
「楚辭 大招篇」,
朱脣皓齒 豊肉微骨

주야겸행(晝夜兼行)

밤낮의 구별 없이 일함을 이름.

주야골몰(晝夜汨沒)

밤낮으로 쉴 사이가 없이 온 정신을 기울임을 이름.

주야불망(晝夜不忘)

밤낮으로 잊지 않는다는 말.

주야불식(晝夜不息)

밤낮으로 쉬지 않음을 이르는 말.

주야역학(晝夜力學)

밤낮을 가리지 않고 학문에 힘씀을 이름.

주야장천(晝夜長川)

밤낮으로 쉬지 않고 잇따라서.

주어조청야어서청(晝語鳥聽夜語鼠聽)

낮말은 새가 듣고 밤 말은 쥐가 듣는다는 말로, 한 번 해버린 말은 비록 숨기려 해도 결국 누설되고 만다는 뜻.
「東言解」,

주여금(晝如錦)

꽃이 일제히 핀 경지를 이르는 말.
「李白의 月下獨酌」,
三月咸陽城 天下晝如錦

주유별장(酒有別腸)

술을 마시는 사람은 장(腸)이 따로 있다는 말로, 주량은 체구의 대소와 관계가 없다는 뜻.
「五代史」,
岳身甚小 何能飮之多 左右曰 酒有別腸 不必長大

주인광중(稠人廣衆)

⇒조인광중(稠人廣衆) 참조.

주일무적(主一無適)

정주학파(程朱學派)의 술어(術語)로, 마음을 한 군데로 써서 잡념을 없애버린다는 말.
「二程全書」,
程子曰 主一之謂敬 無適之謂一

주작부언(做作浮言)

터무니없는 말을 지어냄을 이름.

주장낙토(走獐落兎)

노루를 쫓다가 토끼가 걸렸다는 뜻으로, 뜻밖의 이익을 얻음을 이르는 말.

주장낭패(周章狼狽)

매우 당황하여 어찌할 바를 모른다는 말.

주저만지(躊躇滿志)

어떤 일을 끝내고 스스로 만족해함을 이르는 말.
「莊子 養生主」,
提刀而立 爲之四顧 爲之躊躇滿志

주주객반(主酒客飯)

주인은 손님에게 술을, 손님은 주인에게 밥을 권한다는 말.

주중적국(舟中敵國)

한 편 속에도 적이 있다는 것을 비유하는 말.
「史記 孫子 吳起傳」,
舟中之人 盡敵國也

주지육림(酒池肉林)

굉장하게 차린 술잔치, 또는 그런 속에 묻혀 사는 방탕한 생활을 이르는 말. 육산주지(肉山酒池) 또는 육산포림(肉山脯林)이라고도 함.
「史記 殷紀」,
紂好酒淫樂 戱於沙丘 以酒爲池 懸肉爲林 使男女裸相逐其間 爲長夜之飮 百姓怨望

殷의 紂王은 술과 淫亂한 음악을 즐겼다. 沙丘에서 즐기는데, 연못에는 술이 가득 부어지고 숲에는 고기들이 매달려 있었다. (음란한 음악에 맞추어)벌거벗은 남녀의 무리들이 쫓고 쫓기면서 狂舞하고 밤늦게까지 연못의 술을 마시고 숲속의 고기를 마구 뜯어먹기를 여러 날 하더니만 百姓들의 원망을 사 결국은 비참한 운명의 길을 걷게 되었다.
「韓詩外傳」,
桀爲酒池 可以運舟 糟邱足以望十里 而牛飮者三千人

夏의 桀王은 술로 연못을 만들어 배를 띄워 놀았는데 고기의 숲과 언덕이 十里나 되고 함께 술을 나누고 놀던 美少女들이 三千이나 되었다.
* 妲己에게 마음을 빼앗긴 殷의 紂王과 妹姬에게 마음을 빼앗긴 夏의 桀王이 暴君淫王의 행위를 보여주는 故事.
「韓非子 喩老篇」,
紂爲肉圃 設炮烙 登糟邱 臨酒池 紂遂以亡

紂王은 고기를 늘어놓아 肉圃를 만들고, 단근질 형벌을 만들었으며, 술은 연못을 이루었으며, 술지게미 언덕을 만들고 (사치와 낭비를 일삼다가) 결국 망하고 말았습니다.

주축일반(走逐一般)

일단 옳지 못한 일을 한 바에는 남을 책망하는 일이나 책망을 받는 일이나 다 마찬가지라는 말.

주출망량(晝出魍魎)

낮에 나온 도깨비란 뜻으로, 괴상한 옷차림을 하고 나타남을 비유하는 말.

주침야소(晝寢夜梳)

낮에 자고 밤에 머리를 빗는다는 뜻으로, 몸에 좋지 아니한 일을 일컬음.

주판지세(走坂之勢)

가파른 산비탈을 내리달리는 형세라는 뜻으로, 사람의 도리로는 어찌할 도리가 없어 되어 가는 대로 맡겨둘 수밖에 없는 형세를 이르는 말.

주환합포(珠還合浦)

청렴한 관리의 공적을 칭송하는 말.

죽림칠현(竹林七賢)

中國 魏나라 말엽, 晉나라 초기에 유교의 형식주의를 무시하고, 노장(老莊)의 허무주의를 숭상하여, 竹林에 묻혀 술을 마시면서 淸談을 일삼았던 일곱 선비를 일컫는 말. 곧, 유영(劉伶)·완적(阮籍)·혜강(嵇康)

·산도(山濤)·상수(向秀)·완함(阮咸)·왕융(王戎) 등.

「晉書 阮咸傳」,

咸字仲容 任達不拘 與叔父籍爲竹林之游

「世說 任誕篇」,

陳留阮籍 譙國嵇康 河內山濤 沛國劉伶 陳留阮咸 河內向秀 琅邪王戎 七人常集於竹林之下 肆意酣暢 故世謂竹林七賢

죽마고우(竹馬故友)

대나무로 만든 말을 타고 놀던 친구라는 말로, 어릴 때부터 같이 놀며 자란 오랜 벗을 이르는 말. 죽마구우(竹馬舊友), 죽마지우(竹馬之友) 또는 죽마지호(竹馬之好)라고도 함.

「後漢書 郭伋傳」,

帝曰 卿故腹憶竹馬之好不 覬曰 臣不能呑炭漆身 今日復覩聖顔 因涕泗百行 帝於是慚悔而出

武帝 가로되, "경도 예전에 竹馬를 타고 돌아다닐 때의 우정을 잊지는 않고 있을 것일세." 제갈정이 말하기를, "신은 숯을 삼키고, 몸에 옷칠을 할 줄도 모르며, 모진 목숨이 살아 오늘 다시 폐하를 뵙게 되었습니다." 因하여 눈물을 흘렸다. 武帝는 그의 마음을 이해함과 동시에, 그러한 신 기분도 모르고 억지로 만나게 한 것을 부끄럽게 여기고 나갔다.

죽마구우(竹馬舊友)

⇒죽마고우(竹馬故友) 참조.

죽마지우(竹馬之友)

⇒죽마고우(竹馬故友) 참조.

죽마지호(竹馬之好)

⇒죽마고우(竹馬故友) 참조.

죽백(竹帛)

중국 고대에 종이가 발명되기 전에 대쪽이나 명주에 글을 적던 데서, 책, 특히 사서(史書)를 이르는 말.

「淮南子 本經訓」,

著於竹帛鏤於金石 可傳於人者 其粗也

죽백지공(竹帛之功)

역사에 기록하여 전해질 만한 공로를 이름.

죽장망혜(竹杖芒鞋)

대나무 지팡이와 짚신이란 뜻으로, 간편한 차림을 비유하여 이르는 말.

준양시회(遵養時晦)

도(道)를 좇아 뜻을 기르고, 시세에 따라서는 어리석은 체하고 언행을 얼버무림을 이르는 말.

「詩經 周頌 酌」,

於鑠王師 : 아으, 불꽃다이 일어난
　　　　　　군사여!

遵養時晦 : 기른 그 빛 어둠인 듯
　　　　　　감추었다가

時純熙矣 : 때가 오매 크게크게
　　　　　　빛내오시다.

是用大介 : 온 누리 번지니 그
　　　　　　빛깔이여!

我龍受之 : 내 여기 공손히
　　　　　　받자옵나니

蹻蹻王之造 : 씩씩하고 장하신 임의
　　　　　　그 업적.

載用有嗣 : 이리하여 임의 뒤
　　　　　　가오리.

實維爾公允師 : 아으, 임의 공 임의
　　　　　　군사 빛 부신지고!

준조절충(樽俎折衝)

술자리에서 담화(談話)로 적의 창을 꺾어 먹는다는 뜻이니, 어떤 교섭(외교)에서 유리하게 흥정함을 비유하는 말.

준족사장판(駿足思長阪)

천리(千里)의 명마는 험하고도 긴 언덕을 넘고자 한다는 뜻으로, 재능이 뛰어난 사람은 어려운 큰 일을 만나서 자기의 재능을 실제로 시험해 보고자 함.

「陸機 詩」,

駿足思長阪

중과부적(衆寡不敵)

적은 수효로서는 많은 수효를 대적하지 못함, 즉 힘이나 세력의 차이가 너무 커서 상대할 수 없음을 이르는 말. 과부적중(寡不敵衆)이라고도 함.

「孟子 梁惠王章句 上七」,

然則小固不可以敵大 寡固不可以敵衆 弱固不可以敵強 海內之地方千里者九 齊集有其一 以一服八 何以異於鄒敵楚哉 蓋亦反其本矣

그렇다면, 작은 나라는 큰 나라를 대적할 수 없는 것이며, 인민이 적은 나라는 본래 인민이 많은 나라를 대적할 수 없는 것이며, 병력이 약한 나라는 본래 병력이 강한 나라를 대적할 수 없는 것입니다. 지금 천하에는 4방 1000里의 大國이 아홉이 있는데 齊나라는 그 온 영토를 통틀어야 그 중 하나를 갖게 되는 것입니다. 그러니 하나를 가지고 여덟을 굴복시킨다는 것이 어찌하여 鄒나라 같은 小國이 楚나라 같은 大國을 적대하는 것과 다르겠습니까? 王께서는 왜 王道의 근본으로 돌아가지 않으십니까?

중구난방(衆口難防)

여러 사람의 입을 막기 어려움. 즉 막기 어려울 정도로 여럿이 마구 지껄임을 일컫는 말.

「十八史略」,

중구삭금(衆口鑠金)

뭇사람의 평판이나 비난은 쇠와 같이 단단한 것도 녹인다는 뜻으로, 여러 사람의 말의 무서움을 이르는 말. 적훼소골(積毀銷骨)이라고도 함.

「鄒陽의 獄中上梁王書」,

衆口鑠金 積毀銷骨

중노난범(衆怒難犯)

뭇 사람의 분노는 함부로 다루어서는 안 된다는 말.

「左傳 襄公」,

子孔不可 曰 爲書以定國 衆怒而焚之 是衆爲政也 國不亦難乎 子産曰 衆怒難犯 專欲難成

중니재생(仲尼再生)

공자(孔子)가 재생하였다는 말로, 사람이 현명함을 칭찬하는 말.

「隋書」,

陳果幼受孝經尚書 一覽成誦 八歲能屬文 十三編讀諸史 時人皆謂 仲尼再生

중도이폐(中道而廢)

힘을 다하기 전에 중도에서 폐함을 이름.

「論語 雍也」,

冉求曰 非不說子之道 力不足也 子曰 力不足者 中道而廢 今女畫也

중류저주(中流底柱)

난세(亂世)에도 의연히 절개를 변치

않는 선비를 비유하는 말.
「日知綠」,
　困知之記 學蔀之編 固今日中流之底
柱矣

중망소귀(衆望所歸)

뭇 사람의 촉망이 한 사람에게로 쏠림을 이름.

중목소시(衆目所視)

뭇사람이 보는 바. 중인소시(衆人所視), 중인환시(衆人環視)라고도 함.

중무소주(中無所主)

주장된 의견이 없다는 말.

중반친리(衆叛親離)

대중이 반대하면 육친에까지 버림을 받음. 곧, 지지를 잃어 고립됨을 뜻함.
「春秋」,
　夫州吁阻兵安忍 阻兵無衆 安忍無親 衆叛親離 以濟難夫兵猶火也 弗戢將自焚

중병지여(重病之餘)

중병을 앓고 난 뒤를 이름.

중생제도(衆生濟度)

부처가 중생을 구제하여 불과(佛果)를 얻게 하는 일. 제도중생(濟度衆生)이라고도 함.

중석몰족(中石沒鏃)

⇒정신일도　하사불성(精神一到何事不成) 참조.
* 쏜 화살이 돌에 박혔다는 뜻.

중소공지(衆所共知)

여러 사람이 모두 아는 바.

중소성다(衆少成多)

⇒토적성산(土積成山) 참조.

「漢書」,
　衆少成多 積小致鉅

중심성성(衆心成城)

뭇 사람의 뜻이 뭉치면 성(城)처럼 군고 튼튼하다는 말.
「國語周語」,
　伶州鳩曰 衆心成城 衆口鑠金

중심시도(中心是悼)

충심으로 슬퍼한다는 뜻.
「詩經 北風 終風」,
　終風且暴 顧我則笑 謔浪笑敖 中心是悼

중언부언(重言復言)

한 말을 자꾸 되풀이함을 이름.

중용지도(中庸之道)

마땅하고 떳떳한 도리. 또는 극단에 치우치지 않고 평범 속에서의 진실한 도리.

중원석록(中原射鹿)

⇒중원축록(中原逐鹿) 참조.

중원축록(中原逐鹿)

①군웅(群雄)이 제왕의 자리를 차지하려고 다투는 일. ②뭇사람이 지위나 정권을 차지하려고 다투는 일. 비슷한 말로 각축(角逐)이 있으며, 중원석록(中原射鹿)이라고도 함.
「晉書 石勒載記」,
　朕若遇武王 當並驅於中原 未知鹿死誰手

중육중배(中肉中背)

마르지도 살찌지도 않은 알맞은 살집으로 크지도 작지도 않은 키. 몸매가 좋음을 이르는 말.

중의일결(衆議一決)

많은 사람의 의논과 협의에 의해 의견이 일치하여 결정함을 이름.

중인불승(中人弗勝)

보통 사람은 감당치 못한다는 뜻.
「論貴粟疏」,
粟米布帛生於地 長於時 聚於市 非可一日成也 數石之重 中人弗勝

중인소시(衆人所視)

⇒중목소시(衆目所視) 참조.

중인역역(衆人役役)

뭇 사람이 지나치게 잔재주를 부린다는 뜻.
「莊子 齊物論」,
衆人役役 聖人愚芚

중인환시(衆人環視)

⇒중목소시(衆目所視) 참조.

중정무사(中正無私)

군주(君主)는 사적(私的)인 것에 치우치지 말고 올바른 도(道)를 지켜야 한다는 말.
「管子」,
爲人君子 中正而無私 爲人臣者 忠信不黨

중족측목(重足仄目)

공포에 떠는 모습을 이르는 말.
「漢書」,
令天下重足而立 仄目而視

중초인 휴지(衆楚人咻之)

한 사람의 말로는 뭇 사람을 이기지 못한다는 말.

중행무구(中行无咎)

매사에 중용(中庸)을 행하면 어떤 경우에도 잘못을 범하지 않는다는 말.

중후소문(重厚少文)

인정이 두텁고 가볍지 않으며 꾸밈이 없는 사람을 이르는 말.

즉신성불(卽身成佛)

도를 깨달으면 즉시 부처가 된다는 말.

즉심시불(卽心是佛)

오도(悟道)하면 자신의 마음이 곧 부처라는 뜻.
「傳燈錄」,
有僧問大梅和尙 見馬祖得個甚麼 便住此山 大梅曰 馬祖道卽心是佛

즐풍목우(櫛風沐雨)

바람으로 빗질하고 빗물로 낯을 씻는다는 뜻으로, 오랜 세월을 비바람을 무릅쓰고 외지(外地)에서 고생을 많이 함을 비유하는 말. 목우즐풍(沐雨櫛風)이라고도 함.
「唐書」,
狄仁傑對武后曰 文皇帝櫛風沐雨 冒鋒鏑以定天下
「莊子 天下篇」,
墨子稱道曰 昔子禹之湮洪水 決江河而通四夷九州也 名山三百 支川三千 小者無數 禹親自操橐耜而九雜天下之川 腓無胈 脛無毛 沐甚雨 櫛疾風 置萬國 禹大聖也 而形勞天下也如此 使後世之墨者 多以裘褐爲衣 以跂蹻爲服 日夜不休 以自苦爲極 曰 不能如此 非禹之道也 不足爲墨

墨子는 道에 대하여 다음과 같이 선언하였다. "옛날에 禹임금은 洪水를 막고, 長江과 黃河 물을 터 흐르게 하고, 사방의 오랑캐 땅과 온 중국 땅에 교통이 서로 통하게 하였다. 그

때 다스린 名山이 삼백 개였고 支流
는 삼천 갈래였으니, 그밖에 작은 것
들은 무수하다. 禹임금은 친히 삼태
기와 가래를 들고서 천하의 강물을
모아 바다로 흐르게 하였다. 그 때문
에 장딴지에는 살이 없었고 정갱이에
는 털이 없었다. 소낙비에 목욕을 하
고 거센 바람으로 머리를 빗으면서,
모든 나라들을 안정시켰던 것이다.
禹임금은 위대한 성인이었는데도, 天
下를 위하여 이처럼 육체를 수고롭게
했던 것이다." 그리고는 후세의 墨家
들에게 털가죽 옷과 칡베옷을 입고,
나막신이나 짚신을 신고, 밤낮으로
쉬지 않고 자신을 괴롭히는 것을 법
도로 삼게 하였던 것이다. 그리고는
이렇게 하지 못한다면 그것은 禹임금
의 道가 아니니 墨家가 되기에 부족
하다고 주장하였다.
* 墨家의 근검 사상을 비평하는 대목임.

즙린잠익(戢鱗潛翼)

고기와 새가 정지하여 움직이지 않
는다는 뜻으로, 큰 뜻을 품고 시기를
기다리는 것을 비유하는 말.

증격지설(矰繳之說)

주살로 새를 잡는 것처럼, 자기의
이익만을 목적으로 하여 남에게 하는
말을 이름.

증씨각통(曾氏覺痛)

옛날에 증자(曾子)란 사람은 멀리
떨어져 있으면서도 어머님의 편찮으
심을 알고 달려와 정성껏 간병을 했
다는 고사로, 부모님에 대한 극진한
효심을 이르는 말.

증이파의(甑已破矣)

시루는 이미 깨어졌다는 뜻으로, 이
미 그릇된 일은 뉘우쳐도 소용이 없
음을 비유하여 이르는 말.

증진부어(甑塵釜魚)

시루 속에는 먼지가 끼이고 가마솥
에는 물고기가 생길 지경이라는 뜻으
로, 몹시 가난한 생활을 비유하여 이
르는 말.
「後漢書 范冉傳」,
窮居自若 言貌無改 閭里歌之曰 甑中
生塵范史雲 釜中生魚范萊蕪

지갈지계(止渴之計)

임시 변통의 꾀를 이르는 말.
「世說」,
軍皆渴乃令曰 前有大梅林 饒子 甘酸
可汲以止渴 士卒聞之 口皆出水 來此
得及前源

지경무문(至敬無文)

최상의 공경에는 꾸밈이 없다는 말.

지고기양(趾高氣揚)

발을 높이 올리어 걷고 의기양양하
여 뽐내는 모양. 또는 거만한 태도를
이르는 말.

지고지순(至高至純)

지극히 높고 순수하다는 뜻

지공무사(至公無私)

지극히 공평하고 사사로운 마음이
없음을 이름.

지공지평(至公至平)

지극히 공평하여 치우침이 없음을
이름.

지과만인(智過萬人)

지략이 보통 사람보다 몹시 뛰어남
을 이르는 말.

「淮南子 修務訓」,

智過萬人者 謂之英 千人者謂之俊 百
人者謂之豪 十人者謂之傑

지궁차궁(至窮且窮)

더할 수 없이 곤란하고 궁함을 이
름.

지구지계(持久之計)

싸움 따위에서, 얼른 결판을 내지
않고 오래 끌고 가려는 계략을 이름.

지근지지(至近之地)

매우 가까운 곳을 이름. 지근지처(至
近之處)라고도 함.

지근지처(至近之處)

⇒지근지지(至近之地) 참조.

지기(知己)

서로 마음이 통하는 친한 벗. 지기
지우(知己之友)라고도 함.

「史記 刺客列傳」,

豫讓遁逃山中 曰 嗟乎 士爲知己者死
女爲說己者容 今智伯知我 我必爲報讐
而死 以報智伯 則吾魂魄不愧矣 乃變
名姓爲刑人 入宮塗廁 中挾匕首 欲以
刺襄子 襄子如廁 心動 執問塗廁之刑
人 則豫讓 內持刀兵曰 欲爲智伯報仇
左右欲誅之 襄子曰 彼義人也 吾謹避
之耳 且智伯亡無後 而其臣欲爲報仇
此天下之賢人也 卒釋去之

산중으로 도피해 있던 예양은 혼자
다짐했다. "아아, 사나이는 자기를
알아주는 자를 위해 목숨을 바치는
것이고, 계집은 자기를 기쁘게 하는
자를 위하여 (예쁘게) 꾸미는 것이
다. 지백님은 나를 알아주는 분이시
다. 나는 반드시 이 원수를 갚고 죽
을 것이다. 이것을 지백님께 보고한

다면, 나의 혼백도 부끄러워 구천을
떠돌지 않아도 될 것이다." 그는 이
름을 바꾸고 죄인들의 무리 속에 끼
여 궁궐에 들어가 뒷간의 벽을 바르
는 미장이 노릇을 하면서 조양자를
찔러 죽일 기회를 노리고 있었다. 조
양자가 뒷간에 왔다. 아무래도 예감
이 좋지 않아서 벽을 바르고 있는 미
장이를 잡아서 심문해 본즉 역시 예
양이었다. 비수를 품고 있어 추궁한
결과, "지백님의 원수를 갚으려고 한
다."라고 말했다. 좌우 측근들이 그
를 처형하자고 했(으나 조양자는 그
들을 말렸)다. "그는 의로운 사람이
다. 지백은 이미 죽고 그의 자손도
없다. 그런데 그의 옛날 신하가 보답
받을 것도 없는 원수를 갚으려고 한
다. 그야말로 천하에 의로운 사람이
다. 나만 조심해서 그를 피해 있으면
되는 것이다." 결국 그를 석방하고
멀리 가게 했다.

* 豫讓 - 〈戰國策〉에 의하면 그는 몸에
옻칠을 하고 문둥병 환자로 가장을 하
고 수염을 뽑아 없애고 눈썹을 뽑고 자
기 낯에다 상처를 내어 걸식을 하고 다
녔다. 모두 그를 몰라보았으나 친구가
목소리를 듣고 알아보자 숯가루를 먹고
반벙어리가 되면서까지 복수를 하려 하
였으나 끝내 성공하지 못한다.

「史記 晏嬰傳」,

越石父曰 吾聞君子 詘於不己知 信
知己者

지기상합(志氣相合)

의지와 기개가 서로 합함을 이름.

지기심자한(知機心自閑)

'지기'란 세상의 기틀(원리)을 안다
는 뜻이니, 곧 세상이 돌아가는 원리

를 알게 되면 마음이 스스로 느긋해
진다는 말.

지기일 미지기이(知其一未知其二)

⇒지기일부지기이(知其一不知其二) 참
조.

「史記」,

上(漢高帝)曰 公知其一 未之其二

지기일 부지기이(知其一不知其二)

하나는 알고 둘은 모른다는 뜻으로,
이면(裏面)의 사리나 내면의 이치는
모름을 비유하는 말. 지기일 미지기이
(知其一未知其二)라고도 함.

「莊子 天地」,

孔子曰 彼識其一 不知其二

지기지우(知己之友)

⇒지기(知己) 참조.

지긴지요(至緊至要)

더할 나위 없이 긴요함을 이름.

지독(舐犢)

⇒지독지애(舐犢之愛) 참조.

지독정심(舐犢情深)

⇒지독지애(舐犢之愛) 참조.

지독지애(舐犢之愛)

늙은 소가 새끼 송아지를 핥는다는
뜻으로, 어버이가 제 자식을 사랑하
는 것을 비유하는 말. 줄여서 지독(舐
犢)만으로도 쓰이고, 지독정심(舐犢情
深) 또는 지독지정(舐犢之情)이라고도
함.

「後漢書 楊彪傳」,

彪子修 爲曹操所殺 操見彪問曰 公何
瘦之甚 對曰 愧無日磾先見之明 猶懷
老牛舐犢之愛 操爲之改容

지독지정(舐犢之情)

⇒지독지애(舐犢之愛) 참조.

지동지서(之東之西)

동쪽으로도 가고 서쪽으로도 간다는
뜻으로, 줏대 없이 갈팡질팡함을 이
르는 말.

지동지서(指東指西)

동쪽을 가리키기도 하고 서쪽을 가
리키기도 한다는 뜻으로, 근본에는
손을 못 대고 엉뚱한 것을 가지고 이
러쿵저러쿵함을 이르는 말.

지락무락(至樂無樂)

참된 즐거움은 즐거움에 대한 자각
이 없는 평온한 경지를 이른다는 말.

지란지계(芝蘭之契)

⇒지란지교(芝蘭之交) 참조.

지란지교(芝蘭之交)

벗끼리 좋은 감화를 주고받으며 서
로 이끌어 나가는 고상한 사귐. 지란
지계(芝蘭之契)라고도 함.

지란지화(芝蘭之化)

좋은 친구와 사귀는데 있어, 자연히
그 아름다운 덕에 감화됨을 이름.

지록위마(指鹿爲馬)

사슴을 가리켜 말이라고 하였다는
고사로, 일부러 일을 조작해 사람을
궁지로 몰거나 죽음에 이르게 하는
모략(謀略)을 의미하는 말.

「史記 秦始皇紀」,

趙高欲爲亂 恐群臣不聽 乃先設驗 持
鹿獻於二世 曰 馬也 二世笑曰 丞相誤
耶 謂鹿爲馬 問左右 左右或默 或言馬
以阿順趙高 或言鹿者 高因陰中諸言鹿
者以法 後群臣皆畏高

趙高는 叛亂을 일으키려고 하였으나

群臣들이 자기의 말을 듣지 않을까 염려하여 먼저 꾀를 써 실험해 보았다. 그래서 二世에게 사슴을 바치며, "말이옵니다."라고 하였다. 二世가 웃으며, "사슴을 보고 말이라고 하다니 丞相이 틀렸소."라 하고, 좌우에 있는 신하들에게 물으니, 잠자코 있는 자들도 있고 趙高의 편을 들어 말이라고 아첨하는 자도 있었으며, 정직하게 사슴이라고 하는 자도 있었다. 趙高는 사슴이라고 한 자를 기억해 두었다가 무고한 죄를 씌워 죽여버렸다. 그 뒤로 臣下들은 趙高가 무서워 다른 의견을 말하지 못했다.

* 진(秦)나라 시황제가 죽자 측근 환관인 조고(趙高)가 거짓 조서를 꾸며 태자 부소(扶蘇)를 죽이고 어린 호해(胡亥)를 세워 2세 황제로 삼았다. 현명한 부소보다 용렬한 호해가 다루기 쉬웠기 때문이다. 이 고사는 호해 밑에서 조고가 권세를 마구 휘두르게 된 일화 중 하나이다.

지리멸렬(支離滅裂)

이리저리 어지러워지고 흩어져 갈피를 잡을 수 없음을 이르는 말.

지명지년(知命之年)

나이 50세를 이르는 말.
⇒불혹(不惑)의 고사 참조.

지명지사(知名之士)

이름이 세상에 널리 드러난 사람을 이름.

지복위혼(指腹爲婚)

⇒지복지맹(指腹之盟) 참조.

지복지맹(指腹之盟)

태아(胎兒)와 결혼의 약속을 하는 것. 지복위혼(指腹爲婚) 또는 지복지약(指腹之約), 지복혼(指腹婚)이라고도 함.
「龍圖公案」,
當時與彼父 旣有同窓之雅 又有指腹之盟 又云妾父與夏侍郎 同僚 先年指腹爲親

지복지약(指腹之約)

⇒지복지맹(指腹之盟) 참조.

지복혼(指腹婚)

⇒지복지맹(指腹之盟) 참조.

지부복궐(持斧伏闕)

옛날에 상소(上訴)할 때 도끼를 가지고 대궐 문밖에 나아가 엎드리는 일에서 나온 말로, 중난(重難)한 일에 대하여 죽음을 각오함을 뜻함.

지부작족(知斧斫足)

아는 도끼에 발등 찍힌다는 뜻으로, 믿던 일이 어그러지거나 친한 사람에게 해를 입음을 비유하는 말. 자부작족(自斧斫足)이라고도 함.

지부재온포(志不在溫飽)

뜻을 학문에만 두고 난의포식(暖衣飽食)은 개의치 않음을 이르는 말.
「宋史 王曾傳」,
生喫著不盡 公正色曰 曾平生志 不在溫飽

지분절해(支分節解)

몸의 팔다리와 관절을 분해한다는 뜻으로, 글이나 문장의 뜻을 상세히 해석함을 이르는 말.
「朱熹의 大學章句序」,
此書之旨 支分節解 脈絡貫通 詳略相因 巨細畢擧

지분혜탄(芝焚蕙嘆)

동류(同類)가 입은 재앙은 자기에게
도 근심이 된다는 말.

지불가만(志不可滿)

모든 일에 완전무결한 만족을 꾀하
지 말라는 말.

지불승굴(指不勝屈)

수효가 많아서 이루 손꼽아 셀 수
없음을 이름.

지빈무의(至貧無依)

몹시 가난하여 의지할 곳 없음을 이
름.

지사불굴(至死不屈)

죽을 때까지 자기의 의견을 주장하
여 굽히지 않음을 이름.

지사불망재구학(志士不忘在溝壑)

뜻이 있는 선비는 언제나 죽음을 두
려워하지 않는다는 말.
「孟子」,
志士不忘在溝壑 勇士不忘喪其元

지사위한(至死爲限)

죽을 때까지 자기의 의견을 주장하
여 나아간다는 말.

지사인인(志士仁人)

경국제세(經國濟世)에 뜻을 둔 사람
을 이르는 말.
⇒살신성인(殺身成仁)의 고사 참조.

지상공문(紙上空文)

실행할 수 없는 헛된 조문을 이름.

지상담병(紙上談兵)

실현될 가망이 없는 공론(空論). 궤
상공론(机上空論) 또는 탁상공론(卓上
空論)이라고도 함. 유사한 말로 묘항

현령(猫項縣鈴)이 있음.
「史記 廉頗藺相如列傳」,
趙括於少時 學兵法言兵事 莫能當以
天下 嘗其父奢言兵事 奢難能 然善謂
也

지상명령(至上命令)

무조건 복종하지 않으면 안 되는 명
령을 이름.

지성감천(至誠感天)

정성이 지극하면 하늘이 감동한다는
말.

지성선사(至聖先師)

명대(明代)에 추증된 공자(孔子)의
존호(尊號).

지성여신(至誠如神)

정성이 지극한 사람은 그 힘이 신
(神)과 같다는 뜻.
「中庸」,
禍福將至 善必先知之 不善必先知之
故至誠如神

지소모대(智小謀大)

일을 꾸며놓고 이행할 능력이 없음
을 이르는 말.
「易經」,
德薄而位尊 智小而謀大 力小而任重
云云 言不勝其任也

지심신락(至心信樂)

더할 수 없이 충실하게 아미타의 구
제를 믿고 즐기고 있음을 이름.

지어농조(池魚籠鳥)

몸이나 행동의 자유가 없음을 비유
하는 말.
「潘安仁의 秋興賦序」,
譬猶池魚籠鳥 有江湖山藪之思

지어지앙(池魚之殃)

⇒ 앙급지어(殃及池魚) 참조.

지어지처(止於止處)

①어디든지 이르는 곳에서 머물러 잠. ②사리에 맞추어 그쳐야 옳은 자리에서 그침을 이름.

지어차(至於此)

일이 여기에 이르렀다는 말.

지여부지(知與不知)

알고도 모를 일이라는 뜻.

지엽석무(支葉碩茂)

나무의 잎과 가지가 대단히 무성함을 이르는 말.
「漢書 敍傳」,
後王之祉祚 及宗子公族蕃滋 支葉碩茂

지우이신(至愚而神)

지극히 어리석은 사람에게도 신령한 마음이 있다는 뜻으로, 백성의 마음을 비유하여 이르는 말.

지우지감(知遇之感)

대우를 잘 받아서 후의에 감격하는 느낌을 이름.

지은보은(知恩報恩)

은혜를 알아 갚음을 이름.

지음(知音)

마음이 통하는 친한 벗을 이름.
⇒백아절현(伯牙絕絃)의 고사 참조.

지의준순(遲疑逡巡)

의심하고 망설여 우물쭈물하여 결단을 내려 행하지 않는다는 말.

지의진의(至矣盡矣)

더없이 완벽하게 갖추어짐을 감탄하여 이르는 말.
「朱熹의 中庸章句序」,
堯之一言 而舜復益之以三言

지이부지(知而不知)

알면서 모르는 체함을 이름.

지인무기(至人無己)

지인 즉, 충분한 덕을 쌓은 사람은 사심(私心)이 없다는 말.

지인위질(持人爲質)

사람을 볼모로 삼음을 이르는 말.
「唐律」,
諸有所規避 而執持人爲質者皆斬

지인지감(知人之鑑)

사람을 잘 알아보는 조감을 이르는 말.

지인지자(至仁至慈)

지극히 인자함을 이름.

지자견미맹(智者見未萌)

지혜로운 사람은 어떤 일이 발생할 것을 미리 안다는 말.
「戰國策」,
愚者暗於成事 智者見於未萌

지자불언(知者不言)

지식이 있는 자는 재지(才知)를 감추어 함부로 말을 하지 않음.
「老子」,
知者不言 言者不知 塞其兌 閉其門 挫其銳 解其紛 和其光 同其塵 是謂玄同

지자불혹(知者不惑)

지식이 있는 자는 도리를 분명히 알고 있으므로 사물의 처리에 당하여 미혹하지 않음.
「論語 子罕 二十八」,

子曰 知者不惑 仁者不憂 勇者不懼
공자 가로되, "지자(知者)는 의혹치
아니하며, 인자(仁者)는 근심치 아니
하며, 용자(勇者)는 두려워하지 아니
한다."

지자요수(知者樂水)

지자(知者)는 사물의 도리에 통달하
여 응체(凝滯)하는 바가 없는 것이
마치 물과 흡사하므로 물을 즐긴다는
뜻.
⇒ 인자요산(仁者樂山)의 故事 참조.

지자우귀(之子于歸)

딸이 시집가는 것을 이르는 말.
「詩經 周南 桃夭」,
之子于歸 宜其室家

지자일실(智者一失)

⇒천려일실(千慮一失) 참조.

지재지삼(至再至三)

두 번 세 번, 곧 여러 차례를 이르
는 말.

지재천리(志在千里)

품은 뜻이 웅대함을 이르는 말.
⇒노기복력(老驥伏櫪)의 고사 참조.

지정지미(至精至微)

아주 정미(精微)함을 이름.

지정지밀(至精至密)

아주 정밀(精密)함을 이름.

지조누백불여일악(鷙鳥累百不如一鶚)

작은 새 백 마리가 한 마리의 독수
리만 못함, 즉 무능한 사람은 아무리
많아도 한 사람의 재사(才士)만 못하
다는 말.
「漢書 鄒陽傳」,
臣聞鷙鳥累百不如一鶚

지족가락 무탐즉우(知足可樂 務貪則憂)

만족할 줄 알면 즐겁게 살 수 있고,
탐욕에 힘쓰면 근심 속에 산다는 말.

지족불욕(知足不辱)

분수를 지켜 만족한 줄을 알면 욕되
지 않는다는 말.
「老子」,
知足不辱 知止不殆 可以長久

지족안분(知足安分)

⇒안분지족(安分知足) 참조.

지족자부(知足者富)

자기의 분수에 족(足)함을 알고, 현
실에 만족해하는 사람이 부자라는
말.
「老子」,
勝人者有力 自勝者强 知足者富

지좌굴우(支左屈右)

이것저것 할 것 없이 모두 실패함을
이르는 말.
「戰國策」,
答曰 我不能教子 支左屈右 夫射柳葉
者 百發百中 而不以善息 少焉氣力倦
弓撥矢鉤 一發不中 前功盡矣

지주은(蜘蛛隱)

비충(飛蟲)이 거미줄에 걸려 죽는
것을 보고 사관(仕官)도 역시 비충과
같다 하고 곧 사직하여 은둔(隱遁)한
공사(龔舍)의 고사에서 나온 말로,
환해풍파(宦海風波)를 경계하는 말.
「海錄碎事」,
龔舍初仕楚王 非其欲 見飛蟲觸蜘蛛
網 歎曰 仕官亦人之網羅也 遂掛冠而
退 時號蜘蛛隱

지중지물(池中之物)

언젠가는 그 능력을 충분히 발휘하고야 말, 초야(草野)에 묻힌 선비를 이르는 말.

「金鰲新話 李生窺牆傳」,

一時朋伴 皆稱令嗣才華邁人 今雖蟠屈 豈是池中之物 宜速定嘉會之辰 以合二姓之好

(송도에 사는) 친구들이 모두 그 댁의 영식은 재주가 남달리 뛰어났다고 칭찬하고 있습니다. 지금은 아직 과거에 급제하지 않고 있습니다만 어찌 끝까지 초야에 묻혀 있을 인물이겠습니까? 제 여식도 과히 남에게는 뒤지지 아니 하온즉 그들의 혼인을 이루어 주심이 어떠하겠는지요?

지지부진(遲遲不進)

일이 추진되어감이 몹시 느림을 이름.

지진부지퇴(知進不知退)

앞으로 나아갈 줄만 알고 뒤로 물러설 줄은 모름을 이름.

「鹽鐵論」,

知利不知害 知進不知退 故身死而象敗

지척불변(咫尺不辨)

매우 어두워서 눈앞도 분별할 수 없음을 이름.

지척지간(咫尺之間)

아주 가까운 거리를 이르는 말.

지척지서(咫尺之書)

간단한 서장(書狀)을 이르는 말.

「史記 淮陰侯傳」,

李左車曰 發一乘之使 奉咫尺之書

지척지지(咫尺之地)

아주 좁은 땅을 이르는 말.

「史記 蘇秦傳」,

舜無咫尺之地 以有天下

지척천리(咫尺千里)

서로가 가까운 곳에 살고 있으면서 소식이 오가지 않아 천리에 떨어져 사는 것과 같다는 말.

지천석어(指天射魚)

⇒연목구어(緣木求魚) 참조

* 석(射) - 맞추다

지초북행(至楚北行)

목적과 행동이 서로 배치(背馳)됨을 이르는 말.

「戰國策」,

兵之精銳 而攻邯鄲 以廣地尊名 王之動愈數 而離王愈遠耳 猶至楚而北行也

지치득차(舐痔得車)

치질을 핥고 차를 얻는다는 말로, 천한 일을 하여 큰 이익을 얻음을 비유하는 말.

「莊子」,

得車一乘 舐痔者 得車五乘 所治愈下

지평천성(地平天成)

천지가 잘 다스려짐을 이르는 말.

「書經 大禹謨篇」,

帝曰兪 地平天成 六府三事允治 萬世永賴 時乃功

지피지기(知彼知己)

⇒지피지기 백전불태(知彼知己百戰不殆) 참조.

지피지기백전불태(知彼知己百戰不殆)

병법가(兵法家)의 말로서, 피아(彼我)의 정세를 잘 알아야 함을 강조하는 말. 지피지기(知彼知己)만으로도 쓰임.

「孫子 謀攻篇」,

知彼知己百戰不殆 不知彼而知己一勝
一負 不知彼不知己每戰必敗

敵을 알고 나를 알면 백 번 싸워도
위태로와지지 않으며, 적을 모르며
나를 알면 一勝一敗하고, 적도 모르
고 나도 모르면 싸울 때마다 반드시
지게 되어 있나니라.

지필연묵(紙筆硯墨)

⇒문방사우(文房四友) 참조.

지학지년(志學之年)

15살의 나이를 이르는 말.
⇒불혹(不惑)의 고사 참조.

지행일치(知行一致)

알고 있는 것과 행동이 일치함을 이
르는 말. 언행일치(言行一致), 지행합
일(知行合一)과 같은 말.

지행합일(知行合一)

지(知)와 행(行)은 병진해야 한다는,
중국 왕양명(王陽明)의 주장으로, 주
자(朱子)의 선지후행설(先知後行說)
에 반대됨. 지행일치(知行一致)라고도
함.

지호지간(指呼之間)

부르면 이내 대답할 만한 거리, 즉
가까운 거리를 이르는 말.

직목선벌(直木先伐)

곧은 나무는 먼저 베인다는 뜻으로,
재능이 뛰어난 사람은 그만큼 쓰임이
많아 일찍 쇠퇴한다는 말.
「莊子 山木篇」,

直木先伐 甘泉先竭

곧은 나무는 먼저 잘리고, 단 샘물
은 먼저 말라붙습니다.

직여현사도변(直如絃死道邊)

마음이 곧은 선비의 불우함을 이르
는 말.
「後漢書 五行志」,

順帝之時 童謠曰 直如絃 死道邊 曲
如鉤 反封侯

직정경행(直情徑行)

곧이곧대로 행함. 경정직행(徑情直
行)이라고도 함.
「禮記 檀弓」,

子游曰 禮有微情者 有以故興物者 有
直情而徑行者 戎狄之道也

진금부도(眞金不鍍)

진짜 황금은 도금하지 않는다는 뜻
으로, 진실된 재주가 있는 사람은 꾸
밀 필요가 없다는 말.
「李紳의 答章孝標詩」,

假金方用眞金鍍 若是眞金不鍍金 十
載長安得一第 何須空腹用高心

진담누설(陳談陋說)

길게 늘어놓은 쓸데없는 말을 이름.

진리탐구(眞理探究)

참된 이치를 찾아낸다는 말.

진목장담(瞋目張膽)

대단히 용기냄을 이르는 말.
「史記 張耳傳」,

將軍瞋目張膽 出萬死不顧一生之計
爲天下除殘

진미가효(珍味佳肴)

맛있는 음식과 좋은 안주를 이름.

진사중요(珍事中夭)

뜻밖에 닥친 재난. 또는 뜻밖의 진
기한 일을 이르는 말.

진선진미(盡善盡美)

완전무결함을 이르는 말.

「論語 八佾」,

子謂韶 盡美矣 又盡善也 謂武 盡美
矣 未盡善也

진수성찬(珍羞盛饌)

매우 잘 차린 음식을 이르는 말.

진수아미(螓首蛾眉)

⇒아미(蛾眉) 참조.

* 쓰르라미의 이마와 나비의 눈썹이란
뜻.

진심갈력(盡心竭力)

마음과 힘을 다함.

진안막변(眞贋莫辨)

진짜와 가짜를 분별할 수 없다는
말.

진의천인강(振衣千仞岡)

높은 산 위에서 옷의 먼지를 턴다는
뜻으로, 몹시 상쾌한 기분을 이르는
말.

⇒탁족만리류(濯足萬里流) 참조.

진인사대천명(盡人事待天命)

사람으로서 할 수 있는 일을 다한
뒤에 천명을 기다린다는 뜻으로, 무
슨 일이나 힘을 다하여 노력해야 한
다는 말.

「初學如要」,

是盡人事而後委天命也 學者須守處置
放下之二事 此外復何思何憂乎

진작기허과용간(眞雀豈虛過春間)

참새가 방앗간을 그냥 지나갈리 없
다는 뜻으로, 자기가 좋아하는 곳은
반드시 들러 지나간다는 뜻.

진적위산(塵積爲山)

⇒토적성산(土積成山) 참조.

진정소발(眞情所發)

참된 마음에서 바라는 바를 이름.

진정소원(眞情所願)

진정에서 우러난 소원을 이르는 말.

진지적견(眞知的見)

참되고 확실한 견문(見聞)이나 지식
(知識)을 이름.

진진상인(陳陳相因)

묵은 것이 많이 쌓였다는 뜻으로,
일이 진부함을 비유하여 이르는 말.

「史記 平準書」,

京師之錢累巨萬 貫朽而不可校 太倉
之粟 陳陳相因 充溢露積於外 至腐敗
不可食

진천동지(震天動地)

음향 같은 것이 하늘을 진동하게 하
고 땅을 흔든다는 뜻으로, 세력이나
위엄이 천하에 떨침을 비유하는 말.

진촌퇴척(進寸退尺)

나아간 것은 적고 물러선 것은 적다
는 뜻으로, 소득은 적고 손실이 많음
을 비유하는 말.

「老子」,

用兵有言 吾不敢爲主而爲客 不敢進
寸退尺 是謂行無行

진충보국(盡忠報國)

충성을 다하여 나라의 은혜에 보답
한다는 말.

「宋史 何鑄傳」,

脅飛故將王貴上變 逮飛繫大理獄 先
命鑄鞫之 鑄引飛至庭 詰其反狀 飛裂
而示之背 背有舊涅盡忠報國四大字

진퇴양난(進退兩難)

⇒진퇴유곡(進退維谷) 참조.

진퇴유곡(進退維谷)

앞으로 나아가지도 뒤로 물러서지도
못하는 궁지에 빠진 상태를 이르는
말. 저양촉번(羝羊觸藩), 진퇴양난(進退
兩難)이라고도 함.

「詩經 大雅 蕩之什 桑柔篇」,
瞻彼中林 : 저기 저 숲 속을 바라보면
牲牲其鹿 : 사슴도 떼를 지어 뛰놀거늘
朋友已譖 : 이젯 사람 그 벗을 속이고
不胥以穀 : 친하게 지내지 않음은 웬일?
人亦有言 : 세상에 떠도는 말이 있거니
進退維谷 : 빼지도 박지도 못하노라고
* 王을 諷刺한 노래임.

진합태산(塵合泰山)

티끌 모아 태산을 이룬다는 뜻. 집
소성다(集小成多)라고도 함.

질곡(桎梏)

차꼬와 수갑이란 뜻에서 나온 말로,
구속이나 속박을 이르는 말.

「易經 山水蒙卦」,
初六 發蒙 利用刑人用說桎梏 以往吝
象曰 利用刑人 以正法也
(산밑에 솟아나는 샘물, 이것이 蒙
의 卦象이다. 君子는 이 卦象을 보고
바른 일을 과감하게 실천하면서 묵묵
히 德을 기른다.) 無知를 啓發하는
데는 刑罰을 엄하게 하는 것이 좋다.
이것은 규율을 바르게 하기 위함이
다. 그러나 형벌의 방법을 적극적으
로 길이 지속하여 가는 것은 좋지 못
하다.

「孟子 盡心章句上 二」,
孟子曰 莫非命也 順受其正 是故 知
命者 不立乎巖墻之下 盡其道而死者
正命也 桎梏死者非正命也
맹자 가로되, "人間之事 天命 아닌

것이 없다. 그러나 그 올바른 天命을
順理로 받아들여야 한다(오직 君子만
이 그 올바른 天命을 능히 順理로 받
아들일 수 있다). 그러므로 天命을
아는 사람은 무너져 가는 담장 아래
서지 않는다. 할 수 있는 道理를 다
하고 죽는 것은 올바른 天命이고 죄
짓고 붙들려 죽는 것은 올바른 天命
이 아니다."

「禮記 月令」,
是月也 安萌芽 養幼少 存諸孤 擇元
日命民社 命有司 省囹圄 去桎梏 毋肆
掠 止獄訟
이 달(2月)에는 식물의 싹을 보호
하고, 어린 동물을 기르며, 고아들을
보살펴 기른다. 元日을 가려서 백성
에게 명하여 지기(地祇)를 제사지내
게 한다. 有司에게 명하여 죄가 경한
자를 사면해서 감옥에 계류된 사람의
수를 덜게 하고 족쇄와 수갑을 벗기
게 하며, 죄인의 시체를 시장에 버린
다든지 고문하는 일을 못하게 한다.
그리고 백성을 깨우쳐서 옥송을 그치
게 한다.

질뢰불급엄이(疾雷不及掩耳)

갑자기 우레 소리가 나서 귀를 가릴
틈이 없다는 뜻으로, 사태가 급박하
여 막을 틈이 없음을 비유하여 이르
는 말.

질수축알(疾首蹙頞)

몹시 싫어서 이마를 찡그림을 이르
는 말.

질언거색(疾言遽色)

침착하지 못한 모양, 곧 말을 빨리
하고 얼굴에 당황한 모양을 함.

질의응답(質疑應答)

의문을 묻고 그에 따른 대답함을 이름.

질이불리(質而不俚)

소박하면서도 촌스럽지 않음을 이르는 말.
「漢書 司馬遷傳贊」,
質而不俚

질족자선득(疾足者先得)

날랜 사람이 먼저 목적물을 얻는다는 뜻.

질지여수(疾之如讐)

상대방을 원수처럼 미워함을 이름.

질지이심(疾之已甚)

상대방을 몹시 미워함을 이름.

질풍경초(疾風勁草)

⇒질풍지경초(疾風知勁草) 참조.

질풍신뢰(疾風迅雷)

매우 빠른 바람과 우뢰란 뜻으로, 사태의 급변, 행동의 민첩 또는 속력의 빠른 모양 등을 형용하는 말.

질풍심우(疾風甚雨)

강한 바람과 폭우를 이르는 말.
「荊楚歲時記」,
去冬節一百五日 卽有疾風甚雨 謂之寒食

질풍지경초(疾風知勁草)

강한 바람이 불어야 강한 풀인가를 안다는 뜻으로, 어려운 일을 당하였을 때 비로소 그 지조의 굳음을 알게 됨을 비유하여 이르는 말. 질풍경초(疾風勁草)만으로도 쓰임.
「後漢書 王霸傳」,
河北有度從 從賓客覇者數十人 秒秒引去 光武曰 穎川從我者皆逝 而子獨留努力 疾風知勁草

질행무선적(疾行無善迹)

급히 서둘러 하는 일은 결과가 좋지 못하다는 뜻.
「西京雜記」,
長卿制作淹遲 皆盡一時之譽 而長卿溫麗 枚皐有累句 故知疾行無善迹矣

집사전일(執事專一)

무슨 일이든지 한 가지 일에만 전념함을 이름.

집소성다(集小成多)

⇒진합태산(塵合泰山) 참조.

집열불탁(執熱不濯)

뜨거운 물건을 쥔 후에는 손을 물에 씻어 열을 식혀야 하는데 씻지를 않는다는 뜻으로, 잠깐의 수고를 아끼다 큰 일을 이루지 못함을 비유하는 말.
「左傳」,
詩云 誰能執熱 逝不以濯 禮之於政 如熱之有濯也 濯以救熱 何患之有

집요인(執拗人)

고집이 세어 남의 의견을 따르지 않는 사람을 이르는 말.
「願體集」,
債事失機者 必執拗之人

집의항언(執意抗言)

자기의견만을 고집하여 굴하지 않음을 이름.
「魏書」,
中書令睦澄 執意抗言

징분질욕(懲忿窒慾)

노여움과 욕심이 지나치면 범죄를 초래하니, 분한 생각을 징계하고 욕심을 억제한다는 말.

징악권선(懲惡勸善)

악을 징계하고 착한 일을 권장한다는 말로, 권선징악(勸善懲惡)과 같은 말.

징일여백(懲一勵百)

한 사람을 징계함으로써 여러 사람을 격려한다는 말.

징탕취냉수(懲湯吹冷水)

끓는 물에 입을 데고서 냉수도 불면서 마신다는 뜻으로, 지나치게 혼난 사람이 아무 것에나 겁 냄을 비유하는 말.

차

차계기환(借鷄騎還)

슬기로운 말 한마디로 상대방의 마음을 고쳐 갖게 함을 비유한 말.
「太平閑話滑稽傳」,
金先生 善談笑 嘗訪友人家 主人 設酌 只佐蔬菜 先謝曰 家貧市遠 絶無兼味 惟淡泊 是愧耳 適有群鷄 亂啄庭除 金曰 大丈夫 不惜千金 當斬吾馬 佐酒 主人曰 斬馬 騎何物而還 金曰 借鷄騎還 主人 大笑 殺鷄餉之

차래지식(嗟來之食)

사람을 업신여기면서 주는 음식을 이름.
「禮記 檀弓下」,
有餓者蒙袂輯屨貿貿然來 黔敖在奉食 右執飮曰 嗟來食 揚其目而視之 曰唯 不食嗟來之食 以至於斯也 從而死

차망우물(此忘憂物)

시름을 잊게 해주는 물건이란 뜻, 곧 술을 일컫는 말.
「陶潛의 雜詩」,
汎此忘憂物 遠我遺世情 一觴雖獨進 盃盡壺自傾

차문차답(且問且答)

한편으로는 묻고 또 한편으로는 대답한다는 말.

차상차하(次上次下)

좀 낫기도 하고 좀 못하기도 함을 이름.

차선차후(次善次後)

조금 앞서기도 하고 뒤서기도 함을 이름.

차여유수(車如流水)

흐르는 물처럼 차의 속력이 빠름을 비유한 말.
「後漢書」,
車如流水 馬如游龍

차일시피일시(此一時彼一時)

이때도 한 때요, 저 때도 한 때라는 뜻으로, 이때 한 일과 저 때 한 일이 사정이 각각 다름을 이르는 말.

차일피일(此日彼日)

오늘 내일 하면서 기한을 미룸을 이르는 말.

차청입실(借廳入室)

⇒득롱망촉(得隴望蜀) 참조.

차청차규(借廳借閨)

⇒득롱망촉(得隴望蜀) 참조.
* 대청을 빌려주니 안방까지 들어온다는 말.
「旬五志」,
借廳借閨 言漸次就深
대청을 빌려주니 안방까지 달란다는 말은 점차로 욕심이 커짐을 이르는 말이다.
「洌上方言」,
既借堂又借房 言欲易長也
이미 대청을 빌리고 나면 안방까지 달란다는 말은 욕심이 커짐을 말하는 것이다.

차탈피탈(此頉彼頉)

이리 저리 핑계함을 이름.

차형손설(車螢孫雪)

어려운 가운데 학문함을 이르는 말. 즉 고학(苦學)을 뜻함.

차호위호(借虎威狐)

⇒호가호위(狐假虎威) 참조.

착두근착미(捉頭僅捉尾)

대가리를 잡으려다 겨우 꽁지를 잡는다는 말로, 큰 것을 바라다가 겨우 조그만 것밖에 얻지 못함을 이름.

착산저실가저(捉山猪失家猪)

멧돝 잡으려다 집돝 잃었다는 말로, 문수에 넘치는 욕심을 채우려다 도리어 손해 봄을 비유하는 말.

착음경식(鑿飲耕食)

우물을 파서 마시며 밭을 갈아먹는다는 뜻으로, 천하가 태평하고 생활이 안락함을 비유하는 말.
⇒고복격양(鼓腹擊壤)의 고사 참조.

착해방수(捉蟹放水)

게를 잡아 물에 놓아주었다는 말로, 애만 쓰고 소득이 없음을 이름.

찬시지변(簒弒之變)

임금을 죽이고 그 자리를 빼앗는 괴변(怪變)을 이르는 말.

찬찬옥식(粲粲玉食)

깨끗하게 껍질을 벗긴 쌀로 지은 흰 쌀밥이란 뜻으로, 좋은 음식 또는 정성이 담긴 음식이라는 말.

찰찰부찰(察察不察)

지나치게 섬세해도 실수가 있다는 말.

참불인견(慘不忍見)

너무 참혹하여 차마 볼 수 없음을 이름.

참상남형(僭賞濫刑)

상과 벌을 함부로 행함을 이르는 말.
「左傳 襄公」,
善爲國者 賞不僭 而刑不濫

참신기발(斬新奇拔)

취향이 매우 새로워 생각지도 못할 만큼 색다름을 이름.

참연현두각(嶄然見頭角)

여러 사람 중에 유난히 뛰어남을 형용하는 말.
「韓愈의 柳子厚墓誌銘」,
子厚少精敏 無不通達 逮其父時 雖少年已自成人 能取進士第 嶄然見頭角

참염지애(斬剡之哀)

상중(喪中)의 슬픔을 이르는 말.
「禮記 雜記」,
三年之喪如斬 期之喪如剡

참절비절(慘絕悲絕)

⇒비절참절(悲絕慘絕) 참조.

참정절철(斬釘截鐵)

못을 끊고 쇠를 자른다는 뜻으로, 군자(君子)가 지녀야 할 확고하고 의연한 태도를 강조하거나, 의심 없이 딱 결정하여 처리함을 나타내는 말.

참초부제근 맹아의구발(斬草不除根 萌芽依舊發)

풀을 베고 뿌리를 뽑지 않으면 싹은 다시 돋아난다는 뜻으로, 병폐는 근본적으로 제거하지 않으면 또 다시 발생할 수 있음을 비유하는 말.

참치부제(參差不齊)

길고 짧거나 들쭉날쭉하여 가지런하지 않음을 이름.

「詩經」,
參差行菜 左右流之

참초제근(斬草除根)

풀을 베고 뿌리를 뽑지 않으면 싹은 계속 돋아난다는 뜻으로, 걱정이나 재앙이 될 일은 뿌리째 뽑아야 한다는 말.

「通俗編」,
斬草不除根 萌芽依舊發

참회멸죄(懺悔滅罪)

불교에서, 참회의 공덕으로써 모든 죄업을 없애는 일을 이르는 말.

창두취슬(瘡頭聚蝨)

'헌 머리에 이 꾀듯'이란 뜻으로, 이익이 있는 곳에 사람들이 떼를 지어 모여듦을 비유하여 이르는 말.

창랑자취(滄浪自取)

좋은 말을 듣거나 나쁜 말을 듣거나 다 제 할 탓이라는 말.

창상변(滄桑變)

⇒창상지변(滄桑之變) 참조.

창상세계(滄桑世界)

변화가 많은 세상을 이름.

창상지변(滄桑之變)

푸른 바다가 변하여 뽕나무밭이 된다는 말로, 곧 인간 세상의 모든 일이 덧없이 변함을 이르는 말. 능곡지변(陵谷之變), 상전벽해(桑田碧海), 상해지변(桑海之變), 창상변(滄桑變), 창해상전(滄海桑田)이라고도 함.

「劉廷芝의 代悲白頭翁」,
洛陽城東桃李花 : 낙양성 동쪽의
　　　　복사꽃, 오얏꽃은

飛來飛去落誰家 : 이리저리 흩날려
　　　　누구집에 떨어질까
洛陽女兒惜顔色 : 낙양의 계집애들
　　　　고운 얼굴 아끼어
行逢落花長嘆息 : 지는 꽃 바라보며
　　　　길게 한숨지우네
今年落花顔色改 : 금년에 꽃이 지면
　　　　얼굴이 변하거니
明年花開復誰在 : 내년에 꽃필 때는
　　　　그 누가 또 있으리
已見松柏摧爲薪 : 소나무 잣나무도
　　　　꺾이어 섶이 되고
更聞桑田變成海 : 뽕나무밭도 변해
　　　　바다를 이룬다네
古人無復洛城東 : 낙양성 동쪽에는
　　　　그 옛사람 없는데
今人還對落花風 : 지금 사람 도리어
　　　　지는 꽃 바라보네
年年歲歲花相似 : 해마다 피는 꽃은
　　　　다 같은 그 꽃인데
歲歲年年人不同 : 해마다 늙는 사람
　　　　같은 사람 아니네
寄言全盛系顔子 : 들어라, 한창 젊어
　　　　얼굴 고운 사람들아
應憐半死白頭翁 : 반 죽은 백발 노인
　　　　부디 가여워하라
此翁白頭眞可憐 : 늙은이의 이
　　　　백발이 참으로 가련하나
伊昔紅顔美少年 : 옛날에는 얼굴
　　　　고운 미소년이었느니라
公子王孫芳樹下 : 公子, 王孫 들이
　　　　꽃나무 밑에 놀 때
淸歌妙舞落花前 : 맑은 노래 예쁜
　　　　춤도 지는 꽃잎이었네
光祿池臺開錦繡 : 光祿의 池臺에는
　　　　비단옷 나부끼고
將軍樓閣畵神仙 : 將軍의 樓閣에는

　神仙들을 그렸었네

一朝臥病無相識 : 하루아침 앓아

　　　　누자 벗마저 없어 떨어졌네

三春行樂在誰邊 : 三春의 그 즐거움

　　　　누구에게 있는고

宛轉蛾眉能幾時 : 구르는 듯 나방

　　　　눈썹 얼마나 오래던가

須臾鶴髮亂如絲 : 어느덧 鶴의 털이

　　　　실처럼 어지럽네

但看古來歌舞地 : 보나니, 그 옛날에

　　　　노래하고 춤추던 곳

惟有黃昏鳥雀悲 : 해질녘　새들만의

　　　　슬픈 소리뿐이네

* 이 詩는 老人을 대신하여 人生의 無常을 노래한 것으로, 全篇이 華麗하고 簡明한 美文임.

「葛洪의 神仙傳」,

麻姑謂王方平曰 自接待以來 見東海三變爲桑田 向到蓬萊 水乃淺於往者略半也 豈復爲陵乎 方平乃曰 東海行復揚塵耳

창선징악(彰善懲惡)

　⇒권선징악(勸善懲惡) 참조.

창송취죽(蒼松翠竹)

　푸른 소나무와 푸른 대나무를 이름.

창안백발(蒼顔白髮)

　쇠한 얼굴빛과 센 머리털이란 뜻으로, 곧 늙은이의 얼굴과 머리카락을 이르는 말.

창언정론(昌言正論)

　매우 적절하고 정대한 언론을 이르는 말.

창업이수문난(創業易守文難)

　⇒창업이수성난(創業易守成難) 참조.

창업이수성난(創業易守成難)

일의 시작은 쉬우나 이룬 것을 지키기는 어렵다는 말. 창업이수문난(創業易守文難)이라고도 함.

「唐書 房元齡傳」,

帝嘗問創業易守文孰難

창우백출(瘡疣百出)

언행에 잘못이 많음을 가리키는 말.

창왕찰래(彰往察來)

지난 일을 명찰(明察)하여 장래(將來)의 득실(得失)을 살핀다는 말.

「易經 繫辭下傳」,

夫易彰王而察來 而微顯闡幽 開而當名 辨物正言 斷辭則備矣 其稱名也小 其取類也大 其旨遠 其辭文 其言曲而中 其事肆而隱 因貳以濟民行 以明失得之報

무릇 〈周易〉은 지나간 일을 밝히어 미래를 예언하고, 微細한 것을 보고 드러날 것을 밝히는 것이다. 卦와 爻를 열어 명칭을 붙이되 물건의 성질을 分辨하여 바르게 말하고 있다(剛健을 의미하는 乾卦는 龍으로 상징하고, 柔順을 의미하는 坤卦는 말로써 상징하듯이). 그리하여 卦辭·爻辭는 정비되어 있다. 〈周易〉은 그 이름으로 일컫는 것은 작은 것이지만, 그것을 類推하면 그 범위는 무한하게 확대되는 것이다. 그래서 그 뜻은 含蓄이 있어 深遠하고, 그 글은 변화를 內包하여 문채가 있다. 그 말은 직접적인 표현을 피하고, 추상적으로 돌려서 설명하여 모든 事象의 이치에 맞는다. 〈周易〉이 설명하고 있는 일은 꺼림이 없지만, 그 논의하는 이치는 깊고 은밀한 것이다. 吉하고 凶한 두 가지의 사리를 보여줌으로써 백성의 행동이 不善한 데 빠지지 않도록 도와준다. 不善한 행동에는 凶한 應報가 오고, 善한 행동에는 吉한 應報가 온다는 것을 설명하여, 잃고 얻는 것을 밝혀주는 것이다.

창졸객(倉卒客)

소식 없이 갑자기 찾아온 손님을 이르는 말.

「西京雜記」,

曹元禮善算術 詣陳廣漢設食甚薄 廣漢曰 有倉卒客 無倉卒主人

창졸지간(倉卒知間)

졸지에, 또는 갑작스러운 사이에.

창해상전(滄海桑田)

⇒창상지변(滄桑之變) 참조.

창해유주(滄海遺珠)

창해 속에 버려진 구슬이란 뜻으로, 세상에 알려지지 않고 묻혀 있는 훌륭한 인물을 일컫는 말.

「事文類聚 狄仁傑傳」,

狄仁傑調汴州參軍 閻立本異其才曰 君可謂滄海遺珠矣

창해일속(滄海一粟)

⇒구우일모(九牛一毛) 참조.

「蘇軾의 前赤壁賦」,

渺滄海一粟 哀吾生之須臾 羨長江之無窮

창해일적(滄海一滴)

⇒구우일모(九牛一毛) 참조.

창황망조(蒼惶罔措)

너무 급하여 어찌 할 길이 없음을 이름.

「杜甫의 送鄭虔貶台州司戶詩」,

蒼惶已就長途往 邂逅無端出餞遲

채색부정(采色不定)

금방 기뻐했다가 금방 성냈다가, 안색이나 풍채가 자주 변함을 이름.

「莊子 人間世」,

顔回曰 端而虛 勉而一 則可乎 曰 惡惡可 夫以陽爲充 孔揚 采色不定 常人之所不違 因案人之所感 以求容與其心 名之曰 日漸之德不成 而況大德乎 將執而不化 外合而內不訾 其庸詎可乎

안회(顔回)가 말하였다. "마음을 단정히 하면서도 허정(虛靜)케 하고 힘써 한결같이 갖고 있으면 되겠습니까?"

공자(孔子) 가로되, "아니, 어찌 되겠느냐? 그는 겉으로는 자신이 넘치고 매우 뽐내고 있으며 교만한 기색은 일정하지 않아서, 보통 사람들은 그의 뜻을 어기지 못한다. 그럼으로써 사람들의 감정을 억누르면서 자기 마음의 쾌락을 추구한다. 그런 것을 두고 날로 발전해야 할 덕(德)조차도 이루지 못하는 것이라 말하는 것이다. 그러니 하물며 큰 덕이야 말할게 있겠느냐? 그는 자기를 고집함으로써 남에 의하여 변화되지 않으며, 겉으로는 타협을 하지만 속으로는 반성을 하지 않을 것이다. 그 어찌 괜찮을 수 있겠느냐?"라고 하였다.

채신지우(採薪之憂)

병이 들어 나무를 할 수 없다는 뜻으로, 자기의 병을 겸손하게 비유하는 말. 부신지우(負薪之憂)라고도 함.

「孟子 公孫丑章句下 二」,

孟子將朝 王 王使人來曰 寡人如就見者也 有寒疾 不可以風 朝將視朝 不識可使寡人 得見乎 對曰 不幸而有疾 不

能造朝　明日出弔於東郭氏　公孫丑曰
昔者辭以病　今日弔或者不可乎　曰　昔
者疾　今日愈　如之何不弔　王使人問疾
醫來　孟仲子對曰　昔者有王命　有採薪
之憂　不能造朝　今病少愈　趨造於朝　我
不識能至否乎　使數人　要於路曰　請必
無歸而造於朝

　孟子가 王에게 문안드리러 가려고
하였을 때, 王이 사람을 시켜서 말을
전해 왔다. "寡人이 가서 만나볼 것
이나 감기가 들어서 바람을 쐴 수가
없다. 선생이 나와 주시면 만나볼까
한다. 혹시 과인이 만나볼 수 있게
해 주실는지?" 맹자가 말하기를, "불
행히도 병이 나서 문안 드리러 나갈
수가 없다." 그 이튿날 東郭氏댁에
조상하러 나가려고 하였다. 公孫丑이
말하기를, "어제는 병이 났다하여 나
가는 것을 사절하고, 오늘은 조상하
러 나가시니 혹시 잘못 된 것이 아닌
가?" 맹자 가로되, "어제 앓다가 오늘
병이 다 나았는데 왜 조상하러 가지
못하겠는가?" 王이 사람을 시켜서 문
병을 하고 의원을 보내 왔다. 孟仲子
가 그 문병 온 사람에게 말했다. "어
제는 오라는 왕명이 있었으나 병이
나서 가 뵙지 못했던 것이다. 오늘은
병이 좀 나아서 서둘러서 만나 뵈러
갔다. 그런데 잘 갔는지 모르겠다.
그리고 여러 사람을 시켜 길에서 맹
자를 만나게 하여 지금 돌아오지 말
고 꼭 왕을 뵈러 가시라고 이르게 하
였다.

채장보단(採長補短)

　장점을 받아들이고 단점을 보완한다
는 말.

책상퇴물(冊床退物)

　글읽기만 좋아하고 세상물정에 어두
운 사람을 이르는 말.

책선붕우지도(責善朋友之道)

　서로간에 그릇된 일은 문책하고 착
한 일은 권장하는 것이 친구의 도리
라는 뜻.
　「孟子 離婁章句 下」,
　責善 朋友之道也 父子責善 賊恩之大
者

책인즉명(責人則明)

　자기의 허물을 덮어두고, 남을 책망
하는 데는 밝음을 이름.
　「宋名臣言行錄」,
　范忠宣公戒子弟曰 人雖至愚 責人則
明 雖有聰明 恕己則昏 爾曹但常以責
人之心責己 恕己之心恕人 不患不到聖
賢地位也

처성자옥(妻城子獄)

　아내는 성이요, 자녀는 감옥이란 뜻
으로, 처자를 거느리고 있는 사람은
집안 일에 매이어 자유로이 활동할
수 없음을 이르는 말.

처심적려(處心積慮)

　다른 것은 마음에 두고 있지 않고
한 가지 일에만 집념을 한다는 말.

처첩지전 석불반면(妻妾之戰 石佛反面)

　시앗들의 싸움을 보면 돌부처도 돌
아앉는다는 말로, 시앗을 보면 아무
리 부처같이 어질고 무던하던 아내라
도 시기하고 미워도 하게 된다는 뜻.
　「耳談續纂」,
　妻妾之戰 石佛反面 言雖無情之物 不
能無妬心
　처첩간의 싸움에 돌부처도 돌아앉는

다는 말은 비록 무정한 물건일지라도
질투심을 갖지 않을 수 없다는 말이
다.

처치불능(處置不能)

부닥친 일을 어떻게 처치할 수가 없
음을 이름.

척견폐요(跖犬吠堯)

주인에게 충성을 다함을 비유하는
말.
「史記 淮陰侯傳」,
跖之狗吠堯 堯非不仁 狗固吠非其主

척과만거(擲果滿車)

여성이 남성에게 사랑을 고백하는
것을 이름.

척방(陟方)

임금의 죽음을 이르는 말.
「書經 舜典篇」,
舜生三十徵庸 五十在位 五十載陟方
乃死

척벌장부(陟罰藏否)

좋은 사람을 승진시키고 악한 사람
을 처벌함.
「諸葛亮의 出師表」,
宮中府中 俱爲一體 陟罰藏否 不宜異
同 若有作奸犯科 及爲忠善者 宜付有
司 論其刑賞 以昭陛下平明之治 不宜
偏私使內外異法也
궁중과 조정(朝廷)은 한가지로 동체
(同體)다. 거기서 관직을 맡고 있는
자는, 선량한 자는 벼슬을 높여주고
악한 자는 벌을 주어 상벌에 틀림이
있어서는 안 된다. 만약 간악한 짓을
저질러 죄를 범하는 자 및 충성과 선
행을 한 자가 있으면, 마땅히 사직
(司直)에 붙여서 그 형벌과 상훈을

논정(論定)하여, 그로써 폐하의 공평
하고 도리에 밝은 정치를 세상에 명
시(明示)할 것이다. 일방(一方)에 치
우쳐 사(私)를 써서 안과 밖이 법이
달라서는 안 된다.

척산촌수(尺山寸水)

높은 곳에서 내려다본 경치를 형용
하는 말. 척오촌초(尺吳寸楚)라고도
함.
「張船山의 詩」,
曾向華嚴頂上來 尺山寸水皆能說

척수고진(隻手孤陣)

도움을 받을 데가 없는 외로운 군대
를 이름.

척애독락(隻愛獨樂)

자기 혼자서 생각하고 즐긴다는 뜻.
또는 짝사랑을 이르는 말.

척오촌초(尺吳寸楚)

⇒척산촌수(尺山寸水) 참조.
「袁中郎의 由天池至三峽澗記」,
圓蒼所覆目與之際 絲夢黍積 尺吳寸
楚 少焉霧作

척촌지공(尺寸之功)

⇒척촌지효(尺寸之効) 참조.

척촌지효(尺寸之効)

약간의 공. 척촌지공(尺寸之功)이라
고도 함.
「漢書 孔光傳」,
卒無尺寸之効

척호성명(斥呼姓名)

웃어른의 성명을 함부로 부르는 일
을 이름.

척후(斥候)

적의 동정(動靜)을 은밀히 살피는

일, 또는 그런 일을 하는 사람(병사). 특히 그 병사를 가리킬 때는 척후병(斥候兵)이라 함.

「左傳 襄公 十一年」,
納斥候 禁侵略

척후를 철수시키고, (정나라 안에서) 침탈하는 행동을 금했다.

천객만래(千客萬來)
매우 많은 손님이 찾아옴을 이름.

천견박식(淺見薄識)
문견(聞見)이 얕고 학식이 엷다는 뜻이니, 곧 자기의 견식이나 학식을 겸손하게 일컫는 말.

천고마비(天高馬肥)
⇒추고마비(秋高馬肥) 참조.

천고만난(千苦萬難)
⇒천신만고(千辛萬苦) 참조.

천고청비(天高聽卑)
하늘은 높지만 땅위의 모든 일을 다 듣는다는 뜻으로, 한번 행한 일은 숨길 수 없다는 뜻.

천군만마(千軍萬馬)
많은 병사와 많은 군마, 또는 격심한 전쟁을 이르는 말.

천금매골(千金買骨)
열심히 인재를 구함을 이름.

「戰國策 燕策」,
* 연(燕)나라 소왕(昭王)이 현자(賢者)를 구할 때, 곽외(郭隗)가 옛날 어느 임금이 천리마(千里馬)를 구하려고 먼저 말뼈라도 샀다는 예를 들어, 자기부터 등용케 하였다는 고사에서 나온 말.

천금지자(千金之子)
부잣집 아들을 이르는 말.

「史記 越世家」,
千金之子 不死於市

천기누설(天機漏洩)
큰 비밀이 새어서 알려짐을 이름. 천기누설(天機漏泄)이라고도 함.

천난만고(千難萬苦)
⇒천신만고(千辛萬苦) 참조.

천녀(天女)
제비의 다른 이름.

「採蘭雜志」,
昔有燕飛入人家 化一小女子 長僅三寸 自言天女 能知吉凶 故至今名燕爲天女

천년일청(千年一淸)
⇒백년하청(百年河淸) 참조.

천년하청(千年河淸)
⇒백년하청(百年河淸) 참조.

천도무심(天道無心)
인간에게 하늘의 감응이 없음을 한탄하는 말.

천도부도(天道不諂)
하늘의 도리는 공평함에 변함이 없다는 말.

천도지교(天道至敎)
하늘의 도는 최상의 가르침이라는 뜻.

천라지망(天羅地網)
피하기 어려운 재앙을 이르는 말.

천랑기청(天朗氣淸)
날씨가 화창하여 산과 들의 공기가 상쾌함을 이르는 말.

「王羲之의 蘭亭序」,
是日也 天朗氣淸 惠風和暢

천려일득(千慮一得)

⇒우자일득(愚者一得) 참조.

천려일실(千慮一失)

아무리 현명한 자라할지라도 실수가 있다는 말. 지자일실(智者一失)이라고도 함.

⇒우자일득(愚者一得)의 고사 참조.

천롱지아(天聾地啞)

문창제군(文昌帝君)의 두 종자(從者)인 천롱과 지아를 가리키는 말로, 사람의 총명을 다 써 버리지 아니하려 한다는 뜻. 또는, 귀먹고 벙어리인 체하는 중에 어떤 뜻을 가짐을 이름.

천리동풍(千里同風)

천리까지 같은 바람이 분다는 뜻으로, 태평한 세상을 비유하여 이르는 말.

「論衡」,

千里不同風 百里不共雷

「蘇軾의 詩」,

須知千里事同風

천리마(千里馬)

하루에 천리를 달릴 수 있는 말이라는 뜻으로, 아주 뛰어난 말을 이름.

「戰國策」,

郭隗曰 古之人君有以千金使涓人求千里馬者

천리불유행(千里不留行)

⇒천하무적(天下無敵) 참조.

천리비린(千里比隣)

천리나 되는 먼 곳을 이웃에 비긴다는 뜻으로, 먼 곳을 가깝게 느낌을 이르는 말.

천리신교(千里神交)

먼 곳에 있는 친구를 이르는 말.

「本書詩徵異」,

忽驚身在古梁州 千里神交 合若符契

천리안(千里眼)

먼 곳에 있는 것도 잘 알아내는 안목(眼目)을 이르는 말.

「魏書 楊逸傳」,

逸爲政愛人 尤憎豪猾 廣設耳目 其兵吏出使下邑 皆自持糧 人或爲設食者 雖在闇室 終不進 咸言楊使君有千里眼 那可欺之

北魏의 楊逸이라는 자가 (19歲에 光州의 太守가 되어) 정치에 심혈을 기울여 백성을 사랑하고 성격이 豪宕하여 소문이 자자했다. 또 병사들이 출정할 때는 下邑까지 전송 나갈 정도였다. 식량을 비축해 두었다가 (굶주린 사람들에게 나누어주고) 관청에서 사람들이 나오면 闇室에 감추어 둔 것을 꺼내지 않더니, 사람들이 이렇게 말했다. "楊太守께서는 千里를 내다보는 눈을 가지고 계시어 도저히 속일 수가 없습니다"

천리행시어족하(千里行始於足下)

천리 길도 한 걸음으로부터라는 뜻으로, 작은 것을 쌓아 큰 것을 이룸. 또는 아무리 어려운 일이라도 쉬지 않고 노력하면 뜻을 이룰 수 있다는 말.

「老子」,

起於累土 千里之行 始於足下

천마행공(天馬行空)

아무 것에도 구애되지 않고 자유로이 착상하여 수완을 발휘하는 모양을 이름.

천만다행(千萬多幸)

아주 다행함. 만만다행(萬萬多幸), 만분다행(萬分多幸)이라고도 함.

천만몽외(千萬夢外)

전혀 생각지도 않음의 뜻.

천만부당(千萬不當)

⇒천부당만부당(千不當萬不當) 참조.

천만불가(千萬不可)

전혀 경위에 당치 않음, 또는 전연 옳지 않음. 만만불가(萬萬不可)라고도 함.

천망회회 소이불실(天網恢恢疏而不失)

하늘의 그물은 굉장히 넓어서 눈이 성기지만 선(善)한 자에게는 선을 주고 악(惡)한 자에게는 악을 주는 일은 조금도 빠뜨리지 않는다는 말로, 선(善)은 일어나고 악(惡)은 반드시 망한다는 뜻.
「老子 第七十三章」,
天網恢恢 疎而不失

천무음우(天無淫雨)

하늘에서 궂은비가 내리지 않는다는 뜻으로, 태평한 나라와 시대를 이르던 말.

천무이일(天無二日)

하늘에는 두 해가 없다는 뜻으로, 한 나라에는 두 임금이 있을 수 없음을 비유하는 말. 토무이왕(土無二王)과 함께 쓰이는 말.
「禮記 曾子門」,
曾子問曰 喪有二孤 廟有二主 禮與 孔子曰 天無二日 土無二王

천문만호(千門萬戶)

도시에 집이 빽빽이 들어선 것을 이르는 말.
「姚合의 晦日送窮詩」,
年年到此日 瀝酒拜街中 萬戶千門看 無人不送窮

천반주하(天半朱霞)

인품이 특출하여 뭇 사람의 시선을 받는다는 말.
「南史 劉訏傳」,
訏超超越俗 如天半朱霞

천방백계(千方百計)

온갖 계획이나 꾀를 이르는 말.

천방지방(天方地方)

⇒천방지축(天方地軸) 참조.

천방지축(天方地軸)

①어리석은 사람이 종작없이 덤벙대는 일. ②너무 급해서 정신없이 허둥지둥 날뛰는 모양. 천방지방(天方地方)이라고도 함.

천번지복(天飜地覆)

하늘과 땅이 뒤집혀 질서가 매우 어지러워짐. 또는 세상에 큰 변동이 일어남을 이르는 말.
「中庸 或問」,
三辰失行 則必天飜地覆

천벌적면(天罰覿面)

나쁜 짓을 해서 그 자리에서 천벌을 받음을 이르는 말.

천변만화(千變萬化)

변화가 무궁함. 또는 천만 가지 변화를 이름.
「列子 湯問」,
千變萬化 惟意所適

천변지이(天邊地異)

하늘과 땅, 곧 자연계에서 일어나는 큰 변고를 이르는 말.

천병만마(千兵萬馬)

많은 병마(兵馬)를 이르는 말.
「南史 陳慶之傳」,
洛中謠曰 名軍大將莫自牢 千兵萬馬避白袍

천부당 만부당(千不當萬不當)

도무지 이치에 맞지 않음을 이르는 말. 만만부당(萬萬不當), 만부당 천부당(萬不當千不當) 또는 천만부당(千萬不當)이라고도 함.

천부지토(天賦之土)

하늘의 곳간과 같은 땅이란 뜻에서, 생산물이 풍요한 땅을 이르는 말.

천불생무록지인(天不生無祿之人)

어떤 사람이든지 자기가 먹고 살 것은 타고난다는 말.

천불용위(天不容僞)

하늘은 결코 거짓을 용납하지 않는다는 말.

천붕지괴(天崩地壞)

하늘이 무너지고 땅이 꺼진다는 말. 천붕지탁(天崩之坼)이라고도 함.

천붕지탁(天崩之坼)

⇒천붕지괴(天崩地壞) 참조.

천붕지탑(天崩之塌)

큰 소리에 천지가 진동함을 이름.

천붕지통(天崩之痛)

하늘이 무너지는 것과 같은 아픔이라는 말이니, 임금이나 아버지의 상사(喪事)를 입은 슬픔.

천비침사(天棐忱辭)

하늘은 진심으로 말하는 사람을 돕는다는 말.
「書經 大誥」,
天棐忱辭 其考我民
* 棐 - 돕다. 忱 - 정성.

천사만고(千思萬考)

여러 가지로 생각함. 또는 그 생각. 천사만려(千思萬慮)라고도 함.

천사만량(千思萬量)

여러 가지로 생각하고 헤아림.

천사만려(千思萬慮)

⇒천사만고(千思萬考) 참조.

천산만락(千山萬落)

수많은 산과 부락을 이름.

천산만수(千山萬水)

그윽하고 깊은 산 속을 형용하는 말.
「續元怪錄」,
韋義方往天壇南尋妹 千山萬水 不見有路

천산만학(千山萬壑)

겹겹이 싸인 산과 골짜기를 이름.

천산지산(天山地山)

여러 가지 말로 핑계를 늘어놓는 모양을 이르는 말.

천상만태(千狀萬態)

여러 가지의 다양한 모양을 이름.

천상백옥경(天上白玉京)

신선가(神仙家)에서 말하는 하늘나라의 궁전을 이르는 말.
「李白의 詩」,
天上白玉京 十二樓五城

천상천하유아독존(天上天下唯我獨尊)

우주간에 나보다 존귀한 존재는 없다는 뜻으로, 석가모니의 말.

천생배필(天生配匹)

하늘이 미리 마련하여 준 배필, 즉 자연히 이루어지는 배필. 천정배필(天定配匹)이라고도 함.

천생연분(天生緣分)

하늘이 미리 마련하여 준 연분. 천생인연(天生因緣), 천정연분(天定緣分)이라고도 함.

천생우익(天生羽翼)

형제간의 우애가 돈독함을 비유하는 말.
「唐書 睿宗諸子傳」,
身體生羽翼 朕每言服藥而求羽翼 寧如兄弟天生之　羽翼乎

천생인연(天生因緣)

⇒천생연분(天生緣分) 참조.

천서만단(天緖萬端)

수없이 많은 일의 갈피를 이름.

천석고맹(泉石膏盲)

고질병 같이 굳어진 자연을 사랑하는 마음. 연하고질(烟霞痼疾) 또는 연하지벽(煙霞之癖)이라고도 하고, 오늘날에는 천석고황(泉石膏肓)으로 더 많이 쓰임.
「世說言語 下篇」,
田游巖頻召不出 高宗幸嵩山 親至其門 游巖野服出拜 儀止謹樸 帝問 先王比佳否 游巖對曰 臣所謂泉石膏盲 烟霞痼疾
「唐書 田遊岩傳」,
遊岩隱箕山 高宗幸嵩山 親至其門 遊岩野服出拜 帝曰 先生比佳乎 否 答曰 臣所謂泉石膏肓 烟霞痼疾者也

천석고황(泉石膏肓)

⇒천석고맹(泉石膏盲) 참조.

천선지전(天旋地轉)

하늘과 땅이 마구 돈다는 뜻으로, 세상일이 크게 변함, 또는 정신이 어지러움을 이름.

천세일시(千歲一時)

⇒천재일우(千載一遇) 참조.
「王羲之의 與會稽王書」,
千載一時之運

천손운금(天孫雲錦)

천손(天孫)은 직녀성, 운금(雲錦)은 구름 같은 비단으로, 은하수를 이르는 말.
「蘇軾의 潮州韓文公廟碑」,
天孫爲織雲錦裳飄然乘風旁旁

천승지국(千乘之國)

⇒만승지국(萬乘之國) 참조.

천신만고(千辛萬苦)

마음과 몸을 온 가지로 수고롭게 하고 애씀, 즉 여러 가지의 어려운 일을 당하여 무한히 애를 쓰는 고생을 이르는 말. 천고만난(千苦萬難) 또는 천난만고(千難萬苦)라고도 함.

천암만학(千巖萬壑)

많은 바위와 계곡, 즉 깊은 산을 형용하는 말.
「晉書」,
千巖競秀 萬壑爭流

천애고독(天涯孤獨)

멀리 떨어진 낯선 고장에서 나만 혼자 쓸쓸히 지냄, 또는 의지할 곳이 없음을 이르는 말.

천애비린(天涯比隣)

멀리 떨어져 있어도 마음은 이웃에 있는 것 같은 정다운 마음을 이름.
「王勃의 杜少府之任蜀州詩」,
與君離別意 同是宦遊人 海內存知己
天涯如比隣 無爲在岐路 兒女共沾巾

천애지각(天涯地角)

하늘이 닿는 땅의 한 귀퉁이란 뜻으로, 아득히 멀리 떨어져 있는 곳이란 말.
「韓愈의 祭十二郞文」,
一在天之涯 一在地之角

천양무궁(天壤無窮)

하늘과 땅과 함께 영원히 계속되어 다함이 없음. 또는 영원히 계속됨을 이름.
「莊子 應帝王篇」,
壺子曰 吾示之以天壤
「書經 畢命篇」,
成周建無窮之基 亦有無窮之聞

천양지간(天壤之間)

⇒천양지차(天壤之差) 참조.

천양지차(天壤之差)

하늘과 땅의 차이란 뜻으로, 매우 심한 차이를 이르는 말. 소양지차(霄壤之差), 소양지판(霄壤之判), 운니지차(雲泥之差), 천양지간(天壤之間), 천양지판(天壤之判), 천양현격(天壤懸隔), 천연지차(天淵之差)라고도 함.

천양지판(天壤之判)

⇒천양지차(天壤之差) 참조.

천양현격(天壤懸隔)

⇒천양지차(天壤之差) 참조.

천언만어(天言萬語)

수없이 많이 하는 말을 이름.

천연세월(遷延歲月)

일을 끝내지 아니하고 자꾸 밀어 감을 이름.

천연지차(天淵之差)

⇒천양지차(天壤之差) 참조.

천요만악(千妖萬惡)

온갖 요망하고 간악한 짓을 이름.

천우신조(天佑神助)

하늘이 돕고 귀신이 돕는다는 뜻.

천원지방(天圓地方)

하늘은 둥글고 땅은 모가 났다는 말.
「呂覽」,
天道圓 地道方 聖人法之所以立上下

천은망극(天恩罔極)

임금의 은혜가 더할 나위 없이 두터움을 이름.

천읍지애(天泣地哀)

하늘이 울고 땅이 슬퍼한다는 뜻으로, 말할 수없이 기막힌 슬픔을 비유하여 이르는 말.

천의무봉(天衣無縫)

하늘에 있다는 직녀(織女)가 입은 옷은 바느질 자국이 없다는 말로, 시문(詩文)등이 매우 자연스러워서 조금도 흠이 없음을 비유하는 말. 유사한 말로 문불가점(文不加點)이 있음.
「靈怪錄」,
郭翰署月臥庭中 有人冉冉自空而下曰
吾織女也 徐視其衣 竝無縫 翠問之 謂
曰 天衣本非針線爲也
郭翰이란 자가 너무 더워서 뜰에 나와 누워 있는데 하늘 한 모퉁이에서 누가 훨훨 내려와 이르기를, "저는 하늘에서 내려온 織女입니다." 천천히 다가가 그 옷을 보니 꿰맨 바느질 자국이 없었다. 고개를 갸웃하며 그 까닭을 물으니 그녀가 가로되, "선녀들의 옷이란 본래 바늘이나 실을 쓰지 않습니다."

천인공노(天人共怒)

도저히 용납 못함을 이름. 신인공노(神人共怒)라고도 함.

천인단애(千仞斷崖)

천 길이나 될 듯한 높은 낭떠러지를 이름.

천인소지무병이사(千人所指無病而死)

많은 사람에게 손가락질을 당하면 병 없이도 죽는다는 말. 많은 사람에게 원한 살 일을 금기시키는 말.
「舊唐書 柳亨傳」,
千人所指 無病自死

천인지낙낙(千人之諾諾)

많은 사람이 힘센 자에게 빌붙어, 이래도 '예' 저래도 '예' 하면서 옳고 그름을 가리지 않고 비겁하게 사는 삶을 빗대어 하는 말.
「史記 商君傳」,
趙良曰 千羊之皮 不如一孤之掖 千人之諾諾 不如一士之諤諤
조량이 말하되, "천 마리의 양가죽이 한 마리의 여우 가죽만 못하고, 비겁하게 사는 많은 사람보다 한 사람의 올곧은 선비가 낫다."

천자만태(千雌萬態)

여러 가지 맵시와 모양, 곧 온갖 자태를 이름.

천자만홍(千紫萬紅)

여기저기에 울긋불긋 아름다운 꽃이 피어 있음을 이르는 말.

천자무희언(天子無戲言)

임금은 함부로 희롱하는 말을 하여서는 안 된다는 말.
「史記 晋世家」,
成王曰 吾與之戲耳 中佚曰 天子無戲言 於是遂封叔虞於唐

천자수출(天姿秀出)

날 때부터 풍모가 뛰어난 사람을 이름.
「三國魏志 明帝紀」,
明帝天姿秀出立 髮垂地

천장지구(天長地久)

하늘과 땅은 영원함, 또는 하늘과 땅처럼 오래고 변함이 없다는 말.
「老子 第七章」,
天長地久 天地所以能長且久者 以其不自生 故能長生

천장지비(天藏地秘)

하늘이 감추고 땅이 숨겨둔다는 뜻으로, 세상에 묻혀 드러나지 아니함을 이르는 말.

천재불마(千載不磨)

천 년 후까지 남음, 또는 언제까지나 지워지지 않는다는 말.

천재일시(千載一時)

⇒천재일우(千載一遇) 참조.

천재일우(千載一遇)

다시 만나기 어려운 좋은 기회를 이르는 말. 천세일시(千歲一時) 또는 천재일시(千載一時)라고도 함.
「袁宏의 三國名臣序贊」,
夫萬歲一期 有生之通塗 千載一遇 賢智之嘉會 遇之不能無欣 喪之何能無

慨

무릇 萬年에 한 번 기회가 온다는 것은 사람이 살고 있는 세상의 공통된 원칙이요, 千年에 한 번 만나게 된다는 것은 賢者와 智者가 용케 만나는 것이다. 이런 기회를 만나면 누가 기뻐하지 않으며, 이를 놓치면 누가 한탄하지 않겠는가?

「韓愈의 潮州刺史謝上表」,

所謂千載一時 不可逢之嘉會

소위 천년에 한 번 만난다는 것은 도저히 만날 수 없는 것을 용케 만남을 말하는 것이다.

천재지변(天災地變)

자연현상으로 일어나는 재앙이나 괴변을 이름.

천정배필(天定配匹)

⇒천생배필(天生配匹) 참조.

천정부지(天井不知)

물가(物價)가 끝없이 오름을 이름.

천정연분(天定緣分)

⇒천생연분(天生緣分) 참조.

천정지자(天挺之資)

타고난 뛰어난 재질을 이름.

「晉書 宣帝紀論」,

以天挺之資 應期受命

천존지비(天尊地卑)

하늘을 존중하고 땅을 천시한다는 뜻으로, 윗사람은 받들고 아랫사람은 천하게 여긴다는 말.

「易經 繫辭傳」,

天尊地卑 乾坤定矣 卑高以陳 貴賤位矣

천종만물(千種萬物)

온갖 종류의 사물을 이름.

천종지성(天縱之聖)

하늘이 낸 거룩한 사람이란 뜻으로, 공자(孔子)를 이르는 말. 또는 제왕(帝王)을 이르는 말.

천주활적(天誅猾賊)

하늘이 교활한 도적을 벌줌을 이름.

천중가절(天中佳節)

단오날을 이르는 말.

천지개벽(天地開闢)

천지가 처음으로 열림.

천지교자(天之驕子)

하늘의 총애를 받은 자식이란 뜻.

「漢書 匈奴傳」,

禪于遣史遺漢書專 南有大漢 北有强胡 胡天之驕子也

천지망아(天之亡我)

아무 과오도 없이 저절로 망함을 이름.

천지미록(天之美祿)

술을 미화하여 이르는 말.

「漢書 食貨志」,

酒天美祿 頤養天下

천지상격(天地相隔)

거리나 차이가 매우 멀거나 큼을 이르는 말.

천지신명(天地神明)

천지의 여러 신, 또는 우주를 주관하는 신령을 이르는 말.

천지일색(天地一色)

하늘과 땅이 같은 색깔이라는 말.

천지지간(天地之間)

하늘과 땅 사이란 뜻임.

천지직인(天之直人)
자연의 도리에 합치하는 정직한 사람을 이름.
「文中子」,
子謂魏徵曰 汝與凝皆天之道人也

천진난만(天眞爛漫)
조금도 꾸미지 않고 있는 그대로를 언동(言動)에 나타냄을 이름.
「蘇軾의 詩」,
天眞爛漫是吾師

천진무구(天眞無垢)
아무 흠 없이 천진함을 이름.

천진협사(天眞挾詐)
어리석은 가운데 거짓이 섞임, 또는 그런 행동을 함을 이름.

천짐저창(淺斟低唱)
담박하게 술맛을 음미하면서 작은 소리로 노래를 부르며 즐김을 이름.

천차만별(千差萬別)
여러 가지 물건이 각각 차이와 구별이 있음. 천태만상(千態萬象)이라고도 함.

천참만륙(千斬萬戮)
수없이 동강내어 끔찍하게 죽임을 이름.

천첩옥산(千疊玉山)
수없이 겹쳐 보이는 아름다운 산들을 비유하여 이르는 말.

천청만촉(千請萬囑)
수없이 거듭하여 청을 넣고 부탁함.

천촌만락(千村萬落)
수없이 많은 촌락을 이름.

천추만세(千秋萬歲)
아주 오랜 세월. 또는, 장수를 축수하는 말.
「韓非子 顯學」,
巫祝之祝人 使若千秋萬歲 千秋萬歲 之聲聒耳 面一日之壽 無徵于人

천추유한(千秋遺恨)
오래도록 길이 잊지 못할 원한을 이름.

천축낭인(天竺浪人)
주소가 확실하지 않은 떠돌아다니는 사람을 이르는 말.

천태만상(千態萬象)
⇒천차만별(千差萬別) 참조.

천파만파(千波萬波)
수없이 많은 물결. 또는, 어떤 일이 크게 물의를 일으키거나 갖가지 사태를 잇달아 유발시키는 현상을 비유하여 이르는 말.

천편일률(千篇一律)
시문(詩文)의 작법(作法)이 모두 똑같아 변화가 없다는 뜻으로, 여러 사물이 변화가 없이 모두 같음을 이르는 말.
「藝苑卮言」,
白樂天詩 千篇一律 輕看最能易人心手

천필염지(天必厭之)
하늘, 곧 신이 몹쓸 사람을 미워하여 벌을 내림.

천하고 위맹고(川何辜爲盲故)
소경이 개천 나무란다는 뜻으로, 자기의 잘못은 생각지 않고 남을 원망한다는 말.

천하기재(天下奇才)

천하에서 수완이 가장 영묘(靈妙)한 사람을 이르는 말.
「三國蜀志 諸葛亮傳」,
亮疾病 卒于軍 年五十四 及軍退 宣王案行其營壘處所曰 天下奇才也

천하대세(天下大勢)

세상이 돌아가는 추세를 이르는 말.

천하만사(天下萬事)

세상의 온갖 일을 이름.

천하모해(天下模楷)

세상 사람의 모범이 됨을 이르는 말.
「後漢書 李膺傳」,
天下模楷 李元禮

천하무쌍(天下無雙)

천하에서 제일 감을 이름.
「後漢書 黃香傳」,
香家貧 內無僕妾 躬執苦勤 盡心奉養 遂博學經典 究精道術能文章 京師號曰 天下無雙 江河黃童

천하무적(天下無敵)

세상에 대적할 만한 상대가 없음을 이르는 말. 천리불류행(千里不留行)이라고도 함.
「莊子 說劍」,
王曰 子劍何能禁制 曰臣劍十步一人 千里不留行 王大說之曰 天下無敵

천하영재(天下英才)

세상에 뛰어난 재주꾼을 이르는 말.

천하일색(天下一色)

세상에 다시없을 뛰어난 미인.

천하장사(天下壯士)

세상에 보기 드문 매우 힘센 장사를 이름.

천하지재(天下之才)

세상에서 으뜸가는 재주나 재주꾼을 이름.
「國語」,
夫管子 天下之才也

천하태평(天下泰平)

온 세상이 태평함. 또는 근심 걱정이 없거나 성질이 느긋하여 세상 근심을 모르고 편안함. 또는 그러한 사람.
「禮記 仲尼燕居篇」,
言而履之禮也 行而樂之業也 君子力此二者 夫是以天下泰平也

천학비재(淺學非才)

배운 바가 없고 재주가 없다는 뜻으로, 자기의 학식을 겸손하게 이르는 말.

천한백옥(天寒白屋)

추운 날에 허술한 초가란 뜻으로, 가난한 생활을 이르는 말.

천향국색(天香國色)

천하 제일의 향기와 자색이란 뜻으로 모란꽃을 이르는 말. 또는 절세미인을 비유하여 이르는 말.
「王建의 詩」,
國色朝酣酒 天香夜染衣

천험지지(天險之地)

천연적으로 험하여 요새가 될 만한 땅을 이름.

천현지친(天顯之親)

부자·형제간 등 천륜(天倫)의 지친(至親)을 이르는 말.

천호만환(天呼萬喚)

수없이 여러 번 부름을 이름.

철두철미(徹頭徹尾)

처음부터 끝까지, 또는 전혀 빼놓지 않고 샅샅이. 철상철하(徹上徹下)라고도 함.

「程子 中庸解」,
誠者物之終始 猶俗言 徹頭徹尾

「朱子語錄」,
敬字是徹頭徹尾工夫

철란기미(轍亂旗靡)

수레바퀴 자국이 어지럽고 기(旗)가 쓰러져 있다는 뜻으로, 전쟁에 군사가 흩어지고 패전하는 현상을 이름.

철면피(鐵面皮)

⇒후안(厚顔) 참조.

「虛堂錄」,
劫火曾烹鐵面皮 從來不放價頭低

철부경성(哲婦傾城)

여자가 슬기가 있으면 화(禍)를 초래한다는 뜻.

「詩經 大雅 蕩之什 瞻卬篇」,
哲夫成城 : 사나이 똑똑하면 나라를
　　　　　이루고
哲婦傾城 : 여인이 똑똑하면
　　　　　망치나니
懿厥哲婦 : 아 저기 똑똑한 여자는
爲梟爲鴟 : 그 소리도 얄미운
　　　　　올빼미어라
婦有長舌 : 여인이 혀가 길어 말이
　　　　　많으면
維厲之階 : 마침내는 나라의
　　　　　화근(禍根) 되나니
亂匪降自天 : 어지러움 하늘에서
　　　　　내림 아니라
生自婦人 : 참으로 부인에서
　　　　　생겨나는 것
匪敎匪誨 : 아무리 가르쳐도

소용없음이
時維婦寺 : 정녕 부인네와
　　　　　환관(宦官)이런가

* 國家의 禍가 後宮의 婦人에게서 일어남을 慨嘆한 노래임.

철부지급(轍鮒之急)

붕어가 수레바퀴 자국에 괸 물에서 사는 것과 같이, 사람이 몹시 위급한 환경에 처하게 됨을 이르는 말. 학철(涸轍), 학철부어(涸轍鮒魚), 학철지부(涸轍之鮒), 학철지급(涸轍之急)이라고도 함.

「莊子 外物篇」,
莊周家貧 故往貸粟於監河侯 監河侯曰 諾 我將得邑金 將貸子三百金 可乎 莊周忿然作色曰 周昨來有中道而呼者 周顧視 車轍中有鮒魚焉 周問之曰 鮒魚來 子何 爲者邪 對曰 我東海之波臣也 君豈有斗升之水而活我哉 周曰 諾 我且南遊吳越之王 激西江之水而迎子 可乎 鮒魚忿然作色曰 吾失我常與 我無所處 吾得斗升之水然活耳 君乃言此 曾不如早索我於枯魚之肆

莊子는 집이 가난하였기 때문에 監河侯에게 쌀을 빌리러 갔었다. 監司侯가 말하였다. "그럽시다. 내가 領地의 세금을 거둬들인 다음 선생에게 三百金을 빌려 드리도록 하겠습니다. 괜찮겠습니까?" 莊子는 성이 나 얼굴빛이 변하면서 말하였다. "내가 어제 이 곳을 오는데 도중에 나를 부르는 자가 있었습니다. 내가 돌아보니 수레바퀴 자국 가운데의 붕어였습니다. 내가 붕어에게 물었습니다. '붕어야 너는 무얼 하고 있는 거냐?' 그러자 붕어가 대답했습니다. '저는 東海의 물결을 타는 臣下입니다. 선생께서

한 말이나 몇 됫박의 물이 있거든 제
게 부어 살려 주십시오.' 내가 말했습
니다. '그러지. 내 남쪽으로 가서, 吳
나라와 越나라의 임금을 설복시켜 西
江의 물을 끌어다가 너를 마중하도록
하겠다. 괜찮겠느냐?' 붕어는 성이
나서 얼굴빛을 변하며 말했습니다.
'저는 제가 늘 필요한 물을 잃고 있
어서 당장 몸둘 곳이 없는 것입니다.
저는 한 말이나 몇 됫박의 물만 있으
면 사는 것입니다. 선생께서 말씀하
시는 대로 하다가는 차라리 저를 건
어물전에 가서 찾는 것만도 못하게
될 것입니다.'"

* 모든 일은 그 때와 경우에 알맞아야
한다. 작은 일에는 작게, 급한 일에는
급하게 처신해야 한다는 것을 비유한
寓話임.

「李白의 擬古詩」,

　無事坐悲苦　塊然涸轍鮒

철상철하(徹上徹下)

①⇒철두철미(徹頭徹尾),
②위에서 아래까지 꿰뚫듯 횡함.

철석간장(鐵石肝腸)

　⇒철심석장(鐵心石腸) 참조.

철석심장(鐵石心腸)

　⇒철심석장(鐵心石腸) 참조..

철숙음수(啜菽飮水)

　⇒숙수지환(菽水之歡) 참조

철심석장(鐵心石腸)

지조가 철석같이 견고하여 외부의
유혹에 움직이지 않는 마음을 비유하
는 말. 철석간장(鐵石肝腸), 철석심장
(鐵石心腸) 철장석심(鐵腸石心)이라고
도 함.

「三國魏志 武帝紀의 注」,

　令長史王必忠能勤事　心如鐵石

「隋書 循吏傳」,

　敬肅少以貞介知名　煬帝嗣位　遷穎川
郡丞　帝令司隸大夫薛道衡　爲天下群官
之狀　道衡狀稱　肅曰　心如鐵石　老而彌
篤

철옹산성(鐵甕山城)

튼튼하고 굳은 물건을 가리키는 말.

철장석심(鐵腸石心)

　⇒철심석장(鐵心石腸) 참조.

철저성침(鐵杵成針)

　⇒토적성산(土積成山) 참조.

철저징청(徹底澄淸)

물이 밑바닥까지 맑다는 뜻으로, 지
극히 청렴결백함을 이르는 말.

「北史 宋世良傳」,

　爲淸河太守　有老人前謝曰　府君非唯
善政　淸亦徹底

철중쟁쟁(鐵中錚錚)

쇠 중에서도 소리가 좋게 나는 것이
란 뜻으로, 같은 종류 중에서도 뛰어
난 것을 비유하는 말.

「後漢書 劉盆子傳」,

　明旦大陳兵馬臨洛水　令盆子君臣列而
觀之　謂盆子曰　自知當死不　對曰罪當
應死　猶幸上憐赦之耳　帝笑　曰兒大黠
宗室無蚩者　又請崇等曰　得毋悔降乎
朕今遣卿歸營勅兵　鳴鼓相攻決其勝負
不欲强相服也　徐宣等叩頭曰　臣等出長
安東都門　君臣討議　歸命聖德　百姓可
與樂成　難與圖始　故不告衆耳　今日得
降　猶去虎口歸慈母　誠歡誠喜　無所恨
也　帝曰　卿所謂鐵中錚錚　傭中佼佼者
也

다음날 아침 光武帝는 군대를 洛水에 도열시켜, 열병식을 劉盆子에게 참관시키며 그에게 말하기를, "그대는 자기가 죽을죄를 지었다는 것을 아는가?" 劉盆子 대답하여 가로되, "잘 알고 있습니다. 다만 폐하께서 불쌍히 여기시어 용서해 주시길 바랄 뿐입니다." 光武帝가 웃으며 말하기를, "간사한 놈이로군, 宗室엔 저렇게 추한 놈은 없던데." 또 崇 등을 보며 망했다 "降伏한 것에 대해 후회는 없는가? 다시 한 번 그대들에게 대결할 기회를 주겠노라. 降伏을 강요하지는 않겠노라." 徐宣 등이 머리를 조아리고 말하기를, "저희들은 長安 東都門을 나올 때 토의하여 폐하께 귀순하여 백성들과 즐겁게 살기로 하였습니다. 지금 降伏하고 나니 虎口를 떠나 慈母의 품으로 돌아온 것 같아 참으로 기쁘고 조금도 여한이 없습니다." 光武帝 가로되, "卿들은 鐵中錚錚이요, 傭中 佼佼한 자들임에 틀림없소."

철천지원(徹天之冤)

하늘에 사무치는 크나큰 원한. 철천지한(徹天之恨)이라고도 함.

철천지한(徹天之恨)

⇒철천지원(徹天之冤) 참조.

철혈재상(鐵血宰相)

군사력을 배경으로 정책을 강력하게 밀고 나가는 재상. 흔히, 프러시아의 '비스마르크'를 가리킴.

철혈정략(鐵血政略)

무력으로 나라의 위엄을 떨치려는 정략을 이름.

철혈정책(鐵血政策)

⇒철혈정치(鐵血政治) 참조.

철혈정치(鐵血政治)

군비를 확장하여 병력으로 나라를 다스리고자 하는 정치. 철혈정책(鐵血政策)이라고도 함.

철환천하(轍環天下)

수레를 타고 천하를 돌아다닌다는 뜻으로, 공자가 여러 나라를 두루 다니며 교화하던 일을 이르는 말.
「韓愈의 進學解」,
昔者孟軻好辯 孔道以明 轍環天下 卒老于行

첨언밀어(話言密語)

듣기 좋은 말. 또는 남을 꾀기 위한 달콤한 말.

첨전고후(瞻前顧後)

앞뒤를 면밀하게 살펴서 일을 처리함.
「離騷」,
瞻前而顧後兮 相觀民之計極

첩경(捷徑)

지름길을 이름.
「離騷」,
夫唯捷徑以窘步

첩부지도(妾婦之道)

시비(是非)를 가리지 않고 무조건 남의 말에 맹종하는 것을 이르는 말.
「孟子」,
以順爲正者 妾婦之道也

첩엽이어(呫囁耳語)

입을 상대방의 귀에 대고 비밀히 속삭이는 말.
「史記」,

今日長者爲壽 乃效女兒 呫囁耳語

첩첩남남(喋喋喃喃)

작은 목소리로 즐겁게 이야기를 주고받는 모습. 또는, 남녀가 정답게 속삭이는 모습.

첩첩산중(疊疊山中)

겹겹이 둘러싸인 깊은 산중을 이르는 말.

첩첩수심(疊疊愁心)

겹겹이 쌓인 근심을 이름.

첩첩이구(喋喋利口)

거침없이 말을 잘하는 입을 이름.

청경우독(晴耕雨讀)

갠 날에는 밖에 나가 농사일을 하고, 비오는 날에는 책을 읽는다는 말.

청담(淸談)

⇒청담고론(淸談高論) 참조.

청담고론(淸談高論)

위(魏), 진(晉) 때 노장학파(老莊學派)들이 청정무위(淸淨無爲)를 이야기하던 일에서 나온 말로, 시속(時俗)을 떠난 청아(淸雅)한 이야기를 이르는 말. 청담(淸談)만으로도 쓰임.
「後漢書 鄭太傳」,
孔公緒淸談高論 噓枯吹生

청등홍가(靑燈紅街)

유흥으로 흥성대는 거리, 또는 화류계를 이르는 말.

청루주사(靑樓酒肆)

⇒주사청루(酒肆靑樓) 참조.

청렴결백(淸廉潔白)

마음이 맑아 사사로운 욕심을 부리거나 부정을 하지 않음.

청백리(淸白吏)

청렴결백한 관리를 이름.
「後漢書 楊震傳」,
使後世稱爲淸白吏子孫 以此遺之 不亦厚乎

청백안(靑白眼)

친하게 대하는 눈초리와 밉게 대하는 눈초리를 이르는 말.

청빈(淸貧)

성품이 청렴하여 살기가 어려움을 이름.
「傳燈錄」,
道匡曰 寧可淸貧自樂 不作濁富多憂

청사(靑史)

면면히 이어지는 역사를 이르는 말.
「范質의 詩」,
南朝稱八達 千載穢靑史

청산유수(靑山流水)

청산에 흐르는 물, 또는 말을 거침없이 잘 하는 것을 비유하여 이르는 말.

청상(靑裳)

푸른 치마, 또는 푸른 치마를 입은 여자. 특히 기생을 이르는 말.

청상(靑孀)

⇒청상과부(靑孀寡婦) 참조.

청상과부(靑孀寡婦)

나이가 젊었을 때 남편을 여읜 여자. 곧 아주 젊었을 때부터의 과부. 줄여서 청상(靑孀)만으로도 쓰임.

청송낙색(靑松落色)

교도(交道)가 땅에 떨어짐을 비유한 말.

「孟郊의 詩」,
近世交道喪 靑松落顔色

청승(靑蠅)
남을 헐뜯어서 일러바치기를 잘 하는 소인배를 비유하는 말.
「詩經 小雅 靑蠅」,
營營靑蠅止于樊 豈弟君子無信讒言

청심과욕(淸心寡慾)
마음을 깨끗이 하고 욕심을 적게 함을 이름.

청약불문(聽若不聞)
⇒청이불문(聽而不聞) 참조.

청운만리(靑雲萬里)
포부가 멀고 큼을 이르는 말.

청운지사(靑雲之士)
학덕(學德)을 겸한 높은 사람. 또는 고위고관으로 출세한 사람을 이름.
「史記 伯夷傳」,
閭巷之人 欲砥行立名者 非附靑雲之士 惡能施千後世哉

청운지지(靑雲之志)
고결한 지조, 또는 공덕(功德)을 세우고자 하는 큰 뜻을 이르는 말.
「續逸民傳」,
嵇康早有靑雲之志
「王勃의 騰王閣書」,
窮當益堅 不墮靑雲之志

청운추월(晴雲秋月)
마음이 쇄락(灑落)함을 이르는 말.
「宋史 文同傳」,
致書同曰 與可襟韻灑落 如晴雲秋月

청이불문(聽而不聞)
아무리 귀를 기울이고 들어도 들리지 아니함, 또는 듣고도 못 들은 체함을 이름. 청약불문(聽若不聞)이라고도 함.
「大學」,
心不在焉 視而不見 聽而不聞
마음이 없으면 보고 있어도 알지 못하고 듣고 있어도 알아듣지 못한다.

청인천비(聽人穿鼻)
남에게 우롱당한다는 뜻으로, 어리석음을 이르는 말.
「梁書」,
武帝論徐孝嗣曰 才非柱石 終當聽人穿鼻

청전구물(靑氈舊物)
대대로 전하여 오는 오래된 물건(세간)을 이름.

청정접낭(蜻蜓接囊)
잠자리 꼬리 맞추기란 뜻으로, 일이 오래 갈 수 없음을 비유하여 이르는 말.

청조우수(晴釣雨睡)
날씨가 맑은 날에는 강에 나가 낚시질을 하고, 비가 오는 날에는 낮잠을 즐긴다는 뜻으로, 유유자적(悠悠自適)하는 삶의 자세를 이르는 말.

청주종사(靑州從事)
좋은 술[美酒]을 이르는 말.
「世說 術解」,
桓公有主籍 善別酒 有酒輒令先嘗 好者謂靑州從事 惡者謂平原督郵

청천백일(靑天白日)
①환하게 밝은 대낮, 또는 밝은 세상을 이르는 말. ②음침하지 않고 광명정대한 대장부의 마음을 비유함. 청천백일(晴天白日)이라고도 함.
「韓愈의 與崔群書」,

鳳凰芝草 賢愚皆以爲美瑞 靑天白日
奴隸亦知其淸明

봉황새와 지초는 둘 다 현명함과 어리석음으로써 아름답고 상서롭다고 한다. 푸른 하늘의 밝은 해는 노예까지도 맑고 밝음을 안다.

청천벽력(靑天霹靂)

예기치 못한 뜻밖의 재난(災難)을 이르는 말. 청천벽력(晴天霹靂)이라고도 함.

「陸游의 九月四日鷄未鳴起作」,

放翁病過秋 병상의 늙은이가 가을이 지나려 하매

忽起作醉墨 홀연히 일어나 취한 듯 붓을 놀리네

正如久蟄龍 정말로 오랜 동안 웅크렸던 용과 같이

靑天飛霹靂 푸른 하늘엔 벽력이 날 듯

雖云墮怪奇 비록 이 글이 괴이하지만

要勝常憫默 불쌍히 여겨 준다면 볼 만도 하리라

千金求不得 천금을 주고도 구하지 못하리

청출어람(靑出於藍)

훌륭한 스승 밑에서 열심히 정진(精進)하면 제자가 스승보다 더 훌륭히 됨을 이르는 말. 출람(出藍) 또는 출람지예(出藍之譽), 출람지재(出藍之才), 후생가외(後生可畏), 후생각고(後生角高)라고도 함.

「荀子 勸學篇」,

君子曰 學不可以已 靑出於藍而靑於藍 氷水爲之而寒於水

학문이란 잠시도 쉬어서는 안 된다.

푸른색은 쪽에서 나왔지만 쪽보다 더 푸르고, 얼음은 물이 된 것이지만 물보다 더 차다.

청탁자적(淸濁自適)

굴원의 어부사(漁父辭)에서 유래된 말로, 세상이 맑으면 맑게 흐리면 흐리게 세태에 따라 살아가는 삶의 자세를 이르는 말.

청탁병탄(淸濁併呑)

선악을 가리지 않고 있는 그대로를 받아들임. 즉, 도량이 큼을 이름.

청풍내고인(淸風來故人)

그리운 옛친구를 만난 것처럼 바람이 시원함을 이르는 말.

「杜牧의 詩」,

大暑去酷吏 淸風來故人

청풍명월(淸風明月)

맑은 바람과 밝은 달, 또는 결백하고 온건한 충청도 사람의 성품을 나타내기도 함.

청한지연(淸閒之燕)

조용한 휴식을 비유한 말.

「漢書 蔡義傳」,

顧賜淸閒之燕

청호우기(晴好雨奇)

⇒우기청호(雨奇晴好) 참조.

체악지정(棣鄂之情)

형제간의 아름다운 우애를 이르는 말.

「詩經 小雅 常棣」,

常棣之華 鄂不韡韡 凡令之人 莫如兄弟

체유인설(嚔有人說)

재채기가 나올 때는 남이 나에 관한

말을 하고 있다는 말.

「鄭箋」,

今俗人噻則曰人道我 此古之遺語也

초가(楚歌)

⇒사면초가(四面楚歌) 참조.

초가삼간(草家三間)

⇒삼간초가(三間草家) 참조.

초근목피(草根木皮)

풀뿌리와 나무 껍질이란 뜻으로, 한약의 원료 또는, 험한 음식을 일컫는 말.

「金史 食貨志」,

山東行省僕敬安貞言 泗州被災 道饉相望 所食者草根木皮而已

초동급부(樵童汲婦)

⇒갑남을녀(甲男乙女) 참조.

초동목수(樵童牧竪)

나무하는 아이와 소먹이는 총각이라는 뜻으로, 배우지 못한 천한 사람을 이르는 말. 줄여서 초목(樵牧)만으로도 쓰임.

초두난액(焦頭爛額)

⇒곡돌사신(曲突徙薪) 참조.
* 불에 머리를 데고 이마를 그슬린다는 뜻으로, 화재를 미연에 방지한 사람은 버림받고, 불이 난 뒤에 그것을 끈 사람은 후한 대접을 받음을 비유하는 말. 또는 일의 근본을 잊어버리고 결과만 좋다고 생각하는 것을 이르는 말.

초려삼고(草廬三顧)

⇒삼고초려(三顧草廬) 참고.

초로인생(草露人生)

풀에 맺힌 이슬처럼 덧없는 인생을 비유하여 이르는 말.

초록동색(草綠同色)

초록은 같은 색깔이란 말로, 모양과 처지가 비슷하고 인연이 있는 것끼리는 한편이 된다는 뜻.

「耳談續纂」,

草綠雖異織終是一色 言同類必相附

초록은 비록 다르면서도 결국 같은 색깔이라는 말은 같은 종류는 서로 부합함을 말한다.

초만영어(草滿囹圄)

감옥에 풀만 무성하다는 뜻이니, 정치가 잘 이루어져 죄인이 없음을 이르는 말.

「隋書」,

獄中無繫囚 爭訟絶息 囹圄皆生草

초망지신(草莽之臣)

벼슬을 하지 않고 초야에 묻혀 사는 사람을 이르는 말.

「孟子 萬章章句下 七」,

萬章 曰敢問不見諸侯 何義也 孟子曰 在國曰市井之臣 在野曰草莽之臣 皆謂 庶人 庶人 不傳質爲臣 不敢見於諸侯 禮也

萬章은 물었다. "선생님, 諸侯를 만나시지 않는 것은 무슨 뜻에서입니까?" 孟子 가로되, "도시에 사는 이를 시민이라 하고 촌에 사는 이를 야인이라 하지마는 이러한 사람들은 결국 다 서민이라 부른다. 서민은 禮物을 전달하여 신하가 되지 않는 限 감히 諸侯를 만나보지 못하는 것이 禮이다."

초망착호(草網着虎)

썩은 새끼로 범 잡기란 뜻으로, 엉터리없는 짓을 꾀함을 비유하는 말.

초목(樵牧)

⇒초동목수(樵童牧竪) 참조.

초목개병(草木皆兵)

⇒풍성학려(風聲鶴唳) 참조.

초목구후(草木俱朽)

⇒초목동부(草木同腐) 참조.

초목노생(草木怒生)

봄에 초목이 싱싱하게 싹틈을 형용하는 말.

「莊子 外物」,

草木怒生 言乘陽氣

초목동부(草木同腐)

마땅히 하여야 할 일을 못 하고 초목과 같이 썩음. 또는 이름 없이 세상을 떠남을 이름. 초목구후(草木俱朽)라고도 함.

초목황락(草木黃落)

늦가을에 초목의 잎이 누렇게 되어 떨어짐을 이르는 말.

「禮記 月令」,

季秋之月 草木黃落 鴻雁來賓

초미지급(焦眉之急)

⇒소미지급(燒眉之急) 참조.

초미지액(焦眉之厄)

⇒연미지액(燃眉之厄) 참조.

초부득삼(初不得三)

처음 실패한 것이 세 번째는 성공할 수 있다는 말.

초성초패(俏成俏敗)

우연히 얻었다가 우연히 잃음을 이르는 말.

초쇄지음(噍殺之音)

목쉰 소리를 이르는 말.

「禮記 樂記」,

噍殺之音作 而民思憂

초심고려(焦心苦慮)

마음을 태우며 괴롭게 염려함을 이름. 비슷한 뜻의 말로 노심초사(勞心焦思)가 있음.

초왕실궁 초인득지(楚王失弓楚人得之)

도량이 매우 작음을 비유하여 이르는 말.

「孔子家語 好生篇」,

楚恭王出遊 亡烏嘷之弓 左右請求之 王曰 止 楚王失弓 楚人得之 又何求之

초연탄우(硝煙彈雨)

초연(硝煙)이 자욱하고 탄환이 빗발치듯한다는 뜻으로, 격렬한 사격을 이르는 말.

초윤이우(礎潤而雨)

주춧돌이 축축해지면 비가 온다는 뜻으로, 원인이 있으면 결과가 있다는 말.

「蘇洵辨姦論」,

月暈而風 礎潤而雨 人人知之

초자차안(硝子遮眼)

안경을 이르는 말.

「會典」,

給賜外夷 硝子遮眼

초잠식지(稍蠶食之)

차츰차츰 침략하여 먹어 들어감을 일컫는 말.

초재진용(楚材晋用)

초 나라의 목재(木材)를 진 나라 사람이 사용한다는 뜻이니, 남의 것을 자기 것처럼 사용함을 이르는 말.

「左傳」,

晋卿不如楚 其大夫則賢 皆卿材也 如
杞梓皮革 自楚往也 雖楚有材 晋實用
之

초지관철(初志貫徹)

⇒초지일관(初志一貫) 참조.

초지일관(初志一貫)

최초에 정한 뜻을 밀고 나아가 목적
을 이룸. 초지관철(初志貫徹)이라고도
함.

초학관 경욕단(鷦鶴鸛脛欲斷)

뱁새가 황새 따라가다 가랑이가 찢
어진다는 뜻으로, 자기의 형편은 생
각지도 않고 자기보다 잘 사는 사람
의 행세를 따르려 하다가는 따라가지
도 못하고 도리어 망신만 당한다는
뜻.

초해생파(醋海生波)

몹시 질투하여 소동을 일으킴.

초행노숙(草行露宿)

산이나 들에서 자며 여행함을 이름.

촉견폐일(蜀犬吠日)

식견(識見)이 좁은 사람이 성현의
언행에 대하여 의심을 가지고 비난
공격하는 부당성을 꾸짖는 말.
「韓愈의 書」,
蜀中高霧重 見日時少 每至日出 則群
犬疑而吠之也
* 촉(蜀)나라 땅은 산으로 둘러 싸여
그 위에 운무(雲霧)가 짙게 덮여 해를
볼 수 있는 때가 매우 드물어, 모처럼
해를 보게 되면 개가 짖는다는 데서 나
온 말.

촉목상심(囑目傷心)

눈에 띄는 것마다 마음을 아프게 한
다는 말.

촉중명장(蜀中名將)

재주가 뛰어난 사람을 일컫는 말.

촉처봉패(觸處逢敗)

가는 곳마다 일이 잘 안 되어 낭패
당함을 이르는 말.

촌계관청(村鷄官廳)

촌닭 관청에 잡아다 놓은 것 같다는
뜻으로, 어릿어릿함을 비유하는 말.

촌마두인(寸馬頭人)

먼 곳에 있는 사물이 작게 보임을
이르는 말.

촌선척마(寸善尺魔)

좋은 것은 적고 나쁜 것은 많음, 즉
좋은 일에는 반드시 나쁜 일이 따른
다는 것을 비유하는 말.

촌전척택(寸田尺宅)

적은 재산을 이르는 말.
「蘇軾의 詩」,
寸田尺宅今誰耕

촌진척퇴(寸進尺退)

얻은 것이 적고 잃은 것이 많음을
비유하는 말.

촌철살인(寸鐵殺人)

단 한 치밖에 안 되는 칼로 사람을
죽인다는 뜻으로, 간단한 한마디의
말이나 글로 상대방의 급소를 찌르거
나 감동시킴을 비유하는 말.
「鶴林玉露」,
宋景論禪云 譬如人載一車兵器 弄了
一件 又取出一件來弄 便不是殺人手段
我則只有寸鐵 便可殺人 朱文公亦喜其
說 云云 曾子之守約寸鐵殺人者也
宋景이 禪에 대해 論하여 이르기를,
"비유하면 사람이 兵器를 수레에 싣

고 와서 이것저것 마구 꺼내 써보는
것은 올바른 殺人 手段이 되지 못합
니다. 나는 오직 寸鐵이 있을 뿐이지
만 당장 사람을 죽일 수 있다." 朱文
公이 그 말을 듣고 이르기를 '曾子가
약속을 지켜 寸鐵殺人한 자'라고 하더
라.

촌촌걸식(村村乞食)

이 마을 저 마을로 돌아다니며 빌어
먹음을 이르는 말.

촌탁(忖度)

미루어 남의 마음을 헤아림을 이름.

총람권강(總攬權綱)

가장 높은 권리를 장악함을 이름.

총명불여둔필(聰明不如鈍筆)

아무리 밝고 민첩한 기억, 즉 총명
한 기억이 있더라도 베껴 적는 것만
같지 못하다는 뜻.

총명예지(聰明叡智)

성인이 갖추고 있는 4가지 덕(德).
총(聰)은 모든 것을 다 들음, 명(明)
은 모든 것을 다 봄, 예(叡)는 모든
것에 통달함, 지(智)는 모든 것을
앎.
「易經 繫辭」,
古之聰明叡智 神武而不殺者夫
옛날의 총명하고 예지 있는 군왕은
이 〈周易〉의 법칙으로 정치를 행하여
천하 만민을 무덕(武德)으로 위복(威
服)시키면서도 형살(刑殺)을 쓰지 아
니하였던 것이다.

총죽지교(葱竹之交)

파피리를 불며 죽마(竹馬)를 타고
함께 놀던 사이란 뜻으로, 어렸을 때
부터 같이 놀며 자란 교분.

쵀탁동시(啐啄同時)

불교용어로, 닭이 부화할 때 병아리
가 밖으로 나오려고 껍질을 쪼면서
어미에게 신호를 보내듯, 어떤 신호
와 행동을 동시에 함을 뜻함.

최고납후(摧枯拉朽)

썩은 나무를 꺾는다는 뜻이니, 일이
매우 쉬움을 이르는 말.
「晉書」,
將軍之擧武昌 若摧枯拉朽 何所顧慮
乎

추경정용(椎輕釘聳)

망치가 가벼우면 못이 솟아오른다는
말로, 윗사람이 엄격하지 않으면 아
랫사람이 순종하지 않고 오히려 반항
한다는 뜻. 퇴경정용(槌輕釘聳)이라고
도 함.
「旬五志」,
椎輕釘聳 比於在上者 不嚴則 在下者
反橫
망치가 가벼우면 못이 솟아오른다는
것은 일을 시키는 사람이 엄하지 않
으면 부하가 제멋대로 함을 비유한
것이다.

추고(推敲)

⇒퇴고(推敲) 참조.

추고마비(秋高馬肥)

본래는 흉노족이 뜻을 얻은 때를 표
현한 것이었으나, 지금은 하늘이 높
고 말이 살찐다는 기후가 좋은 가을
계절을 형용하는 뜻으로 쓰임. 천고
마비(天高馬肥)라고도 함.
「漢書 匈奴傳」,
匈奴至秋 馬肥弓勁 卽入塞
「漢書 趙充國傳」,

匈奴到秋馬肥 變必起矣 宜豫爲備
「杜審言의 詩」,

雲淨妖星落 구름이 깨끗하니 요사한
　　　별 떨어지고

秋高塞馬肥 가을 하늘이 높으니 요
　　　새의 말이 살찐다

拔鞍雄劍動 안장에 의지하여 영웅이
　　　칼을 움직이니

搖筆羽書飛 붓을 움직여 羽書가 날
　　　아온다.

추도지말(錐刀之末)

송곳 끝처럼 아주 작은 사물을 비유
하는 말. 또는 얼마간의 이익을 이
름.

「左傳 昭公 六年」,

又曰 儀刑文王 萬邦作孚 如是何辟之
有 民知爭端矣 將棄禮而徵於書 錐刀
之末 將盡爭之 亂獄滋豐 賄賂竝行 終
子之世 鄭其敗乎 肹聞之 國將亡 必多
制 其此之謂乎

또 말하기를, "문왕으로 법도를 삼
으면 모든 나라가 신용 있게 된다."
고 하였으니, 이와 같이 한다면 무슨
법이 필요하겠소이까? 정(鄭)나라
백성은 다툼의 시초를 장차 예의를
버리고 법전에만 의지하여 송곳이나
칼의 끝만한 것도 모두 다투게 될 것
입니다. 그래서 문란한 감옥은 자꾸
늘어나게 되고 뇌물이 성행할 것이
라, 당신의 세상이 끝나면 정나라는
반드시 망할 것입니다. 재가 든건대
나라가 장차 망하려면 반드시 법률이
많아진다고 하더니 바로 이런 것을
두고 하는 말입니다.

추매도구(椎埋屠狗)

사람을 때려죽여 땅에 묻고 개를 잡
아 판다는 뜻으로, 잔악무도한 무리
를 이르는 말.

「蘇洵의 高祖論」,

誰謂百歲之後 椎埋屠狗之人 見其親
戚得爲帝王而不欣然從之邪

추부의뢰(趨附依賴)

권세 있는 사람에게 붙어서 의지하
여 지냄을 이르는 말.

추불서(騅不逝)

항우의 고사로 세궁역진(勢窮力盡)
하여 더 이상 어찌 할 수 없는 경지
에 이름을 뜻함.

「史記 項羽紀」,

自爲詩曰 力拔山兮氣蓋世 時不利兮
騅不逝 騅不逝兮可奈何

추사유시(趨舍有時)

나아가고 물러섬에는 각각 때가 있
다는 말.

* 추사(趨舍) = 진퇴(進退)

추상(秋霜)

서슬이 퍼런 위엄(威嚴)이나 매서운
지조(志操) 또는 엄한 형벌(刑罰)을
비유하는 말.

「申鑒」,

喜如春陽 怒如秋霜

「晉書 范弘之傳」,

志厲秋霜 誠貫一時

추선(秋扇)

더위가 가시고 신선한 가을이 되면
부채는 필요 없이 되어 버리므로, 버
림받은 여인을 비유하는 말. 추풍선
(秋風扇) 또는 추풍지선(秋風之扇)이라
고도 함.

「劉孝綽의 班婕妤怨」,

妾身似秋扇 君恩絶履綦

추야장장(秋夜長長)

긴긴 가을밤을 이르는 말.

추언세어(麤言細語)

성기고 거친 말과 자질구레한 말을 이름.
「傳燈錄」,
麤言及細語 皆歸第一義

추염부열(趨炎附熱)

권세와 부귀에 아부함을 이름.
「宋史 李垂傳」,
見大臣不公 常欲面折之 焉能趨炎附熱 看人眉睫 以冀推輓乎

추요(樞要)

가장 중요하고 요긴함을 이름.
「荀子 富國篇」,
人君者 管分之樞要也

추요지설(芻蕘之說)

고루하고 촌스러운 말을 비유하여 이르는 말.

추우강남(追友江南)

친구 따라 강남 간다는 뜻으로, 벗이 가면 먼길이라도 따라가거나, 또는 하기 싫어도 남이 권하므로 따라함을 이르는 말.

추원(追遠)

조상의 덕을 추모함을 이름.
「論語 學而」,
愼終追遠 民德歸厚

추원보본(追遠報本)

조상의 덕을 추모하여 제사 지내고, 태어난 근본을 잊지 않고 은혜에 보답함을 이르는 말.

추월한강(秋月寒江)

덕망이 높은 사람의 마음은 그 맑기가 가을달이나 강물과 같다는 말.
「黃庭堅의 贈李次翁」,
德人天游 秋月寒江

추적심치어인복중(推赤心置於人腹中)

자신과 상대방의 마음이 서로 맞닿아 신뢰함을 뜻함.
「後漢書 光武帝紀」,
降者猶不自安 〈中略〉 降者更相語曰 蕭王推赤心置人腹中 安得不投死乎
* 赤心 = 眞心

추주어육(推舟於陸)

무리한 억지를 씀을 이르는 말.
「莊子 天運」,
是猶推舟於陸也

추지대엽(麤枝大葉)

성긴 가지와 큰 잎이란 뜻으로, 문장의 자세한 법칙에 관계하지 않고 자유로이 붓을 휘둘러 씀을 이르는 말.
「文章軌範 侯字集小序」,
此集皆麤枝大葉之文

추차가지(推此可知)

한 일을 미루어 다른 일도 헤아릴 수 있다는 말.

추처낭중(錐處囊中)

⇒낭중지추(囊中之錐) 참조.

추파(秋波)

은근한 정을 나타내는 여자의 눈짓을 이름.
「蘇軾의 百步洪詩」,
佳人未肯回秋波 幼輿欲語防飛梭

추파조란(推波助瀾)

작은 물결을 일으켜 큰 물결이 되게 한다는 뜻으로, 어떤 일을 무마하려고 하기보다는 더 크게 조장함을 비유하는 말.

추표(椎剽)

사람을 때려죽이고 옷까지 빼앗음을 이름.

「漢書 地理志」,
椎剽掘冢

추풍과이(秋風過耳)

어떤 말을 귀담아 듣지 아니함. 또는 어떤 일에 집념하지 않고 무관심함을 이르는 말.

추풍낙엽(秋風落葉)

가을 바람에 우수수 떨어지는 낙엽이라는 뜻으로, 세력 따위가 하루아침에 떨어짐을 비유하는 말.

추풍선(秋風扇)

⇒추선(秋扇) 참조.

추풍지선(秋風之扇)

⇒추선(秋扇) 참조.

추호(秋毫)

가을의 터럭 끝이란 뜻으로, 매우 작은 것을 비유하는 말.

「孟子 梁惠王章句上 七」,
曰 有復於王者曰 吾力足以擧百鈞 而不足以擧一羽 明足以察秋毫之末 而不見輿薪

어떤 사람이 왕께 아뢰기를, "제 힘은 三千斤은 넉넉히 들 수 있어도 새날개 하나를 들기에는 不足하고, 제 視力은 가느다란 가을 터럭의 끄트머리는 넉넉히 살필 수 있어도 수레에 가득 실은 장작더미를 보지는 못합니다."라고 한다면 왕께서는 정말이라고 믿으시겠습니까?

「史記 淮陰侯列傳」,

大王之入武關 秋毫無所害 除秦苛法 與秦民約 法三章耳 秦民無不欲得大王 王秦者 於諸侯之約 大王當王關中 關中民咸知之 大王失職入漢中 秦民無不恨者 今大王擧而東 三秦可傳檄而定也

(韓信이 漢王께 말하기를)그런데 대왕께서는 武關을 통해 관중으로 들어오신 이래로 秦나라 백성들을 秋毫도 해롭게 한 적이 없고, 진나라의 잔혹한 법령을 없애고 진나라 백성과 약속하신 것은 단지 法3章뿐입니다. 진나라 백성은 누구나 대왕께서 진나라의 왕이 되시기를 바라고 있습니다. 제후 사이의 약정으로서는 대왕께서 당연히 관중의 왕이 되셔야 했습니다. 관중의 백성은 누구나 이것을 알고 있습니다. 그러므로 대왕께서 항왕에게 정당한 처우를 받지 못하고 한중으로 들어오신 것에 대해 진나라 백성들은 누구나가 원통스럽게 생각하고 있습니다. 이러한 사정이므로 이제 대왕께서 전력을 다해 동쪽으로 나아가게 되면 삼진의 땅은 檄文만 돌려도 평정할 수 있을 것입니다.

* 한왕은 이러한 한신의 계략을 쾌히 받아들여 삼진을 평정하게 됨.

추호불범(秋毫不犯)

마음이 깨끗하여 남의 것을 조금도 범하지 않는다는 말.

추회막급(追悔莫及)

지나간 일은 뉘우쳐도 보람이 없다는 뜻.

축경해한(縮頸駭汗)

목을 움츠리고 두렵고 놀라와 식은 땀을 흘림을 이르는 말.

축록(逐鹿)

사냥꾼이 사슴을 쫓는다는 뜻으로, 사람들이 제위(帝位) 또는 정권(政權)이나 지위 등을 얻으려고 서로 다투는 일을 이르는 말. 같은 뜻의 말로는 각축(角逐)이 있음.
「魏徵의 出關詩」,
中原還逐鹿 投筆事戎軒

축록자불견산(逐鹿者不見山)

이욕(利欲)에 빠진 자는 큰 손해가 눈앞에 있는 것을 모른다는 말. 축수자목 불견태산(逐獸者目不見太山)이라고도 함.
「虛堂錄」,
逐鹿者不見山 攫金者不見人

축수자목불견태산(逐獸者目不見太山)

⇒축록자불견산(逐鹿者不見山) 참조.

축일상종(逐日相從)

날마다 서로 사귐. 또는, 날마다 서로 친하게 지냄을 이름.

축지보천(縮地補天)

땅을 줄이고 하늘을 보충한다는 뜻으로, 임금이 천하의 행정 기구들을 개혁하는 것을 비유하여 이르는 말.
「舊唐書 音樂志」,
高祖縮地補天 重張區宇

춘면불각효(春眠不覺曉)

봄에는 밤이 짧기 때문에 잠이 곤하여 날이 새는 것을 깨닫지 못한다는 말.
「春曉 孟浩然」,
春眠不覺曉 봄 잠에 날이 밝은 줄 몰랐는데,
處處聞啼鳥 곳곳에 새 울음소리 들리네.
夜來風雨聲 지난밤에 비바람 소리

들렸으니,
花落知多少 꽃은 얼마나 떨어졌을까?

춘당(春堂)

⇒춘부장(春府丈) 참조.

춘부대인(春府大人)

⇒춘부장(春府丈) 참조.

춘부장(春府丈)

남의 아버지를 높이어 부르는 말. 영존(令尊), 춘당(春堂), 춘정(春庭) 또는 춘부대인(春府大人)이라고도 함.

춘불경종추후회(春不耕種秋後悔)

주자 십회훈으로, 봄에 종자를 파종하지 않으면 가을에 뉘우친다는 말.

춘산치이명사(春山雉以鳴死)

봄 산의 꿩은 울기 때문에 죽는다는 뜻으로, 남이 모르는 일을 자신이 발설하여 해를 당함을 비유하는 말. 곧 꿩은 몸은 숨겼으나 소리를 숨기지 못하여 사냥꾼에게 발각되어 죽게 된다는 말.
「靑莊館全書」,

춘소일각치천금(春宵一刻值千金)

봄날 밤놀이의 아름다운 시간은 아주 짧은 시각도 소중하고 귀하다는 말.

춘수모운(春樹暮雲)

봄철의 수목과 해 저물 무렵의 구름이란 뜻으로, 멀리 있는 벗을 그리는 정이 일어남을 비유하는 말.
「杜甫의 春日憶李白」,
渭北春天樹 江東日暮雲 何時一樽酒 重與細論文

춘우삭래(春雨數來)

봄비가 자주 온다는 뜻으로, 아무
유익함도 없고 그저 해롭기만 한 것
을 가리키는 말.
「旬五志」,
　春雨數來　봄비 자주 온다
　石墻飽腹　돌담이 배부르다
　沙鉢缺耳　사발이 귀 떨어졌다
　老人潑皮　노인 뱃가죽 두껍다
　小兒捷口　어린 아기 말 빨리 한다
　僧人醉酒　중 술 취하기
　家母手鋸　만며느리 손 크다
* 이상 여덟 가지는 쓸데없이 해롭기만
하다는 것을 비유한 말로, 조선 인조
때 거유(巨儒) 홍만종의 순오지에 나오
는 말임.

춘인추사(春蚓秋蛇)

봄철의 지렁이와 가을철의 뱀이란
뜻으로, 문장에 힘이 없음을 비유하
는 말.
「晋書 王羲之傳」,
　子雲近世擅名江表　僅得成書 無丈夫
之氣 行行如縈春蚓 字字如綰秋蛇

춘일지지(春日遲遲)

봄날이 화창하고 조용함을 이름.
「詩經」,
　春日遲遲 采繁祁祁

춘적기분(春的氣分)

춘정을 깨달은 마음의 상태, 곧 성
적 충동의 상태를 이르는 말.

춘지화개 추래엽락(春至花開秋來葉落)

계절에 따라 변하는 자연의 오묘한
섭리를 이르는 말.

춘추고(春秋高)

나이가 많음을 이르는 말로, 춘추장
(春秋長)이라고도 함.

「戰國策」,
　呂不韋說陽泉君曰 王之春秋高

춘추부(春秋富)

나이가 젊어 앞날이 창창함을 이르
는 말.
「史記 齊悼惠王世家」,
　今高后崩 皇帝春秋富 未能治天下

춘추장(春秋長)

⇒춘추고(春秋高) 참조.

춘추정성(春秋鼎盛)

혈기가 왕성한 나이를 이르는 말.
「漢書 賈誼傳」,
　天子春秋鼎盛 行義未過 德澤有加焉

춘추필법(春秋筆法)

공자의 역사 비판이 나타나 있는
'춘추'와 같이 대의명분을 밝혀 세우
는 사필(史筆)의 논법을 이르는 말.

춘치자명(春雉自鳴)

봄철에 꿩이 스스로 운다는 뜻으로,
남의 요구나 명령에 의하지 않고 자
발적으로 하는 것을 이르는 말.

춘풍추우(春風秋雨)

봄철에 부는 바람과 가을에 내리는
비란 뜻으로, 지나가는 세월을 비유
하는 말.

춘풍화우(春風化雨)

온화하게 부는 봄바람과 알맞은 양
의 비. 이를 교육에 비유하여 인재
육성을 위한 훌륭한 교육을 뜻하기도
함.

춘한노건(春寒老健)

봄추위와 늙은이의 건강이란 뜻으
로, 사물이 오래 가지 못함을 비유하
는 말.

춘화추월(春花秋月)

봄에는 꽃이요, 가을에는 달이라 하여 대자연의 아름다움을 이르는 말.

출가외인(出嫁外人)

시집간 딸을 이르는 말.

출고반면(出告反面)

윗어른께 외출할 때 아뢰고 돌아와서도 뵙고 아뢴다는 말.

출구입이(出口入耳)

상대방의 말이 곧바로 듣는 사람의 귀로 들어갔다는 말로, 두 사람 이외에는 아무도 모른다는 뜻.

「左傳」,

王曰 言出於余口 入於爾耳 誰告建也

출두부득(出頭不得)

세상에 얼굴을 내놓기가 부끄러움을 이르는 말.

「冥報記」,

爺作業不善 受此豬身 男女出頭不得 請往徐家送食供養

출람(出藍)

⇒청출어람(靑出於藍) 참조.

출람지예(出藍之譽)

⇒청출어람(靑出於藍) 참조.

출람지재(出藍之才)

⇒청출어람(靑出於藍) 참조.

출만사이우일생(出萬死而遇一生)

⇒구사일생(九死一生) 참조.

「貞觀政要一」,

太宗曰 玄齡昔從我定天下 備嘗艱苦 出萬死而遇一生

출문여견대빈(出門如見大賓)

몸가짐이 정중함을 이르는 말.

「論語 顔淵」,

仲弓問仁 子曰 出門如見大賓 使民如承大祭

출어유발호췌(出於類拔乎萃)

많은 것 중에서 특별히 뛰어난 것을 이르는 말.

「孟子 公孫丑章句」,

聖人之於民亦類也 出於其類 拔乎其萃

출일두지(出一頭地)

남보다 비상하게 뛰어남을 이름.

「宋史 蘇軾傳」,

復以春秋對義居第一 後以書見修 修語梅聖兪曰 吾當避此人出一頭地

출장입상(出將入相)

전쟁터에 나가면 장수가 되고 조정에 들면 재상이 된다는 뜻으로, 문무를 겸비하여 장상(長相)의 벼슬을 두루 지냄을 이르는 말.

「唐書」,

李德裕出將入相二十餘年

출척유명(黜陟幽明)

관리를 공적에 따라 승진 혹은 좌천시킴을 이르는 말.

「書經 舜典篇」,

帝曰 咨汝二十有二人 欽哉惟時亮天功 三載考績 三考黜陟幽明 庶績咸熙分北三苗

출천지효(出天之孝)

하늘이 낸 효자란 뜻으로, 지극한 효성을 이르는 말.

출필고반필면(出必告反必面)

출타를 할 때는 반드시 행선지나 용무를 알리고, 돌아와서는 반드시 면대하여 돌아왔음을 알려야 한다는

말.

충간의담(忠肝義膽)

충성스러운 마음과 의로운 담기(膽氣)를 이름.
「宋史 王應麟傳」.

충능근사(忠能勤事)

충성을 다하여 성실히 일함을 이르는 말.
「三國魏志 武帝紀」.
忠能勤事 心如鐵石 國之良吏也

충목지장(衝目之杖)

눈 찌를 막대기란 뜻으로, 남을 해칠 악한 마음을 이르는 말.

충신불사이군(忠臣不事二君)

충신은 두 임금을 섬기지 않음을 이름.
「史記 田單傳」.
王蠋曰 忠臣不事二君 貞女不更二夫
吾與其生而無義 固不如烹

충신열사(忠臣烈士)

충성된 신하와 절개가 굳은 사람을 이르는 말.

충언역어이(忠言逆於耳)

충언역이(忠言逆耳)만으로도 쓰임.
⇒양약고어구이어병(良藥苦於口利於病)
참조.

충언역이(忠言逆耳)

⇒양약고어구이어병(良藥苦於口利於病)
참조.

충인(沖人)

어린아이를 이르는 말.
「書經」.
昔公勤勞王家 惟予沖人弗及知

충효양전(忠孝兩全)

충성과 효도를 겸비했다는 말.
「李義山集」.
貴忠孝之兩全 則忠可移孝 正文武之
二道 則武可輔文

취구지몽(炊臼之夢)

상처(喪妻)함을 이르는 말.
「酉陽雜俎」.
有賈客張瞻將歸 夢炊臼中

취금찬옥(炊金饌玉)

금으로 밥을 짓고 옥으로 반찬을 한다는 뜻으로, 좋은 음식을 칭찬하는 말.
「駱賓王의 帝京篇」.
平臺戚里帶崇墉 炊金饌玉待鳴鐘

취기소장(取其所長)

좋은 점만 취함을 이르는 말.

취모구자(吹毛求疵)

털과 털 사이를 불어가면서 흠을 찾는다는 뜻이니, 남의 결점을 무리하게 파헤치려 하는 것.
「韓書」.
今或無罪爲臣下所侵辱 有司吹毛求疵
笞服其臣 使證其君

취문성뢰(聚蚊成雷)

모기가 떼지어 내는 소리가 뇌성을 이루었다는 뜻으로, 여러 소인의 무리가 사실을 왜곡하여 열심히 남의 욕을 함을 이르는 말.
「南史 梁武陵王紀傳」.
夏季煩暑 聚蚊成雷

취사선택(取捨選擇)

쓸 것과 버릴 것을 가림을 이름.

취생몽사(醉生夢死)

술에 취한 듯이 꿈을 꾸듯이 죽는다

는 뜻으로, 아무 의미 없이 한 평생
을 흐리멍덩하게 마침.
「程子語錄」,
雖高才明智 膠于見聞 醉生夢死 不自
覺也

취식지계(取食之計)

겨우 밥이나 얻어먹고 살아가는 꾀
를 이름.

취우부종조(驟雨不終朝)

소나기는 오래 오지 않는다는 뜻으
로, 권세나 위세는 오래 가지 않음을
비유한 말.
「老子」,
驟雨不終朝 驟雨不終日

취유도이정(就有道而正)

평소 자신이 행하는 바의 옳고 그름
을 학덕이 높은 분에게 문의하여 바
로잡는다는 말.
「論語 學而」,
子曰 君子食無求飽 居無求安 敏於事
而愼於言 就有道而正焉 可謂好學也已

취중망언성후회(醉中妄言醒後悔)

주자 십회훈으로, 취중에 말조심을
하지 않으면 술 깬 뒤에 후회한다는
말.

취중진담(醉中眞談)

⇒취중진정발(醉中眞情發) 참조.

취중진정발(醉中眞情發)

사람들은 술에 취하면 속마음을 털
어놓는다는 말. 취중진담(醉中眞談)이
라고도 함.

측석이좌(側席而坐)

마음속의 근심 때문에 앉아 있는 자
리가 편하지 않다는 말.

「說苑 尊賢篇」,
故虞有宮之奇 晋獻公爲之終夜不寐
楚有子玉得臣 文公爲之側席而坐

측수심매인심(測水深昧人心)

물 속 깊이는 알아도 사람의 마음속
은 모른다는 말로, 사람의 마음은 알
기 어렵다는 뜻.
「靑莊館全書」,

측은지심(惻隱之心)

사단(四端)의 하나로, 남을 불쌍히
여기는 마음을 이르는 말.
「孟子 公孫丑章句上 六」,
孟子曰 人皆有不忍人之心 先王有不
忍人之心 斯有不忍人之政矣 以不忍人
之心 行不忍人之政 治天下可運之掌上
所以謂人皆有不忍人之心者 今人乍見
孺子將入於井 皆有怵惕惻隱之心 非所
以內交於孺子之父母也 非所以要譽於
鄕黨朋友也 非惡其聲而然也 由是觀之
無惻隱之心非人也 無羞惡之心非人也
無辭讓之心非人也 無是非之心非人也
惻隱之心仁之端 羞惡之心義之端也
辭讓之心禮之端也 是非之心智之端也
人之有四端也 猶其有四體也 有是四端
而自謂不能者 自賊者也 謂其君不能者
賊其君者也 凡有四端於我者 智皆擴而
充之矣 若火之始然 泉之始達 苟能充
之 足以保四海 苟不充之 不足以事父
母

맹자 가로되, "사람은 누구나 다 남
에게 대하여 不忍人之心이 있는 것이
다. 옛날 先王은 이 不忍人之心이 있
어서 곧 남에게 殘忍하게 하지 못하
는 정치가 있게 되었다. 정치인이 不
忍人之心을 가지고 남에게 잔인하게
하지 못하는 정치를 하면, 세상을 다

스리는 일은 이것을 손바닥 위에서 움직이는 것처럼 쉬울 것이다. 그런데 사람이 누구나 다 남에게 대하여 不忍人之心이 있다고 하는 것을 어떻게 알 수 있는가 하면 그 이유는 이러하다. 지금 사람이, 어린아이가 우물에 빠지려고 하는 것을 별안간 보았을 때 놀라고 측은한 마음이 생겨가서 붙들게 된다. 이것은 어린아이의 부모에게 交際를 맺기 위한 것도 아니요, 동네 사람들과 벗들에게 칭찬을 받기 위한 것도 아니요, 또 그냥 내버려두었다고 怨聲을 듣기 싫어서 그렇게 한 것도 아니다. 이런 것에 의해서 살펴보면, 사람치고 惻隱之心이 없으면 사람이 아니요, 羞惡之心이 없으면 사람이 아니요, 辭讓之心이 없으면 사람이 아니요, 是非之心이 없으면 사람이 아니다. 측은지심은 仁의 端緖요, 수오지심은 義의 端緖요, 사양지심은 禮의 端緖요, 시비지심은 智의 端緖다. 사람들이 이 四端을 지니고 있는 것은 마치 몸에 四肢가 있는 것과 같은 것인데 이 四端을 지니고 있으면서 내 스스로가 선한 일을 잘 할 수 없다고 말하는 이는 자기 자신을 해치는 사람이요, 자기 임금더러 선한 일을 할 능력이 없다고 하는 이는 그 임금을 해치는 사람이다. 대개 사람이 자기에게 있는 四端을 확충시킬 줄 알면 이것은 마치 불이 타서 번져 나가고, 샘물이 솟아서 흘러가는 것과 같은데, 정말 이것을 잘 확충만 시킨다면 四海를 보존할 수가 있을 것이요, 만약에 이것을 확충시키지 못한다면 부모도 제대로 못 섬길 것이다."

* 불인인지심(不忍人之心) - 차마 남에게 잔인하게 하지 못하는 마음.

「孟子 告子章句上 六」,

公都子曰 告子曰 性無善無不善也 或曰 性可以爲善 可以爲不善 是故 文武興則民好善 幽厲興則民好暴 或曰 有性善有性不善 是故 以堯爲君而有象 以瞽瞍爲父而有舜 以紂爲兄之子 且以爲君而有微子啓·王子比干 今曰 性善然則彼皆非與 孟子曰 乃若其情則可以爲善矣 乃所謂善也 若夫爲不善 非才之罪也 惻隱之心 人皆有之 羞惡之心 人皆有之 恭敬之心 人皆有之 是非之心 人皆有之 惻隱之心 仁也 羞惡之心 義也 恭敬之心 禮也 是非之心 智也 仁義禮智 非由外鑠我也 我固有之也 弗思耳矣 故曰 求則得之 舍則失之 或相倍蓰而無算者 不能盡其才者也 詩曰 天生蒸民 有物有則 民之秉彝 好是懿德 孔子曰 爲此詩者 其知道乎 故有物必有則 民之秉彝 故 好是懿德

公都子가 孟子에게 이르기를, "告子는 性이 선한 것도 없고 선하지 않은 것도 없다고 하였고, 어떤 사람은 性이 선하게 될 수도 있고 선하지 않게 될 수도 있다. 그렇기 때문에 文王과 武王이 일어났을 때는 백성이 선을 좋아하였고, 幽王과 厲王이 일어났을 때는 백성이 포악한 것을 좋아하였다고 말하고, 어떤 사람은 性이 선한 이도 있고 선하지 않은 이도 있다. 그러므로 어진 堯를 임금으로 하였으나 나쁜 象이 있었고, 나쁜 瞽瞍를 아비로 하였으나 어진 舜이 있었고, 紂를 형의 아들로 하고 또 임금으로 하였으나 微子啓와 王子比干이 있었다고 말합니다. 그런데 선생님은 이제 性은 善하다고 말씀하시니, 그렇다면 그 사람들이 한 말은 다 그르다는 것입니까?"

孟子 가로되, "不善하다고 생각될 것 같지, 그러나 性情만은 곧 善이라고 할 수 있는 것이다. 대개 不善을 하는 것은 才性의 조가 아니네. 측은지심은 사람이면 다 가지고 있으며, 수오지심도 사람이면 다 가지고 있으며, 공경지심도 사람이면 다 가지고 있으며, 시비지심도 사람이면 다 가지고 있다. 측은지심은 仁이요, 수오지심은 義요, 공경지심은 禮요, 시비지심은 智인데, 仁義禮智는 밖에서부터 나에게 들어온 것이 아니라, 내가 본래부터 지니고 있는 것이다. 다만 생각하지 아니하였을 뿐이다. 그러므로 구하면 얻고, 놓으면 잃어버린다는 말이 있으니, 혹 惡을 행하여 善과 차이가 심한 사람은 그 才性을 다하지 못했기 때문이다. 詩에도, '하늘이 온 백성을 낳았으니, 物이 있으면 법칙이 있느니라, 백성들은 본래의 마음을 가져, 이 아름다운 덕을 좋아하네.'라고 하였고, 孔子께서도, '이 시를 지은이는 道를 아는 사람이로구나! 진실로 物이 있으면 반드시 법칙이 있는 것이니, 백성들은 본래의 마음을 가진 고로 이 아름다운 덕을 좋아한다.'고 하였느니라."

치고불식(雉膏不食)

재덕(才德) 있는 신하가 임금에게 채용되지 못함을 비유한 말.
「易經 鼎卦」,
鼎耳革 其行塞 雉膏不食

치국평천하(治國平天下)

나라를 잘 다스린 연후에 온 세상을 편안하게 한다는 말.

치란흥망(治亂興亡)

⇒흥망치란(興亡治亂) 참조.
「歐陽修의 朋黨論」,
嗟呼夫治亂興亡之迹爲人君者可以鑒矣

치망설존(齒亡舌存)

⇒치폐설존(齒敝舌存) 참조.

치망 순역지(齒亡脣亦支)

이 없으면 입술에 의지한다는 뜻으로, 있던 것이 없어져서 부자유스럽더라도 없는 대로 참고 살아나간다는 말.
「東言解」,

치목호물(鴟目虎物)

부엉이의 눈초리와 호랑이의 입 언저리란 뜻으로, 사납고 잔인함을 비유하는 말.

치발부장(齒髮不長)

⇒구상유취(口尙乳臭) 참조.

치발불급(齒髮不及)

⇒구상유취(口尙乳臭) 참조.
* 배냇니나 배냇머리가 아직 미치지 않았다는 데서 나온 말.

치산치수(治山治水)

산과 물을 잘 다스린다는 뜻.

치서이괴이려(治鼠而壞里閭)

쥐를 잡기 위해 마을 문을 부순다는 뜻으로, 소(小)를 위해 대(大)를 희생함을 비유하는 말.
「淮南子 說林訓」,
治鼠而壞里閭 潰小皰而發痤疽

치신무지(置身無地)

두렵거나 부끄러워서 몸을 둘 바를 모름. 즉 몸둘 곳이 없음을 이름.

치심상존(稚心尙存)

어릴 적의 마음이 아직도 남아있다는 말.

치여호서(齒如瓠犀)

이가 호리병박의 씨와 같다는 뜻으로, 치열(齒列)이 희고 아름답게 가지런히 박혀 있음을 나타내는 말.

치외법권(治外法權)

외국에 있으면서 그 나라의 법률의 적용을 받지 않는 특권, 또는 그 토지를 이르는 말.

치이불망란(治而不忘亂)

군자(君子)는 늘 먼 앞날을 생각한다는 말.

「易經」,

君子安而不忘危 存而不忘亡 治而不忘亂 是以身安而國家可保

치인설몽(癡人說夢)

바보에게 꿈 이야기를 해준다는 뜻으로, ①어리석기 짝이 없는 짓, ②종작없이 지껄이는 짓, ③이야기가 상대방에게 이해되지 않음 등을 비유하는 말이지만, 요즈음에는 본뜻과는 반대로, 어리석은 자가 종작없이 지껄임을 이르는 말로 쓰임. 몽중설몽(夢中說夢)이라고도 함.

「冷齋夜話」,

此正所謂對癡人說夢耳

이는 곧 이른바 어리석은 사람에게 꿈 이야기를 한 것이다.

* 당(唐)나라 시대 서역(西域)의 고승인 승가(僧伽)가 양자강과 회하(淮河) 유역에 있는 지금의 안휘성(安徽省) 지방을 돌아다니며 수행할 때, 한 마을에 이르러 어떤 사람과 문답을 했다. "당신은 성이 무엇이요?" "성은 하가요." "어느 나라 사람이요?" "하나라 사람이오." 승가가 죽은 뒤 당나라의 서도가(書道家) 이옹(李邕)에게 승가의 비문을 맡겼는데 그는, '대사의 성은 하씨(河氏)이고 하나라 사람(何國人)이다'라고 썼다. 이옹은 승가가 농담으로 한 대답을 진실로 받아들이는 어리석음을 범했던 것이다. 후에 남송(南宋)의 석혜홍(釋惠洪)은 이 이옹의 어리석음을 '냉재야화'에 이렇게 썼음.

치자(稚子)

죽순(竹筍)을 이르는 말.

「冷齋夜話」,

老杜詩曰 竹根稚子無人見

치자다소(癡者多笑)

어리석고 못난 사람은 아무렇지도 않은 일에도 웃기를 잘 한다는 뜻이니, 싱겁게 잘 웃는 사람을 소조하여 이르는 말.

치지격물(致知格物)

⇒격물치지(格物致知) 참조.

치지도외(置之度外)

⇒도외시(度外視) 참조.

치지망역(置之忘域)

잊어버리고 별로 생각하지도 않는다는 말.

치지물문(置之勿問)

내버려두고 묻지도 않음. 그다지 중요하게 여기지 않음을 이름.

치추지지(置錐之地)

겨우 송곳을 꽂을 정도의 좁은 땅이

란 뜻으로, 매우 좁은 장소를 이르는
말. 입추지지(立錐之地)라고도 함.
「莊子 盜跖篇」,

盜跖大怒曰 丘來前 夫可親以利 而可
諫以言者 皆愚陋恒民之謂耳 今長大美
好 人見而說之者 此吾父母之遺德也
丘雖不吾譽 吾獨不自知邪 且吾聞之
好而譽人者 亦好背而毁之 今丘告我以
大城衆民 是欲規我以利 而恒民畜我也
安可長久也 城之大者 莫大乎天下矣
堯舜有天下 子孫無置錐之地 湯武立爲
天子 而後世絶滅 非以其利大故邪 且
吾聞之 古者 禽獸多而人民少 於是民
皆巢居以避之 晝拾橡栗 暮棲木上 故
命之曰知生之民 神農之世 臥則居居
起則于于 民知其母 不知其父 與麋鹿
共處 耕而食 織而衣 無有相害之心 此
之德之隆也 然而黃帝不能致德 與蚩尤
戰於涿鹿之野 流血百里 堯舜作 立群
臣 湯放其主 武王殺紂 自是之後 以强
凌弱 以衆暴寡 湯武以來 皆亂人之徒
也 今子修文武之道 掌天下之辯 以教
後世 縫衣淺帶 矯言僞行 以迷惑天下
之主 而欲求富貴焉 盜莫大於子 天下
何故不謂子爲盜丘 乃謂我爲盜跖

盜跖이 크게 노하면서 말하였다.
"孔丘야, 앞으로 다가서라. 모든 利
益으로써 권할 수 있고, 말로써 간구
할 수 있는 것은 모두가 어리석은 보
통 백성들에게나 해당될 일이다. 지
금 키가 크고 늠름하며 사람들이 보
면 좋아한다는 것은 우리 父母님께서
끼쳐주신 德이다. 네가 비록 나를 칭
찬해 주지 않는다 해도 나라고 스스
로 알지 못하고 있었겠느냐? 또한 내
가 듣건대, 남의 면전에서 칭찬을 잘
하는 자는 또한 등뒤에서는 그를 욕

하기도 잘 한다 하였다. 지금 네가
큰 城과 많은 百姓들로써 애기를 하
였는데 이것은 利益으로 나를 권하는
것이니, 보통 백성들과 같이 알고 나
를 대접하는 것이다. 그들이 어찌 오
래 갈 수가 있겠느냐? 城이야 제아무
리 크다 하더라도 天下보다 더 클 수
는 없다. 堯임금과 舜임금은 천하를
다스렸으나, 그의 자손들은 송곳을
꽂을 땅조차도 없다. 湯임금과 武王
도 스스로 天子가 되었으나, 후손은
결국 끊어지고 말았던 것이다. 그것
은 그 이익이 너무나 컸기 때문이 아
니겠느냐? 또한 내가 듣건대, 옛날에
는 새와 짐승들은 많고 백성들은 적
었으므로, 백성들은 나무 위에 집을
만들고 삶으로써 이들의 害를 피했다
고 한다. 낮이면 도토리와 밤을 줍
고, 저녁이면 나무 위에서 잤으므로,
그 때의 백성들을 두고 '有巢氏의 백
성'이라 불렀다 한다. 옛날에는 백성
들이 옷을 입을 줄을 모르고, 여름이
면 장작을 쌓아 놓았다가 겨울이면
그것을 태워 불을 쬐었다. 그래서 그
들을 '知主의 백성'이라 불렀다 한다.
神農의 시대에는 안락하게 누워 자고
일어나서는 유유히 自適하였다. 백성
들은 그의 어머니는 알았지만 그의
아버지는 알지 못하였다. 고라니나
사슴과 한데 어울려 살았다. 농사를
지어먹었으며, 길쌈하여 입고 남을
해치려는 마음이란 없었다. 이것은
지극한 德이 융성했던 시대였다. 그
러나 黃帝는 德을 이루지 못하여, 蚩
尤와 涿鹿의 들판에서 싸워 사람들의
피가 百里나 흘렀다. 堯舜이 일어나
서는 여러 신하들을 세웠다. 湯임금

은 그의 임금을 내쳤다. 武王은 紂王을 죽였다. 이 뒤로부터 강한 자는 약한 자를 짓밟고, 많은 사람들이 적은 사람들에게 포악한 짓을 하게 되었다. 湯임금과 武王 이후로는 모두가 혼란을 일삼는 무리들인 것이다. 지금 너는 文王과 武王의 道를 닦고서 天下의 이론을 장악함으로써 후세 사람들을 가르치겠다고 나섰다. 넓고 큰 옷에 가는 띠를 두르고 헛된 말과 거짓된 행동으로 天下의 임금들을 迷惑시켜 富貴를 追求하려 하고 있다. 도적치고 당신보다 더 큰 도적은 없다. 天下 사람들은 어찌하여 당신은 '盜丘'라 부르지 아니하고 반대로 나를 '盜跖'이라 부르는가?"

* 盜跖이 자기보다도 孔子가 이 세상에 더 큰 害毒을 끼치고 있음을 論證하고 있는 대목임.

치폐설존(齒敝舌存)

굳은 이는 먼저 빠지나 부드러운 혀는 오래도록 남는다는 뜻으로, 강한 사람이 먼저 망하고 약한 사람이 오래도록 몸을 보전한다는 뜻. 치망설존(齒亡舌存)이라고도 함.

「說苑」.

韓平子問叔向曰 剛與軟孰堅 對曰 臣年八十齒再墮而舌尙存

칠거지악(七去之惡)

유교 도덕에서 아내를 내쫓을 수 있는 일곱 가지의 이유, 즉 시부모에게 순종하지 않는 것[不順父母去], 자식을 못 낳는 것[無子去], 행실이 음탕한 것[淫去], 질투하는 것[妬去], 나쁜 병이 있는 것[有惡疾去], 말썽이 많은 것[多言去], 도둑질하는 것[竊盜去] 등을 이르는 말.

「大戴禮」.

칠난팔고(七難八苦)

'칠난'과 '팔고', 즉 온갖 고난을 이르는 말.

* 칠난 – 불교에서 이르는 7가지의 재난. 곧, 수(水)・화(火)・나찰(羅刹)・왕(王)・귀(鬼)・가쇄(枷鎖)・원적(怨賊)
* 팔고 – 불교에서 이르는 인생의 8가지 괴로움. 곧, 생로병사(生老病死)의 4고에 애별리고(愛別離苦)・원증회고(怨憎會故)・구부득고(求不得苦)・오음성고(五陰盛苦)

칠령팔락(七零八落)

사물이 가지런하지도, 고르지도 못함. 즉 지리멸렬함을 이르는 말.

칠병팔주(七拼八湊)

여기 저기서 임시로 마련함을 이름.

칠보단장(七寶丹粧)

여러 가지 패물로 몸을 꾸밈을 이름.

칠보성시(七步成詩)

⇒자두연기(煮豆燃箕)의 고사 참조.

칠보지재(七步之才)

일곱 걸음을 옮기는 사이에 시를 지을 수 있는 재주란 뜻으로, 뛰어난 글재주를 이르는 말.
⇒자두연기(煮豆燃箕)의 고사 참조.

칠보홍안(七寶紅顏)

칠보 단장을 한 젊은 여인의 고운 얼굴을 이름.

칠수팔각(七水八脚)

어수선할 정도로 사람이 많음을 이

르는 말.

칠신탄탄(漆身呑炭)

⇒와신상담(臥薪嘗膽) 참조.
「戰國策」,
豫讓又漆身爲厲 滅鬚去眉 自刑以變
其容 爲乞人

* 복수를 위해 몸에 옻칠을 하여 문둥
병자처럼 하고, 숯을 삼키며 벙어리처
럼 거리에서 구걸을 하며 동정을 살폈
다는 진나라 예양의 고사.

칠실지우(漆室之憂)

제 신분에 맞지 않는 근심을 가리키
는 말.

* 옛날 어(魚)나라의 천부(賤婦)가 캄
캄한 방에서 나라의 일을 근심하였다는
고사.

칠전팔기(七顚八起)

일곱 번 넘어지고 여덟 번 일어난다
는 뜻으로, 여러 번 실패해도 굽히지
않고 재기하여 분투함을 이르는 말.
「世說新語」,

칠전팔도(七顚八倒)

일곱 번 구르고 여덟 번 거꾸러진다
는 뜻으로, 수없이 실패하여 몹시 고
생함을 이르는 말.
「朱子語類」,
當商之季 七顚八倒 上下崩頹

칠종칠금(七縱七擒)

촉한(蜀漢)의 제갈량(諸葛亮)이 맹
획(孟獲)을 일곱 번 사로잡고 또 이
를 또 일곱 번 놓아주었다는 고사에
서 나온 말로, 무슨 일을 제 마음대
로 하는 것을 비유하는 말.
「三國蜀志 諸葛亮傳」,
建興三年 亮率衆南征

「裴宋之注」에 漢晋春秋曰 亮在南中
聞孟獲者 爲夷漢所服 募生致之 旣得
使觀於營陣之閒 問曰 此軍何如 獲曰
向者不知虛實 故敗 若祇如此 定易勝
耳 亮笑 縱使更戰 七縱七擒 獲曰 公
天威也 南人不復反矣

침경자서(枕經藉書)

독서에 탐닉함을 이르는 말.
「班固의 答賓戲」,
徒樂枕經藉書紆體衡門

침류수석(枕流漱石)

⇒수석침류(漱石枕流) 참조.

침묵다지(沈默多智)

아무 말도 하지 않고 있으나 지혜는
많다는 뜻.

침불안석(寢不安席)

걱정이 심하여 편히 지내지를 못함
을 이름.

침불안 식불안(寢不安食不安)

잠자리도 편하지 않고, 음식 먹는
것도 편안하지 않다는 뜻으로, 자나
깨나 걱정이라는 말. 침식불안(寢食不
安)이라고도 함.

침석수류(枕石漱流)

산림 속에서 은거함을 이르는 말.
「晉書」,
孫楚字子荊 才藻卓絶 少時欲隱居 謂
王濟曰 當云欲枕石漱流 誤云漱石枕流

침소봉대(針小棒大)

바늘만큼 작은 것을 몽둥이만큼 크
게 늘린다는 뜻으로, 작은 일을 크게
허풍떨어 말함을 비유하는 말.

침식불안(寢食不安)

⇒침불안식불안(寢不安食不安) 참조.

침어낙안(沈魚落雁)

고기는 부끄러워서 물 속으로 들어가고 기러기는 부끄러워서 땅에 떨어진다는 뜻으로, 미인을 형용하는 말.
「莊子 齊物論」.
人之所美也 魚見之深入 鳥見之高飛

침우기마(寢牛起馬)

소는 누워있고 말은 서 있어야 한다는 뜻으로, 신분에 맞게 분수를 지켜야 한다는 말.

침자투 적대우(鍼子偸賊大牛)

바늘 도둑이 소 도둑 된다는 뜻으로, 가벼운 범죄를 예사로 아는 사람은 마침내 큰 죄도 짓게 된다는 말.
「靑莊館全書」.

침점침괴(寢苫枕塊)

거적자리를 깔고 풀을 베개로 하여 잠을 잔다는 뜻으로, 부모(父母) 상중(喪中)에 있음을 비유하는 말. 침점침초(寢苫枕草)라고도 함.
「儀禮旣夕記」.
旣殯居倚廬 寢苫枕塊

침점침초(寢苫枕草)

⇒침점침괴(寢苫枕塊) 참조.

칭가유무(稱家有無)

집의 형세에 따라 일을 알맞게 함을 이름.

칭제건원(稱帝建元)

황제라 칭하고 자주적인 연호를 세움을 이름.

칭행수사담부(稱行首使擔負)

행수라 부르며 짐 지게 함이란 뜻으로, 겉으론 받드는 체하며 실상은 부려먹는다는 뜻.

카

쾌도난마(快刀亂麻)
잘 드는 칼로 엉클어진 삼실을 자른
다는 뜻으로, 복잡하고 어려운 사건
따위를 명쾌하게 처리함을 비유하는
말.
「居家必用」,
取新葉用快刀切極細

쾌락불퇴(快樂不退)
쾌락이 지속되어 도중에 그치지 않
는 모양을 이르는 말.

쾌인쾌사(快人快事)
어지럽게 뒤얽힌 사물이나 말썽거리
를 단번에 시원스럽게 처리함을 비유
하여 이르는 말.

타

타면자건(唾面自乾)

남이 얼굴에 뱉은 침을 닦지 않고 저절로 마르게 한다는 뜻으로, 화가 나는 일을 꾹 참는다는 말.

「唐書」,

人有唾面潔之乃已 使德曰 未也 潔之 是違其怒 正使自乾耳

타산지석(他山之石)

타산(他山)에서 나는 돌도 나의 옥 (玉)을 갈고 닦는 데에 소용이 된다 는 뜻으로, 남의 하찮은 언행도 나의 인격을 닦는 데에 도움이 될 수 있다 는 것을 비유하는 말.

「詩經 小雅 鴻雁之什 鶴鳴篇」,

鶴鳴于九皐　저기 먼 못 가에 두루 미 우니

聲聞于野　　그 소리 들판 가득히 울려 퍼지고

魚潛在淵　　연못 깊이 숨어서 사는 물고기

或在于渚　　때로는 기슭에 나와 노 니네

樂彼之園　　즐거울사 저기 저 동산 속에는

爰有樹檀　　한 그루 박달나무 솟아 있어도

其下維蘀　　낙엽만 그 옆에 수북히 쌓여

他山之石　　타산(他山)의 못생긴 돌멩이라도

可以爲錯　　구슬 가는 숫돌은 됨직 한 것을

鶴鳴于九皐　저기 먼 못가에 두루미 우니

聲聞于天　　그 소리 하늘 높이 울 려 퍼지고

魚在于渚　　기슭에 나와서 노니는 고기

或潛在淵　　때로는 연못 깊이 숨기 도 하네

樂彼之園　　즐거울사 저기 저 동산 속에는

爰有樹檀　　한 그루 박달나무 솟아 있어도

其下維穀　　닥나무만 그 밑에 자라 난다고

他山之石　　타산(他山)의 못생긴 돌멩이라도

可以攻玉　　숫돌삼아 구슬은 갈음 직함을

* 賢人 求할 것을 가르친 敎訓的인 詩 임.

타상하설(他尙何說)

'다른 것은 말하여 무엇하랴'의 뜻으 로, 한 가지 일을 보면 다른 일은 보 지 않아도 헤아릴 수 있다는 말.

타수가결(唾手可決)

승부를 쉽게 낼 수 있음을 이름.

「後漢書」,

瓚曰 始天下兵起 我謂唾手可決

타인소시(他人所視)

남이 보고 있어서 숨길 수 없음을 이름.

타인지연 왈리왈시(他人之宴日梨日柿)

남의 잔치에 감 놓아라 배 놓아라 한다는 말로, 쓸데없이 남의 일에 간섭한다는 말.

「耳談續纂」,

他人之宴 日梨日柿 言不在其位 枉有干涉

남의 잔치에 감 놓아라 배 놓아라 한다는 말은, 그런 말을 할 만한 처지에 놓여 있지도 않으면서 공연히 간섭함을 말한다.

타초경사(打草驚蛇)

일을 추진함에 치밀하지 못하여 상대방에게 미리 방비할 기회를 제공함을 비유한 말.

「開元遺事」,

會部民連狀 訴主簿貪賄 魯郞判曰 汝雖打草 吾已蛇驚

타향고지(他鄕故知)

타향에서 고향 벗을 만났다는 뜻으로, 몹시 반갑고 기쁠 때 쓰는 말.

탁고기명(託孤寄命)

어린 임금을 의탁하고 국정(國政)을 맡김. 선왕(先王)의 부탁을 받고 어린 임금을 보좌하여 나라의 정사(政事)를 돌봄.

「論語 泰伯」,

曾子曰 可以託六尺之孤 可以寄百里之命 臨大節而不可奪也 君子人與 君子人也

증자 가로되, "국난(國難)에 임하여 어린 고아(孤兒 : 어린 임금)를 부탁할 만하며 백 리 지역(百里之域)의 국운(國運)을 맡길 만하고 대사(大事)를 당하여 절조를 굽히지 아니하

면 그는 군자다운 사람이다.

탁덕양력(度德量力)

자신의 덕행과 역량을 헤아림을 이름.

탁려풍발(踔厲風發)

의논이 탁월하여 날카롭고 바람처럼 입에서 흘러나온다는 뜻으로, 힘찬 웅변을 형용하는 말.

탁마(琢磨)

⇒절차탁마(切磋琢磨) 참조.

탁상공론(卓上空論)

⇒지상담병(紙上談兵) 참조.

탁이성자훼(鐸以聲自毀)

스스로 화(禍)를 초래함을 이름.

「淮南子」,

鐸以聲自毀 膏以明自鑠

탁족만리류(濯足萬里流)

세속(世俗)에 초연함을 이름.

「左思의 詠史」,

被褐出閶闔 高步追許由 振衣千仞岡 濯足萬里流

탁호난급(卓乎難及)

동뜨게 뛰어나서 남이 따르기 어려움을 이르는 말.

탄갈심력(殫竭心力)

온 정신과 노력을 다함을 이름.

탄도괄장(呑刀刮腸)

칼을 삼켜서 장을 깎는다는 뜻으로, 심신의 더러움을 떨어버리고 개심(改心)함을 이름.

「南史 荀伯玉傳」

若許某自新 必呑刀刮腸 飮灰洗胃

탄우지기(呑牛之氣)

⇒식우지기(食牛之氣) 참조.

탄조즉천금불급환니(彈鳥則千金不及丸泥)

모든 사물은 각기 쓸모가 있다는 말.

「抱朴子」,

彈鳥則千金不及丸泥 縫緝則長劍不及數分之鍼

탄주지어(呑舟之魚)

배를 삼킬 만한 큰 고기란 뜻으로, 큰 인물을 이르는 말.

「華夷志」,

海中大魚 口可容舟 名曰摩竭

탄주지어 불유지류(呑舟之魚 不游枝流)

대어(大魚)는 세류(細流)에서 놀지 않음, 즉 현자(賢者)는 항상 고상하고 큰 뜻을 지님을 비유한 말.

「列子 楊朱篇」,

呑舟之魚 不游枝流 鴻鵠高飛 不集汙池

탄지지간(彈指之間)

손가락을 튀길 동안이란 뜻으로, 세월이 빠름을 가리키는 말.

탄탄대로(坦坦大路)

높낮이가 없이 넓고 평평하게 죽 뻗친 큰 길. 또는, 앞이 훤히 트이어 순탄하게 앞으로 나갈 수 있는 상황을 비유하여 이르는 말.

탄환우비(彈丸雨飛)

총알이 빗발처럼 날아옴을 비유하는 말.

탄화와주(呑花臥酒)

꽃을 사랑하고 술을 좋아하는 풍류의 기질을 이르는 말.

「春宴錄」,

虞松方春言 握月擔風 且留後日 呑花臥酒 不可過時

탄환지지(彈丸之地)

협소한 땅을 이름. 탄환흑자(彈丸黑子)라고도 함.

「戰國策」,

誠不知秦力之所至 此彈丸之地猶不予也

탄환흑자(彈丸黑子)

⇒탄환지지(彈丸之地) 참조.

탈모노정(脫帽露頂)

모자를 벗고 맨머리를 내어놓는다는 뜻으로, 예의가 없음을 비유하여 이르는 말.

탈신도주(脫身逃走)

관계하던 일에서 몸을 빼어 달아남을 이름.

「史記 張耳傳」,

亡命外黃 外黃富人女嫁之 耳是時乃脫身

탈태환골(奪胎換骨)

⇒환골탈태(換骨奪胎) 참조.

탈토지세(脫兎之勢)

그물을 벗어난 토끼의 기세란 뜻으로, 매우 신속한 기세를 비유하여 이르는 말.

「孫子 九地篇」,

始如處女 敵人開戶 後如脫兎 敵不及拒

탐관오리(貪官汚吏)

탐욕에 찬 썩은 관리를 이름.

탐권낙세(貪權樂勢)

권세를 탐내고 즐겨 함을 이름.

탐낭취물(探囊取物)

주머니 속에 든 물건을 꺼낸다는 뜻
으로, 매우 쉽게 찾아 얻음을 이르는
말. 낭령취물(囊令取物)이라고도 함.

탐다무득(貪多務得)

많은 것을 탐내어 얻으려 애씀을 이
름.

탐두색뇌(探頭索腦)

행동거지가 떳떳하지 못함을 이름.

탐용함(探龍頷)

용의 턱에서 구슬을 얻는다는 말이
니, 곧 위험한 짓을 이름.

탐소실대(貪小失大)

⇒교각살우(矯角殺牛) 참조.
「呂覽 慎大覽」,
燕人入國 相與爭金于美唐 此貪于小
利以失大利者也

탐천지공(貪天之功)

천연(天然)의 공을 자신이 이룬 체
함. 곧, 타인의 공을 훔침을 의미함.
「春秋左氏傳」,
介之推曰 敢貪天之功 以爲己力乎

탐화광접(貪花狂蝶)

꽃을 탐한 나머지 미쳐 버린 나비라
는 말로, 미모가 뛰어난 여인에게 완
전히 마음을 빼앗겨 버린 남자를 비
유하는 말. 탐화봉접(探花峰蝶)이라고
도 함.
「醒睡稗說」,
聞道東君九十蘢 듣건대 동군이 아
　　　　　흔 살에 돌아갔으니
惜春兒女淚盈升 봄빛이 아까워 어
　　　　　린 아씨 눈물지네
貪花狂蝶何須責 꽃을 탐하여 미친

이 나비를 탓하여 무엇하리
相國風流小似滕 대감의 그 풍류는
　　　　　등나라보다 작단 말인가.

탐화봉접(探花蜂蝶)

⇒탐화광접(貪花狂蝶) 참조.

탕기회장(蕩氣回腸)

음성·문장이 사람의 마음을 깊이
감동시킴을 비유하여 이르는 말.

탕지철성(湯池鐵城)

⇒금성탕지(金城湯池) 참조.
「世說文學」,
殷中軍雖思慮通長 然於才性偏精 忽
言及四本 便苦湯池鐵城無可攻之勢

탕진가산(蕩盡家産)

집안의 재산을 다 써 없앰. 탕패가산
(蕩敗家産)이라고도 함.

탕척서용(蕩滌敍用)

죄명을 씻어주고 다시 등용함을 이
름.

탕탕평평(蕩蕩平平)

싸움이나 시비·논쟁 따위에서 어느
쪽에도 치우치지 않음을 이름.

탕패가산(蕩敗家産)

⇒탕진가산(蕩盡家産) 참조.

탕확지죄(湯鑊之罪)

죄인을 솥에 넣어 삶아 죽이는 죄.
「史記 范睢傳」,
須賈頓首言死罪曰 賈有湯鑊之罪 請
自屛於胡貉之地 唯君死生之

태강즉절(太剛則折)

너무 세거나 빳빳하면 꺾어지기 쉽
다는 말이니, 곧 지나치게 꼿꼿한 사
람은 도리어 실수할 우려가 있음을

비유함.

태고순민(太古順民)

아주 오랜 옛날의 어질고 선량한 백성을 이름. 태고지민(太古之民)이라고도 함.

태고지민(太古之民)

⇒태고순민(太古順民)과 같은 뜻.

태두(泰斗)

⇒태산북두(泰山北斗) 참조.

태례실정(怠禮失政)

예(禮)의 실천을 게을리 하면 정치를 그르친다는 말.

태백착월(太白捉月)

이태백이 채석강에서 술에 취하여 물 속의 달을 잡으려다 죽은 고사로, 자연에 몹시 도취되어 몰아(沒我)의 경지에 빠짐을 이르는 말.
「侯鯖錄」,
李白過采石 酒狂入水 捉月而死

태산명동 서일필(泰山鳴動鼠一匹)

태산이 떠나갈 듯이 떠들썩했으나 나타난 것은 고작 생쥐 한 마리뿐이었다는 뜻으로, 크게 떠벌린 데 비하여 실제의 결과는 변변치 못함을 비유하는 말.

태산북두(泰山北斗)

태산(泰山)과 북두칠성(北斗七星)처럼 우러러 보이는 존재, 또는 그 분야에서 가장 뛰어난 사람을 비유하는 말. 줄여서 태두(泰斗)만으로도 쓰임.
「唐書 韓愈傳 贊」,
唐興 愈以六經之文 爲諸儒倡 自愈沒 其學盛行 學者仰之 如泰山北斗云
唐나라가 興하자, 韓愈는 六經의 文章으로 모든 學者들의 스승이 되었다. 韓愈가 죽자 그 學說이 세상에 크게 행해지고 있어 學者들은 그를 泰山北斗처럼 우러러보았다.

태산불양토양(泰山不讓土壤)

태산(泰山)과 같이 큰산이라고 하여 조그만 땅을 무시하거나 하지를 않고 모두 다 용납한다는 뜻으로, 도량(度量)이 넓음을 비유하는 말. 하해불택세류(河海不擇細流)라고도 함.
「戰國秦策」,
李斯上書曰 臣聞 地廣者粟多 國大者人衆 兵彊則士勇 是以太山不讓土壤 故能成其大 河海不擇細流 故能就其深 王者不卻衆庶 故能明其德
* 太山 = 泰山

태산압란(泰山壓卵)

큰산이 알을 누른다는 뜻으로, 큰 위세로 약한 것을 여지없이 억누름을 비유하여 이르는 말.
「晉書 孫惠傳」,
猛獸吞狐 泰山壓卵

태산준령(泰山峻嶺)

큰산과 험한 고개를 이름.

태산지류천석(泰山之霤穿石)

작은 힘을 쌓아 큰공을 이룸을 이르는 말.
「牧乘의 諫吳王書」,
泰山之霤穿石 單極之綆單幹 水非石之鑽 索非木之鋸 漸靡使之然也

태산홍모(泰山鴻毛)

아주 중요하고 중대한 것과 아주 경미(輕微)한 것을 비유한 말.
「文選 司馬遷任少卿報書」,
人固有一死 或謂重泰山 或謂輕鴻毛

用所趨異也

태수대기관(太守代記官)

원님 대신 책방(冊房)이란 뜻으로, 아랫사람이 윗사람 대신 벌을 받는다는 뜻.

태수위 탈함이(太守爲脫頷頤)

태수, 즉 원이 되면 잘 먹을 판인데 턱이 빠져서 먹을 수가 없게 되었다는 말로, 복이 없다는 뜻.
「靑莊館全書」,

태아도지(泰阿倒持)

⇒도지태아(倒持泰阿) 참조.

태연무심(泰然無心)

아주 태연스럽고 아무런 생각도 없음을 이름.

태연자약(泰然自若)

마음에 무슨 충동을 받아도 듬직하고 천연스러움을 이르는 말.

태을진인(太乙眞人)

하늘 나라에 있다는 진선(眞仙)을 이르는 말.

태일(太一)

하느님, 즉 천제(天帝)를 이름.
「史記 天官書」,
太一 中宮極星 其一明者也

태정인(台鼎人)

삼공(三公), 즉 높은 벼슬을 할 만한 자격이 있는 사람을 이르는 말.
「宋書 謝方明傳」,
高祖曰 謝方明可謂名家駒 直置便自是台鼎人 無論復有才用

태탕(駘蕩)

광대(廣大)한 모양, 또는 봄의 경치가 화창(和暢)한 모양을 이름.
「莊子 天下篇」,
惜乎惠施之才 駘蕩而不得 逐萬物而不反 是窮響以聲 形興影競走也 悲夫

아깝도다! 혜시는 그러한 재능을 가지고도 방탕하게 행동하여 참된 도(道)를 터득하지 못하였고, 만물을 뒤쫓아 다님으로써 자기 본성(本性)으로 되돌아 갈 줄을 모르고 있다. 이것은 울림이 나오는 곳을 찾으려고 소리를 지르는 거나, 자기 몸과 그림자를 경주시키는 거나 같은 일이다. 슬픈지고!
「謝朓의 直中書省詩」,
朋情以鬱陶 春物方駘蕩

태평무상(太平無象)

천하의 태평함은 이를 지적하여 말할 만한 형상이 없다는 뜻으로, 아주 태평스런 상태를 이르는 말.
「唐書 牛僧孺傳」,
僧孺曰 太平無象 今雖未及至治 亦足爲治矣

태평성대(太平聖代)

어진 임금이 다스리는 태평한 세상, 또는 그 시대를 이르는 말.

태평성사(太平盛事)

태평한 시대의 크고 훌륭한 일을 이름.

태평연월(太平煙月)

태평하고 안락한 세월을 이름.

태평지세 풍불명조(太平之世風不鳴條)

천하가 잘 다스려지면 기후도 순조로워진다는 말.
「春秋繁露」,
太平之世則風不鳴條 開甲散萌而已

雨不破塊 潤葉津莖而已

토각귀모(兎角龜毛)

토끼에 뿔이 나고 거북에 털이 났다는 뜻으로, 세상에 있을 수 없는 일을 비유하는 말. 귀모토각(龜毛兎角)이라고도 함.

「楞嚴經」,

佛告阿難 世間虛空 水陸飛行 諸所物象 名爲一切 汝不著者 爲在爲無 無則同於龜毛兎角 云何不著

토매인우(土昧人遇)

야만인으로 취급하는 대우를 이름.

토목형해(土木形骸)

외양(外樣)을 꾸미지 않음을 이름.

「晉書」,

嵇康字叔夜 有風度 而土木形骸 不自藻飾 人以爲龍章鳳姿 天質自然

토붕와해(土崩瓦解)

흙이 무너지고 기와가 깨진다는 뜻으로, 사물이 근본적으로 무너져 손댈 수 없는 지경에 이르게 됨을 비유하는 말. 와해(瓦解)만으로도 쓰이고 와해토붕(瓦解土崩)이라고도 함.

「鬼谷子 抵巇篇」,

土崩瓦解而相伐射

「淮南子 泰族訓」,

紂師起容關 至浦水上 士億有餘萬 武王左操黃鉞 右執白旄以麾之 則瓦解而走 遂土崩而下

토사곽란(吐瀉癨亂)

한방에서 입으로는 토하고 아래로는 설사하면서 배가 뒤틀리듯이 몹시 아픈 병증을 이르는 말.

토사구팽(兎死狗烹)

「史記 淮陰侯列傳」,

⇒교토사양구팽(狡兎死良狗烹) 참조

토사호비(兎死狐悲)

토끼가 죽으니 여우가 슬퍼한다는 말로, 남의 처지를 보고 자기 신세를 헤아려 동류의 슬픔을 서러워한다는 뜻. 호사토비(狐死兎悲) 또는 호사토읍(狐死兎泣)이라고도 함.

토악지로(吐握之勞)

뛰어난 인물을 얻으려고 노력함을 이르는 말.

「漢書 蕭望之傳」,

토영삼굴(兎營三窟)

토끼가 위난을 피하기 위해 세 개의 굴을 파 놓는다는 뜻으로, 자신의 안전을 위해 미리 몇 가지의 방책을 짜 놓음을 이르는 말.

토적성산(土積成山)

작은 것이 쌓여 큰 것이 된다는 것을 비유하는 말이니, 작거나 어리석게 보이는 일도 꾸준히 하면 큰일을 이룬다 말. 마부위침(磨斧爲針), 마부작침(磨斧作針), 마저작침(磨杵作針), 마철저(磨鐵杵), 수적석천(水滴石穿), 수적천석(水積穿石), 수적성천(水積成川), 우공이산(愚公移山), 이소성대(以小成大), 적소성다(積少成多), 적소성대(積小成大), 적수성연(積水成淵), 적수성천(積水成川), 적토성산(積土成山), 점적석천(點滴石穿), 중소성다(衆少成多), 진적위산(塵積爲山) 또는 철저정침(鐵杵成針)이라고도 함.

「說苑 建本篇」,

人才雖高 不務學問 不能致成 水積成川 則蛟龍生焉 土積成山 則豫樟生焉 學積成聖 則富貴尊顯至焉

「荀子 勸學篇」,

積土成山 風雨興焉 積水成淵 蛟龍生焉

토주오비(兎走烏飛)

⇒오토총총(烏兎怱怱) 참조.

토진간담(土盡肝膽)

간담을 다 토해낸다는 뜻으로, 거짓없는 심정을 숨김없이 다 털어놓음.

토포악발(吐哺握發)

집에 손님이 찾아오면 밥을 먹다가도 뱉어내고, 머리를 감다가도 움켜쥐고 달려나가 맞이했다는 주공(周公)의 고사에서 유래된 말로, 훌륭한 인재를 맞아들이려고 애쓰는 것을 비유하는 말.

「史記 魯世家」,

然我一沐三握髮 一飯三吐哺 起以待士

「韓詩外傳」,

然一沐三握髮 一飯三吐哺 猶恐失天下之士

통가지의(通家之誼)

절친한 친구간에 통내외(通內外)하고 지내는 정의(情誼)를 이름.

통운망극(痛殞罔極)

모시 슬픔을 이르는 말.

통입골수(痛入骨髓)

원통한 일이 뼛속 깊이 맺힘을 이름.

통정사통(痛定思痛)

아픔이 나은 뒤에 전의 아픔을 회상한다는 뜻으로, 고통이나 실망을 당한 뒤에 사후(事後) 반성을 함을 비유하는 말.

통천지수(通天之數)

하늘에 통하는 운수란 뜻으로, 썩 좋은 운수를 이르는 말.

퇴경정용(槌輕釘聳)

⇒추경정용(椎輕釘聳) 참조.

퇴고(推鼓)

시문을 지을 때 자구(字句)를 여러 번 심사숙고하여 고침을 이르는 말. 추고(推敲) 또는 퇴고(推敲)라고도 함.

「賈島의 題李凝幽居」,

閑居隣竝少 이웃이 드물어 한거하고
草徑入荒園 풀숲 오솔길은 황원으로 벋어 있네
鳥宿池邊樹 새들은 연못가 나무에 잠자고
僧敲月下門 스님은 달 아래 문을 두드린다

* 당(唐)나라 시인 가도(賈島)가 윗시를 지을 때, 마지막 구절에서 '민다(推)'라고 하는 것이 좋을지 '두드린다(鼓)'라고 하는 것이 좋을지 몰라 걱정하고 가던 중 고관의 행차와 부딪치고 말았다. 그 마차에는 당대의 대문장가인 한유(韓愈)가 타고 있었다. 한유 앞에 끌려온 가도는 길을 피하지 못한 이유를 솔직히 말하고 용서를 빌었다. 그러자 한유는 노여워하는 기색도 없이, '퇴(推)'보다는 '(鼓)'가 좋겠다고 가르쳐 주고, 이를 계기로 그들은 둘도 없는 시우(詩友)가 되었다고 한다.

퇴양군자(退讓君子)

성품이 겸손하여 남에게 사양을 잘하는 사람을 이르는 말.

「史記 外戚世家」,

竇皇后竇長君 弟曰竇廣國 字少君 爲退讓君子 不敢以尊貴驕人

「韓愈의 送高閑上人序」,

是其爲心 必泊然無所起 其於世必淡
然無所嗜 泊與淡相遭 頹墮委靡 潰敗
不可收拾

퇴타위미(頹墮委靡)

신체나 기력이 차츰차츰 쇠약해짐을
이름.

투계모구(偸鷄摸狗)

살금살금 나쁜 짓만 함을 비유하는
말.

투과득경(投瓜得瓊)

오이를 주고 구슬을 얻는다는 뜻으
로, 사소한 선물로 값비싼 답례품을
받음을 이르는 말.

「詩經」,

投我以木瓜 報之以瓊琚 投我以木桃
報之以瓊瑤 投我以木李 報之以瓊玖

투병식과(投兵息戈)

병기를 던지고 창을 멈춘다는 말로,
싸움을 그침을 이르는 말.

투서기기(投鼠忌器)

쥐를 잡으려다 그 옆에 있는 그릇을
깰까 염려한다는 뜻으로, 간신을 제
거하려다 임금에게 누를 끼칠까 두려
워함을 비유하는 말.

「漢書」,

里諺曰 欲投鼠而忌器 此善諭也 鼠近
於器 尙憚不投 恐傷其器 況於貴臣之
近主乎

투안(偸安)

일시적 편안함에 만족함. 또는 한때
의 안온(安穩)을 꾀하거나 안일(安
逸)에 빠짐.

투편단류(投鞭斷流)

채찍을 던져 강물을 막는다는 뜻이
니, 곧 기병(騎兵)의 수가 많아 병력
이 막강함을 비유하는 말.

「晉書」,

堅曰 以吾之衆旅投鞭於江 斷其流

투필성자(投筆成字)

붓을 아무렇게나 던져도 글자가 된
다는 뜻이니, 곧 글씨를 잘 쓰는 사
람은 글자 쓰는데 신경을 쓰지 않고
써도 글씨가 잘 됨을 가리키는 말.

투필종융(投筆從戎)

시대가 요구할 때는 문필(文筆)을
버리고 군인으로서 나라를 지킨다는
말.

투현질능(妬賢嫉能)

어질고 유능한 사람을 시기하고 미
워함.

특립독행(特立獨行)

자기의 소신을 관철하여 일세(一世)
에 홀로 행함을 이름.

「禮記 儒行篇」,

其特立獨行有如此者

특필대서(特筆大書)

⇒대서특필(大書特筆) 참조.

파

파경(破鏡)

금슬이 깨어져 부부가 인연을 끊음을 이르는 말. ⇔파경중원(破鏡重圓), 파경중국(破鏡中國)

「太平廣記義一」,

陳太子舍人徐德言之妻 後主叔寶之妹 封樂昌公主 方屬時亂 恐不相保 謂其妻曰 以君之才容 國亡必入權豪之家 儻情緣未端 猶冀相見 宜有以信之 乃破一鏡 各執其半 約曰 他日必以正月望 賣於都市 及陳亡 其妻果入越公揚素之家 德言至京 遂以正月望訪於都市 有蒼頭賣半鏡者 德言出半鏡以合之 乃題詩曰 鏡與人俱去 鏡歸人不歸 無復嬋娥影 空留明月耀 陳氏得詩 涕泣不食 素知之 卽召德言還其妻

南北朝 時代 南朝의 마지막 王朝인 陳나라의 太子舍人이었던 徐德言의 妻는 陳나라 마지막 황제였던 後主의 여동생으로 樂昌公主에 封해졌다. 亂離가 나자 徐德言은 서로 보호해 주지 못할 것을 염려하여 그 아내를 불러 가로되, "그대는 容貌와 재주가 뛰어나므로, 나라가 망하게 되면 敵의 수중으로 끌려가 어느 權勢家로 끌려 들어가게 될 거요. 그러면 우린 다시 만날 수가 없게 되겠지만 혹시 만날 기회가 있을지 누가 알겠소? 당신이 그걸 믿는다면……"하며 거울을 깨어 반쪽씩 가지며 가로되, "이것을 가지고 있다가 正月 보름날 시장에서 팔겠소."陳나라가 亡하고 그 아내는 揚素(隋文帝 楊堅의 오른팔로 建國功臣임)의 집으로 들어가게 되었다. 徐德言은 드디어 正月 보름날이 되어 서울에 나타났다. (시장에 가 보니) 깨진 거울을 파는 자가 있었다. 徐德言은 거울 반쪽을 맞추어 보더니만, 거울 뒤에 시를 적어 가로되, "거울은 사람과 더불어 함께 가더니, 거울만 돌아오고 사람은 돌아오지 않는구나. 다시 항아의 그림자는 없이, 헛되이 밝은 달빛만 멈추는구나."(심부름 갔던 사람이 가지고 돌아온 거울을 본 徐德言의 아내) 진씨는 그 詩를 읽고 寢食을 잃고 울기만 하였다. 이 사실을 알게 된 揚素는 (두 사람의 사랑에 감동하여) 徐德言을 불러 그녀와 함께 고향으로 가게 해 주었다.

「神異經」,

昔有夫婦 相別 破鏡各執其半 後其妻與人通 鏡化鵲飛至夫前 後人鑄鏡背爲鵲形自此始也

파경부조(破鏡不照)

깨진 거울이 본디대로 될 수 없듯이 한 번 헤어진 부부는 다시 맺어지기 어렵다는 뜻.

파경중국(破鏡中國)

⇒파경중원(破鏡中圓) 참조.

파경중원(破鏡重圓)

이별했던 부부가 다시 만나 화합함을 이르는 말. 파경중국(破鏡中國)이라고도 함.

⇒파경(破鏡)의 고사 참조.

파계무참(破戒無慙)

계율을 깨뜨리고 조금도 부끄러워하지 않음을 이름.

파공관면(罷工寬免)

상당한 이유가 있을 때 파공을 면하여 줌을 이르는 말.
* 파공(罷工) - 파업(罷業).

파과지년(破瓜之年)

여자 나이 十六歲, 남자 나이 六十四歲를 이르는 말.
「孫綽의 情人碧玉歌」,
碧玉破瓜時 푸른 구슬이 참외를 깰 때에
郞爲情顚倒 임은 사랑에 못 견디어 넘어져 뒹굴었네
感君不羞赧 임에게 감격하여 부끄러운 줄도 모르고
廻身就郎抱 몸을 돌려 임의 품에 안겼네
「事文類聚」,
呂洞賓 謁張洎留詩云 功成當在破瓜年 洎年六十四卒

파궤운휼(波詭雲譎)

물결이나 구름의 변화가 무궁무진함을 뜻하는 말로, 문장의 변화곡절이 한없이 교묘함을 비유하는 말,
* 한(漢)나라 양웅(揚雄)의 문장에 나오는 말.

파기상접(破器相接)

깨어진 그릇을 맞춘다는 뜻으로, 이미 틀어진 일을 바로잡으려고 공연히 헛수고만 함을 비유하는 말.

파라척결(爬羅剔抉)

손톱으로 긁거나 후비어 파낸다는

뜻으로, 손톱으로 후벼 파내듯이 남의 비밀이나 약점을 들추어 냄. 또는, 샅샅이 뒤져서 숨은 인재를 널리 찾아내어 씀.
「韓愈의 進學解」,
占小善者 率以錄 名一藝者無不庸 爬羅剔抉 刮垢磨光 蓋有幸而獲選 孰云多而不揚

파락호(破落戶)

방탕(放蕩)하여 가산(家産)을 잃은 사람이나, 일정한 직업이 없는 사람〔無賴漢〕을 이르는 말.
「咸淳臨安志」,
紹興二十三年上謂大臣曰 近今臨安府收捕破落戶編置外州 本爲民閒除害
「委巷叢談」,
撒潑無賴者謂之破落戶
「水滸傳 第一回」,
有一個浮浪破落戶子弟

파란곡절(波瀾曲折)

⇒파란만장(波瀾萬丈) 참조.

파란만장(波瀾萬丈)

물결의 기복이 심하듯이 일의 진행이나 살아가는데 기복, 변화가 매우 심함을 이르는 말. 파란곡절(波瀾曲折)이라고도 함.

파란중첩(波瀾重疊)

물결이 거듭 닥친다는 뜻으로, 일의 진행에 있어 변화와 난관이 거듭됨을 이르는 말.

파배완 불외권(把盃腕不外卷)

잔 잡은 팔은 내굽지 않는다는 말로, 자기에게 후한 사람에게는 자연히 정이 쏠린다는 뜻.

파별천리(跛鼈千里)

절름발이일지라도 천리나 되는 길을 간다는 뜻으로, 꾸준히 노력만 한다면 둔한 사람일지라도 성공할 수 있음을 이르는 말.

파부침선(破釜沈船)

밥 짓는 솥을 깨고, 돌아갈 때 탈 배를 가라앉힌다는 뜻으로, 필사의 각오로 싸워 승리하지 않으면 돌아가지 않겠다는 결의를 비유하는 말. 마혁과시(馬革裹屍), 제하분주(濟河焚舟)라고도 함. 유사어로 배수지진(背水之陣)이 있음.

「史記 項羽紀」,

羽乃悉引兵渡河 皆沈船破釜甑 燒廬持三日糧 以示士卒必死 無一還心

* 진(秦)나라를 치기 위해 군사를 일으킨 항우(項羽)가 거록(鉅鹿)의 싸움에서 타고 온 배를 가라앉히고 솥을 부쉈다는 데서 온 말.

파사현정(破邪顯正)

그릇된 견해를 타파하고 정도를 드러냄을 이름.

파산중적이 파심중적난(破山中賊易 破心中賊難)

산 속의 적은 파하기 쉬우나 마음속의 적, 즉 사심(私心)은 없애기 어렵다는 말.

「陽明全書」,

賊有必破之勢 某向在橫水 嘗寄書仕德云 破山中賊易 破心中賊難

파안대소(破顏大笑)

⇒가가대소(呵呵大笑) 참조.

파옥수간(破屋數間)

허물어지고 작은 집을 이르는 말.

「韓愈의 寄盧仝詩」,

玉川先生洛陽裏 破屋數間而已矣 一奴長鬚不裹頭 一婢赤脚老無齒

* 玉川은 盧仝의 號

파제만사(破除萬事)

어떤 일을 이루기 위하여 모든 일을 다 제쳐놓음을 이름.

파죽지세(破竹之勢)

대나무를 단숨에 쪼갤 듯한 기세라는 뜻으로, 병세(兵勢)가 강하여 적을 단숨에 쳐부술 듯한 기세(氣勢)를 비유하는 말. 세여파죽(勢如破竹) 또는 영인이해(迎刃而解)라고도 함.

「晉書 杜預傳」,

預曰 今兵威已振 譬如破竹 數節之後 皆迎刃而解 復無著手處也

杜預 가로되, "지금 우리 군사의 士氣는 衝天하고 있다. 비유하면 대나무를 쪼개는 것과 같아, 몇 개의 마디만 쪼갠 후엔 칼을 대기만 해도 저절로 쪼개질 것이다."

* 위(魏)나라의 권신(權臣) 사마염(司馬炎)은 원제(元帝)를 패한 뒤 제위에 올라 무제(武帝)라 일컫고 국호를 진(晉)이라고 했다. 그래서 천하는 3국 중 유일하게 남아있는 오(吳)나라와 진나라로 나뉘어 대립하게 되었다. 이에 무제는 진남 대장군(鎭南大將軍) 두예(杜預)에게 출병을 명하여 무창(武昌)을 점령하고 휘하 장수들과 오나라를 일격에 공략할 마지막 작전 회의를 열었을 때, 어떤 장수가 시기가 안 좋으니 뒤로 미루자고 할 때 두예가 단호하게 결단을 내려 한 말임. 두예는 결국 삼국 시대에 종지부를 찍고 천하를 통일했음.

「唐書 王晏宰傳」,

李德裕以宰乘破竹勢 不遂取澤州 爲

有顧望計

파천황(破天荒)

천지 개벽(天地開闢) 이전의 상태를 깨뜨린다는 말로, 지금까지 아무도 생각하지 못했던 놀랄 만한 일을 하는 경우를 이르는 말.

「北夢鎖言」,

唐荊州衣冠藪澤 每歲解送擧人 多不成名 號曰天荒解 劉蛻舍人 以荊解及第 號爲破天荒

唐나라의 荊州는 衣冠들이 모이는 곳이니, 해마다 사람들을 천거하여 解로 보내도, 많이 이름을 이루지 못한다. 이름하여 말하기를 天荒解라고 말한다. 시종이 된 劉蛻가 형무의 解로써 及第했다. 그래서 破天荒이라고 불렀다.

파파노인(皤皤老人)

백발이 된 노인을 이르는 말.

판관사령(判官使令)

아내의 말에 잘 따르는 사람을 농담으로 일컫는 말.

판상주환(阪上走丸)

주어진 기세(氣勢)에 편승함을 이르는 말.

「漢書」,

范陽令 先下而身富貴 必相率而降 猶阪上走丸也

팔가구맥(八街九陌)

사통팔달(四通八達)의 번화한 곳(거리)을 이름.

「三輔舊事」,

長安城中 八街九陌

팔년풍진(八年風塵)

여러 해 동안 고생을 겪음을 이름.

* 중국 한(漢)나라의 유방(劉邦)이 8년이나 걸려 초(楚)나라의 항우(項羽)를 멸한 데서 온 말.

팔두지재(八斗之才)

풍부한 시재(詩才)를 이르는 말.

「南史 謝靈運傳」

靈運云 天下才共一石 曹子建獨得八斗 我得一

팔면부지(八面不知)

어느 모로 보나 알지 못하는 낯선 사람. 생면부지(生面不知)라고도 함.

팔면영롱(八面玲瓏)

사면팔방 어느 곳에서 보아도 윤이 나고 투명하다는 말.

「馬熙의 開窓看雨詩」,

洞房編葯屋編荷 八面玲瓏得月多

팔방미인(八方美人)

①어느 모로 보나 아름다운 미인. ②누구에게나 잘 보이도록 처세하는 사람. ③여러 방면에 능통한 사람. ④깊이는 없이 여러 방면에 조금씩 손대는 사람을 조롱하여 이르는 말.

팔불용(八不用)

몹시 어리석은 사람을 이르는 말. 팔불출(八不出) 또는 팔불취(八不取)라고도 함.

팔불출(八不出)

⇒팔불용(八不用) 참조.

팔불취(八不取)

⇒팔불용(八不用) 참조.

팔십일린(八十一鱗)

용(龍)을 이르는 말.

「埤雅」,

龍八十一鱗 具九九之數 九 陽也 鯉

三十六鱗 具六六之數 六 陰也

팔양반근(八兩半斤)

여덟 냥이나 반 근은 무게가 같다는
뜻으로, 두 사람(가지가)이 다 똑같
다는 뜻.

팔엽재상(八葉宰相)

팔세(八世)를 잇달아 지낸 재상을
이름.

「唐書 蕭瑀傳」,

自瑀逮遘凡八葉宰相 各德相望 與唐
盛衰 世家之盛 古未有也

팔우팔극(八遇八克)

누사덕(婁師德)의 고사로, 용사(勇
士)들을 모아 적과 여덟 번을 만나
싸워서 전승함을 이르는 말.

「唐書 婁師德傳」,

上元初 募猛上討吐蕃 乃戴紅抹額來
應詔 與虜戰白水澗 八遇八克

팔월가배(八月嘉俳)

팔월 한가위를 이르는 말.

「三國史記 新羅本紀」,

王旣定六部 中分爲二 使王女二人 各
率部內女子 分朋造黨 自秋七月旣望
每日早集大部之庭績麻 乙夜而罷 至八
月十五日 考其功之多少 負者置酒食
以謝勝者 於是歌舞百戲皆作 謂之嘉俳

팔자춘산(八字春山)

미인의 고운 눈썹을 비유하여 이르
는 말.

팔차수성(八叉手成)

시문(詩文)을 짓는 재주가 풍부함을
이름.

「瑣言」,

溫庭筠工賦 每入詩作賦 八叉手而八
韻成

패가망신(敗家亡身)

가산을 다 없애고 몸을 망침을 이
름.

패가자제(敗家子弟)

가산을 다 써 버린 자제를 이름.

패군지장(敗軍之將)

전쟁에 패한 장군을 이르는 말.

패군지장불언병(敗軍之將不言兵)

싸움에 진 장수는 武勇에 대해 말하
지 말라는 뜻.

「史記 淮陰侯列傳」,

於是信問廣武君曰 僕欲北攻燕 東伐
齊 何若而有功 廣武君辭謝曰 臣聞敗
軍之將不可以言勇 亡國之大夫不可以
圖存 今臣敗亡之虜 何足以權大事乎

韓信은 光武君 李左車에게 물었다.
"나는 북쪽으로 燕나라를 치고 동쪽
으로 齊나라를 치려고 합니다. 어떻
게 하면 공을 이룰 수 있겠습니까?"
광무군은 사양하면서 말했다. "敗軍
의 장수는 무용에 대해 말해서는 안
되는 법이고, 亡國의 대부는 나라의
존립을 꾀할 수 없다고 듣고 있습니
다. 나는 싸움에 패한 한낱 포로에
불과한 몸입니다. 어떻게 이런 중대
한 계략을 세울 수가 있겠습니까?"
* 淮陰侯 韓信이 조나라를 쳐 光武君
李左車를 生捕하여, 손수 그를 풀어 상
좌에 앉히고 스승으로 받들었다. 李左
車가 굳이 사양하는 것도 불구하고 諮
問을 求했을 때 답한 말임.

패역무도(悖逆無道)

도리에 어긋나고 흉악, 불순하여 사
람다운 점이 없음을 이르는 말.

패왕지자(覇王之資)

패권자나 왕자가 될 자질을 이름.
「春秋後語」,
北有汾陰 地方五千里 帶甲百萬 車千
乘 騎萬匹粟支十年 此覇王之資也

패운살(敗運煞)
일신의 운수나 집안의 운이 기울어
질 변고를 이름. 패수살(敗數煞)이라
고도 함.

패장무언(敗將無言)
한 번 패한 사람은 그 일에 대하여
왈가왈부할 수 없음을 이르는 말.

패천공(敗天公)
낡은 삿갓이나 패랭이를 이르는 말.
「本草綱目」,
天形如笠而冒地之表 敗天公之名蓋取
于此

팽두이숙(烹頭耳熟)
머리를 삶으면 귀까지 익는다는 뜻
으로, 죄를 다스리는 데 그 우두머리
를 다스리면 나머지도 저절로 자복
(自服)하게 됨을 비유하는 말.

팽어번쇄(烹魚煩碎)
생선을 삶을 때 젓가락으로 자꾸 저
으면 부서짐과 같이, 백성을 다스림
도 그와 같음을 비유한 말.
「韓詩外傳」,
烹魚煩則碎 治民煩則散

편고(偏枯)
반신불수(半身不隨)를 이르는 말.
「管子」,
聾盲暗啞跛躄偏枯者 上收而養之

편고지역(偏苦之役)
괴로움을 남보다도 더 받으면서 하
는 일을 이름.

편모슬하(偏母膝下)
편모를 모시고 있는 처지를 이름.
편모시하(偏母侍下)라고도 함.

편모시하(偏母侍下)
⇒편모슬하(偏母膝下) 참조.

편복부자견 소타양상연(蝙蝠不自見 笑他梁上燕)
자기의 추태는 모르고 남의 추태만
을 비웃는다는 뜻.
「玉泉子」,
嘗從其父飮客 父飛酸付之 有矬人饒
舌語 勖復酸 蝙蝠不自見 笑他梁上燕
父怒笞之

편복지역(蝙蝠之役)
박쥐의 구실(어떤 때는 새의 구실,
어떤 때는 짐승의 행세)이란 뜻으로,
이득이 없으면 이 핑계 저 핑계로 회
피하나 이득이 보이면 서슴없이 붙좇
는 기회주의자를 비유하는 말.

편심(惼心)
편협한 마음을 이르는 말.
「莊子 山木篇」,
有虛船來觸舟 雖有惼心之人不怒

편언절옥(片言折獄)
한마디 말로 송사(訟事)의 판결을
내린다는 말.
「論語 顏淵」,
片言可以折獄者 其由也與

편언척구(片言隻句)
⇒편언척자(片言隻字) 참고.

편언척사(片言隻辭)
⇒편언척자(片言隻字) 참고.
「陸機의 謝表」,
片言隻辭 不關其間

편언척자(片言隻字)

짧막한 말, 또는 한두 마디의 말. 편언척구(片言隻句) 또는 편언척사(片言隻辭)라고도 함.

편의행사(便宜行事)

그때 그때의 형편에 따라 적당히 처리함을 이르는 말.
「史記 蕭相國世家」,
卽不及奏上 輒便宜施行 上來以聞

편인(便人)

일에 익숙한 사람을 이름.
「禮記 表記篇」,
唯欲行之浮于名 故自曰 便人

편작불능육백골(扁鵲不能肉白骨)

명의(名醫)가 죽은 사람을 소생시킬 수 없듯이, 충신도 나라가 망하는 것을 걷잡을 수 없다는 말.
「鹽鐵論」,
扁鵲不能肉白骨 微箕不能存亡國

편패(編貝)

조개를 엮어놓은 것처럼 이가 고르고 아름다움을 이르는 말.
「漢書 東方朔傳」,
臣長九尺三寸 目若懸珠 齒若編貝

편호민(編戶民)

호적에 기재된 백성, 즉 서민들을 이르는 말.
「漢書 高帝紀」,
諸將故與帝爲編戶民

평기허심(平氣虛心)

심기(心氣)를 조용히 하여 잡념을 없앰. 곧 침착하고 조급하지 않음을 이름.
「莊子」,

欲靜則平氣 欲神則順心

평단지기(平旦之氣)

새벽녘의 청명한 기(氣)를 이르는 말.
「孟子」,
平旦之氣 其好惡與人相近也者幾希

평롱망촉(平隴望蜀)

⇒득롱망촉(得隴望蜀) 참조.

평사낙안(平沙落雁)

단정하고 맵시 있는 글씨를 비유하여 이르는 말.

평생환(平生歡)

언제나 친근하고 평온하게 지내는 마음을 이름.
「史記 張耳傳」,
篌輿前 仰視泄公 勞苦如平生歡

평수상봉(萍水相逢)

마름이 물을 따라 흘러가다가 서로 만난다는 뜻이니, 여행 중에 우연히 만나 사귄 사람을 이르는 말.

평윤지사(平允之士)

공평 성실한 사람을 이르는 말.

평이근인(平易近人)

정치를 간결하게 하여 백성과 가까이함을 이름.
「史記 魯世家」,
平易近人 人民必歸之

평장백성(平章百姓)

백성을 고루 밝게 잘 다스림을 이름.
「書經 堯典篇」,
平章百姓 百姓昭明

평지낙상(平地落傷)

평지에서 낙상한다는 뜻으로, 뜻밖

에 불행한 일을 당함을 이르는 말.
「東言解」,

평지돌출(平地突出)

평지에 난데없는 산이 우뚝 솟는다
는 뜻으로, 변변치 못한 집안에서 뛰
어난 인물이 나옴을 비유하여 이르는
말.

평지풍파(平地風波)

평온한 곳에 억지로 풍파를 일으킨
다는 뜻으로, 뜻밖에 분쟁이 일어남
을 이르는 말.
「故事瓊林」,

폐부지언(肺腑之言)

마음속을 찌르는 참된 말을 이름.

폐부지친(肺腑之親)

왕실의 가까운 친족을 이르는 말
「史記 魏其田蚡傳」,
蚡以肺腑爲京師相

폐상불상(廢常不祥)

인간의 상도(常道)를 폐지함은 상서
롭지 못하다는 말.

폐우지목(蔽牛之木)

굉장히 큰 나무를 이르는 말.
「莊子 人間世」,
匠石之齊 見櫟杜樹 其大蔽牛 絜之百
圍

폐월수화(閉月羞花)

미인(美人)을 형용하는 말.
「曹植 洛神賦」,

폐의리옥(敝衣裏玉)

다 해진 옷 속에 옥을 감췄다는 뜻
이니, 겉은 보잘것없으나 내용은 놀
랄 만큼 훌륭하다는 말.

폐의파관(敝衣破冠)

구차한 상태를 가리키는 말. 폐의파
립(敝衣破笠) 또는 폐포파립(敝袍破笠)
이라고도 함.

폐의파립(敝衣破笠)

⇒폐의파관(敝衣破冠) 참조.

폐이후이(斃而後已)

⇒사이후이(死而後已) 참조.
「禮記 表記」,
志身之老也 不知年數之不足也 俛焉
日有孳孳 斃而後已

폐침망찬(廢寢忘餐)

침식을 잊고 일에 골몰함. 폐침망식
(廢寢忘食)이라고도 함.

폐포파립(弊袍破笠)

⇒폐의파관(敝衣破冠) 참조.

폐침망식(廢寢忘食)

⇒폐침망찬(廢寢忘餐) 참조.

폐호선생(閉戶先生)

집안에 틀어박혀 글만 읽는 사람을
이르는 말.

포고발심(怖苦發心)

세상의 고통이 두려워서 참〔眞〕을
찾을 마음을 일으킨다는 말.

포관격탁(抱關擊柝)

문지기와 야경꾼, 즉 천한 관리를
이르는 말.
「孟子 萬章」,
辭尊居卑 辭富居貧 惡乎宜乎 抱關擊
柝

포난생음욕(飽暖生淫欲)

배불리 먹고 따뜻하게 지내며 편안
해지면 음욕이 생겨 방탕해진다는
말.

「事林廣記」,
飽暖生淫欲 飢寒發善心

포두서찬(抱頭鼠竄)

머리를 싸매고 쥐처럼 숨는다는 뜻
으로, 무서워서 몰골 사납게 얼른 숨
는 것을 이르는 말.

포락지형(炮烙之刑)

잔인한 사형 방법의 하나로, 화형
(火刑)을 이르는 말.

「史記 殷紀」,
於是紂乃重辟刑 有炮烙之法

포류지자(蒲柳之姿)

갯버들과 같이, 허약(虛弱)한 몸을
비유하는 말. 포류지질(蒲柳之質)이라
고도 함. ⇔송백지질(松柏之質)

「世說言語 中篇」,
顧悅與簡文同年 而髮蚤白 簡文曰 卿
可以先白 對曰 蒲柳之姿 望秋而落 松
柏之質 經霜彌茂

東晉의 顧悅은 簡文帝와 나이가 같
았지만 白髮이었으므로, 簡文帝가 묻
기를, "卿의 머리는 왜 그렇게 하얗
게 세었소?" 대답하되, "蒲柳의 姿는
가을이 되면 잎이 떨어지고, 松柏의
質은 서리를 겪어도 잎이 무성한 법
입니다."

포류지질(蒲柳之質)

⇒포류지자(蒲柳之姿) 참조.

포복구지(匍匐救之)

남의 상사(喪事)가 있을 때 열심히
도움을 이르는 말.

「詩經」,
凡民有喪匍匐救之

포복심(布腹心)

품은 생각을 숨김없이 말함을 이름.

「左傳」,
非所敢望也 敢布腹心

포복절도(抱腹絶倒)

배를 그러안고 넘어진다는 뜻으로,
몸을 가누지 못할 만큼 요란하게 웃
음을 이르는 말. 봉복절도(捧腹絶倒)
라고도 함. 유사한 말로 파안대소(破
顔大笑)가 있음.

「五代史」,

포수인욕(包羞忍辱)

수치나 욕됨을 참고 감싸안는다는
말.

포식난의(飽食暖衣)

옷을 따뜻하게 입어 몸을 덥게 하고
음식을 배부르게 먹는다는 뜻으로,
곧 사치스러운 생활을 비유하는 말.
난의포식(暖衣飽食)이라고도 함.

「孟子 滕文公章句上 四」,
后稷 教民稼穡 樹藝五穀 五穀 熟而
民人 育 人之有道也 飽食暖衣 逸居而
無教 則近於禽獸 聖人 有憂之 使契爲
司徒 教以人倫 父子有親 君臣有義 夫
婦有別 長幼有序 朋友有信 放勳 曰
勞之來之 匡之直之 輔之翼之 使自得
之 又從而振德之 聖人之憂民 如此 而
暇耕乎

또 후직을 시켜 백성들에게 농사법
을 가르쳤다. 5곡을 씨뿌려 가꾸게
하니, 그 곡식이 다 여물어서 백성
이 살게 됐다. 그러나 사람이 살아가
는데 아무리 배불리 먹고 따뜻하게
입고 편히 거처할지라도 교육이 없다
면 마치 새나 짐승과 다를 바 없는
것이다. 聖人〔舜 임금〕이 그 점을 근
심하여 설〔契〕에게 사도(司徒)의 직
책을 주어서 인륜(人倫)을 가르치게

했다. 父子간에 친밀함이 있어야 되고, 君臣간에 의리가 있어야 되고, 夫婦간에 분별이 있어야 되고, 나이 많은 사람과 적은 사람 사이에 차례가 있어야 되고, 벗들 사이에 믿음이 있어야 된다는 것이다. 요(堯) 임금이, "백성들을 위로하고 격려하라! 바로잡아 주고 곧게 해 주라! 그들을 도와주고 부축해서 제 스스로 인륜을 이해하도록 시켜라! 그리고 그들을 형편에 따라서 구호해 주고 은혜를 베풀어 주라!"고 명(命)했었다. 聖人이 백성들의 일에 대해 이와 같이 근심하였으니, 어느 겨를에 농사를 손수 지을 수가 있었겠는가?

* 방훈(放勳) - 요(堯) 임금의 호칭.

포신구화(抱薪救火)

⇒구화투신(救火投薪) 참조.

「漢書」,

以湯止沸 抱薪救火

포어지사(鮑魚之肆)

자반을 파는 가게란 뜻으로, 소인들이 모인 곳을 이르는 말.

「孔子家語」,

與善人居 如入芝蘭之室 久而不聞其香 卽與之化矣 與不善人居 如入鮑魚之肆 久而不聞其臭 亦與之化矣 是以君子 謹其所與處

포연탄우(砲煙彈雨)

자욱한 총포의 연기와 빗발치는 탄환이란 뜻으로, 격렬한 전투를 이르는 말.

포옹(圃翁)

시골에서 농사짓는 노인을 이름.

「類苑」,

圃翁倚鋤脾脫

포의(布衣)

벼슬을 하지 않고 평범하게 지내는 사람을 이르는 말.

포의박대(褒衣博帶)

큰 옷을 입고 넓은 띠를 띰. 또는 선비가 입는 옷을 이름. 대의광대(大衣廣帶)라고도 함.

「漢書」,

不疑冠進賢冠 帶櫑具劍 佩環玦 褒衣博帶 盛服至門上謁

포의지교(布衣之交)

구차하고 보잘것없는 선비였을 때의 사귐을 이르는 말.

「史記 列傳」,

臣以爲布衣之交 尙不相欺 況大國乎 且以一璧之故

포의지사(布衣之士)

벼슬이 없는 선비를 이르는 말. 포의(布衣)만으로도 쓰이고, 포의한사(布衣寒士)라고도 함.

「史記 蘇秦傳」,

蘇秦謂趙肅侯曰 天下卿相安臣及布衣之士 皆高賢君之行義

포의한사(布衣寒士)

⇒포의지사(布衣之士) 참조.

포장양려(鋪張揚厲)

펼쳐서 과대하게 찬양함. 또는 문장을 꾸밈을 이르는 말.

포장화심(包藏禍心)

남을 해칠 마음을 품음을 이름.

「左傳」,

子羽曰 將恃大國之安靖己 以無乃包藏禍心以圖之

포저감장입(苞苴甘醬入)

꾸러미 안의 맛 좋은 된장이란 뜻으로, 외면은 보기 흉해도 내용은 좋은 것임을 비유하여 이르는 말.

포정해우(疱丁解牛)

옛날에 포정이란 요리사가 쇠고기를 교묘하게 잘 발라냈다는 데서 유래된 고사로, 사물을 숙련된 솜씨로 다룸을 이르는 말.

「莊子 養生主」,

彼節者有間 而刀刃者無厚 以無厚入有間 恢恢乎其於遊刃 必有余地矣

포주지신(抱柱之信)

⇒미생지신(尾生之信) 참조.

포진천물(暴殄天物)

물건을 함부로 쓰고도 아까운 줄을 모름을 이르는 말.

포탄희량(抱炭希涼)

불을 지니고 선선하기를 바란다는 뜻이니, 목적과 행동이 서로 상치(相値)됨을 이르는 말.

「三國魏志」,

孫盛曰 信不足焉 而祈物之必附 猶生於我而望 彼之必懷 何異挾氷求溫 抱炭希涼哉

포편지벌(蒲鞭之罰)

부들가지의 회초리로 죄인을 때림, 즉 겉보기에는 고통을 주는 것 같지만 실은 고통을 주지 않는 너그러운 정치를 이르는 말.

「後漢書 劉寬傳」,

寬拜南陽太守 溫仁而多恕 吏民有過但以蒲鞭罰之 示辱已 終不加苦

포폄(褒貶)

남을 칭찬하고 비방함을 이르는 말.

「杜預의 左傳序」,

春秋雖以一字爲褒貶 然皆須數句以成言

「漢書 藝文志」,

書有褒貶

포풍착영(捕風捉影)

바람을 잡고 그림자를 붙든다는 뜻으로, 어리석고 허망한 행동을 이르는 말.

포학무도(暴虐無道)

성질이 포악하고 잔인하여 도리에 어긋남을 이르는 말.

포호빙하(暴虎憑河)

범을 맨손으로 잡고, 강을 도보로 건넌다는 말로, 혈기에 넘친 용기는 있으나 매우 위험하고 무모한 짓을 비유하는 말. 포호빙하지용(暴虎憑河之勇)이라고도 함.

⇒여리박빙(如履薄氷)의 故事 참조.

포호빙하지용(暴虎憑河之勇)

⇒포호빙하(暴虎憑河) 참조.

포호함포(咆虎陷浦)

개펄에 빠진 호랑이가 으르렁거리듯, 떠들기만 하고 성취함이 없음을 비유하는 말.

「旬五志」,

포화조신(抱火厝薪)

⇒미봉(彌縫) 참조.

「漢書」,

夫抱火厝之積薪之下 而寢其上 火未及然 因謂之安 方今之勢 何以異此

폭음폭식(暴飮暴食)

⇒우음마식(牛飮馬食) 참조.

폭탄선언(爆彈宣言)

어떤 상황이나 국면에서 큰 반향이나 작용을 불러일으키는, 예상하지 않았던 중대 선언을 이름.

표동벌이(標同伐異)

자기와 같은 부류는 나타내고 다른 자는 쳐버림을 이르는 말.
「世說」,
謝鎭西 與書殷揚州 爲眞長求會稽 殷荅曰 眞長標同伐異 俠之大者 常謂使君降階爲甚 乃復爲之驅馳邪

표리부동(表裏不同)

마음이 음충맞아서 겉과 속이 다름을 이름.

표리산하(表裏山河)

강을 밖으로 하고 산을 안으로 한다는 뜻으로, 험준한 땅에 의지하여 적을 몰아낸다는 말.
「左傳」,
子犯曰 戰而捷 必得諸侯 若其不捷表裏山河 必無害也

표리정조(表裏精粗)

겉과 속 그리고 정밀하고 거친 곳이란 뜻으로, 하나도 빠짐 없이의 뜻.
「朱熹의 大學補傳」,
至於用力之久而一旦谿然貫通焉 則衆物之表裏精粗無不到

표말지공(標末之功)

사소한 공을 이르는 말.
「漢書 王莽傳」,
標末之功 一言之勞

표맥(漂麥)

중국 한나라 때 고봉(高鳳)이라는 사람이 마당에 널어놓은 보이가 비에 떠내려가는 것도 모를 정도로 글을 읽었다는 고사로, 글을 읽는 데 몰두하여 다른 일을 잊어버리는 독서삼매(讀書三昧)의 경지를 이르는 말.
「後漢書 逸民傳」,
後漢高鳳字文通 南陽葉人 家以農爲業 鳳專精誦讀 晝夜不息 妻嘗之田 曝麥於庭 令鳳護雞 時天暴雨 而鳳持竿誦經 不覺潦水流麥 妻還怪問 方悟 後爲名儒

표사유피 인사유명(豹死留皮人死留名)

금수(禽獸)까지도 사후(死後)에 가죽을 남기는데, 사람은 더욱 아름다운 이름을 남겨야 한다는 말. 오늘날엔 호사유피 인사유명(虎死留皮人死留名)을 더 많이 씀.
「歐陽修의 王彦章畫像記」,
公本武人 不知書其語質 平生嘗謂人曰 豹死留皮 人死留名 蓋其義勇忠臣出於天性而然
「五代史記王彦章傳」,
武人不知書 常爲俚語謂人曰 豹死留皮人死留名 其於忠義 蓋天性也
武人은 글을 배우지 못하여, 언제나 속담을 인용해서 말했다. "표범은 죽어서 가죽을 남기고 사람은 죽어서 이름을 남긴다. 忠義는 그 사람의 天性인 것이다."

표이출지(表而出之)

어느 사물을 겉으로 유별나게 드러냄을 이름.

표일방달(飄逸放達)

인사(人事)나 세사(世事)에 얽매이지 않고 마음 내키는 대로 함, 또는 그 태도를 이르는 말.

표지풍기(爂至風起)

타오르는 불길이나 바람 같이 빨리 일어남을 이르는 말.

「史記 淮陰侯傳」,

雲合霧集 魚鱗雜遝 熛至風起

표칙지지(表則之地)

국민의 의용(儀容)을 본받아야 할 자리, 곧 재상(宰相)의 지위를 이르는 말.

「書經」,

表正萬邦 上者表也 下者影也 表正則影正矣 表則之地 指宰相之位 百僚之所具瞻而則効也

표탕분일(漂蕩奔逸)

배가 물에 떠 있고 말이 뛰어 돌아다닌다는 말로, 정처 없이 떠돌아다님을 뜻하는 말.

표풍부종조(飄風不終朝)

회오리바람이 오래 계속해서 불지는 않는다는 뜻으로, 세력이 강한 사람은 빨리 쇠함을 비유하여 이르는 말.

「老子 二十三」,

飄風不終朝 驟雨不終日

회오리바람은 아침 내내 불지 않고 소나기는 하루 종일 내리지 않는다.

품성불가개(稟性不可改)

타고난 성품은 고치기가 어렵다는 말.

「後漢書 方術傳」,

光武謂高獲曰 朕欲用子爲吏 宜改常性 獲對曰 臣稟性於父母 不可改之於陛下

풍거운요(風擧雲搖)

바람이나 구름처럼 이곳저곳을 두루 돌아다님.

「班固의 西都賦」,

遂乃風擧雲搖 浮游薄覽 前乘秦傾 後越九峻.

풍고풍하(風高風下)

한 해 동안의 기후를 이르는 말.

* 봄과 여름은 바람이 낮고 가을과 겨울은 바람이 높은 철이라는 데서 나온 말.

풍근다력(豊筋多力)

글자의 골격에 단단히 살이 붙어 필력이 웅혼함을 이르는 말.

풍기문란(風紀紊亂)

풍속이나 풍습상의 규율이 흐트러짐. 특히 남녀간의 도덕, 교제의 절도가 흐트러지는 것을 이름.

풍년화자(豊年化者)

풍년 거지란 뜻으로, 남이 다 부유하게 사는데 홀로 빈한하게 사는 사람을 비유하여 이르는 말.

「旬五志」,

* 화자(化者) - 중국어로 거지라는 뜻.

풍류남자(風流男子)

풍류를 좋아하는 남자를 이름.

「晉書 樂廣傳」,

天下言風流者 以王樂爲稱首

풍류운산(風流雲山)

바람이 불어 구름을 흩어버린다는 뜻으로, 자취도 없이 분산함을 비유하여 이르는 말.

풍류죄과(風流罪過)

죄가 되지 않는 죄를 이르는 말.

「北齊書 郎基傳」,

潘子義遺之書曰 在官寫書 亦是風流罪過

풍마우 불상급(風馬牛不相及)

암내 난 말이나 소가 짝을 구하나 멀리 떨어져서 미치지 못한다는 뜻으로, 서로 멀리 떨어져 있거나, 전연 관계없는 것을 이르는 말.

「左傳」,

楚子使與師言曰 君處北海 寡人處南海 唯是風馬牛不相及也

풍마우세(風磨雨洗)

비바람에 씻기고 닦인다는 말.

풍목지비(風木之悲)

⇒풍수지탄(風樹之歎) 참조.

풍백우사(風伯雨師)

풍신(風神)과 우신(雨神)을 이르는 말.

「史記 司馬相如傳」,

召屛翳誅風伯而刑雨師

풍불명지(風不鳴枝)

세상이 태평함을 형용하는 말.

풍비박산(風飛雹散)

사방으로 날아 흩어짐을 이름.

풍상고결(風霜高潔)

바람은 하늘 높이 불고 서리는 희고 깨끗함. 또는 가을 경치의 아름다움을 형용하는 말.

풍상지임(風霜之任)

사법관(司法官)을 이르는 말.

「文獻通考」,

門北闕主陰殺 故御史爲風霜之任

풍성학려(風聲鶴唳)

싸움에 패한 병정이 바람 소리나 학의 울음까지도 놀라서 두려워했다는 고사에서 나온 말로, 겁을 먹은 사람이 아무 것도 아닌 조그만 일에도 놀람을 이르는 말. 경궁지조(驚弓之鳥),

상궁지조(傷弓之鳥), 영해향진(影駭響震) 또는 초목개병(草木皆兵)이라고도 함.

「晉書 謝玄載記」,

堅銳意荊楊 將謀入寇 引群臣會議 堅曰 以吾衆旅投鞭於江 足斷其流 苻融等諫 不從 堅發長安 戎卒六十餘萬 騎二十七萬 水陸齊進 融等攻陷壽春 晉遣謝石謝元等 水陸七萬 相繼距融 堅與融登城而望王師 見部陣齊整將士精銳 又北望八公山 草木皆類人形 顧謂融曰 此亦勃敵也 憮然有懼色 列陣逼肥水 融略陣 馬倒被殺 軍遂大敗 堅爲流矢所中 單騎遁還聞風聲鶴唳 皆謂晉師之至

* 오호십륙국(五胡十六國) 중 전진(前秦)의 3대 임금 부견(苻堅)이 100만 대군을 이끌고 동진(東晉)을 치려 하였으나 대패하고, 목숨만 겨우 건진 군사들이 겁먹고 도망가는 모양을 나타낼 때 사용한 표현임.

풍소지사(風騷之士)

풍류가 있는 선비를 이르는 말.

「字貫」,

今謂詩人爲騷人

풍속괴란(風俗壞亂)

세상의 풍속과 풍습을 무너뜨려 어지럽게 함을 이르는 말.

풍수지감(風樹之感)

⇒풍수지탄(風樹之歎) 참조.

풍수지탄(風樹之歎)

효도를 하려 해도 부모가 죽고 없어 탄식함을 이르는 말로, 효도를 다하지 못한 채 부모를 여읜 자식의 슬픔을 이름. 풍목지비(風木之悲), 풍수지감(風樹之感)라고도 함.

「韓詩外傳」,

樹欲静而風不止 子欲養而親不待

나무는 고요하고자 하나 바람 잘 날이 없고 자식이 봉양하고자 하나 어버이는 기다려 주지 않는다.

풍어지재(風魚之災)

해상에 태풍이 일어나는 것을 이름.

「韓愈 送鄭尙書序」,

嶺南帥得其人 則一邊盡治 不相寇盜賊殺 無風於之災水旱癘毒之患

풍우대작(風雨大作)

바람과 비가 몹시 심함을 이르는 말.

풍운조화(風雲造化)

바람과 구름 같은 무쌍한 변화, 즉 시대를 만난 영웅의 일을 비유하여 이르는 말.

풍운지기(風雲之器)

큰 변란이 있을 때 공명(功名)을 세운 사람.

「袁宏後漢紀」,

袁宏曰 馬援才氣智略 足爲風雲之器

풍운지회(風雲之會)

구름과 용이 만나고 바람과 범이 만남과 같이 명군(名君)과 현상(賢相)이 서로 만남을 이르는 말. 또는 용이 풍운의 힘을 입어 천지간을 비약하는 것처럼 영웅이 시기를 만나 큰 공을 세움을 이르는 말.

「易經 文言傳」,

九五曰 飛龍在天 利見大人 何謂也子曰 同聲相應 同氣相求 水流濕 火就燥 雲從龍 風從虎 聖人作而萬物覩 本乎天者親上 本乎地者親下 則各從其類也

五陽의 爻辭에 나는 용이 하늘에 있으니 大人을 보기에 좋다고 하였다. 여기에 대하여 孔子는 다음과 같이 설명하였다. "무릇 同類는 同類끼리 서로 모이는 것이니, 같은 소리는 서로 協和하고 같은 기운은 서로 호응한다. 물은 젖은 땅에 흐르고, 불은 건조한 곳에 붙는다. 龍 간 데 구름이 일고, 범 간 데 바람이 난다. 聖人이 나타나면 온 천하 사람들이 우러러본다. 하늘에 근본을 둔 자는 위를 친애하고, 땅에 근본을 둔 자는 아래를 친애한다. 그리하여 각각 그와 같은 類를 좇는 것이다."

「韓非子 愼勢篇」,

愼子曰 飛龍乘雲 騰蛇遊霧 雲罷霧霽而龍蛇與蚯蟺同矣 則失其所乘也

「王褒의 聖主得賢臣頌」,

世必有聖知之君 而後有賢明之臣 故虎嘯而風冽 龍興而致雲

「揚雄의 答賓戲」,

皆蹕風雲之會

「後漢書 馬武傳」,

咸能感會風雲 奮其智力

풍월주인(風月主人)

풍월의 주인이란 뜻으로, 자연을 즐기는 풍류적인 사람을 이르는 말.

풍의포식(風衣飽食)

입고 먹을 것이 풍족함을 이름.

「東坡志林」,

吾飮食沐浴皆取焉 何必歸鄕哉 江山風月本無常主 閒者便是主人

풍전등촉(風前燈燭)

⇒풍전등화(風前燈火) 참조.

풍전등화(風前燈火)

바람 앞의 등불이란 뜻으로, 매우

위급한 지경을 비유하는 말. 풍전등촉
(風前燈燭)이라고도 함.
「法苑珠林」.

풍전지진(風前之塵)
　사물이 무상함을 가리키는 말.

풍정낭식(風定浪息)
　어수선하게 들썩거리던 것이 진정됨
을 이름.

풍조우순(風調雨順)
　곡식이 잘 될 정도로 기후가 순조롭
다는 뜻으로, 천하가 태평함을 비유
하여 나타내는 말.

풍중촉(風中燭)
　바람 앞의 등불이란 뜻으로, 인생의
덧없음을 비유한 말.
「古樂府怨歌行」.
百年未幾時 庵若風中燭

풍진세계(風塵世界)
　요란하고 시끄러운 세상을 이름.

풍진지경(風塵之警)
　병란(兵亂)을 이르는 말. 풍진지변
(風塵之變) 또는 풍진지회(風塵之會)라
고도 함.
「漢書 終軍傳」.
邊境時有風塵之警

풍진지변(風塵之變)
　⇒풍진지경(風塵之警) 참조.
「晉書 陶璜傳」.
風塵之變出於非

풍진지회(風塵之會)
　⇒풍진지경(風塵之警) 참조.

풍진표물(風塵表物)
　세속(世俗)을 벗어난 뛰어난 사람을
이름.

「晉書 王衍傳」.
王戎謂王衍曰 神姿高徹 如瑤林瓊樹
自然是風塵表物

풍찬노숙(風餐露宿)
　바람과 이슬을 무릅쓰고 한데서 먹
고 자고 한다는 뜻으로, 큰 뜻을 이
루려는 사람이 객지를 떠돌아다니며
모진 고생을 함을 이르는 말.
「陸游의 宿野人家」.

풍창파벽(風窓破壁)
　뚫어진 창문짝과 헐어진 담벼락이란
뜻으로, 무너져 가는 가난한 집을 이
르는 말.

풍치전체(風馳電掣)
　바람이 불고 번개가 친다는 뜻으로,
속도가 매우 빠른 것을 비유하여 이
르는 말.

풍타낭타(風打浪打)
　일정한 주의나 주장 없이 그저 대세
(大勢)에 따라서만 행동함을 이르는
말.

풍파지민(風波之民)
　마음이 동요(動搖)되기 쉬운 사람을
이르는 말.
「莊子 天地篇」.
天下之非譽無益損焉 是爲全德之人哉
我謂之風波之民

풍화설월(風花雪月)
　네 계절의 아름다운 경치를 이름.
「蘇軾의 雪後詩」.
風花誤入開春苑 雪月長臨不夜城

풍화소관(風化所關)
　정치에 관계가 있는 것을 이름.

피골상련(皮骨相連)

⇒피골상접(皮骨相接) 참조.

피골상접(皮骨相接)

살가죽과 뼈가 서로 맞붙을 정도로 몸이 몹시 마름을 이름. 피골상련(皮骨相連)이라고도 함.

피리양추(皮裏陽秋)

입 밖으로 내지 않고 마음속으로 가부(可否)를 결정하는 일.

「晉書 褚裒傳」,

褚裒字季野 桓彜目之曰 季野有皮裏陽秋 言其外無臧否

피리춘추(皮裏春秋)

사람마다 각각 마음속에 속셈과 분별력이 있음을 이르는 말.

피마불외편추(疲馬不畏鞭箠)

곤궁에 빠지면 엄벌당할 것을 각오하고 범죄를 저지른다는 말.

「鹽鐵論」,

疲馬不畏鞭箠 弊民不畏刑法

피발도선(被髮徒跣)

지난 날 부모가 운명했을 때, 딸이나 며느리가 머리를 풀고 버선을 벗던 일.

피발좌임(被髮左衽)

머리를 매지 않아 풀어헤치고, 옷깃을 왼편으로 합쳐 여미는 것으로, 이적(夷狄)의 풍속을 이르는 말.

「論語 憲問 十八」,

子貢曰 管仲非仁者與 桓公殺公子糾 不能死 又相之 子曰 管仲相桓公霸諸侯 一匡天下 民到于今 受其賜 微管仲 吾其被髮左衽矣 豈若匹夫匹婦之爲諒也 自經於溝瀆而莫之知也

子貢 가로되, "管仲은 仁者가 아닙니다. 桓公이 公子糾를 죽였을 때 糾를 위해 죽지 못하고 오히려 그의 宰相이 되었습니다." 孔子 가로되, "管仲이 桓公을 도와 諸侯의 覇者가 되게 하고 天下를 한 번 바로잡았으니, 人民이 이제까지 그 은혜를 입고 있느니라. 管仲이 없었던들 우리는 머리를 헤치고 옷깃을 왼 편으로 여미는 오랑캐의 풍습을 따랐으리라. 어찌 匹夫匹婦가 小節을 지켜 스스로 개천에 목매어 죽는다면 누가 그를 알겠는가?"

피부지견(皮膚之見)

표면만 보고 내부를 통찰하지 못하는 졸렬한 견해를 이름. 피육지견(皮肉之見)이라고도 함.

「阮逸의 文中子序」,

或有執文昧理以摸範論語爲病此皮膚之見非心解也

피상지사(皮相之士)

겉만 보고 내부를 통찰하지 못하는 사람을 이르는 말.

「韓詩外傳」,

延陵子知其爲賢者 請問姓字 牧者曰 子乃皮相之士也

피실격허(避實擊虛)

상대방의 경비가 철저할 때는 피하고, 허점이 있을 때 공격하는 전법을 이름.

피심간(披心肝)

마음을 숨김없이 털어놓음을 이름.

「漢書」,

臣願披心肝 墮肝膽

피육무관(皮肉無關)

아무런 관계가 없음을 이르는 말. 피육불관(皮肉不關)이라고도 함.

피육불관(皮肉不關)

⇒피육무관(皮肉無關)과 같음.

피육지견(皮肉之見)

⇒피부지견(皮膚之見) 참조.

피일시차일시(彼一時此一時)

그 때나 지금이나 마찬가지, 또는 이것도 한 때 저것도 한 때라는 말.

「孟子 公孫丑章句」,

夫子曰 君子不怨天 不尤人 曰 一彼一時此一時也 五百年必有王者興 期間必有名世者

피장봉호(避獐逢虎)

노루 피하려다 범 만남이란 뜻으로, 작은 해(害)를 피하려다 큰 화(禍)를 당함을 비유하는 말.

피장재일(皮匠再日)

갖바치 내일 모레란 뜻으로, 약속한 날짜를 이날저날 핑계하여 미루는 것을 비유하여 이르는 말.

피장화초(皮匠花草)

갖바치 겉치레란 뜻으로, 속은 여하간 겉치장만 미끈하게 함을 비유하여 이르는 말.

피저원앙(被底鴛鴦)

이불 속의 남녀를 비유하는 말.

「開天遺事」,

雌雄二鸂鸂戲于水中 帝曰 爾等愛水中鸂칙 爭如我被底鴛鴦

* 鸂칙 - 물에 사는 붉은 원앙새 이름.

피지부존(皮之不存)

근본이 없음을 이름.

「左傳 僖公 十四年」,

冬 秦饑 使乞糴于晉 晉人弗與 慶鄭曰 背施無親 幸災不仁 貪愛不祥 怒隣不義 四德皆失 何以守國 虢射曰 皮之不存 毛將安傅 慶鄭曰 棄信背隣 患孰恤之 無信患作 失援必弊 是則然矣 虢射曰 無損於怨 而厚於寇 不如勿予 慶鄭曰 背施行災 民所棄也 近猶讐之 況怨敵乎 弗聽 退曰 君其悔是哉

겨울에 진(秦)나라에 흉년이 들어 진(晉)나라에게 쌀을 팔 것을 부탁했으나 진(晉)나라 사람들은 팔지 않았다. 진(晉)나라 대부 경정(慶鄭)은 말하기를, "전에 받은 은혜를 배반하는 것은 이웃 나라와의 친함을 없애는 것이요, 남의 재난을 다행으로 여기는 것은 인자하지 못한 것이며, 아끼기를 탐하는 것은 상서롭지 못한 것이고, 이웃나라를 노하게 하는 것은 의롭지 못한 것입니다. 이 4가지 덕[親·仁·祥·義]을 잃으면 어떻게 나라를 지킬 수 있겠습니까?"라고 했다. 그러자 괵역(虢射)은 말하기를, "가죽이 없는데 털이 어떻게 붙어 있을 수 있겠는가?"라고 했다. 이에 경정(慶鄭)이 말하기를, "신의를 저버려 이웃 나라를 배반하면 재난이 생겨도 누가 구휼하겠습니까? 신의가 없으면 재난이 생기고, 이웃 나라로부터 원조를 잃으면 반드시 멸망합니다. 이번에 우리 나라의 하는 짓이 꼭 이와 같습니다."라고 하자, 괵역(虢射)은 말하기를, "쌀을 보냈다고 해서 우리 나라를 미워하는 진(秦)나라의 원한이 줄어들 리도 없고 도리어 적국을 강하게 만드는 것이니, 주지 않는 것만 못하오."라고 하면서 반대했다." 경정(慶鄭)이 말하기를, "은혜를 배반하고 남의 재난을 요행으로 여기는 것은, 백성들도 하지 않는 바요, 친근한 사람도 오히려 원수로 여기거니, 하물며 원한 있는 적국이야 말할 필요가 있겠습니까?"라고 했는데도 듣지 않았다. 경정(慶鄭)은 물러나와, "임금님은 반드시 후회할 것이다."라고 했다.

피흉추길(避凶趨吉)

흉한 일은 피하고 길한 일에 나아감을 이름.

필경연전(筆耕硯田)

문필로 생활함을 이르는 말.

필단풍우(筆端風雨)

시문을 짓는 붓의 놀림이 비바람이 지나가듯 빠름을 이르는 말.

필두생화(筆頭生花)

붓끝에서 꽃이 핌. 즉 문장이 아름다움을 이름.
「雲仙雜記」,
李太白少夢 筆頭生花 後天才贍逸 名聞天下

필력강정(筆力江鼎)

문장력이 강건함을 이르는 말.

필로남루(篳路藍縷)

싸리로 만든 허술한 수레와 누더기 옷이란 뜻으로 사람이 근검함을 비유하거나, 또는 미천한 몸으로부터 노력하여 일을 성취한 공적을 비유하여 이르는 말.
「左傳 宣公 十二年」,
訓之以若敖·蚡冒之篳路·藍縷以啓山林
조상안 약오(若敖)와 분모(蚡冒)가 땔나무 수레를 타고 해어진 옷을 입은 채 산림을 개척하였다는 것을 그들에게 가르쳤다.

필마단기(匹馬單騎)

홀로 한 필의 말을 탄 차림. 또는 그 사람을 이르는 말.

필마단창(匹馬單鎗)

홀로 한 필의 말을 타고 창 하나를 비껴 든 차림을 이르는 말.
「五燈會元」,
匹馬單鎗便請相見

필문규두(篳門圭竇)

사립문과 허술한 판장문이란 뜻으로, 가난한 집의 문을 비유하여 이르는 말.
「禮記 儒行」,
儒有一畝之宮 環堵之室 篳門圭竇 蓬戶甕牖 易衣而出 并日而食 上答之 不敢以疑 上不答 不敢以諂 其仕有如此者
선비가 일묘(一畝)의 담 안에 조그만 집이라도 필문(篳門) 규두(圭竇)요, 봉호(蓬戶) 옹유(甕牖)며 옷을 바꾸어 입고 나오며 2,3일만에 1일의 밥을 아울러 먹어도 자기의 말을 진언(進言)해서 임금이 그 말을 들어서 답하면 감히 의심하지 않고 임금이 답을 하지 않더라도 감히 의심하지 않으니, 그 벼슬함이 이와 같은 자가 있다.
* 일묘(一畝) - 세로로 1보, 가로로 100보인데 겹어서 모지게 하면 사방이 각 10보이다.
* 역의(易衣) - 집을 합하여 옷이 1벌인데 나갈 적에는 바꾸어 입는다.
* 병일(并日) - 2,3일만에 1일의 식을 아울러 먹는다.
* 필문(篳門) - 대를 쪼개어서 엮은 문.
* 규두(圭竇) - 담을 뚫어서 만든 문.

옆의 결구멍.

* 봉호(蓬戶) - 쑥으로 지붕을 이은 집.
* 옹유(甕牖) - 들창이 둥글어서 옹기 입과 같은데 깨진 옹기를 이용하기도 함.

필부지용(匹夫之勇)

소인의 혈기(血氣)에서 나오는 경솔한 용기를 이르는 말. 소인지용(小人之勇)이라고도 함.

「孟子 梁惠王章句下 三」,

對曰 王請無好小勇 夫撫劍疾視曰 彼惡敢當我哉 此匹夫之勇 敵一人者也 王請大之

孟子 대답하여 가로되, "왕께서는 小勇(匹夫의 勇)을 좋아하시는 일이 없으시기를 바랍니다. 칼자루를 어루만지며 험상궂게 노려보면서, '네놈이 어찌 감히 나를 당할 것이냐'라고 하는 것, 이런 따위는 匹夫의 勇猛입니다. 겨우 한 사람만을 대적하는 용기에 불과하옵니다. 그러하오니 왕께서는 용맹을 크게 부리시기 바랍니다."

「史記 淮陰侯列傳」,

信再拜賀曰 惟信亦爲大王不如也 然臣嘗事之 請言項王之爲人也 項王喑啞叱咤 千人皆廢 然不能任 屬賢將 此特匹夫之勇耳

韓信은 재배의 예를 하고 축복을 드리면서 말했다. "신 역시 대왕께서 項王에게는 미치지 못하신다고 생각합니다. 그러나 신은 지난날에 항왕을 섬긴 일이 있습니다. 항우의 사람됨을 말씀드리게 해주십시오. 항우는 한 번 노기를 띠고 꾸짖어 호령하면 천 명의 사나이도 모두 승복합니다. 그러나 유능한 장수에게 믿고 맡기지를 못합니다. 그것은 단지 범부의 용기에 불과합니다."

필부필부(匹夫匹婦)

⇒갑남을녀(甲男乙女) 참조.

「左傳 昭公 七年」,

子産曰 能 人生始化曰魄 旣生魄陽曰魂 用物精多 則魂魄强 是以有精爽至於神明 匹夫匹婦强死 其魂魄猶能憑依於人 以爲淫厲 況良霄 我先君穆公之冑 子良之孫 子耳之子 敝邑之卿 從政三世矣 鄭雖無腆 抑諺曰 蕞爾國 而三世執其政柄 其用物也弘矣 其取精也多矣 其族又大所憑厚矣 而强死 能爲鬼不亦宜乎

자산이 대답하기를, "그렇습니다. 사람이 태어날 때 먼저 이루어진 것이 넋이고, 그 넋이 생겨난 뒤 양기(陽氣)가 그 몸에 붙는 것을 혼이라고 합니다. 그리하여 물질을 취하여 몸뚱이를 길러 정력이 왕성해지면 혼과 넋도 강해집니다. 그러므로 그 정신이 맑아져 신명(神明)에 이릅니다. 따라서 필부필부(匹夫匹婦)라도 횡사하면 그 혼과 넋이 남의 몸에 붙어 원귀(寃鬼)가 됩니다. 그런데 하물며 양소(良霄・伯有)는 우리 선군 목공(穆公)의 후손이고 자량(子良・去疾)의 손자이며 자이(子耳・公孫輒)의 아들이고 우리 정(鄭)나라의 경(卿)으로서 정치에 관여한 것이 3대 동안입니다. 정(鄭)나라가 비록 풍족하지는 못하지만, 속담에 '작아도 나라다.'라 했습니다. 그러니 그는 3대 동안 정권을 잡고 있으면서 몸을 위하여 사용한 물건도 많고 정력을 기르기도 많이 했습니다. 그리고 그의 가족 또한 크게 의지할 데다 있는데 횡

사했으니 귀신이 됨은 또한 마땅하지
않습니까?"하였다.

필유곡절(必有曲折)

반드시 무슨 까닭이 있다는 말.

필주(筆誅)

⇒필주묵벌(筆誅墨伐) 참조.

필주묵벌(筆誅墨伐)

남의 죄악을 신문·잡지 따위에서
꾸짖음. 줄여서 필주(筆誅)만으로도
쓰임.

필지어서(筆之於書)

확인하거나 잊지 않기 위해서 적어
둔다는 말.

필한여류(筆翰如流)

문장을 거침없이 써내려 가는 모양
을 이름.

「晉書 陶侃傳」.

筆翰如流 未嘗壅滯

하

하갈동구(夏葛冬裘)

여름의 서늘한 옷과 겨울의 따뜻한 옷이란 뜻으로, 격에 맞음을 이름.

하견지만(何見之晚)

깨달음이 늦음을 이르는 말.
「史記 李斯傳」,
君何見之晚

하관부직(下官不職)

관리(官吏)가 자기의 직책을 감당하지 못함을 이르는 말.
「漢書 賈誼傳」,
坐罷軟不勝任者 不謂罷軟曰 下官不職

하당영지(下堂迎之)

(손님을) 마루에서 내려가 맞이함을 이름.

하동사자후(河東獅子吼)

기가 센 여자가 남편에게 앙칼스레 대들며 떠듦을 이르는 말.
「蘇軾의 寄吳德仁兼簡陳季常詩」,
忽聞河東獅子吼 柱杖落手心茫然

하동삼봉(河東三鳳)

남의 형제를 칭찬하여 이르는 말.
「唐書 薛收傳」,
元敬興收及族兄 德音齊名 世稱河東三鳳

하로동선(夏爐冬扇)

여름 화로와 겨울 부채란 뜻으로, 철에 맞지 않거나 쓸모 없는 사물을 비유하는 말. ⇔하선동력(夏扇冬曆)
「論衡 逢遇」,
作無益之能 納無補之說 獨如以夏進爐以冬奏扇 亦徒耳

하리파인(下里巴人)

저속한 가곡(歌曲)을 이르는 말.
「宋玉의 對楚王問」,
客有歌於郢中者 其始曰下里巴人 國中屬而和者數千人

하불식육미(何不食肉糜)

세상 물정에 어두워 남의 사정을 헤아리지도 못하고 동정할 줄도 모르는 행동이나 사람을 이르는 말.

하불암유(瑕不揜瑜)

결점과 미덕을 있는 그대로 감추지 않고 드러냄을 비유하는 말.

하석상대(下石上臺)

아랫돌 빼서 윗돌 괴기란 뜻으로, 임시변통의 꾀를 이르는 말. 상하탱석(上下撑石)이라고도 함.

하선동력(夏扇冬曆)

여름의 부채와 겨울 새해의 책력이란 뜻으로, 곧 철에 맞는 선물을 이르는 말. ⇔하로동선(夏爐冬扇)

하세(下世)

세상을 떠남, 즉 죽음을 이르는 말.
「管子」,
吾君下世

하어지질(河魚之疾)

복통(腹痛)을 이르는 말.
「左傳」,

有山鞠窮乎 曰無 河魚腹疾奈何

하우불이(下愚不移)

몹시 어리석은 사람을 이르는 말.

「論語 陽貨」,

子曰 唯上知與下愚 不移

공자 가로되, "가장 지혜로운 사람과 가장 어리석은 사람은 변하지 않는다".

하운다기봉(夏雲多奇峯)

여름날 하늘에 피어있는 기묘한 구름 모양을 비유하여 이르는 말.

「陶潛의 四時吟」,

春水滿四澤 夏雲多奇峯 秋月揚明輝 冬嶺秀孤松

하원지유(何遠之有)

피차 사이가 몹시 가까움을 이름.

하의상달(下意上達)

아랫사람의 뜻을 윗사람에게 전달함을 이름.

하정투석(下穽投石)

⇒낙정하석(落穽下石) 참조.

하충어빙(夏蟲語氷)

여름 벌레는 얼음의 찬 기운을 모른다는 데서 나온 말로, 사람이 식견이 좁은 것을 비유하는 말.

하학상달(下學上達)

아래로 사람에 관한 일을 배워, 위로 천리(天理)에 도달함, 또는 가까운 데부터 배워서 점차 깊은 학문에 나아감을 이르는 말.

「論語 憲問 三十七」,

子曰 莫我知也夫 子貢曰 何爲其莫知子也 子曰 不怨天不尤人 下學而上達 知我者其天乎

孔子 가로되, "나를 아는 이 없구나." 子貢 가로되, "어찌 아는 이가 없으리까?" 孔子 가로되, "하늘을 원망하지 아니하며 사람을 탓하지 아니하고, 아래로 卑近한 것부터 배워서 위로 天命을 깨닫나니, 나를 아는 자 저 하늘뿐이로고."

하한기언(河漢其言)

의미가 심원하여 그 뜻을 알기 어려운 말을 이르는 말.

「莊子」,

吾驚怖其言 猶河漢而無極也

하해불택세류(河海不擇細流)

⇒태산불양토양(泰山不讓土壤) 참조.

하해지택(河海之澤)

하해(河海)와 같이 크고 넓은 은혜를 이름.

하후기의(夏侯妓衣)

발〔簾〕을 비유하는 말.

「世說 儉嗇篇」,

客至嘗隔簾奏樂 時呼簾爲夏侯妓衣

하후상박(下厚上薄)

아랫사람에게 후하고 윗사람에게 박함을 이름.

하후하박(何厚何薄)

어느 쪽은 후하게 하고 어느 쪽은 박하게 한다는 뜻으로, 사람에 따라 차별되게 대우함을 이르는 말.

학구소붕(鷽鳩笑鵬)

작은 비둘기가 봉새를 비웃고 조롱한다는 뜻으로, 작은 것은 큰 것의 일을 알지 못함, 또는 비천한 사람이 훌륭한 사람을 비웃는다는 말.

「莊子 逍遙遊」,

蜩與鸒鳩笑之曰 我決起而飛 槍楡枋
時則不至 而控於地而已矣 奚以之九萬
里而南爲 適莽蒼者 三湌而反 腹猶果
然 適百里者 宿舂糧 適千里者 三月聚
糧 之二蟲又何知

매미와 비둘기가 붕새를 보고 비웃
으며 가로되. "우리는 펄쩍 날아 느
릅나무 가지에 올라가 머문다. 때로
는 거기에도 이르지 못하고 땅에 떨
어지는 수도 있다. 무엇 때문에 9만
리나 높이 올라 남극까지 가는가?"
가까운 교외에 가는 사람은 세 끼니
의 밥을 먹고 돌아오는데도 배는 여
전히 부를 것이다. 백 리 길을 가려
는 사람은 전날 밤에 양식을 찧어 준
비한다. 천 리 길을 가려는 사람은
석 달 동안 양식을 모아 준비한다.
이 두 벌레는 무엇을 아는가?

학립계군(鶴立鷄群)

⇒군계일학(群鷄一鶴) 참조.
「晉書 忠義傳」,
昂昂然如野鶴之在鷄群

학불염교불권(學不厭敎不倦)

배움에는 싫증을 내지 말아야 하며,
가르침에는 게으르지 말아야 한다는
말.

학수고대(鶴首苦待)

학의 목처럼 길게 빼고 기다림, 즉
몹시 간절하게 기다림을 이르는 말.

학여불급(學如不及)

수학(修學)은 못 미친 것 같이 쉬지
않고 노력해야 한다는 뜻.
「論語 泰伯 十八」,
子曰 學如不及 猶恐失之
孔子 가로되. "學問이란 追求할수록

뜻한 바를 잃을까 두려워지는 것이
다."

학이지지(學而知之)

생이지지(生而知之)의 반대로, 배워
서 안다는 뜻.

학자삼다(學者三多)

학자의 세 가지 요건, 즉 많은 양의
독서와 지론 그리고 많은 저술을 이
르는 말.

학정부저(鶴汀鳧渚)

학이 노는 물가와 물오리가 있는 물
가란 뜻으로, 그윽하고 고요한 경치
를 이르는 말.
「王勃 滕王閣序」,

학철(涸轍)

⇒철부지급(轍鮒之急) 참조.

학철부어(涸轍鮒魚)

⇒철부지급(轍鮒之急) 참조.

학철지부(涸轍之鮒)

⇒철부지급(轍鮒之急) 참조.

학철지급(涸轍之急)

⇒철부지급(轍鮒之急) 참조.

한강투석(漢江投石)

한강에 돌 던지기란 말로, 아무리
애를 써도 효과가 없음을 뜻함.

한단몽지침(邯鄲夢之枕)

⇒한단지몽(邯鄲之夢) 참조.

한단지몽(邯鄲之夢)

당(唐)나라 현종(玄宗) 때, 노생(盧
生)이 한단(邯鄲)에서 여옹(呂翁)의
베개를 베고 자다가 꿈을 꾼 故事에
서 나온 말로, 인생의 富貴榮華가 덧
없음을 이르는 말. 나부지몽(羅浮之

夢), 남가일몽(南柯一夢), 노생지몽(盧生之夢), 일장춘몽(一場春夢), 일취지몽(一炊之夢), 한단몽(지)침(邯鄲夢(之)枕), 황량몽(黃粱夢) 또는 황량일취(黃粱一炊)라고도 함.

「太平廣記」,

吾家本山東 良田數頃 足以禦塞餒 何若求祿 而今及此 思復衣短裘乘靑駒 行邯鄲道中 不可得也

내 고향은 山東으로 약간의 전답이 있었는데, 농사만 짓고 살았더라면 그것으로 추위와 굶주림은 면할 수 있을 텐데, 무엇 때문에 애써 祿을 구했단 말인가? 그것 때문에 지금 이 꼴이 되어 버렸으니, 그 옛날 누더기 옷을 입고 邯鄲의 길을 걷던 일이 생각난다. 그 때가 그립지만 이젠 어찌할 수 없게 되었네.

한단지보(邯鄲之步)

장자(莊子)의 선배인 위모(魏牟)가 공손룡(公孫龍)에게 이른 말로, 자기 능력은 생각지도 않고 함부로 남의 흉내를 내어 이것저것 탐내다가, 하나도 얻지 못함을 비유하여 이르는 말.

「莊子 秋水篇」,

且夫 知不知是非之竟 而猶欲觀於莊子之言 是猶使蚊負山 商蚷馳河也 必不勝任矣 且夫 知不知論極妙之言 而自適一時之利者 是非埳井之蛙與 且彼方跐黃泉而登大皇 無南無北 奭然四解 淪于不測 無東無西 始於玄冥 反於大通 子乃規規然而求之以察 索之以辯 是直用管闚天 用錐指地也 不亦小乎 子往矣 且子獨不聞 夫壽陵餘子之學行于邯鄲與 不得國能 又失其故行矣 直匍匐而歸耳 今子不去 將忘子之故 失子之業 公孫龍口呿而不合 舌擧而不下 乃逸而走

(魏牟가 말을 이었다.)"또한 당신의 지혜란 옳고 그름의 한계조차도 알지 못할 정도인데도 莊子의 말을 이해하려 하고 있으니, 그것은 마치 모기에게 산을 짊어지게 하고 노래기로 하여금 荒河를 건너게 하는 것 같아서 반드시 감당해 내지 못할 것이오. 그리고 지혜는 극히 오묘한 말을 논할 만큼 되지 못하면서도 스스로 일시적인 詭辯에 의한 이익이나 추수하는 것은 무너진 우물 안의 개구리와 같지 않은가? 또한 莊子는 黃泉을 내리밟고 하늘로 올라가 남쪽도 없고 북쪽도 없이 질펀히 사방으로 퍼져서 헤아릴 수 없는 경지에 달하여 있고, 동쪽도 없고 서쪽도 없이 아득한 우주의 근본에서 시작하여 위대한 道를 되돌아 왔소. 당신은 그런데도 멍청히 관찰로 이해하고, 변론으로 추구하려 하고 있소. 이것이야말로 가는 관으로 하늘을 내다보고, 송곳으로 땅을 가리키며 하늘과 땅의 넓이를 살피려는 거나 같소. 얼마나 작은 소견이오. 당신은 돌아가시오. 또한 당신은 壽陵의 젊은이가 邯鄲으로 가서 걸음걸이를 배웠던 얘기를 듣지 못하였소? 邯鄲의 걸음걸이를 배우기도 전에 그는 그의 옛날 걸음걸이도 잃어버렸던 것이오. 그래서 그는 기어서 돌아 왔다오. 지금 당신이 돌아가지 않으면 당신의 옛 마음을 잊을 것이며, 당신의 옛 직업도 잃을 것이오." 公孫龍은 이 말을 듣자 입은 열린 채 닫히지 않았고, 혀는 말려 올라간 채 내려오지 않았다. 그리하여

몸을 빼어 달아나고 말았다.

* 魏牟 - 魏나라의 公子로서 이름은 牟이다. 公孫龍 - 이른바 名家에 속하는 詭辯論者로서 莊子와 비슷한 시대에 살았음.

* 사람은 자연스럽게 자기 분수를 따라 살아야만 한다. 자기 분수를 모르고 남의 흉내나 낸다면 「邯鄲之步」가 되고 만다는 것을 강조한 부분임.

한담설화(閑談屑話)

심심풀이로 하는 실없는 말을 이름.

한량음식(閑良飮食)

매우 시장하여 음식을 마구 먹어대는 짓을 비유하여 이르는 말.

한마지로(汗馬之勞)

혁혁한 전공(戰功). 또는 운반(運搬)하는 고역(苦役)을 이르는 말.

「韓非子 五蠹傳」,

棄私家之事 而必汗馬之勞

「史記 蕭相國世家」,

高祖以蕭何功最盛 封爲酇侯 所食邑多 功臣皆曰蕭何未嘗有汗馬之勞

「戰國策」,

里數雖多 不費汗馬之勞

한불조도(恨不早圖)

일찍이 도모하지 못한 것을 한탄함을 이름.

한사결단(限死決斷)

죽기를 각오하고 결단을 내림을 이름.

한서역절(寒暑易節)

일 년이 지남을 이르는 말.

한신포복(韓信匍匐)

큰 목적을 가진 자는 눈앞의 부끄러움을 참고 이겨내야 한다는 비유의 말.

* 한신이 젊었을 때 불량배에게 가랑이를 빠져나가는 욕을 당했으나 그것을 이겨내어 뒤에 큰 인물이 되었다는 고사.

한양절충(韓洋折衷)

한국풍의 것과 서양풍의 것을 조화있게 합침을 이름.

한왕서래(寒往暑來)

세월이 흘러감을 비유하는 말.

「易經 繫辭 下傳」,

易曰 憧憧往來 朋從爾思 子曰 天下何思何慮 天下同歸而殊塗 一致而百慮 天下何思何慮 日往則月來 月往則日來 日月相推而明生焉 寒往則暑來 暑往則寒來 寒暑相推而歲成焉 往者屈也 來者伸也 屈伸相感而利生焉

咸卦의 爻辭에 말하기를 벗을 그리워하는 마음으로 오며가며 생각하니 벗이 그대의 생각에 좇는다고 하였다. 공자가 말하기를, "천하에 무엇을 생각하고 무엇을 염려한단 말인가? 천하의 수많은 일들이 길은 다르지만, 마침내는 한 곳으로 歸一하는 것이다. 하나로 일관하면 백 가지의 생각도 마침내는 一致하는 것이다. 무엇을 생각하고 무엇을 염려한단 말인가? 오직 一貫의 道를 깨닫는다면 생각지 않아도 저절로 얻을 수 있는 것이다. 해가 지면 달이 돋고, 달이 지면 해가 뜬다. 이렇게 해와 같이 교체하여 밝음이 생긴다. 추위가 가면 더위가 오고, 더위가 가면 추위가 온다. 이렇게 추위와 더위가 서로 바뀌어서 해〔歲〕를 이룬다. 가는 것은 굽힘이요, 오는 것은 펴는 것이다.

이렇게 굽히는 것과 펴는 것이 서로
應하여 이로움이 생기는 것이다.

한우충동(汗牛充棟)

소가 땀을 흘리고 동목(棟木)에 닿
을 만큼 많은 장서(藏書)를 이르는
말.
「柳宗元의 陸文通墓表」,
其爲書 處則充棟宇 出則汗牛馬
그 책이 집안에서는 들보에 닿을 정
도이고 수레에 싣고 나가면 우마가
땀을 흘릴 정도이다.

한운야학(閑雲野鶴)

하늘에 조용히 떠 있는 구름과 넓은
들에 노니는 학이란 뜻으로, 자기의
뜻대로 유유(悠悠)하게 즐기고 어떠
한 구속도 받지 않음을 이르는 말.
한운야학(閒雲野鶴)이라고도 함.

한인물입(閑人勿入)

일없이 들어오지 말라는 뜻.

한입골수(恨入骨髓)

원한이 뼈에 사무침을 이름.

한중진미(閒中眞味)

한가로운 가운데 깃드는 참다운 맛
을 이름.

한천자우(旱天慈雨)

가뭄에 비 내리듯, 곤경에 빠졌을
때 구원받음을 비유하여 이르는 말.

한출첨배(汗出沾背)

몹시 창피하거나 두려워 식은땀이
등을 적심을 이르는 말.

한화휴제(閑話休題)

쓸데없는 이야기는 그만 집어치움을
이름. 한화휴제(閒話休題)라고도 함.

할계언용우도(割鷄焉用牛刀)

닭을 죽이는 데에 소 잡는 칼을 쓸
필요는 없다는 뜻으로, 조그만 일을
처리하는 데에 지나치게 대대적인 수
단을 쓸 필요는 없다는 말.
「論語 陽貨」,
子之武城 聞絃歌歌之聲 夫子莞爾笑
曰 割鷄焉用牛刀 子游對曰 昔者偃也
聞諸夫子 曰君子學道則愛人 小人學道
則易使也 子曰 二三子 偃之言是也 前
言戲之耳
공자가 무성(武城)에 가서 현가(弦
歌)의 소리를 들으시고 마음이 기쁘
셔 빙긋이 웃으며 말씀하시기를, "닭
을 요리함에 어찌 우도(牛刀)를 쓰리
오?" 자유(子游)가 이상히 여겨, "옛
날엔 군자는 도를 배우면 사람을 사
랑하고, 소인이 도를 배우면 부리기
쉽다고 하시더니 이젠 어쩐 연유이옵
니까?" 공자 가로되, "제자들아 언
(偃)의 말이 옳다. 이제 내가 한 말
은 농담에 불과하다."
* 현가(絃歌) - 현(絃)은 현(弦)과 같
음. 거문고와 비파를 타며 노래를 부르
다.
* 군자(君子)·소인(小人) - 여기서는
직위를 기준하는 호칭으로, 군자는 위
정자(爲政者), 소인은 일반 서민(一般
庶民).
* 이삼자(二三子) - 그대들, 여기서는
제자들을 부르는 소리.

할고담복(割股啖腹)

자기의 허벅지 살을 베어 먹인다는
뜻으로, 결국 자신의 손해가 됨을 이
르는 말.
「貞觀政要」,
爲君之道 必須先存百姓 若損百姓 以
奉其身 猶割股以啖腹 腹飽而身死

할급휴서(割給休書)

부부로서 지속할 수 없을 때 칼로 옷섶을 잘라 그 조각을 상대방에게 주어 이혼을 알려준다는 뜻.

할육충복(割肉充腹)

제 살을 도려내어 제 배를 채운다는 뜻으로, 친족의 재물을 빼앗음을 비유하는 말.

함구무언(緘口無言)

입을 다물고 말이 없음을 이름. 함구불언(緘口不言)이라고도 함.

함구물설(緘口勿說)

⇒겸구물설(箝口勿說) 참조.

함구불언(緘口不言)

⇒함구무언(緘口無言) 참조.

함분축원(含憤蓄怨)

분한 마음을 품고 원통한 마음을 가짐을 이름.

함소입지(含笑入地)

두려움 없이 위험한 곳에 뛰어들거나, 또는 편안하게 죽음에 이름을 이르는 말.
「宋史 忠義傳」,
其父克臣曰 忠孝不兩立 義不苟生以辱我父 克臣報之曰 汝能以身殉國 吾含笑入地矣

함양훈도(涵養薰陶)

사람을 신의(信義)로써 교도하여 재덕(才德)을 이룩하게 함을 이름.

함유일덕(咸有一德)

사람은 누구나 순일무구(純一無垢)한 덕을 지녀야 한다는 말.

함차지수(函車之獸)

몹시 큰 짐승을 이르는 말.
「莊子 庚桑楚篇」,
函車之獸 介而離山

함포고복(含哺鼓腹)

음식을 먹으며 배를 두드린다는 뜻으로, 태평성대(太平聖代)를 누리는 모양을 이르는 말. 고복격양(鼓腹擊壤)이라고도 함.
「莊子 馬蹄篇」,
夫馬 陸居 則食草飲水 喜則交頸相靡 怒則分背相踶 馬知已此矣 加之以衡扼 齊之以月題 而馬知介倪 闉扼 鷙曼 詭銜 竊轡 故馬之知而態至盜者 伯樂之罪也 夫赫胥氏之時 民居不知所爲 行不知所之 含哺而熙 鼓腹而遊 民能已此矣 及至聖人 屈折禮樂 以匡天下之形 縣跂仁義 以慰天下之心 而民乃始踶跂 好知 爭歸於利 不可止也 此亦聖人之過也

말이 날뛰면서 살 때엔 풀을 먹고 물을 마시며, 기쁘면 목을 서로 맞대고 비벼대고, 성이 나면 등을 돌려 서로 걷어찬다. 말의 지혜란 이것뿐이다. 그런데 말에게 멍에를 올려놓고 굴레로써 제약을 加하게 되자, 말은 수레채를 비키고, 멍에를 떨쳐 버리고, 수레 포장을 물어 찢고, 재갈을 뱉어내고, 고삐를 물어뜯을 줄 알게 되었다. 그러므로 말의 지혜를 도적처럼 교활하게 만든 것은 伯樂의 罪인 것이다. 赫胥氏의 시대에는, 백성들은 살면서도 무엇을 해야 할 지 몰랐고, 걸어다니면서도 갈 곳을 몰랐다. 입에 음식을 문 채로 즐거워하였고, 배를 두드리며 놀았다. 백성들의 능력은 이런 정도에 그쳤었다. 聖人이 나와 禮儀와 音樂을 번거로이

하여 천하의 모양을 뜯어 고쳤다. 仁義를 내걸어 천하 사람들의 마음을 위로하였다. 그러자 백성들은 비로소 일에 힘쓰면서 지혜를 좋아하고 다투어 이익을 추구하게 되었으나, 이를 금할 수가 없게 되었다. 이것도 역시 聖人의 잘못인 것이다.

* 말을 잘 다루는 사람에 의하여 말이 교활해졌듯이, 聖人이 仁義로 사람의 本性을 잃게 함으로써 사람들은 어지러워졌다는 것이니, 이는 바로 「無爲而化」를 강조한 대목이라 할 수 있다.

함혈분인(含血噴人)

근거 없는 말을 하여 남을 헐뜯음을 이름.

「通俗編 交際」,

함흥차사(咸興差使)

함흥으로 보낸 사신이란 뜻으로, 심부름을 떠난 자가 도무지 소식이 없음을 이르는 말. 유사한 말로 오리무중(五里霧中)이 있음.

「逐睡篇」,

조선을 건국한 太祖 李成桂는 太宗 이방원이 '王子의 亂'을 일으키고 世子 방석을 죽이자 왕위를 내놓고 고향인 함흥(咸興)으로 내려갔다. 太宗은 왕이 된 후 부자지간이 상극이면 불효라 하여 여러 번 사신을 李成桂가 있는 함흥으로 보내어 모셔 오도록 하였다.

그러나 이성계는 노하여 함흥으로 사신이 오기만 하면 즉시 죽여 버렸기 때문에 함흥으로 간 사신 치고 다시 漢陽으로 돌아온 사람은 아무도 없었다.

합벽수단(闔擗手段)

사람을 교묘하게 놀리고 농락하는 수단을 이름.

합자이지시(合者離之始)

만나고 헤어짐은 하늘의 도(道)이라, 만남은 곧 이별의 바탕이 된다는 말.

「白居易의 詩」,

合者離之始 樂兮憂所伏

합종연형(合從連衡)

기원전 4세기에서 3세기 후반에 걸친, 중국 전국 시대의 7개국의 동맹 외교 정책을 이름.

「史記 孟軻傳」

天下方務於合從連衡 以攻伐爲賢

합포주환(合浦珠還)

선정을 베풀어서 없어졌던 구슬이 돌아왔다는 고사로, 선정을 베풀면 백성들이 저절로 모여든다는 말.

「後漢書」,

求民病利 曾未踰歲 去珠復還

합환주무(合歡綢繆)

남녀가 깊이 서로 사랑함을 비유하는 말.

항다반(恒茶飯)

항다반사(恒茶飯事)와 같은 말로, 언제나 먹는 밥이나 차와 같이, 예사로운 일이나 항상 있는 일을 이름.

항룡유회(亢龍有悔)

하늘 끝까지 올라간 항룡이 더 올라갈 데가 없어 도로 내려올 수밖에 없듯이, 부귀가 극도에 이르면 패망할 위험을 경계한 말.

「易經 乾卦」,

上九亢龍有悔

「象傳」,

亢龍有悔 盈不可久也

항배상망(項背相望)

목덜미와 등을 서로 바라본다는 뜻
으로, 왕래가 빈번함을 이르는 말.

항사(恒沙)

⇒만항하사(萬恒河沙) 참조.

항하사(恒河沙)

⇒만항하사(萬恒河沙) 참조.

항안위사(抗顔爲師)

사물을 잘 아는 얼굴을 하여 스승으
로 자처하는 것을 이르는 말.
「柳宗元의 答韋中立論師道書」,
獨韓愈奮不願流俗 收召後學 因抗顔
而爲師

해고견저(海枯見底)

바닷물이 마르지 않으면 바닥을 볼
수 없듯이, 사람의 마음도 평소에는
알 수 없다는 말.
「杜荀鶴의 詩」,
海枯終見底 人死不知心

해괴망측(駭怪罔測)

헤아릴 수 없이 해괴함을 이름.

해기일 망우실(蟹旣逸網又失)

게 잃고 그물도 잃었다는 뜻으로,
이익을 보려다 밑천까지 잃었음을 비
유하여 이르는 말. 해망구실(蟹網俱
失)이라고도 함.
「靑莊館全書」,

해내기사(海內奇士)

국내에서는 비교할 만한 사람이 없
는 출중한 인물을 이르는 말.
「後漢書 臧洪傳」,
臧洪海內奇士 才略智數 不比於超矣

해내위일(海內爲一)

천하통일(天下統一)과 같은 말.

해로동혈(偕老同穴)

부부가 같이 늙고 같이 묻힌다는 사
랑의 맹세를 이르는 말. 해로(偕老)만
으로도 쓰임.
「詩經 邶風 擊鼓篇」,
死生契闊 생사(生死)의 고락을 같
이 하자고
與子成說 당신과 굳고 굳은 언약
있었네
執子之手 아! 고운 그 손목 힘주어
잡고
與子偕老 둘이서 함께 늙어 가자고
* 오래 전쟁을 하느라 고향에 돌아갈
기약조차 끊긴 兵士의 노래임.
「同書 鄘風 君子偕老篇」,
君子偕老 임과 함께 늙자고 하신
맹세에
副笄六珈 쪽에 꽂은 비녀엔 구슬이
여섯
委委佗佗 의젓하고 점잖은 품
如山如河 산 같고 물 같거니
象服是宜 그림 무늬 옷이사 잘도
어울려
子之不淑 이리도 어여쁘신 임이시
면서
云如之何 도리어 엷은 복에 우실
줄이야
* 衛의 宣公의 夫人 宣姜의 음란함을
풍자한 詩임.
「同書 衛風의 氓篇」,
及爾偕老 죽기까지 함께 살자 하던
노릇이
老使我怨 늙게 가서 이 서러운 몸
이 되다니
淇則有岸 기수에는 기수의 기슭이
있고

隰則有泮　진 펄에는 진 펄대로 둔
　　　　　덕이 있건만

總角之宴　댕기 당기 땋았던 처녀
　　　　　적에는

言笑晏晏　웃으며 도란도란 기쁘신
　　　　　말씀

信誓旦旦　하늘이라 사이라 굳었던
　　　　　맹세

不思其反　이렇게 될 줄을 뉘 알았
　　　　　으랴

反是不思　이렇게 될 줄은 참말 몰
　　　　　랐네

亦已焉哉　끝났네 어쩔 길도 이제는
　　　　　없네

* 타쳐의 남자에게 유혹을 받아 그 아
내가 되었다가 드디어는 버림을 받은
여인이 慨嘆하는 노래임.

해마법사(解魔法師)

산에 숨어있는 도적을 이르는 말.
「水滸傳」,
楊林便道我自打扮了解魔的解魔去 身
邊藏了短刀

해망구실(蟹網俱失)

⇒해기일 망우실(蟹旣逸網又失) 참조.

해물지심(害物之心)

사물을 해치려는 마음을 이르는 말.

해불양파(海不揚波)

바다에 파도가 일지 않는다는 뜻으
로, 임금의 선정(善政)으로 백성들의
생활이 편안해짐을 이르는 말.
「韓詩外傳」,
譯曰 吾受命國之黃髮曰 久矣天之不
迅風疾雨也 海不波溢也

해어지화(解語之花)

언어가 통하는 꽃, 즉 미인을 형용

하는 말.
「天寶遺事」,
唐太液池 千葉蓮開 明皇與妃子(楊貴
妃)共賞 指妃子謂左右曰 何如此解語
花耶

해의추식(解衣推食)

자기의 옷을 벗어 남에게 입히고 음
식을 권한다는 뜻으로, 남에게 은혜
를 베풀거나, 사람을 중용(重用)함을
비유하여 이르는 말.
「史記 淮陰侯傳」,
韓信曰 漢王授我上將軍印 予我數萬
衆 解衣衣我 推食食我 言聽計用

해의포화(解衣抱火)

스스로 재난(災難)을 초래함을 이
름.
「通鑑綱目」,
願按兵息民以之化 施之函秦 此無異
解衣抱火 張羅捕虎 雖觀其變 秦地終
爲國家之有也

해인이목(駭人耳目)

기괴한 짓으로써 남을 놀라게 함을
이름.

해중고혼(海中孤魂)

바다에 빠져 죽은 사람의 외로운 영
혼을 이르는 말.

해천산천(海千山千)

바다에 있는 천 년 산에 천 년 산
뱀은 용이 된다는 전설에서 온 말로,
오랫동안 여러 가지 경험을 하여 세
상 안팎을 다 알아서 못되게 약은
것, 또는 그런 사람을 이르는 말.

해타성주(咳唾成珠)

시문(詩文)의 재능이 극히 풍부함의
비유. 또, 기침과 침이 모두 주옥이

된다는 뜻으로, 권세 있는 사람의 말이 잘 통함을 이름.
「晉書」,
江淹謂郭鞏曰 咳唾成珠玉 吐氣作虹霓

해활천공(海闊天空)

바다와 하늘이 광활하고 끝없이 창창함과 같이 마음이 넓음을 비유하는 말.
「古今詩話」,
海闊從魚躍 天空任鳥飛

행기야공(行己也恭)

행동은 때와 장소를 가리지 않고 공손해야 한다는 말.

행동거지(行動擧止)

모든 몸동작을 이르는 말.

행동능우(行同能偶)

행적(行跡)이나 재능이 같다는 말.
「漢書 食貨志」,
行同能偶 則別之以射 然後爵命焉

행로지인(行路之人)

오다가다 길에서 만난 사람이란 뜻으로, 아무 상관이 없는 사람을 이르는 말.

행불구합(行不苟合)

어떤 일을 행할 때는 도리에 맞는지를 먼저 생각하라는 말.

행불승의(行不勝衣)

키가 작고 야위어서 옷맵시가 나지 않음을 이르는 말.
「荀子 非相篇」,
葉公子高 微小短瘠 行若將不勝其衣

행불유경(行不由徑)

길을 감에 있어서 샛길로 가지 않는

다는 뜻으로, 공명정대한 행동을 이르는 말.
「論語 雍也 十二」,
子游爲武城宰 子曰 女得人焉耳乎 曰有澹臺滅明者 行不由徑 非公事 未至嘗於偃之室也

자유(子游)가 무성(武城)의 장(長)이 되었다. 공자 가로되, "너는 인재를 얻었느냐?" 자유 대답하기를, "담대멸명이라는 사람이 있습니다. 그는 길을 갈 때 지름길(골목길)을 걷지 아니하며, 공사(公事)가 아니면 일체 저의 사실(私室)을 방문한 일이 없사옵니다."

행상대경(行常帶經)

외출할 때 늘 경전을 지닌다는 뜻으로, 학문에 열중함을 이르는 말.
「史記 儒林傳」,
貧無資用 常爲弟子都養 及時時間行傭賃 以給衣食 行常帶經 止息則誦習之

행시주뇨(行屎走尿)

걸어가거나 달리면서 대소변을 봄. 일상 생활속에 흔히 있는 일을 이름.

행시주육(行尸走肉)

살아있는 송장이요 걸어다니는 고깃덩어리라는 뜻으로, 배운 것이 없어서 무식하거나 쓸모가 없는 사람을 이르는 말.
「拾遺記」,
任夫曰 夫人好學 雖死如存 不學者雖存謂之行尸走肉耳

행운유수(行雲流水)

떠가는 구름과 흐르는 물이란 뜻으로, 일의 처리에 막힘이 없거나 마음씨가 시원시원함을 비유하는 말.

행원필자이(行遠必自邇)

먼길도 가까운 곳에서부터 시작된다
는 말.
⇒등고자비(登高自卑) 참조.

행재낙화(幸災樂禍)

남의 재화(災禍)를 좋아하고 기뻐함
을 이르는 말.

행주(行廚)

도시락을 이르는 말.
「杜甫의 詩」,
竹裏行廚洗玉盤

행주좌와(行住坐臥)

가고 머물고 앉고 누움. 이 네 가지
동작을 불교에서는 사위의(四威儀)라
하여 각각 지켜야 할 규칙이나 제약
이 정해져 있음을 이름. 곧 일상, 또
는 평소의 뜻.

향년(享年)

세상에 생존한 햇수, 즉 나이를 이
르는 말.
「蔡邕의 郭有道碑」,
稟命不融 享年四十有二

향당상치(鄕黨尙齒)

마을에서 나이가 가장 많은 분을 존
경한다는 말.
「莊子 天道篇」,
宗廟尙親 朝廷尙尊 鄕黨尙齒 行事尙
賢 大道之序也

향설(香雪)

향내나는 눈, 즉 흰 꽃을 이름.
「黃庚의 春寒詩」,
怪得曉來風力勁 滿階香雪落梨花

향양지지(向陽之地)

햇볕이 잘 드는 남향받이 땅을 이르
는 말.

향우지탄(向隅之歎)

좋은 기회를 만나지 못한 한탄을 이
르는 말.

향위분진(香圍粉陣)

미인에게 둘러싸인 상황을 형용하는
말.

향일화(向日花)

해바라기를 이르는 말.

허고취생(噓枯吹生)

고목에서 싹이 트기를 기다림.
「漢紀」,
孔公緒 能淸談高論 噓枯吹生

허기평심(虛氣平心)

⇒허심평의(虛心平意) 참조.

허도세월(虛度歲月)

⇒허송세월(虛送歲月) 참조.

허랑방탕(虛浪放蕩)

허랑하고 방탕함을 이르는 말.

허령불매(虛靈不昧)

마음에 잡념이 없고 신령하여 어둡
지 않음.
「大學」,
明德者 人之所得乎天 而虛靈不昧 以
具衆理而應萬事者也

허망지설(虛妄之說)

거짓되어 근거가 없는 말을 이름.
「宋書」,
懼成虛妄

허명무실(虛名無實)

⇒유명무실(有名無實) 참조.

허무맹랑(虛無孟浪)

허무하고 터무니없음을 이르는 말.

허무적멸(虛無寂滅)

①생사(生死)의 경지를 떠난 것. ② 도교(道教)의 허무와 불교(佛教)의 적멸을 이름.

허송세월(虛送歲月)

하는 일없이 세월만 헛되이 보냄. 허도세월(虛度歲月)이라고도 함.

허실상몽(虛實相蒙)

허실이 분명하지 않은 것. 허실이 서로 다른 것.

허실생백(虛實生白)

방의 문을 열면 햇빛이 방에 들이비치어 방안이 저절로 밝아지듯이, 사람의 마음도 무념무상(無念無想)이면 스스로 진리를 깨닫는다는 뜻. 또는 마음을 비우면 복이 따름을 비유함. 「莊子 人間世」,

顔回曰 回之未始得使 實自回也 得使之也 未始有回也 可爲虛乎 夫子曰 盡矣 吾語若 若能入遊其樊 而無感其名 入則鳴 不入則止 無門無毒 一宅而寓於不得已 則幾矣 絶迹易 無行地難 爲人使 易以僞 爲天使 難而僞 聞以有翼飛者矣 未聞以無翼飛者也 聞以有知知者矣 未聞以無知知者也 瞻彼闋者 虛室生白 吉祥止止 夫且不止 是之謂坐馳 夫徇耳目內通 而外於心知 鬼神將來舍 而況人乎 是萬物之化也 禹舜之所紐也 伏戲几蘧之所行終 而況敢焉者乎

안회(顔回)가 말하였다. "저는 처음부터 그렇게 하지 못하였기 때문에 실로 자기에게 얽매여 있습니다. 그렇게 하고 보니 처음부터 자기가 존재하지 않게 되었습니다. 이제는 텅 비었다고 발할 수 있겠습니다."

공자(孔子)가 말하였다. "다 되었다! 네 네게 얘기해 주마. 그대는 그 나라로 들어가 활동한다 하더라도 임금의 악명(惡名)에 마음이 움직이지 않을 수 있게 된 것이다. 들어주면 얘기하고 들어주지 않거든 그만 두어라. 자기를 내세우지 말고 자기 생각을 앞세우지 말 것이며, 순일(純一)하게 마음을 지녀 어쩌는 수 없이 되도록 처신한다면 거의 성공할 것이다. 행적을 숨기기는 쉽지만 흔적을 남기지 않기는 어렵다. 사람에게 부림을 당할 적에는 그대로 하기가 쉽지만, 하늘의 부림을 당할 적에는 그대로 하기가 어렵다. 날개를 가지고 나는 자가 있다는 말은 들었어도, 날개 없이 나는 자가 있다는 말은 들어보지 못하였다. 지각(知覺)을 가지고 무엇을 안다는 말은 들은 일이 있으나, 지각도 없이 아는 사람이 있다는 말은 들어 본 일이 없다. 저 공허한 경지를 바라보노라면 텅 빈 마음이 밝아질 것이다. 행복이나 좋은 일은 이런 곳에 머물게 된다. 행복이나 좋은 일이 머물지 않는 것을, 이 곳에 앉아 있어도 정신은 딴 곳으로 달리는 것이라 말하는 것이다. 귀와 눈을 속마음으로 통하게 하고서 그의 마음과 지각을 밖으로 내보낸다면, 귀신이라 하더라도 찾아와 그에게 머물게 될 것이다. 하물며 사람이야 말할 것이 있겠느냐? 이것이 만물의 변화에 호응하는 것이다. 우(禹) 임금이나 순(舜) 임금도 법도로 삼았던 것이다. 복희(伏戲)나 궤거(几蘧) 같은 제왕이 평생토록 실행한 요점인 것이다. 그러니 하물며 보통 사람이야 말할 것이 있겠느냐?"

허심탄회(虛心坦懷)

아무런 선입견이나 거리낌없이 품은 생각을 터놓고 말하는 솔직한 태도를 이르는 말.

허심평의(虛心平意)

기를 가라앉히고 마음을 고요히 함. 허기평심(虛氣平心)이라고도 함.
「管子 九守篇」,
虛心平意 以待須

허위배설(虛位排設)

제사 때 신위(神位) 없이 제례를 베푸는 것을 이름.

허장성세(虛張聲勢)

실력은 없으면서 헛소문과 허세로만 떠벌림을 이르는 말.

허전관령(虛傳官令)

관청의 명령을 거짓 꾸며서 전함. 또는 상사의 명령을 거짓 전함을 이름.

허허실실(虛虛實實)

적의 허(虛)를 찌르고 실(實)을 꾀하는 등, 서로 온갖 재주와 계략을 다하여 싸우는 모습을 이름.

헌납논사지신(獻納論思之臣)

충언과 시비를 가려 말하는 신하를 이름.
「班固의 兩都賦序」,
故言語侍從之臣 若司馬相如 虞丘壽玉 東方朔 枚皐 王襃 劉向之屬 朝夕論思 日月獻納

헌헌장부(軒軒丈夫)

외모가 준수하고 쾌활한 남자를 이르는 말.

혁혁지공(赫赫之功)

빛나는 큰 공적을 이르는 말.
「荀子」,
無惛惛之事者無赫赫之功

현군고투(縣軍孤鬪)

적군 진영으로 깊이 들어가서 본부와 연락도 없고 후원군도 없이 외롭게 싸움을 이르는 말.

현동소설(玄冬素雪)

겨울과 흰 눈. 또는 눈이 쌓인 겨울을 이름. 또는 몹시 추운 겨울의 비유.

현두자고(懸頭刺股)

머리를 끈으로 묶어놓고 허벅다리를 찔러 잠을 극복한다는 뜻으로, 학문에 힘씀을 이르는 말.
「楚國先賢傳」,
孫敬到洛 在大學 折柳爲簡以寫經 睡則懸頭于梁

현란호화(絢爛豪華)

번쩍번쩍 빛나고 아름답고 화려한 모양을 이름.

현모양처(賢母良妻)

어진 어머니이면서 또한 착한 아내를 이름.

현모지교(賢母之敎)

⇒맹모삼천지교(孟母三遷之敎) 참조.

현미무간(顯微無間)

나타남과 미세한 것 사이에는 아무 구별이 없음. 또는 현상과 본체와는 일체로서 서로 떨어질 수 없는 관계에 있음을 이르는 말.

현성양좌(賢聖良佐)

어질고 착해서 잘 받드는 신하를 이르는 말.

현성지군(賢聖之君)

어질고 명석하며 거룩한 임금을 이르는 말.

현순백결(懸鶉百結)

가난하여 옷이 갈갈이 찢어진 것을 이르는 말.

현안늑마(懸岸勒馬)

깎아지른 듯한 낭떠러지에 이르러 말을 멈췄다는 뜻으로, 정욕(情欲)을 마음껏 즐기다가 위험에 다다라 갑자기 회오(悔悟)함을 비유하는 말.

현애절벽(懸崖絶壁)

들쭉날쭉 굴곡이 심한 높고 험악한 절벽을 이르는 말.

현양두매마육(懸羊頭賣馬肉)

⇒현우수매마육(懸牛首賣馬肉) 참조.

현옥고석(衒玉賈石)

⇒현우수매마육(懸牛首賣馬肉) 참조.

「唐書 柳渾傳」,

李希烈據淮蔡關播 用李元平 守汝州 渾曰 是夫衒玉而賈石者也

* 옥을 진열하여 고객을 현혹한 후 돌을 판다는 뜻.

현완직필(懸腕直筆)

글씨를 쓰는 법의 하나로, 팔꿈치를 들고 붓을 수직으로 갖고 쓰는 서법.

현우수매마육(懸牛首賣馬肉)

소머리(또는 양의 머리)를 내걸어 놓고 실제로는 말고기(또는 개고기)를 판다는 뜻으로, 선전은 버젓하지만 내실이 따르지 못함, 또는 겉으로는 훌륭하나 속은 전혀 다른 속임수를 비유하여 이르는 말. 현양두매마육(懸羊頭賣馬肉), 현옥고석(衒玉賈石) 또는 양두구육(羊頭狗肉)이라고도 함.

「晏子春秋」,

君使服之於內 而禁止於外 猶懸牛首于門 而賣馬肉於內也 公何以不使內勿服 則外莫敢爲也

전하께서는 궁중의 여인들에게는 남장을 허용하시면서 궁 밖의 여인들에게는 금령을 내렸사옵니다. 하오면 이는 밖에는 소머리를 걸어놓고 안에서는 말고기를 파는 것과 같사옵니다. 이제라도 궁중의 여인들에게 남장을 금하시오소서. 그러면 궁 밖의 여인들도 감히 남장을 하지 못할 것이옵니다.

* 춘추 새대 제(齊)나라 영공(靈公)은 궁중의 여인들에게 남장(男裝)을 시켜놓고 완상(玩賞)하는 별난 취미를 가지고 있었다. 이러한 취미가 백성들에게도 널리 퍼지자 영공은 재상인 안영(晏嬰)에게 금령(禁令)을 내리게 하였다. 그래도 유행은 좀처럼 수그러들지 않아 그 까닭을 물었을 때 대답 한 고사. 결국 안영의 말대로 궁중에 남장 금지령을 내리자 그 이튿날부터 제나라에서는 남장을 한 여인을 찾아볼 수 없었다 한다.

「說苑」,

懸牛骨于門而賣馬肉於內

밖에는 쇠뼈를 걸어놓고 안에서는 말고기를 팔았다.

현인군자(賢人君子)

현인(賢人)과 군자(君子). 또는 어질고 덕망이 높은 사람을 이르는 말.

현지우현(玄之又玄)

깊고 깊음, 곧 도(道)의 광대무변(廣大無邊)함을 이르는 말.
「老子 第一章」,
無名天地之始 有名萬物之母 此兩者同出而異名 同謂之玄 玄之又玄 衆妙之門

현하구변(懸河口辯)

⇒현하지변(懸河之辯) 참조.

현하지변(懸河之辯)

쏜살같이 내려가는 강물처럼, 거침없이 유창하게 하는 말주변을 비유하는 말. 현하구변(懸河口辯) 또는 현하웅변(懸河雄辯)이라고도 함.
「晉書 郭象傳」,
太尉王衍每云 聯象語如懸河瀉水 注而不竭

현현역색(賢賢易色)

여자보다 어진 사람을 더 중히 여김을 이름.
「論語 學而」,
子夏曰 賢賢易色 事父母

현호지신(懸弧之辰)

아들이 태어나면 활을 문 왼쪽에 걸어놓고 활을 잘 쏘기를 기원했다는 고사로, 아들의 탄생일을 이르는 말.
「禮記 郊特牲篇」,
孔子曰 士使之射 不能則辭以疾 懸弧之義也

혈거야처(穴居野處)

집을 짓지 않고 동굴 또는 들에서 사는 일.
「易經 繫辭」,
上古穴居而野處 後世聖人 易之以宮室 上棟下宇 以待風雨 蓋取諸大壯
상고(上古)에는 사람은 바위틈이나 들에서 살고 있었더니 후세에 성인(聖人)이 훌륭한 궁실을 지어 옛날의 생활 방식을 바꾸게 되니, 위에는 마룻대를 세우고 아래는 첨하(檐下) 기슭이 있어서 바람과 비에 대비하게 되었다. 이것은 대개 대장괘(大壯卦)에서 생각해 온 것이다. 대장(大壯)은 궁실의 장대한 것을 연상하게 한다.

혈기방장(血氣方壯)

혈기가 가장 성함을 이르는 말.

혈기지용(血氣之勇)

혈기가 왕성하여 일어나는 용맹을 이르는 말.

혈류표저(血流漂杵)

피가 강을 이루어 무거운 공이〔杵〕라도 띄울 수 있다는 뜻으로, 싸움이 치열하여 전사자가 무수히 나왔다는 말.
「書經 武成篇」,
前徒倒戈 攻于後以北 血流漂杵

혈성남자(血誠男子)

죽음을 두려워하지 않는 용감한 사나이를 이르는 말.

혈심고독(血心苦篤)

성심을 다하여 일함을 이르는 말.

혈유생령(孑遺生靈)

고독하게 살아 남아 있는 목숨.

혈풍혈우(血風血雨)

피의 바람과 피의 비란 뜻으로, 격렬한 전투를 비유하여 이르는 말.

혈혈단신(孑孑單身)

의지할 곳 없는 홀몸을 이르는 말.

혈혈무의(孑孑無依)

홀몸으로 의지할 곳이 없음을 이르는 말.

협견첨소(脅肩諂笑)

몸을 옹송그리고 아양을 부리며 웃는다는 뜻으로 비굴하게 아양을 떠는 모양을 이르는 말.

「孟子 滕文公章句下 七」,
曾子曰 脅肩諂笑病于夏畦

증자 가로되, "어깨를 올려 가며 간사한 웃음에 아첨을 떨기란 여름철 태양 볕에서 밭일하는 것보다 더 힘들다."

협대책자(夾袋冊子)

수첩을 이르는 말.

「名臣言行錄」,
呂文穆公有夾袋冊子 每四方人替罷謁見

형단영척(形單影隻)

형체가 하나라 그림자도 하나란 뜻으로, 고독하고 의지할 곳이 없는 몸을 가리키는 말.

「韓愈의 祭十二郞文」,
兩世一身 形單影隻

형설(螢雪)

⇒형설지공(螢雪之功) 참조.

형설지공(螢雪之功)

반딧불 또는 눈[雪]빛으로 등잔에 대신하여 공부한 고사(故事)에서 나온 말로, 고학(苦學)하여 성공함을 비유하는 말. 형설(螢雪)만으로도 쓰이며, 손강영설(孫康映雪) 또는 형창설안(螢窓雪案)이라고도 함. 유사한 말로 주경야독(晝耕夜讀), 주경야송(晝耕夜誦)이 있다.

「晉書 車胤傳」,

車胤字武子 幼恭勤博覽 家貧不常得油. 夏月以練囊盛數十螢火 照書讀之 以夜繼日 後官至尚書郞

車胤의 字는 武子로 어려서 부지런하고 공손하였으며 識見이 넓었다. 다만 가난하여 기름을 살 수가 없어 여름밤엔 반디 수십 마리를 잡아 주머니에 넣어두었다가, 그것으로 글을 비추어 밤낮으로 讀書하더니 후에 벼슬이 尚書郞에 이르렀다.

「同書 孫康傳」,

孫康少淸介 交游不雜 家貧無油 嘗映雪讀書 後官至御史大夫

孫康은 어려서 淸介하여 잡된 것과는 交遊하지 않았다. 집이 가난하여 등잔불을 켤 기름이 없어, 눈빛에 비추어 讀書를 하여 후에 벼슬이 御史大夫에 이르렀다.

형승지국(形勝之國)

지세(地勢)가 매우 좋은 나라를 이르는 말.

「史記 高祖紀」,
秦形勝之國

형영상동(形影相同)

형체가 구부러져 있으면 그림자도 구부러지고, 형체가 곧으면 그림자도 곧다. 사람의 행동의 선악은 그 사람의 선악에 달렸음. 형왕영곡(形枉影曲)이라고도 함.

「列子 說符」,
形枉則影曲 形直則影正

형영상조(形影相弔)

자기의 몸과 그림자가 서로 위로한다는 뜻으로, 매우 외로운 모양을 이르는 말.

「李密의 陳情表」,

祭祭獨立 形影相弔

형왕영곡(形枉影曲)

⇒형영상동(形影相同) 참조.

형용고고(形容枯槁)

풀이 시들고 마르듯이, 용모가 살이 빠지고 쇠약해진 상태를 이름.
「戰國策 秦策」,
形容枯槁 面目黎黑 狀有愧色

형우제공(兄友弟恭)

형은 아우를 사랑하고 아우는 형을 공경한다는 뜻으로, 형제간에 우애가 깊게 지냄을 이르는 말.

형이상학(形而上學)

사물의 본질이나 존재의 근본 원리 따위를 사유나 직관에 의해 연구하는 학문. ⇔형이하학(形而下學)
「易經」,
形而上者 謂之道 形而下者 謂之器

형이하학(形而下學)

형체가 있는 사물에 관한 학문. ⇔ 형이상학(形而上學).
⇒형이상학(形而上學) 참조.

형제위수족(兄弟爲手足)

형제는 몸의 손발과 같아 한 번 잃으면 다시 찾지 못한다는 말.
「莊子」,
兄弟爲手足 夫婦如衣服 衣服破時更得新 手足斷時難再繼

형제투금(兄弟投金)

형제간의 우애가 황금보다 소중함을 이르는 말.
「新增東國輿地勝覽」,
高麗恭愍王時 有民兄弟 偕行 弟得黃金二錠 以其一與兄 至孔巖津 同舟而濟 弟忽投金於水 兄怪而問之 吾平日 愛兄篤 今而分金 忽萌忌兄之心 此乃不祥之物也 不若投諸江而忘之 汝言誠是 亦投金於水

형제혁장(兄弟鬩牆)

형제가 담장 안에서 싸움, 곧 동족 상잔을 이름.

형창설안(螢窓雪案)

⇒형설지공(螢雪之功) 참조.
「古文眞寶前集 王安石의 勸學文의注」,
螢窓雪案間 宜勤看古昔聖賢之書

형처돈아(荊妻豚兒)

후한의 양홍(梁鴻)의 아내가 가시나무 비녀를 꽂았다는 옛일에서, 자기의 처자를 가리키는 겸손한 말. 또는 어리석은 아내와 어리석은 자녀를 이르는 말.

형형색색(形形色色)

가지각색이라는 뜻.

혜고 부지춘추(蟪蛄不知春秋)

쓰르라미는 여름 동안만 살므로 봄 가을을 알지 못한다는 뜻으로, 생명이 극히 짧음 또는 단명한 사람은 긴 세월이 있음을 모른다는 말.
「莊子 逍遙遊」,
小知不及大知 小年不及大年 奚以知其然也 朝菌不知晦朔 蟪蛄不知春秋 此小年也 楚之南有冥靈者 以五百歲爲春 五百歲爲秋 上古有大椿者 以八千歲爲春 八千歲爲秋 而彭祖乃今以久特聞 衆人匹之 不亦悲乎
작은 지혜는 큰 지혜에 미치지 못하고, 짧은 동안 사는 자는 오래 사는 자에 미치지 못한다. 어떻게 그러함을 아는가? 아침 버섯은 아침과 저녁을 알지 못한다. 쓰르라미는 봄과 가을을 알지 못한다. 이것들은 짧은 동안 사는 것들이다. 초(楚)나라의 남쪽에 명령(冥靈)이란 나무가 있는데, 500년을 한 봄으로 삼고 500년을 한 가을로 삼는다 한다. 태고 적에 대춘(大椿)이란 나무가 있었는데, 8000년을 한 봄으로 삼고 8000년을 한 가을로 삼았다 한다. 이것은 오래 사는 것들이다. 그리고 팽조(彭祖)는 지금까지도 오래 산 사람으로서 특히 유명하다. 보통 사람들이 그에게 자기 목숨을 견주려 한다면 또한 슬픈 일이 아니겠는가?

* 팽조(彭祖 – 성은 전(錢)이고 이름은 갱(鏗). 태고 적 전욱(顓頊)의 현손(玄孫)이며 은(殷)나라 말엽에 이르기까지 767년을 살아도 늙지 않았다 한다. 나라에서 그를 죽이려 하자 어디론가 없어져 버렸다 한다. 〈神仙傳〉

혜안(慧眼)

총명한 기운이 서린 눈〔眼〕, 또는 진리만을 밝게 바라볼 수 있는 눈을 이르는 말.

「梁書 江紑傳」,

無量壽經云 慧眼見眞 能渡彼岸

「金剛經」,

如來有肉眼 如來有天眼 如來有慧眼 如來有法眼 如來有佛眼

「涅槃經」,

天眼通非礙 肉眼礙非通 法眼有觀俗 慧眼了知空 佛眼如千日照異體

혜전탈우(蹊田奪牛)

소를 끌고 남의 전답에 들어간 벌로 소를 빼앗는다는 뜻으로, 죄보다 벌이 큼을 이르는 말.

「左傳」,

抑人亦有言 牽牛以蹊人之田 而奪之牛 罰已重

호가호위(狐假虎威)

남의 권세를 빌어 위세(威勢)를 부림을 비유하는 말. 가호위호(假虎威狐) 또는 차호위호(借虎威狐)라고도 함.

「戰國策 楚策」,

楚王問群臣 北方畏昭奚恤如何 江乙曰虎求百獸而食之 得狐 狐曰 子無敢食我也 天帝使我長百獸 今子食我 是逆天帝命也 子以我爲不信 吾爲子先行 子隨我後觀 百獸之見我而敢不走乎 以爲然 故遂與之行 獸見之皆走 虎不知獸畏己而走也 以爲畏狐也 今北方非畏昭奚恤 實畏王甲兵也

楚王이 여러 신하들에게 물었다. "北方의 모든 나라가 昭奚恤을 두려워하고 있다는데, 그것이 사실인가?" 그러자 江乙이 말하기를, "호랑이는 뭇 짐승들을 잡아먹습니다. 그러다 여우를 붙잡았는데, 그 여우 가로되, '너는 나를 잡아먹을 수가 없다. 하늘이 나를 百獸의 王으로 만들었다. 만일 네가 나를 잡아먹는다면, 이는 하늘의 命을 거역하는 것이다. 네가 내 말을 못 믿는다면, 내가 너를 위해 앞장설 테니 나를 따라오면서 보아라. 나를 보고 도망가지 않는 짐승은 한 마리도 없을 것이다.' 그러자 호랑이는 그리리라 하고 여우의 뒤를 따라가며 보니, 모든 짐승들이 달아나고 있었다. 호랑이는 짐승들이 자기를 보고 무서워 달아나는 것인 줄 모르고 여우를 보고 달아나는 줄로만 알았던 것입니다. 지금 北方의 모든 나라들이 어찌 昭奚恤을 두려워하겠습니까? 실은 大王의 군대를 무서워하고 있는 것입니다."

호각지세(互角之勢)

서로가 세력이 비슷함을 이르는 말.

호거용반(虎踞龍盤)

용이 서리고 범이 웅크리고 앉았다는 뜻으로, 웅장한 산세를 비유하여 이르는 말. 용반호거(龍盤虎踞)라고도 함.

호구고수(狐裘羔袖)

호피(狐皮) 옷에 염소 가죽의 소매를 달았다는 뜻으로, 아주 착한 사람에게 조그만 흠이 있음을 형용하는 말.
「左傳」,
余狐裘而羔袖

호구몽융(狐裘蒙戎)

호피(狐皮) 옷이 헤어져 털이 너절함, 곧 나라가 어지러움을 비유하는 말.
「詩經」,
狐裘蒙戎 匪車不東 叔兮伯兮 靡所與同

호구여생(虎口餘生)

구사일생(九死一生)으로 얻은 생명을 이름.

호구지계(糊口之計)

⇒호구지책(糊口之策) 참조.

호구지방(糊口之方)

⇒호구지책(糊口之策) 참조.

호구지책(糊口之策)

겨우 먹고 살아가는 방책을 이르는 말. 구복지계(口腹之計), 호구지계(糊口之計), 호구지방(糊口之方)이라고도 함.
「三國遺事」,
扶携 糊其口於四方

호구참언(虎口讒言)

남을 궁지에 몰아넣는 고자질이나 헐뜯는 말을 이름. 호구는 매우 위험한 지경이나 경우를 비유하여 이르는 말.

호기곤불택환(虎飢困不宅宦)

'굶주린 호랑이 고자라고 마다하랴'의 뜻으로, 일이 위급할 때는 무슨 일이든지 분별 선택하지 않거나 못함을 비유하는 말.
「靑莊館全書」,

호기만발(豪氣滿發)

호기가 외모에 가득히 나타나 있음을 이름.

호노한복(豪奴悍僕)

고분고분한 맛이 없고 매우 사나운 종을 이름.

호랑지국(虎狼之國)

범과 이리 같은 나라란 뜻으로, 남의 나라를 침략하기 좋아하고 탐욕스럽기 그지없는 나라를 가리키는 말.
「史記」,
蘇代謂孟嘗君曰 今秦虎狼之國也

호랑지심(虎狼之心)

성질이 몹시 사납고 잔인하고 탐욕스러운 마음을 이르는 말.

호령생풍(號令生風)

큰소리로 꾸짖음을 이르는 말.

호리건곤(壺裏乾坤)

술항아리 속의 세상이란 뜻으로, 늘 술에 취하여 있음을 이르는 말.

호리불차(毫釐不差))

털끝만큼도 틀리지 아니함을 이르는 말.

호리지차(毫釐之差)

아주 근소한 차이를 이름.

호리천리(毫釐千里)

처음은 조금의 차이지만 나중에는 대단한 차가 생김을 이르는 말.
「史記 自序」,
失之毫釐 差以千里

호마북풍(胡馬北風)

호마는 중국 북부 지방에서 나는 말인데. 호마는 남쪽에 와서 북풍을 만나면 머리를 들어 북쪽을 바라본다는 뜻으로, 고향을 잊지 못하거나 그리워서 잊기 어렵다는 비유.

호문즉유(好問則裕)

모르는 것을 묻고 나면 마음에 답답함이 사라지고 여유가 생긴다는 말.
「書經」,
予聞曰 能自得師者王 謂人莫己若者 亡 如問則裕

호물부재다(好物不在多)

좋은 물건은 반드시 많아야 할 필요가 없다는 뜻으로, 사물의 가치는 수량에 좌우되지 않는다는 말.
「南唐近事」,
唐元宗曲江宴命近臣賻詩 朱鞏進一朕 不能終篇 曰 好物不在多

호미난방(虎尾難防)

범의 꼬리를 놓기도 어렵고 안 놓으려니 난감하다는 뜻으로, 위험한 경지에서 이러지도 저러지도 못할 처지에 놓임을 이르는 말.

호미춘빙(虎尾春氷)

범의 꼬리와 봄에 어는 얼음이란 뜻으로, 매우 위험한 지경을 비유하여 이르는 말.
「書經 周書 君牙」,
王若曰 嗚呼 君牙 惟乃祖乃父 世篤忠貞 服勞王家 闕惟成績 紀于太常 惟予小子 嗣守文武成康遺緒 亦進先王之臣 克左右 亂四方 心之憂危 若蹈虎尾 涉于春氷 今命爾 予翼作股肱心膂 纘乃舊服 無添祖考
왕이 이렇듯이 이르시되, "오호라, 군아(君牙)야, 네 할아버지와 네 아버지가 세(世)로 충정(忠情)을 독(篤)하여 왕가에 복로(服勞)하고 그 성적(成績)이 태상(太常)에 기(紀)하였나니라. 나 소자(小子)가 문(文)·무(武)·성(成)·강(康)의 유서(遺緒)를 사수(嗣守)하는 것은 또한 선왕의 신(臣)이 능히 좌우(左右)하여 4방을 다스림을 생각하노니 마음의 위태로움을 근심함이 호미(虎尾)를 밟으며 춘빙(春氷)을 건넘과 같이 하도다. 이제 너에게 명하노니 나를 익(翼)하여 고굉(股肱)이며 심여(心膂)되어 네 구복(舊服)을 이어 조고(祖考)를 욕되게 하지 말라."

호발부동(毫髮不動)

전혀 꿈쩍도 아니함을 이르는 말.

호방뇌락(豪放磊落)

기개가 장하고 마음이 활달하여 작은 일에 거리끼거나 구애받지 않음을 이름.

호복간상(濠濮間想)

세속을 떠나 선경에 사는 마음을 이르는 말.

「世說」,

會心處不必在遠 翳然林木 便自有濠濮間想也

* 장자(莊子)가 濠(川名)가에서 고기가 즐겁게 노는 것을 보고 즐거워했고, 또 濮(水名)에서 낚시질할 때 초왕(楚王)이 불렀으나 응하지 않았다는 고사에서 나온 말.

호부견자(虎父犬子)

아버지는 잘났는데 아들은 못나고 어리석다는 말.

호분누석(毫分縷析)

몹시 잘게 분석함을 이름.

호사난량(胡思亂量)

쓸데없는 생각. 즉, 무익한 생각을 이름.

호사난상(胡思亂想)

매우 엉클려 어수선한 생각을 하거나, 또는 터무니없는 생각을 함을 이르는 말.

호사다마(好事多魔)

좋은 일에는 흔히 방해되는 일이 생긴다는 말.

「孟子 萬章上」,

好事者爲之

호사불여무(好事不如無)

좋은 일 뒤에는 나쁜 일이 뒤따르니, 처음부터 좋은 일이 없는 것만 못하다는 말.

「岩棲幽事」,

便宜勿再往 好事不如無

호사불출문 악사행천리(好事不出門 惡事行千里)

좋은 일은 알려지기 어렵고, 나쁜 일은 빨리 유포된다는 말.

「孫光憲의 北夢瑣言」,

僧問紹宗如何是西來意 紹宗曰 好事不出門 惡事行千里

호사수구(狐死首丘)

여우가 죽을 때 자기가 살던 구릉(丘陵) 쪽에 머리를 두고 죽는 것은 그 근본을 잊지 않기 때문이라는 데서 나온 말로, 고향을 그리는 향수를 일컫는 말. 수구초심(首丘初心)이라고도 함.

「禮記 檀弓 上篇」,

太公封於營丘 比及五世 皆反葬於周 君子曰 樂樂其所自生 禮不忘其本 古之人有言 曰狐死正丘首仁也

太公은 營丘(齊나라의 地名)에 封해졌는데 5代에 이르기까지 도리어 周나라에서 葬事지냈다. 君子 가로되, "음악은 자연적으로 발생하는 바를 즐기며, 禮란 根本을 잊어서는 안 되는 것이다." 옛사람들의 말에 이르기를, "여우가 죽을 때에 머리를 자기가 살던 굴 쪽으로 향하고 죽는 것은 仁(차마 잊지 못하는 마음)이다."라고 하였다.

* 太公 - 文王과 武王을 도와 殷을 滅하고 周를 일으킨 呂尙을 가리킴.

호사유피 인사유명(虎死留皮人死留名)

⇒표사유피   인사유명(豹死留皮人死留名) 참조.

호사토비(狐死兎悲)

⇒토사호비(兎死狐悲) 참조.

호사토읍(狐死兎泣)

⇒토사호비(兎死狐悲) 참조.
「宋史 李全傳」,
狐死兎泣 李氏滅 夏氏寧得獨存

호생지덕(好生之德)

사형수를 사면해주는 제왕의 덕을
이르는 말.

호서배(狐鼠輩)

여우와 쥐처럼, 간사스럽기가 짝이
없어 아주 되지 못한 무리를 이름.

호소무처(呼訴無處)

억울하거나 원통한 일을 호소할 곳
이 없음을 이르는 말.

호승지벽(好勝之癖)

유난히 이기기를 좋아하는 성품을
이르는 말.

호시탐탐(虎視耽耽)

호랑이가 눈을 부릅뜨고 사냥감을
노려보는 것과 같이, 어떤 일에 방심
하지 않는 모습을 이르는 말.
「易經 頤掛」,
六四 顚頤吉 虎視耽耽 其欲逐逐 无
咎
六四의 爻辭에는, 거꾸로 길러지는
것도 吉하다. 호시탐탐하여 그 욕심
을 쫓아가면 허물이 없다.

호언난설(胡言亂說)

무슨 말인지 이해할 수 없는 언설
(言說), 즉 이치에 닿지도 않는 말을
이르는 말.

호언장담(豪言壯談)

분수에 맞지 않는 말을 희떱게 지껄

임. 또는 그런 말을 이름. 대언장담
(大言壯談)이라고도 함.

호연장귀(浩然長歸)

아무 거리낌없이 떳떳한 마음으로
돌아감을 이르는 말.

호연지기(浩然之氣)

천지에 가득 찬 넓고 큰 정기(正
氣), 곧 어떤 일에도 구애받지 않는
떳떳한 기운이나 도덕적 용기를 일컫
는 말. 정기(正氣) 또는 정대지기(正大
之氣)라고도 함.
「孟子 公孫丑章句上 二」,
孟子曰 我善養吾浩然之氣 敢問 何謂
浩然之氣 曰 難言也 其爲氣也 至大至
剛 以直養而無害 則塞于天地之間
孟子 가로되, "나는 나의 浩然之氣
를 잘 기르네." 묻기를, "선생님, 무
엇을 浩然之氣라 합니까?" 가로되,
"말로 설명하기가 어렵네. 그 氣는
지극히 크고 지극히 굳센 것이니, 곧
은 것을 가지고 길러서 해치지 않으
면 天地에 가득차게 된다."
「文天祥의 正氣歌」,
天地有正氣 雜然賦流形 云云 於人曰
浩然
「蘇軾의 詩」,
夫子雖窮氣浩然 輕簑短笠傲江天

호왈백만(號曰百萬)

말로는 백만이라 일컬었으나 실상은
얼마 안 된다는 뜻으로, 실상보다 과
장하여 선전함을 이르는 말.

호우고슬(好竽鼓瑟)

뭇 사람이 즐겨하는 것을 따르지 않
음을 이름.
「韓愈의 答陳商書」,

客曰 王好竽而子鼓瑟 瑟雖工 如王不
好何

호우호마(呼牛呼馬)

남이야 뭐라 하든 개의치 않음을 이
름.
「莊子 天道篇」,
呼我牛也 而謂之牛 呼我馬也 而謂之
馬

호월일가(胡越一家)

고향이 다르고 서로 서먹서먹한 사
람들이 한 집에 모인다는 뜻으로, 천
하가 한 집안 같음을 이르는 말.
「通鑑綱目唐記」,
旣而笑曰 胡越一家 古未有也

호유미(狐濡尾)

여우가 물을 건너려고 꼬리만 적시
고 마침내 건너지 못했다는 데서 나
온 말로, 일이 중단됨을 뜻함.
「戰國策」,
易曰 狐濡其尾 此言始之易終之難也

호의현상(縞衣玄裳)

깃이 희고 꽁지가 검은 학(鶴)을 비
유하는 말.
「蘇軾의 後赤壁賦」,
時夜將半 四顧寂寥 適有孤鶴 橫江東
來 翹如車輪 玄裳縞衣 戛然長鳴 掠予
舟而西也
때에 밤은 바야흐로 夜半이나 되었
고, 사방을 둘러보아도 인적은 고요
한데, 마침 외딴 鶴 한 마리가 長江
을 가로질러 동쪽에서 날아왔다. 鶴
의 깃은 수레바퀴처럼 크고 실해 보
이며, 깃끝은 검고 몸뚱이는 흰 비단
결 같은데, 날카로운 소리로 길게 울
면서 내가 타고 있는 배를 스쳐 서쪽

으로 날아가 버린다.

호의호식(好衣好食)

좋은 옷을 입고 맛있는 음식을 먹
음. 옥의옥식(玉衣玉食)이라고도 함.
⇔악의악식(惡衣惡食), 조의조식(粗衣粗
食)

호전걸육(虎前乞肉)

호랑이에게 고기 달라기란 뜻으로,
안 될 것을 억지로 하려고 하는 것을
비유하여 이르는 말.

호접지몽(胡蝶之夢)

⇒장주지몽(莊周之夢) 참조.

호정출입(戶庭出入)

앓는 사람이나 늙은이가 겨우 마당
안에서만 드나듦을 이르는 말.

호중지천(壺中之天)

속세와 떨어진 별천지. 선경(仙境).
유토피아. 술을 마시고 속세를 잊는
즐거움을 이르는 말.
「後漢書 方術傳下」

호질기의(護疾忌醫)

자신의 과오에 대한 남의 충고를 듣
지 않음을 비유하는 말.
「周子通書」,
今人有過不喜人規 如護疾而忌醫

호척용나(虎擲龍拏)

범과 용의 싸움이란 뜻으로, 영웅이
서로 다툼을 비유하여 이르는 말.
「李獻能 詩」,
虎擲龍拏王伯事 天荒地老古今情

호천망극(昊天罔極)

끝없이 넓은 하늘과 같이, 부모의
은공이 매우 큼을 비유하는 말. 망극
지은(罔極之恩)이라고도 함.

「孫綽의 詩序」,
自丁荼毒 載罹寒暑 不勝哀號 作詩一
首 敢謂諒闇之譏 以伸罔極之痛

호천통곡(呼天痛哭)

너무 애통하여 하늘을 부르며 소리
쳐 욺을 이르는 말.

호치단순(皓齒丹脣)

⇒단순호치(丹脣皓齒) 참조.

호탕불기(豪宕不羈)

호탕하여 무엇에 얽매이지 않음을
이름.
「陸游의 詩」,
時時把淸泚 筆墨助豪宕

호풍환우(呼風喚雨)

술법을 써서 바람과 비를 불러일으
킨다는 말.

호한식호한(好漢識好漢)

인물이 인물을 안다는 말.
「水滸傳」,
惺惺惜惺惺 好漢識好漢

호해지사(湖海之士)

속세에 묻혀있는 기상이 높은 선비
를 이름.
「三國魏志 陳登傳」,
汜曰 陳元龍湖海之士 豪氣不除

호행난주(胡行亂走)

함부로 날뛰며 이리저리 돌아다님.
즉, 어지럽게 마구 행동함.

호혈호자(虎穴虎子)

무슨 일이든지 큰 위험을 이기지 않
으면 큰 수확을 얻지 못함의 비유.
범의 굴에 들어가야 범새끼를 잡는다
는 말.
「後漢書」

호형호제(呼兄呼弟)

형이니 동생이니 하면서 친형제처럼
가까이 지내는 사이를 이르는 말.

호호백발(皓皓白髮)

온통 하얗게 센머리, 또는 그런 노
인을 이름.

호호선생(好好先生)

옳고 그름을 가리지 않는 주관 없는
사람이나, 그러한 태도를 이르는 말.
「明馮夢龍古今談槪」,
後漢司馬徽 談人短 人語美惡皆言好
也 有人問安否徽 答曰 好也

호호탕탕(浩浩蕩蕩)

아주 넓어서 끝이 없음을 이름.

호홀지간(毫忽之間)

터럭 끝만큼 틀리는 지극히 짧은 사
이. 또는 서로 조금 어긋나있는 동안
을 이르는 말.

호화자제(豪華子弟)

호화로운 집에 태어난 자녀들을 이
르는 말.

호화찬란(豪華燦爛)

매우 화려하고 빛남. 또는, 매우 사
치스럽고 눈부심을 이르는 말.

혹불욕이백(鵠不浴而白)

타고난 성품이 좋은 사람은 배우지
않아도 선량하다는 말.
「莊子 天運」,
鵠不日浴而白 烏不日黔而黑

혹세무민(惑世誣民)

세상 사람을 속여 미혹하게 하고 세
상을 어지럽힘을 이르는 말.

혹시혹비(或是或非)

어느 것은 옳고 어느 것은 그름. 또는, 어떤 사람은 옳다 하고 어떤 사람은 그르다고 함을 이르는 말.

혹중혹부중(或中或不中)

예언이나 점괘 또는 과녁 등이 혹은 맞고 혹은 안 맞을 수도 있다는 말.

혼돈천지(混沌天地)

세상이 온통 어지러워 분명하지 않음을 이르는 말.

혼불부체(魂不附體)

⇒혼비백산(魂飛魄散) 참조.

혼비백산(魂飛魄散)

몹시 놀라 혼이 나가고 넋이 흩어짐을 이름. 혼불부체(魂不附體)라고도 함.

혼승백강(魂昇魄降)

죽은 사람의 영혼은 하늘로 올라가고 시체는 땅에 묻힌다는 말.

혼정신성(昏定晨省)

조석(朝夕)으로 문안을 드리고 인사를 갖추는, 부모에 대한 자식의 예의(禮儀)를 이르는 말. 동온하청(冬溫夏淸), 온청정성(溫淸定省), 정성온청(定省溫淸)이라고도 하며, 줄여서 정성(定省)만으로도 사용함.
「禮記 曲禮 上」,
凡爲人子之禮 冬溫而夏淸 昏定而晨省 夫爲人子者 在醜夷不爭 三賜不及車馬 故州閭鄕黨 稱其孝也 兄弟親戚 稱其慈也 僚友稱其弟也 執友稱其仁也 交遊稱其信也 見父之執 不謂之進 不敢進 不謂之退 不敢退 不問 不敢對 此孝子之行也
무릇 사람의 자식이 되어 부모를 섬기는 예는, 겨울에는 따뜻하게 해 드리고, 여름에는 서늘하게 해 드린다. 밤에는 자리를 펴서 편안히 쉬게 해 드리고, 아침에는 문안드린다. 그리고 벗 사이에서는 언제나 친목을 도모해서 다투지 않는다. 무릇 남의 아들 된 자는 (임금의) 세 번 명령을 받고도 車馬는 받지 않는다. (車馬를 받아 가지게 되면 존귀한 사람으로서의 체모를 갖추게 되므로 감히 어버이 앞에 스스로 존귀함을 자처할 수 없기 때문이다.) 그렇게 함으로써 州閭鄕黨이 그의 효행을 칭찬하고, 兄弟親戚이 그의 慈愛함을 칭찬하며, 동료인 벗은 그의 恭敬함을 칭찬하고, 뜻이 같은 벗은 그의 어짊을 칭찬하고, 널리 交遊하는 사람들은 그의 믿음성을 칭찬하게 된다. 또한 아버지의 친구를 뵈었을 때는 나오라고 이르지 않으면 감히 나오지 못하고, 물러가라고 이르지 않으면 감히 물러가지 못하며, 묻지 않으면 대답하지 못한다. 이것이 효자의 행실이다.
* 州閭鄕黨 － 25家를 閭라 하고, 4閭를 族이라 한다. 500집을 黨이라 하고, 2500家를 州라고 하며, 12500家를 鄕이라고 한다.

홀륜탄조(囫圇呑棗)

대추를 통째로 삼켜 맛을 모른다는 뜻이니, 도무지 무엇이 무엇이인지 이해하지 못함을 이르는 말.

홀여조과목(忽如鳥過目)

⇒여조과목(如鳥過目) 참조.
「張景陽의 詩」,
人生瀛海內 忽如鳥過目

홀왕홀래(忽往忽來)

걸핏하면 가고 걸핏하면 온다는 뜻.

홀현홀몰(忽顯忽沒)

문득 나타났다가 갑자기 사라짐.

홍곡지지(鴻鵠之志)

빈천하면서도 원대한 포부를 품는다
는 말.

홍동백서(紅東白西)

제물(祭物)을 차리는 위치를 일컫는
말로, 곧 붉은 과일은 동쪽으로, 흰
빛의 것은 서쪽에 진설함을 일컫는
말.

홍등가(紅燈街)

⇒주사청루(酒肆靑樓) 참조.

홍련지옥(紅蓮地獄)

팔한지옥(八寒地獄)의 하나. 모진
추위에 피부가 터져 피를 흘리는 모
양이 붉은 연꽃과 같이 된다고 하는
몹시 추운 지옥을 이르는 말.

홍로점설(洪爐點雪)

큰 화로에 눈을 던진다는 뜻으로,
아무런 효과도 없는 일을 이르는 말.
또는 뜨거운 불 위에서 눈이 녹듯 도
를 깨달아 마음에 거리낌이 없다는
말.
「續近思錄」,
　顔子克己 如紅爐上一點雪

홍모국(紅毛國)

지금의 네델란드[和蘭]를 말함.
「明實錄」,
　萬曆間紅母國進貢

홍모벽안(紅毛碧眼)

빨간 머리털과 파란 눈, 곧 서양인
을 이름.

홍분청아(紅粉靑蛾)

홍(紅)은 연지, 분(粉)은 백분(白

粉), 청아(靑蛾)는 푸르게 그린 눈
썹, 곧 미녀를 형용하는 말.

홍안박명(紅顔薄命)

⇒가인박명(佳人薄命) 참조.

홍안백발(紅顔白髮)

나이를 먹어 머리는 하얗게 세었으
나 얼굴은 윤기가 돌고 젊어 보임을
이르는 말.

홍익인간(弘益人間)

단군의 건국 이념으로, 널리 인간
세계를 이롭게 함.

홍일점(紅一點)

푸른 잎 가운데 한 송이 붉은 꽃이
피어 있다는 뜻으로, 남자들 사이에
끼여 있는 단 한 사람의 여자를 가리
키는 말.
「王安石의 詠石榴詩」,
　萬綠叢中紅一點　모두가 푸른빛인데
　　　단 하나의 붉은 빛
　動人春色不須多　사람에게 봄 정취
　　　를 일으키는데 많을 필요 없
　　　으리

화견수(花見羞)

미인(美人)의 용모를 이르는 말.
「五代史 明宗家人傳」,
　淑妃王氏有美色 號花見羞

화관모속(華菅茅束)

부부가 서로 떨어질 수 없음을 비유
하는 말.
「詩經 小雅 白華」,
　白華兮白茅束兮 之子之遠 俾我獨兮

화관무직(華官膴職)

이름이 높고 녹이 많은 벼슬직을 말
함.

화광동진(和光同塵)

자신의 지혜와 덕을 감추고 겉으로 드러내지 않으며, 뭇 사람들과 어울려 참된 자신을 보여줌. 또는 부처나 보살이 중생을 제도하기 위해 본색을 감추고 인간계에 섞여 나타남을 뜻하는 말.

「老子 第五十七章」,

知者不言 言者不知 塞其兌閉其門 挫其銳解其粉 和其光同其塵 是謂玄同 故不可得而親 亦不可得而疎 不可得而利 亦不可得而害 不可得而貴 亦不可得而賤 故爲天下貴

아는 자는 말하지 않고, 말하는 자는 알지 못한다. 그 통하는 구멍을 막고 그 문을 닫고, 그 날카로움을 꺾고 그 얽힘을 풀고, 그 빛을 부드럽게 하고 그 더러움을 함께 한다. 이것을 玄同이라고 말한다. 그러므로 친해질 수도 멀어질 수도 없으며, 이로울 수도 해로울 수도 없으며, 귀할 수도 천할 수도 없나니라. 그러므로 天下가 귀한 것이다.

* 老子의 독특한 處世術로, 모든 利害를 초월하여 참된 德을 갖춘 진실로 존귀한 존재가 될 수 있음을 역설한 글.

화광충천(火光衝天)

불이 일어나서 그 형세가 맹렬함을 이르는 말.

화기애애(和氣靄靄)

여럿이 모인 자리에 따스하고 부드러운 기운이 넘쳐흐르는 모양을 이르는 말.

화기우세미(禍起于細微)

모든 재앙은 조그만 방심에서 비롯된다는 말.

화기치상(和氣致祥)

음양(陰陽)이 화합하면 상서롭게 된다는 말.

화락송정한(花落訟庭閒)

정치를 잘하여 법정이 한가함을 이르는 말.

「故事成語考」,

花落訟庭閒 草生囹圄靜

화려강산(華麗江山)

곱고 아름다운 산천을 이르는 말.

화룡유구(畵龍類狗)

큰 일을 하려다가 뜻을 이루지 못하면 모든 것이 실패로 돌아가 어떤 작은 일도 이룰 수 없음을 비유한 말.

「後漢書 儒林傳」,

孔僖因讀吳王夫差時事 廢書歎曰 若是所謂畵龍不成 反類狗者

화룡점정(畵龍點睛)

용을 그리다 마지막으로 눈을 그려 넣었더니 그 용이 하늘로 올라갔다는 고사에서 나온 말로, 가장 중요한 부분에 마지막 손질을 가하여 완성시킴을 비유하는 말.

「水衡記」,

張僧繇於金陵安樂寺 畵兩龍不點睛 每云 點之卽飛去 人以爲妄 因點其一 須臾雷電破壁 一龍上天 一龍不點眼者見在

張僧繇는 金陵에 있는 安樂寺에서 (龍을 그려 달라는 부탁을 받고) 龍을 그렸는데 눈동자에 점을 찍지 않았다. 모두 그 까닭을 물으니, '눈동자에 점을 찍으면 하늘을 날아간다'고 했다. 사람들이 거짓말로 여기고 믿지 않았다. 참다 못한 張僧繇는 한

마리의 龍에 점을 찍게 되었다. 그러
자 갑자기 벽에서 雷電이 번쩍이더니
龍이 벽을 뚫고 하늘로 날아가 버렸
다. 그리고 벽에는 눈동자를 찍지 않
은 龍 한 마리만 남게 되었다.

화무십일홍(花無十日紅)

⇒권불십년(權不十年) 참조.
* 열흘 붉은 꽃이 없다는 뜻.

화민성속(化民成俗)

백성을 선도하고 교화하여 좋은 풍
속을 이룩함.

화복규전(禍福糾纏)

화복은 꼰 노와 같이 서로 얽혀서
재앙이 있으면 복이 있고 복이 있으
면 재앙이 있는 법임.
「漢書 賈誼傳」,
禍之與福兮何異糾纏

화복길흉(禍福吉凶)

⇒길흉화복(吉凶禍福) 참조.

화복동문(禍福同門)

화나 복은 모두 자신이 초래한다는
말. 화복유기(禍福由己)라고도 함.
「淮南子」,
禍之來也人自生之 福之來也人自成之
福與福同門 利與害爲鄰

화복무문(禍福無門)

화복은 운명이 아니고 선악에 따라
서 온다는 뜻.
「春秋左氏傳」,
禍福無門 唯人所召

화복상관(禍福相貫)

화나 복은 서로 통하여 한쪽으로 치
우치지 않는다는 말.
「戰國策」,

禍與福相關 生與亡爲鄰

화복유기(禍福由己)

⇒화복동문(禍福同門) 참조.
「孟子 公孫丑章句」,
今國家閒暇 及是時 般樂怠敖 是自求
禍也 禍福無不自己求之者

화불단행(禍不單行)

재앙은 늘 겹쳐서 오게 된다는 뜻.

화불망지(禍不妄至)

화가 닥침은 모두 그 원인이 있다는
말.
「史記」,
元王曰 不然 寡人聞之 諫者福也 諛
者賊也 人主聽諛 是愚惑也 雖然禍不
妄至 福不徒來

화불재양(華不再揚)

떨어진 꽃은 다시 가지에 올라가 피
지 못함. 즉, 흘러간 세월은 다시 오
지 않는다는 말.
「陸機 短歌行」
時無重至 華不再揚

화사첨족(畵蛇添足)

뱀을 그리는데 발을 그렸다는 고사
에서 나온 말로, 쓸데없는 군더더기
를 덧붙이려다 일을 그르치게 됨을
비유하는 말. 묘사첨족(描蛇添足)이라
고도 하며, 줄여서 사족(蛇足)이라고
도 함.
「戰國齊策」,
昭陽爲楚伐魏 覆軍殺將 得入城移兵
攻齊 陳軫爲齊王使 見昭陽曰 楚有祠
者賜其舍人巵酒 舍人相謂曰 數人飲之
不足 一人飲之有餘 請畵地爲蛇 先成
者飮酒 一人蛇先成 引酒且飮 乃左手
持巵 右手畵地 曰 吾能爲之足 未成

一人蛇成 奪其巵曰 蛇固無足 子安能
爲之足 遂飮其酒 爲蛇足者終亡其酒
今君攻魏 破軍殺將 得入城 不弱兵欲
攻齊 猶爲蛇足也 昭陽以爲然 解軍而
去

화생부덕(禍生不德)

화란(禍亂)을 겪는 것은 모두 본인
의 덕이 없기 때문이라는 말.
「崔琦의 外戚箴」.
禍生不德 福有愼機

화생어해타(禍生於懈惰)

모든 화는 마음의 태만에서 비롯된
다는 말.
「韓詩外傳」.
官怠於宦成 病加於小愈 禍生於懈惰
孝衰於妻子

화생자섬섬(禍生自纖纖)

모든 화는 사소한 것으로부터 생긴
다는 말. 화자미이생(禍自微而生)이라
고도 함.
「荀子 大略篇」.
禍之所由生也 生自纖纖也 是故君子
蚤絶之

화서지국(華胥之國)

지극히 잘 다스려진 나라를 이르는
말.
⇒화서지몽(華胥之夢)의 고사 참조.

화서지몽(華胥之夢)

황제(黃帝)가 꿈속에 화서국(華胥
國)에서 놀았다는 뜻으로, 좋은 꿈을
이르는 말.
「列子 黃帝篇」.
黃帝憂天下之不治 竭聰明 盡智力 焦
然肌色皯黣 昏然五情爽惑 於是放萬機
退而閒居大庭之館 齋心服形 三月不親

政事 晝寢而夢 遊於華胥之國 其國無
帥長 自然而已 其民無嗜欲 自然而已
不知樂生 不知惡死 故無夭殤 不知親
己 不知疏物 故無愛憎 乘空如履實 寢
虛若處林 雲霧不硋其視 雲霆不亂其
聽 神行而已 黃帝旣寤 悟然自得曰 今
知至道不可以情求矣 又二十有八年 天
下大治 幾若華胥氏之國 而帝登假

黃帝는 나라가 잘 다스려지지 않는
것을 걱정하여 聰明과 智力을 다해
노력하더니 心身이 더욱 쇠약해졌다.
그래서 무엇인가 잘못이 있음을 깨달
은 黃帝는 정치에서 떠나 三個月 동
안 오로지 心身 修養에만 힘썼다. 그
러던 어느 날 낮잠을 자다가 華胥國
에서 노는 꿈을 꾸었다. 그 나라는
君主와 首領도 없었고, 百姓들은 욕
심도 없이 자연 그대로 살아가고 있
었다. 사람들은 삶을 즐길 줄도, 죽
음을 두려워할 줄도 몰라, 그러므로
젊어서 죽지도 않고 利己主義도 없었
으며, 사물을 멀리할 줄도 몰랐다.
그리하여 愛憎도 없었으며, 아무 것
도 없는 虛空에서 잠을 자도 숲속에
있는 것처럼 편안했고, 구름이나 안
개도 시각을 가로막지 않고, 雷霆도
그 청각을 어지럽게 하지 않았다. 神
이 행동할 뿐이었다. 黃帝 깨어나 깨
닫는 바가 있어 가로되, "나는 지금
情으로 구하는 것이 아니라는 道를
터득하였소." 그리고 二十八年이 동
안 天下를 잘 다스리니, 꿈에서 본
華胥國과 같이 잘 되었다고 한다.

화수회(花樹會)

성(姓)이 같은 일가끼리 친목을 꾀
하기 위하여 이룬 모임이나 잔치를
이르는 말.

화악상휘루(花萼相輝樓)

형제가 서로 화합함을 이름.
「唐書」,
天子於宮西南 置樓 其西署曰 花萼相
輝之樓

화여복린(禾與福鄰)

화복(禍福)은 항상 함께 따른다는
말.
「荀子 大略篇」,
慶者在堂 弔者在閭 禍與福鄰 莫知其
門

화여도리(華如桃李)

복숭아나 오얏꽃처럼 아름다운 얼굴
이란 뜻.
「詩經」,
華如桃李 平王之孫 齊侯之子

화왕지절(火旺之節)

몹시 더운 여름 계절을 이르는 말.

화용월태(花容月態)

꽃다운 얼굴과 달 같은 자태란 뜻으
로, 아름다운 여자의 고운 용태를 이
르는 말.

화이부동(和而不同)

⇒군자화이부동(君子和而不同) 참조.

화이부실(華而不實)

꽃뿐이고 열매가 없다는 뜻으로, 언
행이 일치하지 않음, 또는 겉으로는
화려하되 실속이 없음을 이르는 말.
「左傳 文公 五年」,
晉陽處父聘于衛 反過衛 衛嬴從之 及
溫而還 其妻問之 嬴曰 以剛 商書曰
沈漸剛克高明柔克 夫子壹之 其不沒乎
天爲剛德 猶不干時 況在人乎 且華而
不實 怨之所聚也 犯而聚怨 不可以定

身　余懼不獲其利而難其難 是以去之
晉趙成子・欒貞子・霍伯・臼季皆卒

진(晉)나라의 양처보(陽處父)가 위
나라에 빙문(聘問)하고 돌아가다가
영(甯) 지방을 지나게 되었다. 영 지
방의 여관 주인인 영(嬴)이 그를 따
라 온(溫) 지방에까지 갔다가 돌아왔
다. 그의 아내가 물었을 때 다음과
같이 말하였다. "그가 성품이 강하기
때문이다. 상서(商書)에는, '침체한
것은 강한 것으로 이겨내고, 고명(高
明)한 것은 온유한 것으로 이겨내라'
고 하였는데, 그 사람은 한결같기만
하니 어찌 죽지 않겠는가? 하늘은 강
덕(剛德)이지만 그래도 추위와 더위
의 때를 거스르지는 않는다. 하물며
사람에 있어서랴? 또 꽃은 있으나 열
매가 없으면 원망이 모이게 되는 법
인데, 그 사람은 남을 거슬러서 원망
을 모으고 있으니 몸을 안전하게 지
킬 수가 없을 것이다. 그래서 나는
그를 따라가더라도 이익은 얻지 못하
고 재난을 당하지나 않을까 염려되어
그를 떠나 온 것이다." 이 때 진(晉)
나라에서는 조성자 난정자 곽백 및
구계가 모두 죽었다.

화이부장(和而不壯)

온화하지만 웅장하지 못함을 이름.
⇒장이불밀(壯而不密)의 고사 참조.

화이부창(和而不唱)

남에게 동조는 하지만 스스로 주장
하지는 않는다는 말.

화자(花子)

거지(걸인)를 이르는 말.
「五雜俎」,
京師謂街兒爲花子 不知何取義

화자미이생(禍自微而生)

⇒화생자섬섬(禍生自纖纖) 참조.
「太公金匱」,
首自微而生 禍自微而生

화전충화(花田衝火)

꽃밭에 불지르기란 뜻으로, 남의 잘
되는 일에 잔인한 일이나 몰풍정(沒
風情)한 짓을 함을 비유하여 이르는
말.

화조월석(花朝月夕)

꽃 피는 아침과 달뜨는 저녁이란 뜻
으로, 경치가 좋은 때를 이르는 말.
「馬令의 南唐書昭惠周后傳」,
花朝月夕 無不傷懷

화조풍영(花鳥諷詠)

자연계나 인간계의 풍물을 무심히
객관적으로 읊음을 이르는 말.

화종구생(禍從口生)

인간사의 모든 재앙은 함부로 지껄
이는 말에서 비롯된다는 뜻으로, 언
행을 삼가고 조심해야 함을 경계하는
말. 병종구입(病從口入)과 함께 쓰이
는 말.
「報恩經」,
人生世間 禍從口生

화중군자(花中君子)

연꽃을 달리 이르는 말.
「周敦頤의 愛蓮說」,
予謂菊 花之隱逸者也 牧丹 花之富貴
者也 蓮花之君子者也

화중신선(花中神仙)

해당화(海棠花)를 달리 이르는 말.
「群芳譜」,
海棠有色無香 故唐相賈耽著花譜 以
爲花中神仙

화중왕(花中王)

모란을 달리 이르는 말.

화중지병(畵中之餠)

그림의 떡이란 뜻으로, 아무리 마음
에 들어도 실제로 이용할 수 없거나
차지할 수 없음을 비유하는 말.

화지누빙(畵脂鏤氷)

기름에다 그림을 그리고 얼음에다
조각을 했다는 뜻으로, 애써 노력(勞
力)만 하고 공(功)이 없음을 비유하
여 이르는 말.
「鹽鐵論」,
內無其質 而外學其文 若畵脂鏤氷 費
日損功

화촉동방(華燭洞房)

첫날밤에 신랑 신부가 자는 방을 이
르는 말.

화촉지전(華燭之典)

아름다운 촛불을 밝히는 의식, 곧
결혼식을 이르는 말.

화풍난양(和風暖陽)

화창한 바람과 따스한 햇볕을 이르
는 말.

화피만방(化被萬方)

교화함이 널리 만방에 미친다는 말.
「柳宗元의 爲李諫議賀赦表」,
恩覃九月 化被萬方

화하쇄곤(花下曬褌)

꽃 밑에서 고의를 말린다는 뜻으로,
살풍경하고 멋이 없는 모양.
「李商隱의 雜纂殺風景條」,
花下曬褌

화혜복지소의(禍兮福之所倚)

화나 복은 서로 의지하여 통한다는 말.
「老子」,
禍兮福之所倚 福兮禍之所伏 孰知其
極 其無正

화호불성반위구자(畵虎不成反爲狗子)

⇒화호유구(畵虎類狗) 참조.

화호유구(畵虎類狗)

호랑이를 그린다는 것이 개 모양이
되었다는 뜻으로, 소양(素養)이 없는
사람이 호걸(豪傑)의 풍모를 모방하
다가 도리어 경박(輕薄)한 사람이 됨
을 비유하는 말. 화호불성반위구자
(畵虎不成反爲狗子)이라고도 함.
「後漢書 馬援傳」,
戒兄子嚴敦曰 龍伯高敦厚周愼 吾願
汝曹效之 杜季良豪俠好義 吾不願汝曹
效之 效伯高不得 猶爲謹飭士 所謂刻
鵠不成 尙類鶩者也 效季良 不得 陷爲
天下輕薄者 所謂畵虎不成 反類狗者也

확고부동(確固不動)

확실하고 튼튼하여 마음이 움직이지
않음을 이름. 확고불발(確固不拔), 확
호불발(確乎不拔)이라고도 함.

확고불발(確固不拔)

⇒확고부동(確固不動) 참조.

확철부어(涸轍鮒魚)

⇒철부지급(轍鮒之急) 참조.

확호불발(確乎不拔)

⇒확고부동(確固不動) 참조.

환고일세(環顧一世)

세상에 유능한 인물이 없음을 탄식
하여 하는 말.

환고자제(紈絝子弟)

귀족의 자제를 이르는 말.
「宋史 魯宗通傳」,
館閣育天下英才 豈紈絝子弟得以恩澤
處耶

환골탈태(換骨奪胎)

뼈를 바꾸고 탈을 달리한다는 말로,
고인(古人)의 시(詩)를 본떠 작시(作
詩)함을 환골(換骨)이라 하고, 고시
(古詩)의 뜻을 바꾸어 표현함을 탈태
(奪胎)라 하는 데서 유래된 말로, ①
선인의 시나 문장을 살리되, 자기 나
름의 새로움을 보태어 자기 작품으로
삼는 일. 또는, 얼굴이나 모습이 전
에 비하여 몰라보게 좋아졌음을 비유
하여 이르는 말. 탈태환골(脫胎換骨)
이라고도 함.
「釋惠洪의 冷齋夜話」,
山谷曰 詩意無窮而人之才有限 以有
限之才 追無窮之意 雖淵明少陵不得工
也 然不得其意而造其語 謂之換骨法
規模其意形容之 謂之奪胎法

환과고독(鰥寡孤獨)

⇒사궁(四窮) 참조.

환급신후신불급(患及身後愼不及)

화가 닥친 후에 몸을 삼가야 소용없
다는 말로, 곧 화는 미연에 방지해야
한다는 말.
「淮南子」,
患及身 然後憂之 六驥追之 弗能及也

환난상고(患難相顧)

⇒환난상구(患難相救) 참조.

환난상구(患難相救)

근심거리와 재난이 생겼을 때 서로
구제함을 이름. 환난상고(患難相顧)라
고도 함.

환난상사(患難相死)

환난이 있을 때 목숨을 걸고 서로 구제한다는 말.
「禮記 儒行篇」.

儒有聞善以相告也 見善以相示也 爵位相先也 患難相死也 久相待也 遠相致也 其在擧有如此者

환난상휼(患難相恤)

향약(鄕約)의 4덕목 중 하나로, 걱정거리나 어려운 일이 생겼을 때 서로 도와줌을 이름.

환니봉관곡(丸泥封關谷)

한 개의 흙덩이로 관곡을 봉쇄했다는 말로, 소수의 병력으로 대적을 물리침을 뜻함.
「後漢書」.

元請以一丸泥 爲大王東封函谷關 此萬世一時也

환득환실(患得患失)

물건을 얻기 전에는 얻기 위해 걱정하고, 얻은 뒤에는 잃지 않으려고 걱정한다는 뜻.

환부역조(換父易祖)

지난날, 지체가 낮은 사람이 지체를 높이기 위하여 부정한 방법으로 자손 없는 양반 가문을 이어 자기의 조상을 바꾸던 일.

환부작신(宦腐作新)

낡은 것을 바꾸어서 새로운 것으로 만든다는 말.

환생우소홀(患生于所忽)

모든 환란은 소홀히 하는 데서 비롯된다는 말.
「說苑 敬愼篇」.

患生于所忽 福起于細微

환여평석(歡如平昔)

지난날의 원한을 버리고 옛정을 다시 회복한다는 말.

환연빙석(渙然氷釋)

얼음이 녹아 마음이 흩어지듯이 마음에 한 점의 의심도 남기지 않고, 의혹이나 미혹이 풀림.
「杜預 春秋左氏傳序」.

渙然氷釋 怡然理順

환천희지(歡天喜地)

하늘을 우러르고 기뻐하고 땅을 굽어보고 기뻐한다는 뜻에서, 대단히 기뻐함. 또는 그 모양을 이르는 말.
「水滸傳」.

當時只得權 且歡天喜地 相留在家宿歇

환해풍파(宦海風波)

벼슬살이에서 겪는 온갖 풍파를 이름.

환호작약(歡呼雀躍)

기뻐서 소리치며 날뜀을 이름.

활계환락(活計歡樂)

지나치게 사치하고 기뻐하며 즐기는 생활을 이르는 말.

활구자승어사정승(活狗子勝於死政丞)

산 강아지가 죽은 정승보다 낫다는 뜻으로, 한 번 죽으면 부귀도 권세도 다 소용이 없다는 말.
「旬五志」.

활달대도(豁達大度)

마음이 넓고 일에 거리끼지 않는 넓은 도량.
「陸贄의 奏議」.

漢高豁達大度 天下之士 至者納用

활발발지(活潑潑地)

물고기가 뛰듯이 기세가 성한 모양,
즉 팔팔하게 활동하는 모양을 이르는
말.

「中庸」,

程子曰 此一節子思喫緊爲人處 活潑
潑地 讀者其致思焉

활살자재(活殺自在)

살리고 죽이기를 제 마음대로 한다
는 말로, 무엇을 제 마음대로 다룸을
이르는 말.

활연관통(豁然貫通)

도(道)를 환히 깨달음을 이름.

황공무지(惶恐無地)

황공하여 몸 둘 바를 모른다는 말.

황구소아(黃口小兒)

참새 새끼 주둥이가 누런 데서 유래
됨 말로, 어린아이를 이르는 말.

「北史 崔暹傳」,

崔悛竊言 文宣帝爲黃口小兒

황금만능(黃金萬能)

돈만 있으면 무엇이든 뜻대로 할 수
있음을 비유하여 이르는 말.

황당무계(荒唐無稽)

언행이 터무니없고 허황됨을 이르는
말. 황탄무계(荒誕無稽)라고도 함.

황당지설(荒唐之說)

⇒황당지언(荒唐之言) 참조.

황당지언(荒唐之言)

허황된 말이나 공허한 언사를 이르
는 말. 황당지설(荒唐之說)이라고도
함.

「莊子 天下篇」,

以謬悠之說 荒唐之言 無端崖之辭 時
姿縱而不儻

황도길일(黃道吉日)

무슨 일을 하든지 가장 좋다는 날.
온갖 흉악이 이날만은 피한다고 함.

황량몽(黃梁夢)

⇒한단지몽(邯鄲之夢) 참조.

황량일취(黃梁一炊)

⇒한단지몽(邯鄲之夢) 참조.

황양무애(滉瀁無涯)

강이나 바다가 끝없이 넓음을 이르
는 말.

「劉勰新論」,

達者之懷 則滉瀁而無涯 褊人之情

황양자자(滉洋自恣)

물이 넓고 깊은 것처럼 학식 문재
(文才)가 깊고 넓어서 응용하는 것이
자유자재임을 이름.

「史記 莊周傳」,

其言滉洋自恣以適己

황연대각(晃然大覺)

환하고도 밝게 깨달음을 이름.

황연여격세(恍然如隔世)

별세계(別世界)에 있는 것처럼 황홀
한 심경(心境)을 이르는 말.

「吳船錄」,

發常州平江 親戚故舊來相迓者 陸續
於道 恍然如隔世焉

황음무도(荒淫無道)

주색에 빠져 사람으로서 마땅히 할
도리를 돌아보지 아니함을 이름.

황중내윤(黃中內潤)

재덕(才德)을 겉으로 나타내지 않음
을 이름.

「魏書」,
歎曰 高子黃中內潤 文明外照 必爲一
代偉器 但恐吾不見耳

황탄무계(荒誕無稽)

⇒황당무계(荒唐無稽) 참조.

황향선침(黃香扇枕)

여름에는 부모님 베갯맡에서 부채질
을, 겨울에는 부모님이 덮고 주무실
이부자리를 자신의 몸으로 미리 따뜻
하게 데워드렸다는 황향(黃香)의 고
사로, 부모님에 대한 지극한 효심을
이르는 말.

황홀난측(恍惚難測)

황홀하여 분별하기 어렵다는 말.

황황망조(遑遑罔措)

마음이 급하여 어찌할 줄 모르고 허
둥지둥함.
「孟子」,
孔子三月無君 則遑遑如也

회계지치(會稽之恥)

⇒와신상담(臥薪嘗膽) 참조.
「史記」
勾踐十年國富 遂報强兵 刷會稽之恥

회과자책(悔過自責)

자기의 잘못을 비판하여 허물을 뉘
우치고 제 스스로 책망함을 이름.

회광반조(回光返照)

해지기 직전에 한때 하늘이 밝아지
는 현상. 곧 머지않아 멸망하려고 하
는 것이 한때이지만, 기세가 왕성한
것. 죽기 직전에 잠깐 기운을 돌이키
는 것을 비유하여 이르는 말.

회뢰공행(賄賂公行)

뇌물을 공공연하게 주고받음을 이르
는 말.
「春秋胡氏傳」,
賄賂公行 上下離析

회보야행(悔寶夜行)

보물을 지니고 밤길을 감. 곧 위험
한 행위를 이르는 말.
「戰國策」,
臣聞懷重寶者 不以夜行 任大功者 不
以輕敵

회빈작주(回賓作主)

남의 의견이나 주장하는 사람을 제
쳐놓고 제멋대로 구는 무례한 행동을
이르는 말.

회자(膾炙)

⇒회자인구(膾炙人口) 참조.

회자인구(膾炙人口)

여러 사람의 입에 자주 오르내린다
는 말. 회자(膾炙)만으로도 쓰임.
「孟子 盡心章句下 三十六」,
曾晳嗜羊棗 而曾子不忍食羊棗 公孫
丑問曰 膾炙與羊棗孰美 孟子曰 膾炙
哉 公孫丑曰 然則 曾子何爲食膾炙 而
不食羊棗 曰 膾炙所同也 羊棗所獨也
諱名不諱姓 姓所同也 名所獨也
증석(曾晳)이 대추를 좋아하였는데,
그 아들 증자(曾子)는 차마 대추를
먹지 못했다. 공손추(公孫丑)가 여쭈
어 보았다. "회나 구운 고기와 대추
는 어느 것이 맛있습니까?"
맹자(孟子)께서 말씀하셨다. "회니
구운 고기가 더 맛있겠지."
"그러면 증자는 어찌하여 회와 구운
고기는 먹으면서 대추는 먹지 않았습
니까?"
"회와 구운 고기는 누구나 좋아하는
것이고, 대추는 홀로 좋아했기 때문

이다. 이름 부르기는 꺼려하고 姓 부르기는 꺼려하지 않거니와, 姓은 같이 사용하기 때문이요, 이름은 홀로만 사용하기 때문이다."

회자정리(會者定離)

세상의 무상(無常)함을 일컫는 말로, 만나면 반드시 헤어진다는 뜻.
「遺敎經」

회지무급(悔之無及)

⇒후회막급(後悔莫及) 참조.

회천도일지력(廻天倒日之力)

힘이 몹시 강함을 이르는 말.
「陸機의 弔魏武帝文」
夫以廻天倒日之力 而不能振形骸之內

회총시위(懷寵尸位)

임금(윗사람)의 총애를 믿고 물러날 때에 물러나지 않고 헛되이 자리만 지키고 있음을 이름.
「孝經」
無阿順從 良臣節也 若乃見可諫而不諫曰之尸位 見可退而不退曰之懷寵

횡래지액(橫來之厄)

뜻밖에 닥쳐 온 모질고 사나운 일(액)을 이름.

횡목지민(橫目之民)

일반 백성을 이르는 말.
「莊子 天地篇」
苑風曰 夫子無意於橫目之民乎 願聞聖治

횡보행호거경(橫步行好去京)

모로 가도 서울만 가면 된다는 뜻으로, 수단은 어떻든 간에 목적만 달성하면 된다는 뜻.
「靑莊館全書」

횡설수설(橫說竪說)

조리 없는 말을 함부로 지껄임을 이르는 말. 횡수설거(橫竪說去), 횡수설화(橫竪說話)라고도 함.

횡수설거(橫竪說去)

⇒횡설수설(橫說竪說) 참조.

횡수설화(橫竪說話)

⇒횡설수설(橫說竪說) 참조.

횡초지공(橫草之功)

전장(戰場)에 나가서 산야(山野)에 있는 적을 무찌르고 세운 큰공을 비유하여 이르는 말.
「漢書 終軍傳」
軍無橫草之功

횡행천하(橫行天下)

세상에서 제멋대로 날뜀을 이름.
「史記 伯夷傳」
盜跖聚黨數千人橫行天下

효두발인(曉頭發靷)

장례(葬禮) 때 먼동이 트기 전에 하는 발인(發靷)을 이름.

효빈(效顰)

월(越)나라 미인 서시(西施)가 기분이 나빠 얼굴을 찡그리고 다녔더니, 추녀가 그것을 보고 흉내내며 다녔다는 고사로, 무턱대고 남의 흉내를 내는 어리석음을 이르는 말.
「莊子 天運篇」
西施病心而矉其里 其里之醜人見而美之 歸亦捧心而矉其里 其里之富人見之 閉門而不出 貧人見之 挈妻子而去之走

효쇠어처자(孝衰於妻子)

처자식 때문에 효심이 이완되기 쉬움을 경계하는 말.

⇒화생어해타(禍生於懈惰)의 고사 참조.

효시(嚆矢)

개전(開戰) 신호로 사용하던 화살에서 나온 말로, 모든 사물의 시초를 이르는 말. 권여(權輿), 남상(濫觴)이라고도 함.

「莊子 在宥篇」,

昔者 黃帝始以仁義攖人之心 堯舜於是乎股無胈 脛無毛 以養天下之形 愁其五臟 以爲仁義 矜其血氣 以規法度 然猶有不勝也 堯於是放讙兜於崇山 投三苗於三峗 流共工於幽都 此不勝天下也 夫施及三王 而天下大駭矣 下有桀跖 上有曾史 而儒墨畢起 於是乎喜怒相疑 愚知相欺 善否相非 誕信相譏 而天下衰矣 大德不同 而性命爛漫矣 天下好知 而百姓求竭矣 於是乎釿鋸制焉 繩墨殺焉 椎鑿決焉 天下脊脊大亂 罪在攖人心 故賢者伏處大山嵁巖之下 而萬乘之君 憂慄乎廟堂之上 今世殊死者相枕也 衍楊者相推也 刑戮者相望也 而儒墨乃始離跂攘臂乎桎梏之間 意心矣哉 其無愧而不知恥也 甚矣 吾未知聖知不爲桁楊椄槢也 仁義之不爲桎梏鑿枘也 焉知曾史之不爲桀跖嚆矢也 故曰 絶聖棄知而天下大治也

옛날에 黃帝가 처음으로 仁義로써 사람들의 마음을 교란하였다. 그래서 堯임금과 舜임금은 넓적다리에는 살이 없고 정강이에는 털이 붙어 있지 못할 정도로 애쓰며 천하 사람들의 몸을 길렀다. 그의 온몸으로 걱정하면서 仁義를 행하였고, 그의 血氣를 괴롭히면서 법도를 제정하였다. 그러나 뜻대로 되지 않는 일이 있었다. 堯임금은 讙兜를 崇山으로 쫓아내고, 三苗를 三峗山으로 추방하고, 共工을 幽都로 귀양보내야 하였으니, 이것은 천하가 뜻대로 다스려지지 않았기 때문이었다. 夏,殷,周의 三代로 오면서 천하는 크게 어지러워졌다. 아래로는 桀왕과 盜跖이 있었고, 위로는 曾子와 史鰌가 있었으며, 儒家와 墨家 들이 한꺼번에 생겨났다. 이에 기뻐하고 노여워하면서 서로를 의심하고 어리석은 자와 지혜 있는 자들이 서로를 속이고, 훌륭하다든가 그렇지 않다고 하면서 서로 비난하고, 거짓이니 참말이니 하면서 서로 헐뜯게 되어, 천하가 쇠퇴하였다. 사람들이 본시부터 타고난 큰 德은 변하여 서로 다르게 되고, 타고난 本性과 運命이 산란하여졌다. 온 천하가 지혜를 좋아하게 되자 백성들은 혼란을 일으키게 되었다. 이에 도끼와 톱으로 자르고, 먹줄로 바로잡고, 망치와 끌로써 쪼개야만 되게 되었다. 온 천하는 뒤범벅이 되어 크게 어지러워졌는데, 그 죄는 인심을 교란한 데에 있다. 그러므로 현명한 사람들은 큰 산 험한 바위 아래 숨어살게 되었고, 天子는 廟堂에서 걱정하고 두려워하게 된 것이다. 지금 세상에 사형 당한 자가 서로 팔을 베고 누웠고, 족쇄를 찬 자는 서로 밀고, 사형 당할 자들은 서로 바라보고만 있다. 그러나 儒學者나 墨學者 그 질곡 사이에서 발을 벌리고 팔을 휘두르고 있으니 마음이 아프구나! 부끄러움도 없고 염치를 모르니 정말로 심하구나! 나는 聖人의 지혜가 족쇄가 되고, 仁義가 질곡의 쐐기가 되지 않음을 모르니 어찌 (효도로 유명한) 曾子나 (강직하기로 유명한) 사유가 (暴君의 대표적 인물인) 桀王 (도둑이 대표적 인물인) 跖의 嚆矢되지 않는다고 말할 수 있겠는가? 그러므로 聖을 끊고 知를 버려야 天下가 잘 다스려질 수 있는 것이다.

* 포악한 짓이나 도둑질과 마찬가지로 仁義 같은 人爲的인 행동은 모두가 세상을 어지럽게 만드는 원인이 되니, 一切의 人爲的인 행동을 버리고 모든 것을 자연에 맡겨야만 한다는 것을 강조한 대목임.

효자불궤(孝子不匱)

효자의 효도 행위에는 한정이 없다는 말.

「詩經 大雅 旣醉」,

威儀孔時 君子有孝子 孝子不匱 永錫爾類

후덕군자(厚德君子)

언행이 어질고 덕이 두터운 사람을 이르는 말.

후래가기(後來佳器)

후에 반드시 훌륭하게 될 인물을 이르는 말.

「齊書」,

仍遷從事中部詣司徒 袁粲謂人曰 後來佳器也

후래삼배(後來三杯)

술자리에 늦게 온 사람에게 권하는 석 잔의 술을 이르는 말.

후모심정(厚貌深情)

외모만 꾸미고 본심은 드러내지 않음을 이름.

「莊子 列御寇篇」,

難於知天 天猶有春秋冬夏旦暮之期

人者厚貌深情 故有貌愿而益

후목분장(朽木糞牆)

썩은 나무는 조각할 수가 없고 썩은 벽은 칠을 할 수가 없다는 뜻으로, 지기(志氣)가 부패한 사람은 가르칠 수 없음을 비유하는 말.

「漢書」,

今漢繼秦之後 如朽木糞牆矣

「論語 公冶長」,

宰予晝寢 子曰 朽木不可雕也 糞土之牆 不可朽也 於予與何誅 子曰 始吾於人也 聽其言而信其行 今吾於人也 聽其言而觀其行 於予與改是

재여가 낮잠을 잤다. 공자께서 말씀하셨다. "썩은 나무에는 조각할 수 없고, 더러운 흙으로 쌓은 담은 흙손으로 다져 가꿀 수 없다. 재여 같은 인간은 나무라서 무엇하겠느냐?" 또 공자께서 말씀하셨다. "전에 나는 맘을 대함에 그의 말만을 듣고 그의 행실을 믿었지만, 이제 나는 남을 대함에 그의 말을 듣고서도 그의 행실을 살피게 되었으니, 재여로 해서 내가 이렇게 사람 대하는 태도를 고치게 되었다."

후생가외(後生可畏)

⇒청출어람(靑出於藍) 참조.

「論語 子罕 二十二」,

子曰 後生可畏 焉知來者之不如今也 四十五十而無聞焉 斯亦不足畏也已

孔子 가로되, "젊은 後進들을 두려워해야 할지니 그들의 장래 학문이 오늘의 우리보다 못할 줄 어찌 알리오. 만약 그들의 나이 사오십이 되어도 이름이 들리지 않으면 그 때는 두려워할 것도 아무 것도 없다.

후생각고(後生角高)

⇒청출어람(靑出於藍) 참조.

「洌上方言」,

後生角高何特 言後生可畏 後生之角 突然而高與前生之角 同其高也

'후배들을 두려워하게 되는 것은 뒤 에 난 뿔이 앞에 난 뿔보다 더 우뚝 솟아 있기 때문이다'라는 뜻이다.

후생대사(後生大事)

내세(來世)에서의 안락을 가장 소중 히 함. 믿는 마음으로 선행을 쌓는 것. 사물을 소중히 유지함을 이름.

후설지관(喉舌之官)

임금의 명령을 전달하는 사람, 곧 재상(宰相)을 이르는 말.

「詩經」,

出納王命 王之喉舌

후안(厚顔)

허위를 말하고도 부끄러움을 모를 정도로 낯가죽이 두꺼운 사람을 비유 하는 말. 면장우피(面張牛皮), 철면피 (鐵面皮) 또는 후안무치(厚顔無恥)라고 도 함.

「詩經 小雅 節南山之什 巧言篇」,

荏染柔木 저기 저 좋은 나무는
君子樹之 옛님이 심어 주신 걸세
往來行言 오고가며 흘리는 말
心焉數之 분별 바로 하여야 하네
蛇蛇碩言 나팔 부는 호언장담
出自口矣 되는대로 지껄이고
巧言如簧 음악인 듯 교묘한 말
顔之厚矣 뻔뻔스레 마구 하니

「北夢瑣言」,

進士王光遠干索權家無厭　或遭撻辱 略無改悔 時人云 光遠顔厚如十重鐵甲

進士 王光遠은 출세를 하기 위해 權 門勢家들에게 아첨을 일삼는 자였다. 사람들이 무례하게 모욕을 주어도 창 피한 줄을 모르고 고치려 들거나 후 회하는 일이 없었다. 그 때부터 사람 들은 그를 가리켜 '光遠의 얼굴의 두 께는 열 겹의 鐵甲 같다'고 하였다.

후안무치(厚顔無恥)

⇒후안(厚顔) 참조.

후즉위인소제(後則爲人所制)

남보다 뒤지면 제압당함을 이르는 말. 후즉제어인(後則制於人)이라고도 함.

⇒선즉제인(先則制人) 참조.

후즉제어인(後則制於人)

⇒후즉위인소제(後則爲人所制) 참조.

후회막급(後悔莫及)

잘못 된 뒤에 아무리 후회하여도 어 쩔 수가 없음. 회지무급(悔之無及)이 라고도 함. 서제막급(噬臍莫及)과 유 사한 말.

후회서제(後悔噬臍)

일이 잘못된 뒤에는 뉘우쳐도 미치 지 못한다는 말.

훈이향자소(薰以香自燒)

재주있는 사람이 그 재주 때문에 스 스로를 망친다는 말.

「漢書」,

嗚呼薰以香自燒 膏以明自鑠 龔生竟 夭千年 非吾徒也

훈주산문(葷酒山門)

비린내나는 고기나 풋내 나는 채소 향기로운 술 따위는 정력을 돋궈서 불도 수행에 방해가 되어, 파계의 원

인이 되므로 절 안에 들여오지 못하
게 하는 것.

훈호처창(焄蒿悽愴)

향기가 피어오르고 이 세상에 없는
것이 나타나듯이 신비스런 감정.
「禮記 祭義篇」,

훤훤효효(喧喧囂囂)

많은 사람이 저마다 떠들어서 시끄
러운 모양을 이르는 말.

훼사입몽(虺蛇入夢)

살무사나 이무기의 꿈을 꾼다는 뜻
으로, 계집애를 낳을 징조를 비유하
여 이르는 말.

훼예포폄(毁譽褒貶)

칭찬하는 말과 비방하는 말을 이르
는 말.
「漢書 藝文志」,

훼와획만(毁瓦劃墁)

기와를 헐고 벽에 금을 긋는다는 뜻
으로, 남의 집에 해를 끼친다는 말.

훼장삼척(喙長三尺)

주둥이가 석 자라도 변명할 수가 없
다는 뜻으로, 허물이 드러나서 숨길
수가 없음을 이르는 말.

훼척골립(毁瘠骨立)

신병으로 살이 바짝 말라서 뼈만 앙
상하게 드러남을 이르는 말.

휘비(諱秘)

⇒휘지비지(諱之秘之) 참조.

휘지비지(諱之秘之)

결과를 분명하지 않게 맺음. 또는,
남을 꺼리어 얼버무려 넘김을 이르는
말. 줄여서 휘비(諱秘)만으로 쓰임.

휴수동귀(携手同歸)

행동을 서로 같이 함을 이름.

휼방상지(鷸蚌相持)

⇒휼방지쟁(鷸蚌之爭) 참조.

휼방지쟁(鷸蚌之爭)

조개와 황새가 서로 싸우다가 어부
에게 잡혔다는 말로, 두 사람이 다투
고 있는 동안에 제3자가 이익을 보게
됨을 이르는 말. 견토지쟁(犬兎之爭),
방휼지쟁(蚌鷸之爭), 어부지리(漁父之
利), 어부지리(漁夫之利), 전부지공(田父
之功), 좌수어인지공(坐收漁人之功) 또
는 휼방상지(鷸蚌相持)라고도 함.
「戰國策 燕策」,

趙且伐燕 蘇代爲燕謂惠王曰 今日臣
來過易水 蚌方出曝而鷸啄其肉 蚌今而
箝其喙 鷸曰 今日不雨 明日不雨 卽有
死蚌 蚌亦謂鷸曰 今日不出 明日不出
卽有死鷸 兩者不肯相舍 漁夫得而幷擒
之 今趙且伐燕 燕趙久相攻 以敝大衆
臣恐强秦之爲漁夫也 願大王熟計之也
惠王曰 善

조(趙)나라가 연(燕)나라를 치고자
하니, 소대(蘇代)라는 사람이 연나라
를 위하여 조나라 혜왕에게 일러 말
하되, "오늘 신이 역수(易水)를 건너
다보니, 조개가 마침 물가에 올라와
햇볕을 쬐려고 딱 벌리고 있거늘, 황
새가 그것을 보고 조개의 고기를 먹
으려고 찍으니, 조개가 놀라서 꼭 오
므리고 그 황새의 부리를 물거늘, 황
새가 말하되, '오늘 비가 안 오고 내
일도 비가 안 오면 곧 너는 죽을 뿐
이다.'고 하니, 조개도 또한 황새에게
이르되, '오늘 물고서 벌리지 않고 내
일도 물고서 벌리지 않으면 너는 죽

을 뿐이다.'하며 둘이 서로 놓지 않고 싸우거늘, 어부가 잡아서 둘을 다 얻었다. 지금 조나라가 연나라를 쳐서 조와 연이 오랫동안 서로 싸워서 백성들을 괴롭게 하면, 신은 강한 진나라에 먹혀 어부에게 이익을 주게 될까 두렵습니다. 원컨대 왕은 깊이 생각하소서."라고 하였다. 혜왕이 말하되, "좋은 말이다."라고 말했다.

휼이부정(譎而不正)

하는 일이 올바르지 못함을 이르는 말.
「論語 憲問篇」,
子曰 晉文公譎而不正 齊桓公正而不譎

흉종극말(凶終隙末)

우정을 끝까지 잘 지켜가지 못함을 비유하는 말.
「漢書 王丹傳」,
* 장이(張耳)와 진여(陳餘)는 아주 친한 사이였는데, 후에 장이가 한(漢)의 장수 가 되자 친구인 진여를 저수(泜水)란 강에서 죽였으며, 또 소육(蕭育)과 주박(朱博) 두 사람도 친한 사이였으나 후에 사이가 벌어진데서 나온 말.

흉중무묵(胸中無墨)

배우지 못한 사람을 이르는 말.
「吳氏林下偶譚」,
俚俗謂不能文者爲胸中無墨

흉중생진(胸中生塵)

오랫동안 남을 그리워하면서 만나지 못하고 있는 상황을 이르는 말.

흉중유성죽(胸中有成竹)

대나무를 그릴 때 미리 마음속으로 대나무를 그려본 후 붓을 든다는 말로, 어떤 일을 착수할 때는 미리 마음속으로 그 안을 세운다는 말.
「朱熹의 詩」,
十年不共賦陽春 正有胸中萬斛塵
「晁補之詩」,
與可畵竹時 胸中有成竹

흑두재상(黑頭宰相)

나이가 젊은 재상을 이르는 말.
「晉書」,
王道嘗謂曰 明府當爲黑頭公

흑백불분(黑白不分)

⇒흑백혼효(黑白混淆) 참조.

흑백혼효(黑白混淆)

검은 것과 흰 것이 뒤섞임. 또는 옳고 그른 것이 분명치 아니함을 이르는 말. 흑백불분(黑白不分)이라고도 함.
「後漢書 楊震傳」,
至夜懷金十金以遺震 震曰 天知神知我知子知何謂無知也 百黑混淆 淸濁同源

흑의재상(黑衣宰相)

중의 신분으로 천하의 정권에 참여하는 사람을 이르는 말. 또는, 송(宋)나라 혜림도사(慧林道士)의 별칭이기도 함.

흔구정토(欣求淨土)

극락정토를 진심으로 바라고 구함. 또는, 극락정토에 다시 태어나기를 간절히 원함을 이름. 반대말로는 염리예토(厭離穢土)가 있음.

흔연대접(欣然待接)

기쁜 마음으로 대접한다는 말.

흔천동지(掀天動地)

세력이 굉장함을 가리키는 말.

흔희작약(欣喜雀躍)

참새가 날아오르듯이 춤을 춤, 곧 펄쩍펄쩍 뛰며 크게 기뻐함을 이름.

흠신답례(欠身答禮)

몸을 굽히어 답례함을 이름.

흥망성쇠(興亡盛衰)

흥하고 망하고 성하고 쇠하는 일을 이름.

흥망치란(興亡治亂)

나라가 흥하고 망하는 것과 세상이 잘 다스려지고 어지러워지는 것을 말함. 치란흥망(治亂興亡)이라고도 함.

흥미삭연(興味索然)

흥미를 점점 잃어 가는 모양을 이름. 반대말로는 흥미진진(興味津津)이라고 함.

흥미진진(興味津津)

흥취가 넘칠 만큼 많음을 이름.

흥실재덕(興實在德)

나라가 흥하려면 임금이 덕이 있어야 한다는 말.
「張載의 劍閣銘」,
昔武侯中流而喜山河之固　見屈吳起
興實在德 險亦難恃

흥와주산(興訛做訕)

있는 말 없는 말을 보태어 함부로 남을 비방함을 이르는 말.

흥진비래(興盡悲來)

즐거운 일이 다하면 슬픈 일이 닥쳐온다는 뜻으로, 세상의 흥망성쇠(興亡盛衰)가 돌고 돌아 순환됨을 이르는 말.

희구지심(喜懼之心)

한편으로는 기쁘면서 한편으로는 두려운 마음을 이르는 말.

희대미문(稀代未聞)

매우 드물어 좀처럼 듣지 못하는 말.

희동안색(喜動顏色)

기쁨의 빛이 얼굴에 나타나 있음을 이르는 말.

희로애락(喜怒哀樂)

기쁨과 노여움과 슬픔과 즐거움이란 뜻으로, 사람의 온갖 감정을 이르는 말.

희색만면(喜色滿面)

기쁜 빛이 얼굴에 가득함을 이름.

희언자연(希言自然)

모든 소리는 사물이 부딪치는 마찰 때문에 난다. 따라서 서로 무리되는 일을 행하지 말라는 말.
* 희언(希言) = 무성(無聲)

희출망외(喜出望外)

뜻밖에 기쁜 일이 생김을 이름.

희희낙락(喜喜樂樂)

매우 기뻐하고 즐거워함을 이름.

힐굴오아(詰屈聱牙)

글 뜻이 어려워서 읽기가 매우 거북한 문장을 형용하는 말. 길굴오아(佶屈聱牙)라고도 함.

힐기반장(詰其反狀)

모반한 경위를 따져 물음을 이름.

참고문헌

俗談大辭典:金思燁·方鍾鉉共編(朝光社. 昭和十五年 8月 5日)

正本 孟子集註:世昌書舘 發行(1952. 12. 30)

莊子:金東成譯(乙酉文化社 1963. 7. 15)

古文眞寶:崔仁旭譯(乙酉文化社 1964. 5. 15)

論語:表文台譯解(玄岩社.1969. 4. 15)

孟子:安炳周外 2인譯解(玄岩社. 1969. 4. 15)

大學·中庸:李東歡譯解(玄岩社. 1969. 4. 15)

故事成語辭典 : 學園社(1970. 3. 15)

詩經:李元燮 譯解(成均書館, 1976. 3. 15)

書經:金冠植 譯解(成均書館, 1976. 3. 15)

周易:南晩星 譯解(成均書館, 1976. 3. 15)

漢文名言·名句大事典:丘仁煥外三人編著(成均書館, 1976. 3. 15)

東洋故事成語 : 韓國古典新書編纂會編(弘新文化史. 1988. 2. 25)

水湖志:시내암作,上海人民出版社(1990. 12. 15)

弘新漢文新書 : 弘新文化社(1993. 11. 20)

故事名言:강영수 역 예문당(1995. 8. 20)

故事·成語·熟語大百科 : 東亞日報社(1996. 1. 11)

中國古典漢詩人選 : 太宗出版社

明文東洋古典 : 明文堂

唐詩全書 : 金達鎭 譯解, 民音社

박영원 朴暎遠

고려대학교 교육대학원을 졸업하고 서울 성만여상, 서라벌고, 영훈고 교사를 역임했다. 퇴직 후 중국 산동성 위해대광화국제학교 부교장 겸 중국산동대학교에서 한국문학을 강의했다. 서울중등국어교과연구회 부회장, 한·중인문학회 부회장(현, 고문), 우리어문학회 회장을 역임했다(현, 고문). 저서로『한국속담·성어백과사전』(공편저)과 시집『위대한 바보, 그 이름 어머니!』 등이 있다.

양재찬 梁在燦

서강대학교 국어국문학과를 졸업하고 춘천 성수중 및 영훈중·고 교사를 역임했다. 저서로『알기 쉬운 속담·성어사전』(공편저)『한국속담·성어백과사전』(공편저)『국어학습사전』 등이 있다.

한국성어대사전

인쇄 • 2018년 7월 10일
발행 • 2018년 7월 15일

엮은이 • 박영원·양재찬
펴낸이 • 한봉숙
펴낸곳 • 푸른사상사

편집/교정 • 지순이·김수란
등록 • 제2-2876호
주소 • 경기도 파주시 회동길 337-16
대표전화 • 031) 955-9111(2)   팩시밀리 • 031) 955-9114
이메일 • prun21c@hanmail.net
홈페이지 • www.prun21c.com

ⓒ 박영원·양재찬, 2018
ISBN 979-11-308-1351-6 03800
값 39,000원

☞ 저자와의 합의에 의해 인지는 생략합니다.
☞ 이 도서의 국립중앙도서관 출판예정도서목록(CIP)은 서지정보유통지원시스템
  홈페이지(http://seoji.nl.go.kr)와 국가자료공동목록시스템(http://www.nl.go.kr/kolisnet)에서 이용하실
  수 있습니다.(CIP제어번호 : CIP2018019924)